한국 현대시, 그 감동의 역사

한국 현대시, 그 감동의 역사

개정판 제1쇄 인쇄 2011년 3월 4일
개정판 제1쇄 발행 2011년 3월 11일

지은이 정종진
펴낸이 지현구
펴낸곳 태학사
등록 제406-2006-00008호
주소 경기도 파주시 교하읍 문발리 파주출판도시 498-8
전화 마케팅부 (031) 955-7580~2 | 편집부 (031) 955-7584~90
전송 (031) 955-0910
홈페이지 www.thaehaksa.com **전자우편** thaehak4@chol.com

값은 뒤표지에 있습니다.

ISBN 978-89-5966-425-2 93810

한국 현대시,
그 감동의 역사

정종진

태학사

"동시대의 것을 너무 많이 알아서 그 시대의 역사를 쓰기 어렵다"는 말은 정말 타당하다고 생각한다. 너무 많이 알고 있다 하더라도 잘만 안다면 취사선택을 제대로 하고 뼈대를 확실히 세울 수 있을 것이다. 그러나 너무 잡다하게 많이, 더군다나 어설프게 알고 있기 때문에 뿌리인지 줄기인지, 또는 잎에 해당하는지 구별하기가 쉽지 않은 것이다. 사실이지 웬만큼 시대가 지나면서 작품이 저절로 취사선택되기도 하고, 가치의 우열이 판명되기도 한다. 여기서 '저절로'라는 말은 독자에 의해 자연스럽게 여과과정을 거친다는 의미가 되는 셈이다. 따라서 당장 당대의 것까지의 역사를 써보겠다고 덤빈다면 독자에 의한 이러한 혜택을 충분히 받지 못하게 되는 것이다.

시의 역사든 소설의 역사든, 문학의 역사는 '감동의 역사'가 되어야 한다. 문학의 역사는 그 책 속에서 감동의 이유가 웬만큼 밝혀져야 하기 때문이다. 어느 다른 양식에 비해 시의 역사 기술記述은 큰 장점을 가진다. 작품의 몸피가 작아 작품의 전체 또는 부분 인용이 얼마든지 가능하여 현장에서 감동의 일부를 확인할 수 있기 때문이다.

그동안 한국현대시사는 많은 훌륭한 학자들에 의해 시도되어 왔지만 번번이 중도에서 중단되곤 하였다. 한 시대의 학자들은 언제나 당대까지 역사를 기록할 의무가 있는 것이다. 비록 그것이 다음 시대에서 혹독한 비판을 받더라도 말이다. 어떠한 역사든 다음 시대에 다시 기술되는 것이 운명이며, 그렇다고 하여 당대의 역사 기술을 헛된 작업이라 생각해서는 안 될 것이다.

　이 책의 이름을 『한국 현대시, 그 감동의 역사』라고 붙인 것은, 『한국현대시사』와 같은 이름이 주는 어떤 보수적인 틀에서 벗어나 보고자 했기 때문이다. 그동안의 시사들이 대부분 어렵게 기술되어, 많은 사람들에게 서비스를 제대로 해주지 못 했다는 판단에서 비롯된 생각이다. 많은 사람들이 시를 어려운 것으로 여기고 있는데, '시의 역사'까지 메마른 논리로 일관한다면 결국 시연구가들이 시를 더욱 고립시키는데 한 역할을 하게 된다고 염려해 왔기 때문이다. 그래서 우선 쉽게 쓰려고 했다. 또한 메마른 논리로 채우기보다는 시작품을 그때그때 충분히 제시하면서 쉬운 설명을 곁들이는 게 낫다고 생각했다. 그래서 필요한 최소의 설명과 함께 될 수 있는 한 작품 전체를 인용하려 했다. 또한 부분적으로 시의 의미에 지장이 없는 한 표기법을 현대 어법으로 고치기도 하였다. 그래서 우리 시의 역사에 대한 편력이 조금이라도 수월해진다면 더 바랄 것이 없다는 생각으로 작업에 임했다.

　이 책에서 무엇보다도 중요시한 것은, 시라는 것이 다른 양식에 비해 시대를 가장 즉각적으로 닮으려 하고, 당시 현실을 증명하려 한다는 생각에서 시대의 요구에 제대로 대응을 해낸 작품을 우선 선택하였다. 그래서 때로는 시보다 노랫말이, 전문시인보다는 비전문시인이 후하게 평가받기도 했다.

　애초에 능력을 갖추고 뛰어든 것이 아니고 욕심만으로 미련스럽게 덤벼든 작업인지라 나 스스로도 턱없는 짓이라고 도중 내내 자책하였다. 시의 역사를 이렇게도 쓸 수 있지 않을까 하는, 어설픈 방법이나마 제시하고 싶은 생각으로 이 책을 내놓게 되었다. 평생을 두고 해도 어려울 작업을 '미친년 달래 캐듯' 해놓고 나니 뒷맛이 개운할 리가 없다. 무엇보다도 앞서 자료 수집을 해놓은 분들의 노고가 아니었다면 이런 작업마저 쉽지 않았을 것이다. 선학들의 노고에 감사드린다. 많고도 많은 훌륭한 시인, 그리고 그들의 작품이 이 책에서 정당하게 평가되지 못했거나 생략되었다면 그것은 전적으로 나의 잘못이다. 후에 충실히 보완할 것을 약속드린다.

1999년 2월
정종진 삼가 적음

차례

I. 열강의 침략에 비분강개하던 시대
(1860~1910)

그야말로 '강약强弱이 부동不同했던' 시대였다. 우물 안의 개구리처럼 살아왔구나, 하는 생각을 가장 절실하게 느껴야 하는 민족이 되었던 것이다. 정치를 맡았던 사람들이나 흰옷 입은 백성이나 다 숱한 모욕을 겪으면서 절치부심할 수밖엔 없었다. 봉건적 왕조의 무능함이나 탐관오리들의 부패는 순박한 백성들을 내우외환에 시달리게 했다. '가혹한 정치苛政은 호환虎患보다 무섭다'는 것을 증명했던 시대였고, '도둑놈은 시끄러운 것을 좋아한다'는 말을 실증하게 되었다. 나라 안 근심이 결국 외세를 끌어들인 셈이었다. 1876년 개항 이전까지는 나라 안 근심이 그야말로 '오방난전이 제 짝을 찾듯' 혼란이 한껏 가중된 시기였다. 1860년대의 진주민란을 비롯한 삼남지역의 숱한 민란은 장차 불붙을 동학 농민혁명의 불쏘시개로 보아야 했다. '난세에 영웅이 난다'는 말을 뒷받침 하듯, 민란이 우후죽순일 때 최제우가 동학을 제창하였다. 보편적인 신인 하느님을 섬기는 종교는 그 자체가 민중적이고 민족적인 성격을 지녔기에, 내우외환의 시대아 '상추쌈에 된장 궁합'으로 맞아 떨어진 것이다. 이를테면 시대가 요청하고 백성이 갈망한 종교였던 것이다. 1876년 개항 이후 임오군란이나 갑신정변과 같은 사건을 만들어 낸 외세를 비롯하여 온 나라의 사회적 혼란은 급기야 농민혁명의 깃발을 오르게 했다. 난세에 영웅이 왜 한둘뿐이랴. 동학 접주였던 전봉준을 중심으로 '제세안민濟世安民, 왜이축멸倭夷逐滅'의 기치를 내걸고 거대한 행군을 시작하게 된 것이다.

동학혁명은 이를테면 두 마리의 토끼, 아니 두 마리의 호랑이를 잡겠다는 기개로 박차고 나섰던 것이다. 내우內憂와 외환外患, 즉 탐관오리와 외세가 두 마리 호랑이였던 셈이다. 파죽지세로 일어났다가 '짚단 쓰러지듯' 할지라도 실로 처음으로 백성들의 기개세를 한껏 과시한 혁명이었던 것이다. 대의를 향한 이런 분연함에 누가 동조하지 않을 것인가. '남산골 샌님 역적 바라듯' 했던 사람들에게도 아주 통쾌한 일이었다. 그래서 워낙 뚜렷했던 양반, 상민의 구별도 점차 희미해져 갔고 사농공상이라는 편견도 차차 사그러져 갔다. 동학 농민혁명기에 이 나라를 수 차례 답사했던 버드 비숍 여사가, '조선에 애국자가 있다면 농부들뿐이다'고 한 말에 누가 토를 달 수 있겠는가. 물론 사대부나 선비, 상인들 중 애국자가 왜 없었으랴만 당시 대부분의 농민들이 보국안민을 위해 신명身命을 쾌히 바쳤기 때문에 기꺼이 수긍할 수 있는 말인 것이다.

1. 의기 높은 동학의 노래

　　우리 조상들이 가장 경계했던 시정신은 무엇일까. 두 말할 필요도 없이 시약詩弱, 문약文弱이었다. 읽는 사람에게 기상氣象을 주지 못하는 시를 시로 여기지 않을 수밖에 없었던 것은, 유달리 고난의 역사를 살아온 우리 민족에게는 당연한 생각이었다. 모든 백성들이 내우외환에 고통을 겪을 때, 문학만은 모르쇠 하고 고고할 수 있다고 생각한다면 민심을 그게 그르칠 사람이겠다. 어려운 시대에 시는 첨병으로 나서야 한다. 그래서 시대를 예비하고 대중의 의식을 앞서 이끌어야 한다. 정말 훌륭한 시는 어찌 칼 한 자루, 총 한 자루만 못하랴. 고난의 시대를 당당하게 증명하면서, 주눅이 들어 있는 백성들의 의식을 북돋우는 시라야 시다운 시가 되는 것이다.

　　서학西學에 대비하기 위해 나선 동학을 누가 의기 높다 하지 않으랴. 하늘의 뜻이 백성의 뜻임을, 백성의 뜻이 하늘의 뜻임을 최고의 덕목으로 삼았기에 그 어느 종교보다, 그 어느 학문보다 실제적이고 실천적이어서 당당할 수 있었다. 당대 농민을 모두 애국자로 만든 동학의 힘을 누가 과소평가 할 수 있겠는가. 부패한 나라 정치가 끝내 외세를 끌어들여 실패로 끝나고 일본에 나라를 빼앗기는 치욕을 당했지만, 이 땅의 민중들은 모두 의기 높다는 것을 만천하에 과시한 쾌거였다. 거기에는 위대한 지도자가 있고, 그 지도자의 지도력 속에는 시가詩歌가 있었다.

시가詩歌로 발휘한 최제우崔濟愚의 지도력

동학이 있었으므로 동학의 노래가 있었다. 어려운 시대에 시의 효용력은 노래로 바뀌면서 더욱 발휘된다. 차라리 그것보다 시정신은 애당초 노랫말을 짓는 데 더욱 골똘하게 된다. 노래만큼 전파력, 선동력, 응집력을 발휘하는 것은 없기 때문이다. 노랫말을 짓는데 꼭 전문시인일 필요는 없다. 현실의 핵심을 배돌기만 하는, 문약에 빠진 전문시인보다는 차라리 고난의 시대에 굳센 기상으로 대응하는 비전문시인이 훨씬 윗길이다. 이런 점에서 최제우는 훌륭한 시인이다. 최제우를 동학가요 창작의 원조로 삼는 데는 이의가 없을 것이다. 이른바 서학이 급격히 동쪽으로 뻗치는 것을 우려하며 「안심가安心歌」를 지었다. 「안심가」에는 물론 서학에 대한 경계의 뜻만 들어 있는 것은 아니다. 위기에 처한 민족에 대한 안타까움과 일본 제국주의자들에 대한 질책, 그리고 우리 민족의 대동단결을 내용으로 하고 있다.

가련하다, 가련하다. / 아국我國 운수 가련하다. / 전세 임진前歲壬辰 몇 해런고 / 이백 사십 아닐런가. / 십이 제국十二諸國 괴질 운수 / 다시 개벽開闢 아닐런가 / 요순 성세堯舜聖世 다시 와서 / 국태 민안國泰民安 되지마는 / 기험崎險하다, 기험하다. / 아국 운수 기험하다. / 개 같은 왜적倭賊놈아 / 너희 신명身命 돌아보라. / 너희 역시 하륙下陸해서 / 무슨 은덕恩德 있었던고. / 전세 임진前歲壬辰 그 때라도 / 오성鰲城 한음漢陰 없었으면 / 옥새 보전玉璽保全 누가 할까 / 아국명현我國名賢 다시 없다. / 나도 또한 한울님께 / 옥새 보전玉璽保全 봉명奉命했네. / 무병지란無病之亂 지낸 후에 / 살아나는 인생들은 / 한울님께 복록福祿 정定해 / 수명壽命

을란 내게 비네. / 내 나라 무슨 운수 / 그다지 기험한고. / 거룩한 내 집 부녀 / 자세보고 안심하소. / 개 같은 왜적倭賊 놈이 / 전세 임진前歲壬辰 왔다가서 / 술산 일 못 했다고 / 쇠 줄로 안 먹는 줄 / 세상 사람 누가 알까. / 그 역시 원수로다 / 만고충신萬古忠臣 김덕령金德齡이 / 그 때 벌써 살았드면 / 이런 일이 왜 있을고. / 소인참소小人讒訴 기험하다. / 불과 삼삭三朔 무삼 일고 / 나도 또한 신선으로 / 이런 풍진風塵 무삼 일고. / 나도 또한 한울님께 / 신선이라 봉명奉命해도 / 이런 고생 다시 없다. / 세상 음해陰害 다했더라. / 기장하다, 기장하다. / 내 집 부녀 기장하다. / 내가 또한 신선 되어 / 비상천飛上天한다 해도 / 개 같은 왜적倭賊놈을 / 한울님께 조화造化 받아 / 일야간一夜間에 멸멸滅하고서 / 전지무궁傳之無窮하여 놓고 / 대보단大報壇에 맹서하고 / 한이漢夷 원수 갚아 보세. / 중수重修한 한이 비각碑閣 / 헐고 나니 초개草芥 같고 / 붓고 나니 박산일세. / 이런 걱정 모르고서 / 요악妖惡한 세상 사람 / 눌로 대해 이 말 하노. / 우리 조선 합천陜川 따에 / 공덕비功德碑를 높이 세위 / 만고 유전萬古遺傳하여 보세. / 송백松柏 같은 이내 절개 / 금석金石으로 세울 줄을 / 세상 사람 누가 알고. / 애달ㅎ다 저 인물이 / 눌로 대해 저 말 하노. / 한울님이 내몸 내서 / 아국 운수我國運數 보전하네. / 그 말 저 말 듣지 말고 / 거룩한 내 집 부녀! / 근심 말고 안심하소. / 이 가사歌詞 외어 내서 / 춘삼월春三月 호시절에 / 태평가太平歌 불러 보세. ///

1860년 지은 가요, 「안심가」 제5절 전문이다. 앞의 절들이 서학西學에 대한 경계를 주제로 했다면, 위의 5절은 왜적에 대한 경계를 주제로 삼고 있다. 중각중간에 마치 판소리의 추임새처럼 터져 나오는 ‘개 같은 왜적倭賊놈아’ 하는 시구가 통쾌하다. 비속어를 썼기 때문에 시답지 않다고 할 사람 있을까. 그렇지 않다. 온 민족이 궁지에 몰린 때에는 오히려 비속어가 훨씬 더 효용력을 발휘한다. 위의 시에서 한자 어휘가 많은 것 같지만, 그때의 보편적 현상에 비하면 오히려 상당히 앞선 민족어 의식이라 할 수 있겠다. 동학의 창시자로 이 같은 노래를 지어냈으니 그 파급효과는 실로 엄청났을 것이다. 일제를 꾸짖고 동학사상을 창안하며, 특히 이 시에서 보여주는 부녀자들에 대한 격려는 근대의식의 핵심이 된다. 그와 더불어 나라를 근심하고 민족의 전망을 제시하는 대의명분은 탁월하다.

> 시호時呼 시호, 이내 시호.
> 부재래지不再來之 시호로다.
> 만세일지萬世一之 장부로서
> 오만년지五萬年之 시호로다.
> 용천검龍泉劍 드는 칼을
> 아니 쓰고 무엇하리.
> 무수 장삼無袖長衫 떨쳐 입고
> 이 칼 저 칼 넌즛 들어
> 호호망망浩浩茫茫 넓은 천지
> 일신一身으로 비켜서서
> 칼 노래 한 곡조를
> 시호시호 불러 내니,
> 용천검 날랜 칼은
> 일월日月을 희롱戲弄하고
> 게으른 무수장삼
> 우주에 덮여 있네.
> 만고 명장名將 어데 있나,

> 장부 당전丈夫當前 무장사라.
>
> 좋을시고 좋을시고,
>
> 이내 신명身命 좋을시고.

1861년에 쓴 「검결劍訣」이란 시다. 검결이란 검가劍歌라는 뜻이다. 하늘에서 부여받은 몸과 목숨身命을 신명나게 바치겠다는 노래를 신명나게 부른 것이다. 구체적 대상은 드러나 있지 않지만, 외세를 향해 용천검龍泉劍을 휘두르겠다는 뜻이 분명하다. 용천검은 중국 장수들이 쓰던 보검이다.

최제우의 시는 기개가 높다. 그래서 독자들은 그 기상에 쉽게 전염된다. 좋은 시는 기상이 높은 시다. 그것은 시대가 요구한 것이다. 이 나라 이 겨레가 외세에 의해 위태로울 때 누구나 비분강개하는 것이지만, 최제우는 거기에 그치지 않고 기개 높은 시를 창작해 냄으로써 백성들의 의식각성은 물론 기상을 높이는 데 큰 역할을 했다. 그는 시에서 종교적 시노사로서 대부분 갖게 되는 정신을 충분히 보여준다. 그것은 자아도취적 성향, 또는 권위의식이 아니다. 당대 부패한 정치 상황에서는 민족의 대동단결이 불가능하기 때문에, 그 최선의 전략으로 시가를 택하는 지혜를 보여주었던 것이다.

시운을 탓하게 된 전봉준全琫準의 비가悲歌

한 시대의 영웅은 하늘이 내려주고 곧 바로 거두어 가는 것인가. 어쨌든 동학혁명이라는 뇌관을 친 사람은 전봉준이다. '울고 싶자 뺨 맞은 격'으로, 이제나 저제나 하고 기회를 보던 농민들을 휘몰아 나가게 한 것은 전봉준의 사발통문이다. 대부분 죽창 하나로 무장하고 관군과 왜적을 무찌른 것은 격정으로 솟는 정의감 하나였다. 그것은 전봉준이라는 지도자의 집념에 의한 것이었다. 정치적 패권에 대한 집념이 아니라, 보국안민이라는 대의 명의명분에 대한 집념이었던 것이다. '집념이 귀신을 만든다'고 한동안 전봉준은 파죽지세를 과시했다.

그러나 시운을 탓하랴. 시운보다는 위정자들의 비겁함을 탓해야 하리라. 외세를 끌어들인 마당에 전봉준의 위세가 무참히 꺾일 수밖에 없었다. 한 때 부하였던 김경천의 배신으로 잡혀 처형된 전봉준이지만 그가 부른 노래, 그를 위한 만가輓歌는 오늘날까지도 우리 귀에 쟁쟁한 것이다. 그가 남긴 한시「운명殞命」은 당시의 비장함을 충분히 느끼게 한다.

때를 만나서는 천하도 다 내 뜻과 같았지만

시운 다하니 영웅도 스스로 어쩔 수 없구나.

백성을 사랑하고 정의를 위한 길이 무슨 허물이랴.

나라 위한 일편단심 그 누구 있어 알아 줄 것인가.

(임중빈 역)

時來天地皆同力 運去英雄不自謀

愛民正義我無失 愛國丹心誰有知

'나라 위한 일편단심 그 누가 있어 알아 줄 것인가' 하고 통탄한 것인가. 당대 백성들도, 오늘날 백성들도 그 고결한 뜻을 다 알고 있다. 누가 알아주지 않는다고 서운해 하지 않으면 진실로 대장부라 했던가. 물론 전봉준의 위 시구는 그런 차원이 아니겠다. 뜻을 이루지 못하고 숙어야 하니 그 한스런 감정을 이렇게 비감 시린 어조로 표현한 것이다.

비록 전봉준은 갔지만 그를 기리는 민중들의 노래는 방방곡곡으로 퍼져 나갔고 오늘날까지 이어지고 있다. 전봉준이 활동하던 당시부터, 이른바 참요讖謠의 성격을 가진 노래는 다양하게 전파되기 시작했다.

참요란 정치적 조짐을 암시하는 노래인데, 「파랑새 노래」가 그것이 었다.

새야 새야 파랑새야 / 녹두잎에 앉은 새야 /
녹두잎이 깐닥하면 / 너 죽을 줄 왜 모르니 /// (평양지방)

새야 새야 파랑새야 / 깝죽깝죽 잘 논다만 / 녹두꽃을 떨구고서 /
청포장수 부지깽이 / 맛이 좋다 어서 가라 /// (원주지방)

새야 새야 파랑새야 / 네 굽을랑 엇다 두고 / 조선굽에 나왔느냐 /
솔닢댓닢이 파릇파릇하길래 / 하절인 줄만 알고 왔더니 / 백설이 휘
날린다 /// (홍성지방)

새야 새야 파랑새야 / 너 뭣하러 나왔느냐 / 솔잎 댓잎 푸른 푸릇 /
하절인 줄 알았더니 / 백설이 펄펄 / 엄동설한이 되었구나 /// (정읍지방)

위에서 보는 바와 같이 「파랑새 노래」는 가사가 조금씩 바뀌어서 전국에 두루 퍼져 부르게 되었다. 이에 대한 해석은 분분할 수밖에 없다. 예컨대 '파랑'은 팔왕八王으로 전全자의 파자가 되니 전봉준을 의미하게 된다. 파랑새는 동학군을 제압하러 파병된 청나라 군사로 해석함이 타당할 것이다. '녹두'는 전봉준, '청포장수'는 녹말묵을 파는 행상을 가리켜, 당시 천대받던 민중을 의미한다는 해석이 가장 설득력이 있다.

이렇게 짧은 민요에 상징과 은유, 풍자 따위 시적 장치가 풍부하기에 문학성은 빼어나다. 더구나 노래가 되어 전파력, 선동력이 탁월했으니 시가문학의 효용력을 한껏 발휘한 것이 된다.

2. 그 시대 유지되는 것이 최선의 시 양식樣式

현대인은 자만심 때문에 언제나 과거를 얕보려고 한다. 이제는 반서구화 되어 문명의 이기를 한껏 누리고 있다고 생각하고 있어 옛 사람들의 삶의 방식이나 사고를 경시하지만, 옛 사람들도 그 시대에는 최선을 다해 살았고 문학에 대한 생각도 지금보다 훨씬 진지했다. 지금 우리들의 지식이나 지혜의 대부분은 옛 사람들에게서 이어받고 있는 것이다.

문학의 양식, 또는 갈래도 마찬가지다. 시, 소설, 희곡 따위 서구의 문학양식이 완전 정착된 터인데, 그 가치기준으로 옛 사람들의 문학을 판단하려 한다면 크게 그르치고 만다. 어느 시대의 가치체계는 당대에서 최선일 수밖에 없는 것이다.

동학 농민혁명기에 쏟아져 나온 가사歌辭, 일제에 의한 합병을 전후하여 숱하게 생산된 창가唱歌 따위를 꽤나 유치하다고 생각할 것인가. 또한 이 시대까지 끊임없이 생산된 한시漢詩를 두고 전근대적이라고 제쳐둘 것인가. 절대 그럴 수 없는 일이다. 현대의 우리가 이 시대에 최선을 다해 살고 있듯이, 그 시대는 그 사람들이 최선을 다해 이러한 양식을 생산해 낸 것이다. 시, 시조, 한시. 창가, 민요, 그리고 각종 노래의 가사는 당대의 절실한 요구에 의해 창작된 것이다. 지금 우리가 따분하다고 생각하는 내용이나 구태의연하다고 생각하는 시 양식에 대해, 결코 함부로 생각해서는 안 될 일이다. 나라는 위기에 처해 있는 상황이었는데 시양식이 세련되지 못했다고 말할 수 있는가. 그거야 말로 '마당 터진데 솔뿌리 걱정하고 있는' 격이다. 시의 내용이 그 무엇보다도 중요했다.

동학 농민전쟁을 즈음한 시 양식은 다양했다. 한글시, 한시, 민요, 가사, 창가, 사조詞藻, 의병항쟁가를 비롯한 각종 노래가사가 그것들이다.

한글시와 한시

이 시대의 정신을 담은 한글시는 그렇게 많은 편이 못 된다. 또 있다 해도 한문투가 강하게 살아있는 것이 대부분이다. 시보다는 노래가사에서 민족어 의식이 훨씬 더 발휘될 수밖에 없었고, 서민 출신 의병의 시들 중 일부가, 그리고 극소수의 선비가 한글로 시를 써냈다.

> 당당한 대의를 펴고야 말 것이
> 늙은 이몸 막대 짚고 뒤를 따라 나섰소
> 한 조각 붉은 마음 간 곳마다 서로 통함을
> 살아도 죽어도 맹세코 서로 도우리.
>
> 펴는 중에 굽힘 있고 굽히는 중에도 펴는 것이
> 태악泰岳도 홍모鴻毛도 다 같은 티끌이오.
> 밝고 밝은 이 마음 아직도 죽지 않은 것이
> 천일天日을 돌리는 그 일인들 어찌 될 수 없으리.

김도화金道和의 시 「밝고 밝은 이 마음」이다. 의병을 따라 나서며 읊은 감회다. 기개가 높아 읽는 이에게 기상을 돋워주는 시다. 정형시에

서 크게 벗어나지 못했지만, 형식 때문에 내용을 충분히 담지 못한 것
은 아니다.

> 누樓에 오른 나그네
> 갈 길을 잊고서
> 낙목落木이 가로 놓인
> 단군의 터전을 한탄하노라.
>
> 이칠二七 남아男兒가
> 이룬 일 무엇인고
> 추풍秋風에 비껴 있노라니
> 감개만 일어나노라.

　유명한 의병장 신돌석申乭石의 시 「단군의 터전 한탄하노라」다. 역시
기개가 높고 간결한 시여서 읽는 이의 기상을 높여 준다.

> 괘심하다 서양 되놈
> 무군무부無君無父 천주학天主學을
> 네 나라나 할 것이지
> 단군 기자 동방국東方國의
> 충효 윤리 밝았는데
> 어히 감히 여어 보자.
> 흥병가해興兵加海 나왔다가
> 방수성防水城 불에 타고
> 정족산성鼎足山城 총에 죽고
> 나문 목심 도생하자
> 밧삐 밧삐 도망한다.

신재효申在孝의 「괘심한 서양 되놈」이라는 시다. 한문투가 곳곳에 많이 남아 있지만 그래도 민족어 의식이 크다. 이 정도면 당대에서는 앞서가는 시정신이었던 것이다.

꿈에 천궁天宮 올라
제은帝恩을 묻자오니
눈부실사 인부印符들은
우림羽林의 높음이다.

어찌 허리춤에
긴 칼 차고 나서
요망한 것 소탕하고
원한을 풀어 보리.

장지연張志淵의 「원한을 풀어 보리」라는 시다. 간결하지만 의기가 높은 시다.

한시漢詩는 여전히 선비들이나 식견 있는 평민들의 표현수단이었다. 민중들의 의식을 고취시키기 위해서는 한글시가 훨씬 효과적이었겠지만, 한문으로만 익힌 습관에서 쉽게 벗어날 수는 없었다. 우선 중요한 것이 국난에 즉각적으로 대응하는 내용을 담는 것이어서, 한글 시로써 민족의식을 가속화시키는 단계까지는 기대하기가 어려웠다. 비록 한시지만 당대의 이른 바 양반계층의 의식개혁에 큰 역할을 했던 것이다. 선비들의 구국충절시들, 지사들의 의병항쟁시는 대부분이 한시였다.

동방 세계 천고에 처음 난 혈죽이여,
뜻 새겨 펴 놓은 조릿대 새 순들이여.
가지와 잎사귀는 신기하게도 날카로운 칼날 이룬 듯하고,

일대一代에 두 마음 품으면 경계하여 목베일 기상이여.

(임중빈 역)

東方千古初生竹 印在報篇篠篠新
枯葉幻成神利劍 警誅一代二心人

임우순의 한시「혈죽시血竹詩」다. 자결한 민영환의 묘소에서 피 묻은 흔적의 대나무가 솟아 나왔다는 일화를 주제로 한 시다. 그야말로 시 정신이 날카롭기가 칼날 같다. '일대에 두 마음 품으면 경계하여 목 베일 기상이여' 라는 마지막 시구는 오직 한 마음으로 일제에 대항할 것을 독려한다. 선비의 곧은 기상이 잘 표현되어 있다.

목을 끊을망정 단발이야 하랴. / 몸은 삭아도 이름은 삭지 않아 / 만년을 내린 문명의 전통이 / 네 한 사람 힘입어 지켜짐을. // 그대는 의거를 주장했었고 / 나는 상소로 항쟁하려 했거니 / 뜻한 바는 비록 각기 다르지만 / 같이 죽어 이름은 함께 전하리라. // 큰 군사 내려올 적에 북녘 바람 쌀쌀한데 / 왜적의 호각 소리 야단스레 들려온다. / 죄인을 다 죽인다고 공갈하지 마오. / 잠깐이면 죽는데 무엇이 어려우리. // 장부가 죽음을 아끼리요만 / 스스로 죽기란 가장 어려워 / 이 일을 능히 할 이 몇이나 될까. / 열렬한 한 사내 여기에 있다. // 뉘집의 의병 대열이 홍주 동쪽으로 나아가나, / 이이가 그 옛날 목을 찌르던 의사구나. / 이 세상 사람들 속으로 웃지 마오. / 앉아서 좋은 말하는 것이야 무슨 공이 있으랴. // 선죽교의 피를 / 사람들은 슬퍼하지만 나는 그렇지 않아 / 의로운 신하가 나라 망한 뒤에 / 죽지 않고 다시 어찌할 것인가. // 선비 있어 무슨 일로 갑옷을 걸쳤는가. / 품은 마음 다 틀어지니 한숨만 나온다. / 조정에서 날뛰는 놈의 꼴 통곡만 나고 / 해외에서 밀려온 도둑떼 말로 다 못한다. // 대낮에 흐르는 강물 슬픈 소리를 울먹이

고 / 푸른 하늘 실버들에 젖는 비 흐느껴 / 이제는 영산길 다시 못 가려
나 / 죽어 두견새 되어 피울음이나 울리라. /// (임중빈 역)

頸斷髮豈斷　身朽名不朽
萬古華夷防　賴汝一人守

君主擧義論　我欲抗疏爭
所志誰自異　同死由齊名

大君西下普風寒　倭角聲聲動地歡
休說罪人不免死　片時之痛有何難

丈夫非愛死　自死最難爲
幾人同此事　烈烈一男兒

誰家義旅赴洪東　云是當年刎頸公
可笑時人休竊笑　坐談龍肉有何功

善竹橋頭血　人悲我不悲
孤臣亡國後　不死更何爲

書生何事着戎衣　太息如今素志遠
痛哭朝廷至作孽　忍論海外賊侵圍

白日呑聲江水逝　靑天咽泣雨絲柳
從今別却榮山路　化作啼鵑帶血歸

이설李偰의 시다. 구구절절 이렇게 절창일 수 있는가. 공부에만 힘쓰
던 선비가 국난을 당함에 분연히 떨치고 일어나 의병 대열에 따라 나
설 수 있는 용기가 있으니, 시도 이렇게 기개 높을 수밖에 없다.

당시의 한글시와 한시는 이렇게 시대의 첨병이 되었다. 비록 민중계층과는 크게 교감을 이뤄내지 못했다 하더라도, 이른바 식자층의 의식 개혁과 국난의 극복을 위해 민중과 한 목소리를 내는 데 크게 기여한 것이다.

민요, 참요

민요는 어느 시대나 민중의 정서를 가장 잘 드러낼 뿐만 아니라 시대적 대응력도 충분히 발휘한다. 시와 달리 민요는 노래 불리어진다는 장점을 가지고 있다. 그래서 시보다는 전파력, 응집력이 빼어나다. 동학농민혁명에 즈음하여서는 당대 우리 민족이 처한 상황을 풍자하여 기왕의 곡에 새롭게 맞춘 민요들도 한 몫을 하게 되었다. 두루 알고 있는 「아리랑 타령」을 보자.

> 이씨李氏의 사촌이 되지 말고
> 민씨閔氏의 팔촌이 되려무나.
>
> 남산南山 밑에다 장충단 짓고
> 군악대軍樂隊 장단에 받들어총 한다.
>
> 아리랑 고개다 정거장 짓고
> 전기電氣車 오기만 기다린다.
>
> 문전의 옥토는 어찌 되고
> 쪽박의 신세가 웬말인가.
>
> 밭은 헐려서 신작로 되고
> 집은 헐려서 정거장 되네.

말깨나 하는 놈 재판소 가고
일깨나 하는 놈 공동산共同山 간다.

아깨나 낳을 년 갈보질하고
목도깨나 메는 놈 부역을 간다.

신작로 가상사리 아까시 낡은
자동차 바람에 춤을 춘다.

먼동이 트네 먼동이 트네,
미친 놈 꿈에서 깨어났네.

당대 거덜이 난 조국과 민족의 처지를 이렇게 통쾌하게 표현하기도 쉽지 않다. 자조自嘲적이고 신랄해서 오히려 통쾌한 것이다. 이런 자조적 풍자수법은 당대 현실을 이지적으로 통찰해 낼 수 있었기에 가능했다. 지극히 감성적이거나 격정적이지 않고 냉철하세 현실을 파악해 낸 결과다. 끝내 자조적일 수 없는 것은 맨 끝의 연 때문이다. '먼동이 트네 먼동이 트네, / 미친 놈 꿈에서 깨어났네'가 그것이다. 여기서 각성하는 모습을 강하게 보이고 있기 때문이다. 일제 식민지 정책에 저 모르게 놀아났던 어리석음에서 깨어났기에, '먼동이 트네'를 거듭하고 있는 것이다. 「신아리랑」도 보자.

무산자無産者 누구냐 한탄 마라.
부귀와 빈천은 돌고 돈다.

감발을 하고서 주먹을 쥐고
용감하게도 넘어간다.

> 밭 잃고 집 잃은 동무들아
> 어디로 가야만 좋을가 보냐.
>
> 괴나리 봇짐을 짊어지고
> 아리랑 고개로 넘어간다.
>
> 아버지 어머니 어서 오소
> 북간도北間島 벌판이 좋다더라.
>
> 쓰라린 가슴을 움켜쥐고
> 백두산 고개로 넘어간다.
>
> 감발을 하고서 백두산 넘어
> 북간도 벌판을 헤매인다.

이유민移流民이 되어 조국을 떠나야 했던 백성들의 심사를 잘 표현한 민요다. 새로 시작詩作을 한다든지, 노래를 만드는 것보다 기왕에 가장 친숙했던 노래의 가사를 개작하여 민중들끼리 새로운 정서를 교환하고 시대정신을 키우기에는 최선의 방책이었던 셈이다.

참요讖謠는 시대의 변천상이나 정치적 징후를 암시하는 노래인데 민요에 속한다. 시대가 어수선할 때 참요의 역할은 예사롭지 않다. 넓은 의미로 보아서는 위의 「아리랑 타령」과 같은 풍요風謠도 참요의 성격을 띠고 있다. 가장 유명한 것은 동학혁명을 배경으로 만든 「파랑새 노래」다.

> 새야 새야 파랑새야 녹두밭에 앉지 마라
> 녹두꽃이 떨어지면 청포장수 울고 간다.

앞에서 지방마다 다양하게 변화된 모습을 보았던 참요로, 「파랑새 노래」는 위의 것을 표준형으로 볼 수 있겠다.

가보세 가보세
을미적 을미적
병신되면 못 가보리

동학 농민군이 서울로 진격할 때 불렀을 것으로 추정되는 노래다. '가보세'는 갑오세甲午歲, 즉 1894년을 의미하기도 한다. '을미적'은 을미년乙未年, 즉 1895년을 뜻한다. 당년當年에 끝내지 못하고 내년來年까지 끌다가는 실패하고 만다는 뜻이다. 정말이지 절묘하달 수밖에 없는 언어유희요, 노래다.

이 시대에는 동학가요, 애국가, 가사 양식들이 근현대 시정신의 밑거름으로 다져지고 있었다. 이 외에 당대 시가문학의 터전을 풍성하게 했던 것은 노래시, 즉 노랫말이있나. 노랫말이 이 시대에 얼마나 중요했던가에 대해서는 뒤에서 살펴보게 될 것이다.

이 시대에 비록 세련된 우리말 시가 많이 나오지 못했다 하더라도, 위와 같은 여러 시가 양식들이 합세하여 국난의 시대를 대응하는 데 큰 효용력을 발휘할 수 있었다.

3. 비분강개한 선비들의 시정신

 '선비 논 데 용 나고, 학이 논 데 비늘이 쏟아진다'고 했던가. 뛰어난 사람의 행실이나 자취는 반드시 좋은 영향을 남긴다는 뜻이겠다. 까짓 벼슬이라는 것은 잠시뿐이기 십상이다. 선비는 무엇으로 사는가. 정신으로 산다. 많은 사람들이 정신적 사표로 삼기에 일거수일투족도 시종 올바르게 처신해야 했다. '선비가 목구멍 때문에 구차해지면 모든 행실이 이지러진다'고 했다. 대부분 선비에게 가난은 그림자처럼 따라다니지만 스스로 늘 자중자애하고 당당할 수 있는 것은 고결한 정신 때문이다.

 일상의 삶도 대의를 위한 것일진대 나라가 위기에 처해 있을 때 가장 즉각적으로 분연해야 한다는 것은 선비가 스스로 떠맡은 임무이다. 그래서 시대가 어려울 때 선비정신은 가장 잘 나타나는 것이다.

 일제에게 나라를 유린당했을 때 선비들의 자결이 잇따랐다. 격정을 못 이겨 그런 것이 아니었다. 모든 백성들에게 적개심을 고취시키고 기상을 드높여 주기 위해서였다. 살아서는 가슴 시늘한 시정신으로, 나라가 어려울 때는 깨끗한 자결을 통해 겨레의 가슴 속에서 곧은 이념으로 영원히 새겨지는 것이 참다운 선비상이었다. 황현이 그랬고, 민영환을 비롯한 을사년의 여섯 충신들, 그리고 그 외에 많은 선비, 지사들이 그러했기에 백성들의 가슴이 나날이 뜨거워질 수밖엔 없었다.

강직한 황현黃玹의 매서운 시정신

1910년 8월, 나라를 일제에 완전히 빼앗기자 지리산 구례 땅에서 황현은 절명시 네 수를 남기고 소주에 아편을 타 마시고 죽음을 택한다. 가히 선비의 서늘한 정신이라야 할 수 있는 일이었다.

그는 살아 생전 위정자나 선비들의 비리를 꾸짖기 일쑤였으며, 민족의 기풍을 바로잡으려 애썼다. 남들을 모질게 꾸짖어야 할 때 스스로는 어떻게 처신해야 한다는 것쯤 충분히 알고 행동했다. 이런 강직한 인품은 시로도 충분히 표현되었다.

그의 시정신은 우리 민족의 역사적 인물을 추모하여 현실대응의 논리로 삼는다. 논개나 이충무공과 같은 의인들의 행적이 시의 소재나 주제가 된다.

> 풍천楓川의 강물이 하 그리 향기로와
>
> 내 수염 깨끗이 씻고 의랑義娘에게 절하다
>
> 연약한 여자 몸으로 왜적을 죽이다니
>
> 남편이 시키는 대로 군대軍隊에 들었음이라.
>
> 장수長水 고을 늙은이는 딸 자랑 한창이고
>
> 촉석루 붉은 단청 가신 넋을 위로하네.
>
> 돌이켜보면 선조 대왕 때는 인물이 하도 많아
>
> 기생도 그 이름을 천추에 전함을.
>
> (원문생략, 임중빈 역)

「의기 논개비義妓 論介碑」란 작품이다. 이때만 해도 논개라는 인물에 대한 고증이 확실히 되지 못했을 때였다. 그저 기생으로 알려져 있었던 셈이다. 그러나 최근 정동주는 장편서사시 『논개』를 통해, 논개가 비록 후실이지만 자기 남편 최 병사의 원수를 갚기 위해 기생으로 위장했다는 것을 밝혀냈다. 하여튼 비록 천한 신분으로 생각해 왔던 논개가 민족을 위해 의롭게 죽었다는 사실만으로 몸을 단정히 하고 절하는 모습에서 황현의 품격이 진실함을 알게 된다. 「이충무공구선가李忠武公龜船歌」라는 한문 장시도 마찬가지로 강한 역사의식 소산이다.

> 어느 누가 따를소냐 / 바다 위에 수백 번 싸움에서 / 이무기나 악어 같은 모진 적을 무찌름에 / 서슬이 상기 퍼렇더라. // 충무공 돌아가신 2백년 / 오늘에 지구가 트이니 / 화륜선 동쪽으로 돌아오자 / 불꽃이 해를 가리는도다. // 우리 강산 평화로운 마을에 / 호랑이떼 덤벼들어 / 포성이 하늘을 뒤흔들고 / 살육이 비롯되었구나. // 지하에 계시는 우리 충무공 / 다시 모셔올 수 있다면 / 응당 그의 가슴속엔 나라 구할 / 신묘한 계책이 있을지니. // 거북선 만드신 슬기로 / 적과 맞서 싸우시면 / 왜놈들 목숨을 살려달라 빌 게고 / 양놈들 모조리 섬멸하리라. /// (원문생략, 임형택 역)

16연 64행 중 뒷부분 5연 20행을 인용한 것이다. 위의 시에서 황현은 왜적뿐만 아니라 서세동점의 세력도 경계한다. '화륜선 동쪽으로 돌아오자 / 불꽃이 해를 가리는도다' 하는 시구가 그것이다. 우리의 역동적인 과거사를 오늘에 되살리고자 하는 노력이 역사의식이다. 이순신 장군을 추모하면서 일제에 대한 적대감을 드러낸 또 하나는 「벽파진碧波津」이나. 이 충무공이 왜적을 무찌른 곳을 소재로 삼은 작품이다.

황현은 또 동시대의 의인을 소재로 삼아 현실대응책을 암시한다. 민영환, 최익현과 같은 이가 대상이 된다. 「민영환 선생의 자결을 슬퍼하며五哀詩 閔輔國泳煥」과 「피 얼룩진 대나무血竹」, 그리고 「면암 최익현 선생의 죽음을 통곡하며哭勉菴先生」가 그런 시들이다.

그의 시들은 다 매섭지만, 그 중 「을사보호조약 소식을 들고서聞變三首」가 특히 그렇다.

> 한강물이 울먹이고
> 북악산마저 찡그리거늘,
> 세갓집 벼슬아치들은
> 예 그대로 노닐기만 하는구나.
> 동포들에게 청하노니
> 역대의 간신전을 읽어보오.
> 나라 팔아 먹은 놈치고
> 나라 위해 죽은 자 없었다오.
> (원문 생략, 허경진 역)

칠언절구인데 행을 나누어 놓은 작품이다. 짧으면서도 당대에 할 말을 다 한 시다.

황현의 시에서 가장 비장함을 느끼게 하는 것은 역시 「절명시 4수」다. 국난을 당하여 선비 된 도리를 어떻게 감당해야 하는 것인가, 하는 고뇌가 집약된 작품인 것이다.

> 난리를 겪다 보니 백두년白頭年이 되었다. / 몇 번이고 목숨을 끊으려다 이루지 못했다. / 참으로 어찌할 수 없는 오늘 / 까물거리는 촛불이 창천蒼天에 비친다. // 요망한 기운에 가려져 제성帝星이 옮겨짐에 / 구궐九闕은 침침하여 주루晝漏가 더딤을. / 이제부터 조칙詔勅을 받을 길이 없음에 / 구슬 같은 눈물이 주룩주룩 조칙에 얽힌다. // 새와 짐승도 슬피 울며 산천도 찡그리는데 / 근역槿域 삼천리 강산은 이미 침륜沈淪되었다. / 가을 등불 아래 책을 가리고 천고를 회상할 때 / 인간으로 선비 노릇하기 지난함이여. // 일찍이 나라를 지탱할 조그마한 공도 없었음

에 / 단지 인仁을 이룰 뿐, 충忠은 아닌 것을. / 겨우 능히 윤곡尹穀을 따르는 데 그칠 뿐이요 / 당시의 진동陳東을 밟지 못함이 부끄럽다. /// (원문생략, 임중빈 역)

위의 「절명시 4수絶命詩四首」는 자괴감, 자책감이 뚜렷하다. 죽기 전까지 단지 인仁만을 추구했지, 진정한 충성을 다하지 못했다는 생각에서 비롯된 생각이다. 진실로 의인이지 않을진대, 어찌 자결로써 민족의 대의를 행할 수 있었을 것인가. 선비의 의연함이 시 속에서 뼈를 이루고 있다.

비분강개지사悲憤慷慨志士가 어디 한둘인가

일제의 침략에 분연히 일어나 자결로 민족의 기상을 드높이려 한 사람들, 또는 즉시 의병을 조직하여 왜적의 분쇄에 나선 사람은 실로 숱하게 많다. 결코 '횃대 밑에서 호랑이 잡는' 위인들이 아니었다. 실로 애국애족이 어떤 것인지를 몸소 실천하며 보여준 사람들이기에, 이 겨레가 사표로 삼는 데 주저하지 않아도 좋을 만한 인간상들인 것이다. 이들이 모두 자기의 의지를 글로 남겨 두지는 못했다. 또한 남겨 두었다 하더라도 잦고도 오랜 난세를 겪어 지금까지 전해지는 것은 그리 많지 않다. 글 쓰는 일이 생활이었던 선비계층의 시들만 남아 전해질 정도인 것이다.

선비는 한 시대의 도리道理에 어긋나지 않는 언행으로 만백성의 귀감이 되었기에 그들이 쓴 시 역시 모든 사람의 심금을 울렸던 것이다. 최익현, 황현 외에 숱한 선비들이 애국충질의 시를 많이 남겼던 것이다.

김택영金澤榮은 한시로 당대 상황을 성실히 증언하는데, 특히 안중근 의사가 이등박문을 저격한 거사에 대한 통쾌함을 표현해낸 시가 대표적이다.

비류성 밖 바닷물은 쪽빛으로 푸르고

만리에 바람 불어 주홍이 거나하다.

누구 있어 화륜선 빠른 배가

문사文士를 태우고 강남江南으로 떠난다고 하였던가.

동으로 살기가 돋아 음험한 간계 들끓는데

그 누구 있어 나라 위하여 이 환난 구하랴.

저녁 노을 뜬 구름이 천리에 물드는데

몇 번이고 머리 돌려 삼각산을 바라본다.

(원문생략, 임중빈 역)

「구일발선작九日發船作」이란 작품이다. 서세동점뿐만 아니라 일제의
한반도 진출이 심각한 상태임을 암시하고, 나라 걱정에 초조한 심사를
표현한 시다.

평안도 장사가 두 눈을 부릅 뜨고

양 새끼 잡듯이 나라 원수를 죽임이여.

죽기 앞서 들은 소식 하도 좋아서

국화 곁에서 미친 듯 노래하며 춤춘다.

해삼위 하늘가에 맴돌던 독수리

하얼삔 역 내려서자 벼락불 터뜨려,

온 세계 호걸들이 깜짝 놀라서

가을 바람 낙엽지듯 수저 떨군다.

예로부터 망하는 나라 어찌 없으리

굳고 굳은 성에도 좀도둑 슬었구나.

하늘을 떠받칠 이런 분이 나왔으니

나라는 망했으나 광채는 빛나리

(원문생략, 임중빈 역)

「문안중근선생 살이등박문지감聞安重根先生 殺伊藤博文誌感」이라는 작품
이다. 시원시원하고 통쾌한 시다. 비유도 상쾌하여 읽는 이의 기상을
북돋운다.

동풍이 어지러이 불어닥쳐

바닷물이 하늘을 치솟아 오르고

육지를 뒤덮어 물바다 되어

인왕산을 뿌리째 뽑아 눕힌다.

광화문 저녁 종은

그 누가 칠 것이며,

조상의 제사는

어느 민족이 받들 것인가?

아!

우리는 어찌하여 귀신도 없고 하늘도 없단 말인가?

호올로 조종조에서 유교를 숭상하여

마지막에 의사 한 분 안중근을 얻었음이여.

생생한 그 기상 아직도 늠름한데

뉘라서 나라가 망했다고 이르랴.

틀림없이 혼령은 나를 돌보아주어

향기로운 난초를 들고 강가에서 기다린다.

(원문생략, 임중빈 역)

「오호부烏呼賦」란 작품이다. 민족의 장래를 걱정하면서, 안중근 의사의 쾌거에 고무되어 민족의 희망을 발원한다.

이건창李健昌도 나라를 걱정하는 한시 몇 편을 남겨 두었다.

* 임진 계사 왜란을 어찌 차마 기억하리
  죽어간 혼령들은 지금도 슬퍼하리.
  아름다운 이름은 제갈 양諸葛亮을 표방하고
  중흥한 공로는 곽자의郭子儀에 힘입었구나.
  바람 앞에 소나무는 오히려 꼿꼿하고
  가을 풀은 스스로 우거져 있다.
  이 세상에 그 누구가 공과 같을까.
  임 계신 구중 심처엔 군악 소리 요란하다.

* 원수元帥의 위국충정 온 세상이 다 아는데
  이곳에 와서 묘비문을 거듭 읽어 본다.
  저녁에 서풍 불어 소나무 소리 차갑더니
  한산도 왜적 칠 때 그 소리와 같음이여.
  (원문생략, 임중빈 역)

위의 두 작품은 모두 이순신 장군을 추모하는 동시에 나라를 염려하는 시다. '임 계신 구중심처엔 군악 소리 요란하다'는 시구는 일제의 야만스런 침략행위를 암시한다.

이준李儁의 시 「생사관生死觀」 역시 기개가 드높다.

사람이 죽는다는 것은 무엇을 죽는다 이르며,
사람이 산다 하는 것은 무엇을 산다 이르는가.
죽어도 죽지 아니함이 있고

살아도 살지 않는 것이 있다.

그릇 살면 죽음만 같지 못하고

잘 죽으면 도리어 영생한다.

살고 죽는 것이 다 나에게 있음이여,

모름지기 죽고 삶을 힘써 알리라.

(원문생략, 임중빈 역)

필생즉사 필사즉생必生卽死 必死卽生의 신념으로 대의大義를 위하겠다
는 정신을 강하게 표현한 작품이다.

이중하李重夏의 시는 헤이그 밀사사건海牙密使事件에 붙이는 작품이다.

나라가 망함을 좌시하며 구차히 살려 했던가

초楚나라 신포서申包胥처럼 구국운동을 맹세했다.

열강은 보기만 하고 들은 체 아니하자

구아歐亞에서 10년 동안 피눈물을 뿌렸다.

분통이 병이 되어 필경에는 가셨구나.

착착齪齪한 천지를 언제 회복할까.

성패를 논할 것 없이 오직 천명天命을 다할 뿐

이 마음 오직 상천上天이나 알아주려나.

(원문생략, 임중빈 역)

진인사대천명盡人事待天命의 신념으로 대의를 실천하겠다는 각오가
기개 높게 표현된 작품이다.

박은식朴殷植의 「초혼사招魂詞」는 부제대로, 이한응 열사가 자결 순국
한 것을 소재로 지어낸 한시다.

혼이나마 돌아오시었소. / 나이 젊어서부터 배운 바 있어 / 오로지 큰 뜻 품은 바 있더니, / 세상 일 어지러울 때 / 나라의 명命을 받들어 나라 밖에 나갔음이여. / 사신使臣의 배가 멀리 떠나감을 / 아득한 바다 건너기 그 몇 번이던가. / 머문 곳은 낯설은 영국 런던이었소. / 해 거듭 떠돌기 여러 해째임을. / 동양이 뒤끓어 어지러운 대국大局을 만났어라. / 나라의 욕됨 씻을 길 없음을 애달파하여 / 그 한몸 터럭같이 버렸음이라. / 한 조각 단심丹心 말만 남기고 / 하늘 높이 아득히 떠나셨소. / 바다도 그 뜻 매듭 알 듯하여 / 물의 신水神도 님의 탄 배 도왔음이다. / 인천 앞바다 물도 잔잔하고, 한강수도 고요히 흐르는데 벗들은 소리쳐 그대 부르고, / 가족은 한없이 그대 기다립니다. / 혼이나마 오시었소. / 혼이나마 오셨는가요. / 가난한 선비의 아내든지, 약한 나라의 대부大夫든지 / 인간의 일 만나고 보면 참으로 예 이제 모두 한 가지로 어렵기 이를 데 없음이여. / 대개 나은 자 머리 되고, 못한 자 꼬리 되며, 약한 자의 고기라면 강한 자가 잡아먹는 이 떳떳하지 못한 세태여. / 고래라든가, 악어라든가. / 담장같이 둘러싸였음이여. / 나는 입이 없음이 아니라 / 말하여도 쓸 데가 없으며, / 나는 신의信義 없음이 아니라 / 맹세하여도 쓸 데가 없소이다. / 눈을 들어 산천을 바라보면 / 잠깐 사이에 물바다에 잠긴 듯도 하오. / 나 허물없이 깨끗한 몸으로 / 저 하늘 나라에 오름이여. / 내 나라 생각 사무쳐 / 원수들을 눌러막으려 하오. / 혼이나마 오시었소 / 혼이나마 오셨는가요. / 사람이 세상에 산다는 것, / 잘 되고 또는 못 되고, / 살거나 또는 죽거나 / 모두 나라와 더불어 함께 하는 것을. / 제 나라의 일 게을리 하고, / 제 한몸부터 먼저 생각하는 사람 있다면 / 진실로 개 도야지 같은 무리일진저. / 슬프다! 세상에 교화는 무너지고 의리는 잠기었소. / 보라! 제 이익만을 즐기어 미친 듯이 취하고 부끄러움 모르는데, / 오직 그대는 달라 일찍 의義 지님을 알았음이여. / 그 죽음은 천만 동포들이 죽을 자리에 빠질 것을 그 한 몸으로 메꾸었음이라. / 그 뜻의 밝고 높음이여, 옛 사람에 비겨도 부끄럼 없소이다. / 잠자는 이 강산 삼천리에, / 오직 그대는 한 글자 의義에 힘입어 / 온전히 떨어져 죽지 않았음을. / 그대는 아무 느낌 없겠지만, / 나 스스로 슬프기 끝 모르오 / 아! 혼이나마 오셨는가요. /// (원문생략, 임중빈 역)

길고 긴 작품이다. 전통적 한시 구성법을 따르지 않고 자유스럽게 쓴 작품인 것이다. 어디 한 군데 끊어버릴 데 없이 아주 절절히 파고드는 절창이다. 의롭게 죽은 이를 추모하면서 살아남아 있는 사람들의 반성을 촉구하고, 당대 현실에 좀 더 적극적으로 대응하도록 의기를 부추긴다.

당시 선비들의 애국충절시는 앞에서 보는 바와 같이 대부분 한시로 창작되었다. 일반 백성들에게 파급되는 효과는 그리 크지 않겠지만, 상류층 또는 식자층의 의식을 개혁시키는 데는 큰 효과를 발휘했을 것이다.

4. 대의大義를 실천한 의병들의 시정신

'남의 염병이 내 고뿔만 못하다'고 여기는 게 일상인들의 심사이거늘, 내 목숨 내놓아 남의 목숨과 나라 살린다고 나서는 것은 그야말로 크나큰 의리일시 분명하다. 일제의 서슬에 나라님은 꺾였을지 몰라도, 필부필부의 살신성인 정신은 끝내 꺾지 못했던 것이다.

1895년 칼을 찬 일본 야만인들은 명성왕후를 참혹하게 시해하였으며, 얼마 후 꼭두각시가 된 소선정부로 하여금 단발령을 내리게 하였다. 이것은 불에 기름을 들어부은 꼴이 되었다. 반일감정은 치솟기 시작했고 제일 먼저 유림에서 구체적인 대응이 시작되었다. 의병을 일으켜 항일전쟁을 선포했다.

1905년 을사늑약을 계기로 하여 의병활동은 전국적으로 확대되고 조직적이며 장기적으로 전개되었다. 1907년 군대가 해산되면서 13도 창의군이 결성되었으며, 1910년 경술국치 즈음까지 항일전투를 계속하였던 것이다.

창의문倡義文이라는 의병의 격문檄文이 나붙고, 창의가倡義歌가 불리어지고, 의병들의 시가 창작되면서 대중들의 항일정신은 한껏 고조되었던 것이다. 의병들의 항일시가는 때로는 한시로, 한글시로, 그리고 노랫말로 창작되어 백성들의 기상을 드높였다.

절개 곧은 최익현崔益鉉의 탄가歎歌

최익현의 충절忠節은 평생을 두고 변치 않았다. 대원군의 폭정에 대해 자신의 뜻을 분연히 밝힌 것으로 유명하지만, 그의 곧은 절개는 일제의 침략이 시작되면서 그 진가를 발휘하였다. 왜양배척倭洋排斥의 구체적 행동은 〈병자지부복궐척화의소丙子持斧伏闕斥和議疏〉로부터 시작이 된다.

죽음을 각오한 이 상소사건으로 그는 흑산도로 귀양을 가게 된다. 또한 일제가 친일정권을 내세워 단발령을 내렸을 때, 최익현은 민족의 자존심이 크게 손상되었다고 생각하고 〈청토역복의제상소請討逆復衣制上疏〉를 올려 친일세력을 처단하고 일본을 배척해야 한다고 주장했다.

이렇게 곧은 절개와 나라를 향한 충성심에서 나온 시가 「초야草野의 충성심」이다.

> 백발 휘날리며 밭이랑에서 뛰쳐 나옴은
> 초야의 충성심을 바치려 함이다.
> 왜적을 내쫓는 것 사람마다 해야 할 일
> 예와 이제 다르랴 물어 무엇하리.
> (임중빈 역)
>
> 皓首奮畎畝 草野願忠心
> 亂賊人皆討 何須問古今

얼마나 기개가 높은가. 그의 이런 충절 앞에 누가 숙연해지지 않을 수 있으랴. 이런 기개로 그는 일제 앞에 전혀 주눅 들지 않고 당당히 맞섰다. 1906년에는 동지들을 규합하고 의거할 것을 포고하였으며, 일본 정부에 대해 죄를 묻는 글을 발표하였다. 이로 인해 그는 관군에게 체포되어 일본군에 넘겨지게 되었으며, 일본군은 그를 대마도 감옥에 유폐시켰다. 옥중에 갇힌 몸이 되었으면서도 그는 나라에 충성하지 못하는 것에 대해 사뭇 안타까워하였다. 「구국救國의 단심丹心 펴기도 전에」라는 시를 보자.

> 내 일찌기 세상 만사 뜻 있으면 이룩함을 듣고서
> 살아오며 벼슬에 몸두기 가벼이했거니,
> 구국救國의 이 단심丹心 펴기도 전에 부끄럽게 먼저 갇힌 몸 되어
> 다시 무슨 말 있어 나랏님에 보답하랴.
> (임중빈 역)

> 萬事曾聞有志成　跨年闕下置身輕
> 寸丹未效俘先及　更作何辭答聖明

유학자다운 보수적 근왕주의 정신에서 우러나온 시라고 비판한 것인가. '나랏님'은 다만 상징에 지나지 않을 터다. 위의 시에서 무엇보다 중요한 것은 자책감이다. 양심 있는 벼슬아치가 보여줄 수 있는 인품인 것이다.

최익현의 품격과 시정신의 모든 것은 「유형시流刑詩」에서도 충분히 느낄 수 있다.

> 그대들은 무슨 일로 여기 오게 되었는가. / 옳은 일 하자면 성인聖人의 본을 따야지. / 유배流配된 이 신세 우대를 바랄 것인가. / 순박한 섬 풍속은 예로부터 전해져 오네. // 기자箕子가 오실 적에 도道도 함께 따라와서 / 일본이나 서양이나 그 범위에 들었거늘 / 모르리라 조물주는 무슨 심사로 / 나더러 마침내 대마도를 보라 하는지. // 만리 길 행색은 범의 굴을 이웃했고 / 백 년이나 품은 생각 용천검을 어루만짐이여. /

국치를 못 씻고 몸이 먼저 늙었구나 / 바람 앞에 다다라 탄식하고 휘파람 분다. // 불행한 나라 운수에 온 누리 곤궁함에 / 실날 같은 선비의 기운 다같이 일어섰다. / 때 만났다고 나온 서양 놈들이 / 손아귀에 잡아 놓고 조종을 한다. // 보잘 것 없는 서생이 정의에 독실하자니 / 고가古家의 기풍이 아직도 남아 있다. / 나라 위해 일하는 건 장하다 하리요만 / 문에 기다리는 어머니는 어찌하리. // 포의布衣는 나랏일에 관계없다고 / 답답한 이 세론世論에 담이 떨린다. / 모두가 바람 따라 흔들리는데 / 그대만이 옛 의관을 지키고 있음이여. // (중간 생략) // 양풍에 휘말리어 습속마저 바꿔지니 / 머리 깎고 갓 없애고 이 무슨 재변이냐. / 방원方圓의 옛 제도를 모멸할 자 누구인가. / 이제부터 행동은 의식을 갖추누나. // 밤낮으로 그대는 자유로운 몸 아닌데 / 우리들은 모두 다 한가한 사람일 뿐 / 틈을 타서 물어 주니 느껴움이 진정 많다. / 덕德이란 타향에도 이웃이 있단 말인가. // 늘그막에 섬 구경 생각조차 못 했거니 / 서울로 돌아갈 날 죽기 전엔 없을 것인가. / 한 가락 노래하고 오랫동안 서성대니 / 첩첩 싸인 저 봉우리에 석양이 비껴 있다. // 젊은 나이 재주 학식 믿음직하니 / 이역이라 만난 자리 촉망이 깊다. / 온 세상이 이곳만을 경쟁하는데 / 대장부다운 사람 몇이나 되리. // 바다 밖의 보고 들음 이날 맞아 새로와 / 무리무리 줄을 지어온 섬 사람 다 모이는가. / 언제부터 신에게 제사를 드렸던가 / 태곳적의 일이라서 연대조차 알 길 없다. /// (원문생략, 임중빈 역)

76행이나 되는 장시인데 44행을 인용한 것이다. 적지에 유배낭했을 때 느낀 감회인데, 식민지가 된 조국에 대한 안타까움과 일제에 대한 적의를 잘 표현하고 있다. 또한 외세를 퇴치할 방책이 없고, 우리 민족의 풍속이 외세에 의해 퇴락당하고 있음을 안타까워하는 모습이 역력히 연상되는 작품이다.

그의 생애는 그야말로 대쪽 같은 절개로 비유될 수 있다. 이런 정신으로 쓴 시가 어찌 기상이 부족하랴. 국난을 당하여 시를 통해 실의에 빠진 백성들에게 충절의 모범을 보여준 시인이었으며, 태인에서 의병장으로 활약하다 잡혀 1906년 옥중에서 순국할 때까지 만인의 사표가 되었던 것이다.

대의大義를 다지는 의병들의 시정신

필사즉생必死卽生을 최상의 덕목으로 아는 사람들, 죽어야 살아남는다고 믿는 사람들, 그들이 의병이었다. 반상班常의 구별이 없이 대의를 좇아 소중한 자기의 생명을 던졌기에 그들 모두가 큰 인물들이었다. 앞의 최익현과 같은 인물은 너무도 출중했고, 그를 스승으로 삼아 존경하고 따르다 온갖 고통을 겪은 유생儒生 또는 평민들 모두가 다 우리 민족 역사의 등불이었다. 그들은 민족을 걱정하는 시를 쓰면서 진의戰意를 다지고 행동 지침으로 삼았다. 헤아릴 수 없을 만큼의 의병이 있었는데, 그들 중 많은 사람들이 시를 썼고 노랫말도 지었다.

기우만奇宇萬의 시는 꽤나 긴 한시漢詩인데, 기상이 높아 독자에게 충분한 힘을 줄 수 있는 작품이다. 광주지역의 의병장다운 기개세다.

아! 우리 선생이시여 / 산하山河의 기운 받아 나셨네 / 도학道學도 훌륭하시거니 / 절의節義마저 겸했구료 / 저 옛날 임진壬辰년에 / 나라 운수 비색하니 / 선생이 먼저 외치자 / 의병義兵이 모두 일어났네 // 유월에 군사를 출동하여 / 가는 곳마다 적을 무찔렀네 / 서울을 수복하게 된 건 / 바로 선생의 힘이로세 / 군사를 거느리고 남으로 와 / 촉석루를 지켰구료 / 그 죽음은 죽음 아니라 / 이름 더욱 꽃답도다 / 흐르는 한강물이여 / 만년인들 마를손가. // 역적의 무리 농간 부려 / 섬 오랑캐 다시 날뛰니 / 선왕의 옛 제도는 / 하루 아침 땅에 떨어졌네 / 우리 백성 머리 깎아 / 왜놈을 만들고야 말겠으며 / 임금은 밖으로 파천하여 / 아마 한 달이 지났으니 / 신하 백성 원통코 절박하나 / 분을 풀 땅이 없구료. // 마침내 의병을 일으켜 / 원수 갚길 맹세했소 / 머리 위로 저 하늘에 / 해가 내리비치고 / 귀신에게 질문해도 / 이 길이 옳다 하네 / 선생께 여쭈어도 / 의혹될 것 없으리라. // 깨끗한 이 제주祭酒와 / 조촐한 이 제수祭需로써 / 선생께 명령을 받자고 / 온갖 정성 다하오니 / 선생은 부디 도우시와 / 큰 난리를 밝혀 주소서. /// (원문생략, 임중빈 역)

왜적이 다시 침범하는 것을 보고, 임진왜란 때 의병을 일으켜 나라를 지킨 호국영령께 제사를 올리며 스스로의 자세를 가다듬고 의지를 더욱 굳히는 시다. '귀신에게 질문해도 / 이 길이 옳다 하네' 라는 구절은 누구나 나라를 지키기 위해 필연적으로 나서야 함을 강조하는 부분이다. 선조께 제사까지 지내면서 조국의 번영을 발원하고, 스스로 의병의 길을 택하는 그 진지하고 결연한 모습은 누구에게나 귀감이 되는 품격을 보여주고 있다.

안병찬安炳瓚의 「혈시血詩」를 보자.

지사는 낮은 생활을 잊지 않고
용사는 목숨 바칠 것 잊지 않아
차라리 머리 없는 귀신 될망정
머리 깎은 사람은 아니 되리라

(원문생략, 임중빈 역)

왜적에 의해 강요된 풍습을 결코 따를 수 없다는 뜻이다. 우리 민족의 풍습을 함부로 바꾸려는 일제의 야만스런 행위에 절대로 굴복하지 않겠다는 의지가 미덥게 표현되어 있다. 안병찬은 홍성 지역 의병장이었다.

남규진南奎振의 한시는 의義를 실천하기 위해 자신을 철저히 성찰하는 마음을 표현해낸 작품이다.

하늘은 어찌 차마 선생을 여기 오시게 했는가 / 한 돛대 멀고 멀어 만리 밖 심정일세 / 객의 눈물 가을 바람에 흐느끼는 오늘 / 저녁놀 우거진 나무에 매미만 우네. // 우리 대한 먼 나그네 석양에 홀로 앉아 / 이 일 저 일 생각하니 마음 절로 슬프구나 / 내 뜻만 굳건하면 의義를 어찌 못 이루리 / 이욕利慾이란 무엇인가 사람 간장 뒤집어. // 객지 생활 갈수록 더욱더 신산하고 / 나랏일은 말할수록 한탄만 나오누나 / 고국 길 아득아득 얼마나 멀다더냐 / 가없는 한바다에 풍범선만 오락가락. // 한밤중 꿈속에서 서울 봤는데 / 새벽에 일어나니 섬 속에 있네 / 하나님이 조만간 이 뜻을 알아 / 순풍에 돛단배를 보내줄 걸세. // 산은 혹시 옮겨도 뜻은 못 옮겨 / 배타고 섬에 온 걸 생각해 보소 / 흰머리 맨상투를 가릴 길 없더니만 / 치포관을 힘입어 옛모습 되찾았네. // 스승 나라 그날에 성을 나와서 / 이역 만리 이 섬에 끌려 왔지요 / 이 정도 고생쯤야 걱정 아니나 / 늙으신 부모님이 가련합니다. /// (원문생략, 임중빈 역)

대마도에 유배되어 있으면서도 대의를 위해 스스로의 의지를 추스르고, 아울러 부모를 걱정하는 효심도 드러낸다. 충효에 대한 당대 지사들의 보편적 사고방식을 잘 나타낸 시다.

이상룡李相龍의 한시도 역시 안병찬의 작품처럼 올곧은 기개를 표현했다.

삭풍朔風은 칼보다 날카로와

나의 살을 에이는데

살은 깎이어도 오히려 참을 수 있고

창자는 끊어져도 차라리 슬프지 않다
그러나 이미 내 전택田宅을 빼앗고
또다시 나의 처자를 넘겨다보니
차라리 이 머리는 잘릴지언정
어찌 내 무릎을 꿇어 종이 될까보냐.
(원문생략, 임중빈 역)

얼마나 기개가 높은가. 짧은 시구에 뜻을 다 담으면서도 너절하지 않아 그야말로 단직端直한 맛이 나는 시다. 이상룡은 독립지사로 신민회에 참가했고, 만주로 망명하여 경학사, 서로군정서의 지도자를 지냈다.

이칙李侙의 한시 역시 유배지인 대마도에서 완성된 작품으로 대의를 깨우치게 하는 작품이다.

다시 선생님의 이 행차 뵈오니 / 절하는 자리에 슬픈 마음 금할 길 없네 / 작으나만 한 줄기 희망 찾을 곳 없으나 / 대의大義는 우뢰 같아 만국에 소리 나리. // 대마도는 딴 나라라 우리 서울 동떨어져 / 갇혀 있는 아홉 사람 몹시도 슬프구료 / 나랏일 걱정이라 이따금 눈물 짓고 / 집안 생각 간절하여 언제나 애를 끊네. // 단 음식도 내게 있어선 되려 쓰기만 하고 / 좋은 산이 저렇게만 한숨만 절로 나네 / 죽고 삶은 명이라 인력으로 못하나니 / 만리가 멀다 한들 일편단심 변할손가. // 바닷가 주먹만한 외로운 섬에 / 추싱같이 씨늘한 우리의 의기 / 죽인단들 왜놈 옷을 어찌 입으랴 / 맹세코 내 것을 나는 쓰겠다. // (중간생략) // 하늘님 우리를 동해로 보내 / 고향은 아득아득 멀기만 하네 / 어쩌면 인간 뇌우雷雨가 되어 / 쌓인 먼지를 깨끗이 씻어낼거나.// 의기는 늠름하여 서리 같은데 / 더욱이 샘물 소리 차갑게 들려 / 어쩌면 나는 듯이 바다를 건너 / 홀로 계신 어머님을 뵙고 모실까. // 여우와 성성이 울고 날뛰니 / 온 세상은 밤이 되어 침침하구나 / 아침 해가 바다에 떠오르거든 / 순풍에 돛을 달고 고향을 찾세. // 천리에 스승마저 뜻가짐 돈독하고 / 일편단심에는 의리가 차 있구료 / 일이 생각과 달라 맨손으로 일어나니 / 사문師門을 저버리긴 참으로 어려운 일. /// (원문생략, 임중빈 역)

의병활동을 하다 잡혀 스승과 함께 대마도에 유배당하여 겪는 심사를 잘 표현해 냈다. 끝내 버리지 않는 의병의 기질은 '죽인단들 왜놈 옷을 어찌 입으랴'라는 말에 집약되어 있다. 나라와 민족을 위한 대의, 그리고 스승과의 도리道理를 끝내 지킬 줄 아는 인품이라는 것을 쉽사리 추측해 낼 수 있다.

유준근柳濬根의 한시도 위와 흡사하다.

고국故國에선 아무도 이 길 와 본 일 없거니 / 이 기쁘고 슬픈 마음 견딜 수 없네 / 다같이 대의大義를 지고 조용히 나아가서 / 큰 수치 쾌히 푸른 바다 소리에 씻어 보세. // 이내 몸은 하느님께 받은 몸이라 / 함부로 다룰손가 터럭 하난들 / 추상 같은 의기義氣를 굳이 지키니 / 칼끝 같은 저 봉우리 애 끊는 듯.// 동녘 바다 한 구석 대마도 섬에 / 이내 몸 잡혀 오니 문득 슬프네 / 어디 대고 절의節義를 논한단 말가 / 다만 저 푸른 솔과 푸른 대만이……. // 한밤중 우뢰 소리 놀라 일어나 / 이 생각 저 생각에 잠겨 있구료 / 우리 임금 강단이 확고하시니 / 이로부터 좋은 길이 열릴 거로세. // 여기 와서 까마귀만 보고 또 본다 / 연태자燕太子도 그랬거늘 하물며 내랴 / 까마귀 머리 희길 바라지 말고 / 우리의 대의를 믿어야 하네. // 이 길을 정지시킬 사람 없으니 / 슬픈 심정 누굴 대해 하소연할꼬 / 대의를 펴려 한들 길이 있느냐 / 만사를 저 파도에 던져 버렸다. // 선후로 압송되어 바다 건너니 / 누가 다시 의리를 강론하겠나 / 나는 결단성이 내 병인 줄 아나 / 일 당하면 바람이 되고 마는걸. // 양풍洋風이 휩쓸어 옛 풍속 바뀌니 / 이 때가 어느 때냐 옷과 갓이 액 만났네 / 성인의 끼친 제도 아직도 남아 있어 / 치포관 바로 쓰고 위의威儀를 갖췄노라. // 그대는 충과 효를 둘 다 겸하여 / 소승 따라 만방에 이름 떨쳤네 / 날 같은 용졸이야 말할 것 있나 / 예부터 전해 오는 관이나 쓰지. /// (원문생략 임중빈 역)

한결같이 변치 않는 절개를 말하고 있다. 대마도에 갇혀 있으니, 조국 땅에서 펴야 할 대의도 어찌할 수 없음을 안타까워하고 있다. 치포관이란 검은 빛깔의 베로 만든 것인데 유생儒生이 평시에 쓰는 관冠이다. 어떠한 상황에서도 민족의 풍속을 지키며 꿋꿋이 살겠다는 의지를 표현한 작품이다.

신보균申輔均의 한시도 대마도에 갇혀서 쓴 작품으로, 향수鄕愁에 젖은 마음과 고국을 걱정하는 마음, 그리고 자신의 절개를 성찰하는 작품이다.

이 땅에 누가 다시 올 줄 알았으랴. / 산에 가득한 솔과 대나무도 뜻 품은 듯 하여라. / 천추千秋에 높은 절개 상공相公은 늙었는데 / 다음날 만국에 다시 우렁찬 소리 들리리. // 날마다 고개 들고 한양을 바라보니 / 몸은 몹시 야위고 마음은 상하는가. / 천년이라 외진 섬은 마미馬尾와 흡사한데 / 몇 겹으로 산을 돌아 양장羊腸에 기댔어라. // 주고 받은 이야기엔 느낌노 낳아 / 아침 저녁 매미 소리 슬픔을 자아낸다. / 이와 같은 정경을 그대 응당 알지니 / 공公과 사私를 가지고 장단을 비교 마오. // 머나먼 내 고향 길은 삼천리 / 고독한 이 심정을 뉘라 알리요. / 가을이라 잘 새도 꿈을 놀라고 / 비가 개니 매미 소리 처량함이여. // 돛 그림자 아득아득 떠나가는데 / 산빛은 먼 나그네를 위안해 준다. / 솔과

대는 누구 위해 절개 지키나, / 추위에도 한결같이 굳굳함이여. // 고향이 어디메냐 저 서동쪽에 / 만리라 대마도로 잡혀오다니. / 긴긴 밤 등불 아래 꿈 못 이루고 / 송죽에는 부슬부슬 비와 바람이. // 만리라 동해 섬에 고향 그리면서 / 몇 달을 같이 나니 시름이 하도 사무쳐, / 날마다 하는 일 없이 앉아서 / 오가는 풍범선만 보고 있음이여. // 맨머리를 서로 보니 섬 풍속을 따를 것인가, / 이 지경을 당하니 마음 더욱 슬프다. / 성인의 끼친 제도 아직도 남아 있어 / 치포관을 함께 쓰고 옛 모습을 지킨다. // 천리를 마다 않고 스승을 따라 / 순풍에 돛을 달고 대마도로 왔구나. / 지금 같은 고생쯤은 참고 견디오. / 마침내 큰 명성 떨칠 것을. /// (원문생략, 임중빈 역)

의병활동을 했다는 이유로 잡혀 대마도에 유배된 사람들의 시는 앞에서 보았듯이, 한 유파를 이룰 만하다. 민족을 지키려는 대의大義, 스승을 따르는 도리道理, 부모를 염려하는 효孝, 엄하게 성찰해 보는 스스로의 절개 따위를 내용으로 한 작품들이며, 비교적 긴 호흡이 공통적이다. 읽는 이는 여기서 당대 의병들의 인품을 유추할 수 있고 아울러, 시정신의 진지함을 깨닫게 된다.

이석용李錫庸의 시는 어느 누구의 시보다 기개가 높다.

붉은 피 파랗도록 원한이 치미니 / 밤마다 잠 못 들고 쓰린 가슴 문지르네 / 원수놈 목을 베어 말머리에 달고 와서 / 간대 끝에 매달아 남대문에 꽂고 말리. // 상복喪服 입고 어버이 그리는 눈물 / 가슴 속에 나라를 걱정하는 마음 / 자려 해도 잠을 이루지 못해 / 달을 바라보며 산 속으로 향하노라. // 대궐을 사모하매 오색 구름 떠돌고 / 고향을 생각하니 조각달 밝구나 / 한밤중 풍악소리 차마 들으리 / 어찌하여……. // 장수는 수저 없이 밥을 먹고 / 군사는 핫옷 아닌 홑옷 입었네 / 진흙길

고달피 행군하며 / 식미시를 노래할밖에……. // 임금이나 어버이나 본래 같은데 / 충효가 어찌 길이 다를까 보냐 / 이몸이 진중陣中의 기둥이 되니 / 수주壽酒를 올릴 길이 없구료. /// (원문생략, 임중빈 역)

당시 의병들의 고난을 암시하면서 전의를 다지는 시다. 이석용은 임실에서 의병을 일으켜 일본군과 싸웠다. 남원·전주에서는 전공을 세웠으나 임실 전투에서 패배하여 의병을 해산했다. 그 후 다시 의병을 일으키려 하다 1913년에 체포되어 사형대에서 순국했다. 유생儒生이면서 농사도 짓는 아주 소박한 사람이었기에 오히려 시정신은 매섭게 빛난다.

심남일沈南一의 한시는 칠언절구다. 짧은 시에 담은 그의 의기는 곧고 드세다.

* 「정미년 의거할 때 느낌이 있어」

초야草野의 서생이 갑옷을 입고
말 달려 남으로 건너가네.
만약에 왜놈들을 없앤다면
이 몸은 백사장에 죽고 말련다.

* 「고인동古引洞에서 군사를 해산함」

장수와 군사늘은 눈물로 이별짓고
고인산을 떠나가니 말조차 더디구나.
왜적을 없앨 날이 마침내 있으니리
3년 동안 맹세한 일 부디나 잊지 마세.

* 「광주 감옥에 이감되어」

봄 가을 모르는 감옥살이라
해 묵은 옷을 그대로 입고 있네
집안 생각 나라 근심 모두 다 눈물
고개 들어 강산을 볼 수도 없어.

* 「대구 담판」

5백 년을 내려온 예의의 나라
하루 아침에 왜놈 세상 되단 말가.
이 몸이 차라리 죽고 말망정
원수와 함께 차마 살 수는 없어.

맹세하고 3년을 싸웠지만
마침내 아무런 공이 없었네.
뜨거운 눈물을 어디 쏟으리
장부가 한 번 나서 헛되게 가란 말가.

* 「고국 강산을 영결함」

해와 달 밝고 밝던 이 나라 강산
어쩌다 먼지 속에 들어갔느냐.
맑은 날 못 보고 지하로 가니
붉은 피 한이 맺혀 푸른 피 되리.
(원문생략, 임중빈 역)

짧은 시들이 모두 뜻을 알차게 담고 있으며 단직하다. 올곧은 절개가 시정신을 더욱 빛나게 한다.

신덕순申德淳의 시는 전의를 자극한다.

> 우뚝 솟은 저 산이 하늘같이 높다지만
> 기세를 겨뤄 보면 어느 것이 웅장한고.
> 만약에 남아가 죽을 곳을 얻었다면
> 몸 하나 던지기란 홍모鴻毛보다 가볍다오.
> 만 가지 일 생각하면 모두가 한 꿈이라,
> 한양성 비바람은 정히도 아득쿠나.
> 손에 든 한 자루 칼 어디다 쓴단 말가.
> 아직도 공중 향해 하얀빛을 쏘누나.
>
> (원문생략, 임중빈 역)

이강년李康秊의 '옥중시獄中詩'는 그의 기세를 능히 유추할 수 있는 오언절구다.

> 탄환이 너무도 무정함이여
> 발목을 상하여 더 나갈 수 없구나.
> 차라리 심장에 맞았더라면
> 욕보지 않고 요지경에 갔으리.
>
> (원문생략, 임중빈 역)

기개가 높아 차라리 여유가 느껴지는 시다. 왜적과 싸우다 죽는 것을 대장부의 도리로 생각했기에, 부상으로 잡힌 몸이 된 것을 못내 안타까워하는 시다.

안중근安重根의 기개를 새삼 말할 필요가 있을까. 1909년 하얼빈 역의 거사에서 만방을 놀라게 한 기개는 작품에서도 충분히 느껴진다.

그 뜻이 자못 크구나. / 때가 영웅을 만듦이여, / 영웅이 시대를 만들리라. / 천하를 부릅떠 응시함이여, / 어느 날에 업을 이룰꼬, / 동풍이 차츰 써늘함이여, / 반드시 목적한 바 이루리. / 쥐도둑, 쥐도둑 무리여, / 어찌 이 목숨에 비기랴. / 어찌 여기에 이를 줄 알았으랴. / 시세가 그렇게 해 주었으려니. / 동포, 동포들이여, / 하루 속히 대업을 이룹시다. / 만세 만만세여, / 대한 독립의 외침이여. / 만세 만만세여, / 대한 동포들이여. /// (원문생략, 임중빈 역)

거사에 성공하기까지는 이렇게 시로 대의와 기상을 스스로 부추겼던 것이다. '영웅이 시대를 만들리라'는 기개는 가히 세상을 덮었다는 느낌으로 다가온다.

대장부 비록 죽으나
마음은 강철과 같고,
의사義士가 위기에 닥쳐도
그 기상 구름 같음이여.
(원문생략, 임중빈 역)

여순 감옥에서 지은 유시遺詩다. 이렇게 짧지만 안중근의 정신이 강하게 집약되어 있는 작품이다.

이상에서 본 바와 같이 의병들의 작품은 대부분 한시로 되어 있으며, 자신들의 의기를 다지고 일제에 대한 전의戰意를 스스로 북돋우는 방법이 되었다. 양반·상민 구별 없이 오직 나라를 구하려는 의지가 예사롭지 않게 작품에 표현되어 있는 것이다.

5. 노래의 시대, 노래시의 힘

수준 높은 시가 없다고 손 개고 앉아 가만히 있겠는가. 이가 없으면 잇몸으로라도 한 시대를 감당하여야만 하였다. 노래를 위한 노랫말이 있었다. 즉 '노래시'라 해도 될 것이다. 노랫말인 '가사'가 곧 노래시라 할 것이다. 고난의 시대에는 노래가 큰 몫을 한다. 오히려 시보다 노래에 더 의존하는 경향이 있다. 노래는 기동력도 좋고, 결속을 시키는 힘도 빼어나다. 또한 노래가사를 창작하는 것이 시 창작보다 덜 부담스럽다. 웬만한 시정신으로도 노랫말을 만들어 내는 데 일조할 수 있다.

동학 농민혁명을 즈음한 때부터 일제 식민지시대에 이르는 기간을 '노래의 시대'로 부르는 것은 좀 성급하다 할 것인가. 아니면 시사詩史에서 노래를 끌어들이는 것이 불합리하다고 여길 것인가. 노래를 시의 영역에 끌어들이기에 인색할 필요는 없다. 본래 시詩와 가歌는 쌍생아였다. 예로부터 시는 음악과 떼려야 뗄 수 없는 관계를 맺어왔기 때문이다.

어쭙잖은 시를 견강부회하여 근대성 운운할 필요기 없을 것이다. 차라리 그런 시보다는 과감히 노랫말을 택하는 것이 나을 것이다. 내용은 없이 형식만 자유롭다고 근대시로 취급하는 생각은 본말이 전도된 것이다. 시의 내용, 즉 그 시대에 즉각 대응하려는 의도가 본本이고, 그 외의 것은 말末인 셈이다. 그렇다면 동학혁명을 즈음한 시대로부터 일제 식민지시대에 이르는 기간은 노랫말에, 그리고 노래에 대해 정당한 평가를 해주어야 할 것이다. 시보다 빨리, 그리고 멀리 번져가고 민족 의식을 일깨우고 결속시키는데 큰 효과를 본 것이기에 노래, 노랫말은 당대 시사詩史의 중요한 위치에 놓아야 한다. 결국 훗날의 시정신은 당대 노랫말의 창작으로부터 단련되었다고 봐야 할 것이다.

동학 농민혁명 때의 노래들

민중들은 서로 같은 정서를 갖고 있다는 것을 노래로 교감하며 알게 된다. 그래서 노래는 민중을 모으고, 민중은 노래로 시대의 요구를 알게 된다.

동학 농민혁명을 즈음한 시대의 노래는 민요였다. 개인 창작의 노래는 좀 더 시기를 기다려야 했다. 나라와 민족이 위기에 처해 있었던 만큼 내우외환 문제에 예민했기 때문에 참요讖謠적 성격을 띤 노래가 불리어질 수밖에 없었다. 특히 반외세 의식이 고조되고 있는 터여서 그것이 그대로 노래에 표현되었다. 앞에서 예를 든 「파랑새 노래」가 대표적인 것이다. 이것은 조금씩 가사가 바뀌어 전국적으로 확산되었다. 여기에서는 조금씩 변화된 모습을 보자.

웃녁새는 우로 가고 / 아랫녁새는 아래로 가고 / 전주 고부 녹두새야 / 두룸박딱딱 우여 …… /// (전주지방)

아랫녁새야 아래로 가고 / 윗녁새는 윗녁으로 가고 / 우리 어머니 아버지 / 손톱발톱 져러지게 농사진 것 / 어떤 새가 다 까먹니 / 위여 ― 위여 /// (예산지방)

웃논의 웃녁새야 / 아랫논의 아랫녁새야 / 전주고부 녹두새야 / 우리

오라바니 장개갈 때 / 찰떡치고 멧떡칠란다. / 고만조만 까먹어라 ///
(완주지방)

새야 새야 녹두새야 / 웃녘 새야 아랫녘 새야 / 전주고부 녹두새야 / 함
박 쪽박 열나무 딱딱 휘여 ///

맨 마지막 노래를 보면 가장 기본적인 「파랑새 노래」에서 변형된
것임을 확인할 수 있다. 「파랑새 노래」에서 청군을 유추할 수 있다면,
위의 노래에서는 청군과 왜군을 유추할 수 있다. '웃녘새'와 '아랫녘새'
가 그것이다. 반외세 의식이 당시 민중들의 보편적 정서였다는 것을
쉽게 알 수 있는 부분이다. '새가 다 까먹는다'는 표현으로, 외세에 착
취당하는 우리 백성의 현실을 증언하고 있는 것이다.

동학 농민혁명이 외세에 의해 패퇴하게 되면서 또 다른 노래가 전
파되었다. 패전을 안타까워하기도 하고 동학의 지도자들을 다소간 원
망하는 어조를 띤 노래들이다.

* 봉준아 봉준아 전봉준아 / 양에야 양철을 질머지고 / 놀미 갱갱이
  패전했네 ///

* 개남아 개남아 진개남아 / 수많은 군사를 어데다 두고 / 전주야 숲
  에는 유시했노 ///

찬요적 성격을 가진 민요는 이렇게 짧으면서도, 당대의 시대정신 또
는 민중의 정서를 대변하였던 것이다.

의병전을 치르며 부른 노래들

짧은 민요만으로는 노래의 효용성을 한껏 발휘할 수 없다는 것을 깨닫게 되었으므로, 점차 개인 창작의 노래를 필요로 하게 되었다. 일제의 횡포를 알리고 대응하기 위해 창의문倡義文만으로는 부족함을 알게 되었던 것이다. 창의문이 의병전쟁의 명분을 밝히고 선언하는 것이지만 유학의 입장에서 쓴 것이어서 민중들에게 전파력을 충분히 발휘하지 못한 반면, 창의가는 노래이었기에 대중을 향해 쉽게 번져갈 수 있었다. 초기 의병전에 전파되었던 유홍석 작사인 「의병창의가」를 그 예로 들 수 있다.

1. 우리조선 형제들아 의병하러 나가보세
   의병하여 나라찾세 왜놈들은 강성한데
   나라없이 어이살며 어느곳에 산단말인가
2. 원수왜놈 몰아내어 우리나라 지켜보세
   우리임금 세도없이 왜놈들이 강성하니
   빨리나와 의병하고 의병하여 애국하세
3. 우리들도 뭉쳐지면 무슨일을 못할소냐
   의병하다 죽는것은 떳떳하게 죽음이라
   조선나라 청년들아 빨리나와 의병하세

창의가倡義歌라는 것은 의병을 모집하는 노래다. 위의 노래 가사에서는 당시 정치 상황을 요약, 암시하면서 의병에 참가할 것을 호소하고 있다. 노랫말을 지은 유홍석은 애당초 춘천지역 의병장으로 활약하다가 전투 중 부상을 입었으며 중국으로 망명했다가 거기에서 병사하였다.

초기의 의병노래는 위와 같이 아직 노랫말이 다소간 세련되지 못한 느낌을 준다. 노래의 곡曲은 전문가가 나타나기 전인지라 다른 곡을 빌어다 쓰는 것이 보편적 현상이었다.

초기 의병전은 1895년과 1896년 사이에 있었던 의병전을 말한다. 1896년부터 의병전은 일단 소강상태에 접어든다. 그러던 것이 '을사늑약'으로 의병은 본격적으로 일어나게 되고 경술국치를 즈음한 때까지 장기전에 들어가게 된다. 의병전이 한참 고조되었을 당시의 노래를 보자.

1. 추풍이 소슬하니 영웅의 득의시라
   장사가 없을소냐 구름같이 모여든다
   어화 우리 장사들아 격중가나 불러보세

2. 한양성중 바라보니 원수놈이 왜놈이요
   원수놈이 간신이라 삼천리 우리 강산
   오백년 우리 종사 무너지면 어찌할까

3. 의병들아 일어나서 왜놈들을 쫓아내고
   간신들을 타살하여 우리 금상 봉안하고
   우리 백성 보전하여 태평세월 맞이하세

4. 어화 우리 장사들아 원수들을 처물리고
   삼각산이 숫돌되고 한강수 띄되도록
   즐기고 노래하세 우리 대한 만만세라

이석용李錫庸의 「의병격중가義兵激衆歌」다. 왜적을 물리치기 위하여 의병을 불러 모으는 노래로, 이석용이 1907년 집을 나서면서 지은 노래로 알려져 있다. 노랫말이 쉽고 어조가 경쾌하여 민중들이 부르기에 적합한 노래다.

1. 오라 오라 돌아오라 창의소로 돌아오라
   만일 여기 오지 않고 왜적에게 굴복하여
   불행히도 죽게 되면 황천으로 돌아가서

무슨 면목 가지고서 선황선조 뵈올소냐
세상이 이러하니 팔도에 의병났네
무슨 일 먼저할까 난신적자 목을 잘라
왜적 퇴치 연후에야 보국안민 하여보세

2. 대한천지 우리나라 성자신손 계승하여
오백여년 성은으로 문명치세 이뤘도다
이 나라의 백성들아 무슨 공부 하였느냐
군군신신 충성 忠자 부부자자 효도 孝자
충신 휘호 효자문이 어느 집엔 없을소냐
현인군자 제세濟世하면 삼강오륜 밝아지니
위정척사 깃발 아래 한데 뭉쳐 싸워보자

작사를 한 사람이 누구인지 알 수 없는 '기좌창의장행군소畿左倡義將行軍所'란 창의가다. 1907년 일제에 의해 우리 군대가 해산된 이후, 13도 창의군을 결성하였다. 맨 첫 행에 '오라 오라 돌아오라 창의소로 돌아오라' 한 것으로 보아, 그즈음에 부르던 노래로 여겨진다. 유학정신에 근거한 교훈과 위정척사의 기치가 돋보이는 내용이다.

대한 광무 갑오년에
왜적이 침범하야
옛 법을 모다 고쳐
개화하기 시작했네
관제도 모다 고쳐
이래저래 몇 년 만에
민심은 산란하고

위의 작품도 창의군의 창의가인 만큼 당시 세태를 잘 표현해 주고
있다. 일제에 의해 강요된, 그들 말로 '개혁'이라는 것이 실상은 사회의
혼란만 가중시켰다는 것을 잘 알게 한다. 창의가라고는 하나 의병을
불러 모으기 위한 노래라기보다는, 당시의 세태를 안타깝게 여겨 넋두
리 삼아 부르던 노래로 여겨진다.

1. 홍대장 가는 길에 일월이 명랑한데
   왜적군 가는 길에는 눈비가 쏟아진다
2. 오연발 탄환에는 군물이 돌고
   화승대 구심에는 내굴이 돈다
3. 괴탁리 원석택 중대장님은
   산고개 싸움에서 승리하였소
4. 홍범도 대장님은 동산리에서
   왜적 순사대 열한놈 몰살시켰소
5. 도상리 김치경 김도감님은
   군량도감으로 당선됐다네
6. 왜적놈이 게다짝을 물에 던지고
   동해 부산 넘어가는 날은 언제나 될까
(후렴) 엥헤야 엥헤야 엥헤야 엥헤야
   왜적군대가 막쓰러진다.

「의병대가」인데 노랫말이 퍽 재미있다. 구체적인 사건을 제시하고,
홍범도를 비롯한 의병들의 이름을 거론하여 칭송한 것이 그렇다. '엥
헤야'인 것으로 보아 '옹헤야'라는 민요의 곡을 빌어 부른 노래인 것으
로 여겨진다. 군영에서 의병들의 흥을 돋우기 위해 부른 노래였던 셈
이다. 또 다른 독특한 노래를 보자.

> 회야 회야 일진회야 삼촌화류 좋다더니
>
> 사절 명절 다 지났다 오색잡놈 모여들어
>
> 육조 앞을 지나가니 칠국거지 너 아니야
>
> 팔자도 기박하나 구구이 사쟀드니
>
> 10월 치성 가련하다 모자 벗어 코에 걸고
>
> 천리원주 네가 할 제 상투생각 너 안나더냐

「일진회가」인데 기발한 풍자다. 10진가十進歌 형식을 가지고 일진회의 반민족 행위를 날카롭게 비판하고 있다.

이번엔 의병의 노래이지만 「복수가」란 제목을 달고 있는 노래를 보자.

> 우리 조선 사람들은 너희놈들 오랑캐들을
>
> 살려 보내 주지 않고 분을 풀어 보내리라
>
> 너 죽을 걸 모르고서 왜 왔느냐 이놈들아
>
> 우리 대에 못 잡으면 후대에도 못 잡으랴
>
> 원수 같은 왜놈들아 너희놈들 잡아다가
>
> 살을 베고 뼈를 갈아 조상님께 분을 풀리
>
> 우리 의병 물러서랴 만세 만세 의병 만세
>
> 우리 의병 이기리라 만세 만세 의병 만세

제목을 「복수가」라 한 만큼 다른 의병의 노래보다 격정적인 어조를 띤다. 일제에 대해 전의戰意를 다지는 절절한 노래로 작자는 미상이다.

「병정타령」이란 노래도 독특하다.

> 오라 오라 우리 군인들아
>
> 총대 메고 바랑지고

> 고개 고개 넘어갈 때
> 부모 처자 생각말고
> 어서 어서 나아가세

군영에서 향수에 빠져들고, 부모 생각에 젖어드는 의병들을 격려하고 독려하기 위한 노래였을 것이다. 「일진회가」라든지 「병정타령」과 같은 노래는 의병의 노래들 속의 '양념'으로 생각할 수 있겠다.

의병의 노래를 작사한 사람 중에 유난히 윤희순이란 이름을 많이 보게 된다. 윤희순은 의병장 유홍석의 며느리로 남편과 함께 의병에 참여했다가 중국으로 망명했으며, 진영에 있을 때 의병의 노래를 많이 창작해냈다.

1. 우리나라 의병들은 애국으로 뭉쳤으니
   외론 혼이 된다 한들 그 무엇이 서러우랴
   의리로 죽는 것은 대장부의 의리거늘
   죽음으로 뭉쳤으니 죽음으로 충신되자
2. 좀벌레와 다름없는 나라 먹는 주구들아
   어디 가서 살 수 없어 오랑캐가 좋단 말가
   오랑캐를 잡자 하니 내 사람을 잡겠구나
   죽더라도 슬퍼 마라 금수들을 잡는 거다
3. 의병들은 죽더라도 최후까지 분투하여
   오랑캐를 무찔러서 복수를 할 것이니
   그리 알고 우리 인군 고통되게 하지 말라
   나라 원수 민족 원수 오랑캐와 앞잡이야

윤희순의 노랫말은 일제의 주구 노릇을 하는 민족반역자들을 반드시 상기시킨다. 그리하여 일제와 아울러 제일의 표적으로 삼게 되는 것이다. 실제로 의병들은 일진회원들에게 어떠한 방법으로든 간에 복수를 하였다.

윤희순이 지은 「애달픈 노래」는 또 다른 감정을 표현하고 있다.

1. 애달프다 애달프다 형제간의 싸움이요
   부자간의 싸움이라 이런 일이 어디 있나
   우리 조선 백성들이 이렇다시 어두운가
   제 임금을 버리고 남의 임금 섬길소냐
   우리 조선 버리고서 남의 나라 섬길소냐

2. 애닯도다 애닯도다 우리 조선 애닯도다
   자기 처를 버리고서 남의 처를 사랑하니
   분한 마음 풀 수 없어 내 가슴만 아플소라
   귀중한 이 목숨을 아무데나 버릴소냐
   나도 나가 의병하세 의병대를 도와주세

위에서 '…형제간의 싸움이요 / 부자간의 싸움이라…' 하는 부분은, 의병과 관군의 전투를 뜻한다. 일제의 강압에 의해 의병을 소탕하려는데 동원된 관군을 보고 느낀 안타까움을 노래한 것이다.

이 외에도 윤희순의 작품은 많다. 대의를 실천하는 의병이 된 것도 대견스럽지만, 군영에서 좋은 노래를 만들어 의병들을 크게 격려했으니, 윤희순이 발휘한 시정신은 당대 어떤 전문시인보다 큰 역할을 해냈던 것이다.

구한말 자강운동自强運動의 노래들

외세의 침략으로 나라가 위태로울 때 의병은 무력으로 항쟁하지만, 일반 백성은 백성대로 할 바가 있었다. 무엇보다도 반외세 의식으로 철저히 정신무장을 해야 했던 것이다. 그리고 그것을 단계적으로 실천해야 했다. 정치나 경제, 교육 모든 면에서 그래야 했다.

자강운동은 그래서 필요했다. 백성 모두가 나서도 위기를 벗어나기 힘든 상황이었다. 국채보상운동과 같은 것은, 그야말로 모든 백성이 나서서 펼친 자강운동이었다. 그런 운동에도 노래가 큰 역할을 했다.

우선 당내 상황을 빗대는 짧은 노래들을 보자.

* 성났다 빗났다
  연주문을 열어라
  호박국을 끓여라
  성났다 빗났다
  호박국을 끓여라

* 성났다 변났다.
  연주문을 열어라
  호박국을 끓여라
  너 먹자고 끓였니
  나 먹자고 끓였지

위의 노래들은 청나라에 대한 저항감을 표현한 것이다. 연주문은 영조문迎詔門의 속칭으로, 조선시대 중국의 사신이 올 때 임금이 나아가 맞던 곳을 말한다. 여기서는 과거의 사대사상을 타파하자는 의미가 된다. '호박국'은 호국胡國을 말함인데, 끓이란 말은 물리치자는 뜻이 되겠나.

두 번째 노래 '너 먹자고 끓였니'에서, '너'는 청나라와 다투던 일본을 지칭하는 것으로 볼 수 있겠다. 이런 노래들은 반외세 의식을 표현하면서, 동시에 자강운동을 위한 가장 적절한 수단으로 활용되었던 것이다.

「독립문」이란 노래도 이런 생각에서 지어진 것이다.

1. 대한국 독립문 반석에 터닦고
   만민이 주초놓고 태평독립일세
2. 무악재 찬바람 인왕산 넘고서
   영은문 헐리고 독립문 세웠네
3. 독립문 넓은뜰 만세성 드높다
   태극기 휘날린 독립문이로다
(후렴) 독립 굳었네 아주 굳었네
       억만년될지라도 돌같이 굳었네

1897년에 독립문이 준공될 때 부르던 노래다. 서재필이 말한 대로 중국의 종노릇을 청산한다는 뜻이 표현되어 있다.

이러한 독립정신과 함께 백성들의 자강운동이 구체화되었는데, 대표적인 것은 국채보상운동이다 을사늑야을 통히어 일제는, 익지로 차관 1천만 원을 가져다 쓰도록 했다. 그러나 그것을 쓴 곳은 일제통감부였다. 그러니까 일제가 제 돈을 가져다가 쓰고, 우리나라 빚으로 만들어 놓은 셈이 되었다. 이 내막을 알게 된 백성들은 더욱 검소한 생활을 하고 빚을 갚자고 뜻을 모았다. 대구의 서상돈, 김광제를 중심으로 시작한 운동이 급속히 전국으로 퍼졌다.

단연회斷煙會, 부인탈환회婦人脫環會, 부인감찬회婦人減餐會까지 생겼다. 담배를 끊고 아낀 돈을 국채보상 헌금으로 내자는 모임, 반지를 빼어 팔아 헌금으로 내자는 부인들의 모임, 반찬이나 식량을 줄이고 그 돈으로 헌금을 내자는 부인들의 모임인데, 그야말로 눈물겹도록 정성스런 헌금이었던 것이다. 「국채보상가」는 이런 사실을 바탕으로 이병덕李炳德, 김인화金仁化가 작사해서 부르게 되었다.

애국심이여 애국심이여 / 대구 서공徐公 상돈相敦일세 / 1천3백만원 국채 갚자고 / 보상동맹 단연회 설립했다네 / 면실勉實하는 마음 발양하니 / 대한국민 분명하도다 / 지금 우리 국가 간난艱難한데 / 누가 이런 열성 가질건가 / 경상도 대구의 서공 등 / 사람마다 찬미하도다 / 복주관福州館 아래 우리 동포여 / 대구 땅만 나라 땅이냐 / 대한 2천만 민중에 / 서상돈만 사람인가 / 단천군 이 곳 우리들도 / 한국 백성 아닐런가 / 외인 부채 해마다 이식 불어나니 / 많은 그 액수 어이 감당하리 / 적의 공격 없어도 나라 자연 소멸되면 / 아아 우리 백성들 어디 가서 사나 / 이 나라 강토 없게 되면 / 가옥 전토는 뉘것인고 / 빈부따라 힘은 다르지만 / 국민되고서 바라만 볼 것인가 / 아홉 살 어린이 이용봉李龍鳳도 / 세뱃돈 얻어 보조하니 / 감발感發할 일 감발할 일이네 / 충애심으로 감발할 일이네 / 포동圃洞하는 안형식安衡植이 / 지금 여섯 살 어린애로서 / 아버지의 의금義金내는 것 보고 / 구화舊貨 2원 꺼내 바쳤네 / 애국사상 저러하니 / 하늘이 돌보아 주리로다 / 6세 9세 어린이들도 / 외인 채무에 저러하거든 / 여러분 여러분 / 때를 잃지 말고 보상하오 / 국채 다 갚는 날 오면 / 기쁘고 즐겁지 않을 손가 / 힘씁시다 힘씁시다 / 우리 단천의 여러분이여 ///

위의 시가 내용에서 알 수 있듯이 국채보상운동은 아주 절실했고 범국민적인 운동으로 발전했는데, 위의 노래가 큰 영향력을 발휘하였을 것이다.

또 하나 「담박고 타령」이 있다.

담박고야 담박고야 / 동래나 건너 담박고야 / 너이 국은 엇더타고 / 우리 대한 나왔난야 / 금을 주러 나왔난야 / 은을 주려 나왔난야 / 금도 은도 주기난커나 / 보난 것마다 다 빼앗네 / 큰일낫네 큰일이 낫네 / 우리들 살기 큰 일이 낫네 / 여보시오 형님내들 / 눈들 뜨고 살펴를 보오 / 팔지 말고 팔지를 말소 / 집이나 땅을낭 팔지를 말소 / 집도 팔고 땅도 팔면 / 우리난 쟝차 어대서 살고 / 하날노도 갈 수 업고 / 땅으로도 갈 수가 업네 / 조샹 백골 어대다 뭇고 / 부모와 자손을 어대서 살고 / 내 나라를 사랑커든 / 외국사람게 팔지들 마세 / 갑잘주어도 팔지 말고 / 위협하여도 팔지들 말고 / 굴물지라도 팔지 말고 / 죽을지라도 팔지를 마세 / 뎌 사람손에 한번만 가면 / 백만금 주어도 못물너내네 / 새 정신을 채리어셔 / 사롱공샹에 힘을 써서 / 어셔어셔 부국이 되어 / 세게의 상등국 되여들 보세 ///

1907년 즈음에 부르기 시작한 노래다. 「담박고 타령」이지만 '담박고 타령'만이 아니고 부동산 매매에 대한 경각심도 일깨워 주기도 한다. 단연회斷煙會의 취지를 선전한 노래인 것이다.

그 밖의 여러 노래들

동학 농민혁명을 즈음해서부터 경술국치 사이에는 많은 노래가 만들어지고 빠르게 번져나갔다. 위에서 제시된 노래 이외에도 애국가류, 학도가류, 권학가류, 교가류 따위들이 다양하게 남아 있어 그 증거가 된다. 이들 외에 다른 몇 가지 노래를 보자.

추도가가 많았던 것도 이 시대의 특징 중 하나로 생각할 수 있다. 이 시기에는 특히 민영환을 기리는 노래가 많이 창작되었다. 「혈죽가血竹歌」, 「유감충정죽有感忠正竹」, 「혈죽기血竹記」, 「충정죽부忠正竹賦」, 「혈죽해血竹解」, 「민공혈죽가閔公血竹歌」 들이 그것이다. 민영환이 순국하고 반년 후인 1906년 4월에 민영환 댁 사당에 혈죽血竹이 솟아났다는 소문이 퍼졌고, 그를 새롭게 추도하면서 이런 노래들이 만들어진 것이었다.

1. 슬푸도다 슬푸도다 / 우리 국민 슲푸도다 / 국치민욕國恥民辱 지금
    생존 / 우리 무리 무삼 면목 / 슬푸도다 슬푸도다 / 우리 국민 슬푸
    도다 / 져버렷네 져버렷네 / 민충정을 져버렷네 / 한 칼로 순국하든
    / 정충精忠 대절大節 그 영혼 / 구원명명九原冥冥 져 가온데 / 우리 국
    민 구버보네 / 슬푸도다 슬푸도다 / 우리 국민 슬푸도다 / 국치민욕
    우리 무리 / 일점보답 무엇신가 / 자유국권 뺏기엿소 / 금일노예 이
    아닌가 / 이 나라 무삼 나라 / 파란과 애급이지 / 이 나라 무삼 나라
    / 인도와 월남일세 / 슬푸도다 슬푸도다 / 우리 국민 슬푸도다 / 사
    총구간四叢九幹 져 대 보쇼 / 삼십삼엽 완연하이 / 청청한 져 빗 또
    잇난가 / 우리 국민 경계警戒로셰 / 정혈精血이 모얏네 천지조화 / 충
    분忠憤이 이로다 신인감동神人感動 / 만국이 동루同淚하고 / 세계가
    흔동掀動일세 //

2. 슬푸도다 슬푸도다 / 우리 국민 슬푸도다 / 경계로다 경계로다 / 우
    리 국민 져 대 보쇼 / 롤납고도 신긔하다 / 우리 민충정 / 어리셕고
    불상하다 / 우리 국민들 / 삼천리 강토 이 나라 / 이천만 동포 이 백
    셩 / 우리 눈물 져 대에 뿌려 / 대한중흥 어셔 해보세 / 노예 되지
    말고 / 국권 회복 하세 / 국치민욕 어셔 씨셔 / 지하 함소含笑 우리
    민공 / 세계 일등국이 / 이 나라로다 / 세계 자유민이 / 이 국민일세
    / 우리 동포 져 대 보쇼 / 우리 동포 져 대 보쇼 / 슬푸도다 슬푸도다
    / 우리 국민 슬푸도다 / 슬푸도다 슬푸도다 / 우리 국민 슬푸도다 ///

혈죽은 사당 마루 틈에서 났는데, 네 줄기 아홉 가지에 서른세 개의
잎이 달려 있다는 소문이 있었다. 위 시에서 사총구간四叢九幹은 이를
두고 이른 말이다. '슬푸도다'가 반복되어 다소간 애상적 분위기를 드
러내는 것은 추도가이기 때문이다. 노랫말은 당대 현실의 절박성을 잘

인식시키고 애국충정의 분위기를 만들어가기 위해 충분히 긴 내용으로 창작되었던 셈이다.

추도가 외에 독특한 풍자시들이 많은데 「매국경축가」가 그 대표적 예다. 나라와 민족을 팔아먹은 매국대신들을 한껏 조롱하기 위한 것으로, 앞에서 제시한 「일진회가」와 같은 성격의 노래다.

1. 경축일새 경축일새 신명문新明文에 날인하야
   대한강산 삼천리를 일수판매一手販賣 하얏스니
   구문口文이 불소로다 부귀영화 자취自取하니 신외무물身外無物이라
   국가난 하용何用인고

2. 경축일새 경축일새 한국에 대신교의大臣交椅 쟁탈자 하인何人이며
   일본제국 대훈위大勳位난 일평생 영휘榮輝로다
   천상천하 유아독족 세력훈염勢力熏燄 자취하니 신외무물이라 국군國
   君은 하용何用인고

3. 경축일새 경축일새 이내 일신 경축일새
   아명我名은 재천在天이라 뉘가 감히 죽이자고 정청庭請인지 복합伏閤
   인지
   일반역적一般逆賊 원로공경元老公卿 헌병대가 제격일새
   강국공훈强國功勳 자취自取하니 신외무물이라 국론國論은 하용인고

4. 경축일새 경축일새 속국되면 뉘가 알며 영토되면 누가 아나
   내 부귀 내 지위야 삼두육비三頭六臂 어늬 놈이 홍야 항야 하야보게
   여차하면 수선輪船 타고 일본 동경 내곳이라
   작작여유綽綽餘裕 자취하니 신외무물이라 국토난 하용하고

5. 경축일새 경축일새 이천만 생령生靈 다 죽여도
   유오독생唯吾獨生 제일일새 무의무식無衣無食 할 리 잇나 무금무백無

金無帛 하단말가

고대광실 호가사好家舍에 절대가인 행락行樂하고 금의옥식錦衣玉食 자취하니

신외무물이라 국민을 하용인고

작자를 '매국대신'으로 표기했으며 반어적 풍자, 역설적 풍자를 사용하여 긴 가사로 매국노들을 한껏 찌르고 조롱했다. 또한 이등박문을 조롱한 「십진가十進歌」도 있다.

일 일본놈의

이 이등박문이가

삼 삼천리 강산에서

사 사주가 나뻐

오 오대산을 넘다가

육 육혈포를 맞고

칠 칠십 먹은 늙은이가

팔 팔자가 사나워

구 구두발로 채워(채여)

십 十字街리가 났다.

십자가리十字街리는 '열 쪼가리'가 된다. 이런 노래들을 창작하고 함께 부르면서, 다양한 수사법과 올바른 시대정신을 기르게 되었던 것이다.

의거가義擧歌를 노래의 한 종류로 분류할 수 있다면, 안중근이 지은 노래들이 대표적인 예가 될 것이다.

  * 원수 이등박문의 마지막 날이 가까워 왔으니

손가락을 잘라 나라 원수 갚은 것을 맹세하노라
백의 동포 만세 소리 울려 퍼지니
대지를 뒤흔들고 오주五洲를 진동하겠네

*　만났도다 만났도다 / 원수 너를 만났도다 / 너를 한번 만나려고 / 노청양지露清兩地 지날 때에 / 앉은 때나 섰을 때나 / 살피소서 살피소서 / 구주 여주 살피소서 / 너의 짝패 몇 만이냐 / 오늘부터 시작하여 / 몇해든지 작정하고 / 대한 칼로 다 베이리 ///

첫 번째 것이 「맹세가」이고, 두 번째 것이 「원수를 다 베이리」란 노래다. 나라와 백성을 위한 안중근의 일거수일투족이 얼마나 진지했으며, 원수를 갚기 위해 얼마나 절치부심했는가를 잘 보여주는 노래들이다. 특히 첫 번째 시 '손가락을 잘라 나라 원수 갚을 것을 맹세하노라' 하는 구절에서 그의 매서운 정신을 보게 된다. 자기 손가락을 잘라냄으로써, 그 잘려나간 손가락과 손마디이 오늘날 우리에게 여전히 살아 있는 모습으로 전해지고 있는 것이다.

1. 만났도다 만났도다 원수 너를 만났도다
   너를 한 번 만나고자 일평생에 원했지만
   천신만고 거듭하여 가시성을 더듬었다
2. 너를 한번 만나려고 수륙으로 몇만리를
   혹은 윤선 혹은 화차 노국 청국 방황하고
   앉을 때나 섰을 때나 앙천하고 기도하고
3. 우리 민족 이천만을 멸망까지 시켜놓고
   금수강산 삼천리를 소리없이 뺏으려니
   살피소서 살피소서 주 예수여 살피소서

4. 극흉극악 네 목숨이 나의 손에 달렸으니

　지금 네 명 끊어지니 너도 원통하리로다

　덕 닦으면 덕이 오고 죄 범하면 죄가 온다.

5. 너를 오늘 만나보니 너뿐인 줄 아지마라

　너희 민족 오천만을 오늘부터 시작하여

　한놈 두놈 보는대로 내 손으로 죽이리라

위 노래 역시 안중근이 작사한 「이등 도살가」이다. 민족의 원수를 갚기 위해 얼마나 집요하게 생각하고 실천해 냈는가를 짐작하게 해주는 노래다. 행동으로도 그렇지만 평소 이런 시정신으로 스스로를 단련했다는 것이 만고에 높이 흠모될 인간상임을 확실히 보여준다.

　안중근의 위와 같은 작품들을 '의거가'에 포함시킬 수 있을 것이다. 안중근의 위 노래들을 보조해주는 노래가 또 있으니, 우덕순禹德淳의 「의거가」와 「이등 조매가伊藤嘲罵歌」가 그것이다. 안중근의 「이등 도살가」와 아주 흡사하다. 「의거가」 하나만 보자.

만났도다 만났도다 너를 한번 만나자고

일평생을 원했지만 하상견지만야何相見之晚也런고

너를 한번 만나려고 수륙으로 기만 리를

혹은 윤선輪船 혹은 화차 천신만고 거듭하여

노청露淸 양지 지날 때에 앙천하고 기도하길

살피소서 살피소서 주 예수여 살피소서

동반도의 대제국을 내 원대로 구하소서

오호라 간악한 노적老賊아

우리 민족 2천만을 멸망까지 시켜놓고

금수강산 삼천리를 소리없이 뺏느라고

> 궁흉극악窮凶極惡 네 수단을……
>
> 지금 네 명命 끊어지니 너도 원통하리로다
>
> 갑오 독립 시켜 놓고 을사 늑체한 연후에
>
> 오늘 네가 북향할 줄 나도 역시 몰랐도다
>
> 덕 닦으면 덕이 오고 죄 범하면 죄가 온다
>
> 네뿐인 줄 알지 마라 너의 동포 5천만을
>
> 오늘부터 시작하여 하나둘씩 보는 대로
>
> 내 손으로 죽이리라

안중근의 「이등도살가」는 5절까지 구분해 놓았는데 비해, 우덕순의 그것은 절 구분이 없을 뿐 노랫말은 대동소이하다. 안중근이나 우덕순이나 의병활동을 했기 때문에 위의 노랫말들이 제각각 그들 행위에 걸맞는다. 누가 창작을 했건 이 노래들은 당시 우리 민족의 기개를 한껏 표현한 멋진 시문학 유산으로 남아있는 것이다.

갑오농민혁명을 즈음한 시기부터 한일합병에 이르는 기간에 창작되어 쏟아져 나온 노래나 노래시, 즉 노랫말은 장차 전개될 한국근현대시의 기름진 거름 역할을 하게 된다. 곡曲보다는 노랫말에 표현되어 있는 시대적 의미, 민족정신의 의미는 결코 시약詩弱, 문약文弱이 아니었음을 알게 해주고 있다.

이 시대 우리의 시가 이른 바 '근대성'에 집착하여 자유시라는 미망에 사로잡혀 민족 현실의 문제를 등한히 할 때, 시대의 핵심에 섰던 지사, 의병들의 시는 외세에 대한 철저한 대응력으로 민족의 정기와 기개를 되찾는 데 결정적 역할을 하고 있었던 것이다.

Ⅱ. 일제에 나라를 빼앗겼던 시대
(1910~1945)

나라를 빼앗기는 데 공식, 비공식이라는 구별이 있겠느냐만, 여하튼 1910년에 공식적으로 나라를 빼앗기게 되었다. 그러나 이미 오래 전에 나라는 일제에 모든 것을 강탈당한 거와 마찬가지였다. 마루에 한 발 올려놓기가 어려웠지, 그 다음 안방까지 차지하는 데는 일사천리였다. 더군다나 일진회라는 친일 매국단체가 '앉아서도 쉰네 서서도 쉰네' 하면서 일제를 돕는 데야 '식은 죽 가장자리 둘러 먹듯' 아주 쉽사리 순종 황제의 옥쇄를 받아내었다.

백성들은 문화민족이라는 자긍심도 잃고 태극기가 내려진 거리를 배돌아야 했다. 우국지사들은 망국의 설움에 잇따라 자결 순국하였으며 매국노들은 작위를 받고 상금을 받았다. 그야말로 '한 뱃속에서 난 자식도 아롱이다롱이'라고, 같은 민족이라도 같은 민족일 수 없었다.

국권을 강탈당함으로써 민족의 모든 역량은 철저히 거세될 수밖에 없었다. 항일전쟁을 위한 의병들의 거점도 대부분 나라 밖으로 옮겨야 했다. 문화활동도 철저히 통제되어 민족정신, 항일정신을 표현할 실이 없었다. 일제 식민지 정책에 동조하거나 적어도 그것을 묵인하는 문화활동만이 명맥을 이어갈 수 있었다. 단재 신채호가 〈조선혁명선언〉에서, '일본 강도 정치 하에서 문화운동을 부르는 자 ─ 누구이냐고 질책한 뜻을 알 수 있을 것이다. 일제하에서 문화운동을 하지 말라는 뜻이 아니고 하려고 해도 할 수가 없다는 뜻이다. 문화란 인간이 이상理想을 실현하려는 과정에서 얻는 물질과 정신의 총체인 것이다. 그런데 일제는 정치, 경제 따위 모든 것을 수탈했다. 물질은 물론 정신도 황폐하게 했다. 문화를 이루어내기 위해선 우선 외세의 예속상태에서 벗어나야 했다. 그 후에 비로소 문화를 말할 수 있는 것이다.

일제하 시에서 저항정신을 빼놓고 무엇을 가장 먼저 말할 수 있을까. 정형시의 구속성을 말하고 자유시를 쓰기만 하면 근대성을 가졌다고 볼 것인가. 민족이 일제에게 철저히 구속당한 것은 참을 수 있고, 시정신이 정형의 틀에 구속당하는 것은 못 참는다는 말인가. 자유시를 썼다고, 미의식이 예사롭지 않다고 평가할 것인가. 안 될 말이다. 본과 말이 바뀌어도 한참 바뀐 생각이다. 그게 아름다움이라면 거짓 아름다움(僞美)일 뿐이다.

진실로 시가 아름다우려면 당행지로(當行之路), 당연지현(當然之現) 해야 한다. 마땅히 가야 할 길을 가야 하고, 마땅히 표현해야 할 것을 표현해야 참다운 아름다움이 된다. 일본이 강도(強盜)라면 강도의 부당한 짓을 질책하는 시를 써야 아름다운 시가 된다.

1. 노래의 시대는 계속된다

　시인들이 시심을 키우기에는 시대가 너무 급박하게 돌아갔는가. 한시漢詩를 쓰던 기성세대들은 국한문 혼용이나 순 한글 사용의 풍조를 만나서 역사의 뒤안길로 서서히 퇴장하기 시작했다. 그리고 이른바 신학문을 익히고 더불어 자유시를 우리말로 쓰려는 시인들이 등장하기 시작한다. 그러나 그 시인들이 성숙한 시정신을 표현하기까지는 좀 더 시간이 필요했다.

　시인다운 시인이란 두 가지 면에 자신이나 믿음이 있어야 한다. 민족어에 대한 자신 혹은 믿음, 그리고 시대에 대한 자신이 그것이겠다. 시대에 대한 자신이란 시인 자신이 숨을 쉬고 있는 당대정신을 시에 반영할 수 있다는 자신을 말한다. 이 두 측면을 충족시킨다면 그야말로 훌륭한 작품이다. 만약 한 쪽 면을 충족시킨다면 훌륭한 시는 아니더라도 그런대로 괜찮은 시로 평가받을 수 있을 것이다. 훌륭한 시, 괜찮은 시를 만나기 위해서는 3·1운동을 체험하기까지 기다려야 했다.

　3·1운동이 있기까지는 우리 민족은 민족적 자부심을 갖지 못하고 절치부심할 뿐 아무런 방도를 마련하지 못했다. 국외에서 활동하고 있는 지사, 의병들의 격정적인 노래가 우리 적막강산을 향하고 있을 뿐이었다. 갑오농민혁명 즈음부터 경술국치에 이르기까지 큰 힘을 발휘

했던 노래와 노랫말은 3·1운동 즈음까지 큰 힘으로 이어지진 못했다. 경술국치 이전의 노래는 국내에서 부르던 노래였고, 경술국치 이후의 노래는 국외에서 독립운동에 골똘한 이들의 노랫소리였던 것이다.

망국가亡國歌·국치가國恥歌로 단련하는 시정신

'수오지심羞惡之心은 의지단야義之端也'라 했던가. 불의不義를 부끄러워하고 불선을 미워하는 마음인 것이다. 나라를 빼앗겼으니 부끄럽기 짝이 없고, 되찾겠다고 신명身命을 다하면 대의大義가 된다.

백성들은 망국의 통한을 새기고 되새기며 앞날을 도모해야 했다. 민족적 수모를 벗어나기 위해 저마다 절치부심해야 했다. 조국을 등지고 타국으로 망명하는 백성들……. 그들에게 망국가亡國歌·국치가國恥歌는 자조自嘲적인 노래가 될 수도 있었지만, 새 각오를 다지게 자극하는 노래가 되기도 했다.

경술국치를 즈음한 때에, 이른바 근현대시에서 형식의 자유와 표현의 성숙함에 대해 논의할 때가 아니었다. 아직은 노래의 시대가 끝나지 않은 것이다. 고난의 시대에 시는 노래가 되려고 한다. 외양만 근현대시 형태지, 내용은 시대정신이 거세되어 있다면 진정 근현대시일 수 없는 것이다. 비록 그것이 정형적 틀에서 벗어나지 못했다 하더라도 말이다.

국치가는 자강불식으로 치닫기 위한 자기성찰의 노래다. 우리 민족이 스스로를 되돌아보는 노래였던 것이다. '개구리 움츠리는 뜻은 멀리 뛰기 위함'이듯, 새롭게 전열을 정비하기 위한 노래였다. 그리고 아직도 시보다는 노래가 필요한 시기였다.

  1. 슲으도다 우리 민족아 사천여년 력사국으로

     자자손손 복낙밧더니 오날날 이 지경 웬일인가

2. 일간 초옥도 네 것 안이요 수모전토도 네 것 못되리
    무리한 수욕도 대답 못하고 공연한 구타만 거져 밧노나

3. 한치 버레도 만일 밟으면 죽기전 한번 옴쪽거리고
    조고만 벌도 네가 다치면 네 몸을 반다시 쏘고 죽는다

4. 눈을 드러 살펴보니 삼천리 우에 사모찬 것은
    우리 부모의 한숨이오 우리 학도의 눈물이로세

5. 남산 초목도 눈이 잇으면 비참한 눈물이 가득하겠고
    동해어별도 마음 잇으면 우리와 갗이 서러하리라

6. 금수강산 빗츨 이럿고 광명한 일월이 아득하고나
    이것이 누죄냐 생각하여라 네 죄 내 죄 까딱이로다

7. 사랑하는 우리 학도야 자던지 깨던지 우리 마음에
    나태한 악습과 의뢰 사샹을 모도다 한 칼노 끈어 바리고

8. 사랑하는 우리 학도야 죽던지 살던지 우리 마음에
    디혜를 배우고 덕을 닥아서 우리 국권을 히복합세다

9. 애국정신과 단톄심으로 육전혈투 무릅써으면
    원수가 비록 산과 같으나 우리 앞길 막지 못하네

10. 독립긔 밧고 자유종 치난 때 부모 한숨은 우숨이 되고
    대한 반도 광명 텬디에 건국영웅 우리 안인가

(후렴) 철사 주사紬絲로 결박된 줄을
        우리 손으로 끈어 바리고
        독립 만세 장한 소래에
        동해가 변하야 륙디가 되리라

경술국치 직후에 불렀던 「망국가(정신가, 감동가)」다. 우리 민족이 반성
하여야 한다는 생각을 드러내고 있는데, '이것이 누죄냐 생각하여라 네

죄 내 죄 까딱이로다' 라는 시구가 그것이다. 그렇지만 국권을 되찾기 위해 다시 결연히 나서야 함을 촉구하고 있다. 오산학교에서는 경술국치 소식을 전해 듣고 전교생이 모여 이 노래를 부르며 통곡했다고 한다.

국치가는 다른 어떤 노래보다도 민족의식을 더 강하게 자극하였다. 민족의 죄의식과 함께 필사의 복수를 다짐하기 때문이리라.

1. 경술년 추팔월 이십구일은 / 조국의 운명이 떠난 날이니 / 가슴을 치면서 통곡하여라 / 갈수록 종설움 더욱 아프다 //

2. 조상의 피로써 지킨 옛집은 / 백주에 남에게 빼앗기고서 / 처량히 사방에 표랑하노니 / 눈물을 뿌려서 조상하여라 //

3. 어디를 가든지 세상 사람은 / 우리를 가리켜 망국노라네 // 천고에 치욕이 예서 더할까 / 후손을 위하여 눈물뿌려라 //

4. 이제는 꿈에서 깨어날때니 / 아픔과 슬픔을 항상 머금고 / 복수의 총칼을 굳게 잡고서 / 지옥의 쇠문을 깨뜨지어다 ///

'검소년'이란 필명이 작사자로 되어 있는 「국치추념가」다. 선대와 후대를 위해 참회와 눈물을 흘리고 다시 분연히 일어날 것을 촉구하는 노래다. 그야말로 '망국노亡國奴'의 비장함이 잘 표현되어 있는 노랫말이다.

1. 빗나고 영광스런 반만년 역사 / 문명을 자랑하던 선진국으로 / 슬프다 천만몽외千萬夢外 오늘 이 지경 / 아! 이 부끄럼을 못내 참으리 //

2. 신성한 한배 자손 이천만 동포/ 하늘이 빼아내신 민족이어니 / 원수의 칼날 밋태 어육魚肉됨이여 / 아! 이 부끄럼을 못내 참으리 //

3. 화려한 금수강산 삼천리 땅은 / 선조의 피와 땀이 적신 흙덩이 / 원수의 말발굽에 밟핀단 말가 / 아! 이 부끄럼을 못내 참으리 //

  4. 최영과 무열왕의 날랜 군사와 / 정지鄭地와 충무공의 쓰던 무기를 /
언제나 쾌히 한번 시험해볼가 / 아! 이 부끄럼을 못내 참으리 //

  5. 어잣나 역사 우에 더럽힌 때와 / 어잣나 자손만대 끼쳐줄 욕을 / 우
리의 흘린 피로 이를 씻고저 / 아! 이 부끄럼을 못내 참으리 ///

이윤재李允宰가 작사한 「국치가」로, 1920년대 초반 『독립신문』에 실
린 것이다. 각 절 끝마다 '아! 이 부끄럼 못내 참으리' 하는 후렴구가
인상적이다. 노랫말이 참 잘 정제되어 있다. 부끄럼을 탄력으로 하여
피로써 원수를 갚겠다는 표현이 기개 높다. 작사자 이윤재는 3·1운동
에도 참여하고 한글 연구에 진력한 학자다. 『한글』을 간행하고 〈한글
맞춤법 통일안〉을 제정하는데 중심 역할을 해낸 이다.

국치가는 국내뿐만 아니라 국외에서도 따로 만들어지고 부르게 되
었다.

  * 1. 슬픈 맘같은 내 동포들 눈물피로 상대하니

      오늘날 깊이 생각할 것 우리나라 어찌 되었나

    2. 금조각같은 한반도를 원수에게 빼앗기고서

      찬 바람 부는 거친 들에 유리표박 왠일이냐

      (후렴) 잊을가 잊을가 경술 팔월 이십구일을

  * 1. 눈물을 뿌려 됴상하여라 / 대한의 운명이 떠낫도다 / 텬디난 캄캄
어두어지고 / 일월을 팀팀 암담하고나 //

    2. 슮히 날니던 태극긔발이 / 티욕을 밧고 떠러진 후에 / 노예 멍에와
우마편칙이 / 이러케 심할줄 몰낫고나 //

    3. 죽지만 마라 죽지만 마라 / 애국정신이 죽지만 마라 / 반도쟝사를
익글고 와서 / 왜구를 모다 구륙하리라 //

(후렴) 대한의 운명 대한의 운명 / 우리를 떠나 어대로 가나 / 힘과 재조를 다 길은 후에 / 소래를 놉혀 널 불으리라 //

앞의 것은 중국 내에서 부르던 노래고, 뒤의 것은 1913년 미주에서 거행된 국치기념일 행사에 부른 것이다.

「국치가」는 경술국치 직후부터 한동안 부르던 것으로 추정된다. 1920년대 초반까지 부르다가 독립군가가 많이 쏟아져 나오면서 그 역할을 독립군가류에 넘겨준다.

독립군가류서 받을 기상氣象

경술국치를 즈음하여 지사志士들은, 국내에서 독립운동이 힘들게 되었으므로 만주로 옮겨가 제2의 독립운동 기지를 구축하자는 생각에 동감했고 선택된 곳이 서간도였다. 이동녕, 이회영을 비롯하여, 의병 활동을 하던 유인석, 이강년 외에 많은 인사들이 서간도에 망명 이주하여 독립운동 단체를 조직하게 되었다. 이들에 의해 이루어진 가장 괄목할 만한 업적은 신흥무관학교를 설립한 것이었다. 독립군 양성기관으로 1913년부터 1920년까지 많은 인사들을 배출하여 조국독립을 위해 헌신하게끔 한다.

신흥무관학교는 그야말로 살아있는 민족정신을 배양하는 곳이었다. 교가에서 민족의 기상을 확인할 수 있다.

1. 서북으로 흑룡대원 남의 영절의 / 여러 만만 헌원자손 업어기르고 / 동해섬중 어린 것을 품에다 품어 / 젖먹여 기른 이 뉘뇨 / 우리 우리 배달 나라의 / 우리 우리 조상들이라 /그네 가슴 끓는 피가 우리 핏줄에 / 좔좔좔 걸치며 돈다 //

2. 장백산 밑 비단같은 만리낙원은 / 반만년래 피로 지킨 옛집이어늘

/ 남의 자식 놀이터로 내어 맡기고 / 종설움 받는 이 뉘뇨 / 우리 우리 배달 나라의 / 우리 우리 자손들이라 / 가슴 치고 눈물 뿌려 통곡하여라 / 지옥의 쇠문이 온다 //

3. 칼춤추고 말을 달려 몸을 단련코 / 새론 지식 높은 인격 정신을 길러 / 썩어지는 우리 민족 이끌어 내어 / 새 나라 세울 이 뉘뇨 / 우리 우리 배달 나라의 / 우리 우리 청년들이라 / 두팔 들고 고함쳐서 노래하여라 / 자유의 깃발이 떴다 ///

경술국치 이후 국내에서는 이 정도의 반일감정 표현이 불가능했다. '동해섬중 어린 것'은 일제를 말한다. 물론 앞의 '서북으로 흑룡대원'은 중국을 뜻함이다. 양 나라가 우리 민족의 영향을 받았다는 뜻이다. 2절에서는 '남의 자식 놀이터로 내어 맡기고 / 종설움 받는 이 뉘뇨'라고 하면서 자책감, 자괴감을 느끼도록 한다. 그래서 그저 한 학교의 교가로 생각되겠지만 당시 우리 백성의 정서를 대변한 것이 된다. 또한 민주독립군 신녕에서 오래 애창되었다는 것은 그만큼 가사가 절절했기 때문이다.

독립지사, 의병들이 속속 망명하여 독립운동 단체를 조직하고 본격적인 대일투쟁에 나섬으로써 독립전쟁의 분위기는 고조된다. 독립군가도 이때에 만들어지기 시작했다.

1. 신대한국 독립군의 백만용사야 / 조국의 부르심을 네가 아느냐 / 삼천리 이천만 우리 동포들 / 건질 이 너와 나로다 //

2. 원수들이 강하다고 겁을 낼건가 / 우리들이 약하다고 낙심할건가 / 정의의 날센 칼이 비끼는 곳에 / 이길 이 너와 나로다 //

3. 너살거든 독립군의 용사가 되고 / 나죽으면 독립군의 혼령이 됨이 / 동지야 너와 나의 소원 아니냐 / 빛낼 이 너와 나로다 //

4. 압록강과 두만강을 뛰어건너라 / 악독한 원수무리 쓸어몰아라 / 잃었던 조국강산 회복하는 날 / 만세를 불러보세 //

(후렴) 나가 나가 싸우려 나가 / 나가 나가 싸우려 나가 / 독립문의 자유종이 울릴 때까지 / 싸우려 나가세 ///

작자 미상인 이 「독립군가」는 같은 부류들 가운데서 가장 오래 애창된 것으로 1910년대부터 광복이 되기까지 내내 독립군 진영에서 불렀다고 한다.

다음의 「봉기가」나 「용진가」는 모두 독립군가에 속한다.

* 1. 이천만 동포야 일어나거라 / 일어나서 총을 메고 칼을 잡아라 / 잃었던 내 조국과 너의 자유를 / 원수의 손에서 피로 찾아라 //

2. 한산의 우로雨露 받은 송백까지도 / 무덤속 누워있는 혼령까지도 / 노소를 막론하고 남이나 여나 / 어린 아이까지라도 일어나거라 //

3. 끓는 피로 청산을 고루 적시고 / 흘린 피로 강수를 붉게 하여라 / 섬나라 원수들을 쓸어버리고 / 평화의 종소리가 울릴 때까지 ///

* 1. 요동만주 넓은 뜰을 쳐서 파하고 / 여진국을 토멸하고 개국하옵신 / 동명왕과 이지란의 용진법대로 / 우리들도 그와 같이 원수 쳐보세 //

2. 한산도의 왜적을 쳐서 파하고 / 청천강수 수병 백만 몰살하옵신 / 이순신과 을지공의 용진법대로 / 우리들도 그와 같이 원수 쳐보세 //

3. 배를 갈라 만국회에 피를 뿌리고 / 육혈포로 만군중에 원수 쏴 죽인 / 이준공과 안중근의 용진법대로 / 우리들도 그와 같이 원수 쳐보세 //

4. 창검빛은 번개같이 번쩍거리고 / 대포알은 우뢰같이 퉁탕거릴제 / 우리 군대 사격 돌격 앞만 향하면 / 원수머리 낙엽같이 떨어지리라 //

5. 홍빈대판 무찌르고 동경 들이쳐 / 동에 갔다 서에 번쩍 모두 함락코 / 국권을 회복하는 우리 독립군 / 승전고와 만세 소리 천지 진동해 //

(후렴) 나가세 전쟁장으로 나가세 전쟁장으로 / 검수도산 무릅쓰고 나아갈 때에 / 독립군아 용감력을 더욱 분발해 / 이천만번 죽더라도 나아갑시다. ///

위의 「봉기가」, 「용진가」는 모두 작자 미상이다. 「봉기가」는 다른 어떤 노래보다 급박하고 강하게, 모든 민족 구성원이 전쟁의 대열에 설 것을 촉구한다. 「용진가」는 역사적 인물들을 모범으로 내세워 그들을 본받아 독립전에 나설 것을 요구한다. '우리들도 그와 같이 원수 쳐보세'라고, 각 연에서 반복되는 어구가 감정을 고조시킨다.

2. 새로운 시정신의 토대가 된
3·1운동의 노래

나라 밖의 독립운동이 가속화되어 가고 있었다. 망명인사들, 이유민移流民들이 점차 증가하면서 독립운동 단체도 점점 불어났다. 그럴수록 일제는 국내에 압력을 가중시켜 빠른 속도로 식민지 경제체제를 만들어갔다. 우선 경술국치 직후에 회사령을 만들어 민족 경제가 성장할 바탕을 차단하였고, 교묘한 술책으로 거의 모든 농민들을 소작농으로 전락시켜 버렸다. 생존의 뿌리를 뽑힌 숱한 백성들은 절대빈곤에 시달리다 못해 이유민移流民이 되어 조국 땅을 등져야만 했다.

이럴 즈음에 미국의 윌슨 대통령이 민족자결을 선언하였으며, 이 영향으로 일본에 유학하고 있던 학생들이 1919년 2월 8일 독립선언을 발표하여 국내에 파장을 주었다. 한편 이보다 약 한 달 앞서 고종 황제가 서거했다. 세간에는 일제가 황제의 음식물에 독극물을 넣어 독살했다는 소문이 돌았다. 군사부 일체의 사고방식으로 살아온 백성들의 분노는 대단하게 끓어올랐다. 배일감정이 고조되더니 드디어 거국적인, 거족적인 3·1운동으로 분출되었다.

군중을 모으고, 감정을 고조시키는 데는 역시 '노래'가 최상의 효과

를 발휘하게 되었다. 3·1운동 당시 불렀던 노래는 다른 어느 때의 그
것보다 백성들의 기개를 드높였던 것이고 역사에 길이 남을 시정신,
음악정신을 발휘하게 되었다.

1. 이천만 동포야 일어나거라 / 일어나서 총을 메고 칼을 잡아서 / 잃
   었던 내 조국과 너의 자유를 / 원수의 손에서 피로 찾아라 //
2. 한산의 우로 받은 송백까지도 / 무덤 속 누워 있는 혼령까지도 / 노
   소를 막론하고 남이나 여나 / 어린아이까지라도 일어나거라 //
3. 끓는 피로 청산을 고루 적시고 / 흘린 피로 강수를 붉게 하여라 / 섬
   나라 원수들을 쓸어 버리고 / 평화의 종소리가 울릴 때까지. ///

3·1만세운동 때 부르던 「봉기가」 또는 「독립가」다. 국내에서 부르
던 노래 중에서 이렇게 의기 높은 것도 그리 많지 않았다. '섬나라 원
수들을 쓸어 버리고' 하는 노랫말처럼 직접적인 표현에서 소금은 되찾
은 용기를 블 수 있다.

1. 터졌구나 터졌구나 대한독립성 / 십년을 참고 참아 인제 터졌네 /
   삼천리 금수강산 이천만 민족 / 살았구나 살았구나 이 한 소리에//
2. 터졌구나 터졌구나 대한독립성 / 십년을 참고 참다 인제 터졌네 /
   피도 대한 뼈도 대한 이 내 한몸을 / 살아 대한 죽어 대한 대한 것
   일세 //

(후렴) 만세 만세 독립인 만만세 만만세 / 대한 만만세 대한 만만세 ///

작자 미상의 「3·1운동가」다. 갑자기 터진 3·1운동에 노랫말이나
곡을 창작할 시간적 여유가 충분치 않았을 것이다. 그저 흥분이 되어
격정적인 만세소리만으로도 충분히 민족정신. 항일정신이 고양되는
상황이었던 것이다.

3·1운동은 1919년 3월 1일에 한정된 역사적 사실만이 아니었다. 이 운동으로 우리 백성은 자신감을 얻었던 것이다. 비록 숱한 희생자를 내고 끝난 운동이었지만, 이 나라 백성이 굳건히 살아있다는 것을 증명해 주었던 것이기 때문이다. 그래서 3·1정신은 시대를 넘어 꾸준히 계승하겠다는 신념으로 남는다. 그 하나가 '추념가'를 계속 창작 애창하면서 3·1운동을 기리는 것이었다.

1. 사천이백오십이년 삼월 일일은 / 이 내몸이 압록강을 건넌 날일세 / 연년이 이 날은 돌아오리니 / 내 목적을 이루기 전 못잊으리라 //
2. 삼천리 강산은 나의 집이며 / 부모형제 처자들과 이별을 하고 /한줄기 눈물로써 압록강 건너 / 그리운 부모국을 하직하였네 //
3. 나라잃고 떠나온 외로운 이 몸 / 간 곳마다 고생이며 학대로구나 / 동포들아 묻노니 내 죄뿐이랴 / 너희 죄도 있으리니 같이 싸우자 ///

3·1운동 후 나라를 등지고 독립군에 참가했던 지사와 동포들이 부른 노래다. 남의 나라 땅에서 독립운동을 한다는 것이 얼마나 고통스런 일인지를 유추할 수 있는 내용이다. 맨 끝 '너희 죄도 있으리니 같이 싸우자'는 노랫말은 앞에서도 간간히 표현되었던 것인데, 독립운동의 절박한 필요성을 인식시켜 주자는 뜻임을 알 수 있겠다.

전민족이 일어나 피로 싸운 삼일절 / 전민족이 일어나 피로 싸운 삼일절 / 높이 깃발을 들어라 크게 북소리 울리고 / 우리들은 뒤를 이어 힘차게 나가자 / 걸음걸음 피를 밟아온 / 우리 겨레 함께 뭉쳤다 / 높이 깃발을 들어라 크게 북소리 울리고 / 우리들은 뒤를 이어 힘차게 나가자 ///

작자 미상인 「3·1 행진곡」이다. 역시 3·1운동 직후 중국의 독립군 진영에서 부르던 노래다. 전의를 고무시키는 아주 훌륭한 노랫말이다.

특히 '걸음걸음 피를 밟아온'이란 노랫말은 아주 빼어난 시적 표현이다.

 * 1. 기쁘도다 금일 우리 민국 기원절 / 이천만 동포들아 경축하세 / 우

   리들의 신생명을 다시 찾은 날 / 일심합력하여 경축하세 //

   2. 금일의 기원절은 제일차로 하여 / 우리 이천만 대영광이고 / 우리

   독립선언 이래 이제 일년 / 이와 같은 성적 축하하세 //

   3. 삼천여리 강산 무궁화 강산 / 그대의 화려함은 세계 으뜸이고 / 동

   양의 요새이자 동양의 방파제 / 우리 민국 비할데 없음이다 //

   4. 일시 모욕당한 우리 화려강산 / 금일이 되어 무리지어 뛴다 / 백두

   산의 흰돌들도 뛴다 / 압록강의 어별들도 뛴다 //

   5. 금일이 되어 이천만 민족 / 그대의 십년 고난 어떠했는가 / 금일

   기원됨을 경축하여 / 만세까지 나아갑시다 //

 (후렴) 경축하세 경축하세 / 우리 개국 기원절 경축하세 /

    경축하세 경축하세 / 우리 대한민국 기원절이다 ///

 * 1. 삼월 초하룻날 우리나라 다시 산 날

   한양성 만세소리 삼천리에 울리던 날

   강산아 입을 열어라 독립 만세

   2. 삼월 초하로날 의인의 피 흐르던 날

   이 피가 흘러들어 금과 옥이 되옵거든

   삼천리 자유의 강과 산을 꾸미고져

위의 작품은 「기원절 경축가」, 「3·1절」이다. '기원절'은 3·1운동의
날을 말한다. 그러니까 두 작품 다 '3·1운동 기념가'이며 국내에서 창
작된 것이다. 뒤의 작품에서 '다시 산 날'이라 표현했듯이 3·1운동은
우리 민족 구성원들이 스스로를 새롭게 인식하고 나라와 민족을 새롭

게 성찰한 날이었다. 그러니 '다시 산 날'일 수밖에 없는 것이다.

3·1운동은 많은 희생자가 있었지만, 우리 민족의 힘이 얼마나 크게 분출될 수 있는가를 확인하게 되었다. 이런 종류의 노랫말에서, '말의 표현'과 함께 '글의 표현'에도 자신감을 갖게 되었다는 것도 아울러 확인하게 된다. 경술국치 후 밖에서 창작된 망명지사나 독립군들의 항일 노래가, 국내에서도 당당하게 유포되기 시작했던 것이다.

3. 당대 현실을 성실히 증명한 시인들

노래시로만 만족할 수는 없는 노릇이었다. 좀더 심오하고 다양한 의미가 필요했고, 좀 더 세련된 언어세공이 요구되었다. 또한 노래시의 틀, 정형시의 틀에서 벗어나려는 욕구가 자연히 생겨나게 되었다.

이미 최남선崔南善의 선구적인 시창작이 선보인 터였다. 「해海에게서 소년에게」, 「구작舊作 삼편」이라든지 이광수李光洙의 「곰」 따위 작품들이 틀을 벗어나는 맛을 알게 된 초기의 작품들이었던 것이다. 그 다음에 주요한朱耀翰, 황석우黃錫愚, 오상순吳相淳, 남궁벽南宮璧, 홍사용洪思容, 변영로卞榮魯, 박영희朴英熙, 박종화朴種和, 양주동梁柱東과 같은 시인들이 가세한다. 그러나 이들의 시는 지극히 감상感傷적이고 시대적 의미를 제대로 담아내지 못했다. 또한 언어세공이 제대로 이루어지지 않아 시적 긴장력을 갖추지 못했지만, 새로운 시법詩法을 개척하는 데 안간힘을 썼던 것이다. 한시漢詩 전통의 거대한 흐름 속에서 한글시로 전환해 가는 시기를 담당해야 했던 시인들이었기에 시정신이 어설플 수밖에 없었다. 더구나 일제하에서 해야 할 말을 못하다 보니 감동을 주는 시가 되지 못했다. 그것들은 다만 진정한 근현대시를 탄생시키기 위한 정지작업으로 보아야 할 것이다. 한국 근현대시의 열매를 앉힐 터 잡기로 봐야 하며, 이런 의미 부여에 인색할 필요는 없겠다.

여기에 시조時調도 큰 역할을 하게 된다. 이은상李殷相, 이병기李秉岐와 같은 시조시인들의 전통 시법이 근현대 시법과 어우러지면서 빠른 속도로 시정신은 중심을 잡아갔다. 시형식의 자유를 추구함과 동시에 언어세공, 시대적 의미부여 따위가 급속히 성숙하게 되었던 것이다.

김억, 먼동을 틔우는 심정

안서岸曙 김억金億은 일제기 초에는 서정시 위주의 창작을 했다. 그러다가 당시 현실을 성실히 증언하는 쪽으로 창작 태도를 바꾼다. 1930년 『동아일보』에 20여 회에 걸쳐 장시 「지새는 밤」을 연재하게 된다. 이것은 해방 직후, 그러니까 1947년에 「먼 동 틀 제」로 개작하여 출간된다. 우선 「지새는 밤」의 한 부분을 보자.

1

와서보니 / 넓구나 남북만주는 / 눈가는곳 모두다 들에들일라. / 천하벌판 이곳에 모였단말가 / 가도가도 끝없는 질펀한 벌판 // 볼지어다 돋는해 들위에 돋고 / 지는해는 들위에 지지않는가 / 바람은 산이없어 쉴곳없다고 / 넓은들을 휘돌며 쓸쓸히 울고 // 말몰이 호인胡人들 제멋제격의, / 채찍둘러 공중에 딱소리내나 / 죽은듯이 누웠던 넓은들에야 / 반향이나 있으랴, 그저고요타. // 거츨대로 거츨은 생소한곳에 / 인가라고 여저기 한둘 있으나 / 딴나라의 사투리 귀에 서툴고 / 만나느니 호인胡人은 시컴할레라. // 세상낙토樂土 만주라 찾아온것이 / 쓸쓸하다 이꼴은 참못보겠네. / 보습이린 한번도 대인적없는 / 예대루 누워자는 거친 황무지 //

2

곳 다르면 물색物色도 달라진다고 / 아무리 이르는말 있다하여도 / 이런

변變야 또다시 어디있을고 / 눈에설고 귀설은 남이나라땅 / 살수없어 고향을 등진신세에 / 좋다마다 할것이 못된다해도 / 힘에넘는 이일을 어이당하며 / 먹어갈길 당장에 기가막히네. / 식구라야 세사람 많지않 대도 / 아침저녁 지내기 난처도하건 / 파리한들 거친땅 어이갈으랴 / 생각하면 가슴을 두들고싶네. // 농사라고 빚내어 더운여름에 / 피땀흘 려 간신히 지었었건만 / 가을되어 농채農債를 갚고나서니 / 남은 것이 무엇고 고생뿐이다. // 금시라도 생각은 모두 던지고 / 부랴부랴 고향 을 가고싶으나 / 날지못할 몸에는 노자도없고 / 시름만 한갓되이 구름 끝도네. //

「지새는 밤」에서 보여준 위와 같은 형태와 이야기 전개는, 「먼 동 틀 제」에서 거의 대동소이하게 펼쳐진다. 다만 일제하에서 일제에 대 한 원망을 표현하지 못했다가, 「먼 동 틀 제」에서는 웬만큼 표현되는 정도다. 「먼 동 틀 제」의 주요 부분을 보자.

1

해일海溢 뒤엔 새캄타, 프르던 벌판, / 이해농사 인제는 모두 틀렸네, / 어둔 밤에 등대를 향해 가던배 / 등대불 지고마니, 갈길이 어디. // 큰 집 먼저 바람이 부세낸다고. / 큰들임자 그대로 꺽구러지니 / 넓은땅 물도많은 살진 이 들로 / 왜국倭國 딴사람 웬말가, 주인바꼈네. //

2

새주인 들어오자 모두 변하네, / 예전엔 공동인수共同引水 같은 강물도 / 인제부턴 수세水稅라 돈을 내라니 / 소지주 억울하다 혼자 흉년고. // 햇볕에 우석우석 익는 이삭들 / 어디로서 시원히 바람 불어단 / 찬란할 시 노래로 뛰는 금물결 / 금년농사 좋다고 웃는 농인들. // 허수아비 몸 차림 무서운것을 / 이나락 닺일세라 지키는 것을 / 그까짓 가짜 영감

합태 뭐냐고 / 참새들 모여들어 지죄는 것을. // 바람아 불랴거든 네가 불어라, / 허수아비 이몸은 춤 추겠노라 / 우줄우줄 노는양 보다 못보아 / 소매걷고 장죽을 두르는 농노農奴. — // '우헤우헤 새들아 어서 가거라, / 이내피땀 너이들 왜 닳이는다, / 우헤우헤 이새들 물러가거라 / 아니라도 살길이 바없는것을.' // 가을마다 큰벌엔 풍년들어도 / 풀길없는 홀어미 외론설움에, / 소지주 싸구려라 땅 팔아들고 / 살길찾아 하나둘 떠나고마네. // 풍작이란 빛좋은 개살구랄까, / 지주에게 절반을 나눠준 뒤에 / 사음舍音에게 또다시 메우고나니, / 소작이란 고생뿐, 가난만 심타. // 피땀흘려 벌은쌀 한알 못먹고 / 호미胡米와 옥수수로 모두 바꿔도 / 한겨울 먹어갈길 가랑이 없고 / 농채내니, 빚만은 나날이크네. // 소작에 의지잃은 이 마을 농군 / 넓은 바다 고기에 의탁하건만, / 그것조차 틀리고 넓은 세상은 / 갈수록 좁아지네, 살길 딱할뿐. //

「먼 동 틀 제」의 한 부분인데 「지새는 밤」보다 시정신이 좀 더 강화된 셈이다. 예컨대 「먼 동 틀 제」에서는 '딴사람이 들오네 주인바꼈네'로 발표하였던 것이, 「먼 동 틀 제」에서는 '왜국倭國 딴사람 웬말가, 주인바꼈네'로 고쳐서 발표하였다.

이들 작품은 두 가지 의도를 함께 성취하려 한 것이다. 남녀 간의 애정과 당시 현실 증언이 그것이다. 서해 어촌인 사포沙浦에 사는 명철이와 영애는 사랑하는 사이가 된다. 그러나 명철이네 집안은 몰락하게 되어 영애와 헤어진 채 만주지방으로 이민을 가게 되며, 거기에서 극심한 고통을 겪는다. 부모를 다 잃고 명철이만 단신으로 귀향하시만 영애를 만나지 못한다. 영애는 속아서 결혼을 했다가 술집으로 전전하며, 명철이는 탄광에서 일하다 다치면서 영애와 만나게 된다는 이야기다.

사랑이야기를 하기 위하여 당시 현실을 성실히 도입하는 것인지, 당시 현실을 잘 증언하기 위하여 사랑이야기를 짜 넣은 것인지 굳이 따질 필요는 없을 것이다. 여하튼 「먼 동 틀 제」의 원작품인 「지새는 밤」이 일제하의 현실 한 부분을 성실히 표현해 냈다는 데 가치를 둘 수 있는 것이다.

김억의 위 작품을 제외한 단형시에서는 「새 쫓는 소리 — 우헤우헤」라든지, 「안동현安東縣의 밤」이 당시의 현실을 다소간 암시해준다.

올벼이삭 익어간다 / 넓은들이 금빛이라. / 우헤우헤 이새들아 / 이내 피땀 먹지말라. // 고개고개 숙인이삭 / 바람결에 춤을 춘다 / 넓은 들은 추렁추렁 / 금쌀물이 춤을 추네. // 이삭이삭 누른이삭 / 제바람에 춤을추네. / 도지내고 세금주니 / 헛이삭이 춤을춘다. // 넓은들은 추렁추렁 / 올벼논에 벼익었네. / 우헤우헤 이새들아 / 한해고생 먹지말라. ///

1932년 『농민』에 발표된 「새 쫓는 소리 — 우헤우헤」다. 정형시 형태의 단순한 시인데, 궁핍한 생활이 될 수밖에 없었던 사정을 말해준다. 들녘에 '헛이삭이 춤을 춘다'는 말로 요약했다. 또한 민요에 '새'를 외세로 보아왔으니, 일제로 해석할 수도 있는 것이다.

「안동현安東縣의 밤」을 보자.

안동현에 하얀 눈이 밤새도록 내려옵니다.
고요히 오늘밤은 눈 위에 누워 잠을 듭니다.
볼수록 캄캄한 밤은 볼수록 희어만 집니다.
안동현에 보안 등은 밤깊도록 깜박입니다.
쿠리苦力는 오늘밤도 눈속에 쌓여 헤매입니다.
볼수록 희미한 불은 볼수록 꺼질 듯만 합니다.

안동현에 소리없이 내려오는 눈

> 안동현에 속도 없이 반득이는 불
>
> 안동현에 볼수록 까매지는 밤
>
> 내맘에는 하염없이 눈물집니다.

　고국을 등지고 이유민이 되어 쿠리苦力로 이국 땅에서 겪는 이들의 모습을 그린 시다. 측은지심에 눈물만 하염없이 흘릴 수밖에 없는 처지인지라, 안타까움만 표현되어 있는 작품인 것이다.

　김억은 근대시의 선구자답게 김소월을 비롯한 많은 후대 시인들이 영향을 받지만, 적지 않은 시인들이 주로 서정시에 한하여 사사를 한 것 같아 안타깝다. 김억 자신은 1930년 이후에 그 서정시 영역을 뛰어넘어 당시 현실을 성실히 증언하는 서사시를 써냈기 때문에, 당시의 많은 시인들보다 좋은 평가를 받을 수 있는 것이다.

김소월, 설움에서 피운 시정詩情

　김소월은 3·1운동이 끝난 직후, 정확하게는 1920년부터 시를 발표하기 시작하며 1934년 음독자살을 할 때까지 약 250편 정도의 시를 써냈다. 그의 시 대부분은 누구나 쉽게 친밀감을 느낄 수 있으며, 애틋한 정서에 휩싸이게 되어 '시의 맛'을 느끼게 된다. 그는 식민지 백성이 되어 절망 속에서 헤어날 수 없는 처지를 서러운 어조로 노래했다. 그의 시 거의 절반 정도에서 '설움'과 '울음'이라는 어휘가 사용되고 있음을 확인할 수 있다.

　김소월의 시는 당대 현실을 충분히 증명하지는 못하며, 몇몇 시들에서 식민지 상황을 어렴풋이 암시하는 정도에 그친다. 사랑의 시, 자연친화적인 시들을 발표하지만, 그것들이 어떤 '상실감'에 토대를 두고 있다는 생각을 하게 되는 것이다. 그의 장기長技라고 해도 과언이 아닐 애틋한 정서 표현은 유난히 정에 민감한 우리 민족성과 잘 맞아 떨어진다. 그래서 김소월의 시는 우리 민족의 정서를 가장 잘 표현했다고 평가하는 것이다. 「진달래꽃」이라든지 「산유화」, 「접동새」, 「가는 길」, 「개여울」들처럼 수많은 그의 작품들을 싫증내지 않고 애송하는 이유가 바로 거기에 있다. 알맞게 애틋하고, 의미가 복잡하지 않고, 현란한 수사법을 사용하지 않아 간결하고, 음악성도 산뜻하다. 요컨대 시 전체가 큰 부담을 주지 않고 대중들의 정서에 딱 맞아 떨어지기 때문인 것이다.

물론 김소월의 시에 대한 평가가 전부 긍정적일 수만은 없다. 시대정신을 소극적으로 표현한 것으로부터, 애상적 어조가 조금은 도에 넘친다든지 하는 것은 단점이 된다. 이러한 비판에 대해 자기변호나 하려는 듯 「인종忍從」에서 그는 미리 답변을 해놓았다.

우리는 아기들, 어버이 없는 우리를 / 누가 너희들더러, 부르더냐, / 즐거운 노래만을, 용감한 노래만을, / 너희는 아직 자라지 못했다, / 철없는 고아들이나. // 철없는 고아들! 어디서 배웠느냐 / 〈오레와 가와라노 가레스스끼〉 혹은, / 〈배달나라, 건아야 나아가서 싸우라〉 / 철없는 고아들 부르기는 하지만, // 아직 어린 고아들! 너희는 주린다, / 학대와 빈곤에 너희들은 운다. / 어쩌면 너희들에게 즐거운 노래 있을소냐? / 억지로 〈나아가 싸우라, 나아가 싸우라 즐거워하라〉 이는 억지다. / 사람은 슬픈 제 슬픈 노래 부르고, / 즐거운 제 즐거운 노래 부른다. / 우리는 괴로우니 슬픈 노래 부르자, 그러나 조선祖先의 슬퍼도 즐거워도, / 우리의 노래에 건전하고 / 사뭇 정신이 있고 / 그 정신 가운데서야 우리 생존의 의의가 있다. / 슬픈 우리 노래는 가장 슬프다. / 〈나아가 싸우라, 즐거워하라〉가 우리에게 있을 법한 노랜가, / 부질없는 선동은 우리에게 독이다, / 우리는 어버이 없는 아기어든. / 부질없는 선동을 믿으리 / 한갓 술에 취한 사람의 되지 못할 억지요, 제가 저를 상하는 몸부림이다. / 그러하다고, 하마한들, 어버이 없는 우리 고아들, / 〈오레와 가와라노 가레스스끼〉지 마라! / 이러한 노래를 부를소냐, / 우리에게는 우리에게 조선祖先의 노래 있고야. / 거지맘은 아니 가졌다. / 우리 노래는 가장 슬프다 / 어버이 없는 아기어는 / 지금의 슬픈 노래 불러도 죄는 없지만 / 즐거운 즐거운 노래 부른다. / 슬픔을 누가 불건전하다고 말을 하느냐. / 좋은 슬픔은 인종忍從이다. / 다만 모든 치욕을 참으라, 굶어죽지 않는다. / 인종은 가장 덕이다. / 최선의 반항이다. 아직 우리는, / 힘을 기를 뿐, / 오직 배워서 알고 보자. / 우리가 어른되는 그날에는 / 자연히 싸우게 되고 / 싸우면 이길 줄 안다. ///

'오레와 가와라노 가레스스끼'는 '나는 냇가의 마른 갈대'라는 뜻이다. 사실 이 시처럼 논리적인 표현은 소월의 시에서 더 이상 없다. 일제하에서 고통당하고 있는 우리 민족을 '어버이 없는 고아들'이라고 표현한 것인가. 그렇다면 우리 민족이 아직 덜 성장해 있다는 말이 될 수 있는 셈이다.

김소월이 시로 자기 논리를 폈지만 설득력은 충분하지 못한 편이다. 남의 나라 종이 되어 있지만, 아직 어리기에 좀 더 배우면서 때를 기다리라는 의미이기 때문이다. 아직은 참고 견디며 따르는 것이 덕이고 최상의 방책이고, 최선의 반항이라는 것이다. 현실이 슬프니까 슬픈 시를 쓰는 것은 당연한 것이고, 투쟁의 길로 나서도록 강요하지 말라는 뜻이 된다.

이런 논리가 지배하고 있기에 김소월의 시는 현실의식으로 승부를 걸지 못하고, 주로 애상적 정서를 표현하는 것으로 장기를 삼았던 것이다. 현실의식은 시 속의 한 부분에서 암시되고 있을 뿐이다.

나는 꿈꾸었노라, 동무들과 내가 가지런히 / 벌 가의 하루일을 다 마치고 / 석양에 마을로 돌아오는 꿈을, / 즐거이, 꿈 가운데. // 그러나 집 잃은 내 몸이어, / 바라건대는 우리에게 우리의 보습대일 땅이 있었더면! / 이처럼 떠돌으랴, 아침에 점을손에 / 새라새로운 탄식을 얻으면서. // 동東이랴, 남북이랴, / 내 몸은 떠나가니. 볼지어다, / 희망의 반짝임은, 별빛이 아득임은. / 물결뿐 떠올라라, 가슴에 팔다리에. // 그러나 어쩌면 황송한 이 심정을! 날로 나날이 내 앞에는 / 자칫 가느른 길이 이어가라. 나는 나아가리라 / 한걸음, 또 한걸음. 보이는 산비탈엔 / 온 새벽 동무들 저저혼자…… 산경山耕을 김매이는. ///

「바라건대는 우리에게 우리의 보습대일 땅이 있었더면」이란 시다. 생활의 터전을 잃었다는 어떤 상실감의 표현인 것이다. 잃은 사람이 있으면 빼앗은 사람이 있는 것이지만, 이 시에서는 구체적으로 지목하지 않는다. 독자에게 유추하도록 떠맡긴다. 이런 분위기를 보여주는 소월이 시는 적지 않다.

> 신재령新載寧에는 나무리벌
>
> 물도 많고
>
> 땅 좋은 곳
>
> 만주滿州나 봉천奉天은 못 살 고장.
>
> 왜 왔느냐
>
> 왜 왔더냐
>
> 자곡자곡이 피땀이라
>
> 고향산천 어디메냐.
>
> 황해도
>
> 신재령

나무리벌
두 몸이 김매며 살았지요.

올벼논에 닿은 물은
츠렁츠렁
벼 자란다
신재령에도
나무리벌.

「나무리벌 노래」란 작품이다. 일제 식민지하에서 이유민移流民이 되어 조국을 등진 이들은 헤아릴 수 없이 많았다. 만주나 봉천은 이유민이 많이 살던 지역이다. 고향인 나무리벌에 돌아갈 수 없게 만든 것이 누구인가. 남의 땅으로 떠나와 '자곡자곡이 피땀'이 괼 정도로 고통을 받게 하는 것이 누구인가.

그것을 끝내 밝히지 않는다. 독자를 믿기 때문일 것이다. 「무제無題」라는 다음 시도 마찬가지다.

무슨 탓에 이다지
못살게 구오.
가라니 내가 아니 가지 못겠오.
뒷동산 밀벌이 꿀을 모듭고
앞내에 기른 고기 뛰놀읍니다,
이다지 왜 이다지 쫓아내려오?

흘러서 떠흘러서
아무데라도
발길 돌아가는 대로

가라 이 길 안 가고 못견디겠소

내가 갈아놓은 땅이겠지요

내가 심어 놓은 낡이겠지요.

이땅 위에 자라는 풀을 못보고

이에서 영그는 씨를 못보고

무슨 탓에 간다는 말이 됩니까?

고지고지, 삼천리강 강변에도

떠가는 저 기러기 알을 까두고

새끼를 치지 못(하)고 가노랍니다.

이 시에서 표현된 저항의지는 다른 시들에 비해 좀 더 뚜렷하다. 소월의 시에서 고향은 곧 조국으로 동일시하게 될 수밖에 없다.

「불탄 자리」와 같은 시에서는 제법 극적인 장면을 연출하기도 한다.

시냇물 물소리 들리며,

맑은 바람 스쳐라.

우거진 나무 잎새 속에 츰줏한 인가들,

들어봐 사람은 한둘씩 모여 서서 수근여라.

나려 앉은 서까래 여기저기 널리고,

타다 남은 네 기둥은

주춤주춤 꺼질 듯 그러나 나는 그중에

불길이 할터운 화초밭 물끄러미 섰구나.

짓까불던 말성과 외마디 소리와

성마른 꾸지람 다시는 위로와 하소연도,

불길과 같이 스러진 자리,

여봐라 이 마음아 자려며 불안을 내버려라.

다시는 내일날
맑게 개인 하늘이 먼동 터올 때
깨끗한 심정과 더 튼한 솜씨로
이 자리에 일 잡자 내 남은 노력을!
더욱 더욱 이것을 이러고 보니,
시원한 내 세상이 내 가슴에 오누나.
아니나 밤바람 건드리며 별눈이 뜰 때에는
온 이 세상에도 내 한몸 뿐 감격에 넘쳐라.

누가 이렇게 횡포를 부렸는가에 대한 대답은 역시 독자가 당연히 알 것이라고 판단했을 것이다. 일제의 만행인 줄 몰라서 묻느냐, 하는 꾸지람이 터져 나올 것 같다. 그러나 너무 쉽게 분위기를 전환시킨다. 너무 빨리 덮으려 하고 너무 빨리 정리하려 한다. 더 이상 당시 그 상황을 증명하기가 안타깝고 감당하기는 어려웠기 때문이리라.

이렇게 고통스런 일제강점기 상황에서 나아갈 길은 어딘가. 김소월에게 길은 없었다. 열심히 고통을 잊으려 노력해도 상실감에서 헤어날 수 없기에 설움뿐일 수밖에 없는 것이었다. 그래서 그의 시 「길」은 일제기 우리 민족이나 그 구성원 하나하나의 절망을 상징하고 있는 것으로 판단할 수 있겠다.

어제도 하룻밤
나그네 집에
까마귀 가왁가왁 울며 새었소.

오늘은
또 몇 십리
어디로 갈까.

산으로 올라갈까
들로 갈까
오라는 곳이 없어 나는 못 가오.

말마소 내 집도
정주 곽산
차 가고 배 가는 곳이라오.

여보소 공중에
저 기러기
공중에 길 있어서 잘 가는가?

여보소 공중에
저 기러기
열 십자 복판에 내가 섰소.

길은 있되 갈 길을 찾지 못하는 일제하 지식인의 고뇌가 아주 잘 표현되었다. 앞의 여러 작품들이 당대 상황을 암시하는데 그쳤다면 「길」은 아예 당시 상황을 상징화하여 잘 표현했다고 할 것이다.

김소월의 시에 대해서는 이제까지 대부분 사랑의 노래인 것으로만 강조해 왔기 때문에, 시대정신에 대해 상대적으로 약하게 평가되었다. 그러나 위와 같은 작품들을 구심점으로 하면 그의 작품이 결코 애틋한 사랑의 노래에 머물지 않는다는 것을 터득할 수 있을 것이다.

이상화, 치열한 현실 증명

어둠을 어둠이라 말하고 압박을 압박이라고 표현하는 것조차도, 이민족異民族의 총칼 앞에서는 예사로운 일이 아니었다. 현실을 사실적으로 표현할 수 없었기에 시인은 갖은 기교를 동원하여 암시하고 풍자하는 따위 우회적인 시법詩法을 택하는 것이다. 그 때문에 고난의 시대 시정신은 자칫 현실과 긴밀하지 않은 것으로 오해되기 십상이다.

이상화 시정신의 훌륭한 점은 무엇인가. 그것은 어두운 시대를 어둡다 말하고, 빼앗긴 것을 빼앗겼다고 말했다는 용기에 있다. 비록 최선의 항변을 하지는 못했지만, 당대 현실을 성실하게 증명했다는 것만으로 시인의 도리를 해냈다고 평가할 수 있을 것이다. 이상화는 당행지로當行之路와 당연지현當然之現을 웬만큼 성취하였다. 즉 당연히 가야할 길과 당연히 표현할 바를 표현했다는 의미인데, 이상화는 독립운동에 은밀히 가담하였고, 시로써는 민족고난의 시대를 성실히 증명하였다. 그가 1922년에 써낸 「말세의 희탄」을 비롯하여 「2중의 사망」, 「빈촌의 밤」들이 그렇다. 무엇보다도 그의 시에는 절망스런 어조로 빼앗긴 조국을 기리는 모습이 역력하다. 「비음緋音」부터 보자.

이 세기를 물고 너희는, 어둔 밤에서
다시 어둠을 꿈꾸노라 조으는 조선의 밤 —
망각 뭉텅이 같은, 이 밤 속으론
햇살이 비추어 오지도 못하고
하느님의 말씀이, 배부른 군소리로 들리노라

낮에도 밤 — 밤에도 밤 —
그 밤의 어둠에서 스며난, 뒤지기 같은 신령은,
광명의 목거지란 이름도 모르고

술취한 장님이 머 —ㄴ 길을 가듯
비틀거리는 자욱엔, 핏물이 흐른다!

얼마나 절절한 아픔인가. 비틀거리는 것은 조국이고, 피를 흘리는
것도 조국이다. 낮에도 밤이고 밤에도 밤인 조국을 두고 누군들 절망
하지 않으랴. 그래서 이국異國 땅에서도 조국에 대한 강박관념에서 벗
어날 수 없는 것이었다.

오늘이 다 되도록 일본의 서울을 헤매어도
나의 꿈은 문둥이 살끼 같은 조선의 땅을 밟고 돈다.

예쁜 인형들이 노는 이 도회의 호사로운 거리에서
나는 안 잊히는 조선의 하늘이 그리워 애닲은 마음에 노래만 부르
노라.

〈동경〉의 밤이 밝기는 낮이다 — 그러나 내게 무엇이랴!
나의 기억은 자연이 준 등불 해금강의 달을 새로이 손친다.

색채와 음향이 생활의 화려로운 아롱사紗를 짜는 —
예쁜 일본의 서울에서도 나는 암멸暗滅을 서럽게 — 달게 꿈꾸노라.

아 진흙과 짚풀로 얽맨 움밑에서 부처같이 벙어리로 사는 신령아
우리의 앞엔 가느나마 한가닥 길이 뵈느냐 — 없느냐 — 어둠뿐이냐?

거룩한 단순의 상징체인 흰옷 그 너머 사는 맑은 네 맘에
숯불에 손덴 어린아기의 쓰라림이 숨은 줄을 뉘라서 알랴!

벽옥의 하늘은 오직 네게서만 볼 은총 받았던 조선의 하늘아
눈물도 땅속에 묻고 한숨의 구름만이 흐르는 네 얼굴이 보고 싶다.

아 이쁘게 잘 사는 〈동경〉의 밝은 웃음 속을 왼데로 헤매나

내 눈은 어둠 속에서 별과 함께 우는 흐린 호롱불을 넋없이 볼 뿐
이다.

「도꾜에서」라는 시다. 피지배민족의 백성이 지배국의 땅에서 느껴
야 하는 고심참담함을 아주 절절하게 표현하고 있는 시다. 조국을 '문
둥이 살끼(살결)'로 표현해야 하는 심정은, 이루 말할 수 없을 정도로
참담한 대조감정 때문이었을 것이다.

이상화의 시 「가장 비통한 기욕祈慾」은 이 나라 백성의 고통을 처절
한 어조로 표현했다. 부제대로 '간도이민을 보고' 쓴 작품이다.

아, 가도다, 가도다, 쫓아가도다

잊음 속에 있는 간도와 요동벌로

주린 목숨 움켜쥐고, 쫓아가도다

진흙을 밥으로, 햇채를 마셔도

마구나, 가졌더면, 단잠은 얽맬 것을 —

사람을 만든 검아, 하루 일찍

차라리 주린 목숨 뺏아가거라!

아, 사노라, 사노라, 취해 사노라

자폭自暴 속에 있는 서울과 시골로

병든 목숨 행여 갈까, 취해 사노라

어둔 밤 말없는 돌을 안고서

피울음을 울더면, 설움은 풀릴 것을 —

사람을 만든 검아, 하루 일찍

차라리 취한 목숨, 죽여 버려라!

고통보다는 차라리 죽음을 원할 정도로 당대 우리 백성은 철저히 수탈되고 쫓겨 가야만 했던 것이다. 고국을 등지고 망명하든지, 이유민移流民으로 전락했던 절망감에 어찌 자포자기하지 않으랴. 그래서 격정적인 표현이 필요했던 것이다.

이상화의 많은 시가 이와 같은 어조로 표현된다. 자포자기 또는 파괴본능이라 할 수 있는 심정을 다소간 격정적으로 표출하는 셈이다. 「이 해를 보내는 노래」, 「통곡」, 「폭풍우를 기다리는 마음」들이 그런 시다.

〈가뭄이 들고 큰 물이 지고 불이 나고 목숨이 많이 죽은 올해이다. 조선사람아 금강산에 불이 났다 이 한 말이 얼마나 깊은 묵시인가. 몸서리쳐지는 말이 아니냐. 오 하느님 — 사람의 약한 마음이 만든 도깨비가 아니라 누리에게 힘을 주는 자연의 영정靈精인 하나뿐인 사람의 예지 — 를 불러 말하노니 잘못 짐작을 갖지 말고 바로 보아라 이 해가 다 가기 전에 —. 조선사람의 가슴마다에 숨어 사는 모든 히니님들이!〉

하느님! 나는 당신께 돌려 보냅니다
속 썩은 한숨과 피 젖은 눈물로 이 해를 싸서
웃고 받을지 울고 받을지 모르는 당신께 돌려 보냅니다.
당신이 보낸 이 해는 목마르던 나를 물에 빠져 죽이려다가
누더기로 겨우 가린 헐벗은 몸을 태우려고 하였고
주리고 주려서 사람끼리 원망타 굶어죽고만 이 해를 돌려 보냅니다.
하느님! 나는 당신께 묻조려 합니다.
땅에 엎디어 하늘을 우러러 창자 비 — ㄴ 소리로
밉게 들을지 섧게 들을지 모르는 당신께 묻조려 합니다.
당신 보낸 이 해는 우리에게 〈노아의 홍수〉를 갖고 왔다가

> 그 날의 〈유황불〉은 사람도 만들 수 있다 태워 보였으나
>
> 주리고 주려도 우리들이 못 깨쳤다 굶어 죽였는가 묻조려 합니다.
>
> 아 하느님!
>
> 이 해를 받으시고 오는 새해 아침부턴 벼락을 내려줍소
>
> 악도 선보담 더 착할 때 있음을 아옵든지 모르면 죽으리다.

「이 해를 보내는 노래」라는 시인데 얼마나 절절하고 비장한가. 강약이 부동한 상황에서 어찌 일제의 악행을 쉽게 응징할 수 있었겠는가. 그러니까 하느님에게 원망을 돌릴 수밖에 없었던 것이다. '악도 선보담 더 착할 때 있음을 아옵든지 모르면 죽으리다'는 맨 마지막 시구가 이상화의 비장한 심사를 잘 대변한다.

오랜 오랜 옛적부터 / 아 몇백년 몇천년 옛적부터 / 호미와 가래에게 등심살을 벗기우고 / 감자와 기장에게 속기름을 빼앗긴 / 산촌의 뼈만 남은 땅바닥 위에서 / 아직도 사람은 수확을 바라고 있다 // 게으름을 빚어내는 이 늦은 봄날 / 〈나는 이렇게 시달렸노라……〉 / 돌멩이를 내보이는 논과 밭 ― / 거기서 조으는듯 호미질하는 / 농사 짓는 사람의 목숨을 나는 본다. // 마음도 입도 없는 흙인줄 알면서 / 얼마라도 더 달라고 정성껏 뒤지는 / 그들의 가슴엔 저주를 받을 / 숙명이 주는 자족이 아직도 있다 / 자족이 시킨 굴종이 아직도 있다. // 하늘에도 게으른 흰 구름이 돌고 / 땅에서도 고달픈 침묵이 까라진 / 오 ― 이런 날 이런 때에는 / 이 땅과 내 마음의 우울을 부술 / 동해에서 폭풍우나 손아져라 ― 빈다. ///

「폭풍우를 기다리는 마음」이다. 철저히 수탈당한 척박한 땅에서 목숨을 연명하려는 식민지하 백성의 처절한 모습이 눈에 선하다. 가슴이 아리고 쓰려 차마 눈 뜨고 볼 수 없기에, 차라리 폭풍우나 쏟아지라 기

원하는 자학적인 시다. 당대 우리 백성의 십중팔구가 농민이었을진대 그 참상을 짐작할 수 있게 하는 작품이다.

하늘을 우러러

울기는 하여도

하늘이 그리워 울음이 아니다

두 발을 못뻗는 이 땅이 애닲아

하늘을 흘기니

눈물이 터진다

해야 웃지마라

달도 뜨지마라

「통곡」이란 시다. 궁지에 몰리면 이렇게 자학할 수밖에 없다. 차라리 철저한 파멸, 깡그리 버림받는 것을 택하겠다는 오기 띤 심정을 어떻게 표현하랴. 통곡 밖에 더 있을까.

이렇게 뼈에 사무친 고통과 원한은 시인의 정신을 지속적으로 단련시키면서 세련된 시정신으로 나타난다. 「빼앗긴 들에도 봄은 오는가」는 언제 들어도 절창인 것이다.

지금은 남의 땅 — 빼앗긴 들에도 봄은 오는가? // 나는 온몸에 햇살을 받고 / 푸른 하늘 푸른 들이 맞붙은 곳으로 / 가르마 같은 논길을 따라 꿈속을 가듯 걸어만 간다. // 입술을 다문 하늘아 들아 / 내 맘에는 내 혼자 온 것 같지를 않구나 / 네가 끌었느냐 누가 부르더냐 답답워라 말을 해다오. // 바람은 내 귀에 속삭이며 / 한 자욱도 섰지 마라 옷자락을 흔들고 / 종다리는 울타리 너머 아씨 같이 구름 뒤에서 반갑다 웃네. // 고맙게 잘 자란 보리밭아 / 간밤 자정이 넘어 내리던 고운 비로 / 너는 삼단 같은 머리를 감았구나 내 머리초차 가뿐하다. // 혼자라도 가쁘게나 가자 / 마른 논을 안고 도는 착한 도랑이 / 젖먹이 달래는 노래를 하고 제 혼자 어깨춤만 추고 가네. // 나비 제비야 깝치지 마라 / 맨드라미 들마꽃에도 인사를 해야지 / 아주까리 기름을 바른 이가 지심 매던 그 들이라 다 보고 싶다. // 내 손에 호미를 쥐어다오 / 살찐 젖가슴과 같은 부드러운 이 흙을 / 발목이 시리도록 밟아도 보고 좋은 땀조차 흘리고 싶다. // 강가에 나온 아이와 같이 / 짬도 모르고 끝도 없이 닫는 내 혼아 / 무엇을 찾느냐 어디로 가느냐 우스웁다 답을 하려무나. // 나는 온몸에 풋내를 띠고 / 푸른 웃음 푸른 설움이 어우러진 사이로 / 다리를 절며 하루를 걷는다 아마도 봄 신명이 지폈나보다. / 그러나 지금은 — 들을 빼앗겨 봄조차 빼앗기겠네. ///

구구절절이 절창이라서 읽는 이의 가슴을 벅차게 한다. 아무리 궁지에 몰렸다 하더라도, 아무리 파괴본능에 휩쓸린다 해도 내 조국 내 강토를 어쩔 것인가. 먼 길을 방황하다 돌아와 이른 시정신이 「빼앗긴 들에도 봄은 오는가」에서 절정에 이른다. 고통과 원망으로 얼룩진 '문둥이 살결' 같은 조국이지만, 차라리 사랑하자는 결론에 이르면 이렇게 감격으로 표현되는 것이다.

이상화는 일제 식민지시대에 살면서 그 시대를 양심적으로, 가장 성실하게 증명했던 시인 중 한 사람이다. 위에서 인용된 그의 시들마저 없었더라면, 일제 식민지시대의 우리 시정신은 생기를 충분히 발휘하지 못했을 것이다.

한용운, 사상의 위대함

한용운의 시는 형상이 있는 듯하면서 없다. 인간들의 이야기인 듯하면서도 끝내 인간의 모습은 남아있지 않는다. 모든 것이 녹아 '사랑'이라는 관념으로 빨려 들어가는 듯한 느낌을 줄 뿐이다. 사랑을 통해 신앙을 향해가는 것일 수 있고, 신앙을 통해 사랑을 향하는 것이기도 하다. 현실에 발을 딛지 않는 논리로, 직관으로 짜인 시다. 그의 작품 속에서 가장 애용되는 어휘들이 있다. '님', '사랑', '이별', '눈물', '황금', '키쓰' 따위들이다. 그러나 이 어휘들은 결국엔 '조국애'로 집중된다는 것을 터득하게 될 것이다.

그의 시는 사상의 위대함을 보여준다. 그의 시를 신앙의 문제로 해석할 경우, 그의 시는 가장 비현실적인 것일 수 있다. 또한 자연친화적인 시가 많지 않은 것과 인간과 인간, 인간과 신의 관계에 집중하려는 것이 특징이라서 덜 현실적으로 보일 수 있다. 그렇지만 이런 모든 요소들이 결국은 식민지 현실을 극복하기 위해 빗댄 표현이라서, 오히려 가장 현실적이라고 해야 하리라.

한용운의 시에서 시대정신, 현실의식, 민족의식 따위를 잡아보려는 것이 애초에 턱없는 짓이라 할 수도 있겠다. 그런 한정된 정신을 잡아보려다가는 '닭 잡는 데 소 칼'인지, '소 잡는 데 닭 칼'인지 모를 미궁에 빠지게 될 것이다. 마치 '원수를 사랑하라'고 하면, '우리에겐 사랑할 원수도 없다'는 듯한 표정을 짓는 것 같이 겸연쩍을 수밖에 없다. 시적 장치도 모순어법을 주로 사용하기 때문에 때로는 허허롭기까지 할 것이다. 경계가 분명한 세속적 가치관을 내세우지 않으니 당대 현실에서 긴박감을 느끼며 사는 사람들에게는 당장 유익한 지침이 되지는 못했을 것이다.

일제 식민지하의 백성들에게 한용운의 시는 어떤 교훈이나 감동을 줄 수 있었을까. 그의 대부분 시가 '님'을 갈구하듯 조국의 독립을 갈망해야 한다는 암시를 주려고 한 것일까. 분명 그는 「군말」에서 '나는 해 저문 벌판에서 돌어가는 길을 잃고 헤매는 어린 양이 기루어서 이 시를 쓴다'고 말했다. '그리다' 또는 '그리워하다'란 말은 결국 희망이겠다. 어쨌든 우선은 님을 그리듯, 간절하게 조국광복을 희망하리라는 것이 핵심일 터다. 희망이 미래이고, 힘일 터다.

반어와 역설을 장기로 삼은 그의 시는, 견강부회라는 비난을 무릅쓴다면 당연히 당대 현실과 연관시켜야 한다. 의병활동도 하고 3·1운동에도 참여하고 옥고를 치루었다는 그의 항일전력만으로도 충분히 감동을 줄 수 있기에, 시도 자연스럽게 그의 전력과 연관시키게 되고 얼마든지 현실의식·민족정신을 해석해 낼 수도 있을 것이다. 그러나 지나친 확대해석은 오히려 시를 부자연스럽게 만들 것이다. 차라리 '항일활동은 활동이고 시는 시다'리는 말로 그의 시를 자유롭게 두는 편이 나을 수도 있을 것이다. 그의 시를 종교시라고 하건 사랑의 시라고 하건, 시의 가치가 훼손될 하등의 이유가 없다. 어떤 부류의 시가 되었든 한용운의 궁극적 목적은 일제하에서 민족 모두가 겪고 있는 통증을 완화시키고 희망을 주기 위한 것이었다. '님만 님이 아니라 기룬 것은 다 님이다'라는 말이 그 모든 것을 의미한다. 빼앗긴 조국의 광복을 기루니까 조국이 님이요, 떠나간 님은 만날 것을 전제하니까 조국을 되찾게 된다는 논리다. 일제하니까 이런 추론이 필요한 것이고, 또 다른 정황에서는 또 다른 추론이 가능한 시이기에 위대한 사상시로 평가되는 것이다.

> 님은 갔습니다. 아아 사랑하는 나의 님은 갔습니다.
> 푸른 산빛을 깨치고 단풍나무 숲을 향하야 난 적은 길을 걸어서, 참어 떨치고 갔습니다
> 황금의 꽃같이 굳고 빛나든 옛 맹서는 차디찬 띠끌이 되야서, 한숨의 미풍에 날어갔습니다.
> 날카로운 첫 '키쓰'의 추억은 나의 운명의 지침을 돌려 놓고, 뒷걸음쳐서 사러졌습니다.

나는 향기로운 님의 말소리에 귀먹고, 꽃다운 님의 얼굴에 눈멀었읍니다.

사랑도 사람의 일이라, 만날 때에 미리 떠날 것을 염려하고 경계하지 아니한 것은 아니지만, 이별은 뜻밖의 일이 되고 놀란 가슴은 새로운 슬픔에 터집니다.

그러나 이별을 쓸데없는 눈물의 원천을 만들고 마는 것은 스스로 사랑을 깨치는 것인 줄 아는 까닭에, 걷잡을 수 없는 슬픔의 힘을 옮겨서 새 희망의 정수박이에 들이부었읍니다.

우리는 만날 때에 떠날 것을 염려하는 것과 같이, 떠날 때에 다시 만날 것을 믿읍니다.

아아 님은 갔지마는 나는 님을 보내지 아니하얐읍니다.

제 곡조를 못 이기는 사랑의 노래는 님의 침묵을 휩싸고 돕니다.

두루 잘 아는 「님의 침묵」이다. '님'이 조국이냐, 연인이냐 또는 부처냐를 따지는 것처럼 비생산적인 논의는 없을 것이다. 상황에 따라 읽는 사람이 택할 일이다. 일제하라는 특수상황이니까 님을 조국으로 여기는 시대정신, 민족정신에 결부시키는 것이 자연스럽다는 생각일 뿐이다. 그럴 때 '제 곡조를 못이기는 사랑의 노래'란 표현은 얼마나 적합한가. 의병의 노래, 독립군의 노래, 풍자적 민요, 창가 따위, 조국을 되찾겠다는 일념에서 생산된 당대의 노래가 헤아릴 수 없을 정도로 많이 생산되었다. 노래라고 했다고 노래뿐인가. 조국독립을 위한 간절한 말들이다. '제 곡조를 못 이기는 사랑의 노래'였던 것이다.

바람도 없는 공중에 수직의 파문을 내이며, 고요히 떨어지는 오동잎은 누구의 발자취입니까.

지리한 장마 끝에 서풍에 몰려가는 무서운 검은 구름의 터진 틈으로,

언뜻언뜻 보이는 푸른 하늘은 누구의 얼골입니까.

꽃도 없는 깊은 나무에 푸른 이끼를 거쳐서, 옛 탑위의 고요한 하늘을 슬치는 알 수 없는 향기는 누구의 입김입니까.

근원을 알지도 못할 곳에서 나서, 돍부리를 울리고 가늘게 흐르는 적은 시내는 굽이굽이 누구의 노래입니까.

연꽃 같은 발꿈치로 갓이없는 바다를 밟고, 옥 같은 손으로 끝없는 하늘을 만지면서, 떨어지는 날을 곱게 단장하는 저녁놀은 누구의 시입니까.

타고 남은 재가 다시 기름이 됩니다. 그칠 줄은 모르고 타는 나의 가슴은 누구의 밤을 지키는 약한 등불입니까.

자연의 모든 현상은 미약한 듯하면서도 결국 크고 신비스럽기만 한 것이다. 「알 수 없어요」는 정녕 알 수 없다는 말인가. 아니다, 자연의 힘인 줄 안다. 아니면 부처님의 힘인 줄 안다. 그러나 '무서운 검은 구름의 터진 틈으로, 언뜻언뜻 보이는 푸른 하늘'이 희망의 징조이듯이, '그칠 줄을 모르고 타는 나의 가슴은' 이 민족 밤을 지키는 약한 등불이라는 것 모를 수가 없겠다.

남들은 님을 생각한다지만
나는 님을 잊고저 하야요
잊고저 할수록 생각하기로
행여 잊힐까하고 생각하야 보았읍니다.

잊으랴면 생각하고
생각하면 잊히지 아니하니
잊도 말고 생각도 말어 볼까요

잊든지 생각든지 내버려 두어 볼까요.

그러나 그리도 아니되고

끊임없는 생각생각에 님뿐인데 어찌하야요.

귀태여 잊으랴면

잊을 수가 없는 것은 아니지만

잠과 죽음뿐이기로

님 두고는 못하야요.

아아 잊히지 않는 생각보다

잊고저 하는 그것이 더욱 괴롭습니다.

「나는 잊고저」이다. 앞에서 한용운의 장기가 반어법이라 했다. 반어법이란 '시치미 떼고 꾸며대기'이니까, '나는 잊고저'는 '나는 잊지 않고저'가 되는 것이다. 그래야 절실한 것을 더욱 절실하게 표현하는 것이 된다.

위의 시에서 '님' 대신에 '조국'을 넣어볼 일이다. 얼마나 오내불망하는 조국인가를 추측할 수 있겠고, 한용운의 항일 전력과 연관시키면 더욱 확고히 단정할 수 있을 것이다. 「오서요」 같은 시의 경우에는 '조국의 독립'과 더욱 강력히 연관시키고 싶은 욕망에 사로잡힐 것이다. 1연만 보자.

오서요, 당신은 오실 때가 되었어요, 어서 오서요.

당신은 당신의 오실 때가 언제인지 아십니까, 당신의 오실 때는 나의 기다리는 때입니다.

위 시에서는 '오서요, 당신은 오실 때가 되얐어요, 어서 오서요'라는 구절이 네 번씩이나 반복된다. 조국독립을 얼마나 사무치게 그리워했는지 가히 짐작할 수 있을 것이다.

한용운의 시에서 역사의식이나 민족의식을 직접적으로 확인할 수 있는 것은, 「논개의 애인이 되야서 그의 묘에」란 작품이다. 일제를 꾸짖기 위해 논개를 찬양한다. '그대는 조선의 무덤 가온데 피었든 좋은 꽃의 하나이다. 그래서 그 향기는 썩지 않는다'고 말한다.

한용운의 시정신은 하나의 이념을 담기에는 너무 크다. 종교적 포용력과 서정적 효과 그리고 여성적 어조가 어우러져 넓은 날개를 한껏 펼친 대붕大鵬을 보는 느낌이다. 항일정신을 직설적 언어로 구사해내지는 않지만, 일제기를 살아가는 사람들에게 희망이 될 사상을 시에 녹여 표현했고, 항일운동을 몸소 실천해 보임으로써 겨레의 사표가 되었던 것이다.

이육사, 광야를 달려 이른 절정

육사 이원록李源祿의 생애 40년은 그야말로 파란만장한 세월이었다. 시인의 생애라기보다는 지사 또는 투사의 생애였다. 조국독립에 대한 열망으로 수 없이 투옥되고 고통을 겪으면서 다진 정신이 절정에 이른 시들을 생산해 내게 된 것이다. 시를 쓸 시간적 여유가 있었을까 할 만큼, 그는 몸으로 직접 끈질기게 독립운동을 했던 것이다.

그의 시는 고결하다. 몸으로 겪은 숱한 고통을 삭혀 여과시킨 것이 그의 시들이리라. 일거수일투족이 지극히 격렬한 현실이었던지라 오히려 시정신은 깔끔하게 펼쳐진다. 이런 생각을 미리 깔아둔다면 그의 시에서 현실의식을 충분히 유추해 낼 수 있다.

우선 당시의 현실을 가장 구체적으로 증명하려 했던 시부터 살펴보자.

광명을 배반한 아득한 동굴에서
다 썩은 들보라 무너진 성채城砦 위 너 홀로 돌아다니는 가엾은 박쥐여! 어둠의 왕자여!

쥐는 너를 버리고 부자집 고간으로 도망했고

대붕도 북해로 날아간 지 이미 오래거늘

검은 세기에 상장喪裝이 갈갈이 찢어질 긴 동안

비둘기 같은 사랑을 한 번도 속삭여 보지도 못한

가엾은 박쥐여! 고독한 유령이여!

앵무와 함께 종알대어 보지도 못하고

딱따구리처럼 고목을 쪼아 울리도 못 하거니

만호보다 노란 눈깔은 유전遺傳을 원망한들 무엇하랴

서러운 주문일사 못 외일 고민의 이빨을 갈며

종족과 화를 잃어도 갈 곳조차 없는

가엾은 박쥐여! 영원한 '보헤미안'의 넋이여!

제 정열에 못 이겨 타서 죽은 불사조는 아닐망정

공산空山 잠긴 달에 울어 새는 두견새 흘리는 피는

그래도 사람의 심금을 흔들어 눈물을 짜내지 않는가!

날카로운 발톱이 암사슴의 연한 간을 노려도 봤을

너의 머 ㅡㄴ 조선祖先의 영화롭던 한시절 역사도

이제사 '아이누'의 가계家系와도 같이 서러워라

가엾은 박쥐여! 멸망하는 겨레여!

운명의 제단에 가늘게 타는 향불마저 꺼졌거든

그 많은 새짐승에 빌붙일 애교라도 가졌단 말가?

상금조相琴鳥처럼 고운 뺨을 채롱에 팔지도 못 하는 너는

한 토막 꿈조차 못 꾸고 다시 동굴로 돌아가거니

가엾은 박쥐여! 검은 화석의 요정이여!

「편복蝙蝠」이란 시다. 박쥐란 뜻이다. 그는 박쥐의 생태를 우리 민족의 현실에 비유한다. 그러니까 일제 식민지를 어둠으로 보는 것이다. '가엾은 박쥐여! 멸망하는 겨레여!'라는 시구에서 확실히 알게 된다. 박쥐의 속성과 우리 민족의 욕된 운명을 참으로 적절하게 비유한 작품이다. 조국에 대한 이런 서러운 인식이 절실했기에 그는 독립투사가 될 수밖에 없었던 것이다.

위의 시와 함께 당시의 현실에 대한 감회를 암시하려는 작품은「해조사海潮詞」다. 이국異國에서 객고에 시달리는 지사의 심사를 파도소리가 자극하면서 펼쳐지는 온갖 감회로 엮은 작품인 것이다.「절정絶頂」을 보자.

> 매운 계절의 채쭉에 갈겨
> 마츰내 북방으로 휩쓸려오다
>
> 하늘도 그만 지쳐 끝난 고원
> 서리빨 칼날진 그 우에 서다
>
> 어데다 무릎을 꿇어야 하나
> 한발 재겨 디딜곳조차 없다
>
> 이러매 눈 감아 생각해 볼밖에
> 겨울은 강철로 된 무지갠가 보다

시인, 아니 지사가 더 이상 갈 수 없나는 뜻은 조국 또한 그렇다는 의미다. 마치 백척간두에 선 듯 느껴지는 시인의 의식도 절정이거니와, 혹한으로 상징되는 조국의 현실도 결국 절정인 셈이다. 궁하면 통할 수 있는 절망의 절정이면서, 희망의 절정일 수도 있는 것이다. 정녕 기개가 높은 시다.

까마득한 날에
하늘이 처음 열리고
어데 닭 우는 소리 들렸으랴

모든 산맥들이
바다를 연모戀慕해 휘날릴 때도
참아 이곳을 범하던 못하였으리라

끊임 없는 광음을
부즈런한 계절이 피어선 지고
큰 강물이 비로소 길을 열었다

지금 눈 나리고
매화향기 홀로 아득하니
내 여기 가난한 노래의 씨를 뿌려라

다시 천고千古의 뒤에
백마타고 오는 초인이 있어
이 광야에서 목놓아 부르게 하리라

「광야」란 시다. 작아도 큰 나라이기에 광야이며, 금수강산이라도 남에게 빼앗겼기에 광야다. 큰 뜻을 펼쳐야 하기에 광야이고, 크게 뻗어나갈 나라이기에 광야다. 비록 '지금'은 매화향기만 홀로 아득하지만, 가난한 내 노래의 씨앗을 뿌리게 되면 머지않아 만물이 가득한 낙원이 될 것이다. 한참 뒤에나 초인이 나서 옛 사람들의 의로움을 절실히 추억하게 되리라. 성스럽기에 '참아 범하지 못한' 이 땅인 것이다. 얼마나 안타깝게 목 놓아 불러야 할 조국인가. 비장감을 느끼게 하는 시다.

> 내 고장 칠월은
> 청포도가 익어가는 시절
>
> 이 마을 전설이 주절이주절이 열리고
> 먼데 하늘이 꿈 꾸며 알알이 들어와 박혀
>
> 하늘밑 푸른 바다가 가슴을 열고
> 흰 돛 단 배가 곱게 밀려서 오면
>
> 내가 바라는 손님은 고닮은 몸으로
> 청포靑袍를 입고 찾아 온다고 했으니
>
> 내 그를 맞아 이 포도를 따 먹으면
> 두 손은 함뿍 적셔도 좋으련
>
> 아이야 우리 식탁엔 은쟁반에
> 하이얀 모시 수건을 마련해두렴

두루 잘 알고 있는 「청포도」다. 1939년 일제 암흑기 『문장』지에 발표한 시다. 다른 시에 비해 한껏 정제되어 있는 어조다. 조국이 독립되어 애국지사들이 귀국·귀향하는 모습으로밖에는 유추할 수 없는 시적 분위기다. '동트기 전이 가장 어둡다'고, 암흑기라는 일제 말기에 시인은 독립이 머지 않다고 예견했겠다.

이육사는 일제하에서 가장 이상적인 인물 중 한 사람으로 볼 수밖에 없을 것이다. 독립투쟁으로 현실을 가장 치열하게 살았으며, 그 현실을 정제하여 고결한 시를 창작해냈기 때문에 그렇다. 일제 식민지시대 문인이라면 지사상志士象을 은근히 원하게 되는 것은 바로 이육사가 전범을 보여 주었기 때문일 것이다. 일제하에서 그는 갈 길을 가는 지사였으며, 쓸 것을 쓴 시인이었다.

윤동주, 그 뼈저린 성찰

30년도 채 못 살다간 윤동주는, 그 짧은 생애를 유난히도 철저한 자기점검으로 보냈다. 자기점검이란 결국 자기단련이기에 어설픈 삶이 될 수 없는 것이다. '반구제기反求諸己', 즉 모든 것을 자기에서 찾았다. 나라가 빼앗긴 것도, 시가 쉽게 쓰이는 것도. 그래서 늘 죄의식으로 괴로워하였으며 사뭇 참회함으로써 마음에 때가 끼지 않도록 노력한 시인이었다. 그의 시 태반이 동시童詩라 해도 지나친 말이 아닌데, 그가 동시를 쓴 것은 스스로의 마음을 순진무구로 유지하기 위함이었다. 또한 그의 시가 신앙시로 여겨지는 것은 죄책감 때문이다. 모든 것을 자기로부터 구하려는 일종의 강박관념 때문에 사뭇 고통스러워하였으며 때로는 자학自虐이라 할 만큼 아픔을 감내하는 모습을 보여준다.

윤동주도 이육사만큼이나 지사적 품격을 지녔다. 일제 말기에 기개 높은 시를 써 낸 것으로부터, 독립운동을 하다 해방도 채 맛보지 못하고 옥중 순질한 짓에 이브기까지 서로 닮았고, 고결한 시정신까지 거의 닮았다. 윤동주도 이육사처럼 당시 현실을 몸으로 겪었기 때문에 행동은 가장 현실적이었지만, 상대적으로 시는 정제되어 현실을 암시만 했던 것이다.

> 잃어버렸습니다.
> 무얼 어디다 잃었는지 몰라
> 두 손이 주머니를 더듬어
> 길에 나아갑니다.
>
> 돌과 돌과 돌이 끝없이 연달아
> 길은 돌담을 끼고 갑니다.

담은 쇠문을 굳게 닫아
길 위에 긴 그림자를 드리우고

길은 아침에서 저녁으로
저녁에서 아침으로 통했습니다.

돌담을 더듬어 눈물짓다
쳐다보면 하늘은 부끄럽게 푸릅니다.

풀 한 포기 없는 이 길을 걷는 것은
담 저쪽에 내가 남아 있는 까닭이고,

내가 사는 것은, 다만,
잃은 것을 찾는 까닭입니다.

1941년에 쓴 「길」이라는 작품이다. 당시를 살았던 사람들은 모두 이런 상실감에 시달렸을 것이다. 윤동주는 그것을 대변했다. 조국을 잃었고 고향을 잃었으며, 재산은 물론 무엇보다 자유를 모두 잃었던 것이다. 그것을 모두 찾기 위해서는 나라가 독립을 해야 하며, '내가 사는 것은, 다만, / 잃은 것을 찾는 까닭입니다' 하는 구절을 생각한다면, 나는 오로지 나라의 독립을 위해 살겠다는 의지 표명인 셈이다. '담'은 형무소의 담일 수 있다. '담 저쪽에 내가 남아 있는 까닭'은 뭔가 해야 할 일을 해내지 못하고 있다는 미련 때문인 것이며, 그러기에 하늘도 '부끄럽게' 푸른 것이다.

삶은 오늘도 죽음의 서곡을 노래하였다.
이 노래가 언제나 끝나랴

세상 사람은 ─
뼈를 녹여 내는 듯한 삶의 노래에
춤을 춘다
사람들은 해가 넘어가기 전
이 노래 끝의 공포를
생각할 사이가 없었다.

하늘 복판에 알 새기듯이
이 노래를 부른 자가 누구뇨

그리고 소낙비 그친 뒤같이도
이 노래를 그친 자가 누구뇨

죽고 뼈만 남은
죽음의 승리자 위인들!

「삶과 죽음」이란 시다. 조국독립의 노래인 것이다. 죽음을 두려워하지 않고 오로지 조국독립을 위해 싸운 이들의 노래, 그래서 죽음의 승리자가 된 위대한 인간상들인 것이다.

윤동주는 조국독립을 위해 기개 높게 노래 부르는 것을 '삶'으로 보았고, 그러다 순절하는 것을 '죽음'으로 보았다. 그래서 '삶과 죽음'인 것이다. 오로지 조국독립이라는 강박관념이 여기에서도 확인된다. 뭔가 해내지 못 한다는 강박관념으로 그는 사뭇 쫓기게 된다.

고향에 돌아온 날 밤에
내 백골이 따라와 한 방에 누웠다.
어둔 방은 우주로 통하고
하늘에선가 소리처럼 바람이 불어온다.

어둠 속에 곱게 풍화 작용하는
백골을 들여다보며
눈물짓는 것이 내가 우는 것이냐
백골이 우는 것이냐
아름다운 혼이 우는 것이냐

지조 높은 개는
밤을 새워 어둠을 짖는다.

어둠을 짖는 개는
나를 쫓는 것일 게다.

가자 가자
쫓기우는 사람처럼 가자
백골 몰래
아름다운 또 다른 고향에 가자.

「또 다른 고향」이다. 죽음에 대한 강박관념은 여기서도 표현된다. 그 죽음은 물론 순국일 터다. 고향에 돌아왔는데 개가 낯설어 하며 짖는다는 것은 진정 내 고향일 수가 없다는 의미다. 또 다른 고향이란 그러니까 또 다른 활동무대를 말하는 것이리라. 조국독립을 위해 투쟁하고 있는 북국이나 되겠다. 그래서 윤동주는 결국 십자가 아래 맹세하게 되는 것이다.

쫓아오던 햇빛인데
지금 교회당 꼭대기
십자가에 걸리었습니다.

첨탑이 저렇게도 높은데
어떻게 올라갈 수 있을까요.

종소리도 들려 오지 않는데
휘파람이나 불며 서성거리다가,
괴로웠던 사나이,
행복한 예수 그리스도에게
처럼
십자가가 허락된다면

모가지를 드리우고
꽃처럼 피어나는 피를
어두워 가는 하늘 밑에
조용히 흘리겠습니다.

「십사가」다. 잠으로 은근한 비장함이다. 다지고 다녀온, 그래서 강박관념이 되어버린 순국을 암시하는 것이리라. '첨탑이 저렇게 높은데 / 어떻게 올라갈 수 있을까요'가 암시하는 것처럼, 순국이란 것은 아무나 하는 것이 아닌데 감히 '순국'이라 할 수 있는가를 자문하는 것이겠다. 그러나 이내 스스로를 허락하는 것이다.

파란 녹이 낀 구리 거울 속에
내 얼굴이 남아 있는 것은
어느 왕조의 유물이기에
이다지도 욕될까

나는 나의 참회의 글을 한 줄에 줄이자

> ― 만 이십사 년 일 개월을
>   무슨 기쁨을 바라 살아왔던가
>
> 내일이나 모레나 그 어느 즐거운 날에
> 나는 또 한 줄의 참회록을 써야 한다.
>   ― 그때 그 젊은 나이에
>   왜 그런 부끄런 고백을 했던가
>
> 밤이면 밤마다 나의 거울을
> 손바닥으로 발바닥으로 닦아 보자.
>
> 그러면 어느 운석隕石 밑으로 홀로 걸어가는
> 슬픈 사람의 뒷모양이
> 거울 속에 나타나 온다.

「참회록」이다. 윤동주에게는 현재도 참회, 미래도 참회다. 지금까지 욕되게 살아왔다는 참회이고, 조국해방이 된 후에는 왜 그런 생각을 했던가에 대한 참회가 있으리란 것을 확신하고 있는 것이다. 거울을 닦는 행위는 끊임없는 자기성찰을 의미하는 것이리라.

「서시」에서 윤동주는 '죽는 날까지 하늘을 우러러 / 한 점 부끄럼이 없기를', 스스로에게 바라고 다짐했던가. '인생은 살기 어렵다는데 / 시가 이렇게 쉽게 씌어지는 것은 / 부끄러운 일이다' 하고, 「쉽게 씌어진 시」에서 읊조렸던가. 그렇다. 그는 자기 자신에게 늘 뼈저린 성찰을 요구했고, 그렇게 진지하게 행동했다. 차라리 강박관념을 가지고 살았다고 해야 하리라. 스스로의 삶을 순국과 항상 연관시키면서 짧은 인생을 긴장 속에서 살았던 것이다. 그래서 결국 죽는 날까지 한 점 부끄럼이 없이 살아낸 것이다.

이용악, 조국의 욕된 운명

이용악은 일제 식민지시대 말기와 해방기에 좋은 시를 발표한 시인 중 한 사람이다. 『분수령』, 『낡은 집』이란 시집은 각각 1937, 1938년에 출간된다. 이른바 일제 암흑기에 출간된 이 시집들은 당대 우리의 현실을 성실히 반영하고 있다. 창씨개명 강요와 조선어 말살정책에 압도당하여 많은 문인들이 어쩔 수 없이 변절되어 갈 때라서 이용악의 두 시집은 더욱 소중하게 여겨진다. 물론 이 시집들에 실려 있는 작품들이 당대 현실을 적극적으로 반영하고 있지 못하며, 그럴 수도 없었다. 소극적일 수밖에 없는 당대 현실반영을 적극적으로 유추해야 하는 것은 독자의 몫이다.

그의 시에서 주로 다루는 것은 개인과 가족의 문제지만 그것은 언제나 사회와 민족의 문제로 연결된다. 시의 어두운 분위기, 시적 화자가 분노를 삭이는 모습을 보여주는 것에서 그의 시가 당대 현실을 성실히 증명했다고 평가할 수 있다. 「나를 만나거든」이란 시를 보자.

땀 말른 얼골에 / 소곰이 싸락싸락 돋힌 나를 / 공사장 가까운 숲속에서 만나거든 / 내 손을 쥐지 마라 / 만약 내 손을 쥐드래도 / 옛처럼 네 손처럼 부드럽지 못한 이유를/ 그 이유를 묻지 말어다오 // 주름잡힌 이마에 / 석고처럼 창백한 불만이 그윽한 나를 / 거리의 뒷골목에서 만나거든 / 먹었느냐고 묻지 말라 / 굶었느냐곤 더욱 묻지 말고 / 꿈 같은 이야기는 이야기의 한마디도 / 나의 침묵에 침입하지 말어다오 // 폐인인 양 씨드러져 / 턱을 고이고 앉은 나를 / 어둑한 폐가의 회랑에서 만나거든 / 울지 말라 / 웃지도 말라 / 너는 평범한 표정을 힘써 지켜야겠고 / 내가 자살하지 않는 이유를 / 그 이유를 묻지 말어다오. ///

시적 화자의 오기랄까 결연한 의지가 잘 드러나 있는 작품이다. 착취당할 대로 착취당한 한 인간, 또는 나라를 빼앗긴 백성들이 살아내야 하는 고통이 엄청나지만, 결코 동정으로 완화시키거나 잊고 싶지 않다는 모습이다. 고통을 응축시켜 그 팽창력으로 튀어오를 때를 기다리는 것이다. 당대 민족의 한 구성원을 통해 민족 전체의 생활상을 잘 암시해주고 있는 작품이다.

이용악의 시에는 고국의 어려움을 견디지 못하고 도망하는 사람들, 그래서 실향민이 된 사람들의 이야기가 많이 나온다. 고향이 아닌 이국 땅에서 고통을 받고 죽어가는 이들의 모습이 생생하게 표현된다. 「도망하는 밤」, 「풀벌렛소리 가득 차 있었다」와 같은 작품이 그 좋은 예다. 「동면하는 곤충의 노래」는 다분히 상징적인 작품으로, 개인과 민족의 전망을 제시하려 한다. 「폭풍」은 억압되고 착취된 민족의 울분이 힘을 발휘하도록 부추기는 시다. 이들 시는 당대 상황을 잘 암시하고 있어 시적 긴장이 충분히 응축된 작품들이다. 「천치의 강아」에서는 시적화자가 답답한 심사를 가눌 길 없어 국경을 흐르는 강에 대해 한스런 원망을 해대는 작품으로, 시인의 현실인식과 표현이 절절하다. 「두만강 너 우리의 강아」는 「천지의 강아」와 어조가 비슷하면서 뛰어난 시적 형상화가 이루어진 작품이다.

   * 풀쪽을 수림을 땅을 / 바윗덩이를 무르녹이는 열기가 쏟아져도 / 오직 네만 냉정한 듯 차게 흐르는 / 강아 / 천지의 강아 // 국제철교를 넘어드는 무장열차가 / 너의 흐름을 타고 하늘을 깰 듯 고동이 높을 때 / 언덕에 자리잡은 포대가 호령을 내려 / 너의 흐름에 신지피를 흘릴 때 / 너는 초조에 / 너는 공포에 / 너는 부질없는 전율밖에 / 가져본 다른 동작이 없고 / 너의 꿈은 꿈을 이어 흐른다 // 네가 흘러온 / 흘러온 산협山峽에 무슨 자랑이 있었드냐 / 흘러가는 바다에 무슨

영광이 있으랴 / 이 은혜롭지 못한 꿈의 향연을 / 전통을 이어 남기려는가 / 강아 / 천치의 강아 // 너를 건너 / 키 넘는 풀속을 들쥐처럼 기어 / 색다른 국경을 넘고저 숨어 다니는 무리 / 맥풀린 백성의 사투리의 향려鄕閭를 아는가 / 더욱 돌아오는 실망을 / 묘표墓標를 걸머진 듯한 이 실망을 아느냐 // 강안江岸에 무수한 해골이 딩굴어도 / 해마다 계절마다 더해도 / 오즉 너의 꿈만 아름다운 듯 고집하는 / 강아 / 천지의 강아 ///

* 나는 죄인처럼 수그리고 / 나는 코끼리처럼 말이 없다 / 두만강 너 우리의 강아 / 너의 언덕을 달리는 찻간에 / 조고마한 자랑도 자유도 없이 앉았다 // 아모것두 바라볼 수 없다만 / 너의 가슴은 얼었으리라 / 그러나 / 나는 안다 / 다른 한 줄 너의 흐름이 쉬지 않고 / 바다로 가야 할 곳으로 흘러내리고 있음을 // 지금 차는 차대로 달리고 / 바람이 이리처럼 날뛰는 강건너 벌판엔 / 나의 젊은 넋이 / 무엇인기 기내리는 듯 얼어붙은 듯 섰으니 / 욕된 운명은 밤 우에 밤을 마련할 뿐 // 잠들지 말라 우리의 강아 / 오늘 밤도 / 너의 가슴을 밟는 뭇 슬픔이 목마르고 / 얼음길은 거출다 길은 멀다 // 길이 마음의 눈을 덮어줄 / 검은 날개는 없느냐 / 두만강 너 우리의 강아 / 북간도로 간다는 강원도치와 마조앉은 / 나는 울 줄을 몰라 외롭다 ///

앞의 시는 「천치天癡의 강아」라는 작품이고, 뒤의 것은 「두만강 너 우리의 강아」란 작품이다.

너무 서러우면 울음조차 안 나온다는데, '나는 울 줄 몰라 외롭다'가 절창이 되었다. 당대의 상황을 이렇게 진지하고 성실하게 증언한 작품이 얼마나 될까. 결코 많지 않으리라. 이용악은 자기감정의 해소에 급급한 작품은 거의 쓰지 않았다. 대부분의 작품을 대의명분에, 즉 민족

의 문제에 연결시키면서 시다운 시를 써냈다. 위의 시와 함께 이용악
의 대표작이라 볼 수 있는 「낡은 집」은 어떠한가.

날로 밤으로 / 왕거미 줄치기에 분주한 집 / 마을서 흉집이라고 꺼리는
낡은 집 / 이 집에 살았다는 백성들은 / 대대손손에 물려줄 / 은동곳도
산호관자도 갖지 못했니라 // 재를 넘어 무곡을 다니던 당나귀 / 항구
로 가는 콩실이에 늙은 둥글소 / 모두 없어진 지 오랜 / 외양간엔 아직
초라한 내음새 그윽하다만 / 털보네 간 곳은 아모도 모른다 // 찻길이
뇌이기 전 / 노루 멧돼지 쪽제비 이런 것들이 / 앞뒤 산을 마음놓고 뛰
어다니던 시절 / 털보의 세째아들은 / 나의 싸리말 동무는 / 이 집 안방
짓두광주리 옆에서 / 첫울음을 울었다고 한다 // "털보네는 또 아들을
봤다우 / 송아지래두 붙었으면 팔아나 먹지" / 마을 아낙네들은 무심코
/ 차그운 이야기를 가을 냇물에 실어보냈다는 / 그날 밤 / 저릅등이 시
름시름 타들어가고 / 소주에 취한 털보의 눈도 일층 붉더란다 // 갓주
지 이야기와 / 무서운 전설 가운데서 가난 속에서 / 나의 동무는 늘 마
음 졸이며 자랐다 / 당나귀 몰고 간 애비 돌아오지 않는 밤 / 노랑고양
이 울어 울어 / 종시 잠 이루지 못하는 밤이면 / 어미 분주히 일하는
방앗간 한구석에서 / 나의 동무는 / 도토리의 꿈을 키웠다 // 그가 아홉
살 되던 해 / 사냥개 꿩을 쫓아다니는 겨울 / 이 집에 살던 일곱 식솔이
/ 어데론지 사라지고 이튿날 아침 / 북쪽을 향한 발자옥만 눈우에 떨고
있었다 // 더러는 오랑캐령 쪽으로 갔으리라고 / 더러는 아라사로 갔으
리라고 / 이웃 늙은이들은 / 모두 무서운 곳을 짚었다 // 지금은 아무도
살지 않는 집 / 마을서 흉집이라고 꺼리는 낡은 집 / 제철마다 먹음직
한 열매 / 탐스럽게 열던 살구 / 살구나무도 글거리만 남았길래 / 꽃피
는 철이 와도 가도 뒤울안에 / 꿀벌 하나 날아들지 않는다 ///

백석의 작품에서도 익히 볼 수 있는 이야기 시 형태다. 한 가족의 역사는 곧 민족의 역사다. '낡은 집'은 당시 피폐해진 조국으로도 해석될 수 있는 것이다. 오죽하면 조국을 두고 무서운 다른 나라 땅으로 도망했겠는가. 암시되어 있지 않지만 가장이 독립운동을 했기 때문에 가족이 몽땅 피신해 갈 수밖에 없는 처지였기가 십상이다. 이런 상황이 예외적인 것은 아니고 보편적 현상이었기에, 그런 확대해석이 가능한 것이다. 「고향아 꽃은 피지 못했다」와 같은 시도 실향민의 절절한 애환이 서린 좋은 작품이다.

이용악은 이렇게 일관된 정서, 일관된 주제로 시를 생산해 냈다. 일제 말기, 당대를 성실히 증언하기가 쉽지 않은 상황에서 그는 시인의 본분을 저버리지 않았던 것이다. 그의 창작활동은 일제강점기뿐만 아니라 해방 후에도 계속되어 다른 시인들에게 큰 영향을 끼치게 된다.

오장환, 고국·고향은 '병든 학'

오장환은 이용악처럼 일제 말기에 두 권의 시집을 내는데, 『성벽』과 『헌사』가 그것이다. 또한 두 시인은 해방기에도 각각 두 권씩 시집을 출간한다. 시력詩歷이 비슷한 셈이다. 그러나 시세계는 조금 다르다. 이용악의 시정신이 결연하여 비장감을 품고 있다면, 오장환은 애상적 분위기를 내보인다. 일제기에 어느 시인인들 말해야 할 것을 속 시원히 말하며 살았으랴만, 이 두 시인 역시 그렇기에 당대 현실을 대부분 암시하는 데서 머물렀다. 퇴폐한 분위기라든지 소외당한 사람들의 일상을 제시하여 당대 상황을 증언하고 있다. 부정적 대상을 제시하여 시적 분위기를 사뭇 암울하고 쓸쓸하게 만드는데, 그것은 물론 조국 상실감과 항상 연관되는 것이다. 「월향구천곡」, 「해양도」 따위 시들이 그렇고, 또한 옛것에 대한 안타까움을 술회한 「성벽」, 「고전」, 「성씨보」

역시 그런 셈이다. 특히 그의 시에는 고향을 그리워하는 모습이 인상적인데, 고향은 단순히 자신이 태어난 곳을 가리키는 게 아니라 빼앗겨 버린 조국으로 유추하게끔 한다.

직업소개에는 실업자들이 일터와 같이 출근하였다. 아무 일도 안하면 일할 때보다는 야위어진다. 검푸른 황혼은 언덕 알로 깔리어오고 가로수와 절망과 같은 나의 긴 그림자는 군집群集의 대하大河에 짓밟히었다.

바보와 같이 기울어지는 하늘을 보며 나는 나의 키보다 얕은 가로수에 기대어 섰다. 병든 나에게도 고향은 있다. 근육이 풀릴 때 향수는 실마리처럼 풀려나온다. 나는 젊음의 자랑과 희망을, 나의 무거운 절망의 그림자와 함께, 뭇사람의 웃음과 발길에 채우고 밟히며 스미어오는 황혼에 맡겨버린다.

제 집을 향하는 많은 군중들이 시끄러이 떠들며, 부산히 어둠속으로 흩어져 버리고, 나는 공복의 가는 눈을 떠, 희미한 노등路燈을 본다. 띄엄띄엄 서 있는 포도 위에 잎새 없는 가로수도 나와 같이 공허하고나.

고향이여! 황혼의 저자에서 나는 아리따운 너의 기억을 찾아 나의 마음을 전서구傳書鳩와 같이 날려보낸다. 정든 고샅. 썩은 울타리. 늙은 아베의 하얀 상투에는 몇 나절의 때묻은 회상이 맺혀 있는가. 우거진 송림 속으로 곱게 보이는 고향이여! 병든 학이었다. 너는 날마다 야위어가는……

어디를 가도 사람보다 일 잘하는 기계는 나날이 늘어나가고, 나는 병든 사나이. 야윈 손을 들어 오랫동안 나태와, 무기력을 극진히 어루만졌다. 어두워지는 황혼 속에서, 아무도 보는 이 없는, 보이지 않는 황혼 속에서, 나는 힘없는 분노와 절망을 묻어버린다.

「황혼」이란 시다. 조국을 빼앗겨 유랑하는 백성들의 모습이 선하다. 당대 상황을 성실히 증명하고 있다. 고향을 '병든 학'으로 비유함이 기발하다. 단형 서정시로는 역시 일제시대와 같은 특수상황을 성실히 증명하기가 어렵다는 생각에, 오장환의 대부분 시는 산문시로 생산되었다. 「황혼」과 여러 모로 비슷한 시가 「향수」, 「황무지」와 같은 작품들이다. 조국 금수강산 곳곳이 '폐광'이 되고, 황무지로 변해가는 것에 대한 분노가 시정신의 주조다. 결국 고향을 등질 수밖에 없는 것이고, 그러한 풍경을 그는 「북방의 길」이라는 시에서 간결하게 표현한다.

> 눈 덮힌 철로는 더욱이 싸늘하였다.
> 소반 귀퉁이 옆에 앉은 농군에게서는 송아지의 냄새가 난다
> 힘없이 웃으면서 차만 타면 북으로 간다고
> 어린애는 운다 철마구리 울듯
> 차창이 고향을 지워버린다
> 어린애가 유리창을 쥐어뜯으며 몸부림친다.

이보다 잘 표현할 수 있을까. 그의 다른 작품들에서 보여준 요설체 문장의 긴 호흡, 한껏 애조 띤 표현이 잘 절제되어 있다.

어찌할 수 없는 상황에 고작 사물에 비애를 감정이입할 수밖에 없는 시인의 처지일 뿐이다. 「The Last Train」이 바로 그런 시다.

> 저무는 역두에서 너를 보냈다. / 비애야! // 개찰구에는 / 못쓰는 차표와 함께 찍힌 청춘의 조각이 흩어져 있고 / 병든 역사가 화물차에 실리어 간다. // 대합실에 남은 사람들 / 아즉도 / 누굴 기둘러 // 나는 이곳에서 카인을 만나면 / 목놓아 울리라. // 거북이여! 느릿느릿 추억을 싣고 가거라 / 슬픔으로 통하는 모든 노선이 / 너의 등에는 지도처럼 펼쳐 있다. ///

말해야 하는데 말할 수 없는 상황일 때, 시인은 결국 자조와 자학에
빠져들 수밖에 없는 것이다. 오장환의 시 속에는 이러한 부분들이 자
주 눈에 띈다. 「불길한 노래」, 「헌사」와 같은 시가 그렇다.

마귀야 따에 끌리는 네 검은 옷자락으로 나를 다려가거라 / 늙어지는
밤이 더욱 다가들어 / 철책 안 짐승이 운다. // 나의 슬픈 노래는 누궐
위하여 불러왔느냐 / 하염없는 눈물은 누궐 위하여 흘려왔느냐 / 오늘
도 말 탄 근위병의 발굽소리는 / 성밖으로 달려갔다. // 나도 어디쯤 죄
그만 까폐 안에서 / 자랑과 유진遺傳이 든 지갑마구리를 열어제치고 /
만나는 청년마다 입을 맞초리 // 충충한 구름다리 썩은 은기둥에 기대
어 서서 / 기이한 손님아 기두르느냐 / 붉은 집 벽돌담으로 달이 떠온
다 // 저멀리서 또 이 가차이서도 / 나의 오장에서도 개울물이 흐르는
소리 / 스틱스의 지류인가 야기夜氣에 번적어리어 / 이 밤도 또한 이 밤
도 슬픈 노래는 이슬비와 눈물에 적시웠노니 // 청춘이여! 지거라 / 자
랑이여! 가거라 / 쓸쓸한 너의 고향에…… ///

「헌사」란 시다. 고향에 돌아가지 못하고 배도는 자신, 그래봐야 결
국 철책 안에 갇혀 우는 한 마리 짐승인 것을……. 철저히 수탈되어
쓸쓸할지라도 고향에 되돌아가야 할 것인가, 말 것인가 하는 주저가
참을 수 없어 차라리 마귀에게 데려가라고 외쳐보는 것이다.

오장환은 일제하에서 피폐되어 가는 환경과 백성들이 겪고 느끼게
되는 절망스런 심사를 잘 표현해 냈다. 이러한 작업은 해방 후에도 지
속하게 된다.

심훈, 그날이 오면

심훈은 소설이 좋다 보니 소설가로만 평가되었지 시로는 제대로 평
가받지 못하었다. 그가 1933년 제1시집을 묶어 왜정倭政에 검열을 신청

하였지만, 반 이상 삭제되어 뜻을 이루지 못했다. 그의 원고는 숨겨진 채 생전에 출간할 수 없었으며, 1949년이 되어서야 『그날이 오면』이란 시집으로 햇빛을 볼 수 있게 되었다.

  심훈의 시야말로 일제하 조국과 민족의 현실을 그 어떤 시인보다 성실하게 증언하였다. 검열에서 반 이상 삭제당할 정도였다면 능히 짐작할 수 있을 것이다. 그의 대부분 시에서는 일제에 대한 분노와 해방에 대한 강렬한 염원이 표현되고 있다. 두루 잘 알고 있는 「그날이 오면」은 절창 중 절창이다.

그날이 오면 그날이 오며는
삼각산이 일어나 더덩실 춤이라도 추고
한강물이 뒤집혀 용솟음 칠 그날이,
이 목숨이 끊지기 전에 와주기만 하량이면,
나는 밤하늘에 날으는 까마귀와 같이
종로의 인경人磬을 머리로 들이받아 울리오리다.
두개골은 깨어져 산산조각이 나도
기뻐서 죽사오매 오히려 무슨 한이 남으오리까

그날이 와서 오오 그날이 와서
육조六曹 앞 넓은 길을 울며 뛰며 딩굴어도
그래도 넘치는 기쁨에 가슴이 미어질 듯하거든
드는 칼로 이몸의 가죽이라도 벗겨서
커다란 북을 만들어 둘처메고는
여러분의 행렬에 앞장을 서오리다,
우렁찬 그 소리를 한번이라도 듣기만 하면
그 자리에 꺼꾸러져도 눈을 감겠소이다.

이 시는 1930년에 지어졌고, 시인은 1936년에 작고했다. 이처럼 절절히 원했던 조국독립이었는데 원을 이루지 못하고, 한을 품은 채 떠났던 것이다. 위의 시처럼 조국해방의 염원을 잘 표현한 시를 찾기는 쉽지 않으리라. 기개가 드높아 읽는 이의 가슴을 뒤흔드는 작품이다. 「통곡 속에서」란 시는 일제에 대한 분노가 충천한 작품이다.

큰 길에 넘치는 백의白衣의 물결 속에서 울음 소리 일어난다. / 총검이 번득이고 군병軍兵의 말굽소리 소란한 곳에 / 분격憤激한 무리는 몰리며 짓밟히며 / 따에 엎디어 마지막 비명을 지른다 / 땅을 뚜드리며 또 하늘을 우러러 / 외오치는 소리 느껴 우는 소리 구소九霄에 사모친다. // 검은 '댕기' 드린 소녀여 / 눈송이 같이 소복입은 소년이여 / 그 무엇이 너희의 작은 가슴을 / 안타깝게도 설음에 떨게 하더냐 / 그 뉘라서 저다지도 뜨거운 눈물을 / 어여쁜 너희의 두눈으로 짜내라 하더냐? // 가지마다 신록의 아지랑이가 되어 오르고 / 종달새 시내를 따르는 즐거운 봄날에 / 어찌하여 너희는 벌써 기쁨의 노래를 잊어버렸는가? / 천진한 너희의 행복마저 참아 어떤 사람이 빼앗아 가던가? // 할아버지여! 할머니여! / 오직 무덤 속의 안식 밖에 희망이 끊진 노인네여! / 조팝에 주름잡힌 얼굴은 누르렀고 세고世苦에 등은 굽었거늘 / 창자를 쥐어짜며 애통하시는 양은 참아 뵙기 어렵소이다. // 그치시지요 그만 눈물을 건으시지요 / 당신네의 쇠잔한 백골이나마 편안히 묻히고저 하던 이땅은 / 남의 '호미'가 샅샅이 파헤친 지 이미 오래어늘 / 지금에 피나게 우신들 한 번 간 옛날이 / 다시 돌아올 줄 아십니까? // 해마다 봄마다 새 주인은 / 인정전 '벗꽃' 그늘에 잔치를 베풀고 / 이화梨花의 휘장은 낡은 수레에 붙어 / 티끌만 날리는 폐허를 굴러다녀도 / 일후日後란 뒤 있어 길이 설어나 하랴마는…… // 오오 쫓겨 가는 무리여 / 쓰러져버린 한

낡 우상偶像 앞에 무릎을 꿇치 말라! / 덧없는 인생 죽고야 마는 것이
우리의 숙명이어니 / 한 사람의 돌아 오지 못함을 군이 설어 하지 말라.
// 그러나 오오 그러나 / 철천徹天의 한을 품은 청상青孀의 설음이로되
/ 이웃집 제단조차 무너져 하소연할 곳 없으니 / 목매쳐 울고저 하나
눈물마저 말라 붙은 / 억색抑塞한 가슴을 이 한날에 뚜드리며 울자! /
이마로 흙을 비비며 눈으로 피를 뿜으며 — ///

일본군의 만행에 우리 백성들이 고통을 겪고 있는 현장을 묘사한
작품이다. '남의 호미가 샅샅이 파헤쳐서' 초토화된 이 땅위에서, 백성
들마저 못 견디어 쫓겨 가게 하는 일제에 대한 울분이 가득하다. '이마
로 흙을 비비며 눈으로 피를 뿜으며' 기필코 원수를 갚겠다는 다짐이
생략되어 있을 뿐이다.

「박군朴君의 얼굴」이란 작품에서 박군의 얼굴은 곧 우리 민족 개개
인의 얼굴이며, 우리 국토의 얼굴로 동일시된다.

이게 자네의 얼굴인가? / 여보게 박군 이게 정말 자네의 얼굴인가? //
알콜병에 담거논 죽은 사람의 얼굴처럼 / 말르다못해 해면海綿 같이 부
풀어 오른 두뺨 / 두개골 드러나도록 바싹 말라버린 머리털 / 아아 이
것이 과연 자네의 얼굴이던가? // 쇠사슬에 네 몸이 얽히기 전까지도 /
사나이다운 검붉은 육색肉色에 / 양미간에는 가까이 못할 위엄이 떠돌
았고 / 침묵에 잠긴 입은 한번 벌이면 / 사람을 끌어다리는 매력이 있
었더니라. // 4년동안이나 같은 책상에서 / 벤또 반찬을 다투던 한사람
의 박은 / 교수대 곁에서 목숨을 생으로 말리고 있고 / C사社에 마주 앉
아 붓을 잡을 때 / 황소처럼 튼튼하던 한사람의 박은 / 모진 매에 창자
가 꿰어져 까마귀 밥이 되었거니. // 이제 또 한사람의 박은 / 음습한
비바람이 스며드는 상해上海의 깊은밤 / 어느 지하실에서 함께 주먹을

부르쥐던 이 박군은 / 눈을 뜬채 등골을 뽑히고 나서 / 산송장이 되어 옥문을 나섰구나. // 박아 박군아 ××아! / 사랑하는 제 아내가 너의 잔해殘骸를 안았다 / 아직도 목숨이 붙어 있는 동지들이 네 손을 잡는다 / 잇발을 앙물고 하늘을 저주하듯 / 모로 흘긴 저 눈동자 / 오! 나는 너의 표정을 읽을 수 있다. // 오냐 박군아 / 눈은 눈을 빼어서 갚고 / 이는 이를 뽑아서 갚아주마! / 너와 같이 모든 ×을 잊을 때까지 / 우리들의 심장의 고동이 끊질 때까지 ///

동지의 죽음을 원통해 하면서 기필코 원수를 갚겠다는 다짐을 표현한 작품이다. 1927년 프로시가 한참 맹위를 떨칠 때 써낸 작품이지마는, 이념과는 전혀 상관없는 작품인 것이다.

「풀밭에 누워서」라는 시 역시 일제의 만행을 전해 듣고 분노하는 작품이다.

가을날 풀밭에 누워서 / 우러러보는 조선의 하늘은 / 어쩌면 저다지도 맑고 푸르고 높을까요? / 닦어 논 거울인들 저보다 더 깨끗하오리까. // 바라면 바라볼쑤록 / 천리 만리 생각이 아득하여 / 구름장이 타고 같이 떠도는 내 마음은, 애달픈 심란스럽기 비길 데 없소이다. / 오늘도 만주 벌에서는 몇 천명이나 우리 동포가 / 놈들에게 쫓겨나 모진 악형까지 당하고 / 몇 십명씩 묶어서 총을 맞고 거꾸러졌다는 소식! // 거짓말이외다. 아무리 생각하여도 거짓말 같사외다. / 고국의 하늘은 저다지도 맑고 푸르고 무심하거늘 / 같은 하늘 밑에서 그런 비극이 있었을 것 같지는 않소이다. // 안땅에서 고생하는 사람은 상팔자지요. / 철창 속에서라도 이 맑은 공기를 호흡하고 / 이 명랑한 햇발을 쬐어 볼 수나 있지 않습니까? // 논두렁에 버티고 선 허자비처럼 / 찢어진 옷 걸치고 남의 농사에 손톱 발톱 닳리다가 / 풍년 든 벌판에서 총을 맞고 그 흙에 피를 흘리다니…… // 미쳐날듯이 심란한 마음 걷잡을 길 없어서 / 다시 금 우러르니 높고 맑고 새파란 가을 하늘이외다 / 분한 생각 내뿜으면 저 하늘이 새빨갛게 물이 들듯하외다. ///

'분한 생각 내뿜으면 저 하늘이 새빨갛게 물이 들듯하외다' 라는 표현이 기막히다. 남의 나라 땅으로 쫓겨 가 호구지책을 위해 참혹하게 고생하다, 그 자리에서 일제에게 총 맞아 죽으니 그처럼 억울한 일이 어디 있을 것인가. 그야말로 '미쳐 날듯이 심란한 마음 걷잡을 길 없으니' 일제에 대한 적개심이 어찌 예사로울 수 있겠는가.

「독백」이란 작품은 일제에 대항하지 못하고 굴욕적으로 살고 있는 자신을 자조自嘲하는 시다.

사랑하는 벗이여,
슬픈 빛 감추기란 매맞기보다도 어렵소이다.
온갖 설음을 꿀꺽꿀꺽 참아 넘기고
낮에는 히히 허허 실없는 체하건만
쥐죽은 듯한 깊은 밤은 사나이의 통곡장이외다.

사랑하는 벗이여,
분한 일 참기란 생목숨 끊기보다도 힘드오이다.
적癗덩어리처럼 치밀어 오르는 가슴의 불길을
분화구와 같이 하늘로 뿜어 내지도 못하고
청춘의 염통을 알콜에나 젓 담그려는
이의 등어리에 채찍이라도 얹어주소서

사랑하는 그대여,
조상에게 그저 받은 뼈와 살이어늘

남은 것이라고는 벌거벗은 알몸 뿐이어늘

그것이 아까와 놈들 앞에 절하고 무릎을 꿇는 나는 '샤록'보다도 더

인색한 놈이외다.

쌀 삶은 것 먹을줄 아니 그 이름이 사람이외다.

'분한 일 참기란 생목숨 끊기보다도 힘드오이다'란 말이 진정 절절하게 들린다. 나라 빼앗긴 설움도 클진대 굴욕적으로 살아야 하는 현실이 그야말로 죽기보다 어려웠을 것이다. 그러니 '쌀 삶은 것 먹을 줄 아니 그 이름이 사람이외다' 하는 극도의 자조에 빠지는 것이다.

심훈은 소설에서 풀어내지 못한 일제에 대한 분노를 시에서 표현해냈다. 비록 시집으로 출간되지는 못했으나, 국외에서나 발표할 수 있을 정도의 저항성 높은 시를 써 당시의 현실을 증언했다는 것은, 결코 예사롭게 생각할 수 없는 훌륭한 시정신으로 평가된다.

그 밖의 시인들 / 변영로, 노자영, 박용철, 정노풍, 유도순, 서정주, 김용호, 박남수, 김현승, 황순원

앞에서 논의한 시인들은 당대 현실을 감당하기 위하여 신명을 다했고, 시다운 시를 쓴 것은 물론 무엇보다도 민족의 기상을 잘 표현하여 모두에게 힘을 주었다.

그들에 비해 좋은 작품이 많지는 않을지라도 몇몇 탁월한 작품으로 당대에 힘을 보탠 시인들이 많다.

변녕로卞榮魯의 「논기論介」는 1922년에 발표된 작품으로, 일제에 대한 간접적인 저항의 표현이었다.

거룩한 분노는

종교보다도 깊고

불붙는 정열은

사랑보다도 강하다

아, 강낭콩보다도 더 푸른

그 물결 위에

양귀비꽃보다도 더 붉은

그 마음 흘러라.

아리땁던 그 아미蛾眉

높게 흔들리우며

그 석류 속 같은 입술

죽음에 입맞추었네!

아, 강낭콩보다도 더 푸른

그 물결 위에

양귀비꽃보다도 더 붉은

그 마음 흘러다

흐르는 강물은

길이길이 푸르리니

그대의 꽃다운 혼

어이 아니 붉으랴

아, 강낭콩보다도 더 푸른

그 물결 위에

양귀비꽃보다도 더 붉은

그 마음 흘러라!

시가 단직端直하여 인상이 선명하다. 1920년대 초반 수준으로 볼 때 미의식도 빼어나고 시대의식이 비교적 성실한 작품이다.

노자영盧子泳의 「두만강 노래」는 나라를 빼앗긴 백성들의 아픔을 표현한 작품으로 1925년 발표되었다.

백두산의 울고 흘린

눈물 한 줄기

흐르고 흘러내린

두만강 줄기

두만강 흐르는

급한 물줄기

백두산의 뗏목을 몰아내릴 때

안개 속에 흰 달 우는 넓은 강안江岸엔

뗏목 탄 초부樵夫의 설운 노래가

잠든 새의 졸음까지 깨쳐버린다.

저 편은 지나支那 이 편은 배달땅

쫓기는 백의인白衣人의 아픈 가슴이

두만강 건널 때면 눈물이 되어

주루루 주루루 물줄기같이

그 강 위에 떨어져 거품이 된다고.

오! 백의의 눈물 담은 나의 두만강

아직도 네 가슴에 그 눈물 있는가.

나도 역시 백의인의 외로운 한 사람

동포들이 울고 간 두만강에서

나인들 아니 울고 어찌 멎히랴.

두만강의 물결을 손으로 움키며

나도 역시 더운 눈물 떨어치노라.

두만강아! 네가 만일 맘이 있거든

동포들의 눈물이 흘러간 곳에

이 눈물도 한가지 심어다다오?

이유민이 건너면서 필연코 눈물을 떨굴 수밖에 없던 곳이 두만강이리라. 이별의 장소가 되어버린 두만강은 그야말로 해해년년 눈물이 쌓이고 흘러 내려, 민족의 서글픈 역사를 증언하고 있었던 것이다. 그런 심사를 잘 표현한 작품이다.

박용철朴龍喆의 「고향」은 1931년 ≪문예월간≫에 발표되었는데, 피폐된 고향에 대한 안타까움으로 당시 상황을 증언하고 있다.

고향은 찾아 무얼하리

일가 흩어지고 집 흐너진 데

저녁 가마귀 가을풀에 울고

마을앞 시내도 옛자리 바꼈을라.

어린때 꿈을 엄마 무덤 위에

남겨두고 떠도는 구름 따라

멈추는 듯 불려온 지 여나무 해

고향은 이제 찾아 무얼하리.

하늘가에 새 기쁨을 기리어보랴

남겨둔 무엇일래 못 잊히우랴

모진 바람아 마음껏 불어쳐라

흩어진 꽃잎 쉬임 어디 찾는다냐.

험한 발에 짓밟힌 고향 생각

― 아득한 꿈엔 달려가는 길이언만 ―
서로의 굳은 뜻을 남게 앗긴
옛사랑의 생각 같은 쓰린 심사여라.

‘험한 발에 짓밟힌 고향’에서, 험한 발은 물론 일제다. 고향을 짓밟
혔다는 것은 꿈을 짓밟힌 것이나 같다. 그러니 서로의 굳은 뜻을 남에
게 빼앗긴 쓰린 심사가 되는 것이다. 이 한 편의 애틋한 시가 당시 현
실을 충분히 짐작케 해준다.

정노풍鄭蘆風은 시를 통해 당시의 한스런 세태世態를 표현하는데, 우
리 백성들이 부랑아처럼 떠도는 반면, ‘왜인倭人’들은 제 세상을 만난
듯 사는 모습을 암시하여 대조감정을 느끼게 하였다. 특히 피폐한 고
향에 대한 안타까움이 그의 시 틀을 이루고 있다. 「옛 내 고향」, 「'민
요' 압록강에 서서」, 「연락선 레뷰」와 같은 작품들이 그렇다.

내 고향 찾아 그리던 이 내 예 돌아왔건만
옛 내 고향 어디로 가고 날 몰라보나
영산재 고개고개 푸른 송림 잔치 마당
볕 센 여름날 정자 밑 찾아 고이 앉으면
오가는 흰옷자락 살살 바람에 날렸건만
갈래갈래 찢어진 그 네 얼골여 이 웬일인가
네 고개 위에 나서서 푸른 바다 굽어볼 때
유창한 봄날 절영絶影섬엔 달래꽃 불긋불긋
오가는 어양漁洋배 오색 깃발이 영재 떨치고
어여디야 뱃노래 높이 언덕받이에 자욱
간간이 한두 척 빠르게 달아나든걸

내려다보라 거리엔 개와집 벽돌집들 전등이 총총

널따란 큰 길 전차 다니고 자동차 간다

바다 위 큰 윤선輪船들 짐 싣고 오고가고

아아 왜말소리 왜倭노래 게다소리 이 고장에 찼건만

이 내 옛 고장 산 위에서 떨고 날 몰라보고

아아 지금은 잃어진 꿈인가

다사로운 네 품은 어데로 갔나

「옛 내 고향」이란 작품으로 1929년 ≪조선일보≫에 발표되었다. '왜말소리 왜노래 게다소리 이 고장에 찼기' 때문에, '갈래갈래 찢어진 그네 얼골'이 돼버린 고향인 것이다. 특히 1연과 3연은 강한 대조감정을 느끼도록 한 부분이다.

「민요' 압록강에 서서」는 '조선인'이 겪었던 철저한 소외감을 표현해내려 했다.

의주義州라 압록강 푸른 물 위에 / 나날이 흘러가는 뗏목 위에다 / 헤매는 몸을 싣고 바다로 가면 // 일본이라 만주라 돌아다닌들 / 부를 곳 잃은 살림 뒤쫓긴 인생 / 어느 곳 찾아간들 학대받은 몸 // 저 갈대로 출렁넝 흘러가련만 / 그래도 기를 쓰고 살고보자는 / 제 마음 제가 본들 모질다 인생 // 끊겼던 철다리는 빙 한번 돌면 / 강 위엔 새 다리라 길이 트건만 / 다리 끊긴 우리 목숨 갈 길 어딘가 // 언덕 위엔 툭툭 터진 넓고 넓은 길 / 길이라니 사방팔로四方八路 뚫렸으련만 / 조선놈의 향할 곳은 어디란말가 // 큰길 곁엔 우뚝 솟은 고루거각高樓巨閣들 / 집이라니 사람 사는 고장이련만 / 조선놈의 몸 담아줄 집 있단말가 ///

길은 많건만 조선인이 갈 길은 없고, 집은 휘황하고 높건만 조선인이 몸 부릴 곳은 없다는 참담한 심경을 잘도 표현해 낸 시다.

「연락선 레뷰」에서는 극도로 궁핍한 생활에서 터져 나오는 절망감을 표현했다.

1

고향 그리워 / 연락선 뱃간에다 몸을 던진 채 / 정처없이 떠나는 집 잃은 아이 / 현해탄 험한 물결 뱃창을 칠 때 / 외로이 흔들리는 의지 없는 몸 / 눈물이 흐릅니다 고향 그리워 // 오래서 가는 길은 찾아나 가고 / 정한 곳 가는 길은 맘이나 편치 / 오라는 길 아니오 갈 길 아닌데 / 목숨이 원수라서 떠나가는 길 / 눈물이 흐릅니다 고향 그리워 // 외싸라기 청줍쌀 못 팔아 먹고 / 옥수수 감자넝쿨 솔껍질 씹어도 / 이저리 살아가는 내집 살림은 / 먹고 사나 굶고 사나 내 고장인 걸 / 눈물이 흐릅니다 고향 그리워 //

2

돈 못 벌었네 / 창경환昌慶丸 잡아타고 왜倭고장 갈 땐 / 원수놈의 돈돈 돈벌러 갔지 / 내 오늘날 또다시 이 배를 타고 / 집 찾아와서 오건만 돈 못 벌었네 // 떠날 때도 빈빈 손 올 때도 빈손 / 열열 번 또 펴본들 힘없는 빈 손 / 무엇하러 왜倭고장 내 떠났던고 / 후회한들 무어리 살려고 간 걸 // 천대라니 말 마소 눈물이라니 / 이 내 흰 고이적삼 얼룽에 찾네 / 외거랑이 이 신세로 또 쫓겨온들 / 내 집인들 있으랴 이놈의 살이 ///

입이 원수요, 돈이 원수인지라 적국敵國인 일본에까지 돈 벌러 갔던 것을 후회하는 내용이 들어있다. 식민지 백성으로 천대받는 것이 딩연한 것인지 모르고 왜국에 들어갔으니 어찌 참담하지 않겠는가. 그럴수록 고향을 절절히 그리워하게 되나 절대 궁핍한 고향에선들 크게 위로받을 수 없음을 통탄하는 시다.

　정노풍(본명은 鄭哲)은 국민문학파의 일원이었지만 다른 사람과는 달리 당시 현실을 표현해 내는 데 성실했다. 「통곡성痛哭聲」과 같은 시는 프로시와 흡사한데 정노풍의 예로 보면 항일시정신을 격정적으로 표현한 것이 프로시라는 것을 대변해 준다.

　유도순劉道順은 일제에 착취당하고 굶주리는 백성들의 처절한 삶을 제시하려 했다. 사실적으로, 그리고 평이한 진술로 당시 현실을 증언했기에 제법 호소력이 있다. 「농촌」, 「빈고貧苦」와 같은 작품이 그렇다. 「농촌」은 '조선농민에게 이 시를 보낸다'는 부제가 붙어 있는 시로, 농민들의 의식을 일깨우려는 의도로 쓴 작품이다.

　여기는 가난한 무리 흙에서 사는 무리 짓밟히어 / 생명은 광명을 등지고 시드는 / 설움과 근심 깊은 죽엄보다도 애닲은 / 무덤 같이 쓸쓸한 마을이외다 / 사람이 씨뿌려 먹기 비롯한 때부터 / 이같이 수천만대를 살아온 마을이외다 // 거룩한 하늘이 이나라를 축복으로 덮었으니 / 앞에는 시냇물 감도는 들이 누웠고 / 뒤에는 수풀을 품에 안고 산이 솟았아외다 / 봄에는 진달래 피고 가을에는 단풍이 웃되 / 흙에서 떠오르는 향기에 / 이 마을의 무리는 헛수고에 땀만 흘리고 / 속음에 꿈같이 해만 왔다가는 살림터외다 // 학교와 병원 하나 세우지 못하고도 / 굶주림에 쫓기어 고생살림 몇 대었으나 / 그리움과 바람도 가엾게 한날의 꿈이외다 / 밝은 이 태양 밑에서 지금은 피를 쏟아 / 생명을 이끌고 종노릇을 해야 할테니 / 감추었던 더운 눈물이 새로운 탄식으로 떨어집니다 // 손수 거둔 곡식이 몇담불을 넘우되 / 넘어져가는 오막살이령만 허젓하외다 / 밤마다 누렁개 비틀거리며 짖는 소리 / 달 보고 잠못 이루어 담배 석 대에 밤을 새워도 / 일하고도 주리는 신세인 지라 / 뒷산에서 제 소리로 우는 새소리가 다 — 설움이외다 // 땀이 방울방울 뼈를 굴기고도 허울을 벗고 / 피가 울긋불긋 일생을 물들여서도 줄여운다

/ 한집이 거친 들에 살어진 유족을 보사이다 / 그들이 양같이 순하여 말은 없으나 / 무심한 달빛 아래 신부의 숨결같이 떠는 울음소리 들으시오 / 이일에 고발당할 사람은 누구입니까 // 가난한 무리외다 피 빨리어도 말할 데 없고 / 힘 약한 무리외다 짓밟히어도 침묵합니다 / 죽지 않을 목숨에 해골이 되어 / 비인 산일 지킬 때가 가까운 세기외다 / 그러나 한 때의 밝음을 들고 밤을 잊지 마시요 / 이 일을 만든 사람과 당할 사람도 당신들이외다 // 태양은 동으로 뜨고 비는 하늘에서 내릴 것이외다 / 수억 만년 지난 날이나 앞날이나 변함없이 ― / 두고 보시오 틀림이 있거든 내목을 자르시오 / "돌을 들고라도 살겠다고 / 싸움을 선포한 생명의 깃발이 이 마을에서 생길 터이니" / 많은 역사의 변천을 줄골라 그어 보시요 // 여기는 가난한 무리 흙에서 사는 무리 짓밟히어 / 생명은 광명을 등지고 시드는 / 설움과 근심 깊은 죽엄보다도 애닯은 / 무덤 같이 쓸쓸한 마을이외다 / 사람이 씨뿌려 먹기 비롯한 때부터 / 이같이 수천 만대를 살아온 마을이외다 ///

1927년에 발표한 작품인데, 다소간 시적 긴장력이 떨어진 곳도 있지만 당시 우리 백성들의 고통스런 삶을 성실히 증명하고 있다. 특히 "돌을 들고라도 살겠다고 / 싸움을 선포한 생명의 깃발이 이 마을에서 생길 터이니" 하는 구절은, 예견인 듯하면서 저항의지를 부추기는 부분이다.

「빈고貧苦」는 한 가족의 고통스런 궁핍을 간결하게 응축시킨 작품이다.

주림을 안고 일터 찾아 헤매다가
몸이 지쳐 찬돌 위에 힘없이 앉으니
가을바람에 지는 버드나무잎이 어깨를 치네
이때 ― 마음의 괴로움

불에 타 죽은들 이에서 더하랴

두끼나 여윈 한 가족의 애처런 목숨이
오늘도 줄여서 살아야 하는가
파리한 아내얼굴 우는 딸의 모양
방울방울 눈물 맺히는 두눈에는
돌도 떡같아 품속에 주워싸고 싶네

허울벗고 줄이고 등불도 없는 이방에
가난한 사람이야 잠이야 못 자리
가난한 사람이야 꿈이야 못 꾸리
가시밭 같은 잠자리언만 모든 것 잊고 자거라
새날에 새힘에 살기 위하야

굶주림 속에서도 희망을 가져야 한다는 것이 말처럼 그리 쉬울까.
그렇지만 그것이 일제하 우리 민족이 삼내해야 할 삶의 유일한 통로였
다. 인간의 본능을 표현한 것을 두고, 그 누가 프로시니 경향적 시니
하며 부류로 따질 수 있으랴. 빼앗은 자에 대해 분노하고, 배고픈 것을
소리 높여 외친 것이 오히려 가장 순수한 시작품이었다.

「압록강 뱃사공」은 음악성을 끌어들여 아픈 현실을 서정적 민요로
만들기 위한 가사歌詞였다.

이천리 압록강에 에야디야 노를 저으며 에야디야
외로이 살아늙은 에야디야 뱃사공이오 에야디야
물위에 기약두고 에야디야 떠나간 사람 에야디야 에야디야
눈물로 옷적시며 에야디야 건너주었소 에야디야

　　강가에 빨래하는 에야디야 처녀를 보고 에야디야

　　뗏목꾼 하소노래 에야디야 흘러놀을 때 에야디야

　　서러운 소식싣고 에야디야 에야디야 강물 건너며 에야디야 에야

디야

　　뱃노래 목이떠는 에야디야 사공이라오 에야디야

　　가는이 수심지니 에야디야 한숨의 배요 에야디야

　　오는이 서럽나니 에야디야 눈물의 배라 에야디야

　　압록강 이천리는 에야디야 에야디야 서러운 물길 에야디야 에야

디야

　　오늘도 슬픔속에 에야디야 배를 띄우고 에야디야

'물위에 기약두고' 떠나갔다는 것은 결국 기약일 수 없다는 의미다. 나라를 빼앗겼으니 가는 이 오는 이, 그 누구도 기쁨일 수가 없고 오로지 서러운 물길일 뿐인 것이다.

유도순은 당시 백성들의 아픔을 평이한 문장으로 증언한다. 그러나 「압록강 뱃사공」과 같은 작품에서는 훌륭한 시적 표현을 성취했다.

서정주徐廷柱는 일제하에서 『화사집花蛇集』을 발간하는데, 당시 현실과 깊은 연관을 가지고 있는 시는 거의 없다. 「자화상自畵像」만이 가장 확실하게 현실상황을 증언했다고 할 수 있다.

　　애비는 종이었다. 밤이기퍼도 오지않었다.

　　파뿌리같이 늙은할머니와 대추꽃이 한주 서 있을뿐이었다.

　　어매는 달을두고 풋살구가 꼭하나만 먹고 싶다하였으나……흙으로 바람 벽한 호롱불밑에

　　손톱이 깜한 에미의아들.

갑오년이라든가 바다에 나가서는 도라오지 않는다하는 외할아버지
의 숯많은 머리털과

그 크다란눈이 나는 닮었다한다.

스믈세햇동안 나를 키운건 팔할八割이 바람이다.

세상은 가도가도 부끄럽기만하드라

어떤이는 내눈에서 죄인을 읽고가고

어떤이는 내입에서 천지를 읽고가나

나는 아무것도 뉘우치진 않을란다.

찰란히 티워오는 어느아침에도

이마우에 언친 시의 이슬에는

멫방울의 피가 언제나 서꺼있어

볓이거나 그늘이거나 혓바닥 느러트린

병든 숫개만양 헐덕거리며 나는왔다.

시 끝에 '此一篇昭和十二年丁丑歲仲秋作. 作者時年二十三也' 라고 적
혀있어 서정주가 23세인 1937년에 쓴 것을 알 수 있다.

시가 가장 개인적인 것이지만 가장 민족적인 것으로 확대될 수 있
다고 했을 때, 이 시는 그 모범이 된다. 제목이 자화상이고 시의 내용
도 시인 자신에 한정된 것 같지만, 확대해석하면 그대로 우리의 민족
사가 되는 것이다. 스물세 해는 반만 년 우리 민족의 역사가 되는 것이
다. '애비는 종이었다'는 그대로 조국이 일제하에 있다는 말이 되며, 한
구절 한 구절을 모두 민족의 문제와 연결시킬 수 있는 것이다.

일제하에서 시 또는 시인이 처신할 수 있는 방법을 말할 때 「자화상」
과 같은 시법詩法도 독특한 기법으로 평가할 수 있겠다.

김용호의 작품들 중에는 장시 「낙동강」이 당시 현실을 성실히 증언

하고 있으며, 1937년 ≪사해공론≫에 발표되었다. 모두 10장으로 구성되어 있는데 그중 4, 5장만을 보자.

4

내 사랑의 강! / 낙동의 강아! / 우리들의 설음이 너 함께 얼어붙고 / 또 다시 너 함께 풀리고 // 세월은 하나의 밀물이던가 / 삼십리 밖 읍내의 못보던 경이는 / 차츰 차츰 이곳에도 몰려오기 시작하였다 // 붉은 기! / 흰 기! // 돌돌 말렸다 풀렸다 하는 땅을 재는 자 / 어느새 새끼쇠줄이 논바닥에 드러눕고 / 흙구루마는 영이와 풀싸움하던 그 언덕을 짓밟고 달아났다 // 기어이 귀신이 산다는 / 은행나무 목이 달아난 그날 아침 // 마을의 할부지 할무니들은 / ‘이젠 동리사람이 모두 죽는다’고 / 땅을 두드리고 통곡하였다 // 그러나 우리들의 경이의 탐색은 / 그런 것에 눈도 거듭떠 보지 않았다 // …… 그것은 크고 뻗는 / 우리들의 푸른 하늘의 의욕이 아니고 / 무엇이었던가 // 그러나 내 사랑의 강! / 낙동의 강아! // 그 경이의 밀물도 / 끝내 제살붙이는 되지 않았다 // 조삼모사가 우물 가에 모이고 / 가로수 혓바닥에 귓속말이 잦아갈 때 / 고향은 하루 하루 호박넝쿨 시들 듯 시들어갔다 // 그리하여 / 노래 속에도 옳지 못한 노래가 / 세월을 안고 너 함께 흘러갔다 // 아 초조와 희망은 / 우리들의 숙명이던가 //

5

내 사랑의 강! / 낙동의 강아! // 오리온의 별들이 일찍 / 우리들께 들려준 이야기는 무엇이며 / 약속은 무엇이더냐 // 우리들은 그것을 안다 / 우리들은 그것을 잊지 않았다 // 두 팔을 벼개 삼아 밤 하늘을 쳐다볼 때마다 / 그는 우리들의 앞길을 밝히는 하나의 등대였다 // 아! 그러나 ……그러나…… // 그것마저 영원한 동경의 세계였다 // 우리들은 얼마나 착한 백성이었더냐 / 우리들은 얼마나 어리석은 무리였더냐 //

당시 현실을 속 시원히 당당하게 말하지 못하고 있는 시인이 연상되어, 읽는 이를 안타깝게 만든다. 그래도 4장에서는 일제의 토지정책과 도로공사로 인해 상처받는 백성들의 마음을 잘 그려내고 있으며, '고향은 하루 하루 호박넝쿨 시들 듯 시들어갔다'란 시구에서 피폐된 고향·조국의 현실을 잘 표현해 냈다.

박남수朴南秀의 「거리距離」는 이민을 떠나는 며느리와, 그것을 애타게 만류하는 시아버지의 이별 장면을 극적으로 형상화시킨 시다.

람포불에 부우염한 대합실에는
젊은 여인과 늙은이의 그림자가 크다랗게 흔들렸다.

— 네가 가문 내가 어드케 눈을 감으란 말인가.

경편輕便列車의 기적이 마음을 흔들 때,
여인은 차창에 눈물을 글성글성하였다.
— 네가 가문 누굴 믿구 난 살난?

차가 굴러 나가도
늙은이는 사설을 지껄였다.

— 데놈의 기차가 내 며느리를 끌구 갔쉬다가레.

1940년 발표된 시다. 감상感傷을 없애기 위해 실로 객관적인 사실만 요약했다. 시인이 냉정하기에 오히려 읽는 사람의 감정이 더욱 애절해지는 작품이다. 당시의 비극적인 한 면모를 보여주는 시다.

김현승金顯承의 등단작품인 「쓸쓸한 겨울저녁이 올 때 당신들은」이란 작품은, 두 달 뒤 발표한 「어린새벽은 우리를 찾어온다 합니다」란 작품과 함께 일제기 우리 민족에게 힘과 희망을 준 시들이다. 1934년 작품들로 둘 다 호흡이 꽤나 긴 편이다. 「쓸쓸한 겨울저녁이 올 때 당신들은」이란 작품을 보자.

아침 해의 축복과 사랑을 받지 못하는 크고 작은 유리창들이
순간의 영광답게 최후의 찬란답게 빛이 어리었음은
저기 저 찬 하늘과 추운 지평선 위에 붉은 해가 피를 뿌리고 있습니다.
날이 저물어 그들의 황홀한 심사가 멀리 바라보이는
광활한 하늘과 대지와 더불어 황혼의 묵상을 모으는 곳에서
해는 날마다 그의 마지막 정열만을 세상에 붓는다 합니다.
여보세요. 저렇게 붉은 정열만은 아마 식을 날이 없겠지요.
아니 우랄산 골짜기에 쏟아뜨린 젊은 사내들의 피를 모으면 저만 할까?
(중략)
해를 쫓아버린 검은 광풍이 눈보라를 날리며 개선행진을 하고 있습니다 그려!
불빛 어린 창마다 구슬피 흘러나오는 비련의 송가를 듣습니까?
쓸쓸한 저녁이 이를 때 이 땅의 거주민이 부르는 유전의 노래입니다.
지금은 먼 이야기, 여기는 동방
그러나 우렁차고 빛나던 해가 서쪽으로 기울어지던 날
오직 한마디의 비가를 이 땅에 남기고 선인의 발자취가
어둠 속으로 영원히 사라졌다 합니다.
그리하여 눈물과 한숨, 또힌 니어버린 웃음 위에
표랑의 역사는 흐르는 세월과 함께 쓰여져왔다 합니다.
그러면 여보, 이러한 이야기를 가진 당신들!
쓸쓸한 저녁이 올 때 창밖에 안타까운 집시의 노래를 방송하기엔
— 당신들의 정열은 너무도 크지 않습니까?

표랑의 역사를 그대로 흘려보내기엔
— 당신들의 마음은 너무도 비분悲憤하지 않습니까?
너무도 오랫동안 차고 어두운 이 땅,
울분의 덩어리가 수천 수백 강렬히 불타고 있었읍니다그려!
마침내 비련悲戀의 감정을 발끝까지 찍어버리고
금붕어 같은 삶의 기나긴 페이지 위에 검은 먹칠을 하고
하고서, 강하고 튼튼한 역사를 또다시 쌓아올리고
캄캄하던 동방산 마루에 빛나는 해를 불쑥 올리려고,
밤의 험로를 천리나 만리를 달려나갈 젊은 당신들 —
정서를 가진 이, 일만 사람이 쓸쓸하다는 겨울 저녁이 올 때
구슬픈 저녁을 더러 장식하는 가냘픈 선율 끝에 매어달린 곡조와
당신의 작은 깃을 찾는 가엾은 마음일랑 작은 산새에게 내어주고
녹색 등잔 아래 붉은 회화會話를 그렇게 할 이웃에게 맡기고
여보! 당신들은 맹렬한 바람이 부는 추운 거리로 나아가야 하기 않
겠읍니까?
소름찬 당신들의 일을 하여야 하지 않겠읍니까?

전체 4연 중 1연과 4연을 인용한 것이다. 1연에서는 해로부터 젊은 이들의 정열을 유추해 낸다. '아니 우랄산 골짜기에 쏟아뜨린 젊은 사내들의 피를 모으면 저만할까?'라는 시구는 외국에서 항일 독립운동을 하면서 죽어간 이들을 말하려는 것이다. 4연에서는 역사의 방관자로 남기엔 정열이 너무 아깝다는 생각, 너무 억울하다는 생각이 들게 부추긴다. '너무도 오랫동안 차고 어두운 이 땅'에 빛을 찾기 위해 또 투쟁하도록 격려한다. 맨 끝 두 행이 가장 중요한 시구다. 사소한 것들에 관여하지 말고 대의를 위해 싸우라는 간곡한 권유인 것이다.

김현승의 이 작품은 아주 훌륭한 항일시다. 유연하고 점잖은 듯한

어조 속에서 할 말을 다하고 있다.

황순원黃順元은 시에서 예사롭지 않은 성실함을 보여준다. 그 성실함이란 시대정신을 소홀히 하지 않았다는 점이다.

1934년『방가』라는 시집을 출간하게 되는데, 그때까지 그는 식민지 현실을 증언하고, 일제에 저항하는 시들을 생산해낸다. 「압록강의 밤」, 「가두街頭로 울며 헤매는 자여」, 「떨어지는 이날의 태양은」이 그것들이다.

우선 「압록강의 밤」을 보자.

물 물 물 / 흐른다, 눈에 충혈되듯이 붉은 흙물이 흐른다 / 성난 듯이 우는 듯이 압록강 물은. // 길 떠나는 나그네의 심회를 쥐어짜는 국경의 밤하늘 / 뵈누나 저 어렴풋한 뱃전의 등불이 / 들리누나 저 물소리가, 그리고 국경순찰대의 발소리가 / 나 홀로 늦은 봄밤 강가에 서서 마음 가다듬고 있나니 / 압록강의 밤경치에 새로운 맛을 찾고 있나니. // 이곳은, 바로 탁류가 밤공기를 짜개는 이곳은 / 소란한 말굽소리가 대지를 흔들어놓을 때마다 / 오랑캐의 창과 화살을 막아 물리치던 자연의 대 참호였고 / 아침햇빛 지붕에 입맞추고 있는 한 쌍의 비둘기에게 눈을 줄 만큼 평화할 때면 / 가을달 비낀 물 위에 천만 사랑의 노래를 불러 띄워보내던 곳 / 마땅히 숭엄함에 머리를 숙일 만한데 / 한번 싸움에 진 수탉이 항상 쫓기우듯이 / 오늘에는 다만 서러운 눈물의 고장이 되고 말았고나. // 이제 나는 다시금 그대의 가슴속을 해쳐보나니 / 낮에 구릿빛 웃통을 벗어젖힌 일꾼들이 / 염천에 먹이를 날라들이는 개미떼처럼 강둑을 배회하였고, / 뗏목 타고 내려올 남편을 기나리는 아낙네들이 / 첫아이 죽인 어머니의 초췌한 얼굴이 되어 수심 짓고 있지 않았던가 / 아아 어부의 아내가 광풍에 가슴 떨 듯이 / 헤칠수록 겹겹이 쌓여지는 그대 생각에 몸서리친다. // 압록강 압록강 압록강의 밤이여

/ 그대는 변함없이 달빛마저 흐리게 할 눈물만 품어야 하고 / 새 길을 못 찾겠다고 쏟아놓는 한숨만 간직해야 하는가 / 아니다 / 눌리어 쪼그라진 우리의 가슴이 터지는 때, 아 그때 / 그때는 이쪽 움막 속에서 새로 태어나는 애의 힘찬 울음소리를 들을 수 있을 것이다. // 물 물 물 / 흐른다, 눈에 충혈되듯이 붉은 흙물이 흐른다 / 성난 듯이 우는 듯이 압록강 물은. ///

압록강에다 감정이입을 한 작품이다. 결국 우리나라, 우리 백성들의 이야기다. '한번 싸움에 진 수탉이 항상 쫓기우듯', 우리 백성들이 일제에 의해 그런 꼴이 되어있다는 비유가 그럴 듯하다. 그러나 그럴 수는 없는 일이다. 새 길을 찾아 '쪼그라진 우리 가슴이 터지는 때'를 만들어야 한다는 외침이다.

「가두街頭로 울며 헤매는 자여」에서 시인은 앞의 작품보다 더욱 비장한 모습을 보여준다.

하루의 삶을 이으려고, 삶을 찾으려고 / 주린 창자를 움켜쥐 ─ㄴ 후 거리 거리를 헤매는 군중, / 때때로 정기 없는 눈에서는 두 줄기의 눈물이 흐르며 / 핏기 없는 입술을 악물고 떨고 있나니 / 토막土幕에 있는 처와 자식이 힘없이 누워 있음을 생각함이다. // 날카로운 세기世紀 ─, / 팔목을 걷고 일만 하면은 살 수 있다는 도덕도 / 지나간 날의 한 썩어빠진 진리가 아닌가. / 눈앞에 있는 순간적 향락에 도취되어 있는 무리, / 빈 주먹을 들고 가두로 울며 헤매는 무리. / 술! 돈! 쾌락! / 피! 땀! 눈물! / 아하, 너무나 지나친 간격 있는 대조對照여. // 그러나, 그러나 ─, / 마음에 뜻 않았던 상처를 받고 가두로 울며 헤매는 자여 / 지금의 원한을 가슴깊이 묻어두어라, 눈물을 값없이 흘리지 말아라. ///

1931년에 발표되었던 작품이다. 일제에 빼앗길 대로 빼앗기어 절대 궁핍에 고통을 받는 백성들의 처연함을 말하려는 시다. '지금의 원한을 가슴깊이 묻어두어라, 눈물을 값없이 흘리지 말아라'는 시구가 비장함의 절정이다. 때를 잡아 한 서린 원한을 기필코 갚자는 의미가 내포되어 있는 것이다.

「떨어지는 이날의 태양은」이란 작품은 일제에 대한 저항이 노골적인 시다.

하늘의 왕자, 밝음의 사자
휘황한 화염을 내리쬐던 태양이 거꾸러졌다. 서산에 피를 토하고.

태양아, 만민이 총대를 겨누고 있는 불덩이야
그렇게 너의 영화가 오랫동안 계속될 줄 알았더냐
그런 횡포가 앞으로 더 있을 줄 알았더냐
네가 죽은 후에 너를 위해 울 자는 저 우짖는 까마귀떼뿐이다.

가난한 우리, 토막土幕 속에 허덕이는 우리에게는
너의 거만한 웃음이 한끝만 넌지시 보내고
화려한 양옥 커튼에서만 아양을 부렸지?
도리어 음영을 찾아 추행을 하려는 그들에게 너의 힘을 잘못 빌려주었지?

그렇다, 우리는 태양에게 반항한다
우리를 버린 너와의 인연을 끊으련다
지금 회색 구름을 넘어 떨어지는 이날의 태양은
우리의 총알에 맞아 마지막 호흡을 고하는 것이 아니냐
저 흙 속에 묻힌 힘찬 봉화에 쫓기는 것이 아니냐.

태양에 적대감을 갖는 시인이 있겠나. 분명한 것은 이 시에서 태양은 태양이 아니라 일장기日章旗인 것이다. 일본이다. 석양이 지는 해에서 일본의 몰락을 말하려는 것이다.

황순원은 소설가로 변신하기 이전, 현실의식이나 저항정신을 위와 같은 시들을 통해 표현했다. 당시 우리 백성들이 겪었던 고통스런 현실을 성실히 증언하는가 하면, 절묘한 시법詩法으로 일제를 질타했다.

4. 민족어 의식에 투철했던 시인들

　시인이라면 누구나 언어에 대한 남다른 집착을 가질 수밖에 없다. 문학은 언어를 통한 예술이고, 더구나 시에서 민족어가 도달할 수 있는 최상의 언어미를 성취하기 때문이다. 여기서 언어미라 하는 것은 아어雅語, 즉 예쁜 어휘만을 뜻하지 않는다. 시어 자체가 아름답기 이전에 의미의 문제가 더 중시되어야 한다. 시어가 사상의 의상衣裳이 아니고, 사상 자체가 될 때 진정한 언어미는 성취되는 것이다.

　시인으로부터 민족어를 빼앗는다는 것은 시인에게 내리는 가장 가혹한 형벌이다. 일제 식민지시대 시인들은 민족어를 빼앗겼다. 이른바 암흑기라고 불리는 일제 말기에 자행된 민족어 말살정책만을 두고 하는 말이 아니다. 그 전에도 민족어를 빼앗긴 것과 다름이 없었다. 시를 쓰게 허용하되 일제 식민지정책에 거스르는 시를 쓰지 못하게 한 것이 그것이다. 민족어의 의미는 빼버리고 민족어라는 형색, 즉 의상만을 사용하게 하였으니 제대로 된 시가 나올 리 만무했다. 일제의 민족어 말살정책은 시대적 의미뿐만 아니라 옷마저 걸치지 못하게 했던 것이다. 민족어가 완벽하게 유린당하지 않게 하기 위해서는 옷이라도 빼앗기지 않으려고 고투하는 수밖에 없었다. 다음과 같은 정지용의 말은 당대 상황을 잘 대변한다.

위축된 정신이나마 정신이 조선의 자연풍토와 조선인적 정서 감정과 최후로 언어 문자를 고수하였던 것이요, 정치감각과 투쟁의욕을 시에 집중시키기에는 일경日警의 총검을 대항하여야 하였고 또 예술인 그 자신도 무력한 인테리 소시민층이었던 까닭이다.

그랬다. 최후로 언어문자를 고수하려는 것도 항일정신인 것이다. 기왕의 전의戰意는 상실한 언어이지만 우리 민족어의 아름다움, 그 아름답게 쓰임을 보여준 시인들이 적지 않았다. 시인이라면 누구나 일단은 이 테두리에 속하지만 민족어 의식이 유다른 이들이 있었다.

정지용, 절묘한 언어 감각

민족어의 생기生氣 있는 세공細工, 신기神技에 가까운 감각적 표현 따위로 정지용의 시정신을 요약할 수 있을까. 그의 시를 대하면 비로소 '시는 말하는 그림'이라는 의미를 확실히 깨닫게 된다. 또한 우리말이 이렇게 생동간 있게 쓰일 수가 있구나, 하는 탄성을 지르게 한다. 이런 점은 그의 몇몇 시들에 한정되어 있는 것이 아니라, 숱하게 많은 작품에서 볼 수 있어 훌륭한 작품을 취사선택하기가 그리 쉽지 않다. 대부분의 작품이 생기발랄하다.

정지용의 시에서 느껴지는 현실의식은 미미하다. 언어미에 집념한 만큼 시대정신에 소홀하게 된 것이다. 시대정신은 몇몇 시에서 희미하게 암시되고 있을 뿐이다. 「카페프란스」를 보면, '…… / 나는 자작子爵의 아들도 아모것도 아니란다. / 남달이 손이 히여서 슬프구나! // 나는 나라도 집도 없단다 / 대리석 테이블에 닷는 내뺌이 슬프구나! // 오오, 이국종 강아지야 / 내발을 빨아다오 / 내발을 빨아다오'와 같은 부분이 그렇다. 또 「고향」도 유추하면 결국 당대 현실증명인 것이다.

고향에 고향에 돌아와도
그리던 고향은 아니러뇨.

산꽁이 알을 품고
뻐꾹이 제철에 울건만,

마음은 제고향 진히지 않고
머언 항구로 떠도는 구름.

오늘도 메끝에 홀로 오르니
힌점 꽃이 인정스레 웃고,

어린 시절에 불던 풀피리 소리 아니 나고
메마른 입술에 쓰디 쓰다.

고향에 고향에 돌아와도
그리던 하늘만이 높푸르구나.

1932년에 발표한 작품으로, 일제에 의해 수탈당하여 퇴락한 고향을 본 감회를 표현한 것이다. 1927년에 발표한 「향수」와 비교해 보면, 고향에 대한 인식이 크게 달라져 있음을 알 수 있을 것이다. 「카페프란스」와 「고향」에서 보여주는 정지용의 현실인식은 분명 소극적이다. 그는 일제하에서 현실의식을 적극적으로 표현해 내기 힘들다는 것을 알아자리고 이예 민족어 의식에만 철저해 보겠다고 다짐했으리라.

정지용에게는 확실히 다른 시인이 따라잡지 못할 언어감각이 있다. 그가 시적 대상으로 선정한 것은 무엇이든 예사롭게 표현하지 않는다. 감칠맛 나고 생생하고, 아기자기하고, 힘찬 영상으로 읽는 이의 가슴에 새겨진다. 이렇게 두드러진 가치가 있게 한 근본 터전은 무엇일까.

여러 가지로 답할 수 있겠지만 동시성童詩性을 우선 꼽을 수 있겠다. 정지용의 작품 중에서 동시라 할 만한 것도 많으며, 그 영역에 들지 않는 나머지 작품들도 동시적 발상에서 비롯된 게 많다. 동시적이라는 평가가 결코 부정적일 수는 없다. 훌륭한 시인의 시정신은 대상을 향해 순진무구로 몰입해 들어간다. 순진무구는 대상의 신비를 온전히 살리기에 경이감을 동반하게 한다.

해바라기 씨를 심자.
담모롱이 참새 눈 숨기고
해바라기 씨를 심자.

누나가 손으로 다지고 나면
바둑이가 앞발로 다지고
괭이가 꼬리로 다진다.

우리가 눈감고 한밤 자고 나면
이실이 나려와 가치 자고 가고,
우리가 이웃에 간 동안에
해ㅅ빛이 입마추고 가고,

해바라기는 첫시약시인데
사흘이 지나도 부끄러워
고개를 아니 든다.

가만히 엿보러 왔다가
소리를 **깩!** 지르고 간놈이 ―
오오, 사철나무 잎에 숨은
청개고리 고놈이다.

「해바라기 씨」라는 시다. 시어 사용이나 시의 음악성이 사뭇 경쾌하다. 이러한 경쾌감은 시적 분위기를 살리는 어휘를 적재적소에 기막히게 배치할 줄 아는 시인의 빼어난 감각 때문이다. 이것은 이미 기교라 말할 수 있는 차원을 훨씬 뛰어넘은 시정신이다. 이런 순진무구로 사물을 관조하기에 그의 시는 '말로 된 그림', 즉 회화시가 될 수밖에 없는 것이다. 「갑판우」, 「절정」, 「발열」, 「구성동」, 「바다 9」, ……. 그 어느 시를 택해 보아도 완연히 한 폭의 그림으로 새겨진다.

처마 끝에 서린 연기 따러 / 포도순이 기여 나가는 밤, 소리 없이, / 가믈음 땅에 시며든 더운 김이 / 등에 서리나니, 훈훈히, / 아아, 이 애 몸이 또 달어 오르노나. / 가쁜 숨결을 드내 쉬노니, 박나비 처럼, / 가녀린 머리, 주사 찍은 자리에, 입술을 붙이고 / 나는 중얼거리다, 나는 중얼거리다, / 부끄러운줄도 모르는 다신교도와도 같이. / 아아, 이 애가 애자지게 보채노나! / 불도 약도 없는 밤, / 아득한 하늘에는 / 별들이 참벌 날으듯 하여라. ///

「발열」이란 작품이다. 회화시繪畫詩를 쓰는 것이 정지용의 장기長技 중 장기다. 그렇다고 음악성을 배제하지도 않는다. 음악과 그림을 융합한 것이 정지용의 작품이라 할 것이다. 정지용의 이러한 시정신을 구미의 영향으로 싸잡아 모더니스트 또는 이미지스트로 몰아가려는 이들은, 우리의 전통 시정신을 잘 터득하고 있지 못한 사람들이다. 구미의 이미지즘은 본래 동양의 시정신 ― 주로 중국 당시唐詩 ― 을 모범으로 삼아 전개해 간 운동이다. 중국의 시정신이나 우리의 전통 시정신은 회화성을 기본으로 한다. 그렇기 때문에 구미의 이미지즘 운동처럼 시에서 이미지 사용을 새삼스럽게 강조할 필요가 전혀 없는 것이다. 정지용은 모더니스트, 이미지스트가 아니며, 다만 우리 조상들의 시정신을 성실히 이어받은 사람이다. 특히 그는 무비판적으로 마구 들여온 외래 문학정신으로 갈피잡지 못하는 당대 문학풍토 속에서 전통 시정신을 새롭게 중심 잡은 시인으로 평가할 수 있다.

정지용의 「춘설」과 같은 작품은 우리 조상들이 그렇게 소중히 생각했던 기氣가 응축된 시로 평가할 수 있을 것이다. 단직端直한 언어와 감성의 절제로 독자에게 기상氣象을 돋우는 작품이다.

문열자 선뜻!
먼 산이 이마에 차라.

우수절 들어
바로 초하로 아츰,

새삼스레 눈이 덮힌 뫼뿌리와
서늘옵고 빛난 이마받이 하다.

어름 금가고 바람 새로 따르거니
흰 옷고롬 절로 향긔롭어라.
옹송거리고 살어난 양이
아아 꿈 같기에 설어라.

미나리 파릇한 새순 돋고
옴짓 아니긔던 고기입이 오믈거리는,

꽃 피기전 철아닌 눈에
핫옷 벗고 도로 칩고 싶어라.

대상을 향해 적극적으로 몰두해 들어가는 자세를 관조라 할 것이다. 그리고 감정을 절제할 때 시어가 절약되며 힘이 생긴다. 그리하여 기가 응축되는 것이다. 그의 많은 시가 세련된 시정신을 보여주고 있지만, 특히 위의 「춘설」은 그 중 절창으로 평가받을 수 있겠다.

「유리창 1」은 정지용의 시정신이 가장 성숙하게 표현된 작품일 것이다.

유리에 차고 슬픈 것이 어린거린다.
열없이 붙어서서 입김을 흐리우니
길들은 양 언날개를 파다거린다.
지우고 보고 지우고 보아도
새까만 밤이 밀려나가고 밀려와 부디치고,
물먹은 별이, 반짝, 보석처럼 백힌다.
밤에 홀로 유리를 닥는것은
외로운 황홀한 심사이어니,
고흔 폐혈관이 짖어진 채로
아아, 늬는 산ㅅ새처럼 날러 갔구나!

자식의 죽음과 연관된 이 시에서 시인의 감정은 어떻게 절제되어야 한다는 것을 배울 수 있다. 감상感傷적일 수 있는 것을 시어의 역동적인 활용으로 누르면서 어감을 새롭게 창조해 낸다. '외로운 황홀한'과 같이 어감이 아주 다른 시어를 병치시킴으로써 만들어내는 절묘한 시법은 가히 신기에 가깝다 할 수 있겠다.

벌목정정伐木丁丁 이랬거니 아람도리 큰솔이 베혀짐ㅅ주도 하이 골이 울어 멩아리 소리 쩌르렁 돌아옴즉도 하이 다람쥐도 좃지 않고 뫼ㅅ새도 울지 않어 깊은산 고요가 차라리 뼈를 저리우는데 눈과 밤이 조히보담 희고녀! 달도 보름을 기달려 흰 뜻은 한밤 이골을 걸음이란다? 웃절 중이 여섯판에 여섯번 지고 웃고 올라 간뒤 조찰히 늙은 사나히의 남긴 내음새를 줏는다? 시름은 바람도 일지 않는 고요에 심히 흔들리우노니 오오 견듸랸다 차고 올연兀然 히 슬픔도 꿈도 없이 장수산속 겨울 한밤 내 ―

「장수산長壽山 1」이다. 우리말이 이렇듯 생동감 있게 쓰인 것을 흔하게 볼 수 없을 것이다. 또한 시가 정녕 '말하는 그림'이라는 것을 다시 한 번 느낄 수밖에 없는 작품이다.

흔히 이미지라고 한다. 한자어로 번역하여 심상心象, 사상寫像이라고 하는데, 기왕이면 조상들이 쓰던 어휘를 사용하자. '의상意象'이란 어휘가 있다. 의意와 상象의 결합하는 것으로 정의情意와 물상物象을 말한다. 즉 시인의 뜻을 사물에 의탁하여 표현하는 수단이다. 동양권에서 쓰인 이 의상이란 어휘는 구미歐美에서 사용하는 '이미지'란 어휘보다 훨씬 다양하고 깊이 있게 의미부여 된다. 기왕에 쓸 바에야 조상들이 쓰던 어휘를 새롭게 활용하는 것이 자긍심을 갖는 일이겠다.

회회시를 위해서는 이 의상意象어를 충분히 써야 한다. 우리 옛 조상들도 그랬고, 정지용의 시들은 바로 그 정신에 잇대어져 있다. 그래서 우리 시는 예로부터 관념적이지 않고 튼튼했다. 정지용이 조상들의 시정신을 확대재생산하였기 때문에 당대 동료시인, 그리고 후대 시인에게 모범이 되었다. 그의 시정신을 따르려는 시인이 당시나 지금이나 많은 것은 당연할 수밖에 없다.

비록 일제 식민지하에서 항일정신을 시로 표현해 내지 못한 정지용이지만 민족어가 유린되는 상황에서, 민족어를 새롭게 그리고 힘 있게 백성들에게 인식시켰다는 점에서 적극적인 항일시를 쓴 것 이상으로 큰일을 해낸 것이다.

백석, 토속어로 응축한 이야기

백석은 1930년대에 집중적으로 작품을 발표하는데, 약 4분의 3을 이 시기에 생산한다. 백석도 정지용과 시대상황이 같은 때 창작활동을 했기 때문에 위축된 민족어를 사용할 수밖에 없었다. 정지용이 민족어에 생동감을 주고 회화시로 민족전통 시정신을 새롭게 이어받았다면, 백석은 고집스럽게 토속어를 사용하여 민족어의 순도純度를 높였으며 짤막한 이야기 시를 새롭게 계승하여 민족정서의 또 다른 면을 표현하였다.

대부분의 시인들은 시적 긴장을 높이기 위하여 다양한 시적 장치를 동원한다. 그러나 백석은 오히려 시적 긴장을 완화시키려고 노력하며, 시도 구수하게 읽힐 수 있다는 점을 보여주려 했다. 마치 소설처럼 인물들이 등장하고, 사건이 있고, 이야기를 말하는 짜임새가 있다. 민족어 하나하나가 정지용의 손을 거치면 생동감을 발휘하듯이, 백석의 손을 거치면 구수한 이야기로 변하는 것이다. 단지 서정시감을 가지고도 그는 읽는 사람의 정서를 안온하게 해주는 이야기로 변화시키는 장기를 발휘했다.

아츰볕에 섶구슬이 한가로이 익는 골짝에서 꿩은 울어 산울림과 장난을 한다

산마루를 탄 사람들은 새꾼들인가
파아란 한울에 떨어질 것같이
웃음소리가 더러 산 밑까지 들린다

순례중이 산을 올라간다
어젯밤은 이 산절에 재齋가 들었다

무리돌이 굴러나리는 건 중의 발굼치에선가

「추일산조秋日山朝」란 시다. 분명 서정시이지만 백석은 이야기를 하는 듯한 어조를 띠게 했다. 그런 방법으로 시에 대한 독자들의 어떤 경계심을 없애주고 부담 없이 시에 참여토록 한다. 상징이나 은유 따위의 시적 장치를 그의 시에서 만나볼 기회는 거의 없다.

백석의 시는 평안도 토속어 때문에 완전히 향수하는 데 확실히 불편한 점이 있다. 대부분의 시들에서 적어도 몇 개씩은 그의 고향언어로 표현되어 있다. 의미전달에 다소간 어려움이 분명히 있다. 그렇다고 모두 표준말로 바꿔서는 안 될 일이다.

토속어 역시 민족어의 순도를 높이는 일이다. 이른바 표준어를 강요하면 문화의 획일화를 강요하는 것과 같다. 토속어를 통해 느끼는 여러 지역의 다양한 문화의 개성을 잃게 되는 것이다. 토속어 사용은 얼마든지 권장되어야 한다. 백석이 그 선구역할을 해냈다.

명절날 나는 엄매 아배 따라 우리집 개는 나를 따라 진할머니 진할아버시가 있는 큰집으로 가면 // 얼굴에 별자국이 솜솜 난 말수와 같이 눈도 껌벅거리는 하루에 베 한 필을 짠다는 벌 하나 건너 집엔 복숭아 나무가 많은 신리新里고무 고무의 딸 이녀李女 작은 이녀 / 열여섯에 사십이 넘은 홀아비의 후처가 된 포족족하니 성이 잘 나는 살빛이 매감탕 같은 입술과 젖꼭지는 더 까만 예수쟁이 마을 가까이 사는 토산土山 고무 고무의 딸 승녀承女 아들 승承동이 / 육십리라고 해서 파랗게 뵈이는 산을 넘어 있다는 해변에서 과부가 된 코끝이 빨간 언제나 흰옷이 정하든 말 끝에 설게 눈물을 짤 때가 많은 큰골 고무 고무의 딸 홍녀洪女 아들 홍洪동이 작은 홍洪동이 / 배나무접을 잘하는 주정을 하면 토방돌을 뽑는 오리치를 잘 놓는 먼섬에 반디젓 담그려 가기를 좋아하는 삼춘 삼춘엄매 사춘누이 사춘동생들의 그득히들 할머니 할아버지가 있는 안간에들 모여서 방안에서는 새옷의 내음새가 나고 / 또 인절미 송구떡 콩

가루차떡의 내음새도 나고 끼때의 두부와 콩나물과 뽂운 잔디와 고사리와 도야지비계는 모두 선득선득하니 찬 것들이다 / 저녁술을 놓은 아이들은 외양간섶 밭마당에 달린 배나무동산에서 쥐잡기를 하고 숨굴막질을 하고 꼬리잡기를 하고 가마 타고 시집가는 놀음 말 타고 장가가는 놀음을 하고 이렇게 밤이 어둡도록 북적하니 논다 / 밤이 깊어가는 집 안엔 엄매는 엄매들끼리 아르간에서들 웃고 이야기하고 아이들은 아이들끼리 웃간 한 방을 잡고 조아질하고 쌈방이 굴리고 바리깨돌림하고 호박떼기하고 제비손이구손이하고 이렇게 화디의 사기방등에 심지를 몇 번이나 돋구고 홍게닭이 몇 번이나 울어서 졸음이 오면 아릇목싸움 자리싸움을 하며 히드득거리다 잠이 든다 그래서는 문창에 텅납새의 그림자가 치는 아침 시누이 동세들이 욱적하니 흥성거리는 부엌으론 샛문틈으로 장지문틈으로 무이징게국을 끓이는 맛있는 내음새가 올라오도록 잔다 ///

「여우난골 족族」인데, 백석의 시정신을 총체적으로 볼 수 있는 작품이다. 백석은 '자기 언어를 자기 식'으로 평범하게 사용했을지 모르나, 일제하에서 그것은 중요한 의미를 갖는 것이다. 우리 것, 내 것을 끝내 지키겠다는 자존심, 자긍심을 북돋워 주는 것이다. 그의 고집은 곧 민족의 저력이 되는 셈이다.

백석의 시 분위기는 대부분 회고적이다. 「가즈랑집」, 「고방」, 「넘언집 범같은 노큰마니」…… 숱하게 많다. 도대체 회고적 시풍으로, 옛이야기조로 무엇을 드러내려 한 것일까. 그것은 바로 일제하 현실과 시인의 회상 속 현실과 대조감정을 갖도록 하는 데 있었다. 착취당하는 현실과, 결코 착취당할 수 없는 현실의 차이를 절감하도록 하여 현실 대응력을 싹트게 하기 위함이다. 물론 백석의 시 중에는 토속어가 거의 사용되지 않은 시, 그리고 회상적 이야기가 아닌 것이 몇 작품 있다.

솔포기에 숨었다

토끼나 꿩을 놀래주고 싶은 산허리의 길은

엎데서 따스하니 손 녹히고 싶은 길이다

개 더리고 호이호이 회파람 불며

시름 놓고 가고 싶은 길이다

괴나리봇짐 벗고 땃불 놓고 앉어

담배 한대 피우고 싶은 길이다

승냥이 줄레줄레 달고 가며

덕신덕신 이야기하고 싶은 길이다

더꺼머리총각은 정든 님 업고 오고 싶은 길이다

'남행시초南行詩抄 1'이라는 부제가 달린 「창원도昌原道」란 시다. 백석의 다른 내부분 시늘과 많이 다르다. 동시성童詩性을 바탕으로 한 작품이기 때문이다. 정지용의 많은 시가 동시적이라는 것하고 잘 비교가 된다. 백석은 동시적 작품에서도 이야기하듯 했으니 동화적이라 해야 할까.

비애고지 비애고지는

제비야 네 말이다

저 건너 노루섬에 노루 없드란 말이지

신미두 삼간산엔 가무래기만 나드란 말이지

비애고지 비애고지는

제비야 네 말이다

　　푸른 바다 흰 한울이 좋기도 좋단 말이지

　　해밝은 모래장변에 돌비 하나 섰단 말이지

　　비애고지 비애고지는

　　제비야 네 말이다

　　눈빨갱이 갈매기 발빨갱이 갈매기 가란 말이지

　　승냥이처럼 우는 갈매기

　　무서워 가란 말이지

「대산동大山洞」이다. 역시 동시적이다. 앞의 「창원도」나 「대산동」이 토속어를 절제한 예인데, 이것으로 보면 그가 오로지 토속어만으로 승부를 건 것은 아니라 할 수 있다. 동시적 정감을 주는 작품을 창작함으로써 그의 시정신을 순진무구로 구축하고 시가 다양한 표정을 갖도록 뒷받침하고 있는 것이다.

　　백석 시에서는 우리 민족의 민속놀이라든지 토속신앙이 좋은 소재로 쓰인다. 「가즈랑집」, 「마을은 맨천 구신이 돼서」들은 토속신앙을, 「칠월백중」과 같은 시는 민속놀이를 소재로 한 것이다.

　　나는 이 마을에 태어나기가 잘못이다

　　마을은 맨천 구신이 돼서

　　나는 무서워 오력을 펼 수 없다

　　자 방안에는 성주님

　　나는 성주님이 무서워 토방으로 나오면 토방에는 디운구신

　　나는 무서워 부엌으로 들어가면 부엌에는 부뜨막에 조앙님

　　나는 뛰쳐나와 얼른 고방으로 숨어 버리면 고방에는 또 시렁에 데

석님

　　나는 이번에는 굴통 모통이로 달려가는데 굴통에는 굴대장군

얼혼이 나서 뒤울안으로 가면 뒤울안에는 곱새녕 아래 털능구신

나는 이제는 할 수 없이 대문을 열고 나가려는데

대문간에는 근력 세인 수문장

나는 겨울 대문을 삐쳐나 바같으로 나와서

밭 마당귀 연자간 앞을 지나가는데 연자간에는 또 연자당구신

나는 고만 디겁을 하여 큰 행길로 나서서

마음 놓고 화리서리 걸어가다 보니

아아 말 마라 내 발뒤축에는 오나가나 묻어 다니는 달걀구신

마을은 온데간데 구신이 돼서 나는 아무데도 갈 수 없다

「마을은 맨천 구신이 돼서」란 시다. 우리 토속신앙의 한 면모를 재미있게 표현한 시다. 우리 민족의 정신세계를 지배하고 있는 토속신앙은 이를테면 우리 민족의 '집단무의식'인 것이다. 백석은 토속신앙을 통해 우리 민족 사상의 원천, 행위의 근원을 탐구하려는 것이었다.

백석이 토속어와 함께 토속신앙, 민속놀이와 같은 것을 시에서 새롭게 구성, 표현하려는 뜻을 누구나 쉽게 유추할 수 있을 것이다. 동시류, 서정시류를 빼어나게 쓸 수 있었음에도 불구하고 구수한 이야기로 '가장 우리 민족적인 것'을 장기로 삼고 탐구한 뜻은, 결국 일제 식민지 시대에 우리 민족의 근본을 잘 깨우치게 하려는 것이었다. 비록 적극적 항일시를 쓰지 못 했던 대신 또 다른 방법으로 우리 민족의 정신을 표현하는 데 힘을 보탰던 것이다.

김영랑, 감성적 언어미

영랑 김윤식金允植의 시는 애절하다. 모든 것을 여원 일제하이었기에 더욱 그랬다. 시인의 감수성이 여리기도 하지만 시어가 주는 어감 때

문에 더욱 그렇다. 인간에게는 신神의 그림자가 있다고 했다. 여성에게는 깊이 숨겨져 있는 남성성이 있고, 남성에게도 역시 깊이 숨겨져 있는 여성성이 있다는 것이다. 김영랑의 시에서는 그 신의 그림자가 한껏 표현된 셈이다. 여리디 여린 감수성을 시의 바탕으로 삼았다고 할 수 있다. 물론 모든 시가 다 그런 것은 아니다. 그의 시에서도 일제하 현실을 암시하는 것이 있다. 우선 그것을 보자.

바다로 가자 / 큰 바다로 가자 / 우리 인젠 큰 하늘과 넓은 바다를 마음대로 가졌노라 / 하늘이 바다요 바다가 하늘이라 / 바다 하늘 모두 다 가졌노라 / 옳다 그리하여 가슴이 뻐근치야 / 우리 모두 다 가쟀구나 큰 바다로 가쟀구나 // 우리는 바다 없이 살었지야 숨막히고 살었지야 / 그리하여 쪼여들고 울고불고 하였지야 / 바다 없는 항구 속에 사로잡힌 몸은 / 살이 터져나고 뼈 튀겨나고 넋이 흩어지고 / 하마트면 아주 꺼꾸러져 버릴것을 / 오! 바다가 터지도다 큰 바다가 터지도다 // 쪽배 타면 제주야 가고오고 / 독목선獨木船 왜倭섬 이사 갔다왔지 / 허나 그게 바달러냐 / 건너뛰는 실개천이라 / 우리 3년 걸려도 큰 배를 짓쟀구나 / 큰 바다 넓은 하늘을 우리는 가졌노라 // 우리 큰 배 타고 떠나가쟀구나 / 창랑을 헤치고 태풍을 걷어차고 / 하늘과 맞닿은 저 수평선 뚫으리라 / 큰 호통하고 떠나가쟀구나 / 바다 없는 항구에 사로잡힌 마음들아 / 툭 털고 일어서자 바다가 네 집이라 // 우리들 사슬벗은 넋이로다 풀어놓인 겨레로다 / 가슴엔 잔뜩 별을 안으렴아 / 손에 잡히는 엄마별 아가별 / 머리엔 끄득 보배를 이고 오렴 / 발아래 쫙 깔린 산호 오 진주라 / 바다로 가자 우리 큰 바다로 가자 ///

「바다로 가자」다. 일제하에서 절망하고 있는 백성들에게 힘을 돋워주기 위한 시다. 2연에서 일제에 고통 받고 있는 현실을 요약했다. '우

리들 사슬벗은 넋이로다 풀어놓인 겨레로다'라는 구절에서 독립을 갈
망하는 간절한 심사를 볼 수 있다.

> 내 가슴에 독毒을 찬 지 오래로다
>
> 아직 아무도 해書한 일 없는 새로 뽑은 독
>
> 벗은 그 무서운 독 그만 흩어버리라 한다
>
> 나는 그 독이 선뜻 벗도 해할지 모른다 위협하고
>
> 독 안 차고 살어도 머지않어 너 나 마주 가버리면
>
> 억만세대가 그뒤로 잠자코 흘러가고
>
> 나종에 땅덩이 모지라져 모래알이 될 것임을
>
> '허무한듸!' 독은 차서 무엇 하느냐고?
>
> 아! 내 세상에 태어났음을 원망 않고 보낸
>
> 어느 하루가 있었던가 '허무한듸!' 허나
>
> 앞뒤로 덤비는 이리 승냥이 바야흐로 내 마음을 노리매
>
> 내 산채 짐승의 밥이 되어 찢기우고 할퀴우라 내맡긴
>
> 신세임을
>
> 나는 독을 차고 선선히 가리라
>
> 마금날 내 외로운 혼 건지기 위하여

「독毒을 차고」란 작품이다. 세 번째 연이 일제하 상황을 암시하고
있다. 맨 마지막 연은 자기 의지의 당당한 표현이다. '마금날 내 외로
운 혼 건지기 위하여'란 시구는, 독립 되는 날 제대로 저항해 보지 못
한 자신에 대한 절망에 빠지지 않도록, 일제에 당당히 맞서겠다는 의
미다.

김영랑의 시에서 위 두 작품 정도가 당시 현실을 암시하는 것이고,

나머지 대부분은 여린 감수성과 언어미를 토대로 쓰였다. 「가늘은 내음」, 「모란이 피기까지는」, 「돌담에 소색이는 햇발」 따위가 대표적이다.

> 모란이 피기까지는
>
> 나는 아즉 나의 봄을 기둘리고 있을 테요
>
> 모란이 뚝뚝 떨어져버린 날
>
> 나는 비로소 봄을 여흰 서름에 잠길 테요
>
> 오월 어느날 그 하로 무덥든 날
>
> 떨어져 누운 꽃닢마저 시들어버리고는
>
> 천지에 모란은 자최도 없어지고
>
> 뻗쳐오르든 내 보람 서운케 무너졌느니
>
> 모란이 지고 말면 그뿐 내 한해는 다 가고 말아
>
> 삼백 예순날 한양 섭섭해 우옵내다
>
> 모란이 피기까지는
>
> 나는 아즉 기둘리고 있을 테요 찬란한 슬픔의 봄을

두루 잘 알고 있는 「모란이 피기까지는」이다. 여린 감수성과 여성적 어조, 또한 거기에 맞는 어감들이 잘 표현된 작품이다. 이런 요소들이 어우러져 우리 민족어의 아름다움을 맛보게 해준다.

사실 김영랑의 위와 같은 시는 당시 현실에 대한 대응력이 없을 뿐만 아니라 너무 여리디 여린 감수성을 표현한 지라, 비판받을 만한 측면이 적지 않을 것이다. 그러나 당시에 기상氣象에 찬 언어, 격정적 언어들이 고통의 시대를 지켜냈던 이면에는 이렇게 여린 언어, 정감에 찬 언어들이 함께 시대를 증언했다는 것을 알아야 할 것이다. 모두가 다 우리 민족어의 힘을 증명하는 것이다.

일제하 시인들의 민족어 의식은 남다를 수밖에 없었다. 민족어가 위협받는 시대였기 때문이다. 창씨개명, 민족어 말살정책 따위로 철저히 민족정신을 말살해 버리려는 일제하에서 우리말을 잘 다듬고, 기상을 드높이고, 감수성을 잘 표현하려는 시인들의 노력은 높이 평가할 일이다. 시인이라면 모두가 민족어 의식에 투철하지만 여기서는 그 중 독특한 시인들에 한정했다.

5. 이상세계와 부정적 현실세계를 표현한 시인들

　모든 예술이 그렇듯이 문학도 이상향理想鄕을 추구한다. 현실세계에서 이루어질 수 없는 염원에 불과하겠지만 작품으로 표현되면서, 인간 존재의 통증痛症이나 인간 사회의 불합리를 경감시켜 준다. 현실이 고통스러울수록 이상세계에 대한 염원이 더욱 강렬해지는 것이 인간의 본능일 것이다.

　일제 강점시대에 우리 민족이 겪은 고통은 작품 속에서 다양하게 표현되었다. 당시 현실을 성실히 증언하는 방법과 일제에 적극적으로 저항하는 표현이 가장 현실대응력을 발휘한 것이었다. 이에 못지않게 이상세계를 강렬히 염원함으로써 현실의 고통을 유추하게 하는 작품들도 생산되었다. 고난의 시대에는 고난에 적극적으로 대응할 수 있는 시가 제일 효용성이 높겠지만, 그것만으로 인간의 정신적 욕구를 다 채워줄 수는 없다. 고통의 시대가 앗아간 인간의 사랑과 꿈을 어느 시대이건 지속적으로 보충시켜줘야 하는데, 그 한 부분을 시가 담당하고 있는 것이다. 선두에서 침략자에 대항하는 시가 있는가 하면 뒤에서 사랑과 꿈을 포기하지 않도록 격려하는 시도 있어야 하는 것이다. 다양하고 풍부한 시의 표정, 시의 충분한 생산량이 있어야 진정 성숙한 사회가 된다. 일제하는 예외적 상황이었기에 자칫 사랑과 꿈을 표현하는 시가 소홀히 취급될 수 있다. 그러나 진실로 감동을 주는 작품이라면 현실대응력이 큰 시와 함께 소중한 우리 문학유산으로 평가되어야 할 것이다.

부정할 수밖에, 혐오할 수밖에 없는 현실이지만 그것을 극복하려는 의지를 시인 스스로 키우고, 시로 표현하여 읽는 이들에게 힘을 주는 것이 긴요했던 시대였기에 민족은 불행해도 시인은 행복할 수 있었다. 쓸 것이 많았고, 또 쓰면 곧바로 민족적 대의명분에 이어지기 때문인 것이다. 그러나 때로는 현실 부정 그 자체에서 머무는 경우도 많았다. 현실 부정이 자학이 되고 자기 부정의 시법詩法으로 갇혀서 스스로 퇴행하는 모습을 보여주는 시인도 있었던 것이다. 이런 시인의 시작품은 그것대로 현실을 소극적으로나마 반영하였다고 평가해야 할 것이다.

신석정, 이국異國 동경

신석정의 시에서 '어머니'를 부르는 곳이 유난히 많다 어머니란 어휘를 다양하게 해석할 수 있겠다. 의미 없는 단순한 감탄사로 취급할 수 있겠고, 모성母性을 갈구하는 시인의 정서를 표현한 것일 수도 있고, 다소간 견강부회 한다면 모국일 수도 있겠다. 또한 이 모든 것을 포함하는 어휘일 수도 있는데, 결국 한용운의 시에서 '님'이라는 어휘와 대동소이한 의미와 역할로 보아야 하겠다.

그의 시는 이국異國에 대한 동경으로 요약해야 할 것이다. 일제 식민지하에서 생겨날 수밖에 없는 현실 혐오감은 자연스럽게 또 다른 세계를 추구하게 되는 것이다.

「이 밤이 너무나 길지 않습니까?」부터 보자.

젊고 늙은 산맥들을 / 또 / 푸른 바다의 거만한 가슴을 벗어나 / 우리들의 태양이 / 지금은 어느 나라 국경을 넘고 있겠습니까? // 어머니 / 바로 그 뒤 / 우리는 우리들의 화려한 꿈과 / 금시 떠나간 태양의 빛나는 이야기를 / 한참 소근대고 있을 때 / 당신의 성스러운 유방같이 부드러운 황혼이 / 저 숲길을 걸어오지 않았습니까? // 어머니 / 황혼마저 어느 성좌로 떠나고 / 밤 — / 밤이 왔습니다 / 그 검고 무서운 밤이 또 왔습니다 // 태양이 가고 / 빛나는 모든 것이 가고 / 어둠은 아름다운 전설과 신화까지도 먹칠하였습니다 / 어머니 / 옛이야기나 하나 들려주셔요 / 이 밤이 너무나 길지 않습니까? ///

'이 밤이 너무나 길지 않습니까?'는 식민지 현실로 확대 해석한다 해서 무리가 될 것은 없다. 어머니는 혐오스런 현실 속에서 유일하게 믿을 수 있는 동반자이며, '나'의 든든한 울타리가 되어주고 내가 모든 것을 의탁할 수 있는 어떤 절대자인 셈이다. 고통의 현실이 차단된 시간 속에서 잠시 또 다른 세계를 갖고 회상에 젖어보는 것이다. 시간적으로 과거를 동경하고, 공간적으로는 서로 위로 격려할 수 있는 곳을 동경하고 있다.

「아직 촛불을 켤 때가 아닙니다」도 비슷한 분위기다.

> 저 재를 넘어가는 저녁해의 엷은 광선들이 섭섭해합니다
>
> 어머니 아직 촛불을 켜지 말으셔요
>
> 그리고 나의 작은 명상의 새새끼들이
>
> 지금도 저 푸른 하늘에서 날고 있지 않습니까?
>
> 이윽고 하늘이 능금처럼 붉어질 때
>
> 그 새끼들은 어둠과 함께 돌아온다 합니다
>
> 언덕에서는 우리의 어린 양들이 낡은 녹색침대에 누워서
>
> 남은 햇볕을 즐기느라고 돌아오지 않고
>
> 조용한 호수 우에는 인제야 저녁안개가 자욱히 나려오기 시작하였

습니다

그러나 어머니 아직 촛불을 켤 때가 아닙니다

늙은 산의 고요히 명상하는 얼굴이 멀어가지 않고

머언 숲에서는 밤이 끌고 오는 그 검은 치맛자락이

발길에 스치는 발자욱 소리도 들려오지 않습니다

멀리 있는 기인 뚝을 거쳐서 들려오던 물결소리도 차츰차츰 멀어갑
니다

그것은 늦은 가을부터 우리 전원田園을 방문하는 가마귀들이

바람을 데리고 멀리 가버린 까닭이겠습니다

시방 어머니의 등에서는 어머니의 콧노래 섞인

자장가를 듣고 싶어하는 애기의 잠덧이 있습니다

어머니 아직 촛불을 켜지 말으셔요

인제야 저 숲너머 하늘에 작은 별이 하나 나오지 않았습니까?

너무나 애틋하여 읽는 사람의 정서를 차분하게 안정시켜 주고 잠시
라도 명상에 잠기도록 하는 작품이다. 마치 이 생의 마지막 순간을 보
려는 사람처럼 자연현상 하나하나에 집념하고 애착을 갖는 모습이 연
상되는 진지한 작품이라 할 수 있다. 전원생활을 배경으로 하여 현실
속에서 이상적 삶을 갈구하는 자세를 보여준다.

「그 먼 나라를 알으십니까」는 이국 동경을 표현한 대표적 작품이다.

어머니

당신은 그 먼 나라를 알으십니까?

깊은 삼림지대를 끼고 돌면

고요한 호수에 흰 물새 날고

좁은 들길에 야장미野薔薇 열매 붉어
멀리 노루새끼 마음놓고 뛰어다니는
아무도 살지 않는 그 먼 나라를 알으십니까?

그 나라에 가실 때에는 부디 잊지 마셔요
나와 같이 그 나라에 가서 비둘기를 키웁시다

어머니
당신은 그 먼 나라를 알으십니까?

산비탈 넌즈시 타고 나려오면
양지밭에 흰 염소 한가히 풀 뜯고
길 솟는 옥수수밭에 해는 저물어 저물어
먼 바다 물소리 구슬피 들려오는
아무도 살지 않는 그 먼 나라를 알으십니까?

어머니, 부디 잊지 마셔요.
그때 우리는 어린 양을 몰고 돌아옵시다

어머니,
당신은 그 먼 나라를 알으십니까?

오월 하늘에 비둘기 멀리 날고,
오늘처럼 촐촐히 비가 나리면,
꿩소리도 유난히 한가롭게 들리리다
서리가마귀 높이 날아 산국화 더욱 곱고
노란 은행잎이 한들한들 푸른 하늘에 날리는
가을이면 어머니! 그 나라에서

> 양지밭 과수원에 꿀벌이 잉잉거릴 때
>
> 나와 함께 고 새빨간 능금을 또옥 똑 따지 않으렵니까?

어딘지 모르지만 '그 먼 나라'로 떠나 살고 싶은 생각이 간절하게 표현된 시다. 현실이 고통스럽기에 이런 욕망이 절절하게 표현될 수 있는 것이다. 전원田園을 이상향으로 설정했기에 시인의 소박한 면모가 잘 드러날 수 있었다. 고통의 시대에 누구에게나 이런 이상향을 가슴 한 구석에 자리 잡게 함으로써 현실의 어려움을 극복하고 미래에 대한 희망을 키워줄 수 있는 훌륭한 작품이다.

신석정의 시는 대부분 이렇게 이상세계에 대한 동경을 주제로 하고 있다. 일제하 현실대응력은 약했을지라도 절망에 빠진 이들에게 꿈과 이상을 주려고 했다는 점에서 시적 가치를 지니고 있다.

유치환, 현실을 버티는 의지의 노래

유치환의 시들에서는 시인이 군은 의지를 보게 된다. 일제히 피폐힌 조국의 현실을 살아가기 위해서는 시인 스스로 의지를 부추기고, 그것을 표현하는 노래가 필요했다. 유치환의 경우는 오기라 해야 마땅할 것이다. 점잖은 정신으로 살아가기 어려운 현실 속에서 악다물고 버텨내야 하는 오기가 필요했다. 그런 정신을 시로 표현한 작품들이 있다. 「가마귀의 노래」, 「일월」, 「송가」와 같은 작품들이 그것이다.

> 내 오늘 병든 즘생처럼
>
> 치운 12월의 벌판으로 호을로 나온 뜻은
>
> 스스로 비노悲怒하야 갈 곳도 없고
>
> 나의 심사를 뉘게도 말하지 않으려 함이로다.

삭풍에 늠렬凛冽한 하늘 아래

가마귀떼 날러 앉은 벌은 내버린 나누어

대지는 얼고

초목은 죽고

온갖은 한번 가고 다시 돌아올 법도 않도다.

그들은 모다 뚜쟁이처럼 진실을 사랑하지 않고

내 또한 그 거리에 살어

오욕汚辱을 팔어 인색吝嗇의 돈을 버리려 하거늘

아아 내 어디메 이 비루鄙陋한 인생을 육시戮屍하료.

증오하야 해도 나오지 않고

날새마저 질타叱咤하듯 치웁고 흐리건만

그 거리에는 다시 돌아가지 않으려노니

나는 모자를 눌러쓰고 가마귀모양

이대로 황막荒漠한 벌끝에 남루히 얼어붙으려노라.

「가마귀의 노래」다. 현실에 대한 절망과 그 절망 속에서 오기를 표현하니, 자칫 자학自虐으로 생각될 수도 있는 어조를 보여주는 작품이다. 분명히 자학은 아니다. 자학이라고 할 한계상황에 스스로를 던져두고 더더욱 자아를 단련시키겠다는 오기이리라. 일제하 한 지성인의 처절할 정도로 굳센 의지를 본다.

「송가頌歌」는 우리 민족의 역사를 성찰하고 굳센 의지를 내세운다.

쫓기는 카인처럼

저희 오오래 어두운 슬픔에 태었으되

어찌 이 환난을 즘생이 되어선들 겪어나지 못하료.

저 머언 새벽날 미개의 종족이

어느 암상岩上에 활과 살을 팔장에 끼고 서서

크낙한 향로인 양, 자운紫雲 속에 밝아오는 연만連巒을 우러러

염원하야 저들의 융성을 맹세하고 여기 만년.

일월성신은 저희와 함께 있었고

풍상은 오로지 좁은 시련이 되었거늘

오늘 쓰라린 인고忍苦의 울혈鬱血 속에 오히려 맥맥히

그 정한精悍하던 저희 발상發祥의 거룩한 피를 기억하고

그날 산전山巓에 유랑嚠喨히 노래하던 야성의 교망翹望이

저희의 귀에 다시금 맹아리처럼 새로웁도다.

항상 저희는 이렇듯

슬프고도 오롯한 계도系圖를 자랑으로 받듦으로

머언 유업遺業을 그대로 이어

오직 옳고 강하기를 소망하고

좋은 원수를 일컫되

간사함은 미워하고

어떠한 악의와 모함에도 견디어

끝내 굴종에 길들지 않고

하야 눈은 눈으로!

이는 죽음과 같은, 저희의 피가 법도法度가 되어지이다.

　꽤나 어려운 어휘가 동원되었지만, 결국 우리 민족의 역사를 성찰하기 위한 것이다. 현실을 굳세게 견뎌내고 '눈은 눈으로'라는 신념으로 피 흘림도 마다하지 않는 것이 민족사의 유업遺業을 잇는 것이라는 뜻을 표현한 작품이다. 절망적 현실 속에서도 사명감에 새롭게 의지를 부추기는 시다.

「일월」이 또한 그렇다.

나의 가는 곳
어디나 백일白日이 없을소냐.

머언 미개人적 유풍遺風을 그대로
성신星辰과 더불어 잠자고

비와 바람을 더불어 근심하고
나의 생명과
생명에 속한 것을 열애하되
삼가 애련哀憐에 빠지지 않음은
— 그는 치욕임일네라.

나의 원수와
원수에게 아첨하는 자에겐
가장 옳은 증오를 예비하였나니

마지막 우러른 태양이
두 동공에 해바래기처럼 박힌 채로
내 어느 불의에 즘생처럼 무찔리기로

오오 나의 세상의 거룩한 일월에
또한 무슨 회한인들 남길소냐.

기개가 높은 시다. 「송가」에서 보여준 굳은 의지가 위 「일월」에서
간결하게 요약되었다. '원수'는 일제를, '원수에게 아첨하는 자'는 일제
의 앞잡이를 말하는 것이다. '가장 옳은 증오'는 시적 문맥으로 보아서
무력응징이다. 그런 의거를 치르고 나서 '내'가 당해도 아무런 회한이

없다는 뜻을 표현한 작품이다.

유치환의 이러한 시들을 요약하면 기개, 기상이다. 그런 기상은 일상적 시에서도 항상 나타난다. 두루 잘 알고 있는 「깃발」이 좋은 예다.

이것은 소리없는 아우성

저 푸른 해원海原을 향하야 흔드는

영원한 노스탈쟈의 손수건

순정은 물결같이 바람에 나부끼고

오로지 맑고 곧은 이념의 표ㅅ대 끝에

애수는 백로처럼 날개를 펴다.

아아 누구던가

이렇게 슬프고도 애달픈 마음을

맨처음 공중에 달 줄 안 그는.

애틋하면서도 기상에 차 있는 시다. 유치환의 작품에서 느껴지는 이런 장점은 당시 현실 속에서 스스로를 냉혹하게 성찰하고, 오기라 할 정도의 의지를 굳세게 단련시켰기 때문에 터득된 것이다.

김기림, 새 날에 대한 염원

김기림의 작품은 대부분 친화력을 강하게 주지 못하는 게 사실이다. 문명비판을 주제로 하지만 어설프고, 세태비판을 하지만 역시 격에 맞지 않게 때문이다. 시도 때도 없이 쓰고 있는 외래어 또는 외국어도 또한 단점이 된다.

이런 점에도 불구하고 그가 당시 문학에 기여한 점은 있다. 이른바 모더니즘 이론을 빌어 『시론』을 쓰고, 시작詩作에서도 그 풍을 따라 시에서 '감상感傷'을 제거하려는 노력을 했다는 점이다.

비늘

돋친

해협海峽은

배암의 잔등

처럼 살아났고

아롱진 아라비아의 의상을 두른 젊은, 산맥들

바람은 바닷가에 사라센의 비단폭처럼 미끄러웁고
오만한 풍경은 바로 오전 7시의 절정에 가로누웠다.

장시 「기상도」의 맨 처음 부분이다. 그가 그렇게 강조하는, 이른바 '회화시繪畫詩'풍이다. 감각어를 충분히 사용하여 시를 생기 있게 만든 좋은 본보기다. 그러나 그의 많은 시 중에서 이런 정도의 표현은 더 이상 발견되지 않음이 안타깝다.

그래도 그의 시 중 나은 것은 일제기인 당시를 밤으로, 혹은 답답한 방房으로 상징하여 표현했다고 유추되는 「방房」일 것이다.

땅 우에 남은 빛의 최후의 한 줄기조차 삼켜버리려는 검은 의지에 타는 검은 욕망이여

나의 작은 방은 등불을 켜들고 그 속에서 술취한 윤선輪船과 같이 흔들리우고 있다.

유리창 넘어서 흘기는 어둠의 검은 눈짓에조차 소름치는 겁 많은 방아

문틈을 새어흐르는 거리 우의 옅은 빛의 물결에 적시우며
흘러가는 발자국들의 포석舖石을 따리는 작은 음향조차도 어둠은 기르려 하지 않는다.

아름다운 푸른 그림자마저 빼앗긴

거리의 시인 포풀라의 졸아든 몸뚱아리가 거리가 꾸부러진 곳에서
떨고 있다.

아담과 이브들은

'우리는 도시 어둠을 믿지 않는다'고 입과 입으로 중얼거리며 층층계
를 내려간 뒤

지하실에서는 떨리는 웃음소리 잔과 잔이 마주치는 참담한 소리……

높은 성벽 꼭대기에서는

꿈들을 내려보내는 것조차 잊어버린 별들이 절망을 안고 졸고들
있다.

나는 불시에 나의 방의 작은 속삭임 소리에 놀라서 귀를 송긋인다.

— 어서 밤이 새는 것을 보고 싶다 —

— 어서 새날이 오는 것을 보고 싶다 —

끝 두 행으로 시의 주제를 삼아야 하겠고, 그것으로 시대정신을 유
추해내야 한다.

현실에 대한 정확한 인식이 전제되지 않고 무조건 희망을 말하는 것
이 다소간 경박스러울 수도 있겠다. 하지만 탄식만으로 일관하는 것보
다는 생산적일 수 있다. 김기림의 「태양의 풍속」을 두고 하는 말이다.

태양아

다만 한 번이라도 좋다. 너를 부르기 위하여 나는 두루미의 목통을
빌려오마. 나의 마음의 무너진 터를 닦고 나는 그 우에 너를 위한 작은
궁전을 세우련다. 그러면 너는 그 속에 와서 살아라. 나는 너를 나의 어
머니 나의 고향 나의 사랑 나의 희망이라고 부르마. 그리고 너의 사나
운 풍속을 좇아서 이 어둠을 깨물어 죽이련다.

태양아

너는 나의 가슴속 작은 우주의 호수와 산과 푸른 잔디밭과 흰 방천防
川에서 불결한 간밤의 서리를 핥아버려라. 나의 시냇물을 쓰다듬어주며
나의 바다의 요람을 흔들어주어라. 너는 나의 병실을 어족들의 아침을
다리고 유쾌한 손님처럼 찾아오너라.

태양보다도 이쁘지 못한 시. 태양일 수가 없는 서러운 나의 시를 어두
운 병실에 켜놓고 태양아 네가 오기를 나는 이 밤을 새워가며 기다린다.

당시를 '밤'으로 인식한 것이라 생각하면, 위 시에도 분명 현실의식
은 있는 것이다. 그러면서 희망을 말하고, 새날에 대한 염원을 강하게
표현했다는 면에서 괜찮은 시로 평가할 수 있겠다.

김기림은 감상感傷을 배격하려 하다가 감성感性까지 몰아내고 말았
다. 지극히 이성적인 시, 너무나 이성적인 시여서 읽는 이의 정서를 촉
촉하게 적시어 주는 시를 생산해 내지 못하였다. 다만 일제하에서 희
망을 잃지 않고 새날을 강하게 염원하는 시를 썼다는 점에 긍정적 평
가를 할 수 있을 것이다.

신석초, 춤으로 삭이는 번뇌

일제기 고통스런 현실은 신석초에게, 불교에서 말하는 '번뇌'로 흡수
된다. 그는 불교정신을 받아들이면서 현실적 고통을 종교적 차원에서
해결하려 했다. 그의 시에서 고통은 신앙적인 단련과정으로 끌어들여
지기에 힘 있게 인식되고 표현된다. 단형 서정시에서 보여주지 못하던
시적 긴장은, 고통을 새롭게 인식하고서야 비로소 자신 있는 시정신으
로 펼쳐지는 것이다.

1941년에 그는 「바라춤」을 발표한다. 「바라춤」에서 그는 육체와 정

신적 고뇌, 그리고 자연에 대하여 인식을 새롭게 하는 모습을 보여준
다. 여기서는 「바라춤 서사序詞」만을 인용해 본다.

묻히리란다. 청산에 묻히리란다. / 청산이야 변할 리 없어라. / 내 몸
언제나 꺾이지 않을 무구한 / 꽃이언만 / 깊은 절 속에, 덧없이 시들어
지느니 / 생각하면, 갈갈이 찢어지는 내 맘 / 서러 어찌 하리라. // 묻히
리란다. 청산에 묻히리란다. / 나는 혼자이로라. 찔레 얽어진 / 숲 사이
로 표범이 불러 에우고, / 재올리 바라ㅅ소리 뷘산을 울려 / 쩡쩡 우는
산울림과, 밤이면 / 달 피해 우는 두견이 없으면, / 나는 혼자이로라. //
숨으리, 잠긴 뜰안에 숨으리란다. / 숨어서 보살이 아니 싀이련만, / 공
산나월空山蘿月은 알았으리라. / 꾈 데도 필 데도 없이 나는 우니노라.
/ 혼자서 우니노라. / 아아, 적막한 누리ㅅ속에 내 홀로 / 여는 맘을 어
찌 하리라. // 낮이란 구름산에 자고 일어 우니노라. / 밤이란 깊고 깊
은 지대방에 잠 못 이뤄하노라. / 감으면 꿈결같이 떠오르는 '마아야'의
그리메, / 가슴속에 솟아오르는 오뇌의 불ㅅ길이 / 꽃비리에 다는 향연
香烟 같도소이다. // 아아, 오경五更밤 깊은 절은 하마 이슷하여이다. /
달 밝은 구름 창에 이운 복사꽃이 / 소리 없이 지느니, / 사람도 늙어서
저처럼 이우는가, / 꿈 같은 사바 세월이 덧도 / 없으니이다. // 천만겹
두른 산에 들리나니 / 물소리! / 어지러운 시름의 여울 속에 / 보살도
와서 어릴 거꾸러진 / 유혹의 진주를 남하 보리라. / 푸여오른 꽃잎의
심연 속에 / 다디단 이슬이 듣도소이다. // 시름도 성체도 부질없는 우
상이니다. / 팔계 쇠성이 모두 다 성이 가시니다. / 시왕전에 드린 원은
봄눈처럼 사라지니이다. / 가사 어러메여, 가사 어러메여, / 바라를 치
며 춤을 출까나. // 가사 어러메여, 가사 어러메여 / 헐은 가슴에 축 늘
어진 장삼에 / 공천풍월空泉風月을 안아 누워, / 괴론 이밤을 고이 새우
고저. / 괴론 이 밤을 고이 새우고저. // 몸아! 맨몸아! 푸른 내 몸아! /

마魔의 수풀을 가노라. / 단꿈은 끝없는 즐김을 좇아, / 꽃잎 저 흐르는 여울을 가노라. / 바다로 여는 강물을 뉘라 그지리오, / 어느 뉘라 그지리오. // 불타는 바다 위에, 불타는 바다 위에, / 난 던져진 쪽달일네라. / '사갈나' 너른 들에 버려진 꽃가질네라. / 이슷한 사라의 장삼 속에 꿈어리는 / 몸이 부엿한 물 같으니다. // 아스리 나는 미쳤에라. / 나는 짐승이 되었에라. / '마라'의 짐승이 되었에라. / 내 혼과 몸의 씨앗을 쪼갤 / 빛날 장검을 나는 잃었는가. / 숙명의 우리 안에, 날 지닐 오롯한 자랑을 나는 잃었는가. // 묻히리란다. 청산에 묻히리란다. / 청산이야 변할 리 없어라. / 나는 절로 질 꽃이여라. / 지새여 듣는 법고法鼓소리! / 이제야 난 굳세게 살리라. / 날 이끄을 흰 백합의 손도, 바람도, / 아무것도 내 몸을 꺾을 리 없어라. ///

'마아야'는 범어梵語로 환영幻影을 의미하고, '마라'는 마왕魔王을, '사갈나'는 인생고해를 뜻한다.

고려가요 「청산별곡」과 유사한 분위기를 내고 있다. 자신이 설정한 이상향에 휘몰아 감으로써 현실의 고통에서 벗어나려는 시도인 것처럼 느껴진다. 빠른 호흡으로 읽히게 함으로써 환상 속에 들게 하는 효과를 갖는 작품이기도 하다. 서시에서는 불교의 이념보다는 차라리 자연동화 욕구가 더 강하게 표현된다.

신석초는 일제하에서 겪는 현실적 고통을 종교를 수단으로 경감시키려 했다. 현실적인 고통은 종교적 이념에 의존하면서 훨씬 더 힘 있게 표현되었던 것이다.

김광균, 고독한 방황

해야 할 일은 분명하고도 많았지만 어찌할 수도 없었고, 어찌할 줄도 몰라 고뇌하고 방황하는 인간의 모습을 김광균의 시들에서 볼 수 있다. 자칫 문약文弱으로 흐르기 쉬운 애상적 분위기로써 당시 현실을 암시하는 시정신인 것이다. 현실세태를 스케치 하듯 간결하게 묘사하면서 애틋한 감회를 표현해 내는 것이 그의 시 특징이다.

「와사등」을 보자.

차단 ── 한 등불이 하나 비인 하늘에 걸려 있다
내 호을로 어델 가라는 슬픈 신호냐

긴 ── 여름해 황망히 나래를 접고
늘어선 고층 창백한 묘석같이 황혼에 젖어
찬란한 야경 무성한 잡초인 양 헝클어진 채
사념 벙어리 되어 입을 다물다

피부의 바깥에 스미는 어둠
낯설은 거리의 아우성 소리
끼듦도 없이 눈물겹고나

공허한 군중의 행렬에 섞이어
내 어디서 그리 무거운 비애를 지니고 왔기에
길 ── 게 늘인 그림자 이다지 어두워

내 어디로 어떻게 가라는 슬픈 신호기
차단 ── 한 등불이 하나 비인 하늘에 걸리어 있다

주위의 사물들이 온통 부정적 의미를 지닌 것처럼 여겨지는 현실이었던 것이다. 풍요로운 도시 속에 빈한貧寒하기만 한 자신, 군중 속에 느껴지는 고독 따위는 인간이 보편적으로 가지고 있는 존재의 통증이 아니고 일제하라는 현실이 주는 고통인 것이다.

「공지空地」도 현실에서 느끼는 절망감을 표현한 작품이다.

> 등불 없는 공지에 밤이 나리다
> 수없이 퍼붓는 거미줄같이
> 자욱 — 한 어둠에 숨이 잦으다
>
> 내 무슨 오지 않는 행복을 기다리기에
> 스산한 밤바람에 입술을 적시고
> 어느 곳 지향없는 지각地角을 향하여
> 한옛날 정열의 창량蹌踉한 자취를 그리는 거냐
> 끝없는 어둠 저으기 마음 서글퍼
> 긴 — 하품을 씹는다
>
> 아 — 내 하나의 신뢰할 현실도 없이
> 무수한 연령年齡을 낙엽같이 띄워보내며
> 무성한 추회追悔에 그림자마저 갈가리 찢겨
>
> 이 밤 한 줄기 조락한 패잔병 되어
> 주린 이리인 양 비인 공지에 호을로 서서
> 어느 먼 — 도시의 상현上弦에 창망히 서린
> 부오腐汚한 달빛에 눈물지운다

달빛마저 썩고 더러운 것으로 보일 정도면 얼마만큼 절망감에 빠져
있는지 짐작할 만하다. 답답하기만 한 현실인네 출구가 없으니 자책감
에 빠져드는 것이다.

두루 잘 알고 있는 「외인촌外人村」은 「와사등」이나 「공지」가 표현하
고 있는 절망감도 없이 다만 풍경을 스케치 한 정도이기에 어떤 의식
을 지니지 못한 시라 할 것이다.

김광균의 시에서 소시민적인 지성을 본다. 현실의 핵심을 꿰뚫어 표현한다든지 저항의 의지를 세우지 못하고 여린 감수성으로 고뇌하는 인간상인 것이다. 그러나 그런 시정신이 때로 우리의 감각을 신선하게 자극시키는 경우도 있다.

이상, 현실적 자아의 무력화

이상李箱 김해경金海卿의 시는 논리로 읽을 수도 있고, 기호記號로, 분위기로 읽을 수도 있다. 당시의 현실을 기호화하고, 논리화하기도 하였으며, 분위기를 암시하기도 했던 것이다. 그렇지만 그 논리화, 기호화, 분위기 암시 따위는 상식적인 시법詩法에 의한 것이 아니었다. 게다가 띄어쓰기를 하지 않았다든지, 숫자·도형·기호를 내키는 대로 활용했기에 이질적이고 예외적인 시들로 취급당할 수밖에 없었다. 한국 근현대시사 속에서 이상은 마치 비둘기 무리 속의 까마귀처럼 여겨지고 있다. 그의 시에 대해서 대부분이 독자들은, 아수 독특하여 뭔가 진지하게 의미하고 있지만, 뭔가를 유추해 내기 쉽지 않다고 생각한다.

일제하를 살아가는 지식인의 고뇌, 혹은 존재의 통증痛症을 다양한 방법으로 표현했지만 당시 현실의 핵심에 당당히 들어서지는 못했다. 변죽을 때려 들보를 울리겠다는 의도였다고 해석하기에도 석연치 않을 정도로 자의식 과잉이거나 자기 폐쇄적이었던 셈이다. 그가 시를 논리화했다 해도 결국 '비논리의 논리'인 경우가 대부분이었기에 그의 작품은 시적 분위기를 통해 그 시대의 현실을 유추하는 것이 가장 용이하다. 「오감도鳥瞰圖」 연작 중에서 '시 제1호'가 대표적인 경우일 것이다.

> 13人의아해兒孩가도로를질주하오.
>
> (길은막다른골목이적당하오.)

제1의아해가무섭다고그리오.

제2의아해도무섭다고그리오.

제3의아해도무섭다고그리오.

제4의아해도무섭다고그리오.

제5의아해도무섭다고그리오.

제6의아해도무섭다고그리오.

제7의아해도무섭다고그리오.

제8의아해도무섭다고그리오.

제9의아해도무섭다고그리오.

제10의아해도무섭다고그리오.

제11의아해가무섭다고그리오.

제12의아해가무섭다고그리오.

제13의아해도무섭다고그리오.

13인의아해는무서운아해와무서워하는아해와그렇게뿐이모였소.(다른
사정은없는것이차라리나았소)

그중에1인의아해가무서운아해라도좋소.

그중에2인의아해가무서운아해라도좋소.

그중에2인의아해가무서워하는아해라도좋소.

그중에1인의아해가무서워하는아해라도좋소.

(길은뚫린골목이라도적당하오.)

13인의아해가도로로질주하지아니하여도좋소.

1934년 ≪조선중앙일보≫에 연재되기 시작했던 작품 중 하나다. 일
제하처럼 암담한 시대에 걸맞은 분위기를 느낄 수 있는 시다.

왜 13인가를 따지게 된다. 기독교적으로 해석하여 불길한 조짐을 암시하는 것이란 의견, 당시 우리 행정구역 13도가 일제하에 있다는 의견, 12배수로 볼 때 초시간적 또는 초시대적인 것을 암시한다는 생각들이 제시되었다. 그 중 하나만 타당할 수는 없다. 그 모든 생각들이 다 포함되는 것이다.

13이란 숫자에 대해서는 그의 유고遺稿 「1931年(작품 제1번)」에 있는 한 단락에서 어떤 암시를 받을 수도 있을 것이다.

> 나의 방의 시계 별안간 13을 치다. 그때 호외號外의 방울소리 들리다. 나의 탈옥脫獄의 기사.
>
> 불면증과 수면증으로 시달림을 받고 있는 나는 항상 좌우의 기로岐路에 섰다.
>
> 나의 내부로 향해서 도덕의 기념비가 무너지면서 쓰러져 버렸다. 중상. 세상은 착오를 전한다.
>
> 12＋1＝13 이튿날(즉 그때)부터 나의 시계의 침은 3개였다.

사건 전개나 상황의 돌연성, 우발성, 예외성을 암시하는 글귀들이다. 현실의 무게에서 벗어나려는 노력 중 하나가 불면증이나 수면증이 될 수 있는 것이며, 그것은 현실에서 벗어나기에 탈옥에 비유될 수 있다. 현실에 무책임하게 되니까 '도덕의 기념비'가 무너지는 것이다. 그래서 그때부터 모든 게 착오가 된다.

그의 정신에서 나온 가장 쉽고 정직한 시가 있다. 「회한悔恨의 장章」이 그것이다.

> 가장 무력한 사내가 되기 위해 나는 얼금뱅이었다
>
> 세상의 한 여성조차 나를 돌아보지 않는다
>
> 나의 나태는 안심이다

양팔을 자르고 나의 직무를 회피한다

이제는 나에게 일을 하라는 자는 없다

내가 무서워하는 지배는 어디서도 찾아 볼 수 없다

역사는 무거운 짐이다

세상에 대한 사표를 쓰기란 더욱 무거운 짐이다

나는 나의 문자들을 가둬버렸다

도서관에서 온 소환장을 이제 난 읽지 못한다

나는 이제 세상에 맞지 않는 옷이다

봉분보다도 나의 의무는 적다

나에겐 그 무엇을 이해해야 하는 고통은 완전히 사라져 버렸다

나는 아무때문도 보지는 않는다

그렇기 때문에 나는 아무것에게도 또한 보이지 않을 게다

처음으로 나는 완전히 비겁해지기에 성공한 셈이다

이 한 편의 시로 이상의 시정신 전체를 들여다 볼 수 있는 열쇠를 발견할 수 있다. 이를테면 그의 시정신은 시대의 무게, 역사의 무게 때문에 예외적인 길을 택하게 된 것이다. '나는 나의 문자들을 가둬버렸다'는 시적 의미를 폐쇄시켰다는 뜻이고, 맨 끝의 연에서는 그의 시법 詩法의 비밀을 밝힌 것이다. 자신의 가치관을 명확히 밝히기를 거부한 시를 썼다는 의미가 될 것이다. 그리고 그것이 비겁한 행위였음을 자인하고 있다. 그러나 그것은 그가 시대의 무게에 짓눌려 있으면서 자살을 하지 않고서 살아갈 수 있는 방법이었다. 이 세계에 대한 부정과 긍정을 동시에 한껏 긴장시켜 모든 가치를 무력화시키는 것이 그의 시법이고 처세법이었던 것이다.

서정주, 원초본능 탐구

1941년, 서정주가 『화사집花蛇集』을 내놓는 시기에 일제는 이 땅을 완전히 암흑세계로 만들어 갔다. 어떤 희망도 가질 수 없는 상황에서 시인들은 일제에 이용당하기 일쑤였고, 대부분은 저항 의지를 잃고 현실도피적 창작에 작은 위안을 느낄 뿐이었다.

「자화상」이란 시로 출발이 좋았던 서정주도 예외는 아니었다. 『화사집』에는 현실대응력이 있는 시가 없다. 다만 당시 상황을 부정하고 도피하고 싶다는 욕망이 「바다」, 「문」에 강하게 표현되나, 시집의 전반적 분위기가 그런 것은 아니다. 몇 작품 되지는 않지만 오히려 인간의 원초본능을 탐구한 시가 인상적이다. 「화사花蛇」, 「대낮」, 「맥하麥夏」, 「입마춤」들이 그에 해당한다.

> 따서 먹으면 자는듯이 죽는다는
> 붉은 꽃밭새이 길이 있어
>
> 핫슈 먹은듯 취해 나자빠진
> 능구렝이같은 등어릿길로,
> 님은 다리나며 나를 부르고……
>
> 강한 향기로 흐르는 코피
> 두손에 받으며 나는 쫓느니
>
> 밤처럼 고요한 끌른 대낮에
> 우리 둘이는 웬몸이 달어……

「대낮」인데 시적 정황을 잘도 응축하여 간결하게 완성시켰다. 인간 본성을 강렬하게 표현하면서도 긴 여운을 남기는 시법이 빼어나다.

* 황토 담 넘어 돌개울이 타
  죄 있을 듯 보리 누른 더위 ─
  날카론 왜낫 시렁위에 거러노코
  오매는 몰래 어듸로 갔나

  바윗속 산되야지 식 식 어리며
  피 흘리고 간 두럭길 두럭길에
  붉은옷 닙은 문둥이가 우러

  땅에 누어서 배암같은 게집은
  땀흘려 땀흘려
  어지러운 나 ─ㄹ 업드리었다

* 가시내두 가시내두 가시내두 가시내두
  콩밭 속으로만 작구 다라나고
  울타르니는 막우 자빠트려 노코
  오라고 오라고 오라고만 그러면

  사랑 사랑의 석류꽃 낭기 낭기
  하누바람 이랑 별이 모다 웃습네요
  풋풋한 산노루떼 언덕마다 한마릿식
  개고리는 개고리와 머구리는 머구리와
  구비 강물은 서천西天으로 흘러 나려……

  땅에 긴 긴 입마춤은 오오 몸서리친
  쑥니풀 지근지근 니빨이 히허여케
  즘생스런 우슴은 달드라 우름가치
  달드라.

앞의 시는 「맥하」, 뒤의 것은 「입마춤」이다. 자연배경 속에서, 야생 동물이 등장하는 속에서 야성적인 애정에 탐닉하는 모습이 잘 표현된 시들이다. 지극히 자연스럽고 강렬한 행위인지라 그 어떤 의미부여도 군더더기가 된다.

간결한 단형시로 인간의 원초적 본능을 이렇게 산뜻하게 펼쳐 놓기도 예사롭지 않다. 서정주의 시어구사력이 그만큼 빼어났던 것이다.

박두진·조지훈, 정기精氣와 전통미

박두진, 조지훈, 박목월 세 시인이 해방 직후『청록집靑鹿集』을 합동으로 내었기에 '3가三家시집'이라고 하지만 그 중 박두진, 조지훈의 대표시들은 이미 해방 전에 발표되며 박목월의 대표작이라 할 만한 것은 해방 직후에 발표된다. 여하튼 세 시인은 정지용으로부터 추천 받을 때 이미 상당한 시정신의 공통점을 갖게 된다. 크게 자연친화의 범주일 것이다. 그렇다고 이들을 정지용의 아류亞流로 취급해서는 안 된다. 시법詩法을 얼마든지 변별해 낼 수 있게끔 각자 개성이 있다. 박두진, 조지훈의 시정신은 정기精氣와 전통미로 요약될 수 있겠다. 박두진의 시법인 정기는 모든 생명력의 원천이 되는 것이다. 자연의 생명력을 역동적으로 파악해 냄은 물론 그로부터 인간들이 기상을 받게 하는 시법이다. 조지훈은 우리 민족의 전통미를 찾아내어 새롭게 인식토록 해 준다. 박두진, 조지훈은 특히 언어세공에 남다른 집착을 보인다.

아랫도리 다박솔 깔린 산 넘어 큰 산 그 넘엇 산 안보이어 내 마음 둥둥 구름을 타다.

우뚝 솟은 산, 묵중히 엎드린 산 골골이 장송長松 들어섰고, 머루다랫 넝쿨 바위 엉서리에 얼켰고 샅샅이 떠갈나무 으새풀 우거진데, 너구리,

여우, 사슴, 산토끼, 오소리, 도마뱀, 능구리 등, 실로 무수한 짐승을 지니인,

　산, 산, 산들! 누거黑E 만년 너희들 침묵이 흠뻑 지리함즉 하매,

　산이여! 장차 너희 솟아난 봉우리에, 엎드린 마루에, 확확 치밀어 오를 화염을 내 기다려도 좋으랴?

　핏ㅅ내를 잊은 여우 이리 등속이 사슴 토끼와 더불어 싸리ㅅ순 칡순을 찾아 함께 즐거이 뛰는 날을 믿고 길이 기다려도 좋으랴?

박두진의 「향현香峴」이다. 자연친화적인 시라고 그저 평범하게 생각할 수도 있지만, 당시와 연관시켜 의미부여 한다면 못 할 것도 없다. 인간 세계와 자연계를 대비시켜 인간들로 하여금 대조감정을 느끼도록 하려던 것이라 할 수도 있다. '핏ㅅ내를 잊은 여우 이리 등속이 사슴 토끼와 더불어 싸리ㅅ순 칡순을 찾아 함께 즐거이 뛰는 날을 믿고 길이 기다려도 좋으랴?'는 구절은 피에 굶주린 일제를 빗대는 것이리라. 이런 의미부여가 아니라도 위의 작품에서는 모든 자연물의 원초적 생명력을 기상 있게 표현한 좋은 작품인 것이다.

　내게로 오너라. 어서 너는 내게로 오너라. ― 불이 났다. 그리운 집들이 타고 푸른 동산 난만한 꽃밭이 타고, 이웃들은 다 쫓기어 울며 울며 흩어졌다. 아무도 없다.

　이리들이 으르댄다. 양떼가 무찔린다. 이리들이 으르대며 이리가 이리와 더불어 싸운다. 살점들을 물어뗀다. 피가 흐른다. 서로 죽이며 작고 서로 죽는다. 이리는 이리로 더불어 싸우다가 이리는 이리로 더불어 멸하리라.

처참한 밤이다. 그러나 하늘엔 별 ― 별들이 남아 있다. 날마다 아직
은 해도 돋는다. 어서 오너라. …… 황폐한 땅을 새로 파 이루고 너는
나와 씨앗을 뿌리자. 다시 푸른 산을 이루자. 붉은 꽃밭을 이루자.

정정한 푸른 장생목도 심으고 한철 났다 스러지는 일년초도 심으자.
잣나무 오얏 복숭아도 심으고 들장미 석죽 산국화도 심으자. 싹이 나서
자라면 이어 붉은 꽃들이 피리니……

새로 푸른 동산에 금빛 새가 날러오고 붉은 꽃밭에 나비 꿀벌 떼가
날러들면 너는 아아 그때 나와 얼마나 즐거우랴. 섧게 흩어졌던 이웃들
이 돌아오면 너는 아아 그때 나와 얼마나 즐거우랴. 푸른 하늘 푸른 하
늘 아래 난만한 꽃밭에서 꽃밭에서 너는 나와 마주 춤을 추며 즐기자.
춤을 추며 노래하며 즐기자. 울며 즐기자. …… 어서 오너라 …….

역시 박두진의 「푸른 하늘 아래」란 작품이다. 이리와 양떼, 이리와
이리의 싸움이란 일제외 우리 민족, 외세와 외세의 관계를 빗댄 것으
로 해석할 수 있다. '처참한 밤', '황폐한 땅'은 당연히 우리 국토와 백
성들이 처한 상황을 의미한다. 그러나 이런 의미를 부여하지 않아도
위 시들은 자연과 인간이 생기발랄하게 어우러지는 분위기를 잘 표현
해 내고 있다.

조지훈의 시들 중에서는 전통 또는 역사의식에 집착한 작품이 가작
으로 평가될 수 있을 것이다.

벌레 먹은 두리기둥 빛 낡은 단청丹靑 풍경소리 날러간 추녀 끝에는
산새도 비둘기도 둥주리를 마구 쳤다. 큰나라 섬기다 거미줄친 옥좌玉
座 위엔 여의주 희롱하는 쌍룡雙龍 대신에 두마리 봉황새를 틀어올렸다.
어느 땐들 봉황이 울었으랴만 푸르른 하늘밑 추석鷲石을 밟고 가는 나

의 그림자. 패옥소리도 없었다. 품석品石 옆에서 정1품, 종9품 어느 줄에도 나의 몸둘 곳은 바이 없었다. 눈물이 속된줄을 모르랑이면 봉황새야 구천九天에 호곡號哭하리라.

「봉황수鳳凰愁」다. 나라는 빼앗기고, 민족은 모두 일제의 종이 되어버린 현실을 고통스러워하는 시다. 철저히 퇴락해버린 고궁에서 역사를 회고해 보건대 결국 사대사상 때문에 국권을 상실하게 되었다는 판단이다. 중국에 굴복하여 용 대신 봉황으로 제왕을 상징하게 되었던 역사를 부끄러워하는 것이다. 비장미가 느껴지는 산문시로 품격品格이 빼어난 작품이다.

하늘로 날을듯이 길게 뽑은 부연끝 풍경이 운다.

처마끝 곱게 느리운 주렴에 반월半月이 숨어

아른 아른 봄밤이 두견이 소리처럼 깊어가는 밤

곱아라 고아라 진정 아름다운지고

파르란 구슬빛 바탕에

자지빛 호장을 받힌 호장저고리

호장저고리 하얀 동정이 환하니 밝도소이다.

살살이 퍼져 나린 곧은 선이

스스로 돌아 곡선을 이루는 곳

열두폭 기인 치마가 사르르 물결을 친다.

초미 끝에 곱게 감춘 운혜雲鞋 당혜唐鞋

발자취 소리도 없이 대청을 건너 살며시 문을 열고

그대는 어느 나라의 고전古典을 말하는 한 마리 호접蝴蝶

호접이냥 살푸시 춤을 추라 아미蛾眉를 숙이고……

나는 이 밤에 옛날에 살아

눈감고 거문고ㅅ줄 골라보리니

가는 버들이냥 가락에 맞추어

흰 손을 흔들어지이다.

「고풍의상古風衣裳」이다. 전통미를 재생시킴으로써 일제에 의해 파괴되어가는 우리의 민족의식을 새롭게 인식시키기 위한 작품이다. 전통 건축이나 복식, 신발, 악기와 춤사위를 회화적으로 형상화 낸 솜씨가 탁월하다. 또한 「승무」와 함께 민족어의식의 투철함을 보여준다.

위에 논한 시인들의 당대 시는 외적으로 현실적 대의명분에 충실한 편은 아니었다. 시의 사회적 효용성을 크게 높인 편은 아니다. 그러나 시가 시인의 영혼 구제로부터 시작하는 것이므로 결코 무시되어서는 안 될 것이다. 사사로운 감정 표현 모두를 중시하고자 하는 것이 아니라, 당시 현실 속의 개인감정을 얼마나 치열하게 탐색하고 그 시적 표현에 얼마만큼 성과를 거두었나 하는 정도에 따라 가치의 높낮이를 매길 수 있을 것이다. 위의 시인들은 이런 점에서 좋은 평가를 받을 수 있겠다.

6. 이념시는 항일의 차선책

일제 식민지시대에 프롤레타리아 문학활동을 한 작가들은 사상이 의심스러웠는가. 마르크스, 레닌의 추종자들이었는가, 왜 프롤레타리아 문학을 선택했을까. 마르크스, 레닌의 사회주의 이념이 매력적이었기 때문일까.

이러한 물음들은 일제식민지라는 특수 상황과 연관시키지 않고서는 정확한 대답을 얻을 수 없다. 그렇다, 작가들은 대부분 당대 상황 때문에 프로문학을 선택한 것이다. 그리 많지 않은 작가 개개인이 일제에 의해 통제되고, '각개격파' 되지 않기 위해서는 강력한 조직이 필요했던 것이다. 이념도 이념이지만 당대 상황에 대응하기 위한 하나의 방편이었던 것이다. 그것도 국제공산당에서 강력하게 지원하기 때문에 '등 비빌 수 있는 언덕' 쯤으로 생각할 수 있었다. 조국은 식민지가 되어 있어 모르쇠하고, 이른 바 순수문학만을 하자니 스스로 생각해도 한심한 일이요, 그렇다고 저항적 냄새만 내도 협박당하기 일쑤였다. 그러니 절충안쯤 되는 경향문학을 택하든지, 아니면 카프에 가입하여 프로문학 쪽으로 길을 택하는 수밖에 없었던 것이다.

일제에 의해 철저히 수탈된 당시 국내사정은 경향문학, 프로문학이 디를 잡기에는 가장 좋은 환경이었던 셈이다. 소위 무산자無産者 또는 프롤레타리아가 십중팔구는 족히 되는 식민지 상황에 어찌 배고픔의 절규가 없을 것인가. 그 절규는 그대로 프로문학으로 이어졌던 것이다. 배고픔의 절규는 일제 식민지시대 문학의 본령은 아니었다. 어디까지나 조국 독립을 위한 항일정신이 본령이었지만, 그것이 불가능했기 때문에 배고픔의 절규로 대신했던 것이다. 궁핍문학, 배고픔의 절규는 차선책으로 택한 주제이며 항일정신의 간접적인 표현이었다.

일제하 프로문학은 이러한 이유로 겉보기로 지나쳐서는 안 된다. 2차적 의미, 즉 이면의 의미를 해석해내고 평가하여야 한다. 시나 소설 속에서 가진 자들에게 향한, 못 가진 자들의 절규는 결국 일제에 대한 항거로 해석되지 않으면 안 된다. '변죽을 때려 들보를 울리게' 하려고 했던 셈이다.

프로시는 다른 종류의 시에 비해 길다. 핵심을 말하지 못하고 변죽을 울리자니 길어질 수밖에 없다. 격정적인 어조와 관념어가 핵심을 배돌면서 당대 상황을 암시하려는 것이 프로시의 수된 시법詩法인 셈이다. 격정이 격정을 낳고, 관념이 관념을 낳아 시상은 정제되지 않고, 시구는 절제되지 않아 비시非詩적이기 일쑤다. 조금이라도 저항적 냄새가 나면 검열에 의해 삭제되고 '○○○' 'XXX' 따위 복자伏字로 표시되기에 관념적 증상을 가중시킨다. 프로시의 이러한 단점에도 불구하고 당대 현실에 적극적으로 파고들어 대응책을 제시하려 했기 때문에 우리 시사에 역동적인 요인으로 평가될 수 있는 것이다.

프로문학이 일본의 영향에 의해 형성되었다는 생각에 전적으로 동의하기 힘들다. 1920년대 중반기 이후, 그러니까 카프가 조직되고 나서는 그럴 수 있었겠지만, 그 이전에는 자생적으로 터전을 마련한다. 일제에 의해 모든 것을 수탈당한 현실이었기에 민족구성원 대다수가 무산자인 셈이었고 그런 터전에 일제와 일제의 앞잡이들, 그리고 일부가진 자들에 대한 반감을 표현하는 것은 그대로 경향문학으로 이어질 수밖엔 없었다. 따라서 프로문학을 논할 때는 반드시 자생적인 요인을 탐구하고 또 거기에 해당하는 작가들로부터 시작하지 않으면 안 된다.

김형원, 백성은 숨쉬는 '미이라'

우리 프로문학의 근원을 김형원의 작품에 두는 것이 크게 잘못된 생각은 아닐 것이다. 경향성을 띤 그의 시는 3·1 운동을 겪고 난 직후부터 꾸준히 발표되기 때문이다. 당시 우리 백성들의 궁핍함, 또는 철저히 구속당한 모습을 증언하는 데 전념한 그의 시는 어떻게 보면 시의 맛이 거의 없다고 판단될 수도 있다. 그러나 그런 점은 경향시, 프로시의 보편적인 속성이다. 시가 시다워야 한다는 언어미 또한 구조미보다는 내용이 우선이며, 분노하고 절규하지 않으면 안 된다는 생각이 일반적이었기 때문이다.

나는 무산자이다! / 아무 것도 갖지 못한 // 그러나 나는 / 황금도, 토지도, 주택도, / 지위도, 명예도, 안일도, / 공산주의도, / 사회주의도, / 민주주의도, / 아! 나는 원치 않는다! // 사랑도, 가족도, / 사회도, 국가도, / 현재의 아무 것도, / 아! 나는 저주한다! / 그리고 오직 / 미래의 합리한 생활을 / 아! 나는 요구한다 // 그리하야 나는 / 온세계의 여자를 / 내 한몸에 맡긴대도, / 온누리의 재산을 / 내손에 준다 해도…… / 아! 나는 포기할 것이다! // 나는 무산자이다! / 아무 것도 갖지 못한 // 그러나 나는 다만 / '인간'이란 재산만을 / 신실한 의미의 '인간'을…… / 요구한다 절규한다! // 그리고 다음에 / '인간'의 '권리'를 / 나의 손에 있게 하라고 / 나 스스로 나(인간)를 / 인식하고 처분할 만한……. ///

1921년에 ≪개벽≫지에 발표된 「무산자의 절규」란 시다. 여기서 '무산자'란 프롤레타리아의 직역어보다는 재산을 소유하지 못한 사람들을 지칭하는 소박한 의미로 보아야 할 것이다. 왜냐하면 제2연에서 어떠한 '주의主義'도 원하지 않는다는 생각을 강하게 표현하고 있기 때문이다. 다만 미래에 합리한 생활을 요구할 뿐인데, 그것이 일제에 의해 이루어지지 않고 있다는 것을 말하지 못하고 있을 뿐이다.

> 오! 나는 본다!
> 숨쉬이는 목내이木乃伊를
>
> '현대'라는 옷을 입히고
> '제도'라는 약을 발라
> '생활'이라는 관棺에 너흔
> 목내이를 나는 본다
>
> 그리고 나는
> 나 자신이 이미
> 숨쉬이는 목내이임을
> 아! 나는 조상弔喪한다!

「숨쉬이는 목내이木乃伊」란 작품이다. '목내이木乃伊'는 '미라'라는 말이다. 일제하에서 철저히 구속당했던 우리 백성들은 그야말로 숨 쉬는 미라였던 것이다. 한 단어로 잘 요약한 셈이다. 김형원은 우선 자기 자신을 숨쉬는 미라로 지칭하고 스스로를 조상弔喪한다고 자조自嘲하는데, 바로 이런 자각이 앞으로 그의 시정신을 더욱 꿋꿋하게 하는 탄력으로 변화하는 것이다.

바람이 분다, / 살을 에이는 듯한 북풍이다. / 앞이 캄캄하다, / 지척을 분별할 수 없는 그믐밤이다. / 나는 헤매인다, / 가는 곳도 없이 발가는 대로. // 아, 여기는 도회이다, / 조선에서도 첫째라는 서울이다. / 수십만 가난뱅이가, / 밤낮으로 헤매이는 서울이다. / 보아라 지금 나의 앞에도, / 거지떼가 벌벌 떨며 지나간다. // 미친 듯한 바람은, / 종로 네거리에서 재주를 넘는다. / 거지떼들은 행랑 뒤로 쫓아간다. / 바람도 뒤를 쫓아간다. // 이번에는 북촌으로 몰린다, / 심술궂은 바람은 또 앞을 막는다. / 오도가도 못하고 우뚝선, / 아, 가련한 그대는 누구인가? // 아, 가련한 그대들이어! / 그대들은 나이다, 이몸이다. // 밥벌이를 위하여 종일토록 / 구역나고 뼈 아픈 일을 하고, / 늦게야 집이라고 찾아들면, // 가엾은 안해의 야윈 얼굴엔, / 적막한 웃음이 맞는 인사요, / 하루 동안 굶주린 어린 것들은, / 먹을 것 내이라고 졸라대이는…… // 아, 가련한 그대들이어! / 그대들은 나이다, 이 몸이다. // (차절 전부 16행 삭제)

1925년 ≪생장≫이란 잡지에 발표된 작품이다. 서울의 황량함과 서울 사람들의 궁핍함에 대해 말했는데, 서울이 이럴 바에야 시골은 어떠했겠느냐, 라는 의미가 잘 포함되어 있다. 온 나라가 모두 절대빈곤에 시달리고 있는 현실을 증언하고 있는 것이다. 제4연이 모두 검열에 의해 삭제되었는데, 유추해 보면 분노의 감정을 고양시키는 부분이었을 것이다.

「시골」이라는 작품을 보자.

이곳은 시골 농촌이다,

울타리도 없는 초가 몇집이,

발가벗은 산비탈에 여기저기,

보기에도 쓸쓸한 농촌이다.

전같으면, 사내는 밭갈고,

아낙네는 길쌈하야, 걱정없이,

단락한 살림이 지어지든,

평화한 우리의 마을이지만.

주인이 한번 빚을 쓰게 된 후로,

거듭하야 닥쳐오는 폭풍이,

이 마을을 떠나기 싫어하야,

지금에 이꼴을 이른 것이다.

(이하 10행 삭제)

과거 평화로웠던 시대와 현재를 대비하여 대조감정을 불러일으키게 만든 작품이다. '주인이 한 번 빚을 쓰게 된 후로'라는 구절에서 '주인'은 위정자들을 지칭하는 것이다. 위정자들이 정치를 잘못함으로써 폐허가 되었다는 원망이리라. 이 작품 역시 10행이 삭제되었는데 잎의 작품과 같이 읽는 이의 감정을 들끓게 하는 부분이었으리라.

김형원의 시들은 앞에서 보았듯이 것처럼 비교적 간결한 편이다. 그리고 할 이야기를 웬만큼 하고 있다. 그래서 삭제를 당했으리라. 그러나 이후 프로시들은 점점 장황해진다. 그런 현상은 모든 프로시인들에게 공통점이 된다. 이런 점에서 볼 때 김형원의 시정신이, 이후 다른 시인들보다 절제되어 있고 그래서 시답다고 말할 수 있는 것이다.

노초생, 빈궁과 부자유에 대한 증언

이름을 내놓기 꺼려해 노초생路草生인데, 그의 경향시가 적지 않으며 당대 현실을 성실히 증언하고 있다. 그의 시적 증언은 빈궁과 부자유에 대한 것으로 요약할 수 있다. 핵심을 제대로 잡은 것이다. 「비오는 빈촌貧村」이라는 작품을 보자.

무거운 바람 흔들리는 황혼에 / 우는 듯 찬비가 하염없이 내린다 / 이름없는 가난한 마을에 ─. // 오막살이들 찌그러진 대문 안고서 / 겉으로 찬비를 맞아 / 안으로 누렁물 흘리는 저 속에 / 때맞춰 일어나는 기아飢餓의 무도舞蹈를 / 누구라 알리오 아는 이 없어 ─ / 그러나 집집이 숨은 촉루髑髏는 알련마는 / '빈궁은 비밀이라'고. // 아아 그 비밀에 불을 다뤄라 / 콧노래 느리게 나는 / 높은 다락 즐비한 / 환락의 동네로 굴려가자 / 소슬대문 붉은 기둥집엔 / 봄도 찾고 웃음도 노래도 기여들리만 / 인생의 밑창에 떨어진 이 마을엔 / 들려오는 건 다만 이 빈궁의 촉루. // 빈궁은 / 이 마을 사람의 알파요 오메카다. / 빈궁의 촉루는 / 배속부터 한평생을 두고두고 / 일터로 일터에 뒤를 쫓다가 / 허리가 꼬부라지면 앞장을 서서는 / 아사餓死를 최후의 선사로 싸들고 / 내던지는 자선慈善을 주어 먹인다. // 아아 천당처분天堂處分도 돈이라는 이 시절이여! / 이제 어디선지 교당敎堂의 쇠북이 운다. / 비에 닫힌 저자거리를 스며서 넘어서는 / 통곡의 이 동구洞口로 흘러온다. // 비에 흘는 오막살이들 / 더벅머리 같은 그 지붕을 숙이여 / 쓰러지는 울타리 맞붙들고서 / 추녀 끝마다 쭈룩쭈룩 흘리나니 / 줄기 줄기로 눈물이어라 ///

당대 우리 백성의 일상사에 대해, '빈궁은 이 마을사람의 알파요 오메카다'로 요약한다. '빈궁은 비밀이라'는 시구는, 비밀 아닌 비밀이란 의미일 것이다. 누구나 다 알지만 말하지 못하니까 비밀인 셈이다. 일제가 원흉임을 누군들 모르랴.

노초생의 시 「머리 둘 곳은 어데?」라는 시를 한 번 더 보자.

아아 자유여! / 자유는 어디 있느냐 / 백두산으로 한라산으로 / 산으로 가나 바다로 가나 / 자유는 없어 // 길바닥의 돌멩이를 들추어 보아도 / 우물 속을 휘저으며 들여다 보아도 / 자유는 없어 // 공중에 솟아있는 저 태양이여 / 말하라 그대는 새벽부터 저녁까지 / 이 땅을 샅샅이 돌아다니나니 / 혹시나 자유를 보았는지 // 도회로 읍으로 촌으로 / 구석구석이 찾아서 돌아다니나 / 아아 들리나니 / 쇠사슬의 고리고리 우는 소릴러라 // 폭력은 / 거리거리 목목이 / 독한 흰 이빨을 박고는 / 붉은 고기 떨리는 입뿌리로 / 잔악을 뿜어서 내는데 / 통곡의 골짜구니를 쏘대며 / 아아 자유를 찾는 이의 맘은 / …… // 인간을 얽어맨 이날의 모든 문화는 / 구속과 유린과 불안을 날로 내던져주면서 / 그래도 순종하는 자가 복이 있다고 / 권위를 찬미하는 / 문명을 구가하는 / 노래와 노래가 거리로 거리에 이었네 // 보라! / 횡포와 기만과 기아의 홍수는 / 산을 넘어 들을 건너 / 촌락으로 동네동네로 흐른다 / 아아 정복을 받는 이의 살 곳은 어딘고 // 우리 젊은 동무들아 / 우리 무쇠팔뚝을 한데 묶으자 / 저 하늘을 찢어버려라 / 지구를 밟어 으깨라 / 해와 달을 따다가 깨뜨려라 // 이렇게 캄캄한 세상에 / 이렇게 학대 많은 세상에 / 광명은 누구를 위해 있느냐 / 정복을 받는 자의 머리 둘 곳은 어디냐 ///

당시 현실의 정곡을 찌른 시다. 앞에서 자유를 찾는 시늉을 함으로써 효과를 배가시킨다. 삼천리 방방곡곡에 자유가 없음을 거듭거듭 강조한다. 더불어 현실에 순응해야 한다는 논리에 반박한다. '아아 정복을 받는 이의 살곳은 어딘고'라고 탄식함으로써 식민지 백성의 처절한 심경을 토로한다.

노초생의 위 두 작품 외에 다른 작품에서도 이런 탄식은 계속된다. 이름을 밝히지 않은 이 시인의 현실의식은 크게 나무랄 데가 없는 셈이다.

김동환, 이야기 시의 대응력

파인巴人 김동환의 작품들은 대부분 이야기시인지라 호흡이 긴 것이 많다. 『국경의 밤』, 『승천하는 청춘』이 장편서사시며, 「우리 4남매」는 비교적 짧은 서사시다. 그는 이야기를 엮어가며 당시 현실을 암시하려고 했다. 『국경의 밤』이나 『승천하는 청춘』은 모두 사랑의 이야기다. 그러나 독자가 얼마나 적극적으로 작품 속에 파고드느냐에 따라 표현된 현실의식의 정도가 달라진다. 『국경의 밤』보다 『승천하는 청춘』의 경우가 더욱 그렇다. 우선 『국경의 밤』 부분 부분을 보자.

6

전선이 운다, 잉 ― 잉 ― 하고
국교國交하러 가는 전신줄이 몹시도 운다
집도 백양白楊도 산곡山谷도 외양간 '당나귀'도 따라서 운다.
이렇게 춥길래
오늘따라 간도이사間道移舍꾼도 별로 없지
어름짱 깔린 강바닥을
바가지 달아매고 건너는
함경도 이사꾼도 별로 안보이지,
회령會寧서는 벌써 마지막 차고동이 텄는데.

54

몇해 안가서
무산영상茂山嶺上엔 화차통火車通
검은 문명의 손이 이 마을을 다 닥쳐왔다.
그래서 여러 사람을 전토田土를 팔어가지고 차츰 떠났다.
혹은 간도로 혹은 서간도로

그리고 아침나주 짐승 우는 소리 외에도

쇠찌적 가는 소리 돌깨는 소리,

차츰 요란하여 갔다, 옷 다른 이의 그림자도 뿟고.

55

마을 사람이 거의 떠날 때

출가한 순이도 남편을 따라

이듬해 여름 강변인 이 마을에 옮겨왔다.

아버지집도 강동으로 가고요 ─

56

멀구 따는 산곡에는 토지조사국 기수가 다니더니

웬 삼각표주三角標主가 붓구요,

초가집에도 양납이 오르고 ─

58

─ 처녀 ─

'그래도 싫어요 나는

당신 같은 이는 싫어요,

다른 계집을 알고 또 돈을 알구요,

더구나 일본말까지 아니

와 보시구려, 오는 날부터 순사가 뒤따라 다닐터인데

그러니 더욱 싫어요 벌써 간첩이라고 하던데!

이상의 부분들이 당시의 현실을 증언해 주는 장면이다. 이유민이 되어 떠나는 백성들에 대한 것, 일제에 의한 토지조사, 청년에 대한 사찰 따위가 그렇다. 사실 이 시 속에서 청년은 스스로를 타락자라고 말하

고 있지만, 58연의 암시로 보아서는 그 말이 가장假裝일 수 있다. 오히
려 조국 독립을 위해 활동하는 청년이기 쉽다. 그렇다면 사랑의 얘기
는 현실의식을 가장假裝하기 위한 것이라는 말이 된다.

『승천하는 청춘』을 보자.『국경의 밤』이 비극이긴 하지만 분위기가
애상적이라면,『승천하는 청춘』은 시종 어둡고 칙칙한 분위기로 이끌
어가는 비극이다.

1
이것은 습시아괘재민수용 소習志野罪災民收容所의 아침때 광경이랍니다
일본 서울서 한 50리나 되는 천엽해안千葉海岸의
조선인 수용소의 날마다 겪는 아침때 광경이랍니다
진재震災의 참화를 요행 벗고 나앉은
총과 칼에 호위되어 먼 하늘만 치어다보고 지내는
흰옷 입은 족속의 그래도 생명이 살아있느라 부르는 노래소리랍
니다

2
구름에 적어둘가 물 위에 새겨둘가 1923년 가을의
이천여 명 피란민이 이 습지야習志野 벌의 가병영假兵營에 몰려와
흰옷 입었다는 이름 아래 이곳에 보호받아 있었다.
내굴과 불고치와 또 모든 위험에서 겨우 피해서
남미南米 카피차 따러가는 어느 부두의 이민떼 같이
이리 굴리고 저리 몰리며 게딱지만한 이 병영에 모여 살았다.

그는 차츰 이러한 생각을 하였다
근대사람 더군다나 조선사람에게는 노래가 없다
길거리에 오고가는 이들 입에는 노래가락 흐른적 없다

　　꿈이 없다, 시가 없다, 웃음이 없다!

　위와 같은 부분 말고, 현실의식을 유추할 수 있는 부분은 이 작품 곳곳에 무수히 많다.『승천하는 청춘』에서 사랑 이야기는 옷에 불과하다. 관동대지진 때 처절한 고통을 당한 조선인들에 대한 것을 쓰기 위해서는, 그 정도의 위장이 필요했던 것이다. 어차피 일제의 검열을 통과하는 데는 이 정도 이상이 될 수 없다는 것을 시인이 알았기 때문이리라.

　『국경의 밤』이나『승천하는 청춘』이 1925년에 쓰인 작품인 것 같이 짧은 서사시인「우리 4남매」도 같은 해에 생산된다.「우리 4남매」는 김동환의 그 어떤 시보다도 현실의식이나 민족의식이 투철했다.

　　나라ㅅ일에 몸을 바친다고 돌아다니던 아버지
　　열두 해만에 집으로 돌아왔을때
　　그는 오는 날부터 관속에 들어앉는 산송장이 되었납니다
　　비에 젖기고 눈에 얼킨 그 몸집이 녹을 때도 없이

　　'춥구나, 해를 받으면 이 땅에 비치는 해를 받으면' 하고
　　밤마다 관뚜껑을 뚫고 애원할 때
　　세상은 두만강가에 낀 얼음장 같이도
　　풀린다 풀린다 하며 여러 해를 지냈답니다

　　그 사이에 하늘은 이 일을 잊은 듯이
　　아버지 머리 위에 백발을 얹고 가슴에도 절망의 불길을
　　그래서 기다리다 못하여 그해 눈오는 날 밤
　　백성에게 주는 선물이라고 선지피 뿌리고 아버지는 돌아가셨습니다

> 언니는 그때부터 아버지 원수 갚는다고
> 밤을 낮으로 동지를 규합하고 연설을 하고 다니더니
> 그만 며칠 안되어 오동마차 신세를 지게 되었답니다
> 모든 일이 하기도 전에 발각된 탓으로
>
> 그래서 우리집엔 또 소리없이 식구 하나 줄었답니다
> 상방에 아버지 상문이 일기도 전에
> 형님은 벌써 이집 사람이 아니었답니다
> 밤마다 세 아우의 눈물이 꿈을 적시건만
>
> 에익, 탄식할 세상이여 불에 까슬러도 아깝지 않는 세상이여
> 상제와 과부만 만들고 앉았는 이땅이여 하고 욕할 때
> ……

위에서 보듯 어떤 작품보다 직설적이고 당당한 저항정신이 표현되어 있다. 아버지의 독립운동 이후 한 집안 식구가 모두 이런저런 일에 연루되었다는 이야기다. 그렇지만 핵심은 정작 다음에 있다.

> 그러나 우리는 밤마다 별빛을 안고
> 세상의 맨 밑바닥을 핥아가면서
> 아버지의 피 값을 하려 다니는 사남매랍니다
> 죽을 때까지 그늘에 피는 꽃봉우리대로

아버지가 나라를 위해, 백성을 위해 싸우다 고인이 되었는데, 4남매가 아버지의 원수를 갚겠다고 나선다면 결국 그것도 독립운동인 것이다.

김동환은 서사시에서만 현실의식을 보여준 것은 아니다. 예컨대 「선구자」라든지 「송화강 뱃노래」 같은 시에서는 이유민들의 고통을 표현해 낸다.

새벽 하늘에 구름장 날린다
에잇, 에잇, 어서 노 저어라 이 배야 가자
구름만 날리나
내 맘도 날린다.

돌아다 보면은 고국이 천리런가
에잇, 에잇, 어서 노 저어라 이 배야 가자
온 길이 천리나
갈 길은 만리다.

산을 버렸지 정이야 버렸나
에잇, 에잇, 어서 노 저어라 이 배야 가자
몸은 흘러도
넋이야 가겠지.

여기는 송화강, 강물이 운나야
에잇, 에잇, 어서 노 저어라 이 배야 가자
강물만 우드냐
장부도 따라 운다.

1935년 ≪삼천리≫에 발표된 「송화강 뱃노래」다. 간결하지만 당시 현실의 문제를 응축시켜 잘 표현한 작품이다.

김동환은 일제기의 현실을 성실하게 증언했다. 길고 짧은 서사시뿐만 아니라 서정시로도 당시의 현실을 잘 담아내었다. 사랑의 이야기로 위장僞裝했기에 지나쳐 버리기 쉬운 이면을 탐색해 보면 일제하에서 그만큼 성실한 시정신을 찾아보기도 쉽지 않다는 것을 알 수 있다.

유완희, 속죄시

적구赤駒 유완희는 당시 현실 속에서 개인의 아픔보다 조국의 참상에 대해 더 고통스러워하는 시를 쓴다. 프로시의 상투적 어구에 빠져들지 않고 간결하면서 강하게 감정을 표현한다.

「단장斷腸」은 꺾인 꽃과 자신의 처지를 비교하면서 나라를 걱정하는 시다.

> 알지 못할 사람의 손에 꺾인 한떨기 꽃송이
> 뜻하지 않고 내방에 실려와 시들어가노니
> 네 불행함이 나에게 못지 않다 하거늘
> 주인과 나그네 이 같이 만남이 어찌 우연타 하랴
>
> 깊어가는 밤 만가지 잠들어 죽엄과 같을 때
> 내 언제나 끝없는 고적孤寂을 안고 몸부림치거늘
> 너 또한 한잎 ― 두잎 떨어져 임종臨終지으니
> 샘솟는 이 눈물 어디다 다하란말가
>
> 내 사나이로 이 나라 백성되고 너 꽃으로 향기론 꽃되어
> 내 할 일 끝없고 너 또한 그 결백을 자랑할 몸이라 하거늘
> 오직 이 방 ― 어두운 구석에서 덧없이 늙어져가는 몸 되니
> 그 죄 어데다 지우랴 태양이나 묶어 놓으랴
>
> 아모커나 이 가을 아직도 다하지 아니한가 하노니
> 네 갈 길 좀 더 멈추라 다만 하루라도 ― 이틀이라도……
> 쓸쓸한 이 가슴 속에서 네 그림자마저 떠나가고 보면
> 나는 못살리라 이 가을이 다하기 전에 ― 오는 봄을 꿈에 안고……

자기성찰, 또는 자기반성이 강한 시다. 나라를 위해 할 바를 하지 못했다는 것이 죄의식으로 남아 있다. 꺾인 꽃에서 자기의 처지를 유추하는 발상이 다소간 유치한 듯하나, 대의에 성실하려는 인품이 그것을 능히 상쇄한다.

「향락시장享樂市場」은 일본 제품의 유입으로 피폐되어 갈 민족의 장래를 걱정하는 작품이다.

> 너르나 너른 대청 안에는
> 초저녁부터 실어다 놓은 ××의 상품이
> 벌써 3백도 넘어 산 같이 쌓였다
>   밖에는 자동차 마차가 장을 서고 ―
>
> 고모高帽, 연미복, 칠피구두
> 금비녀, 옥반지, 능사자락
> 보라 ― 얼마나 값나가는 물건인가른……
>
> 이것이 모두 삼판주로 소독하고
> 춤으로 진열한 물건이다
> 그리고 웃음으로 팔려는 것이다
>
> 미구未久에 모여들
>   누더기 걸친 손 ― 굶주려 우는 손 ―
> 3천명도 더 넘을 그 손들에게……

1926년 ≪개벽≫에 발표된 시다. 복자伏字는 '일제'라는 말로 금방 복원시킬 수 있다. 일제의 상품에 의해 민족자본이 철저히 수탈될 것이라는 점을 시인은 이미 예견하고 있는 것이다.

「여직공」은 작업환경이 형편없는 곳에서 착취당하는 사람들의 모습을 증언하는 작품이다.

봄은 되었다면서도 아직도 겨울과 작별을 짓지 못한 채
— 낡은 민족이 잠들어 있는 저자 위에
새벽을 알리는 공장의 첫 고동소리가
그래도 세차게 검푸른 하늘을 치받으며
삼십 만 백성의 귀결에 울려나기 시작할 때

목도 메다 치어죽은 남편의 상식상을
미처 치지도 못하고 그대로 달려온
애젊은 아낙네의 가쁜 숨소리야말로……

악마의 굴 속 같은 작업물 안에서
무릎을 굽힌 채 고개 한 번 돌리지 못하고
열두 시간이란 그 동안을 보내는 것만 하여도 — 오히려 진저리 나거든
징글징글한 감독놈의 음침한 눈짓이라니……
그래도 그놈의 뜻을 받아야 한다는 이놈의 세상 —

오오 조상祖上이여! 남의 남편이여!
왜 당신은 이놈의 세상을 그대로 두고 가셨습니까?
— 아내를 달리고 자식을 애태우는 —

당시 공장 노동의 환경을 추측케 하는 시다. 부역하다 남편을 잃은 데다 공장에서 감독의 성희롱을 겪으면서도 목구멍이 포도청이라 나가야 하는 일터, 그러기에 마지막 연에서처럼 원망어린 외침이 저절로 터져 나오는 것이다.

유완희는 당시 이 나라의 안타까운 세태들을 제시함으로써 경각심을 갖도록 하는 시를 써내어, 민족의식을 단련시키고자 하였던 것이다.

김기진, 기대와 열망

김기진은 다방면에서 활약을 했다. 시, 소설, 평론에서 왕성한 필력을 과시하는데, 특히 평론분야에서 두드러졌다. 시도 꽤나 발표하지만 다른 프로시인들에 비해 나은 편은 못 된다. 「백수白手의 탄식」과 같은 시가 빼어나긴 하지만, 일본 시인의 작품과 흡사한 점이 많아 자신의 순수 창작이라고 취급하기 곤란하다. 「누구나 왔으면」이란 시를 보자.

누구나 왔으면…… / 미친 사람같이 뒤끓는 가슴을 / 다만 반시라도 진정하려면 / 어수한 마음을 잊고 있으련만 // 아무도 안오나? ― / 아아 이같은 마음 사냥꾼의 칼에 / 옆구리를 찔린 이리와 같이 / 날뛰고 부르짖고 피를 흘리고…… // 아아 아무나 와다고 / 미움과 고움과 착하고 악함을 묻지 않고서 / 허무에 싸인 거치른 벌판인 나의 마음에 / 미쳐서 달리는 무서운 바람을 잡어 누르겠다 // 차디찬 달 아래 / 나무가지엔 바람이 목매고 / 지금 미쳐서 날뛰는 거칠은 마음은 / 오기를 기다린다 무엇이 오기를 은근히 기다린다 ― ///

다소 격정적인 어조다. 하긴 당시 현실 속에서 누군들 제 정신으로 살 수 있었으랴. 아직 뜻을 같이 하는 동지들이 미처 규합되지 못 했던지라 김기진은 고독했을 터다. 동지들을 간절히 기다린다는 의미도 될 수 있겠고, '남산골샌님 역적 바라듯', 혁명을 바랄 수도 있는 것이며, 가장 그럴듯한 것은 조국의 독립일 것이다.

나는 보고 있다 ―

역사의 페 ― 지에 나타나 있는

화강석과 같은 인민의 그림자를,

언제든지 인민의 대가리 위에는
별별색색 탑이 서가지고
그것들이 인민을 심판하고 있었다. ─

나는 알고 있다 ─
인민의 생활이 뒤흔들릴 때에는
애처로웁게 탑도 부서진다는 것을,

정치가보다도 시인보다도
꾹 다물고 있는, 화강석과 같은
인민이야말로 더 훌륭한 편이 아닐런지 ─

오오 역사의 페지에 나타나 있는, 화강석과 같은
인민의 그림자를, 최후의 심판자를,
나는 지금, 눈 앞에 놓고 생각하고 있다.

1924년에 발표된 「화강석」이란 시다. 여기서 김기진이 급격히 프로 사상에 쏠리고 있음을 본다. 분명 김형원과 같은 경향성은 아니다.

김기진의 시들은 끝내 추상적이다. 현실의 핵심에 조금 더 다가서지 못하고 배돌았다. 프로시의 기초는 마련했지만 당대 현실을 소극적으로 암시하는 수준에서 머물렀다.

박팔양, 투쟁을 외치는 시들

박팔양의 호는 여수麗水인데, 성을 붙여 김여수란 필명으로 사용하기도 했다. 그래서 박팔양과 김여수는 동일인이다. 박팔양의 시는 다른 프로시인의 그것에 비해 비교적 잘 정제되어 있다. 주제도 뚜렷하여 당대 현실을 적극적으로 암시해 준다. 「동지同志」란 시를 보자.

> 동지를 북쪽으로 떠나보낸 후 / 나는 그대가 그리워 울었노라 / 북두칠성 기우러진 / 겨울새벽에 / 나의 벼개는 / 몇번이나 눈물에 젖었던고! // 북쪽나라 / 피로 물들인 거리거리로 / 목숨과 함께 애쓰며 방황하는 그대의 모양이 / 생시에도 몇번 꿈에도 몇번 / 나의 머리를 왕래하였었노라 // 어느 서리 많이 온 / 이른 겨울날 아침에 / 검은 까마귀 한 마리 / 북쪽으로 울고가더니 / 며칠이 못되어 그대의 몸이 / 얼음같이 찬 시체가 되어 / 그대가 항상 오고자 하던 / 이 나라로 이 벌판으로 / 오! 그대는 돌아왔도다! // 눈송이 날리는 북극의 / 피를 피로 바꾸는 마당에서 / 열정에 떠는 가슴을 안고 / 그대는 얼마나 수고하였던가 // 동무여 / 나는 그대의 관위에 놓을 / 아무 선물도 없노라 / 그러나 나는 그대의 찬입술에 / '영원한 승리자여!' 하고 / 입맞춘 후 / 뜨거운 나의 '눈물'을 바치겠노라 ///

조국독립을 위하여 몸 바친 동지를 위한 노래다. 국외에 독립운동가는 많았다. 그러나 국내에서는 드러내 놓기가 불가능했는데, 위 박팔양의 시들이 그것을 대신할 수 있었다. 국외에서 부르던 독립가는 일제가 분명 적으로 명시되는데 비해, 위와 같은 시들은 불가능했고 다만 암시할 뿐이었다. 「여명이전黎明以前」이란 시를 보자.

> 이제야 온단 말인가 이사람들아 / 나는 그대들을 기다려 기나긴 밤을 다 새웠노라 / 까막까치 뛰어다니며 아침을 지저귈 때 / 나는 그대들의 옴을 보려고 몇번이나 동구밖에 나갔던고 // 그대들은 모르리라 / 황량한 이 폐허, 이 거치른 터에 / 심술궂은 바람이 허공에서 몸부림치던 지난 밤일 / 아아 꽃같이 젊은 무리가 / 죄없이 이자리에서 몇이나 피 토

하고 죽은 줄 아느뇨 // 광명한 아침을 못 보고 죽은 무리 / 그대들 오기를 기다리다가 / 아아 옳은 사람 오기를 기다리다가 가버린 누리 / 그들의 피묻은 옷자락이 / 솟아오르는 아침볕에 붉게 빛나지 않느뇨 // 지나간 모든 일은 한바탕의 뒤숭숭한 꿈자리 / 고개 넘어 마을에 있는 작은 종이 울어 / 구원久遠의 길을 떠난 수난자를 조상弔喪할 때 / 보라 나와 그대들의 머리 우에 있는 해와 무지개! / 폐허, 야반夜半의 비극을 모르는 것 같고나 // 밤새워 기다리든 이 사람들아 / 이제는 그 지리하던 어둔 밤이 다 지나갔느뇨 / 천리 만리 먼 곳으로 다 지나갔느뇨 / 아아 지나간 밤의 지루하였음이여 ///

역시 당시의 한 상황을 증언하는 시다. 동지들을 질책하는 어조로 쓰인 것 같지만, 기실 애국투쟁을 촉구하는 뜻이 강한 작품이다. 그 뜻을 직접적으로 아주 강하게 표현한 시가 있다.

이 나라 거리가 왜 이리 쓸쓸하냐

젊은이 죽어 초상 치르고 난 집 같구나

이 나라에는 사람이 하나도 없느냐

오오 젊은 사나이도 없느냐

이 나라 사람은 왜 모두 힘들이 없느냐

두더지 땅 파고 들어 들어 엎드린 것 같구나

이제는 좀 거리로 나오라, 이 딱한 사람아

네 활개 쩍 펴고 종로로 튀여나와

'나도 한몫 살어보겠다' 소리 지르지 못하는가

백두산상에 빛나는 저 해를 보라

끓는고나 타는고나 열정 덩어리로구나

이 나라 젊은이 가슴에도 피가 돌거든
해가 가진 열정을 함빡 빼앗자고
활을 메여 한 눈 지긋하고 저 해를 겨누라

주린 배 부여잡고 부르는 콧소리, 듣기 싫다
뭇매 맞은 강아지 담 밑에 신음소리 같구나
오막살이 좁은 방에 징징대이지 말고
나오너라, 머리를 동이고 거리로 나오너라

「거리로 나와 해를 겨누라」란 시다. 이만큼이라도 해야 할 말을 한 작품은 그리 많지 않을 것이다. 기개가 높고 당당한 작품이다.
  당시 백성들의 처절한 삶의 한 부분을 증언한 그의 시들 중 「밤차」가 수작일 것이다.

추방되는 백성의 고달픈 백魄을 싣고
밤차는 헐레벌덕거리며 달아난다
도망군이 짐 싸가지고 솔밭길을 빠지듯
야반 국경의 들길을 달리는 이 괴물이여!

차창밖 하늘은 내 답답한 마음을 닮었느냐
숨막힐 듯 가슴 터지 듯 몹시도 캄캄하고나
유랑의 짐위에 고개 비스듬이 눕히고 생각한다
오오 고향의 아름답던 꿈이 어디로 갔느냐

비둘기집 비둘기장 같이 오붓하던 내 동리
그것이 지금 무엇이 되었는가
차바퀴소리 해조諧調마치 들리는 중에

희미하게 벌려지는 괴로운 꿈자리여!

북방 고원의 밤바람이 차창을 흔든다
(사람들은 모두 피곤히 잠들었는데)
이 적막한 방문자여! 문 두드리지 마라
의지할 곳 없는 우리의 마음은 지금 울고 있다

그러나 기관차는 야암野暗을 뚫고 나가면서
'돌진! 돌진! 돌진!' 소리를 지른다
아아 털끝만치라도 의롭게 할 일 있느냐
아까울 것 없는 이 한목숨 바칠 데가 있느냐

피로한 백성의 몸위에
무겁게 나려덮인 이 지리한 밤아
언제나 새이랴나 언제나 걷히랴나
아아 언제나 이 괴로움에서 깨워 이르키랴느냐

1927년에 ≪조선지광≫에 발표한 시다. 당시 현실을 생생하게 증명해 주고 있으며, 그 상황을 벗어나겠다는 의지를 부추기고 있다. 또한 시인의 감회를 잘 정제하여 표현해 냈다. 여러 모로 볼 때 「밤차」는 일제하에서 생산된 좋은 작품 중 하나로 평가할 수 있겠다. 아주 짤막한 그의 시를 하나 더 보자.

탄식하는 사람들이 도회에 또 농촌에 있습니다
무수한 노동자와 소작인과 실업군失業群
일이 너무 고되어서, 또는 너무 없어서
그들은 날로 쇠약해가고 또 우울해 갑니다
오오 저주받은 현대의 도회에, 농촌이여

> 오오 진실로 무수한 '로봇트' —
> 넋 잃은 기계인간들의 탄식이여!
> 도회와 농촌 거리거리에 그들의 신음소리 들립니다

「탄식하는 사람들」이다. 도회지나 농촌이나 탄식하는 사람들뿐이니, 결국 우리 백성 대부분이 탄식하고 있다는 말이다. 그들 모두를 '로봇트'로 표현할 수밖에 없었으니, 얼마나 처절한 삶이었을까 충분히 유추할 수 있도록 한 작품이다.

박팔양의 시정신은 성실하다. 당시 고통 받는 우리 백성들의 모습을 잘 증언해 주었다. 그럴 뿐만 아니라 그 고통을 이길 수 있는 적극적인 행동을 하도록 부추기었다. 프로시인이지만 경직된 이념을 내세우지 않고, 시인이면 누구나 표현했어야 할 바를 성실히 표현하였다.

김창술, 조선혼을 찾아서

김창술의 시들은 걱정직으로 전의戰意를 부추기는데 기개가 높아 희망을 준다. 빼앗긴 나라를 되찾겠다는 의지를 당당하게 표현했다. 의지 표명이 확실하니 시가 관념에 머물지 않는다. 특히 조선혼을 되찾겠다고 나서며, '나를 따르라'는 어조로 외쳐대기에 믿음이 배가되었다. 김창술은 이념에 고착되지 않고 항일적 의미가 강한 시들을 많이 창작해 내었던 것이다.

> 문 맡은 이여 문 열어라! / 오늘부터 나는 그 성안에 들으련다 / 오로지 이땅을 남의 손에 넘기인 뒤 / 생각지도 못하던 쓰라린 길손이 되었노라 // 오 나의 염통이여 감사를 드리노라 / 벌써 몇해 동안을 너는 고생하였구나 / 주름에 또 드리고 눈물에 휘달리면서도 / 오 타는 염통의 불길을 어루만졌고나. // 눈이여 코여 입이여 온피덩이여 / 무든 영감

이 있는 너희들에게 감사를 드리노라 / 한귀퉁이 비인 없어지지 않는 희망을 얻으리 / '나'라는 오죽잖은 몸을 대양 위에 물결쳤고나 // 그러나 잃어진 넋이 어느 곳에 숨겼음을 / 신령이 아닌 몸이거든 좀좋게 찾을 수가 있으랴 / 오월의 서리처럼 사라지는 앞길의 바람이 / 안개 같이 몽롱한 꿈 속에 빠지도다 빠지도다 // 다만 눈아래ㅅ일에 넋이 어지러운 백성들을 위하는 / 실로 참마음으로 두줄기 눈물을 멍에 삼고 / 참기름을 뿌린 듯이 미끈덕이는 미끈덕이는 / 그 길을 돌아나들며 눈주었노라 아아 그 길을 // 깨움! 이것이 그들의 영혼을 불질러놓아 / 울분이 울리도다 온몸이 떨리도다 / 문 열어라 어둠의 검은 가시도다 그리고 / 새목숨을 몰아들이는 거룩한 새김님이 문을 두드리도다 // 문 맡은 이여 문 열어라! / 오늘부터 나는 그 성안에 들으련다 / 오로지 이땅을 남의 손에 넘기인 뒤 / 생각지도 못하던 쓰라린 길손이 되었노라 ///

「문 열어라」라는 시다. 마음속에 두었던 생각을 결행하겠다는 의지를 표현한 작품이다. '넋이 어지러운 백성들을 위하여' 희생을 감수하겠다는 생각이 참으로 가상하다. 이렇게 홀로 외친 소리가 「긴밤이 새여지다」라는 시에서는 공동체의식으로 변한다.

캄캄한 휘장이 이 땅위에 내리었는데
멍청한 백성들이 그 안에서 허부적거리다
오 자연이어 너는 무슨 일로 이 사람들을
이 순진한 사람들을 이 나라 안에 모두었느냐
우리의 몸이 붓침이 되어 가이 없는 푸대접에
염통의 북킴을 맛보도다, 애처러이 맛보도다.
그러나, 그 모순의 긴밤이
'우리도'라는 생각이 들자 그 긴밤이 새여지다.

“짓밟힘이로다 짓뭉갬이로다

그 순한 마음이, 생각이, 온영혼이

독수리의 발톱처럼 악착스러운 손에

불타는 가슴을 묶이었고나 붙잡혔고나”

그러나, 새로움이여

검향같이 새까만 세상이 이미 밝고

우둔한 백성이 눈이 열리다

오 긴밤이 새여지고, 눈이 열리고.

새로움이여, 더러운 행복이거든 보내지 말라

차라리 이 나라 안에선 싸움戰鬪을 바라나니

옳음과 그름은 묻지도 말고

그저 정의의 쌈싸우는 백성이 되여지라.

1925년에 ≪개벽≫에 발표된 작품이다. 당시 국내에서 발표된 작품 중, 이 정도 전의를 부추긴 작품도 많이 않을 것이다. 일제에 의해 짓밟히고 짓뭉개졌다고 외치면서 백성을 선동하고 전의를 다져가는 과정이 시적 설득력을 발휘한다.

회피해 들어가는 조선을 찾지 마라라

꺼꾸러진 기둥을 세울 때인걸

활개치는 새생명에 불을 던지라

숨막힌다 숨막힌다

공기에 구멍을 뚫고싶다

차라리 발악을 하자! 폭탄을 안고서

이러한 조선을 찾고싶다

회피를 붙들어 목 잘라 버리고
쟁투로 물들이는 조선을 찾아서

「조선을 찾아서」라는 시다. 적극적으로 대항해 가는 조선인이 되자
는 외침이다. 김창술의 시에서는 투쟁의욕을 고취시키는 것을 최고의
목표로 삼는다. 그 모범이 되는 시 중 하나다.
「앗을 대로 앗아라」라는 시를 보자.

불같이 뜨거운 해ㅅ빛 밑에서 살을 데우고 피를 말리며
모든 힘을 다하고 오장을 다 태우면서
알뜰이 지어놓은 쌀은 누구에게 빼앗겼는가

왼일년의 정력도 모두 소용이 없었고
또 봄이왔구나 봄이!
작년같은 흉년에도 제×들이 용심껏 빼앗아갔었다
그리고도 그리고도 부족해서 눈이 벌겋구나

그게 원 무슨 소리냐 아무리 뻔뻔한 제×들이라 하여도
그리하야 우리들은 우리들은 단연히 소작료의 인상을 거절하였더
니라
우리들은 우리들은 방위할 ××를 만들었고 그 빛나는 의논 속에 항쟁
을 계속하였다

그러나 우리는 ××놈이요 소작인이기 때문에
용감한 사나이요 근로하는 우리이기 때문에
걷어채이고 두들겨 맞지 않으면 안되는가

놀래었으리라 떨었으리라

더러운 공기 속에 신음하는 우리들의 리 ─ 다 ─ 를 다시 ×기 위하야

나부끼는 기ㅅ발 밑에 장엄한 데모가

×××를 포위하고 또 ×격하고……

앗을대로 앗아보아라

네놈들의 잔×한 ××가 있지않느냐

그러니 염려도 없겠고 주저할 것도 없으리라

그러나 우리들은 ×복을 하지 않으면 안될 것이 아니냐

벗아!

똑같은 기ㅅ발 아래에서 움직이는 세계의 벗들아 그렇지 아니하냐

우리의 희망은 분노는 기쁨은 부르짖음은 모두 우리들의 것이 아

니냐

1930년에 발표된 시다. 복자伏字로 된 것을 웬만큼은 재생시켜 읽을
수 있을 정도다. 뼈 빠지게 농사를 지어 얻은 수확을 빼앗아가고, 조선
인을 구타하는 따위 일제의 만행을 고발하면서 보복할 것을 다짐하는
작품이다.

김창술의 시는 이 외에도 「출진의 노래」, 「실제失題」, 「여명」 들을
비교적 괜찮은 작품으로 평가할 수 있다. 본격적인 프로 이념을 내보
이지 않으면서, 오로지 나라를 찾겠다는 의지를 시로 표현한 김창술
시정신은 훌륭했다. 전의戰意를 부추기면서 조선혼을 찾아야 한다는
생각을 당당히 펼쳤기에 백성들의 기상을 높여줄 수 있었다.

김해강, 현실은 '도수장屠獸場'

김해강은 시에서 백성들의 무지를 강하게 비난한다. 저항력을 잃게
된 것이 무지 때문이라는 것이다. 그의 표현대로라면 현실은 도수장이

고, 우리 백성은 끌려간 ‘소’가 되는 것이다. 백정은 자연적으로 일제가
되겠다. 죽지 않으려면 나서야 한다고 격정적으로 외친다.

나는 보았지요 / 죽음을 향하야 도수장으로 / 끌려가는 소들을! // 어떤
놈은 제가 죽으러 가는 줄을 / 미리 알았는지 / ‘엄마~’를 연호連呼합디
다 / 비명의 그 소리로! // 낙원에 찾아가는 듯이 / 발을 가볍게 떼어
놓으며 / 졸졸 따라가는 / 순량順良한 놈도 있습디다 // 그러나 그러나
/ 비명하던 놈도 / 순량하게 따라가는 놈도 / 마침내는 / 모질고 무지한
도끼등에 맞아 / 무참히도 쓰러져 죽고 맙니다 // 아! 무지한 무리들이
여! / 힘없는 약자들이여! / 죽엄이 박두함을 비명하는가? / 천민天民의
마음으로 복종하는가? / 아 ― 때로 짓밟히고 시달리는 / 그대들의 ‘생’
을 보고 나는 운다 // 이땅! 이땅은 벌써 / 모진 가시손이 뻗어있거니
/ 버티고설 힘조차 없어진 / 아 ― 고달픈 성령들이여! 그래도 뜨거운
염통에는 / 붉은 피가 뛰고 있나니 / 염통에 불을 질러 / 가시손이 뻗어
있는 이 땅 / 이 도수장을 불살으라 / 태워버려라 이 도수장을! // 오!
그곳 그때서야 / 시들던 넋들은 다시 / 활기에 날개를 떨며 춤출 것이며
/ 비로소 광명한 새 생로가 / 열려있으리라 / 두 활개를 크게 펼치고! ///

「도수장屠獸場」이란 작품인데, 1926년 ≪조선일보≫에 발표되었다.
‘일제’란 어휘가 없을 뿐이지, 그 밑에서 신음하는 우리 백성들의 삶을
증언하고 있다. 사는 길[生路]은 저항하는 길 뿐이라는 생각을 소리 높
여 외치고 있는 것이다.

「지주망蜘蛛網」이란 작품도 위 시와 흡사하게 당시 현실을 비유한다.

어두어가는 석양에 / 거미는 쉬지 않고 / 여기저기 줄을 늘여 놓는다.
// 오 ― 저의 생명을 연장하려는 / 악착한 너의 계책이여! / 약한 벌레

의 생명을 빼앗아 / 너의 생명을 이으려는 악마여! / 독충이여! / 언제까지 너는 / 그 잔인성을 소유하려느냐? // 오 — 강압에 눌리고 / 포악에 몰리는 약자들이여! / 배가 주리고 피가 마른 / 비틀거리는 너의 다리로 / 오 — 그 갈곳이 어데이냐? // 여기저기 벌여있는 / 강자의 지주망?! / 나는 목매여 운다 / 거기 걸려죽은 원혼이여! / 방금 신음하는 자여! / 또 벗어나려고 헐떡거리는 자여! / 오! 너희들은 다 — 같이 / 불쌍한 약자들의 신세로고나! // 들거라! 나는 부르짖는다 / 남의 생명을 잇는 모이餌를 면하랴거든 / 맘과 맘을 하나로 합치거라 / 단단히 붙잡아 맬 기둥을 세우라 // 오 — 그러면 너희들의 혼들은 / 다시 살아 / 예리한 칼날도?! / 뜨거운 화염도 되어 / 너희들의 혼을 얽어맨 / 고약한 지주의 망을 / 단번에 끊을 수도 있으리라 / 소멸을 시킬 수도 있으리라 // 지주망에 걸려든 잠자리! / 다시 대기를 호흡하며 / 대공을 날게 될 때 / 오 — 그 기쁨이 어떠하랴! ///

우리 백성늘은 모두 거미줄에 걸린 곤충 꼴이라는 것이다. 일제는 거미라서 지속적으로 먹이 사냥을 위해 거미줄을 치고 있는데, 이것을 끊어내기 위해서는 백성들이 단결하고 저항해야 한다는 생각이다. 앞의 「도수장」과 같은 비유법으로, 당시 백성들에게 경각심을 일깨워주고 현실을 잘 증언하고 있다는 점에서 주목할 만한 작품으로 볼 수 있다.

「단말마斷末魔」란 작품은 비유를 쓰지 않고 격정적인 직설로 일제의 포악함을 표현한다.

1

곰의 돗바늘 같은 혓바닥! / 이리의 송곳 같은 날카로운 이빨 / 무지한 자의 피를 빨고 약한자의 살을 찢어먹던 / 흉녕凶獰하게 생긴 저 악독한 입술! / 오 — 보느냐? / 저 단말마를?! / 혀를 빼물어 늘어뜨리고 / 흰 이빨을 들어 내놓은 채 / 컥컥 — 넘어가는 마지막 숨을 내뿜으며 / 갖가지로 부대끼며 괴로워하는 / 저 횡포한 자의 단말마의 꼴?! / 오 — 약한 무리들이여! / 다 — 같이 팔을 크게 벌려 / 높은 소리로 개선가를 부르자 //

2

단말마! / 횡포도 이제는 다하였다 / 이고 달래고 업눌려 / 갖은 횡포를 다 부리던 / 저 횡포한 무리들은 / 이젠 운명할 때가 임박하였다 / 넘어져 허덕이며 버르적거리는 / 저 강포한 자의 단말마를 보라 / 그의 말로의 참혹함을 뉘 조상弔喪하라! //

3

모여라 쪼들리던 무리들이여! / 짓밟히던 약한 생령生靈들이여! / 지하에 우는 원혼들을 위하여 / 넘어진 저 악착한 큰몸뚱이를 / 제물로 바쳐 맺힌 원을 씻어주자 / 그리고 승리탑을 높이 쌓자 / 빛나는 '생'의 축배를 들자 ///

일제의 당시 횡포를 단말마의 몸부림으로 보았던 것이다. 김해강은 일제를 아주 흉악무도한 짐승이나 도수장이로 비유함으로써 실상 할 말을 다하고 있는 셈이다.

「조선의 거리」라는 시 하나를 더 보자.

연기에 그슬린 굴뚝 속 같이 / 갑갑병에 걸려 질식하려는 / 심장의 고동이 약하여가는 / 오늘의 조선 — / 조선의 땅 — / 팔뚝의 맥을 짚어 보라 / 거리의 얼굴은 어찌 그리 창백하냐? // 거친 모래밭에 죽어 썩어가는 / 빛 없는 물고기의 / 말라 비틀어진 비늘처럼 / 조선의 거리야 / 빛나던 옛 얼굴 어디두고 / 오늘 맨얼굴의 이 / 어이도 그리 흉하게 못하였느냐? // 빛나던 옛 얼굴을 그리우고 / 오늘의 흉한 네 얼굴을 볼

때 / 나는 못내 더운 눈물 뿌리노라 / 네 얼굴에 빛이요 꽃인 / 어린 생
령生靈들의 목숨까지 / 풀이 죽음을 볼 때 / 나는 너무나 설워 목메여
우노라 // 그러나 거리여! / 조선의 거리여! / 비록 거칠고 창백한 얼굴
일지나 / 숨은 지지 아니하였거니 — / 미약하게나마 염통에 피는 뛰고
있거니 — / 분명히 네 몸뚱이가 다시 살어 / 광명한 날빛이 네 얼굴에
빛날 때 / 기쁜 웃음이 넘침을 볼지니 / 오! — 조선의 거리야! 피만 식
지 말어라 ///

피폐한 조국은 이렇게 격정적으로 울분을 토하게 만드는 것이었다.
김해강은 백성들을 향해 끝까지 희망을 잃지 말 것을 주문하고 있다.
비록 조국의 거리가 창백하고 백성들의 심장이 미약하게 뛰고 있을망
정, 끝내 버티면 희망의 날이 오리라는 것을 확신하고 있다. '피만 식
지 말어라' 한 말이 한없이 애절하다.

이상에서 보는 것처럼 김해강의 시는 '일제'라는 어휘를 직접 대놓
고 쓰시 못했지만, 다른 할 말은 다했기에 당시 대응력을 충분히 발휘
했다고 평가할 수 있다.

임화, 이야기 시법

임화의 시를 '단편서사시'라고 일컫기도 하였다. 그의 많은 시들은
이야기를 가지고 있기 때문에 몸피가 크다. 대부분의 프로시들은 꽤나
긴 것이 일반적 특징인데, 어떤 이야기를 엮어 나가기 위해 시가 길어
지는 경우도 있지만, 시대상황에 대한 핵심을 말할 수 없기 때문에도
그랬다. 일제에 대한 저항을 당당히 표현해 내지 못하기 때문에 핵심
을 배돌게 된 셈이다. 그러자니 오로지 격정과 요설로 장기長技를 삼게
되었던 것이다.

임화의 많은 작품은 길지만 이야기를 가지고 있기 때문에 다른 프

로시에 비해 좀 더 구체적이고 사실적이다. 그 이야기들이 주제를 분명히 제시하는 편은 아니지만, 당시 현실을 적극적으로 유추하게 만드는 것이다.

이야기를 가지고 있는 시를 보기 전에 우선 「고향을 지나며」란 작품을 보자.

당신의 마을은 이미 잠들었읍니까? / 등불 하나이 없이 캄캄하니 답답습니다. // 여기 그대 아들이 있읍니다. // 부산을 떠난 막차가 환하니 달리지 않습니까? / 개 소리 한마디 들림직하건만 하늘과 땅이 소리도 없읍니다. // 두렵습니다. 누런 수캐란 놈도 혹여 양식이 되지나 않았읍니까? / 이젠 돌아오지 않는 아들을 기다림도 속절없다 / 주무십니까? / 그렇지 않으면 집도 다하고 / 기름도 마르고, 기운도 지쳐, // 아아, 마음 아픕니다. 죽은 듯 마당에 쓰러지지나 않았읍니까? // 기적이 우니 차가 굴 속에 드나봅니다. / 안타깝습니다, 이제 고향은 눈 앞에 스러지렵니다. // 어머님 묻힌 건넛산 위 별들이 눈물어렸읍니다. / 인제 내 하나가 있고, 벼락맞은 수양이 섰고, / 그대가 늘 소를 매어 여름이면 파리가 왕왕 끓었읍니다. // 아들이 마을 전설과 옛노래를 익힌 곳도 게 아닙니까? // 오는 새벽 비가 내리면, 그대는 또 괭이를 잡고, 논 가운데 섭니까? / 당신의 굽은 등골의 아픔이 아들의 온몸에 사무칩니다. // 아아 이길 수 없읍니다. 그대 슬픔은 너무나 큽니다. / 그대 정숙한 안해도 이 속에 죽었고. / 당신의 청승굿은 자장가로 자란 누이도 이 속에 죽고, // 그만 떨치고 일어나, 당신을 받들 먼 날을 그리어 내지 內地로 간 아들의 손엔 아무것도 가진 것이 없읍니다. / 그나마 흙방 위에 꼬부리고 누운 그대를 헛되이 눈감아 생각할 뿐. // 한恨 되는 일입니다. 그대 이름부를 자유도 없읍니다. / 곧장 내일 아침 지정받은 어느 곳에 닿아야 합니다. / 하나밖에는 아무것도 허락되지 않은 준엄한 길입니다. // 그대여! 당신은 아들의 길을 축복합니까? / 그대 아래 다시 엎드려볼 기약도 막막한, / 슬픈 길이 북쪽으로 뻗하니 뚫렸읍니다. // 그러나 당신은 압니까, 아들의 길이 눈물보다도 영광이 어린 것을…… / 아무도 모를 것입니다. 호올로 흐르는 그대의 눈물이 / 아들의 타는 마음 속에 기름을 붓는 비밀을. // 아아! 아무도 모를 것입니다. ///

다른 시들에 비해 비교적 서정성이 강한 시다. 아마도 아버지를 염두에 두고 쓴 작품이겠다. 고향을 지나면서도 어떤 임무 때문에 고향집에 들를 수 없는 안타까움을 표현한 것이지만, 이 작품 속에는 무수한 것들이 암시되고 있는 것이다. 피폐한 고향에 대한 분노, 가난에 찌들어 있지만 농사일에 매여 있을 아버지에 대한 연민, 고인이 된 어머니와 자기 아내에 대한 그리움, 어떤 임무를 해내야 할 자신의 부자유스런 현실 따위의 것들이 암시되어 있는 것이다. 이런 정도의 암시적 방법으로 쓴 시는 많은데「야행차夜行車속」,「밤 갑판 위」와 같은 작품이 비교직 괜찮나.

위의 시보다 더 길면서 이야기를 가지고 있는 시들이었다.「우리 오빠와 화로」,「우산 받은 요꼬하마의 부두」,「네거리의 순이」,「다시 네거리에서」들이다.「우리 오빠와 화로」를 보자.

사랑하는 우리 오빠 어저께 그렇게 위하시던 오빠의 거북무늬 질화로가 깨어졌어요 / 언젠가 오빠가 우리들의 '피오닐' 조그만 기수라 부르는 영남이가 / 지구에 해가 비친 하루의 모 ― 든 시간을 담배의 독기 속에다 / 어린 몸을 잠그고 사온 그 거북무늬 화로가 깨어졌어요 // 그리하여 지금은 화젓가락만이 불쌍한 영남이하구 저하구처럼 / 똑 우리 사랑하는 오빠를 잃은 남매와 같이 외롭게 벽에 가 나란이 걸렸어요 // 오빠…… / 저는요 저는요 잘 알았어요 / 왜 ― 그날 오빠가 우리 두

동생을 떠나 그리로 들어가신 그날 밤에 / 연거푸 말은 궐련을 세 개씩이나 피우시고 계셨는지 / 저는요 잘 알았어요 오빠 // 언제나 철없는 제가 오빠가 공장에서 돌아와서 고단한 저녁을 잡수실 때 오빠 몸에서 신문지 냄새가 난다고 하면 / 오빠는 파란 얼굴에 피곤한 웃음을 웃으시며 / ……네 몸에선 누에 똥내가 나지 않니 ― 하시던 세상에 위대하고 용감한 우리 오빠가 왜 그날만 / 말 한마디 없이 담배 연기로 방 속을 메워버리시는 우리 우리 용감한 오빠의 마음을 저는 잘 알았어요 / 천정을 향하여 기어올라가던 외줄기 담배 연기 속에서 ― 오빠의 강철 가슴 속에 박힌 위대한 결정과 성스러운 각오를 저는 분명히 보았어요 / 그리하여 제가 영남이의 버선 하나도 채 못 기웠을 동안에 / 문지방을 때리는 쇳소리 마루를 밟는 거칠은 구두 소리와 함께 ― 가버리지 않으셨어요 // 그러면서도 사랑하는 우리 위대한 오빠는 불쌍한 저의 남매의 근심을 담배 연기에 싸두고 가지 않으셨어요 / 오빠 ― 그래서 저도 영남이도 / 오빠와 또 가장 위대한 용감한 오빠 친구들의 이야기가 세상을 뒤집을 때 / 저는 제사기製糸機를 떠나서 백장에 일전짜리 봉통封筒에 손톱을 부러뜨리고 / 영남이도 담배 냄새 구렁을 내쫓겨 봉통 꽁무늬를 뭅니다 / 지금 ― 만국지도 같은 누더기 밑에서 코를 고을고 있습니다. // 오빠 ― 그러나 염려는 마세요 / 저는 용감한 이 나라 청년인 우리 오빠와 핏줄을 같이한 계집애이고 / 영남이도 오빠도 늘 칭찬하던 쇠 같은 거북무늬 화로를 사 온 오빠의 동생이 아니예요 / 그리고 참 오빠 아까 그 젊은 나머지 오빠의 친구들이 왔다 갔습니다 / 눈물나는 우리 오빠 동무의 소식을 전해 주고 갔어요 / 사랑스런 용감한 청년들이었습니다. / 세상에 가장 위대한 청년들이었습니다 // 화로는 깨어져도 화젓갈은 깃대처럼 남지 않겠어요 / 우리 오빠의 귀여운 '피오닐' 영남이가 있고 / 그리고 모 ― 든 어린 '피오닐'의 따뜻한 누이 품

제 가슴이 아직도 더웁습니다 // 그리고 오빠…… / 저뿐이 사랑하는
오빠를 잃고 영남이뿐이 굳세인 형님을 보낸 것이겠습니까 / 슳지도 않
고 외롭지도 않습니다. / 세상에 고마운 청년 오빠의 무수한 위대한 친
구가 있고 오빠와 형님을 잃은 수없는 계집아이와 동생 / 저희들의 귀
한 동무가 있습니다 // 그리하야 이 다음 일은 지금 섭섭한 분한 사건
을 안고 있는 우리 동무 손에서 싸워질 것입니다 // 오빠 오늘 밤을 새
워 이만장을 붙이면 사흘 뒤엔 새솜옷이 오빠의 떨리는 몸에 입혀질 것
입니다 // 이렇게 세상의 누이동생과 아우는 건강히 오늘 날마다를 싸
움에서 보냅니다 / 영남이는 여태 잡니다 밤이 늦었어요. ///

상당히 긴 시다. 오빠가 하는 일은 조국 독립운동이다. 규합된 동지
들과 전단을 뿌리고 큰일을 계획하다 잡혀가는 몸이 된다. 제사공장에
다니던 누이동생은 집에서 봉투를 붙인 값으로 동생과 근근생계 하고
있다. 오빠가 하던 일을 위대한 일로 알고, 오빠를 훌륭한 인물로 생각
하고 있다. 그래도 봉투 붙인 품값으로 솜옷을 바련하여, 삼옥에서 떨
고 있는 오빠에게 넣어 주고자 밤새워 열심히 봉투를 붙이고 있는 것
이다. 위 시가 품고 있는 이야기를 엮어보면 그렇다. 그것을 누이동생
이 보내는 편지처럼 쓴 작품이다.

그의 시들에서 주동인물이 도모하는 '일'이란 언제나 은근하게 암시
되기만 한다. 「우산 받은 요꼬하마의 부두」의 한 부분을 더 보자.

거기에는 아무 까닭도 없었으며

우리는 아무 인연도 없었다

더구나 너는 이국의 계집애 나는 식민지 사나이

그러나 ─ 오직 한 가지 이유는

너와 나 ─ 우리들은 한낱 근로하는 형제이기 때문이다

> 그리하여 우리는 다만 한 일을 위하여
>
> 두 개 다른 나라의 목숨이 한가지 밥을 먹었던 것이며
>
> 너와 나는 사랑에 살아왔던 것이다.

아마도 일본인 여자이었겠다. 다만 '일'을 위하여 아무 인연도 없는 남녀가 만나 사랑도 하고 밥도 같이 먹었다는 이야기가 된다.

임화의 시에서는 어떤 대의명분 있는 '일'을 분명하게 제시하지 않음으로써, 읽는 이들이 그 '일'이 무엇인가 유추해 보려고 적극적인 시 읽기에 참여하도록 유도한다. 어쨌든 임화는 시에서 뚜렷한 주제를 내보이지 않고 있지만, 식민지 백성이 하여야 될 '일'을 암시함은 물론 당시 현실을 성실히 증언하려 했다.

박세영, 궁핍의 근원

박세영 시의 주제는 우리 백성들의 궁핍함에 대한 것이다. 당시의 현실을 적극적으로 파악해 내려니까 복자伏字를 사용하기도 했다. 프로시의 상투성을 극복하면서 현실의 불합리를 제시한 것이다. 먼저「타적」을 보자.

'네그로'를 흥보던 모든 이들이 / 어느 사이에 그들과 같이 되어서 / 지금은 들, 이삭이 곤두선 들에서 / 훌륭한 인간의 야외극野外劇을 보여주는구나. // 절름발이의 걸음과 같은 이 가을은 / 그래도 모든 곡식을 여물리고 가는가 / 울타리와 시붕엔 피란 바이 굴를 듯이 놓였더니만 / 굴러 갔는가 터져서 ×가 됐는가 / 지금은 지붕조차 빨간 물이 들었네. // 길길이 자란 수숫대는 이 가을이 다 ― 가도록 / 기러기를 불렀으나 한 놈도 안와서 / 얼굴을 붉혔네 왼몸이 피에 끓었네 / 끓다 못하여 기러기도 못만나보고 주인에게 잘리고 말아 / 가을은 절름발이로 왔다가만

가버리나 // 세상엔 ×××이 생겨 세상을 오르내리며 / 기름진 땅을 푹푹 찔렀나 땅의 심장은 터지고 / 고루고루 ××땅을 물들여가니 / 그리고 등성이에서 들로 점점 기어나오는구나 / 나중에는 농부의 마음에 기어들려고. // 우리의 눈동자를 토막내려는 / 산이여 들이여 / 이름 없는 꽃이여 그리고 야국野菊이여 / 너희들의 야성野性을 우리는 길들일 사이조차 살림에 ××기어 / 앞마당 뒷뜰에 꽃피는 화초들까지 / 올해는 들꽃이 돼 갔나뵈 들꽃이여 / 섧다는 말아라 / 내일에는 마을의 개조차 늑대가 될지 모르니 // 잠깐 동안은 들은 금을 펴논 것 같더니 / 깡말라빠진 농부에게 주는 양식처럼, / 지금은 걷어들이어 갈갈이 찢어내는구나 / 우리의 농부여 허재비는 그대로 두라 / 우리들의 꼴이 자빠지려는 허재비꼴이나 무에 다르랴. // 타적이 다 ― 맞기 전에 / 다시 한번 하늘탓이나 하였네 입과 입들은, / 그러나 곱다란 마당 ― 벼 한톨 안남게 쓸어갔을 때 / 하늘탓은 잊었네 모두 잊어버렸네. // 오 ― 해마다 오는 가을이여 / 언제나 절름발이로만 왔다 가려는가 / 이 해가 다 가서 내년이 올 젠 / 우리들의 맘까지 ××에 찌른 땅같이 되려나뵈 / 되고야 말려나뵈. ///

1928년 ≪조선지광≫에 발표된 작품이다. '가을은 절름발이로 왔다 가만 가버리나' 하는 탄식이나, '우리들의 꼴이 자빠지려는 허재비꼴이나 무에 다르랴' 하는 말이 절묘하게 당시의 현실을 요약한 것이다. 「향수鄕愁」라는 시는 피폐된 고향에 대한 안타까움을 표현한 작품이다.

아 ― 그립구나 내 고향, / 익은 들이 물결치는 가을, / 누르른 들과 새파란 하늘을 볼 땐 / 생각하느니 내 고향. // 산골짜기엔 약수, / 마을 앞엔 푸른 강, / 강에 배 띄고 고기잡던 옛 시절 / 내 고향은 이리도 아름다워라. // 산 없는 이곳에서, / 물 흐린 이땅에서 / 흘러다니는 나그네 몸이 외롭구나, / 지금은 추석 달, 끝없는 지평선에서 떠오르는 저 달, / 북만北滿의 들 — 개 짖는 소리에 마음만 소란ㅎ구나. // 고향의 하늘을 나르는 새, 땅에 기는 짐승들도, / 지금은 따스한 제 집에서 단 꿈을 꾸련만 / 팔려간 노예와 같이 / 풍겨난 새와 같이 이 몸은 서럽구나. // 고추를 넣어 새빨간 지붕, 파란 박은 보화같이 넝쿨에 달리고 / 방아소리 쿵쿵 울릴 때, / 이 가을, 이 추석을 맞는 이 / 아 — 고향에 몇이나 되노. // 가라는 이 없건만 아니 나오면 왜 못살며 / 들은 익어 누르른데 배를 곯리지 않으면 왜 못살더란 말인가? / 내 고향 떠난지도 이미 십년. // 그야 이 내몸뿐이리, / 마을의 처녀들도 눈물짓고 떠나들 갔으며, / 마을의 장정들도 고향을 원망하고 달아났다. / 그리운 고향은 야속도 하구나. // 수수이삭에 걸린 추석달, / 잠든 호숫가에 거니는 기러기, / 지금은 그 멀리 들릴거라 다드미 소리, / 아 — 그립고나 이 내 고향! ///

피폐될 대로 피폐된 고향이 무엇을 해줄 수 있을까보냐. 다들 떠나가고, 그러니 야속함밖에 더 남을 것이 있을 것인가. 만주 땅에서 시달린 몸인지라 향수가 병인 듯 항상 고향을 생각할 수밖엔……. ‘팔려간 노예와 같은’ 신세인 터에 더 무슨 말이 필요할까.

「최후에 온 소식」은 ‘어느 여인의 애사哀史’라는 부제대로, 한 여인의 고통을 대변하는 시다.

그대는 남편도 없는 그대는 / 늙은 어머니와 어린 자식들을 데리고 / 대담히도 북만北滿으로 떠난 지도 이미 3년. // 한해, 두해 기다려도 소식 없더니만, / 이제야 왔다는 소식이 이것이었던가. / 우리는 정말로 몸이 부르르 떨리고 / 왼몸에 소름이 끼치어 못견디겠구나. // 그대가 그렇게 말못할 고생을 하였고, / 그렇게도 멧돼지 같은 욕심쟁이에게 /

피와 땀을 다 — 말리었다지. // 그대가 그곳에 갈 적에는, / 한가닥 희망을 바라고 / 용감히도 사나이답게 나서지 않았던가. // 그러나 그대는 약한 몸이 황소같이 일을 했고, / 강냉이와 조밥도 없이 / 넓은 광야에서 배만 주리었다지. // 어린것들은 울고불고 고향으로 가졌다지 / 허나 그대는 다시는 고향에 오지도 못하고, / 원한의 죽음을 하였다지. // 그대여 포연砲煙이 구름같이 피어오르는 그곳을 빠져나와, / 어린 자식이나 살릴까 하고, / 하룻밤 하루낮을 남으로 남으로 걸었다지. // 그러나 그것도 소용없이 / 그대는 어린 것을 업은 채 / 만주벌판에 엎으러지고 말았다지, / 생각만 하여도 가엾구나. // 그대여 한 여자의 몸으로서 / 북으로 만릿길을 더듬을 결심이었거든 / 차라리 이곳에서 손목을 잡고, 억세게 나가지 않았더란 말인가. // 그러나 이 비참한 최후의 소식을 듣고는 / 그대의 나머지 가족들은 마루를 두들겼고, / 방고래가 다 지라고 치며 울었단다. // 북으로 간들, 남으로 간들 / 가난한 몸이 어니 / 무에 신통한 희망이 있더란 말이냐. // 오 — 그러나 그대의 죽음은 우리의 가슴에 낙인을 찍고 갔다, / 그대와 같은 쓰라린 사실이 왜 이리도 늘어만 간단 말이냐. / 서산을 넘은 해는 대지를 어둠의 골로 만들 때. / 무심히도 대지 저 끝 하늘조차 어둬가는 것을 보니 / 나의 가슴은 너무나 탄다. / 만일에 햇빛이 다시 한번 노을을 펴보지 못한다면 / 이 내 가슴의 정열로라도 펴보고 싶구나, / 아하 — 왼하늘에 펴보고 싶구나. ///

어찌 이 여인뿐이겠는가. 쫓겨나듯 고국을 떠나 이국땅에서 처절한 삶을 감당하지 못하고 생을 마친 이민들은 수도 헤아릴 수 없을 것이다. '북으로 간들, 남으로 간들', 정말 '무에 신통한 희망이 있더란 말이냐' 하는 시구가 당시 현실을 정확히 진단한 것이다.

박세영의 시정신은 이렇게 절절하게 표현되었다. 실로 사실에 육박하면서 당시 우리 민족이 겪었던 고통을 성실하게 재현해냈다.

이찬, 세태에 대한 냉소

이찬의 시도 당시 현실을 성실히 증언해 보겠다는 의도로 쓰였다. 어느 시는 다소간 격정으로 자신의 심사를 표현했고, 어느 시는 당시 현실의 풍경이나 정황을 평범하게 묘사한 것도 있다. 또한 시인이 도 모하려는 일에 대하여 암시를 한 시도 있으며, 세태世態를 냉소적으로 표현한 것도 있다.

우선 「황혼에 비낀 대관정大觀亭에서」란 시를 보자.

늦은 황혼의 붉은 빛 나하정羅荷亭 벌에 무르녹아

아웃봉 벼랑 끝에 나릿이 깃 숨는데

홀로 앉은 영덕산 — 대관정 들보 위에

외갈마귀 와 갸갸 울어

왜 이리 이때 이 자리 내 애를 끊는가!

아아 멀리 뵈는 세모래 하이얀 방천 위에

너울너울 넘도는 남대천의 검푸른 물결

물가에 웅게웅게 붙은 가난한 지붕의 —

호젓한 굴뚝, 굴뚝의 연기

묏가득 우거진 숲에선 이슬 고요히 내려

잎잎이 파득이어 우는 벌레 설거운 그 울음소리

아아 황혼은, 이른 가을의 황혼은

더우기 그이의 끌려간 뒤

홀로 맞는 이 자리의 이 황혼은

그이의 두 주먹에 바르르 떨던

쇠사슬처럼

쌍고동 남기고 검은 줄 끄을며

하염없이 구비돌아 떠나던

호송차처럼 —

억울타 하랴!

애닯다 하랴!

아아 저 주막집 추녀 끝에

깜박이는 등불이여!

차등車燈이여!

그 언제 둘이서 눈물 젖었던

"어이어……" 길게 뽑는 농부군의 선소리여!

장탄가여!

아아 메마른 내 가슴에 피눈물 괴이누나!

이를 악물고 두 주먹을 불끈 쥐고 머리를 번적들고 두 팔 벌려 가슴
을 헤치고 동편 하늘을 향하여 부르르 떨 때

하늘도 땅노 눈앞에 깨어져 허물어실 듯

……

아아 언제나 그날이 오나

1929년 ≪동아일보≫에 발표된 것으로 '동경에서' 썼다는 것을 표기
하고 있다. 당시 현실에 대한 절망을 다소간 격정적으로 표현해 낸 시
다. '아아 언제나 그날이 오나'에서 그날은 물론 독립의 날이다.

「북만주로 가는 월이」는 궁핍한 현실을 감당할 수 없어, 떠나는 여
인을 잡아두지 못 하는 안타까운 심정을 표현한 시다.

가구야 말려느냐 가구야 말어 / 너는 너는 참 정말 가구야 말려느냐 //
이민이라 낼아침 첫차에 실려 / 이역천리 저 북만주 가구야 말려느냐

// 아 잡아보자 네 손길 이게 마지막이냐 / 이리도 살뜰한 널 내 어이 여희는가 // 야속하다 하늘도 물은 왜 그리 지워 / 너희네 부치든 논밭 뙈기 다 빼낸단 말이냐 // 하더라도 행랑살이 내집살림 저닥치 않다면 / 내 너를 보내랴만 꿈 속에 보내랴만 // 아아 다없고 황막한 그 땅 네 얼마나 쓸쓸하랴 / 철철 추위 혹독한 그 땅 네 얼마나 괴로우랴 // 사시장장 가여운 네 생각 내 어찌 견디리 / 자나깨나 그리운 네 생각 내 어찌 배기리 // 아아 안겨다오 내 품에 이게 마지막이냐 / 이리도 살뜰한 널 내이 어이 여희는가 // 우지 말아라 우지 말아라 나도 따라 울어를 지니 / 어허이구 월아 너는 참말 가구야 말려느냐 ///

1937년 ≪대망≫에 게재된 작품이다. 이런 생이별에 고통스러워했던 이들이 당시 얼마나 많았으랴. 그 한 사람의 애틋한 심사를 되새겨 볼 수 있는 시다.

「북방도北方圖」는 이유민들이 살아나가야 하는 험준하고 적막한 곳을 암시하고자 쓴 시다.

역사도 권력도 문명도 부귀도 / 연겹 수천리 준령으로 격隔하여 / 일찍 인류의 연면連綿한 가슴 속에 / 한 개 연정戀情도 불러 본 적 없는 북방이여 // 원시 / 원시 그대로의 울울한 수림 / 이 ─ㅇ 이 ─ㅇ / 나희北風는 사철 수림을 휩쓸고 // 산새도 흥미 잃은 진재ㅅ빛 하늘 밑 / 만목일도滿目一圖 높고 낮은 산정이여 좁고 넓은 영복嶺腹이여 / 산정마다 영복마다 깎아붙인 화전火田, 화전, 화전…… / 화전가에 옹기종기 거리 없는 촌, 촌 // 봄, 여름 / 보낼 곳 없는 시악시의 애달픈 하소연이 장강長江을 흘러 / 칠백리 압록강 흐르고 흘러 / 이름없는 연변沿邊 계곡 / 애꿎은 물방아만 목메게 울리고 // 추구월秋九月 한 그루 야국野菊인들 어느 동산에 찾으리 / 기 ─ㄴ 긴 겨울 겨울은 눈으로 밝고 눈으로만 어둡고 / 북새北塞 영하 삼십여 도 / 찾는 이 없는 차 ― 단 밤밤 꿈길도 / 아 ― 련한 등빛과 함께 창窓틈에 얼어…… // 오호 창세創世의 정적이여 생의 고뇌여 / 그러나 말없는 산천을 흐르는 세월이여 / 여기 선발된 주민이 삼만 삼천여! // 감자, 조, 귀리, 각양의 잡곡 조석朝夕도 / 그 어느 위대한 절미정치節米政治의 공적임을 들은 바 없고 / 근로, 검의儉衣의 국민적 미풍美風도 / 그 어느 현명한 두뇌의 하루 아침 장광설長廣說도 요구한 적 없고 // 때로 그들께 머 ―ㄴ 먼 고향의 창연한 / 향수를 되씹는 습성은 있다 해도 / 아직 한번 그 계보를 잃어진 조상 속에 / 뒤져 찾는 흥미도 제것으로 한 적 없나니 // 지순한 것이여 지량한 것이여 / 최상의 인민이여 / 정히 행복은 여기 있어 가可하고 / 정히 행복이란 여기 있을 것 // 하기에 오늘도 / 큰 봇짐 작은 봇짐 들고 안고 지고 이고 / 다시 오북奧北 이방異邦 호지胡地로 / 지나친 행복에 지쳐 떠나는 걸음들이 자못 수다數多타. ///

이 시는 이유민들이 사는 곳을 차분히 묘사하는 깃으로 시작하나가, 중반 이후 냉소적인 어조로 전환된다. 의식주가 모두 최악인 사람들의 일상을 반어적인 수법으로 표현한다. 특히 맨 마지막, '지나친 행복에 지쳐 떠나는 걸음들이 자못 수다스럽다'와 같은 표현이 절정이다. 격정적으로 표현하는 작품보다 훨씬 더 세련된 수법이다. 이 외에 「가구야 말라느냐」, 「안해의 죽음을 듣고」에서도 당시 현실을 성실하게 증언하려는 자세를 볼 수 있다.

조영출, 현실의 서정적 증언

조영출의 시는 고향이나 고국을 두고 떠나는 사람들의 심사를 표현하는데 집중된다. 서정성을 충분히 살리면서 당시 현실을 암시하기에 좋은 시적 성과를 거두었다.

「국경의 소야곡」은 1933년 ≪신여성≫에 발표되는데, 잡지 독자를 염두에 두어서인지 애틋한 어조로 국경의 풍광을 표현해낸다.

국경에 밤이 짙어 강물이 자네
스산한 밤바람에 달빛도 자네

강 건너 마을의 개울음도 슬픈 밤
나그네 외론 넋이 눈물에 젖네

남쪽은 내 고향 북쪽은 이역異域
국경에 지는 꿈은 스산도 하네

님 싣고 사라진 배 물새가 울면
이별이 눈물이라 수건이 젖네

가을밤 지는 잎은 이 마음이지
외로움에 울며불며 강물에 뜨네

국경에 밤이 짙어 총소리 잘 때
이역의 아낙네의 꿈결이 곱네

국경에서 이유민들의 생활상을 얼마나 많이 겪었을 것인가. 다소간 감상적인 분위기지만 당시 현실을 충분히 유추해 낼 수 있는 작품이다. 「압록강」에서는 기상氣象을 살리면서 현실 상황을 성찰한다.

침묵, 새벽의 침묵이 안개를 그러안고
강물 한 줄기 꿈을 싸고 도나니
백두白頭의 간밤 이야기가 이 물결에 잠기었으리

흘러간 2천년 고구려의 옛꿈이 잠기었으리

이제 네 가슴에 부여안긴 선박船舶의 돛들이여
해양의 거센 애무를 기억하는 마음들이여
수조水鳥의 눈물겨운 울음은 어디 갔니
위화도의 옷깃을 닳아 안개 밑에 숨어갔느냐

동해의 푸른 침대를 떠나온 스펙돌이
강물에 잠긴 설움을 한 오리 두 오리 낚아주노니
아! 이 강을 건너는 나그네 이 물에 씻기운 핏방울들이여
××과 ××의 분수령에서 너는 무엇을 하니

오오, 말없이 흐르는 강물에 가슴이 저리다
유랑의 쓴 꿈이여
언제나 이 고장 관문에 쇠소리
흛이지랴

압록강에서 우리 민족의 역사를 성찰해 내기도 하고, 압록강에 현실에 대한 감정을 이입하기도 한 좋은 작품이다. 특히 맨 끝의 연은 탁월하다. 조국독립에 대한 절절한 염원이 깃들어 있다.
「북행열차」에서도 나라 잃은 설움이 진하게 표현된다.

인조견人造絹 무늬같이
하 — 얀 얼음꽃이 피는 유리창 —

육로陸路 이천리를 한밤에 주름잡고
북행하는 '히까리'의 얼음꽃은 자꾸자꾸 무성해지다
향수鄕愁에 정조를 빼앗긴 우울 — 나의 손끝이

얼음꽃을 떼고 긁는 음향에

까아만 밤의 흡반은 흰빛을 밀치고 와 붙다

나라도 없는 집시의 자손들이

깎고 저미는 사과의 빨간 피부 ―

정열을 벗기고 차운 수애愁哀를 씹는 나의 조국이여

푸른 항구의 행렬이여 꿈들의 행렬이여

쫓기는 마음의 안식이다 피곤은 얼굴을 내려덮고

호수처럼 소란한 음향을 헤치며 침묵은 중중 괴어들다

호흡의 고저, 부풀어 오르는 유방은

애련愛戀의 불꽃을 튀기고

그 여인은 하이얀 목도리를 쓰고 돌아눕다

밤의 흡반은 차창에서

보 ― 얀 얼음을 찢고 미끄러져 가나니

얼음꽃은 나비도 없이 피어나고

나의 청춘은 연애도 없이 건강해지다.

　이민을 가기 위해 열차를 타고 있는 백성들의 풍경을 묘사하고, 나라 잃은 설움을 표현하기도 하지만 끝내 감상感傷에 떨어지지 않는 견고한 시정신을 보여주고 있다.

　조영출은 이른 바 좌익에 가담하지만, 경직된 이념을 격정적으로 외친 시를 볼 수 없다. 위에서 제시된 시들처럼 서정성이 풍부하면서도 당시 현실을 충분히 증언하는 작품을 썼기에 시적 성취도가 높았다.

송순일, 농촌 수탈 증명

송순일은 격정적인 프로시도 창작했지만 당시의 현실을 평범하면서
도 진지하게 표현하려는 시들도 썼다. 현실을 성실하게 표현하려는 시
가 대부분 그렇듯이, 송순일의 시도 당시의 세태를 사실적으로 제시한
다. 「농촌애상農村哀相」, 「농가의 봄」과 같은 시들이 그렇다.

1

호미 날에 불꽃 일고 등허리에 땀흐를 때 / 타오르는 입술에는 끼얹나
니 불ㅅ김인데 / 헐먹은 입 속에는 침인들 흔하리오. / 먼 숲에 우는 매
미도 그 귀엔 가시 같애. // 매미소리 사라질 때 / 모든 곡식 익건만, /
익는 곡식 어데로. //

2

장마ㅅ비 개이자, 큰바람 지나자, / 과수밭에 모여드는 더벅머리 아이들,
/ 떨어진 선 과일에 침 흘리는 아이들 / 주인의 눈총빛아 그것도 남 못놓
아. // 여름 장마 다 지나면 / 모든 실과 익건만, / 익는 실과 어데로. //

3

밀죽도 흔치 않아 굶다시피 일하고, / 그래도 점심때라 빈 집에 돌아가
니, / 학교 갔던 아들 아이 마당에서 쿨적이며 / 밀 팔아 준다더니 수업
료를 왜 안주어 / 속이기만 한다고 우리 선생 가라는데…… // 아무리
어려워도 쥐와 딸은 먹일 것 있다고 / 다 어리석은 옛날소리러라. / 칠
월나들이 온 딸애기 반갑지야 않으리만 / 도리어 온 것이 원수르네라.
/ 고기 한 칼 못사온다! / 옷 한 가지 못해준다! / 틈만 나면 맏아들을
졸라대는 / 늙은 어머니의 눈물겨운 하소연이여! //

4

온 식구가 매달려서 / 봄누에를 친다 해야 / 베 한 자도 못사는걸 / 가을 누에 또 치라고 / 면서기는 야단이지. / 검정개만 짖어도, / 동리꾼들 수선수선, / '집달리'가 오는가. / '조합' 사람 오는가. ///

1932년 ≪동광≫에 발표된 「농촌애상農村哀相」이란 작품이다. 뼈 빠지게 일하는 농촌이건만, 어디 한 구석 풍요롭기는커녕 턱없이 궁핍하여 생활고에 시달리는 세태를 표현했다.

「농가의 봄」이란 시의 주제도 마찬가지다.

종달새의 어여쁜 '멜로디' / 낮닭의 흥겨운 울음, / 아해들의 버들피리소리…… / 이같은 봄날의 '씸포니'를 등지고 / 컴컴한 방에는 우울에 짓눌린 / 무거운 숨결만 배앝는고나! // 싸늘한 구들장엔 떠오르는 먼지뿐 / 그래도 봄볕은 살뜰하여 / 왕틈 난 천정에도 햇발이 스미건만, / 춘궁春窮에 눌린 백성이라 / 기름 빠진 얼굴에는 눈동자도 흐리었고나! // 아름다운 꽃 위에 벌들이 날고, / 황금빛 흙 위에 오가는 개미떼. / 그들은 모두 일하면 살 수 있는 거룩한 왕국 백성이어니, // 밭붙임, 논갈이, 무엇무엇 게다가 때아닌 부역까지 / 뼈가 휘이도록 허덕이는 이땅의 백성. / 그들에게도 그러한 왕국 이루어졌던가? / 생각노니, 일하고도 못사는 이 수수께끼는, / 꾀있는 사람만이 낳아놓은 죄악이외다. // 굴뚝에 연기도 끊어진 막서릴망정, / 행여나 옛둥지 찾으려던 제비 한쌍. / 지나간 날을 조상함인지, / 무너져가는 처마 끝에 앉고, / 애끊게 조잘이고 달아나느니, / 떠나는 제비야 머물 곳 없으리만, / 살 길을 찾아간 이 집 주인의 몸둘 곳은 어데이드뇨. ///

화창한 봄날과 대비되는 인간사를 제시한다. '뼈가 휘이도록 허덕이는 이 땅의 백성'이라는 진술 이면에는, 일제의 착취라는 말이 도사리고 있는 것이다. 더구나 '부역'이라는 말이 그것을 뒷받침한다.

비교적 온화하게 표현된 위의 두 작품과는 달리 「가을을 등진 무리」
나 「의인을 따르는 눈ㅅ동자」와 같은 시에서는 다소간 격정적 어조로
바뀐다. 프로시의 전형적 어조인 것이다.

열매이삭 가득 실고 온다온다 하더니 가슴을 조이며 목메이게 부른
이를 쌀쌀하게도 등지다니

에익! 요부같은 가을이여!

같은 땅에 태어났음은 말해 무엇하리 들에 가득찬 곡식 누렇게 익혀
놓고도 그 앞에서 사느니 못사느니

모두 — 사람의 탓인줄을 빠 —ㄴ이 알면서도 땅이 꺼지게 발을 구
르는 이 땅의 목숨들이여 —

지나가던 기러기도 눈이 어리어 중천에서 해매이더구나! 자욱하던
갈밭이 이럴 줄이야

바둑판 같이 짜여놓은 가엾은 논 누런 이삭이 눈부시게 금물결치나
니 이 나라 농촌이 살진다고요 —

'회칠한 무덤 속'에서 썩는 고기덩이들 —

그들이 차라리 기러기나 물오리 되었던들……

'쟈라라카'의 혀끝같이도 나불거리는 이날의 문명이 고요한 마을을
설레이며

양같이 순한 백성들의

눈동자를 핥고 지나가는구나

열매이삭 가득싣고 오는 가을 보지말라고 —

아아 그래도 해는 여전히 비치는구나!

밝은 달빛이 녹아흐르는구나!

해와 달이 밝기야 예나 이제 다르리만

눈알을 빼앗긴 무리에게야 —

(쟈라라카 — '브라질'에 많이 있는 독사)

자개ㅅ돌도 부딪히면 불꽃이 튀더구나

아무리 암소 같이 착한 백성이기로

심장이 식기 전엔! — 흙을 얹지는 못하리니

그들의 입이 분화구처럼 터질 때 있으리니 —

그들의 팔다리가 지동地動처럼 움직일 때 있으리니 —

이 작품 역시 우리 농촌의 궁핍과 일제의 수탈을 주제로 했다. 가장 기쁨에 넘쳐야 할 가을이 '요부같은 가을'이라고 표현될 정도라면, 당시의 상황을 가히 짐작할 수 있을 것이다.

송순일은 사실적 표현에 성실하였기에 일반적으로 프로시가 갖는 관념적인 단점을 극복하면서, 당시 농민들의 고통스런 현실에 대해 잘 증언해 주었다.

그 밖의 시인들 / 조중흡, 정호승, 조명희

표면상 프로시 이념을 내세웠지만 실상은 항일의 성격을 띤 시들을 쓴 시인들은 무수히 많았다. 다만 시적 성취도가 높았던 시인들을 앞에서 논의한 것이다. 많은 작품들을 가작이라 평가할 수 없지만 그래도 몇몇 우수한 시를 썼던 시인들, 시들을 이에 더 포함시킬 수 있겠다.

벽암碧巖 조중흡趙重洽은 해방전 「굴속! 굴속! 굴속갓구나!」, 「벗아! 동무야!」와 같은 프로시를 생산하는데, 여느 프로시와 비슷한 어조다. 다만 현실의식이 매우 강했다는 것을 확인할 수 있다. 그의 시적 성취도는 해방 후에 높아진다.

여기서는 1934년에 발표되었던 「빈 집」만을 보자.

삼봉이네 외딴집 지붕 위에 널린 얼마 안되는 다홍고초와,
울섶 사이에 끼여 자란 잎떨어진 감나무에 남은 연시 몇개는
그 ― 초라한 꼬락서니가 이땅의 염통 같애

다 스러진 울섶하며
뭉그러진 지붕하며
쓸쓸한 토방土房하며
거미줄 낀 굴뚝하며

이집 식구들은 다 어디들 갔나

농사 지은 것은 다 어찌하였노

바람민 뜰노슬에 이저리 낙엽을 훔치고 있네

서정성을 충분히 갖추었으면서 당시의 현실을 잘 제시하고 있다. 피폐한 농촌 현실이 이보다 더 적절하게 표현되기도 쉽지 않다. '그 ― 초라한 꼬락서니가 이 땅의 염통 같애'라는 시구가 탁월하며, '바람만 뜰모슬에 이저리 낙엽을 훔치고 있네' 하는 표현이 애틋한 여운을 준다.

정호승鄭昊昇은 근현대 우리 시사에 중요한 인물이었는데, 이제껏 정당하게 평가받지 못했다. 조선문학사를 차려, ≪조선문학≫ 주간으로 활동한 그는 몇몇 좋은 시를 남겼다. 「고향을 떠나며」, 「씹어보는 내 고향」들을 대표작으로 꼽을 수 있을 것인데, 여기서 그는 일제하에서 완전히 피폐되어버린 고향을 안타까워하는 심정을 잘 표현해냈다. 「씹어보는 내 고향」을 보자.

호암제虎岩提 고인물이 자유를 잃고 / 대해를 찾어흐르는 한강수를 동경할 때 / 시인의 아들을 가진 어머니의 슬픔을 위로하지 못하고 / 고향을 떠나온 나그네몸이 고달퍼라 // 아버지의 싸늘한 시체가 / 청금정聽琴亭 뒷산 솔밭 속에 무더지든날 / 다정하시든 할머니의 무언無言이되신 원인도 모르고 / 어머니 목놓아우시든 영문조차 모르든 시절엔 / 끝없는 지평선을 더듬어 보지도 않았건만 ─ / 깊어가는 밤 외로히 차디찬 달그림자에 / 왼몸을 의지하고 / 문어진 성터에 숨은 슬픈전설이나 짜내는듯 나의 넋은 / 고향의 울든곳 웃든거리를 누비질하여 보느니 / 아침마다 계족산鷄足山 등어리로 웃는 태양을 / 토해 놀때 / 지개우에 오손도손 이야기를 실고 / 풀무고개ㄹ 넘어 이십리 / 마지막 재우로 꼬부라진 나무ㅅ길이 눈앞에 서 ─ㄴ하다 / 아 ─ 정겨워 뛰놀든 나의 옛요람터 / 지금쯤은 이웃을 모르는 물싸움으로 / 가난한 보금자리에 아름답든 정도 바숴지고 / 모시래 넓은 들은 누렇게 물으익어 / 뉘목오치가 될나는지 너울치고 있을게다 // 엷은 석양노을이 다소곳이 빛이이는 우물둥치에 / 타리박줄로 오르네리든 고흔 꿈은 / 장구채에 마추어 풀없이 시든다고 / 옷자락이 찢어지도록 붙들고 놓지않든 정애貞愛 / 뉘라서 아즉것 너만을 머물러 키워주겠니 // 늙은 교회당 칭칭대로 몰리는 / 피식은 인생들만 옹기종기 살쩌갈게지 / 주판알 헤아리는 반드러운 눈알들이 / 구르는 거리 거리는 / 화려하여 젓을게고 // 밉살머리스러운 내고향 밉다가도 그리워 / 잊지 못할 실낱같은 미련이 / 정솟든 곳곳만을 헤메여 가도 / 울음이 솟을늣 억세한 기슴은 한숨마저 / 죽이고야 말겠다 // 봉변逢變한 장군의 적혈赤血은 변색한지 오래고 / 늙은솔 낡은바위 조차 기억있는듯 싶지않는 내고향 / 언제 무슨일이 그곳에 있었드냐 싶이 / 한강수는 여전히 탄금대만 무심ㅎ고 감돌아 흐를게다. ///

일제에게 철저히 수탈되어, 정이 넘쳤던 고향이 속악스럽게 변해가
는 것을 가슴 아파하는 작품이다. '가난한 보금자리에 아름답든 정도
바숴지고' 같은 시구가 핵심적 표현이다. 열심히 농사를 지어 풍성한
들판이 있어도 결국 그것이 고향사람들의 몫이 될 수 없기에 더욱 한
스러워하는 심사가 잘 드러나 있다. 「소작인」은 지주에 의해 착취되는
한 장면을 증언해 주는 시다.

> 뉘를위해 아껴왔는지 / 싹싹 긁어뭉아야 석섬을 / 두섬을 질머지고가니
> / 흉년이라고 두말을 감해주더라 // 금년같은해 / 농사 참 잘되었다구
> / 연방 치하도 하고 / 장예벼나 속히가주오라구 / 명령사를 붙이는 지
> 주님 / 눈초리도 음침하다 // 시선을 피해서 고개를돌리니 / 옆에있는
> 도야지울엔 // 누룩도야지가 길게누워 낮잠만자는구나 / 그 ― 욕심많
> 은 놈이 / 배ㅅ대지가 여간 불러서야 / 죽을 저 ― 만큼 남겼을게냐 /
> 그놈의 배ㅅ대지 / 지주님의 배ㅅ대지와 흡사하다 // 가 ― 끼니있자
> 이도아지가? / 그렇지! 우리것과 한날 사왔었지 ― / 우리새끼가 원악
> 적기야했지만 / 짐성두 먹어야크지! / 내꼴좀보지 살한점붙었나 // 말해
> 야 소용없을줄 짐작은하면서 / 연기해달란게 나의 불찰일가? / 안된다
> 면 그만이지 / 눈을 그렇게 흘겨뜨고 / 소리소리 지를게 뭬 ― 람 // 집
> 에남은 베한섬을 마저 / 질머지고 나오는 나의꼴을 / 바라볼 식구들의
> 표정이 / 지금부터 / 눈에 발피구 발피구 ///

지주에서 '님'자를 붙였지만 돼지와 비교를 하며, '배ㅅ대지'라는 비
속어를 쓰는 것에서 풍자적 어조를 가지고 있는 작품이다. 일제하에서
지주는 일제의 앞잡이로 취급되었기 때문에 비판의 대상으로 삼는 것
은 당연했다. 백성들이 궁핍할 수밖에 없는 원인을 잘 제시해 준 작품
이다.

포석抱石 조명희趙明熙는 시를 많이 썼지만 프로시의 성격을 지닌 것
은 많지 않다. 시보다는 소설에서 성취도를 높이 평가받는 것도 이와
관련된다. 「농촌의 시」는 스스로 서사시로 부기해 두었는데 짧은 두
가지 이야기를 포함하고 15행을 생략했는데, 그것을 감안하더라고 서
사시로 볼 수는 없다.

해ㅅ살이 따뜻하여 가니 / 봄이 벌써 드나부다 / 금잔디가 빛이 더 나
는구나 / 보리싹이 멀리서 보아도 / 날사이에 더 싱싱하여 가는구나 /
나무가지는 위로 향하여 위로 향하여 / 푸른 하늘을 가리키고…… / 깃
들었던 까막까치 건너 마을쪽으로 날아가며 / '까까' 짖는 그 소리 / 하
늘가에 새봄이 너머다 본다고 일러준다. //

×

이 양달마을은 볕의 천지로구나! / 그러나 이 마을은 / 어찌 이다지도
쓸쓸하냐? / 뀌여진 창구녁 넘어진 담벽 / 지난 가을에 흔한 짚에도 /
썩은 새로 겨울 난 이 지붕 저 지붕, / 그러나 볕은 이 구석에도 저 구석
에도……. / 볕을 안고 앉은 '이쁜'이 / 볕을 안고 앉은 '이쁜'어머니. //

×

볕은 참으로 따뜻하구나 / 그러나 '이쁜'이는 고픈 배만 움켜쥐고 앉었
네. / 봄은 참으로 오나부다 / 그러나 이쁜 어머니는 / 새삼스러이 눈물
만 흘리네 ─ / ─ 늙은 어머니 배고픈 누이 살리려고 / 소도둑질하다
붙잡혀가 죽은 아들을 생각하고…… / …… / 이 봄에 이 볕에 이 집안
에 / 왜 이다지도 쓸쓸하냐 //

×

만세통에 감옥에 갔던 젊은 '용'이 / 힘 세고 사람 좋은 '용'이 / 늙은이

는 귀여워하고 / 젊은이는 부러워하는 / 사람 좋고 날랜 이 총각 '용'이 / 그 '용'이가 지금 나온다고 / 좋아하며 쌀 꾸러다니는 '용'이 어머니. //

×

그립던 세상이 왜 이리 쓸쓸하랴? / 살림살이가 왜 이다지 괴로우냐? / 네 ― 기 감옥이 다시 부럽구나! / 이 지옥살이를 하느니보다는…… / 건넌산에 아지랑이는 끼여도 / 봄을 모르는 '용'이는 걱정타령, / 첫 봄에 가슴 놀랜 이웃집 각시 / 흥에 겨워 콧노래 불러도 / 봄을 모르는 '이쁜'이는 / 배고픈 걱정에 눈물 겨워. //

×

진달래도 피었구나 / 피리소리조차 요란하다, / 이 개인 하늘 끝은 어디일까? / 해ㅅ빛이 널렸구나! / 너른 들판에 해ㅅ빛이 널려, / 참 이 들판은 넓기도 하다 / 사람이 만일 말이었던들 / 굴레 벗은 말이었던들 / 이 들판을 한번 가로세로 뛰어보세 / 동무야! 저 금잔디 강변에 / 줄달음쳐 보지 않으려니? /// (이하 5행 생략)

불행한 두 집안의 이야기를 요약하여, 당시 우리 백성들 모두가 이런 처지에 있었다는 것을 유추하게끔 한다. 뛰노는 말이 부러울 정도고, 차라리 감옥살이가 부럽다고 할 정도로 궁핍한 탓이 모두 일제에 있다는 것을 암시하려는 작품이다.

일제하 우리의 프로시는 결코 이념을 최상의 덕목으로 보지 않은 것이 분명하다. 그것은 한낱 명분에 지나지 않았다. 무엇보다도 우리 조국을 되찾는 일, 우리 백성을 도탄에서 구해내는 일이 지상목표였으며 그것을 적극적으로 제시할 수 없다보니 우회적으로 표현되었을 뿐이다. 프로시에서 지적할 수 있는 부정적인 면모는 바로 이 우회적인 방법을 택하는 데서 야기되는 피치 못할 단점인 것이다. 많은 단점에도 불구하고 프로시는 일제하 백성의 고통을 가장 잘 증언한 시였으며 우리 민족의 살아있는 정신을 보여준 시들로 평가할 수 있는 것이다. 프로시는 적극적 항일시가 불가능했던 터전에서 택할 수밖에 없었던 차선의 방책이었다.

7. 비전문시인들의 현실의식

일제 식민지시대에는 비전문인시들의 시도 큰 힘을 보탰다. 전문시인들은 일제에 의해 관리되고 통제되었으며, 작품도 사전 검열됨으로써 적극적 저항의지를 표현할 수가 없었다. 비전문시인은 전문시인보다 여러 모로 다소간 자유로웠기 때문에, 기대 이상의 시를 써내는 수가 많았다. 전문시인은 호구지책에 크게 도움이 된 것은 아니었지만 늘 '발표'해야 한다는 강박관념이 있는 반면, 비전문시인은 그렇지 않다는 것이 장점일 수가 있었다.

전문시인과 비전문시인을 구분하는 데는 여러 조건이 있겠지만 정식으로 등단을 했느냐, 지속적으로 작품 발표를 하고 있느냐, 하는 정도겠다. 여기에 들지 않으면 비전문시인이라고 봐야 할 것이다. 문학사나 시사에 전문작가만을 취급하는 것은 편견 때문이다. 비전문작가일지라도 작품이 가치 있을 경우엔 정당한 평가를 해주는 것이 당연하다.

일제기 비전문시인들의 작품은 상상하는 것 이상으로 많다. 특히 농민, 농촌을 소재로 쓴 농민시들이 많다. 대부분이 내용이나 형식이 상투적이지만 전문시인을 뛰어넘는 수준을 보여주는 작품도 많다. 일제기에 전문 시인들이 못다 표현한 당대 현실을 표현하는데 보조역할을 했던 것이 비전문시인들이었다.

일제기 비전문시인들의 시작품은 주제별로 나누어 본다면, 고국을 등지고 쫓겨가야 하는 이유민의 심정을 표현한 시, 이민생활에서 겪는 고통을 표현한 시, 이유민 생활에서 귀향하는 감회를 표현한 것들이 될 것이다.

신채호, 시의 기상

강도強盜 일본의 정치하에서 문화운동을 펼 수 없어서 망명한 신채호다. 선비의 매서운 정신으로 민족의 사표가 될 수 있었던 것도 그의 실천궁행 때문일 것이다.

신채호는 비전문작가이면서 시, 소설을 창작했다. 지금까지 확인된 그의 시작품은 한글시 6편, 시조 5편, 한시 18편이다. 그렇지만 한글시는 대부분 여러 연聯으로 구성되어 있어 결코 편수만으로 얕볼 수 없다. 게다가 중편소설인 「꿈하늘」의 중간 중간에 넣어져 있는 시를 포함한다면 신채호의 시정신을 유추해 내기에 부족함이 없을 정도다.

신채호의 시가 생산된 연대는 정확하게 고증되어 있지 않다. 현재로선 당대 정황에 연관시켜 추정할 뿐인데, 연구자에 따라 그가 집중적으로 시를 쓴 시기를 1910년대 후반기 또는 1920년대 전반기로 잡고 있다.

1910년대 후반에서 1920년대 후반에 이르는 기간, 국내 문학풍토는 소위 신체시와 더불어 상징주의 시를 창작하고 논의하는 데 주로 힘을 소비하고 있었다. 그러나 민족의 혼이 들어 있지 않은 시들이 생산될 뿐이어서 식민지하 시적 대응력이란 거의 가능하지 못했다. 신채호의 시는 바로 이러한 시기의 취약점을 보강할 수 있는 성과가 된다. 국내에서 발표를 위해 일제의 검열을 거치는 전문시인들의 작품보다는 중국 땅에 망명하여 쓴 단재의 시가 항일정신을 담는 데 수월했음은 두 말할 필요가 없을 것이다.

나는 네 사랑

너는 내 사랑

두 사랑 사이 칼로 써 베면

고우나 고운 핏덩이가

줄줄줄 흘러내려 오리니

한 주먹 덥썩 그 피를 쥐어

한 나라 땅에 고루 뿌리리

떨어지는 곳마다 꽃이 피어서

봄맞이 하리

「한나라 생각」이다. 피를 흘려 싸워야 나라를 찾을 수 있다는 의미가 될 것이다. 그야말로 자유시면서 대의를 품고 있는 긱품이다. 시가 간결하게 응축되어 있어 표현이 단직하다.

너의 눈은 해가 되어

여기저기 비치우고지고

님의 나라 밝아지게

너의 피는 꽃이 되어

여기저기 피고지고

님 나라 고와지게

너의 숨은 바람 되어

여기저기 불고지고

님 나라 깨끗하게

> 너의 말은 불이 되어
> 여기저기 타고지고
> 님 나라 더워지게
>
> 살이 썩어 흙이 되고
> 뼈는 굳어 돌 되어라
> 님 나라에 보태지게

「너의 것」이란 작품이다. 남의 나라 식민지가 되어버린 조국을, 망명객이 되어 생각할 때 얼마나 쓰라릴 것인가. 위의 시는 신채호가 스스로의 의지를 가다듬는 성찰시로도 볼 수 있을 것이다. 너의(나의) 모든 것은 조국의 광복을 위하여 바쳐져야 한다는 신념을 굳히는 작품이리라.

신채호의 사상은 「매암의 노래」에서 파악될 수 있을 것이다. 서시序詩와 6연으로 된 비교적 긴 시인데 민족주의 색채가 강렬하다.

> 진단震壇의 뼈 진단의 피로 된 우리니
> 살아도 진단 죽어도 진단 우리 터
> 광명은 그대로 반만년 진단 위에
> 둥그신 태양의 그 빛 변함 없건만
> 구변진단九變震壇의 양구호겁陽九浩劫을 뵈인 날
> 님이여 결내결내를 한데 뭉쳐서
> 진단의 영원한 생명 품어 주소서
> 단군 한배여, 임 잃고 우는 아이들
> 두 나래 아래 모아다가 젖 주소서
> 오월이면 방불문한선彷彿聞寒蟬이라더니

때를 찾아 울음 우는 매암을 들으면서

우리 진단을 쓰다가

시름없이 매암의 노래를 새기어 들었다.

우리 진단을 찾는

제 이름 제가 부르거니와

매암은 무엇을 찾노라고

제 이름 제가 부르는가

매암 노래에 미친 듯 취한 듯이

매암 노래를 듣는다.

'서시'에 해당되는 부분이다. 오직 한 소리로 노래하는 매미와, 역시 오직 한 소리로 조국 '진단'을 찾는 것은 동일한 것으로 유추된다. 단군께, 조국이 광명을 되찾도록 기원하는 뜻이 담겨 있다.

1

하늘이 무엇이냐 매암매암 / 땅이 무엇이냐 매암매암 / 바람도 구름도 매암매암 / 아파도 쓰려도 매암매암 / 써도 달아도 매암매암 / 갖은 문법 무엇하리 / 온갖 자전字典 쓸 데 있나 매암매암 / 아침부터 시작하여 / 저녁까지 읽은 과정 매암매암 / 시조始祖부터 시작하여 / 백대 천대 배운 교과 매암 매암 //

2

중국의 넓적 글 / 서양의 꼬부랑 글 / 우리 글과 바꿀소냐 매암매암 / 마음 궂은 놀부의 타령 / 음미淫靡한 춘향 노래 / 우리 입에 올릴소냐 매암매암 / 예수쟁이 뒤를 따라 / 하느님을 찾을소냐 매암매암 / 시대 영웅의 본을 받아 / 입애국을 부를소냐 매암매암 //

3

일시적 순간적인 너의 몸을 바치어 / 동포 국가 사회 인류 모든 것을
위하라는 / 너희의 가진 윤리 싸움질을 못 금한다 / 싸움 없는 매암의
사회 윤리를 어데 쓰랴 / 온 세계의 모든 겨레 한 소리로 화답하자 매
암매암 //

4

수천여 년 기업基業으로 / 문학 미술 정치 풍속 모든 것을 창조해온 /
너희 가진 역사 종 되는 화를 못 구한다 / 자유 자재 매암이 나라 역사
를 어디 쓰랴 / 자연으로 만든 풍류 또 한 마디 아뢰리라 매암매암 //

5

여름은 우리 시대 녹수綠樹는 우리 가향家鄕 / 이슬은 우리 양식 생활이
평등이다 / 좋을씨고 매암이 생활 매암매암 매암매암 / 아비가 매암이
면 아들도 매암 / 사내가 매암이면 아내도 매암 / 이름도 차별없다 / 좋
을시고 매암이 이름 매암매암 매암매암 //

6

새가 되어 높이 뜨랴 하늘이 넓지마는 / 도량稻粱이 그리워라 / 고기가
되어 깊이 들랴 바다가 깊지마는 / 그물 코가 걸리워라 / 공명이나 부
귀를 위하여 모든 짓을 하여 보라 / 양심이 부끄러워라 / 성현이나 영
웅이 되어 인류를 구하여 보라 / 명예가 귀치 안하여라 / 개는 개요 소
는 소요 말은 말이요 / 매암이는 매암이니라 / 매암매암 매암내임 매암
매암 매암매암 ///

퍽 긴 시다. 이외에 「새벽의 별」, 시조 「61일 계단戒壇의 회고」와 같
은 작품도 긴 편이다. 위의 작품을 보면 신채호의 사상은 민족주의, 그

것도 배타적 민족주의라고 평가하게 될 것이다. 그러나 일제하 상황에서 갖게 되는 피해의식은, 민족주의 외에 별다르게 의존할 방도가 없었을 터다. 위 시에서 '매암매암'이 의도하는 바는 '오직 한 소리' 또는 '오직 한 생각'이라 하겠다. 그러나 어떤 곳에서는 자조自嘲적으로 쓰이기도 한다. 이 의성어를 숱하게 동원한 뜻은, 읽는 이의 관심을 외곬으로 몰아가겠다는 것이다. 「매암의 노래」가 곳곳에 의미가 불분명하고, 응축되지 못한 곳도 있지만 민족정신과 독립정신을 고양시키기 위한 작품임은 틀림없다.

신채호의 한시나 시조는 대개 '향수'를 드러냈는데 「추야술회秋夜述懷」 같은 작품은 나라 잃은 안타까움을 표현한 한시다.

「가을밤에 회포를 적음」

외로운 등불 가물가물 남의 시름 같이하며
일편단심 다 태울 제 내 맘대로 못할러라
창 들고 달려 나가 운명 못돌리고
무질어진 붓을 들고 청구 역사 그적이네
이역 방랑 십년이라 수염에 서리 치고
병석에 누운 깊은 밤에 달만 누각에 비쳐드네
고국의 농어 회 맛 하 좋다 이르지 마라
오늘은 땅이 없거늘 어디다 배를 맬고
(이은상 역)

「秋夜述懷」(壬戌秋作)

孤燈耿耿伴人愁
燒盡丹心不自由

未得天戈回赫日

羞將禿筆畵靑丘

殊方十載霜侵鬢

病枕三更月入樓

莫說江東鱸膾美

如今無地繫漁舟

위 시는 임술壬戌년에 지은 것으로 되어 있는데, 따져보면 1922년이다. 이로 유추해 보면 신채호의 시가 대략 1920년대 초반에 창작되었음을 알 수 있다. 그가 한시, 시조, 한글시를 두루 다 창작함으로써 한시 세대와 한글시 세대의 가교 역할을 했다고 볼 수 있겠다.

신채호가 여러 글에서 일제를 통렬히 꾸짖었듯이, 시에서도 좀 더 강력한 항일정신을 표현했더라면, 하는 욕심도 생긴다. 그가 시성詩性을 너무 의식하다 보니 직접적 표현을 억제하지 않았는가, 하는 판단도 가능하겠다. 어쨌거나 신채호의 시는 민족정신을 기개 높게 표현함으로써 일제하 우리 시정신의 표본이 되었다.

이유민移流民이 된 심정을 표현한 시들

일제의 교활한 식민지 정책은, 이 땅에서 십중팔구나 되던 농민들을 아예 근근생계조차 못하고 유랑걸식하게 만든다. 갖은 방법을 동원해 식량이나 토지를 수탈함으로써, 헤아릴 수 없이 많은 백성들이 이 땅에서 살지 못하고 조국을 등지고 이국의 땅으로 떠나게 했다.

'물 설고 땅 설은' 남의 나라 땅으로 향하는 마음들이 얼마나 처절했을까. 고향을 두고, 조국을 두고 등 떠밀려 쫓겨 가는 마음들이 오죽하였을까. 그 암담하고 참담한 심정을 표현하기에는 말이 오히려 구차스러웠을 것이다.

시인들에게 혈서 쓰듯, 유서 쓰듯 시를 써야한다고 하는가. 이유민移流民들의 처절한 심정이야말로 그대로 혈서나 유서가 되었던 시대 상황이었다. 결코 과장되지 않은 언어, 그리고 상황들이 기교 없이 표현되었기에 오히려 읽는 이들의 가슴을 뭉클하게 만드는 것이 비전문시인이자 이유민들의 작품인 것이다. 이들은 자기 심정을 소박하게 술회해 내든지, 민요나 동요처럼 지어내기도 했다. 이들의 시들은 1920년대 중후반기부터 해방 직후까지 지속적으로 생산되었다.

조중하趙重夏의 「먼나라로」부터 보자.

가나이다 가나이다 먼나라로
쓸쓸한 시베리아 그 넓은 들로
등에 업은 아이 배고파 울고
가슴에는 찬바람이 안기웁니다.

가나이다 가나이다 북쪽나라로
그 넓은 만주땅 헤매이러
하루를 걷고 두 달을 걸어
압록강 건너서 그 나라로.

가나이다 가나이다 저 먼나라로
아름다운 내 고향 저버리고
쓸쓸한 저 땅에 발을 디딜 때
이 무리의 마음은 어떠할까.

1926년 ≪시대일보≫에 발표된 작품이다. 절실한 마음을 더욱 절실하게 표현하는 것이 시의 기교라 한다면, 그것이 좀 덜 훈련되었기에 담담하게 읽히는 시다. 하지만 당시 현실을 성실히 증명해 준 작품인 것이다.

조선아 잘있거라 갔다 오리라

눈보라 바람부는 북국의 뜰로

조 이삭 벼 이삭의 내 좋은 뜰로

조선아 잘있거라 갔다 오리라

조선아 잘있거라 갔다 오리라

지금은 잊지 못해 떠나서지만

차 고동 두번 들면 쌀 많이 싣고

나팔 북 장고 치며 돌아오리니

조선아 잘있거라 갔다오리라

1928년 《조선일보》에 발표되었던 이허천李虛天의 「가는 이의 노래」다. 여기서 어떤 비장한 어조가 서려 있지는 않다. 처절한 감정을 보이면 시가 늘어질세라 경쾌한 어조로 시종하면서 간결하게 감정을 풀어놓았다.

때는 지나간 2월 어느 날

꿈속 같은 훤한 새벽

잦은 달이 애수를 부를 때

북쪽나라로 떠나간 복동福童이

차마도 내 맘에 잊을 수 없다.

어서 가요 하는 남편의 소리에

떨리는 소리로 복동을 달래며

아가 복동아 엄마게 엎혀라

한밤 잤으니 간도로 가자

철없는 복동이 울멍거리며

엄마 나는 가기 싫어요

앞집 수동壽童이도 같이 가야지

오냐 수남壽男이는 내년에 온단다.

아니야요 그럼 나도 내년 가요

간도 있는 수남이는 나는 몰라요

그 소리를 듣는 복동 어머니는

복동이 머리 위에 흐르는 그 눈물

아직도 내 맘에 어리어 있어서

이날 이때도 잊을 수 없고나.

1928년 ≪조선시단≫에 발표된 김성진金聲振의 「복동福童 어머니의 눈물」이다. 감상적 어조가 다소간 짙게 배어 나오지만, 장차 이유민이 되어야 할 사람들의 고뇌가 사실적으로 표현되어 있다.

이서방 떠난 날 흐른 눈물이

마르기 전 김서방 또 짐 꾸리네

삼천리 강토라 넓다드라만

오척의 신구身軀도 둘 곳 없다네

있다는 정성은 다 들였네만

이마적 요꼴은 웬말이런가

흰 옷 입고 굶어간 죄이란말가

해마다 철마다 길로 길로는

눈물에 어리인 쫓겨가는 이

깨우다 남은 것 축출이라네

넘기는 백두산 원한에 닿고

건너는 압록강 눈물에 부니
닥치는 요동벌 한숨에 차네

간도라 멀디먼 북쪽의 나라
눈보라 바람 찬 거츨은 벌판
해 따라 달조차 헤매는 정경
여기도 정情 없는 천지로구나

구복口腹이 원수 돼 기를 악쓰고
만리라 타향에 흘러굴거니
쫓긴 무리 깃들 곳 어디란 말가

석영해의 「'민요' 쫓기는 이」로, ≪동아일보≫에 1929년에 발표된 것
이다. '삼천리 강토라 넓다드라만 / 오척의 신구도 둘 곳 없다네'란 구
절은 절창이 되었고, 그것으로 당대 상황을 모두 요약했다. 민요가락
에 맞춰 노래 부를 수 있도록 노랫말을 지은 것이다. 조국에서 내쫓겨
야 하는 백성들의 설움이 절절한 노래다.

"북쪽나라 기후가 찬 줄도 알고
서백리아西伯利亞 바람이 매운 줄도 알건만
목숨이 야속하고 구복口腹이 원수되어
따뜻한 금수강산 이별하고서
멀고 멀은 북간도로 나는 갑니다.
돈이라는 상전上典에게 축출당해서
정든 고향 떠나서 나는 갑니다.
인정과 풍속이 다 ― 거칠다는
멀고 먼 ―ㄴ 북쪽나라 만리타국에

행복을 바라고 가는 것은 아니나
그래도 구복이 원수가 되어
가다가 죽더라도 갈밖에 없소.
형제여! 자매여! 부디 안녕히……"

"잘가오 잘가오 부디 잘가오
우리도 따라갈 날 멀지 않으니
눈 자히고 바람 찬 만주 들ㅅ길을
잘가오 잘가오 부디 잘가오
우리도 명년에는 따라가리다"

보내는 이 가는 이 두 눈에 눈물
말인지 울음인지 분간 못하게
목메어 짜내는 구슬픈 소리
뿌리는 더운 눈물 끓는 피눈물
그것이 요 내몸의 눈물이라오.

허문일許文日의 「보내는 이 가는 이」란 시다. 1929년 ≪조선농민≫에
발표된 것이다. 고향과 조국을 등지고 떠나는 사람들의 이별장면을 대
화체로 묘사한 작품이다. 역시 감상적 분위기가 절제되지는 않았지만,
당시의 기막힌 현실을 증언해준 작품이다.

내일은 북간도로
길 떠나는 날
세간을 다 팔아도
여비 모자라
검둥이마저 팔아

돈 받았지요

아버지 예전부터
하시는 말씀
"북간도는 좋은 곳
이밥 먹는 곳
나무도 아니하고
학교도 가지"

이렇게 좋은 곳을
찾아가는데
어머니 아버지가
봇짐 싸면서
어째서 하루 종일
울으실까요

　1930년 ≪동아일보≫에 발표된 신기순申基淳의 「동요' 북간도」다. 시
제목 앞에 '동요'라고 붙였듯이, 어린이를 시적 화자로 내세웠기 때문
에 '고통'을 표현하지 않는다. 어린이의 '무지無知'를 가장假裝하는 이 방
법이 훨씬 더 좋은 효과를 낸 작품이다.

1

바가지 단 짐지신 / 아빠가 앞장 / 동생 업고 보퉁 인 / 엄마가 맨뒤 /
누나에게 손끌려 / 들 — 건너로 / 뛰고 놀던 동리를 / 떠나갑니다 //
이 동리는 '배꼬지' / 조그만 마을 / 내 배꼽이 떨어진 / 정들은 마을 /
집 뺏기고 쌀 없고 / 어떡할까요 / 정든 마을 눈물로 / 떠나갑니다 //

2

보통 학교 4년에 / 퇴학당했오 / 월사금이 밀렸다 / 쫓겨나왔죠 / 고개 학교길 / 바라다보며 / 지게 지고 날마다 / 산에 다녔오 // 학교 동무 그리워 / 고개 학교길 / 바라보며 눈물에 / 걷든 멧갓길 / 이젠이젠 그 길도 / 눈물 속으로 / 멀리 멀리 뒤두고 / 떠나갑니다 //

3

가고가면 이 길이 / 어디인가요 / 만주땅이 여기서 / 몇 리입니까 / 칼바람에 눈보라 / 날뛰인다죠 / 싱글싱글 되놈의 / 나라이라죠 // 인제 가면 언제 오나 / 언제 옵니까 / 정든 산천 정든 벗 / 정들은 집들 / 꽃이 웃는 그 봄에 / 돌아오랴네 / 봄바람에 넋이라도 / 돌아를 오리 ///

정우휘鄭宇輝의 「떠나는 길」로 1931년 《동아일보》에 발표된 작품이다. 이 작품도 앞의 작품처럼 어린이 화자를 내세우지만 무지를 가장하지 않는다. 어린이다운 간단한 과거 희상, 앞날에 내한 불안, 희망이 골고루 표현되어 있어 당시의 현실을 잘 증언해 준 작품이라 하겠다.

지난해는 남쪽 하늘 밑

올해는 북쪽 평원 끝

이렇게 거친 광야 흘러가면서

나락을 심으고 또 갈아부쳐도

그들은 배를 주리고 양식을 잃고!

또다시 밀려가네 서쪽하늘 바라며 ―

보 ― 얗게 바라뵈는

지주들의 넓은 성城 안에는

황곡黃穀의 노적가리 산같이 보이나니

저 황곡 지어준 북국의 무리는
눈보라 불어오는 가없는 뜰에서
또다시 어느 곳으로 살길을 찾아 흘을건가.

태양도 추워 떠는 북국의 겨울 ―
모래바람 끝없이 앞을 못보나
머 ―ㄴ 곳에 주먹을 쥐인 채 걸어만 가네.

안영균安永均의 「북국北國 뜰에서」란 시다. 1932년 ≪비판≫에 발표된
작품인데, 제법 시적인 성과를 거둔 작품이다. 이국 땅에서 열심히 농
사를 지어 빼앗기곤 하는 이유민의 처절한 모습을 제대로 표현해냈다.

얼음이 풀리고, 눈이 녹아 봄바람이 불어오기에
마음은 솔곳이 고국으로 이끌렸더니

만주에도 깊숙히 위험지대인 오지奧地로 밀려 들어가는!
슬픈 소식을 실은 이민열차를 오늘도 맞아보내다.

어린 처자 늙은 부모 손목잡고 이끌며 달려온 곳이러니,
내 땅에서 살려다 못살고 남의 나라에 와 살아보랴는 마음이 슬퍼라.

감자 먹고 조밥 먹는 간도도 훨씬 지나 목단강牧丹江이 어디래요.
강냉이로 주린 배를 되놈들의 학대로 눈물이 배부르다오.

누더기 떨어진 봇짐들을 소중히 얼싸안은 흰옷 입은 이들이!
핏기 없는 누른 얼굴들을 한 차에 가득 싣고 기적은 길 ― 게 내뿜
는다!

오랫만에 내 형제를 반가이 맞았다 울며울며 보내는 마음!

눈물이 웃음 될 날이 있사이다 하늘을 우러러 빌어보다

이서해李瑞海의 「이민열차를 떠나보내며」라는 시다. 이유민이 남의 나라 땅에 가서 정착하는 것이 쉽지 않다는 것과, 얼마나 고통스럽게 살아가야 하는가에 대한 당시 현실의 한 부분을 잘 제시하고 있는 작품이다.

연기를 바람처럼 내뿜으며
기관차는 성난 짐승이다

아마 밤이 벌 ― 써 이슥해졌지
무섬을 덜 타는 애기들이
커틴도 내리지 않고 잠이 들었다

만주로 간다는 여인은
새우잠에 응당 으리으리한 살림을 꿈꾸럿디

씨 ― 트에 흩어놓은 채 잊어버림을 받은 이야기들이
귤껍질처럼 마루에 산란하다

버림받은 우리 애기들이 도란도란 잠을 못이루는데
기차는 너무 조심성없이 소란을 부리는군요

이 이야기들은 차장의 손에 슬어 모이어
오늘밤새로 어느 낯선 정차장에 하차할게다.

임춘길林春吉의 「야행열차」다. 1941년 발표된 작품으로, 이유민이 되어 열차로 떠나는 풍경을 묘사한 것이다.
이제까지 예를 든 이유민들에 관한 시들은, 국내에서 만주로 떠나는

광경을 묘사한다든지 감회를 표현한 것이었다. 그러나 다음에 소개되
는 이민들에 대한 시는 양상이 조금 다르다. 만주에 이민한 백성들이
황폐한 땅을 기름진 땅으로 경작해 놓으면, 그 경작지를 빼앗아 일본
농민을 입식시키곤 하였다. 우리 이유민들은 그래서 설상가상의 고통
을 겪어야 했다.

눈보라 사나워 야윈 볼을 깎고

빙판에 말굽이 얼어 붙는

영하 50도 한북만리寒北萬里에

유랑의 무리가 산동쿠리山東苦力처럼 흘러간다

일본서 또 무슨 개척단이 새로 입식立植한대서

고국을 모르는 백의동포들이

할아버지때 이주해서 삼십 년이나 살았다는

남만南滿 어느 따사로운 촌락을 쫓겨

북으로 북으로 흘러가는 무리란다.

밀가루떡 한조각이면 그만이고

돼지 족 한쪽만 있으면 생일잔치라는

흙에서 살아 흙을 아는 사람들이다

고국은 몰라도 한 평 농토만 있으면

내 고향이라 믿는 백성

고국을 몰라도

고향을 의지하고 사는 농민

빙판에 말굽이 얼어 붙는

영하 50도 한북만리를
몇차례 눈물을 홀치고
또 다음 고향이 바뀌려 한다.

이설주李雪舟의 「이민移民」이란 작품이다. 1947년에 발표된 작품인데, 제3세대 이민의 고통스런 현실을 증언한 시다. 이 시를 읽으면 정말 나라라는 것이 그들에게 무엇인가를 생각하지 않을 수 없다. 백성들에게 울타리가 되어주지 못하는 나라가, 진정 나라인가를 묻게 된다. 이 유민들의 이런 고통의 역사를 거울삼아야 할 것이다. 「이민」은 이런 것을 잘 깨닫게 해주는 좋은 작품이다. 이설주의 작품 한 편을 더 보자.

강남은
제비 나래 따스한 남쪽
푸른 바다 갈매기 흰돛 안고
훨 훨 떠 노는 하늘이리라

수수밭 강낭 숲에
두개골이 덤성그리는
산 마룽을 몇굽이나 넘어
산동山東 쿠리苦力 처럼 흘러 간다

강남은
이름이 좋아도 몹쓸 귀양살이
원숫 놈의 북해도이민北海道移民이 또 들어온단다

강냉이 떡 한쪼각이면 그만이고

돼지 족 한편만 있으면 생일잔치라도

흙에서 살아 흙을 아는 사람들

고국은 몰라도 한 평 농토만 있으면

내 고향이라 믿는 백성

산적山賊이 놓고 간 모닥불 꺼진 자리

노루 튀는 산비알을 타고

썩은 관棺이 띄엄 띄엄 놓인 옆을 지나

다음 차례 고향으로 바뀌는

강남으로 쫓겨 간다.

「강남으로 가는 이민」이란 시다. 앞의 「이민」하고 네 번째 연이 거의 같다. 이 작품은 「이민」을 고쳐 쓴 것이라기보다도 그것을 소재로 다시 한 번 창작하는 과정에 네 번째 연을 옮겨온 것으로 보아야 할 것이다. 어쨌든 위의 시는 「이민」과 함께 당시 이유민의 또 다른 고통의 모습을 생생하게 전해주는 훌륭한 작품이다.

이유민 생활에서 겪는 고통을 표현한 시들

일제에 의해 철저히 수탈된 고향산천, 조국강산을 서둘러 떠나왔지만 기다리는 것은 또 다른 고통이었다. 물 설고 낯 설은 곳에 당도하면서 느끼는 것은 혹시 여우굴을 피해 호랑이굴로 들어오지 않았나, 싶었을 것이다. 그래도 고국의 고향땅에는 낯익은 얼굴들, 낯익은 산과 들이나 있지, 무슨 영화를 보겠다고 수만 리 타국에 도망치듯 왔는가 싶었을 것이다. 그렇다고 되돌아 갈 수 없는 일이기에, 남의 나라 땅에서 갖은 수모를 겪으면서 삶의 터전을 마련하기 위해 분골쇄신하게 되었다. 그러나 근원을 어찌 잊겠는가. 이국에서 고향이나 고국을 그리는 절실한 심사를 누가 감히 추측이나 하겠는가.

사람이 사는 데라고 / 여기도 봄은 왔네, / 그래도 봄은 봄이라고 / 들 풀도 꽃피고, 버들도 푸르렀네. // 옛날에 여기는 / 우리네 조상이 뛰놀 던 벌판! / 이날에 여기는 / 쫓기운 아들 딸이 울고 헤매는 벌판! // 짓 밟히는 몸이 하도 서러워 / 쉴곳을 찾아 나는 예까지 왔네, / 헐벗은 이 몸에 어찌타 목숨은 남아서 / 빛다른 악마가 또한 입을 벌리네. // 거치 른 이 벌판에 누구를 믿을꼬? / 내나라 친구를 믿었더니만, / 외로운 마 음을 주었더니만, / 그 손에 죽고 쫓길 줄을 내 어이 알았을꼬? // 무지 한 이 나라 주인들에게 / 옥답을 등지고 쫓길 때도 섧더라마는, / 마음 을 주었던 동족들에게 / 초막草幕을 등지고 쫓길 때는 더욱 섧더라 나 는. // 벌판에 벌레는 풀 자라기만 고대하는데 / 우리네 떼거지는 풀 ×××× 두려워하네! / 이국의 병정은 ××× 겨누고 그 '것'을 닥는데 / 우리 네 친구는 동족을 ××× ×××닥네! // 이럴 줄을 알았더라면 / 차라리 오 지ㅏ 말걸! / 이 땅이 이런 술을 미리나 알았더라면 / 차라리 옛나라 품 속에서 싸워 죽을걸! // 떼거지 지나가는 벌판에 바람아 불지마라, / 설 운 가슴에 눈물만 더욱 솟네! / 내친 걸음이니 아니가면 무엇하리, / 북 으로 북으로 가다나 보려네! / 이국의 처녀들아! 달래를 캐면 달래나 캐 지, / 애타는 봄날에 너까지 흥얼거려서低唱 / 유랑의 신세에 가뜩이나 쓰린 가슴을 / 이다지도 섧게 아프게 하는고? ///

박우천朴宇天의 「이국의 봄」이다. 타국에 살려니 설움이 한둘일 것인 가. 본토박이로부터 겪는 설움은 물론, 동족끼리 분란이 적지 않을 것 이다. '차라리 옛나라 품속에서 싸워 죽을걸!'이란 회한이 당연히 생길 것이다. 위 작품은 이민의 신세가 얼마나 고통스러웠는지를 한 편의 시로 잘 형상화시켜 주고 있다.

이번에는 좀 독특한 시를 보자. 정영수鄭榮水의 「만주의 형님 누이」라는 작품으로 '무순撫順서 유정유곽柳町遊廓을 걸어 다시 아편굴을 지나면서'라는 글이 덧붙여져 있다.

어머님이시여 / 나는 어머님을 뵈오려고 / 몇천리인지 몇만리인지 / 물 건너고 산넘어서 / 쓸쓸한 이땅을 찾아왔나이다. / 어머님 계신 곳은 찾을 길이 없사온대 / 형님이란 그이는 '아편'에 인이 몰려 / 이 아우를 만났건만 / 모르는 체 하고 / 고개를 숙이고 피하여 가옵듸다. // 그래도 반가움에 못이기어 / 아우성 치며 / 형님 형님 부르며 쫓아가 보나 / 그만 중독자 틈에 휩쓸려 / 자취를 감췄사오니 / 낯설은 이따에서 / 어델 가야 찾아 보오리까. // 이왕에 형님은 놓쳐버렸거니 / 누이나 찾아보고저 / 먼지 나는 큰길을 지나 좁은 골목 휘어드니 / 이층의 벽돌집 문간에서 / 옷이라면 일본 옷! / 말이라면 이랏샤이 / 그를 자세히 보니 / 틀림없는 오 ─ 내 누이 / 그러나 누이도 / 나를 보고 오빠야 하는 말 한마디 없이 / 이층으로 뛰어올라가서 / 다시는 그림자도 아니뵈오니 / 형님 누가 이다지도 야속하오리까! // 황혼의 이국 거리에 / 날은 어두워가니 / 어데로 가야 하오리까! ///

이민이 되어 타국에 정착했지만 형님과 누이를 찾으니 모두 타락한 생활을 하고 있다는 이야기다. 나라가 울타리가 되어주지 못했기에 백성들이 자칫 이렇게 전락해 버리는 것이 예사로운 일이었다. 농경지를 개간하는 힘든 일을 배겨내지 못한 이민들은 결국 이렇게 타락한 생활을 할 수밖에 없었다는 증언을 해주는 작품이다.

최수복崔守福의 「내 신세」는 민요가락에 맞추어 불렀을, 노래형식으로 되어 있다.

1

젖꿀이 흐르는 내땅버리고 / 남의집 종살이 웬말이런가 /
해마다 봄오면 고향간다고 / 십여년 벌러도 갈길이 아득 /
(후렴) 울어라 울려라 애닯은 소리 / 산넘고 바다건너 땅끝까지에 //

2

내어려 올적에 열또일곱살 / 지금은 반남아 설흔 또 아홉
온몸에 살이란 모두떨어져 / 이제는 뼛마디 해게되었네
―후렴―

3

나물하는 저처녀 내얼굴보고 / 고개돌려 삣죽 웃기만하고 /
집 지키던 삽쌀개 주인보고서 / 덤벼들어 콩콩 짖기만하네 /
―후렴―

4

병든 어머니의 신음소리와 / 굶주린 아이의 아우성소리 /
두소리 합하여 뒤끓는판에 / 아내간장 다 녹아나네 /
―후렴―

5

4국四國의 총소리 끊이지 않아 / 그틈에 내생명 풍전의 등화 /
이몸이 어찌해 죽는다한들 / 그어느 서러워 눈물흘리리 /
―후렴―

6

내죽어 남의땅 왜 묻히랴 / 내땅에 묻혀서 거름되랴네 /
동무여 신들메 예비하여라 / 그리운 고향에 어서들가세 /
―후렴―

이국 땅에서 고향·고국 땅을 그리워하는 노래다. 고통이 심할수록 고향 생각은 더욱 절절해지는 법이기에 신세타령이 될 수밖에 없었을 것이다.

하심何心이란 필명의 「고국몽故國夢」 역시 고향 생각을 절실히 표현한 작품이다. '15년 전 이향離鄕했던 어떤 친구의 편지 받고서'라는 부제가 달린 것으로 연시조 형태로 된 작품이다.

신농神農적 백성이냐 요순적 백성이냐
촌철寸鐵을 못지닌 배달의 백성이라
간데족족 씨뿌리어 추수동장秋收冬藏 일삼는다.

풍편風便에 들리는 말 만주벌이 넓다고서
가자가자 너도 가자 옥야沃野 찾아 너도 가자
땅 잃고 굶는 무리의 생문방生門方이 거기란다.

정든 고향 떠날 때에 시집간 딸 보고 싶고
김매던 그 전토田土와 빨래하던 시냇물이
가지 말라 하는 듯해 애연哀然한 뜻 못참아라.

언덕에 내친 걸음 멈추기도 어려워라
낯선 호지胡地 찾아드니 개조차 무섭더라
배달할멈 날 데려가소 외쳐봐도 소용없다.

십년이란 그 세월도 가기는 잠깐이라
그러나 그때 양자樣子 못지님이 설어워라
고향에 내 동갑들 이다지야 늙었으랴!

도원몽桃源夢 찾던 백성 총소리 무서워라

봇짐 싸서 회정回程차니 찾아갈 곳 어데인고
고국의 옛집터엔 옥수수가 찼으리라.

분수령 올라서서 다시금 생각하니
공수래 공수거는 날 두고 일렀던가
십년간 피땀값이 호룩한 빈 봇짐이라.

1933년 ≪농민≫에 발표된 시다. 완연한 연시조이지만 고시조의 틀에서 조금 자유로워진 모습이다. 이국 땅에서 겪는 고통과 고향에 대한 그리움을 간결하고 경쾌하게 표현한다. '십년간 피땀값이 호룩한 빈 봇짐이라'에서 표현의 절정을 본다.

조인섭趙寅燮의 「국경의 가을밤」은 애절한 향수를 잘 표현해 낸 작품이다.

푸른 물결에 찬빛이 스며 흐르고
언덕에 매인 수낡은 배 속에는
고향 꿈길이 아득한 듯 등불만이 조으는데
어디서 들려오는 호궁胡弓소리 이다지도
이다지도 맘 앞히는고.

울면서 키는 호궁인가 슬퍼 사무치고
키면서 우는 호궁인가 가슴 저리는데
어버이나 지어미 떠난 사람인가
누구 멀리 보내인 말씨인고.

갈대잎에 기러기 머무를 때 아직도 아니거늘
나만이 타관他關에 수자리 살던 젊은이의 심정 같은가

천만년 길게 흐르는 강물을 붙안고
국경의 가을밤은 슬픈 속에 깊어가네.

이곳은 푸로페라소리도 하루 두 번 들린다거늘
안오는 소식 애타게 기다리는 울음이리오
하소도 못할 심정이 호궁만 울리는가
누구의 키는 호궁인고 듣는 나이로다.

욕작가서欲作家書 의만중意萬重은
낙양에 길손된 옛사람의 노래러니
갈았던 칼 녹슬었거든 파리목이라도 자를 것이어늘
글쎄 깊어가는 가을밤에 호궁은 왜 울리는가
한많은 지아비의 울음만 터치우네.

국경지대에 살고 있으면서 고향에 돌아가지 못하는 안타까운 심사를 잘 표현하였다. 가뜩이나 향수에 시달리는데 호궁 연주 소리에 가슴에 쌓여 있는 한이 눈물로 터지는 정경을 표현하는 데서, 당시 이민들의 애처로운 삶을 충분히 짐작하게 해주는 시다.

이설주는 앞의 「이민」에서 이민을 결행하는 사람들의 모습을 절절하게 시로 표현했는데, 이민으로 정착해서 겪는 고통을 표현한 시를 쓰기도 했다. 1947년과 1951년에 각각 발표한 「이앙移秧」과 「이주애移住哀」가 그것이다.

만주살이가 좋다 해서 고향도 버리고
할아버지를 따라 온 먼 어린날의 압록강
눈물로 새운 날이 많았드라오

북풍한설 찬 바람에 몰려다니며

불쌍한 동생들 둘이나 없애 버리고

3년 전에 또 쫓겨 이곳에 왔다 하네

아주까리 기름머리 곱게 빗어 내리고

열세베 흰저고리 폭치마 꽂아매고

섬섬옥수 제비같이 모 심는 저 솜씨야

이 논꼬 저 논꼬에 물이 고이어

올해는 제발덕분 풍년이 듭소

스무 해나 못가본 고향엘 가리

「이앙移秧」이다. 모내기를 하면서 제발 풍년이 들기를 기원한다. 풍년이 들어야 이민 온 이후로 한 번도 가보지 못한 고향을 가보겠다는 열망에서다. 이민 와서 동생을 둘이나 잃었으니, 그 고심참담함이 얼마나 컸을까를 추측케 해주는 시다.

어느 누가 기다린다고 / 고향도 버리고 찾아온 만주 / 참새 입알만한 네 / 죄그만 창자를 못채워준담 // 묘망渺茫한 들이 한없이 뻗어 있어도 / 네 몸 하나를 쥐어 줄 곳 없어 / 내 팔뚝이 거센 파도처럼 억세건만 / 떠나는 너를 잡을 길이 없었구나 // 순이야 / 너는 새 땅을 찾아 아비와 어미를 따라 / 또 멀리 북지北支로 가버렸나 // 바람도 자고 별도 조을고 / 참새 보금자리에 꿈이 깊었는데 / 폐선廢船의 만가輓歌가 저류底流하는 방 안이여 / 내 마음 기름 같은 고독을 안고 / 이 밤 만리장성을 넘고 백하白河를 건너 / 운연雲煙이 막막漠漠한 북녘 하늘로 향했도다 // 독사같은 서기瑞氣가 굽이치는 탁류에 / 노櫓 잃은 순이야 / 만수산 변두리에 행여 고량高粱을 심었거든 / 가을 바람에 네 기쁜 노래나 부쳐다오 ///

「이주애移住哀」란 시다. 사랑하는 사이일 것이다. 한 번 이주한 곳에 계속 눌러 살 수 없는 데서 오는 설움이 더 큰 것이다. 경지를 개척해 놓으면 빼앗기고 또 이주하는 일을 거듭하다 보니, 같이 이주했던 사람들끼리도 함께 살지 못하는 아픔이 계속되는 것이다. 그런 아픔을 잘 표현해 낸 작품이다.

도시 노동자의 비천한 삶 속에서 터져 나온 노래들

일제하에서 절대다수의 백성들이 농사일에 종사하였지만 대부분은 소작인이었다. 그러나 소작마저도 쉽지 않았다. 일제와 지주들의 횡포로 소작마저 떼인 백성들은 이유민이 되어 이국으로 흘러가기도 했으며, 일부는 도시에서 비천한 노동자로 삶을 꾸려갈 수밖에 없었다. 일제기에 한참 세워졌던 방직공장이나 비료공장은 주로 소녀들의 노동력에 의존하게 되었다. 이들에게서 터져 나오는 삶의 노래는 시종 절망스런 노래일 수밖에 없었다.

새벽마다 고동소리 / 뛰 — 나면은 / 우리 누나 일어나서 / 찬밥 먹고서 / 고치 캐는 공장으로 / 울며 가지요 // 왼종일을 공장에서 / 일을 하건만 / 누나 나이 어리다고 / 인색하게도 / 품삯은 겨우겨우 / 십전 주지요 // 해가 져서 컴컴한 / 저녁이 되면 / 하늘에 뜬 별들을 동무 삼아서 / 십리나 먼 길을 / 걸어오지요 ///

김낙환金樂煥의 「공장누나」란 시다. 동시童詩적이지만 당시의 현실 한 부분을 성실히 표현하려 했다. 비슷한 내용의 시로 손길상孫桔湘의 「동요 '언니의 노래」가 있다.

뛰 — 뛰 공장에 고동소리가 / 아침해도 돋기 전 들려서 오면 / 나는 혼자 공장에 달려갑니다 // 저녁때에 시계가 일곱시 치면 / 온종일 공장에 일을 하고서 / 동무들과 모여서 집에 옵니다 // 일년동안 이렇게 공장안에서 / 하룻날을 안쉬고 일을 하여도 / 배부르게 한번도 못먹어 봤네 // 공장감독 오늘도 나가라 하데 / 우리보다 값싸게 주어서라도 / 일 시킬 일꾼들 많이 있다고. ///

위 작품들은 둘 다 1930년에 발표된 것인데, 비록 동시처럼 가볍게 읽히지만 당시 노동력 착취와 공장 측의 횡포 따위를 능히 추측해 낼 수 있는 작품들인 것이다. 함효영咸孝英의 「여직공의 죽음」은 당시 노동력 착취가 심각했다는 것을 깨닫게 해준다.

따스한 봄볕이 멀리 서산으로 넘어간 뒤
붉은 놀만이 잿빛어린 산허리를 어루만지는 황혼에
그대는 아까운 젊은 몸을 물 위에 던지고 말았구나
굽이굽이 흐르는 한강물 위에

가난한 젊은 누이어
엊그제 레 ― 르 위에 몸을 끊은 그 두 여성의
하얀 손이 그대를 부른다 해도
그렇지 않으면 그들의 죽음이 세상을 뒤흔들었다 해도
그대는 결코 죽음을 선택하지 않았을 것을……

왜 그대는 한 자의 유서도
한 마디의 부탁도 없이
그만 세상을 뜨고 말았는가

오! 그리운 조선의 가난한 누이여
내 지금 가슴이 미어져
그대의 죽은 원인을 묻지를 못하겠다

그러나 나는 안다

몸이 아프다고 공장을 나와 그길로

죽음을 밟아간 그대의 신세를 그대의 마음을……

새벽부터 밤까지 피땀을 흘리어도 단돈 삼십전 ―

그것 가지고는 늙은 부모와 어린 동생의 주린 배를 채울 수 없더냐

이렇게 빈곤과 싸우다

싸우다 못해 그만 물 속에 네 몸을 장사지냈고나

삶을 감당하다 감당하다 못해 자결한 소녀를 애도하는 시다. 이른
바 잉여인간, 생산성이 없는 늙은 부모와 어린 동생의 생계를 책임져
야 할 판국에 몸이 아프니, 그보다 절망스런 경우가 없었을 것이다. 이
런 경우가 일제하에 비일비재 했을 터인데, 그 한 예를 제시해 당대 현
실을 증언하고 있다.

일제하 공장에서 여공들이 얼마나 착취되었는가에 대한 구체적인
예를 보여주는 시가 있다. 이동李棟의 「어느 여공女工의 노래」가 그것이다.
'20분간의 5월'이라는 부제가 달려 있는데 하루 휴식시간이 20분이란
의미다.

"아버지 진지 자셔요" 하면

아버지는 도끼를 땅에 놓으시고 말없이 진지를 잡수시는데……

아! 나의 아버지는 위대하였어요

아버지의 오른편 이마에는 칡넝쿨 같은 힘줄이 굽이쳐 있었어요

밥그릇을 가지고 산을 내려오면서 뒤를 돌아다보면

아버지는 골짜기 바위 밑에 엎드려 물을 마시고 계셨어요

어린 마음에도 가슴이 결리던

5월은

지나간 지 7년 ―

지금도 고향의 하늘 아래서

굶주리는 아버지의 늙고 거츠른 손을

7년째 5월을 모르는 열일곱의 딸 굳세인 여공은 받들어 절합니다

5월을 즐기라고요?

하루에 오전에 10분 오후에 10분의 5월을 즐기라고요?

그런 말씀은 하지를 말아 주십시요

즐기는 것은 그만두고 그 포근한 하늘도 한번 못봅니다

햇빛조차 들어오지 않는 유리창 속에서

쉴사이 없이 돌아가는 기계 또 기계……

우리는 기계와 한가지 돌아가는 직공입니다

20분간의 5월이야요

오전 오후 단지 20분간의 5월이야요

작품의 후반부만 인용한 것이다. 오전 10분 오후 10분 동안의 봄을 즐기라는 알량한 명분 속에 숨어있는 노동력 착취 실상이 잘 표현되어 있는 시다.

일제하에서 비참한 삶을 산 사람들을 어디 헤아릴 수 있겠는가. 위에서 제시한 시들은 다만 그 고통을 표현한 것 중에서도 극히 일부분에 속하는 작품이다. 하지만 하나를 미루어 열을 안다고, 위의 몇 작품을 통해 당시 우리 백성들의 비참한 현실과 일제의 노동력 착취에 대하여 웬만큼 짐작을 할 수 있을 것이다.

피폐한 고향·고국에 대한 안타까움을 표현한 시들

고향 자랑은 아무리 해도 흉이 되지 않는다고 했다. 누구에게나 고향은 더없이 좋은 곳이다. 타관에 떠돌며 찌든 몸을 반겨 맞아주고 생기를 주는 곳은 고향밖에 없으며, 자기의 존재감을 가장 강하게 느끼는 곳도 고향이다. 오죽하면 '내 땅 까마귀는 검어도 반갑다'라고 했을까.

그런 고향이건만 일제에게 나라를 빼앗기면서 고향도 빼앗기게 된 것이다. 일제의 간교한 술책으로 소작마저 붙여먹을 수 없는 사람들은 이유민이 되어 고향을 떠났다. 마지못해 남아있는 사람들도 근근생계하는 터라 고향이 점차 피폐할 수밖에 없었던 것이다. 퇴락되어 가는 고향에 대한 안타까움에, 비록 비전문시인일망정 감회를 표현하지 않고는 못 배길 지경이었다.

우선 고국에 대한 감회를 표현한 박로아朴露兒의 시 「남대문」을 보자.

열고 닫는 문소리 자물쇠소리 / 문 지키는 병사는 어데로 갔나 / 나귀 타고 천릿길 과거 보던 손 / 오면가면 못잊어 들쳐보던 문 // 생각하면 스무해 흘러간 세월 / 옷빛 다른 백성들 몰려왔거만 / 막을 재주 없을새 낸들 어쩌리 / 말 못하는 설움은 모두 같은걸 // 쪽박 차고 북간도 떠나는 길에 / 서울이라 옛생각 네 얼굴 보고 / 눈물지며 돌아선 이 나라 백성 / 소식조차 이제는 알 길 없구나 // 애처럽다 초생달 네 허리 안고 / 가면가면 속삭인 설운 이야기 / 내일 하루 꿈꾸며 잠든 거지들 / 불빛 없는 남대문 지키고 있네 ///

적막한 고국의 풍경을 표현한 시로, 1930년 《별건곤》에 발표된 것이다. 정형시 형태로 되어있지만 시상의 전개나 수사법이 상당히 세련되어 있다.

퇴락한 고향에 관한 작품을 보자.

따뜻한 봄 따라 올해도 또 / 그리운 이 마을 찾아왔건만 / 내 동무 수동이 살던 그 집은 / 쓸쓸한 비인 집 되어버렸네 // 내 동무 수동이 어딜 갔는가 / 올해에 만나잔 약속 어기고 / 물어보랴 옆집조차 외로운 빈 집 / 이 마을 왜 이리 쓸쓸도 한가 // 옳지 옳지 쩍 ─ 쩍 이 마을엔 / 올해에 무서운 흉년 들었지 / 수동이집 옆집도 먹을 것 없어 / 정처 없이 딴데로 떠나간게지 ///

손길상의 「제비의 노래」다. 오죽하면 고향을 떠났겠는가. 다소간 치기가 있는 시지만 당시 현실의 한 부분을 잘 증언해 준다.

신옥의 「토막土幕을 허무는 마음」은 더욱 절절한 심사가 표현된다.

하늘하늘 봄바람엔 벚꽃만 피고지고
우유人빛 하늘엔 태양의 여신이 춤만 추는데
나는 힐일없이 나의 한간집 토막을 허무노라.

공장에서 주워온 녹슬은 함석과
뒷산에서 얻어온 이끼돋은 푸른 돌 몇개에
건넌집 영감이 준 불탄 기둥 넷으로
점심을 굶어가며
늙은 어머니 사랑하는 아내 나어린 딸
모두모두 피흘려 지은 이 알뜰한 집을
짝 잃은 까마귀 까욱까욱 서산에 날 제
오늘도 이 하루 모순된 세상을 저주하며
녹슬은 구리독을 힘있게 들어 이 집을 허무노라네.

늙은 어머니 사랑하는 아내 철모르는 어린 딸

그래도 그래도 제 보금자리 떠나기 싫어

쓰러진 토막의 폐허 위에 눈물만 흘리나니

아! 무너질 듯 비인 가슴에는

저녁의 찬바람만 쌀쌀하고나

서천에 해는 지고 창공엔 별조차 없는

이 아득한 밤에 가기는 어데를 가노

토막조차 헐어버린 이 신세에.

1932년 ≪동광≫지에 발표한 시다. 토막을 헐어버리는 이유가 제시되어 있지 않지만, 시대적 분위기나 백성들의 아픔은 충분히 유추해 낼 수 있는 작품이다.

이서해李瑞海의 「토막의 달밤」은 당시의 사람들이 얼마나 구차하게 살았나를 보여주는 작품이다.

황량한 산허리 토막이 엎드린 곳

흙속에 사는 사람들

어느 송장의 굴총窟塚인지도 모르는 토굴

그들은 송장같이 흙속에 묻힌다.

무덤같은 토막 어둑한 흙속

거기에도 피끓는 생명이

허위를 모르는 진실한 삶을

찬땅에 깊이깊이 파고드느니

어둑한 속에 등잔불이 하늑이며

그것도 삶이라고

거기에도 낙이 있는 듯

웃음과 이야기소리 들려온다.

달도 훨 — 씬 솟아올라

토막을 쓸쓸히 비추어보다

찬흙 속에서나마 안식을 찾고 꿈을 꾸는

그들의 희열을 신음을 누가 알리

무언無言 속에 굽어보는 저 달은

달빛을 못보는 그들을 아득히 안고

오늘밤도 이야기를 시작하였다.

저 — 인간의 삶에 대한 강의를

발아래 굽어보니 드러눈 무덤이요

고개드니 산아래 토막이 웅게웅게

지상에서 지하로 생生에서 사死로 추방되는 이

허무를 느끼는 토막의 달밤이여!

근근생계마저 힘든 판국에 의衣와 주住 생활은 오죽하였으랴. 그저 몸의 피나 식지 않게 희망 없는 희망을 가져보는 것이 최고의 위안이었을 것을. 「토막의 달밤」처럼 주거住居생활에 대한 시는 드물어 독특한 느낌을 준다.

뜰앞마다 감자 포기 멍석 펼 데 안 남기고

논스귀 밭귀엔 쉴 터마저 파 심었네

조그만 편편한 데는 소 맬 데도 없어라.

알뜰히 심은 양 보고 싶어서 가꾼 양 보니

그네 굶다 함을 믿을 줄 있으랴만

누렇고 부은 얼굴이 어이 그리 많은고.

이탁李鐸의 「귀향소감」이란 작품으로 1932년에 발표되었다. 시조로, 당시 우리 백성들의 궁핍한 모습을 보여준다. 아무리 심고 가꾸면 무엇을 할 것인가. 일제에 수탈되고 지주에게 빼앗기고……. 부지런히 일을 한다마는 못 먹어서 '누렇고 부은 얼굴이 어이 그리 많은고'란 탄식이 나올 수밖에 없는 것이었다.

최필봉崔筆鳳의 「고향」은 우리 백성들의 고통스런 삶의 현장을 종합적으로, 아주 절절히 표현해냈다.

날씨 흐린 저녁때 같이 스산스러운

먼 내 고향은 여름 햇볕에 시든

호박 잎사귀같이 시들고,

초가草家는 임자 없는 빈 집같이

오늘도 머리에 떠오르오.

몇해나 이엉을 잇지 못해

지붕은 흙이 뵈고

파릇파릇 풀뭉치 솟아 자랄게다

수숫대 바자도 하지 못한 집은 수가 늘고

애들은 헌 누더기를 몸에 걸치고

끼니 걱정에 밤잠을 이루지 못할 어버이들

애들은 눈을 뜨면 쌀밥이 먹고 싶어

맥없는 울음을 종일 울겠구나

어둠컴컴한 방구석은 흙내음새 샘솟고

흙을 믿고 사는 농민들은 올해나 운運이 들까

버버리 하늘에 마음으로 속말을 하소하리.

의식주 생활이 모두 극도로 궁핍함을 잘 드러냈다. '가난 구제는 나라도 못 한다'고 하더라도, 울타리조차 되어주지 못하는 나라인데 어디 하소연할 곳이 있는가. 단지 버버리 하늘(버비리는 벙어리의 사투리)에 말 없는 하소연을 할 뿐인 것이다.

조세림趙世林의 「고향」도 위 작품과 같은 의도로 쓰였다.

불미ㅅ골 골 안에 뻐꾸기 애끓게 울어
앞개울 버들가지 무료한 하루 해도 깊었다

허기진 어린애들 양지 쪽에 누워 하늘만 보거니
휘늘어진 버들가지 물오름도 부질없어라

땅에 붙은 보리싹 자라기도 전 단지밑 긁는 살림살이
풀뿌리 나무껍질을 젖줄삼아 부황난 얼굴들이여

옆집 복순이는 칠백 냥에 몸을 팔아 분넘친 자동차를 타더니
아랫마을 장손長孫네는 머나먼 북쪽길 서글픈 쪽박이를 차고

어제는 개똥할머니 굶어죽은 송장이 사람을 울리더니
오늘은 마름집 곳간에 도적이 들었다는 소문이 돈다

1937년 ≪조선문학≫에 발표된 작품이다. 먹지 못해 모두가 부황이 났는데 생기는 일마다 흉흉한 것들이다. 마을이 이래저래 퇴락되어 가는 모습을 그려냈다. '고향故鄕'이 아니라 '고향枯鄕'이 되어가는 과정을 표현한 시다.

윤명의尹命儀의 「내 고향은 슬픈 내력을 가졌다」란 시는, 고향에 대해 느낄 수밖에 없는 서글픈 심사를 표현하려 했다.

읍내에서 돌아오면 먼 ― 길 / 아마 시오리 굽이도는 산허리 마을엔 / 별처럼 등불이 걸려 / 동구 앞 고개에 올라서도 / 어둠속에 파묻혀버린 / 내 고향은 / 불러보아도 대답이 없다 / 늙은 아버지의 기침소리와 / 슬픈 어머니의 울음소리를 / 싣고 오는 것처럼 속도 없는 가을바람이 / 갈아앉은 가슴에다 심사를 놓는다 / 조약돌을 개울물에 던져보아도 / 서울로 달리는 밤차가 소리를 지울 뿐 / 토하는 불연기가 밤하늘에 시뻘겋게 타오른다 / 꺾어진 갈대잎이 물결 위에 흘러가고 / 언제나 얽어 놓은 꿈은 보람이 없이 묻혀져 / 아무 아낄 것도 남기지 않는다 / 참으로 무엇을 아낄 것인가 / 한여름 한여름 두 팔뚝에 힘이 솟아오르고 / 이렇게 내 나이가 늘어와서 / 동구 앞 고개에 올라서면 / 내 가슴에 와서 덥석 안기던 내 고향은 / 인제는 모두 흘러간 세월에다 / 던져버린 고향인 것을 / 초라한 내 고향은 제대로 슬픈 내력을 가졌기에 / 참나무 떡갈나무 그늘이 우거진 뒷동산 / 달 없는 밤에는 부엉이도 구성지게 울어서 / 얼굴이 통통한 순이의 꿈을 꾸기 시작한 것도 / 그때의 일이다 / 그러한 시절의 밤마다 / 따뜻한 봄날씨 뻐꾸기 우는 소리는 / 진종일을 두고 두고 / 뱀딸기 새까맣게 익을 때까지 들려오지만 / 동이 트면 잠을 깬 종달새들이 / 푸른 보리밭에서 새벽 하늘로 날아간 뒤 / 진홍으로 물들인 동쪽 하늘에 솟는 / 크고 둥글은 아침해도 나는 저버렸으리라 / 무엇을 기다리고 / 기다릴 것은 무엇인가 / 오늘도 오포午砲보다 더 큰 무서운 / 남포소리가 동구 앞 고개를 허물고 / 저녁해가 피 입은 바닷물로 떨어질 때 / 순이는 순이대로 떠나가고 / 이 남포소리 어디서 들을 수 있을 것인가 / 내 고향은 내 고향대로 슬픈 내력을 가졌다 ///

1939년에 발표된 작품이다. 내 고향이 가진 그 슬픈 내력이란 무엇인가 묻지 않아도 능히 추측해 낼 수 있을 것이다. 일제의 수탈에 못 이기어 고향 사람들은 떠나가고 적막한 곳에 신작로나 철도를 닦기 위한 남포소리가 터져 나오는 몹쓸 고향이 돼버린 것이다. 불러보아도 대답이 없고, 내 가슴에 덥석 안기던 고향은 더 이상 있지 않는 것이다. 위 시는 당시 현실로 야기된 애틋한 마음을 훌륭하게 표현해 냈다. 감정을 잘 절제하여 읽는 이의 가슴을 뭉클하게 한다.

피폐한 고향에 대한 시는 다른 어느 시들보다 애틋하게 표현되어 있다. 고향에 대한 기대는 누구나 큰 법인지라 일제에 의해 퇴락된 고향에서 느끼는 허탈감, 또는 배신감은 그만큼 충격적이기 때문이리라.

노래로 증언하는 세태

시보다는 노래가 현실적 효용성이 높다. 무엇보다 흥이 있어서 좋고, 글을 모르는 사람도 얼마든지 즐길 수 있다. 또한 노래가사를 새롭게 만들어 부를 수 있으며 집단적으로 즐길 수도 있다. 노래가 갖게 되는 강한 전파력은 현실의식을 강화시키며 응집력을 높이기도 한다. 여하튼 노래는 시보다 사회적 공유성이 높아 세태를 반영하는 좋은 수단이 된다. 어느 시대든지 민요를 보게 되면 당대의 세태를 가장 쉽게 알 수 있다.

1929년에 ≪조선농민≫에 발표된 허삼봉許三峰의 「신아리랑」부터 보자.

아리랑 아리랑 아라리요 / 아리랑 고개로 도망을 한다 / 매끈매끈 먹기 좋은 살올벼쌀[芒草稻]은 / 호미胡米조 바람에 도망을 한다 (滿州粟) / 아무렴 그렇지 그렇고 말고 / 이밥 먹기 좋은 줄 누가 모르나 // 아리랑 아리랑 아라리요 / 아리랑 고개로 도망을 한다 / 물 길으면 신기 좋은 메투리 짚신 / 고무신 바람에 도망을 한다 / 아무렴 그렇지 그렇고 말고 / 신장수 김첨지는 밥 굶어 죽었오 // 아리랑 아리랑 아라리요 / 아리랑 고개로 도망을 한다 / 삼대째 내려오는 놋그릇대통 / 양권련 바람에 도망을 한다 / 아무렴 그렇지 그렇고 말고 / 양권련 연기에 집 날아난다

// 아리랑 아리랑 아라리요 / 아리랑 고개로 도망을 한다 / 김 잘매고 베 잘짜던 맏며느리는 / 양갈보 바람에 도망을 한다 / 아무렴 그렇지 그렇고 말고 / 정강치마 수통다리 꼴 못보겠다 // 아리랑 아리랑 아라리요 / 아리랑 고개로 도망을 한다 / 목숨줄기 부쳤던 올벼지기는 / 신작로 바람에 도망을 한다 / 아무렴 그렇지 그렇고 말고 / 자동차 먼지에 눈못뜨겠다 ///

당시의 세태를 재미있게 표현하고 있을 뿐만 아니라, 세태 비판의 의도가 기막히게 잘 시려 있다. 아리랑을 개사改詞하는 이유는 그것이 가장 애송되고 있는 노래이기 때문이다. 즉 노래 전파력이 가장 강하기 때문인 것이다.

봄과 여름 지나가고 가을이 되면
고생하던 남어지가 뜰앞에 가득
아버지와 어머니는 입을 벌려 좋아하고
사랑하는 아내와 자식 날뛰어 논다

남은 곡식 탈탈 떨어 한데 모으니
두말 닷되 그속에서 두되가 부족
흘린 땀을 모아노면 백석百石이나 남으련마는
두말 서되 된단 말이 이웬말인가

두말 서되 아끼고자 독안에 두니
무정하다 빚쟁이가 문앞에 선다
너는 굶어 죽더라도 내게 무슨 관계있나
잔말 말고 어서 내라 가져간다

이형진李亨珍의 「민요' 추수의 남어지」란 작품이다. 근근생계조차 어려웠던 소작인들의 생활고生活苦를 잘 표현한 가사歌詞다.

명색 좋아 가을을 팔았더니만 / 진즉 가을 오고 보니 원수로구나 / 피땀 맺혀 열매 된 알곡거두니 / 이주사는 도지라 볏섬 껴가고 / 김첨지는 빚값이라 딱지붙이네 // 삼동이라 긴 철에 어린 처자는 / 굶어서 과동過冬하랴 야속도 하지 / 오월에 조신곡竈神哭을 한다더니만 / 엄동에 조신곡도 우린 힘드네 // 세상에 어떤 양반 팔자도 좋아 / 서울 가세 구경 가세 잘도 살건만 / 이놈의 신세란 기구도 하지 / 날이 못게 파고 파도 죽 쑬 것 없네 // 세상놈들 살림살이 팔자라 하니 / 농부놈의 팔자란 한 본에 쳤나 / 알뜰히 살아보자 길 쓰다 못해 / 김군 따라 간도間島나 가볼깠더니 / 거기도 우리는 못갈 데라고 / 쫓겨온 길손은 한숨만 쉬네 // 노역勞役에 지친 몸 이끌고 드니 / 이 저녁도 양식 없어 걸치기라네 / 언제나 세월 좋아 이 주제 면코 / 피일망정 팔 아프게 먹어나 볼싸 ///

석영해의 「농부의 노래」다. 역시 농민들의 생활고를 표현한 시다. '피일망정 팔 아프게 먹어나 볼까' 하는 구절에서 그 절정을 본다.

임현극林玄極은 노랫말을 많이 지었다. 「시골 아낙네의 노래」, 「민요' 머슴의 노래」, 「민요' 일꾼의 노래」들이 있다. 「민요' 머슴의 노래」를 보자.

사십 총각 내 팔자도 팔자려니와 / 눈물 한숨 삼천리는 무슨 팔자며 / 채밟히는 흰옷 무린 무슨 팔잔가 / 긴긴 세월 우는 신세 웬 팔자런가 // 몇천해를 거듭토록 바로 못서고 / 거꾸로만 박힌 세상 무슨 팔자며 / 대대손손 두고두고 벗고 주리는 / 짓밟히는 무리 우린 웬 팔자런가 //

사십 총각 머슴 십년 이 내 생전에 / 본 꼴 뭔 꼴 뼈도 저린 한숨서린 꼴 / 없는 사람 밤낮없이 우는 꼴들만 / 굶는 무리 분한 사람 떠가는 꼴만 // 새벽 뜨는 붉은 해도 눈물어린 해 / 저녁 돋는 뭇별떼도 한숨서린 별 / 눈물천지 웬일이냐 주먹 뭉치네 / 먼산 나무 갈 때마다 땅을 땅치네 // 후유 한숨 날마다 노래부르네 / 한마디 부르고는 눈물을 씻고 / 두마디 부르고는 한숨을 걷네 / 노래가 한숨인지 한숨노랜지 // 울기만 함 뭘하랴 웃어나 볼까 / 웃은들 시원하랴 주먹만 떠네 / 땅 씻을 비바람아 세상의 봄아 / 어서 오라 머슴아 참머슴 되게 ///

1930년 ≪농민≫에 발표된 것이다. 개인의 팔자타령에 그치지 않고, '눈물 한숨 삼천리는 무슨 팔자며 / 채밟히는 흰옷 무린 무슨 팔잔가'라고 하여 우리나라, 우리 백성의 처절한 현실을 한탄한 노랫말이다.

늘샘이라는 필명으로 발표한 「농부가 ― 자진 농부가조」도 마찬가지다.

얼화 농부여! / 얼화 농부 말 듣소! (前唱) / 뎬새 놉새다 물어와두 / 신마파람만 불지 말아라 / 어여 여으여루 상사뒤야 // ― (이하 전창前唱 생략) / 풍년 풍년 말도 말아라 / 지난 해 흉년이 차라리 나았네 / 어여 여으여루 상사뒤야 // 양두 도조를 다 내어 먹어두 / 풀糊 쌀 한 홉도 처질 새 없구나 / 어여 여으여루 상사뒤야 // 나락 값 품삯은 다 떨어졌는데 / 담배값 술값은 제대로 있나 / 어여 여으여루 상사뒤야 // 일 년 열두 달 뼈빠진 농사가 / 한 끼 죽거리도 못된단 말인가 / 어여 여으여루 상사뒤야 // 송장도 일어나 일해야 할 판에 / 신작로 부역이 어데서 난 말가 / 어여 여으여루 상사뒤야 // 젖 없는 쌍동이 잔병도 많고 / 호불애비 농사에 걱정도 많구나 / 어여 여으여루 상사뒤야 ///

농부가를 개사改詞한 것이다. '송장도 일어나 일해야 할 판에 / 신작로 부역이 어데서 난 말가' 라는 구절이 말하듯, 일제의 식민지정책에 강제로 동원되었던 당시 사정을 알도록 해준다.

자일로刺一路라는 필명으로 발표한 「동요' 신작로」는 무지無知를 가장假裝하며 정곡을 찌르는 부분이 있다.

우리골에 신작로를
다시 넓게 내는데요
논도 밭도 집들까지
모두 쓸려 들어가요
안그래도 궁한 살림
무얼 먹고 살으라고

하도하도 원통해서
그 심사를 물었더니
당신네들 다니기에
편케 한다 하더군요
굵게 하며 편케 한단
그 심사를 나는 몰라

몰라서 모른다고 했겠는가. 하도 어이가 없어서 할 말을 잃는 것이다. 무지를 가장했기에 오히려 의도가 더욱 뚜렷해진 작품이다.

작자 미상의 「전라북도 민요' 아리랑 타령」은 표현이 시원하다.

아라린가 지랄인가 용천인가 / 아리랑 아리랑 아라리요 / 아리랑 고개를 넘어간다 // 일년에 열두달 달머슴 살아서 / 청淸치마 속으로 다 들어간다 / ― 후렴 ― // 열두달 먹어서 술잔을 드니 / 위지왈謂之曰 공론公論 갈보라 하네 / ― 후렴 ― // 치마끈 잘라가며 논 전답 사노니 / 한

복판에다가 신작로 나네 / ― 후렴 ― // 신작로 낸 것도 어듸야 한듸 / 치도로治道路 기부가 웬일인가 / ― 후렴 ― // 논 전답 놓은 데는 신작로 내고 / 터 좋고 물존 데는 일본놈 산다 / ― 후렴 ― ///

'터 좋고 물존 데는 일본놈 산다' 하고 말할 수 있다는 것이 후련하다. 신작로를 내면서 보상을 해주지 않고 기부를 독려하니, 그거야 말로 강도 중 상강도일 터다. 이래저래 백성들 등골 빠지는 현실이었음을 충분히 짐작하게 해주는 노랫말이다.

가시歌詞를 재치 있게 지을 수 있다면, 기존 민요의 곡을 빌어내는 효과는 대단하다. 현실비판안이나 현실대응력 있는 내용이라면 더욱 더 호응을 얻게 된다. 시만으로 발휘할 수 없는 당시의 현실의식은 앞에 제시한 노랫말로써 많이 보완되었던 것이다.

수탈자에 대한 분노와 독립의지를 표현한 시들

일제하 많은 작품들은 수탈자에 대한 분노를 품고 있다고 봐도 지나친 말이 아닐 것이다. 다만 그것을 전면에 당당하게 표현해 냈느냐 아니면 은밀히 암시했느냐를 따질 수 있겠고, 그에 따라 작가정신이 꿋꿋했는가 또는 여렸는가를 판단할 수 있다. 앞에서 제시한 수많은 비전문시인들의 시들도 마찬가지다. '분노'로 일관되어 있는데, 다만 수탈자를 일제라고 말하지 못하고 속으로 앓는 소리만 들리는 셈이다. 여기에서 몇몇 작품을 따로 제시해 본다.

우선 이서해李瑞海의 「히수아비 농장에 익어가는 가을」이란 작품을 보자.

한낮 보람에 커 ― 다란 생명으로
주린 배를 움켜쥐고 익혀논 목숨의 나락을!

이놈들 너희들이 몽탁 까먹어버리느냐?
새떼를 노리는 허수아비 마음은 증오와 분노에 탄다

누릇누릇 익어가는 들벌을 바라보고
기쁠 듯 웃음짓던 법열法悅의 미소와
성엄聖嚴한 그 눈초리를 어데로 앗아가느냐?
자유롭지 못한 몸을 허수아비 한탄한다

이 손이 움직이고 이 발이 움직인다면
내 가슴을 좀먹는 조놈의 새떼를!
사람의 피땀을 빨아먹는 조놈들!
허수아비 남모를 설움에 한숨을 내쉰다네

침묵한 전야田野에 하늘과 땅이 웃고
생生의 진리만이 여기에 흐르노니
남의 입귀논 삶이 핏줄을 깔리기는 자 누구이뇨!
하늘땅에 감사를 드리는 자만이 이곳에 주인이거든

허수아비도 분노에 땅을 구르고 울어대노니
하물며 사람의 가슴에야!
한여름 굶은 배를 안고서 익혀논 이 나락을
채귀債鬼에게 한알도 안남기고 빼앗기어 버릴 때야!

운들 소용있으리요 웃은들 시원하리
거룻한 핏줄을 훑어가는 무되인 그들 채귀의 가슴에야
두 팔이 있어도 막을 수 없고 목이 있어도 울 수도 없으니
천년의 설움과 눈물을 안고 농장의 가을은 비극에 익어간다

허수아비와 참새에 대한 이야기를 하려는 작품이 아니라는 것을 누구나 잘 알 것이다. 허수아비와 참새를 빗대어서 우리 백성과 일제를 말하려는 전략이다. 제5연 째에서 '하물며 사람의 가슴에야!' 하는 말이 결정적인 단서가 될 것이다. 빼앗는 자에 대한 빼앗긴 자의 분노가 잘 표현되어 있는 작품이다.

혈탄血灘이란 필명의 「비탄」도 짧은 시이지만, 수탈자에 대한 분노가 잘 드러난 작품이다.

누에 잘 치건만
비단옷 왜 못입고
벼농사 늘 하건만
쌀밥 어이 못먹는고
아마도 작인作人의 신세는
눈물인가 하노라

눈물의 신세어니
기쁨인들 있을손가
만주속滿洲粟내 나는 밥
그나마 흔하지 못하니
무얼 먹고 살리까?

봄 여름 피땀 흘려
시절 잘돼 풍년인걸
추수도 하기 전에
차압差押이라 소리치네
해마다 울 수도 없어
마른 애만 원노라

1933년 ≪동아일보≫에 발표된 작품이다. '옷장사 새옷 못 입고, 신발장사 새신발 못 신는' 경우가 아닌 것이다. 그런 경우는 아껴 돈 더 벌자는 뜻인데 비해, '누에 잘 치건만 / 비단옷 왜 못입고 / 벼농사 늘 하건만 / 쌀밥 어이 못먹는고'는 경우는 철저히 수탈되기 때문인지라 남는 게 전혀 없는 것이다. 결국 일제에 대한 분노일 수밖엔 없다. 그의 「타작 터에서」란 작품도 마찬가지다.

타곡성打穀聲 좋더니만

눈물의 씨였구나

지주께 타반打半하고

묵은 빚 못다 무니

애닯다 작인作人의 여윈 낯이

피눈물에 젖었네

마당비 돌려놓고

한숨짓는 저 작인들

설한풍雪寒風 불어올 땐

부모처자 어이할꼬

무심히 보는 가슴도

짜개는 듯하구나

일제의 총칼 앞에 철저히 수탈되고 있는 현실이다보니 뾰족한 방도가 없고 피눈물에 젖는 수밖에 없었다. 지주도 울타리가 되지 못하고 나라도 그렇고 하니, 작인들만 가슴이 짜개진 채로 연명해야 했다.

김철수金哲洙는 「고향 있는 동생에게」란 시에서 그나마 농촌이 낫다는 것을 말하고 있다.

동생아! / 너도 도회에 오고 싶다고 / 아예 그런 생각 하지도 말아라 / 쌀값은 나날이 떨어지고 / 정어리 장사는 파산만 당하고 / 게다가 양잠은 문제도 안되지 / 상전桑田에 뽕나무는 / 제멋대로 푸르렀어도 / 누구 하나 양잠할 놈 있기나 하랴? // 제사공장 갔던 누이동생 / 정리당해 돌아왔다고 / 그것이다! 그것이! / 그것이 뿌르들의 상투常套란다 / 불경기다 긴축이다 / 산업의 합리화다 / 그리하여 노동자는 / 나날이 숟가락을 빼앗기는 것이다 // 도회에는 너의 동경하는 도회에는 / 실업자의 홍수가 터졌다 / 아스팔트 네거리는 / 실업군失業群의 허청거리는 다리 / 그 넓은 길을 꽉 덮고도 남는다. // 버티어라 동생아! / 농촌에서 버티어라 / 토지를 부둥켜안고 / 힘껏 버티어라 ///

1931년 ≪동아일보≫에 발표된 작품이다. '그것이 뿌르들의 상투란다' 하는 시구를 놓고 보면 프로시 경향을 다소간 보여주지만, 여기서는 다르게 평가하는 게 좋겠다. 결국 일제나 일제의 앞잡이를 두고 하는 말이겠다. 농촌이 착취를 당해 농부들이 피눈물을 흘리고, 가슴이 짜개지고 있지만 도시 사정은 더하다고 했으니 당시 현실 사정을 능히 짐작할 수 있겠다.

최성수崔聖洙의 「봄」 역시 처참한 당시 현실을 증언하고 있다.

봄은 왔다

꼬챙이같이 말랐던 가지에도

밑갈이때 되어두 들엔 사람 하나 볼 수 없다

쇳돌이네는 종자種子까지 다 먹었다더니

박구장朴區長네 마당에선 빗 치는 소리 요란하며

오르는 빗 시세에 한시時 보려는지

엄평산 기슭에 수십명이 모여들더니

인제는 풀뿌리도 없는 모양인지
채돌이네 굴뚝에선 오늘도 연기 안나노
마을의 화제는 금광판 이야기 아니면
내리가 명태경기 이야기더니
어저께 오늘에도 다섯 집이 이사 갔다더라

냇가에 얼음도 봄의 '노크'에 사라져버리고
시냇가 방망이소리 요란하다
품팔이 빨래하던 순이는 나진羅津으로 팔려가고
앞마을 김초시는 수년 병에 신음하더니
막내딸 복희마저 양복 입은 나리가 데리고 가더라고
푸 —○소리 요란하던 물레방아 뒷수통水筒은 물에 꾹 박고 있다

'농부가 죽더라도 종자種子를 베고 죽는다'는 속담이 있다. 그만큼 씨앗 갈무리에 철저하고 소중히 한다는 말이다. 그런데 그것마저 먹어 버렸다는 것은 당시 상황이 얼마나 철저히 궁핍했던가를 말해주는 것이다. 산야山野에 풀뿌리마저 없고, 굴뚝에 연기 안 나면 그야말로 살아 있는 것이 아닌 셈이다.

일제하에서 온 백성이 철저히 수탈당했기에 수탈자에 대한 분노를 표현한 시는 매우 절절하다. 도시고 농촌이고 가릴 것 없이 절대빈곤에 고통 당해야 했던 당시 현실을 잘 증언해 주고 있는 시들이다.

방인희方仁熙의 「추수」는 당시 농민들의 고통을 증언하는 시지만, 그 고통의 원인이 어디에 있다는 것을 깨닫고 제시하려 했다는 점에서 좋은 시로 평가할 수 있다.

일곱달동안 땀흘려 가꾼 귀여운 곡식이다
볏단을 훔쳐가는 좀도적을 지키려고 기나긴 가을밤을 들에서 세웠었다.

볏단에 기대어 기러기의 소리를 자장가로 들으며

짤막한 꿈나라를 더듬었을 때도 누르른 들판에서 춤을 추었다

새벽달이 고요히 서산을 넘고 젊은이의 염통 같은 햇살이 뻗치렬 때

거둬논 곡식을 들이려고 일어앉았느니라

그리고 나머지의 곡식도 거두려고 했었다 그러나 틀렸다 틀렸어

미친 개같이 시뻘건 두 눈을 부릅뜬 빚쟁이에게 빼앗기고 말았느
니라

그러니 내 차지는 고사하고 토조土租인들 할 수 있었겠느냐

그래서 다음날은 고등어토막 같은 지주에게 땅을 떼이고 말았느
니라

내 ― 이 일을 거듭하기 세번째

몸서리치며 울넝어미같이도 껍데기만 남았더니라

나는 이때껏 그들같이 고기 한칼 술 한잔을 맛있이 못 먹었고

목화밭을 가꾸고도 솜두루지 한벌을 못입었건만

일 안하면 굶는다는 그 옛말이 두려워서 죽도록 일을 했거만

가을이면 두 손만 툭툭 털고 일어서고야 마는고나

(중략)

그러나 나는 깨달았노라

이것은 우리의 운수속도 아니고 게으름도 아닌 것을

(2행 생략)

  1932년 ≪비판≫에 발표된 것으로 '중략'이나 '생략'은 검열에서 그렇게 된 것이다. 그만큼 현실을 제대로 인식했다는 증거가 되는 것이다. 전혀 관념적이거나 격정적이지 않고, 실로 사실적이기에 설득력 있는 시가 되었다.

김대준金大駿의 「해 돋는 북방의 황원荒原」은 북만주에서 고국을 바라보며 나라를 되찾겠다는 굳센 의지를 표현한 시다.

해돋는 북방의 황원에 / 앞으로도 십년백년 장렬한 날과 밤이 지고새일 때, / 무서운, 불맞은 마음들이 새날을 어깨에 지고 싸우리라. // 이곳은 북만北滿! 아득한 벌판. / 뜻잃은 젊은이들 부서진 허파를 안고 / 옷깃을 헤쳐, 대륙바람에 / 더운 울분을 식히는, 침통한 북방의 황원, // 보아라. 가없는 벌판에 해는 돋고 지고 ― / 가슴 열어 고함칠 때 누구라 젊은 기혼氣魂을 꺾을 것이냐? / 오! 불맞은 맹수의 우리! 구러허덕대여 / 나가 떨어진 곳은 거칠 것 없는 광막한 황원이러냐? // 두다리 버티고 멀리 남쪽 지평선에 걸친, / 무거운 구름장을 노리는 무서운 눈·눈…… / 더운 불길이 전신에 불 붙어 오를 때 / 급박한 숨결은 언제나 침장沈壯한 불씨를 쏟았더냐? // 긴장한 마음은 한때도 늦구지 않고 쏘대던 몸들이 / 피로에 젖은 무거운 다리가 지각地殼을 터벅거릴 때, / 한발두발 쌓이는 황혼에 파묻혀가는 붙일곳 없는 그림자들 ― / 아아 밤황원에 번듯이 누어, 창공을 벌럭거리며 얼마나 먼 ― 뜻을 키웠더냐? // 총알을 피하여 맹렬한 눈보라를 무릅쓰고 / 내달리던 몸이 휘영청 달밝은 눈벌판에 호올로 떨어져 / 곱게도 물들여진 피흘린 눈더미를 헤치고 묻을 때 / '누구냐?' 피스톨을 겨누고 덤비는 동지의 등에 업히울 때의 놀램과 한 가지로 떨리는 감격! // 풀숲에 파묻힌 으슥한 움속에서 밤을 새우며 / 밝는 날에 할일을 새임없이 짜고 꾸미던 / 몸들이 그 밤이 새기도 전에 풍기우고 ××혀 갈 때, / 바위가 빠개진 듯한 허탄 ― 폭탄을 삼킨 듯한 터지는 분노! // 오오 이렇듯 불 맞은 마음들의 정서를 가슴에 얺고, / 길 ― 이 거치른 대륙바람에 커가는 광막한 만리의 황원. / 앞으로도 십년백년 장렬한 날과 밤이 지고 새리라. / 앞으로도 십년백년 장렬한 날과 밤이 지고 새리라. // 보아라. 붉은 노을이 황혼의 황원을 물들일 때, / 멀 — 리 남쪽 지평선에 걸친 무거운 구름장을 태울듯이 노리는 / 무서운 불 맞은 마음들이 새날을 어깨에 지고 싸우리라. // 해돋는 북방의 황원에 / 앞으로도 십년백년, 장렬한 날과 밤이 지고새일 때 / 무서운 불 맞은 마음들이 새날을 어깨에 지고 싸우리라. / …… ///

1930년 ≪대중공론≫에 발표된 작품이다. 당시로 보아서는 일제식민지 체제가 퍽 오래 갈 수도 있다고 믿었던 것이다. '십년백년' 표현한 것이 그것을 말해준다. 하지만 끝내 장렬한 뜻과 행동으로 나라를 되찾겠다는 의지를 표현한다. '멀 — 리 남쪽 지평선에 걸친 무거운 구름장을 태울 듯이 노리는' 것이다.

김대준의 이 시는 마치 만주에서 활동하는 독립군들이 조국의 현실 앞에 의연히, 그리고 당당히 맞서 스스로의 의지를 단련시키는 모습이 연상된다.

일제기는 특수상황이었기에 그 어느 때보다 비전문시인이 중요시되어야 한다. 일제에 의해 관리되고 통제된 전문시인들이 못다한 현실대응력을 비전문시인들이 보강해 주기 때문이다. 숱하게 많은 비전문시인들의 작품은 비록 수준이 좀 못 미치는 경우도 있지만, 당시 민족의 삶을 성실히 증언하면서 민족구성원이 각성된 정신으로 현실을 극복하도록 부추기고 격려했다.

8. 독립전쟁 속에서 부른 노래시들

많은 사상자를 냈던 3·1운동이었지만 민족 구성원에게는 용기를 되찾게 하는 계기가 되었다. 말할 것을 말할 수 있다는 것, 잃어버렸던 것을 되찾을 수 있다는 가능성을 확인하면서 민족과 개인의 자존심은 점차 고양되었다.

시작품들도 애상哀傷적인 어조에서 점차 벗어나면서 기상氣象 있는 모습을 보이기 시작했으며 이른바 근현대시다운 시가 생산되기 시작했다. 물론 적극적인 항일시가 가능하지는 않았지만 대신 현실을 성실하게 증언하려는 시들이 꾸준히 쓰였다. 일제의 검열을 피할 수는 없었던지라 현실을 증언하기 위한 표현방법은 아주 다양하고 세련되어졌다. 프롤레타리아 시들은 나라를 빼앗긴 울분을 격정적으로 토해냈다. 마르크스 사상은 겉보기인 셈이고, 항일을 위한 가장假裝이었다. 이유민移流民시도 한 몫 했다. 전문시인이 못다 표현한 현실을 진지하게 표현한 비전문시인들의 시정신은 훌륭했다.

이러한 노력들에도 불구하고 현실의 핵심을 공략하기란 쉽지 않았다. 국내에서는 시를 통한 대응력이나 총칼을 통한 대응이 끝내 적극적일 수가 없었다. 국외에서나 기개 높은 적극적 저항의 노래, 무력투쟁이 가능했던 것이다.

중국이나 러시아에서 치르는 항일전쟁, 그리고 그 속에서 부르던 노래들이야말로 가장 절실한 것이었으며, 가장 현실적이었고 또한 가장 민족적이었다. 국내에서 한껏 표현해 내지 못한 항일정신이나 민족 자존심의 모범은 국외에서 부르던 노래와 행동에 있었으며 우리 근현대 시의 역사 속에서 부족한 기상氣象은 거기에서 보충을 받을 수 있는 것이다.

3·1운동 이후 국외에서 더욱 세차게 전개되던 항일 독립전쟁 속에서 부르던 노래들의 가사歌詞가 비록 세련된 시적 수준에 이르지 못했다고는 하나 기상氣象이란 덕목만은 최상의 것이었다. 예로부터 시에서 모든 것을 희생하고서라도 기氣만큼은 꼭 갖춰야 한다는 우리 전통 시정신에 부합된다고 할 것이다.

독립군가류

3·1운동 이후 남북만주의 곳곳에서는 무장을 한 항일단체가 속속 조직되었다. 남만주의 한족회는 기존의 독립운동을 이끌어 나갈 중앙 정부가 되는 서로군정서를 조직하게 되며, 또한 여러 작은 단체를 통합하여 대한독립단을 만들었다. 북만주 역시 여러 조직을 개편하고 확장하여 북로군정서를 조직하였다. 이 외에도 작고 큰 무장 항일조직이 지속적으로 생겨났다. 이들 단체들은 독립군을 길러내는 무관학교를 운영하고, 숱한 전투를 통해 민족의 자존심을 회복시켰다. 청산리 전투, 봉오동 전투야말로 이들의 이루어낸 쾌거였다.

이들이 휘몰아가던 항일 독립전쟁 속에서 부르던 노래가 있었다.

1. 나아가세 독립군아 어서 나가세 / 기다리던 독립전쟁 돌아왔다네 /
   이 때를 기다리고 십년 동안에 / 갈았던 날랜 칼을 시험할 날이 /
   나아가세 대한민국 독립군사야 / 자유독립 광복할 날 오늘이로다 /
   정의의 태극깃발 날리는 곳에 / 적의 군세 낙엽갓히 슬어지리라 //

2. 보나냐 반만년 피로 지킨 땅 / 오랑캐 말발굽에 밟히는 모양 / 듣나냐 이천만 단조檀祖의 혈손血孫 / 원수의 칼 아래서 우짓는 소리 / 양만춘 을지문덕 피를 밧앗고 / 이순신 임경업의 후손 아니냐 / 나라 위핸 목슴을 터럭과 갓히 / 싸호던 네 조상의 후손 아니냐 //

3. 탄환이 이빨가치 퍼붓더라도 / 창과 칼이 네 압길을 가로막아도 / 대한의 용장勇壯한 독립군사야 / 나아가고 나아가고 다시 나가라 / 최후의 네 피방울 떠러지는 날 / 최후의 네 살졈이 떠러지는 날 / 네 그리던 조상 나라 다시 살리라 / 네 그리던 자유꼿이 다시 피리라 //

4. 독립군이 백만용사 달리는 곳에 / 압록강 어별魚鼈들이 다시 피리라 / 독립군의 불근 피가 내뿜는 때에 / 백두산 구든 바위 길을 열리라 / 독립군의 날랜 칼이 빗기는 날에 / 현해탄 푸른 물이 핏빗이 되고 / 독립군의 벽력갓흔 고함 소리에 / 부사산富士山 소슨 봉이 문허지노나 //

5. 나아가세 독립군아 한 호령 밋헤 / 질풍갓히 물결갓히 달려나가세 / 하나님의 도으심이 우리에 잇고 / 조상의 신령 오셔 인두하리니 / 원수 군세軍勢 산과 갓고 구름 갓하도 / 우리 발에 뒷글갓치 훗허지리니 / 영광의 최후 승리 우리 것이니 / 독립군아 질풍갓히 달려나가세 //

6. 하늘은 맑앗도다 땅은 열렸네 / 영광의 독립군기 높이 날리네 / 수풀갓흔 창과 칼에 임리淋漓한 것은 / 십년 원한 씨서내던 핏줄기로세 / 빗은 날고 해여진 우리 군복은 / 장백산 낭림산을 장구長驅한 표標요 / 우레갓히 우러오는 만세소리는 / 한양성 대승리의 개선가로다 ///

1920년 《독립신문》에 발표된 독립군가다. 일제를 완전히 몰아내겠다는 기개가 넘치는 노래다. 길면서도 군데군데 시적 표현이 돋보이고 워낙 기상이 높아 훌륭한 노랫말로 평가할 수 있다. '압록강 어별들이 다리를 노코'라 표현한 부분은 고구려 건국신화에 연관된 시상詩想

이어서 독특하다.

「복수가復讐歌」도 1920년대 항전의지를 고취시킨 노래다.

1. 단군자손 우리 소년 국치민욕 네 아느냐 / 부모 장사葬事할 곳 없고 자손까지 종 되었네 /천지 넓고 넓다지만 의지할 곳 어디메냐 / 간 데마다 천대받고 까닭없이 구축되어 / 잊었느냐 우리 원수의 합병 수치 네 잊었는냐 //

2.. 자유독립 다시 찾음 우리 몸에 달려 있고 / 나라 없는 우리 동포 살아있기 부끄럽다 / 땀 흘리고 피를 뿌려 나라 수치 씻어놓고 / 뼈와 살은 거름되어 논과 밭에 유익되네 / 우리 목적 이것이니 잊지 말고 나아가세 //

3. 부모 친척 다 버리고 외국 나온 소년들아 / 원수무리 누구더냐 이를 갈고 분발하여 / 백두산에 칼을 갈고 두만강에 말을 먹여 / 앞으로 갓 높은 구령에 승전고를 울려보세 / 두둥두둥 만세 만세 만세 만만세라 ///

'소년'이라고 한 것에 대해서는, 신흥무관학교생 중 많은 수가 10대 소년이었다는 것을 참고한다면 이해가 될 것이다. '부모 장사할 곳 없고 자손까지 종 되었네' 하는 말로 빼앗긴 조국을 기막히게 잘 요약해 냈다. '백두산에 칼을 갈고 두만강에 말을 먹여'라는 구절도 남이南怡 장군의 시구를 연상시키는 부분이다.

일제와 독립전쟁에 임하기 위해서는 죽음에 대한 공포를 없애야 했다. 오히려 죽기 바라는 뜻의 「기전사가祈戰死歌」가 그래서 필요했다.

1. 하늘은 미워한다 배달족의 자유를 억탈하는 왜적들을 / 삼천리 강산에 열혈이 끓어 분연히 일어나는 우리 독립군 //

2. 백두의 찬 바람은 불어 거칠고 압록강 빙상에 은월이 밝아 / 고국에

서 전해오는 피비린 냄새 네 죄도 있으리니 같이 나가자 //

3. 하나님 저희들은 일후에도 천만대 자손의 행복을 위해 / 결단코 한 목숨 바치겠으니 빛나는 전사를 하게 하소서 ///

이범석이 작사·작곡자로 되어 있는 노래로, 만주의 독립군들이 즐겨 부르던 것이다. '고국에서 전해오는 피비린 냄새 네 죄도 있으리니'라는 구절을 넣음으로써, 책임감을 갖게끔 하고 결사항전을 부추겼다.

청산리 전투에서 큰 활약을 했던 이범석이 만든 위 노래와 함께 북로군정서 총사령관 김좌진이 작사한 「승리행진곡」도 있다.

1. 압록두만 흥안령에 발해의 달에 / 길이길이 밟았던 그 때 그리워 / 거센 바람 높은 소리 큰 발자취로 / 거침없이 위 아래로 달려가누나 //

2. 잘즈믄 익힌 힘줄 벌떡거리고 / 절절 끓는 젊은 피는 넘치려누나 / 한밝뫼재 비낀 달에 칼을 뽑을제 / 바위라도 한번 치면 부서지리라 //

3. 하늘 아래 모든 데서 악을 뿌리며 / 조수같이 밀려온들 ㄱ 무엇하랴 / 싱긋 웃고 무쇠팔뚝 번쩍일 때에 / 구름 속의 선녀들도 손뼉 치리라 // (후렴) 나가라 싸워라 대승리 월계관 / 내게로 오도록 나가 싸우라 ///

한밝뫼재는 백두산봉을 의미한다. 노랫말에 기개가 넘치고 믿음직하다. 독립군의 중책을 맡고 있는 이가 직접 작사했다는 선입견 때문인지, 비분강개한 언어가 많지 않아도 충분히 당당함이 느껴진다.

독립군 여단장이었던 이청천이 작사한 「광야를 달리는 독립군」이란 노래도 있다.

1. 광야를 헤치며 달리는 사나이 / 오늘은 북간도 내일은 몽고땅 / 흐르고 또 흘러 부평초같은 몸 / 고향땅 떠난지 그 몇 해이런가 / 석양하늘 등에 지고 달려가는 독립군아 / 남아 일생 가는 길은 미련이

없어라 //

2. 백마를 타고서 달리는 사나이 / 흑룡강 찬바람 가슴에 안고서 / 여기가 싸움터 웃음띤 그 얼굴 / 날리는 수염에 고드름 달렸네 / 북풍한설 헤쳐 가며 달려가는 독립군아 / 풍찬노숙 고생길도 후회가 없어라 ///

곡은 '다뉴브강의 물결'에 신세를 졌다. 곡도 부드럽지만 가사도 부드러운 편이다. 독립군들의 고통스런 생활상을 부드러운 어조로 잘 요약한 노랫말이다.

독립군 추도가

일제와 독립전쟁이 본격화되면서 우리 독립군 희생자들도 적지 않았다. 조국을 위해 순국하는 것을 영광으로 알았다지만 남의 나라 땅에서 전사하여 이름조차 남기지 못하고 한 줌 흙으로 돌아가는 것이 얼마나 안타까운 일인가를 독립군들은 절감했다. 외로운 영혼을 달래기 위한 추도가는 그래서 필요했다.

1. 가슴 쥐고 나무 밑에 쓰러진다 독립군
   가슴에서 쏟는 피는 푸른 풀 위 질벅해
2. 산에 나는 까마귀야 시체 보고 우지마라
   몸은 비록 죽었으나 독립정신 살아있다
3. 만리창천 외로운 몸 부모형제 다 버리고
   홀로 섰는 나무 밑에 힘도 없이 쓰러졌네
4. 나의 사랑 대한독립 피를 많이 먹으려나
   피를 많이 먹겠거든 나의 피도 먹어다오

1920년대 만주에서 불렀던 「독립군 추도가」다. 작자미상으로 노랫말이 구구절절하고 비장감을 느끼게 한다. 특히 4절이 그렇다. 그야말로 피를 많이 먹고 이루어진 조국독립인 것이다.

한편 ≪독립신문≫에 게재되었던 추도가도 있었다.

1. 슬프다 순국한 우리 용사야 / 동지를 버리고 먼저 갔구나 /국토를 미복未復코 신선사身先死하니 / 애달고 원통한 이 몸이로다 //

2. 왜적의 미진멸未盡滅을 한恨치 말아라 / 최후의 성공을 우리 담당해 / 용진무퇴한 의용군인아 / 광복할 날이 머지 않겠네 //

3. 신령한 황천皇天이 감응하소사 / 우리의 충혼을 위로하소서 /우리의 영혼英魂을 죽백竹帛에 올려 / 꽃다운 이름을 천추에 전해 ///

1922년에 발표되었던 것인데 다른 노랫말에 비해 한자 어휘가 많이 쓰인 것이 다소간의 흠이 되었다.

이광수가 작사한 「선열추념가」도 있다.

1. 아침해 고운 빛 이 강산 밝아도 / 국권 잃고 울부짖던 선열 누우셨네 / 빼앗긴 나라 찾고자 그 몸 제물되니 / 제단 위에 황촉불꽃 정기 떠오르네 //

2. 도처 청산 집을 삼고 갖은 고생하며 / 검산도수 돌진하던 선열 누우셨네 / 겨레를 살리려고 그 생명 바쳤네 / 향로 안에 피는 향기 영기 솟으려네 //

3. 광복대업 이루려고 일생을 다하신 / 조국의 수호신이 되어 선열 누우셨네 / 그 힘으로 우리 살고 그 덕에 자손사네 / 청사에 빛난 이름 천추에 정기 되네 //

4. 나라 위해 목숨 바친 님이 그립구나 / 다시 만나 볼 수 없는 선열 누우셨네 / 우리 강토 자유 얻고 겨레 살으리니 / 안심하사 천국에서 길이 쉬옵소서 ///

이 노래는 이광수가 상해에 머물러 있을 때 작사한 것이다. 상해에서 임시정부 활동에도 참여했지만 1938년부터 친일활동을 하게 된다. 이 노래는 20~30년대에 독립군 진영에서 불렀으나 이광수 변절 이후에는 부르지 않았다.

1930년대에 독립군들이 부르던 「전우추모가」도 있다. 조선혁명군 참모장이었던 김학규가 작사한 것이다.

1. 언제나 우리 동지 돌아오려나 / 애가 달아 기다린 지 해가 넘건만 / 찬바람 눈보라 휘날리는 들 / 눈물겨운 백골만 널려 있구나 //

2. 서산에 지는 해야 머물러다오 / 우리 동지 돌아올 길 아득해진다 / 돌아보니 동지는 간 곳이 없고 / 원수들의 발굽만 더욱 요란타 //

3. 아 생각 더욱 깊다 나의 동지야 / 네 간 곳이 어드메냐 나도 가리라 / 보고싶은 네 얼굴 살아 못보니 / 넋이라도 네 품에 안기려 한다///

그 어떤 시보다 감정을 뭉클하게 하는 노랫말이다. 전쟁터에서 구해내지 못한 동료를 안타깝게 여기면서, '서산에 지는 해야 머물러다오 / 우리 동지 돌아올 길 아득해진다'고 노래할 수밖에 없었던 상황을 충분히 짐작 할 수 있겠다.

항일전선 총동원가

3·1운동 이후 우리 민족의 독립에 대한 염원이 높아가고 국외 독립군의 세력이 강해지면서 일제도 국외세력을 토벌하기 위해 나선다. 이에 질세라 독립군 진영에서는 모든 겨레가 궐기하여 일세에 대항할 것을 촉구했고 그러한 내용의 노래들이 나왔다. 그것이 항일전선 총동원가류의 노래다.

1. 착취받고 억압받는 배달민족아 / 항일의 전선에 달려나오라 / 다

달았네 다달았네 우리나라의 / 독립의 활동시대 다달았네 //

2. 병사는 칼을 들라 선봉전에서 / 노소도 소원대로 총동원하라 / 원수
들을 처없애는 최후결전에 / 한마음 한소리로 모여들어라 //

3. 소화궁전 황금탑에 폭탄 던지고 / 군벌재벌 소굴에 불을 지르자 /
백의동포 학살하는 강도놈들을 / 단두대에 목을 잘라 복수를 하자 //

4. 독립문에 자유종을 높이 울리고 / 삼천리에 태극기를 펄펄 날릴제 /
수십년을 짓밟히던 무궁화동산 / 우리 조국 낙원으로 만들어보세 //

(후렴) 풍운같이 일어나자 / 모든 일터에서 / 달려가자 독립전선 / 한마
당에로 ///

강경한 어조의 노래다 '노소老少도 소원대로 총동원하라'는 구절이 이
노래의 목적이 된다. 나라를 되찾는 일에 노소, 남녀의 구별이 있을 수
없으니까 모두가 나서 민족의 역량을 모으자는 절절한 하소연인 셈이다.
윤세주가 작사한 「최후의 결전」도 1920년대에 부르던 노래다.

1. 최후의 결전을 맞으러 가자 / 생사적 운명의 판갈이로 / 나가자 나
가자 굳게 뭉치어 / 원수를 소탕하러 나가자 //

2. 무거운 쇠줄을 풀어 헤치고 / 뼈속에 사무친 분을 풀자 / 삼천만 동
포여 모두 뭉치자 / 승리는 우리를 재촉한다 //

(후렴) 총칼을 메고 혈전의 길로 / 다 앞으로 동지들아 / 승리의 깃발은
우리 앞에 날린다 / 다 앞으로 동지들아 ///

만주에서 독립군들이 결전을 앞두고 부르던 노래다. 작사자 윤세주
는 3·1운동이 일어나던 해에 만주로 망명하여 의열단 창단에 참여했
으며, 1920년대 국내로 폭탄을 반입하다 옥고를 치른 후 다시 만주로
망명했다. 그 후 독립전쟁에서 전사한 독립투사다.

김광현이 작사한 「전진가」도 이에 속한다.

1. 독립군의 깃발 펄펄 날릴제 신호나팔 크게 울려퍼지네

   일기당천 용사 때는 왔으니 보무당당 힘차게 나아갑시다

2. 침략주의 원수 비록 강하나 뒤질세라 오직 앞만 보고서

   검수도산 뚫고 돌격할 때에 악마같은 무리들 쓰러지리라

(후렴) 결전장을 향하여 전진 또 전진 승전가는 높이 우렁차리라

이 노래 역시 1920년대 만주 독립군들이 부르던 노래다. 일제가 강하다는 것을 일단 전제하지만, 오로지 몰아붙임으로써 이길 수 있다는 신념을 고취시키려는 노래다.

「혈전의 때는 왔도다」도 비슷한 어조로 된 노래다.

1. 충용한 대한의 남아여 / 혈전의 때 광복의 때는 왔도다 / 그대도 나

   가자 나도 나가마 / 정의를 위하여 자유를 위하여 / 쇠와 피로써

   조국을 소생시킴은 / 이 때가 아닌가 //

2. 충용한 대한의 남아여 / 결전의 때 독립의 때는 왔도다 / 모두들 나

   가자 앞서 나가자 / 조상을 위하여 후손을 위하여 / 넋과 몸으로

   최후의 희생 바치실 / 이 때가 아닌가///

어쨌든 싸워 이겨야 독립을 할 수 있었으며, 결사항전하기 위해 동포들이 용맹스럽게 결전장으로 나서야 했다. 그 의지를 고취시키기 위하여 이런 노래는 항상 필요했던 것이다.

독립군을 많이 확보하기 위하여서는 어떤 특별한 방법이 필요했는데, 노병회勞兵會가 대표적 예다. 노병勞兵은 자기 생계를 도모할 방책이 있는 노동기술을 가진 병사를 뜻했다. 그러니까 평소에 자기 생계에 충실하다가, 필요시 군사활동을 할 수 있는 인력들을 말한다.

노병회는 1922년 김구의 주창에 의해 상해에서 조직된 독립운동단체다. 조직 이후 큰 활동은 없었지만 애당초 의도는 꽤 훌륭한 것이었다. 「노병회가勞兵會歌」는 그들이 부르던 것이다.

우리는 자유를 찾으러 힘써 가는 싸움꾼이니
병장기 연장을 다 들고 싸움하러 나가자
원수에게 얽매인 사슬 모조리 때려 부수고
무궁화 옛 동산의 묵은 밭 다시 갈아서
새나라를 세우러 나아가자
이것은 우리의 거룩한 짐이니
우리의 뜻 이루도록 싸우러 나가자
우리의 뜻 이루도록 싸우러 나가자

노랫말에 '병장기 연장 다 들고'라는 말이 표현된 것을 보니 무기나 다른 군수품이 무척 궁색했을 것이라는 것을 추측할 수 있겠다.

일제 만행을 증언한 노래들

일제가 동포들을 대량학살한 사건으로는 경신대학살, 동경대진재학살을 예들 수 있을 것이다. 3·1운동 이후 만주에 있는 동포들이 조직한 독립군의 세력이 점차 강해지자 일제는 간도토벌에 나선다. 청산리 전투에서 패배한 일제는 그 분풀이를 만주에 거주하는 동포들에게 자행하게 된다. 수만 명의 동포를 무차별 학살했던 것이다. 이것이 경신대학살이다. 경신대학살의 참상을 증언한 시들이 있으니 「간도토벌가」, 「아버지 생각」들이 그것이다.

* 어머니 어머니는 왜 우십니까 어머님이 울으시면 울고싶어요
   품안에 안기어서 울음을 운다 돈이 없고 무기 없는 우리 민족은

총에 맞고 칼에 찢겨 죽은 자 중에 네 아버지 그 가운데 한 사람이다
애처롭고 슬프도다 원수의 손에 불에 타고 몸이 찢겨
원통하게도 네 아버지 원한 품고 돌아갔구나

* 1. 어머님 어머님은 왜 우십니까 / 어머님이 울으시면 울고 싶어요 /
   품안에 안기여서 울음을 운다 //

2. 흐르는 눈물을 서로 닦으며 / 야 — 야 수동아 네 아버지는 / 엄동
   설한 찬바람 지난 북간도 //

3. 떠나가신 이후로 오늘날까지 / 한 번도 못뵈니 이에 이르러 / 어언
   간 삼춘은 유수같고나 //

4. 신문에 이르기를 지나 마적은 / 우리 동포 촌락을 습격하여서 / 돈
   이없고 무기없는 우리 동포들 //

5. 애처럽고 슬프도다 왜놈의 손에 / 총에 맞고 칼에 찔려 죽은 자 중
   에 / 네 아버지도 그 가운데 오직 한 사람 //

6. 슬프도다 가세 빈궁함이여 / 생각하니 눈물이 앞을 가리운다 / 야
   — 야 수동아 — 야 — 야야야 //

7. 네 아버지 돌아오길 아침저녁으로 / 하느님께 기도는 드리었건만
   / 그도 또한 허사라 쓸데없고나 ///

앞의 것이 「간도토벌가」, 뒤의 것이 「아버지 생각」이다. 서로 내용
은 같은 것인데 뒤의 노래가 좀 더 섬세할 뿐이다. 한 가족의 슬픈 이
야기를 애틋한 노랫말로 지었지만 그것이 결코 한 가족에 한정되는 것
이 아니라, 우리 민족의 뼈저린 아픔이라는 것을 상기시키고 있다.

간도토벌을 소재로 한 노래가 1920년 ≪독립신문≫에 실렸는데, 간
도토벌 직후 만주동포들을 구제하기 위한 연설회가 있은 후 합창한 노
래였던 것이다.

1. 늦은 가을 밝은 달은 / 동창에다 물 들이고 / 나는 기럭 울어 있고 / 부는 바람 쓸쓸한데 / 북편으로 오는 소식 / 원수에게 학살받아 / 죽고 상한 나의 동포 / 호소하는 소리로다 //

2. 늙은 부모 자녀 잃고 / 애통하는 그의 정형 / 어린 아이 부모 잃고 / 울며 찾는 그의 형상 / 생각사록 끝이 없고 / 뜻할사록 아득하다 / 흉악한 저 원수에게서 / 구원할 자 그 뉘런가 //

3. 추은 하늘 쌓인 눈 속 / 집을 잃고 떠는 아이 / 주린 창자 움켜쥐고 / 원수 칼을 막는 부로 / 피와 눈물 뿌린 속서 / 구원할 자 그 뉘런가 / 오늘 모인 내 동무야 / 자지 말고 일어나라 ///

작자 불명의 「합창가」다. 큰 사건을 증언하면서 듣는 이를 격앙시키려는 듯 다급한 어조로 쓰인 노랫말이다.

동경대진재학살은 1923년 발생한 동경의 대지진에서 비롯되었다. 일제는 사회적 분위기가 흉흉한 때를 이용해 한국인이 폭동을 일으키고 우물에 독을 타서 일본인들을 독살하려 한다는, 근거 없는 소문을 퍼뜨렸다. 이에 일본인들이 자경단을 조직하고 한국인들을 닥치는 대로 학살하였다. 무려 3천 명 이상의 한국인이 희생되었던 것이다. 일제는 우리 동포를 민심수습 차원에서 대량학살 하였던 것이다. 이 소식을 들은 상해의 동포들은 추도회를 열고 「추도가」를 불렀다.

1. 독사 여우 겸한 원수 / 제 죄로써 입은 천벌 / 지다위를 받은 우리 / 참혹할 사 이 웬일가 //

2. 산도 설고 물도 선대 / 누로 해서 건너갔나 / 땀흘리는 궂은 모습 / 요것까지 빼앗는가 //

3. 나그네 집 찬 자리에 / 물 쥐어먹고 맘 다하여 / 애 끓이던 청년학도 / 될성부른 싹을 꺾어 //

4. 온갖 소리 들씌우어 / 이를 갈고 막 죽였네 / 저 핏방울 쏟힌 곳에 /

　　바람 맵고 서리 차아 //

(후렴) 아프고도 분하도다 / 원수에게 죽은 동포 / 하느님이 무심하랴 /

　　　갚을 날이 멀지 않고 ///

그야말로 여우 독사를 겸비한 원수였다. 정치적 목적으로 무고한 백성 수천 명을 죽이는 지다위, 즉 제 허물을 남에게 덮어씌우는 것은 열등심리 때문인 것이겠다. 추도식에 참석했던 사람들은 위 노래를 부르며 오열을 터뜨렸다는 것이다. 이를 갈며 갚을 날을 손꼽아 기다렸던 것이다.

의열투쟁가

일제에 대한 독립전쟁을 꾸준히 치뤄내는 것과 병행하여 의열투쟁을 해내야 했다. 의열투쟁이란 침략의 원흉인 일제 고위관리나, 같은 민족 중 친일활동을 하는 인사들을 제거하는 것이다. 의열투쟁을 위한 단체가 많이 조직되기도 했는데 한인애국단이나 의열단과 같은 것이 대표적이다.

의열투쟁가는 앞서 의열투쟁을 하다 순국한 이들을 추도하는 노래가 많았으며, 의열투쟁을 부추기는 노래가 있었다. 의열투쟁을 하다가 순국한 이들을 추모하는 노래 중 대표적인 것은 「순국오열사가」다.

1. 이준선생 화란 해아 만국회에서 이놈들아 먹겠다면 먹어보아라

　　약소국가 한국 맛을 보아라 하고 배를 갈라 피를 뿌려 순국하시다

2. 안중근씨 왜적 이등 죽일려고서 석달이나 애써 쫓아 다니다가서

　　하루빈서 민난 김에 쏘아 죽이고 조국원수 민족 악마 잡아죽였네

3. 이봉창씨 소화놈을 죽일려고서 함악한 길 바다 건너 산을 뚫고서

차고 갔던 폭탄 던져 일황 때리니 그놈들은 죽는다고 꼴불견이었다
4. 윤봉길씨 상해에서 때를 기다려 백천대장 중국 침략 먹겠다고서
   홍구공원서 천장절을 경축하더니 폭탄 맞아 전멸하니 통쾌하도다
5. 백정기씨 상해천진 습격할 때에 동에 번쩍 서에 번쩍 번개불같이
   귀신같이 일본놈을 잡아죽이고 조국광복 민족해방 위해 옥사라
6. 청년들아 잊지마라 순국열사들 분골쇄신 억울하게 없어졌지만
   붉은 피와 애국정신 영원 살아서 우리들을 가르치고 있지 않은가

다섯 명의 순국열사를 본받자는 노래로, 짧은 가사에 오열사의 업적을 명쾌하게 요약하였다. 1930년대에 만들어진 노래다.

옥인찬이 작사, 작곡한 「순국선열추도가」도 같은 부류다.

오 선열이여 국사에 피흘린 지 몇 해런가
망국의 한 품에 안고 영원히 잠드셨네
조국애에 불타는 일편단심 나라 위해 몸과 마음 다 바쳤네
원수의 총칼 겁낼손가 일신의 영화 탐낼소냐
오직 민족해방을 향한 충성뿐일세
오 선열이여 장하도다 그대 공적 무엇으로 보답하리
위대한 독립정신 거룩한 자아희생
민족의 힘과 거름되어 우리 그 뒤 따르리니
살아생전 못이룬 뜻 조국광복하는 날에 그대 이름 청사에 길이 빛
나리

노랫말이지만 자유시 형태다. 1937년에 만들어진 노래인데 순국선열인 이봉창, 윤봉길, 백정기들의 영전에 바쳐진 노래다.

추도가 이외 의열단에서 부르던 노래가 있었다. 「혁명가」가 그것이다.

1. 동지들아 굳게굳게 단결해 생사를 같이하자
   어떠한 박해와 압박에도 끝까지 굴함 없이
   우리들은 피끓는 젊은이 혁명군의 선봉대
   우리들은 피끓는 젊은이 혁명군의 선봉대
2. 닥쳐오는 결전은 우리의 필승을 보여주네
   압박없는 자유의 독립을 과감히 쟁취하자
   우리들은 피끓는 젊은이 혁명군의 선봉대
   우리들은 피끓는 젊은이 혁명군의 선봉대

독립운동에 선봉대 아닌 것이 있겠는가만, 그 중 의열단원들이 선봉 역할을 한 것은 틀림없다. 곳곳에서 틈만 나면 일제의 가슴을 서늘하게 하는 쾌거를 혈혈단신으로 해냈으니 말이다.

의열단과 연관 있는 조선혁명군사정치간부학교의 교가도 노랫말이 훌륭하다.

1. 꽃피는 고국은 빛 잃고 물이 용솟음치듯 대중은 들끓는다
   억압받고 빼앗긴 우리 삶의 길 들끓는 것만으로 되찾을 수 있으랴
   갈 길 방황하는 동포들이여 오라 이 곳 배움의 마당으로
2. 조선에서 자라난 아이들이여 가슴의 핏줄기 들끓는 우리 동포여
   울어도 소용없다 눈물 머금고 결의 굳게 모두 일어서라
   하을 푸는 성스러운 싸움에 필승의 의기 이곳에 용솟음친다

의열단에서 운영한 학교이기에 의열투쟁가류에 포함시킬 수 있는 노래다.

광복군의 군가들

한국광복군은 1940년에 창설된다. 임시정부의 국군으로 정식 출범하게 된 것이다. 이전에 조국독립을 위해 투쟁했던 모든 조직들이 이 한 곳에 맥을 대어 크고 당당한 조직을 이루게 되었다. 임시정부 주석인 김구가 광복군 통수가 되고, 이청천은 총사령관을 맡게 되었으며, 휘하 3개 지대가 있었다. 각 지대에는 지대가가 있었다.

각 지대가를 보자.

* 1. 동지들아 굳게굳게 단결해 생사를 같이하자 / 여하한 박해와 압박에
   도 끝까지 굴함없이 / 우리들은 피끓는 젊은이 광복군 제1지대 //

  2. 닥쳐오는 결전은 우리의 필승을 보여주자 / 압박없는 자유와 독립
   을 과감히 쟁취하자 / 우리들은 피끓는 젊은이 광복군 제1지대 ///

   (광복군 제1지대가)

* 총 어깨 메고 피 기슴에 뿐다
  우리는 큰 뜻 품은 한국의 혁명청년들
  민족의 자유를 쟁취하려고
  원수 왜놈 때려 부수려 희생적 결심을 굳게 먹은
  한국 광복군 제2지대
  앞으로 끝까지 전진 앞으로 끝까지 전진
  조국독립을 위하여 우리 민족의 해방을 위해
  (광복군 제2지대가)

* 1. 조국의 영예를 어깨에 메고 / 태극기 밑에서 뭉쳐진 우리 / 독립의
   만세를 높이 부르며 / 나가자 광복군 제3지대 //

  2. 첩첩한 산악이 앞을 가리고 / 망망한 대양이 길을 막아도 / 무엇에

굴할소냐 주저할소냐 / 나가자 광복군 제3지대 //

3. 굳세게 싸우자 피를 흘리며 / 총칼이 부러져도 열과 힘으로 /
    원수의 무리를 소멸시키러 / 나가자 광복군 제3지대 /

4. 뛰는 피 끓는 정열 모두 바쳐서 / 철천지 원수를 때려부수고 /
    삼천리 내 강산 도로 찾으러 / 나가자 광복군 제3지대 //

   (광복군 제3지대가)

병영에서 군가는 매우 중요하다. 조직의 단결을 공고히 하며 행동력을 부추기는 힘이 된다. 비록 어느 한 사람이 지은 노래라 하더라도 병영에서는 죽음을 앞둔 노래이기에, 어느 시보다 절실한 노래시가 되는 것이다.

광복군은 지하공작에 뛰어나야 했다. 정규전쟁에 이기기 위해서는 지하공작에서 일머리를 어느 정도 잡아두어야 했다. 「광복군 지하공작대가」에서 그런 점을 유추해낼 수 있을 것이다.

1. 조국광복 쟁취하려 목숨을 걸고 / 원수들의 경계망도 아랑곳없이 /
    대담무쌍하게 적진깊이 뚫고 들어가 / 애국동지 초모하는 지하공작대 //

2. 북경 천진 개봉 귀덕 박현 녹읍과 / 제남 청도 서주 방부 남경 상해
    에 /화북 화중 화남 땅의 어느 곳이든 / 동분서주 활동하는 지하공
    작대 //

3. 진포선과 경한선을 종으로 잡고 / 역수 황하 양자강을 횡으로 삼아 /
    종횡무진 수만리길 중국 대륙을 / 주름잡듯 날고 뛰는 지하공작대 //

4. 중국말과 일본말을 구사하면서 / 가지각색 복장으로 변장을 하고 /
    원수들의 총앞에도 웃음을 띄우면 / 신출귀몰 광복군의 지하공작대 ///

노래만 음미해도 지하공작대원들의 활동 양상이 눈에 선하다. 1940년대에 불렀던 노래다. 국내에서는 일제 암흑기라 할 정도로 모든 것

이 차단되었던 때였는데, 중국에서는 이렇게 지칠 줄 모르고 광복군의 활동이 박차를 가하고 있었다.

1940년대의 「광복군 항일전투가」를 보자.

1. 동반도의 금수강산 삼천리 땅은 / 반만년의 긴 역사를 자랑하였고 /
   그 품에서 자라나는 모든 영웅은 / 누구든지 우리 위해 피를 흘렸다 /
   본받아라 선열들의 자유의 독립을 / 쟁취하기 위하여 싸워 죽었다 //

2. 삼십여년 흑암 속에 노예 생활은 / 자나깨나 망국한을 잊을 수 없다 /
   천고의 한 우리 원수 그 누구인가 / 삼도왜놈 제국주의 조작 아닌가 /
   때가 왔다 우리들의 복수할 시기가 / 너와 나의 피로써 광복에 바치자 //

3. 광복군의 용사들아 일어나거라 / 총칼 배낭 둘러메고 앞을 향할 때 /
   번개눈을 부릅뜨고 고함지를 때 / 살기 돋는 두 주먹은 발발 떠노라 /
   싸우자 침략자 우리 강토서 / 몰아낼 때까지 죽도록 싸우자 //

4. 통탕소리 나는 곳은 죽음 뿐이요 / 검광 번쩍 날린 곳은 피바다이다 /
   광복군이 깃발은 도치에 닐고 / 사유 녹립 만세소리 천지 동한다 /
   뚜드려라 부셔라 모조리 잡아서 / 현해 속에 쓸어 넣고 말아버리자 ///

노랫말만이라도 시원하다. 광복군 총련처장總練處長이었던 송호성이 작사한 노래인데, 총련처장이었던만큼 이 기개가 그대로 광복군 전체에 심어졌을 것이다.

광복군의 행진곡이 많이 있는데 그 중 하나만 보자. 박영만이 작사하고, 한유한이 작곡한 「압록강행진곡」이다.

우리는 한국독립군 조국을 찾는 용사로다
나가 나가 압록강 건너 백두산 넘어가자
우리는 한국광복군 악마의 원수 처물리자
나가 나가 압록강 건너 백두산 넘어가자

진주 우리나라 지옥이 되어 모두 도탄에서 헤매고 있다

동포는 기다린다 어서 가자 고향에

등잔 밑에 우는 형제가 있다 원수한테 밟힌 꽃포기 있다

동포는 기다린다 어서 가자 고향에

우리는 한국광복군 조국을 찾는 용사로다

나가 나가 압록강 건너 백두산 넘어가자

노랫말이 자유시 형태며 시적 표현이 두드러진 곳이 있다. 탁월한 행진곡 가사다.

군가는 장중하고 기개가 높아야 함은 물론이다. 그러나 강한 것만으로 일관할 수 없다. 때로는 전투와 훈련에 경직된 정신을 부드럽게 해줄 노래가 필요하다. 민요라든지 대중가요들이 그것이다. 그것들을 개사改詞해서 부르는 경우도 있고 창작가요도 있을 것이다. 진중가요는 대부분 군인정신을 벗어나지 않는 한에서 군인들의 정서를 위로하고 안정시켜 줄 수 있는 부드러운 노래였다.

1. 저 산 넘어 저 멀리 흘러가는 저 구름 / 우리나라 찾아서 가는 것이 아닌가 / 떠나올 때 말없이 떠나왔지만 / 타는 마음 끓는 피 찾을 길 없어 / 유랑의 길 탈출길 지나고 넘어 / 조국 찾는 혁명길 찾아왔으니 / 보내다오 이 내 맘 저 구름아 / 보내다오 이 내 맘 저 구름아 //

2. 저 산 넘어 저 멀리 흘러가는 저 구름 / 우리나라 찾아서 가는 것이 아닌가 / 떠나올 때 울면서 떠나왔지만 / 내리는 비 찬 바람 어둠 속에도 / 위험한 길 싸움길 드나들면서 / 혁명가의 나갈 길 걷고 있으니 / 전해다오 이 내 맘 저 구름아 / 전해다오 이 내 맘 저 구름아 //

3. 저 산 넘어 저 멀리 흘러가는 저 구름 / 우리나라 찾아서 가는 길이 아닌가 / 돌아갈까 바라지 아니하면서 / 이 내 몸은 이국의 흙이 되

어도 / 정신 살아 우리 땅 화초가 됨을 / 기뻐하며 평안히 살아가기를 / 바란다고 알려라 저 구름아 / 바란다고 알려라 저 구름아 ///

신덕영 작사, 한유한 작곡인 「흘러가는 저 구름」이다. 군가치고는 서정성이 넘치는 부드러운 노래다. '이 내 몸은 이국의 흙이 되어도 / 정신 살아 우리 땅 화초가 됨을'이란 표현은 탁월하다. 애틋하면서도 기상이 살아 있는 노랫말이다.

민요를 개사改詞한 진중가요도 다양하다. 「광복군 아리랑」을 보자.

아리아리랑 스리스리랑 아라리요 / 광복군 아리랑 불러나보세 //
1. 우리네 부모가 날 찾으시거든 / 광복군에 갔다고 말 전해주소 //
2. 광풍이 불어요 광풍이 불어요 / 삼천만 가슴에 광풍이 불어요 //
3. 바다에 두둥실 떠오는 배는 / 광복군 싣고서 오시는 배래요 //
4. 아리랑 고개서 북소리 둥둥 나더니 / 한양성 복판에 태극기 펄펄 날리네 ///

「광복군 석탄가」도 애창되던 노래였다.

1. 석탄 백탄 타는데 / 연기도 김도 안나고 / 삼천만 가슴 타는데 / 혁명의 불길이 오른다 //
2. 서울장안 타는데 / 한강수로나 끄련만 / 삼천만 가슴 타는데 / 머웃으로나 끄려나 //
3. 사꾸라가 떨어져 / 태평양 속으로 묻히고 / 무궁화가 피어서 / 우주에 향기를 피운다 //
(후렴) 에헤야 데헤야 에헤야 / 혁명의 불길이 타오른다 ///

김학규가 개사하여 만든 노래인데 가사가 아주 훌륭하다.
「광복군 늴리리야」도 애창되었다.

널리리야 널리리야 / 니나노 난실로 내가 돌아간다 / 널리리야 널리리야 //

1. 청사초롱 불밝혀라 / 잃었던 조국에 내가 돌아간다 / 널리리야 널리리야 //

2. 일구월심 그리던 곳 / 태극기 날리며 내가 돌아간다 / 널리리야 널리리야 //

3. 잘있드냐 고향산천 / 부모여 형제여 내가 돌아간다 / 널리리야 널리리야 ///

장조민이 작사한 것으로 조국, 고향에 돌아가고 싶은 심정을 노래하였다.

이러한 진중가요는 험난한 독립군 생활을 잠시 녹여주는 역할을 했던 것이다. 일반적인 군가보다는 서정성이 풍부하고, 더구나 민요를 개사하여 부를 때는 친숙하고 흥겨워서 노래의 기능을 한껏 발휘할 수 있었던 셈이다.

국내 자강自强운동을 위한 노래들

국내에서는 무력투쟁이 불가능하였기 때문에 다양한 자강운동으로 대응력을 키워갈 수밖에 없었다. 비록 기만적인 문화정책이었지만 일제가 허용한 문화운동을 한껏 이용하였다. 특히 각종 사회단체를 통하여, 문화매제를 이용하여 거국적인 민족 자강운동을 나름대로 펼쳐갈 수 있었다. 이런 과정에서 노래가 꼭 필요했던 것이다. 각종 단체의 노래도 있었지만 거국적인 호응을 받는 노래가 생겼다. 물산장려운동을 격려하는 「조선물산장려가」같은 것이 좋은 예가 된다.

1. 산에서 금이 나고 바다에 고기 / 들에서 쌀이 나고 목화도 난다 /

먹고 남고 입고 남고 쓰고도 남을 / 물건을 낳아주는 삼천리 강산 / 물건을 낳아주는 삼천리 강산 //

2. 조선의 동무들아 이천만민아 / 두발 벗고 두팔 걷고 나아오너라 / 우리 것 우리 힘 우리 재주로 / 우리가 만들어서 우리가 쓰자 / 우리가 만들어서 우리가 쓰자 //

3. 조선의 동무들아 이천만민아 / 자급자족 정신을 잊지를 말고 / 네 힘껏 벌어라 이천만민아 / 거기에 조선이 빛나리로다 / 거기에 조선이 빛나리로다 ///

윤석중이 작사하고 김영환이 작곡하였다. 일산품日産品 안 쓰기 운동과 병행되었던 물산장려운동은 대단한 기세로 퍼지게 되는데, 위와 같은 노래가 힘을 보탰던 것이다.

「금주가」 역시 자강운동으로 볼 수 있다.

1. 금수강산 내 동포여 술을 입에 대지마라 / 건강지력 손상하니 천치될까 늘 두렵다 //

2. 패가망신 될 독주는 빚도 내서 마시면서 / 자녀교육 위하여는 일전한푼 안쓰려네 //

3. 전국 술값 다 합하여 곳곳마다 학교세워 / 자녀수양 늘 시키면 동서문명 잘 빛내리 //

4. 천부 주신 네 재능과 부모님께 받은 귀체 / 술의 독기 받지말고 국가 위해 일할지라 //

(후렴) 아 마시지 말라 그 술 아 보지도 말라 그 술 / 우리 나라 복 받기는 금주함에 있나니라 ///

「야학의 노래」도 자강운동이지만, 그것이 항일운동의 수단으로 활용되기도 하였다.

1. 옷밥에 굶주린 동무야 / 눈조차 멀어서 산다나 / 낮에 못가는 학교를 / 한탄만 하면 뭐하나 //

2. 낫가락 허리에 꿰차고 / 지게 목발 때리며 / 낮학교 못가는 신세를 / 노래만 하면 어쩌나 //

3. 석유 궤짝 책상에 / 호롱 등불 까무락 / 무쇠 같은 정성에 / 열려 간다 이 눈들 //

(후렴) 낮에 못배우는 동무야 / 가난에 쫓긴 동무야 / 밤에 만나서 배우자 / 뜨거운 손목을 흔들자 ///

동시童詩적 분위기를 살렸지만 먹은 마음이 있는 태세다. '뜨거운 손목 흔들자'와 같은 구절이 그럴 것이다.

이 밖에도 흥사단이라든지 수양동우회와 같은 단체가 자강운동을 이끌어가면서 수많은 노래들을 생산하였다. 모두가 민족애, 조국애를 담은 노래들인 것이다.

노랫말은 노래시다. 넓은 의미에서 시의 영역에 포함된다 할 것이다. 일제기 문학유산을 살필 때 가장 안타까운 것은 적극적 항일시가 많지 않다는 점이다. 그러나 노래시, 특히 이국 땅에서 조국독립을 위해 신명을 다 바치던 독립투사들이 부른 것에는 항일정신이 한껏 표현되어 있다. 시의 영역을 좀 더 확대해서 여기에 이르면 시정신사가 훨씬 역동적으로 전개 되어감을 터득하게 될 것이다. 일제하의 시정신을 풍성하게 해줄 수 있는 독립군가, 자강의 노래들에서 물줄기를 끌어들이는 깃은 진정 유익한 일인 것이다.

III. 해방과 민족전쟁, 그리고 그 후유증의 시대
(1945~1960)

누가 광복을 '움 안에서 떡 받듯', 느닷없이 횡재를 만난 것처럼 비유하는가. 조국독립을 위해 얼마나 많은 고귀한 생명을 대가로 치뤘는가. 또한 일제에게 수탈당한 조상의 유물과 일용할 양식은 얼마며, 선량한 백성들의 노동력은 또 얼마나 착취당했는가. 물론 연합군의 승리가 결정적으로 '선물'이 된 것은 사실이다. 그러나 우리 민족이 일제 치하에게 겪은 고통이라든지, 국내외에서 벌인 항일전쟁을 결코 가볍게 여겨서는 안 될 일이다. 「기전사가祈戰死歌」를 부르며 항전했던 것은 연합군이 아니라 우리 백성, 우리 동포였던 것이다.

헤아릴 수 없는 백성들의 피를 바치고서야 얻어진 조국독립이기에 이루 다 표현할 수 없을 만큼 환희에 들뜰 수밖에 없었다. 그보다 더한 영광과 축복이 있을 수 없기에, 삼천만 온 백성과 삼천 리 금수강산이 온통 벅찬 감격을 맛보고 활기를 되찾게 되었던 것이다. 그러나 이런 환희도 잠시, 곧 바로 소위 좌우익의 힘겨루기에 휩쓸려 우리 민족은 또 다른 내우외환에서 헤어날 수 없었다.

당시 이른바 민족지도자들은 그들이 택한, 각 진영에 버티고 있는 강대국과 결탁하였고 조국분단의 실마리를 만들었다. 미국과 소련이 내세우는 이념의 대리전代理戰을 하게 된 이 민족 이 땅은, 결국 민족전쟁을 치루면서 민족구성원 모두에게 통한痛恨의 조국분단과 숱한 후유증을 남기게 된다. 물론 그 후유증은 지금까지도 치유되지 않고 있는 것이다. 일제 식민지시대나 이념대립의 시대, 그리고 민족전쟁은 우리 민족에게 크나큰 열등감을 갖게 한 시대였고 사건이었다.

우리 민족의 현대사가 이렇게 격랑 속에 진행되어 왔기에, 우리의 현대시 역시 격랑이었다. 환희의 노래가 채 끝나기도 전에 이념을 선택하는 시를 써야 했다. 또한 무척 많은 수의 시인들은 월북하여 삶의 터전, 문학의 터전을 새롭게 택함으로써 그들 시정신의 기반을 완전히 뒤바꿔버린 경우도 있었으며 불행하게 최후를 맞는 시인들도 적지 않았다.

　전쟁을 치루고 남북한이 분단된 상태에서 더 이상 이념 선택에 연관된 시는 볼 수 없게 되지만, 그 후유증은 아주 오래오래 남게 되는 것이었다.

1. 조국 광복의 환희를 노래한 시들

온 땅이 어둠이고 동토凍土였는데 갑자기 찬란한 빛이 쏟아지니, 그건 그냥 황홀이고 환희였다. 잃었던 고국산천, 잃었던 고향마을을 되찾게 되었고 헤어졌던 부모형제, 이웃을 다시 만나게 되는 소원이 단번에 이루어졌으니 그보다 더 큰 기쁨이 어디 있으랴. 그 환희를 위해 숱한 백성들 동포들이 피를 바쳤기에 더 이상 고귀하고 소중할 수 없는 순간이었다. 당장은 무슨 말이 필요할까. 그저 오랫동안 말문이 막혔던 입으로 환성을 지르는 것 외에 무슨 표현을 생각하겠는가. 탄성이 그냥 시가 되는 절정의 시간이었다. 그러나 시인은 마냥 기쁨에 들떠 있을 수는 없다. 이 나라 이 민족이 다시는 그런 수모를 겪지 않도록 뭔가 찾아내어 말부조를 하든지 새로운 깨달음을 주어야 했다. 민족정신을 바르게 방향 잡는 일은 시인이 끝내 해내어야 할 대의명분이었다. 조국 광복의 환희를 노래한 시들 속에는 시인들의 이러한 생각이 조금씩 표현되기도 했다. 그러나 광복에 대한 노래에서 중요한 의미를 찾아내는 것은 거의 힘들다. 광복을 맞아 순간적으로 터져 나온 기쁨의 노래이기에 과거에 대한 성찰이나 미래 전망에 대한 것을 찬찬히 생각해 볼 겨를이 없었을 터다. 그저 우리 민족에게 얼마나 큰 환희였나를, 시인마다 그것을 어떻게 표현했나를 살펴보는 정도에서 만족할 수밖에 없었을 것이다.

홍명희洪命憙는 「눈물 섞인 노래」에서 광복의 기쁨을 표현함은 물론 조상에 대한 예의부터 갖춘다.

독립만세! / 독립만세! / 천둥인듯 / 산천이 다 울린다 / 지동인듯 / 땅덩이가 흔들린다 / 이것이 꿈인가? / 생시라도 꿈만 같다 // 아이도 뛰며 만세 / 어른도 뛰며 만세 / 개 짖는 소리 닭 우는 소리까지 / 만세 만세 / 산천도 빛이 나고 / 초목도 빛이 나고 / 해까지도 새빛이 난듯 / 유난히 명랑하다 / 이러한 큰 경사 / 생외에 처음이라 // 마음 속속들이 / 기쁨이 가득한데 / 눈물이 쏟아진다 / 억제하랴 하니 / 더욱 더욱 쏟아진다 // 천대 학대 속에 / 마음과 몸이 함께 늙어 / 조만한 슬픈 일엔 / 한방울 안나도록 / 눈물이 말렀더니 / 눈물에 보가 있어 / 오랫동안 막혔다가 / 갑자기 터졌는가? // 우리들 적敵의 손에 잡혀갈 때 / 깨끗한 몸 더럽히지 않으시랴 / 멀리 멀리 가신 님이 / 이젠 다시 오시려나 / 어느 곳에 가계신지 / 이 날을 아시는지 / 소식이나 통할 길이 있으면 / 이다지 애달프랴 // 어제까지 두손목에 / 매여있던 쇠사슬이 / 가뭇없이 없어졌다 / 요술인 듯 신기하다 / 오래 묶여 야윈 손목 / 가볍게 높이 치어들고 / 우리 님 하늘 위에 계시거든 / 쇠사슬 없어진 것 굽어보소서 // 님께 받은 귀한 피가 / 핏줄속에 흐름으로 / 이 피를 더럽힐까 / 남에 없이 조심되고 / 남에 없이 근심되어 / 염통 한조각이나마 / 적에게 빼앗기지 않으랴고 / 구구히 애를 썼사외다 // 국민의무 다 하랴고 / 분부하신 님의 말씀 / 해와 같고 달과 같이 / 내 앞길을 비쳐준다 // 아름다운 님의 이름 / 더 거룩히는 못할지라도 / 님을 찾아가 뵈입는날 / 꾸중이나 듣지 않고져 ///

조상이 대대로 물러준 조국이기에 빼앗기지 않으려고 무단히도 애썼다는 말은 그의 항일 전력이 증명해 준다. 조상에 대한 의리를 지킨 다는 생각이 평상심平常心이었기에 이렇게 표현할 수 있는 것이다.

조벽암은 「환희의 날」에서 광복을 비유적으로 표현하며, 새 역사의 기점이 되어야 할 것을 다짐한다.

> 푸른 벨을 쓴 천녀天女
> 동방을 향하여 오던 날 아침,
>
> 환희는 조수潮水 같이 밀리고,
> 감개는 물끓듯이 용솟음 치고.
>
> 웃음과 눈물이 한묵 어울린,
> 엄청나게 고마운 비약의 계단이여!
> 오! 진정한 넋아,
> 오! 돌아올 데로 돌아온 거룩한 사람이.
> 환희는 역사의 마디를 장식하고
> 민중은 앞에서 역사의 수레를 끄노니.
>
> 이제는 그대가 타고 온 말께
> 공포와 주저를 실어 보내고
>
> 그대가 찾아 오느라고 애 쓴 이야기와
> 그대를 맞으려고 고생한 회포를.
>
> 차근차근 기임없이 풀어가며
> 길이길이 다 같이 살아갈 채비를 차리자.

'민중'을 앞세움으로써 평소 가지고 있던 생각을 암시하였다.

조영출은 「슬픈 역사의 밤은 새다」에서 투쟁의 역사를 요약하여 표현한다.

눈 쌓인 허허 벌판, / 핏방울 흘리며 걸어간 발자욱, // 세 바람에 쏠리는 눈보라야, / 너는 이 발자욱 앞에 네 독란獨亂을 멈춘 일이 있었더냐. // 눈 싸락 차운 국경의 빙판, / 피눈물 방울 흘리며 떠나간 발자욱, // 서슬이 푸른 아수라의 별들아, / 너는 이 발자욱 앞에 / 네 체포를 멈춘 일이 있었드냐. // 오오 슬픈 압제의 밤은, / 가슴을 찔러 흐른 피에 / 사상이 꽃처럼 피다. // 눈보라 속에 피묻힌 임의 눈동자 / 마음의 광체 / 금禁줄을 띠운 상방尙房의 등불마닥 / 강보의 어린 울음이 터져 올랐다. // 임은 가고 / 여기 어린 생명을 살고, // 칼날이 선 울타리 속에 / 이 어린 목숨이 살어, / 지금 오! 지금 / 이 슬픈 슬픈 역사의 밤은 새다. // 보라 저 푸른 하늘, / 저 태극기 꽂힌 지붕을 넘어오는 / 붉은 태양. // 오! 붉은 태양아 / 슬픈 역사의 밤은 영원히 밝었느냐. ///

광복을 '임'의 덕택으로 돌린다. 조국 광복을 위해 힘쓰다 희생된 애국지사들이 '임'으로 표현된다. '눈 싸락 차운 국경의 빙판 / 피눈물 방울 흘리며 떠나간 발자욱'이란 표현은, 특히 남의 나라 땅에서 조국독립을 위해 신명을 다 바친 이들을 말한다.

박세영은 「8월 15일」에서 일제에 대한 울분을 실컷 토해 놓는다. 그러면서 다른 시인들보다 성급한 면모를 보이는 부분이 있다.

잃었던 조국이여 다시 살어났는가, / 1945년 8월 15일 / 이날부터 건국의 새 역사는 시작되어 온 조선 안에는 누구나 다 ― 뛰었다 / 일찍이 맛보지 못하던 오늘의 이 환희! / 1910년 9월 어느날 한일합병의 축하행렬이 지나갈 제 / 어린 내 눈에도 눈물이 흘렀더니라 / 가슴이 멍이 든 지노 어느새 36년 / 자나 깨나 내 어찌 조국을 잊었으랴. // 이리하여 조선의 산하는 헐리기 시작하고 / 좀먹기 시작하고 또한 병들기 시작하였더니라. / 온몸에 달라붙은 거머리는 뗄래야 뗄 수 없어 / 오늘까지 36년 동안을 두고 / 내머리 이미 반백이 될 때까지 달러붙었드니라 // 이 동안에 영웅적 우리 수많은 동지들은 놈들에게 목숨을 빼앗기고 / 아니면 골병이 든 이 얼마나 되랴. / 생각하면 이가 갈리고 피가 끓는구나. // 4천여 년의 오랜 역사를 가진 이 나라를 / 오직 36년 동안에 우리의 빛나는 문화와 언어 / 그리고 문자, 심지어는 성씨까지 말살하여 / 지구에서 존재를 흐려버리려던 간악한 놈들은 어찌 벌을 안받을소냐. // 놈들은 동아의 맹주라 자처하고 / 온 동아의 천지를 좀먹으랴든 헛된 구도에 / 모든 동아의 민족은 오랫동안 질식하였다. // 오 ─ 온 동아의 민족은 오늘 우리와 같이 뛰자 일어나자! / 동아민족의 해방은 진실로 이제부터다. / 노동자 농민의 해방도 이제부터다 / 지금은 독아毒牙에 물린 상처도 나았으니 / 이미 조국을 위하여 피흘린 동지와 / 성의聖醫 미소영중에 감사하자. // 이제는 우리도 띳띳이 소국을 위하여는 피를 흘릴 것이요 / 나만의 영예와 지위를 욕구하지 않고 / 오직 건설을 위하여 달릴 것이다. / 오 ─ 조국이여 융성하라 / 정의와 자유의 동산에서 / 또한 세계에 다리를 놓고 이바지하라. // 이리하여 우리는 오늘 8월 15일에 / 기쁨을 넘치는 눈물을 머금고 / 희망에 가득찬 기쁨을 안고 / 조국의 만세를 부른다 / 민족해방의 만세를 부른다. ///

성급한 부분은 사회주의적 성향을 짙게 드러낸 것이고, 또한 '성의聖醫 미소영중에 감사하자' 라는 부분이 그렇다. 물론 사회주의 성향은 일제하에서도 그랬고 또 해방기에 그가 선택하는 이념이었기에 제쳐 둔다 하더라도, 미영중소를 성스런 의원으로 표현한 것은 지극히 성급한 표현이었다고 할 수 있겠다.

이흡의 「팔월 보름날」이란 작품은 참으로 경쾌한 어조로 표현되었다.

팔월도 보름날 명랑한 한낮
엄청난 새 역사의 수레를 굴렀나니

그립고 보고팠어라 찬란한 오늘
고운 선물 싣고 돌아오셔라

임이 오심에 헛된 길 아님을 알고
임이 오시기 애쓰심을 아오나니

시샘이 있사오리 탄압이 있사오리 길은 한길이오니
겨레여! 곱게 뫼실진저 조약돌을 쓸지어다

오롯 모두를 바치오리 아낌이 있사오리
어찌 한자 한획을 소홀하게 하오리까

임이 오심에 헛된 길 아님을 알고
임이 오시기 애쓰심을 아오나니

이 시에서 표현된 대로, 해방이 정말 소중한 것인지 알고 모두가 일
거수일투족을 소홀하지 않게 했더라면 조국이 분단되지 않았을 터인
데, 하는 생각이 들게 하는 시다.

박아지朴芽枝는 「칩복蟄伏」에서 해방의 감격과 함께 또 다른 각오를
다지고 있다.

붓을 꺾이고 호미를 잡어
오늘이 있기를 기다리며 기다리며
어둠 속에서 빛을 찾으려
묵묵히 다만 묵묵히
인고와 땀으로 아로새긴 10년!

아아! 기다리던 오늘의 감격!

산과 내와 풀과 나무와 새와 벌레가

모오두 새로운 듯 반기고 다정하여

벼 이삭과 나물싹이 이다지도 신비로운 순간.

이 하늘이 한고작 높고

이 땅이 가지록 넓고

그리고 태양이 이렇게도 아름답고

이 겨레가 이다지도 위대한 줄이야

아아! 동무들아

이 순간같이 벅차게 느껴본 적이 있는가.

흥분한 얼굴에 눈물이 어리우고

쥐어진 주먹이 가늘게 떨리여

심장이 터지도록 외치고 싶은 충동

아아! 동무들아

우리에게는 또 한번 끊어야 할 쇠사슬이 남었구나

태양을 못 보던 어둠 속 우리들의 회화會話가

빛을 반기며 땅위에 솟는다

동무들아

희망에 뛰는 가슴을 가만가만 달래이며

힘차고 묵직한 첫발을 대지가 울리도록 옮기어보자.

  '또 다른 각오'란 결국 사회주의 이념에 충실하려는 것으로 유추된다. '인고와 땀으로 아로새긴 10년' 이라는 구절은 카프 해산 이후 10년을 말하는 것이겠고, '우리에게는 또 한 번 끊어야 할 쇠사슬이 남었구나' 는 구절은, 사회주의 사회를 만들어가는 운동을 암시하는 것이겠다.

오장환은 「8월 15일의 노래」라는 시로 해방의 감격을 표현하면서
동시에 어떤 조짐을 암시한다.

기旗폭을 쥐었다.

높이 쳐들은 만인의 손 위에

깃발은 일제히 나부낀다.

"만세!"를 부른다. 목청이 터지도록

지쳐 나서는

군중은 만세를 부른다.

우리는 노래가 없었다.

그래서

이처럼 부르짖는 아우성은

일찍이 끓어오던 우리들 정열이 부르는 소리다.

아 손에 손에 깃발들을 날리며

큰길로 모이는 사람아

우리는 보았다.

이곳에 그냥 기쁨에 취하고, 함성에 목메인

겨레를……

그리고

뒤끓는 환희와 깃발의 꽃바다 속에

무수히 따라가는 아동과 근로하는 이들의 행렬을……

춤추는 깃발이여!

나부끼는 마음이여!

이들을 지키라.

> 너희들은 자랑스런 너희들 가슴으로
>
> 해방이 주는 노래 속에서
>
> 또 하나의 검은 쇠사슬이 움직이려 하는 것을……

마지막 두 행, '해방이 주는 노래 속에서 / 또 하나의 검은 쇠사슬이 움직이려 하는 것을……' 이란 표현이 의미하는 것을 여러 가지 유추할 수 있을 것이다. 미국과 소련의 음모라든지, 친일매국노들이 기득권을 유지하려는 움직임이라든지, 좌우익의 패권다툼 따위 중 한 가지일 수도 있고, 또 그 모든 것들을 합한 세태를 의미할 수도 있을 것이다. 어쨌든 오장환은 해방의 감격 속에서도 미래를 예감하는 냉철함을 보여주고 있다.

설정식辭貞植은「삼내 새로운 밧줄이 드리우다 만 날」에서 아주 독특한 비유법으로 해방의 기쁨을 표현했다.

> 궁한 쥐 이빨 살에 박히다 만 날
>
> 붉은 벽돌담 그림자 밑에
>
> 삼내 새로운 밧줄이 교수대에 늘이우다 만 날
>
> 늦게라도 팔월은 당도하였다.
>
> 날이 밝아서 황토에 봄이었다
>
> 봄 봄이 아니라 38도 삼동三冬인들
>
> 그보다 한 태풍이라도
>
> 태풍이 아니라 지진이라도
>
> 아 한애비 애비 손자새끼의
>
> 원수가 넘어졌다는 것으로
>
> 아무게라도 바꾸자

모든 창과 문 빗장을 열어놓은 8월

병실에서 창루娼樓에서 사무실에서

서재에서 감옥에서

그리고 끓는 물 제사장製糸場에서

바퀴 바퀴 피대皮帶는 실컷 공전空轉을 하라

해바라기 꽃이 드높이 펴서

돌아오라 백정白丁

좋다 묵은 터에서 쌀밥 먹던 생각을 할 놈도

같이 8월 새하늘

무당 앉은뱅이 유걸이 판수

아

막대는 짚어 무얼하느냐

아무데 엎어져도 우리들의 황토

실컷 한동이 먹으러 가자

여름이 가고 가을이 오고 가을이 가고 겨울이 오고

겨울이 가고 봄이 올 뿐이요

해바라기는 어디가서 피었는지 분간 못할 백야白夜

하였으되

이것은 꿈이냐

맑아지지 않는 백야는 긴 꿈이냐

　　원수, 천민 할 것 없이 모두 기쁨을 누려보자는 포용력을 보이는 작품
이다. '궁한 쥐 이빨 살에 박히다 만 날', '삼내 새로운 밧줄이 교수대에
드리우다 만 날'이라는 말로 극적인 해방을 표현한 것이 재기발랄하다.

유진오兪鎭五의 「횃불」은 '8·15의 노래' 라고 부기되어 있는 작품으로, 해방의 감격을 표현함은 물론 미군정에 대한 거부감을 내보이고 있다.

> 웅성깊은 수풀처럼
> 소용대는 깃발 깃발
>
> 부랑카트 환이 하늘을 뚫어
> 끓어 달른 심장이 아퍼
>
> 피와 눈물이 뒤섞인
> 까아만 얼굴 위에 주름을 잡고
> 끝없는 부르짖음이
> 뇌성처럼 지축을 흔들며
>
> 거대한 생명이 대열을 지으면
> 염염炎炎히 타는 불길되어
> 거리마다 인민의 마음 속속드리
> 아! 조선은 야만이 아니다
>
> 풍장치며 가는 농민도
> 어머니 손에 매달려가는 어린 아해도
> 한결같이 외치는
> '정의의 손으로 탈환하여라'
> 앞에서 들려온다
> 뒤에서도 들려온다
>
> 바다와 같이 고함치며

○○○ 같이 깊은 마음들이
거리를 휩쓸고 마루턱에 오른다

썩은 강냉이와 밀가루에
쫓기고 밀려나온 겨레들이
여기 모두 한데를 모여
군정을 인민에게 넘겨달라고
동무여 너도나도 목이 쉬었다

파닥이며 나부끼는 깃발 깃발
우리들 깍지 끼고 뛰어들때엔
너는 모든 산허리에 꼽혀서
활활 햇불처럼 타라

○○○ 표시는 어휘를 확인할 수 없는 부분이다. '썩은 강냉이와 밀
가루에 / 쫓기고 밀려나온 겨레들이 / 여기 모두 한데들 모여 / 군정을
인민에게 넘겨달라고 / 동무여 너도나도 목이 쉬었다'라는 표현으로
보아서는, 미군정이 웬만큼 진행되고 있는 시점에서 쓴 작품이 확실하
다. 미군정이 '또 다른 사슬'임을 잘 알고 있었던, 현실안이 정확한 시
정신이었던 것이다.

김용호는 「모두 엉키여 팔을 끼자」라는 시로 해방의 감격을 표현
했다.

짙은 포푸라잎 마주 어울리는
빽빽한 곳에서 발돋움하고
팔월 태양 위에 청년은 있었다.

뭇갈가마귀의 낡은 주름살과
무너져가는 성벽의 좀친 자랑과
한바탕 벌어진 노름판은
이젠 없어도 좋을 팔월이다.

먼지 낀 거리 거리의 창문을 제치고
내다보는 너희들 눈에 무엇이 있느냐

밑에서 밑에서 솟아오른 힘이기에
산줄기 살은듯 날개를 펴고
우으로 우으로 한가닥 지표인듯
벅차는 노래가 산을 떠가고
우리 모두 엉키어 팔을 끼자
세찬 밀물이 되어 나아가자

뗏목처럼 모여 모여 흐르는 곳에
팔월은 팔월은 요 ― 즘 맞이한 팔월은
내일 무성할 우리들의 자랑이 아니냐

이헌구李軒求는 「소박한 노래」에서 어찌할 수 없는 기쁨을 표현하고
있다.

누나야
이제 너도 눈물을 거두고
열두폭 남치마를 입어보렴
하 ― 얀 보선발이 그립고나야
눈을 들어 저 푸른 하늘을 보라
땅은 왼통 북처럼 둥둥 울린다

아가야
이제 너도 꿈을 깨려마
해와 달 그려진 기旗를 내걸자
너도 기다렸을 잔치날이니
낡은 표주박에 청수淸水라도 모실까
제비야 참새야 비둘기야
생쥐 너도 오늘은 귀한 손,

어머님
저 나라에도 하마 이 소리 들리시리라
이내 향로 앞에 무릎을 꿇어
울고 울고 또 울어라도 보리까

눈물은 명주실에라도 꿰여
님의 하얀 목에 걸어드리오리까
하마 그님은 7현금 껴안고
여민락與民樂 한 곡을 타기도 하오리다

어룬님 두려우신 얼굴에
어인 눈물이 빛나심이뇨
검은 머리 희셨다 마시고
덩실 춤인들 못추시리까

꿈도 길었거니
사슬도 무거웠다
그늘에서 그늘로
설어워라 40년

누나야 아가야
피와 살이 뛰논다
내 평생 단 하나의 원이었거니
어이 노랜들 읊지 못하랴

그토록 절절히 바라던 해방이기에 모든 것이 새롭고, 모든 대상이 눈물겹게 보일 수밖에 없었을 것이다. 동심童心이 되어 마냥 흥분하여 나대는 광경이 그려지는 작품이다.

김기림은 「새나라 송頌」에서 문명찬가를 부르고 조국 근대화를 독려하는 모습을 보여주었다.

거리로 마을로 산으로 골짜구니로 / 이어가는 전선은 새나라의 신경神經. / 이름없는 나루 외따룬 동리일망정 / 빠진 곳 하나 없이 기름과 피 / 골고루 돌아 다사론 땅이 되라. // 어린 기사들 어서 자라나 / 굴뚝마다 우리들의 검은 꽃묶음 연기를 올리자. / 김 빠진 공장마다 동력을 보내서 / 그대와 나 온 백성의 새나라 키워가자. // 산신과 살기와 염병이 함께 사는 비석이 선 마을 마을에 / 모 — 터 — 와 전기를 보내서 / 산신을 쫓고 마마를 몰아내자. / 기름 친 기계로 운명과 농장을 휘몰아 갈 / 희망과 자신과 힘을 보내자. // 용광로에 불을 켜라. 새나라의 심장에 — / 철선을 뽑고 철근을 느리고 철판을 피자. / 세멘과 철과 희망 위에 / 아무도 흔들 수 없는 새나라 세워가리. // 녹슨 궤도에 우리들의 기관차 달리자. / 전쟁에 해여진 화차와 트럭에 / 벽돌을 싣자. 세멘을 올리자. / 애매한 지배와 굴욕이 좀먹던 부락과 나루에 / 새나라 굳은 터 다지러 가자. // 다이나모 아침부터 잉잉거리는 골짝 / 파이프 팔들어 떠바친 젊은 산맥들은 / 희랍 낭하廊下의 목이 굵은 여신들 / 해발 3천척 호수를 끌어안은 당돌한 땜 / 얄루강 5천년의 신화를 말렸다 불렀다가 / 음악을 올리렴. 새나라의 노래를 부르렴. / 드부르샤크의 애련한 신세계가 아니다. / 거리마다 마치소리 안개 속 떨리는 기적 / 전기로 돌아가는 논밭과 물레방아 / 그대와 나의 놀라운 씸포니 울려라. // 어린 새나라 하나 시달린 꿈을 깨서 눈을 부린다. / 동해 푸른물 허리에 떨며 일어나는 '아프디테' ─ / 모두가 맞이하자 굳이 잠긴 마음의 문을 열어 / 피 흐르는 가슴과 가슴을 섞어 새나라 껴안자. ///

장시 「기상도氣象圖」와 같은 시에서 문명비판의 관점을 갖던 것과는 다른 모습이다. 외래어 사용, 지식의 과시는 여전한 버릇이지만, 새로운 조국건설에 박차를 가하자는 생각을 격양된 어조로 표현해냈다.

김광균은 「날개」에서 차분한 어조로 광복의 기쁨을 표현했다.

눈물겨웁다

황폐한 고국 낡은 철로와 무너진 다리

서른 여섯 해 비바람이 스쳐간 자취

애처러웁다

혼곤한 산과 들에 시냇물 소리

나의 부모 동생과 못 겨레가 살고 있는 곳

이 슬픔 위에

이 기쁨 위에

혁명이여, 아름답고나

피묻은 네 날개 위에

찬란한 보람 동터오누나

잃어진 내 것을 찾아

거리로 가자 항구로 가자

희망이여

나에게 강대한 꿈을 주려마

날아가야 할 하늘 저멀리 가로놓이니

연약한 날개를 모아 노래부르자

우리 두팔을 걷고 바위를 밀자

가없는 곳에 큰길을 닦자.

'혁명이여 아름답고나'란 시구가 독특하다. 광복을 이루기 위해 쏟은 모든 노력을 혁명으로 지칭했을 것이다.

조지훈의 「산상山上의 노래」는 기쁨에 그냥 터져 나오는 언어가 아니고 서정성이 풍부하고 정제된 작품이다.

높으디 높은 산마루

낡은 고목에 못박힌 듯 기대어

내 홀로 긴 밤을

무엇을 간구하며 올어왔는가.

아아 이 아침

시들은 핏줄의 굽이굽이로

사늘한 가슴의 한복판까지

은은히 울려오는 종소리.

이제 눈 감아도 오히려

꽃다운 하늘이거니

내 영혼의 촛불로

어둠 속에 나래 떨던 샛별아 숨으라.

환희 트이는 이마 위

> 떠오르는 햇살은
>
> 시월 상달의 꿈과 같고나
>
> 메마른 입술에 피가 돌아
>
> 오래 잊었던 피리의
>
> 가락을 더듬노니
>
> 새들 즐거이 구름 끝에 노래 부르고
>
> 사슴과 토끼는
>
> 한포기 향기로운 싸릿순을 사양하라.
>
> 여기 높으디 높은 산마루
>
> 맑은 바람 속에 옷자락을 날리며
>
> 내 홀로 서서
>
> 무엇을 기다리며 노래하는가.

'메마른 입술에 피가 돌아 / 오래 잊었던 피리의 / 가락을 더듬노니' 란 표현도 좋고, '사슴과 토끼는 / 한포기 향기로운 싸릿순을 사양하라' 는 구절도 절창이다.

이상에서 본 것과 같이 조국광복의 환희를 노래한 시들은 많은데 대동소이한 내용이고, 몇몇 작품은 독특한 의미를 포함하고 있는 것도 있다. 어차피 감격의 순간에 쓰인 시일진대 다른 시들처럼 독자를 덜 의식해도 좋은 깃이다. 자기 기쁨을 기쁨으로 한껏 발산해 내는 그 자 체가 목적인 것이기 때문이다. 그러나 신중한 시인은 기쁨을 표현함과 동시에 민족의 미래, 자신의 의지와 같은 것을 나타내려 하였다. 시인 이 스스로에게 부여한 시대적 사명감은 이런 시에서도 경중이 가늠된다.

2. 귀국·귀향의 노래와 환영의 노래

내 땅으로 돌아간다는 것만큼 가슴 벅찬 일이 있을 것인가. 잃었던 땅을 되찾아 돌아가는 것이기에 금의환향이 아니라도 좋았다. '고향이나 핏줄은 멀리 두고 그리는 것이 제 맛'이라고들 하지만 천만의 말씀이다. 제가 좋아 떠난 것이 아니고 이민족에 의해 반강제로 쫓겨난 것이었기에 멀리 두고 그릴 수 없는 조국이요 고향이었다.

고향이나 조국을 떠나게 된 사람들이 얼마나 많았을 것인가. 조국의 독립을 위한 일념으로 남의 나라 땅에서 일제에 맞서 싸우던 사람들, 일제의 간교한 토지정책에 농지를 빼앗긴 채 남의 나라 땅을 찾아간 이유민移流民들, 일거리를 찾아 원수의 나라까지 갈 수밖에 없었던 사람들이 모두가 고통스런 삶을 꾸려가야 했던 것이다. 민족사民族史는 곧 가족사인지라 고난의 민족사民族史는 곧 고난의 가족사였다. 가족 모두가 이유민이 되건, 일부가 헤어져 떠나가든 그것은 가족 전체, 그리고 마을공동체의 아픔일 수밖에 없었다. 그러한 아픔을 다 겪고 친지를 만나게 되는 고향 땅, 고국 땅을 밟는다는 것이 얼마나 큰 기쁨인가를 누구든 표현해 내지 않을 수는 없는 일이었다.

그러나 모두가 다 기쁨일 수만은 없었다. 해방이란 무조건 좋은 것이지만 일제에 의해 철저히 피폐된 터전에 새로운 삶의 터전을 세울 일이 너무도 아득하여 기쁨이자 절망인 노래가 되는 수도 많았다. 게다가 해방정국의 돌아가는 낌새가 뭔가 심상치 않았기에, 그런 조짐을 표현한 작품들도 있었다.

또한 돌아오는 사람들을 맞는 노래가 의당히 있어야 했다. 고국에, 고향 땅에 남아있는 사람들은 그들대로 고통을 겪었지만 그래도 이국 땅에서 온갖 수모를 견디며 회향병懷鄕病을 앓던 이들보다 다소간 나았으리라. 내 땅에서 겪는 고통이 남의 나라 땅에서 겪는 고통에 비해 나을게 없다 하더라도 고국에, 고향에 돌아온 사람들을 위로하고 격려하여 함께 새로운 삶을 꾸려갈 수 있도록 다독거리는 것은 남아있던 사람들의 몫이었다. 떠나보내는 시가 더없이 애절했듯이, 돌아오는 이들을 맞는 시도 더없이 기쁨이었고, 때로는 미래에 대한 불안의 노래가 되기도 하였다.

조벽암의 「가사家史」는 일제하에서 흩어져 살아야 했던 한 가정의 애달픈 사연을 제시한 시다. 가족의 역사인데 확대하면 곧 민족 고난의 역사가 되는 것이다.

아베는 두더지 닮아 / 어느 때는 금점판 / 어는 때는 절人간 / 어느 때는 일터로 / 어느 때는 감옥 / 두루두루 돌아다닌다는 소문 // 집안은 파뿌리같이 문드러져 / 일가붙이 하나 돌보지 않고 // 어메는 적수공권 / 어느 때는 바느질품 / 어느 때는 바비아치 / 어느 때는 박물장사 / 두루두루 천덕구니 / 소박데기라 비웃는 소리 / 못생겼다 꾀이는 소리 // 그러나 청실 홍실 늘인 / 붉은 밀초 녹아내리던 밤 / 새 명주 이불 내음새가 풍기던 밤 / 정이 든듯 만듯 / 한사코, 그리고 지켜온 마음 / 철없을 적에 얻는 듯 도토리 같은 남매 / 기어이 길러놀 결심 // 어느 때는 아베를 원망도 했고 / 어느 때는 아베를 그리기도 했고 / 어느 때는 아베를 고맙게도 여기고 // 무럭무럭 커가는 아들과 딸 / 탐탁하기 그지

없어 / 아베는 영 잊어버려도 살 것만 같았던 때 / 땅이 꺼지는 듯 / 아들을 병정으로 / 딸은 공장으로 // 뺀질뺀질 놀고만 있는 / 면장집 딸도 / 술도가집 아들은 / 고스란히 그대로 두고 / 고생살이에 쪼들려 불쌍히 큰 / 어메의 아들은 붙들려 가 / 남으로 갔다기도 하고 / 북으로 갔다기도 하고 // 천덕구리로 큰 / 어메의 딸은 끌리어 가 / 서울로 갔다기도 하고 / 만주로 갔다기도 하고 // 아! 어찌된 셈인지 몰라 / 어메는 미친 듯 울었고 / 어메는 죽을 듯 몸부림치고 // 그러나 아직 죽지는 않았다 / 아직도 살아 돌아오려니 하는 기다림과 // 어메는 정화수 떠놓고 / 초스불 켜 놓고 / 합장재배 / 비옵는 축원 // 여름이라 한 가을 / 8월에도 보름날 // 어메는 막연히나마 좋다 말아 울었오 / 덩달아 손들어 만세를 불렀오 // 이런 소문 저런 소문이 떠돌던 며칠 후 / 딸은 하이얀 얼굴로 돌아왔고 / 또 며칠이 지난 후 / 아들은 우리 군대에 있다는 소문 / 또 며칠 후 / 아베는 연해주에 있다는 소문 // 어메는 꿈인가 했소 / 어메는 생시인가 했소 / 어디서 박혔다 쏟아지는지 / 뜨거운 눈물이 연신 흐르고 / 어디에 갇혔다 나오는 웃음인지 / 주책없이 울면서 웃어지는 기쁨 / 이제껏 싫어했던 사람이 친절한 척하고 / 이제껏 푸대접하던 일가가 찾아오고 // 그러나 새삼스레 간하며 칭송함을 물리치고 / 맑은 창공을 우두커니 쳐다보는 / 어메의 눈동자는 별같이 반득였오 / 아베가 돌아올 제까지 / 아들이 돌아올 제까지 / 땟국묻은 행주치마 바람으로 / 눈에는 한껏 더운 눈물을 짓고 / 입에는 한껏 웃음을 띠고 / 울며 웃으며 천연듯이 맞으려 했오 // 오늘이라 섣달그믐께 / 정화수 떠 놓고 / 초스불 켜 놓고 / 합장재배 / 아베와 아들을 축원하는 가는 목소리 ///

'어메'에 초점을 맞춰 한 가정의 고난사가 충분히 긴 호흡으로 전개된 작품이다. 한 여인의 고통스런 운명과 그 고통을 이겨나가는 인내심, 그리고 정성까지 잘 표현하고 있다. 한 나라가 고난에 처할 때 한 가족의 역사도 그럴 수밖에 없다는 것을 잘 보여주고 있는 작품이다.

　권환權煥의 「고향」은 유민이 되어 떠났던 사람이나 일제에 의해 강제로 끌려갔던 사람들이 속속 귀향하는 모습을 보여주고, 모처럼 생기에 찬 고향의 광경을 제시한다.

　　　십년 전 양주가

　　　등에는 괴나리 보ㅅ짐

　　　두 손엔 바가지 들고

　　　북으로 북으로 멀리 간 박첨지도

　　　어제 만주서 돌아왔다

　　　동리 어구에 들자말자 연신

　　　용감한 아라사 병정 이야길 하면서

　　　도수장에 목을 옭혀간 소처럼

　　　구주九洲 탄광으로 끌려갔던 김춘보金春甫도

　　　이년만인 그저께야 돌아왔다

　　　위아랫니[齒]를 부득부득 갈면서

　　　쫓겨가고 고향을 파먹던 모진 야수들은

　　　찾아왔다 고향을 잃은 백성들은

　　　야학교 좁은 강당에선

　　　박수 소리가 요란하게 일어난다

　　　학병서 돌아온 덕수德洙군의

　　　각모角帽를 휘두르며 부르짖는 연설회다

　　　이 넓은 '삼거리'들野도 모두

　　　우리들 땅입니다 인젠

재등齋藤이 논도 영목鈴木이 밭도 아닙니다.

왼 들에 구수하게 풍기다
익은 곡식의 향내가

만세 소리가 때때로 바람결에 들리다
이 마을 저 마을서

유달리 맑고 푸른
자유 조선의 가을 하늘이었다

빼앗겼던 것을 되찾은 기쁨에 주위 환경이 모두 정겹게 느껴지는 것이다. 고향이, 조국이 그렇게 좋은 것인 줄 절감한 순간을 잘 표현한 작품이다.

이용악의 「하나씩의 별」은 이국땅으로 이민 갔던 이들이 조국광복을 맞아 돌아오는 모습을 묘사한 시다.

무엇을 실었느냐 화물열차의
검은 문들은 탄탄히 잠겨졌다
바람 속을 달리는 화물열차의 지붕 위에
우리 제각기 드러누워
한결같이 쳐다보는 하나씩의 별

두만강 저쪽에서 온다는 사람들과
쟈무스에서 온다는 사람들과
험한 땅에서 험한 벌 치르고
눈보라 치기 전에 고향으로 돌아간다는
남도南道 사람들과

북어 쪼가리 초담배 밀가루떡이랑

나눠서 요기하며 내사 서울이 그리워

고향과는 딴 방향으로 흔들려 간다

푸르른 바다와 거리 거리를

설움 많은 이민열차의 흐린 창으로

그저 서러이 내다보던 골짝 골짝을

갈 때와 마찬가지로

헐벗은 채 돌아오는 이 사람들과

마찬가지로 헐벗은 나요

나라에 기쁜 일 많아

울지를 못하는 함경도 사내

총을 안고 뽈가의 노래를 부르던

슬라브의 늙은 병정은 잠이 들었나

바람 속을 달리는 화물열차의 지붕 위에

우리 제각기 드러누워

한결같이 쳐다보는 하나씩의 별

고국으로 귀환하는 이민열차의 풍경을 간결하면서도 인상 깊게 표현했다. '한결같이 쳐다보는 하나씩의 별'은 각자의 희망을 의미하는 것이겠다. 이국 땅에서 설움이란 설움을 다 겪어내고 새로운 모습으로 귀환하는 사람들인지라, 섣불리 조국독립의 환희에 젖지도 못하는 이들의 심정을 대변하고 있다. 앞날이 걱정되는 것이다.

귀환자들의 이러한 심정은 그의 「하늘만 곱구나」에서 더욱 분명하게 표현된다.

집도 많은 집도 많은 남대문 턱 움속에서 두 손 오그려 혹 혹 입김

불며 이따금씩 쳐다보는 하늘이사 아마 하늘이기 혼자만 곱구나

거북네는 만주서 왔단다 두터운 얼음짱과 거센 바람속을 세월은 흘러 거북이는 만주서 나고 할배는 만주에 묻히고 세월이 무심찮아 봄을 본다고 쫓겨서 울면서 가던 길 돌아왔단다

띠팡을 떠날 때 강을 건널 때 조선으로 돌아가면 빼앗겼던 땅에서 농사지으며 가 갸 거 겨 배운다더니 조선으로 돌아와도 집도 고향도 없고

거북이는 배추꼬리를 씹으며 달디달구나 배추꼬리를 씹으며 달디달구나 배추꼬리를 씹으며 꺼무테테한 아베의 얼굴을 바라보면서 배추꼬리를 씹으며 거북이는 무엇을 생각하누

첫눈 이미 내리고 이윽고 새해가 온다는데 집도 많은 집도 많은 남대문턱 움속에서 이따금씩 쳐다보는 하늘이사 아마 하늘이기 혼자만 곱구나.

고국에 돌아왔지만 집도 절도 없는 사람들의 소외감을 아주 잘 표현했다. 고향, 고국에 대한 기대감이 속절없이 무너져, 할 바를 모른 채 멍하니 소일할 수밖에 없는 것이다. ‘이따금씩 쳐다보는 하늘이사 아마 하늘이기 혼자만 곱구나’ 란 시구가 허탈한 심정을 잘 표현해 냈다.

이병철李秉哲의 「역두驛頭에서」는 열차를 타고 귀국하는 이민들의 모습과 심정을 잘 담았다.

귀떨어진 소반이며 바가지며
그리고 오오랜 가난에 끄슬린 양은냄비며
모조리 노끈으로 알뜰히 꾸려 들고.

젖먹이와 네 살먹이와 나의 아내와

어두운 밤 지붕도 없는 화물열차에 실리어 오면서

머얼리 아스름 감았다가 다시 떠 바라보는

눈망울 속에

별처럼 또렷이 빛나야 할 나의 위치였다.

일흔 아홉 개 '턴넬'을 하나씩 헤어리면서 하나씩 지날 때마다

캄캄한 어둠이 싫어서 싫어서

얼마나 기적소린들 소스라쳐 울었을까마는

경경선京慶線 500키로

불길처럼 가슴을 식식거리며 쬐그만 기차가 이윽고 와 닿으면

모두들 구렛나루 숭게숭게 기뤄가지고

38식式 보병총에 쫓겨오는 시골사람들 틈에 끼여서

나의 아내와 어린 것들과,

어디 쬐그맣게 번지수를 나의 문패를 밝힐 집이나 한 채 있었으면
좋겠다.

고국 · 고향으로 돌아오기 위해 기차에 몸을 실었지만, 끝내 이후의
살아갈 일이 염려되는 것이다. 나라가 해방되었는데도 기쁨에 들뜨지
못하는 것은, '어디 쬐그맣게 번지수를 나의 문패를 밝힐 집이나 한 채
있었으면 좋겠다'는 생각 때문이다. 당장 어디 안착할 곳이 없는 귀환
길이기에 분위기는 경쾌하지 못한 것이다.

「묵밭」이란 시는, 위의 시와는 달리 귀환하는 사람들을 맞는 입장에
서 쓴 시다. '해외에서 오는 동포들을 맞으며' 라는 부제가 달려있는 작
품이다.

멧돼지를 쫓으면서
두메산골 집집마다 싸리삽짝 찌글세 놓은 채로

묵뫼 속에 오래 잠든 할배의 유업遺業을
아이도 어른도 할것없이 모두다 지켜왔다.

녹두랑 콩이랑 심어 해마다 땀흘린 보람
땀흘린 보람 이제 한사限死 걷우으이

머얼리 멧돼지보다도 더한 등살에 떠나갔던 사람들 돌아오는가
웃으면서 돌아오는 길머리 기다리는 사람들

사랑하는 이웃 아우야 형아
우수수 묵었던 나절갈이 이랑이랑 씨를 뿌리자.

'묵뫼'란 고분古墳이란 뜻이다. 돌아오는 사람들을 맞는 기쁨과 새로운 희망을 표현한 작품이다.

이수형李琇馨의 「행색行色」은 비교적 긴 산문시인데, 이민 떠났다 귀국한 사람들의 심경을 잘 표현한 작품이다. 해방의 기쁨보다는 분노가 더 느껴지는 세태를 제시하려 했다.

흰옷에 바가지 주렁주렁 들러메고 가는 사람들 너희끼리 끔직히 바래는 마음 끝은 어디길래, 가도가도 자꾸만 어긋나는 것일까. 박꽃 덩굴이 말라가는 게딱지 같은 지붕에선 유룽유룽 창끝 같은 고드름 장작도 사라져, 겨울 지나면 고향뜰 허물어진 돌각담 틈에는 담자색 오랑캐꽃 피고, 어디선가 들려오는 날나리에 어깨춤 추며, 하얀 달래 살찐 봄미나리로 소꼽질하며, 손주들이 목화처럼 자라던 일이랑, 건너 산기슭 흙내 그윽한 죄고마한 영창. 모두 해서 희한한 것이란, 하얗게 닫힌 쌍

바라지뿐, 해마다 할아버지는 방바닥 하신다고, 열매 기다리던 탱자나무 흰꽃 필 무렵이면, 으례이 소천어 천렵하던 일이며, 이윽고 할아버지도 돌아가신 고향들엔 선조의 묘만 늘어나던 유난히도 유자랑 향기롭던 싸늘한 가을날, 손주 소년은 하얀 쌍바라지도 여희고, 몇몇 개의 바가지에 섞여서 이리 굴리고 저리 굴리고, 이민열차 속 때묻은 돌부처 되어서, 자꾸만 자꾸만 흔들리어 가던 일이며.

세월 속에는 바람이 불어서 희미하게 스치고 간 모든 것들이 마치 옛이야기 멀리 오가듯이 자꾸만 가면 거기 어떤 희한한 빛이 있어서 어슷어슷 쫓아 흔들리어서 가던 것도 아니었고, 거기서 앵무새처럼 주인 갈리면 아무 소용없는 몇몇 마디 말을 배웠던 것이나, 흙감태기 되어가는 행색은 언제나 고요한 눈매 속을 시퍼런 날같은 것이 번쩍거리던 일이며.

세월 속에는 바람이 불어서 어인 일로 그렇게 되어가는 것을 깨우친 것도 이 속에서였다……

그러다가 이번엔 한 개 바가지쪽도 없이, 쓰레기통 같은 전재민열차 戰災民列車 속에서 보꾸레미에 섞인 지쳐진 걸레가 되어서 왔을 땐 살던 그리던 고향에 왔을 땐, 넘어가는 놀 피 솟은 하늘아래 지나간 세월 속에서 얻은 울분과 눈물과 애처러이 울부짖는 모든 것이 새겨진 종이쪽이 산산히 바람에 호젓한 거리 거리.

한때 여기 해방이 왔다고 쌓여진 잿색 장막 속에 눈물어린 빨간 구슬 정말 구슬들의 석류처럼 터져나오던 것이, 이것은 되풀이되는 계절이었고, 나날이 거리 거리엔 퍼져가는 색다른 사람들 늘어가는 사나운 총부리에 찢어지는 소리 소리……

어제도 오늘도 바가지쪽도 없는 사람들이, 영嶺 넘어간 두메산 길엔

백양잎 달리우는데, 다시 서리 쌓이는데 밤새도록 울다 피 마른 주둥아
리 열린채 얼어붙은 소쩍새 어디인가 향하여 하마 하마 날라간 것 같은
새벽 하늘 빛.

고향땅에서 정겨웠던 일들, 이민열차를 타고 떠나던 일을 회상하던
것에서 시작하여 현세태의 불합리까지를 표현한 작품이다. 과거와 현
실에 대조감정을 느끼게 하는데, 특히 해방 직후의 세태에 대한 절망
감을 강렬히 표현한다. '밤새도록 울다 피 마른 주둥아리 열린 채 얼어
붙은 소쩍새 어디인가 향하여 하마 하마 날라간 것 같은 새벽 하늘빛'
이란 부분이 특히 빼어나다.

박찬일朴贊日의 「별」은 이념선택의 동기를 보여주는 작품이다. 고국
이라고 돌아왔지만 안식처를 구하지 못하고 굶주리는 백성들의 모습
을 제시하며, 새로운 세계를 열망하는 이들의 투쟁을 암시한다.

머리를 짓누르는 어둠속에 / 어디서 오는 / 이다지 가뿐 숨결들이냐 /
몸부림치며 가슴 죄이는 // 억센 두 팔을 드리운 / 노동자는 / 일터 잃고
돌아오고 / 외국상품을 팔러 거리에 나선 / 아낙의 등뒤를 / 쓰러져가는
널빤지 울타리에 / 바람은 휘불어 치는데 // 그리웠던 조국의 처마 밑에
서 / 젖먹이 손끝에 가슴 헤치우며 / 뚫어진 교복 입은 열두살먹이 / 딸
년의 손목을 잡고 또 쫓겨나 / 굶주리고 갈 곳 없어 두 볼이 검푸른 /
전재민戰災民 어머니는 떨고만 있다 // 다시금 뒤쫓아오는 / 놈들의 발자
욱 소리 들으며 / 적의 흉계를 알리는 / 새소식과 / 전투신호와 / 굳은
약속을 안고 / 뜨거운 혈맥이 흐르는 / 문틈마다 별을 뿌리고 간다 / 바
라다뵈는 하늘에 새날을 부르며 / 어느 날쌘 사내의 자취인가 / 골목골
목 바람벽은 / 벌써 웅성거린다 // 그러면 드높은 곳에 / 수많은 내 사랑
아 / 살길을 가리키는 신호등이다 / 모두 눈짓을 하여라 / 이 컴컴한 골

목마다 걸음바쁜 / 우리 굳센 동지에게 // 이제 이 밤도 새면 / 툭 터져 내닫는 물결 / 가슴 가슴에 햇살을 받아 / 다같이 자유와 해방의 노래 속에 / 피묻은 깃발 / 높이 퍼덕이는 / 새로운 아침을 맞이하자 ///

해방이 되었지만 가난하기는 일제하에서나 별반 다름이 없기에, 급기야 새 세상을 만들어 보겠다는 갈망에 투쟁의 대열에 서게 되는 것이다. 투쟁을 위한 투쟁이 아니라 현실의 비합리를 개선하기 위한 투쟁이라는 것을 표현한 작품이다.

박산운朴山雲은 「버드나무」에서, 이국땅에서 유랑하던 생활을 버드나무와 동일시한다. 버드나무를 '슬프고도 씩씩한 우리들의 상징이여'라고 표현하면서 귀국의 노래를 부른다.

내 또 이역異域에 유리流離하며 / 맑고 푸른 하늘 아래 순결하고 숙성한 버드나무를 / 보고 싶었노라 / 바람에 / 북역北域으로 흩어지며 쫓겨가던 어려운 역사의 날에도 / 버드나무여 / 그대는 나의 가슴 안에서 낙엽지며 바람에 느끼고 있었도다 / 아침마다 하늘 날씨를 살피는 이땅의 떨리는 눈동자들은 / 그대를 더듬어 올라가고 / 이땅에 목숨을 받은 작은 것들이 처음으로 익힌 나무의 이름도 그대였도다 / 실로 둥치를 떠나 꺾이운 채 어느 곳에나 / 뿌리를 두고 견뎌야 하는 버드나무 가지의 슬픔은 / 바로 우리들의 슬픔이 아니었던가…… / 어느 때쯤인가…… 마을엔 즐거운 웃음소리 죽고 / 시냇물소리 끊어지고 / 선산 조상들의 말없는 무덤자리만 남기고 어두워지는 해 / 이윽고 마른 땅이 터지고 금가는 소리 모진 바람소리 / 쓸쓸한 가마귀 울음소리 번갈아 들려오고 / 아아 우리들의 적막한 운명의 별이 힘없이 상멸相滅하기 시작하는 하늘에 / 야위고 메마른 채 오직 마지막 한 오라기 희망인 듯 또 기원祈願이듯 / 슬프고도 씩씩한 우리들의 상징이여 / 내 고국을 등지고 어려운 곳을 좋아 걸어왔거니 / 그것은 그대의 모양이 그곳에 더 가까이 있었던 까닭이었도다 / 우리들이 몸을 틀며 갈급하던 새날은 오려고 / 오늘 마을 마을에 그리운 바람소리 일어나 / 즐거움을 구슬치는 고운 시냇물소리 살아나는데 / 다시 맑고 푸른 하늘 아래 순결하고 숙성한 버드나무여 / 그대를 찾아 내가 왔노라 그대를 불러 내가 왔노라 / 맏아들이라 나의 적은 마음을…… / 몇 해를 기르고 고룬 나의 마음은 뛰고 있도다 // 아아 오늘부터 심어두리…… / 사람 사람 넘치는 물좋은 방방곡곡에 버드나무를 심으리 / 그러면 바람에 느끼기 쉬운 버드나무 이땅의 거룩한 거문고는 / 처음으로 부여된 노래의 권리로써 / 우리들의 고난의 역사를 먼 ― 옛말 삼아 / 적고적은 바람 하나 하나에도 뺏지 않고 / 귀밝에 울릴지로다 울릴지로다 ///

고향에 돌아온 기쁨과 미래에 대한 기대를 표현한 작품이다. 이보다 훨씬 길면서 비슷한 내용으로 된 「고향에 돌아와서」란 작품도 있다.

정지용의 「그대들 돌아오시니」는 '재외혁명통지에게'라는 부제가 달려있는 것처럼, 조국 땅에 돌아오는 독립투사들을 위한 시다.

백성과 나라가 / 이적夷狄에 팔리우고 / 국사國祠에 사신邪神이 / 오연傲然히 앉은지 / 죽엄보다 어두운 / 오호 36년! // 그대들 돌아오시니 / 피 흘리신 보람 찬란히 돌아오시니! // 허울 벗기우고 / 외오 돌아섰던 / 산山하! 이제 바로 돌아지라. / 자휘 잃었던 물 / 옛 자리로 새소리 흘리어라. / 이제 하늘이 아니어니 / 새론 해가 오르라. // 그대들 돌아오시니 / 피 흘리신 보람 찬란히 돌아오시니! // 밭 이랑 문희우고 / 곡식 앗어가고 / 이바지 하올 기음마자 없어 / 금의錦衣는커니와 / 전진戰塵 떨리지 않은 / 융의戎衣 그대로 뵈일밖에! // 그대들 돌아오시니 / 피 흘리신 보람 찬란히 돌아오시니! // 사오나온 말굽에 / 일가 친척 흩어지고 / 늙으신 어버이, 어린 오누이 / 낯 서라 흙에 이름 없이 구르는 백골! // 상기 불현듯 기다리는 마을마다 / 그대 어이 꽃을 밟으시랴 / 가시덤불, 눈물로 헤치시라. // 그대들 돌아오시니 / 피 흘리신 보람 찬란히 돌아오시니! ///

개선하는 지사들을 감격으로 맞는 작품이다. 산도 돌아섰고 물마저 자취를 잃었던 조국강산이 독립투사들의 환국還國과 함께 모두 제 모습을 찾게 되는 것이다. '허울 벗기우고 / 외오 돌아섰던 / 산山하! 이제 바로 돌아지라' 란 표현이 절묘하다.

임화의 「초혼招魂」이나 「제사祭祀」와 같은 시는 일제기에 전사한 학병의 죽음에 바쳐졌다. 「학병 돌아오다」는 살아 돌아온 학병들을 환영하는 시다.

무거운 걸음은 / 날마다 넓은 / 땅에 있었고 / 바라다보는 / 하늘의 방향은 / 밤마다 달랐다 // 오늘은 남쪽 / 내일은 북쪽 // 이르는 곳마다 / 고향의 위치는 바뀌어 / 정오면 해가 / 지나가는 천심天心엔 / 언제나 별이 가득하였다 // 외로움이 / 주검보다 무서운 밤 / 그대들은 적과 / 적의 적이 널린 / 망망한 들 가에 / 기적처럼 / 위태로이 서서 / 절망가운데 / 용기를 깨닫는 / 조국의 속삭임을 / 들었으리라 // 주검도 삶도 없는 / 마음의 한가닥 길 위 / 죽은 사람도 없이 / 산 사람도 없이 / 고스란히 그대들은 / 어머니 아버지 나라로 돌아왔다 // 아아 어린 영혼들아 / 젊은 생명들아 / 그대들의 청춘을 / 외로움과 주검으로 / 내어몰은 / 패망한 적과 / 부유한 동포에게 / 이젠 / 경건한 인사를 / 드려도 좋을 / 때가 왔다. ///

'경건한 인사' 라는 반어적 표현을 썼다. 그동안 당한 고통을 의당 갚아야 한다는 의미인 것이다.

김광현金光現의 「새나라 새마음」은 미래에 대한 다짐을 표현한 작품이다. 북만北滿으로 떠났던 순이가 돌아오면서 한껏 고양된 감정으로 의기를 북돋우는 시다.

순이가 돌아왔다
아베를 잃고는
북만北滿이 좋다는 바람에
어메 오빠와 함께
떠나가던 순이가
난리[戰爭] 길 천리 휘돌아
인제야 내 나라 찾아
내 마을에 안기운다

……풋병아리 꼬꼬 우는 날
민들레길 언덕을 오르내리던
나와 순이는
밝은 생각에 넘쳤는데
이미 그때부터
왜倭놈의 쇠사슬은 다가들어……

눈을 뿌리며 건늬운 바다를
내 먼저 기꺼이 저어와
화려한 내일로 달리는
이 아름다운 태양 밑에
순이는 돌아와
지난날의 바램마저 헛되지 않아
내 참말 네 활개 치며

        꿋꿋이 손잡은 동무들과
        새나라 새마을 세우련다

이국땅으로 떠났던 동무가 돌아왔으니 얼마나 반가울 것인가. 더군다나 순이에게 연심을 품고 있었다면 얼마나 더 가슴이 설레일 것인가.
  조운曺雲의 「금만경金萬頃들」은 고국 땅에 돌아와 맛보는 환희를 표현한 시다.

        들이 바다두곤 넓어
        눈이 모자라 못보겠다

        이게 우리 거지!
        꿈 같은 일이로다

        동진수東津水 구백九百 굽이쳐
        흰젖처럼 흐르고

        황혼은 밀려오잖아
        따에서 솟나부다

        온 들에 저녁 연기
        연기 속에 들불 일다
        남양南洋서 북지北支에서들
        다늘 돌아왔는지.

낯설고 물 설은 땅에 돌아온지라 모든 게 정겨울 수밖에 없다. 내 땅이라 생각하니 작은 들도 바다보다 넓게 생각되는 것이다. 그리고 모두들 돌아왔는지 괜스레 확인하고 싶은 심정을 잘 표현했다.

3. 해방기 세태비판과 이념선택 문제를 다룬 시인들

　짧았지만 가장 긴박했던 시대, 가장 환희에 찼었지만 동시에 가장 무책임했던 세월 중 하나가 해방기라 할 것이다. 까짓 이념이 무엇이 길래 '게도 구럭도 다 잃은' 민족이 되게 했는가. 어쩌다 강대국들 이념의 대리전을 치르게 되었으며, 친일반역자를 왜 처단하지 못했는가, 따위 질문을 하다 보면 가장 통탄스런 시대였음을 누구나 알게 된다.

　이른바 사회주의 진영을 택한 시인들의 비판이 잘못된 것은 거의 없었다. 강대국을 등 뒤에 두고 호가호위한 정치가의 불합리한 정책을 비난한 것이라든지, 고통스런 삶을 살아가는 백성들을 위로·격려하는 동시에 위정자와 자본가를 비판하는 것이 전혀 잘못된 것이 아니었다. 또한 친일반역자들이 기득권을 유지하려는 형태를 격렬히 비난하고 나선 것도 결코 어긋난 행위가 될 수 없었다. 잘못 되기는커녕 사회의 불합리를 당당히 말하고 나섰다는 점에서 용기 있는 일이었다. 이런 불합리를 깨닫고 고쳐 나가지 못한 위정자들에게 대부분의 잘못이 있었다. 결국 사회주의자들을 만드는 것은 어느 시대나 위정자들의 그릇된 정책 때문이며, 위정자들은 그것을 교묘히 이용하는 것이어서 거기에 휘말리는 작가들만 이념의 희생자가 되는 것이다. 해방기 사회주의 노선을 택한 작가들은 남로당이라는 거대한 조직에 휘말리고 결국 대부분이 이념의 희생자가 된다. 민족의 역사를 올바르게 이끌어 가도록 '말부조, 글부조'를 하려던 그 순수한 열정이 뜻하지 않게 위정자들의 야욕에 부조를 한 꼴이 되고 말았던 것이다.

해방기 사회주의 진영을 택한 시인들을 보는 시각은 이 점에 특히 유의할 일이다. 그들이 애당초 사회주의 이념의 신봉자였던 것이 아니라는 점이다. 불합리한 정국을 비판하다 보니 반대진영에 서게 되었고 이념의 대리전에 희생물이 되었을 뿐이지, 대부분 개인의 사상에 문제가 있었던 것이 아니다. 그들이 비록 월북을 했다하더라도 그들이 남긴 작품은 우리 민족 유산이며 그들이 살던 시대를 성실하게 증언한 것이다. 그 증언은 지속적인 교훈을 주는 살아있는 역사이기 때문에 그들의 시정신을 정당하게 평가해 주는 데 인색하지 말아야 할 것이다.

오장환, 긴 호흡, 강한 비판

해방 전에도 좋은 시를 써냈던 오장환은, 해방 직후 더욱 기개 높은 시를 생산해 낸다. 자아에 대한 강력한 비판과 성찰로부터 시작하여 위정자들을 향한 거센 비판이 그의 장기다. 또한 당시 세태를 잘 증언하기도 한다. 그의 시는 호흡이 길다. 말을 절제하려 하지 않고 할 말을 다한다. 언어의 비경제적 쓰임이 단점일 수도 있으나 워낙 당시 현실을 진지하게 증언하기에 그런 단점이 상쇄된다.

「병든 서울」은 해방 직후 서울의 세태를 격정적으로 표현한 시다. 해방의 감격과 함께 민족의 희망찬 미래를 향한 생산적인 일들이 도모될 줄 알았지만, 비속한 현실과 이념 대립만이 있는 현실에 절망하여 자기비판과 함께 세태에 대한 희망과 절망을 함께 노래한 작품이다.

8월 15일 밤에 나는 병원에서 울었다. / 너희들은 다 같은 기쁨에 / 내가 운줄 알지만 그것은 새빨간 거짓말이다. / 일본 천황의 방송도, / 기쁨에 넘치는 소문도, / 내게는 고지가 들리지 않았다. // 나는 그저 병든 탕아로 / 홀어머니 앞에서 죽는 것이 부끄럽고 원통하였다. // 그러나 하루 아침 자고 깨니 / 이것은 너무나 가슴을 터치는 사실이었다. / 기쁘다는 말 / 에이 소용도 없는 말이다. / 그저 울면서 두 주먹을 부루쥐고 / 나는 병원에서 뛰쳐 나갔다. / 그리고 어째서 날마다 뛰쳐나간 것이냐. / 큰 거리에는, / 네거리에는, 누가 있느냐. / 싱싱한 사람 굳건한 청년, 씩씩한 웃음이 있는 줄 알았다. // 아, 저마다 손에 손에 기빨을 날리며 / 노래조차 없는 군중이 "만세"로 노래 부르며 / 이것도 하루 아침의 가벼운 흥분이라면…… / 병든 서울아, 나는 보았다. / 언제나 눈물 없이 지날 수 없는 너의 거리마다 / 오늘은 더욱 짐승보다 더러운 심사에 / 눈깔에 불을 켜들고 날뛰는 장사치와, / 나다니는 사람에게 / 호기 있이 먼지를 씌워주는 무슨 본부, 무슨 본부 / 무슨 딩, 무슨 낭의 자동차. // 그렇다. 병든 서울아, / 지난 날에 네가, 이 잡놈 저 잡놈 / 모두다 술취한 놈들과 밤 늦도록 어깨동무를 하다 싶이 / 아 다정한 서울아 / 나도 미천을 털고 보면 그런 놈 중의 하나이다. / 나라 없는 원통함에 / 에이, 나라 없는 우리들 청춘의 반항은 이러한 것이었다. / 반항이어! 반항이어! 이 얼마나 눈물나게 신명나는 일이냐 // 아름다운 서울, 사랑하는 그리고 정들은 나의 서울아 / 나는 조급히 병원문에서 뛰어나온다. / 포장친 음식점, 다 썩은 구루마에 차려놓은 술장수 / 사뭇 돼지구융같이 늘어선 / 끝끝내 더러운 거릴지라도 / 아, 나의 뼈와 살은 이곳에서 굵어졌다. / 병든 서울, 아름다운, 그리고 미칠 것같은 나의 서울아 / 네 품이 아무리 춤추는 바보와 술취한 망종이 다시 끓어도 / 나는 또 보았다. / 우리들 인민의 이름으로 씩씩한 새나라를 세우랴 힘

쓰는 이들을 / …… / 그리고 나는 외친다. 우리들 인민의 이름으로 / 우리네 인민의 공통된 행복을 위하야 / 우리들은 얼마나 이것을 바라는 것이냐. / 아, 인민의 힘으로 되는 새나라 // 8월 15일. 9월 15일, / 아니, 삼백예순날 / 나는 죽기가 싫다고 몸부림치면서 울겠다. / 너희들은 모두다 내가 / 시골 구석에서 자식땜에 아조 상해버린 홀어머니만을 위하야 우는 줄 아느냐. / 아니다. 아니다. 나는 보고 싶으다. / 큰물이 지나간 서울의 하늘이…… / 그때는 맑게 개인 하늘에 / 젊은이의 그리는 씩씩한 꿈들이 흰구름처럼 떠도는 것을…… // 아름다운 서울, 사모치는, 그리고, 자랑스런 나의 서울아, / 나라 없이 자라난 서른해, / 니는 고향까지 없었다. / 그리고, 내가 길거리에 자빠져 죽는 날 / "그곳은 넓은 하늘과 푸른 솔밭이나 잔디 한뼘도 없는" / 너의 가장 번화한 거리 / 종로의 뒷골목 썩은 냄새나는 선술집 문턱으로 알았다. // 그러나 나는 이처럼 살았다. / 그리고 나의 반항은 잠시 끝냈다. / 아 그동안 슬픔에 울기만 하여 이냥 질척거리는 내 눈 / 아 그동안 독한 술과 끝없는 비굴과 절망에 문들어진 내 쓸개 / 내 눈깔을 뽑아버리랴, 내 쓸개를 잡아떼어 길거리에 팽개치랴. ///

꽤나 긴 작품이다. 이 속에는 일제 식민지를 살아낸 청년시인의 애환이 가득 차 있다. 가장 개인적인 고뇌로부터 가장 민족적인 고뇌까지, 그리고 동시에 강렬한 희망까지 담고 있다. 그 희망이란 인민의 힘으로 이룩된 새 나라를 세우는 것이다. 그 희망이 있기에 병든 서울도 때로는 아름답게 보이고 작품의 맨 끝 구절처럼 '내 눈깔을 뽑아버리랴, 내 쓸개를 잡아떼어 길거리에 팽개치랴 하고 외칠 수 있는 것이다.

오장환의 현실안은 「한술의 밥을 위하여」라는 데서 결정판을 보여준다. '국치기념일을 당하여' 라는 부제가 달려 있는 대로 민족적 대의를 위한 작품이다. 그는 여기서 위정자들을 강도 높게 비난한다.

한술의 밥을 위하여 아니 다만 한모금의 죽을 위하여 / 다시 고향을 버리고 가는 형제들 / 허기져 우는 애를 등에 업고 / 누더기진 세간마저 없이 / 이제 되돌아 가는 길은 / 목숨도 재물도 보증할 수 없는 눈보라가 기다리는 / 전란의 땅 / 또 그런가 하면 / 날마다 날마다 조각배에 목숨을 걸고 / 언제까지 / 값싼 품팔이로 혹은 징용으로 / 모진 피를 빨리던 / 원수의 나라 / 오 그곳을 찾아 가는 형제들 // 한끼니의 밥을 아니 다만 한모금의 죽을 위하여 / 한시도 잊지를 못하고 찾아온 고향을 / 다시 버리고 가는 형제야 / 맑은 가을 하늘이 날마다 계속하는 / 이곳 남조선에 / 말도 한마디 못하고 그대들을 보내는 우리의 창자 / 온 여름을 견디어온 쌀값보다 비싼 강냉이라든가 / 밀가루에 / 깨끗이 씻기어졌다 // 오늘의 치욕을 모르는 무리가 / 어찌 지난날의 치욕을 말하겠느냐! / 자칭하는 지도자여! / 나라의 우두머리여! / 너먼저 피를 흘려라 / 8월 29일 아니 그보다도 코 옆에 있는 8월 15일 / 아 오늘날 우리는 무엇을 요구하느냐 / 그리고 너희들은 무엇을 약속하느냐 // 한술의 밥을 아니 다만 한모금의 죽을 위하여 / 형제를 속이고 부모를 파는 이땅에 / 우리를 해방하여 주었다는 은혜의 나라에서는 / 이미 구제에 써버린 3천5백만 달라! / 그덕에 갖가지 자동차는 분주히 달렸고 / 값비싼 가솔린은 물쓰듯 했으나 / 우리들 시민은 전차조차 타려도 온종일 기다렸다 / 밥을 굶어도 함마는 들어라 / 밥을 굶어도 심부름은 하여라 / 그래서 너희들은 무엇을 약속하느냐 / 그리고 우리는 무엇을 요구하느냐 / 한끼니의 밥을 위하여 아니 다만 한모금의 죽을 위하여 / 우리가 이제는 온전히 목숨을 내걸고 싸울 때 / 훈련원 넓은 마당에서는 / 오늘 이 국치의 기념일을 이용하여 / 자칭하는 지도자여! / 이 나라의 기름진 배때기여! / 너희들은 어린 사슴같고 양같은 우리의 인민을 돌려내다가 / 또 어떠한 일을 저지르려 하느냐 / 인민의 깨끗한 피를 마구 흘리어

/ 그 피로 좋은 자리를 꿈꾸는 더러운 것들아 / 아 이땅에 자칭하는 지
도자여! / 나라의 우두머리여! / 너 먼저 피를 흘려라 / 너 먼저 그 썩은
피를 흘려라 ///

당시 상황을 시로 이렇게 성실히 증언하기도 쉽지 않으리라. 당시의
정보도 제공하고 세태도 제시하면서 위정자들을 강력히 비판한다. 현
실의식이 빼어남을 알 수 있다.

오장환은 이 불합리한 현실을 바로잡겠다는 의지로 결국 좌익 이념
을 선택한다. 그 모습을 「공청共靑으로 가는 길」, 「나의 길」, 「2월의 노
래」들에서 확인할 수 있다. 「나의 길」 같은 작품은 자아성찰 혹은 자
기반성이 강하고, 다른 여러 작품에서도 그런 면모를 볼 수 있기에 그
의 작품은 독자에게 신뢰감을 준다.

이용악, 소박한 절규

해방 후 이용악의 시정신은 두 가지 양상으로 집약된다. 국외로 이
민을 갔다가 귀환하는 사람들의 이야기를 쓴 것들이 하나요, 스스로
이념선택을 해가는 과정을 보여주는 시들을 쓴 것이 다른 하나다.

이념선택의 과정과 이유, 그리고 이념에 연관된 시는 많지만 「시골
사람의 노래」나 「거리에서」같은 작품들이 비교적 소박한 면모를 보여
준다.

귀맞춰 접은 방석을 베고

젖가슴 헤친 채로 젖가슴 헤친 채로

잠든 에미네여 딸년이랑

모두들 실상 이쁜데

요란스레 달리는 마지막 차엔

무엇을 실어보내고

당황이 손을 들어야 하는 것일까

몇마디의 서양말과 글짓는 재주와

그러한 것은 자랑삼기에 욕되었도다

흘러내리는 머리칼도

목덜미에 점점이 찍혀

되려 복스럽던 검은 기미도

언젠가 쫓기듯 숨어서

시골로 돌아온 시골사람

이녀석 속눈썹 츨츨이 길다란 우리 아들도

한번은 갔다가

섭섭이 돌아와야 할 시골사람

불타는 술잔에 꽃향기 그득한데

바람이 이는데

이제 바람이 이는데

어디로 가는 사람들이

서로 담뱃불 빌고 빌리며

나의 가슴을 건너는 것일까

「시골사람의 노래」다. 구체적인 무엇이 제시된 작품은 아니지만, 분위기로 보아서는 사회주의 활동을 암시하고 있는 것이다. 그것에 깊은 관심을 가지고 있음을 느끼게 하는 시다.

아무렇게 겪어온 세월일지라도 혹은 무방하여라, 숨맥혀라, 숨맥혀
라, 잔바람 불어오거나 구름 한포기 흘러가는 게 아니라, 어디서 누가
우느냐

누가 목메어 우느냐, 너도 너도 너도 피 터진 발꿈치, 피 터진 발꿈
치로 다시 한번 힘 모두어 땅을 차자, 그러나 서울이여, 거리마다 골목
마다 이마에 팔을 얹는 어진 사람들

눈보라여, 비바람이여, 성낸 물결이여, 이제 휩쓸어 오는가, 불이여
불길이여, 노한 청춘과 함께 이제 어깨를 일으키는가

우리 쬐그마한 고향 하나와, 우리 쬐그마한 쬐그마한 인민의 나라와,
오래인 세월 너무나 서러웁던 동무들 차마 그리워, 우리 다만 앞을 향
하여 뉘우침 아예 없어라

「거리에서」다. 사회주의 이념에 상당히 경도되어 있는 모습을 볼
수 있는 작품이다.

이용악은 당시 현실의 문제를 냉정히 간파해낸다. 그리고 그 극복을
위해 고심하며 결국 사회주의 노선을 택하게 되는 것이다. 그러나 실
상 그 사회주의라는 것이 당시의 상황에서 그렇게 취급된 것일 뿐이
지, 평범하게 말해 정의의 편, 약자들의 편을 택해 그들의 고통과 희망
을 대변한 것일 뿐이다. 시 속에서 느끼는 선택의 동기는 참으로 소박
하고 단순한 것이었다.

박세영, 민족 반역자들에 대한 증오

박세영의 많은 시들은 일제기 민족 반역자 노릇을 했던 이들을 격
정적으로 비판하고 있다. 해방이 된 후에도 여전히 기득권을 누리려고

기웃거리는 반역자들을 통렬히 매도한다. 「민족반역자」, 「너희들도 조선사람이었더냐」와 같은 것이 대표적인 작품이다.

나라를 세우는데 / 거짓이 있겠소 / 인민의 뜻을 제치고 나서는 건 / 어리석고 못난 자. / 그것이 민족반역자외다. // 해바라기도 해를 따를줄 알거든, / 다만 밤을 기다리는 마음으로 / 지난 날의 죄악을 파묻어도 / 두더쥐 모양 튀어날 것을 / 일찍이 물러나 서야지. / 눈앞엔 영화만 보이고, / 마음엔 물욕만 앞서 / 나라를 돈으로 잡으려는 / 그것은 패망자요 / 민족반역자외다. // 오랜 세월을 두고 두고, / 쫓기고 잡히고 / 놈들에게 목숨을 빼앗긴 / 혁명 투사는 다 물리치고, / 뒤뚱거리며 앞장을 서려는 / 거짓 신사여! / 그래도 나서려는가. // 인민을 눈을 싸매고 / 악마의 침략자와 손을 잡던 / 더러운 그 손으로 / 새 날이 왔다고 / 민중을 어루만지면 되는가, / 그 죄는 보다 더 크리라. // 차라리 한줌 흙이 될지언정 / 함정 위에 집을 짓는 / 민족 반역자가 될까보냐? / 다만 한알의 모래가 되어도 / 새 건설에 바칠뿐, / 무엇이 또 있으랴. ///

「민족반역자」란 작품이다. 사실 이 정도면 점잖은 충고인 셈이다. 「너희들도 조선사람이더냐」에서는 어조가 더욱 격양된다.

너희들도 사람이더냐, / 내 붓대가 참으로 더러운 너희들에게 간다는 건 / 이는 나를 욕하는 셈이다마는. // 대체 너희들도 사람이더냐 / 흑사병균보다 더한 모리배야! / 너희야말로 왜놈보다 더럽고 더 독한놈, / 너희야말로 3천만을 다 죽이고도 혼자만 잘살려는 국적國賊이다. // 해방이 되고 풍년조차 왔다고 날뛰던 이 강산에 / 주림을 억지로 끌어오고 / 인민들은 민주건설을 위하여 헤매는 때, / 너희들은 우리의 양식 쌀을 실어, / 왜놈의 땅으로 밤을 타서 실어가다니 하늘이 내려다보지 않다냐. // 이녀석들아 누가 왜감을 먹고 싶다든, / 이녀석들아 누가 왜놈의 비단과 화장품이 탐난다든, / 너희들은 쫓겨간 왜놈들이 그래도 못잊어 / 동포를 죽여가며 놈들을 살릴 까닭이 어디있니. // 너희들은 농민조합과 인민위원회를 미워하고 / 몰래몰래 훼방놀 틈을 그리던 / 간악한 친일파와 민족반역자들 / 애국자엔 너희같은 자가 있을소냐? / 민주주의 진영속엔 / 너희같은 자가 있을소냐? // 동포의 생명을 앗아가는 닻줄을 거들 때 / 놈들아 손이 떨리지 않더냐 / 차라리 가거라 / 가서는 돌아도 오지 말아라. // 너희들도 조선사람이더냐, / 진실로 조국을 생각하는 마음이 / 털끝만치라도 솟아나거든, / 해적선보다도 더한 멸망의 배와 더불이 / 물결 속으로 들어나 가거라! / 영 — 영 나오지를 말아라. ///

석고대죄席藁待罪 하고 있어도 시원찮을 판인데, 해방되고서도 쌀을 일제로 밀반출하는 짓이나 하고 있으니 어찌 분노하지 않을 수 있으랴. 백성들은 절대빈궁에 신음하는 터에 적국 배불릴 노릇만 하고 있으니 그야말로 이적행위로 취급될 행태인 것이다. 국적國賊일 수밖에 없으며 조선사람으로 칠 수 없다는 생각이 전혀 지나치지 않다.

이러한 시와 함께 당시의 세태를 안타까워 한 작품도 있다. '야앵夜櫻은 시민의 마음을 떠봤다'는 부제가 달린 「아 — 여기들 모였구나」가 대표적이다.

누가 부르더냐, / 해 지는 저녁 거리로, / 밀물처럼 몰려드는 시민들은 / 많은 돈을 내고 / 왜놈의 넋을 사러 왔다. // 성장盛裝한 처녀, 신사, 숙녀, 모리배들, / 그리고 눈 정기없는 청년, 학생들이 / 미친 사람처럼 앞을 다투어 들어갔다. / 창경원으로, 요마妖魔의 비원秘苑으로. / 서른 일곱살된 사구라가 / 악독한 주인을 잃어, / 이제 섬나라를 그리워 할 때, / 네 주인 섬기던 우리들 왔으니 / 이 한밤이나 즐겨 보자는겐가.

// 엊그제는 금방에 독립을 달라고, / 저자를 듸리고, 인경을 치고, / 가장 애국자인양 / 태극기를 휘두르던 그대들이 / 그 넋은 어디다 던져버리고, / 이제 모조리 여기 왔는가. // 진정으로 조국을 사랑하기에 / 뜨거운 마음이 복받혀나와, / 기름때 묻은 옷, 헐벗은 옷대로, / 민주주의의 깃발을 내걸고 나가던 / 그 거룩한 민족의 산 행렬에, / 훼방을 놀던 그대들이 / 아 모조리 여기 왔구나. // 누가 부르더냐, / 미친 얼빠진 사람처럼 달리는 사람들이 / 다음날엔 섬나라 길야산吉野山에까지 / 찾어라도 갈 사람들이, / 이 한밤, 아니 다음 날에도, / 독립은 외치면서 / 참 독립을 알찌 모르는 사람들이 / 아 모조리 여기 모였구나. / 답답하다 나는 가슴을 치며 울고 싶구나. ///

밤벗꽃놀이 하는 세태를 안타까워하는 시다. 어제까지도 일제치하에 신음하던 백성들이, 왜인倭人들의 행태를 그대로 따라 하는 것을 볼 때, 지각 있는 사람으로 어떻게 그냥 넘길 수가 있겠는가. 박세영은 그들을 민족반역자와 비슷한 부류로 취급하고 있는 것이다

박세영은 시를 통해 할 말을 한 것이다. 친일매국노들을 향한 증오의 말들은 당연히 필요한 것이었다. 시인의 임무가 글로써 가야 할 길을 당연히 가고, 표현할 것을 표현하는[當行之路, 當然之現] 것이라 했을 때, 박세영은 그 임무를 성실히 한 셈이다.

박아지, 이념선택의 이유

아지芽枝 박일朴一의 작품 속에서는 현실에 대한 분노를 보여주고 있으며 '새나라'를 세우겠다는 의지를 내세우고 있다. 일제에 붙어 호의호식하던 자들이 또 다시 위세를 부리는 현실에 대한 강한 부정과 함께 혁명의 필요성을 암시하는 시들을 생산해냈다. 그 대표적인 작품은 「들으시나니까」다. '해외에서 돌아오신 혁명지사 제 선배에게 드리나

이다' 하는 부제가 달려 있는 대로, 당시 부정적 세태를 하소연하는 내용의 작품이다.

> 뭉치라 외치시는 / 임의 참 뜻 / 모르는 겨레가 아니외다 // 조국을 사랑하시기에 / 민족을 아끼시기에 / 해외 풍상 설흔이오 또 몇 해 // 검던 머리 희신 줄 / 아! 어찌 모르오리까 모르오리까 / 눈물이 앞을 가리나이다. // 뭉치려고 몸부림치는 하도한 겨레 / 형제를 팔아먹던 자여 물러가라 / 그리고 삼천만이여 뭉치자 // 목메어 외치는 소리 / 피 덧게 부르짖는 소리 / 임이여! 들으시나이까 들으시나이까? // 민족을 팔어 배 불리던 자 / 동포를 짓밟고 지위를 자랑하던 무리 / 인제는 임의 성스런 이름까지 팔어 // 형제를 속이려 하고 / 저들의 영화를 보전하려 / 또 다시 남의 힘만을 등에 대고 // 하도 하도 눌리고 짓밟히며 / 뼈에 사모치도록 갈망하던 / 아아! 인민의 자유 인민의 권리. // 어떤 무리만의 자유오리까 / 어떤 계급만의 권리오리까 / 임이여! 바르게 보소서 보소서. // 민족의 팔은 황금의 아지랑이 / 동포를 짓밟은 지위의 무지개 / 임의 이름을 팔은 기만의 구름. // 어지러운 이것들이 / 인민의 소리로부터 임의 귀를 가리려 / 임의 총명을 가리려 합니다. // 노동자 농민 근로하는 하도한 겨레 / 진정으로 갈망하고 외치는 소리 / 임이여! 들으시나니까 들으시나니까? ///

일제의 앞잡이가 되어 일제와 함께 민족을 고통 속으로 내몰던 자들이, 해방 후에도 계속 기득권을 행사하는 데 대한 통탄의 시다. '뭉치면 살고 헤치면 죽는다'는 말의 뜻은 알겠지만 친일하던, 무리는 결코 용서할 수 없다는 생각의 표현이다. 웬만했더라면 그냥 함께 조국의 앞날을 도모하겠는데, 제 일신을 위해 민족을 팔았던 배신자들인지라 결코 포용할 수 없다는 생각을 강하게 주장하는 작품인 것이다. 「해방의 첫해를 보내며」, 「그날의 데모」, 「고향」과 같은 시들 속에서도 이념선택의 동기가 암시되고 있다.

조올졸 흐르는 샘물
푸르른 구슬인 양 맑기도 하여
어리고 가냘픈 힘
풀잎 배도 겨웁다 하네.

허나 한줄기 두줄기
모이고 또 모여
시내가 되고 폭포를 이뤄
한가람 흘러흘러 바다로 바다로,

호미를 들고 괭이를 메고
이 마을 저 마을에서
밀물처럼 떼져 올 때
비겁한 놈들은 숨을 죽이네

펄럭이는 씩씩한 깃발 아래
거짓도 없이 힘은 뭉쳐
천둥같이 외치는 아우성 소리
달린다 오직 새나라로 새나라로 ―.

「그날의 데모」란 시다. 앞의 「들으시나니까」란 시와 연관시켜 볼 때, '비겁한 놈들'이란 일제의 앞잡이들이겠다. 새나라 건설이 일제 앞잡이들의 처단으로부터 시작되어야 한다는 것은 당연한 생각인데, 이 당연한 주장이 경직되어 좌우익이념의 선택으로까지 발전하게 되는 것이다. 박아지의 시들은 바로 그런 과정을 보여준다.

여상현, 빼어난 세태비판력

여상현의 시는 힘이 있다. 현실을 사실적으로 드러내는 힘이 있고, 우회적으로 찌르는 힘이 있다. 해방 직후의 사회가 백성들의 기대와는 전혀 다르게, 불합리하게 돌아가는 것을 보고는 이에 그의 시정신을 집중한다. 때로는 풍자로, 때로는 직설적 어조로 세태를 비판한다. 그의 세태비판이 어설프지 않고 힘을 발휘하는 것은 당시 현실에 대한 정확한 인식 때문이다.

> 속제速製의 우국사憂國士와 양장녀洋裝女들은
> 어느새 칠면조의 습성을 배웠다
> 낯설은 사람과도 외교가 능해
> 축재蓄財의 지름길로만 달리는 것이다.
>
> 일찍이 흑인들이 즐기던 새라
> 개척자들이 잘도 먹었었다지
> '린컨'씨의 사자후獅子喉가 공을 이루어
> 해방조선까지 와준 흑인의 은혜를 어이 모르랴
>
> 창경원에서 돈 내고야 구경한
> 여러 가지의 이국산 즘생 중에도
> 어른들이 가장 무서워하는 변절의 기조奇鳥
> 모리배들은 무릎치며 탄복하리라
>
> '크리스마스'의 칠면조 요리상가에
> 연애戀愛도 장사도 정치도 하그리 어려운 일이 아니오매
> 국민들의 영양이 좀 좋았으랴
> 호사스러운 세월이 연실처럼 풀려나가는 것이렸다

메마른 이 나라 백성들도
이제 칠면조 요리를 귀떨어진 소반 위에 올려놓고
정다운 식구들이 모이고, 사촌성님도 오시래서
독립이 오느니 가느니 이야기할 건가

절묘한 풍자다. '급히 만들어진 애국지사'라는 의미나 '모리배'가 다 같은 의미가 될 것이다. 일제 앞잡이였다가 재빨리 변신하여 우국지사가 되고, 독립 운운하는 인물들을 칠면조에 비유하여 풍자한 것이다.

「커 ― 브」도 당시의 세태를 풍자적으로 비판한다. 해방은 되었지만 나라일이 온통 근심 투성이인데, 세태로 보아서는 일이 잘 되어가지 않는다는 안타까움을 표현한 작품이다.

씨익 ―
어데로 가는 전차가 '커 ― 브'를 도느냐

진종일 해빙과 사유를
쪼코렛처럼 씹다가
'찙' 황황히 달리는 소란한 거리로
조심 조심 집에 돌아오는
나의 무수한 그날 그날

멀리서 들려오는 클래리온 소리
전재민戰災民 수용소의 위안공연이라
향수마저 잊은 지 오랜 재민災民들
사투리가 많아서 서로 말이 통하지 않고
걸핏하면 울음판이 벌어지고 있다.

일찍이 아베는

'하이' 한마디도 몰라 보조원이 못되었고

이제 삼십대가 넘은 나도

서양말 모르니 벼슬살이 어려울 게고

하늘에 별은 노상 많기도 하다

나라에 아직 근심이 많고

마을엔 몹씨 고달픈 밤이 쌓인다

누구 때문이냐, 누구를 위한 것이냐

곧장 달려야 할 우리들의 길

부질없이 '커 ― 브'를 '커 ― 브'를 돌고 있다.

　해방 직후 혼란스런 세태를 자동차가 달리는 것에 비유했는데, 반듯하게 질주해야 할 판국에 방향을 바꾸고 있다고 안타까워한다. 세태를 기발하게 비유하고 풍자했다.

　「보리씨를 뿌리며」에서는 해방 직후 고통스런 현실을 지극히 사실적으로 표현했다. '영천永川에서 어떤 늙은 농부의 고백'이라는 부제대로 가난에 찌든 사람들의 삶과 비합리적인 현실을 절절한 어조로 제시하고 있다.

서러움보다는 / 분憤에 더욱 못이기면서 / 다시 또 보리밭을 갈았나이다 // 무명치마 허리춤에 걷어매고 / 아내도 며느리도 딸년도 / 우리 앞 서거니 뒤서거니 / 이랑 이랑에 보리씨를 뿌리나이다 // 대판大阪으로 징용갔던 큰자식도 돌아왔고 / 해병단에 끌려갔던 둘째놈도 허둥지둥 찾아왔었기에 / 지난 가을엔 오신도신 보리씨 심어 놓고 / 오랜만에 보리단술도 담그려 했나이다 // 왜인들도 모조리 쫓겨갔기에 / 해방이네 자유네 들떠들기에 / 서울서는 독립정부를 세운다는 소문이 끊일새 없기에 / 이제야 살길이 터지나부다 했었나이다 // 삼천포네 울산이네 / 또 다른 이름도 모를 항구마다 / 백옥같은 쌀이 밀선密船으로 나간다는 수소문 / 장거리에도 우물가에서도 품아시방에서도 / 소근닥대는 이야기였소 / 와이 좀 못막능기요 / 우리네 조선 농투산이야 / 언제 쌀밥만 먹고 살았능기요 / 쌀 팔아 비료사고 / 쌀 팔아 메투리 신던 발에 고무신도 신어봤지요 // 삼사월 기나긴 해 / 높지도 낮지도 않은 보리고개를 / 하냥 색갈이로 목숨을 이어 / 한여름 곱삶은 보리밥 아니면 / 부황浮黃나 죽는 놈도 부기지수죠 / 이것도 해방 덕입니까 / 알알이 삽삽이 털어가려는 바람에 / 동네방네 고을 고을마다 / 항쟁의 불길이 터지고 말았소 / 쌀은 못 먹으나 보리로나 주림을 여의려는 것이였소 // 총소리 산천을 은은히 울려 / 쇠잔한 목숨들이 피로 사라지는 / 이 무슨 동족살상의 슬픈 회오리바람잉기요 / 마침내 큰놈도 작은놈도 붙들려 갔나이다 // 우직한 놈들이라 / 바른 고장스로 내들은 낫이 아닝기요 / 허리끈으로 반양식半糧食을 삼아온 한 평생 / 이제라 무슨 정승 판서를 바라겠소 / 하양河陽 넓은 들엔 / 간덩이처럼 붉은 능금이 조랑조랑 / 우리네 살림살이에 말썽도 많아 다시 또 묵묵히 일이나 하죠 // 서러움보다는 / 분에 더욱 못이기면서 / 다시 정성껏 죄많은 보리씨를 뿌리나이다. // 북풍은 고개넘어 쪼그리고 있고 / 오뉴월 굶주림 설레는 마음에 / 아내도 며느리도 딸년도 / 우리 앞서거니 뒷서거니 / 보리씨 뿌리며 북돋우며 북돋우며 / 하냥 땅만 땅만 굽어 보나이다 ///

사연이 절절하기에 좀 긴 시가 되었다. 해방 후 뒤숭숭한 현실을 제시하면서 백성들의 굶주림에 초점을 맞췄다. 백성들이 춘궁기를 나야 할 쌀이 다른 나라로 밀반출되고 있음에 한탄하는 모습이나, 좌우익으로 나뉘어 서로 살상하는 광경들이 제시되고 있다. 이런 상황에서 굶주린 농부들은 '분에 못이기면서' 보리밭을 갈 수밖에 없는 것이다. 위 작품은 당시 상황을 이렇게 사실적으로 잘 표현해냈다.

「영산강榮山江」도 해방 직후 조국의 현실을 잘 표현한 작품이다. 국토 전체를, 당시 현실을 모두 '영산강'에 감정이입하고 하소연한 것이다.

진달래 뿌리를 스쳐 / 가난한 마을의 토장土墻을 돌아 / 열두 골 샅샅이 모여든 / 영산강 오백리 가람이여 // 먼 천심天心처럼 푸르고 / 어질디어진 청춘의 마음인 듯 / 푸른 바다로 푸른 바다로 가는 길이기에 / 밤낮없이 흘러가며 / 하냥 여울져 가느다란 경련을 일으킴이여 // 봉건의 티끌 처마 밑마다 쌓여 있고 / 제국주의 외적外敵의 탯줄을 붙들어 / 지극히 영특한 '뿌르'의 웅거지 / 여기 전라도 부가富家가 사시고 / 여기 또 전라도 소작인, 선비의 자식 상놈 / 사철 검정 무명치마의 가시내도 무수히 산다 // 소리 잘한다는 전라도 사람 / 북간도며 대판이며 지향없이 떠나갔던 이민들 / 소리 없이 흐느꼈던 눈물에 섞여 / 굽이굽이 영산강은 흘러가는 것이다. // 한발과 홍수 천재天災를 뉘 원망하랴 / '동척東拓'의 손아귀를 뉘 막아내랴 / 왜병의 얕은 예측 상륙작전은 더구나 무서운 전율의 백일몽이었던가 / 돈이요 논이요 중추원참의라 / 쇠잔한 목숨들은 사뭇 궁하면 병사계 면서기 형님이라도 있어야 했다 // 기름진 국토, 늘어가는 헐벗은 계급이 있어 / 산에 올라 사슴도 될 수 없고 / 때론 풀 뜯는 송아지 뛰는 물고기도 부러운 / 인생의 크나큰 시름에 / 바다로 푸른 바다로 모두가 해방을 찾았다 // 오 얼마나 목메이 찾던 해방이었던가 / 바둑돌과 절벽 밑을 / 크고 작은 들판과 얼음짱 밑을 감돌아 / 영산강 줄기찬 물결을 모르랴마는 / 바다는 아직도 저 먼곳에 있음인가 / 진정 눈앞에 해방이 없다 // 가을 햇볕에 항쟁의 피

도 엉키었고 / 왜적과 더불어 호화롭던 놈이 / 또한 호화로운 외출이
잦아도 / 담양 죽세공, 화순 탄광부, 나주 소반공 / 도적이 버리고 간
옛땅만 바라볼 뿐인 무수한 농민들 // 봄이 오면 제비 나르고 / 풀뿌리
캐서 연명할 설움 / 열두 골 줄기 줄기 모여든 / 예나 다름없는 영산강
오백리 서러운 가람이여 ///

당시 현실에 대한 인식이 진실로 정확하고 시의 어조가 기상에 차
있다. 봄이 와도 봄이 아닌 것처럼, 해방이 왔어도 진정 해방일 수 없
어, '진정 눈앞에 해방이 없다'고 단언하는 것이다. '왜적과 더불어 호
화롭던 놈이 / 또한 호화로운 외출이 잦아도' 어쩔 수 없는 현실인데
누군들 분개하지 않으랴. 가난한 백성들의 앞날이나 우리 민족의 미래
를 생각하면 암담하여 영산강에 감정을 의탁해 보는 작품이다.

여상현의 시는 뚝심이 있다. 정확하고 견고한 현실인식 때문에 현실
의 불합리가 자연스럽게 드러나고, 그것을 개선해야 한다는 뜻을 강력
히 발산하고 있음을 터득하게 한다.

설정식, 백성의 무지와 정치가의 무능

설정식의 시들은 백성이나 민족이라는 대의명분에 집중되어 있다.
해방이 되었지만 여전히 고통 받고 있는 백성들, 제 역할을 전혀 해내
지 못하고 있는 지도자들, 그리고 민족의 암담한 현실에 대한 것을 시
의 소재로 택한다. 다소 추상적이지만 당시의 현실을 성실히 암시하고
비판한다.

곡식이 익어도 익어도 쓸데없는 땅 / 모든 인민이 등을 대고 돌아선 땅
// 물줄기 도리혀 / 우리들 입술 찾아 흐르기도 하고 / 흘러도 그러하나
/ 벌써 모래 가득찬 아가리 / 황토荒土에 널리기도 한 땅 — // 다 못 아

는 것은 땅은 영원히 / 우리들의 것이기 / 숲을 찾는 바람같이 달려갈 역사이기 / 백번 천번 어미네 품속같은 흙 / 갈어 갈어 창끝 번득이듯 / 보삽 어루만지는 / 손가락 매듭만이 굵어진 것을 // 황소 소 너는 / 언제까지 어질기만 하려느냐 / 가까이 가까이 서로 방불彷彿한 그림자들 한군데로 / 남산 어느 고을에도 있는 남산으로 / 바람은 비바람은 어디든지 / 숲 울성한 곳으로 모였다 // 땀을 흘려도 흘려도 쓸데없는 땅 / 태양 없는 땅 // 너희들 무시무시한 무지 지긋지긋 / 흰 이빨자국 이문살 멍들은 / 아 소같이 둔하다는 무식한 우리들의 등 / 더운 피 흘린 항거를 위해서는 / 시월은 오히려 / 서리 내리기소차 주서하였다 / 태양 없는 땅 // 굵어진 손 매듭 손톱 자국자국 / 꽂은 감자눈 / 눈 부릅뜬 황소 뉘 배불리기 위해 아 / 성난 남산·숲 어디서나 이는 거센 바람 일듯이 / 버리고 달아난 창끝 같은 보삽들이 꽂힌대로 / 길게 길게 돌아누운 땅 // 곡식이 익어도 익어도 쓸데없는 땅 / 모든 인민이 등을 대고 돌아선 땅 ///

1947년 발표한 「태양 없는 땅」이란 작품이다. 순하디 순하고 무지하기도 한 백성들, 그래서 철저히 착취당하는 그들을 안타까워하는 시다. 당시 현실을 아예 희망 없는 '황무지'로 본 것이다.

만萬 생령生靈 신음을
어드메 간직하였기
너는 항상 돌아앉아
밤을 지키고 새우느냐

무거히 드리운 침묵이여
네 존엄을 뉘 깨뜨리느뇨

어느 권력이 네 등을 두다려

목메인 오열嗚咽을 자아내드뇨

권력이어든 차라리 살을 앗으라

영어囹圄에 물어진 살이어든

아 권력이어든 아깝지도 않은 살을 저미라

자유는 그림자보다는 크드뇨

그것은 영원히 역사의 유실물이드뇨

한아름 공허여

아 우리는 무엇을 어루만지느뇨

그러나 무거히 드리운 인종忍從이어

동혈洞穴보다 깊은 네 의지 속에

민족의 감내堪耐를 살게 하라

그리고 모든 요란한 법을 기부히리

내 간 뒤에도 민족은 있으리니

스스로 울리는 자유를 기다려라

그러나 내 간 뒤에도 신음은 들리리니

네 파루破漏를 소리없이 치라

「종鐘」이란 작품이다. 종을 백성으로, 종소리를 백성들의 신음소리로 표현했다. 물론 신음소리를 내도록 하는 것은 가진 자들이다. 그러나 시인은 참고 견디는 민족이 될 것을 바란다. 그 인내가 민족의 큰 힘으로 되어 스스로 자유를 찾아야 한다는 것이다. 파루를 친다는 것은 자유, 해방을 의미한다.

두둑 커다란 밭이겠다.

저벅저벅 십리 백리라도 시원찮을

우리들의 젊은 정갱이를 어디다 두고

백주白晝 두리번거리며

손바닥으로 기어다니는 우리들을

그대들은 어떻다 하느뇨

견디기 무거운 알 알이어든

가라

차라리 바람같이 가라

쭉정이를 날리는

바람같이 가라

술과 왜콩이 들어오고

금포錦布와 금덩어리 나가는 바다 있음을

그 바다 사나운 물결보다

무서운 무지 에 있음을

우리들의 꺼진 어깨와

허울 벗기는 구릉丘陵 가지런함을

아 그리고

저 산은 영광을 위하여서보다

차라리 낙뇌落雷를 몸소 받기 위하야 솟아있음을

그대들은 어떻다 하느뇨

견디기 어려운 멍에어든 벗으라

그리고 차라리 수레를 타라

　　우리들의 여윈 어깨로 메운

　　가벼운 이 수레를 타라

「지도자들이여」라는 시다. 역시 백성들의 무지와 고통에 대해 말하고 있으며 정치지도자들에 질책을 가하고 있다.

　설정식은 해방 직후의 혼란이 정치가의 무능, 백성들의 무지에서 오는 것으로 보고 대오각성을 해야 한다는 생각을 줄곧 시로 표현해냈다.

김상훈, 궁핍에 대한 적극적 증언

　김상훈은 백성들의 궁핍한 현실을 진지하게 증언한다. 특히 농민들의 참상을 다소간 격정적인 어조로 대변한다. 그리고 가난에 대한 적극적 인식 때문에 자신은 사회주의 노선을 선택하는데, 시로써 그 과정을 보여준다. 해방에 대한 기대감, 조국에 대한 기대감 따위가 모두 배반당한 당시 현실에서 필연적으로 선택할 수밖에 없었던 이념의 문제를 시로 잘 표현해낸다.

　소작쟁의가 끝나지 않아 / 산발한 볏단이 밭고랑에 누워있는 들길을 / 지쳐 쓰러진 이야기를 담고 우차牛車바퀴가 게을리 굴러가고 / 황량하다. 천한 촌백성이 사는 이 마을엔 / 어미가 자식을 헐벗겨 떨리고 / 삽살개 사람을 물어 흔들고 / 금전과 바꾸어진 딸자식을 잊으랴 애썼다. / 일장기가 태극기로 변했어도 / 그것은 지친 그들에게 '만세' 소리로 높이낼 부담밖에 / 설익은 빵덩이 하나 던져주지 못했다 // 북만北滿에서 떨다온 삼돌아 / 어미 죽고, 기어들 집 한 간 없고, / 잊지못한 계집 가버리고 / 말해라 포근히 안아줄 어느것이 너의 조국이냐? / 싸늘하고 모진 돌맹이, 주저앉을 땅마저 지열이 식었구나 / 칼든 화적이 송아지를 몰아가고, / 여호고개 밑에서 살인났던 이야기가 / 골안에 황황히 피 묻은 말발굽처럼 돌아다닌다 / '독립'! 골수에 겨려, 꿈되어 알른거리드니만 / 마침내 닥쳐온 네가 싫다. 이름 좋은 그림자였드냐! / 악착같구나 영설永雪은 차곡이 쌓이는데 / 누더기 옷에 한결같이 주리고 떨어 / 안죽음을 한恨하는 할아버지와 / 못살아 발버둥치는 작은 것들을 / 그대로 보고 있어야 하느냐? 독립의 귀한 선물로…… // 신작로 나자 젊은 것들 끌어가고 / 척식회사에 마지막 세전답을 팔던 날 / 일만하면 먹여주는 마름집 소 팔자가 부럽다고 / 석이는 밤새워 울더니 이날도 역시 소가 부러운게다 / 왜놈이 쫓겨만 가면 제것이야 찾을 줄 알았디니 / 한마지기 석섬이 더나는 이 넓은 들을 또 누가 차지하노! / 먹이 찾아 뿔뿔이 흩어지던 무리 / 빈주먹 쥐고 거지 되며 찾아들며 전생에 지은 죄를 뉘우치고, / 임란때부터 살아온 이 마을이 삼백년동안 쉰집이 못 찬다고 / 할아버지 탄식하야 산화山禍라 일커르고, / 병들어도 약한첩 못써보고 죽이는 눈알이 까 ― 만 어린 것을 / 황공무지하야 산신에게만 빌었다. / 조선아 물어보자! 그대의 아들 팔할이 굶주리누나 / 어인 전생에 죄지은 자 이리 많으며 / 어인 송장의 독이 이리 크며 / 어인 신령의 극성 이리 한없나 / 아아 농군은 사람이 아니라니 '조선'아 이래야 옳으냐! // 퉁겨진 힘줄과 억센 손마디와 삽자루와 번쩍거리는 호미 / 방아타령하는 목통과 거사 춤 추는 엉덩이와 / 씨름 잘하는 정갱이 삽질하는 두주먹이었다. / 토지를 다고 아아 토지를 다고 / 목매여 울면 들은 체나 하겠느냐. 아아 정객政客은 / 농군이 없는 서울에서만 회의를 하는구나 / 그들은 농군을 위해 세금과 벌금을 정하고 / 농빈은 일하다가 죽고 자식새끼 무식해야 하는 슬픈 대가를 지불한다. // 씨부리고 싹트면 김매고, 익으면 걷어들이고 말으면 쌓고 / 피땀을 아껴서는 안되는, 비바람을 피해서는 안되는 / 부지런하고 억세야만 되는 이

일은 우리 농군만이 한다 / 아아 투지를 농군에게 다고. 배고파서 일을 못하는 농군이 없게 해다고…… / 이렇게 부르짖고 싶다. 딱한 백성들이 이렇게 부르짖어야 한다. / 그러나 그들은 양보다 순하기에 양복쟁이 두려워 고개숙이고, / 모두다 빼앗기고도 말할 주변이 없다. // 마을 앞 목매달아 죽은 소나무 있고, 그 앞엔 젖가슴처럼 탐스러운 들이 가로 놓여, / 오롱조롱 매달린 어린 것들이 바라보고 있건만 / 소작쟁의가 끝나지 않아 / 산발한 볏단은 눈에 덮히고 / 지쳐 쓰러진 이야기를 싣고 / 우차牛車바퀴가 굴러갔다 / 이땅 사람들의 장거리를 싣고 이재민을 싣고 / 읍에서 나오는 수선스런 소문들과 질식하는 농군의 생활을 싣고 / 머슴이 이끌고 여윈 소가 끌고 마루턱이를 넘어 / 우차바퀴는 게을리 사라진다. // 달도 없이 밤은 유난히 검고 / 눈 위에 자꾸 서리가 내린다. ///

「전원애화田園哀話」라는 작품이다. 아주 긴 시지만 대표작품이기에 전체를 인용했다. 시가 사실적이어서 당시의 현실을 능히 유추할 수 있겠다. 명색만 좋은 조국 독립을 달갑게 여기지 않을 만큼 당시의 현실이 대부분의 백성에게 고통스러웠다는 것을 알 수 있다.

「경부선京釜線」과 같은 시에서도 현실에 대한 적극적 인식이 돋보인다.

끝없이 서로 합치 못할
슬픈 운명으로 마련된 두 줄 레일이여

우리들의 가장 소중한
국토의 가슴 위에 금을 그어서
그대 목매인듯 무슨 아우성이
또 절망의 울음을 던지고 사라지느냐
옛날 제국주의의 모진 채찍을 실어올 때부터

우리들의 자랑스러운 푸른 하늘에
검은 연기만 끝없이 토해왔느냐

농민들의 허리가 고목처럼 말라가도
밤을 새워 침략자의 무기를 실어나른 너
열 손가락으로 깍지 끼어 끌어안은
어머니의 아들을 빼앗어 가던 너

경부선이여
가난한 백성들의 설움과 노염을
침목枕木처럼 깔고 너는 달리느냐
눈이 멀도록 기다리는
우리의 새나라를 실어올 날은 언제냐

부산 항구에 낯선 무역선이 닿으면
산더미처럼 쌓인 상품을
부지런히 부지런히 실어 나르는
왜적의 그날부터 한길밖엔 구를 줄 모르는
너는 어찌하야 불을 먹고 사느냐

아아 이 차실車室에 가득
답답한 사람들은 모두 어디로 가는가
헤어나지 못할 숨막힐 기류氣流 속에
누가 마구 쓰러져 울고 있다

꿈많은 나의 어린 시절을 실어나르던
나의 육체의 굵은 혈맥처럼

끊임없이 오르나리는 잔인한 차륜이여
다시 자식을 빼앗긴 어머니의 눈알과
양담배 팔기에 입이 부은
이땅 어린것들의 처량한 목소리 속에
너는 무엇을 위하랴 그리 숨이 가쁘냐

'경부선'에 대한 역사적 인식이 정확하다. '국토의 가슴 위에 금을 긋고서' 침략의 통로가 되어 부지런히 실어 나르지만, 그에 비례하여 이땅의 백성들은 고목처럼 말라갔다는 인식은 너무도 정확하다. 물론 그것은 과거에 한하지 않는다는 것이다. 여전히 '가난한 백성의 설움과 노염을 / 침목처럼 깔고 너는 달리느냐'고 표현하여 절창이 되었다.

김상훈의 시들은 이렇게 당시의 현실을 사실적으로 제시하고 정확한 인식을 제공함으로써 시대를 성실히 증언했다고 평가받을 수 있으며, 자신의 이념 선택에 대한 정당성을 웬만큼 설득시켰다고 할 수 있다.

유진오, 세태를 한탄하는 시들

유진오兪鎭五의 시들은 해방기 정국을 비판하는 데 집중되어 있다. 특히 우익지도자들의 친외세親外勢 행위에 대해 맹렬히 비난했다. 미국과 미국을 뒤에 두고 호가호위하는 정치가를 목표로 했다. 이 맹렬한 비난은 곧 그의 사회주의 이념의 강도強度와 비례하는 것이다.

우선 「장마」는 부제대로 '수해구제 문예강연회 낭송시'인데, 백성들의 고통스런 삶을 표현했다.

그저 멍하니 한숨짓던 버릇이
상기도 가시지 않은 땅에

무슨 놈의 비가 쏟아지는가

차라리 쑥대밭을 만들 판에야
된소리 안된소리 지껄이는
돼지같은 목덜미를 들이치려마

휘몰아치는 비바람에
고향은 있어도 흙 한줌 없는
아 ― 이나라는 언제나 남의 땅 같구나
물구덩이 속에서 피눈물을 뿌려도
은신할 처마와
몸가릴 옷가지 하나 없어도

왕궁 안 오만한 주인의 수라상 위에
진수성찬이 향기로워도
우리에겐 비에 젖은 주먹밥 뿐이다.

공손히 뭉쳐 나누어주는 손
흰옷일망정 덮어주는 손들만이
비와 눈물에 젖은 마음을 어루만지는구나,

보라 이 비가 멎은 다음날엔
진정 폭풍우같은 우리의 아우성이
새로운 장마를 마련할 것이다.

　궁핍할 대로 궁핍해진 백성들의 생활에 설상가상으로 자연마저 고통을 주니, '이 나라는 언제나 남의 땅 같구나' 하는 통탄이 터져 나올 수밖에 없었을 것이다. 이런 세태 속에서 정치 지도자나 호의호식하는 사람들에 대한 반감은 당연했으리라.

'국치國恥기념 문학강연회 낭송시'였던 「38이남」은 한미관계를 주종
主從관계로 여기고 이를 비판하는 시다.

어지러운 몸짓으로
베일을 씌우느냐?
가리워도 가리워도
타는 물방울은 베일을 뚫는다.

쓸개를 뒤집어놓고 생각하여도
허울좋은 남조선은
흐물거리는 인육시장이다.
탕아와 매소부賣笑婦는 연방 눈짓을 하며
어리다고 어리다고 얼르면서
목 졸라매어 어디로 끄으느냐,

지금은 아니라고 잡아떼어도
너는 역시 보스요
나는 역시 종이다.

밀가루는 밀까루
빵은 되어도 밥은 아니다.

씨를 없애는
지독한 화약이 있다고
자유를 말함도 죄되어
모조리 짓밟어 놓은 38이남.

옳은 마음 그리는 인민의 나라
사람들은 북으로 북으로 쏠리는데
권력은 동으로 동으로
태평양 저쪽으로.

당시의 한미관계를 아주 절묘하게 표현해냈다. 그만큼 시대적 통찰력이 빼어났던 것이다. '국치國恥기념일'에 걸맞게 성찰된 외세에 대한 인식이었다.

「누구를 위한 벅차는 우리의 젊음이냐?」는 '국제청년데 — 에' 낭송된 시로 「38이남」과 같은 주제의 작품이다.

눈시울이 뜨거워지도록 / 두 팔에 힘을 주어 버티는 것은 / 누구를 위한 붉은 마음이냐? // 깨어진 꿈조각을 / 떨리는 손으로 주어 모아 / 역사가 마련하는 이 국토 위에 / 옛날을 찾으려는 // 저승길이 가까운 영감님들이 / 주책없이 중얼거리는 잠고대를 / 받아들이자는 우리의 젊음이냐 // 왜놈들 씨를 받아 / 소중히 기르던 무리들이 / 이제 또한 모양만 달라진 / 새로운 ×××의 손님들 앞에 / 머리를 숙여 / 생명과 재산과 명예의 / 적선을 빌고 있다 / 누구를 위한 / 벅차는 우리의 젊음이냐? // 서른 여덟해 전 나라와 같이 / 송두리째 팔리워 피눈물 어려 / 남의 땅을 헤메이다 맞아죽은 동족들은 / 팔리던 날을 그리고 / 맞아죽던 오늘 9월 초하루를 / 목메어 가슴을 치며 잊지 못한다 // 그러나 오늘날 또한 / 썩은 강냉이에 배탈이 나고 / 뿌우연 밀가루에 부풀어 오르고도 / 3,500만불의 빚을 짊어지고 / 생각만 하여도 이가 갈리는 / 무리들에게 짓밟혀 / 가난한 동족들이 / 여기 눈물과 함께 우리들 앞에 섰다 // 누구를 위한 / 벅차는 우리의 젊음이냐? / 어느 놈이 우리의 / 분통을 터뜨리느냐? / 우리들 젊음의 힘은 / 피보다 무서웁다 / 머얼리 바다 건너 저쪽에서도 / 피끓는 젊은이의 / 씩씩한 행진과 부르짖음이 / 가슴과 가슴들 속에 파도처럼 울려온다 / 젊은이 갈 길은 단 한 길이다 / 가난한 동족이 우는 곳에 // 핏발이 서 날뛰는 / 외국 ×××들과 / 망령한 영감님들에게 / 저승길로 떠나는 노자路資를 주어/ ××으로 쫓아야 한다 ///

참으로 정확한 현실 파악이며 신랄한 비판이다. 일제에 거덜이 난 민족으로서 언제나 경계해야 할 외세이기에 충분히 설득력을 갖는 작품인 것이다. 그는 당시 위정자들의 정당치 못한 행태를 혁신하려는 생각에 스스로가 결국 사회주의자가 된다. 시인이 이념선택과 희생에까지 이르는 과정은 모두 정치적 불합리에 대한 그의 혁명적 정신에 의한 것이며, 당시 현실을 통렬하게 증언하고 비판한 것은 진정한 용기였던 것이다.

그 밖의 사회주의 진영의 시인들 / 송돈식, 권환, 임화, 상민

지명도가 높은 시인들 중에서 사회주의 진영을 택한 사람이 적지 않았지만, 그리 높지 않은 시인들 또한 많았다. 이들의 시는 그들이 왜 사회주의를 택하게 되었는가를 소명해 주는 경우가 많았다. 당대 정치 세태 때문인 것이다. 여기서 몇몇 시인들을 더 보완해 보자.

송돈식宋敦植의 시들은 해방기의 세태를 사실적으로 제시하면서 때로는 냉소적 어조를 띠기도 한다.

공장은 모조리 문을 닫았다
일이 없는 사람들은
이곳으로 밀려 들었다

낯설은 사투리의 전재민戰災民들은

무너진 왜병의 동상대銅像臺에다

흰떡과 인절미를 쳐서 팔았다

그리고 미병美兵은 찦 위에서

이곳에 카메라를 겨누었다

모지라진 풀밭에

낭자한 육체가 널려있는

한낮

노상 육모정 안에는

한바탕 정담政談에 핏대가 섰고

고마운 잉여물자와

이즈러진 웃음 속에

여인들은 불을 켜고 늘어서

밤이 깊도록 소요騷擾는 그칠 줄을 몰랐다

「공원」이라는 시다. 공원에서 벌어지고 있는 광경을 간결하면서 사실적으로 표현하였다. 이 시에서 세태 재현에 충실할 뿐, 냉소적 어조를 충분히 내보이지 않는다. 그러나 「서울」이라는 시는 날카로운 비판이 동반된다.

서울이여 / 가난하고 슬픈 이나라의 수도여 // 이조 오백년 / 일제 사십년을 / 그러나 너는 한결같이 / 세도 높은 양반들과 / 포악한 군경들의 / 지극한 은혜로운 서울이 아니었더냐 // 하루 아침 죽엄같이 잠기었던

/ 성문이 열리고 / 푸르러히 티어오는 하늘 아래 / 찬란한 깃발 드높이 휘날리던 / 그때 너는 얼마나 자랑스런 / 우리들의 서울이었느냐 // 한때 황홀하던 감격은 어디로 사라졌느냐 / 유찬流竄에서 돌아온 왕국의 후예들과 / 왜놈의 앞잡이들이 판을 치는 거리에 / 옳은 일 받드는 젊은이와 / 사슴같이 어진 사람들 / 다시 도적처럼 숨어다녀야 하느냐 / 그렇다 도야지같이 비대한 신사들을 위하얀 / 확실히 해방된 서울이다 // 숱한 자동차와 양당인洋唐人과 / 째스와 깽과 버터 냄새와 / 재빨리 굴러들어온 양차洋車까지도 / 너는 제법 국제도시의 풍속을 닮아가는구나 // 보아라! 여기 박해받는 무리들의 / 소리 없는 원함怨喊이 사모치는 거리 / 고층 빌딩 밑에는 / 시뻘건 살덩이를 내어던진채 / 오늘도 죄 없는 동포들이 쓰러져간다 // 그러나 서울이여 / 거리마다 골목마다 별처럼 흐르는 / 젊은이들의 타는 눈초리와 / 분노에 떠는 사나이들의 넓은 어깨와…… / 불길처럼 잠잠한 속에 나래를 펴는 너를 볼 때 / 인민의 깃발과 노래로써 엮어질 ― / 서울아! 나는 네품에 아기는 행복을 지닌다 ///

'너는 제법 국제도시의 풍속을 닮아가는구나' 하는 구절만으로도 냉소적이라는 것을 충분히 알 수 있을 것이다. 친일 매국노들이 처단되기는커녕 오히려 더 활보하고 있는 거리, 고통스런 백성들과는 달리, 가진 자들이 과시하는 거리에서 누가 소외감과 배신감을 느끼지 않을 수 있겠는가. 속물스런 서울의 세태를 냉소적으로 비판하면서 사회주의 이념을 선택하게 되는 필연성을 암시하고 있다.

권환의 「어서 가거라」는 부제대로 '민족반역자, 친일분자들에게' 보내는 작품이다. 일제시대는 물론 해방 직후에도 여전히 기득권을 행사하는 이들에 대한 혐오감을 표현해 낸 시다.

어서 가거라 가거라, / 너희들 갈대로 가거라, / 동녘 하늘에 태양이 다 오르기 전에 / 이 날이 어느듯 다 새기 전에, / 가거라 어둠의 나라로 / 머언 지옥으로! // 제국주의 품안에서 살이 찐, / '오야꼬돈부리'에 배가 부른 / '스끼야기' '사시미'에 기름이 끼인, / '마사무네' 속에 취몽醉夢을 꾸던 너희들아. // 얼싸안고 정사하여라 순사殉死하여라. / 눈을 감은 제국주의와 함께 / 풍덩 빠져라. / 태평양의 푸른 물결 속에 / 일본 제국주의의 애첩들아. / 일본 제국주의의 충복들아. // 또 어디가 부족하냐, / 또 무엇이 소원이야, / 인젠 먹고 싶으냐 '비후데끼'가, / 인젠 먹고 싶으냐 '탕수육'이, / 또 누구에게 보내려느냐, / 얄미운 추파를. // 이서 가거라, / 모처럼 깨끗이 닦어논 이 제단에 / 모처럼 봉지봉지 피어나는 이 화원에 / 굴지 말고 늙은 구렁이처럼 / 뛰지 말고 미친 수캐처럼 // 어서 가거라 가거라, / 너희들 갈대로 가거라, / 물샐 틈 없이 바위처럼 뭉치려는 / 우리 민족의 통일을 위하여 / 맑고 옥같이 티끌 없는 / 우리 나라의 건설을 위하여 / 성스러운 조선을 위하여 // 오! 벌써 찬란한 태양이 떠오른다. / 동녘 하늘이 밝아온다 / 요란히 들린다 참새 짖는 소리 / 어서 가거라 도깨비들아 / 무서운 악마들아 / 어둠의 나라로 / 머언 지옥으로 ///

해방 직후 우리 민족이 재빨리 해냈어야 할 일은 민족반역자 처단이었다. 그랬더라면 해방기 좌우익 대립은 훨씬 약화되었을 것이고 조국이 분단되지 않았을지도 모른다. 위의 시는 일제에 붙었다가 다시 미국에 붙어 기득권을 누리려는 간악한 민족반역자들을 강력히 매도한 작품이다.

임화의 해방기 시들은 호흡이 짧아진다. 변죽만 울려댈 수밖에 없었던 시대를 벗어났다는 증거이리라. 그의 시는 해방 직후부터 그가 사회주의 진영에 가담했음을 보여준다. 우익 정치지도자를 적으로 규정하고 비난하면서 민중들을 부추기는 내용의 시들을 썼다.

> 눈이 부시게 푸른 나무잎 사이로 / 이따금 구름이 흘러가는 풀밭 우 / 행복한 짐승처럼 누웠으면 / 미풍은 조을듯 불어오고 // 아아 나의 눈은 핏발이 서서 감을 수가 없다 / 저 아아峨峨한 산들과 보리밭과 / 점점點點한 마을과 도시와 / 끝없이 불행하였던 동포들의 / 피에 젖은 가지가지의 추억 / 희망밖엔 아무 것도 아니 가진 / 소년들의 빛나는 눈과 작은 손과 가는 다리와 / 주절거리며 뛰어가는 거름거리를 // 아아 너희는 또 다시 가져가려 한다 // 우리들의 어버이가 미어진 잔등에 짐 짝과 더불어 / 우리를 업고 고향을 떠날 때 / 너희들은 어디에 있었느냐 / 우리들의 어린 것이 낯선 도시에 와서 / 호올로 눈물지우며 외로이 잠자던 공장에서 / 너희들은 어떻게 살았느냐 / 우리들의 동무가 주림과 박해에 못이겨 / 성낸 이리처럼 싸움에 일어났을 때 / 너희들은 무엇을 하였느냐 // 너희들은 국외에서 싸우지 않고 승리를 기다리었고 / 너희들은 우리의 교만한 주인으로 행복하였고 / 너희들은 능히 일본 군경의 양우良友이었다 // 아아 모처럼 돌아오려는 자유를 찾아 깃발을 날리는 메이데이 / 오늘에 또 다시 이빨을 갈며 달려드는 너희는 대체 어느 나라 사람이냐 // 꾀꼬리 우는 시냇가에 발을 잠그고 해마다 조국에 향그런 / 5월 1일이 오면 / 휘파람 불며 불행한 동포의 지나간 이야기를 / 사랑하는 우리 어린 것들에게 들려줄 메이데이를 위하여 / 대한의 병든 가축을 치는 / 너희들의 운명을 파멸로 인도해야 하겠다 // 아아 나의 눈은 핏발이 서서 감을 수가 없다 ///

'메이데이를 위하여' 라는 부제가 달려 있는, 「나의 눈은 핏발이 서서 감을 수가 없구나」란 작품이다. 그의 이전 작품들에 비해 훨씬 사상이 분명하면서 간결한 편에 속한다.

상민常民이란 필명의 「새파란 하늘 그려만 봐야 하나」란 시는, 해방 직후의 세태를 통렬히 비판한다. 해방이 되었다고는 하나 진정한 해방 이란 없다는 생각을 표현했다.

한 집안 굶어죽기보단 그래두 나으리라구 / 몸뚱이를 팔아 마굴魔窟에 기어들던 날 / 보배로운 청춘을 불사르고 / 파뿌리 된 어머니는 땅을 치며 울었다 // 모든 희망을 저버리구 / 이미 내어디딘 걸음이었건만 / 손님 대접 서투르다는 탓에 / 어멈을 첫날부터 내처 구박했고 // 알 콜에 취해 거드름 피우는 무리가 / 지쳐 늘어진 고깃덩이 앞에 이리처 럼 으흥거리는 밤 / 구렁이 같은 팔이 가녀린 잔등에 감아들면 / 문 밖 으로 잔인한 웃음이 떼지어 지나갔다 // 뭇사내들 이렇게 / 눈깔 뒤집 히고 숨결이 가빠 / 살저름을 물어뜯을 듯 정욕을 채우고 / 불덩이 같 은 흥분이 식어지면 그 순간 / 떨어진 신짝인양 차 던지는 상품! / 진열 창 안의 비스켈이야 차라리 부러워라 // 드디어 빛잃은 볼과 이마에 / 붉은 혼디가 짓물러 터졌으면서 / 익힌 버릇이 색마와 어멈을 위해 / 뜻없는 단장을 일삼고 / 감정 아닌 음탕한 욕지거리가 / 입끝에서 아무 렇지도 않다 // 아아 어두운 이땅에 태양이 빛나는데 / 마굴엔 언제나 그늘이 짙어 / 해방이란 주인 어멈이 갈린 것뿐 / 그것은 머언 다른 나 라의 이야기다 // 병든 서울 복판 / 사나운 발 아래 피다 짓밟힌 꽃! / 오늘도 창살 없는 감방에 앉아 / 목을 늘여 새파란 하늘 그려만 봐야 하나 ///

빈궁함을 참다못해 뛰어든 화류계 생활을 하는 여인이 시적 화자로 등장하고 있으며, 상품으로 전락해 버린 제 육신에 대한 절망, 그리고 인간의 속물근성을 표현했다. 무엇보다도 해방에 대한 의미 제시다.

'해방이란 주인 어멈이 갈린 것뿐 / 그것은 머언 다른 나라의 이야기다' 하는 부분이 그것이다. 조국의 해방이 모든 백성에게 희망을 주지 못하는 세태를 안타까워하는 작품이다.

이상에서 사회주의 이념을 택했던 시인의 작품들을 살펴보았다. 주로 당시의 정치적 불합리를 비판하는 내용인데 충분히 타당하고 설득력이 있다. 다만 이러한 생각들이 우리 민족의 역사 전개에 생산적 힘을 보태지 못하고, 오히려 남북분단을 고착시켜 버린 것이 안타까울 뿐이다. 사회주의를 택한 시인들의 시정신은 결코 그르지 않았다.

김동명, 사회주의 진영 풍자

극도로 혼란했던 해방기 세태는 시인들의 주된 소재가 되었다. 많은 시인들이 정치적, 사회적인 현실을 비판하면서 좌익, 우익의 이념을 선택하였다. 특히 해방정국의 타락상은 시인들에게 사회주의를 택하게 하는 동기가 되기도 했다. 일제가 물러간 뒤에도 세상은 여전히 새로운 희망이 보이지 않았고, 오히려 친일파였던 무리들이 다시 득세하여 백성들에게 절망을 더해 주었다. 또한 미군정이 위세를 떨치면서 새로운 지배자로 군림하게 되었다. 이런 환경이 많은 시인들로 하여금 격렬한 사회비판적 시들을 쓰게 했고, 결국 그들을 사회주의 이념을 선택하고 옹호하게 만들었다.

그러나 사회주의를 택한 시인들의 시각이 모두 옳을 수는 없었다. 시인들이 대부분 순수한 동기에서 사회를 비판했다 하더라도 뒤에서 이를 이용하는 '보이지 않는 큰 손'까지 인식하지는 못했다. 사회주의가 가지고 있는 모순은 결국 밖에서 관찰한 이에 의해 새롭게 인식되기도 했다.

김동명의 시집 『38선』은 바로 이 점에 집중하고 있다. 사회주의자들에 의해 저질러지는 불합리한 언행들이 시인에 의해 예리하게 관찰되고 증언되며 풍자되었다.

솔문 현관에는 자획字劃도 기운차게
'해방 경축 추계 교내 대운동회'!
하마 잊을뻔한 해방의 감격을 다시 느끼며 장내로 들어 서니
추풍秋風을 안고 뒤는 태극기의 물ㅅ결이 좀 과도히 드세어,
일말의 불안이 엷은 구름인양 머리를 스친다.
태극기의 우위優位,
이것은 분명 이 고장 어룬네의 지도원리에의 반역이다.
순서는 오후로 넘어 간다.
홍백紅白 양군 열전이 뒤를 이어
츄맆의 행렬처럼 아름다운 여생도들의 체육댄스에
만여萬餘의 관중은 완연히 도취한다.
이때다.
돌연히, 일본도를 찬 두사람의 보안대원이 운동장을 횡단하야 교장석 앞으로 무보武步를 옮긴다.
교장은 기립하야 정중히 좌석을 권한다.
그러나 우리 보안대원 동무는 손을 뒤로돌려 꽁무니에서 포승을 끄낸다.
만장滿場은 악연愕然한다.
여생도들은 울음을 터뜨린다.
이윽고, '당' 선전부 책임자 동무가 마이크를 앞세우고 연단에 올라선다.
만장은 손에 땀을 쥐고 귀를 기울인다.

'동무 여러분, 교장은 아직도 일제日帝주의의 잔재를 청산하지 못한 사람이오. 우선 시상대를 보시오. 저기 앉은 사람들은 모두 과거 일제시대에 소위 유력자라던 사람들 뿐이고, 노동자나 농민은 한 사람도 보이지 않소. 이런 낡아빠진 머리를 가진 교장은 단호히 처단하지 않으면 안될 것이오. 이것은 우리가 오늘 여러 동무 앞에서 교장을 체포하게 된 이유요.……'

만장은 또 한번 바보처럼 벌린 입을 다물지 못한다.

한가지 불안은 요행 사라졌으나 동시에 그보다 더 무섭고 더 어두운 불안을 이번에는 각자가 자기 자신의 문제로써 가슴 속에 느끼면서 흩어졌다.

그 많은 사람중에서 오늘 사건을 입 밖에 내며 돌아가는 단 한사람도 없었다는 것은 얼마나 놀라운 그러나 또 얼마나 현명한 일이랴.

「운동회」란 시로 1945년 9월에 쓰인 것이다. 사회주의가 얼마나 배디직이며 사회를 성식시킬 수 있는가를 터득할 수 있는 작품이다. 일제 잔재청산이란 미명하에 비상식적이고 비인간적인 행위로 일상인들을 경악케 하는 모습들을 증언해 주고 있다.

두메 산ㅅ골처럼 늑대가 갈개는지
밤이 유별나게 무시무시한 거리.

총 소리에 잠이 깨어 문고리를 단속타가
닭 울음을 듣는 새벽.

이윽고 아침이 오면 휘날리는 붉은 기ㅅ발 아래에
바들바들 떠는 태극기의, 아아 눈물 겨운 동반이여.

선전탑은 순경처럼 묵묵이 목이 찌어지는데
시민들은 초상 상제처럼 정황 없는 얼굴로 포도鋪道를 지난다.

피난민은 또 어데로 가누
가도 가도 끝 닿은 데 모를 시체의 행렬.

옛날 헌병대 자리에서는
벽에 걸린 가죽 채찍이 찌르륵 찌르륵 절로 우는 오후,

앞 바다엔 새로 들어온 수송선이 여덟 척
어마어마한 거체巨體가 눈에 가시일 제,
오늘도 배가 축 처지게 실은 수송기는
북으로 나른다.

「수송기 나르는 항시港市의 풍경」이란 작품이다. 사회주의 치하의
백성들이 공포에 떨고 있는 상황을 제시한다. 특히 셋째 연의, '이윽고
아침이 오면 휘날리는 붉은 깃발 아래에 / 바들바들 떠는 태극기의, 아
아 눈물 겨운 동반이여' 하는 묘사는 기발한 빗댐이다. 이미 사회주의
이념이 우위를 확보한 땅에서 전개되는 야욕을 암시하고 있다.

내 말은 네가 모르고
네 말은 내가 모르고
언제 보던 얼굴인듯 하나
다시 보면 딴 사람들이고,
'해방' '자유' '민주주의'조차
무슨 주문呪文이나 듣는듯 몸서리 치니
아하 마법사 아저씨!

열일곱해 정들여 놓은 내 고향은 어디다 감추었소.

「이방異邦」이란 작품이다. 사회주의 이념을 내세운 이들의 비상식적인 언행 때문에, 고향인데 고향처럼 느낄 수 없게 되었음을 안타까워하는 시다.

산에 가득 진달래꽃 피는 나라
곡식 이삭 유난히 탐스러운 나라
하늘이 거울알 같이 맑디 맑은 나라
너 때문에 나는 더욱 슬프구나.
서러운 이야기 칡넝쿨처럼 일그러진 나라
썩은 울타리같이 도적을 막을 줄 모르는 나라
정의의 이름으로 동포를 팔되 부끄러움을 모르는 나라
아아 너 때문에 나는 더욱 슬프구나

「조국」이다. 첫 번째 연과 두 번째 연에서 대조감정을 느끼도록 하였다. 특히 두 번째 연에서는 반외세 의식의 필요성을 암시한다. 그리고 사회주의라는 명분하에 자행되는 불합리한 사건들을 안타까워하는 시다.

3국 외상外相의 모처럼한 후의厚意니
달게 받자! (비록 국제노예의 지월망정)
아아 이렇듯 장엄한 자기 포기가
이렇듯 대담한 정치적 발언이
이렇듯 담박한 외교적 퇴각이
일찌기 어느 나라에 있었더냐.
이런 수작을 해자우리씨 껍질 뱉듯 하면서도

마음 놓고 종로 네거리를 거닐 수 있다는 것은

일면, 민주주의 조선의 자랑이라구나 할까.

정권, 당세, 자기만족,

모두다 소중하지 않은 바가 아니나

3천만의 인질로는

아아 너무 무엄하지 않느뇨!

「탁치託治2」란 시인데 신탁통치를 찬성한 것에 대한 조롱이다. 주권
의 포기를 '민주주의 조선의 자랑' 이라고 풍자한 부분이 기발하다.

위조 지폐,

위조 지폐의 범람.

이것은 바로 해방조선의 씸볼이다.

그리고 통렬한 비평이기도 하다.

그대들의 정치 운동이

아니 그대들 자신부터가

한 장의 위조 지폐가 아니라고

누가 보증해 준다드뇨.

「위조지폐」란 시다. 당시의 위정자들을 위조지폐와 동일시한 것이
기발하다.

이 지방에 있어서 '자유'는 완전히 금제품禁制品의 하나다.

아편쟁이처럼 문을 닫아걸고 조심조심히 가져보는 일이 있다할지라도

들키기만 하는 날에는 벌보다도 천대가 더 무섭다.

아아 레텔도 화려한, 저 쇼윈도 ― 안에 진열되어 있는 자유!

허나 이 사람아, 그건 상품이 아닐세 그저 장식용으로……

그러기에 손을 대서는 안된다네.

「자유」다. 역시 기발한 풍자다. 사회주의를 이보다 더 냉소적으로
비판할 수 있을까. 「인권」이라는 시도 비슷한 어조인데 여기서는 예로
들지 않는다. 「가두점경街頭點景」이란 시는 각각 다른 제목을 달고 있는
여섯 개의 연작시다. 제4연, 제5연만 인용해 본다.

> Ⅳ
>
> 연사는,
>
> '여러분, 진정한 민주정신의 옹호를 위하야……'
>
> 이렇게 부르짖고 손짓 몸짓을 해보인다.
>
> 그럴 때마다 연사의 꽁무니에서는 피스톨 자루가 물오리 대구리처
> 럼 연성 들락날락이다.
>
> 허, 이사람아 그거 은장도 대신으토 능장한
>
> 장신구 정도로 보아두세나
>
> Ⅴ
>
> 백주白晝에
>
> 또 총소리
>
> 우리 소년은
>
> 오늘.
>
> 다시 담배 장수를 안해도
>
> 배고프지 않은 세상으로 갔다.
>
> 스탈린 원수의 전송餞送을 받으면서……

앞의 작품은 그야말로 구밀복검口蜜腹劍 하는 사회주의 지도자들의

행태를 비판하는 시다. 권총을 은장도 대신으로 등장한 장신구로 보아 두자는 능청스러움이 풍자의 절정을 이루었다. 뒤의 작품도 명분과 실제가 다른 사회주의 치하에서, 백성들만 희생양이 되는 현실을 풍자적으로 비판한다.

김동명의 『38선』은 재기발랄한 풍자의 보고寶庫다. 사회주의자들의 두 얼굴을 섬세하게 관찰하고 비판한 작품들이 많지 않은 터에, 그것을 해냈다는 것은 중요하다. 사회주의를 선택한 시인들이 소위 우익진영의 불합리를 한껏 비판한 것은 충분히 이유가 있었다. 그렇지만 사회주의 진영이 모두 잘한 것은 아니다. 사회주의자들의 자가당착을 김동명이 성실히 지적해 준 것이다.

4. 민족전쟁과 그 후유증을 표현한 시인들

　너무도 잔혹한 상처였기에 오늘날에도 여전히 완치되지 못하고 후유증을 앓고 있는 것이리라. 우리 민족의 근현대사가 언제인들 평화롭게 전개된 적이 있었는가마는, 민족전쟁은 민족의 자긍심에 치명타를 가한 꼴이 된 셈이었다. 공산주의에 맞서 민주주의를 수호하기 위한 전쟁이었다고 하더라도 자긍심을 충분히 회복시킬 수 없다. 강대국 이념의 대리전이었다고 한다면, '소경 세 닭 잡아먹는' 짓에 비유할 수 없을 정도로 우매한 꼭두각시 역할을 했던 것이다. 일제기 36년에서 숨고를 틈도 없이 곧 민족전쟁을 치르게 되니 민족의 자존심은 물론이거니와 내우외환 속에서, 백성들은 삶다운 삶을 영위해 보지도 못하고 이념에 속절없이 희생되어 갔다. 전쟁 속에서 드러나지 않은 다양한 형태의 정신적 물질적 폭력은 헤아릴 수도 없을 것이다.

　이런 통한痛恨의 근현대사를 겪고 난 민족구성원은 누구나 그 후유증을 앓게 될 수밖에 없다. 그것은 개개인의 아픔에 머무는 것이 아니라 민족 전체의 '집단무의식'을 형성하기도 하는 것이다. 숱한 형태의 피해의식, 열등의식은 가치관으로 형성되어 일상생활의 언행으로 당연히 나타나게 된다.

　시인들의 언어는 그 시대 그 민족의 가치관을 표현한다. 민족전쟁을 체험한 데서 변화한 가치관은 어떠한 형태로든 그 시대의 작품들에 나타나게 된다. 자연이고 현실이고 간에 좀처럼 친화력을 가질 수 없는 모습, 뚜렷한 의미를 부여하지 못하면서 추상적인 언사들을 뇌까려대는 모습, 전혀 경쾌하지 않거나 어떤 절망도 제시되지 않는 모습 따위가 민족전쟁을 체험한 직후 시의 표정들일 것이다. 이념 대립에 이어 극단적인 충돌을 통해 맛본 패배감, 배신감은 시인들의 시정신 방향을 잡지 못하게 했다. 그 후유증에서 벗어나기까지는 당분간 어두운 표정 속에서 새로운 실을 모색해야만 했던 것이다.

박인환, 고조된 패배의식

박인환의 시 속에는 전쟁으로 인한 패배의식이 짙게 깔려 있다. 신에 대한 불신, 인간에 대한 배신감, 미래에 대한 불확실성 따위가 그림자처럼 따라다니고 있는 것이다. 시로 뭔가를 진술해야 하지만, 현실에 대한 불신 때문에 추상적인 넋두리에 머무는 경우가 많다. 그러다 보니 때로는 호흡이 길어지고 감상적인 분위기를 돋우기도 한다. 전쟁으로 인한 시인 품격의 상처이며 동시에 시의 상처로 남은 것이다.

> 저 묘지에서 우는 사람은 누구입니까.
> 저 파기된 건물에서 나오는 사람은 누구입니까.
> 검은 바다에서 연기처럼 꺼진 것은 무엇입니까
> 인간의 내부에서 사멸된 것은 무엇입니까.
> 일년이 끝나고 그 다음에 시작되는 것은 무엇입니까.
> 전쟁이 뺏아간 나의 친구는 어데서 만날 수 있읍니까.
> 슬픔 대신에 나에게 죽음을 주시오.
> 인간을 대신하여 세상을 풍설風雪로 뒤덮어 주시오.
> 건물과 창백한 묘지 있던 자리에

꽃이 피지 않도록.

하루의 일년의 전쟁의 처참한 추억은
검은 신이여
그것은 당신의 주제일 것입니다.

「검은 신神이여」란 작품이다. 전쟁의 폐허 속에서 부르짖는 신에 대
한 절규인 셈이다. 기왕 폐허로 만들 바에야 아예 불모지로 만들어 버
리라는 저항인 것이다. 전쟁이란 극한상황에서, 그 어떤 가치도 인정
하게 하지 않는 시인의 정신을 보게 되는 작품이다.

여윈 목소리로 바람과 함께
우리는 내일을 약속ㅎ지 않는다.
승객이 사라진 열차 안에서
오 그대 미래의 창부여
너의 희망은 나의 오해와
감흥만이다.

전쟁이 머물은 정원에
설레이며 다가 드는
불운한 편력의 사람들
그 속에 나의 청춘이 자고
절망이 살던
오 그대 미래의 창부여
너의 욕망은
나의 질투와 발광發狂만이다.

향기 짙은 젖가슴을

총알로 구멍 내고

암흑의 지도 고절孤絶된 치마끝을

피와 눈물과

최후의 생명으로 이끌며

오 그대 미래의 창부여

너의 목표는 나의 무덤인가.

너의 종말도 영원한 과거인가.

'새로운 신神에게' 라는 부제를 붙인 「미래의 창부娼婦」다. 「검은 신에게」에서 신에 저항하고, 위의 시에서 새로운 신을 '창부'라 하는가. '우리는 내일을 약속하지 않는다'고 단언하는 것은, 스스로를 철저히 포기했기 때문이다. 아무런 가치기준이 없이 세계가 영위되기에, 폐허에서 기대할 신을 창부로 부르게 되는 것이다.

전쟁 속에서 절망은 이렇게 컸다. 「어린 딸에게」란 작품을 보아도, 가장 큰 희망을 걸어야 할 자기 자식에게서도 절망을 먼저 보게 되는 것이다.

기총機銃과 포성砲聲의 요란함을 받아가면서 / 너는 세상에 태어났다 죽음의 세계로 / 그리하여 너는 잘 울지도 못하고 / 힘 없이 자란다. // 엄마는 너를 껴안고 3개월 간에 / 일곱 번이나 이사를 했다. / 서울에 피와 비와 / 눈바람이 섞여 추위가 닥쳐오던 날 / 너는 입은 옷도 없이 벌거숭이로 / 화차貨車 위 별을 헤아리면서 남으로 왔다. // 나의 어린 딸이여 고통스러워도 애소哀訴도 없이 / 그대로 젖만 먹고 웃으며 자라는 너는 / 무엇을 그리우느냐 // 너의 호수처럼 푸른 눈 / 지금 멀리 적을 격멸하러 바늘처럼 가느다란 / 기계는 간다. 그러나 그림자는 없다.

// 엄마는 전쟁이 끝나면 너를 호강시킨다 하나 / 언제 전쟁이 끝날 것이며 / 나의 어린 딸이여 너는 언제까지나 / 행복할 것인가. // 전쟁이 끝나면 너는 더욱 자라고 / 우리들이 서울에 남은 집에 돌아갈 적에 / 너는 네가 어데서 태어났는지도 모르는 / 그런 계집애. // 나의 어린 딸들이여 / 너의 고향과 너의 나라가 어데 있느냐 / 그때까지 너에게 알려 줄 사람이 / 살아 있을 것인가. ///

전쟁 중에 그 어떤 희망도 가능하지 않다는 생각의 표현이다. 보금자리인 고향도, 큰 울타리가 되는 조국도 일단 부정되는 것이다. 자신의 생애는 말할 것도 없고 딸의 생애를 보장해주지 못한다는, 불안감이 인간의 입법자가 된 시대를 본다.

그의 「목마와 숙녀」가 애송되는 것은 '비애悲哀의 맛', '부정不定의 맛' 때문일 것이다. 시상詩想의 전개가 애매한 곳이 많고 응축되어 있지 않지만, 전쟁의 후유증이라 할 만한 '통속미'가 알맞게 표현되어 있기 때문이다. '문학이 죽고 인생이 죽고 / 사랑의 진리마저 애증愛憎의 그림자를 버릴 때 / 목마를 탄 사랑의 사람은 보이지 않는다' 하는 부분이나, '인생은 외롭지도 않고 / 그저 잡지의 표지처럼 통속하거늘'과 같은 표현이 그렇다. 모두 전후의 가치관을 반영한 것이다.

박인환은 전후의 가치관을 성실히 재생산해 냈다. 극한상황에서 인간이 보편적으로 보이는 불안, 절망, 반항 따위를 주제로 한 시들로 민족전쟁을 증언해 냈던 것이다.

박봉우, 불안 속에 야위는 국토

박봉우는 어느 누구의 시보다 전쟁의 후유증을 많이 표현하고 있다. 결코 쉽게 가셔지지 않을 정신적인 상처를 증언해 내는 데 시정신을 집중하고 있다. 그러다보니 시의 분위기는 전혀 경쾌하지 않다. 이 시

기 그의 시 대부분이 산문시 형태를 택하고 있는 것은 시대적 분위기
와 무관하지 않을 것이다. 그의 시 주제는 절망 속의 희망일 터다. 현
실에 대한 절망감을 성실히 제시하고 그것을 극복하려는 노력이 필요
하다는 것을 암시하곤 한다.

산과 산이 마주 향하고 믿음이 없는 얼굴과 얼굴이 마주 향한 항시
어두움 속에서 꼭 한 번은 천동같은 화산이 일어날 것을 알면서 요런
자세로 꽃이 되어야 쓰는가.

저어 서로 응시하는 쌀쌀한 풍경. 아름다운 풍토는 이미 고구려같은
정신도 신라같은 이야기도 없는가. 별들이 차지한 하늘은 끝끝내 하나
인데…… 우리 무엇에 불안한 얼굴의 의미는 여기에 있었던가.

모든 유혈流血은 꿈같이 가고 지금도 나무 하나 안심하고 서 있지 못
할 광장. 아직도 정맥은 끊어진 채 야위어 가는 이야기뿐인가.

언제 한 번은 불고야 말 독사의 혀같이 징그러운 바람이여. 너도 이
미 아는 모진 겨우살이를 또 한 번 겪으라는가 아무런 죄도 없이 피어
난 꽃은 시방의 자리에서 얼마를 더 살아야 하는가 아름다운 길은 이뿐
인가.

산과 산이 마주 향하고 믿음이 없는 얼굴과 얼굴이 마주 향한 항시
어두움 속에서 꼭 한 번은 천동같은 화산이 일어날 것을 알면서 요런
자세로 꽃이 피어야 쓰는가.

1956년에 발표한 「휴전선」이다. 위의 시에서 누구나 느낄 수 있는
것은 '불안'이다. '나무 하나 안심하고 서 있지 못할 광장'이니, '한 번은
천동같은 화산이 일어날 것을 알면서……' 하는 시구가 모두 불안을 표

현한 것이리라. '별들이 차지한 하늘은 끝끝내 하나인데' 이 민족은, 이 국토는 사뭇 야위어만 가고 있다는 안타까운 심정을 잘 표현했다.

무성한 저를 잊어버린 것들 앞에 어쩌자고 돌아와서 오늘도 흘러가는 목숨. 이그러진 꽃병과 빈의자들이 있고 금간 창窓, 슬픈 눈동자가 해바라기를 닮은 폐허에서 '운명교향곡'을 듣고 있는 것이 아닌가.

무질서하게 부서진 벽돌담에도 끝끝내 피어린 한 포기의 싱싱한 풀잎, 전차戰車들이 무지하게 짓밟고 사라져 버린 자욱에도 가난한 꽃들은 웃고 희망에 젖는 것. 내가 겨눈 마즈막 총을 버리고 머언 신라를 생각하는 것은 꿈과도 같이 아득한 이야기인가.

음악은 흘러가고 또 음악은 남아서, 이렇게 찢기고 상처입은 마음의 모습을……너는 보는가 우리 어머니와 형제, 누이들이 이 빈자리에 다행히도 살아와서 울고 있을 때 나는 무어리고 소리할 것인가, 괴로운 이야기가 아닌가 모두 그것은……

타버린 빈 자리……무수한 빈 자리에 돌아와 앉을 빛깔들의 모습을 더듬을 날 그들의 이야기는 어느 '꽃밭'과 어느 '창'들을 가지고 고요히 앉을 것인가 그날의 황무지에는 해도 미소하고 우리의 가슴의 음악실에는 진정 하나로 된 환한 바다가 밀려오고 눈부신 해빙기가 열리어 오지 않겠는가.

「음악을 죽인 사격수(Ⅲ)」란 작품이다. 전쟁의 폐허 속에서 살아가고 있는 우리 민족들의 서글픈 현실을 암시하고, 끝 연에서는 미래를 기대해보고 있다.

> 참으로 어지리워라, 어느 소란한 네거리의
>
> 까마귀같은 집단처럼 아아 어지러워라
>
> 순금과 양철과 무딘 쇳덩어리가 얽혀서
>
> 내 정신은 모든 것이 무섭고 어지러워라
>
> 봄을 배경한 나를 잃어버린 거리에서
>
> 고아와 같이 어지러워라 울고 싶어라
>
> 전쟁은 언제나 나를 그만 끝내 줄 것인가
>
> 이렇게도 이렇게도 어지러운 빛깔 속에서
>
> 태양과 도시와 바다와 벽에서
>
> 살벌한 애증을 호흡하며 살아갈 것인가
>
> 가난같은, 슬픔같은, 기쁨이나, 더욱
>
> 행복같은 것은 그만인, 어지러운 어지러운 풍경에서
>
> 지역없는 국경없는 새와 같이 울며울며
>
> 어데로 향하여 날아갈 것인가
>
> 어지러운 어지러운 속을 피흘리며 날아갈 것인가

「혼선混線」이다. 역시 전쟁 후유증을 볼 수 있는 작품이다. 1960년대에 발표된 작품인데도 전쟁의 상처는 전혀 아물지 않은 듯 여전히 절실한 아픔으로 시에 표현되고 있는 것이다.

박봉우는 위의 작품들 외에도 「나비와 철조망」, 「사수파死守波」, 「음모일지」, 「창慈은」 따위 작품들에서 전쟁의 후유증을 성실히 표현해 냈다.

유정, 전쟁과 개인의 고통

유정의 시들은 전쟁 후유증을 표현해 내는 데 집중하고 있다. 민족이나 국가와 같은 대의적 문제 대신, 개인의 삶 속에 도사리고 있는 고통을 제시하는 것이다. 전쟁을 겪으면서 생긴 불안, 죽음에 대한 강박관념, 가족을 잃은 고통 따위가 그의 시 주제다.

그날 내 떨어진 팔다리를 이끌고

땅을 핥어 기어든 산골짜기 거기

호젓이 피어있는 꽃

먼 포성에도

가녈피 이파리를 흔들며

헐떡이는 내 어깨를

지키고 가만히 서 있던 꽃

　죽은 애의 버린 애의 멍든 눈이냐

　희멀거니 멀거니 열려 있던 꽃!

대가리마다 아직 핏방울은 부글거리고 있는데

구석구석 초연硝煙은 되번지고 있는데

오늘 또 여기 저기서 시시덕거리는

두려움 모르는 무리들

터뜨리는 불장난의 폭약소리 폭약내음새

— 불빛 번쩍이면

튀어나 어느 돌틈에 동그라진

곤충의 목숨들이 이곳에 있어

지나가는 바람결에도

야윈 촉각을 쫑긋거린다

그 어느날 다시 내 헐떡이는 어깨를

지키고 가만히 서 있을

호젓한

호젓한 최후의

그 꽃은 지금 어디서 봉오리지며 있는가?

　　죽은 애의 버린 애의 멍든 눈이냐

　　희멀거니 멀거니 열려 있는 꽃!

「최후의 꽃」이란 작품으로, 제목 밑에 '우리는 원자전쟁의 최후파멸의 그날을 생각하지 않을 수 없다'는 말이 적혀 있다. 죽음에 대한 공포, 또 다른 전쟁에 대한 불안감이 느껴지는 시다. 하긴 죽음에 대한 강박관념이 얼마나 강했으면 들꽃마저도 죽은 아이, 버려진 아이의 눈으로 생각되었을까.

　　살구꽃 구름의 마을을 황소 몰고 나간,

　　중국 등지를 떠돈다던, 아 그 두째 형 아니냐?

　　— 난 죽으러 돌아왔다, 아버진

　　용서해 주실까……

　　공산군 누비 누덕바지는 외짝다리 없이,

　　메뚜기 같이,

　　응혈진 이마 밑에 애증의

　　눈구멍만 퀭하니 열려서 섰는

　　— 형님, 형님!

　　소스라쳐 더듬어보는 칠흑의 어둠 속

　　괴괴히 빛나 뻗은 얼음의 38선 저기,

　　헐떡이며 걸려 있는 앙상한 등덜미는

　　분명 내 두째 형인데

　　아버진 없다, 어머니와 누이의

우릴 불러 희멀겋던 얼굴들도,

살구꽃 구름의 그 마을과 함께

하루아침 포연 속에 사라진지 오래인데

아 저주로운 년대에

피로 갈린 혈육들,

생사조차 알길 없이

몽환으로 만나보는 고달픔이여

이밤 또 그대는 어느 산 굴 속에,

나는 여기 지뢰원地雷原의 호壕 속에,

서로 외로 누운채 쳐다보는

남북 하늘 위에 펼쳐진 별, 별은

너무나 총총하여 땅 위는 춥구나!

「형제」라는 작품이다. 전쟁으로 인한 한 가족의 비극이 요약되어 있는 시다. 부모와 누이는 포탄에 맞아 희생되었고, 형과 '나'는 남북으로 갈린 채 참호 속에서 꿈으로나 그리워하고 있는 상황이다. 민족의 비극은 곧 한 가족의 비극임을 제시하고 있다.

무데기로 누우렇게 터져나온 것들이며

또 차차로 불긋불긋 터져나오는 것들이며

그것들이

먼 산골짜기에 엎드린 아침구름같이

사뭇 호기로이 분식해놓은 가구街衢 옆에

뇌병원은

2중 살 창 안

종내 옛 전우를 몰라보는채

무서운 헛고대만 중얼거리는

검은 동공의 벗은 진정 가슴 막히었는데

그보다도

소녀같이 부인이 고개 수그리며

흰 볼에 한줄기 빛난 것을 감출 때

일시에 등덜미를 엄습하여 오는 것

꽃새암 같은 것에

황급히 모자를 눌러쓰고 돌아선

상이傷痍의 나는

하마 어느것들은 펄펄펄 날리기 시작한

꽃사태의 인가 속을 홀로이 지나면서

아아 차라리

우리들 생사조차 촌탁忖度할 겨를이 없던

그날의 그 바람치던 전야戰野가

콧날이 뜨겁도록 그리워지는 것이었다

「꽃새암」이란 작품이다. 전쟁을 치르고 누구도 성한 사람은 없었던 것이다. 육체적으로나 정신적으로 모두 상처를 지니게 된다. 뇌병원에 있는 전우나 상이군인인 '나'의 현실적 고통은 견뎌내기 힘들기에 차라리 생사조차 짐작치 못할 정도로 격렬했던 전장戰場이 낫다고 생각하는 것이다.

유정은 위와 같은 작품들을 통해 전쟁을 겪고 난 개인의 후유증을 제시하면서, 민족의 비극이 곧 가족의 비극이며 개인의 비극이라는 것을 표현하고 있다.

김춘수, 현존과 부재

전쟁은 삶과 죽음의 문제를 그 어느 때보다 절감케 한다. 자신이 현존하지만 동시에 부재할 수도 있다는 생각은, 스스로의 현존재에 대해 진지한 의미를 부여하게 된다. 김춘수의 시는 바로 이런 문제에 골똘하고 있다. 죽음의 문제와 삶의 문제를 시로 탐구했던 것이다.

Ⅰ
죽음은 갈 것이다.
어딘가 거기
초록의 샘터에
빛 뿌리며 섰는 황금의 나무……

죽음은 갈 것이다.
바람도 나무도 잠든
한밤에
죽음이 가고 있는 경건한 발소리를
너는 들을 것이다

Ⅱ
죽음은 다시
돌아올 것이다.
가을 어느날
네가 걷고 있는 잎진 가로수 곁을
돌아오는 죽음의
풋풋하고 으젓한 무명無名의 그 얼굴,
죽음은 너를 향하여
미지의 제 손을 흔들 것이다.

죽음은
네 속에서 다시
숨쉬며 자라갈 것이다.

「죽음」이란 작품이다. 죽음이란 나의 현존재와 가장 멀 수도 있지만 동시에 가장 가까울 수 있다는 생각의 표현이다. 1954년에 발표된 것으로, 전쟁을 겪으면서 죽음에 대한 공포를 체험한 터전에서 성찰된 생각인 것이다. 위 작품은 죽음에 대한 탐구지만 2년 앞서 쓴 「꽃」은 현존의 확인을 주제로 한 시다.

내가 그의 이름을 불러주기 전에는
그는 다만
하나의 몸짓에 지나지 않았다.

내가 그의 이름을 불러주었을 때
그는 나에게로 와서
꽃이 되었다.

내가 그의 이름을 불러준 것처럼
나의 이 빛깔과 향기에 알맞는
누가 나의 이름을 불러다오
그에게로 가서 나도
그의 꽃이 되고 싶다.

우리들은 모두
무엇이 되고 싶다.
너는 나에게 나는 너에게
잊혀지지 않는 하나의 의미가 되고 싶다.

제 홀로 존재감에 취해서는 완전히 존재를 인정받지 못 한다. 상호 간 확인시켜 줄 수 있을 때 비로소 완전한 존재가 되는 것이다. 사람은 말할 것도 없고, 생물이면 무엇이든 자기 존재를 인정받고 싶어 한다. 존재하는 의미를 부여받고 싶어 하는 것이다. 전쟁 속에서 그런 생각 은 더욱 간절한 것이겠다.

> 나는 시방 위험한 짐승이다.
> 나의 손이 닿으면 너는
> 미지의 까마득한 어둠이 된다.
>
> 존재의 흔들리는 가지 끝에서
> 너는 이름도 없이
> 피었다 진다.
>
> 눈시울에 젖어드는 이 무명無名의 어둠에
> 추억이 한 접시 불을 밝히고
> 나는 한밤내 운다.
>
> 나의 울음은 차츰 아닌밤 돌개바람이 되어
> 탑을 흔들다가
> 돌에까지 스미면 금金이 될 것이다.
>
> ……얼굴을 가리운 나의 신부여,

「꽃을 위한 서시序詩」다. 위의 시 역시 현존의 문제에 집념하고 있 다. 그러나 「꽃」처럼 상호간의 존재 확인을 표현한 것이 아니고 부재不 在, 즉 존재의 소멸에 대한 불안감을 표현하였다.

김춘수는 민족전쟁을 사실적으로 표현하지 않아 대부분의 시들이

전쟁 속에서, 또는 그 직후에 생산된 것 같지 않다. 대신 전쟁에서 비롯된 인간 실존의 문제 그리고 부재不在의 문제에 집중함으로써, 인간 가치를 진지하게 성찰하는 한 모범을 보여 주었다.

전봉건, 초연에 싸인 조국 강산

전봉건의 숱한 시들은 민족전쟁을 성실히 증언하려 했다. 그가 특히 시의 주제로 내세우는 것은 조국의 강산이 초토화되는 것에 대한 두려움과, 무의미하게 죽어간 사람들에 대한 안타까움이다. 「JET · DDT」라는 시를 보면 조국 강산에 초연哨煙이 마치 DDT를 살포하는 것과 같다고 했으니 얼마나 끔찍한 전쟁이었나를 유추하게끔 한다. '내 스물세 살의 지평(산의 능선)을 덮은 초연은 마치 그곳에 대량으로 살포된 DDT 같은 모양이었다. 영락없이 그런 판국이었다'는 증언으로부터 그의 시는 시작되고 있는 것이다.

「강하江河」라는 시를 보자.

하늘에
자유 사랑과 평화의 나라 프랑스가
군화를 뿌렸을 때,
바다를
장미의 나라 영국이
함포의 일제사격으로 산산히 부셨을 때,
아 땅덩어리를
인민의 나라 쏘련이
전차戰車의 캐타페라로 뒤집어 놓았을 때,
푸른 아름다운 다뉴브강은 피를 흘리고
수에즈운하도 피를 흘렸다.

그리고 우리도 흘렸다.
우리는 눈물을 흘렸다.
숯검정이 지구의 일각에서 우리는
날개 찢긴 비둘기처럼 울었다.

남의 나라 전쟁이나 내 나라 전쟁이 모두 피눈물이라는 것을 말하고 있다. 이 시에서는 '……우리는 / 날개 찢긴 비둘기처럼 울었다' 하는 말로, 민족전쟁의 고통을 요약하는 정도에 그친다. 그러나 「완충지대」에서는 그 아픔을 절절하게 표현해 낸다.

1

죽어서 말하는 자의 목소리는 들리지 않는다. / 그러나 여기서는 그 목소리가 들린다. / 죽어서 말하는 수십명의 목소리가 들린다. // 하늘은 날개치는 새들을 위하여 그 자리로 돌아가라 / 옛말은 눈 초롱초롱한 어린이들을 위하여 / 그 자리로 돌아가라 / 그리고 마을들은 푸르고 큰 버드나무 사이로 / 돌아가라 돌아가라고 / 그 목소리는 말한다. //

2

그러나 여기서 보이는 것은 철조망 / 철조망에 찢긴 바람 갈기갈기 찢긴 바람에서 / 휘딱 휘딱 날리는 무정란無精卵의 잿빛 티끌뿐이다. / 여기서는 돌멩이를 던져도 날을 줄을 모르고 / 불타서 죽은 나무가지는 언제까지나 불타서 죽은 나뭇가지. / 여기서는 어디고 가는 길이 없다. / 다리는 무위無爲와 허망 사이에서만 걸려 있다. / 여기서는 사람이 옷을 벗어도 그 맨살에 / 와서 감기는 바람이 없다. / 갈기갈기 찢긴 바람은 휘딱휘딱 / 무정란의 잿빛 티끌을 날릴 뿐, / 여기서 보이는 것은 철조망 / 오직 그것뿐이다. //

3

그러나 여기서는 들리는 목소리가 있다. / 부러지고 꺾어지고 깨지고 부서져 박살난 햇살이란 / 모든 햇살 / 들고 이고 / 끼고 지고 / 또한 먹고 무성한 / 풀숲 그 황막하고 크낙한 / 풀숲에서 들리는 목소리가 있다. / 죽어서 말하는 수십만명의 목소리가 있다. / 〈우리는 젊었었지 그리고 죽었다. / 아뭏튼 우리의 죽음은 우리의 것이 아니다. / 사랑하는 여자의 허리가 얼마나 깊이 휘어지는지 모르겠더라고 그렇게 시시덕거리기도 하면서 싸우다가 죽은 우리의 죽음은 / 자네들 것이다. / 그것은 자네들의 새로운 창조를 의미하라. / 그리하여 말해 달라. / 우리는 말할 수 없는 이야기를. / 우리의 목숨과 우리의 죽음은 아무 것도 아닌 것이던가 어떤가. / 평화와 새로운 희망을 위한 것 그런 것이 아니던가 어떤가. / 우리의 죽음에 의미를 주어 달라.〉 //

4

여기서는 보이는 것이 있다. / 부러진 햇살 꺾어진 햇살 깨어진 / 햇살 부서진 햇살 박살 난 햇살 / 그 햇살이란 모든 햇살 들고 이고 / 끼고 지고 또한 먹고 무성한 풀숲. / 여기에 든 죽은 자를 삼키고 여기에 드는 산 자도 삼키는 풀숲. / 보아도 보아도 바라보는 눈에 넘치고 다시 넘치는 무덤 / 크낙하고 황막한 무덤 아닌 무덤이 있다. ///

다소간 호흡이 긴 시인데, 그만큼 전쟁에 대한 강박관념이 강했다는 것을 증명하는 작품이다. 아무도 돌봐주지 않는, 돌볼 수도 없는 완충지대의 무덤들과 처잠한 선생의 흔적에 대힌 안터까움을 표현한다. 또한 죽어간 영혼들의 넋두리를 제시하는데, 그들의 죽음에 의미를 주어야 한다는 주장인 것이다. 조국의 평화를 위해서 죽었다는 분명한 명분을 주어야 하며, 잊지 않고 영혼을 위로해 주어야 한다는 생각의 표현이다.

전봉건은 민족전쟁의 현장과 전쟁의 후유증을 성실히 증언했다. 국토가 초토화 되었던 비극적 현장을 생생하게 증명함으로써, 이 땅에 이런 비극이 다시 일어나지 않도록 하기 위한 경각심을 일깨워 준 것이다.

박남수, 전쟁에 대한 분노

박남수의 작품 중에는 6 · 25전쟁을 소재로 한 것이 많은 편이다. 전쟁을 직접 표현한 작품과 간접적으로 암시한 것을 합하면 꽤 큰 비중을 차지한다. 그는 시에서 자유를 상징하는 '새'와 '죽음'이라는 어휘를 많이 사용하는데, 전쟁은 그만큼 시인에게 큰 정신적 상처를 입혔던 셈이다. 「시원유전始源流轉」, 「원죄原罪의 거리」, 「할머니 꽃씨를 받으시다」, 장시 「비가」 따위가 전쟁을 직접 표현한 것들이다.

무슨 덩어리가 터졌나 보다. / 요란한 음향이 찢어지고 / 호壕 안에 흰 얼굴들이 / 흰 꽃송이처럼 지동地動에 흔들렸다. // 원죄原罪의 마지막 거리. / 아 우리는 어디로 갈 것인가. / 골고다의 청년처럼 / 모두 제 십자가를 졌다. // 바람 한오리 흔들리지 않는 / 요기妖氣에 부르르 떨며 / 잠간 전에 만났던 / 벗의 죽음을 곡哭할 수도 없구나. // 하늘과 땅 사이가 / 그대로 하나의 관棺이 된 / 이 땡볕이 내리는 거리에 / 선지피가 붉게 타고 있었다. // 누구를 위한 죽음이냐. / 고기는 뜯어져 / 담벽에 상게 풀뚝 살았고 / 뼈다귀는 저기에 뛰고 있는데, // 모두 호 안을 나와 / 말 없이 땀을 흘리며 / 어디든가 달리고들 있었다. / 이 막다른 골목에서 — // 뒤떨어진 늙은이는 / '망할 놈의 세상!'을 / 몇번이고 몇번이고 뇌이며 / 찢어진 어느 수령의 화폭 위에 서서, // 이 불탄 폐허에 / 홀로 살아 남은 사람처럼 / 들씌우는 침묵 속에 중얼거리었다. / '왜 진작 죽지 못했는고' // 이윽고 어디선가 들려오는 우렁찬 애기의 울음소리 / 바쁜 어느 어머니가 / 미처 업고 가지를 못했는가 보다. //

시한탄이 간간이 터지는 / 이 원죄의 거리에서 / 누구 하나 모르는 사이에 / 새 생명이 탄생했는지도 기실은 모른다. // 보이지는 않아도 / 또 어디선가 멀리 / 폭탄이 터지는가 보다. / 울리는 폭음 폭음…… // 천국과 지옥을 한꺼번에 가져온 폭음이, / 폭음이 지나가면/ 역시 맑은 하늘이 있을 뿐이었다. ///

1952년에 발표한 「원죄의 거리」다. 전쟁터로 변한 조국, 전쟁에 시달리고 있는 민족의 처참한 현실을 절망적 어조로 표현했다. 원죄가 아니라면 어떻게 이런 처참한 살육이 있겠느냐는 절규인 것이다. '그대로 하나의 관棺이 된 / 이 땡볕이 내리는 거리'에서 보내는 증언이다.

「비가悲歌」는 9장으로 된 장시다. '속續 갈매기 소묘' 라는 부제가 달린 작품으로 민족전쟁의 참상을 보고한다. 1장과 5장을 인용해 본다.

1

나의 눈에는 / 넓은 원야原野의 그림자가 있다. / 한 무리의 새가 건너가며 굽어본 / 넓은 원야의 그림자가 있다. / 싸락눈이 치는 넓은 원야를 / 철새가 무리져 이동해 가면서 / 아픈 마음의 상흔傷痕을 피로 뿌린 / 흰 눈발의 혈흔血痕들. // 195×년 12월 / 날아가는 공중의 새들은 / 한 걸음 뒷걸음치는 지평선을 / 날아가도 지워지지 않는 지평선을 / 바보, 바보, 바보처럼. // 포탄이 터지는 터널을 뚫으며 / 우리가 찾아가는 길은, / 꿀이 솟는 복지福地를 찾아서가 아니라 / 귓맛 좋은 자유를 찾아서기 아니라 / 찢어진 절규처럼 / 찢어진 깃폭처럼. // 그것은 삶의 무늬, / 머리에 흰 붕대를 감고 / 온 고통을 앓던 Z씨의 감금은 / 한 민족의 투옥. / 창살 밖에는 외국군대의 보초병의 군화소리가 / 언 땅을 가르며 저벅거렸고, // 195×년 12월, / 나의 최초 탈출은 / 넓은 하늘을 날아오르는 승천. / 민족이란 말의 뜻을 / 되새기며 되새기며 남하하였지. / 그것은 삶의 무늬. //

5

캣세라, 켓세라. / 파도는 노하여 머리를 들고 / 골목마다 흩어진 주먹에 멍들은 얼굴에는 / 아무런 신분증도 없었다. / ─ 이 새끼, 코피루 세수를 해야 알겠니. / 후들거리는 다리로는 / 무거운 머리를 세울 수도 없는 / 거리의 북, 그래도…… / 좀 기술적으로 말하면, / 내일을 믿으며, 믿어 보며 돌아가는 판자촌. / 서른 넷의 젊은 시인은 광복동 네거리에서 / 갈 곳이 없다. 아무 데도 시는 없었다.//

몸도 마음도 온통 상처투성이일 수밖에 없는 전쟁이었기에, '민족'이라는 의미를 되새겨 볼 수밖에 없었을 것이다. 결코 긍정적일 수 없는 의미일 것이다. 그러다 결국 될 대로 되어라, 하는 의미인 '켓세라 켓세라'를 외쳐대야 했을 터다. 살육의 현장 속에서 방향 잡아 뛸 곳이 어디 있을 것인가. '갈 곳이 없다. 아무 데도 시는 없었다' 는 절규만이 시詩일 뿐이고, 그 이상 시가 될 것이 없었던 시대를 잘 증언한 작품이나.

바남수는 민족전쟁을 겪으면서 위와 같은 분노와 절규의 시를 쓰고, 전후에는 안정된 정서를 갖게 되지만 여전히 후유증을 내보인다. 선과 악에 대한 문제를 끈질기게 형상화하게 되는 것도 그 후유증의 하나로 볼 수 있을 것이다. 그런 종류의 한 작품으로는 연작시 「새」를 들 수 있겠다. 이 작품 속에는 실존과 죽음의 문제, 악과 선의 대립이 형상화되어 있다.

1

하늘에 깔아논
바람의 여울터에서나
속삭이듯 서걱이는
나무의 그늘에서나, 새는

노래한다. 그것이 노래인 줄도 모르면서

새는 그것이 사랑인 줄도 모르면서

두 놈이 부리를

서로의 쭉지에 파묻고

다스한 체온을 나누어 가진다.

2

새는 울어

뜻을 만들지 않고,

지어서 교태로

사랑을 가식하지 않는다.

3

— 포수는 한 덩이 납으로

그 순수를 겨냥하지만,

매양 쏘는 것은

피에 젖은 한 마리 상한 새에 지나지 않는다.

「새1」이다. 「새4」도 이와 흡사하다. 폭력과 순수, 선과 악, 존재와 죽음 따위의 대립 속에서 의미를 부여하려는 시정신이다. 그의 시에서 이러한 집념이 계속되는 것은 전쟁체험에서 그 근원을 찾을 수 있을 것이다.

그 밖의 시인들 / 신동집, 구상, 민재식

민족전쟁을 직간접적으로 표현한 작품은 당대에 그치지 않고 지금까지, 아니 앞으로 지속적으로 생산될 것이다. 위에 논의한 시인들과 작품은 당대 것에 한정된 것이며, 여기에 논의되지 않은 몇몇 시인들을 추가해 볼 수 있을 것이다.

　신동집申瞳集의 작품들 중 민족전쟁과 연관된 것들은 상실감과 그 회복에 대한 의미를 제시하려 한다. 「목숨」, 「샌드윗치」와 같은 작품들이 그렇다.

　　　목숨은 때묻었나,
　　　절반은 흙이 된 빛깔
　　　황폐한 얼굴엔 표정이 없다.

　　　나는 무한히 살고 싶더라
　　　너랑 살아 보고 싶더라
　　　살아서 죽음보다 그리운 것이 되고 싶더라,

　　　억만 광년의 현암玄暗을 거쳐
　　　나의 목슴 안에 와 딯는
　　　한 개의 별빛,

　　　우리는 아직도 포연의 추억 속에서
　　　없어진 이름들을 부르고 있다,
　　　따뜻이 체온에 젖어 든 이름들

　　　살은 자는 죽은 자를 증언하라
　　　죽은 자는 살은 자를 고발하라
　　　목숨의 조건은 고독하다,

　　　바라보면 멀리도 왔다마는
　　　나의 뒤 저 편으로
　　　어쩌면 신명나게 바람은 불고 있다,

어느 하많은 시공時空이 지나

모양할 수 없이 지워질 숨자리에

나의 백조는 살아서 돌아오라.

「목숨」이란 작품이다. 전쟁으로 소중한 사람들을 잃었기에, 절망으로 얼굴은 황폐화 되었다. 그들에 대한 그리움을 감당할 수가 없기에 '살아서 죽음보다 그리운 것이 되고 싶더라' 하고 표현할 수 있는 것이다.

자칫하면 / 젖어드는 / 말 못할 의미를 헤치고 / 그 날 / 내가 전쟁을 향하여 걸어간 / 다리목까지 오면 / 나의 앞 뒤에 / 수없이 흐르는 것이 있다. // 다리 너머 저 쪽에 / 무엇이 있다고 생각하는가, 지금 / 개와 거러지가 비슷한 모양으로 걸어온다 / 넥타이를 날리며 / 전 날의 나와 같은 사람이 걸어온다 / 한 때는 나와 친했던 그이가 걸어온다 / 그이는 나를 알아채리지 못한다 / 나는 내가 변했다고 생각한다. // 잃어버린 나의 진주, / 그것은 어느 강물 속으로 없어진 것인지 / 그것은 어느 도야지가 앗아간 것인지, / '아쁘레'가 나의 앞을 질르며 비웃는다 / '아방'은 나의 뒤를 저만치 욕질한다, / 몇 해 전에 먹은 / '샌드윗치'의 추억이 / 너무나 오늘 신선하다. // 비슷한 황혼이다, 그러한 황혼이 내린다, / 여기 저기 등불에 어서 밤은 켜져라 / 무거운 날개는 기다리고 있다. // 어느새 전쟁은 아버지가 되었다, / 아버지의 아들은 어차피 자라나고 있다, / 그들이 기억엔 어머니의 얼굴이 / 아버지의 고향이 없다. / 그들은 제마다 이리저리 자라나고 있다. ///

1958년에 발표한 「샌드윗치」란 작품이다. 시상이 원활하게 연결되는 것은 아니지만 분명한 것은 소외감 또는 상실감의 표현이란 점이다. '나'도 어떤 상실감에 젖어 있지만 저들도 나에게서 소외감을 느끼고 있다. 전쟁고아를 떠올려도 괜찮을 것이다. 전쟁이 끝난 지 꽤나 지났다고는 하지만 그 흔적은 이렇게 저렇게 남아 있기도 하고 기억되고 있음을 표현했다.

구상具常의 시들은 전쟁 중, 그리고 전쟁 직후의 험악한 상황에서 자기 존재의 탐구와 무의미한 전쟁에 대한 항변을 표현한다. 「옥상실존」이나 「구상 무상」 같은 작품은 자기존재에 대한 것에 연관된 작품이고, 장시라 볼 수 있는 「초토焦土의 시」나 「근업近業」과 같은 시는 전쟁의 아픔을 표현하고 있다. 「초토의 시」에서 8장, 15장을 인용해 보자

8

〈적군묘지에서〉

오호, 여기 줄지어 누웠는 넋들은
눈도 감지 못하였겠고나.

어제까지 너희의 목숨을 겨눠
방아쇠를 당기던 우리의 그 손으로
썩어 문들어진 살덩이와 뼈를 추려
그래도 양지 바른 드메를 골라
고히 파묻어 떼마저 입혔거니
죽음은 이렇듯 미움보다도 사랑보다도
더 너그러운 것이로다.

이곳서 너와 너희 넋들이
돌아가야 할 고향땅은 30리면
가루 막히고

무인 공산의 적막만이
살아서는 너희가 나와
미움으로 맺혔건만
이제는 오히려 너희의
풀지 못한 원한이 나의
바램 속에 깃들여 있도다.

손에 닿을 듯한 봄 하늘에
구름은 무심히도
북으로 흘러가고
어디서 울려오는 포성 몇발
나는 그만 은원恩怨의 무덤 앞에
목놓아 버린다.

15

〈휴전협상 때〉

조국아, 심청이 마냥 불쌍하기만 헌 너로구나.

시인이 너의 이름을 부르량이면
목이 멘다.

저기 모두 세기의 백정들, 도마 위에 오른
고기모양 너를 난도질하려는데
하늘은 왜 이다지도 무심만 하다더냐.

조국아, 거리엔 희망도 절망도 못하는
백성들이 나날이 환장해만 가고
너의 원수와 그 원수를 기르는

벗들은 불장마를 키질하는데
너는 생각하면 쓰러져 가는 갈대더냐.

원혼怨魂의 나라 조국아,
너를 이제까지 지켜온 것은 모두
비명非命뿐이었지.

여기 또다시 너의 마지막 맥박인 듯
어리고 헐벗은 형제들만이 북으로
발을 구르는데

저들의 넋을 풀어줄 노래 하나
없구나.

조국아! 심청이마냥 불쌍하기만 헌
조국아.

8장에서는 같은 민족이 적군과 아군으로 나뉘어 싸우고 죽어야 하는 운명을 한탄하고 있으며, 15장에서도 민족이 남북으로 나뉘어야 하는 현실을 뼈저린 아픔으로 표현하고 있다. '저기 모두 세기의 백정들, 도마 위에 오른 / 고기모양 너를 난도질하려는데 / 하늘은 왜 이다지도 무심만 하다더냐'와 같은 부분은 정말 통렬한 하소연이다. 강대국이건, 위정자들이건 모두 세기의 백정으로 볼 수밖에 없었던 것은 당연하다. 구상도 민족전쟁의 참상을 무척 진지하게 표현해 냈던 것이다.

민재식閔在植의 「속죄양贖罪羊」 연작은 전쟁 직후에 쓰인 것으로 민족전쟁에 대한 성찰을 시의 주조로 삼는다. 시가 다소간 관념적이거나 핵심을 직접 진술하지 않는 경향이 보이기도 한다. 「속죄양Ⅰ」은 연작

중 현실안이 가장 뛰어난 것으로, 다른 나라들이 우리 민족을 '속죄양'으로 삼고 있다는 생각을 제시한다.

수繡놓은 한 여름 목장 풍경 위에 / 만국지도가 어지러웁다. // 부딪치는 두 나라 사이 / 베어링 해협엔 버큼이 인다. / 아라스카의 손은 몹시 여위었구나. / 캄챠카의 서슬 돋친 뿔이여. / 게다가 불쑥 내미는 산동반도의 붉은 코가 무서워 / 조국 — 잊혀지지 않는 노래로 흘러나오는 / 조국은 한사코 / 태평양 울목 구석지로만 움츠러 / 든다 / 모두다 말 없이 앉아 뿜는 희푸른 연기 속으로 / 외떨어진 대양주의 망우수를 본다. / 제마다 가슴은 쿵쿵 뛰는데 / 어쩌자고 죽음을 생각해야 되는가. / 청년들은 옥수수만치 괴로웁구나. / (옥수수는 이빨이 여물기도 전에 수염이 났다.) // 저기 헐벗은 산자락엔 / 고단한 마을이 몸부림 친다. / (산은 인류의 장난으로 찌풀어진 지구의 괴로운 이맛살이고) / 갓 핀 부락민의 조그만 바램도 / 춘궁春窮이 다시오면 민들레처럼 달아나리라. // 지껄여도 따져도 결론없는 이야기 / 문서는 미결함 속에 차복 쌓여 있고 / 잘난 나라의 잘난 백성들끼리 / 우리의 결론을 흥정하고 있다. // 자랑 많은 나라에 태어났어도 / 우리가 이룩한 자랑은 무엇이냐. / 가슴은 열대인데 결론이 없고 / 아아 화제가 다해버린 날의 슬픈 청년들. / 조국은 개평거리냐 / 우리는 속죄양이냐. / 창窓을 젖치고 / 모두 다 바라보는 하늘 가에는 / 훨훨 날아가는 구름이 한폭 / 제 무게도 없는 구름이 한폭만 떠 있다. //

우리나라의 지형적 조건을 살피고, '조국은 한사코 / 태평양 울목 구석지로만 움추러 / 든다'고 표현했다. 지형적으로 일단 불리한 위치를 잡고 있는 조국이라는 생각이다. 강대국들에 둘러싸인 지리적 조건도 그렇지만, 전쟁을 일으켜 놓고 우리나라를 흥정하고 있는 것 역시 강대국의 짓거리였다. 그러니 우리 조국은 개평거리나 되고 속죄양일 수밖에 없었다.

우리 민족 모두에게 크나큰 상처를 준 것을 생각할 때, 민족 전쟁에 대한 시들이 당대에 충분히 생산된 편은 아니다. 좀 더 많은 시인, 많은 작품들이 민족 비극의 현장을 암암리에 증언했어야 했다. 또한 강대국 간의 힘겨루기라든지, 약소국가들에게 저지르는 횡포 따위를 고발했어야 했다. 우리 시인들이 아쉬운 대로 민족전쟁을 증언하려 했고, 그 후유증을 성실히 제시하기도 했지만 미진함이 남는 건 사실이다. 어느 민족이든지 훌륭한 시인들이 많으면 불행한 시대를 철저히 증언하여 두고두고 각성의 거울로 삼게 되는 것이다.

5. 자연친화나 일상에 대한 자의식을 표현한 시인들

해방기 문단이 좌우익 진영으로 나뉘어 팽팽하게 맞섰다고는 하지만, 여러 면에서 사회주의 진영의 문학적 성과가 우위를 유지했다. 외형상 조직이나 구성원은 비슷한 규모였겠지만, 사회주의 진영의 정치와 세태는 비판받아 마땅했고 사회주의 진영은 이를 탄력 삼아 이념무장을 강화하였다. 사회주의 진영의 공세는 시분야에서 특히 적극적이었다. 시인들은 스스로를 비판하는 것과 동시에 정치 지도자를 비판하고, 또한 세태를 비판하는 시를 지속적으로 생산해 냄으로써 작품 생산량이나 현실 대응력에서 소기의 성과를 달성한다.

민족주의 진영에서는 극소수의 시인 외에는 적극적인 공세를 취하지 않는다. 예컨대 김동명의 시집 『38선』 외에 사회주의를 비판한 시 작품이 거의 없는 셈이다. 그들은 그저 현실에 무관하다 싶을 시들을 생산해냈다. 당연히 자연친화류의 서정시들이 위주가 되었는데, 분명한 것은 그런 시정신은 현실도피라는 비난을 받을 수밖에 없다는 점이다. 현실 대응력을 갖춘 사회주의 진영의 시들에 비해 사회적 효용성을 인정받지 못했음은 당연했다. 그것은 '순수시' 라는 배타적 이념, 이념적 배타의 풍조를 고착시키는 동기가 되기도 했다. 그러나 사회주의 진영의 이념이 해방정국을 안정시키기는커녕 혼란을 가중시키게 되니까 이념시에 대한 염증이 생겨나게 되고, 사회분위기를 새롭게 환기시키는 시를 기대하게 된다. 이런 기대를 부분적으로 충족시켰던 것들은 자연친화적 서정시와 일상생활 속에서 터득되는 정서를 표현한 시들이었다. 이런 시들은 당시의 현실을 직접 증언해 내지는 못하지만, 개인과 사회에 새로운 정서를 환기시켜 준다는 의미에서 결코 홀대할 수 없을 것이다.

박목월, 자연 속 인간의 비중

1946년, 이른 바 '3가三家시집'인 『청록집』이 출간된다. 좌우익 이념이 한창 대립하고 있는 상황에서 간행된 시집으로 소위 우익 쪽에서는 대단한 애정을 보이게 되었다. '3인합동'이라는 집단적 힘을 보여주는 것이기도 하였지만, 참신한 시정신이 돋보였기 때문이다. 그러나 이 시집에 실린 시들 중에서 조지훈, 박두진의 대표시들은 이미 해방 전에 발표되었던 작품들이었으며, 박목월의 경우만 해방 후 창작한 것이 대부분이었다. 물론 박목월의 경우도 일제하에 썼다가 해방 후 발표한 것도 있었다. 「산이 날 에워싸고」가 그 중 하나다.

산이 날 에워싸고
씨나 뿌리며 살아라 한다
밭이나 갈며 살아라 한다

어느 짧은 산자락에 집을 모아
아들 낳고 딸을 낳고
흙담 안팎에 호박 심고
들찌레처럼 살아라 한다
쑥대밭처럼 살아라 한다

산이 날 에워싸고
그믐달처럼 사위어지는 목숨
그믐달처럼 살아라 한다
그믐달처럼 살아라 한다

인간은 자연의 일부다. 그러기에 일부로서, 필요한 최소의 자연혜택을 받으며 살아야 한다. 그런데 인간은 자연에 온갖 횡포를 부리고 망쳐 놓는다. 자연 속에서 지극히 자연스럽게 살아가는 지혜를 터득하도록 자극해 주는 작품이다.

암흑기로 지칭되었던 일제 말기에 그 어떠한 저항적 몸짓도 가능할 수 없었다. 비록 자연친화의 시에서 머무르지만 친일보다는 당연히 나은 선택이었던 것이다. 일제의 전쟁터로 내몰려야 하는 상황 속에서 현실도피적이라 할 시가 창작되는 것은 당연하다. 위의 시는 약간 고쳐져 해방 후에 발표되는데, 그 상황 역시 위와 같은 시에 참신성을 느낄 수 있었던 것이다.

강나루 건너서
밀밭 길을

구름에 달 가듯이
가는 나그네

길은 외줄기
남도 3백리

술 익는 마을마다
타는 저녁놀

구름에 달 가듯이

가는 나그네

두루 잘 알고 있는 「나그네」다. 조지훈의 「완화삼玩花衫」에 대한 화답시로 써낸 작품이다. 자연 속에 동화되어 있는 인간의 유유자적한 모습을 잘 형상화시킨 시다.

훌륭한 서정시의 장점은 시대를 초월하여 지속적인 감동을 준다는 데 있다. 「산이 날 에워싸고」와 「나그네」, 「윤사월」 같은 작품이 비록 당대에는 현실 대응력을 갖지 못했으나, 영속적인 감동을 주는 시로 남을 수 있는 것이다. 조지훈, 박두진과 함께 박목월은 훌륭한 서정시를 생산함으로써, 그들이 살던 시대를 성실히 증명한 것 이상의 시적 성과를 거두었다.

김현승, 꿈과 비애의 시

일제강점기 「쓸쓸힌 거울 서녘이 올 때 당신들은」, 「어린 새벽은 우리를 찾아온다 합니다」와 같은 시들로 항일활동을 격려하고 희망을 갖게 하는 작품을 썼던 김현승은, 일제 말기에 붓을 꺾었다가 해방 후 다시 창작에 몰두한다. 그의 시는 생에 대한 꿈을 노래하기도 하지만, 대부분 고독과 우수를 노래하고 있다. 일제기에 길었던 호흡이 해방 후에는 간결해져 독자들에게 암송하고 싶은 충동을 느끼게 한다. 특히 차분한 시의 어조는 그런 욕구를 더욱 강하게 하는 것이다.

꿈을 아느냐 네게 물으면,

푸라타나스,

너의 머리는 어느덧 파아란 하늘에 젖어 있다.

너는 사모할 줄을 모르나,

푸라타나스,

너는 네게 있는 것으로 그늘을 늘인다.

먼 길에 올 제,

홀로 되어 외로울 제,

푸라타나스,

너는 그 길을 나와 함께 걸었다.

이제 너의 뿌리 깊이

나의 영혼을 불어넣고 가도 좋으련만,

푸라타나스,

나는 너와 함께 신이 아니다!

수고론 우리의 길이 다하는 어느 날,

푸라타나스,

너를 맞아줄 검은 흙이 먼 곳에 따로이 있느냐?

나는 오직 너를 지켜 네 이웃이 되고 싶을 뿐,

그곳은 아름다운 별과 나의 사랑하는 창이 열린 길이다.

「푸라타나스」라는 시로, 1953년에 발표되었다. 나무와 인간이 완전 동화한 경지를 잘 표현해 낸 작품이다. 교훈적이려 하지 않으면서 깊은 교훈을 느끼게 하는 시법이 절묘하다. 긍정적인 세계관으로 인생에 꿈과 애착을 갖도록 하는 지극히 평화로운 작품이다.

더러는

옥토沃土에 떨어지는 작은 생명이고저……

흠도 티도
금가지 않은
나의 전체는 오직 이뿐!

더욱 값진 것으로
드리라 하올 제,

나의 가장 나중 지니인 것도 오직 이뿐!
아름다운 나무의 꽃이 시듦을 보시고
열매를 맺게 하신 당신은,
나의 웃음을 만드신 후에
새로이 나의 눈물을 지어주시다.

　「눈물」이란 시로, 어린 자식을 잃은 고통을 극복하면서 쓴 작품이
다. 세속적인 웃음보다는 오히려 고결한 슬픔이 훨씬 값어치가 있다는
의미를 암시하는 시다. 진정힌 아름나움이 기쁨보다는 슬픔에 있다는
역설을 깔고 있는 작품인 것이다.

가을에는
기도하게 하소서……
낙엽들이 지는 때를 기다려 내게 주신
겸허한 모국어로 나를 채우소서.

가을에는
사랑하게 하소서……

오직 한 사람을 택하게 하소서,
가장 아름다운 열매를 위하여 이 비옥한
시간을 가꾸게 하소서.

가을에는

호올로 있게 하소서……

나의 영혼,

굽이치는 바다와

백합의 골짜기를 지나,

마른 나뭇가지 위에 다다른 까마귀같이.

「가을의 기도」로, 1957년 발표되었다. 모든 생명체들이 가을에 내적 충실을 기하기 마련이다. 시인도 그 질서에 따르러 한다. 지극히 겸허한 자세가 연상된다. 왜 하필 까마귀일까. 까마귀는 화려한 새가 아니기 때문이다. 잎새를 다 떨구고 가장 간편히 남은 '마른 나뭇가지'에 걸맞은 것이다.

김현승의 시는 독자들의 정서를 한껏 안정시켜 준다. 성찰력을 키워 주며 겸허하고 경건한 삶을 영위하도록 이끌어주는 작품들인 것이다.

신동문, 견고한 무표정

시대에 대한 절망이 모든 가치판단을 유보하게 할 수 있는데, 이것은 물론 삶에 적극적으로 임하지 못하기 때문이다. 삶에 기대를 갖는다는 것도, 또 생을 끝낸다는 것도 모두 큰 의미가 없다고 느끼는 것이 중립적 가치판단이리라.

신동문의 시들은 그런 생각을 들게끔 한다. 「풍선기 초風船期 抄」에서 '15호', '16호'를 보자.

당신의 눈동자! 당신의 눈동자! 부르는 소리에는 핏덩이가 엉기는데 의미없이 헛헛하게 빗겨만 간다. 당신을 부르며 내가 찾아온 이 근처는, 분명히 이 근처는 인생의 부근인데도 어째 아무런 대꾸도 없다. 당신이 그들 속에 끼어 있다고 믿지만 실은 우리들은 호응의 감성을 잃어 버린 것이다. 부르다가 부르다가 지쳐 쓰러진 포도鋪道에는 낙엽만이 우수수 나려 쌓이고, 그리하여 앞을 가린 철조망에 표기된 너무나 선명한 자의字意 'OFF LIMIT'. '패스뽀드'가 없는 나는 되돌아 가야만 했다.

설령 '패스뽀드'가 있다 해도 대기소에 머물러 있어야 하는 나는 기다리기엔 너무나 피로했다. 당신의 눈동자! 당신의 눈동자! 아아 그러나 쉽게 단념하기로 했다.

억수로 퍼붓는 장마비로 꼬박 세운 어젯밤 활주로 끝 방공호 속에서 자살을 한 병사의 그 원인을 난 묻지 않았다. 그러나 그 이유를 나는 아마 알 것이다. 그 이유를 나는 아마 모를 것이다. 나는 그것을 몰라도 오늘 진혼가를 불러 주듯 이렇게 파아란 하늘로 풍선만 띄우면 그만인가? 그가 죽은 것은 어제의 의미이지만, 오늘의 의미는? 그리하여 내일의 의미는? 하고 지금 내가 알고 싶어 하는 것은 나의 앞가슴팍에 걸려 있는 '스테인레스' 군번표의 비호능력인지도 모른다. 그리고 또 내가 알고저 하는 것은 잊어버린 어머님의 나이와 진정 지금 나의 손아귀에 쥐어져 있을 '알뜰, 랭보' 주정선酒酊船의 항도航圖 같은 그런 나의 수상手相일지도 모르지만 아뭏든 나는 그것을 알고 있으나 없으나 나의 오늘의 의미는 매한가지일 수밖에 없을 것이다.

'제 15호'인 앞의 시는 갈망하는 바가 전혀 이루어지지 않는 현실, '제한구역'이라는 어휘가 암시하듯 더 나갈 수 없는 현실을 의미한다. 또한 그 상황을 극복하려고 끝까지 애쓰려 하지 않는다. 쉽게 단념한다는 것은, 그것의 가치에 대해 불현듯 회의가 생긴다는 의미다. '제 16호'에서는 한 병사가 자살한 이유를 알 수도 있고 모를 수도 있다고 말한다. 그리고 그것에 대해 더 이상 괘념하려 하지 않는다. 그저 천형처럼 주어진 의무, 풍선 띄우기에 집착한다. 또한 맨 끝에서 수상手相을 말하는데, 알고 있으나 없으나 매한가지라고 한다. 그만큼 가치판단을 유보한다든지 가치판단의 중립을 지키는 것이다.

「우산」은 독특한 어법을 보여주는 시인데 이 역시 '중립성'을 말한다.

우산은 비가 나리는 때에만 받는 것이 아니라 젖어 있는 마음은 언제나 우산을 받는다. 그러나 찢어진 지紙우산 같은 마음은 아무래도 젖어만 있다. 더구나 웃음이나 울음의 표정으로 인간이 누전漏電되어 몸속으로 배어 올 때는 손 댈 곳 발 디딜 곳 없이 지리 마음이 저려 온다. 저리 눈으로 내다보는 앙상한 우산살 사이의 하늘은 비가 오나 안 오나 간에 언제나 회색진 배경인데 그런 기상이 벗겨지지 않는 것은 떨어진 마음을 마음이 우산 받고 있는 것이라 내 손도 누구의 손도 어쩔 도리가 없다.

'웃음이나 울음의 표정으로 인간이 누전되어'란 말은 감정을 희비喜悲 한 쪽으로 몰아갈 때 인간의 에너지가 방전된다는 뜻으로, 희비의 감정을 표정 짓지 말고 '견고한 무표정'을 지녀야 한다는 의미가 되겠다. 이것 역시 가치중립성으로 귀결된다.

신동문은 전쟁이 가져온 음울한 분위기에 함부로 놀아나지 않겠다는 생각이다. 완고한 표정으로 가치판단에 중립을 지키며 처세하겠다는 생각을 표현한 작품들인 것이다. 전후의 가치관을 단적으로 나타낸 것이다.

황금찬, 문 닫힌 현실

전쟁 후 시대의 우울은 인간의 내면세계를 닫아버리게 한다. 속절없이 가는 세월을 탓하고 인생의 허무감을 느끼고, 탈출구 없는 현실을 한탄한다. 어떤 희망도 가능하지 않다는 생각에 주위의 모든 것에 음울한 감정을 이입시킨다. 전쟁 후유증이 삶의 허무로 나타나는 것이다. 황금찬의 시들이 이런 감정을 잘 표현했다.
「접동새」를 보자.

이제는 아무것도 바랄 수 없다.
성마루에서
접동새가 운다.

사람은 가도
성터는 남아
무상함이 이리도
새삼스럽다.

무너진 성돌 위에 푸른 이끼
세월이 남기고 간
슬픈 얘기여.

다 가는 깃이
성줄기마자 가라앉으면
텅 빈 하늘 아래
저녁 노을만 타리라.

낡은 성문에 기대서서
나도 갈 것을 생각하여 본다.

흐르는 강물
세월은 흐르는데,

꽃처럼 피었다 진
옛날을
접동새 운다.

생에 대한 비감이 낡은 성터와 접동새 울음으로 표현되고 있는 것이다. 시대 환경이 전혀 희망을 주지 못한다고 생각하고 있다는 것을 유추할 수 있다.

「문」이란 시 역시 출구 막힌, 희망 없는 현실을 말하려 한다.

기울어지는 시각
싸늘한 거리에 비가 내린다.

운명처럼 마련된 내 생존의 길 앞에
모든 문들은 잠기어 있다.

이제는 어쩔수 없는
이 절박한 지대에서
나는 몸부림을 치며 문을 두드린다.

그러나 문은 열리지 않고
가슴에 박히는 수없는 상처
이것은 너무 심한 작란같다.

사람은 평생을 두고
열리지 않는 문 앞에서
문을 두드리다 가는 것인가 부다.

흘린 피는 '갈꽃'으로 피고
핀 '갈꽃' 바람에 울다 그나마 지고나면
조용히 남는 보랏빛 허공

천대千代를 두고 다시 만년을

이 문 앞에서 비를 맞으며
울다 간 사람들 ―
나도 여기 서서 문을 두드리고 있다.

결국 '부조리'를 말하려는 것이다. 이 세상에 대한 인간의 기대에 대해, 이 세상이 인간에게 주는 절망이 부조리겠다. 끝내 그 상충관계를 극복할 수 없는 것이 인간의 운명이다. 전후 현실이 더없이 삭막했기에 그 부조리를 더욱 짙게 느낄 수밖에 없었던 것이다.

위의 시들에서 확인할 수 있듯, 황금찬은 전후의 절망적인 심정을 서정시 속에 이입시킨다. 시대적 분위기에 의해 인간의 부조리 의식이 두드러짐을 제시하려 했다.

위 시인들의 시정신은 현실과 깊은 연관을 가지는 경우도 있고 그렇지 않은 경우도 있다. 박목월이나 김현승은 인간과 자연의 관계를 새롭게 인식하려 했고, 신동문과 황금찬은 당시의 현실이 투사된 자의식을 표현하였다. 어느 작품이나 인간정신을 진지하게 표현해 낸 것들이다.

IV. 민족·민주정신이 크게 성장했던 시대

(1960~1980)

우리 민족에게는 민주의식을 키우고 발휘할 만한 겨를이 없었다. 숨 가쁘게 진행되어 온 근현대사 속에서 민족의 기상은 응집되려다 방전放電되곤 하는 과정을 되풀이했다. 그러나 4·19에 와서야 비로소 힘 있게 뭉치고 폭발해 자기 힘을 확인하고 신기원을 이룩했던 것이다. 일찍이 민주혁명을 성취해 내지 못 했기에, 성공한 4·19는 엄청난 효력을 가질 수밖에 없었다. 숱한 사람들의 피를 바치고 얻어낸 시민혁명답게 늘 역사의 교훈으로 재생되고 민족정신으로 재생산되고 있는 것이다.

모든 백성들이 그렇게도 다짐하고 기대했건만, 숱한 시인이 '혁명을 멈출 수 없다'고 시로 소리를 높였건만 민주혁명은 완수되지 못했다. 출발은 좋았으나, 역시 성숙하지 못한 정치와 시민의식은 고귀한 시민혁명정신을 군부에 저당잡히게 되었다. 위세 좋은 군부의 '혁명공약'에 몰린 시민혁명정신은 한동안 동토凍土에서 와신상담해야 했다.

조국의 근대화라는 기치를 내건 군사혁명정부의 추진력은 외형상으로 볼 때 대단히 괄목할 만했다. 값싼 국민의 노동력을 바탕으로 산업사회로 급격히 선회해 가는 과정 속에서 경제성장은 가시적으로 확인할 수 있을 정도로 성과를 나타냈다. 그러나 경제발전계획이 무리하게 추진되는 과정에서 탈도, 허점도 많았다. 산업사회로 전환해 가면서 가장 큰 문제로 대두된 것은 도시와 농촌 간 빈부격차가 심화되었다는 점이다. 절대빈곤의 시대에서 상대적 빈곤의 시대가 되었기에 소외계층이 생겨나는 것은 뻔한 현상이었다. 농촌은 특히 더욱 소외된 지역으로 남아야 했다. 농촌 근대화사업, 새마을사업 따위가 추진되었지만 근본적인 복지정책이 되지 않고 동족방뇨凍足放尿 격의 정책이었기 때문에 날이 가면 갈수록 그 후유증이 심해졌고, 오늘날 농촌은 철저히 피폐되고 소외된 지역으로 남게 되었다.

　정권에 대한 탐욕은 민주정신을 갈가리 찢어놓았다. 4·19 시민혁명정신을 짓밟고 일어선 군사혁명정부였지만 해도 해도 너무한 폭압으로 국민의 권리와 자유는 철저히 유린해갔다. 모든 국민은 오직 경제발전이라는 논리 속에서 입을 봉한 채 수족手足만 부지런히 놀려대야 했다.

　시인이라고 해서 예외일 수 없었다. 오히려 더 철저히 통제를 당했다. 용기 있는 시인들은 그 용기만큼 고난을 겪었다. 의로운 시를 쓰면 반드시 책임을 져야 하는 공포의 시대이기도 했다. 그러나 억압이 강하면 강한만큼 반발도 자라게 되는 것이다. 시인들의 용기, 의로운 시들은 동토에 간간히 내리쬐는 햇살이 되었고, 여기에 당당하게 혹은 은밀하게 가세하는 시인들, 시민들이 많아지기 시작했다. 4·19정신은 얼음장 밑에서 계속 계승되고 있었던 것이다.

1. 시민혁명 정신을 표현한 시들

그것은 분노이고 동시에 감격이었다. 썩어빠진 위정자와 그 하수인들에 대한 분노였으며 정의감으로, 민족애로 신명身命을 다하는 시민들이 보고 맛본 감격이었다. 시민 개개인이 자신 속에 들어있는 힘을 확인한 것이었으며, 민족 전체의 힘을 확인한 4·19 혁명이었다.

우리 민족의 역사 속에서 숱한 민주혁명이 시도되었지만 4·19처럼 성과 있는 혁명이 되지 못했다. 동학 농민혁명도 지배층이 외세를 끌어들이는 바람에 실패했고, 그 이전의 혁명들은 범민중적이지 못했던 것이다. 4·19는 민족적이고 민중적인 혁명이었기에 성공했던 것이었으며 민족의, 민중의 저력을 확인하고 과시하는 역사적 계기가 되었다.

4·19 혁명정신을 주제로 한 시는 많다. 전문시인의 것은 물론 나이 어린 학생을 비롯한 비전문시인들의 시까지 포함하면 무척 풍부하다. 게다가 후대에 오면서 생산된 4·19 기념시까지를 덧붙인다면 이루 헤아릴 수 없을 정도다. 역사의식이 있는 시인이라면 대부분 4·19를 회상하는 시를 쓰게 된다. 그렇게 4·19 정신은 우리 민족정신의 주축이 되어 있으며 시대마다 새롭게 민족정신을 북돋우고 있는 것이다.

4·19 혁명정신을 주제로 한 시가 많기 때문에 여기서 대상으로 삼는 것은 혁명 직후에 쓰인 것들만 한정한다. 성공한 혁명이었기에 즉

각적으로 그에 대한 시들이 많이 생산되었다. 또한 한 시인이 4·19를 소재로 여러 작품을 쓴 경우도 있다. 이들 작품만으로도 당시의 세태를 충분히 유추해 낼 수 있고, 그 혁명이 얼마나 감동적이었으며 얼마나 큰 역사적 의미를 지니고 있는가에 대하여 능히 터득할 수 있을 것이다. 4·19혁명정신을 표현하려는 시들의 어조는 대부분 비슷하다. 벅찬 감격 때문에 감정의 절제, 언어의 절제가 어려웠기 때문일 것이다.

조지훈의 「마침내 여기 이르지 않곤 끝나지 않을 줄 이미 알았다」는 작품부터 보자. 1960년 4월 27일 ≪경향신문≫에 발표된 것이다.

그것은 홍수였다. / 골목마다 거리마다 터져나오는 함성 / "백성을 암흑 속으로 몰아넣은 이 불의한 권력을 타도하라" // 홍수라도 그것은 탁류가 아니었다 / 백성의 양심과 순정의 밑바닥에서 / 솟아오른 푸른 샘물이었다 // 아아 그것은 파도였다 / 동대문에서 종로로 세종로로 서대문으로 역류하는 이 격류는 / 실상은 민심의 바른 물결이었다. / 쓰레기를 구더기를 내어버린 자 그 죄악이 구덩이로 몰아붙이는 // 그것은 피눈물의 꽃파도였다 / 보았는가 너희는 / 남대문에서 대한문으로 세종로로 경무대로 넘쳐 흐르는 그 파도를 / 이것은 의거 / 이것은 혁명 / 이것은 안으로 안으로만 닫았던 민족혼의 분노였다 / 온 장안이 출렁이는 웃다가 외치다가 쓰러지다가 / 끝내 흩어지지 않은 / 이 피로 물들인 외침이여 / 아 시민들이여 온 민족의 이름으로 / 일어선 자여 // 그것은 헤일이었다 / 바위를 물어뜯고 왈칵 넘치는 / 불퇴전의 의지였다 고귀한 핏값이었다 / 무너지는 아성 / 도망가는 역석 // 니희들을 백성의 이름으로 처단하지 않고는 / 두지 않으리라 의분이여 저주여 / 법은 살아있다 백성의 손에서 / 정의가 이기는 것을 눈앞에 본 것은 / 우리 평생 처음이 아니냐 아아 눈물겨운 것 // 불의한 권력에 붙어 / 백성의 목을 조를 자들아 / 불의한 폭력에 추세하여 / 그 권위를 과장하던 자들아 /

너희 피 묻은 더러운 손을 / 이 거룩한 희생자에 대지 말라 // 누구를 위해 피 흘렸느냐 / 민족을 위해서 / 무엇을 위하여 죽어갔느냐 / 끝내 지켜 보리라 // 빛을 불러놓고 먼저 간 넋들이여 / 이 전열에 부상하여 신음하는 벗에게 / 너희 죄 지은 자의 더러운 피를 수혈하지 말라 / 이대로 깨끗이 죽어갈지언정 / 썩은 피를 그 몸에 받고 살아나진 않으리라 / 양심의 눈물만이 / 불순한 피를 정화할 수 있느니라 / 죄 지은 자여 사흘 밤 사흘 낮을 / 통곡하지 않고는 말하지 말라 //그것은 천리였다 / 그저 터졌을 뿐 / 터지지 않을 수 없었을 뿐 / 애국이란 이름조차 차라리 붙이기 송구스러운 / 이 빛나는 파도여 / 해일이여 ///

민족을 위해 불의와 싸우다 희생된 의인들을 추모하고 독재자와 그 하수인들에 대해 분노하는 내용이다. 할 말을 다하지 못하면 한이 맺힐세라, 충분히 많은 말들을 동원하여 혁명정신의 고귀함을 역설했다.

박두진의 「우리들의 깃발을 내린 것이 아니다」라 시도, 위의 깃만큼이나 긴 호흡으로 쓰였다.

우리는 아직도 / 우리들의 깃발을 내린 것이 아니다 / 이 붉은 선혈로 나부끼는 / 우리들의 깃발을 내릴 수가 없다. // 우리는 아직도 / 우리들의 절규를 멈춘것이 아니다. / 그렇다. 그 피불로 외쳐 뿜는 / 우리들의 피외침을 멈출 수가 없다. // 불길이여! 우리들의 대열이여! / 그 피에 젖은 주검을 밟고 넘는 / 불의 노도, 불의 태풍, 혁명에의 전진이여! / 우리들 아직도 / 스스로는 못막는 / 우리들의 피 대열에 흙을 수가 없다. / 혁명에의 전진을 멈출 수가 없다. // 민족. 내가 살던 조국이여. / 우리들의 젊음들. / 불이여! 피여! / 그 오오래 우리에게 썩어내린 // 악으로 불순으로 죄악으로 숨어내린 / 그 면면한 / 우리들의 속의 썩은 것을 씻쳐내는, / 그 면면한 / 우리들의 핏줄 속에 맑은 것을 솟쳐내는,

/ 아, 피를 피로 씻고, / 불을 불로 사뤄, / 젊음이여! 정한 피여! 새 세대여! // 너희들 이미 일어선 게 아니냐 / 분노한 게 아니냐? / 내달린 게 아니냐? / 절규한 게 아니냐? / 피 흘린 게 아니냐? / 죽어간 게 아니냐? // 아, 그 뿌리어진 / 임리淋漓한 붉은 피는 곱디고운 피꽃잎, / 피꽃은 강을 이뤄, / 강물이 갈앉으면 하늘 푸르름. / 혼령들은 강산 위에 햇볕살로 따수어, // 아름다운 강산에 아름다운 나라를, / 아름다운 나라에 아름다운 겨레를 / 아름다운 겨레에, 아름다운 삶을 / 위해, / 우리들이 이루려는 민주공화국. / 절대공화국. // 철저한 민주정체, / 철저한 사상의 자유, / 철저한 경제균등, / 철저한 인권평등의, / 우리들의 목표는 조국의 승리, / 우리들의 목표는 지상에서의 승리, / 우리들의 목표는 / 정의, 인도, 자유, 평등, 인간애의 승리인, / 인민들의 승리인, / 우리들의 혁명을 전취戰取할 때까지, // 우리는 아직 / 우리들의 피깃발을 내릴 수가 없다. / 우리들의 피외침을 멈출 수가 없다. / 우리들의 피불길, / 우리들의 전진을 멈출 수가 없다. // 혁명이여!! ///

위의 시에서 박두진은 4·19에 대한 감격을 표현하고 동시에 미래의 중요성을 말하고 있다. 혁명은 지속되어야 한다는 것이다. 완벽한 민주공화국이 될 때까지 그치지 말아야 희생된 영혼들의 피값을 갚게 된다는 것을 말하려 했다.

박목월은 「죽어서 영원히 사는 분들을 위하여」란 작품을, 1960년 6월 ≪여원≫에 발표했다.

학우들이 메고 가는 / 들것 위에서 / 저처럼 윤이 나고 부드러운 머리칼이 / 어찌 주검이 되었을까? / 우람한 정신이여. / 자유를 불러올 정의의 폭풍이여. / 눈부신 젊은 힘의 / 해일이여. / 하나, 그들의 이름 하나하나가 아무리 청사에 빛나기로니 / 그것으로 부모들의 슬픔을 달래지 못하듯, / 내 무슨 말로써 / 그들을 찬양하랴. / 죽음은 죽음 / 명목瞑目하라. / 진실로 외로운 혼령이여. // 거리에는 5월 햇볕이 눈부시고 / 세종로에서 / 효자동으로 가는 길에는 / 새잎을 마련하는 가로수의 꿈 많은 경영이 / 소란스럽다. / 아무 일도 없었다는 듯이. / 지나간 것은 조용해지는 것 / 그것은 너그럽고 엄숙한 역사의 표정. / 다만 / 참된 뜻만이 / 죽은 자에서 산 자로 / 핏줄에 스며 이어가듯이. / 그리고 4·19의 / 그 장엄한 업적도 / 바람에 펄럭이는 태극기의 빛나는 눈짓으로 / 우리 겨레면 누구나 숨쉴, / 숨결의 자유로움으로, / 온 몸 구석구석에서 속삭이는 / 정신의 속삭임으로 / 진실로 한결 환해질 / 자라나는 어린 것들의 눈동자의 광채로 / 이어 흘러서 끊어질 날이 없으리라 ///

다른 시인들의 작품에 비해 비교적 간결하고 덜 격정적이다. 주로 억울하게 죽은 젊은이들의 명복을 비는 내용이다.

김수영의 「기도」는 '4·19 순국학도위령제에 붙이는 노래' 라는 부제가 달려 있으며, 1960년 5월 18일에 쓰였다.

시를 쓰는 마음으로 / 꽃을 꺾는 마음으로 / 자는 아이의 고운 숨소리를 듣는 마음으로 / 죽은 옛 연인을 찾는 마음으로 / 잃어버린 길을 다시 찾은 반가운 마음으로 / 우리가 찾은 혁명을 마지막까지 이룩하자 // 물이 흘러가는 달이 솟아나는 / 평범한 대자연의 법칙을 본받아 / 어리석을만치 소박하게 성취한 / 우리들의 혁명을 / 배암에게 쐐기에게 쥐에게 삵괭이에게 / 진드기에게 악어에게 표범에게 승냥이에게 / 늑대에게 고슴도치에게 여우에게 수리에게 빈대에게 / 다치지 않고 깎이지 않고 물리지 않고 더럽히지 않게 // 그러나 정글보다도 더 험하고 / 소용돌이보다도 더 어지럽고 해저보다고 더 깊게 / 아직까지도 부패와 부정과 살인자와 강도가 남아있는 사회 / 이 심연이나 사막이나 산악보다

도 / 더 어려운 사회를 넘어서 // 이번에는 우리가 배암이 되고 쐐기가
되더라도 / 이번에는 우리가 쥐가 되고 삵괭이가 되고 진드기가 되더라
도 / 이번에는 우리가 악어가 되고 표범이 되고, 승냥이가 되고 늑대가
되더라도 / 아아 슬프게도 슬프게도 이번에는 / 우리가 혁명을 성취하
는 마지막 날에는 / 그런 사나운 추잡한 놈이 되고 말더라도 // 나의 죄
있는 몸의 억만개의 털구멍에 / 죄라는 죄가 가시같이 박히어도 / 그야
솜털만치도 아프지는 않으려니 // 시를 쓰는 마음으로 / 꽃을 꺾는 마
음으로 / 자는 아이의 고운 숨소리를 듣는 마음으로 / 죽은 옛 연인을
찾는 마음으로 / 잃어버린 길을 다시 찾은 반가운 마음으로 / 우리는
우리가 찾은 혁명을 마지막까지 이룩하자 ///

그렇다, '어리석을 만치 소박하게 성취한 / 우리들의 혁명'인 셈이었
다. 엄청난 피의 대가로 겨우 얻어낸 혁명이기에, 훨씬 더 고귀할 수밖
에 없고 기필코 혁명을 완수해야 했다. 위의 시에서 보듯 김수영도 앞
날을 걱정하여 혁명을 가속화시켜 나갈 것을 외치고 있다.

김현승의 「우리는 일어섰다」는 4·19에 대한 영광과 희망을 표현했다.

우리의 조국은 둘이며 하나이다 / 자유와 그에의 애수! // 우리는 일어
섰다. 참혹한 사월이 지나간 맑은 새아침, / 모든 시내 모든 강물 위에
흘러가는 그 소리와 / 모든 골짜기 모든 산비탈에 울려가는 그 노래와
/ 동서로 가는 남북으로 뻗는 모든 길 위에 통하는 / 이 우리들의 제목
을 위하여…… // 우리는 일어섰다. 사월이 지나간 유월에도, / 소리 같
이 멀리서도 들리는 / 우리네 젊은 심장의 고동, / 그리고 제목은 오직
하나 — 미소하는 눈짓과 / 우리네 하늘에 자유로이 나는 / 모든 생명
있는 것들의 우짖음과 / 먼 산등성에까지 울리는 그리운 공명의 메아리
를 위하여 … // 우리는 일어섰다! / 쓰라린 눈물과 어제 위에 남긴 동

지들의 발자국 ─ / 자유에의 거치른 이정표와, / 해마다 피어나는 핏빛
진달래 ─ 그네들의 부활과 / 그네를 지키는 천국의 영원한 그네의 조
국을 위하여, // 우리들 젊은 지혜의 눈동자는 / 총부리와 같이 겨누고
있다! / 어둠을 깨뜨리는 새벽 ─ 1960년의 저편을 향하여…… ///

마지막 연이 인상적이다. '젊은 지혜의 눈동자가'가 4·19 이후 정국
의 추세를 '마치 총부리와 같이 겨누고 있다'는 표현이 탁월하다.

김용호의 「해마다 4월이 오면」이란 시는, '모든 영광은 젊은이에게'
라는 부제가 달려 있는데, 꽤나 긴 작품이다. 전체 6연 중 3연과 5연만
을 인용해 보자.

3

4월은 오고 봄은 왔다. / 꽃 핀 봄은 왔다. / 민주와 자유를 위해 만발한
'젊은 꽃'이여! / 이 아름다운 꽃에 그 누가 '죽음의 흙'을 던졌던가. //
보라! '봉사와 질서'는 그 가면을 벗고 / '민중의 지팡이'는 이 나라 꽃송
이들을 후려 갈기고 / '쏘라고 준 총'은, 그렇다 틀림없이 / 이 나라에
아름답게 필 꽃송이들을 / 우리들의 아들을, 딸을, 동생을, 조카를 / 그
'정의'의 머리통에, 가슴에 명중시켰다. // 그러나 '젊음'에겐 정지나 후
퇴가 없다. / 있어서는 안된다. 오로지 전진뿐이었다. / 낮과 밤이 있을
수 없었다. / 목숨에 심지를 달고 불을 켠 젊음이었다. // '부정의 불의'
를, '횡포'와 '억압'을, '사악'과 '허위'를 / 산산이 조각내는 저 우렁찬 함
성을 절규를 듣는가 들었는가! / 온 자유세계 인민들이여! / 피에 젖은
갈망과 희구에 염원을 ─. //

5

여태까지 우리들을 슬프게 한 것 / 여태까지 우리들을 괴롭게 한 것 /
여태까지 우리들을 분하게 한 것 / 그 모오든 것은 / 이제부턴 없어져

야 한다. // 송두리째 뿌리를 뽑아 버려야 한다. / '사사오입'도 '사바사바'도 '빽'도 '나이롱국'도 / '백주의 테러는 테러가 아니란' 궤변도 / '가죽잠바'도 그렇다. / 겨레를 좀 먹는 어휘들랑 없어져야 한다. // 가난과 싸우며 정성껏 바친 우리들의 세금이 / '도금만 애국자'들에게 횡령당함을 거부한다. / 그 어느 정당이라도 착복함을 완강히 거부한다. / '민족'과 '조국'의 이름으로 기만을 일삼는 / 정상배와 아첨의 무리는 송두리째 뿌리를 뽑아야 한다. / 인민에겐 '준법'을 강요하며 '불법'을 자행하는 위정자는 없어져야 한다. / 있어서는 안 된다. 그리고 모든 '귀하신 몸'은 물러가야 한다. // 우리들의 나라! 민주공화국 대한은 / 인민으로 이루어진 / 인민을 위한 / 인민의 진정한 나라라야 한다. //

3연에서는 냉소적이고 풍자적인 어법을 활용하며 위정자들을 비판하였고, 또한 젊은 희생자들의 용기를 찬양했다. 5연에서는 당시 현실의 부정적인 요인들을 상당히 구체적으로 나열하고 그 타파를 기원한다. 외국인 누군가가 '쓰레기통에서는 장미가 필 수 없다'고 우리의 정치를 비웃었던가. 김용호는 이에 대해, '아! 쓰레기통에선 장미가 필 수 없다는 / 경멸과 치욕의 굴레를 말짱히 벗고 / 희망과 새로운 신념을 우리들은 얻었다'고 당당하게 외친다. 그만큼 4 · 19는 소중했던 것이다.

박남수의 「불사조에 부치는 노래」는 시민혁명에서 희생된 젊은 영혼을 위로하는 내용의 시다.

1

총탄에 터진 / 피는 천지에 불을 붙이고 / 죽어서 너희는 이 나라 심층부에 살아서 있다. / 죽어서 사흘이면 / 부활하는 젊은 이름들이여. // 낱낱의 이름은 / 불러서 허공에 뜨더래도. // 3월에 이은 4월 / 4월에 푸른 공기에 묵은 혼령은 / 말없는 말씀이 되어 지금 / 준엄한 심판을 내렸다. // 4월은 역시 잔혹한 달인가. / 껍질이 깨지는 / 아픔이 없이는 / 싹이 트지 못하는 / 진통을 참고 견디자. //

2

총탄에 터진 / 피는 천지에 불을 붙이고 / 죽어서 너희는 이 겨레 심층부에 살아서 있다. // 누가 너희를 죽었다 하더냐. / 그날이 있은지 사흘만에 / 나는 너희를 만났다. / 사상자 명단 위에 피 묻은 너희들 — // 지금 거리에는 / 애띤 병사들이 서서 / 질서를 다스리고, / 너희는 눈에 불을 달고 / 되어가는 앞날을 지금 계엄하고 있다. // 죽어서 사흘이면 / 부활하는 젊은 이름들이여. // 총탄에 터진 / 피는 천지에 불을 붙이고 / 죽어서 너희는 / 이 국토 심층부에 / 살아서 / 있다. ///

부활은 정신의 부활이겠고, 결국 살아남은 사람들이 부활시키는 것이다. 희생된 영혼들의 숭고한 정신을 모든 것의 중심에 두고, 길이 무범으로 삼는 일은 남은 사람들의 몫인 것이다.

장만영도 「조가弔歌」로 젊은 넋들을 위로한다.

분노는 폭풍 폭풍이 휘몰아 치던 그날은
나는 잊을 수 없다. 유령처럼 아침 이슬처럼
사라져 버리던 독재의 꼴을
총탄에 쓰러진 젊은 영혼들을 나는 잊을 수 없다.

여기 새로 만들어 놓은 제단이 있다.
여기 꺼질 줄 모르는 성화가 있다.
여기 비통한 가지가지 이야기가 있다.

아무런 모습으로라도 좋다.
먼 하늘 반짝이는 저 별들처럼 나와

가벼운 속삭임으로라도 좋다.

아아 나에게 슬기로운 역사를 말해 주려무나.

슬픔은 독한 술 — 날이 갈수록 더욱 심하구나.

이윽고 봄이 오면 꽃도 피겠지 꽃도 지겠지.

그 때마다 나는 새로운 슬픔에 사로잡혀

사랑과 우정을 넘어 통곡하리라.

이한직李漢稷의 「깨끗한 손을 가진 분이 계시거든」이란 작품인데, 이
야기하는 듯한 어조로 젊은 영혼들을 기린다.

지금 저기 찬란히 피어오르고 있는

저 꽃이 이름이 무엇입니까.

모진 비바람과

염열炎熱과 혹한의 기후를 견디어

지금 노을빛 꽃잎을 벌리려 하는

저 꽃의 이름은 무엇입니까.

옳다고 믿는 일을 위해서

완이莞爾히 숨을 거둔 젊은이들

마산에서 세종로에서

그리고 효자동 저 전차 막닿는 곳에서

뿌려놓은 값진 피거름 위에

지금 저기 눈도 부시게 활짝 꽃잎을 연

저 꽃의 이름을 대어 주십시오.

주근주근히 말을 안 듣고

속을 썩이던 놈도 있었지요.
선생님 술 한 잔 사주세요 하고
어리광부리던 놈도 있었지요.
가정교사 일자리를 부탁하던 놈도 있었지요.

옳은 일을 하라더니 왜 막느냐고
말리는 손을 뿌리치고 뛰어나간 놈들이었습니다.
늙어서 마음이 흐려지고

겁유怯懦한 까닭으로 독재와 타협하던
못난 교사는 눈물도 말라버린 채
노을빛 꽃송이를 바라봅니다.

깨끗한 손을 가진 분이 계시거든
이 앞으로 나와 주십시오.
나 대신 저 꽃송이 위에
살며서 손을 얹어 놔 주십시오.

그놈들이 그 뜨거운 체온이
그대로 거기 느껴질 것만 같군요.

철부지로 여겼던 젊은 학생들에 의해 위대한 시민혁명이 이루어졌다고 생각하며 벅찬 감회를 이야기 투로 눙치는 어조다.

이인석李仁石의 「증언」은, '국민은 승리한다'는 부제대로, 그야말로 백성이 승리한 것을 증언하려는 시다.

드디어 태양은 솟고 / 봄빛은 환호 속에 페이브먼트 위로 흐른다 / 그 날의 절규와 죽음은 / 이제 모든 시민들의 가슴 속에 살아나고 있다. /

나는 훈훈히 되살아 소용돌이치는 / 겨레의 사랑과 믿음과 기쁨 속에 / 피 흘린 자국을 밟으며 이 거리를 간다. / 4월 19일은 / 민주주의를 찾은 날 / 그 날 / 교문을 박차고 달려온 늠름한 대열은 군중의 / 환호 속에 꽃 피는 / 청춘은 구가 정의의 상징이었느니라. / 아무데를 둘러보아도 파도처럼 출렁이는 끌끌한 아들 딸들…… / 남녀대학생 뿐이랴 중고등 학생의 / 열띤 어린 목소리조차 한결같이 / 진실과 자유의 부르짖음이었느니라. // 중앙청 앞으로부터 / 피묻은 옷자락을 들고 학생들이 달려오고 피에 젖은 태극기를 흔들며 지나가고 시체가, 부상자가, 연달아 실려가게 되자 행렬의 눈엔 핏발이 서기 시작했다. 그것은 어찔 수 없는 해일이었느니라. / 잇달은 요란한 총성…… / 적군을 소탕하듯 / 무차별 총격을 가해오는 무리…… / 땅 하나 / 땅 둘 / 따당 따당 따라 따당 / 여기 셋 / 저기 넷 / 금시에 피를 쏟으며 쓰러지는 맨주먹의 / 아들 딸 / 책가방을 안은 채 쓰러지는 어린 생명…… // 이 나라의 운명을 걸고 있는 순결한 가슴에 / 함부로 총탄을 퍼붓는 무리는 누구였더냐 / 우리의 생명 재산의 보호를 맡긴 / 바로 그 사람들일 줄이야…… / 이 거리와 거리, 골목과 골목에 / 피를 뿌리고 누워있는 영혼들은 살아있는 자의 가슴을 안타까이 흔든다 "우리는 진실과 정의와 자유를 외치다가 쓰러졌노라 보람있는 앞날을 위해 고이 간직해오던 뜨거운 피를 아낌 없이 쏟아노라 아, 다시는 돌아갈 수 없는 배움의 터전이여 이 겨레에 이바지하려던 벅찬 희망을 안은 채 여기에 누웠노라!" / 자유는 정녕 피로써만 찾을 수 있었던가 / 불멸의 민족, 굽힐 줄 모르는 시민들은, 지금 이 자랑에 찬 거리를 간다. ///

제목대로 '증언'인지라 표현이 사실적이다. '적군을 소탕하듯' 총을 쏘아대는 독재자의 하수인들과 '책가방을 안은 채 쓰러지는 어린 생명……'이란 부분이 특히 그렇다. 극적 구성으로 감정을 한껏 고조시킨다.

황금찬黃錦燦의 「학도위령제에 부쳐」란 작품 또한 숭고한 젊은 영혼들을 긴 호흡으로 위로한다.

여기는 그대들이 두고간 땅 / 지금은 오월 / 모두 수목처럼 싱싱한데 / 그대들이 앉아 있던 책상과 / 섰던 자리만이 비어있구나 // 야 — 야 — 야 — 야 / 마지막 소리는 울음이 되는데 / 그대들은 하늘 끝에도 없구나 / 아! 어디를 갔는가 지금 그대들은 어디쯤 있는가 // 가난한 나라에 나서 가난하게 큰 / 그리고 죄 없는 그대들이 아닌가 / 언제 더운 밥 한끼를 제대로 먹어봤으며 공책 한권을 제대로 사 썼던가 / 그대들은 그렇게 살아온 가련한 사람들이 아닌가 그런데 누가 그대들을 저렇게 몰고갔단 말인가 / 아! 말하라 하늘이여 땅이여, 이 사실을 증언하라 // 4월 19일 그대들은 살아서 홍수같더니 우리가 달려 갔을땐 / 피에 젖은 길 위에 그대들은 주검으로 있었다. 땅을 치고 통곡하며 그대들의 이름을 부르는 이들은 그대들의 어머니와, 아버지와, 형과, 누이와, 친구와, 동생들 아니 전시민들, / 그러나 그대들은 결의에 찬 모습만 움직이지 않았다. / 장부는 죽음이 두려워 못하던 역사役事를 / 그대들은 죽음으로써 행동했다. / 이제 우리들은 통곡보다 / 태양 아래에서도 차라리 소경이어야 한다. / 4월의 정신은 강물이 되어 흘러 가는데 / 나는 이 강가에 설 털끝 같은 면목도 없구나 / 일어나라 그대들이여 전일처럼 나아오라 / 하늘에서 땅에서 바닷속에서 잿더미에서 있는 것을 박차고 우리 같이 일어나라 / 그리하여 그대들의 소망이었던 자유행진의 이 우렁찬 발소리를 들으라 그대들의 슬픔을 호곡하는 마지막 울음을 들으라. // 모두 와있다 그대들의 가족들이 여기 이렇게 와서 / 모두 흐느끼고 있는 것이다. / 그대들은 생생히 살아서 삼천만 눈동자에 역력히 보이는 것 / 그러나 이 무슨 거리이기에 이렇게도 적막한 가슴 뿐이냐, /

그대들이여 꼭 한번이라도 말하라 / 이제 우리가 부르는 소리에 옛날의 그 음성으로 대답하라 / 왜 말이 없느냐 신이여 / 자비스러운 신이여 저들을 말하게 하라 그리고 저들을 안으라 자유의 천사들을 옥좌로 부르라 / 저들을 위로하라 저들의 눈물을 씻어주라 저들은 죄없이 죽어간 최후의 승리자 자유의 기수였다. // 친구들이여 / 호곡하는 가족들이여 / 이제는 눈물을 그쳐라 / 그리고 저들의 마지막 소원을 우리는 이룩하라 // 흘러가는 4월의 강물을 타고 살아난 / 이땅의 자손들이여 향을 사르라 그 깨끗한 손으로 향불을 피우라 // 하늘 끝에 잠든 영령들이여 / 모든 원한을 구름에 띄우고 / 고이 잠드시라 고이 잠드시라 ///

젊은 영혼들 앞에 정녕 부끄러운 것이 기성세대들인지라, '이제 우리들은 통곡보다 / 태양 아래에서도 차라리 소경이어야 한다'고 표현한 것이다. 부끄러우면 부끄러운 대로 이렇게 벅차고도 애절하게 증언해야 한다. 자기반성의 시구가 선명하여 다소간 달뜬 작품이지만 진솔함을 보여준다.

신동문辛東門의 「아 신화같이 다비데군群들」이란 작품은 시민혁명대의 용감한 행동을 증언하고 기린다.

서울도 / 해솟는곳 / 동쪽에서부터 / 이어서 서남북 / 지리 지리 길마다 / 손아귀에 / 돌, 벽돌알 부릅쥔채 / 떼지어 나온 젊은 대열 / 아 — 신화같이 / 나타난 다비데군群들 // 혼자서만 / 야망 태우는 / 목동이 아니었다 / 열씩 / 백씩 / 총알 총안 총안 총알 앞에 / 돌 돌 / 돌 돌 돌 / 주먹 맨주먹으로 / 피비린 정오의 가도에 포복하며 / 아 — 신화같이 / 육박하는 다비데군들 // 제마다의 / 가슴 / 젊은 염통을 / 전체의 방패 삼아 / 과녁으로 내밀며 / 쓰러지고 / 쌓이면서 / 한발씩 다가가는 / 아 — 신화같이 / 용맹한 다비데군들 // 충전하는 / 천씩 만씩 / 어깨 맞잡고 /

팔짱 맞끼고 / 공동의 희망을 태양처럼 불태우는 / 아 — 새로운 신화 같은 / 젊은 다비데군들 // 고리아테아닌 / 거인 / 살인전체 바리케이트 / 그 간악한 조직의 교두보 / 무차별 총구앞에 / 빈 몸에 맨총주먹 / 돌 알로서 대결하는 / 아 — 신화같이 / 기이한 다비데군들 // 빛살 치는 / 총알 총알 / 아우성 / 혀를 깨문 / 앙까님의 / 요동치는 근육 / 뒤틀리 는 사지 / 약동하는 육체의 조형의 극치 이루며 / 아 — 신화같이 / 전 진하는 다비데군들 // 마지막 발악하는 / 총구의 몸부림 / 광무하는 칼 날에도 / 일사불란 해일처럼 / 밀고가는 스크램 / 승리의 기를 꽂을 / 악의 심장 급소를 향하여 / 아 — 신화같이 / 전진하는 다비데군들 // 내 흔드는 / 깃발은 / 쓰러진 전우의 피묻은 옷자락 / 허영도 멋도 아닌 / 목숨의 대가를 / 절규로 내흔들며 / 아 — 신화같이 / 승리의 다비데 군들 / 멍든 가슴을 풀라 / 피맺힌 마음을 풀라 / 막혔던 숨통을 풀라 / 짓눌린 몸뚱일 풀라 / 포박한 정신을 풀라고 // 싸우라 / 싸우라 / 싸 우라고 / 이기라 / 이기라 / 이기라고 / 아 — 다비데여 다비데들이여 / 승리하는 다비데여 / 싸우는 다비데여 / 쓰러진 다비데여 / 누가 우는 가 / 너희들을 너희들을 / 눈물아닌 핏방울로 / 누가 우는가 / 역사가 우는가 / 세계가 우는가 / 신이 우는가 / 우리도 / 아 — 신화같이 / 우 리도 / 운다 ///

시민혁명대를 다비데군群으로 비유하면서 현대의 신화로까지 격상 시킨다. 총알을 심장으로 막아내면서 겨우 돌만 들고 전진하여 이루어 낸 승리이기에 신화가 될 수 있는 것이다.

박희진朴喜璡은 「썩은 탐관오리에게」라는 작품을 통해 당시의 위정 자들을 가혹하게 질책한다.

어떻게 세운 우리의 나라라고! / 오 상기하라 아직도 한방울 피와 눈물 이 있다면 상기하라. / 아직도 한방울 피와 눈물이 있다면 상기하라. /

다 죽은 줄 알았던 목숨이 살아서 울부짖었던 저 8·15해방의 감격을 묵은 남루의 역사를 벗고 불사조처럼 / 민주공화국의 나래를 떨치려고 / 우리 얼마나 싸워야 했던가! / 또 저 6·25 검은 살육이 이땅을 / 빗발치던, 악몽이 아니라, 진정 / 우리의 짤린 허리와 찢어진 사지가 / 아직도 미처 아물기 전인 / 그 틈을 타서 오 너희들 꼴불견인 / 감투를 쓰고 나로다 재던 무리, 암 누구라고, / 이조李朝를 잡은 썩은 탐관오리의 후예어늘. / 반공만 내세우면 정치는 너희들 / 주머니칼이나 되는 줄 알았더냐. / 북신통일은 너희들만의 전매특허는 / 결코 아니다! 이제야 알았으리 / 민심은 천심인걸. 그리고 어린이는 바로 어른의 아버지라는 것을 / 실로 무서운 건 총탄이 아니라 / 불의에 항거하는 민중의 육탄! / 쌓이고 쌓인 울분과 갈구가 십년 묵은 체증이 뚫리듯이 이렇게 터진 거다. / 이제 우리 앞엔 확트인 자유의 대로가 열렸구나. / 피로써 찾은 우리의 주권! / 그것을 다시 더렵혀 되겠는가. / 어떻게 세운 우리의 나라라고! / 오 뉘우쳐라 아직도 한방울 피와 눈물이 있다면 뉘우쳐라. 아니 차라리 혼비백산하라! 너희들 탐관오리쯤 / 다시는 이땅에 얼씬도 말 일이다. ///

대부분의 4·19에 관한 작품이 젊은 영혼들의 명복을 비는 데 바쳐지는 것과 달리, 위 작품은 당시 썩어빠진 위정자들을 질책하는 내용이다. 독재자들이 백성을 압박하는 데 애용하던 명분들조차 한낱 허위였음을 비판한다. '어떻게 세운 우리의 나라라고!'란 시구가 절절하게 뇌새겨지지도록 하는 작품이다.

박성룡朴成龍의 「조국은 모두 너희들의 것이다」는 작품은 자기비판이 강하여 진실성을 돋보이게 한다.

가고 나선 대답이 없는

내 아우들,

이제야 목메어 부르는 소리

들리느냐.

가고 나면 보이지 않는

내 아우들,

이제야 내 초토焦土에 서서우는

모습이 보이느냐.

너희들은 비록 가고는 없으나

너희들은 청정한 조국의 수목,

나는 비록 여기 허울좋은 거죽으로 남아 있다 하나

나는 이미 있고도 없는

애국의 허수아비

홍수모양 흘러가선 돌아오지 않는

내 아우들,

이제야 너희들 부르며 달리는

내 목소리가 들리느냐, 내 발버둥치는

초조한 모습이 너희들에겐 보이느냐.

너희들 비록 가고는 없으나

조국은 모두 너희들 것이다.

우리는 허수아비, 아아 우리는 진정

허수아비……

조국은 모두 너희들 것이다.

  기성세대의 한 사람으로 '나는 비록 여기 허울 좋은 거죽으로 남아
있다'고 자책할 수밖에 없을 만큼, 어리디 어린 학생들이 장한 일을 해

냈던 것이다. 민주조국은 지켜낸 사람들의 것이어야 하지만 그들은 되돌아 올 수 없기에 안타까움은 더하고 '조국은 모두 너희들 것이다'란 말만 거듭될 뿐이다.

이성교李姓敎도 「진혼가」에서 위의 시처럼 자기반성을 분명히 한다.

> 정아貞雅!
> 네 가고난 오후는
> 썰물이 왔다간 행적 같구나.
> 멀리서 물결이 밀려왔다가, 큰 바위에 부서져 되돌아가는
> 그날의 먼 해조음海潮音.
>
> 태평로에서
> 광화문에서
> 경무대 앞에서
> 꽃처럼 산화한 네 모습을 어이 잊으리.
>
> 정아!
> 나는 아무래도
> 1960년 4월 19일 날
> 이땅엔 없었던 시인으로 알어라.
>
> 불길처럼 타오르던
> 너의 모습은
> 창황이 옥등 속에 영원히 갔구나.
>
> 정아!
> 네 가고난 명도命道엔
> 해바라기 빙빙 잘도 돌아가고,

내 가슴 돌이 터지듯 촌촌이 금이 가면,

비 내리는 서울 하늘엔 네들의 사조詞藻가 핀다더구나.

정아

진정 네들의 영령앞에선,

부끄러워 울 수 없다.

꽃같은 네들 영정 앞에선 정말 혼절할 것 같구나.

4·19 시민혁명은 역사상 가장 젊은 혁명이었다고 해도 과언이 아니겠다. 기성세대를 가장 부끄럽게 만든 혁명이었다는 것은, 그만큼 가장 순수한 정신들의 혁명이었기 때문이다. 위 시에서는 그런 생각을 표현했다.

4·19 시민혁명을 소재로 한 시 창작 대열에는 웬만한 시인이면 모두 참가했다. 시인뿐만 아니라 어린 학생들, 비전문시인까지 가세하여 민족혼이 끓는 커다란 도가니를 만들어 냈다. 순수니 참여니 하는 구분이 없이 누구나 독재자를 질책하고 젊은 영혼들을 위로하고 민족이 나갈 바를 염려하며 혁명을 끝까지 완수하도록 격려하고 다짐했다. 4월 혁명의 노래에서 비로소 시인들의 대의大義는 부합했던 것이다. 이 땅의 평화와 정의를 끝끝내 실현하기 위해서 시민혁명정신이 계승되어야 하지만, 시인들의 시정신이 대의에서 더욱 기상 있는 모습으로 만나기 위해서도 혁명정신이 계승되어야 할 것이다.

2. 민족·민주정신의 선구자들

　4·19 시민혁명은 우리 민족의 현대사에서 이루어낸 가장 큰 성과였다. 가장 위대한 역사적 교훈을 여기에서 찾아낼 수 있는 풍성한 유산이 되었다. 그러나 그 모든 사람들이 4·19를 혁명의 시작으로 보고 끝까지 혁명을 완수하기를 기원했으나, 시민정신이 오래 계속되지 못한 것이 또한 한으로 남게 된 것이다.

　시민혁명으로 닦아놓은 터전 위에서 위정자들이 보여주는 정치능력은 지극히 미숙했다. 물론 일반 백성들의 민주의식, 민족의식이라고 해서 그리 성숙한 편은 못 되었던 것도 사실이다. 그러나 백성들을 계도하고 사회적 기풍을 새롭게 환기시켜야 할 정치가들의 지도력이 워낙 수준 미달이다 보니 사회의 혼란이 가중되었고 군부세력이 등장하는 명분을 주게 된 것이다.

　당시의 사회적 분위기를 시에서 유추해 볼 수 있을 것이다. 우선 고원高遠의 「밤사람」이란 작품을 보자.

　찰나와 찰나가 충동해서 / 혹은 모든 계층이 충돌해서 / 하늘이 갈라진 틈으로 / 저렇게 많은 별이 났는가? // 여기 어느덧 / 밤사람의 생리가 / 생긴 지역. // 밤사람들은 오늘도 / 뒤집은 상복喪服으로 성장盛裝하고서 / 빈 눈에 별빛을 물들이며 / 소란한 어둠 속을 걸어간다. // 이럴 때면 머리 위에서 뭇 별이 / 서로 가슴을 부딪치는 소리가 들려와 / 쑥스러운 기억이 새로워지는 이마에 / 야릇한 환희가 퍼진다. // 꽃집 근처의 무늬진 생각은 / 막상 사람을 만나기 전의 / 두려운 기쁨 그대로 / 입술가를 스쳐 벽에 번지고 ―. // 그래서 더러는 패자敗者들이 모이는 술집이라는 움막으로 들어가서는, / 무의미한 의미를 위해서 / 혹은 다만 혼란을 위해서 / 제마다 홍조된 얼굴에 밤을 태운다. // 그리고 더러는 좀더 몽롱한 빛깔의 / 망각과 상실을 돌리며 춤을 춘다. / 내내 뒤집은 상복으로 성장하고서. // 갑자기 바람이라도 그리워지면 / 벽을 차고 나와 허공을 더듬는 / 차거운 손들……. / 또 정찰기 한 대가 은하수를 건너가는데, // 거리마다 애매한 등불이 / '낭비의 빈곤'과 / '빈곤의 낭비'를 / 깨진 유리창에 비쳐보인다. // 혁명이 팔려가고 / 고독이 끌려가는 골목의 / 담 ― 담 ― 담을 지나 / 밤사람들은 / 발걸음으로 밤을 민다. // 되도록 멀리 밤거리를 걷는 걸음은 / 그래도 누군가를 사랑하는 / 마음의 물결이란다. // 시간이 좀내 나른 짐까지 데려오번 / 잠긴 문 바깥에 파숫군이, / '제이너스'의 환상이 나타난다. / 그는 두 얼굴로 날마다 / 무엇을 지키고 있는 것일까? // 스스로 내 정신을 약탈하는 / 이 눈과 손, / 나는 다시 다른 상복을 / 달빛을 가리듯이 갈아입어야겠다. ///

4·19 시민혁명 후 사회적 분위기 한 부분을 표현해 낸 것이겠다. '상복喪服'으로 암시하는 상실의 시대에서 방황하는 인간상을 등장시킨 시다. 시민혁명을 겪고 나서 희망과 애착으로 사는 사회가 되지 못하고 '혁명이 팔려가고 / 고독이 끌려가는 골목'에서 소외된 사람들이 '낭비의 빈곤'과 / '빈곤의 낭비'로 살아가고 있는 현실이었다.

송욱宋穉의 장시 「하여지향何如之鄕」은 1961년에 발표되는데, 거기에서도 당시의 세태를 유추할 수 있는 부분이 있다.

골목처럼 그림자진

거리에 파는

고독이 매독처럼

꼬여 박힌 8字면,

청계천변 작부를

한 아름 안아 보듯

치정痴情 같은 정치가

상식이 병인양하여

포주나 아내나

빚과 살붙이와,

현금이 실현하는 현실 앞에서

다달은 낭떠러지!

당시의 정치풍토나 세태를 냉소하는 것인데, '치정痴情 같은 정치'란 표현은 절묘한 표현이다.

시민혁명 후의 세태를 그래도 가장 잘 요약하여 표현한 것은 박봉우의 「진달래도 피면 무엇하리」일 것이다. 1961년 3월에 발표되었으니까 5·16군사혁명 직전의 세태 표현이다.

4월의 비바람도 지나간

수난의 도심은

아무렇지도 않는

표정을 짓고 있구나.

진달래도 피면 무엇하리.

갈라진 가슴팍엔

실고 싶은 무기도 빼앗겨 버렸구나.

아아 저녁이 되면
자살을 못하기 때문에
술집이 가득 넘치는 도심.

약보다도
이 고달픈 이야기들을 들으라
멍들어 가는 얼굴들을 보라.

어린 4월의 피바람에
모두들 위대한 훈장을 달구
혁명을 모독하는구나.

이제 진달래도 피면 무엇하리.

가야 할 곳은
여기도,
저기도, 병실.

모든 자살의 집단. 멍든
기를 올려라
나의 병든 데모는 이렇게도
슬프구나.

그야말로 '희망의 절벽'인 세태임을 암시한다. 지나간 4월 시민혁명 정신은 이제 안주거리로, 자기 과시거리로 남아 정녕 '혁명을 모독하는' 몸짓들만 남았을 뿐 진정한 혁명은 전혀 이루어지고 있지 않다는 절망감이 표현되었다. 혼란이 가중되는 사회 속에서 스스로 '살고 싶은 무기마저 빼앗겨 버린' 무력감에 시달리고 있는 인간상을 잘도 형상화시켜 낸 시다.

이런 시기에 5·16 군사혁명은 감행된 것이다. 그것은 사회적 혼란 속에서, 사회 구성원들의 무력감에 큰 충격을 주게 되었다. 사회분위기는 급격히 긴장되어 갔고 정치, 경제, 문화 그 모든 것들이 정해진 계획에 따라 강행되었다. 모든 것이 군사문화를 닮아가게 되었으며 이 사회에서 민주이념은 또 다시 뒷걸음질 하게 되었다. 그러나 정녕 위대한 시정신은 고난의 시기에 힘을 더욱 발휘하게 되는 것이다. 바로 이 시기부터 위대한 시정신들이 새로 얼어붙은 얼음장을 깨기 위해 나타나기 시작했다.

신동엽, 강유겸전剛柔兼全의 시정신

신동엽은 민족전쟁부터 1960년대 후반까지 한국현대시 역사의 중추를 담당했던 중요 시인이다. 장편 서사시 『금강』이 그의 대명사가 되어 있지만 『금강』이 나오기 이전의 많은 시들에서 그는 훌륭한 시정신을 보여주었다. 김수영의 경우 이미 민족전쟁 이전부터 시를 발표하지만 신동엽은 민족전쟁이 끝나고 꽤나 지나서 작품을 생산해 낸다. 그의 시력詩歷은 불과 10년 정도밖에 되지 않지만 결코 예사롭지 않은 그의 시는 두고두고 우리 민족의 힘으로 보태지고 있다.

김수영과 달리 신동엽의 시는 대부분 낮고 부드러운 어조를 띤다. 이것은 그가 시창작의 덕목으로 삼았을 듯한 「좋은 언어」라는 작품이 증명해 준다

외치지 마세요
바람만 재티처럼 날려가 버려요.

조용히

될수록 당신의 자리를
아래로 낮추세요

그리구 기다려 보세요.
모여들 와도

하거든 바닥에서부터
가슴으로 머리로
속속들이 구비돌아 적셔 보세요.

허잘 것 없는 일로 지난 날
언어들을 고되게
부려만 먹었군요.

때는 와요.
우리들이 조용히 눈으로만
이야기할 때

허지만
그때까진
좋은 언어로 이 세상을
채워야 해요.

　　그의 시관詩觀을 유추할 수 있는 조용하고 간결한 시다. 물론「껍데기는 가라」와 같이 단호하고 기상氣象이 넘치는 시도 있지만, 그의 대부분 시는 「좋은언어」에서 표현된 대로 낮고 부드럽다. 그래서 그의 시는 충분히 서정적이고 쉽지만, 그렇다고 현실의식까지도 유연하기만 한 것은 결코 아니다.

　　신동엽의 대표적 시정신은 전쟁에 대한 증오감이다. 그의 대부분 시가 반전反戰에 토대를 두고 있다고 보아야 한다. 그래서 그는 민족전쟁 후의 사회상을 성실히 반영한다든지, 전쟁을 몰고 오는 외세에 대한 경계, 인류평화 따위의 문제에 골똘하고 있다. 전후의 사회상을 반영한 시는 「불바다」가 대표적 작품이고, 반외세의식에 투철한 시는 「발」, 「산에도 분수 분수를」, 「왜 쏘아」 따위가 있다. 그의 시정신이 앞서간다는 것은 이렇게 당대의 핵심을 통찰해냈기 때문이다. 전쟁의 불합리를 극복하기 위해 내세우는 그의 시법은 '사랑'일 것이다. 이성간의 순수하고 애틋한 사랑이 그의 시 도처에서 표현되고 있으며 이것이 확장되어 민족애로, 더 나가 인류평화의 문제로 힘을 발휘한다. 「보리밭」, 「산에 언덕에」, 「주린땅의 지도원리」, 「술을 많이 마시고 잔 어제밤은」, 「산문시1」 들이 모두 그런 부류의 작품이다.

신동엽의 시를 지탱하는 현실의식은 민족전쟁과 4・19의 체험으로부터 비롯된다. 특히 「아사녀」와 같은 4・19 소재의 시는 결연한 정신을 보여준다.

모질게도 높은 성城돌 / 모질게도 악랄한 채찍 / 모질게도 음흉한 술책으로 // 죄없는 월급쟁이 / 가난한 백성 / 평화한 마음을 뒤보채어 쌓더니 // 산에서 바다 / 읍에서 읍 / 학원에서 도시, 도시 너머 궁궐 아래. / 봄따라 와자히 피어나는 / 꽃보래 / 돌팔매, / 젊은 가슴 / 물결에 헐려 / 잔재주 부려싸던 해늙은 아귀들은 / 그혀 도망쳐 갔구나. // ― 애인의 가슴을 뚫었지? / 아니면 조국의 기폭을 쏘았나? / ― 죽지 않고 살아 있었구나. / 우리들의 뇌는 내지와 힘께 숨쉬고 / 우리들의 눈동자는 강물과 함께 빛나 있었구나 // 4월 19일, 그것은 우리들의 조상이 우랄고원에서 풀을 뜯으며 양달진 동남아 하늘 고흔 반도에 이주오던 그날부터 삼한으로 백제로 고려로 흐르던 강물, 아름다운 치맛자락 매듭 고흔 흰 허리들의 줄기가 3・1의 하늘로 솟아다가 또 다시 오른 우리들의 눈앞에 솟구쳐 오른 아사달 아사녀의 몸부림, 빛나는 앙가슴과 물굽이의 찬란한 반항이었다. // 물러가라, 그렇게 / 쥐구멍을 찾으며 / 검불처럼 흩어져 역사의 하수구 진창 속으로 / 흘러가버리렴아, 너는. / 오욕된 권세 저주 받을 이름과 함께. // 어느 누가 막을 것인가 / 태백 줄기 고을고을마다 봄이 오면 피어나는 / 진달래·개나리·복사 // 알제리아 흑인촌에서 / 카스피해 바닷가의 촌아가씨 마을에서 / 아침 맑은 나라 거리와 거리 / 광화문 앞마당, 효자동 종점에서 / 노도처럼 일어난 이 새피 뿜는 불기둥의 / 항거…… / 충전하는 자유에의 의지…… // 길어도 길어도 다함없는 샘물처럼 / 정의와 울분의 행렬은 / 억겁을 두고 젊음쳐 뒤를 이을지어니 // 온갖 영광은 햇빛과 함께, / 소리치다 쓰러져간 어린 전사의 / 아름다운 손등 위에 퍼부어지어라. ///

독재자에 대한 혹독한 비판과 함께 살아있는 시민정신을 예찬하고 민족의 영광을 축원하는 시다. 그의 시에는 「아사녀」에서 보듯, 공통 저으로 아사달과 아사녀가 자주 등장한다. 역사의 뒤안길로 일찍 사라져 버린 나라, 백제의 후예가 갖는 안타까움에서 비롯된 것이다. 그래서 아사달과 아사녀는 우리 민족혼의 상징이 된다. 「아사녀의 울리는 축고」, 「주린 땅의 지도 원리」, 「달이 뜨거든」과 같은 시들이 좋은 예이다. 우리 민족의 대표적 심상으로 삼은 아사달, 아사녀의 사랑이 모든 평화의 원천이 되는 것이다.

특히 신동엽은 민족의 자존심을 위하여 시정신을 집중시켰기 때문에, 민족의식을 고양하려는 작품이 많다. 「종로 5가」, 「수운이 말하기를」, 「조국」, 「서울」, 「봄의 소식」, 「밤은 길지라도 우리 내일은 이길 것이다」 들이 그렇다. 우리 민족의 역사를 성찰하면서 되풀이되는 민족 정신의 문제는 그의 시에서 최상의 덕목이 된다.

화창한 / 가을, 코스모스 아스팔트가에 몰려나와 / 눈먼 깃발 흔든 건 / 우리가 아니다 / 조국아, 우리는 여기 이렇게 금강 연변 / 무를 다듬고 있지 않은가. // 신록 피는 오월 / 서붓사람들의 은행소리에 홀려 / 조국의 이름 들고 진주코거리 얻으러 다닌 건 / 우리가 아니다 / 조국아 우리는 여기 이렇게 / 꿋꿋한 설악처럼 하늘을 보며 누워 있지 않은가. // 무더운 여름 / 불쌍한 원주민에게 총쏘러 간 건 / 우리가 아니다 / 조국아, 우리는 여기 이렇게 / 쓸쓸한 간이역 신문을 들추며 / 비통 삼키고 있지 않은가. // 그 멀고 어두운 겨울날 / 이방인들이 대포 끌고 와 / 강산의 이마 금그어 놓았을 때도 / 그 벽 핑계삼아 딴 나라 차렸던 건 / 우리가 아니다. / 조국아, 우리는 꽃 피는 남북평야에서 / 주림 참으며 말없이 / 밭을 갈고 있지 않은가. // 조국아 / 한번도 우리는 우리의 심장 / 남의 발톱에 주어본 적 / 없었나니 // 슬기로운 심장이여, / 돌 속 흐르는 맑은 강물이여. / 한번도 우리는 저 높은 탑 위 왕래하는 / 아우성소리에 휩쓸려 본 적 / 없었나니. // 껍질은 / 껍질끼리 싸우다 저희끼리 / 춤추며 흘러간다. // 비 오는 오후 / 뻐스속서 마주쳤던 / 서러운 눈동자여, 우리들 가슴 깊은 자리 흐르고 있는 / 맑은 강물, 조국이여. / 돌 속의 하늘이여. / 우리는 역사의 그늘 / 소리없이 뜨개질하며 그날을 기다리고 있나니. // 조국아, / 강산의 돌속 쪼개고 흐르는 깊은 강물, 조국아. / 우리는 임진강변에서도 기다리고 있나니, 말없이 / 총기로 더렵혀진 땅을 빨래질하며 / 샘물같은 동방의 눈빛을 키우고 있나니. ///

「조국」이다. 이 시에서 분명히 알 수 있듯이, 신동엽은 우리 민족의 불합리가 무엇인지 정확히 통찰하고 있다. 위정자의 탐욕, 그 탐욕이 외세를 부르고 그 외세가 남북을 갈라놓고……. 그러나 선량한 겨레, '우리'는 결코 그런 탐욕에 물들지 않았음을 말한다. 민족의 불합리를 만든 것은 껍데기들이고, 그 껍데기들이 끼리끼리 모여 이 땅을 계속 더럽히고 있다고 단언한다. '우리는 임진강변에서도 기다리고 있나니, 말없이 / 총기銃器로 더럽혀진 땅을 빨래질 하며 / 샘물같은 동방의 눈빛을 키우고 있나니' 하는 시구가 절창이 되었다. 그 유명한 「껍데기는 가라」는 시가 그래서 더욱 필요했던 것이다.

껍데기는 가라.
사월도 알맹이만 남고
껍데기는 가라.

껍데기는 가라.
동학년 곰나루의, 그 아우성만 살고
껍데기는 가라.

그리하여, 다시
껍데기는 가라.
이곳에선, 두 가슴과 그곳까지 내논
아사달 아사녀가
중립의 초례청 앞에 서서
부끄럼 빛내며
맞절할지니

껍데기는 가라.
한라에서 백두까지
향기러운 흙가슴만 남고
그, 모오든 쇠붙이는 가라.

이같이 강렬하고도 의미 깊은 시가 과연 얼마나 될까. 인유, 상징의 수사법으로 단직하게 응축시켜 씩씩한 기상이 절로 넘쳐 나오는 작품이다. 시답게 언어를 최대한으로 절약하면서도 우리 근현대사를 시간적으로, 공간적으로 끌어들이며 평화의 염원을 잘도 표현해 내었다.

신동엽의 대명사, 장편 서사시인『금강』에서 그는 우리 민족사를 개관한다. 동학혁명을 역사의 전환점으로 보았다. 또한 동학의 이념을 우리 민족이 언제나 우리의 역사를 성찰하고 확대재생산할 수 있는 '큰 얼'로 제시한다.『금강』에서도 그는 여전히 서정성을 중시하고 있는데 역사 해석을 상투적이지 않게 하기 위함이다.『금강』이 장편 서사시인지라 신동엽의 시정신이 종합적으로 표현되는네, 시 속에서 역사의식 또는 현실의식은 대단히 강렬하다. 역사에 대한 성찰은 실로 사뭇 비판적이다.

…… // 이조 5백 년의 / 왕족, / 그건 중앙에 도사리고 있는 / 큰 마리낙지. / 그 큰 마리낙지 주위에 / 수십 수백의 새끼낙지들이 꾸물거리고 있었다 / 정승배, 대감마님, 양반나리, 또 무엇 // 지방에 오면 말거머리들이 / 요소요소에 웅거하고 있었다 / 관찰사, 현감, 병사, 목사 // 마을로, 장으로 / 꾸물거리고 다니는 건 빈대, / 봉세관, 균전사, 전운사, 아전, 이속, 관세위원 / 그들도 벼슬은 벼슬이었다. // ……

큰 마리낙지, 말거머리, 빈대 따위로 비유되는 가렴주구의 역사를 성찰한다. 그래서 그에게 동학혁명이 우리 민족의 대전환점으로 해석되는 것이다. 반외세의식 또한 그의 주된 시정신의 된다.

…… / 신라왕실이 / 백제, 고구려 칠 때 / 당나라 군사를 모셔왔지. // 옛날 사람 욕할건 없다. // 우리들은 끄떡하면 외세를 / 자랑처럼 모시고 들어오지. / 8·15 후, 우리의 땅은 / 디딜 곳 하나 없이 / 지렁이 문자로 가득하다. / 모화관에서 개성 사이의 행길에 끌려나와 / 청나라

깃발 흔들던 눈먼 조상들처럼, // 오늘은 또 화창한 코스모스 길 / 아스
팔트가에 몰려나와, / 불쌍한 장님들은, 대중도 없이 서양깃발만 / 흔들
어댄다 // ……

세월만 갔을 뿐이지, 의식은 여전히 식민지 근성을 버리지 못하고
있다는 지적이다.

…… / 변한 것은 무엇인가 / 서대문 안팎, 머리 조아리며 / 늘어섰던
한옥 대신 / 그 자리 헐리고 지금은 / 십이층 이십층의 빌딩 / 서 있다
는 것, // 진고개에 청개천, 이쪽 이쪽 / 우왕좌왕하고 있는 사람들의 /
옷 맵시가, 갓에서 넥타이 / 로 변모했다는 것 밖에, // 무엇이 달라졌는
가, / 지금도 우물터 / 피기름 샘솟는 / 중앙도시는 살찌고 / 농촌은 누
우렇게 시들어가고 있다.…… //

신동엽의 시는 어설픈 역사비판, 어쭙잖은 문명비판이 아님을 잘 알
수 있을 것이다. 정곡을 콕콕 찌르는 비수가 되어 독사의 의식전환을
강렬히 요구한다. 신동엽 시의 매력은 이렇게 역사를 통찰해 내어 대
응력을 키우도록 하는 데 있다. 역사를 소재로 하되 역사 속에 숨지 않
는다. 역사를 현실 속에 확대재생산하는 것이 그의 장기다.

김수영, 뚝심 있는 민족의 자긍심

김수영은 해방되던 해부터 시를 발표하기 시작하여 1960년대 말까
지 왕성한 활동을 했다. 그의 시정신이 워낙 견고했던 터라 한국 현대
시사상 큰 기둥으로 평가되고 있다.

그의 초기시는 관념적이어서 난해하다. 게다가 산문체로 편하게 쓴
글이어서 문장이 길고 시의 몸피가 큰 것이 많다. 이전의 전통 서정시
에 길들여져 있는 사람들에게는 김수영의 많은 시들이 비시非詩적으로

여겨질 수도 있겠다.

초기에 난해시로 출발한 김수영의 시는 민족전쟁을 체험하고서야 현실에 뿌리를 내리기 시작한다. 자신이 포로수용소 생활을 하였기 때문에, 특히 '자유'에 대한 생각은 유난히 절실하며 시정신의 견고한 바탕이 된다. 시 형식에 있어 '자유로운 시적 진술'도 이와 관련될 수 있겠다. 「조국에 돌아오신 상병傷病포로 동지들에게」가 현실에 착지하는 출발점이 된다. 그러나 그가 진정 지상 위에서 커다란 나무로 성장하는 모습을 보여준 것은 4·19, 5·16의 체험을 통해서다. 그 전에는 자유의 이념과 그를 통한 현실대응력의 관계를 탐색하는 시기로 볼 것이다. 자기 시정신의 덕목으로 삼을 '곧음'은 「폭포」라는 시에서 지극히 잘 표현되었다.

> 폭포는 곧은 절벽을 무서운 기색도 없이 떨어진다
>
> 규정할 수 없는 물결이
> 무엇을 향하여 떨어진다는 의미도 없이
> 계절과 주야를 가리지 않고
> 고매한 정신처럼 쉴사이없이 떨어진다
>
> 금잔화도 인가도 보이지 않는 밤이 되면
> 폭포는 곧은 소리를 내며 떨어진다
> 곧은 소리는 소리이다
> 곧은 소리는 곧은
> 소리를 부른다
>
> 번개와 같이 떨어지는 물방울은
> 취할 순간조차 마음에 주지 않고

나태와 안정을 뒤집어놓은 듯이

높이도 폭도 없이

떨어진다

위의 시는 이전에 쓴 산문 투의 시들에 비해 정말 시답다. 시정신이 응축되어 있다. 단직端直하여 독자에게 기상氣象을 준다. 무엇보다도 먼저 시인 자신의 미래를 보게 된다.

4·19혁명을 체험하면서 김수영의 시정신은 구체성을 확보하며, 격정적 어조를 띠기도 한다. 「우선 그놈의 사진을 떼어서 밑씻개로 하자」, 「기도」, 「육법전서와 혁명」이 4·19직후에 발표하면서 현실 대응력을 발휘한다. 그리고 시가 정갈해진다.

푸른 하늘을 제압하는

노고지리가 자유로왔다고

부러워하던

어느 시인의 말은 수정되어야 한다

자유를 위하여

비상하여본 일이 있는

사람이면 알지

노고지리가

무엇을 보고

노래하는가를

어째서 자유에는

피의 냄새가 섞여있는가를

혁명은

왜 고독한 것인가를

혁명은
왜 고독해야 하는 것인가를

「푸른 하늘은」이란 작품이다. 그가 평생을 통해 시로 표현하고자 했던 '자유'의 이념은 위와 같이 요약된다. 4·19혁명의 결과로 나타난 바에 대해, 다른 작품에서도 얼핏얼핏 표현되고 있지만 위의 시에서 절정에 도달한다. 이제 그는 민족의 문제에 이른다. 정치, 사회의 불합리가 결국 외세와 연관되어 있다는 것을 터득하여 시로 직접 말한다. 「가다오 나가다오」에서는 미국과 소련의 철수를 외쳐댄다. 당시 상황을 볼 때 대단한 용기 있는 외침이었다.

이유는 없다 ― / 나가다오 너희들 다 나가다오 / 너희들 미국인과 소련인은 하루바삐 나가다오 / 말갛게 행주질한 비어홀의 카운터에 / 돈을 거둬들인 카운터 위에 / 적막이 오듯이 / 혁명이 끝나고 또 시작되고 / 혁명이 끝나고 또 시작되는 것은 / 돈을 내면 또 거둬들이고 / 돈을 내면 또 거둬들이고 돈을 내면 / 또 거둬들이는 / 석양에 비쳐 눈부신 카운터 같기도 한 것이니 // 이유는 없다 ― / 가다오 너희들의 고장으로 소박하게 가다오 / 너희들 미국인과 소련인은 하루바삐 가다오 / 미국인과 소련인은 '나가다오'와 '가다오'의 차이가 있을 뿐 / 말갛게 개인 글 모르는 백성들의 마음에는 / '미국인'과 '소련인'도 똑같은 놈들 / 가다오 가다오 / '4월 혁명'이 끝나고 또 시작되고 / 끝나고 또 시작되고 끝나고 또 시작되는 것은 / 잿님이할아버지가 상추씨, 아욱씨, 근대씨를 뿌린 다음에 / 호박씨, 배추씨, 무씨를 또 뿌리고 / 호박씨 배추씨를 뿌린 다음에 / 시금치씨, 파씨를 또 뿌리는 / 석양에 비쳐 눈부신 / 일년 열두달 쉬는 법이 없는 / 걸찍한 강변밭같기도 할 것이니 // 지금 참외와 수박을 / 지나치게 풍년이 들어 / 오이, 호박의 손자며느리값도 안 되게 / 헐값으로 넘겨버려 울화가 치받쳐서 / 고요해진 명수할버이의 / 잿물거리는 눈이 / 비둘기 울음소리를 / 듣고 있을 동안에 / 나쁜 말은 안하니 / 가다오 가다오 // 지금 명수할버이가 멍석 위에 넘어져 자고 있는 동안에 / 가다오 가다오 / 명수할버이 / 잿님이 할아버지 / 경복이 할아버지 / 두붓집할아버지는 / 너희들이 피지도島를 침략했을 당시에는 / 그의 아버지들은 아직 젖도 떨어지기 전이었다니까 / 명수할버이가 불쌍하지 않으냐 / 잿님이할아버지가 불쌍하지 않으냐 / 두붓집할아버이가 불쌍하지 않으냐 / 가다오 가다오 // 선잠이 들어서 / 그가 모르는 동안에 / 조용히 가다오 나가다오 / 서푼어치값도 안되는 미·소인은 / 초콜렛, 카피, 페치코오트, 군복, 수류탄 / 따발총……을 가지고 / 적막이 오듯이 / 적막이 오듯이 / 소리없이 가다오 나가다오 / 다녀오는 사람처럼 아주 가다오! ///

'이유는 없다 ─'고 했지만 이유가 없을 리가 없다. 그것을 김수영이 모르고 쓸 리도 없다. 그 이유를 시인은 가장 소박하게 형상화시켜 제시한다. 이 땅의 순박한 '할아버지'들을 등장시켜 그들의 일상적 아픔을 이유로 내세우며, 미국, 소련인들이 이 땅에 뿌려놓은 깡통문화, 전쟁과 무기 따위가 모두 그들이 가야할 이유인 것을 제시한다. 미국, 소련인들을, 이 땅의 우리 민족들이 스스로 개척해 나갈 수 있는 길을 막고 있는 방해자들로 본 것이다. 외세에 대한 통찰력을 제대로, 그리고 용기 있게 표현한 작품이다.

김수영이 민족의 자존심, 자긍심에 골똘했다는 증거는 「미역국」과 그 유명한 「거대한 뿌리」에서 거듭 확인된다.

나는 아직도 앉는 법을 모른다

어쩌다 셋이서 술을 마신다 둘은 한 발을 무릎 위에 얹고
도사리지 않는다 나는 어느새 남쪽식으로
도사리고 앉았다 그럴때는 이 둘은 반드시
이북친구들이기 때문에 나는 나의 앉음새를 고친다
8·15 후에 김병욱이란 시인은 두발을 뒤로 꼬고
언제나 일본여자처럼 앉아서 변론을 일삼았지만
그는 일본대학에 다니면서 4년 동안을 제철회사에서
노동을 한 강자다

나는 이사벨 버드 비숍여사와 연애하고 있다 그녀는
1893년에 조선을 처음 방문한 영국왕립지리학협회회원이다
그녀는 인경전의 종소리가 울리면 장안의
남자들이 모조리 사라지고 갑자기 부녀자의 세계로
화하는 극적인 서울을 보았다 이 아름다운 시간에는
남자로서 거리를 무단횡단할 수 있는 것은 교군꾼,
내시, 외국인의 종놈, 관리들 뿐이었다 그리고
심야에는 여자는 사라지고 남자가 다시 오입을 하러
활보하고 나선다고 이런 기이한 관습을 가진 나라를
세계 다른곳에서는 본 일이 없다고
천하를 호령한 민비는 한번도 장안외출을 하지 못했다고……

전통은 아무리 더러운 선통이리도 좋다 나는 광화문
네거리에서 시구문의 진창을 연상하고 인환네
처갓집 옆의 지금은 매립한 개울에서 아낙네들이
양잿물 솥에 불을 지피며 빨래하던 시절을 생각하고
이 우울한 시대를 패러다이스처럼 생각한다

버드 비숍여사를 안 뒤부터는 썩어빠진 대한민국이

괴롭지 않다 오히려 황송하다 역사는 아무리

더러운 역사라도 좋다

진창은 아무리 더러운 진창이라도 좋다

나에게 놋주발보다도 더 쨍쨍 울리는 추억이

있는 한 인간은 영원하고 사랑도 그렇다

비숍여사와 연애를 하고 있는 동안에는 진보주의자와

사회주의자는 네에미 씹이다 통일도 중립도 개좆이다

은밀도 심오도 학구도 체면도 인습도 치안국

으로 가라 동양척식회사, 일본영사관, 대한민국관리,

아이스크림은 미국놈 좆대강이나 빨아라 그러나

요강, 망건, 장죽, 종묘상, 장전, 구리개 약방, 신전,

피혁점, 곰보, 애꾸, 애 못 낳는 여자, 무식쟁이,

이 모든 무수한 반동이 좋다

이 땅에 발을 붙이기 위해서는

― 제3인도교의 물 속에 박은 철근기둥도 내가 내 땅에

박는 거대한 뿌리에 비하면 좀벌레의 솜털

내가 내 땅에 박는 거대한 뿌리에 비하면

기괴영화의 맘모스를 연상시키는

까치도 까마귀도 응접을 못하는 시꺼면 가지를 가진

나도 감히 상상을 못하는 거대한 거대한 뿌리에 비하면……

「거대한 뿌리」로, 가장 김수영다운 작품이다. 김수영 시의 특색이라고 할 만한 점을 모두 갖추고 있다. 가장 김수영답다는 말은 '뚝심'으로 요약된다. 응축된 언어를 사용해야 한다는 상식을 무시하고 할 말을

다 해버린다.

시에서 사상을 말하는가. 사상은 작품의 위대성을 결정해 준다. 이 시에 꽉 들어찬 것이 사상이란 느낌을 준다. 민족주의 사상이라면 너무 진부할까. 어쨌든 민족의 자긍심이 이렇게 당당하게 표현된 시들이 그렇게 많은 것은 아니다. '내가 내 땅에 박는 거대한 뿌리'가 김수영의 시사상인 것이다. 이 작품 속에는 반외세와 민중사상, 민주사상 따위 그가 이제까지 탐구해오던 생각들이 종합적으로 융합하고 있다.

김수영 시정신의 진폭은 비속어 사용 때문이다. 비속어는 시대가 생산한 것이다. 시 속에 비속어가 많이 사용된다는 것은 그만큼 당대 사회가 비속하게 진행되고 있다는 증거가 된다. 비속한 사회를 우아한 어휘로 표현한다는 것은 '거짓 아름다움偽美'이다. 그럴 때 진정한 미는 추醜를 통해서 미美에 이르러야 한다. 김수영의 시에서 비속어가 당당하게 사용되는 것은 추醜를 통해 당당한 미美에 이르겠다는 자신감 때문이다. 김수영의 비속어 사용이 전혀 추하게 느껴지지 않는 것은 바로 이 때문이다.

김수영의 또 다른 장기長技는 풍자다. 풍자는 소금기 있는 웃음으로, 직접 들보를 치는 것이 아니라 변죽을 때려 들보를 울리는 수사법이다. 김수영은 많은 시에서 풍자적 방법을 사용하는데, 특히 자기성찰적 시의 경우가 많은 시에서 풍자적 방법을 사용한다. 「강가에서」, 「성」, 「어느날 고궁을 나오면서」와 같은 작품들에서는 자신의 속물근성을 풍자한다. 김수영은 자기 풍자 정신을 토대로 삼아 사회적, 국가적 문제에까지 확대시킴으로써 견실한 대의명분을 지니게 된다.

시의 본질은 상징이라 했던가. 이런 모든 과정에서 김수영은 가장 시다운 시와 함께 그의 일생 마지막을 장식한다. 가장 세련된 시라고 해야 할까. 「풀」이 그것이다.

비를 몰아오는 동풍에 나부껴

풀은 눕고

드디어 울었다

날이 흐려서 더 울다가

다시 누웠다

풀이 눕는다

바람보다도 더 빨리 눕는다

바람보다도 더 빨리 울고

바람보다 먼저 일어난다

날이 흐리고 풀이 눕는다

발목까지

발밑까지 눕는다

바람보다 늦게 누워도

바람보다 먼저 일어나고

바람보다 늦게 울어도

바람보다 먼저 웃는다

날이 흐리고 풀뿌리가 눕는다

　훌륭한 시의 필요충분조건이 지각의 엄숙성과 함께 미적 엄숙성이
라 하면, 위의 시는 미적 엄숙성에 더욱 투철하다고 생각할 수도 있다.
이전의 김수영 시는 대부분 지각의 엄숙성에 무게 중심이 쏠려 있었
다. 물론 「풀」에서, '풀'을 민중의 힘이나 존재를 상징한다고 고착관념
을 가질 때, 지각의 엄숙성을 충분히 강하게 부각시킬 수도 있다. 그러
나 민중적 의미만을 고집하지 않을 때, 「풀」은 절묘한 음악성이나 다
양한 상징성을 확인할 수 있게 된다. 특히 절묘한 음악성이 상징성을

더욱 보강시켜 시적 분위기를 매혹적이게 한다. 그가 죽기 불과 보름 전에 최후로 완성한 이 작품은 미美와 지각知覺이 최상에서 융합했다고 평가할 수 있겠다.

김수영은 해방 후에서부터 1960년대 말에 이르기까지, 좋은 시로써 당대 민중들이 지녀야 할 정신의 푯대 역할을 해냈다. 그야말로 한 시대를 뚝심으로 지탱해 준 시정신의 소유자였다.

이인석, 금[線] 없는 하늘

이인석의 시들은 역사의식이 빼어나다. 역사의식이 빼어니다는 것은 결국 우리 민족의 자존심 회복을 위한 열정을 가지고 있었다는 말이 된다. 다시는 이민족의 침략을 받지 않도록 하고, 조국통일을 적극적으로 추진해야 한다는 경각심을 주려고 진력하는 모습을 시에서 보게 된다. 또한 독재에 적극적으로 대항하지 못하는 자신을 부끄러워하는 자기 성찰적 시정신을 보이기도 한다.

「우짖는 새여, 태양이여」란 작품을 보자.

바람이 분다 / 한 많은 사연을 싣고 바람이 분다 / 이 강토 위에 이 겨레의 가슴 속에 / 원한처럼 바람이 불어 옌다 // 벗이여 / 그대는 지금 행복한가 / 잃어버린 봄을 찾기 위해 피흘린 자손이여 / 그대는 지금 행복한가 // 기다림에 지친 눈망울이여 / 생활에 지친 핏기 없는 모습이여 / 총칼도 형틀도 두렵지 않았던 어버이들에게 / 얼굴을 들어 보라 // 예부터 이 겨레는 / 사무친 운명 속에 싸워야 했더니라 / 이 겨레의 맥이 끊어질 뻔한 / 기막힌 세월도 있었느니라 / 무엇이 이 겨레와 강토를 지켜왔는가를 / 이 날에 다시금 생각하여라 // 우짖는 새들이여 / 빛나는 태양이여 / 잡초마냥 모질게 자라나는 우리의 아들 딸을 욕되다 하지마라 // 우리는 가축처럼 / 순하기만 한 백성은 아닌 것 / 피와 핏

속으로 굽이쳐 흐르는 / 오, 우리의 자랑스런 / 3·1의 정신은 막을 수 없는 것 // 통곡하는 마음과 / 간절한 소망은 / 내일을 위한 / 매운 마음이리라 // 침략자의 총칼에 항거하여 / 성난 파도처럼 밀려나가던 거리 / 함성이 산천으로 울려퍼지던 그 길을 / 나는 지금 부끄러움에 고개 숙여 / 말없이 지나간다 / 분노의 바람속에 / 말없이 지나간다. ///

몇 가지 역사적 사건을 통해 우리 민중의 혁명정신을 성찰해 내는 뜻은, 당대 현실을 빗대기 위함이다. 독재자와 민중들에게 주는 암시인 것이다. 여차하면 백성들이 들고 일어날 수 있다는 의미인 셈이다. 그러나 시인 스스로가 그것을 앞서 해내지 못하니 자괴감을 느끼고 있다는 정직한 심사를 표현했다.

「하늘은 금가지 않았다」란 시는, 이념대립으로 통일을 이루지 못하는 조국 현실을 안타깝게 여기는 작품이다.

네 몸을 더듬어 보아라

더듬어 생각하라

뼈와 살이 헤졌던 자리를

아팠던 자리

몹시도 한스럽던 자리를

상처를 세어 보라

성한 곳이 있나 매만져 보라

'제국주의'의 흔적을

'동족상잔'의 흔적을

'애국'과 '반공'의 소인燒印이 찍혔던

민주주의 상처를

우리 몸이 부지해 숨 살아 있다는 건

도시 믿을 수 없는 기적이구나
세월이 흐른 자리에
어쩌면 이렇게
멍든 자국뿐이냐

하늘 가까이 드높이 손 들어
싱싱하게 뻗어 올라간 나무들
흐드러지게 피어 웃는 꽃잎을 보라
이웃집 뜨락에는 — 유럽과 미내륙에는
꿈마저 아름차게 자란다누나

피 고인 자국엔 무엇을 심을까
굶았던 자리엔 무엇이 자라나
스산한 바람이 불어 예는
황량한 길가에
아이들이 햇빛을 안고 노래한다.

민족 각 개인의 상처는 물론 조국의 상처를 말하는 것이리라. 일제기, 민족전쟁, 반공을 앞세운 독재정치로 이어지는 근현대사를 성찰해 보도록 요구하는 작품이다. 그 수난사 속에서 용케도 살아온 민족이기에 뭔가 새로운 역사를 창조해야 하는데, 당시 정치적 현실이 너무도 절망적이라는 생각을 표현하고 있다. '하늘은 금가지 않았다'는 제목이 암시하듯 민족통일의 필연성을 강조하는 작품이다.

「깃발을 올려라」 역시 조국 통일의 절실함을 노래한 시다.

깃발을 올려라 / 하늘 드높이 깃발을 올려라 // 우리의 깃발은 / 분노처럼 / 횃불처럼 / 푸른 하늘에 타오를 것이다 // 피투성이가 된 우리의 깃발은 / 분단의 상처를 안고 / 사무쳐 뼈저린 치욕의 수난을 안고 / 푸른 하늘에 통곡할 것이다 // 지나간 분단시대는 / 돌이킬 수 없는 오욕의 계절 / 동족끼리 피흘려 싸운 겨레여 / 부끄럽지 않은가 / 고개를 들어 보라 // 그것은 또한 증오와 불신 / 타락과 절망의 시대 / 사회와 인심의 퇴화는 무릇 얼마며 / 국제무대서의 낙후는 / 또 그 얼마인가…… // 조국은 하나 / 누가 아직도 대결을 뇌까리며 / 민족의 열망을 우롱하는가 / 누가 한핏줄을 갈라놓으려 하는가 // 영명한 겨레여 / 동북아세아를 제패하던 / 고조선의 자손이여 / 언제까지 통일을 / 앉아서 기다리겠는가 // 우리는 이제 / 깃발을 올려야 한다. 하나의 깃발을 / 새 날을 약속하는 우리의 깃발을 / 하늘 드높이 올려라 // 그것은 우리 삶의 표적 / 우리가 이루어나갈 빛나는 역사 / 온 겨레의 가슴에 메아리치는 / 자유와 평등의 찬가이리라. ///

분단조국은 민족의 치욕이기에 앉아서 기다려서는 안 된다는 생각을 표현한다. 아주 적극적으로 행동해야 한다는 생각을 '깃발을 올려라'는 말로 요약한다.

「기적」이라는 작품은 다소간 냉소적인 어조로 우리 민족의 현실을 비판하고 있다.

땅에 금을 그어놓고

지나가면 안된단다

구름도 바람도 쉬임없이 넘나드는

벌레도 짐승도 제멋대로 넘나드는

그러나 사람은 가까이도 안된단다

벌레 짐승만도 못한 인간이 사는 건가

이건 별수없이 이십세기의 기적

누구나 잘 살기를 바란다

잘 살기 위해 '주의'를 받들어

서로 죽이기 경쟁한 민족이 있다

'주의'의 노예가 된 인간들이 산다

이 또한 이십세기의 기적

공짜를 좋아하고

남의 것만 따르다가

자기를 잃고, 남의 것 아니면

살 수조차 없게 된 백성이 있다

이 역시 이십세기의 기적

내가 누군지를 모르게 되고

어떻게 사는지를 모르게 되고

미쳐버렸는지 모르게 되고……

기적이여

너를 휴지처럼 버려야겠다.

이렇게 표현한 당대 현실이나 지금의 현실이 크게 나아진 것도 없
다. 위정자들은 마냥 권력만 탐하고, 대부분의 백성들은 그저 소시민
적 안락함에 안주하려 하며, 조국통일에는 큰 관심을 쏟지 않은 세태
를 한탄하는 것이다.

이인석이 그의 시에서 표현한 역사의식, 민족의식은 선구적이었다.
독재정치에 대한 비판과 이념 비판, 통일정책에 대한 비판은 그의 시
정신이 매우 강인했다는 것을 증명해 준다.

김관식, 선비의 칼칼한 풍자

김관식의 시들은 독재자들을 향하여 날아가는 화살이다. 독재자들의 불합리한 행태를 찌르고 조롱하며 점잖게 타이르기도 한다. 속담이나 격언 동양의 경전 속에 있는 말들을 인용하면서 위정자들을 냉소한다. 동양고전에서 얻은 해박한 지식, 선비다운 지조, 남다른 기행奇行에서 단련된 용기 따위가 시정신으로 융합되어 당대 정치현실에 의롭게 대응했다.

「한강수 타령」부터 보자.

서울이 하도 무섭다길래
과천果川서부터 기어와 보니

한강수라 인도교가
열두 난간도 넘더구나.

오대산에서 내리는 물이
서해 바다로 흘러를 가데.

인심은 매양 물이로소니
순리로 순리로 살아야지

황소가 힘세어 왕노릇 하랴
법을 어기곤 못 사니라.

물이 아래로 흐르는 것은
고금古今이 없이 같을 것을

분수噴水야 한때 솟구친댔자

폭포수 기세를 꺾을소냐.

아침에 조수潮水가 써들어 왔다
저녁에 석수汐水로 빠져나가듯

나아갈 줄은 알아야지만
물러설 줄도 알아야느니.

미어기 아가리 아무리 커도
세상을 모두 삼키더냐.

발버둥치고 올라서 보라
하늘은 그냥 높으니라.

이 얼마나 점잖은 꾸짖음인가. 자연의 모든 이치가 순리로 돌아가
듯, 인간 세상도 순리에 맞춰야 한다는 불변의 진리를 독재자에게 타
이른다. 권세가 높아 보여 기를 쓰고 오르지만 민심은 천심, 결국 백성
의 마음은 여전히 높게 있다는 의미다.

「무검撫劍의 서書」 역시 위정자에 대한 충고이면서 자기 단련에 충실
하겠다는 의지를 표현한 작품이다.

시방은 / 공원의 벤취 위에 / 팔 베고 돌아 누워 / 명상에 취할 때, // 나무여, 바람에 흐느끼는 발가벗은 나무여. / 그래도 너는, / 한 해에 한 번씩은 제 마음을 가늠하여 / 자아의 혁명을 개운히 치르고, / 무거운 침묵 속에 안으로 눈을 돌려 / 또 하나의 연륜을 굳혀 가건만, …… // 원하여 이룬 바 없이 / 불혹의 나이에 도리어 의혹만 짙어 / 칼자루 어루만지며 휘파람 불어 / 세상 일 길이 탄식하노니 // 강물은 흘러도 구르지 않는 바위가 되어, 바위가 되어 / 부동심의 자세를 배워 줄란다. // 비인

포키트에 손을 찌르고 / 스치는 시장기를 하품으로 달래며 / 어둠살 짙은 / 육조六曹 앞 너른 길을 걸어가다가 / 문득, 이런 것을 생각해 본다. // 정부는 배요, / 인민은 바다, 바다는 뱃길이사 열어 주지만, / 어쩌다 포효咆哮하여, 산악山嶽이 찢어지는 천지개벽의 그전날 같이 물너울이 도로 공중에 치뻗히는 날에는 까짓거 사정없이 때려 부신다! // 일껏, 호텔의 옥상에 서서 / 휘저은 골프 클럽, 저 멀리 손짓하여 / 아방궁阿房宮에 도둑의 떼 불러들이고 / 누구의 피로, / 헛되이 만리성을 쌓으려는가. // 생강을 씹지 않곤 / 잠 못 이루던 공자의 괴로운 밤을 / 아하, 어떻게 새워야 하나. / 소크라테스보단도 육신은 야웠는데, / 독배毒盃도 내 차지는 없단 말이냐! / 누룩저어지종 누룩돼지야 / 오래 오래 꿀, 꿀, 꿀, 잠 잘 자거라. // 높새가 불고 청노새 울어 / 지평선 너무 누른 해는 빠지고 / 쇠붙이 소리 서그럭거리는 고량高粱, 수수밭에 서리 찬 달빛. …… 기러기떼 우지짖으며 지나가는 그림자도 그리 반갑던 나의 형제의 즐거운 안행雁行의 밤은 어린 시절의 아름다운 동화 속에나 묻어 버리고 // 눈이여. 어서 내리고 지고, / 내리고 지고 눈이여. 우리 / 눈 속에 묻혀 눈을 씹어 눈물을 먹고 / 삼동三冬을 하얗게 얼어서 살자. ///

나무에서도 자아 혁명을 본다. 정치가 수시로 자기 혁명을 갖지 못하며 결국 독재가 되어버렸고 백성들을 괴롭히고 있다는 생각이다. 정치현실은 답답하고, 차라리 자기 혁명이나 하겠다는 시인의 의지를 표현하고 있다. '눈 속에 묻혀 눈을 씹어 눈물을 먹고 / 삼동을 하얗게 얼어서 살자'는 시구가 선비정신을 잘 나타냈다.

「이제는 천하는」이란 작품도 독재자를 한껏 풍자한다.

이제 천하는 어느 한 놈의 천하가 아니라 모름지기 천하의 천하인 것을 알아야 한다. / (그러므로 난 이같이 증언한다.) / 천하의 이利를 뒤에

하는 자, 너 또한 천하를 얻을 것이고 / 천하의 이利를 앞서 하는 자, 너 또한 천하를 잃을 것이다. // 옛날 동양의 선한 지혜는 / 열 눈이 보고 열 손이 가리키니 무섭다고 했거니 / 신나무 잎 같은 너 하나의 가녈핀 손바닥을 가지고, 진실로 천하의 눈! 눈! 망자網子 뒤집혀 흰창만 남은 부릅뜬 눈! 분노의 새파란 새파란 화염이 타는……저, 수수천만의 눈총들을 어찌 가리울 수 있겠는가. // 송도적 불가사리는 그래도 / (하, 그렇지 불가사리는 불가살不可殺이지 둔갑장신하여 절대로 죽이지 못했으니까.) / 무쇠만 골라서 먹었다나 보던데 / 오늘의 불가사리는 찌락배기 황소라 아가리가 넓죽하여 하 그리 먹성이 좋은가. 그저 닥치는 대로 무소불식無所不食!!? // 바다를 팔아먹고 사직공원 땅이고 뭐고 심지어는 한강백사장!!! / "모래알로 떡해놓고……맛있게도 냠냠." // 허나 어디 그뿐이던가. / 우리 선조로도 일찍이 두려운 몸부림에 발 들이지 못하던 오래인 성역. / 부근斧斤이 한번도 닿은 일 없는 산꼭대기, 하늘 찌르는 아람드리 아람드리 거창한 나무. 벌목정정 산경유山更幽가 아니라 고막 찢는 듯 소름끼치는 오비노꼬 마루노꼬 톱니바퀴 돌아가는 소란한 소리…… / 보라! 문명이 학살한 저 울창한 숲 속 크낙한 나무들의 시커먼 시신들을…… // 워낙 굴형이 응성 깊고 풀떨기가 짓어야 날짐승 길짐승도 깃들이는데……불쌍한 새짐승들 삭막한 이 겨울밤 어데서 샐까. 지리산 가마귀떼 보리밭 고랑으로 하야下野들 하시는가. // 학정虐政의 화화禍가 드디어 금수禽獸에게 미친 것은 고사시姑捨是하고 저 현현한 궁릉 어디에 오롯이 솟은 보좌 위에서의 신神의 몽침夢寢조차 설치어 불안했으리로다. // 나 본시 귀머거리도 당달봉사도 아니언마는 / 독재자! 독재자치고 베개에 바로 누워 고종명考終命 한 일 듣지도 보지도 못하였노라. / 동포여. 일어나라 일어나라 동포여. ///

당시 위정자들에게 끊임없이 질책을 가하다가 급기야 동포들을 자극하는 시가 된 것이다. 이 작품도 시경을 비롯한 여러 경전들에서 경구를 인용한다든지 속담을 통해 독재의 부당함을 제시하는 지조 높은 작품이다.

김관식은 짧은 생애를 용기 있게 살았다. 서슬이 날카로운 독재에 맞서 당당히 타이르고 설득하며 급기야 백성을 선동하기까지 한다. 독재를 향한 투지를 늦추지 않아 한 시대 선비의 모범을 보여 주었다.

김지하, 민주주의에 대한 집념

김지하는 김수영, 신동엽의 시정신을 계승한다. 평범한 계승이 아니고 훨씬 더 치열한 계승인 것이다. 30년 이상 시 창작 활동을 해온 김지하이지만, 그의 시가 사회에 가장 요긴했던 때는 1970년 초중반기일 것이다. 스스로 담시譚詩라고 일컫던 「오적五賊」을 1970년대 발표하였고, 이듬해엔 「앵적가櫻賊歌」가, 그 이듬해엔 「비어蜚語」가, 그리고 1973년에는 「오행五行」을 발표하였다.

담시가 호흡이 긴 시라고는 하지만 이보다 훨씬 길고 긴 『대설大說』이 있으며, 그렇다고 단형시에 소홀한 것도 아니어서, 좋은 단형시도 매우 많다. 단형시에서부터 『대설』에 이르기까지 그가 집념했던 것은 이 땅의 민주주의였다. 훌륭한 시인들의 영향력이 그렇듯이 이 땅에 민주주의가 실현되기까지 김지하가 보탠 힘을 결코 만만하게 볼 수 없을 것이다. 독재자들에 의해 겪은 숱한 고통 속에서도 끈질기게 지조를 지켜낸 시인의 용기, 독재자들을 향해 언어의 직격탄을 날려대는 시의 용기에 대해 어느 누구도 인색한 평가를 하지 않을 것이다.

그는 시적 성과를 이루기 위해 독특한 시법詩法을 택한다. 풍자적 수법과 판소리 사설조는 그의 '담시'들과 '대설'에서 활용한 시법으로 긴 호흡과 뚝심 있는 사설이 어우러져 강력한 현실비판력을 갖게 된다.

시를 쓰되 좀스럽게 쓰지말고 똑 이렇게 쓰랏다. / 내 어쩌다 붓끝이 험한 죄로 칠전에 끌려가 / 볼기를 맞은지도 하도 오래라 삭신이 근질근질 / 방정맞은 조동아리 손목댕이 오물오물 수물수물 / 뭐든 자꾸 쓰고 싶어 견딜 수가 없으니, 에라 모르겠다 / 볼기가 확확 불이나게 맞을 때는 맞더라도 / 내 별별 이상한 도둑이야길 하나 쓰겠다. / 옛날도 먼 옛날 상달 초사훗날 백두산아래 나라 선 뒷날 / 배꼽으로 보고 똥구멍으로 듣던중엔 으뜸 / 아동방我東方이 바야흐로 단군이래 으뜸 / 으뜸가는 태평 태평 태평성대라 / 그 무슨 가난이 있겠느냐 도둑이 있겠느냐 / 포식한 농민은 배터져 죽는 게 일쑤요 / 비단옷 신물나서 사시장철 벗고 사니 / 고재봉 제 비록 도둑이라곤 하나 / 공자님 당년에도 도척이 났고 / 부정부패 가렴주구 처처에 그득하나 / 요순시절에도 사흉은 있었으니 / 아마 현군양상인들 세살버릇 도벽이야 / 여든까지 차마 어찌할 수 있겠느냐 / 서울이라 장안 한복판에 다섯 도둑이 모여 살았것다. / 남녘은 똥덩어리 둥둥 / 구정물 한강가에 동빙고동 우뚝 / 북녘은 털빠진 닭똥구멍 민둥 / 벗은 산 만장아래 성북동 수유동 뾰쪽 / 남북간에 오종종종 판잣집 다닥다닥 / 게딱지 다닥 코딱지 다닥 그 위에 불쑥 / 장충동 약수동 솟을대문 제멋대로 와장창 / 저 솟고 싶은 대로 솟구쳐 올라 삐까번쩍 / 으리으리 꽃궁궐에 밤낮으로 풍악이 질펀 떡치는 소리 쿵떡 / 예가 바로 재벌, 국회의원, 고급공무원, / 장성, 장차관이라 이름하는, / 간뗑이 부어 남산만하고 목질기기 동탁 배꼽 같은 / 천하흉포 오적의 소굴이렷다. / 사람마다 뱃속이 오장육보로 되었으되 / 이놈들 배안에는 큰 황소불알만한 도둑보가 곁붙어 오장칠보, / 본시한 왕초에게 도둑질을 배웠으나 재조는 각각이라 / 밤낮없이 도둑질만 일삼으니 그 재조 또한 신기神技에 이르렀것다. / ……

「오적」의 앞부분이다. 재벌, 국회의원, 고급공무원, 장성, 장차관이 오적인데 본래의 시에는 이 어휘들이 벽자僻字, 즉 흔히 쓰이지 않는 괴벽한 한자로 되어 있다. 너무 노골적이다 보니 벽자를 통해 공격성을 약간 완화시킨 셈이지만, 반어적 풍자 수법으로 위정자들을 한껏 조롱하고 있는 것이다. '오적이 있으니까 「오적」을 썼다'고 대답했듯이, 오적의 뒤통수를 내리치는 이런 언어의 힘은 현실안이 제대로 형성된 시인이 아니고서는 결코 발휘할 수 없는 용기였던 것이다.

「앵적가櫻賊歌」는 일본인들의 기생관광, 일본의 경제침탈을 통렬히 비판한 작품이며, 「비어蜚語」는 권력 가진 자의 횡포와 민심의 동향을 풍자적으로 표현한 담시다.

과인이 근자에 와 어쩌다 몹쓸 병에 피골이 상접이다 / 산 사람 간중에도 너희들 간이 좋다하니 / 서슴지 말고 배를 갈라 생간을 모두 바쳐 / 평소에 입은 은혜를 이 기회에 보답하라 / 너희에게 마지막으로 엄중히 이드노니 / 생산을 바친 뒤에 아가리를 꿰매렸다 / 만약 생간 바친 일을 아가리로 말했을땐 / 혹세무민으로 간주하여 3족을 멸하리라 / 말씀이 막 끝나기가 무섭게 한 귀퉁이에서 뾰족한 소리 / 엿 먹어랏! / 이 소리에 화가 머리꼭지까지 오른 임금姙禽 / 오른손이 속주머니로 급히 들어가다가는 생간 먹을 욕심에 꾸욱 눌러참으며 / 짐朕도 왕자로다 / 양심도 있고 체면도 있다 / 어쩌 너희 간을 아주 가져가겠느냐 / 짐의 몸이 쾌차하야 좋은 시절 도래하면 / 도로 가져다가 붙여주마 걱정마라 걱정마라 / 말씀이 채 끝나기도 전에 한모퉁이에서 잔뜩 볼멘소리 / 공갈 때리지마! / 임신한 사람은 신경이 날카로운 법 / 참지 못한 임금이 화가 드디어 폭발하여 / 속주머니에서 시커먼 6혈포를 쑥 ─ 뽑아들어 겨누더니 / 이래도 군말이냣? / ……

시의 내용이야 황당무계한 것이기도 하지만, 당시 권력의 횡포가 황당무계한 바에야 시도 논리보다는 '비논리의 논리'로 대응할 수도 있는 것이었다. 권력의 횡포가 극에 달하여 세상의 이치를 거스르게 되면, 민심도 결코 권력을 두려워하지 않는다는 것을 암시하는 부분이다.

「오행五行」은 독재권력의 붕괴를 의미하는 것으로, 위의 「비어」와도 상통한다.

> 오호 노앵유신老櫻維新이여! / 불노장생 하리로다! / 오호 영생신촌永生新村이여! / 영원 불멸하리로다! / 요란한 박수 속에 상上의 메기주둥이가 쭈욱 째지며 가가대소로 / 노래를 막 그치자마자 / 우르르르르르르르릉 꽝! / 땅! / 번쩍! / 하고, 늙은 벚나무에 떨어진 벼락이 그때 / 자기가 무슨 피뢰침 꼭지라고 열다섯근이나 되는 금관을 비까번쩍 쓰고 천지가 들썩들썩하게 웃어재키던 상상의 대갈님에 가 쾅 떨어져 그대로 즉사해 버렸것다. / 상께서 불알을 두 번씩이나 짤리고 쫓겨난 책 읽기 환관놈이 / 이 소식을 듣고 가로되 / 역시 금극목金克木이라! / 만고진리는 불가거역이로다! / 하며 눈에선 눈물, 코에선 콧물, 입에선 핏물이 나도록 / 미치게 웃어대다가 아가리가 짝! / 찢어져 죽어버리니 / 지금도 창동 물렛골 연산묘 가까이에는 / 노앵老櫻과 환관의 잡초 무성한 두 무덤이 나란히 있어 / 지나는 길손의 쓸쓸한 가슴에 / 권력무상 진리불변 / 여덟 글자를 조용히 아로새겨 준다고 전해오것다. //

독재권력의 붕괴에 대한 예언은 언제나 쉽게 확인된다. 오래가지 못하고 반드시 붕괴되기 때문이다. 권불십년이니 권력무상이니 하는 진리가 역사 속에서 아무리 증명되면 무엇할까. 우매한 인간의 욕심이 오랜 권력을 탐하다가 저도 망치고, 나라도 피폐하게 만들 뿐인 것을. 위의 시처럼 현실의 불합리를 제대로 집어낼 수 있기에, 시는 예언적 기능을 할 수 있는 것이다.

김지하는 이 외에도 「똥바다」, 「김흔들 이야기」, 「고무장화」, 「이 가문 날에 비구름」 따위의 담시를 지속적으로 써냄으로써 시대마다 절실한 문제점에 대한 대응력을 제시한다. 담시, 즉 이야기시는 단형시와는 비교할 수 없는 장점이 있기에 고난의 시대를 대응하는 적절한 시양식이 되었던 것이다.

김지하의 단형시는 담시에 비해 더욱 격정적이며 직접적이다. 담시에서 보여준 용기가 단형시에서는 강직한 기상氣象으로 치솟는다.

황톳길에 선연한 / 핏자국 핏자국 따라 / 나는 간다 애비야 / 네가 죽었고 / 지금은 검고 해만 타는 곳 / 두손엔 철삿줄 / 뜨거운 해가 / 땀과 눈물과 메밀밭을 태우는 / 총부리 칼날 아래 더위 속으로 / 나는 간다 애비야 / 네가 죽은 곳 / 부줏머리 갯가에 숭어가 뛸 때 / 가마니 속에서 네가 죽은 곳 // 밤마다 오포산에 불이 오를 때 / 울타리 탱자도 서슬 푸른 속이파리 / 뻗시디뻗신 싱장처럼 억세인 / 황토에 내낮 믿나던 그날 / 그날의 만세라도 부르랴 / 노래라도 부르랴 // 대삶에 대가 성긴 동그만 화당골 / 우물마다 십년마다 피가 솟아도 / 아아 척박한 식민지에 태어나 / 총칼 아래 쓰러져간 나의 애비야 / 어이 죽순에 괴는 물방울 / 수정처럼 맑은 오월을 모르리 모르리마는 // 작은 꼬막마저 이사하는 / 길고 잔인한 여름 / 하늘도 없는 폭정의 뜨거운 여름이었다 / 끝끝내 / 조국의 모든 세월은 황톳길은 / 우리들의 희망은 // 낡은 짝배들 햇볕에 바스라진 / 뻘길을 지나면 다시 모밀밭 / 희디흰 고랑 너머 / 청천 드높은 하늘에 갈리던 / 아아 그날의 만세는 십년을 지나 / 철삿줄 파고드는 살결에 숨결 속에 / 너의 목소리를 느끼며 흐느끼며 / 나는 간다 애비야 / 네가 죽은 곳 / 부줏머리 갯가에 숭어가 뛸 때 / 가마니 속에서 네가 죽은 곳. ///

1960년에 발표한 「황톳길」이다. 민족 고난의 역사가 곧 가족 수난사가 된 예를 보게 되는 작품이다. 일제 식민지시대나 군사독재시대나 난형난제難兄難弟라는 생각이 시의 저변에 깔려 있는 것이다. 그러나 이 척박한 민주주의, 기름지지 못한 민족주의 정치풍토지만 굳세게 가야 할 길을 가야 한다는 의지가 서린 작품이다.

「타는 목마름으로」는 민주주의를 향한 갈증을 명쾌하고 기개 높게 표현한 작품이다.

신새벽 뒷골목에
네 이름을 쓴다 민주주의여
내 머리는 너를 잊은 지 오래
내 발길은 너를 잊은지 너무도 너무도 오래
오직 한가닥 있어

타는 가슴 속 목마름의 기억이
네 이름을 남 몰래 쓴다 민주주의여
아직 동 트지 않은 뒷골목의 어딘가
발자욱소리 호르락소리 문 두드리는 소리
외마디 길고 긴 누군가의 비명소리
신음소리 통곡소리 탄식소리 그 속에 내 가슴팍 속에
깊이깊이 새겨지는 네 이름 위에
네 이름의 외로운 눈부심 위에
살아오는 삶의 아픔
살아오는 저 푸르른 자유의 추억
되살아오는 끌려가던 벗들의 피묻은 얼굴
떨리는 손 떨리는 가슴

떨리는 치떨리는 노여움으로 나무판자에
백묵으로 서툰 솜씨로
쓴다.

숨죽여 흐느끼며
네 이름을 남 몰래 쓴다.
타는 목마름으로
타는 목마름으로
민주주의여 만세

금새 터져 나올 듯한 시적 긴장력을 가진 시다. 그 시대, 그 상황을 조금이라도 겪어보지 못한 사람들은 이 긴장력, 이 간절한 목마름의 표현을 충분히 이해하지 못할 것이다. 이 시 한 편이 독재치하에서 주었던 감동의 양量을 감히 추측해 내지 못한다. 조금도 과장되지 않은 당시 상황의 일부이고 많은 사람들이 말 못하고 가슴 속에 묻고 있던 갈증이었던 것이다.

김지하의 대부분 시가 민주주의를 대의로 삼고 있지만 그와 동시에 반외세의식, 민족주의 의식을 함께 추구한다. 앞에서 예들지 못한 「앵적가」가 그것인데, 그 생각들을 짧게 요약한 것이 「아주까리 신풍神風」이라는 시다.

별것 아니여
조선놈 피 먹고 피는 국화꽃이여
빼앗아 간 쇠그릇 녹여버린 일본도란 말이여
뭐가 대단해 너 몰랐더냐
비장처절하고 아암 처절하고말고 처절 비장하고

처절한 신풍神風도 별것 아니여

조선놈 아주까리 미친 듯이 퍼먹고 미쳐버린

바람이지, 미쳐버린

네 죽음은 식민지에

주리고 병들어 묶인 채 외치며 불타는 식민지의

죽음들 위에 내리는 비여

역사의 죽음 부르는

옛 군가여 별것 아니여

벌거벗은 여군이 벌거벗은 갈보들 틈에 우뚝 서

제멋대로 불러대는 미친 군가여

일제에게 철저히 착취당했던 과거를 쉽게 잊는가. 우리 민족을 아귀처럼 빨아들여 번성한 터전 위에서 일본은 오늘의 자기 문화를 우쭐해한다. 김지하는 여기에 일격을 가하며 비웃는다. 착취의 문화, 야만의 문화에 도금을 해놓은 것뿐임을 간파해 낸다. 훌륭한 시인은 민족 고난의 역사를 결코 잊지 않는다. 그것을 시대에 맞게 언제나 재생산해 낸다.

김지하가 독재정치 하에서 그토록 고통을 겪으면서도 끝내 굴하지 않고 뚝심 있는 시를 지속적으로 생산한 것은 그 어떤 힘일까. 그것은 자신에 대한 믿음이다. 틈틈이 시로써 스스로를 부추기며 재다짐하는 작품들이 숱하게 많다. 시를 통한 자기단련, 자기단련을 통한 시창작이 그와 그의 시를 의기 높게 한 왕도인 것이다.

빈손 가득히 움켜쥔

햇살에 살아

벽에도 쇠창살에도

노을로 붉게 살아

타네

불타네

깊은 밤 넋 속의 깊고

깊은 상처에 살아

모질수록 매질 아래 날이 갈수록

흡뜨는 거역의 눈동자에 핏발로 살아

열쇠소리 사라져버린 밤은 끝없고

끝없이 혀는 짤리어 굳고 굳고

굳은 벽 속의 마지막

통곡으로 살아

타네

불타네

녹두꽃 타네

별 푸른 시구문 아래 목 베어 횃불 아래

횃불이여 그슬러라

하늘을 온 세상을

번뜩이는 총검 아래 비웃음 아래

너희, 나를 육시토록

끝끝내 살아.

「녹두꽃」이다. 감옥이라는 한계상황 속에서 결코 늦추지 않는 정신의 팽창력, 끈질긴 자기 격려를 보여주는 시다. 어느 때 어디서고 결코 자기연민에 떨어지지 않는 강한 정신력이 있기에, 강한 시정신이 있을 수 있다는 것이다.

김지하는 야만적인 한 시대의 정치상황을 감당하려고 참절처절하게

몸부림을 치던 시인이다. 그의 끈질긴 정신력이 있었기에, 그의 강력한
시가 있었기에 이 땅의 민주주의는 그만큼 가까이 올 수 있었던 것이다.

조태일, 국토 사랑의 노래

조태일의 시에서 맨 먼저 갖는 느낌은 당당함과 솔직함이다. 당시의
정치를 당당히 비판하고 시인 스스로의 속내를 솔직히 표현한다. 격앙
된 목소리나 과장된 몸짓으로 휘몰아 가려 하지 않고 제 자리에서 지
극히 사실적으로, 그리고 냉정하게 잘잘못을 가리려 한다. 또한 불합
리한 정치에 대해 더욱 당당히 맞서지 못하는 자신을 늘 반성하고 안
타까워한다는 점에서 더욱 신뢰를 느끼게 한다.

부제를 '국토國土'라 하여 47편을 발표하는데 여기에 그의 시정신의
역량이 집중되어 있다.

　　발바닥이 다 닳아 새 살이 돋도록 우리는
　　우리의 땅을 밟을 수밖에 없는 일이다.

　　숨결이 다 타올라 새 숨결이 열리도록 우리는
　　우리의 하늘 밑을 서성일 수밖에 없는 일이다.

　　야윈 팔다리일망정 한껏 휘저어
　　슬픔도 기쁨도 한껏 가슴으로 맞대며 우리는
　　우리의 가락 속을 거닐 수밖에 없는 일이다.

　　버려진 땅에 돋아난 풀잎 하나에서부터
　　조용히 발버둥치는 돌멩이 하나에까지
　　이름도 없이 빈 벌판 빈 하늘에 뿌려진
　　저 혼에까지 저 숨결에까지 닿도록

우리는 우리의 삶을 불지필 일이다.
우리는 우리의 숨결을 보탤 일이다.
일렁이는 피와 다 닳아진 살결과
허연 뼈까지를 통째로 보탤 일이다.

1975년 발표한 「국토서시國土序詩」다. 조용하지만 결연한 표정을 짓는 게 조태일 작품의 특성이라 하겠다. 화려한 수사가 없고, 긴장을 한껏 고양시키지 않아 다소간 단조로운 것 같지만 오히려 그것이 믿음성을 높이게 된다. '국토' 연작은 국토를 예찬하는 차원에서 끝나는 시들이 아니다. 이 민족 이 강산을 빛내기 위한 구성원들의 정의실현에 초점을 맞추고 있는 것이다.

'국토·28' 「풀어주는 목소리」란 작품을 보자

답답한 목소리는 풀어야 한다.
기필코 풀어야 한다.
조건없이 풀어야 한다.

얽매인 목소리를
모든 만물의 눈에까지 훤히 보이도록
국토 위에 야생마처럼 풀어주어야 한다.

그리움이 넘쳐서
보이지 않는 목소리가 더욱 그리워서
산천은 누운채 가슴 답답하다더라

내가 풀어주는 목소리는
굳은 수풀을 파아랗게 흔들고
흔들리는 시커먼 그림자를 흔들다가

　　돌멩이에 닿아 소리치고

　　바닷가의 무수한 모래알에 닿아

　　일어서게 하고 반짝이게 하고

　　만물에 닿아 흔들리는 빛으로 터지고

　　또한 그리움으로 피어오르리.

　민주화의 가장 우선은 말의 자유일 것이다. 옳은 것을 옳다고 하고, 그른 것을 그르다고 할 수 있는 자유다. 군사독재자들에 의해 백성들에게 씌워진 재갈, 그것을 벗겨 주어야 국토는 답답해하지 않는다. 그러고 나서야 비로소 모든 것은 그리움으로 만날 수 있다는 생각을 표현한 시다.

　조태일의 또 하나 연작은 '나의 처녀막'인데, 시인은 당시를 처녀막이 유린된 시대로 보고 있는 것이다. 「나의 처녀막③」을 보자.

1

각하, / 대한민국 서울특별시 동대문구 청량리 2동 205호의 6호 2층 / 어느 소견 하나 제대로 이뤄지지도 않고 / 참말을 해도 거짓말로만 인정되다시피 되는 / 불만의 다다미방 구석에서 / 타고난 피를 끓이며 더운 몸을 보채며 / 어머니 같은 눈물에 눈물에 띄워 보낸 / 소생의 피리 소리를 들어나 보셨는지. // 사계四季를 할 것 없이 / 뚜렷한 번지에서 / 뚜렷한 신분을 높이높이 펄럭이며 / 뚜렷한 취주법으로 띄워 보낸 피리 소리는 / 하마 의욕의 강물을 이뤄 철철철 / 그대의 가슴, 백성들의 가슴에까지 흐르고 있는지. // 그리하여 그 물결에 아로새겨진 / 소생의 처녀막 파열사를 읽어나 보셨는지 / 도대체가 불통이어서 갑갑합니다. / 소생의 힘은 보잘 것 있는지 없는지 모르겠사오나 / 가서 뵙겠습니다. / 각하. //

2

피묻은 피묻은 처녀막을 나부끼며 / 아프고 피비린 냄새를 풍기며 / 광화문 네거리 한복판에 / 내가 섰다 내가 섰어. // 삼천만 개의 쌍눈을 번뜩이며 / 삼천만개의 쌍귀를 세우고 / 삼천만개의 가슴을 비벼 불꽃을 튀는 / 불꽃 튀는 단일화된 외침을 가지고 / 삼천만의 기념비처럼 / 내가 섰다. 내가 섰어. // 개판에, / 소판에, / 말판에, / 나의 처녀막은 더 이상 갈갈이 안 찢기겠다. / 이대梨大쪽을 바라보아라. / 중앙청쪽을, / 시청쪽을, / 아무런 사심없이 바라보아라 / 누가 나의 형제이고 누가 나의 적인가를, / 누가 가르쳐 준 유훈遺訓인가를 아는 자들은 / 손을 들고 나와서 답하라. //

3

막자, 막아 / 이제 나의 처녀막을 늠름하게 / 무사통과할 수는 없다. // 아직까지도 처녀막이 파열됐다고 여기지 않는 자들은 다리를 벌리고 / 한강 다리 위에 서서 수면에 비춰볼 일이요, / 파열 됐다고 여기는 자들은, 그리하여 / 한줌의 울분이라고 있다면 / 파열된 처녀막을 가지고 광화문 네거리 한 복판에 / 바리케이트를 바리케이트를 칠 일이다. / 자유의 철새 한 마리 명랑한 철새 한 마리 / 날아와 울어주지 않는 여기는 누구의 땅인가. / 내가 서 있는 땅 / 이 망국의 분위기 속에서 / 나는 결코 피로하지 않다. // 지금 또 검의 부정이 불의의 빗줄기가 / 환호처럼 쏟아지고 있다. / 빗줄기에 우리들의 처녀막이 젖을 지라도 / 나와서 여러분! / 무서운 예언처럼 무섭게 / 바리케이트를 바리케이트를 치자. ///

1966년에 발표된 것으로 볼 때, 시인의 현실안이 꽤나 일찍 성숙했음을 증명해주는 작품이다. 4·19세대의 그 순수열정이 처녀막으로 비유되었으며 그것이 비합리적인 정치로 인해 파열되었다고 주장하는 것이다. 정치를 비판하면서 동시에 백성들의 의식을 부추기는 효과를 달성하고 있는 작품이다. 조태일이 부르는 국토사랑의 노래는 우선 정치정의 실현을 위한 민중들의 순수열정을 되찾는 데 있다고 보는 것이다.

이시영, 비극에 대한 성실한 암시

이시영의 초기 시들은 음산한 분위기에 잠겨 있다. 뭔가 불길한 일들이 생겨날 것만 같은 느낌을 준다. 쫓기는 사람들, 불행하게 된 사람들이 등장하며, 흉흉한 소문이 암시되고 죽음이 더불어서 절망적인 분위기를 더욱 고조시킨다. 그래서 시인은 쉽사리 희망을 말하지 않는다. 극복 의지는 보이되 희망은 너무 멀리 있다는 생각이 들어 있다. 마치 어두운 시대의 터널을 뚫고 나가는 동안에는 차라리 절망만을 생각하자는 투다. 독재정치 하에서 절망이 더욱 처절하게 농익을 때를 기다리면서 사회적 분위기만 객관적으로 묘사해 내자는 생각인 것처럼 여겨진다. 사물과 생에 대한 비극적 인식은 그의 시정신 바탕이 되는데 시대와 철저하게 연관되어 있는 것이다.

「소문을 듣고」라는 산문시부터 보자.

밤이 깊었다. 우리나라엔 밤이 깊어도 돌아오지 않는 이가 많다. 내 친구야 아무리 돌아누워도 들린다. 파도소리, 네 굽은 등이 이끄는 그 소리 점점 커져감을. 보지 마라 보지 마라. 백지 속에서 빛나는 큰 손. 동숭동에서 언덕받이 하숙에서 돌아보던 큰 삶. 모르는 곳에서 불행한 귀들을 찌르며 바람이 불어온다. 눈 밝은 대낮에도 가을은 새하얗게 놀다리 밑으로만 기어들고 미처 숨지 못한 그의 아이들이 펑펑 터진다. 새벽이 오면 최후의 사람들이 정다운 낮이 되어 온다. 갈대들이 살 속에서 흰 팔을 뽑는다. 그러나 깊은 달이 지는 곳에서도 오지 않는 너. 동쪽에는 얼음이 다 된 해가 하나 더 까옥까옥 흉흉한 소문들을 뽑어냈다.

‘파도소리, 네 굽은 등이 이끄는 그 소리 점점 커져감을’이란 표현은, 저항세력이 점차 확대됨을 의미한다. 그러나 그 친구는 끝내 돌아오지 못하는 것이다. ‘동쪽에는 얼음이 다 된 해가 하나 떠 까옥까옥 흉흉한 소문들을 뿜어냈다’는 시구가 친구의 불행을 암시하는 것이다.

「가까이」라는 시도 비슷한 분위기를 드러낸다.

바람이 분다. 불어라. 네 발로 기어 내 친구, 머리가 깨져 왔다. 간밤을 뛰쳐 소리도 없이, 얼굴도 없이. 뻘밭에 엎드린 달 하나 새하얀 얼굴을 든다. 수유 3동 근처에 늘어붙은 갱엿 같은 개들의 울음. 가까스로 명부名簿에서 빠져나온 사람, 패인 달을 안고 잠들었다. 누군가의 손이 삐어져나온 철장 밖에 흰눈 내린다. 내릴 눈 땅에 닿으면 지문이 되는 나라, 고요로 가는 다급한 발자국들이 패인다. 가는 곳마다 불쑥, 땅에서 바다에서 솟는 발에 사정없이 채이며 떠도는 사람, 새 귀가 돋아 또 어디로 떠나는지. 상처를 찌르는 달빛. 자욱한 소문 속에 묻힌 먼 도시에서도 새벽을 넘으려는 사람들이 벌판 끝을 조이며, 어깨를 치며, 가까이 더 가까이 다가오고 있다.

‘가까이’ 다가오는 것은 민주와 자유를 갈구하는 사람들의 대열이다. 이 땅에 드리워진 어둠을 쫓다가 상처받은 숱한 사람들, 그들에게 자극받고 용기를 얻어 점차 큰 힘으로 확대되는 세태를 묘사하는 시다.

「귀향」도 크게 다를 것 없는 작품이다.

간밤 이엉 위의 박꽃

흰 눈 치뜨고 지더니 모포에 싸여

너 돌아왔구나

밤이슬 맞으며 굽은 허리 펴

별 하나 빛나라 빌었더니

텃논 팔아 오금밭 팔아 너 하나 높은 공부 보냈더니

미쳐서 묶여서 흰 눈을 뜨고

너 이제 왔구나 돌아왔구나

저물녘 흰 그림자들 수수밭 뒤로 사라지더니

그날 삼구덕에 갇힌 애비

피투성이 손발로 날 부르며 기어오더니

검은 새 한 마리 감나무에 앉아우는 달을 쪼며 자지러지더니

수십 개 네 얼굴 새벽 하늘로 불쑥 솟아 끼룩거리더니

모든 사물이나 정황을 한 인물의 불행과 긴밀히 연관시키는 시상詩想이 빼어나다. 이 시에서도 역시 불상사를 당한 인물이 제시된다. 민주와 자유를 찾는 일이란 결코 대가 없이 이루어지지 않는다는 생각을 재삼 강조하는 것과 동시에, 당시 상황을 성실히 증언하려는 작품이다. 「불빛을 찾아」는 민주화 투쟁의 의지를 가다듬는 작품이다.

아직은 잠들지 못한다

앞서 간 형의 밤길 너무 오래고

한 다리 어둠에 빠져

외다리로 걷고 있을지라도

어디선가 타고 있을 형의 불빛을 찾아

아직은 더 함께 이 벌판에서

캄캄하게 술 마시고 노래 불러야 한다

우리가 함께 누운 벌판, 그대로 벼랑이 될지라도

이 세상의 끝이 되어

형의 발자국 이미 찾을 수 없을지라도

형과 같이 걷지 못했던 스스로의 발자욱들 되밟고

돌아갈 수는 없는 것

뉘우침의 서로의 뜨거운 발밑에 누워

밤의 늦은 고요 등성이에 누워

용서받기 위해 더 크게 노래 불러야 한다.

땅 끝까지 스미라고

땅 끝의 새벽까지 스며

새벽 힘찬 발소리 들려오라고

벼랑더러 들으라고 하늘더러 대답하라고

찬 흙에 볼 비비며 노래 불러야 한다

우리들의 숨결에 더운 불빛이 일 때까지

앞서 민주화 투쟁에 헌신했던 이들을 기리고 그 숭고한 뜻을 따르겠다는 의지를 스스로 북돋우려는 시다. '용서받기 위해 더 크게 노래 불러야한다'는 시구는, 뒤늦은 각성을 만회하기 위해 더 용감한 투쟁을 전개하겠다는 의미가 된다.

「그리움」은 결코 늦추지 않는 투쟁 속에서 문득문득 상기되는 과거의 행적을 스스로 대견스러워 하는 시다.

두고 온 것들이 빛나는 때가 있다

빛나는 때를 위해 소금을 뿌리며

우리는 이 저녁을 떠돌고 있는가

사방을 둘러보아도

등불 하나 켜든 이 보이지 않고

등불 뒤에 속삭이며 밤을 지키는

발자국소리 들리지 않는다

잊혀진 목소리가 살아나는 때가 있다

잊혀진 한 목소리 잊혀진 다른 목소리의 끝을 찾아

목 메이게 부르짖다 잦아드는 때가 있다

잦아드는 외마디소리를 찾아 칼날 세우고

우리는 이 새벽길 숨가쁘게 넘고 있는가

하늘 올려보아도

함께 어둠 지새던 별 하나 눈뜨지 않는다

그래도 두고 온 것들은 빛나는가

빛을 뿜으면서 한번은 되살아나는가

우리가 뿌린 소금들 반짝반짝 별빛이 되어

오던 길 환히 비춰주고 있으니

어둠의 시대에 이 땅의 소금이 되기 위해 쏟았던 정열은 속절없이 뒤안길로 사라지는 것은 아니다. 일거수일투족이 한 알 한 알 소금의 결정체가 되어 어둠 속에서도 빛을 내는 것이다. 그 빛으로 험난하고 긴 독재의 터널을 뚫고 나가게 되는 것이다. 결코 무의미하지 않다고 느끼는 것이 희망이다.

이시영의 많은 시가 음산하다고 했지만, 그 속에는 힘이 담겨 있다. 암흑 속에서도 빛으로 변화될 의지와 끈기가 표현되고 있다. 독재에 저항하다 희생되는 시적 인물들이 사뭇 제시되지만 끝내 그들이 희망인 것을 증언한다.

정희성, 사랑을 위한 증오

고통의 시대에 섣부르게 희망을 말하는 것은 고통을 가중시키는 일이다. 추醜를 추라 말하고 악惡을 악이라 말하며 그것을 미美로, 선善으로 회복시키는 적극적인 노력을 하는 일이 순서일 것이다. 사랑을 말하기 전에 증오를 말하는 것은 당연했다.

정희성의 시는 증오를 말하는 용기가 있다. 온 백성에게 고통을 주고 민족의 자존심에 상처를 입힌 독재자들을 증오하는 것은 당연했다. 그것이 시대정신이고 현실인식이었다.

한밤에 일어나

얼음을 끈다

누구는 소용없는 일이라지만

보라, 얼음 밑에서 어떻게

물고기가 숨쉬고 있는가

나는 물고기가 눈을 감을 줄 모르는 것이 무섭다

증오에 대해서

나도 알 만큼은 안다

이곳에 살기 위해

온갖 굴욕과 어둠과 압제 속에서

싸우다 죽은 나의 친구는 왜 눈을 감지 못하는가

누구는 소용없는 일이라지만

봄이 오기 전에 나는

얼음을 꺼야 한다

누구는 소용없는 일이라지만

나는 자유를 위해

증오할 것을 증오한다

「이곳에 살기 위하여」다. ‘나는 자유를 위해 / 증오할 것을 증오한다’고 선언하는 것이 통쾌하다. 봄이 오면 얼음은 자연히 녹겠지만, 그

때까지 기다릴 수 없다는 생각이다. 자유를 억압하는 것은 즉시 배척해야 하며, 그것이 이곳에 사는 사람들의 의무로 보는 것이다.

「아버님 말씀」은 위와 같은 생각을 좀 더 구체화시킨다.

학생들은 돌을 던지고 / 무장경찰은 최루탄을 쏘아대고 / 옥신각신 밀리다가 관악에서도 / 안암동에서도 신촌에서도 광주에서도 / 수백명 학생들이 연행됐다는 / 소식을 들을 때마다 / 피묻은 작업복으로 밤늦게 / 술취해 돌아온 너를 보고 애비는 / 말 못하고 문간에 서서 눈시울만 뜨겁구나 / 반갑고 서럽구나 / 평생을 발붙이고 살아온 터전에서 / 아들아 너를 보고 편하게 살라 하면 / 도둑놈이 되라는 말이 되고 / 너더러 정직하게 살라 하면 / 애비같이 구차하게 살라는 말이 되는 / 이땅의 논리가 무서워서 / 애비는 입을 다물었다마는 / 이렇다 하게 사는 애비 친구들도 / 평생을 살 붙이고 살아온 늙은 네 어미까지도 / 이젠 이 애비의 무능한 경제를 / 대놓고 비웃을 줄 알고 더 이상 / 내 말에 귀를 기울이지 않는구나 / 그렇다 아들아, 실패한 애비로서 / 다늙어 여기저기 공사판을 기웃대며 / 자식새끼들 벌어 먹이느라 눈치보는 / 이 땅의 가난한 백성으로서 / 그래도 나는 할 말은 해야겠다 / 아들아, 행여 가난에 주눅들지 말고 / 미운 놈 미워할 줄 알고 / 부디 네 불행을 운명으로 알지 마라 / 가난하고 떳떳하게 사는 이웃과 / 네가 언제나 한몸임을 잊지 말고 / 그들이 네 힘임을 잊지 말고 / 그들이 네 나라임을 잊지 말아라 / 아직도 돌을 들고 / 피흘리는 내 아들아 ///

증오할 것을 증오해야 한다는 생각은 거듭 확인된다. '반갑고 서럽구나' 하는 표현은 절묘하다. 데모를 하고 피 묻은 작업복으로 술 취해 밤늦게 돌아오는 아들을 보면 당연히 만감이 교차할 것이다. 그 복잡한 감정을 잘 요약해 냈다. 정의감에 불타는 아들을 보니 반갑고, 독재정치 때문에 희생되는 젊음이 서러운 것이다. 그래서 끝부분에서 아버지가 아들에게 주는 교훈은 결코 구태의연하게 들리지 않는다. '미운 놈 미워할 줄 아는' 아들이 대견스러운 것이다.

「불망기不忘記」는 '증오할 놈', '미운 놈'들이 다스리는 조국현실에 대한 느낌을 표현한 작품이다.

내 조국인 식민지 / 일찍이 이방인이 지배하던 땅에 태어나 / 지금은 옛 전우가 다스리는 나라 / 나는 주인이 아니다 / 어쩌다 아비가 물려준 남루와 / 목숨뿐 / 나의 잠은 불편하다 / 나는 안다 우리들 잠 속의 포르마린 냄새를 / 잠들 수 없는 내 친구들의 죽음을 / 죽음 속의 꿈을 / 그런데 꿈에는 압핀이 꽂혀 있다 // 그렇다, 조국은 우리에게 노예를 가르쳤다 / 꿈의 노예를, / 나는 안다 이 엄청난 신화를 / 뼈가 배반한 살, 살이 배반한 뼈를 / 뼈와 살 사이 / 이질적인 꿈 / 꿈의 전쟁, / 그런데 우리는 갇혀 있다 / 신화와 현실의 어중간 / 포르마린 냄새나는 꿈 속 깊이 // 사월에, 내 친구는 사살당했다 / 나는 기억한다 초등학교 시절 / 그가 책 읽던 소리, / 그 죽은 지 십여년 / 책을 펴면 포르마린 냄새가 난다 / 학생들에게 책을 읽히면 / 죽어서 자유로운 그 목소리 / 그런데 여기엔 얼굴이 없다 / 눈도, 코도, 입도, 귀도, / 그런데 / 소리만 들린다 / 오 하느님, 하는 소리만 / 생각난다 / 어젯밤 붙잡혀간 시인의 넋두리, / 그는 부정하다고 했다 / 세 번도 더, / 조국의 관형사여 / 제 이름에 붙은 관형사 / 시인의 관이 무겁다고 / 머리를 떨구고 / 이제는 아름다운 말도 가락도 다 잊었다던 / 그가 돌아오지 않는 밤이 무섭다 / 그가 돌아올 수 없는 땅이 무섭다 / 그가 돌아오지 않는 땅에서 사는 내가 무섭다 / 그러나 나는 결코 아무것도 잊지 않는다 / 오, 기억하게 하라 / 우리들의 이름으로 불러보는 / 자유, 나의 조국아 ///

　백성들의 가슴에 대못을 친 일들을, 이 민족의 역사를 뒷걸음치게 한 독재자들을 어떻게 쉽게 망각할 수가 있을 것인가. 죽은 자도 눈 감지 못하고 시신조차 썩지 못할 천추의 한을 품고, 이 땅이 어찌 무섭지 않을 수가 있을 것인가. 기억하고 증오하는 것이 죽은 사람들에 대한 산 사람들의 의리인 것이다.

　독재정치는 조국의 분단을 더욱 고착시킨다는 생각이기에, 시인은 독재자들에 대한 저항과 동시에 통일에 대한 열망의 시를 쓰게 된다. 「언제고 한번은 오고야 말」이란 작품이 좋은 예가 될 것이다.

앞남산 뒷남산 다 버리고

이골물 저골물 합수하라

기름내 똥내 비린내 한데 어울어져

흉흉하게 흘러가는 저놈의 강만 보면

꼭 내 꼬라지를 보는 것 같애

언제고 한 번 속뒤집혀 으르렁쿼쿼

왼갖 잡것 다 쓸어내고 새땅 열리는

시원한 꼴 한 번 보리라

보리알 쌀알도 희한하게 합치것다

어디 말만 듣던 통일 한 번 보자

어둡고 괴로운 땅구석에 후두둑 후두둑

삼대 같은 소내기 혁명쳐 빗발쳐

언제고 한번은 오고야 말 것

비 개면 달 뜨렷다 올 때는 들로 오라

하눌더러 보라고 당당하게

풋풋한 가슴패기 열어젖히고

보리밭 너머 봄이 오는 들판에 서서

억새풀 개똥풀도 발돋움친다
산너머 백두요 물건너 제주도라
이골물 저골물 합수하고
천방져 지방져 으르렁퀄퀄
기름내 똥내 비린내 한데 어울어져
흉흉하게 흘러가는 저놈의 강바닥에
몇십년 홀로 보던 조각달은 처박고
보름달 마당가에 명석을 펴라
꽹과리 장고도 뚱떵대것다
저 산마루 뚱떵대고 붉은 달 차올라
된장국 보리밥 한술이라도
이마 맞대고 먹을 날 한 번 밝으렷다

통일이 '언제고 한 번은 오고야 말' 것이라는 확신을 가질 수 있는가. 그렇나. 분명히 그렇다는 생각을 가져야 하리라. 지금은 막막해 보여도 언제고 한 번은 오고야 말 통일인 것이다. 시인은 그것을 확신한다. 분단된 조국으로 남아 풍요롭게 사는 것보다는, '된장국 보리밥 한술이라도' 정겹게 모여앉아 먹는 그날이 오도록 힘쓰는 것이 무엇보다 더 중요하다.

「답청踏靑」은 독재를 이겨내기 위하여, 통일조국을 앞당기기 위하여 민중들이 힘을 다지는 의례를 상징한다.

풀을 밟아라
들녘엔 매맞은 풀
맞을수록 시퍼런
봄이 온다

봄이 와도 우리가 이룰 수 없어

봄은 스스로 풀밭을 이루었다

이 나라의 어두운 아희들아

풀을 밟아라

밟으면 밟을수록 푸른

풀을 밟아라

짓밟힐수록, 소외될수록 강해지는 것이 각성된 민중의 근성인 법이다. 독재자들의 억압이 크면 클수록 자유·민주에 대한 열망은 높아지고, 혁명을 향한 자기 내부의 팽창력은 커질 수밖엔 없는 것이다. 그럴 때 조국통일을 더욱 가깝게 끌어당길 수 있는 인력引力도 크게 생성되는 법이다.

정희성의 시들은 단호하면서도 설득력이 있다. 증오해야 할 것은 증오해야 마땅하고 사랑해야 할 것은 더욱 열정적으로 다가가야 한다는 것을 깨우쳐주고 있는 것이다.

양성우, 동토凍土에서 부른 노래

어려운 시대일수록 기상을 드높이는 시를 원한다. 독재정치 하에서 그나마 그런 시가 백성들에게 희망을 주었다는 것을 누구나 인정할 것이다. 그렇지만 막상 시인은 대사를 치르지 않으면 안 되었다. 어둠을 어둠이라고 하고, 겨울 겨울이라고 사실대로 증언했다고 해서 크나큰 고통을 겪었던 시인은 한둘이 아니다.

양성우도 그런 사람 중 하나다. 「겨울공화국」이나 「노예수첩」으로 겪은 고통은 그대로 당시의 야만스런 정치를 증명하는 것이며, 한 편의 의로운 시를 내놓기 위해 시인이 치루는 자기희생이 얼마나 컸던가를 이해할 수 있는 좋은 예다.

양성우의 시에서 느껴지는 정신은 치열하다 못해 처절하다. 그만큼 집념이 크다는 증거다. 어두운 시대를 시로 감당해 보겠다는 집념에서 쏟아지는 시어들은 언제나 날카롭게 빛났다. 동토凍土를 녹이고 꽃을 피워보겠다는 희망을 위하여 생산해 내는 시는 실로 섬뜩할 정도로 강한 정신을 내보인다.

우선 그의 희망이 무엇인지, 그의 시정신의 바탕이 무엇인지를 알기 위해서는 「지금 결코 꽃이 아니라도 좋아라」라는 작품을 보는 것이 좋다. 그의 많은 시들 중에서 이 작품은 가장 부드러운 어조로 표현되어 있다고 하겠다.

> 지금은 결코
> 꽃이 아니라도 좋아라
> ……
> 오는 봄에 풀뿌리를 적셔준다면
> 지금은 결코 꽃이 아니라도 좋아라
>
> 골백번 쓰러지고
> 다시 일어나는
> 이……한반도에서
> 다만 녹슬지 않는 비싼 넋으로
> 밤이나 낮이나 과녁이 되어
> 내가 죽고 다시 죽어
> 스며들지라도
> 오는 봄에 나무꾼을 쓰다듬어 주는
> 작은 바람으로 돌아온다면

지금은 결코 꽃이 아니라도 좋아라

끈끈한 눈물로

잠시 머물다가 갈지라도

불보다 뜨거운 깃발로

네가 어느날 갑자기 이땅을 깨우고

남과 북이 온몸으로 소리칠 수 있다면

지금은 결코

꽃이 아니라도 좋아라

엄동설한에 재갈물려서

식구대로 서럽게 재갈물려서

여기저기 쫓기며 굶주리다가

네가 죽은 그 자리에 과녁이 되어

우두커니 늘어서서 눈감을 지라도

오직 한마디……, 그리고

증오가 아니라 포옹으로

네가 일어서서 돌아온다면

지금은 결코

꽃이 아니라도 좋아라

이……삼천리에 피었다 지는

모오든 꽃들아

지금은 결코

꽃이 아니라도 좋아라

　이 시대가 아니면, 내가 밑거름이 되어 내일 또는 다음 세대에 민주
화가 이루어지고 통일이 된다면 무엇이든지 감당하겠다는 생각의 표

현이다. 지금 당장 제 행복 누리자는 생각이 아닌지라 희생정신일 수밖에 없는 것이다. 그렇다면 '꽃이 아닌 지금'을 어떻게 보고 있으며 꽃을 피우기 위해 어떻게 해야 하는가? 이에 대해서는 「겨울 공화국」이란 작품으로 답한다.

여보게 우리들의 논과 밭이 눈을 뜨면서 / 뜨겁게 뜨겁게 숨쉬는 것을 보았는가 / 여보게 우리들의 논과 밭이 갈아앉으며 / 누군가의 이름을 부르는 것을 부르면서 / 불끈 불끈 주먹을 쥐고 / 으드득 으드득 이빨을 갈고 헛웃음을 / 껄껄껄 웃어대거나 웃다가 새하얗게 / 까무라쳐서 누군가의 발밑에 까무라쳐서 / 한꺼번에 한꺼번에 죽어가는 것을 / 보았는가 // 총과 칼로 사납게 윽박지르고 / 논과 밭에 자라나는 우리들의 뜻을 / 군화발로 지근지근 짓밟아대고 / 밟아대며 조상들을 비웃어대는 / 지금은 겨울인가 / 한밤중인가 // 논과 밭이 얼어 붙는 겨울 한때를 / 여보게 우리들은 우리들은 / 무엇으로 달래야 하는가 // 삼천리는 여전히 살기 좋은가 / 삼천리는 여전히 비단 같은가 / 거짓말이다 거짓말이다 / 날마다 우리들은 모른 체하고 / 다소곳이 거짓말에 귀기울이며 / 뼈가르는 채찍질을 견뎌내야 하는 / 노예다 머슴이다 허수아비다 // 부끄러워라 부끄러워라 부끄러워라 / 부끄러워라 잠든 아기의 베게 맡에서 / 결코 우리는 부끄러울 뿐 / 한 마디도 떳떳하게 말할 수 없네 / 물려 줄 것은 부드러움뿐 / 잠든 아기의 베게 맡에서 / 우리들은 또 무엇을 변명해야 / 하는가 // 서로를 날카롭게 노려만 보고 / 한 마디도 깊은 말을 나누지 않고 / 번쩍이는 칼날을 감추어두고 / 언땅을 조심 조심 스쳐가는구나 / 어디선가 일어서라 고함질러도 / 배고프기 때문에 비틀거리는 / 어지럽지만 머무를 것이 없는 / 우리들은 또 어디로 가야 하는가 / 우리들을 모질게 재갈 물려서 / 짓이기며 짓이기며 내리 모는 자는 / 누구인가 여보게 그 누구인가 / 등덜미에 찍혀 있는 우리들의 흉터, / 채찍 맞은 우리들의 슬픈 흉터를 / 바람아 동지섣달 모진 바람아 / 네 씁쓸한 칼끝으로도 지울 수 / 없다 // 돌아가야 할 것은 돌아가야 하네 / 담 벼랑에 붙어 있는 농담거리도 / 바보같은 라디오도 신문 잡지도 / 저녁이면 멍청하게 장단 맞추는 / TV도 지금쯤은 정직해져서 / 한반도의 책상 끝에 놓여져야 하네 / 비겁한 것들은 사라져 가고 / 더러운 것들도 사라져 가고 / 마당에도 골목에도 산과 들에도 / 사랑하는 것들만 가득히 서서 / 가슴으로만 가슴으로만 이야기 하고 / 여보게 화약냄새 풍기는 겨울 벌판에 / 잡초라도 한줌씩 돋아나야 할 걸세 / 이럴 때는 모두들 눈물을 닦고 / 한강도 무등산도 말하게 하고 / 산새들도 한번쯤 말하게 하고 / 여보게 / 우리들이 만일 게으르기 때문에 / 우리들의 낙인을 지우지 못한다면 / 차라리 과녁으로 나란히 서서 / 사나운 자의 총 끝에 쓰러지거나 / 쓰러지며 쓰러지며 부르짖어야 할 걸세 // 사랑하는 모국어로 부르짖으며 / 진달래 진달래 진달래들이 언 땅에도 / 싱싱하게 피어나게 하고 / 논둑에도 밭둑에도 피어나게 하고 / 여보게 / 우리들의 슬픈 겨울을 / 몇 번이고 몇 번이고 일컫게 하고, / 묶인 팔다리로 봄을 기다리며 / 한사코 온 몸을 버둥거려야 / 하지 않은가 / 여보게 ///

1974년에 탈고하여 1975년에 낭송된 이 시는, 당시 이 땅을 동토凍土에 비유하였다. 포악한 정치로 이 땅은 꽝꽝 얼어붙은 겨울이고, 모든 백성들은 노예고 머슴이라고 주장한다. 그 상태에서 벗어나기 위하여 모두들 투쟁해야 한다고 말한다.

이런 생각은 그의 장시 「노예수첩」에서 더욱 섬세하게 펼쳐진다.

11

교활한 자여 / 너희들이 떼지어 몰려다니며 / 조상들을 비웃고, 무너뜨리고 / 우리들은 너희들의 / 밥이 아니다 교활한 자여 / 너희들이 한사코 눈웃음치며 / 잠든 마을을, 돌멩이들을 / 흐뭇해서, 즐거워서 손가락질해도 / 민심은 천심이다 / 민심은 천심이다 / 교활한 자여 / 우리들이 끝까지 굶주려 가며 / 시린 등을 기대고 살아 있는 / 뜻을 / 너희들은 모른다 / 교활한 자여 / 몸서리치도록 떠나고 싶지만, / 어금니를 깨물며 버티는 뜻을 / 너희들은 모른다 / 교활한 자여 //

12

너희들은 허튼 말을 귀기울이며 / 우리들은 언제나 바보가 되고 / 부자집 아이들의 빵부스러기나 / 허기져서 허기져서 / 주워먹으며 / 답답한 겨울날을 / 보내란 말이냐 / 너희들의 헛손질만 지켜보면서 / 억지로 억지로 웃어 보이고, / 너희들의 닳아진 가슴, 발바닥이나 / 미친개처럼 핥으란 말이냐 / 눈 덮인 논과 밭도 / 소리지르고, / 잡초들도 땅 밑에서 눈을 뜨는데, / 우리들은 끝까지 길거리에 남아 / 마른 잎사귀로 / 흩날리란 말이냐 //

13

양키들아 쪽발이들아 / 금강산도 한라산도 / 우리 것이다. / 가라 / 벌레들아 이방인들아 / 봄 가을 불어오는 황토바람도 / 산비탈에 졸고 있는 / 돌멩이들도 / 우리 것이다 이방인들아 / 어떤 자가 이 땅에 잘못 태어나서 / 흉악한 병정들을 불러들이고 / 그들의 군복 속에 웅크려 살며 / 강과 산을 바닥까지 / 넘겨주었느냐 / 가라 바다 건너 너희들 땅, / 너희들의 소굴로 / 흩어져 가라 //

전체 35장 중 세 장만을 인용한 것이다. 「노예수첩」은 1977년 일본

잡지에 발표되었고 시인은 옥살이를 해야 했다. 위의 시에서는 독재자로 인해 빚어지는 사회의 온갖 불합리를 지적하고, 그런 것을 오히려 이용하고 있는 외세들에 대한 경계심을 부추긴다. 또한 백성들 모두가 노예 됨을 거부하고 나서야 한다는 것을 외친다.

훌륭한 시인들이 그랬듯이 양성우도 이 땅의 민주화를 위해 큰 힘을 보탰다. 고난을 뚫고 나갈 수 있는 의지를 불태우도록 자극시켜 주었던 것이다.

송기원, 자유를 향한 집착

송기원의 시에는 암울한 시대의 풍경이 새겨져 있다. 지속되는 독재정치로 영영 물러서지 않을 것만 같은 어둠이 드리워져 있다. 그러면서 그것을 몰아내려는 사람들의 강한 의지도 동반되고 있다. 현실에 대한 정확한 인식과 함께 대응력이 제시되면서 기상氣象 높은 시정신을 보여준다.

정전이 오고, 스크린의 다음 장면은 진행되지 않는다.
쫓기워 눈 덮인 고장으로 떠나가는
초식동물들의 도주가 서서히 스크린에서 사라진다.
신호등의 불이 꺼지고 군중들이 저마다 행동을 멈추고
기다리는 자의 쌓인 초침이 무너진다.
굴뚝들이 많은 영등포에 카츄샤 그대가 살고
그대의 편력이 안개가 뇌어 정전된 도시를 덮어도
어떠한 사내의 휘파람마저 들리지 않는다.
더 이상 비극이 없는 거리에서
비오는 밤을 한 마리의 지렁이도 울지 않고 ―
죽음같은 밤의 먹물들이 조용히 도시를 적신다.

「인상印象·3」이란 작품이다. 시대의 암울한 분위기가 잘 묘사되었다. 이 시가 쓰인 1970년대 중반기 풍경인 것이다. 더 이상 비극일 수 없는 곳에서, 죽음 같은 밤으로만 여겨지는 시대 속에서 시인의 의지는 굳세어진다.

> 피를 뿌리리, 눈 위에.
> 찔레나무 마른 엉퀴에 눈 덮일 때
> 호밀밭 빈 터에서 밤짐승 울부짖어.
> 한 줄기 바람에도
> 가벼운 사내들의 기타아는 흐느끼고
> 차단한 마을들이 빈 들에 서면
> 헌 옷처럼 눈을 입은 나뭇가지들.
> 누이야. 너에게 돌아갈 모든 길들은
> 한 겨울 눈 속에 파묻힌 지금
> 나도 밤짐승처럼 벌판에 나가
> 추운 시대를 울리, 피를 뿌리리.

「눈 내릴 때」란 작품이다. 당시를 추운 시대로 생각했기에 눈 위에, 동토凍土 위에 피를 뿌리겠다는 결연한 의지를 보인다. 야생 짐승처럼 거칠게 도전하겠다는 생각이다. 자유를 얻기 위한 강력한 집착인 것이다.

긴 호흡의 시로 「겨울편지」란 작품이 있다.

1

오늘도 즐거웠습니다. 가등街燈의 불빛들이 턱 밑까지 기어오르 어둠을 향해 더 이상 눈을 부릅뜨지 않기 위하여 온밤을 깜빡이고 있을 때 삼십촉짜리 흐린 전등이 겨우살이 땅짐승과도 같은 목숨을 밝혀주는 곳에 돌아와 저는 즐거웠습니다. 더 이상 빼앗길 것이 없는 자의 마음과 그러한 육체에는 소리 사나운 바람도 머물지 않고 밤이 깊어갑니다. 사랑 때문에 어쩔 수 없는 분한 사랑때문에 그대는 이 시대의 긴 겨울밤을 추워하는가요. 얼어붙은 공기 속에서 착한 체온을 빼앗기는가요. 웅웅 우는 바람이 저를 뚫고 지난들 차라리 구멍이야 뚫릴 뿐, 아무런 아픔도 없는 구멍이야 뻥뻥 뚫릴 뿐 즐거워 하는 저를 보세요. 오늘도 즐거웠습니다.

2

아직도 인육시장이 있고, 포악한 군주가 있고, 죄수를 불태워 죽이는 나라는 얼마나 즐거울까요. 그런 나라의 인육 시장에서 노예가 되고, 포악한 군주의 신하가 되고, 불에 타죽는 죄수가 되기를 꿈꾸는 저는 얼마나 즐거울까요. 겨울밤에는 먼 나라의 우화를 읽고, 쉽게 잠들고, 만화같은 잠꼬대를 하면서 저는 얼마나 즐거울까요. 달빛 속에 차거운 정신들이 수없이 일어서서 저를 나부끼게 한들, 곧고 바른 말들이 빙판에서 온 밤을 쩡쩡 터쳐난들 노예가 되고, 간언을 하며, 우화나 읽으면서 저는 얼마나 즐거울까요.

3

말하지 않기 위해서라면 저는 혀라도 자르겠습니다. 보지 않기 위해서라면 저의 눈알도 후벼내겠습니다. 손발도 묶고 그대가 언짢아하는 저의 얼굴마저 지우겠습니다. 그러나 그대를 두렵게 하는 저의 심장만을 어쩔 수가 없습니다. 찢고 또 찢은들 붉은 꽃잎과도 같이 저의 생명 전부를 물들여 버리는 심장만은 저도 어쩔 수가 없습니다.

반어적 풍자 수법을 사용한 시다. 즐겁다고 줄곧 표현하고 있지만 전혀 반대인 시대 상황이었던 것이다. 2장은 당시 공안정국을 구체적으로 빗댄 것이다. 잡아가두고, 고문을 하고 사회 분위기를 얼어붙게 했던 것을 풍자했으며, 3장에서는 시인의 굳건한 의지가 표현되고 있다. 물리적 힘을 동원하며 외적인 저항은 못하게 한다 할지라도 정신만은 마음대로 할 수 없을 것이라는 생각을 잘 나타냈다.

「노을」이란 시에서도 한 사람의 굳은 지조를 잘 표현하고 있다.

> 형. 노을이 보이지요. 온몸이 멍이 든 채 고향에 돌아온 형이 꼬박 사흘을 앓다가 죽어갈 때에도 노을은 저렇게 타올랐지요. 뜨거운 책을 읽고, 비수처럼 날카로운 활자들을 가슴에 지녀, 끝내는 그것들 때문에 죽어간 바보같은 형. 세상은 고요하게 그윽한 저녁나절과도 같은데, 지극한 햇빛 아래서 저마다 알맞게 썩을 줄 아는 처신 적당한 술수로 사람들은 즐겁기만 한데 누가 형더러 노을처럼 타올라라고 하던가요. 무엇이 형더러 고요한 하늘을 핏빛으로 뒤엎어라고 하던가요. 그러나, 형, 저는 알지요. 실어증의 입술을 열어 형으로 하여금 최후의 한 마디를 외치게 하고 형의 두 눈 가득히 눈물 고이게 하던 노을의 눈부신 지령을 저는 알지요. 무서워 땅에도 묻어두지 못한 말들은 하늘에 오르고 구름에 숨어 누구에게도 멍들지 않은 눈부신 형이 되어 이렇듯 붉게 타는 것을 저는 알지요.

'바보 같은 형'이라 표현하고 있지만 내심으로 얼마나 존경하고 있는가. 대부분 사람들은 '저마다 알맞게 썩을 줄 아는 처신'으로 즐겁게 살고 있는 속물이 된 것에 비해, 끝내 세상과 타협하지 않고 죽은 형의 높은 지조를 존경하고 있는 것이다. 죽은 형이 노을로 다오르고 있다고 믿는 것이 실로 아름답기만 하다.

> 사형수처럼 차겁다, 너는.

죽은 달을 업고, 창백한 인면人面을 끌면서

네가 서울의 어느 거리를 지나고 있을 때

집집마다 비어蜚語가 유포되고

개들도 더 이상 짖지 못한다.

공포의 눈길처럼 두리번거리면서

너는 누구를 찾느냐.

모든 것이 잠들고, 더 이상 죄없는 땅에서

너는 또 다시 무슨 비극으로 남으려 하느냐.

「자유」란 작품이다. '더 이상 죄없는 땅'이란 부분도 반어적이다. 앞에서 인용한 「노을」이라는 시와 흡사하다. 시대와 타협하지 않고 끝내 자유를 되찾겠다는 집착으로 사는 인물들을 형상화시키고 있는 시다.

송기원의 시는 단직하다. 산문시 형태가 많지만 그것도 감정과 언어가 잘 절제되어 있다. 특히 시대와 관련하여 지조 높은 인간상을 형상화해냄으로써 독자에게 진정한 시의 힘을 맛보게 한다.

이상에서 논의된 시인들은 민족의식, 민주의식이 남다른 작품을 써냈다. 불합리가 판치는 이 땅에 '의義로움'을 실천하려 했던 선구자들인 것이다. 민족의 자긍심, 조국의 민주주의를 회복하기 위해 신명을 다한 시인들이다.

3. 소외된 계층을 대변하는 시인들

없어서 서럽지만 있는 자들의 횡포 때문에 더욱 서러운 것이다. 그것을 상대적 빈곤이라 하던가. 가진 자들은 마치 제 세상인 듯 마구잡이로 살아가고, 없는 자들은 한없이 위축되어 옴치고 뛸 곳이 없게 된다. 전망이 보이지 않으니 울화병이 들고 무력감에 시달리게 되는 것이다.

그리고 근대화 정책에 소외계층이 많이 생겨나게 되었다. 전통적인 농업사회가 산업사회로 급격히 전환해 가면서 가장 심각한 후유증은 농촌사회에서 나타났다. 그야말로 본전치기도 안 되는 농사일보다는 도시의 산업전사로 진출하는 것이 훨씬 나을 수밖에 없었다. 정부의 농업정책은 언제나 유명무실했고 농촌은 날이 갈수록 야위어만 갔다. 농자천하지대본이란 자긍심도, 고향이라는 명분도 산업사회의 횡포 앞에서는 가소로운 생각으로 취급당할 뿐이었다.

핏종발이나 있는 사람들, 힘 깨나 쓴다는 사람들은 모두 빠져나가고 서러워도 서러워도 고향에 사는 사람들만이 한숨으로 농산물을 키우고 있는 곳이기에, 농민들은 농촌을 '저주가 내린 곳'으로 생각하고 있는 것이다. 젊은 농촌, 힘 있는 농촌이라는 것은 기억 속에서조차 점점 가물거리고 있는 실정이었다.

양심 있는 시인이라면 당연히 고통 받는 사람들에게 관심을 갖게 된다. 철저히 소외된 농촌, 서러움이 일상인 농민들에 대한 관심을 쏟는 일은 무엇보다 중요하다. 먹고 사는 일보다 더 중요한 일은 없기 때문이다.

신경림, 농민들의 서러운 춤노래

신경림은 농촌 현실을 정확하게 인식하고 그것을 우리 정서에 꼭 들어맞게 표현해 냈다. 서정성이 풍부하면서 현실을 절실하게 증명하는 시를 썼기에 큰 감동을 받게 된다. 대부분의 프로시처럼 격정적으로 외쳐대지 않으며, 그렇다고 감상感傷적으로 호소하지도 않는다. 이야기하듯 쉽게, 사실적으로 표현하여 친화력을 발휘한다. 신경림 이전에도 많은 농민시인이 있었지만 유다른 감동을 주기 때문에 그를 진정한 농민시인이라고 하는 것이다. 물론 그의 수많은 시가 모두 농민의 문제에 집중되어 있는 것은 아니다. 그러나 그의 농민시들이 생산될 때는 농촌, 농민이 이 사회에서 가장 소외당할 때였고, 그 감정을 잘 표현했기에 노래마다 절창이 되었다.

농촌, 농민의 소외문제는 오늘날에도 여전하다. 아니 더 심각해지고 있다. 그래서 신경림의 농민시는 당시의 증언으로 끝나는 것이 아니고 오늘, 내일을 증언하는 노래로 지속적인 감동을 주게 될 것이다.

우리는 협동조합 방앗간 뒷방에 모여

묵내기 화투를 치고

내일은 장날. 장꾼들은 와자지껄

주막집 뜰에서 눈을 턴다.

들과 산은 온통 새하얗구나. 눈은

펑펑 쏟아지는데

쌀값 비료값 얘기가 나오고

선생이 된 면장 딸 얘기가 나오고.

서울로 식모살이 간 분이는

아기를 뱄다더라. 어떡헐거나.

술이라도 취해 볼거나. 술집 색시

싸구려 분 냄새라도 맡아 볼거나.

우리의 슬픔을 아는 것은 우리뿐.

올해에는 닭이라도 쳐 볼거나.

겨울밤은 길어 묵을 먹고.

술을 마시고 물세 시비를 하고

색시 젓갈 장단에 유행가를 부르고

이발소집 신랑을 다루러

보리밭을 질러 가면 세상은 온통

하얗구나. 눈이여 쌓여

지붕을 덮어 다오 우리를 파묻어 다오.

오종대 뒤에 치마를 둘러 쓰고

숨은 저 계집애들한테

연애 편지라도 띄워 볼거나. 우리의

괴로움을 아는 것은 우리뿐.

올해는 돼지라도 먹여 볼거나.

　　1965년에 발표한 「겨울밤」이다. 농한기인 겨울철 농촌의 한가한 정
경을 그린 것은 결코 아니나. '우리'라는 시적 인물들의 소외감, 또는
불안정한 현실에서 오는 심사를 표현하려는 작품이다. 농사일을 생업
으로 삼기엔 허망하다는 생각을 누구나 충분히 유추할 수 있다. '우리
의 슬픔을 아는 것은 우리뿐'이라는 구절은 농민들이 철저히 소외되어

있음을 절감케 한다.

> 징이 울린다 막이 내렸다
>
> 오동나무에 전등이 매어달린 가설 무대
>
> 구경꾼이 돌아가고 난 텅빈 운동장
>
> 우리는 분이 얼룩진 얼굴로
>
> 학교 앞 소줏집에 몰려 술을 마신다
>
> 답답하고 고달프게 사는 것이 원통하다
>
> 꽹과리를 앞장세워 장거리로 나서면
>
> 따라붙어 악을 쓰는 건 쪼무래기들뿐
>
> 처녀애들은 기름집 담벽에 붙어 서서
>
> 철없이 킬킬대는구나
>
> 보름달은 밝아 어떤 녀석은
>
> 꺽정이처럼 울부짖고 또 어떤 녀석은
>
> 서림이처럼 해해대지만 이까짓
>
> 산구석에 처박혀 발버둥친들 무엇하랴
>
> 비료값도 안나오는 농사 따위야
>
> 아예 여편네에게나 맡겨 두고
>
> 쇠전을 거쳐 도수장 앞에 와 돌 때
>
> 우리는 점점 신명이 난다
>
> 한 다리를 들고 날나리를 불꺼나
>
> 고갯짓을 하고 어깨를 흔들꺼나

「농무農舞」란 시로, 1971년에 발표되었다. 축제의 춤, 좋아서 추는 춤이 아니다. 현실에 대한 절망감에서, 삶의 허망함에서 나온 허깨비 춤인 것이다. '답답하고 고달프게 사는 것이 원통하다'고 말할 수밖에 없는 농민의 삶인 것이다. '우리는 점점 신명이 난다 / 한 다리를 들고 날나리를 불꺼나 / 고갯짓을 하고 어깨를 흔들꺼나' 하는 부분을 두고 정말 신명나는 농무農舞일 것으로 생각하는 사람은 없으리라. 서러워 서러워서 추는 춤, 절망감에서 치솟는 오기로 추는 허깨비춤이라는 것을 알 것이다.

신경림이 농민을 대변하는 시만을 쓴 것은 아니다. 그의 현실의식은 광산이든 도시든 그 어느 곳에서도 잘 발휘되었다. 소외된 민중들의 아픔이 무엇인가 증언해 내려는 현실안은 늘 진지하고 호소력이 있다.

> 그날 끌려간 삼촌은 돌아오지 않았다.
> 소리개차가 감석을 날라 붓던 버력 더미 위에
> 민들레가 피어도 그냥 춥던 사월
> 지까다비를 신은 삼촌의 친구들은
> 우리 집 봉당에 모여 소주를 켰다.
> 나는 그들이 주먹을 떠는 까닭을 몰랐다.
> 밤이면 숱한 빈 움막에서 도깨비가 나온대서
> 칸데라 불이 흐린 뒷방에 박혀
> 늙은 덕대가 접어 준 딱지를 세었다.
> 바람은 복대기를 몰아다가 문을 때리고
> 낙반으로 깔려 죽은 내 친구들의 아버지
> 그 목소리를 흉내내며 울었다.
> 전쟁이 끝났는데도 마을 젊은이들은
> 하나하나 사라져선 돌아오지 않았다.
> 빈 금구덩이서는 대낮에도 귀신이 울어
> 부엉이 울음이 삼촌의 술주정보다도 지겨웠다.

「폐광廢鑛」이란 작품이다. 농촌은 소외되어 폐농廢農이 되다시피 했고, 광산 역시 소외되어 폐광이 되는 시대였다. 이리저리 떠밀려 서럽게 서럽게 사는 사람들의 심사를 대신 하듯 귀신도 울고 부엉이도 울어, '부엉이 울음이 삼촌의 술주정보다도 지겨웠다'고 표현되는 것이다. 뼈 빠지게 노동을 하고 그에 걸맞은 대가를 받아내지 못하는 사람들의 울음소리는 근대화, 현대화라는 구호에 막혀 '저를 흔드는 갈대의 제 울음' 밖에 되지 못했던 것이다.

어름 들어 나는 찾아갈 친구도 없게 되었다
사글세로 든 시장 뒤 반찬가게 문간방은
아침부터 찌는 것처럼 무덥고 종일
아내가 뜨개질을 하러 나가 비운 방을 지키며
나는 내가 미치지 않는 것이 희안했다
때로 다 큰 쥐집 딸을 잡고
객쩍은 농짓거리로 핀퉁이를 맞다가
허기가 오면 미장원 앞에 참외를 놓고 파는
동향 사람을 찾아가 우두커니 앉았기도 했다
우리는 곧잘 고향의 벼 농사 걱정을 하고
떨어지기만 하는 소값 걱정을 하다가도
처서가 오기 전에 어디 공사장을 찾아
이 지겨운 서울을 뜨자고 벼러댔다
허나 봉지쌀을 안고 들어오는 아내의
초췌하고 고달픈 얼굴은 내 기운을 꺾었다
고향 근처에 수리조합이 생긴다는 소문이었지만
아내의 등에 업혀 잠이 든 어린 것은
백일이 지났는데도 좀체 웃지 않았다

　　처서는 또 그냥 지나가 버려 동향사람은
　　군고구마 장사를 벌일 채비로 분주했다

「처서기處暑記」란 작품이다. 뿌리 뽑힌 사람의 삶은 어디를 가든지 정착이 그리 쉽지 않음을 보여준 작품이다. 철저히 소외된 '지겨운' 농촌을 떠나 도시에 왔지만, 역시 도시 빈민 노동자 이상일 수가 없는 현실이었다. 버릇처럼 마음은 늘 자기 고향의 암담한 현실이 되새겨지지만 되돌아가지 못함을 안타까워하고 있다.

　　이러한 안타까움은 의식 있는 시인에게는 자책自責이나 자조自嘲가 되어 돌아온다. 소외된 사람들을 위해 아무 것도 해줄 수 없다는 생각에 스스로를 책망하게 되는 것이다.

　　차고 누진 네 방에서 낡은 옷가지들
　　라면 봉지와 쭈그러진 냄비
　　나는 부끄러웠다 어린 누이야
　　너희들 힘으로 살쪄가는 거리
　　너희들 땀으로 기름져가는 도시
　　오히려 그것들이 너희들을 조롱하고
　　오직 가난만이 죄악이라 협박할 때
　　나는 부끄러웠다 어린 누이야
　　벚꽃이 활짝 핀 공장 담벽 안
　　후지레한 초록색 작업복에 감겨
　　꿈 대신 분노의 눈물을 삼킬 때
　　나는 부끄러웠다 어린 누이야
　　투박한 손마디에 얼룩진 기름때
　　빛 바랜 네 얼굴에 생활의 흠집

야윈 어깨에 밴 삶의 어려움

나는 부끄러웠다 어린 누이야

나는 부끄러웠다 어린 누이야

우리들 두려워 얼굴 숙이고

시골 장바닥 뒷골목에 처박혀

그 한겨우내 술놀음 허송 속에

네 울부짖음만이 온 마을을 덮었을 때

들을 메우고 산과 하늘에 넘칠 때

쓰러지고 짓밟히고 다시 일어설 때

네 투박한 손에 힘을 보았을 때

네 빛 바랜 얼굴에 참삶을 보았을 때

네 야윈 어깨에 꿈을 보았을 때

나는 부끄러웠다 어린 누이야

네 울부짖음 속에 내일을 보았을 때

네 노랫속에 빛을 보았을 때

1978년에 발표한 「나는 부끄러웠다 어린 누이야」란 작품이다. 억눌리고 소외되어 자기의 노동력에 대한 정당한 대가를 받지 못하고 사는 사람들을 대하면서 느끼는 감정이 잘 표현된 작품이다. '나는 부끄러웠다 어린 누이야'란 구절을 무려 6차례나 반복하면서 자신을 자책한다. '너희들의 힘으로 살쪄가는 거리 / 너희들의 땀으로 기름져가는 도시 / 오히려 그것들이 너희들을 조롱하고 / 오직 가난만이 죄악이라 협박할 때 / 나는 부끄러웠다 어린 누이야 하는 부분에서, 현실에 대한 올바른 판단력을 볼 수 있다.

신경림 시 주제의 다양성은 시집에 따라 분류할 수도 있다. 그러나 그것은 무의미한 것이며, 그의 모든 시에 깔고 있는 기본 정신이 무엇인가를 아는 것이 중요하다. 그의 시들은 고통스런 삶을 살고 있는 사람과 억울하게 죽은 영혼들을 위한 시라고 할 수 있을 것이다. 민중정신이란 말로 그것을 요약할 수 있을 것이다.

그의 장시 『남한강』에서는 이런 민중정신의 역사적 형상화 작업을 볼 수 있다. 위정자들의 잘못으로 나라를 빼앗겼을 때 민중이 각성하고 힘을 모아 이 민족을 되살리려는 역사적 사실을 재생산한다.

장터로 가는 배 속에서
나라를 도둑맞았다
사람들은 쑤군댔으나,
나라란 무엇인가
나라란 무엇인가.

나라란 우리에게서 빼앗기만 하는 곳
땅에서 쫓아내고 집을 빼앗는 곳
지아비를 빼앗아가고 지에미를 짓밟는 곳

작품 앞부분에서 인용한 것이다. 이러한 인식이 각성한 개인, 각성한 무리로 확대되면서 민중의식은 한껏 고양되고, 민족의 역사를 바로 잡아가게 되는 힘으로 커가는 과정을 그린 것이 『남한강』이다. 이 작품은 소재는 지난 역사 속에서 찾았지만 오늘날의 비합리적 정치상황을 빗대고 있다. 따라서 역사의식이 뚜렷하다고 할 수 있다.

신경림 시의 특징인 사실성과 이야기조, 평이함 따위가 독자들에게 친화력을 발휘하여 시에 대한 선입견을 수정하기에 충분했다. 그리하여 그의 시 속에 용해되어 있는 현실의식이나 민중의식은 자연스럽게 독자의 정서를 고양시키고 각성시키는 힘을 갖게 되었다.

문병란, 고향땅의 서러운 연가

문병란의 시어 구사에는 거리낌이 없다. 점잖은 시어로는 이 사회에 만연되어 있는 불합리를 고쳐나갈 수 없다는 생각 때문이리라. 비속어를 많이 사용해서라도 불감증인 감각에 자극을 주겠다고 나서는 것이다. 그가 목표로 하는 것은 이 사회의 모든 불합리지만 특히 눈에 띄는 것은 고향땅에 관한 것이다. 그야말로 서러워도 서러워도 고향에 사는 사람들의 이야기를 들려주고 있다.

이별과 눈물이 많은 땅 위에서 / 눈물 대신 삼학三鶴소주를 마신다 / 두메산골 논두렁 위에서도 / 연락선이 고동을 울리는 항구에서도 / 우리들은 독한 소주의 향기를 씹는다 / 깊은 밤 가난한 시인의 고독을 태우고 / 시월 저녁의 배고픈 귀로에 선 / 노동자의 빈 창자에 고이는 노을, / 흔들리며 흔들리며 돌아오는 서러움이다 / 값비싼 사랑의 건배가 아닌 / 가난한 손들이 주고받는 눈물, / 때묻은 손바닥 위에서 / 뜨거운 불길이 되어 가슴을 태우고 / 너와 나의 못다한 마음 / 십년 묵은 한을 모조리 살라버린다 / 지난 여름 흉작의 들판, / 입도선매立稻先賣의 논두렁에 드러누워 / 병채 들이켜고 뻗어버린 머슴, / 농약 먹고 영영 잠들어버린 / 그날의 농부가는 어디에 묻혔는가 / 지금은 황토물 속 처백힌 빈 병, / 우리도 모두 다 빈 병이 되었구나! / 진흙밭 뻘밭 속에 묻혀온 한평생, / 무식한 우리 당숙을 울리던 술아 / 무덤 속 아버지를 빼앗아 간 술아 / 시뻘건 황토 물고 죽은 사람들의 / 환장한 가슴에 고이는 이 땅의 어둠아 / 나는 오늘도 너를 들이키며 운다 / 삼학도도 목포도 한 많은 영산강도 / 창자 속에 들어가 흔들리는 어지러움, / 구멍 뚫린 우리네 가슴 밑으로 / 시뻘건 황토들만 흐르고 있구나 / 빈 병 속에 어둠만 고이고 있구나. ///

「삼학三鶴소주」라는 시다. 이른바 산업사회로 전환하면서 일어나게 된 농촌의 불행한 사건이나 농민들의 고통스런 심사를 증언한 작품이다. 특정시대 특정지역에서 있는 일이 아니고 이제는 어느 농촌, 어느 농민의 마음속에 또아리를 틀고 있는 소외감인 것이다.

사방이 막혀버렸다, 깊은 겨울 / 버스도 들어오지 않았다, 차라리 막혀 버려다오. // 겨울은 내 고향의 구들목에 / 미신이 들끓는 달, / 지글지글 끓는 사랑방 아랫목에서 / 머슴들의 사랑이 무르익어가는 달, / 화투장 위에도 밤새도록 흰눈이여 쌓여다오. // 겨울 산촌은 막힌 대로가 좋아 / 눈은 이틀째 자꾸만 내리고 / 자꾸만 내리고 / 신문도 배달부도 안 오는 깊은 겨울. // 도시에서 실려 오는 편지도 / 새마을 잡지도 오지 말아다오 / 차라리 신문이여 오지 말아다오 / 우리를 슬프게 만드는 유행가여 들리지 말아다오 / 지불명령을 가지고 오는 우체부 아저씨여 오지 말아다오 // 눈 내리는 소리만 들리게 하고, 차라리 / 호롱불 가에서 심청전을 읽으며 울게 해다오 / 춘향이와 이도령의 서러운 이별을 함께 울게 해다오. // 이틀째 이틀째 내리는 눈, 심란하게 심란하게 내리는 눈, / 과부네 집 창가에 바스락거리는 눈, / 눈 녹으면 어이할거나, 얼음 풀리면 어이할거나. // 읍내로 나가는 고개도 막히고, 학교로 나가는 앞길도 막히고 / 간이역으로 나가는 윗길도 막히고, / 막힌 땅에서 농부가 울어, 막힌 가슴으로 / 고향이 울어. // 차라리 모두 다 막혀버려다오 / 차라리 모두 다 막혀버려다오. ///   .

「겨울산촌」이란 작품이다. ‘차라리 모두 다 막혀버려다오’ 하고 외치는 처절한 심정을 이해할 수 있을 것이다. 꼴사나운 일들만 보지 않는다면 가난해도 정겹게 살 수 있다는 생각들에서 나오는 외침인 것이다. 가진 자들의 횡포 속에 속앓이를 하기보다는 차라리 문화생활을 포기한 채, 자족하고 사는 것이 소외감을 덜 느낀다는 생각을 표현한 작품이다.

논밭 팔아 학교 다녔던 애제자 황군 / 마침내 헌 책 싸가지고 고향으로 간다 / 가고 싶었던 대학 포기하고 4년 만에 / 헌 책 싸가지고 고향으로 간다 / 청운의 뜻 품고 논밭 팔아 다녔던 학교 / 마침내 졸업도 못 하고 대학도 못 가고 / 쓸쓸히 쓸쓸히 고향으로 간다 / 논 다섯마지기 남은 고향으로 간다 / 나는 너를 눈물이 아니라 주먹으로 보낸다 / 잊지 마라 우리들의 갈 길이 무엇이고 / 노린내나는 가짜 번역지식 속에서 벗어나 / 민중 속으로 백성 속으로 돌아가는 너의 길 / 우리들의 할 일이 무엇인가 잊지를 마라 / 돌아가는 자여 너를 기다리는 것은 많다 / 들풀처럼 썩어가는 우리의 연인들 / 아버지 어머니 동생 친구들이 기다리고 있다 / 일찍이 네가 버리고 왔던 황토빛 새벽이 / 헐벗은 손길로 너를 기다리고 있다 / 제자야 가라 발바닥 밑으로 가라 / 가서 갈라진 백성의 발바닥 밑을 보아라 / 불쌍한 백성의 밑구멍을 보아라 / 저 위엣 양반들이 먹고 싸지르는 냄새에 / 질식당하고 억눌린 밑바닥을 보아라 / 대학을 가고 법관이 되고 공무원이 되고 / 떵떵거리고 출세하고 보너스 타고 / 너도 펜대 끄적거리는 직업이 부러우냐 / 너도 놀고먹는 출세가 부러우냐 / 너도 번지르한 자가용이 타고 싶으냐 / 너도 이자놀이를 하고 고급주택에 살고 싶으냐 / 가라 가라 사랑하는 제자야 / 가서 백성의 새빨간 똥꾸멍을 보아라 / 밤마다 시달리고 시달리다 피똥을 싸는 / 구호물자 버터에 지늘켜 설사를 하는 / 썩어가는 백성의 밑바닥을 보아라 / 너의 아버지 발가락 사이 고린내를 맡아 보고 / 새벽 들에 나가 맨발로 논두렁을 거닐어보아라 / 째째한 꿈을 쓰레기통 속에 구겨 던지고 / 성큼성큼 걸어서 돌아가라 / 자 마지막 작별사, 우리들은 주먹으로 헤어진다 ///

「작별사(作別詞)」란 작품이다. 구구절절이 옳은 말이다. 도시의 문명, 거기에 잘 길들여진 도시인의 속물근성이 농민에게 더 깊은 상처를 입힌다. 나락으로 떨어지고 있는 농촌을 그 누가 구할 것인가. 도시의 유혹을 떨쳐버리고 과감히 귀향할 수 있는 용기가 이 시대 젊은이들에게 진실로 필요한 것이다. 이 시는 그런 심사를 잘 표현해 냈다.

문병란의 시가 농촌문제에만 집중하고 있는 것은 아니다. 이 나라 이 민족이 안고 있는 온갖 불합리를 소재로 삼는다. 그 좋은 예들 중 하나가 「식민지의 국어시간」이란 작품이다.

내가 아홉 살이었을 때 / 20리를 걸어서 다니던 소학교 / 나는 국어시간에 / 우리말이 아닌 일본말, / 우리 조상이 아닌 천황을 배웠다. // 신사 참배를 가던 날 / 신작로 위엔 무슨 바람이 불었던가, / 일본말을 배워야 출세한다고 / 일본놈에게 붙어야 잘 한다고 / 누가 내 귀에 속삭였던가. // 조상도 조국도 몰랐던 우리, / 말도 글도 성(姓)까지도 죄다 빼앗겼던 우리, / 히노마루 앞에서 / 알아들을 수 없는 일본말 앞에서 / 조센징의 새끼는 항상 기타나이가 되었다. // 어쩌다 조선말을 쓴 날 / 호되게 뺨을 맞은 / 나는 더러운 조센징, / 뺨을 때린 하야시 센세이는 / 왜 나더러 일본놈이 되라고 했을까. // 다시 찾은 국어시간, / 그날의 억울한 눈물은 마르지 않았는데 / 다시 나는 영어를 배웠다 / 혀가 꼬부라지고 헛김이 새는 나의 발음 / 영어를 배워야 출세한다고 / 누가 내 귀에 속삭였던가. // 스물다섯살이었을 때 / 나는 국어선생이 되었다 / 세계에서 제일 간다는 한글, / 배우기 쉽고 쓰기 쉽다는 좋은 글, / 나는 배고픈 언문선생이 되었다, / 지금은 하야시 센세이도 없고 / 뺨 맞은 조센징 새끼의 눈물도 없는데 / 윤동주를 외우며 이육사를 외우며 / 나는 또 무엇을 슬퍼해야 하는가. // 어릴적 알아들을 수 없었던 일본말, / 그날의 수수께끼는 풀리지 않았는데 / 다시 내 곁에 앉아 있는 일본어선생, / 내 곁에 뽐내고 앉아 있는 영어선생, / 어찌하여 나는 좀 부끄러워야 하는가. // 누군가 영어를 배워야 출세한다고 / 내 귀에 가만히 속삭이는데 / 까아만 칠판에 써놓은 / 윤동주의 서시, // 한 점 부끄럼이 없기를 바라는 / 글자마다 눈물을 흘리고 있다, / 오 슬픈 국어 시간이여. ///

이 시가 태어난 1970년대나 지금이나 크게 변한 게 없다. 여전히 문화식민지고, 출세하기 위하여 영어를 열심히 배워야 한다고 너나 할 것 없이 떠들어댄다. 모국어를 못하는 한이 있어도 영어만 능통한다면 먹고 사는 데 지장이 없다는 말을 공공연하게 해댄다. 식자층이나 무식자들이나 한결같다. 민족 주체성도 민족어에 대한 자긍심도 다 팽개치고 자본주의 논리만이 횡행하는 이 시대에 위 시는 여전히 우리를 질책하고 있다.

문병란의 시는 불필요한 수사가 없기 때문에 최단거리로 파고들어 불합리를 찌른다. 총기聰氣를 잃고 사는 현대인들, 자본주의에 잘 길들여진 도시인들에게 끊임없이 경각심을 주고 있다. 서러워도 서러워도 고향에 사는 사람들의 고통을 같이 느껴보라고 권고하고 있다.

김준태, 적막강산의 말없는 항변

김준태 시의 주제는 어느 한 문제에 집중되어 있지 않다. 일상인들이 평범하게 생각하는 것까지도 시적 대상으로 삼기에 시의 표정이 다양하다. 불합리한 것은 불합리한 대로 비판하고 합리적인 것은 합리적인 것만큼 표현하기에 평범해 보이기도 한다. 그러나 그런 가운데 강한 주장이 필요하다 싶으면 어조를 한껏 높인다. 시골 고향에 대한 문제를 다룰 때 특히 그렇다.

왼손에 츄렁크를 들고 고향을 떠난다

츄렁크 속은 할머님이 넣어 준 찐고구마와

하이얀 달걀, 잘 빨아진 속옷을 담은 채

버스 정류장 면소재지로 발을 옮긴다.

마을의 개들이 짖을까, 킹 소리 하나 없다

간밤 고추밭에서 쥐약을 먹고 죽었겠지

벼포기 틈의 시커먼 수렁물이여 첫닭은 이미 울었으리라

빛이 아직 들지 못한 소나무 빽빽한

달구지길을 접어드니 헝클어진 가락 풀고 돌아가려니

누가 성큼성큼 이쪽으로 오는 게 너무나 뚜렷하다

지게를 메고 찢어진 마후라를 칭칭 두른

엿장수! 헌 고무신짝이며 이 빠진 쟁기보습을

하나라도 더 많이 긁어 모을 양으로

뿌우연 안개 여지은 안 건친 마을로 들어오고

비 새는 헛간에 콱 박혀 썩고 있는 물레여 베틀이여

고향으로 이젠 저런 엿장수들이나 찾아가누나

애들 있으나 없으나 가위를 쩽강쩽강거리며.

「고향으로 이젠 엿장수들이나 찾아가누나」란 작품으로 1971년에 발표 되었다. 완전히 피폐해버린 고향에 대한 안타까움, 아니 분노나 절망감을 표현하고 있는 작품이다. 개나 닭마저 짖거나 울지 않아 적막강산이 된 시골고향이 되어버렸는데 어찌 분노가 없으랴. 수구초심首丘初心은 그저 고사성어로 화석화될 뿐, 대부분 사람들이 돌보지 않는 바에야 어찌 희망을 주는 고향이 될 수 있으랴. 그는 소외되어 있는 고향 땅에 대한 관심을 최상의 주제로 삼는다.

「호남선」에서는 그런 심경이 다소간 비속하게 표현된다.

> 기차는 가고 똥개만 남아 운다
>
> 기차는 가고 식은 팥죽만 남아 식는다
>
> 기차는 가고 시커멓게 고개를 넘는
>
> 깜부기, 깜부기의 대갈통만 남아 벗겨진다
>
> 기차는 가는데 빈 지게꾼만 어슬렁거리고
>
> 기차는 가는데 잘 배운 놈들은 떠나가는데
>
> 못 배운 누이들만 남아 샘물을 긷는데
>
> 기차는 가고 아아 기차는 영영 사라져 버리고
>
> 생솔가지 저녁연기만 허물어진 굴뚝을 뚫고 오르고
>
> 술에 취한 홀애비만 육이오의 과부를 어루만지고
>
> 농약을 마시고 죽은 머슴이 홀로 죽는다
>
> 인정많은 형님들만 곰보딱지처럼 남아
>
> 할아버지 아버지 어머니 무덤을 지키며
>
> 거머리 우글거린 논바닥에 꼿꼿이 서 있다.

다소간 비속한 어법을 쓴 것은, 고향을 보고 생겨날 수밖에 없는 울화나 분노 때문이다. 인정 많은 형님들만 논바닥에 꼿꼿이 서 있지만, 그것은 분노나 오기로 서 있는 것이다. 도시에 잘 길들여진 사람들이 버린 땅, 저주로 남은 땅도 말없이 항변하고 있다는 느낌을 갖게 한다.

김준태는 위와 같이 직설적인 어법을 사용하기도 하지만 은근히 변죽을 울리는 어법을 써서 문제점을 지적하기도 한다. 「참깨를 털면서」라는 시를 보자.

> 산그늘 내린 밭귀퉁이에서 할머니와 참깨를 턴다.
>
> 보아하니 할머니는 슬슬 막대기질을 하지만

어두워지기 전에 집으로 돌아가고 싶은 젊은 나는
한번을 내리치는 데도 힘을 더한다.
세상사에는 흔히 맛보기가 어려운 쾌감이
참깨를 털어대는 일엔 희안하게 있는 것 같다.
한번을 내리쳐도 셀 수 없이
쏴아쏴아 쏟아지는 무수한 흰 알맹이들
도시에서 십년을 가차이 살아본 나로선
기가막히게 신나는 일인지라
휘파람을 불어가며 몇 다발이고 연이어 털어낸다.
사람도 아무 곳에나 한번만 기분좋게 내려치면
참깨처럼 쏴아쏴아 쏟아지는 것들이
얼마든지 있을 거라고 생각하며 정신없이 털다가
'아가, 모가지까지 털어져선 안되느니라'
할머니의 가엾어하는 꾸중을 듣기도 했다.

참깨를 터는 행위는 여러 의미로 해석될 수 있다. 예로부터 가렴주
구苛斂誅求를 깨 터는 일에 비유했다. 데려다 족치기만 하면 어쨌든 세
금은 거두어들일 수 있다는 뜻이다. 또 하나 공안정국에서 자행되던
고문에 비유할 수 있다. '사람도 아무 곳에나 한번만 기분좋게 내려치
면' 하는 구절에서 유추할 수 있는 것이다. 위정자들의 가학적 심리,
가렴주구적 행태를 의미하는 작품이다. 이렇듯 김준태는 우리 삶의 주
변에 있는 부정적인 면모를 다양한 시법으로 비판하고 있는 것이다.

김창완, 겨울을 견뎌내는 노래들

김창완의 시에서 우리는 절망을 꼿꼿하게 버티며 사는 힘을 얻는다.
온통 절망뿐인 현실 속에서, 뜨내기처럼 삶을 꾸려가야 하는 사람들에

게 더욱 완강할 것을 요구한다. 그의 시는 결코 밝은 표정을 짓지 않는
다. 섣부르게 희망을 주려고 않기 때문이다. 오히려 절망적 현실을 탄
력 삼아 더욱 강한 의지로 소외감을 극복하길 원한다. 소외된 사람이
절망적인 현실을 넘어서기 위해서는 오직 강한 오기를 가지는 일뿐이
라는 생각이다. 연작인 「인동일기」가 그런 생각들을 표현해 낸 대표적
작품인 것이다.

> 새마을 사업장에 나가 호박구덩일 팠다.
> 돌자갈 틈 비집고 뻗어 나갈 어린 뿌리 위히여
> 언 손 부르트니 맨소래담 바르고
> 내 뼈일는지도 모를 풀뿌리가 혹한 속에 드러나
> 나도 마른 풀잎 하나로 떨고 선다.
> 너희들 곁에서 서로의 몸 비비다 바스라지는 가랑잎.
> 이 가혹한 핍박으로부터 우리가 빠져 나갈
> 통로라도 뚫듯 파놓은 호박구덩이엔
> 빨리 온 어둠이 먼저 와서 드러눕고
> 우리의 하루가 다하자 호루라기 소리 들려
> 작업이 끝났다. 반장님의 호명에 힘차게 대답하자
> 작업이 끝났다. 우리 영세민들은
> 끝없이 뻗어나갈 호박넌출 붙들고
> 담장 넘어 지붕 넘어 산을 넘어
> 다시 각자의 남부 곁으로 되돌아오고 말았시만
> 몇 됫박의 밀가루 타 들고 돌아오는 길엔
> 온종일 내 손아귀에서 놀아난 삽
> 돌담에 기대어 쉬는 밤에도
> 혼자서 빛을 내는 삽

삽과 같이 걷는 밤길 두려울 것 없었다.
과부로 둔갑한다는 여우가 재주 넘는 고갯길도
무덤 쪼개고 나온다는 처녀 귀신도 무섭지 않았다.

「인동일기忍冬日記 1」이다. 소외계층 사람들의 일상을 요약한 작품이다. 시의 분위기가 그렇게 어둡지도 않고 밝지도 않다. 절망을 의지로 부추기고 있기 때문이다. 소외 속에서 당당해질 것을 강조하고 있기 때문에 더욱 그렇다.

척박한 땅일수록 여럿이 묻혀
개간의 괭잇날을 완강히 거부하던
너는 한때 보수주의자였다.
그러던 네가 어디를 떠돌이로 다니다가
고향 버린 막벌잇군들만 모여 사는
이 변두릿길에끼지 굴리외시
취한 사내들의 발부리에 채거나
리어카아 바퀴에 밀리거나 하면서도
너는 그들과 같이 살고자 원한다.
흙먼지 뒤집어쓴 채
더러는 개굴창에 처박힌 채
추워도 절대로 떨지 않고
더워도 땀 흘리지 않는다.
할머니 좌판 위에 내리쬐는 햇살
순대집 나무의자에 내려앉는 그늘
그들이 조금씩 조금씩 희망을 포기하고
순종조차 조금씩 조금씩 포기해 버려

아무 것도 가진 것 없는 맨손이 되었을 때
무엇보다 먼저 너를 움켜쥐리라 믿는다.
너는 날개 없이도 날 수 있고
거만하게 번쩍이는 유리창을 깨뜨렸고
눈부셔 바로 보지 못하던
넓고 환한 이마도 깨뜨렸다.
겨울이 아무리 길고 추워도
네가 묻혀 있던 이 땅의 어느 어덩 하나
어깨 움츠린 걸 나는 아직 보지 못했다.

「돌멩이」란 작품이다. 돌멩이에 대한 의미 부여가 참신하다. 한때 이 땅의 민주화를 앞당기는 도구가 되기도 하고, 가진 자들의 횡포를 누그러뜨리는 도구가 되기도 했던 돌멩이는 확실히 긍정적인 의미가 부여될 만하다. 소외된 자들의 곁에서 최후로 선택할 수 있도록 당당히 존재하는 돌멩이는 척박한 현실에서 온몸으로 버티는 민중인 것이다.

죽음도 꼿꼿이 서서 하리라
싸락눈 흩뿌리고 남루 더욱 해질수록
억새들은 꼿꼿이 고개를 들고
부러지면 부러졌지 굽힐 수 없는
억새들은 기어코 칼을 뽑는다
단재 선생 띠돌며 노숙하던 벌판이나
독립군 쫓기던 능선 같은 곳
억새들은 거기 모여 녹슨 칼 갈며
베어진 바람의 비명에 괴로워하다
흘릴 피 없는 몸 아껴서 무엇하랴

> 귀엣말로 귀엣말로 다짐하는지
>
> 억새들은 어우러져 몸을 비빈다
>
> 서로의 어깨 위에 이마를 얹고
>
> 부르르부르르 온몸을 떨며
>
> 언제라도 불길로 타오를 마음뿐인
>
> 억새들은 어딘가를 헤매고 있다
>
> 죽음도 꼿꼿이 서서 할 자리
>
> 찾으면 있겠지 이 땅의 어디

「초겨울의 억새밭」이란 작품이다. 억새를 의인화시켜 곧은 정신을 유추해 낸다. 민중의 단결된 힘이나 어우러지는 정情도 유추해 낸다. 그것들이 소외를 견뎌내는 힘인 것을 말하고 있다.

김창완은 유난히 굳세고 꼿꼿함을 강조한다. 고난의 시대를 참고 버틸 수 있는 자본은 그것 밖에 없다는 투다. 소외되어 있는 사람들에게 사뭇 기개 높은 정신으로 끝내 버틸 것을 요구한다.

정호승, 슬픔의 힘

정호승의 시는 희망을 말하는 대신 절망을 말하고, 기쁨을 말하는 대신 슬픔을 말하고 있다. 마치 어두운 세상을 오직 어둡다고 말해야 한다는 고집으로 일관하고 있다. 모든 어쭙잖은 꿈, 희망, 기쁨을 차라리 철저히 부정하는 데서 출발하자는 투다. 긍정적인 데서 힘을 찾지 않고 부정적인 곳에서 힘을 찾는다. 그래서 그의 시에는 유난히 부정적인 어감을 주는 시이가 많다. '슬픔'과 같은 어휘가 그 예다. 「슬픔은 누구인가」, 「슬픔이 기쁨에게」, 「슬픔 많은 이 세상도」 따위 시 제목만 보아도 그렇다.

「슬픔이 기쁨에게」란 시를 보자.

나는 이제 너에게도 슬픔을 주겠다.

사랑보다 소중한 슬픔을 주겠다.

겨울밤 거리에서 귤 몇 개 놓고

살아온 추위와 떨고 있는 할머니에게

귤값을 깎으면서 기뻐하던 너를 위하여

나는 슬픔의 평등한 얼굴을 보여 주겠다.

내가 어둠 속에서 너를 부를 때

단 한 번도 평등하게 웃어 주질 않은

가마니에 덮인 동사자가 다시 얼어죽을 때

가마니 한 장조차 덮어 주지 않은

무관심한 너의 사랑을 위해

흘릴 줄 모르는 너의 눈물을 위해

나는 이제 너에게도 기다림을 주겠다.

이 세상에 내리던 함박눈을 멈추겠다.

보리밭에 내리던 봄눈들을 데리고

추워 떠는 사람들의 슬픔에게 다녀와서

눈 그친 눈길을 너와 함께 걷겠다.

슬픔의 힘에 대한 이야길 하며

기다림의 슬픔까지 걸어가겠다.

'슬픔의 평등한 얼굴', '사랑보다 소중한 슬픔'이란 무엇인가. 어차피 인생은 비극으로 끝을 맺기에 비극이 삶의 바탕이란 생각에서 나온 말인가. 생에 기대를 갖지 않으면 배반감을 맛보지 않기에 그렇게 생각하는 것일까. 얄팍한 기쁨보다는 착 가라앉는 슬픔이 장기전長期戰 또는 지구전持久戰에 좋으리라. 만약 전망 없는 현실과 싸운다고 했을 때

말이다. 슬픔의 힘을 믿는다면 경박하게 현실을 모면하려 하기보다는 끈질기게 현실에 맞설 수 있다는 생각 때문일 것이다.

이런 기묘한 논리는 '유관순柳寬順' 연작에서도 드러난다. 「유관순柳寬順 8」을 보자.

근심하라. / 내일 일을 위하여 근심하라. / 이 세상에는 지금 / 새벽 골목길을 헤치며 가는 오직 한 사람 / 그 싱싱한 사내를 만날 수 없나니 // 염려하라. / 진실로 우리에게 / 웃을 수 있는 시간과 / 행복해질 수 있는 시간이 아직 없나니 / 버림받은 사람 중에서 / 가장 버림받기 위하여 // 순결하고 순결하라. / 사랑이 아닌 자를 사랑이라 부르며 / 사랑하지 않는 백성들을 / 내 사랑하는 백성들이라 부르며 / 비굴을 위하여 몸바친 그대들은 근심하라. // 영원한 봄밤을 기다리며 / 홀로 울던 그분은 죽었나니 / 모든 사람들을 위하여 죽어 / 이 세상 모든 사람들이 죽었나니 // 밤모란 피는 소리 홀로 들으며 / 달빛에 드러난 저 개미떼를 따라 / 봄밤이 올 때까지 진실로 / 염려하라. / 내일 일을 위하여 염려하라. ///

'버림받은 사람 중에서 / 가장 버림받기 위하여'란 시구는 피학적 쾌감을 말하는 것일까. 학대 받고 소외 받음으로써 즐거워하라는 말인가. 그것은 아닐 터다. 극과 극을 통하게 하기 위해, 적극적인 자기 부정을 곧 적극적인 자기 긍정으로 전환할 수 있기에 펼치는 논리이겠다. 대반전을 위해 철저한 부정으로 준비하라는 말이다. 말하자면 '개구리 움츠리는 뜻은 더 멀리 뛰기 위함'인 셈이다.

시인의 이런 부정적인 논리는 당대 현실 때문이다. 자신이 살던 시대를 희망이 없는 시대로 보았던 것이다. 「가두 낭송을 위한 시 4」를 보자.

저녁놀도 없이 해 지는 나라

오늘도 해가 진다 어디로 가나

집 없는 사람들의 집을 위하여

꿈도 없이 별 돋으면 어디로 숨나

젊은 넝마주이와 함께 걸으며

오늘밤 한잔 술도 없이 어디로 가나

우리 죽어 별에 가서 묻히기 위해

언제 다시 헤어질 때 너를 만나나

죽어가는 아기를 안은 어머니

촛불하나 켜 들고 강가로 간다

홀로 새벽 강가에서 우는 사람들

눈물의 칼을 씻고 바다로 간다

집 없는 사람들의 새벽이 되기 위해

풀잎들은 낮게낮게 몸을 눕힌다

아침 놀도 없이 해 돋는 나라

꿈도 희망도 없는 현실이라는 생각의 표현이다. '꿈도 없이 별 돋으면 어디로 숨나'와 같은 시구에서는 현실 부정의 극단을 본다.

정호승이 강조하는 '슬픔'과 '부정'은 현실을 진지하게 영위하려는 생각에서 비롯된다. 비극적 현실로 사람들이 더 이상 마음에 상처를 받지 않도록, 차라리 지레 슬픔 속에서 힘을 키우도록 충고하는 것이다.

김명인, 소외된 아이들에 대한 애가哀歌

김명인의 시들 속에는 소외당하고 고통 받는 아이들이 많이 등장한다. 특히 전쟁고아에 대한 그의 관심은 각별하다. 그들에게서 인간의 근본 고통, 그리고 고통에서 고통으로 이어지는 숙명을 예측하고 안타까워한다. 그렇다고 그의 시가 연민으로 수식되어 있는 것은 아니다. 오히려 연민을 냉정히 잘라버리려 하고 있다. 그러면서도 그 고통이 결코 그 아이에 한정되지 않음을 말한다. 그들의 고통 속에서 시인의 고통을 확인하는 것이다. 나라의 비극이 어린 아이의 비극이 되고, 그것이 '나'의 비극과 긴밀히 연관되어 있다는 생각이다.

'송천동 바닷가 그 고아원에서'라는 부제를 달고 있는 「켄터키의 집 1」부터 보자.

봄과 여름에 정든 모습들 모두 어디로 갔느냐

바다는 더 조용하고 소문에는

그해 전쟁도 이미 끝난 겨울에

아이들은 더러 먼 친척을 따라 떠나가고 날마다

골짜기를 덮으며 눈 내려서

추위에 그슬린 주먹들도 깨진

유리창에 매달린 얼굴들도

그렇게 쉽사리 서로를 용서하지 않았다

두고 힘낼 것 없어도 매일매일은 소란 속에서 지나가고

다시 한 날씩 쓸리는 꿈결마다 축축한

파도는 쉴새없이 밀려와

하나하나 결이 가며 더욱 또렷해지던 얼굴들도 그리운

그 언저리도 우리는 잊지 못한다.

그리고 망설임 없이 디뎌온 저 수많은 작은

발자국들 따라

아침이 되면 웅웅거리는 종소리 속을 하얗게

물새떼는 허기를 물고 날아
흩어지던 연변의 물결 소리와 허구한 날
골짜기로 몰리며 서성대던 봄날의 짙은 안개들

다시 겨울이 오기 전에 몇 명은
시집간 여자를 수소문하여 떠나가고 남아 있어도
자라서는 뿔뿔이 안개 속으로 흩어졌지만
모른다 어느 길 어느 모퉁이에서
어른이 되어서도 우두커니
누가 길을 잃고 아직도 서성거리고 있겠는지
그렇게 걸어온 길을 되돌아보기야 하는지

고아원 생활이나마 그런대로 정답던 때가 있었지만, 모두들 시시각
각으로 흩어져 쓸쓸한 생을 보내고 있을 사람들을 생각한다. 인생이란
결코 비극에서 벗어날 수 없다는 시인의 고착관념 한 부분을 보는 듯
하다.

연작시 「동두천」에서도 그런 생각이 표현된다.

내가 국어를 가르쳤던 그 아이 혼혈아인
엄마를 닮아 얼굴만 희었던
그 아이는 지금 대전 어디서
다방 레지를 하고 있는지 몰라 연애를 하고
퇴학을 맞아 고아원을 뛰쳐 나가더니
지금도 기억할까 그 때 교내 웅변 대회에서
우리 모두를 함께 울게 하던 그 한 마디 말
하늘 아래 나를 버린 엄마보다는
나는 돈 많은 나라 아메리카로 가야 된대요

일곱 살 때 원장의 성姓을 받아 이李가든가 김金가든가

박朴가면 어떻고 브라운이면 또 어떻고 그 말이

아직도 늦은 밤 내 귀가 길을 때린다

기교도 없이 새소리도 없이 가라고

내 시를 때린다 우리 모두 태어나 욕된 세상을

이 강변强辯의 세상 헛된 강변만이

오로지 진실이고 너의 진실은

우리들이 매길 수도 없는 어느 채점표 밖에서

얼마만큼의 거짓으로나 매겨지는지

몸을 던져 세상 끝끝까지 웅크리고 가며

외롭기야 우리 모두 마찬가지고

그래서 더욱 괴로운 너의 모습 너의 말

그래 너는 아메리카로 갔어야 했다

국어로는 아름다운 나라 미국 네 모습 주눅들 리 없는 합중국이고

우리들은 제 상처에도 아플 줄 모르는 단일 민족

이 피가름 억센 단군의 한 핏줄 바보같이

가시같이 어째서 너는 남아 우리들의 상처를

함부로 쑤시느냐 몸을 팔면서

침을 뱉느냐 더러운 그리움으로

배고픔 많다던 동두천 그런 둘레나 아직도 맴도느냐

혼혈아야 내가 국어를 가르쳤던 아이야

　　전쟁고아면서 혼혈아에게서 이 땅의 역사를 읽기도 하고, 인간 모두
의 부조리한 삶을 떠올리기도 한다. 또한 불합리한 교육이나 속악스런
세태를 결부시키기도 한다. ‘우리들은 제 상처에도 아플 줄 모르는 단

일 민족'이라는 시구는 이러한 모든 환경을 요약하고 있다. '피가름 억센 단군의 한 핏줄' 인지라 남아 있어 봐야 따돌림 당할 것이고, 고국이라는 애착도 없을 만큼 고통만 당할 것이니 차라리 미국으로 돌아가는 것이 좋겠다는 애절한 하소연이다.

이런 생각은 「베트남」 연작에서 한 가지로 나타난다.

운동장을 질러가는 아이들을 바라보면
너희 나라가 생각난다, 탐아.
한 나라가 무엇으로 황폐해지는지 나는 모르지만
한 어둠에서 다음 어둠으로 끌려가며
차례차례 능욕당한 네 땅의 신음 소리를 다시 듣는다.

내 손에 정글도刀만 쥐어진다면
자르고 싶은 것은 적敵이 아니라 나의 연민이다.
불란서 튀기 너는 우리 부대의 마스코트였지만
가난한 나라의 한 병사가 바라본 너는
슬픔이 아니라 미움이었다

진실은 쉽사리 말해질 수 있을까, 그렇지만
묻어 버릴 수 없어서 눈물이 난다.
폐인이 되어 숨은 내 친구 생사조차 나 모르고
처음부터 네 손에 쥐어 줄 아무것도 나는 없었지만
아느냐? 성해서 돌아왔기 때문만이 아니다.

너는 유민流民도 못 되어서
우리가 어느 전쟁 어느 만장 속을 다시 떠돌지라도
나는 너를 통해서 한 나라를 만나겠구나.

너는 어느 땅에 소개되었는지, 집단

중노동에 있는지.

나는 지금도 저 아이들에게 무엇하나 줄 것조차 없고.

「베트남 Ⅱ」라는 작품이다. '나'와 전혀 이해관계가 없는 이국異國의 '트기'지만 그의 비극적 현실, 그리고 미래의 비극적 전망에 안타까워 하는 것이다. 어차피 인간 모두가 부조리한 삶을 살아야 하기에 새삼 스럽게 연민을 가질 필요가 없다는 뜻이다.

김명인은 이렇게 '외로움'이 모든 사람들의 공통적인 상황임을 확인 하려 한다. 가장 외롭다고 인식되는 사람이나 그를 도와줄 수 없는 자 신이나, 결국 같은 처지임을 말하려 하는 것이다.

그 밖의 시인들 / 감태준, 임홍재

위의 시인들과 같이 시정신을 소외된 계층에 집중시키지 않았더라 두, 소외된 사람들이나 자기 소외감을 표현한 시인들을 몇몇 더 들어 볼 수 있을 것이다.

감태준甘泰俊의 「몸 바뀐 사람들」은 가지지 못한 사람들의 삶의 현장 을 묘사하고 있다.

산자락에 매달린 바라크 몇 채는 트럭에 실려 가고, 어디서 불볕에 닳은 매미들 울음소리가 간간이 흘러왔다

다시 몸 한 채로 집이 된 사람들은 거기, 꿈을 이어 담을 치던 집 폐 허에서 못을 줍고 있었다

그들은, 꾸부러진 못 하나에서도 집이 보인다

헐린 마음에 무수히 못을 박으며, 또 거기, 발통이 나간 세발자전거를 모는 아이들 옆에서, 아이들을 쳐다보고 한번 더 마음에 못을 질렀다

갈 사람은 그러나, 못 하나 지르지 않고도 가볍게 손을 털고, 더러는 일찌감치 풍문을 따라간다하지만, 어디엔가 생이 뒤틀린 산길, 끊이었다 이어지는 말매미 울음소리에도 문득문득 발이 묶이고,

생각이 다 닳은 사람들은, 거기 다만 재가 풀풀 날리는 얼굴로 빨래처럼 널려 있다

무허가 주택이 철거된 사람들의 이야기겠다. 가지지 못한 것이 죄가 되어 언제나 쫓겨 살아야 하는 이들의 모습이 잘 표현된 작품이다.

「꿈길밖에 길이 없어」란 작품은 소외감으로 지척거리는 사람의 심사를 표현한다.

길이 보이지 않는다
꿈의 서울에는, 머리 빗고 가는 곳마다
낯선 불빛이 낮게낮게 깔릴 뿐
이 불빛 저 불빛에
탈도 못 쓰고 떠도는 내가 보일 뿐

팔월 하순의 역촌동에
서럽게 풀들이 말라 있다
거덜난 내 하늘에도
보름달이 거덜나, 조심해요 조심해요
바람도 숨 죽이고 지우는
우리들의 발걸음
오, 흔적도 없이
소주로 적신 입술에서
내 어름이 마른다

지나온 길 돌아보면

아름답고 헛된 흉터에

외롭게 살 바르는 내가 남을 뿐,

죽음을 부리에 물고

떼지어 철새들은 떠나간다 다른 불빛 아래로,

휘어진 길이 하나 굽이친다

희미하게 희미하게

자신의 생이 거덜이 났다고 생각되면 하늘마저도 거덜이 났다고 생각될 것이다. 현실 속에는 그 어떤 희망의 길이 없고 '나'는 외롭게 '살 바르고' 있을 뿐이다. 현실을 벗어나고픈 환상의 길밖에 더 있을까.

임홍재의 시들에서는 비장미悲壯美가 느껴진다. 아무리 일상적인 소재로 쓴 시라도 삶의 고통을 인내하는 진지함이 한껏 표현된다. 그래서 시가 단단하다. 소외된 이들의 서러움을 누르고 눌러 응축시킨 시정신의 모범을 볼 수 있다.

「청보리의 노래·Ⅰ」을 보자.

보리밭 가에서 조선낫이

목놓아 운다.

작석作石더미 져다 부린

등굽은 아버지의 지게가

부황난 황토구렁에서 따라 운다.

황소가 밀고 간

눈물로 허덕인

황토 영마루 바람꽃 피고

조선 소나무처럼 불거진 목민牧民의
뼈마디 뼈마디에 바람이 분다.

할아버지 동학군 선두에 서서
죽창 들고 외치던 소리소리,
일어선 분노가
쾅쾅 죽은 역사를 찍을 때
쓰러지던 어둠의 계곡.
어둠에서 다시 빛나던 저 조선낫.

어이 된 것이냐, 어찌 된 것이냐
빈 두렁에 앉아 목놓아 우는 소작인.
육척 무명올이 다 해져도
헤칠 수 없는 향산鄕山의 안개를
어쩌랴, 어쩌랴, 안개에 젖으며
풍토병을 앓는 애비여, 애비여.

깔끄러운 까락에 걸려
목청을 잃어버린
피맺힌 우리들의 식도食道,
그 속을 넘는 허기에 취해
술래가 된 아이들……
땅두더지는 지금 어느만큼
뼈가 남아 있는가.

아이들아 아이들아
청보리를 밟아라!

밟으면 밟을수록 돋아나는

청보리를 밟아라

죽지 부러진 비둘기가

빼앗긴 혼을 부르며 울고 가는

누구나 목민심서를 엿듣지 않는 밤.

청보리만 살아서 방을 지키는가.

어둠 속에서 다시 돋는가.

뼈 빠지게 일해도 호구지책이 되지 않는 농투성이들이 분노하는 것은 당연하다. 이 땅에서 가장 소외되어 있는 사람으로 남은 농부들은 모두 분노 또는 오기로 삶을 꾸려가고 있는 것이다. 위정자들도 아랑곳 하지 않음을 '누구나 목민심서를 엿듣지 않는 밤'이라고 표현했다.

'유년의 눈물'이란 부제가 달린 「황토맥질」이란 시는 극도로 궁핍한 한 가족의 절박함을 표현했다.

누런 시래기 몇 두름 엮어 달고 / 어머니가 황토맥질을 한 날은 / 하염없이 눈물나더라. // 흉년이 들어 흉년이 들어 / 굶기를 식은죽 먹듯 하던 누이야. // 삼백 날 머슴살이 / 등살터진 빈 지게에 찬 바람만 지고 오는 / 아버지를 부르지 말자. // 찔레꽃 덤불처럼 어우러진 매운 빛을 / 가리고 오는 아버지 마음이야 / 오죽하리야 오죽하리야. / 황토맥질을 하고 / 시래기 몇 두름뿐으로 겨울을 맞는 / 우리를 차마 하늘이 저버리랴. // 바람벽 구수한 내음 넉넉하고 / 달빛도 호들히 내려 / 굴뚝 새 깃을 집는네 / 아궁이에 맹물이 쏠아붙어도 / 청솔이나 그득 지피자. // 어머니가 황토맥질을 한 날은 / 굶어도 굶어도 배만 부르고 / 강물처럼 가슴이 뿌듯해 / 바람벽 껴안고 밤내 울었다. ///

얼마나 처절한 삶인가. 얼마나 지긋지긋한 가난인가. 위의 시는 그의 유년체험과 실제로 연관되어 있다. 병마에 시달리면서 가족 모두를 노동자로 만들어야 했던 시인의 생애가 담겨 있는 것이다. 그러나 어디 시인뿐이겠는가. 살기가 좋아졌다는 시대라 하더라도 궁핍함으로 절박한 삶을 사는 이들은 적지 않다. 그들의 심사를 대변한 시가 되는 것이다.

「무우청을 엮으며」에서는 가난했던 이 땅 일상의 한 광경을 제시한다.

춥고 가난한 겨울을 위해 / 남들은 다 버리는 무우청을 엮는다. / 갈수록 쓰임새와 먹새가 늘어 / 가계부는 붉게 얼룩져도 / 아내는 부끄럼을 감추고 / 이웃집 것까지 거둬 모은다. / 배추, 무값이 똥값인데 / 요즘도 시래길 다 먹느냐며 / 수입식품만 먹는 / 기름진 이웃들 틈에서 / 우리는 자꾸만 난장이가 된다. / 주눅이 들면 안 된다고 / 그래도 아내는 열심히 뛴다. / 구수한 황토 냄새 / 고향 맛을 그대로 간직한 시래기가 / 진귀한 듯 진귀한 듯 / 바라보는 아이들 곁에서 / 나는 허리끈을 졸라 매듯 / 매듭을 꼭꼭 조여 맨다. / 내일, 내일, 내일…… / 아내와 내가 믿는 내일은 / 따습고 밝을 것인가 / 시래기처럼 구수할 것인가 / 생각하여 무우청을 엮는다. ///

무청을 엮는 것은 어느 집에서나 예사롭게 있었던 광경이다. 또한 아직도 가끔은 볼 수 있는 풍경이기도 하다. 가난한 농촌 가정의 일상과 민중들의 정서를 잘 표현한 작품이다. 시인의 작품 중에서는 분노가 눅어져 가장 다정다감하게 표현된 것이다.

임홍재는 짧고 불운한 삶을 살다 간 시인이지만 이 땅에서 소외되어 있는 사람들의 절절한 목소리를 생생하게 전해주었다. 기구한 삶을 살았기에 누구보다도 절실한 목소리로 독자의 가슴을 흔들어 놓은 시인인 것이다.

민중이나 민족을 말하는 것은 결국 모두가 행복하게 살 수 있는 권리를 찾기 위함이다. 고난의 민족사 속에 소외된 계층은 말할 것도 없이 절대 다수였다. 산업사회로 전환한 우리 사회가 외견상 잘 살고 있는 것 같지만 여전히 소외된 사람들이 허다하다. 소외된 계층에 관심을 쏟도록 외치고 나서야 할 사람은 시인들이다. 그것은 훌륭한 시인이 스스로에게 부과한 사명이다. 앞에서 논의한 시인들은 적어도 이 사명에 충실했던 것이다.

4. 시대 분위기나 백성들의 심정을 표현한 시인들

 '민심은 천심'이라 하고, '뭇 사람의 노래는 쇠를 녹인다'고 했던가. 막무가내로 몰아치는 독재자의 서슬에 민심이고 천심이고 겉으로 꽝꽝 얼어붙었던 때였다. 그야말로 동토凍土였고 적막강산이었다. 민심은 공공연하게 표현되지 않을 지라도 거대한 흐름이 있다. 마치 얼음 밑을 흐르는 거대한 강물과 같이 그침이 없는 것이다. 민심은 지극히 현실적이며, 정치 역시 현실 중의 현실이다. 민심과 정치는 서로 가장 잘 호응한다. 민심을 보면 정치행태를 알 수 있고, 정치행태를 보면 민심을 알 수 있다.

 위정자들도 민심에 주의를 기울여야 하지만 훌륭한 민중시인들은 더욱더 민심에 각별해야 한다. 고통의 시대일수록 더욱 그래야 한다. 자기감정 해소에 급급하는 시로는 민중들을 감동시킬 수 없다. 민중들의 생각을 대변할 수 있어야 하고 민중들의 현실적 삶을 증언해 줄 수 있을 때 시인다운 시인이 될 수 있는 것이다.

 민중들의 보편정서를 탐구하고 표현해 내는 역할을 시인이 담당해야 한다. 민중들의 절망이나 희망을 잘 헤아릴수록 훌륭한 시인이 될 수 있다. 시인을 '시대의 안테나'라고 하던가. 그것은 결국 민중의 정서를 가장 예민하게 감지할 수 있다는 말인 것이다.

황명걸, 이 땅의 울화증

황명걸의 많은 시는 울화증을 표현한다. 분단되어 있는 조국에 대한 울화, 독재정치하에 있는 조국에 대한 울화, 여전히 식민지시대에 살고 있는 것 같은 울화, 헐벗고 굶주린 백성들을 대하면서 생기는 울화들이 그것이다. 좀처럼 오지 않는 조국의 봄 때문에 겪는 울화증으로 시대를 증언하고 있는 것이다. 그렇지만 시인은 희망을 말하며 그러기 위하여 현실대응의 의지를 부추긴다.

「새봄은 오리라」를 보자.

빠른 곳에선 / 산수유 철쭉 / 진달래 개나리도 피었다지만 / 아직 강산은 겨울 / 꽃샘바람도 아닌 / 살을 저미는 강추위가 / 조국 산하를 얼린다 / 어쩌다 이리 됐는가 / 겨울은 어이 이다지 길고 / 봄소식은 왜 이토록 더딘가 / 헐벗고 굶주린 백성들 / 추위를 견디기 괴로워라 / 대지엔 아지랑이 / 산들에 꽃들이 피어나는 / 새봄은 왜 이토록 디디딘 밀인가 // 아 언제 오려나 / 만백성들 고대하는 / 꽃피는 새봄은 언제나 오려나 / 내달쯤일까 / 내내달쯤일까 / 내명년은 아니겠지 / 아니 오래 가지는 않을 거야 / 멀잖아 오긴 올 거야 // 아무렴 오고말고 / 암 오고말고 / 숱하게 저질러지는 / 사람답지 않은 짓들이 / 봄을 목조르고 있으나 / 자유의 파랑새는 불사조처럼 살아 / 우리의 머리 위에서 노래하고 노래하리니 / 꽃피는 새봄은 암 오고말고 // 천리는 거역할 수 없거늘 / 계절의 바뀜을 / 누구라 막을 수 있을 건가 / 지구가 도는 한 / 사철이 뚜렷한 조국 산하에 / 겨울은 가고 봄은 오리라 / 설사 좀 더디더라도 / 기필코 곧 / 꽃피는 새봄은 오고야 말리라 ///

'숱하게 저질러지는 / 사람답지 않은 짓들이 / 봄을 목조르고 있으나'에서 말하려는 것은 독재자의 횡포이겠다. 우주만물의 질서로 봄을 확신하듯, 민주주의도 반드시 온다는 확신으로 당시의 민중들에게 희망을 주려한 작품이다.

「서울의 의인義人」은 민주투사를 격려하고 흠모하는 시다.

> 그렇게 흩날리던 휴지도 자리를 잡고
>
> 그렇게 떠돌던 거지도 자리를 펴고
>
> 그렇게 시달리던 창부도 자리에 들고
>
> 도회는 온통 잠에 떨어졌다
>
> 그러나 이 밤 홀로 깨어 있는 자 있으니
>
> 무엇 때문에 누굴 위하여
>
> 이토록 뒤척이며 잠 못 이뤄 하는가
>
> 3·1 운동의 피맺힌 만세 소리
>
> 8·15 광복의 감격어린 잉경 소리
>
> 4·19 의거의 노도 같은 함성 소리
>
> 그 민족의 소리 사라져가는 것이 안타까와
>
> 병들어가는 서울이 애처로와
>
> 뜬눈으로 밤을 지새우는 것이다
>
> 깨어 있는 자여 서울의 의인이여
>
> 당신의 하나가 아닌 일곱
>
> 일곱이 아닌 일곱의 열 배
>
> 당신들이 깨어 밤을 지키는 한
>
> 민족의 소리는 사라지지 않고
>
> 병든 서울은 죽지 않으리라

독재정치에 저항하여 이 땅에 자유를 되찾으려 신명을 바치는 사람들이 진정 의인義人인 것이다. 민족의 사표이고 시대의 선구자가 분명하다. 단지 투사가 아니라, 동양사상에서 최고의 이념으로 치는 '의義'를 실천하는 사람으로 떠받드는 시정신 역시 의로운 것이다.

「종이여 울려라」 역시 자유에 대한 갈증이자 민중들이 '의'를 실천할 것을 부추기는 작품이다.

> 종이여 울려라
>
> 싱그러운 대지 유월의 훈풍 타고
>
> 종이여 울려 퍼져라
>
> 삼천리 방방곡곡
>
> 종이란 종은 모조리 울려라
>
> 거리 지나고 마을 벗어나
>
> 내 건너 들과 산으로
>
> 널리널리 울려 퍼져라
>
> 처음엔
>
> 떨어진 새의 아픔을 슬퍼하여
>
> 다음엔
>
> 그 아픔의 쾌유를 기원하여
>
> 그리고 마지막엔
>
> 떨어졌던 새의 새로운 비상을 축복하여
>
> 종이여 일제히 울려라
>
> 뜨겁게 뜨겁게 울려 퍼져라

민주항쟁을 하나 죽은 이들의 영혼을 추모하고, 그들의 고귀한 정신이 새롭게 살아있는 힘으로 발휘되기를 기원하는 작품이다.

황명걸은 독재치하에서 고통을 겪고 있는 개인은 물론, 모든 백성들의 울화를 증명하고 있다. 동시에 그 울화를 풀 수 있도록 힘을 주려 했다.

최하림, 분노와 견고한 사랑

최하림의 시들은 온통 분노의 어조를 띠고 있다. 그만큼 그 시대 독재 정치가 주는 억압이 절정에 달했다는 증거다. 분노해야 할 대상을 구체적으로 밝히는 것이 아니고 당시의 사회적 분위기를 제시하여 독재자들의 잘못을 암시하는 것이다. '어둠'이라든지 '겨울'이라는 어휘가 그의 시에서 가장 많이 쓰이고 있는데, 결국 그 시대를 상징하는 어휘가 된다. 「우리나라의 1975년」이라는 시는 사실적 시대 증언의 한 예다.

잇몸이 없는 시린 이빨로
앙상한 가지를 벌리고 서 있는
가로수 밑둥을 물어뜯어도
가로수들은 아파하지도 않고
우리들의 분도 풀어지지 않네

이 발길 그리고 저 돌멩이 돌멩잇길
서남해의 대숲마을이나 마늘냄새
매캐한 중강진의 살얼음 속에서도
사람들은 입을 다물고
여윈 손목을 끌어잡을 줄 모르네

그러나 사람들은 서로 다르나
알아들을 수 있는 사투리로 말하고
끌어잡지 못하나 그 손으로 일하면서
고난의 시대를 함께 사네

아아 비바람에 씻긴 바윗돌 같은 얼굴
모진 불행을 다 삼키고도 표정없는 얼굴

그러한 얼굴로 서 있는 시대여

네 완강한 몸뚱이를 잇몸이 없는 시린 이빨로

물어뜯고 뜯어도 시대는 아파하지도 않고

우리들의 분도 풀어지지 않네

완강히 가로막고 있는 시대 속에 갇혀 있는 백성들이 무표정한 얼굴로 고통을 삭이고 있는 모습이 눈에 선하다. 독재자와 그 하수인들이 구축해 놓은 벽은 너무나 완강해서 민중들의 웬만한 저항으로는 무너뜨릴 수 없었던 시대 분위기를 표현한 작품이다.

「백설부白雪賦Ⅰ」은 호흡이 다소간 긴 작품인데, 역시 어두운 시대를 증언하고 있다.

몇 번씩이나 철이 바뀌고 잔설殘雪이 돌을 덮어도 / 달라지는 것 없는 산이여 / 올해도 대관령에서는 산사람들이 / 겨울을 맞아들이면서 자작나무 불을 피우고 // 일어 꺾어시는 가시와 가지 나무와 나무 산과 산 / 하늘에는 별이, 별에는 눈이, 눈에는 산사람들의 / 꿈이 결빙하여 얼어터지는 소리 / 그 소리 위로 내리는 밤눈 소리 // 눈에 보이는 사물들은 모두 다 / 제 나름의 소리를 하고 / 소리들이 모여들어 산을 울리고 / 가난한 사람들의 마음의 / 사리事理를 만든다 // 언제나 가난하게 하고 / 언제나 산에서 살게 하는 / 사리 어리석은 사리 //

*

이런 밤엔 새로운 기억과 발을 가지고 / 평원으로 가 밤눈 소리를 들어야 한다 // 모든 죽어간 사람들의 얼굴을 그리고 / 그들의 마지막 표정에 새겨지던 고난의 희망을 / 생각해야 한다 // 그리고 또 이런 밤엔 / 거리에서 방황하는 사내와 옥중죄수들 / 그들의 경험 속에 내포된 벽지의 술집여자 눈먼 아이 / 그들의 눈과 발 그들의 아픔 // 그밖에도 그들의 것으로 인식되어지지 않는 경험이 / 우리들에게서 사랑으로 화하는 것을 확인하고 / 그 사랑의 밤으로 한 걸음 한 걸음 걸어가야 한다 // 사랑이란 있으면서 없는 것 / 짐승과 인적이 지나도 하얗게 설원은 열려 있는 것 //

*

근육이 튼튼한 사내들이 밤 거리를 헤매는 / 척박한 식민지 밤 눈이 내리고 / 민가의 불빛 따스한 모습으로 길을 비춰주는데 / 끝없구나 살아서 걸어가는 길 / 학대받고 걸어가는 길 / 친구도 이웃도 형제도 나를 / 문 밖으로 밀어내어 / 유랑의 무리로 밀어내어 / 홀로 걸어가게 하는 길 / 이다지도 자욱한 눈 속을 / 걸어가게 하는 길 / 어느 강가에서 어느 벌판에서 / 우리들의 유랑은 끝날 것인가 / 눈뜨지 못하는 넋들이 한 마음으로 모여들어 / 어느 강물이 되고 바람이 되고 폭설이 되어 / 가지도 지붕도 없이 넘어뜨릴 것인가 / 걸어가거라 진승陳勝의 넋이여 / 근육이 튼튼한 사내들이 밤거리를 / 헤매는 척박한 식민지 밤 ///

1976년에 발표한 작품이다. 그때 식민지는 끝났는가. 외형상 식민지 백성은 아니었다. 그러나 독재자의 뒤에는 독재자가 호가호위하는 강대국이 있었다. 이 땅의 민주화를 위해 투쟁하던, 몸도 마음도 젊은 사람들은 마치 집도 절도 없는 것처럼 유랑해야 했다. 앞길을 가늠할 수 없는 눈보라 치는 길을 걷듯 마냥 헤매었던 때가 있었다. 철저히 소외되어 분노를 삭이던 때가 있었다.

「겨울의 사랑」에서는 사랑을 말한다. 분노 속에서 가지는, 원한 속에서 가지게 되는 사랑이 진정 견고한 사랑임을 설득시키려 한다.

겨울의 뒤를 따라 밤이 오고 눈이 온다고

바람은 우리에게 일러주었다

리어카를 끌고 새벽길을 달리는 행상行商들에게나

돌가루 냄새가 코를 찌르는 광산촌의 날품팔이 인부들에게

그리고 오래 굶주릴수록 억세어진 골목의 아이들에게

바람은 밤이 오고 눈이 온다고 일러주었다.

바람은 언제나 같은 어조로 일러주었다.

처음 우리는 이 말이 무엇을 뜻하는지 알지 못했으나

반복의 강도 속에서 원한일 것이라고 여기게 되었다

원한은 되풀이 되풀이 되풀이하게 하는 것이다

벌거벗은 여인을 또다시 벌거벗게 하고

저녁거리 없는 자를 또다시 저녁거리 없게 하고

맞아죽은 놈의 자식을 또다시 맞아죽게 하는 것이다

그리하여 언제나 피비린내가 그칠 날이 없게 하는 것이다

아아 짓밟힌 풀포기 밑에서도 일어나는 바람의 시인이여

어쩌다 우리는 괴로운 무리로 이 땅에 태어나게 되었나

어쩌다 또다시 칼날 앞에 머리를 내밀고

벌거벗은 여인이 사랑을 말하려고 할 때

잠자리에 들려고 할 때

사랑이 그들의 머리칼을 창대같이 꼿꼿하게 하고

불더미 속에서도 죽지 않는 영생으로 단련하는 것같이

단단하고 매몰차게 세상을 살아야 한다 말인가

아아 바람의 시인이여 이제야 우리는 알겠다

그들의 골수 깊은 원한이 사랑을 가지게 한다는 것을

쇠붙이는 불길 속에서 단련되어진다는 것을

바람은 그것을 밤이 오고 눈이 온다고 말하여 주고 있는 것이다
그렇게 겨울의 견고한 사랑을 말하여 주고 있는 것이다

독재자들에 의한 '어둠', '겨울'이 아무리 완강할지라도 그것을 이겨
나가는 생존법이 있는 것이다. 원한과 분노가 켜켜이 쌓이면 오히려
그것이 힘이 되고 이웃을 다독이는 사랑이 되는 법이다. 고통은 사람
을 단련시키기에 고통을 받을수록 오히려 희망이 커지고 사랑이 커지
게 되는 것이다.

최하림이 시에서 표현해 내는 분노는 분노로 끝나게 하지 않는다.
분노도 힘이 되고, 원한도 힘이 되어 사랑으로 변환시킬 수 있다는 것
을 말해 주고 있다.

이성부, 민중의 한과 힘

이성부는 시에서 유난히 힘을 강조한다. 한 사람의 힘을 모아 여럿
의 힘으로 사는 법, 한恨에 사무친 역사에서 힘을 얻는 법을 말하려고
한다. 한이 어디서 생겨나며, 그 '한의 힘'이 어디에 쓰여야 하는가에
대해서도 암시를 하고 있다. 한 개인의 순박한 삶을 방해하고, 민중들
의 소박한 꿈을 앗아가는 대상에 대한 분노는 그의 시 힘의 근원이 되
고 있다. 죄도 없이 죄 지은 듯 살아가는 사람들에 대한 애정을 표현하
는 것을 최상의 덕목으로 삼고 있다.

해마다 봄으로 떠난 사람들이
낯붉히며 도망가듯 떠난 사람들이
이제는 하나씩 돌아온다.
죽지 하나가 찢겨진 채
그리하여 그들은 돌아온다.

모르는 땅의 헤메임이란
얼마나 더디고 더딘 꿈이었던가.
만나는 사람마다 만남을 알 수 없는
깊은 슬픔 속에 주저앉고 마는,
모르는 땅의 모르는 몸들.

그리하여 그들은 돌아온다.
그들을 떠나 살게한 어둠 속으로,
과거 속으로, 혹은 당겨지는 미래 속으로
사랑의 한 점
진한 언어를 찍기 위하여
그들은 보다 힘차게 돌아온다.

「귀향」이다. 절망하고 소외되었다가 각성하여 더 큰 힘으로 돌아서곤 하는 이들이 민중이다. 누군들 상처 하나씩 간직하고 있기 않을 수 있겠는가. 아니 아예 죽지가 찢어지고 떨어져 나가 영영 꿈을 향해 날 수 없는 이들도 숱하다. 그러면 그런대로, 숙명을 탄력삼아 더 큰 힘으로 다시 일어서는 것이 민중이다. '진한 언어'는 민중이 찍는다.
「벼」라는 시에서는 그런 민중의 힘을 유추해 낸다.

벼는 서로 어우러져
기대고 산다.
햇살 따가와질수록
깊이 익어 스스로를 아끼고
이웃들에게 저를 맡긴다.

서로가 서로의 몸을 묶어

더 튼튼해진 백성들을 보아라.
죄도 없이 죄지어서 더욱 불타는
마음들을 보아라. 벼가 춤출 때,
벼는 소리없이 떠나간다.

벼는 가을 하늘에도
서러운 눈 씻어 맑게 다스릴 줄 알고
바람 한 점에도
제 몸의 노여움을 덮는다.
저의 가슴도 더운 줄을 안다.

벼가 떠나가며 바치는
이 넓디 넓은 사랑,
쓰러지고 쓰러지고 다시 일어서서 드리는
이 피묻은 그리움,
이 넉넉한 힘…….

　'서로가 서로의 몸을 묶어 / 더 튼튼해진 백성들을 보아라' 하는 시구
가 민중의 힘이 무엇인가를 요약하고 있다. 어우러져 기대고 살며 서로
다독거려 주는 것이 민중들의 삶이라는 생각을 잘 표현한 작품이다.
　「밤샘을 하며」에서는 민중들의 한과 힘을 좀 더 힘찬 어조로 표현
한다.

우리나라에는 왜 이다지도
노여움에서 태어난 사람들이 많으냐.
마련된 칼로 저마다의 가슴만을 찌르며
왜 이다지도

돌아오지 않는 사람을 기다리는

사람들이 많으냐.

동해 짠 바닷물로 씻어내려도

씻겨지지 않는 울음을 우는 사람들아!

어디로 문 열고 나가야 할 곳을

미리 다 알지 않느냐.

부릅 뜬 눈들이 어둠을 찢어서 달려가고

끝내 죽을 수 없는 목소리들 뭉치어

하나로 외쳐보면

빈 벌판에도 하늘에도 부딪쳐 메아리로 크는구나.

우리나라의 밤도 깊을 대로 깊어

생생하게 돌아오는 벗을 보면 깨어나리라.

밤새워 민중의 힘을 부르는 소리인 것이다. 한 맺힌 사람들이 한 맺힌 사람늘을 불러 모아 어둠을 뚫고 가기를 염원하는 노래다. 시대가 어두울수록 민중의 힘, 그 한의 힘을 믿어야 한다는 생각을 표현한다. 「백제행百濟行」은 그런 생각에 좀 더 확신을 갖도록 격려하는 작품이다.

잡혀 버린 몸

헛간에 눕혀져

일어설 줄 잊었네.

고요히 혀 깨물어도

피흘리는 손톱으로 흙을 쥐어뜯어도

벌판의 자궁에서 태어난 목숨

그 어머니인 두 팔이 감싸주네.

이 목마른 대지의 입술 하나,

이 찬물 한 모금,

죽은 듯 다시 엎디어 흙에 볼을 비벼 보네.

해는 기울어

쫓기는 남편은 어찌 됐을까?

별들이 내려와 그 눈을 맑게 하고

바람 한 점

그 손길로 옷깃을 여며 주네.

어둠 속에서도

눈밝혀 걸어오는 사람들의 발자국 소리,

귀에 익은 두런거림.

먼 데서 가까이서

더 큰 해일을 거느리고 사랑을 거느리고

아아 기다리던 사람들의

돌아오는 소리 들려오네.

민중의 한과 힘이란 결국 사랑을 위한 것이다. 독재자에게는 해일 같은 분노이겠지만 민중들에게는 해일 같은 사랑이겠다. 위 시를 보면 시대의 어둠 절정을 거쳐 가고 있음을 알 수 있다. 민중들의 외침으로 곧 어둠이 밀려갈 즈음이 됐음을 표현하고 있다.

이성부의 모든 시들은 한결같이 민중들의 보편정서를 표현한다. 불의에 분노할 줄 알고 순박한 사람끼리는 사랑으로 다독이는 모습을 보여주는데 전념한다. 그것이 이 땅의 진정한 힘임을 터득케 한다.

이가림, 한의 근원 탐구

이가림의 시는 힘차되 어둡다. 어두운 시대를 단직한 언어로 잘 증언해낸다. 한恨을 품고 죽어가고, 한을 품고 위축되던 시절의 분위기를 잘 표현해 낸다. 그가 표현하고자 하는 한의 근원은 말할 것도 없이 독재정치다. 그 한을 직접 표현한 것도 있고 행간行間에 묻어둔 작품들도 있다.

「황토에 내리는 비」는 한을 직접 표현한 것에 속한다.

동풍이 목놓아 소리치는 날
빈 창자를 쓰리게 하는 소주 마시며
호남선에 매달려 간다 차창 밖 바라보면
달려와 마중하는 누우런 안개
호롱불의 얼굴들은 왜 떠오르지 않는가
언제나 버려져 있는 고향땅
단 한번 무쇠낫이 빛났을 때에도
모든 목숨들은 언문諺文으로 울었을 뿐이다
논두렁 밭두렁에
장삼이사張三李四의 아우성처럼 내리는 비
캄캄한 들녘 어디선가
녹두장군의 발짝 소리 들려온다
하늘에게 직소直訴하듯 치켜든
말없이 젖어 있는 풀들의 머리

한恨의 내력을 이렇게 간결하고도 진지하게 표현해 내기도 쉽지 않다. '단 한 번 무쇠낫이 빛났을 때'가 의미하는 것은 동학농민혁명이다.

민중들의 항변을 '언문으로 울었다'고 표현한 것과, 내리는 비를 '장삼이사의 아우성'으로 표현한 것이 기발하다. 물론 풀들을 '하늘에게 직소하듯 치켜든' 것으로 비유한 것도 절묘하다. 민중의 한이 어디로부터 시작되었는가를 진지하게 유추하도록 만든다.

한을 행간에 묻어둔 작품으로는 「유리창에 이마를 대고」를 들 수 있겠다.

유리창에 이마를 대고
모래알 같은 이름 하나 불러본다
기어이 끊어낼 수 없는 죄의 탯줄을
깊은 땅에 묻고 돌아선 날의
막막한 벌판 끝에 열리는 밤
내가 일천번도 더 입 맞춘 별이 있음을
이 지상의 사람들은 모르리라
날마다 잃었다가 되찾는 눈동자
먼 부재不在의 저편에서 오는 빛이기에
끝내 아무도 볼 수 없으리라
어디서 이 투명한 이슬은 오는가
얼굴을 가리우는 차가운 입김
유리창에 이마를 대고
물방울 같은 이름 하나 불러본다

한 사람의 죽음과 그 그리움을 산뜻하게 표현했다. 왜 죽었는가, 누구인가 따위를 따질 필요가 없을까. 만약 시대와 연관시킨다면 반독재 운동을 하다 희생된 인물일 것이다. 죽은 이에 대한 그리움만일 수는 없어, 한이 표현되어야 하거늘 외견상 그 한을 도무지 느낄 수 없다.

언외의言外意로, 즉 행간에 묻어두었다고 생각할 일이다.

시인이 한스럽게 생각하는 것은 고향땅에 대해서도 마찬가지다.「이끼 낀 고향에 돌아오다」를 보자.

맨드라미 몇송이
머리 잘려 서 있는 길

그날의 불뿜는 기총소사
곰보가 된 흙벽돌 담장 너머
내 어릴 적
초등학교 운동장 바라보면
까마중 따먹던 시절이
흰 자막처럼 지나가고

시외버스 정류장 옆 빈터에
산나물 팔러 오는
먼 친척인 것만 같은 아낙네들의
새까만 얼굴들,

소주 마신 듯
붉은 달이 비틀거리는
개울물에
바퀴를 씻고
무거운 그림자 끌며 돌아가는
달구지들의 하루

짠 고들빼기 김치맛 나던 곳
고왔던 양가집 사랑 모두 시들어져

> 낯선 골목마다
> 다 닳아진 창唱 몇가닥
> 빨래처럼 펄럭이누나

고향은 있되 고향을 잃은 참담한 마음을 표현한 시다. 참상의 현장이었고 동시에 정겨웠던 어린 시절을 보냈던 곳이라서 희비가 엇갈리는 고향이기도 하지만, 이제는 모두 야위고 퇴락하여 더 이상 애착을 가질 수 없게 되니 한스러워지는 것이다. 고향을 잃은 것이 평생의 한으로 남을 수밖에 없다.

「반도半島의 눈물」은 불합리한 정치가 민중들의 가슴 속에 심어놓은 한을 표현했다.

> 기러기여, 눈물나게 아름다운 우리나라의
> 푸른 하늘에서 소총에 맞은 기러기여
> 울어다오 자유의 이마가 깨어져
> 반절의 지도보다 커다랗게 피가 얼룩지는 것을
> 보이지 않는 조정朝廷의 뒤뜰에서는 날마다
> 더러는 무소들의 싸움이 들려오고
> 딴 아픔 딴 목소리의 털보들에게 밟혀
> 젊은 보리들은 배에 실려 팔려 간다 모르는 곳
> 캄캄한 자본의 구렁으로 죄수들처럼
> 이아 모가지여, 저당 잡힌 모가지여

위정자들의 불합리한 정치에서 야기되는 비극을 표현한 작품이다. 백성들의 자유와 맞바꿀 수 있을 정도로 값어치 있는 것은 아무 것도 없다. 백성들을 억압하면 외세가 설쳐댄다는 생각이 제시되어 있다. 짧은 시 속에 많은 의미를 압축해 넣은 좋은 시다.

이가림의 시가 단직하며 기상이 높은 것은 현실안이 빼어나기 때문이다. 백성들이 가지고 있는 한의 근원이 무엇인가를 진지하게 성찰하도록 해준다.

송수권, 사기 등잔 하나인 백성

송수권의 많은 작품들은 억눌려 살고 있는 백성들에 대한 자신의 심사를 표현해 내고 있다. 독재자에 대한 울분을 드러내려 하는 것이다. 우리의 역사를 성찰하면서 권세가들 밑에서 늘 핍박받아온 백성들의 모습을 재생시키기도 하고, 때로는 민중의 혁명을 환기시키기도 하면서 시의 대응력을 키우려 했다. 그의 「백성」이란 시는 간결하지만, '백성'에 대한 시대적 고찰이 독특하다.

보리 까끄러기만 바람에 풀풀거리고
뚝뚝 여문 보리알이 보이지 않는다
쭉정이만 바람에 날리고
뚝뚝 여문 쌀알이 보이지 않는다

백성, 소리만 남고 뜻이 없다
백성, 소리만 남고 얼굴이 없다

웹스터 사전에도 이 말은 없다
市字와 民字만 깡통식품처럼
널려 있다

백성아, 백성아,
한밤내 소리쳐 불러도
까만 뒤통수만 남고
얼굴이 없다

이 시에서 백성에 대해 부여된 의미는 두 가지로 헤아릴 수 있겠다. 독재자들에게 착취되어 허상虛像으로 남은 존재들로 파악할 수 있으며, 역사를 떠받치고 갈 힘이 없는 군상群像으로 해석할 수 있다. 둘 중 어느 하나만 맞는 답이 아니고 둘을 다 포괄하는 작품이다. 어쨌든 시인은 당대를 백성이 없는 시대로 보고 있기 때문에, 백성이란 의식을 일깨우려 한다. 「등잔燈盞」이 그 대표적인 작품이다.

무엇이냐, 아직도
우리들의 가슴 속에 고여 뜨거운 핏줄을 밝히는 것은
양반 귀족들의 품에서 놀아난 상감 백자가 아니라
맑은 물 속에서 배를 뒤집는 귀족어貴族魚들의 무아경이 아니라
어느 천민賤民의 손에서 흘러 온 민짜로 된 사기 등잔 하나

나는 십장생十長生의 무늬가 아니라도 좋아라
육간六間 대청 마루에 뜨는 불빛이 아니라도 좋아라

눈 감으면 한밤내 은하수가 꼬리를 치며 흘러가고
풀섶에선가 가늘게 가늘게 은종이 울려퍼지는 벌판
저 강 건너 주막집에 뜨는 불빛
주먹 같은 불빛 하나
눈보라 속에 갇혀서 남한산성으로도 뛰고
강화도로 뛰고 의주로도 뛰는
어둑한 산하山河

무엇이냐, 호적胡敵들의 꽹과리 속에서
무너져 오는 저 불빛은
짚신 감발에 대패랭이를 쓴 놈들이 죽창을 들고

무에라 떠들며 오는 소리
운봉 새재 아흔 아홉 굽이에도 실리고
무엇이냐,
소리도 없이 밤 하늘에 잠든 기旗처럼
우리들의 가슴에 고여 뜨거운 핏줄을 밝히는 것은
이 상놈의 피는

역사 속에서 백성의 실체를 찾아내고, 자신 속에서도 그 속성을 확인해내는 것이다. 화려한 삶이 아니라 순박한 삶, 마치 '민짜로 된 등잔'과 같은 존재가 백성임을 말한다. 분연히 일어서서 억압을 뚫어내는 무리가 백성임을 잘 표현한 작품이다.

「큰 사랑 옆」이란 작품에서는 할아버지의 기개를 본받겠다는 자신의 의지를 표현한다.

우리 역사는 밀돋친 무넝씨를 까뱉는 씨아의 한숨 같은 것이냐
한 집 닭이 울면 한 집 닭이 울고 급한 파발만 뛰듯
한 동네 닭이 울면 한 동네 닭이 울고 또 한 동네 닭이 울면
또 한 동네 닭이 울고 남산을 서른 세 번 들었다 놓는
파루가 새벽을 치면 도포갓이 밀려드는 우리집 큰사랑
귓속말 같은 것이냐
할아버지 동학 접주로 칼을 물고 죽었다는 그 큰사랑 옆
그때 심었다는 대추나무도 가을 바람에 늙은 거머리처럼
시들해져서, 열다가 말다가 한 줌씩 두 줌씩 떨어지다가 말다가
끝내는 농가 개량 주택 사업으로 반쯤 허물어진 그 큰사랑도
아주 헐리고, 대추나무도 도끼날에 넘어져 가마솥 아궁지에서
타고 만 피슥거리는 그 불꽃 같은 것이냐. 그래서 할아버지의

일에 관한 것이라면 모조리 그 아픈 기억을 잊으려고

마루청 밑 구르는 나막신까지를 끌어내어 죄다 불사르고

말았는데 또 그 베어 버린 대추나무 그루터기 오다말다한 장마비에

돋던 독버섯, 나는 구둣발로 짓뭉개 버리고 말았는데 올봄 무슨 일로

고향에 가 그 큰사랑 옆 그때 심었다는 대추나무 그루터기에서

무슨 이적異蹟처럼 대추나무 새 순이 한 뼘 가옷은 실히 됨직하게

자라 오르고 있지 않겠는가. 나는 다시 내 눈에 연한 대추물이 들면서

바람아 불어라 대추야 떨어져라 바람아 불어라 대추야 떨어져라

내 볼엔 어느 새 대추씨 같은 눈물까지 보이면서 이 할아버지의

일대기一代記를 묻어 버릴 것이 아니라 이 눈물로라도 어린 싹을 키우겠다는

아 그 말 아닌가.

이 땅에서 혁명정신은 그만큼 소중하고 절실히 필요했던 것이었다. 동학혁명 정신을 잘 이어받아 이 땅의 민주화를 위해 신명을 바쳐야 한다는 생각이 잘 표현된 작품이다.

이태수, 민중들의 암울한 표정

이태수 시들의 표정은 대체로 음울하다. 인간은 물론 삼라만상이 암담하게 생존하고 있는 것으로 표현된다. 이것은 분명 시대와 연관되어 있는 것이다. 나가야 할 길이 보이지 않고, 그 어떤 희망도 가질 수 없는 시대의 분위기를 암시하고 있다. 「그림자의 그늘·9」란 작품을 보자.

서녘에 매달린다.

빈 들, 불두화佛頭花는 지고

까마귀 울음 묻어나는 고목 가지에

몇 점, 별이 눈 뜨고 있다.

눈 가리고

이리저리 휩쓰는 바람.

시든 초목들이 넘어지고

쓰러지며 앉는다.

손거울을 던진다.

잃어버린 내 얼굴

바람에 쓸려 버린 이 가슴,

빈 들에 눕고 있다.

느리고 질기게 별빛 안으며

별을 키우며.

잠이 밀려온다.

꿈의 저 끝에도 돋아나는 별

혹은 이빨 가는 풀잎들.

— 내 얼굴을 돌려 다오.

내 얼굴을 돌려 다오.

'이빨 가는 풀잎들'에서 풀잎이란 어휘를 '민중'이란 의미로 적용시키면 뜻은 확연해진다. 고통 받는 민중들이 작은 희망으로 살아가려고 몸부림치는 모습이 연상된다. '내 얼굴을 돌려 다오'란 의미는, 고통에 찌든 표정이 아니라 본래의 밝은 표정이 되게 하라는 것이다. 결국 위정자들에게 대한 요구이겠다.

「물 위의 기름방울 혹은 뜬구름」도 위의 시와 비슷한 분위기, 비슷한 의미이겠다.

주먹을 폽니다.
바람에 봉두난발蓬頭亂髮 흩날리는
풀잎들.
내 꿈도 별수 없이
주저앉습니다.

등이 시리군요. 풍란들도
발 오그리고
가 닿을 수 없는 하늘의 깊이
무너지는 것들.
산허리의 허수아비들도 이젠
팔을 내립니다.

나뭇잎, 별, 내 마음,
돌멩이들.
모든 것이 부질없는 다만 흔들거리고
흔들리다 가라앉는군요.
바람만 제 혼자 눈 멀어 불고,

아아 그랬었군요. 나는
물 위의 기름방울
혹은 뜬구름

바람에 풀잎들이 봉두난발이 되었다는 표현이 기발한데, 시대와 연관을 지어 생각한다면 독재정치에 고통을 받고 있는 민중들로 해석해야 하겠다. 눈 먼 바람이 독재정치를 의미하는 것이며 삼라만상이 그 앞에서 속절없이 갈피를 못 잡는 모습을 연상하게끔 하고 있다.

「길은 안 보이고」는 전망 없는 시대를 표현한 작품이다.

> 서성거렸어.
>
> 길은 문득 물러서 버리고
>
> 안개가 코 앞까지 붐비고 있었어.
>
> 머리 속엔 젖은 솜뭉치가 가득가득 채워지는 듯했고
>
> 황량한 나의 뱃길에는
>
> 할딱이는 거룻배 한 척,
>
> 파도에 묻혔다 일어서고 묻히고.
>
> 지워질 듯 눈 뜨는 별이나
>
> 꺼질 듯 켜져 있는 내 꿈은
>
> 어둠 저 켠으로 비명을 지르기도 했어.
>
> 쓸쓸히 휘파람 불며
>
> 강가에 나가 기다리고 기다렸어,
>
> 무언가 올 것은 올 것이라고 오늘도
>
> 중얼거리며.
>
> 하지만 달력의 아라비아 숫자들은
>
> 속절없이 스러지고
>
> 랍비여, 랍비여, 부르는 내 목소리는
>
> 미망의 헛바퀴에 실리어 부서지고, 부서지고
>
> 길은 안 보이고

'무언가 올 것은 올 것이라'는 기대를 가졌다가 다시 절망하는 모습이 잘 표현되어 있다. 한 마디로 민주주의일 것이다. 자유를 갈망하는 작품이다. 이 작품 이외에도 「잠자는 아이 곁에서」, 「그림자의 그늘·12」 따위들이 모두 음울한 시대 분위기를 잘 그려내고 있는 것이다.

이태수의 시는 어두운 시대에는 틀림없이 어두운 표정을 짓는다. 시대 분위기를 성실하게 언어로 옮겨 놓는 것이다.

최동호, 분노의 침묵

최동호의 초기시는 시대 분위기를 적극적으로 증언하려 한다. 독재 정치에 의해 어두워진 사회와 언제 터져 나올지 모르는 민중들의 팽팽한 힘이 암시되어 있다. 또한 민주화를 위해 희생된 인물을 제시하면서 항쟁 의지를 도모하는 사회적 분위기를 표현한다.

「팬터마임, 이제는 막이 내렸다」를 보자.

장막 뒤에 어떤 일이 있었는지 모른다. / 팬터마임, 관중을 침묵시킬 뿐 / 결코 말하지 않는다. / 흰 가루로 분장한 너의 얼굴이 / 무대 밖으로 돌출하듯 튀어나와 / 말없이 복종할 것을 요구한다. / 부릅 뜬 너의 눈이 어둠속에 앉아 있는 / 우리를 전율케 한다. 소리나지 않은 / 광기의 목소리로 / 침묵의 벽을 향해 외친다. / 곤두선 머리털이 빠진다. // 네가 웃고 있다, 부드럽고 인자한 얼굴로. / 관중이 복종을 거부할 때 / 네가 분노한다. 굳어진 얼굴을 가리는 / 철사 같은 손가락이 떨고 있다. / 떨고 있을 때 우리는 비로소 / 하나가 된다. 일방적인 요구를, / 받아들이며 우리는 새로이 태어난 인간처럼 / 안도의 숨을 내쉰다. 마지막 지푸라기 하나를 / 붙잡아 우리는 살아난다. // 너는 다시 웃고 있다. / 놀라지 마라 우리는 하나니라. / 근심 걱정 없는 태평천하였느니 / 장막 뒤에선 무슨 일이 있었는지 모른다. / 팬터마임, 네 고독한 몸짓은 화약 연기와 같다. / 막이 내리고 돌아나오는 / 극장 밖에는 찬연한 햇살이 / 어둠을 무찌르는 함성처럼 부서지고 / 마취된 정신의 빈틈을 울리던 소리가 / 성난 함성으로 되돌아와 / 하얀 얼굴의 악령에 흘려있던

/ 관중들의 외침이 밀물처럼 휩쓸고 나아갔다. / 시대의 폭약이 터지고, 너는 쓰러졌다. / 팬터마임, 이제는 막이 내렸다. / 분장을 지워라. / 분노를 터뜨리지 마라 / 흥분할 필요가 없다. / 결코 아무도 돌아보지 않는다. ///

독재자와 독재정치를 팬터마임으로 본 것이다. 기껏 해봤자 혼자 자아도취에 빠진 연기 정도로 보고 있다. 관중과 전혀 교감되지 않는 연기를 하면서 관중들을 압박하기만 하는 배우였던 것이다. 독재자를 팬터마임 배우로 비유한 것은 참으로 기발하다. 그러나 연기는 언제나 끝나기 마련, 전혀 교감되지 않는 연기에 관중들이 분노하듯이 민중의 분노에 의해 독재정치는 역사의 뒤안길로 사라질 수밖에 없다는 생각을 잘 표현한 작품이다.

「그해 여름」 역시 독재정치에 대한 항쟁을 주제로 하고 있다.

화강암 돌 속에 햇살이
대못처럼 푹푹 박히던
그해 여름, 나는
희게 튕기던 빛 속에서 죽고 싶었다.

아니, 무성한 나무 그늘 속에서 죽고 싶었다.

순결한 젊음 속에는
아무것도 있을 수 없고,
순결한 젊음 속에는
아무것도 위대할 수 없다는 것을
깨달은 그해 여름

대못에서 하얀 불꽃이 튕기는 햇살 속에서
죽고 싶었다.
아니, 무성한 나무 그늘 속에서
검푸르게 죽고 싶었다.

미치게 푸르러지는 나뭇잎과
영혼의 속살까지 파고드는
햇살 속에서
전율하는 젊음에 떨며
죽고 싶었다.

비틀거리며 걸어가던 그해 6월
최루탄과 식은 땀과 흙먼지 속에서
나는 죽고 싶었다.
희게 빛나던 햇살이 까맣게 타들어가던
그해 여름

광기에 떨고 사랑이 무너지고
논리가 무너지던 그해 여름
무성한 나뭇잎과 그늘 사이
파리한 손을 가진 나는 죽고 싶었다.

김기진의 「백수白手의 탄식」에서 나오는 시구, '너희들의 손이 너무도 희구나'를 연상시키는 작품이다. 얼마나 정직한 탄식인가. 현실을 올바르게 깨닫는 데서 오는 자조自嘲이기에 읽는 이에게 힘을 줄 수 있는 작품인 것이다. 항쟁의 대열에 서서 돌 하나 던지지 못하는 '파리한 손을 가진 나'인지라 죽고 싶다고 표현하였지만, 이렇게 표현할 수 있는 용기도 큰 것이다.

독재정치하의 상황을 적극적으로 증언하려 한 작품은 이 외에도 「붉은 흙」, 「어쩐지, 가을이 되어」, 「보통사람들」 같은 작품이 있다. 최동호의 작품들은 자기성찰을 바탕으로 하기에 허세가 없는 진지한 작품으로 평가할 수 있다.

독재자들을 향해 직격탄을 날리면서 정치행태를 바로잡고자 하는 방법도 있지만, 시대분위기나 민중들의 민심을 증언하며 위정자들에게 간접적으로 압력을 가하는 시인들 역시 훌륭하다. 민심이 천심이라는 신념으로 각성된 민중들의 정서를 잘 표현해 낸 시인들이다.

5. 인간의 정서 회복에 진력한 시인들

순탄하지 못한 시대에 쓰인 서정시도 때에 따라서는 아주 좋은 평가를 받을 수 있다. 언어미가 빼어나든지 민족어의식이 투철하든지, 그 모두를 통해 인간의 정서를 한껏 생산하도록 한다면 훌륭한 시로 취급될 것이다. 현실대응력을 갖는 시나 자연친화류의 시들 모두의 궁극적 목적은 '감동'을 주는 데 있기 때문이다. 훌륭한 서정시는 우리 감수성의 순도純度를 높여주며, 훌륭한 현실시는 우리의 의로운 정신, 즉 기상氣象을 드높여준다. 고난의 시대에 독자들의 의기를 촉발시키는 데 필요한 터전을 좋은 서정시가 닦아준다. 독자의 감수성이 순도를 잃고 있다든지 탄력성을 갖고 있지 못한다면, 아무리 괜찮은 현실반영의 시라도 독자의 현실안을 틔워주지 못하게 된다. 인간의 감수성을 훈련시키는 데 서정시는 꼭 필요한 것이다. 어려운 시대에는 서정시 가치가 최상일 수는 없지만 현실시의 표정을 다양하게 하기 위하여, 그리고 감수성을 성숙하게 단련시키기 위하여, 또한 시의 참신성을 환기시키기 위하여 언제나 필요한 것이다.

여기에서 몇몇 시인들의 시정신을 살펴보자.

김광섭, 생에 대한 애착

김광섭은 일제기부터 반세기 이상 시작활동을 했다. 많은 시집을 냈지만 그의 시정신이 가장 절정기에 이른 것은 시집『성북동 비둘기』라는 데 대부분의 사람들이 동의할 것이다. 이 시집에 수록되어 있는 시들은 이해하기 쉽고 읽는 이들에게 어떤 애절함을 느끼게 해주기 때문이다. 그것은 정에 대한 갈구, 그리고 생에 대한 애착으로 요약할 수 있을 것이다. 삶을 차분히 성찰하면서 터득해 내는 것이다.

저렇게 많은 중에서
별 하나가 나를 내려다본다
이렇게 많은 사람 중에서
그 별 하나가 나를 쳐다본다

밤이 깊을수록
별은 밝음 속에 사라지고
나는 어둠 속에 사라진다

이렇게 정다운
너하나 나하나는
어디서 무엇이 되어
다시 만나랴

「저녁에」란 시로 자연친화적인 작품이다. 별과 내가 서로간의 존재를 확인하면서 느끼는 애틋한 정을 표현했다. 간결하면서도 찡한 감동을 준다.

「겨울날」도 생에 대한 미련과 정에 대한 애틋한 갈구를 표현했다.

마당에서 봄과 여름에 정든 얼굴들이 / 하나 하나 사라져갔다. / 그렇게 명성이 높던 오동잎도 다 떨어지고 / 저무는 가을 하늘에 인가人家의 정서를 품던 / 굴뚝 보얀 연기도 / 찬 바람에 그만 무색해졌다 // 그런 늦가을에 김장 걱정을 하면서 집을 팔게 되어 / 다가오는 겨울이 더 외롭고 무서웠다 / 이삿짐을 따라 비탈길을 총총히 걸어 / 두만강 건너는 이삿군처럼 회색 하늘 속으로 / 들어가 식솔들이 저녁상에 둘러앉으니 / 어머님 한분만 오시잖아서 별안간 앞니가 / 무너진 듯 허전해서 눈둘 곳이 없었다 / 낯선 사람들이 축대에 검정 포장을 치고 / 초롱을 달고 가던 이튿날 목없는 아침이 / 달겨들어 영원한 이별인데 / 말 한 마디 못하고 갈라진 어머니시다! // 가신 뒤에 보니 세월 속에 묻혀 있는 형제들 공동의 부엌까지 / 무너져 낙엽들이 모일 데가 없어졌다 / 사람이 사는 것이 남의 피부를 안고 지내는 것이니 / 찬바람이 항상 인간과 더불어 있어서 / 사람이 과일 하나만큼 익기도 어려워 / 겨울 바람에 휘몰리는 낙엽들이 더 많아진다 // 고난의 잔에 얼음을 녹이며 찾는 것은 / 그 슬픔이 아니요 겨울 하늘에 푸른 빛을 띤 봄이다 / 그 봄을 바라고 겨울 안에서 뱅뱅 돌며 / 자리를 끌고 한치 한치 태양의 둘레를 / 지구와 같이 굴러가면서 / 눈과 얼음에 덮인 대지의 하루를 넘어서는 해질 무렵 / 천장에서 왕거미가 나리고 / 구석에서 귀또리가 어정어정 기어 나온다 / 어느날 목없는 아침이 또 왈칵 달려들면 / 이런 친구들에게 눈짓 한번 못 하고 / 친구들의 손 한번 바로 잡지도 못하고 가리라 ///

삶에 대한 불안이랄까 생에 대한 지나친 애착이랄까, 모든 미물이나 인간과 맺었던 관계가 갑자기 끊어지는 것을 두려워하는 심사를 표현하고 있다. '사람이 사는 것이 남의 피부를 안고 지내는 것'이라는 표현이 감동적이다. 온갖 생물들이 더불어 사는 것인지라 갑자기 생을 맺

고 정을 끊는다는 것보다 더 안타까운 일도 없다는 생각을 담은 작품
이다.

성북동 산에 번지가 새로 생기면서
본래 살던 성북동 비둘기만이 번지가 없어졌다
새벽부터 돌깨는 산울림에 떨다가
가슴에 금이 갔다
그래도 성북동 주민에게 축복의 메시지나 전하듯
성북동 하늘을 한바퀴 휘 돈다

성북동 메마른 골짜기에는
조용히 앉아 콩알 하나 찍어먹을
널찍한 마당은커녕 가는 데마다
채석장 포성이 메아리쳐서
피난하듯 지붕에 올라앉아
아침 구공탄 굴뚝 연기에서 향수를 느끼다가
산 1번지 채석장에 도루 가서
금방 따낸 돌 온기(溫氣)에 입을 닦는다
예전에는 사람을 성자(聖者)처럼 보고
사람 가까이
사람과 같이 사랑하고
사람과 같이 평화를 즐기던
사랑과 평화의 새 비둘기는
이제 산도 잃고 사람도 잃고
사랑과 평화의 사상까지
낳지 못하는 쫓기는 새가 되었다

두루 잘 알고 있는 「성북동 비둘기」다. 모든 생물들과 더불어 살아가야 하는데 인간이 자연을 독점하다시피 하면서 생기는 부조화를 말하고 있다. 생물들 간의 친화관계가 점차 소원해짐을 표현한 것이다.

김광섭의 시정신은 생물과 생물, 생물과 무생물간의 '관계'를 추구한다. 그 관계란 상호 존재의 인정, 정의 나눔으로 맺어져야 함을 말하고 있다. 그것이 생에 대한 애착으로 표현되는 것이다.

오규원, 자유에 대한 반어적 성찰

오규원의 시가 대의명분을 표현하는 데 집착하지 않고 주로 일상사의 문제에 관심을 두고 있는 것이 사실이다. 그런데 그는 소위 '순수시'를 쓰면서 늘 순수시 영역 밖에 신경을 쓴다. 순수시가 위축될 수밖에 없는 시대에 순수시를 쓴다는 것에 대해 성찰하면서 스스로 겸연쩍어하는 것이다. 그런 갈등 속에서 다소간 자조적인 어조를 띤 시가 나오기도 한다. 예컨대 「이 시대의 순수시」 같은 작품은 온갖 잡다한 자유를 늘어놓지만 그것이 진정한 자유일 수 없다는 생각을 숨긴다. 반어적 기법으로 그 시대를, 또한 순수시를 성찰하는 것이다. 자유를 한껏 내세워 부자유를 말하려는 것이리라.

자유에 관해서라면 나는 칸트주의자입니다. 아시겠지만, 서로의 자유를 방해하지 않는 한도 안에서 나의 자유를 확장하는, 남의 자유를 방해하지 않기 위해 남몰래(이 점이 중요합니다) 나의 자유를 확장하는 방법을 나는 사랑합니다. 세상의 모든 것을 얻게 하는 사랑, 그 사랑의 이름으로.

내가 이렇게 자유를 사랑하므로, 세상의 모든 자유도 나의 품속에서 나를 사랑합니다. 사랑으로 얻은 나의 자유. 나는 사랑을 많이 했으므

로 참 많은 자유를 가지고 있습니다. 매주 주택복권을 사는 자유, 주택
복권에 미래를 거는 자유, 금주 운세를 믿는 자유. 운세가 나쁘면 안 믿
는 자유, 사기를 치고는 술 먹는 자유, 술 먹고 웃어 버리는 자유, 오입
하고 빨리 잊어버리는 자유.

나의 사랑스런 자유는 종류도 많습니다. 걸어다니는 자유, 앉아다니
는 자유(택시 타고 말입니다), 월급 도둑질하는 자유, 월급 도둑질 상사들
모르게 하는 자유, 들키면 뒤에서 욕질하는 자유, 술로 적당히 하는 자
유, 지각 안하고 출세 좀 해볼까 하고 봉급 털어 기세 좋게 택시 타고
출근하는 자유, 찰칵찰칵 택시 요금이 오를 때마다 택시 탄 것을 후회
하는 자유. 그리고 점심시간에는 남은 몇 개의 동전으로 늠름하게 라면
을 먹을 수밖에 없는 자유.

이 세상은 나의 자유투성이입니다. 사랑이란 말을 팔아서 공순이의
옷을 벗기는 자유, 시대라는 말을 팔아서 여대생의 옷을 빗기는 사유,
꿈을 팔아서 편안을 사는 자유. 편한 것이 좋아 편한 것을 좋아하는 자
유, 쓴 것보다 달콤한 게 역시 달콤한 자유, 쓴 것도 커피 정도면 알맞
게 맛있는 맛의 자유.

세상에는 사랑스런 자유가 참 많습니다. 당신도 혹 자유를 사랑하신
다면 좀 드릴 수는 있습니다만.

밖에는 비가 옵니다.
이 시대의 순수시가 음흉하게 불순해지듯
우리족 장난, 우리의 언어가 음흉하게 불순해지듯
저 음흉함이 드러나는 의미의 미망迷妄, 무의미한 숨결의 몸뚱이를,
비의 몸뚱이들……

조심하시기를

무식하지도 못한 저 수많은 순결의 몸뚱이들.

온갖 시시껄렁한 자유를 나열하면서 정작 중요한 자유를 끝내 말하지 않는 뜻은, '시치미 떼기' 작전이리라. 그러나 맨 마지막 연에서는 할 말을 한다. '이 시대의 순수시가 음흉하게 불순해지듯' 이란 말로 당당하지 못한 시정신을 반성하는 것이다.

「시인들」은 평범한 언어 구사로 시대상황을 암시하며 자조自嘲적 어조를 가미한다.

자원전쟁시대 유류전쟁시대 그러나 걱정 마라, 우회전쟁시대, 이 글은 패배전쟁시대의 시 얘기가 아니니 오해 마라. 시는 언제나 패배이니 승리는 오해 마라. 시인의 나라는 높은 산 골짜기에 있다.

시인의 나라는 잎이 바싹거려도 살이 바싹바싹 부서지는 골짜기에 있다. 골짜기에는

실속없는 장난

애매모호한 대화

무능한 노랫소리가 구름이 되어 산허리를 졸라맨다. 그때마다 산의 크기가 항상 구체적으로 자 란다.

산 속 골짜기에는 이상李箱이 병신들과 함께 누워 히히닥거린다. 늙은 여자 사이에서 릴케가, 동성연애가 랭보가 낄낄낄 웃으며 보고 있다. 도망가는 여자 앞에 꽃을 뿌리는 소월素月을 보며 만해萬海가 이별을 찬미하는(이별이 아름답다는 것은 흉한 거짓말이다!) 염불을 외운다.

시는 추상적이니 구상적은 오해 마라. 시인은 병신이니 안병신은 오해 마라. 지금 한국은 산문이다. 정치도 산문 사회도 산문 시인도 산문이다. 산문적이기 위한 전쟁시대, 시인들이 전쟁터로 끌려가는 모습이 보인다. 끌려가는 시인의 빛나는 제복, 끌려가지 못하는 병신들만 남아 제복도 없이 아, 시를 쓴다.

시를, 시인을 언제나 패배하는 것으로 보는 안목이 자조自嘲적인 셈이다. 이상, 소월, 만해와 같은 지명도 있는 시인들을 극도로 비하시키는 것도 그런 의도다. 경직된 시대에 시정신을 자유롭게 펼치지 못하는 것에 대한 자조다. 제복이라는 것은 정치 비판 일변도의 시경향을 의미한다. 그러나 그런 민중시들을 비난하려는 뜻은 없어 보인다. 오히려 그런 시를 쓰는 데 같이 참여하지 못하는 것에 대해 자조적인 태도를 취한다.

오규원의 시는 적극적 현실대응력을 갖지 못했으나 반어적 수사법으로 시대정신을 상기하도록 한다. 자유가 많음을 과시하여 오히려 자유가 없다는 것을 말하고, 순수시를 말하면서 그것의 비순수를 제시하려 한다. 독특한 시법으로 시대를 반영한다.

그 밖의 시인들 / 천상병, 조병화, 이성교, 정진규

고통스런 현실에 대한 대응력을 한껏 키워야 하는 것은 이 시대 최상의 시정신이었고, 앞에서 논의한 시인들은 모두 당당하게 제 몫을 해냈다. 그러나 어느 시대나 최상의 가치를 떠받치는 다양한 정신적 터전이 있어야 한다. 고통스런 시대에도 서정시는 여전히 필요할 것이다. 인간의 정서에 탄력을 주고 감수성을 훈련시키기 위함이다. 이런 생각으로 다양한 표정의 서정시를 쓰는 이들이 헤아릴 수 없이 많았다. 그 중 몇몇 시인들을 논해 볼 수 있을 것이다.

천상병千祥炳의 시 표정은 순진무구함 그 자체다. 일상사를 애써 독특하게 표현하려는 욕심조차 가지지 않은 시정신을 보여준다. 그의 시정신 최상의 덕목은 자유였다. 일상생활도 그랬지만 시에서는 '새'가 유난히 많은 소재로 활용되었다. 1959년도에 발표한 「새」로부터 그의 자유정신은 시작되는 것이다.

> 외롭게 살다 외롭게 죽을 / 내 영혼의 빈 터에 / 새날이 와, 새가 울고 꽃잎 필 때는, / 내가 죽는 날 / 그 다음날. // 산다는 것과 / 아름다운 것과 / 사랑한다는 것과의 노래가 / 한창일 때에 / 나는 도랑과 나뭇가지에 앉은 / 한 마리 새. // 정감에 그득찬 계절, / 슬픔과 기쁨의 주일, / 알고 모르고 잊고 하는 사이에 / 새여 너는 / 낡은 목청을 뽑아라. // 살아서 / 좋은 일도 있었다고 / 나쁜 일도 있었다고 / 그렇게 우는 한 마리의 새. ///

'새'는 결국 자신과 동일시되는 것이다. 자유의 새, 새의 자유를 삶의 좌우명으로 삼은 듯 새에 대한 탐구를 계속한다. 또 다른 「새」를 보자.

최신형 기관총좌를 지키던 젊은 병사는 피비린내 나는 맹수의 이빨 같은 총구 옆에서 지루하기 짝이 없었다. 어느 날 병사는 그의 머리 위에 날아온 한 마리 새를 다정하게 쳐다보았다. 산골 출신인 그는 새에게 온갖 아름다운 관심을 쏟았다. 그 관심은 그의 눈을 충혈케 했다. 그의 손은 서서히 움직여 최신형 기관총구를 새에게 겨냥하고 있었다. 피를 흘리며 새는 하늘에서 떨어졌다. 수풀 속에 떨어진 새의 시체는 그냥 싸늘하게 굳어졌을까. 온 수풀은 성 바오로의 손바닥인 양 새의 시체를 어루만졌고, 모든 나무와 풀과 꽃들이 모여들었다. 그리고 부르짖었다. 죄없는 자의 피는 씻을 수 없다. 죄없는 자의 피는 씻을 수 없다.

그의 작품 중에서 시적 긴장력이 가장 큰 것 중 하나다. '죄 없는 자의 피는 씻을 수 없다'는 생각은 이후 그의 시 기본정신이 되어 순진무구로 표현된다.

저것 앞에서는

눈이란 다만 무력할 따름

가을 하늘가 길게 뻗친 가지 끝에,

점찍힌 저 절대 정지를 보겠다면……

본다는 것은 무엇인가

있는 것과 없는 것의

미묘하기 그지없는 간격을,

이어주는 다리橋는 무슨 상형象形인가.

저것은

무너진 시계視界 위에 슬며시 깃을 펴고

핏빛깔의 햇살을 쪼으며

불현듯이 왔다 사라지지 않는다.

바람은 소리없이 이는데

이 하늘, 저 하늘의

순수균형을

그토록 간신히 지탱하는 새 한 마리.

역시 「새」란 작품이다. 시적 긴장력이 한껏 발휘되었다. 새 한 마리에서 존재의 최대가치를 보고 있다.

천상병의 시는 인간의 존재방식에 대한 탐구인 것이다. 천진무구하고 자유롭게 살다가 하늘에 귀의하는 것을 최대의 가치로 삼고 그것을 시로 표현하는 데 힘썼다.

조병화趙炳華는 숱하게 많은 시집을 내놓지만 거의가 다 일상사에 대한 짧고 여린 상념을 스케치하는 시법에 익숙하다. 1964년에 발표한 「조국 1」이란 작품이 모처럼 명분을 찾은 시일 것이다.

나이들어야 알겠네
나이들어야 알게 되데
조국이란 그저 큰 눈물
나이들어야 알겠데

후배들이여! 너희들은 아직 어리다
그저 하늘의 무한처럼 남의 나란 생각되지만
남의 나라! 그 맛을
아직 모른다
안 되는 것 내 나라, 막히는 것 내 나라
보잘것없는 것
눈에 차지 않는 것 내 나라
어딜 가나 혼돈과 충돌
성취와 자유란 하나 찾아볼 수 없는
그저 발가벗은 땅덩어리! 내 나라라 생각되지만
내나라! 그 맛을
아직 모른다

쫓기는 자와 쫓는 자
묶이는 자와 묶는 자
자유를 통치하는 자
그 시민을 보아라

　　조국은

　　뜨거운

　　결합

　　나이 차야 알겠데

　　나이 차야 알게 되데

　　조국이란 긴 쟁투와 형성

　　큰 눈물

　　나이 차야 알겠데

　조국에 대한 말 못할 크디 큰 감격을 나이 들어서야 깨닫게 되었다는 자기 고백적 표현이다.

　이성교李姓敎의 시들은 예외 없이 자연친화적 작품이다. 시상이 산뜻하고 시 수사가 단직하여 읽는 이의 정서를 상쾌하게 만든다. 「대관령을 넘으며」는 그의 시들 중에서 가장 호흡이 긴 것이며, 그의 시정신 전모를 볼 수 있는 작품이다.

　작년 봄 우리 님 이 산을 넘을 제 / 아흔 아홉 굽이마다 눈물이 서렸나니, / 얼컸던 머리카락 눈빛에 새로워라. // 소복하고 오실 님의 머나먼 구름밭 / 정왕산에 비만 내려 산천만 푸르렇다. / 해발 팔백미八白米. 돌아가면 천리. 올라가면 만리. / 봄마다 멀리 산앵두 핀다. / 내려다보면 어찌도 푸른 짐승이 / 높디 높은 하늘처럼 둥둥 떠서 놀까. // 갈매골의 상가喪家는 비에 그치지 않고 / 바위 바위마다 피가 맺혀 통곡을 한다. / 솔바람에 젊은 가슴도 애타거니, / 굽이 굽이 몇 천리를 산새는 울고 갔나. // 이 산을 다스리느라고 / 바다는 얼마나 발버둥쳤을까. / 어떤 입술은 피에 젖고 / 어떤 입술은 불에 그을려 / 아흔 아홉 굽이마다 새로운 철이 간다. // 아아 뺨이 달아 올라라. / 능경산의 보드라운 싸리밭. / 횡계벌의 물은 맑아, 우리 임 오실 날이나 / 눈이나 쏟아지지. // 에헤야 데이야, 바다로 흐르는 추목楸木. / 봄은 오고, 여름은 가고 / 가을은 오고, 겨울은 가고……. / 풋풋한 감자 내음만 / 초막골을 풍긴다. / 고루쇠, 들미, 박달, 가래, 물버들, 참나무……. / 이렇게 한 조상이 살다가면 얼마나 세월이 바뀔까, // 미당님 도포자락도 / 나의 그늘이 되어 / 가슴만 가슴만 불타 오른다. // 종은 울어라. / 이산이 다하는 날까지 종이여 울어라. / 점텃골의 피뿌린 자국만 높고 / 기우제의 뿌린 밥도 비에 젖는다. / 약천藥泉 삼포암에 흐르는 물. 그 물을 먹고 / 우리는 자랐거니, 벚꽃, 매자꽃, 함박꽃, 진달래꽃, / 동백꽃 ― 아흔 아홉 굽이마다 핀다. // 선자령仙子嶺을 따라서 국수당에 오르면 / 피에 젖은 옷조각. 마르지 않는 눈물. / 귀신나무 소나무만 애처러이 자랐거니, / 목이 말라도 이 산을 부르면 / 눈 앞에 시원히 해도海圖가 열린다 ///

자연친화에 머물지 않고 오랜 역사까지도 성찰한다. 정경 묘사가 섬세하면서 정기精氣가 느껴지는 좋은 작품이다.

정진규鄭鎭圭의 시들은 궁극적으로 사랑노래다. 스스로의 욕심을 덜어버리는 만큼 남에게 베풀어야 한다는 덕목에서 나오는 작품인 것이다. 「세상을 편하게 하는 법」을 보자.

우리들의 한없는 남루襤褸를 위하여

밤낮으로 짜내는 아이들의 피륙

베틀 소리 하나로 견디고 있읍니다.

게서 배우고 있읍니다.

세상을 편하게 사는 법

그건 그렇고 주고 또 주는 일임을

겨우 깨닫고 있읍니다

마음이여, 마음이여,

한없이 벗고 또 벗어 주거라.
마지막 맨발 하나로
네가 결국 당도할 곳은 어디인가를
생각지 말라.
신새벽
고향에 다시 당도하는 꿈, 꿈도 버리거라.
억수로 퍼붓던 눈발도 이젠 그쳤거니
생각지 말라.
당부하고 또 당부하고 있읍니다.
잠시 내가 빌렸을 따름인 세상
잠시 내가 들러갈 따름인 세상
열심히 돌려주기, 다시 돌려주기, 가진 것 남기지 않기,
세상을 편하게 사는 법
겨우 깨닫고 있습니다.

쉽게 깨달아지는 것이 아닌 처세법이다. 남루를 미덕으로 알기까지는 얼마나 많은 노력이 필요한지 잘 알 것이다. 끊임없이 자기 단련을 거치고 난 후에야 조금씩 깨우쳐지는 것이다. 시대가 갈수록 정신보다 물질에 의존하는 세태를 일깨우는 좋은 작품이다.

아무리 순도 높은 서정시라 하더라도 웬만큼 현실의식을 반영하게 되는 수가 많다. 위에 논의한 작품들이 좋은 예다. 서정시라고 하지만 대부분 현실을 성찰한 것을 토대로 자기감정을 표현했다. 독자들에게 현실안도 키워주고 정서도 단련시키는 작품들인 것이다.

V. 민중의식을 주축으로 삼은 시대

(1980~1992)

그야말로 시대가 훌륭한 시인들을 만든 것이었다. 우리 민족의 역사가 늘 내우외환에 시달려 왔고, 훌륭한 시인들은 그 시대를 시로써 감당해 보려고 최선을 다했듯이, 이시대의 숱한 시인들도 사회적 사명을 다하기 위해 힘을 다했다. '나라는 불행해도 시인은 행복하다國家不幸詩人幸'고 했던가. 정말 그렇다. 시대나 민족이 불행하면 할수록 시인은 스스로 더 많은 임무를 부과한다. 외적인 압력이 클수록 시인은 쓸 거리가 많아서 행복하고, 진지하고 절실한 목소리를 낼 수 있어 행복하고, 그 작품들이 웬만하면 민족적 대의·시대적 대의에 잇닿을 수 있어 행복하다.

근현대에 들어서면서 우리 민족의 민중의식은 서서히 성장했다. 그러나 일제시대, 미군정기, 민족전쟁 따위 외환外患 때문에 성숙한 발전을 이룩하지는 못한 셈이었다. 비록 분단시대지만 민족의식이라든지 반외세 의식을 새롭게 깨우치기 시작할 무렵 또 한 번의 큰 내우內憂를 겪게 되는 것이다. 군부세력에 의한 독재정치가 그것이다. 군부독재는 족히 한 세대 동안을 백성들에게 혹독한 시련을 베풀었다. 독재정치에 항거하다 희생된 사람들은 부지기수였지만 좀처럼 봄은 오지 않았고 봄의 길목을 터놓기 위해 용기 있는 시인들이 시로, 그리고 행동으로 민중들을 감동시키는 데 큰 역할을 해내었다. 실로 이 시기는 시의 시대였으며 시의 사회적 효용성을 한껏 드높인 때였다. 시대의 압력이 크면 클수록 시인의 내적 힘은 더욱 팽창되어 터져 나가는 힘은 사실상 가공할 만한 것이었다. 언어의 힘, 시인의 목소리가 총칼보다 강할 수 있다는 것을 확인시켜 준 것도 이 시대였던 것이다.

민중의식, 민주의식을 바탕으로 한 시가 비로소 시의 역사, 문학의 역사를 이끌어 갈 수 있다는 역량을 보여준 시기다. 정치나 세태를 비판하는 시인의 목소리가 크기만 하면 용기 있는 시인이고, 좋은 시라는 성숙하지 못한 풍조도 염려스러웠으나 기우에 그쳤다. 이른바 참여시와 순수시에 대한 관념이 고착되어 한때 갈등이 깊었으나 점차 해소되는 과정을 보여주기도 했다. 그것은 정치를, 또는 사회를 제대로 볼 수 있는 안목이 일반인들에게도 형성되었기 때문이었지만 시인들의 자기반성과 치열한 시정신 연마 덕분이기도 했다.

이젠 민족의식, 민중의식에 대해 힘주어 말한다고 해서 사회주의 진영으로 보는 편협한 생각에서 대체로 자유스러워졌다. 외세의 야욕이라든지, 독재정치 따위 외환내우에 대한 강력한 경각심을 시가 일깨워주었다는 것을 모두가 충분히 인정하기 때문이다. 이 시대의 훌륭한 시인들, 그들의 기상氣象 높은 시들이 없었다면 우리 민족의 희망찬 행보는 훨씬 늦추어졌을 것이다.

1. 불합리한 정치를 비판한 시인들

정치야말로 현실 중에서도 가장 현실적인 것이다. 문학이 현실을 반영한다 했을 때, 정치는 당연히 문학의 소재가 되어야 한다. 시는 특히 가장 예민하게 한 시대를 증언하려 하기 때문에 정치 문제가 즉각적인 시의 대상이 되는 것은 뻔한 일이다. 정치문제를 애써 외면하려는, 이른 바 순수시파들의 사고방식과 창작행위는 정치와 시의 이런 관계를 오히려 반증하는 것이다. 정치문제를 시의 소재에서 제외해야 한다는 논리가 순수시파의 것이라면 그것은 진실로 비순수한 의도가 된다.

이 시대 정치의 문제를 주로 다룬 시인들의 어조는 거칠다싶을 정도로 격정적이다. 그것은 그만큼 정치적 압력이 거세었다는 것을 증명해준다.

5월 민주혁명의 노래들

그 5월을 직접, 간접으로 겪은 사람들은 아직도 콧속에 피비린내가 남아 있을지도 모른다. 군부독재자의 장기집권에 이어 또 다른 군부독재자가 집권하기 위해 백성의 피를 먹었던 현장을 기억하고 있을 것이다. 역사는 피 흘리며 민주를 사수하려던 백성의 용기와 양민을 학살하고 권력을 잡은 독재자의 비겁함을 분명히, 아주 선명히 기록할 것이다.

일반 역사만 그것을 기록할 것인가. 아니다. 시는 이미 그것을 표현하여 문화유산으로 남겨두고 있다. 시의 역사에서도 그것을 사뭇 기록하게 될 것이다. 그 기록은 두고두고 한 시대를 증명하면서 시정신의 모범으로 시인들과 독자들에게 교훈을 주게 될 것이다.

5월 혁명, 광주 민주화 운동, 그것은 그 지역사람들만의 혁명은 아니었다. 온 백성들의 염원을 그들이 실행한 것일 뿐이다. 5월의 노래, 그것은 시인들의 노래만이 아니었다. 민주화를 염원하는 모든 백성들의 노래였던 것이다.

김준태의 「광주로 가는 길」부터 보자.

우리 이제 그리운 광주에 갑니다
남쪽의 사랑 남쪽의 부둥켜안음
어머니와 아버지의 광주에 갑니다
가슴에 쌓인 하늘 가슴으로 펄럭이며
가슴에 담기는 바다 가슴으로 출렁이며
우리 이제 그리운 광주에 갑니다

아아 흰옷사람들의 역사를 짊어지고
남쪽의 대숲마을 남쪽의 응어리진 사랑
노래와 희망의 광주로 달려갑니다
가슴에 밀린 새벽 가슴으로 펄럭이며
가슴에 담기는 강물 가슴으로 출렁이며
우리 이제 그리운 광주에 갑니다

남쪽의 사랑 남쪽의 부둥켜안음
어머니와 아버지의 고향에 갑니다

입맞춤과 입맞춤이 끝끝내 살아 있는 곳
어깨춤과 어깨춤이 생살로 넘실대는 곳
파랑새로 날으라면 파랑새로 날아 올라
우리 이제 그리운 광주로 갑니다

아아 흰옷사람들의 살림살이를 짊어지고
남쪽의 몸부림 남쪽의 둥그러운 사랑
새들과 하늘 첫사랑의 광주로 갑니다
논밭마다 깊이깊이 쟁기질하는 아버지
항아리마다 씨앗을 가득 채우는 어머니
우리 이제 그리운 광주에 갑니다
찔레꽃과 접시꽃도 하이얀 광주에 갑니다.

시에서 하얀색이 유난히 강조되어 있다. 순진무구한 우리 민족의 정서를 나타내는 색깔이다. 그러나 때로는 상실과 비극의 색깔이 될 수도 있었다. 그러나 이제 그 비극을 추스르고 일어나 다시 희망의 씨앗을 뿌리는 흰옷 입은 백성들의 뼈저리도록 순수한 성정性情을 잘 표현해 냈다.

곽재구의 「내 마음의 오월」은 민주혁명에 희생된 영혼들을 위로하는 작품이다.

분홍 리본이 달린
초록빛 우산 하나 펼쳐 주고 싶었다
불어오는 봄바람 속에 서서
강둑 위의 꽃들과
내 마음의 꽃들을 함께 모아
불빛이 타는 남녘 하늘에 뿌려 주고 싶었다

돌산 응어리에 거칠게 솟아난 풀들을 향하여

미치게 눈물 나는 시 한 구절 외쳐 주고 싶었다

불타서 뼈로 남은 것들과

쓰러져서 더욱 아름다운 것들을 위하여

헐벗은 땅 눈 녹은 가슴에

키 작은 풀꽃 몇 송이 꽂아 주고 싶었다

그리고 이제는 별이 되고 싶었다

이슬 적신 새벽 풀밭에 내려와

알 수 없는 하늘의 향기로 이 땅의 슬픔들을 잠재우는

가슴 뜨거운 동녘 하늘의 별빛이 되고 싶었다

아아 그러나 어찌하랴 사랑이여

내 마음의 오월 그 하룻날은

꽃대궁에 검정 리본을 매단 진달래만

미친 듯 봄 산천을 불태우고 있음을.

'꽃대궁에 검정 리본을 매단 진달래만 / 미친 듯 봄 산천을 불태우고 있음을' 이란 구절이 참으로 절창이다. 시인의 마음, 민중의 내면을 표현한 부분인 것이다.

나종영羅種榮의 「무등산」도 희생된 영혼들을 위로하는 시다.

너는 언제나 거기 있구나 / 너는 언제나 캄캄한 어둠 속에서도 / 살아 불빛을 비추는구니 / 방림다리 건너 농이학교 가는 길 / 이 누군가 기기서 떼죽음을 당했을까 / 진보랏빛 창포꽃 무더기로 피어 있는 / 미나리꽝 질펀한 흙 속에 묻혀 있구나 // 봄볕이 터져 사람들 눈을 뜨던 봄날 / 외곽도로 돌아 숨가쁜 너릿재 고개 / 누가 숨막히는 소식 전하러 / 밤새워 산길을 타고 또 넘었을까 / 주먹밥을 날라온 밤골 아짐도 / 자전거를 타고 나간 버드실 당숙도 / 무사하실까 살아 계실까 / 우리들 목마른 가슴과 가슴이 만나 / 핏빛 노을로 타는 극락 강 / 저문 강기슭 흐트러진 보리밭에 / 너는 보는 사람도 없이 처박혀 있구나 / 죽어서 다시 떠오르는 삶 / 그런 장엄한 어머니로 거기 서 있구나 / 너는 보았으리라 / 어깨와 어깨를 나란히 하고 / 어둠을 뚫고 죽음을 넘어 / 길을 가던 수많은 사람들을 / 낫과 죽창을 들고 / 벌판을 가로질러 가던 / 신새벽 동학년의 맨주먹 흰옷 물결을 / 너는 오늘 들었으리라 / 두동강이 찢어진 아픔의 땅덩어리에 / 또다시 예리한 칼이 그어지는 / 시퍼런 소리 / 형제의 외마디소리 치떨림의 소리 / 너는 오늘 보았으리라 / 오월의 금남로 손발이 잘린 가로수에 / 새 잎이 돋아나고 / 무성한 잎사귀마다 손가락 발가락이 옴지락거리며 / 새 생명이 샘솟는 것을 / 너는 언제나 거기 꼿꼿이 서 있어 / 빛을 비추는구나 / 아 죽어서 다시 떠오른 삶 / 너는 언제어디서나 / 길을 가는 이 땅의 사람들 곁에 있어 / 이 땅의 사람들이 죽지 않고 / 다시 눈을 떠 / 사람답게 살아가게 하는구나 / 아 어둔 밤 눈보라가 쳐도 / 눈부시게 일어서게 하는구나. ///

죽은 영혼이 음덕陰德 되어 살아있는 이들을 더욱 생기生氣 있게 살도록 하고, 곳곳에 새 생명으로 다시 태어나게 하고 있다는 생각을 잘 표현했다.

김진경의 「광주」란 시도 광주가 '민주'의 상징임을 표현한다.

당신은 거기 있었습니다.

전화도 끊기도 찻길도 끊기고

우리들의 도시가 버려져 섬이 되었을 때

가장 멀리 버려진 그곳에 당신은 있었습니다.

그곳에서 당신은 가슴이었습니다.

그곳에서 당신은 사람이었읍니다.

그곳에선 눈물도 피도 분노도 당신이었읍니다.
이 세계에서 가장 멀리 버려진 도시가 되었을 때
광주는 당신이었읍니다.
그곳에선 돌멩이도, 산도, 개천도 당신이었읍니다.
광주천은 당신의 핏줄이었읍니다.

죽음보다 더 멀리 버려졌을 때
광주는 우리의 부활이었읍니다.
온 세계의 부활이었읍니다.
당신은 거기로부터 가슴에서 가슴으로 번져갔읍니다.
통하지 않는 전화통에 매달려 혈육들의 가슴으로
안타까이 소식을 기다리는 젊은이의 충혈된 가슴으로

그리하여 지금 바람에 흔들리는 풀잎 속에도
당신은 있읍니다.
어린것들의 눈망울 속에도 당신은 있읍니다.
숨죽여 기다리는 우리들의 가슴에도 당신은 있읍니다.
당신은 지금 커 오는 해일입니다.
다시 한번 죽음보다 더 멀리 버려져
이 노예의 땅에서
당신의 아들들을 탈환하려는 해일입니다.

‘당신’을 구상화하는 것보다 추상화하는 게 나을 법하다. ‘민주’라도
좋고, ‘자유’라도 좋겠다. 아니면 그냥 절대자라도 좋겠다.
　나해철羅海哲은 「무등의 마을」에서 광주를 이상향으로 형상화시켜
낸다.

거기에 가면 사람들을 만날 수 있지

허물어지지 않는 다짐이

가슴마다 큰 산으로 들어앉은 이들이

모여사는 그곳에 가면,

한마음으로 밝고 옳은 것을 부르며

눈짓만으로도

어느 어깨든 껴안던

뜨거운 날들이

아직도 피 속에

무궁화 꽃처럼 연이어 피어 흐르는

이제 단 하나 인간의 마을에 가면

아픔과 상채기들마저

거룩한 약속처럼 세상의 하늘에

깃발로 펄럭이는

진실로 함께 일하고 같이 즐거워하는

강강수월래 풍성한 형제의 땅에 가면,

어느 곳에서나처럼 우리가 부서진 돌담처럼

서로 흩어져 있지 않고

짐승의 영혼으로 으르렁거리지 않고

따뜻한 인간의 정으로 바다를 이룬

지상의 마지막 공동체에 가면,

깨끗한 씨앗들을 퍼뜨려

튼튼한 열매로 땅 위에 더불어 사는

도덕과 정의의 새로운 도시들을 세울

비옥한 씨방의 고장에 가면,

　　끝까지 곧은 정신으로 깨어서

　　깨어지지 않는 두레가 싯푸르게 살아 있는

　　지금 우리가 사는 신화의 불빛 벌판에 가면.

　광주를 '인간의 마을', '씨방의 고장', '마지막 공동체'로 표현하고 있다. 죽음을 무릅쓴 민주혁명을 이뤄낸 도시에 맞는 명분이다. 분명 현대의 신화라고 해도 과언이 아닌 것이다.

　김사인의 「오월로 가는 길」은 이 땅의 민주화를 위해 의지를 가다듬는 작품이다.

　　그예 내 이 길로 가네

　　이 길 끝까지 나아가

　　원통한 죽음들

　　하나씩 이름 불러야 되겠네

　　그 이름 불러 내 목청 터지고

　　정한 피 다시 흘러야겠네

　　이 땅에 큰 근심 끝없다 사람들아

　　개망초꽃 하나도 왠지 적막하고

　　꽃술 밑엔 불길한 그늘

　　내 그예 이 산길 타네

　　벗들 서로 말 없고

　　바람 함께 가네

　숱한 내우외환에 시달린 나라의 백성으로서 옳은 길을 택해 가는 것이 당연하다. 그러나 그것은 분명 예사롭지 않은 용기다. 나라꼴이 흉흉하게 돌아가니까 들꽃마저 적막하게 보이고 꽃술 밑도 불길하게 느껴지고, 사람들도 무표정하게 살아갈 수밖에 없는 것이다.

김정환金正煥의 「오월곡五月哭」은, 5월 민주혁명이 인간성을 배신하지 않는 가장 위대한 싸움이었다는 생각을 표현한다.

푸르디푸른 조선의 하늘 아래서 / 우리는 끝까지 우리의 인간성을 / 배반하지 않았읍니다. / 젖가슴 잘리고 대포·총·칼에 흐트러진 살점으로 낯익은 거리에 피바다로 흐르면서도 우리는 / 끝까지 배반하지 않았읍니다 우리의 소망을 / 끝까지 배반하지 않았읍니다 우리의 믿음을 / 끝까지 배반하지 않았읍니다 우리의 근육을 / 우리를 배반한 것은 백주의 대낮이었읍니다 / 그 대낮에 끔찍한 일이 저질러졌던 것입니다 / 은밀한 죄악의 밤조차 진저리쳤던 대낮이었읍니다 // 그 해에 우리는 무엇을 보았는가 쓰러진 자의 거대함 / 상처투성이 목숨이 찬란함 보았는가 그해에 / 무엇을 보았는가 쓰러지고 일어서고 또 쓰러지는 / 목숨 다해 피 철철 흐르는 붉은 태양 보았는가 / 자유여 가난이여 목숨이여 공동체여 / 보았는가 이 골목 저 신작로에 쌓인 시체더미 / 그 위로 치솟는 / 반역이며 총칼의 이빨이며 웃음소리며 / 보았는가 어둠의 얼굴을 어둠의 정체를 / 어둠의 개백정을 어둠의 양민학살을 보았는가 / 찬란함이여 비린내여 펄펄 살아 뛰는 목숨의 비명소리여 / 지치고 지친 목숨의 끝 / 죽임이 끝내 한줌 남은 목숨보다 위대한 시간 / 쓰러짐이 인산인해로 나뒹구는 피비린내 끓는 학살의 끝 / 그렇다 우리는 / 결코 더 이상은 물러설 수 없는 / 우리들 가난의 힘이 스스로 죽창으로 치솟아 / 푸르디푸른 하늘을 이루는 것 보았다 / 우리들 쓰러짐이 / 정의와 간사한 도배들을 확연히 갈라놓는 것 보았다 / 쓰러지고 일어서고 또 일어서는 / 우리들 가난의 공동체여, 짓밟힘이여 신음소리여 / 아아 그렇다 우리는 / 피맺힘 굶주림이 스스로 불끈불끈 솟는 / 근육을 이루는 것 보았다 / 피맺힌 것은 분노뿐 아니라 사랑뿐 아니라 / 굶주린 목숨 그 자체인 것 보았다 / 그것이 백성임을 / 그것이 우리임을 보았다 / 아아 피맺힌 자유, 피맺힌 제3세계, 피맺힌 공동체여 / 피맺힌 평화, 핏발 서린 눈동자여 / 아아 밥이여 육체여 피멍든 영혼이여 / 아아 피골상접이여 사막이여 위대한 싸움터여 // 푸르디푸른 조선의 하늘 아래서 / 우리는 끝까지 우리의 인간성을 / 배반하지 않았읍니다 / 젖가슴 잘리고 대포·총·칼에 흐트러진 살점으로 낯익은 거리에 피바다로 흐르면서도 우리는 / 끝까지 배반하지 않았읍니다 우리의 소망을 / 끝까지 배반하지 않았읍니다 우리의 믿음을 / 끝까지 배반하지 않았읍니다 우리의 근육을 / 우리를 배반한 것은 백주의 대낮이었읍니다 / 그 대낮에 끔찍한 일이 저질러졌던 덕입니다 / 은밀한 죄악의 밤조차 진저리쳤던 대낮이었습니다 // 이제 우리도 물러설 자리가 없읍니다 / 이제 우리도 도망칠 밤이 없읍니다 / 이제 우리도 몸 맡길 대낮이 없읍니다 / 맨주먹으로 돌멩이 낫과 호미라도 들고 / 우리는 두 팔 두 귀 잘리며 / 진달래밭에 뿌리를 내릴 수밖에 없읍니다 / 우리는 죽어도 죽어도 이 땅에 뿌리를 내릴 수밖에 없읍니다 / 식민지심장에 오월피밭에 수치스런 역사에 원한과 고통에 / 아아 해방을 위한 싸움에 뿌리를 내릴 수밖에 없읍니다 ///

인간성을 배반하지 않는다는 것은, 인간 누구나가 가지고 있는 선한 바탕이다. 주로 인仁과 의義일 것이다. 사단四端 중 특히 측은지심惻隱之心과 수오지심羞惡之心이겠다. 불의에 참지 못하는 마음, 남이 궁지에 있을 때 도울 수 있는 마음이 그것이다. 혁명정신은 '의로움'일 것이다. 의로움을 발휘했기에 인간성을 배반하지 않은 것이다.

김명수의 「심장」은 아주 간결하지만 말할 바를 다 말한 셈이다.

비수匕首가 노리는 것은 무엇인가

칼끝이 노리는 것은 무엇인가

백주 대로에서

캄캄한 골목에서

왜 비수는 심장을 노리는가

왜 심장은 비수 앞에 당당한가

자유와 민주에 대한 열망과 믿음 때문에 심장은 비수 앞에 당당한 것이다. 시행에 여운을 주면서 독자가 시에 적극 참여하도록 하는 시법이 독특하다.

김남주의 연작 「학살」은 진압군이 얼마나 시민들을 잔인하게 죽였는지에 대해 증언하고 있다.

몸내가 삭아 내 누이 같고
허리가 길어 내 연인 같은 나라여
누구의 하늘도 침노한 적이 없고
누구의 영토도 넘본 적이 없는
비둘기와 황소의 나라 내 조국이여
누가 너를 남과 북으로 갈라 놓았느냐
누가 네 마을과 네 도시를 아비규환의 아수라로
만들어 놓았느냐
누가 허리 꺾인 네 상처에 꽃잎 대신
철가시바늘을 꽂아 놓았느냐
정전위 판문점에서 너를 대표한 자 누구이며
도마 위에 너를 올려놓고 초치고 장치고 포치고 차치고

내 조국의 운명을 요리하는 자 누구냐

입으로는 자유와 평화를 사랑하고

뒷전에서는 원격조종의 끄나풀로 꼭두각시를 앞장 세워

제 조국의 해방과 독립을 위해 싸우는 민중들을

계획적으로 학살하는 아메리카여!

보아다오, 너희들과 너희들 똘만이들이 저질러놓은

범죄를, 범죄와 음모와 착취로 뒤덮힌 이 땅을

보아다오, 너희들이 팔아먹은 탄환으로

벌집투성이가 된 내 조국의 심장을

너희들 표현으로는 전략적으로

보아다오, 살해된 처녀의 피묻은 머리카락을

보아다오, 대검에 찔린 아이 밴 어머니와 배를

보아다오, 학살된 아이들의 청량한 눈동자를

「학살·1」이다. 시인은 잔인무도한 학살 속에서, 군부독재자는 물론 그들을 호가호위하게 만드는 미국을 본다. 미국의 묵인 하에서 학살이 이루어졌다고 생각했기 때문이다.

양성우의 「하늘에 들리도록」은 자유를 위해 끝까지 궐기할 것을 다짐하는 시다.

눈에는 눈, 이에는 이, 몸을 던지고

회오리바람 칼날의 숲에 몸을 넌시고

우리는 일어섰다.

그리고 붉은 피 고인 길

높이 든 횃불 아래 모여서서

이 땅에 가득찬 원한의 북을 칠 때,

그 무엇이 우리를 겁나게 하랴.

눈에는 눈, 이에는 이, 몸을 던지고

끝내는 다 같이 살아남기 위하여

우리는 일어섰다.

금남로에서, 충장로에서, 이 잿등의 노을 깔린

처마 밑에서

입을 모아 하늘에 들리도록

죽어간 형제들의 이름을 소리 높혀 부르고,

드디어 우리는 일어섰다.

자유여.

이영진李榮鎭의 「단 한 줄의 시도 쓸 수가 없다」라는 작품은, 너무도 충격적인 상황 속에서 시를 쓰는 것마저 부질없는 행위라는 생각을 제시한다. 그만큼 충격이 컸다는 뜻이다.

노란 장미여 / 나는 이제 단 한 줄의 시도 쓸 수가 없다. // 도려낸 유방의 그 낭자한 핏구덩을 빨아대며 울부짖는 / 사내들 앞에서 // 피에 젖은 쓰레기통, 불에 그을린 시체더미 속에서 // 얼굴마저 없어진 어린것들의 흩어진 뼈조각을 찾아 헤매는 / 애처로운 어미들 앞에서 // 도대체 우리는 무슨 말을 할 수 있는가 / 써야 될 무슨 진실이 남아 있단 말인가 // 아, 하늘이여 // 머뭇거리는 나의 면상 앞으로 / 기운차게 날아드는 주먹과 돌멩이여 // 그래도 나는 아직 죽지 않았다고 외쳐야 하는가 // 폭탄처럼 망설임 없이 터져 버리는 분노한 생명들 앞에서 / 문 밖으로 차 내던지는 축구공보다 더 쉽게 // 죽음으로 던져지는 순한 친구들의 머리통 앞에서 // 도대체 우리가 무슨 말을 할 수 있는가 / 써야 될 무슨 진실이 남아 있단 말인가 // 사자死者들이여, 내 어진 친구들이여 / 지금 막 죽어가고 있는 자들이여 // 한 송이 백합마저 마주 쳐다볼 수 없는 이 슬픈 아침에 // 그대들이 흘린 피가 스며든 // 젖은 땅 위에 서면 // 발부리를 따라 전신으로 치밀어 오르는 / 그대들의 분노와 슬픔으로 // 온몸이 뜨겁게 타오를 뿐, 타는 가슴일 뿐 // 오직 칼의 빚은 칼로 갚을 뿐 // 나는 이제 단 한 줄의 시도 쓸 수가 없다. ///

그렇다. 충격적인 사건을 만날 때 시인들이 늘 느끼는 절망감이다. 시도 정의를 위해 쓰는 것이지만, 불의에 한없이 압도당할 때 차라리 시를 팽개치고 행동으로 맞서는 것이 덜 절망적이라는 생각은 시 쓰는 사람 누구나 겪는 일이겠다.

채광석의 「애국가」는 현장에서 있었던 절망적인 사실 한 토막을 증언하는 시다.

그때 잡힌 몸은 개였다
뻗치라면 뻗치고 한쪽 발을 들라면 들고
그 꼴로 애국가를 4절까지 부르라면 부르고
너 이 새끼 일어서! 그 목소리밖에 안 나와!
갑자기 태권도 실습 대상이 되어 무쇠주먹 군화발에
쓰러지고 쓰러질 적마다 스프링처럼 발딱 일어서야 했다
동작이 느리면 더욱 모질게 터져야 했으므로

다시 뻗치라면 뻗치고 한쪽 발을 들라면 들고
다시 애국가를 부르라면 오 오 애국을 위해서가 아니라
당장의 군화발 당장의 주먹질이 무서워서
4절까지 정신없이 고래고래 불렀다
1980년 그 5월 서른 세 살의 똥개가 되어 끙끙거리며
동해물과 백두산이 마르고 닳도록……

참으로 처참하게 인권이 유린되고 있는 현장보고의 시다. 애국가가 폭력의 수단으로 전락하는 현장 증언인 것이다.

김창규의 「구두 닦아요」는 이름 없는 구두닦이의 죽음을 통해 계엄군의 무자비한 만행을 증언한다.

구두 닦던 손에는
총이 들려져 있었다.
그가 닦아주던 구두를 신은 사람들이
모두 도망쳐 버리고 없을 때
살고 싶었다.
인간답게 착하고 성실하게
무등산에 안개 짙게 드리워져
도시는 인적조차 끊기고
죽음만 있는 곳
아! 그 거리에서 나는
도망칠 수가 없었다.
상처 입고 쓰러져 용기를 잃었을 적에
거리의 여자들이 먹을 것을 가져다 주었다.
금남로 거리에서
한번도 닦아 본 기억이 없는
검은 구두 신은 사람들이
구두통을 무참하게 깨고 지나갔다.
박살난 구두통은 이름없는 팻말이 되고
망월동 망우리 구두를 닦고 있다.

부서진 구두통만이 소년의 죽음을 증명하기 위해 망우리를 지키고

있는 것이다. 억울한 죽음을 더욱 안타깝게 여기도록 하는 표현이 돋
보인다.

박몽구의 「도둑 없는 거리」는 연작 '십자가의 꿈·61'이라는 부제를
달고 있으며 혁명 당시의 상황 한 부분을 재현해 준다.

무엇이 그렇게 불을 붙였는지 / 어쩌면 그렇게 따스한 가슴들이 있는지
/ 치안이 사라진 거리에는 도둑이 하나도 없었다 / 해방구에는 총알을
늘어뜨린 경찰들이 없었지만 / 살벌한 패싸움 한번 없었다 / 모두들 문
을 활짝 열고 나그네들 맞아들이고 / 사람들은 동별 반별로 밥을 짓고
반찬을 장만해 / 시민들로 하여금 광주의 뜨거운 자존심을 / 굳게 지켜
주도록 부탁했다 / 해방구에는 손에 손 맞잡고 나아가는 기쁨만이 감돌
았다 / 아아 이방인들은 그 기쁨을 캐터필러로 / 깔아뭉개려고 혈안이
되어 있었고 / 광주시민 투쟁위원회와 계엄사령부의 접촉이 / 해방구의
뜻을 일방적으로 묵살하는 것으로 끝나 / 언제 다시 마치 베트콩이라도
소탕하고도 남을 화력으로 / 광주를 무참하게 깔아뭉갤지 모른다는 소
문이 파다하던 날 / YMCA에 모여 고향 땅 사수를 결심하던 / 광주시민
군 지원자들의 모습을 잊을 수 없다 / 잘 사는 사람들과 글깨나 깨친
사람은 / 아아 미래의 이 나라 지배층들은 씨도 없이 떠나간 거리에 /
그 어느 때보다 불타는 눈으로 용기 백배해 모여들던 / 구름 같은 사람
들의 모습을 잊을 수 없다 / 아아 눈이 퉁퉁 부어 광주를 뜨지 못하던
/ 넝마주이에서부터 예비군 중대장 출신 아저씨 / 아직 귀가 새파란 중
학생 소년 / 그가 무엇을 알고 잇었을까만 / 지킬 것이 있는 사람늘 노
두 떠나가 버린 거리에서 / 그는 누구보다도 두 눈으로 뒤집힌 세상을
보고 / 저 하나라도 던져 두 눈에 새벽을 담겠다던 / 때묻지 않은 정열
을 잊을 수 없다 / 한사코 떠나기를 종용하던 사람들 앞에서 / 방아쇠
를 당기는 법만 가르쳐주면 / 억울하게 죽은 동생의 넋을 달래겠노라고

/ 다짐하며 떠나지 않던 간호원 누나 / 수입도 제대로 되지 않는 무기는 보잘것없었고 / 우리들의 무전은 죄다 도청당하곤 했지만 / 목숨을 한낱 풀같이 여기며 모인 사람들 위에 / 참역사를 여는 사람들의 모습이 새겨져 있었다 / 며칠씩 잠을 이루지 못했지만 / 더욱 피어나는 철쭉의 푸르름으로 / 밤이면 민가를 습격하는 진압군들에게 철퇴를 가하고 / 억울하게 죽은 사람들을 실어 나르고 / 광주의 뜻을 광주만이 아닌 전국으로 확산시키려 / 죽음을 무릅쓰고 광주 밖으로 포위망을 뚫고 나가 / 돌아오지 않는 사람들 / 몸은 비록 불타 사라졌지만 / 진정 새벽을 갈망하는 사람들의 가슴속에 뽑히지 않는 못으로 박혀 있으리라 ///

좀 긴 호흡인데 상황을 생생하게 재생시켜 준다. 소설이나 감당할 수 있는 숱한 장면, 정보들을 잘 압축시켰다. 자유와 민주를 지키기 위한 공동체의식을 잘 표현한 작품이다.

김재진金在珍의 「빈 상여 나가며」는 무고하게 죽어간 사람들의 한을 대변해 주는 작품이다.

맞아서 죽은 사람들도 눈 감을 수 있을까

재가 되어 서강西江에 내려 앉아도

눈 감을 수 있을까

캄캄한 어둠 속을 도망치다 또 붙들려

곤죽이 되도록 맞아

병신이 된 사람들도 눈 감을 수 있을까

돌아서서 문 닫아 건 사람들 그래도 못 잊어

넘어지며 찾아가던 그리움 따라

가슴치며 울먹여도 헛기침 한번 없는

아무도 내다보지 않는

아무도 신음하지 않는

그리운 나라, 이제 눈 감으며

맷돌처럼 가라앉은 인생을 감으며

한번쯤 돌아와 누운 고향길 위에

에헤라, 선소리 앞세운 꽃상여 하나 없을 이 길에

아득한 이 길에

빈 상여 나가네 그리움 따라

구석구석 눈물 말라 하얗게 드러난

가시는 그 먼 길에

찾을 길 없는 억울함 재로 뿌린

맞아서 죽은 사람들도 눈 감을 수 있을까

어찌 눈 감을 수 있으랴. 이 땅에 자유와 민주, 평화가 완전히 찾아질 때까지 어찌 눈을 감을 수 있겠는가. 억울하게 죽은 이들을 위해 이 땅의, 이 민족의 평화를 회복하는 일은 살아남은 사람들의 몫이다.

윤재걸尹在杰의 「오월·1」은 장하게 죽어간 넋들을 위로하는 작품이다.

꽃이거라.

눈물이거라.

한데 모임이거라.

한데 모임 속에 피어난

한마음의 꽃이거라.

한마음의 눈물이거라.

소란스런 저자거리에서도

문득문득 다가서는

부끄러움의 거울이거라

눈빛 시린 아침의 햇살이거라.

모든 이의 부끄러움 한데 담는

가을날의 하늘빛이거라.

하나의 섬이거라.

피눈물 얼룩진

이 땅의 소금이거라.

의로운 사람들 모두의 이름처럼

김오월이거라.

이오월이거라.

박오월이거라……

혹은 이 나라의 이름과 함께 영원히 기억 될

대한의 오월이거라.

역사의 오월이거라.

마침내 울먹이는 넋들의 여울이거라.

오월에 뭇 성을 붙인 것이 새롭다. 의로운 일을 하다가 죽은 영혼 앞에 살아남은 사람들은 언제나 스스로를 부끄럽게 생각할 수밖에 없는 일이다.

백기완白基琓의 「지기는 누가 졌단 말인가」란 작품에서는 독재자들과 싸움이 이제야 비로소 시작되었다는 선언을 한다.

몽창 감옥인 / 이눔의 세상 // 끝까지 어쩌지 못한 것이 원통할 뿐 / 먼저 간 이 발길 / 서러워 말라 / 제멋대로 총을 긁어댔어도 / 패배한 자는 / 갈기(주체)를 잃은 그들이라 // 오히려 우리의 쏘는 눈은 / 천지의 제국을 뚫었나니 / 그날, 우리의 피범벅은 / 배신의 오월 / 고개 돌린 것들은 모조리 / 태양마저 까맣게 태웠나니 / 먼저 간 우리를 / 결코 괴로워 말라 // 다만, 우리 사랑같은 건 이제 / 두었다 해야 할 걸세 / 날마다 으스러뜨리고 싶은 / 그리움도 흐느끼고 싶은 것도 / 이제 두었다 해야 할 거고 // 몽창 주검인 이눔의 세상 / 땅 밑 깊은 곳에서라도 / 차디찬 흙을 품어 / 해방의 알을 까고 나오리라 / 발 구르는 사람아 // 이다지도 괴로운 건 / 묶인 손보다도 / 짤려 나간 목숨보다도 / 못다한 마지막 한 마디 // 밤마다 검은 구름 스치면 / 뇌성벽력이 되어 때리고 / 그리움이 사모치면 / 돌베게를 적시면서도 / 마저 못다 한 이 한 마디 // 최후결전은 이제부터다 / 지기는 누가 졌단 말인가 // 이 한 마디, 이 한 마디만은 꼭 파헤쳐 달라 ///

독재자들로부터 자유와 민주를 되찾기 위해, 사랑마저도 미루고 싸움을 시작하자는 생각을 표현한다.

홍일선洪一善은 「5월논 5월밭」이란 작품에서 시인 스스로가 방관자였음을 고백하는 용기를 보여주지만, 자조自嘲적인 모습을 당당한 것처럼 꾸민 어조에 숨겨 드러내지 않는 표현법이 독특하다.

그해 5월 나 광주에 있지 않았다

나 논에 있었다 낫 들고 밭에 있었다

그해 5월 나 광주 징밀 모른다

그해 5월 몸서리나는 총소리 탱크소리

두 귀 막고 그냥 벙어리처럼 모만 심었다

황토물 핏물 송장 썩은 물 뒤범벅

텃논에서 못줄도 없이 아무렇게나 막모 냈다

> 그해 5월 살려달라는 아우성 비명소리
>
> 차마 듣지 못하고 보리밭에 누워
>
> 멀리 고속도록 군용트럭 긴 행렬 바라보았다
>
> 그해 5월 아직 덜 익은 보리밭
>
> 조선낫으로 죄 없는 보리이삭 후려치며
>
> 허공 후려치며 밭둑에 멀거니 서 있는
>
> 수양버드나무 조선낫으로 찍었다
>
> 그해 5월 나 석우리 사는 한낱 농민이었다

혁명대열에 참가하지 못한 것을 정당화 하려는 뜻이 아니다. 외곽에서 증언할 바를 다 증언해 낸 작품이다.

문익환文益煥은 「오월이 오면」에서 자유스런 일상이 차라리 부끄럽다고 표현하면서 잔인했던 역사를 상기하게 해준다.

오월이 오면 부끄러워라 / 눈을 깜아도 천 길 바다 속 / 터시는 가슴으로 부끄러워라 / 귀를 막아도 억하심정 하늘 스치는 바람소리 / 한 맺히는 슬픔으로 부끄러워라 / 살아 숨쉰다는 게 숨막히게 부끄러워라 / 휴게소로 내려서면 허파로 스며드는 / 풀내음 꽃향기도 부끄러워라 / 하늘도 땅도 얼굴 들 수 없어라 / 도시 사람이라는 게 부끄러워라 / 39년을 온갖 애환 섞어 마시며 살아온 / 환갑 진갑 다 지난 할망구와 나란히 / 벨트를 매고 / 부끄러움도 없이 고속도로를 달린다 / 벽오동 보랏빛은 오늘따라 저다지도 슬픈데 / 모내는 농부들이여 / 그래 당신들은 금년 농사 걱정만 하면 그만인가요 / 건너편 젊은 어머니 가슴에서 잠든 아가야 / 마냥 행복하구나 / 오늘은 초파일이네요 / 절간과 암자로 찾아드는 불도들이여 / 당신들은 부처님이 자랑스럽기만 한가요 / 이 싱싱한 오월에 / 시월도 아닌데 한창 물 오르던 푸르름 / 낙엽으로

구르며 구둣발에 짓밟히던 / 아우성 소리들아 / 찢겨 터진 살점들아 /
차라리 난 이 자유가 부끄럽구나 / 흐르는 물이 부끄럽구나 ///

그야말로 '살아남은 자의 슬픔'을 절실히 느끼게 하는 시다. 의로운
일에 뛰어든 사람의 속박은 일상적 자유보다 훨씬 값진 것이다.

1980년 5월의 민주혁명은 우리 민족의 살아있는 힘이었다. 독재자
들이 저지른 살육의 현장은 민족의 자존심을 한껏 추락시켰지만, 자유
와 민주를 향한 용기는 민족의 자존심을 한껏 높인 것이기도 하다.

5월 민주혁명에 대한 시 유산은 엄청나게 많이 전해지고 있고, 지금
도 계속 생산되고 있으며 앞으로도 지속적으로 창작될 것이다. 그때의
생생한 증언은 역사에 남아 민족의 힘으로 보태질 것이며 위정자들에
게 끝없는 경각심을 주게 될 것이다.

고은, '걸레'의 대의명분

고은은 1950년대부터 시작詩作 활동을 해왔지만, 그의 시가 사회적
효용성을 발휘한 것은 1980년대일 것이다. 작품 산출량뿐만 아니라 현
실에 대한 대응력이 이때 절정에 이르는 셈이다. 대하서사시라고도 할
수 있는 『백두산』과 『만인보萬人譜』가 이때에 간행되기 시작하여 완간
되거나 속간되고 있는데, 그의 뚝심은 여기에서 비로소 확인할 수 있다.

고은이 집념하고 있는 것은 조국에 관한 문제다. 반외세라든지 민족
통일, 반독재와 같은 대의명분에 집중한다. 먼저 「걸레」라는 작품부터
보자.

바람 부는 날
바람에 빨래 펄럭이는 날
나는 걸레가 되고 싶다

비굴하지 않게 걸레가 되고 싶구나
우리나라 오욕과 오염
그 얼마냐고 묻지 않겠다
오로지 걸레가 되어
단 한 군데라도 겸허하게 닦고 싶구나

걸레가 되어 내 감방 닦던 시절
그 시절 잊어버리지 말자

나는 걸레가 되고 싶구나
걸레가 되어
내 더러운 한평생 닦고 싶구나

닦은 뒤 더러운 걸레
몇 번이라도
몇 번이라도
못견디도록 헹구어지고 싶구나
새로운 나라 새로운 걸레로 태어나고 싶구나

걸레가 되겠다는 발상이 참으로 신선하다. 걸레에 대하여 의미부여
는 얼마든지 다양하게 할 수 있을 것이다. 나라의 궂긴 일에 나서겠다
는 의지를 내보이는 작품이다.

「성조기」란 작품은 다소간 호흡이 긴데, 반외세의식을 보여주는
시다.

나는 일장기 아래 태어났읍니다 / 그러나 현해탄의 갈매기와 아무 상관
도 없었읍니다 / 망한 나라 / 한 가지가 여러 가지로 보이는 / 썩은 지
붕 이엉의 보릿고개를 / 할아버지 아버지로 삼고 자라났읍니다 / 나는

성조기 휘날리는 항구에서 / 연합군 미군을 환영했읍니다 / 그 뒤로 성조기와 더불어 떠돌았읍니다 / 나는 그 방황이 자유라고 또는 자유세계라고 / 내 지친 청춘을 속였읍니다 / 40년 동안 / 성조기는 어디서나 내 불가피한 우수의 사물이었읍니다 / 나에게는 다른 사물들이 없었읍니다 / 끝없이 뒤떨어진 구호물자의 거리와 캠프마다 / 언제나 세계 도처의 성조기가 전능으로 펄럭이고 있었읍니다 / 아아 드디어 성조기는 내 영혼의 사령관이었읍니다 / 내 몸의 수의근은 껌을 씹으며 신성불가침의 캠프 데이비드 / 눈부신 날들의 하우스 보이였읍니다 / 유타주 출신 상사 존슨의 몸종이었읍니다 / 그동안 그 하우스 보이 제대로 울부짖어 본 적도 없이 / 소위 신의 가호 신의 힘에 내 힘을 잃어버린 뒤 / 나는 성조기 아래 충실히 늙어버렸읍니다 / 그러나 내 늙음 하나 이것만은 아메리카 것이 아니라 / 그것만은 강력한 내 역사입니다 / 여기서부터 나는 다시 일어납니다 / 나에게 얼마든지 40년은 길지 않습니다 / 역사는 앞장선 사람의 일선에서는 완행입니다 / 또한 선구자의 진리는 역사에게는 너무나 성급합니다 / 그러나 40년 동안 나는 내 늙음을 도도하게 이룩했읍니다 / 오늘 팀스피리트 84 미군 환영의 성조기를 바라봅니다 / 평택 안성읍 거리 / 함께 꽂힌 혈맹의 태극기도 묵묵부답으로 바라봅니다 / 이제 내 마지막 사업은 / 오후 다섯시 정각 국기 하강식에서 / 하늘 아래 그것들을 조용히 내리는 일입니다 / 그리하여 신의 힘도 적의 힘도 아니라 / 내 힘으로 내일 아침을 앞당겨 / 떠오르는 태양을 밀어 올리는 일입니다 / 오오 나의 성조기 너의 성조기 / 40년 동안 한번도 찢어지지 않고 휘날렸읍니다 ///

미국을 경계하는 생각이 한 순간에 시작된 것이 아니라, 꽤나 오랜 경험을 통해 간직되어 온 것임을 제시한다. 미군이 이 땅에 주둔하면서 부정적 영향을 끼쳤을 뿐이기에 배척하겠다는 의지를 내보인다. 시인이 스스로의 생애를 차분히 성찰하면서 내보인 생각이기에 좀 더 설득력을 가지는 것이다.

『만인보』는 시적 인물 한 사람 한 사람을 전형화시키는 작업이다. 본래 인물의 전형화 작업은 소설이나, 희곡, 서사시에서 필요한 것인데, 고은은 단형시에서도 그 작업을 이루어낸다. 「머슴 대길이」를 예들어 보자.

새터 관전이네 머슴 대길이는

상머슴으로

누룩도야지 한 마리 번쩍 들어

도야지 우리에 넘겼지요

그야말로 도야지 멱 따는 소리까지도 후딱 넘겼지요

밥때 늦어도 투덜댈 줄 통 모르고

이른 아침 동네길 이슬도 털고 잘도 치워 훤히 가리마 냈지요

그러나 낮보다 어둠에 빛나는 먹눈이었지요

머슴방 등잔불 아래

나는 대길이 아저씨한테 가갸거겨 배웠지요

그리하여 장화홍련전을 주룩주룩 비오듯 읽었지요

어린아이 세상에 눈 떴지요

일제 36년 지나간 뒤 가갸거겨 아는 놈은 나밖에 없었지요

대길이 아저씨더러는

주인도 동네 어른도 함부로 대하지 않았지요

살구꽃 핀 마을 뒷산에 올라가서

홑적삼 큰아기 따위에는 눈요기도 안하고

지게작대기 뉘어놓고 먼데 바다를 바라보았지요

나도 따라 바라보았지요

우르르르 달려가는 바다 울음 소리 들었지요

찬 겨울 눈더미 가운데서도

덜렁 겨드랑이에 바람 잘도 드나들었지요

그가 말했지요

사람이 너무 호강하면 저밖에 모른단다

남하고 사는 세상인데

대길이 아저씨

그는 나에게 불빛이었어요

자다 깨어도 그대로 켜져서 밤 새우는 불빛이었어요

『만인보』에 실린 시가 대부분 위와 같은 시법으로 쓰였다. 단형시가 애초부터 인물전형화에 부적합하지만, 위와 같은 정도면 그래도 상당히 성과를 올린 셈이다. 또한 인물 선택이 그의 민중사상에 바탕을 둔 것이어서 시정신의 큰 흐름이 시대적인 요청과 부합됨을 알게 된다.

『백두산』은 일제하에서 나라를 지키겠다는 일념으로 신명身命을 다한 의병이나 독립투사들의 항일활동을 형상화한 작품이다. 대하서사시답게 숱하게 많은 역사적 인물들을 등장시켜 펼쳐가는 이야기이다. 일곱 권이나 되는 길고 긴 시가 민족정신으로 일관되는 대작이다. 김옥단이란 독립투사의 죽음으로 대미를 장식하는 부분을 보자.

김옥단! 그녀는 만해주 일리아 언덕 / 그곳 가녘의 숲에 쓰러져 있다 / 지난날 백군들의 보루였던 곳 / 아직 밀가루와 / 무기 약간이 녹슨 채 남아 있는 곳 / 그러나 다람쥐 따위밖에 없는 / 무인지경 / 새로 눈이 내린다 / 쓰러진 옥단을 / 그 눈이 덮어준다 / 따뜻한 것은 오직 그것뿐 / 그 눈에 덮여서 / 그것이 사람인지 무엇인지 모른다 / 그동안의 싸움은 작은 의무였을 뿐 / 결코 다른 민족보다 / 거룩한 싸움이 아니었다. / 만약 이것마저 없어서는 / 민족일 수 없었으므로 / 민족이기 위하여 오로지 민족이기 위하여 / 죽어간 전우와 동지들 뒤따라 / 여기 한 여자도 쓰러졌다 / 처절한 겸허로 / 아무도 모르는 마지막 미소로써 / 마침내 눈 쌓은 세상 하나 / 그칠 줄 모르고 / 눈 퍼붓는 세상 하나 / 높은 곳 낮은 곳 / 다 없어지는 세상 하나 / 아니 그것이야말로 / 한 나라가 아니라 / 온 세상 여러 나라의 새로운 시작이므로 / 김옥단! 그녀는 눈에 덮여 / 끝없는 것은 여기만이 아니다 / 그녀는 온몸 식어 / 눈 쌓여 / 눈무덤에 묻혀 / 조국이 너무 멀고 멀었다 / 조국의 힘이 시간으로 / 날 저물어가는 어둠에 묻혀 ///

여성인물에 초점을 맞추는 것이 다른 작품에 비해 독특하다. 고은은 단형시에서 다 표현하지 못한 민족정신을 『만인보』나 『백두산』처럼 대작에서 표현해 낸다. 이런 연유로 그를 뚝심 있는 시인으로 평가하게 되는 것이다.

김남주, 미리 부른 자신의 진혼가

김남주의 시는 격렬한가? 일단은 그렇다. 그러나 확실한 것은 그의 시가 적어도 허기虛氣로, 허장성세虛張聲勢로 외치는 소리는 아니라는 것이다. 독재자가 백성들의 손을 묶고 입을 막는 것도 부족하여 목을 죄여올 때 그 누가 차분한 목소리를 내겠는가. 독재자들에 의해 흘린 백성들의 피가 국토를 적시며, 세태가 미쳐 돌아갈 때 비명조차 지르지 못한다는 것은 그야말로 정상이 아니었던 것이다. 김남주의 시, 그것은 시라기보다는 차라리 비명이나 절규였던 셈이다.

그의 시는 진폭이 있다. 독재자를 격렬히 비판하는 시가 있는가 하면 자신을 처절하게 반성하는 시도 있다. 역사를 새롭게 성찰하기도 하고, 억울하게 죽어간 사람들을 위한 시를 생산하기도 한다. 그러나 이런 다양한 시정신은 결국 한곳에 초점이 맞춰진다. 애국애민愛國愛民인 것이다. 애국애민을 위하여 진력하였다. 차라리 광적인 집착이라 해야 옳겠다. 그야말로 굵고 짧게 살다 가기 위해 그는 자기를 위한 진혼가를 미리 불렀던 것이다.

「진혼가」를 통해 그는 자신의 참담한 현실을 통렬하게 반성하는 것으로부터 시작한다.

1

총구가 나의 머리숲을 헤치는 순간 / 나의 양심은 혀가 되었다. / 허공에서 헐떡거렸다 똥개가 되라면 / 기꺼이 똥개가 되어 당신의 / 똥구멍이라도 싹싹 핥아 주겠노라 / 혓바닥을 내밀었다 / 나의 싸움은 허리가 되었다 당신의 / 배꼽에서 구부러졌다 노예가 되라면 / 기꺼이 노예가 되겠노라 당신의 / 발밑에서 무릎을 꿇었다 나의 / 양심 나의 싸움은 미궁이 되어 / 심연으로 떨어졌다 삽살개가 되라면 / 기꺼이 삽살개가 되어 당신의 / 손이 되어 발가락이 되어 혀가 되어 // 삽살개 삼천만 마리의 충성으로 / 쓰다듬어 주고 비벼 주고 핥아주겠노라 / 더 이상 나의 육신을 학대 말라고 / 하찮은 것이지만 육신은 나의 유일의 확실성이라고 나는 / 혓바닥을 내밀었다 나는 / 무릎을 꿇었다 나는 / 손발을 비볐다 나는 //

2

쓰고 있다 / 지금 나는 쓰고 있다 / 세겹으로 네겹으로 갇혀 쓰고 있다 / 내 탓이다라고 / 서투른 광대의 설익은 / 장난 탓이다라고 / 어설픈 나의 양심 탓이다라고 / 미지근한 나의 싸움 탓이다라고 / 모두가 모든 것이 내 탓이다라고 / 나는 지금 쓰고 있다 / 움푹 패인 주먹밥 위에

/ 주먹밥에 떨어진 눈물 위에 / 눈물 같은 국물 위에 / 환기통 위에 빵끼통 위에 / 시멘트바닥에 허공에 천장에 / 벽 위에 식구통 위에 / 감시통 위에 침 발라 / 손가락으로 발가락으로 혓바닥으로 / 마르도록 벗겨지도록 / 피나도록 쓰고 있다 // 여러 골이 쑥밭이 된 것도 / 여러 집이 뒤집힌 것도 / 설익은 광대의 서투른 / 장난 탓이다라고 함께 / 사랑했다는 탓으로 불려다니고 / 끌려다니고 밥줄이 막히고 끊어지고 / 스승의 난처한 입장도 나의 / 어설픈 양심 탓이다라고 / 법관의 어색한 표정도 / 간수의 안타까운 동정도 / 또 누구의 미안한 응원도 모두가 / 모든 것이 내 탓이다라고 / 미지근한 나의 싸움 탓이다라고 // 공포야말로 인간의 본성을 캐내는 데 / 가장 좋은 무기이다라고 //

3

참기로 했다 / 어설픈 나의 양심과 나의 / 미지근한 싸움은 참기로 했다 / 양심이 피를 닮고 / 싸움이 불을 닮고 / 피와 불이 자유를 닮고 / 자유가 시멘트바닥에 응집된 / 피 같은 불 같은 꽃을 닮고 / 있다는 것을 배울 때까지는 / 응집된 꽃이 죽음을 닮고 / 있다는 것을 알때까지는 / 만질 수 있을 때까지는 / 온몸으로 죽음을 / 포옹할 수 있을 때까지는 / 칼자루를 잡는 행복으로 / 자유를 잡을 수 있을 때까지는 / 참기로 했다 // 어설픈 나의 양심 / 미지근한 나의 싸움 / 양심아 싸움아 너는 / 차라리 참아라 차라리 / 참는 게 낫다고 참아라 ///

「진혼가」에서 보여주는 것은 자기와의 치열한 싸움이다. 자기의 패배를 자인하고 재기를 노리는 의지표현의 작품이다. 감옥이라는 극한 상황에서 자신을 지독히 학대한다. 학대가 아니라 자신을 죽은 자로 취급하고 죽은 혼을 위로한다. 자신에 대한 반성이 이렇기에 고통의 시대에 대한 성찰과 비판이 기개 높게 표현될 수 있었다.

밥 달라 벌린 입에 / 총알 멕이는 그런 사람 없다면 / 우리나라 좋은 나라 될거야 / 자유 달라 벌린 입에 / 최루탄 멕이는 그런 사람 없다면 / 우리나라 좋은 나라 될 거야 / 암 그렇고말고 / 부자들 재산을 지켜주느라 / 노동자와 싸우는 경찰관 아저씨가 없다면 / 권력의 담을 지켜주느라 / 자유와 싸우는 군인 아저씨가 없다면 / 우리나라 좋은 나라 되고말고 // 그러나 그런 사람 없어지지 않을 거야 / 가난한 이들의 단결 없이는 / 그러나 그런 사람 없어지지 않을 거야 / 짓밟힌 이들의 투쟁 없이는 / 그래서 나는 물었던 거야 / 살해된 처녀의 피묻은 머리카락 앞에서 / 화해와 용서를 설교했던 당신에게 / 그래서 나는 물었던 거야 / 피묻은 옥좌 앞에 무릎을 꿇고 / 밥과 자유를 구걸했던 당신에게 / 지금도 묻고 있는 거야 나는 / 죽음이 죽음을 낳고 / 죽음이 죽음을 낳고 / 죽음이 죽음을 낳고 / 죽음이 긴긴 행렬 속에서만이 / 살아 남은 자들의 숨결이 살아 숨쉴 수 있는 / 숨막히는 자유의 이 질곡 속에서 / 이렇게 나는 묻고 있는 거야 // 단결 없이 / 가난한 이들의 목숨을 건 단결 없이 / 밥 한 그릇 공짜로 부자들이 내준 적 있었는가 / 투쟁 없이 / 짓밟힌 이들의 목숨을 건 투쟁 없이 / 한 발이라도 스스로 압제자들이 물러난 적 있었던가 / 4·19 이래 있었던가 / 5·18 이래 있었던가 / 6·29 이래 있었던가 / 대한민국 반세기 이래 있었던가 ///

「숨막히는 자유의 이 질곡 속에서」란 작품이다. 편하게 말하고 있는 어조지만, 뼈 있는 말이 다 동원되었다. 독재자와 독재자의 하수 역할을 했던 군인, 경찰들까지 비판하며 어설픈 화해를 말하는 사람들까지 반격을 가하고 있다. 시인의 현실안이 이렇게 견고하니 독재자에 대한 투쟁으로 나가는 것은 뻔한 일이다.

「자유에 대하여」는 자신의 투쟁의지가 더욱 굳세어지도록 다짐하는 시다.

자유를 내리소서 자유를 내리소서 / 십자가 밑에 무릎 꿇고 주문 외우며 / 기도 따위는 드리지 않을 것이다 / 적어도 대지의 자식인 나는 // 자유 좀 주세요 자유 좀 주세요 / 강자 앞에 허리 굽히고 애걸복걸하면서 / 동냥 따위는 하지 않을 것이다 / 적어도 직립의 인간인 나는 // 왜냐하면 자유는 / 하늘에서 내리는 자선냄비가 아니기 때문이다 / 자유는 인간의 노동과 투쟁이 깎아 세운 입상이기 때문이다 / 그것은 타는 입술을 적시는 술과도 같은 것 / 그것은 허기진 배에서 차오르는 밥과도 같은 것 / 그것은 검은 눈에서 빛나는 별과도 같은 것 / 선남선녀가 달무리의 원을 그리며 / 노래하고 춤추는 대지의 축제이기 때문이다 // 그러기에 오 자유여 어떤 욕심쟁이가 있어 / 그대를 가로채어 독차지하고 / 그대 주위에 담을 쌓고 철망을 치고 / 한낮의 거리에 미친 개를 풀어놓는다면 / 오 그러기에 자유여 어떤 심보 사나운 자가 있어 / 그대 가슴에 그대 숨통에 쇠뭉치와 군화발을 올려놓는다면 / 나는 싸울 것이다 시위를 떠난 화살이 되어 / 나는 싸울 것이다 손아귀를 떠난 창이 되어 / 나는 싸울 것이다 나무꾼이 휘두르는 도끼와 함께 / 나는 싸울 것이다 쇠붙이를 녹이는 대장간의 풀무와 함께 / 나는 싸울 것이다 군화를 찢어발기는 푸줏간의 칼과 함께 / 그러면 그때 가서는 눈먼 장님의 지팡이도 / 미친 개를 패주는 도리깨로 변할 것이며 / 굴속에 웅크리고만 살았던 겁쟁이 토끼들도 뛰쳐나와 / 눈알을 부라리며 욕심쟁이에게 덤벼들 것이다 / 그러면 그때 가서는 산에 들에 풀들도 / 고개를 치켜들고 일어나 폭정의 바람에 달겨들 것이며 / 길가에서 버림받은 돌멩이들까지도 / 솟아오르는 총알이 되어 놈들의 심장에 닿을 것이다 / 그러면 그때 가서는 그러면 그때 가서는 / 그동안 하늘에서 빛을 잃고 눈이 멀었던 별들도 다시 눈을 뜨고 / 달과 함께 강물에 자유의 문자를 아로새기며 / 나와 함께 전진할 것이다 / 자유를 위한 싸움에는 끝이 없다 / 빼앗긴 자유를 위한 대지의 인간의 싸움에는 / 낮과 밤의 휴식이 없다 / 최후의 압제자가 쓰러질 때까지는 ///

우화寓話적 기법을 쓰기도 하고, 동시·동화적인 분위기도 섞어가며 자신의 투쟁의지를 잘도 표현해 냈다. 지조 있고 기개 높은 정신이어서 예사로운 사람들에게 강한 대조감정을 느끼도록 하는 작품이다.

「사상의 거처」에서는 민중들 속에 가장 위대한 뜻이 있음을 밀하려 한다.

나는 지금 어디에 있는가 / 입만 살아서 중구난방인 참새떼에게 물어본다 // 나는 지금 어디로 가고 있는가 / 다리만 살아서 갈팡질팡인 책상다리에게 물어본다 // 천 갈래 만 갈래로 갈라져 / 난마처럼 어지러운 이 거리에서 / 나는 무엇이고 / 마침내 이르러야 할 길은 어디인가 // 갈 길 몰라 네거리에 서 있는 나를 보고 / 웬 사내가 인사를 한다 / 그의 옷차림과 말투와 손등에는 계급의 낙인이 찍혀 있었다 / 틀림없이 그는 노동자일 터이다 // 지금 어디로 가고 있어요 선생님은 / 그의 물음에 나는 건성으로 대답한다 마땅히 갈 곳이 없습니다 / 그러자 그는 집회에 가는 길이라며 함께 가자 한다 / 나는 그 집회가 어떤 집회냐고 묻지 않았다 그냥 따라갔다 // 집회장은 밤의 노천극장이었다 / 삼월의 끝인데도 눈보리기 쳤고 / 히얗게 야산을 뒤덮었다 그러나 그곳에는 / 추위를 이기는 뜨거운 가슴과 입김이 있었고 / 어둠을 밝히는 수만 개의 눈빛이 반짝이고 있었고 / 한입으로 터지는 아우성과 함께 / 일제히 치켜든 수천 수만 개의 주먹이 있었다. // 나는 알았다 그날 밤 눈보라 속에서 / 수천 수만의 팔과 다리 입술과 눈동자가 / 살아 숨쉬고 살아

꿈틀거리며 빛나는 / 존재의 거대한 율동 속에서 나는 알았다 / 사상의 거처는 / 한두 놈이 얼굴 빛내며 밝히는 상아탑의 서재가 아니라는 것을 / 한두 놈이 머리 자랑하며 머리로 그리는 현학의 미로가 아니라는 것을 / 그것은 노동의 대지이고 거리와 광산의 인파 속이고 / 지상의 별처럼 빛나는 반딧불의 풀밭이라는 것을 / 사상의 닻은 그 뿌리를 인민의 바다에 내려야 / 파도에 아니 흔들리고 사상의 나무는 그 가지를 / 노동의 팔에 감아야 힘차게 뻗어나간다는 것을 / 그리고 잡화상들이 판을 치는 자본의 시장에서 / 사상은 그 저울이 계급의 눈금을 가져야 적과 / 동지를 바르게 식별한다는 것을 ///

사상이란 학자의 현학적인 이론이나 서재에서 나오는 것이 아니고, 민중들의 일상생활이나 대자연 속에 있다는 생각은 충분히 설득력이 있다. 민주를 위한 일상인들의 모임이 사상의 거처라는 것을 터득하는 과정을 표현한 작품이다.

「노예라고 다 노예인 것은 아니다」라는 시는 시인 자신의 사상을 표현한 것이겠다.

노예라고 다 노예인 것은 아냐 / 자기가 노예라는 것을 알고 그게 부끄러워서 / 참지 못하고 / 고개를 쳐들고 주인에게 대드는 자 / 그는 이미 노예가 아닌 거야 // 보라고 옛날 옛적 고려적에 / 칼에 맞아 죽을 지어언정 항복은 하지 않겠다 / 기어코 개경에까지 쳐들어가 권귀들의 목을 베고 빼앗긴 재물을 도로 찾겠다 / 이렇게 다짐하고 들고 일어섰던 망이와 망소이를 보라고 / 이렇게 노예이기를 마다한 그 순간부터 / 그들은 이제 노예가 아닌 거야 // 보라고 또 / 총칼로 왕후장상이 되고 안되고 했던 그런 시절에 / 왕후장상이 따로 있는가 / 때를 만나면 누구도 할 수 있는 것이다 / 우리 노예들이라고 해서 / 모진 매질 밑에서 일만 하고 살라는 법은 없는 것이다 / 노비문서를 불에 태우고 / 이 땅에서 천민을 없애고 나면 / 우리도 왕후장상이 될 수 있다 / 이렇게 선언하고 동지를 규합했던 만적을 보라고 / 이렇게 노예이기를 거부한 그 순간부터 / 그는 이미 노예가 아닌 거야 // 노예가 노예인 것은 / 자기가 노예이면서 노예인 것을 깨닫지 못한 자야 / 깨닫고 있으면서도 주인이 두려워서 / 노예이기를 거부하지 못하고 눌려사는 자나 / 주인이 던져주는 밥덩이의 크기에 배가 불러 / 돼지처럼 행복한 자야 / 그래서 노예는 노예시대에만 있었던 게 아냐 / 착취와 압박을 당하고 살면서도 그것을 깨닫지 못하거나 / 깨닫고는 있어도 노예이기를 거부하지 못한 자는 / 때와 장소에 상관없이 오늘날에도 노예인 거야 / 그 대신 착취와 압박을 당하며 살고 있다는 것을 깨닫고 / 그게 부끄러워서 참지 못하고 싸우는 자 / 그는 이제 노예가 아닌 거야 / 해방자인거야 해방자! ///

사상이란 무엇인가. 일상적인 생각들이지만 그것들이 모여 체계를 갖추고 타당성과 설득력을 발휘하면 사상인 것이다. '노예'에 관한 위와 같은 시인의 생각도 분명 사상인 것이다. 독재자의 앞잡이들이 노예이며, 기득권을 잃을세라 권력에 아부했던 사람들도 현대판 노예인 셈이다. 시인의 이런 사상을 두고 지극히 위험한 혁명적 사고라 할 것인가.

김남주는 자신의 시작詩作 행위에 대한 신념이나 방법을 시를 통해 확인한다. 「시에 대하여」, 「예술지상주의」, 「시인은 모름지기」, 「가엾은 리얼리스트」, 「나는 나의 시가」들이 모두 그런 부류의 시다. 「나는 나의 시가」를 보자.

나는 나의 시가 / 오가는 이들의 눈길이나 끌기 위해 / 최신 유행의 의상 걸치기에 급급해하는 것을 바라지 않는다 / 나는 바라지 않는다 나의 시가 / 생활의 현실에서 눈을 돌리고 / 순수의 꽃으로 서가에 꽂혀 / 호사가의 장식품이 되는 것을 / 나는 또한 바라지 않는다 자유를 위한 싸움에서 / 형제들이 피를 흘리고 있는데 나의 시가 / 한과 슬픔의 넋두리로 / 설움 깊은 사람 더욱 서럽게 하는 것을 // 나는 바란다 총검의 그늘에 가위눌린 / 한낮의 태양 아래서 나의 시가 / 탄압의 눈을 피해 손에서 손으로 건네지기를 / 미처 먹지도 마시지도 못하고 / 배부른 자들의 도구가 되어 혹사당하는 이들의 손에 건네져 / 깊은 밤 노동의 피곤한 눈들에서 빛나기를 / 한 자 한 자 손가락으로 짚어가며 / 그들이 나의 시구를 소리내어 읽을 때마다 / 뜨거운 어떤 것이 그들의 목젖까지 차올라 / 각성의 눈물로 흐르기도 하고 / 누르지 못할 노여움이 그들의 가슴에서 터져 / 싸움의 주먹을 불끈 쥐게 하기를 // 나는 또한 바라마지 않는다 나의 시가 / 입에서 입으로 옮겨져 노래가 되고 / 캄캄한 밤의 귓가에서 밝아지기를 / 사이사이 이랑 사이 고랑을 타고 / 쟁기질하는 농부의 들녘에서 울려퍼지기를 / 때로는 나의 시가 탄광의 굴 속에 묻혀 있다가 / 때로는 나의 시가 공장의 굴뚝에 숨어 있다가 / 때를 만나면 이제야 굴욕의 침묵을 깨고 / 들고 일어서는 봉기의 창 끝이 되기를. ///

이를테면 시인은 자신의 시가 실생활에 보탬이 되기를 바라고 있는 것이다. 또한 때로는 '시의 무기', '무기의 시'가 되기를 염원하는데, 독재자의 압박이 극심했던 때를 생각한다면 당연한 욕심이다.

김남주의 시는 참으로 패기만만하다. 너무 패기만만해서 시에서 미적인 면, 감수성 따위를 기대했던 사람들은 비시성非詩性을 말할 지도 모른다. 그러나 시는 시대를 닮는다. 그만큼 그 시대가 독재정치에 의해 경직되어 있었기 때문에, 기상과 지조를 강조하는 것 외에는 섬세한 배려를 할 수 없었던 것이다.

김정환, 해방을 위한 노래

김정환은 현실의 고통으로부터 해방되는 것을 최선의 덕목으로 삼고 시를 생산한다. 자기 자신이 갇혀 있는 욕망으로부터 시작하여, 독재자들에 의해 받게 되는 구속과 해방까지를 아우른다. 그의 초기시는 자기 성찰적인 것이 대부분인데, 1980년 신군부의 만행과 광주 민주화 운동에 자극을 받아 반독재의 시를 써낸다.

그의 저력은 역시 장편시 『황색예수전』에서 발휘된다. 이 작품은 고난에 찬 예수의 생애를 새롭게 해석하고, 이 땅의 잡다한 현실들을 거기에 모두 뒤섞어 새로운 정신세계를 창안해 낸 시다. 우선 「취발이」란 시부터 보자.

받아들인다는 것은 / 그대 슬픔도 한숨도 다 받아들이는 것이다 / 이제 내 곁에 돌아와 / 아직도 차마 두 눈 감지 못하는 그대여 / 그대가 떨며 은밀히 키워온 그대 몸 속의 치명적인 씨앗에 바치는 / 그대 슬픈 짓밟힘 앞에 / 그대 짓밟힌 육체의 화려함 앞에 바치는 / 나의 이 한줄기 분노를 / 어찌 맨주먹으로 훔쳐 내리고 서 있을 수밖에 없으랴 / 못견뎌 저승에서 끝내 살아온 듯만 싶게 / 부석한 얼굴 밤새 뜬눈으로 돌아와 / 아직 내 곁에서 무너져내리지 못하는 그대여 / 그대여 또한 그대가 내 품에서 두 눈 부릅뜬 상처로 / 나의 무딘 가슴 방망이질할 때 / 받아들인다는 것은 / 그대의 절망도 비참도 남은 몸짓도 / 다 받아들인다는 것이다 / 혼자서 / 나는 그대 눈물의 끝장을 기다린다 / 또한 그대 몸 안의 숨은 부끄러움에 몸둘 바 모르는 / 나의 이 한 불꽃 분노를 / 어찌 눈물로 식혀낼 수밖에 없으랴 / 어찌 눈물로 재울 수밖에 없으랴 / 내곁에 누운 것은 눈물이 아닌 / 분명한 그대의 몸이다 / 지울 수 없게 살아남은 / 뼈아픈 그대와 나 / 거대한 생명의 폭포수다 //

의기가 투합하면 당연히 친화력을 발휘하게 된다. 의로운 일에 몸을 바쳤다가 얻게 되는 슬픔이나 한숨을 어찌 보고만 있을 수 있겠는가. 상처가 나을 때까지 보듬고 격려하여 생기生氣를 찾도록 해야 하는 것이다. 의기투합은 서로 간에, 혹은 이 사회에 쏟아 붓는 '생명의 폭포수'가 된다.

「해방 서시序詩」는 독재자들이나 외세로부터, 우리 민족을 해방시키기 위해 끝내 투쟁하여야 한다는 의지를 부추기는 작품이다.

우리는 대대로 / 푸르디푸른 하늘만을 섬기며 살고 싶었읍니다 / 날새면 해노래 들판에서 평야노래 호미 씻으며 호미노래 / 우리는 대대로/ 흰옷에 흙 묻히고 맨발로 사는 순박한 백의민족이고 싶었읍니다 / 봄이면 모심기노래 가을이면 추수노래 보름마다 달노래 / 그러나 우리의 바다는 피바다 / 우리의 삶은 피묻은 삶이었읍니다 / 지금 우리들의 노래에는 살기가 묻어 있읍니다 / 젖가슴 같은 어머니 대지 위로 침략의 창칼이 꽂히고 / 외국산 탱크가 가죽군화가 허리를 짓밟으며 / 마침내 도려냈읍니다 / 땅에서 솟아나온 피가 / 우리의 억눌림과 흰옷과 빼앗김과 가난을 적셨읍니다 / 그리고 이제 우리는 / 허리 잘린 한반도에서 피묻은 목숨 다하며 사는 것입니다 / 그러나 그것만으로 다는 절대로 절대로 아닙니다 / 우리는 농토와 양식과 처자와 순결한 삶과 / 아름다운 추억마저 빼앗겼지만 / 억눌리면서 희망의지와 / 빼앗기면서 구원의지와 / 헐벗으면서 가난의 근육 불끈불끈 솟는 힘과 / 피묻어 처참하게 아름다운 흰옷을 얻은 것입니다 / 이제 우리가 외세의 침략에 맞서 싸우는 것은 / 더 이상 빼앗길 무엇이 있어서가 아니라 / 더 이상 억눌릴 무엇이 있어서가 아니라 / 더 이상 간직해야 할 무엇이 있어서가 아니라 / 버림받은 세상을 구원하기 위해서입니다 / 싸우는 것만이 구원하는 길입니다 / 해방된 공동체를 위하여 통일을 위하여 / 우리는 이 두 동강 난 한반도에서 피묻은 발 버팅겨 / 싸우며 명심해야 합니다 / 우리는 이땅에 밭갈고 씨뿌리며 / 이 땅을 우리 아픈 몸의 일부로 삼고 / 살면서 명심해야 합니다 / 싸우는 것만이 사랑하는 길입니다 / 탐욕과 학살의 비린 살점 묻은 쇠붙이 그 위에 / 물들어 썩은 제국주의의 세상천지이기 때문입니다 ///

마치 산문을 대하는 듯 쉽고 논리적으로 쓴 시다. 우리가 싸워야 할 이유를 잘 설명해주고 있다. 광주의 참상을 겪고 난 후 외세가 이 땅에 도움을 주기는커녕, 독재자들을 비호하고 있다는 판단이 확실해지면서 반외세를 분명히 선언하고 나선다. 대의명분이 뚜렷한 싸움이기에 모두가 나서야 한다는 어조로 설득하고 있는 작품이다.

『황색예수전』은 8년 만에 완성했다는, 네 권으로 된 장시다. 이 작품에서 그는 종교적 이념과 세속적 이념을 일치시키는 정신세계를 제시하려 한다. 이를테면 성聖과 속俗을 자연스럽게 대융합시키려는 욕심인 것이다. 이 장편시에서 그는 예수의 생애를 인간성의 측면으로 접근하고 예수의 정신을 바탕으로 해방의지를 내보이며, 결국 완전히 황색인화 하는 예수를 제시하고 있다. 백색예수가 아닌 토종화된 황색예수를 상정하고 그것도 철저히 세속적으로 형상화시키고 있는 것이다.

『황색예수전』의 「서시」를 통하여 그의 정신세계 일면을 유추할 수 있을 것이다.

그대는 살과 뼈와 피비린 인간의 모습.
인감됨의 가장 비참한 모습.
사람들은 믿지 않는다

그대는 하늘 그냥 늘 푸른 하늘일 뿐

그대 못박힌 손발의 상처에

갈수록 아픔이 생생한 살이 돋는 사랑을

사람들은 믿지 않는다.

그래도 어쩔 수 없다, 사랑의 힘은 그대를 다시 태어나게 하고

우리가 그대의 사랑을 확인할 때

(그것은 항상 너무 늦었을 때)

그대가 확인하는 것은 우리의 돌아선 뒷모습.

그것은 그대의 위대한 슬픔

그대는 슬픔의 시공을 초월하여 있으나

처절한 비참 속에 더욱 처절하게 있어

6·25전쟁이나

죽창, 도끼, 학살, 참상의 끝.

새싱이 그대를 버릴지라도

그대는 어쩔 수 없다 버리지 못하고

그대의 가슴은 그대를 버림까지 품고 있으니

그대의 거대한 포옹 속에서

그대를 버린 사람들은 가시처럼 그대를 찌른다

그대 육신의 가슴을 찢어져라 찌른다

그러나 그대는 바로 찢어질 수 없는

깜깜한 사랑의 힘

그 자체.

언젠가 손끝, 발끝, 황홀한 마주침같이

입맞춤같이, 아주 가까운 귓전의 입김소리같이

'그대'라고 지칭함으로써 예수가 인간의 형상으로 상정되고 있음을 확인할 수 있다. 또한 이 땅의 처참한 사건, 6·25나 숱한 참상을 말함으로써 토속화된 절대자를 부대조건으로 삼는 셈이다. 그러면서 절대자의 사랑이 지극히 주체적으로 와 닿기를 희망하는 것이다. 피부접촉과 같이 감각적 사랑으로 환생되기를 기원하는 것이다. 『황색예수전』에서 시인은 예수를 부정함으로써, 오히려 예수의 이념이 이 땅에 구체적으로 실현되기를 기원하는 것이다.

김정환은 궁극적으로 인간해방을 염원하는 시를 썼다. 현실의 숱한 폭력과 비합리는 물론 절대자의 추상적인 사랑에서도 해방되어, 진정한 해방감으로 살고 싶다는 인간의 염원을 대변한다.

김명수, 우화로 읽는 세태

김명수가 군사독재 치하에서 쓴 작품들은 대부분 우화시다. 독재자들을 직접 공격하는 것보다 때로 우화적 방법으로 뒤통수를 때리는 것이 훨씬 통쾌할 때가 있다. 직접 들보를 치는 용기도 필요하겠지만 대상을 느긋한 정서로 한껏 조롱하면서, 독자의 가슴을 상쾌하게 해주는 지혜도 필요한 것이다.

물론 김명수의 시들이 모두 독재자를 풍자하는 데 동원되는 것은 아니다. 때로는 불감증인 것처럼 살고 있는 백성들에게도 비판의 눈초리가 쏟아지기도 한다. 또한 조국의 통일 문제에 골똘하는 작품도 있다. 그러나 그의 활동이 가장 왕성했던 시기에는 독재자에게 화살을 날리는데 집중하였다.

「주먹 원숭이」라는 시는 독재자를 각성시키려는 작품이다.

이 세상 여러 곳을 돌아다녀 본 한 중년 신사가 나에게 들려준 이야기에는 참 신기로운 것이 많았지만 그 중에서도 나무에 거꾸로 매달려 살아간다는 원숭이 이야기가 재미있었다.

지금도 이 세상 어느 숲에 가면 주먹 크기만한 작은 원숭이들이 흉포한 맹수들의 이빨에 잡아먹히지 않으려고 나뭇가지에 흡사 과일처럼 매달려 산다고 한다.

강한 자가 약한 자를 잡아먹는 무섭기만 한 땅에서 힘없는 작은 원숭이가 취할 수 있는 방법이란 고작 피가 거꾸로 흐르는 고통을 참을 수밖에 없다는 것일까?

그러나 바람이 불면 바람에 흔들리면서 표범이나 삵괭이 눈치를 피하며 사는 그것들은 때때로 자기의 목숨이 경각에 달렸을 때 소낙비처럼 산사태처럼 최후의 수단으로 나무에서 쏟아내려 그 무서운 삵괭이와 표범을 깔아 덮쳐 죽이기도 한다는 것이다.

'지렁이도 밟으면 꿈틀한다'고 했던가. '개도 나갈 구멍을 보고 쫓으라' 했고, '개도 밥그릇을 빼앗으면 주인을 문다'고 했더가 독재자들이 백성을 자기의 먹이 또는 수하로 취급하는 경우에는 필연코 갑작스런 종말을 맞게 된다는 것을 깨닫게 하는 작품이다. 백성들의 한풀이는 다소 늦지만, 아니다 싶을 때는 엄청난 힘으로 내려친다는 것을 알게 하는 우화시인 것이다.

「늑대와 개」란 시도 역시 독재자와 백성의 관계를 성찰한 우화시다.

누가 저

늑대를 보고 개라 이르느냐

누가 저 늑대를 보고

우리집 누렁이라 말을 하더냐

꼬리가 길고

털이 누렇고

두 귀가 쫑긋하고 겉모습이 같다 하여

늑대는 우리집 누렁이가 아니다

한밤중 캄캄한

우리 마을에

붉은 달 피칠하고 뛰어들어와

누렁이 목줄기를 송곳니로 물어뜯던

저 네 다리 비슷한

늑대를 보고

누가 저 늑대를 개라 이르느냐

누가 저 늑대를 보고

우리집을 지키는 누렁이라 속느냐

생긴 것은 비슷해도 속성은 완연히 다르다는 것을 말하려 한 시다.
무자비한 야수성을 드러냈던 독재자들의 속성을 빗댄 작품이다.
「오래묵은 짐승」도 위의 시와 똑같은 생각으로 쓴 작품이다.

오래묵은 짐승은 사람으로 변한다네

십년도 넘게 밥먹여 주면

주인밥 받아먹고 사람으로 변한다네

이 눈치 저 눈치 다 살피고

그 집안 숟가락이 몇 개인지 다 안다네

그 집안 베개가 몇 개인지 다 안다네

오래묵은 짐승은 사람으로 변한다네

사람이 짐승으로 변하는 것보다도

짐승이 사람으로 변하는 걸 보았소

밤 깊으면 인두겁 뒤집어 쓰고

한 우리 개도 닭도 다 잡아먹는다네

당나귀도 망아지도 다 잡아먹는다네

인두겁을 뒤집어쓴 거짓주인 짐승은

주인아가씨 방에도 어험 하고 들어가고

그 집안 재산도 다 노린다네

그 집안 기둥 뽑아 쑥대밭 만들고

그 집안 주인 목숨 다 노린다네

'늙은 개에게는 가르칠 꾀가 없다'고 했던가. 독재자와 노회老獪한 하수인들이 백성들을 가렴주구하는 행태를 빗댄 우화시다.

「침목枕木」도 백성 위에 군림하려는 독재자의 포악성을 비유하는 작품이다.

호루라기 소리 들려온다

옛날에는 요꼬빙밍이

부복俯伏하라

꿇어 엎드려라

너희들 허리 밟고 가겠다

저벅 저벅

저벅 저벅

가죽장화 큰칼 차고

남대문에서도 광화문에서도

길 틔워라! 넓게 넓게

곧고도 길게

멸망으로 가는 길은 이 길이 아니냐

넓고도 큰길이 아니냐……

부복하라 눈을 감고 꿇어 엎드려라

최후의 마지막

놋다리 되어

'놋다리' 민속놀이처럼, 철로 밑의 침목처럼 백성을 짓밟는 독재자의 행태를 잘도 표현해 냈다.

이와 같은 우화시는 많다. '임사홍任士洪에게'라는 부제를 붙인 「후일담 1」이라든지 「팽이치기」와 같은 작품들은 혹세무민하는 독재자를 빗대는 작품들이다. 또한 「흰죽」, 「기억」과 같은 작품은 가렴주구 당하면서도 아무 저항을 하지 못하는 민중들을 빗댄 것이다.

「방아깨비」 역시 우화시인데, 역시 '각성된 의식'을 갖도록 요구하는 작품이다.

방아깨비는 모든 메뚜기 중에서 가장 아름다운 자태를 타고 났습니다.

시원스럽게 죽 뻗은 허리의 모습과 펴면 보드라우면서도 힘이 있는 날개가 매우 아름답지요.

그 중에도 길쭉한 뒷다리의 자태는 때때메뚜기나 벼메뚜기 따위에 비할 바가 아닙니다.

그런데 이런 우아한 모습과는 반대로 방아깨비는 매우 겁쟁이입니다.

사람의 손이 뒷다리에 닿기라도 하면 무턱대고 덜컹덜컹 방아를 찧읍니다.

두 눈은 불안스레 껌벅거리고 더듬이도 겁이 나서 웅크립니다.

펴면 파란 들판이 더욱 빛을 낼 날개는 아주 접어버립니다.

어느 날 송장메뚜기가 방아깨비를 찾아왔읍니다.
'방아깨비야, 무턱대고 덜렁덜렁 방아를 찧지 마! 네 길쭉하고 자랑스런 두 다리에 비해 덜컹덜컹
방아를 찧는 모습이 너무 서글퍼. 사람의 손이 뒷다리에 닿아도 덜컹덜컹 굽신굽신 방아를 찧지 마!'
하고 타일렀읍니다.

그리고 며칠이 지났습니다.
방아깨비한테 굉장히 의미 깊은 날이 다가온 것입니다.
방학을 맞아 멱을 감으러 냇가로 나온 한 아이에게 그만 방아깨비가 뒷다리를 잡혀버린 것이었읍니다.
방아깨비는 아이의 손이 뒷다리에 닿자마자 덜컹 겁부터 났읍니다.
그러나 두 눈은 똑바로 뜨고 디듬이를 곧추세웠읍니다.
며칠 전 송장메뚜기가 한 말이 생각났던 것입니다.
뒷다리를 쭉 뻗고 파란 들판을 똑바로 쳐다보았읍니다.
용기가 생기는 것 같았읍니다.
아이는 움직이지 않는 방아깨비를 방아를 찧게 하려고 억지로 흔들었읍니다.
그때였습니다.
방아깨비는 아이의 손 반동을 이용해 아이의 손에서 힘껏 날았읍니다.
멀리멀리 날아서 풀밭에 앉은 방아깨비 곁으로 때때메뚜기와 벼메뚜기가 모였읍니다.
송장메뚜기도 날아왔읍니다.

그러나 방아깨비는 뒷다리 하나를 소년의 손바닥에 희생물로 남겨
놓고 온 것을 몰랐읍니다.

다른 메뚜기들이 모두 슬퍼해주었읍니다.

그러나 다리 한짝을 소년의 손바닥에 남겨놓고 온 후로는 덜컹덜컹
방아를 찧는 비굴함으로부터는 해방이 되었읍니다.

다시는 덜컹덜컹 굽신거리는 버릇이 없어졌으니까요.

그것이 아니라 굽신굽신할 다리마저 온전하지 않았으니까요.

이 작품 역시 독재정치와 연관시키면 의미부여가 쉬운 우화시다. 각
성하지 않으면 완전한 자유를 누릴 수 없다는 것, 각성의 대가로는 다
소간 희생이 따른다는 것 따위일 것이다.

김명수는 독재정치를 감당할 정신을 단련시키기 위해 우화시를 집
중적으로 생산해 내었다. 독재자의 속성을 드러내고, 민중의 각성을
촉구하기 위해 성실을 다했다. 반독재에 골똘했기 때문에 주위의 모든
사물에서 좋은 소재를 찾을 수 있었던 것이다.

박정만, 유서로 남긴 노래

유서를 쓰듯 씨를 써야 한다고 했던가. 곧 바로 거두어질 영혼을 저
며 넣은 시야말로 읽는 이의 가슴을 뒤흔들 수 있게 된다. 박정만의 시
들이 그런 한 예가 될 것이다. 한 시대의 희생양이 되어 죽음을 지척에
두고 신에 들린 듯 비가悲歌들을 써내었다. 독재자들 때문에 그의 시들
은 칼날로 변하기도 하고 분노로 들끓는 언어가 되기도 한다.

「어혈瘀血을 재우며」는 독재자와 그 하수인들에 대한 분노로 이글거
리는 가슴속을 내보인 작품이다.

어혈을 풀기 위해

한약 한 제를 지어 왔다.

코 위에 안경을 걸친

한약방 주인이

물에다 끓이지 말고

막걸리를 부어 끓이라 한다.

술 먹고 대한민국처럼 망가진

내 몸뚱이의 내력을

수상히 알고 있는 듯한 말투다.

참 용타고 생각하며

아내는 탕기에 술을 넣어

약을 달이다.

펄펄 끓는 물솥에 수건을 적셔

내 몸의 어혈 위에 찜질도 하고……

탕기에서 한 밤 내 부글부글

죽음이 들끓는 소리.

절명하라, 절명하라, 절명하라,

이를 갈다 이를 갈다

가슴도 부글부글 소리를 내고……

분노도 피딱지도 약에 녹아

하나가 되고……

어혈은 풀어져서

내 몸의 피와 살이 뼈에 스미고…….

혹독한 고문을 당하고, 그 고통을 잊으려고 술에 살며 절치부심했던 시인의 불운한 생애가 절절하게 표현되어 있다. 독재자에 대한 분노로, 한편으로는 자신에 대한 학대로 살다보니 '대한민국처럼 망가진 내 몸뚱이'가 되었다는 표현이 절묘하다.

　「수상한 세월」 연작은 고문당하던 당시의 순간과 분노를 짧게 표현
한다.

> ＊　그 막막하고 깊은 어둠 속에서
> 　군화 신은 아이들이 내 몸뚱어리에
> 　뼛속까지 스며드는 상처를 내고
> 　나이팅게일 그려진 안티플라민을 주었어.
>
> 　1981년 5월 국풍國風이 여의도에서 흐느끼던 날.
> 　(「수상한 세월 · 1」)

> ＊　그 날 씨팔년은 국풍장國風場에 갔었대.
> 　내가 그 어두운 지하실에서
> 　가시면류관 쓰고 물 먹고 반쯤은 죽어갈 때
> 　그 소름끼치게 찬란한 국풍장國風場으로.
>
> 　8호 크기의 창문에 앉아 있던 한 마리의 새
> 　(「수상한 세월 · 2」)

> ＊　이제는 내가 너희들을 잡아먹어야겠다.
> 　다리뼈에 비록 바람은 들었지만
> 　아직 어금니는 단단하고 깡도 있고
> 　숫돌에 칼을 갈 힘도 푸르게 남아 있다.
> 　너희들의 살점을 죄 발라먹어야겠다.
> 　(「수상한 세월 · 3」)

 짧은 시들이지만 그대로 독재치하를 생생히 증언하고 있다. 「시국 담時局談」은 당대 민중들의 생각을 요약한다.

 애꾸눈에 반벙어리 귀나 없을걸
 육신이 성한 것도 천형天刑이어라.
 오늘도 재갈 물린 말처럼
 누군가 내 귀에 말문에 대못을 친다.

 '육신이 성한 것도 천형'이라고 표현할 정도면 그 당시의 사회분위 기가 어떠했다는 것, 그리고 이 시인이 어떻게 고통을 당했는가에 대 해서 충분히 추측할 수 있을 것이다.
 시인은 죽음을 앞두고 유서를 되풀이해서 썼다. 「의인義人」이란 시 는 그 대표적인 유서로 보아야 할 것이다.

 내 머리에 하늘을 두고
 하늘 위의 하늘의 소리를 나는 들어라.
 인내천人乃天, 인내천, 인내천,
 내가 하늘이 되고
 하늘이 또한 내가 되어
 하늘 위의 하늘에서 자꾸만 부르는 소리.
 내 일평생 탐한 것은 하늘뿐이니
 하늘 위의 벼락과 번갯불을 내게 주시라.
 그것을 받잡고 나는 죽어 살리라.
 공중에 피어나는 한 송이 불의 장미여,
 거대한 고목의 뿌리를 나는 보노라.
 청년아, 내 죽음을 깨끗한 하늘에 써서 바치니

부디 잘 벼려서 역사의 칼에 비추라.
그리고 나의 어머니인 대지여,
후세에 눈물로 또 날 낳으시거든
부디 푸른 초원 위에 한 목자牧者로 기르시라.
부디 꼭 그렇게 기르시라.

이렇게 절실하고 명분 높은 유서를 남긴 것은 한편 이 시인의 영광
이다. 불운한 시인이 남긴 영광된 유서인 셈이다. '나는 죽어 살리라'
하는 생각처럼, 사후 음덕陰德으로 이 민족을 지키겠다는 집념이니 얼
마나 훌륭한 시인다운 생각인가.
「어느 날의 촛불」은 시인 스스로가 죽는 순간을 표현한 작품이다.

네 목에 칼을 놓아 두견이 울고
제 피에 불을 질러 모란이 지면
사랑이여, 나는 한 자루의 촛불로 서서
불꽃처럼 찬란한 죽음을 기다린다.

눈을 들어 사위를 둘러보면
어둠도 축縮이 나서 가벼이 흔들리고
천 년의 세월도 한순간에 녹아들어
고요의 밀랍처럼 하얗게 굳어진다.

그런 다음 다시금 풀어진다.
풀어져서 심중에 남아 있는 한 마디 말이
말없는 넋두리가 되어
만리 길 하룻밤도 아니 가서
끝없는 장강長江처럼 굽이굽이 범람한다.

그런 다음 다시금 굳어진다.
굳어져서 초례청에 마주앉은 기러기같이
제 발길 나보다 앞질러가서
먼 하늘의 다릿목에
눈부신 한 쌍의 무지개로 걸려 있다.

나는 마침내 타고 남은 촛불로 선다.
어른대는 수천의 돈등화 속으로
한바탕 사랑의 춤사위가 벌어지고
어지러운 그대 머리채에
혼불만이 푸르게 일렁이며 맴을 돈다.

이윽고 일순간의 적막이
한 세계를 가뭇없이 덮어버린다.
타고 남은 한 줌의 새도 없이
밤은 밤으로 이어져서 끝이 없고
몸뚱이 없는 그림자만 제 흥에 겨워
아닌 밤 제 관에 못질을 하고 있다.

죽음에 대한 환상이 아름답다고 해야 할까. 그야말로 죽음의 환상이
고, 환상적 죽음인 셈이다. '몸뚱이 없는 그림자만 제 흥에 겨워 / 아닌
밤 제 관에 못질을 하고 있다' 하는 시구에서 확인하듯 시인은 제 영혼
을 믿는 것이다.

박정만은 온 민족이 고통당했던 시대에 희생양으로 삶을 마쳤다. 그
가 죽어가면서 유서처럼 남긴 시들에서는 끝내 민족에 대한 집착을 벗
어놓지 않았다. 의인義人으로 다시 태어나서 이 민족을 구원할 수 있기
를 간곡히 기원하며 떠나갔다.

김영현, 강심江心을 녹이는 모닥불

　김영현의 시들은 독재에 대한 굳센 저항의 노래다. 한 시대의 대의를 지키겠다는 몸부림이다. 그의 시는 암시하지 않는다. 직설적 언어로 저항한다. 때로는 극단적 비속어를 사용하여 그 시대의 상황을 증명한다. 군대에서, 감옥에서, 삼청교육대에서……, 처절한 절규로 시대를 증언한다. 결코 자기연민에 빠지지 않고, 끝내 꽁꽁 언 강심을 녹이겠다는 신념으로 시를 썼다.

　「전야」는 그런 의지가 잘 표현된 작품이다.

　　　십일월은 덫에 걸리고 우리의 강은

　　　어둡고 조용하게 흘러가고 있었다.

　　　겨울 강가에 누군가 모닥불을 태우며

　　　꽁꽁 언 강심으로 노래를 부르고 있었다.

　　　겨울의 한가운데 타오르는 불꽃처럼

　　　우리의 조국에도 봄은 오고 꽃도 필 테지만

　　　우리는 간다 추운 겨울의 밤 가운데로

　　　바닥만 뜨거운 값싼 여인숙 이층

　　　등사기와 담배 꽁초와 소주잔 틈에서

　　　사랑하는 친구들이 잠들어 있다.

　　　멱살 움켜잡던 시퍼런 분노도

　　　소주잔에 스러지넌 서러운 눈물도

　　　개나리 고개 달밤도 지나고

　　　우리는 간다 가슴 깊이 출정가 부르며

　　　돌아오지 않으리 결코

　　　봄과 함께 아니라면 결코

사랑하는 여자여, 기다리지 말라

돌아오지 않으리

결코 결코……

자기 신념을 거듭 확인하는 시다. 사랑하는 여자까지도 제쳐두고, 시대의 어둠을 몰아내겠다는 의지가 더없이 비장하다. 언젠가 조국의 봄은 오겠지만 그때까지 기다릴 수 없고 또 남에게 맡길 수 없다는 생각이 가상하다.

「그해 여름, 비가 내렸다」에서는, 상황이 아무리 나쁜 곳에서도 민주주의에 대한 열망은 결코 포기할 수 없다는 신념을 보여 준다.

그해 여름, 억수같은 비

풀이란 풀은 모로 쓰러져 넘어져

비둘기 내장에는 흰 곰팡이 꽃이 피었다.

및 놈이 머릴 맞대어 대통령을 뽑고

만장일치로 박수를 치고, 새벽부터

무술교도관이 문 앞에 서 있었다.

우리는 철문을 차고 식기를 던지며

민주주의 만세, 유신헌법 긴급조치 철폐

파쇼타도를 외치며, 며칠째 굶주린

창자들이 들꼬여 일어나며 불같이,

이대로 죽어도 좋아라, 울부짖었다.

벽이란 벽은 메아리치며……

억수같은 비, 곰팡이는 기승을 부리고

젖어 흐느끼는 흰 담장, 눈시린 풀빛

외치는 입마다 구역질나는 입마개로

개처럼 끌려, 먹방에 내팽개쳐졌다.

아무도 없는 방

흰벽과 어둠에 갇혀, 손 뒤로 묶인 채

개처럼 침흘리며 우우, 외치던

그해 여름

억수같은 비

풀이란 풀은 모로 쓰러져 넘어져

지난날 감옥에서 투쟁했던 광경을 회상하는 작품이다. 민주를 외치
고 자유를 요구하다 온갖 비인간적인 대접을 받게 되지만, '이대로 죽
어도 좋았다'는 집념을 가진 '살아 있는 정신'들을 본다.

「80년……」이란 작품은 비속어를 사용하고 격정적 어조를 띤다. 제
목조차도 차마 다 말하기 싫다는 느낌이 들도록 한다.

아아, 80년

그 좆 같던 시절

명찰도 뜯기고 일등병 계급장도 뜯긴 채,

발로 차면 턱으로 막고

날뛰는 몽둥이에는 몸으로 때우던

낙엽처럼 뒹굴던 시절

조국의 여름은 부드러운 속살로 오는데,

아무도 없는 방

원한도 안면도 없는 사내들에 싸여

피멍꽃으로 울부짖던 시절

때로는 사람좋게 웃으며

관상 보아달라고 부채기도 하다가

〈자, 자, 휴식끝!〉
그러고는 무식하게 두들겨 패고
대가리를 물통에 쳐박던 새끼들
때리는 놈도 맞는 놈도
영문조차 모르고
원귀 악귀가 되어 게거품 물던
아아, 그 좆 같던 시절
80년.

'때리는 놈도 맞는 놈도 / 영문조차 모르고' 라는 표현이 제격이다. 민주나 자유를 요구하는 것이 당연한데 왜 맞아야 하며, 독재자들의 하수인이 되어 왜 때려야 하는지 모르면서 자행한 일들이겠다. 하지만 모든 것이 음흉한 독재자의 권력욕 때문이라는 것을 모를 것인가. 제멋대로 되어가는 시대를 표현하기 위해서는 때로 비속이도 필요하나는 것을 보여주는 작품이다.

「단순한 진실」이란 작품에서는, 불합리한 시대 상황 속에서도 돈의 위세는 여전하다는 것을 체험하고 증언한다.

얼마나 명백한가 그들은 그들보다 / 덜 가진 자들은 모두, 그들의 적이다. / 높은 담을 세우고 군대와 경찰과 개를 / 키우고, 돈이 말하면 모두 진리가 된다는 / 사실을 본능적으로 알고 있다. / 유물론자보다 더 유물론적으로 세계를 이해하면서 / 모순과 분노와 탄식은 관념처럼 치료한다. / 용서하라 부드럽게 더욱 부드럽게 / 계급을 싫어하는 그들은 철저히 계급적이며 / 사랑하라 복종하며 더욱 복종하며 / 흑백 논리가 싫다는 그들은 철저히 흑백적이다. / 정당한 요구보다는 간곡한 청원을, / 평등한 타협보다는 너그러운 은혜를, / 질서를 위하여 폭력을 사용하고 고문하고 죽이고 / 가난한 인간을 벌레처럼 두려워하며 / 가지면 가질수록 더 빼앗고 싶어 하고 / 풍요와 사치를 하느님의 축복으로 생각하며 / 이윤을 위해서는 합리적으로, 오직 합리적으로, / 세상은 아름답다 기뻐하고 즐거워하라 / 하면 된다 부정적 사고를 버리라 외치며 / 그들은 알고 있다, 은밀히 / 인간은 결코 평등할 수 없다는 사실을 / 법정에서도 감옥에서도 지옥에서도 돈이 말하고 / 돈이 말하면 모두 진리가 된다는 사실을 / 본능적으로 경험적으로 알고 있다. ///

요약하면 가진 자들의 횡포를 말하려는 것이다. 명분과 행동이 나른, 양두구육하는 인간들을 비판하려는 의도다. 자신의 민주와 자유를 극대화하기 위하여 다른 사람들의 권리는 최대한으로 억제하는 행태를 지적하는 것이다.

이 모든 정치적 불합리, 가진 자들의 횡포를 내치기 위하여 시인은 스스로의 전법을 터득해 낸다. 「싸움꾼의 노래」가 그것이다.

싸우는 법을 배워야지 / 철사줄 같은 신경으로 시퍼렇게 / 독이 오른 풀처럼 끈질기게 / 소곤거리는 속임수 속으면 안돼 / 가슴패기 허벅지 짓밟아 부수는 아픔 / 욕설과 뺨치기 침, 참을만한 거야 / 참을만한 거야 / 독소처럼 고함치며 울부짖으며! / 고통은 그림자처럼 잠깐일 뿐 / 인간적으로 달래도 속으면 안돼 / 두려움과 외로움, 굴복하면 안돼 / 외로우면 크게 노래 불러야지 / 가슴 뜨거운 동지들과 만나던 밤의 노래를 / 이 땅에 살다가 불꽃으로 죽어간 / 동지늘의 노래를 / 노래 속에서 다시 죽고 살아나 / 똥 먹은 얼굴로 밟히는 대로 / 눈빛 세워 떠들고 / 독종이다 이 자식 정말 독종이다. / 그럴수록 우리의 싸움은 강하고 아름다워지는 것 / 말할 수 있을 때까지 말하고 / 독초처럼 퍼렇게, 여우같이 / 독사와 같이 가시나무같이 살아 / 이기는 법을 배워야지. ///

한 시대의 대의를 지키면서 살아가는 처세법인 셈이다. 결코 쉽게 만나볼 수 없는 올곧은 정신을 만나게 된다.

김영현의 시들은 독재자를 향한 일종의 선전포고다. 우회적인 방법으로 은근히 비판하는 정도가 아니고, 당당히 싸울 의지를 늘 키운다. 기개 높은 시정신을 본다.

김진경, 재기발랄한 정치 풍자

김진경의 시정신은 우리 사회가 안고 있는 모든 불합리를 향해 날카롭게 파고든다. 그만큼 그의 시는 소재, 주제가 다양하다. 교육의 문제를 제기하는 시, 조국통일에 관한 시, 불합리한 정치를 비아냥대는 시, 소외된 농민을 대변하는 시들이 진폭 있게 펼쳐진다. 또한 시의 전술 방법도 때에 따라서는 직접적이고 격정적인 어조를 보이다가, 때로는 우회적이고 풍자적인 시법이 동원되기도 한다. 특히 풍자시들은 그의 시성을 한껏 발휘한 시법이이시 독자들에게 읽는 재미와 함께 지적인 감각을 자극시켜 주기도 한다. 질박한 사투리, 절묘한 속담을 뒤섞으며 휘두르는 말주변은 '조자룡이 홍칼 쓰듯', 신명을 주고 의식을 일깨워 준다.

「닭벼슬이 소똥구녕에게」라는 시부터 보자.

이눔아 / 옛말에 이르기를 / 소똥구녕이 되느니 닭벼슬이 되라 했다 / 옛말이 하낫두 틀린 거 읎어 / 니 친구 형 경환이 봐라 / 갸가 미국소 똥구녕 빨다가 망한 거여 / 니가 갸를 도와준다등만 / 니까지 아예 미국소 똥구녕이 돼뻔진 거냐 / 얘라이 요 호로자식 같으니, / 조상님 생각도 좀 혀라 / 니 할애비두 할애비지만 / 증조부 고조부께서 / 이장을 시켜주든지 어쩌든지 허라구 생야단이시다 / 아, 주위에 있는 무덤 속 귀신들이 / 그 무덤에서 웬 소똥냄새가 심허냐구 지랄헌다는겨 / 야, 이눔아 / 설치고 다니지 말어 / 해방 때 사람덜이 뭐라구 한 중 아냐 / 미국놈 믿지 말구 / 쏘련에 속지 말라구 혔어 / 그 말이 꼭 맞더라 / 니눔은 이 할애비가 농투사니여서 못마땅허겄지만 / 그래두 이 할애비는 닭벼슬이었어 이눔아 / 내 땅에 내 땀 흘려 내 거두어 먹구 살었단 말여 / 그런디 넌 뭐냐 / 뭐 한자리 혔다구 흰소린 모양인디 / 한자리 헌 눔치구 도둑놈 아닌 눔 있냐 / 솔직히 말혀봐 / 니눔은 큰 도둑눔 아녀 / 도둑놈이기만 허믄 다행이지 / 조선땅에서 한 자리 헌 눔치구 / 일본소든 미국소든 소똥구녕 아닌 놈 있었냐 / 냉수 먹구 속 차려라 이눔아 / 어느 년 구멍을 쑤셔서 / 그런 자식을 퍼질러 놨느냐구 / 주위에 있는 무덤 속 귀신들이 난리가 아녀 / 조신혀라 / 소똥구녕이 되느니 닭벼슬이 되라는 옛말 / 하낫두 틀린 거 읎어 이눔아 ///

농부인 할아버지가 손자에게 훈계하는 투지만, 모든 백성이 귀담아 듣고 각성해야 할 말이다. 모두가 외세에 대한 인식을 바로 해야 한다는 의미다. 이제까지 위정자들의 행태는 사대주의에서 벗어나지 못했다는 것을 깨닫게 한다. 간간이 비속어가 쓰이는데, 대상을 각성시키기 위한 효과적인 어법이다.

「오장칠부론」 역시 반어적 풍자법으로 독재자들을 한껏 조롱한다.

난사람은 뭐가 달러두 다른 거여유 / 공연스레 아니라구 아니라구 우겨두 소용없쓔 / 보통 사람이라니 그거이 말이 되나유 / 옛날 같으면 옆구리에 용비늘이 달렸을 자린디 / 보통사람이 위츠키 그 자리에 앉을 수 있겄쓔 / 자꾸 그러지 마서유 / 겸손두 지나치믄 결례가 되는 거여유 // 사람들이 그러는디 / 대대루 그 자리에 앉으셨던 분들은 / 오장육부가 아니라 오장칠부였대유 / 난사람은 달러두 뭔가 다른 거지유 / 요장육부에 옆에 떡허니 / 치안본분지, 정보분지, 보안분지 / 뭐 그 비슷한 게 붙어설랑은 / 일일이 지시하지 않으먼 / 오장육부가 꼼짝을 허지 않었다는 거여유 // 오장육부루두 소화가 잘되넌디 / 오장칠부는 웬 오장칠부냐구유 / 답답허기는 / 오장육부야 적게 먹구 적게 싸는 사람얘기지유 / 대일본제국이 우리나라를 먹을래봐유 / 대미제국이 우리나라를 먹을래봐유 / 그 틈서리에 껴서 / 한 시대의 권좌를 먹을래봐유 / 그 큰 덩치가 잘 소화가 되나유 / 당연히 칠부가 필요허지유 / 그것두 미·일제루다가 필요허지유 // 첫번째 그 자리에 앉으셨던 분은 / 대일본제국이 물려준 칠부루다가 워츠키 버텨보까 혔는디 / 역부족이었대유 / 그만 오장육부가 제멋대루 되여서 / 치료차 하와이에 갔다가 낫지 못허구 돌아가셨지유 / 두번째루 그 자리에 안으셨던분은 / 미제루다가 칠부를 보강혔는디 / 칠부가 미제가 되다 보니께 겁이 없어져갖구 / 심장 멈추라는 지시를 내려버렸슈 / 심장마비루 돌아가셨지유 / 세번째 그 자리에 앉으셨던 분은 / 워낙 깨끗한 걸 좋아허는 성미여서 / 회충이구 촌충이구 박테리아구 비루스구 싹슬이를 헤버리니께 / 믹은 서니 그대루 주루룩 만성 설사병이 나갖구 / 설악산 변소에 들어가서 아적까지 나오들 못허구 있슈 // 에이, 그렇다구 겁먹으면 워츠케유 / 보통사람이 뭐구 / 민주화가 뭐여유 / 칠부가 뭐 우덜 맘대루 / 떼구 싶다구 떼구 붙이구 싶다구 붙이는 건가유 / 다 물 건너 갸들 맘대루지유 / 말이란 거이 다 허망한 거여유 / 다 걷어차구 확 나서뻐려유 / 오장칠부가 뭐가 어쩌유 / 나아두 뭘가 나니께 그 자리에 앉아 있는 거지유 / 자꾸 그러지 마서유 / 겸손두 지나치믄 결례가 되는 거여유 ///

참으로 천연덕스럽기가 짝할 것이 없는 시다. 시치미 떼고 꾸며대기 수법으로 쓴 대통령론이다. 보통사람이라는 말 한 번 잘못 썼다가 이렇게 호되게 뒤통수 맞는 것이다. 말장난으로 백성을 우롱하는 데 대한 보복적 우롱인 셈이다. 외세를 뒤에 업고 호가호위하던 독재자들의 허장성세는 백성들 앞에서 이렇게 한낱 웃음거리, 조롱거리밖에 될 수 없음을 깨닫게 해주는 작품이다.

「말이사 있지유」는 구밀복검口蜜腹劍 하는 정치가들의 행태를 비판하는 작품이다.

말이사 있지유. 정의라넌 말. 힘센 늠덜이 즈덜 맘대루 털어다 쓰구, 뭐라구 허먼 쥐어박구 쥑이구, 그 모든 지랄의 이름으루다가 정의라넌 말이 있지유.

말이사 있지유. 자유라넌 말. 맘대루 팔어묵구 안 사먼 윽박지르구. 촌눔이여 면박주구, 우덜 물건은 헐값에 똥값에 후리치구, 말 많으먼 빨갱이여 면박주구, 그 모든 약탈의 이름으루다가 자유라넌 말이 있지유.

말이사 있지유. 민주라넌 말. 민주넌 질서니께 줄을 서라 줄을 서. 민주넌 자율이니께 알어서 겨라 알어서 겨. 모난 돌이 정맞는댜 윽박지르넌 그 모든 억압의 이름으루다 민주라넌 말이 있지유.

말이사 있지유. 민족이라넌 말. 그 모든 지랄과 약탈과 억압을 단숨에 단숨에 우덜의 찬란한 면류관으루다 바꾸는, 우덜의 구세주 예수루 봉 띄어놓구 즈덜은 하느님 되어 미국늠덜 일본늠덜과 하느님끼리 희희낙낙 예수에겐 십자가를 하늘엔 시바스리갈을! 그 모든 사기의 이름으루다가 민족이라넌 말이 있지유.

말이사 있지유. 평화라넌 말. 평화를 깨뜨리넌 돌멩이에 화염병에 강력허게 강력허게 엠씩스틴으루다가. 탱크루다가, 미사일루다가, 핵폭탄으루다가 강력허게 평화를 지키넌, 그 모든 군홧발의 이름으루다가 평화라넌 말이 있지유.

그리구
우덜의 정의넌 헐린 집더미 밑에
우덜의 자유넌 감옥에

우덜의 민주년 남영동 대공분실에

우덜의 민족언 누이의 찢겨진 처녀막 위에

우덜의 평화년 금남로 희미한 핏자국 위에

그리구

아부지덜이 손에 움켜쥔

저 낫날과

우덜이 움켜쥔 스패너에

스미넌

파리헌 새벽빛 우에

아, 그 우에 혁명을 예감하며 숨막히는 정적으루 있쓔.

구구절절이 절묘하게 찔러댄다. 너무도 정확히 찔러대니까 통쾌함을 느끼다 못해 아픔이 독자에게 이전된다. 이렇게 처절한 상황에서 온갖 고통을 당하며 죽어간 사람, 절치부심할 상처를 마음에 품고 있는 사람들이 연상될 것이다. 어처구니없는 독재자들 밑에서 숨죽이던 모습이 떠올라 스스로 자조自嘲하게 된다.

「우덜은 우덜끼리」는 속 빈 강정 같은 조국의 통일정책을 비판한다.

정치는 아무래도 도사들이 하는 건가벼유 / 아따, 그 냥반덜 허는 거 봐유 / 완전히 속세를 떠났쓔 / 통일 통일 허니께 / 우리 겉은 속인덜은 / 애기허는 대루 이리저리 우 — 몰리믄서 / 월매나 좋아허구 애달아혔쓔 / 근디 그 냥반덜 허는 거 봐유 / 내각제네 뭐네 시끄러워질 만허면 / 통일을 단독 드리볼루 / 종횡무진 몰고 가설랑은 / 숫 — 꼬링 될 듯 허다가 노꼴 / 될 듯허다 노꼴 허기를 수십 차례 / 아따, 우리 겉은 속인들이야 / 죽었다 깨나두 / 통일을 바둑 놓듯 갖구 놀 수 있겄쓔 / 완전히 속세를 떠났다니께유 / 그뿐인 줄 알어유 / 넝민덜이구, 노동자덜이구 / 주식허넌 사람들이구 / 모두 죽겄다구 난린디 / 공수래 공수거 / 인생은 빈손으로 왔다 / 빈손으로 가는 거 / 길흉화복은 제 손에 달렸느니라 / 한마디 던지구 / 표표히 돌아서는 그 모습이야 / 도사 아니고는 흉내나 내겄쓔 / 지는 아주 팍 갔쓔 / 존경헐 수밖에 없는 거여유 / 옛부터 군자가 다스리는 나라가 / 좋은 나라라 혔는디 / 군자를 넘어서서 아주 도사가 됐더라니께유 / 그 냥반덜 / 아주 속세에서 떠나보냈으믄 좋겄쓔 / 저기 국화도나 어디루 몽땅 보내서 / 퇴끼 기르믄서 신선 노릇 허라 그러구 / 우덜은 우덜끼리 / 울고 웃고 콧물 징징 흘리구 / 낄낄거리믄서 / 속세처럼 애달 캐달 / 재밌게 살아봤음 좋겄쓔 ///

조국의 통일에 관한 정책을 당리당략으로 이용하는 위정자들의 부당한 행태를 다 알고 능청을 떠는 시인이야말로 도사다. 위정자들의 속악스런 언행들을 잘도 꼬집고 있는 작품이다.

김진경은 독자를 재미있고 통쾌하게 만들면서 불합리한 정치에 일격을 가하는 전략을 잘 구사한다. 이를테면 두 마리의 토끼를 동시에 잡는 시법에 성공한 셈이다. 속담이나 사투리를 한껏 사용하여 민족어의 순도純度를 높이고, 민중들의 정서에 맞추면서 가려운 곳을 정확하게 긁어준 시인인 것이다.

채광석, 민주를 향한 밧줄 타기

채광석의 시정신은 아주 강하게 표현되는데, 시대를 감당하기 위해서다. 독재자들을 몰아내고 민주주의를 실현시키는 데 필요한 어떤 말 부조라도 하겠다는 의지에서 나온 시들을 쓴다. 반독재, 반외세(반미)를 주된 주제로 하지만 조국통일이나 소외된 사람들에 대한 문제도 주제로 삼는다. 또한 인간들의 속물근성이나 속악한 인간정신을 비판하기도 한다. 그의 이런 현실안과 비판력은 비속하다고 여겨지는 어휘를 동원해서라도 당당하게 표현된다.

「산 자여 답하라」는 반외세와 반독재를 내세우는 작품으로, 죽은 영혼들이 살아있는 사람들에게 말을 건네는 형식으로 쓴 시다.

산야에 푸르른 새순들은 돋고 / 진달래는 선홍을 피어 타오르는데 / 쑥국새 하염없는 울음 속에 / 우리들 4월의 혼은 잠들 수 없다 // 지나간 25년의 세월 / 하루도 편할 날은 없었다 / 코쟁이 쪽발이들 감 놔라 대추 놔라 호령하는 소리 / 이 땅의 똥깨나 뀌고 힘깨나 쓴다는 자들 / 금방망이 도깨비방망이 제멋대로 휘두르는 소리 / 이 통에 쓰러진 민주주의 계속 작살나는 소리 / 농축산물 똥값 임금도 똥값 살 만하면 철거 / 힘없는 자들 이리 채이고 저리 깨지는 소리 / 지축을 흔들고 하늘을 찌르는데 / 어찌 하루인들 편히 잠들 수 있었으랴 // 잠들 수는 없었다 / 전태일 김상진 김경숙 김태훈 황정하 박종만이 찾아오고 / 남도땅 수백 수천의 피투성이들 무더기로 몰려와 / 통곡하며 하염없이 몸부림을 치는데 / 차마 편히 누워 있을 수는 없었다 // 누워 있을 수는 없었다 / 쪽발이 코쟁이들아 똥깨나 뀌고 힘깨나 쓰는 자들아 / 밤마다 뜬눈으로 삼천리 방방골골 정처없이 떠돌며 / 우리들 가슴속 고단한 쑥국새는 울어예는데 / 물러가라 물러가라 하염없이 울어예는데 / 억압과 착취 예속과 분단의 형틀을 부수고 / 사천만 한데 엉켜 기쁨으로 일하고 기쁨으로 나누고 / 춤추며 노래하는 그날은 언제인가 / 이리 채이고 저리 깨지는 자들아 / 이 땅은 엄연히 그대들의 땅 / 그날은 언제인가 우리들 젊은 혼은 잠들고 싶다 / 산야에 푸르른 새순들은 돋고 / 진달래는 선홍으로 피어 타오르는데 ///

살아 있는 사람들에게 저항의지를 부추기기 위한 작품이다. '이리 채이고 저리 깨지는 자들아 / 이 땅은 엄연히 그대들의 땅' 이라는 표현이 그것이다. 권리나 자유를 스스로 찾도록 영혼들이 요구한다는 것을 터득시키려는 작품이다.

「어머님 전 상서」는 검문검색을 업무로 하는 한 의무경찰이 자신의 어머니에게 올리는 편지 형식으로 쓴 것으로, 떳떳하지 못한 자신의 행위를 참회하는 시다.

어머니 오늘도 저는 한심했어요 / 오소리 굴도 아닌 지하도 입구에 왼종일 지켜 서서 / 오가는 동갑나기들 가방이나 뒤졌거든요 / 유인물이나 책 대신 피임약 같은 거 갖고 다니는 / 발랑 까진 여자애들 빽도 심심풀이로 뒤져 봤는데 / 차라리 이런 애들만 뒤지라면 덜 쪽팔리겠어요 // 어머니 정말이지 쪽팔려 죽겠어요 / 왜 외국은행 호텔에나 일본놈들 대사관 문화원까지 / 우리가 세파트처럼 지켜 줘야 하는지 쪽팔리고요 / 학생들 데모는 그렇다 치고 / 아무리 정부와 척진 사람들이 하는 것이라도 / 3·1절 8·15 기념식 민족문학의 밤까지 / 저지하러 나설 땐 더 쪽팔리고요 / 먹을 것을 달라 생존권을 보장하라 울부짖는 / 사람들 두들겨 잡는 일은 더더욱 쪽팔려요 / 우리 동네 진식이랑 금례랑 공장 간 애들을 / 만나게 되면 어쩌나 조마조마하기도 하구요 / 소값이 개값 똥값 됐다구 아버님 땅이 꺼져라 / 한숨 쉬고 계시다는 소식은 들려오는데 / 고향 근처에서 농민들이 피해 보상하라고 / 데모했다는 보도가 나올 적엔 가슴이 철렁했어요 // 그뿐이 아니예요 어머니 / 지난번에는 갈 데도 없는데 내쫓지 말아 달라 / 울며불며 호소하는 어머니 또래의 뚝방동네 아주머니늘을 / 그만 머리채 나꿔채어 닭장차에 실어야 했는데 / 그때는 정말 하늘 보기 부끄러워 죽고만 싶었어요 / 어찌 그리 짐승만도 못한 짓을 하느냐고 꾸짖으시겠지만 / 제복이 원수예요 제복을 입은 이상 패라면 패고 / 잡아오라면 잡아와야지 별 통수가 있나요 / 악에 바친 사람들과 맞붙다 보면 우리도 악에 받쳐 / 치고 박고 난장판을 벌이는 수도 있게 되구요 // 어머니 싸움닭 아시죠? / 제가 지금 바로 그 꼴이에요 / 아닌게아니라 학생 녀석들이랑 어떤 사람들은 / 우리더러 잡새래요 우리가 타는 차는 닭장차구요 / 진짜 싸움닭처럼 매일 하는 짓이 / 싸움질 패대기질이고 늘어나느니 이 짓뿐이니 / 저 자신도 제가 사람이 아니라 싸움닭인 것처럼 느껴져요 / 아주 이골이 나고 습관화되어 당연시하는 애들도 많지만 / 저는 이러다가 사람 다 버리는 게 아닌가 괴로워 죽겠어요 / 어머니 제가 얼마나 마음 여리고 순한 아이였습니까 / 제발이지 우리들이 이런 짓 안해도 되는 / 진짜로 민주적이고 평화스런 사회는 언제쯤이나 올까요 / 하루라도 빨리 왔으면 좋겠어요 // 참 어머니 금년 농사는 어떤지요 / 초장부터 설레발치면 될 일도 안된다더니 / 나락도 거두기 전에 대풍 대풍 주접 떤 탓인지 / 민심을 거슬러 하늘이 노하신 탓인지 / 때아닌 가을장마가 계속되어 제 신세는 둘째치고 / 아버님 어머님 노심초사하시는 모습 눈에 선하여 / 통밤잠을 이룰 수 없는데 어제 밤 / 또 폭우기 내려 베어 놓은 나락까지 떠내려갔다니 / 우리 집은 어떻게 됐는지 발만 동동 굴렀어요 / 그렇지만 어머니 너무 걱정하지 마시고 / 조금만 더 기다려 주세요 제대할 날 머지 않았으니 / 건장한 젊은 놈이 어떻게든 부모님 양주분 / 남은 여생 편히 모시지 못하겠습니까 / 다시 사람이 되어 돌아갈 그날까지 어머니 건강하시고 / 아버님께도 너무 심려하지 마시라고 말씀드려 주세요 ///

당시의 흉흉한 세태를 웬만큼 다 증언하고 있는 작품이다. '쪽팔리다'는 어휘를 거듭거듭 사용했는데 이런 비속어가 거슬리는가. 그것대로 인정해야 할 일이다. 시적 화자가 처한 상황에 가장 적절한 말이기 때문이다. 이러한 양심선언 또는 자기비판이 있는 터전 위에서 비로소 민주주의가 싹틀 수 있다는 생각을 말하려 했던 것이다.

「밧줄을 타며」는, 민주주의를 회복하기 위해 가장 힘든 싸움을 할 수밖에 없고, 또 필연적으로 해내야 한다는 것을 밧줄타기에 비유한 작품이다.

밧줄을 탄다 // 희말라야 산맥 우리의 형제와 동료들의 / 목숨을 머금은 봉우리에 오르기 위하여 / 도봉산 인수봉의 바위벽, 설악산 골짜기의 얼음벽 / 벽을 탄다 기어 오른다 / 하나의 밧줄에 차례로 몸을 엮고 하나의 운명 되어 / 목숨을 걸고 한 발 두 발 비지땀을 흘리며 / 식은땀을 훔치며 목숨을 걸고 한 발 두 발 / 땡볕 아우성치는 여름이나 혹한 내리꽂히는 겨울이나 / 저 꿈에도 못 잊을 원한과 열망의 봉우리 / 꼭대기에 두 발을 딛고 새 하늘 새 땅을 보기 위하여 // 사나이들 밧줄을 탄다 // 비바람이 밀치고 설한풍이 손끝 발끝을 흔들고 / 뇌성벽력이 몰아친다 해도 / 밧줄을 놓을 수는 없다 // 그것은 목숨이기에 단속반원들 우르르 달겨들어 / 패대기치더라도 리어카는 우리들 목숨의 줄이므로 / 비루먹이고 병들게 하고 꼬드김 손찌검 / 발길질 똥바가지질 몽둥이질 이간질 / 쳐대도 노동삼권은 우리의 목숨이므로 민주화는 / 통일은 우리의 목숨이므로 // 목숨을 탄다 // 민주 민족 민중의 산맥 우리의 선열과 형제들의 / 목숨을 머금은 봉우리에 오르기 위하여 / 공장 농촌의 얼음벽 학교의 바위벽 / 벽을 탄다 기어오른다 / 하나의 밧줄에 차례로 몸을 엮고 하나의 운명 되어 / 목숨을 걸고 한 발 두 발 비지땀을 흘리며 / 식은땀을 훔치며 목숨을 걸고 한 발 두 발 / 아우성치는 입제의 손길 내리꽂히는 수탈의 손길을 뚫고 / 저 꿈에도 못 잊을 원한과 열망의 봉우리 / 꼭대기에 두 발을 딛고 새 하늘 새 땅을 보기 위하여 / 외치며 노래하며 // 민족의 아들딸 / 밧줄을 탄다 목숨을 탄다 / 민주주의여 / 통일이여 / 질기디질긴 목숨의 밧줄이여 ///

오직 그 방법밖에 없으므로, 우회할 길이 없으므로 목숨을 걸고 밧줄을 타는 것이다. 그야말로 '원한과 열망의 봉우리'였다. 민주주의, 자유와 평화가 성취되는 봉우리에 오르기 위하여 목숨을 걸었던 것이다. 그것을 오르다가 하고많은 사람들이 목숨을 잃었던 독재치하였다.

채광석의 시는 기개다 당차다. 거칠 것이 없다는 신념이 그대로 시에 표현된다. 현실의 핵심에 당당히 도전하는 힘을 발휘한다.

독재자를 찌르고 조롱하는 시인들 / 유하, 홍일선, 이상국, 정인화

독재자는 한 시대 백성들을 얼어붙게 할 수 있겠지만 절정기가 지나면 웃음거리, 조롱거리로 전락하는 것이 통례다. 인간이 엄숙한 몸짓을 할수록 허점이 많이 드러나는 법인데 허장성세, 호가호위를 일삼는 독재자와 그 하수인들은 말할 것도 없다. 그들이 부린 허세, 그들이 백성들을 주눅이 들게 한 만큼, 아니 그 이상의 조롱거리가 되어 백성들을 눅여주고 동시에 민중들을 각성시킨다.

독재자를 조롱하는 시들은 어떻게 보면 본격적인 시라고 할 수 없을 만큼 가벼울 수가 있다. 비속어를 한껏 사용하는 것도 그렇지만, 비록 독재자에 한한다 해도 남을 공격하는 것이니까 다소간 격이 낮은 코미디물로 보기 일쑤다. 그러나 독재자에 대한 풍자시처럼 한 시대의 역사를 재생시키며 인간을 새롭게 각성시키는 것도 드물다. 사회적 효용성이 높은 것이 풍자시인 것이다. 군사독재정치가 한 세대를 이끌어 온 이 땅에 풍자시가 풍성해야 당연하며 그것들이 길이 유산으로 남아, 다시는 고통의 민족사가 되지 않도록 경각심을 주는 자료가 되어야 할 것이다.

풍자시는 많은 시인에 의해 쓰였지만 여기서는 몇 작품만 인용해 본다. 우선 독재정치 '체제'를 빗댄 시로 유하의 「체제에 관하여」를 보자.

횟집 수족관 속 우글거리는 산낙지

푸른 바다 누비던 완강한 접착력의 빨판도

유리벽의 두루뭉실함에 부딪혀

전투력을 잊은 채 퍼질러앉은 지 오래

가쁜 호흡의 나날을 흐물흐물 살아가는 산낙지

주인은 부지런히 고무 호스로 뽀글뽀글

하루분의 산소를 불어넣어준다

산낙지를 찾는 손님들이 들이 닥칠 때

여기 쌩쌩한 놈들이 있는뎁쇼

히히 제발 그때까지만 살아 있어달라고

살아 있어달라고

그러나, 헉헉대는 그들의 숨통 속으로

단비처럼 달콤히 스며드는 저 산소 방울들은

진정 생명을 원하는 손길인가

투명한 수족관을 바라보며 나는

투명하게 깨닫는다

산소라고 다 산소는 아니구나

저 수족관이라는 틀의 공간 속에서는

생명의 산소도

아우슈비츠의 독가스보다

더 잔인하고 음흉한 의미로

뽀글거리고 있는 것 아니냐

　　산소를 '자유'라는 어휘로 바꾸면 쉽게 이해가 되는 시다. 인간이 가지고 있는 생래生來의 자유를 마치 선심 쓰듯 주었다 빼앗았다 하는, 독재자의 심보는 더없이 잔혹하다는 말이다. 그런 독재자의 행동거지를 휘돌려 때린다. 「요순시절」이란 작품 하나를 더 보자.

　　담장이란 담장은
　　벽이란 벽은 온통
　　정치해보겠다는 잘난 얼굴들로
　　도배되어 있다
　　될 사람을 밀어달라!

　　일전에 함석헌 옹이 말씀하시길
　　부득이하게 나서는 게 정치여
　　요순시절이 따로 있나
　　그런 때가 요순시절이지

　　부득이하게 나서는 것과
　　부득부득 나서겠다는 것은
　　얼핏 비슷해 보이는데
　　결과는 영 딴판이다

　　요순시절과
　　요망시절

　간결하면서도 명쾌하게 정치세태와 위정자들을 풍자했다. 위정자들은 물론 대부분의 인간들이 가지고 있는 속물근성, 즉 권력에 대한 탐욕을 비판하는 시다.

　유하는 「무림일기」로 위정자들을 한껏 찌르고, 「바람 부는 날이면 압구정동에 가야 한다」에서 유별나게 살려고 하는 사람들을 조롱했다. 그의 풍자시는 속악한 세태를 바로 잡아가려는 적극적 시법이 되는 것이다.

홍일선의 「황천강에서 북망산까지」는 한 전직 대통령의 자서전 '황강에서 북악까지'를 빗대어 조롱한 작품이다.

올 때는 신나서 황강 떠나 북악 왔지 / 임자 없는 권력 낚어채러 이리처럼 왔지 / 주인 잃은 청와대 차지하러 헐레벌떡 달려왔지 / 총칼 들고 피비린내 남녘 광주 거쳐 / 피묻은 손 군복에 쓱쓱 문지르며 / 선착순으로 북악 점령했지 그땐 살판 났었지 // 어허 이 길 가면 무슨 길 나오나 / 미국놈들 일본놈들 한반도 통째로 먹고 싶어 / 총칼 들고 쩝쩝 입맛 다시는 길 나오지 / 5월 영혼들 한맺힌 길 나오지 / 어허 이제 가면 언제 오나 / 일해연구소 큰 건물도 다 지었는데 / 집들이도 못하고 죽 쒀서 개 못 주지 / 이대로는 못 가지 억울해서 내 못 가지 / 내 고향 황강이 좋았지 그때가 좋았지 / 황강에서 북악까지 괜히 왔지 / 이 길 죽음의 길 파멸의 길 왜 몰랐지 / 어허 몰랐지 몰랐어 정말 몰랐지 / 황강이 황천강 되고 / 북악이 북망산 되는 줄 정말 몰랐지 / 형까지 동생까지 징역살 줄 몰랐지 / 동서까지 처남까지 줄줄이 잡혀갈 줄 몰랐지 / 어허 이 길 가면 무슨 길 나오나 / 황천강에서 북망산 가는 길 나오나 / 첫차로 5·16 가는 길 나오지 / 막차로 5·17 가는 지름길 나오지 / 백담사 거쳐 북망산 가는 길 나오지 / 어허 이제 가면 언제 오나 이제 가면 언제 오나 / 황강 떠날 때는 좋았는데 총 쏠 때는 신났는데 / 왜 몰랐지 황강이 황천강 되는 걸 / 북악이 북망산 되는 걸 왜 몰랐지 // 양키들 미국놈들만 굳게 굳게 믿었지 / 쪽발이 일본놈들만 애비처럼 믿었지 / 통일 조국이 싫었지 해방 조국이 싫었지 / 발길 무겁지만 이젠 가야지 황천으로 / 갈 길 두렵지만 이젠 가야지 북망산으로 ///

기발한 착상이다. 소위 '대권'이 좋은 줄만 알고 뛰어들었다가 독재자란 오명을 역사에 남긴 채 속절없이 사라지는 인간상을 마음껏 조롱한 작품이다. 독자의 가슴을 후련하게 씻어주는 시인 것이다.

　이상국의 「우뢰같이 모여라 벼락치듯 모여라」도 풍자의 기법을 부분적으로 활용한다.

구름처럼 모여라

티끌처럼 모여라

바라보니 무등산 하늘에 원혼들만 떼거지로 떠도는구나

천지간 방을 붙여라 사발통문 돌려라

총 맞고 죽은 귀신 물 먹고 죽은 귀신

굶어 죽고 얼어 죽은 귀신

아직 발가벗고 빡빡 기는 삼청대 귀신

가막소 개밥 귀신 화염병 귀신 지랄탄 귀신

득달같이 내설악 백담사로 모여라

황천 밝히는 장작불 피워놓고 어디 한번 진히게 놀아보자

이 절 든 놈 끌어내라 천지가 시끄럽구나

어느 나라 역모 괴수냐 어느 시절 전두한剪頭漢이냐

칠성판에 눕혀놓고 포를 뜰까 각을 뜰까

소나무 전나무 사이 틀 차리고 빚잔치 벌여보자

어디 보자 어디 보자

5공이 민중살을 맞고 문패를 바꿔 달았으나

그놈이 그놈이구나

살인과 패역의 무리 오히려 위세등등하고

분하다 급살맞은 유신본당까지 설죽어 날뛰는구나

졸이 궁을 덮치고 죄진 놈과 판관의 자리가 뒤바뀌었으니

이놈의 세상 기어코 개벽 한번 해야겠구나

피 칠하고 산발하고 춤을 추자
사방팔방 길을 막고 악머구리 끓듯하자
그렇게 숱한 죽음이 있었음에도
아직 저주와 신음소리 땅에 가득하고
증오와 원한이 하늘에 사무치는구나
이 절 숨어든 놈부터 묶어내고
사지육신 판셈으로 끝장내고
시각을 다퉈 조선 팔노 소제하자
권세와 황금이라면 오뉴월에 똥독에 구데기 끓듯하고
메주 덩어리 달라붙는 쥐새끼 같은 놈들
족집게처럼 집어내고 부랄을 쳐 씨를 말리자
사람 잡고 도둑질에 이골이 난 귀축의 졸개놈들
볼 것 없이 싹쓸이로 동해에 처넣자
우레같이 모여라
벼락치듯 모여라

전두한剪頭漢은 대머리를 의미하는데, 언어유희 기법은 재치 있다. 5
공과 6공의 다른 점이 기껏 문패를 바꿔 단 정도라는 냉소도 재기발랄
하다.
정인화의 「법망짜기」는 국법을 제 멋대로 주무르던 독재자들의 행
태를 풍자한 작품이다.

그 누구도 새어 나가지 못하도록
촘촘하게, 아주 정교하게 짜야 한다구
놈들이 시끄럽게 굴며 대갈통 들이밀고는
뺑뺑하게 솟으며 법망을 뚫으려 할 땐 말이야

이렇게 휘어 옆으로 살짝 구부려 놓아

바로 뒤의 법망에 손발이 걸리도록 말이야

그러니까 결국 열어 주는 듯 은폐를 하라구

가끔, 아주 가끔 그것마저

뚫고 들어오는 센 놈들이 더러 있지

그놈들에겐 이쪽 길을 활짝 열어 주라구

그 길은 외길이야, 한마디로 외통수란 게지 후후후

또 이런 놈들도 있어

생각지도 못한 뒷구멍으로 들어오는 놈들 말이야

그놈들에겐 저쪽 복잡한 쪽으로 유도를 하라구

놈들은 이리저리 헤매다가

종국엔 지쳐 나자빠지거나

다른 법망에 모가지가 걸리게 되어 있거든 킬킬킬

딘, 한 가시 각별히 유의해야 될 사항이 있어

여기를 봐, 여기엔 말이야

아무도, 그 아무도 근접치 못하게 해야 한다구

그놈들이 소리소리 지르며 짖어대는

그 문제의 그러나 없어서는 안 될 법망이지

하기야 앞, 뒤, 좌, 우, 조정만 하면

또 한동안 잠잠해질 테지만 말이야

어떻게 조정하는지 한번 보겠나?

자 이렇게 말이야. 이놈을 이쪽으루

그리고 옆의 놈을 또 이쪽 뒤로

슬쩍 바꿔치기만 하면 된다네 으하하하

마지막으로 요것 보게, 바로 여기에 걸리는 놈은

사형이지, 사형 최소 무기야, 무기

요걸 저쪽 입구에다 옮겨 놓지

자, 어떤가 내 솜씨?

독재자들이 법을 자기들 편한 대로 고쳐 혹세무민 하던 모습을 연상하게끔 하는 기법이 탁월하다.

위와 같은 풍자시들과 진지한 시들을 합하면 아주 풍성한 양이 되어 가히 한 시대 사회적 기풍을 바꿔놓을 만한 힘을 지닌다. 재기발랄한 시인들의 풍자시가 알게 모르게 이 사회에 끼치는 영향은 헤아릴 수 없이 크다. 이러한 풍자시가 자칫 경박할 수도 있기 때문에 진지한 작품으로 취급하지 않으려고 하지만, 이것들이야말로 그 시대를 적극적으로 대응하려는 자유분방한 시정신의 소산인 것이다.

용기 있고 기개 높은 시인들이었다. 독재자의 온갖 탄압에 맞서 자유와 권리를 되찾기 위해, 그리고 민족의 자존심을 회복하기 위해 신명을 다했던 시인들인 것이다. 그야말로 시를 무기삼아 독재정치에 맞선 시인들도 있고, 독재자를 찌르고 우롱하면서 백성들의 억눌린 감정을 눅여주는 시인들도 있었다. 다양한 시적 장치를 통해 위정자들의 불합리한 의식을 비판함으로써 독재체재의 위세를 꺾고 백성들의 정치의식을 높인 시인들이었다.

2. 조국분단의 고통을 표현한 시인들

조국분단의 문제를 시로 써내지 못한 시인은 아직까지도 진정한 시인으로 볼 수 없다고 말한다면 망발이라고 할 것인가. 그렇지만 시인은 본래부터 민족의식이 투철한 사람이다. 민족어로 시를 쓰기에 투철한 민족어의식이 있다면 당연히 민족의식도 투철한 것이며, 민족의식이 투철하다면 민족 지상의 과제인 조국분단 문제에 골똘하지 않을 수 없기 때문이다. 그래서 그런지 웬만한 시인이면 분단조국의 현실을 아파하고 그것을 어떻게 극복해야 할 것인지, 즉 통일조국이 어떻게 가능한지에 대한 것을 끊임 없이 시로 표현해 내고 있다.

지구상 마지막 분단국가로 남아 있다는 것은 실로 민족 자존심의 문제다. 어느 민족보다도 우수하고 지혜로운 민족이라고 스스로 자부하며 살아왔거늘, 이제껏 분단문제를 해결하지 못하고 있으니 자존심은커녕 열등의식에 사로잡히기 십상이다. 정치적 차원에서는 성과가 늘 미미하거나 아예 무관심하다. 그렇다 하더라도 시인들은 늘 경각심을 주도록 해야 한다.

조국통일을 위한 시들이 때로는 타당성도 설득력도 없는, 그저 심경적인 차원에서 쓰이는 경우가 많았다. 같은 민족끼리 '피는 끌린다'는 것이 최상이지 무슨 논리가 필요 있느냐는 주장이 맞지만, 훌륭한 작품은 나름대로의 설득력이 있어야 했다. 조국강산을 그리워하고 같은 민족끼리 하나가 되지 못하는 상황을 안타까워하는 시들이 제법 전략을 갖추고 계속 생산되다 보니, 이제는 아주 훌륭한 작품들이 창작되기 시작했다. 그래서 조국분단의 서러움을 전혀 모르거나 불감증이 되어버린 사람들을 일깨워 주게 되었다.

조국이 분단되어 있기 때문에 강대국들에게 늘 이용당하고, 불합리한 정치가 횡행하고, 교육도 제 방향을 잡아가지 못한다는 것을 각성시키려 한다. 분단조국에 대한 한 편의 시가 대수롭지 않게 여겨질 수 있을 수 있고, 기껏해야 말부조 정도라 취급될 수 있겠지만 그 보잘 것 없는 힘들이 모여 거대한 흐름을 형성하면 조국통일의 위업이 예상 외로 빨리 올 수도 있다는 신념을 가지고 있는 것이다.

이세방, 가슴 아린 조국애

이세방처럼 시에서 조국애를 절절히 표현하기도 쉽지 않을 것이다. 그가 쓴 대부분의 시에서 조국은 아주 간절한 이념과 실체가 된다. 남의 나라 땅에서 살고 있기 때문에 더욱 그럴 것이다. 그렇지만 조국에 대한 그리움만 표현하지 않고, 조국의 불행을 안타까워하고 위정자들을 꾸짖기도 하면서, 백성에게 자긍심을 주기 위해 무던히도 애를 쓴다. 그러나 때로는 민족구성원들에게 질책을 가하기도 한다. 의義로움에 함께 일어서지 못하는 데 대한 질책인 것이다.

「우리는 도깨비다 2」란 시부터 보자. 우리 민족의 원한과 끈질긴 재생의 힘을 표현한 작품이다.

그렇다. 우리는 도깨비다. / 그럴 듯한 양옥에 갇혀 있는 게 아니라 / 황토에서 묻어나온 털을래야 / 털리지 않는 진흙의 도깨비다. / 논두렁으로 소나무숲 사이를 거쳐 / 구름 속에 바위 곁에 숨고 또 숨는 도깨비들. / 엎어져도 또 일어서는 / 우리는 바람차다. // 그렇다. 우리는 바람찬 도깨비다. / 눈에 보이지 않는 우리 도깨비들은 / 애비적부터 할아비적부터 / 맨살에 명주적삼 걸치고 / 부싯돌로 불 일으키며 / 산하를 두루 돌아다니지 않았던가. / 두루 돌아다니던 도깨비불은 / 모이면 곧 횃불이 되지 않았던가. // 그렇다. 우리는 횃불켠 도깨비다. / 왜놈들이 우리의 살과 뼈를 갉아먹을 때에도 / 흰 조선옷에 붉은 피 흥건히 적셔올 때에도 / 우리는 어금니를 악물고 / 시체더미 속에서 용케 살아나지 않았던가. / 그 뼈저림을 기억한다면 / 그 역사의 도깨비들을 기억한다면……. / 이놈. 어디서 하는 말버릇이냐. / 오냐. 너의 명분은 양키 나라의 대사라. // 그렇다. 우리는 피의 도깨비다. / 천구백오년 네놈들 양키와 왜놈이 / 우리 땅을 내 나라를 어찌했느냐. / 오냐, 오늘 양키 나라의 대사가 / 그런 망발을 한다 함은 / 목숨을 건 최후가 아닌가 함이니 / 아느냐. 너희는 / 바람찬 우리 도깨비들을. / 듣느냐. 우리 도깨비들이 / 달빛 아래 칼가는 소리를. / 왜놈들이 우리의 살과 뼈를 갉아먹을 때에도 / 우리는 시체더미 속에서도 용케 살아남은 도깨비들이다. / 그렇다. 우리는 자꾸 살아나는 도깨비다. / 짓밟으면 또 살아나는 불이다. / 일본에서도 수천만의 도깨비는 횃불을 들고 / 미국에서도 수천만의 도깨비는 / 쫓는다. 너희를 쫓는다. / 놈들아. 놓아라. 나가라. / 우리는 바람찬 도깨비. / 뭉개면 또 일어나고 / 짓밟으면 또 살아나는 우리는 / 한맺혀 머리푼 도깨비다. / 한맺혀 머리푼 도깨비다. ///

미국 대사가 우리 민족에게 욕된 말을 했는데, 그것에 대해 오기를 품고 오히려 적극적으로 긍정하고 나선다. 그리고 당당하게 되받아 친다. 고난의 민족사를 배짱으로 과시한다. 이민족들의 악랄한 수탈 속에서도 이렇게 살아남았다는 것, 끝내 살아남을 수 있는 힘을 가지고 있다는 의미를 '도깨비' 라는 말에 응축시키며 내세운다. 김수영이 「거대한 뿌리」에서 보여주었던 민족 자긍심을 여기에서도 본다.

「조국의 달」에서는 우리 민족 구성원들이 각성하고 분발하기를 촉구 한다.

보아라. 참나무 마룻바닥 같은 데, 아니면 / 시멘트바닥 같은 데, / 두 무릎 아프게 꿇고 / 조용히 눈감아 / 보아라. / 깜부기 툭툭 불거진 보리밭 사이로 / 개울가에 버려진 애총위로 / 솟아오르는 / 환한 덩어리를. / 보아라. / 데친 호박잎 허겁지겁 먹고 / 하늘 꼭대기로 / 하늘 꼭대기로 / 울화통 치밀어 버린 / 뜨거운 달. / 그래도 강산엔 / 아름다운 사철이 찾아오건만 / 멀쩡한 너와 나의 얼굴엔 / 슬픔만이 덮여 있구나. / 찾을 수 있는 사랑도 / 아주 잃어버린 척 / 오로지 조마조마한 가슴으로 / 손톱이나 물어뜯는 / 이 시대의 우리들이여. / 이제껏 답답하고 / 원통했던 것은 무엇이었더냐. / 아아, 못난 우리들이여. / 양잿물이나 퍼먹고 / 하늘 꼭대기로 / 하늘 꼭대기로 / 머리풀고 미쳐버릴 / 이 시대의 못난 우리들이여. / 아무도 내가 내것을 지니지 못한 채 / 우리는 정말 어디로 / 쓸려가고 있는 것인가. / 동해바다 갯벌이나 / 강원도 산골짜기나 / 형무소 돌담밑 같은 데서 / 보아라. / 두 무릎 아프게 꿇고 / 조용히 눈감아 / 보아라. / 민족은 한 핏줄로 / 애끓는 소리. / 애끓는 소리. / 소리는 싸릿대 회초리에 들러붙어 / 우리를 매질한다. / 우리를 매질한다. / 그러나 여전히 비어 있는 건 / 너와 나의 실체다. / 찾을 수 있는 사랑도 / 아주 잃어버린 척 / 멀쩡한 얼굴들이여. / 보아라. / 홧병에 돌아간 / 수많은 어머니를. / 끝까지 조선옷으로 / 단장하고 / 그만 이별해버린 / 수많은 어머니. / 그렇게 철저한 어머니를 가졌던 / 이 시대의 겁많은 우리들이여. / 저 준엄한 지평을 / 보아라. / 지평 위에 뜬 / 우리들 홧병의 어머니를. / 보아라. / 순결의 살덩이를. / 아직도 눈 뜨고 있는 / 뜨거운 혼을 / 보아라. ///

너무 나태하고 소극적이라는 질책이다. 그러면서 우리의 어머니들을 상기하도록 요구한다. 희생만으로 살다가 한을 안고 돌아간 분들을 생각하면, 우리 조국을 이렇게 엉망으로 만들어 놓지는 않았을 것이라는 생각을 말한다. 용기를 가져야 한다고 강변한다.

「별들에게」란 시는 광주 민주혁명 소식을 접하고, 민족구성원을 질책하며 별에게 경건히 참회하는 모습을 보여준다.

오늘밤 저 유난히도 반짝이는 별들이여 / 우리는 너희 아름다운 빛 앞에 무릎을 꿇는다 / 오늘 어제 그리고 그저께에도 / 우리가 떠나온 나라 조용한 아침의 나라에선 / 슬픈 소식이 전해져왔다. // 하도 믿기 어려운 사실을 / 차창 밖으로 흩날려 버리며 집에 도착한 / 우리는 문이란 문은 다 걸어잠그고 그리고도 / 신문을 안 보려고 눈을 감고 라디오를 / 텔레비전을 꺼버렸지만 / 우리나라 광주의 피바다는 / 우리의 가슴을 흥건히 적셔왔다. // 머리에서 발끝까지 우리의 육신은 / 한마디로 죄의 넝어리였을 뿐이다 / 우리가 씹은 음식은 돌밥이었고 / 우리를 잠재우던 이불은 가시숲이었다. // 울음 대신 침묵을 삼키면서 / 우리는 자신에게 물었다 / 저 머나먼 나라 이미 반쪽이 되고도 / 한이 차지 않은 조국은 어디로 가고 있단 말인가 / 이 낯선 땅에서 자유평화를 누리는 우리는 / 또 무엇을 어떻게 할 수 있단 말인가. // 오늘밤 저 유난히도 반짝이는 별들이여 / 반짝이는 너희들 별 속에서 우리는 / 피를 토하고 떠나간 수천의 얼굴을 본다. / 너희 그 아름다운 얼굴을 향하여 / 우리는 무슨 말을 할 수 있단 말인가. // 내일 그리고 또 수없는 내일의 밤에도 / 너희 아름다운 별들은 반짝일 것이다 / 거꾸로 지나간 한국의 역사를 한탄하며 / 그저 오늘을 사는 데만 급급한 대중을 한탄하며 / 오늘밤처럼 너희들은 반짝일 것이다. // 총명한 별빛으로 남을 것이다 / 뭉치기는커녕 발버둥 칠 줄도 모르는 우리 속물들 / 우리는 무슨 말을 할 수 있단 말인가 / 오늘밤 저 유난히도 반짝이는 별들이여 / 오 거룩한 너희 얼굴빛이여 / 우리는 너희 아름다운 빛 앞에 무릎을 꿇는다. ///

가슴을 아프게 후벼 파는 말들이다. 독재자의 권력욕이 민족의 자긍심을 완전히 꺾어버린 사건이었고, 독재자를 물리치는 데 일제히 궐기하지 못했기에 한없이 부끄러운 일이었다. 그 어떤 질책을 한다 해도 변명할 여지가 없는 일이기에, 민족구성원 모두가 두고두고 참회해야 하리라. 그것을 촉구하는 작품이다.

「씨알머리 타령」은 조국의 통일을 기원하는 작품이다.

내 씨알머리 / 집안 구석구석 눈 비비고 보면 / 아버짓적 왜놈 시대는 물론 / 할아버지의 그 아버짓적 / 당나라 놈들이 들이닥칠 때부터 / 내 씨알머리 / 콩으로 죽을 쑨대도 볼장없는 / 오로지 천추의 한. // 요새는 피도 살도 / 남으로 북으로 갈라져서 / 내 땅 안에서도 / 가도오도 못하는 세상. / 북으로 넘어간 구로동 세 분 형님들 / 소식은커녕 생사조차 알길없어, / 망우리 고개에 동그랗게 누우신 할아버지께선 / 또 당신의 아버지를, / 까마득히 멀어져간 당나라 군마의 말굽 소리를, / 왜놈 경찰들이 닭잡듯 조선사람 때려잡던 때를, / 아니 초음속 쌕새기 폭격에 / 세상 떠난 신촌 큰누님을, / 한꺼번에 흙속에 묻어버리시고…… // 내 씨알머리 / 밑도 끝도 없이 / 무슨 팔자소관으로 / 양키 나라에 와서 / 어머니는 글짜도 화려한 / 헐리우드 뒷산에 묻히시고 / 아버지는 우리나라 양주군 / 덕소리 석실에 묻히셨나. // 내 씨알머리 / 이놈의 나라에 또 내 씨 두 녀석 놓아 / 고것들 밑도 끝도 없이 / 눈만 뜨면 양키 두둘두 타령이라. // 아무리 생각해 봐도 / 머리에서 발끝까지 / 어디서 어디까지가 / 꿈이고 생시인지 / 분통터질 노릇이련만, / 어제도 오늘도 혀

꼬부라진 소리로 / 땡볕아래 돌고돈다 고추잠자리모양. / 이러다간 곧 끝장이 나련만, / 내 씨알머리 다할지 모르련만, / 언제 진정으로 고향에 안겨볼 것인가. / 언제 통일된 조국 강산에 안겨볼 것인가. ///

시인은 가족사家族史를 요약하는데, 그것은 결국 민족의 수난사이다. 지구상 마지막 남은 분단국가가 왜 하필 우리인가, 하는 생각을 하면 누구든지 분통 터질 노릇일 것이다. 부끄러운 민족사를 후손에게 물려주지 않으려면 철저히 각성하고 분단 극복을 위해 모두 적극적으로 나서야만 비로소 길이 트이리라는 생각을 표현한 작품이다.

이세방의 시들은 가슴을 뭉클하게 하는 힘을 가지고 있다. 그것은 조국애가 유난히 강조되고 있기 때문이다. 이국에서 절감되는 조국에 대한 그리움, 그리고 안타까움이 잘 표현되어 있어 독자들의 의식을 새롭게 일깨워주기 때문인 것이다.

이동순, 가슴 속의 철조망

이동순 시의 주제는 주로 '고향'과 연관되어 있다. 고향의 그리움에 대한 것은 물론이거니와 피폐된 고향에 대한 안타까움을 표현하기도 한다. 또한 물에 잠긴 고향이기에 영영 가볼 수 없게 된 수몰민의 고통을 대변하기 하는데, 장시 「물의 노래」가 그것이다. 뿐만 아니라 북쪽에 고향을 둔 사람들의 한 맺힌 사연이나 원망스런 분단현실을 표현해낸다.

이러한 아픔의 원인을 시인은 '철조망'으로 본다. 사실적 의미이기도 하고 상징적 의미이기도 한 '철조망'은 우리 마음속에 드리워져 있는 철조망을 의미하기도 하며, 땅위 곳곳에 쳐놓은 실제 철조망을 의미하기도 한다.

이동순은 조국의 분단현실을 '철조망'이란 어휘 속에 압축시킨다. 국

토의 한가운데에, 민족 개개인의 가슴 속에 드리워져 있는 철조망을
제거시키기 위한 작업은 시인 스스로가 가장 집착하고 있는 것이다.
　우선 분단현실의 아픔을 표현하고자 하는 시들 중 연작시 「흩어진
사람들·5」와 「흩어진 사람들·6」을 보자.

〈여보, 내 곧 돌아오리라〉던

기약없는 그 말이 마지막이 되고 말았구료

멀리 멀리 따라나오던 그 새벽길

말없이 고개 돌려 옷고름에 연신 눈물만 찍던

임자 얼굴이 갈수록 눈에 선합니다

그때 내 옷자락 잡고 자꾸 칭얼대던

끝엣놈도 어언 장골이라 몰라 보겠지

지척에 고향을 두고 당신은 아들을

나는 딸을 데리고 갈려 있다니

이 무슨 기박한 운명의 패악질인가

임자와 헤어진 그후 나는 새벽기도를

하루도 걸러본 적 없이 나간다오

왜냐면 기도속에서 늘 임자와 만날 수 있으니까

긴밤 꿈에 수척한 당신이 보였지만

엎어지면 코닿을 곳도 못가는 우리 형편이구려

월남동포들 거의가 새장가 들었어도

나는 어디 당신 생각이 나서 선뜻

임자도 이젠 환갑이 훨씬 넘은 할머니

한날 한시에 우리 죽어서 손목 마주 잡는

그게 내 꿈이요 지금 소망이오

‘아내를 북에 두고 내려온 지아버지의 편지운韻’이란 부제가 달린 「흩어진 사람들·5」다. 이것이 어느 한 부부의 아픔에 한하는 것일까. 확대하면 그대로 우리 민족의 처절한 아픔인 것이다.

> 붓을 드니 온몸이 사시나무 떨 듯
> 떨리옵니다 그리움으로 이리도 속이 마르네요
> 눈보라치는 동짓달 긴긴 밤
> 밤잠은 더욱 멀고 환한 빛이 보이는데
> 누군가 가만히 빛 속으로 오시네요
> 야, 이제 보니 당신이셨군요
> 십년을 세 번씩 손꼽아 사무치도록
> 이리도 소식 끊고 야속히 오시나요
> 그때 중부전선에서 먼저 세상버린
> 셋째아이는 하늘나라에서 어찌 지냅디까
> 날이면 날마다 손바다 쓸어 디려둔
> 생모시 적삼과 아홉새 황포바지
> 이 모두 당신 것이니 입고 가시어요
> 어디부터 먼저 사뢰야 할지
> 일만장의 종이런들 쌓인 그 한 다 받아낼까
> 이 몸 죽어 머언 발치로나 가 뵈오려고
> ……
>
> 눈 물 이 앞 을 가 려
> 더 써 내 리 지 못 합 니 다

‘난리통에 갈린 낭군을 생각하는 지어미의 편지운韻’이란 부제가 달린 「흩어진 사람들·6」이다. 앞의 시와 함께 우리 민족 전체가 느끼고

있는 고통이며, 이산가족 찾기를 통해 익히 접했던 흔하디 흔한 예들
인 것이다.

　이런 아픔은 우리 마음속에, 우리 국토 위에 처져 있는 철조망 때문
이며, 그것을 먼저 제거해야 한다는 생각이다.

　　이 꽃이 피면
　　다른 모든 꽃들은 시들어버린다
　　어쩌면 이 꽃이
　　겨울을 몰고 오는지도 모른다
　　온 세상이 꽁꽁 얼어붙던 어느 해 세밑
　　나는 우리가 흔히 범꼬리라 불러온
　　동해바다 장기곶 등대 뒤뜰에 가서 이 꽃을 보았다
　　해안선을 따라 만발한 이 꽃이
　　언제쯤 말끔히 뽑혀지고
　　이 자리에 봄소식 전하는 꽃을 심을 수 있을 건가
　　땅과 바다를 갈라놓고
　　그리움조차 두 쪽으로 갈라놓고
　　슬픈 이의 눈물만 골라서 먹고 자라온 철조망꽃은
　　온누리를 저의 가시덤불로 덮으려는 듯
　　지금도 기세등등 내벋어간다

「철조망꽃」이란 작품이다. '그리움조차 두 쪽으로 갈라 놓고' 있는
철조망을 걷어내기 위해선 남북사람 모든 이들의 가슴 속 철조망부터
걷어내야만 한다는 것이 언외의言外意로 남는 시다.

　　바람은 자유왕래 하는 것 같지만
　　아냐 가만히 보면 바람도 철조망 앞에서

괜히 머뭇거리기만 하네

지금 세상에는 들꽃이 피고

빈 들판엔 화전놀이도 한창이라지만

이것은 도대체 어찌된 일인가

우리들의 계절은 철조망 안에 갇혀서

얼굴빛조차 파리하구나

봄이 와도 봄 아니라고 뉘 말했더냐

마음 상하여 종일 말을 잃고

밤에도 잠 이루지 못하는 차디찬 마룻방

이리 궁글 저리 뒤척이며

우리들의 젊음은 철조망 안에서

다리 잘린 풍뎅이처럼 허우적거린다

철조망 안에도 얼었던 땅은 녹아

신발 밑에 매달리는 진창

진창의 습기가 싫어서

아무도 몰래 하수구로 도망하는 물

봄소식은 바다 밖에서 무르익었다지만

아직 철조망의 안쪽으로 불어오진 않았구나

「철조망에 기대어」란 작품이다. 우리 국토는 통일이 되지 않는 한 늘 '춘래불사춘春來不似春'일 수밖에 없다. 어떤 방식으로든 가로놓인 철조망을 제거하기 시작해야 민족구성원 모두의 가슴 속에 봄다운 봄이 찾아들 것이라는 생각의 표현이다.

이동순의 많은 시들이 온통 철조망에 관한 것이다. 마치 철조망에 가위눌린 시인처럼 보인다. 위의 시들 외에도 「달과 철조망」, 「철조망」, 「철조망 세상」, 「철조망 인간」, 「푸른 철조망」, 「철조망 통과훈련」, 「철조망은 우리를 찌른다」,「철조망 조국」,「철조망가」,「철조망에 대한 명상」들이 있다. 그만큼 분단조국은 시인에게 고통을 주고 있다는 증거가 되는 것이다. 시인의 이런 고통을 담은 시에서 민족통일에 관한 어떤 전망은 제시되고 있지 않지만, 고통의 표현만으로도 분명 조국통일을 위한 힘으로 보태지고 있는 것이다.

최두석, 머릿속 휴전선

최두석이 시를 통해 집념하고 있는 것은 '민족'이다. 민족의 통일을 가로막는 원인들을 탐구해 내고 비판함으로써, 순도純度 높은 민족정신을 갖도록 자극하는 것이다. 그러기 위해서는 우선 우리들 머리 속에 있는 휴전선부터 없앨 것을 설득시키려 한다. 기왕에 잘 길들여진 생각으로는 통일은커녕 분단이 고착될 것이라는 생각을 적극 표현한다.

민족정신을 고양시키기 위해 그는 다양한 시 전략을 구사한다. 민족사에서 그릇된 점을 뽑아 비판하기도 하고, 전설을 시로 재생산하여 민족의 정통성을 탐구하기도 한다. 민족구성원들의 도의심을 탐구하기 위해 필부필부들을 전형화시키는 작업도 꽤 많이 해냈다. 특히 미군에 의한 피해, 예컨대 사격장으로 쓰이면서 초토화되는 우리 강산, 기지촌 여자들이 받는 정신적 피해들을 시로 표현해 낸다. 또한 이 모든 것들에 의해 비합리적으로 돌아가는 세태를 직접, 간접으로 진술한다.

「교과서와 휴전선」이란 작품은 우리의 의식전환을 요구하고 있다.

밑 빠진 항아리에 / 물 붓기는 아니라 하지만 / 천차만별 중구난방인 학생들 마음에 / 고루 스미도록 / 교단에서 진실을 말하려면 / 얼마나 하염없는 인내가 필요한가 / 윤선생은 오래 기다리다 결국 / 교원노조 운동으로 교단 떠날 즈음에야 / 다음처럼 수업준비 하였다 // 먼저 묻는다 / 왜 한강에 배가 드나들지 않느냐고 / 강이 깊지 않아서가 아니라 / 하구에 휴전선 그어졌기 때문이라는 / 확실한 목소리를 들으려면 / 스무 고개 넘어야 하리라 // 임진강 만나 밀물도 역류하다 / 썰물 타고 굽이치는 한강, 강물에 / 보이지 않는 휴전선 있듯 / 밤낮 붙들고 씨름하는 교과서에도 / 휴전선 그어져 있다고 말한다 / 독재권력이 독재 유지 위해 설치한 / 교과서 속 지뢰밭 / 앞으로의 숙제로 찾아보라고 말한다 // 교과서에서 통일은 어떻게 될 수 있나 / 물어보라, 물어보고 침묵의 혹은 / 거짓의 완강한 벽 느꼈을 때 / 그것이 휴전선이라고 말한다 / 허구한 날 사지선다형 문제에 / 쳇바퀴 돌리는 다람쥐로 / 청춘을 갇혀 있게 하는 것 / 그것이 바로 휴전선이라고 말한다 // 교과서 만든 교육개발원은 / 남아도는 미국의 밀가루와 / 옥수수 차관으로 수립되었고 / 사지선다형 문제는 / 차관으로 미국 유학 간 자들이 / 수입해왔다고 말한다 / 휴전선 만든 주범은 미국이지만 / 휴전선 뚫는 일은 온전히 / 우리의 소명이라고 말한다 // 반짝이는 혹은 의아해하는 / 눈빛 온몸으로 느끼며 / 이런 말 하는 선생을 / 수상쩍게 보는 놈 있나면 / 녹슨 철모 뒤집어쓴 그의 머리에도 / 휴전선이 그어져 있다고 말한다. ///

위와 같은 생각을 가르쳐야 하는 것이 단지 학생들에 한할까. 그렇지 않을 것이다. 오히려 기성세대들이 더 고착관념에 빠져 있다. 실로 대부분의 기성세대들 머릿속에 휴전선이 그어져 있을 것이다. 우선 사고방식이 탄력성을 갖지 않으면 조국통일이나 교육민주화나 가능하지 않다고 주장하는 시다.

「고라니」에서는 민족분단의 비극을, 한 쌍의 고라니를 등장시켜 표현한다.

휴전선 비무장 지대 잡목 숲에서 고라니 한 쌍이 살았다. 어느 진달래 꽃망울 터지던 날 둘이는 정답게 산보하다가 발밑이 꺼지는 폭음을 듣고 소스라쳐 달리니 암컷은 산줄기를 북으로 타서 금강산에 이르고 수컷은 남으로 치달아 설악산에 다다랐다. 겨우 정신을 수습하여 생각하니 도무지 영문도 모르겠고 아뭏든 보금자리로 몇 날 며칠 걸려 돌아가는데, 수컷은 철조망을 뛰어 넘다 총에 맞아 안주감이 되고 암컷 홀로 간신히 돌아와 기다리고 기다려도 소식 없었다. 마침내 짝을 찾으려 태백산맥을 타고 내려와서, 헤매고 헤매기 몇 년 만에 더 갈 수 없는 곳에서 하늘로 치솟는 불길을 보았다. 도대체 뭣 때문인지 알 수 없었지만 실은 미문화원이 타고 있었다.

이 작품은 우리 조국의 분단과 미국의 관계를 성찰하게 하는 작품이다. 결국 미국과 소련 따위 강대국들에 의해 조국이 분단되었으며, 또 그 상태가 여전해 지속되고 있다는 것을 알도록 한다. 미문화원이 타고 있는 이유를 알 수 없다고 했지만, 오히려 그런 능청이 각성 효과를 중대시키는 것이다.

「농섬」은 미군의 사격장으로 쓰이고 있는 농섬이란 곳에 삶의 뿌리를 내리고 있는 백성들의 아픔을 대변한 작품이다.

황사바람 뿌옇게 부는 토요일, 고온리 사람들 창자 올리는 폭격기 폭음 들리지 않는 날이다. 고온리를 쿠니로 들은 양키들, 이른바 쿠니 사격장이 쉬는 날이다. 며칠 전 '사격장을 아메리카로' 라고 외치며 철조망을 넘어가 과녁 위에 누웠던 주민들 몇은 경찰서 유치장에 갇혀 있고 시위 재발 대비해 사격장 한 켠에 백골단 진지고 있는 날이다. 그래도 목구멍이 포도청이라 휴일에만 출입할 수 있는 드넓은 갯벌에는 도요새 게구멍을 파고 남정네들 낙지를 잡고 아낙네들 조개를 캔다.

물 들면 물살에 몸을 적시다가 썰물 때면 갯벌 위로 떠오르는 섬. 온갖 바다새 물새 알 낳아 품던 무성한 숲은 신기루가 되고 이제 풀 한

포기 자라지 않는 벌거숭이 섬. 농섬에서 쇳덩이를 캐는 사람도 있다.
섬에 쏟아지는 하고많은 폭탄, 폭탄이 박아놓은 쇳덩이다. 육이오때부
터 폭격이 그치지 않는 농섬, 필리핀이나 괌의 미군기까지 날아와 전쟁
연습하는 농섬. 폭격으로 처참하게 무너지며 새삼 식민지가 무엇인지
묻는 농섬. 너를 귀머거리 벙어리라 여기며 등 돌리는 자 누구인가. 너
의 간절한 외침 파도 소리에 실려오는데 귀의 말뚝 박고 태극기를 높이
흔드는 자 누구인가.

식민지 시대는 끝났는가. 우리의 강산을 우리가 마음대로 하지 못하
고 있는 한, 아직도 완전히 자유를 되찾은 것은 아니라는 생각을 표현
하고 있다. 사격장 과녁에 누워서까지 생존 투쟁을 하는 백성들의 아
픔을 미국이 보살펴 주는가. 절대 그렇지 않다는 생각이다. 무턱대고
애국애족만 찾지 말고 민족구성원 모두가 나서 진정한 자유를 찾아야
한다는 생각이 잘 제시되어 있다.

조국현실에 대한 시인의 생각은 장시 「임진강」에서 종합적으로 형
상화되고 있다. 김낙중이라는 실존 인물이 남북을 오르내리면서 조국
통일의 신념을 실천하려 했던 모험담이다. 조국애 민족애가 잘 표현되
어 있는데, 여기서는 전 8장 중 맨 마지막 장을 인용해 본다.

1

그가 농업 혹은 노동 문제 연구회에서 / 열띤 토론을 벌이고 있을 때
/ 나는 농토 한 평 없는 농민의 아들로서 / 걸음마를 배우고 있었다 //
그로부터 삼십년 세월이 / 무자비하게 흐른 후 / 어느 허름한 출판사
사무실에서 / 가냘프나 깊은 목소리의 그를 만났다 / 그는 판금된 한국
노동운동사의 저자였고 / 그걸 인연으로 그의 생애를 알게 되었다 //
그의 생애를 통해 내가 체험하지 못한 시대를 / 우선 나의 삶에 수용할

수 있게 되었으며 / 글 쓰는 자는 / 의미 있고 중요한 개인의 체험을 / 모두의 체험으로 전환시킬 의무가 있다고 생각하였다 // 하지만 그가 삼십 년 중에 / 십여 년을 옥에서 보낸 또 다른 고난의 사연에 대해서는 / 아직 입을 열기를 꺼리고 있다 / 이제 평화통일은 공공연히 말하지만 / 상황은 별로 나아진 것이 없다 / 그 상황이 입을 다물게 한다. //

2

미끈하게 잘 닦인 통일로를 / 버스를 타고 가며 / 압록강까지 두만강까지 달리고 싶은 마음이 / 산불 같았지만 / 문산에서 내렸다 / 그리하여 파주 종합고교에 들어섰다 // 임진강을 가장 가까이서 볼 수 있는 곳은 / 반구정이나 임진각도 있지만 / 강물이 하얗게 몸부림치는 모습은 / 일제 때는 신사가 있었던 산 언덕 / 파주 종합고교 운동장에서 / 가장 사무치게 절실하다 / 저 삼엄한 철조망 사이로 / 강물은 과연 어떻게 숨쉴까 / 상처받은 짐승처럼 신음하며 / 몸을 뒤집는 모습이 손에 잡힐 듯하다 / 그렇지만 막상 내 손은 / 강물에 가 닿지 못한다 // 그의 설계대로 / 저 쑥대밭과 지뢰밭이 / 청년공동체 운영도시가 되어 / 도로가 뚫리고 빌딩이 들어서고 / 평화의 문화가 태양처럼 빛나는 / 그날을 꿈꾸어도 좋을 것인가 / 무기가 모두 거두어진 임진강이 / 남북의 청년들에게 화해의 세례를 베풀고 / 공동체를 기르는 젖줄이 되는 날을 / 그냥 기다려도 좋을 것인가. //

3

들판에 곡식이 사라질 무렵 / 문산에 가서 보았다 / 길바닥에 퍼질러 앉은 늙은 농부 앞에서 / 꿰미에 일렬종대로 묶여 / 맹렬히 헛발질하는 게의 무리를 // 이제는 농약 때문에 논에서 밀려 / 저수지 수로 같은 데나 살지만 / 여전히 논게라고도 불리우는 / 임진강 참게 / 좁쌀만한 눈을 안테나처럼 세우고 / 하염없이 두리번거린다 // 너의 쓰린 눈에 보이는 것은 / 아스팔트나 현란한 간판이 아니라 / 돌아가지 못할 너의 고향 / 갈대밭이나 뻘흙일 것이다 / 너의 집게발에 놀라 허겁지겁 도망가는 / 개구리나 피라미일 것이다 // 봄이면 물따라 올라왔다가 / 가을이며 다시 강으로 가는 / 너희들의 오랜 습속을 지켜 / 북녘개울 남녘개울 가리지 않고 / 지뢰밭이나 철조망을 넘나드는 동안 / 네 등뒤로 휴전선은 몇 번이나 그어졌다 // 하릴없이 통일로를 타고 올라와 / 몇 번이고 검문을 받으면서 / 임진강 근처를 헤매다가 돌아오는 길에 / 문산버스정류장 앞에서 보았다 / 꿰미에 단단히 묶여 있는 나의 분신을. ///

통일에 대해 예사롭지 않게 집착을 하는 김낙중이란 인물을 그린 작품이지마는, 그것은 당연히 우리 민족 전체의 집념이 되지 않으면 안 된다. 통일이 되지 않으면 자유·민주가 충분히 보장될 수 없고, 늘 강대국에 예속되어 살 수밖에 없다. 그것을 시인은 잘 알고 있기에, 그의 시정신은 온통 조국통일 문제에 전념하고 있는 것이다.

고정희·하종오, 통일을 위한 굿시

'굿시'도 엄연히 시의 형태다. 시대에 따라 상황에 따라 시의 최대 효용성을 발휘하기 위하여 다양한 형태가 실험되기 마련이다. 굿 또는 마당굿을 위한 시라 했을 때 중요한 의미를 가지고 있다.

우리의 근현대사가 진행되어 오면서 숱하게 많은 무고한 백성들이 희생되었다. 특히 민주화 투쟁을 하다 죽어간 사람들도 헤아릴 수도 없이 많은데, 이들의 억울한 죽음을 위로해 주어야 하는 것은 살아남은 사람들의 의무다. 굿시는 씻김굿의 성격을 띠고 있다.

씻김굿이란 죽은 혼을 불러내고 그들의 한을 씻어주며 넋을 위로하는 것이다. 억울하게 죽은 영혼과 살아남은 사람들이 한을 씻어주며 넋을 위로하는 것이다. 억울하게 죽은 영혼과 살아남은 사람들이 어우러져 우리 민족의 한 서린 역사를 반성하고 새롭게 민족사를 이끌어가기 위한 다짐을 하기 위해 굿, 마당굿이 있는 것이다. 그 대본이 굿시, 마당굿시가 된다.

고정희와 하종오는 이 방면을 새롭게 개척한 시인들이다. 고정희의 『저 무덤 위의 푸른 단지』와 하종오의 『넋이야 넋이로다』가 대표적 시집들이다.

고정희의 장시집 『저 무덤 위에 푸른 잔디』는 애당초 마당굿판을 공연하기 위한 대본으로 계획된 것인데, 전체가 일곱째 거리로 구성되어 있다. 첫째 거리로부터 이름이 각각 축원마당, 본풀이마당, 해원마당, 진혼마당, 길닦음마당, 대동마당, 통일마당으로 지칭되어 있다. 조국분단과 통일에 관한 마당이 최종 목표로 되어 있는 것이다. 이들 일곱 마당은 따로따로 독립된 것으로 볼 수도 있고 전체를 하나로 볼 수도 있다. 「분단둥이 눈물은 세계 인민의 눈물이라」는 제목으로 통일마당은 펼쳐진다.

해동 조선국 통일 어머니 / 북방 남방 통일 어머니 / 동방 서방 통일 어머니 / 해로 연사는 기사년이옵고 / 달로는 정월 날로는 대보름올시다 / 일년삼백 육십오일 중 / 모든 소원, 모든 축원, 모든 / 가슴 아픈 사연 모다놓고 / 휘영청 밝은 대보름 달빛 아래 / 천의 강 만의 강에 흐르는 달빛 모아 / 육천만 겨레동포 / 통일염원 드립니다 / 기사년 새해 벽두 / 천 가래 만 갈래 흩어졌던 뜻을 모아 / 합심 일심으로 / 겨레의 뜻으로 동포의 뜻으로 통일축원 드립니다 / 혈육의 정으로 육친의 정으로 민족의 정으로 / 통일기원 드립니다 / 혼탁한 마음도 수정같이 맑아지고 / 살길 없는 캄캄한 인생도 / 대명천지같이 밝아진다는 대보름 달빛 아래 / 역사의 뜻으로 민족의 뜻으로 / 통일염원 드립니다 //

답답하고 갑갑하고 막막한 분단동이 / 원통하고 절통한 분단동이 / 불쌍하고 적막한 분단동이 / 애비 그린 분단동이 / 에미 그린 분단동이 / 마흔네살 청맹과니 분단동이 / 입이 있되 말 못하고 / 눈이 있되 보지 못하고 / 귀가 있되 듣지 못하는 / 마흔네살 넘나간 이 분단동이 / 서럽고 불쌍한 분단동이 아니리까 / 고향산천 싸리울타리에 걸린 넋 들이고 / 고향산천 굽이굽이 휘날리는 혼 들여 / 고향 가자 고향 가자 / 안타깝고 애달픈 분단동이 아니리까 / 살았는가 하면 제 복대로 살지 못하는 분단동이 / 죽었는가 하면 제 명대로 죽지 못하는 이 분단동이 / 밤이나 낮이나 / 꿈이나 생시에나 / 일사후퇴 때 마지막 본 고향산천 / 죽더라도 나는 조상 선영 곁에서 죽을란다 / <u>으흐흐흐</u> 이별사 나누던 아버지 / 내 걱정 하지 말고 어서 먼저 떠나거라 / 문전옥답 농사는 어찌할 것이냐 / 옷고름에 고별사 훔쳐내던 어머니 / 뒤에 남겨두고 월남한 이래로 / 살았는가 죽었는가 / 목에 넘어간 것이 있는가 / 마음에 차는 것이 있는가 / 편지 한 장 띄울 수 없고 / 안부 한마디 전할 수 없는 / 마흔네살 분단동이 / 조브장한 가슴 속에 / 슬픔의 강 / 상처의 강 / 눈물의 강 천리만리까정 흘러 / 달 뜨는 밤이면 달님 쳐다보고 / 달님아 부모님은 어찌 계시느냐 눈물짓고 / 바람 부는 대낮이면 부는 바람 붙잡고 / 바람아 고향산천 여전하느냐 한숨짓는 분단동이 / 살아생전 제 발로 고향땅 밟아보자 / 한 가지 소원 실어 고향땅 밟아보자 / 겨레의 뜻으로 동포의 뜻으로 / 통일축원 드립니다 //

분단 때문에 우리 민족이 겪고 있는 한이 해원되도록 간절히 기원하는 내용인데, 시의 앞부분 두 연을 인용한 것이다. 부모와 남매가 서로 남북으로 갈라져 살고 있는 분단동이를 주인공으로 내세워, 그들 가족의 비극적 역사로 시작하여 고난의 민족사를 제시한다. 이런 모든 가족의 비극, 민족의 비극이 하루 빨리 치유되는 길은 오직 통일밖에 없다는 생각으로 절절히 통일을 염원하는 감동적인 작품이다.

하종오의 굿시집 『넋이야 넋이로다』는 열두 가지 굿시를 모아놓은 것인데, 그 중 「통일굿」이 포함되어 있다. 이 시집에 실린 굿시들도 모두 따로따로 독립된 듯하지만 여전히 이 시대와 관련이 깊은 주제인지라 서로 상통한다. 이 「통일굿」은 시기를 통일 후로 설정하여 남북 사람들이 하나가 되어 평화롭게 살아가는 정경을 그린 것이다.

　(무당이 감격스런 통일춤을 추고 나서 분단원혼을 위무하는 분단 회심곡을 화랭이와 함께 문답요로 부른다.)

남남아 북녀야 분단살이가 어떻던고 / 아이구 야야 말도 마라 분단살이 말도 마라 / 식민지로 살 때도 원한이 많았지만 / 나뉜 땅에 살아보니 더더욱 설움 많더라 / 원수였구나 원수였구나 휴전선이 원수였구나 / 흰옷 입은 너희가 서로 미워 찢어졌나 / 사랑하던 너희가 등돌려 헤어졌나 / 미국제 소련제 총칼이 동강냈지 / 남남아 북녀야 이제 만난 남남북녀야 / 곱디곱던 머리칼이 그리움에 희어지고 / 이쪽 저쪽 살다보니 낯설기는 하겠지만 / 나라가 하나 되고 땅이 하나 됐으니 / 오늘은 불 끄고 첫날밤이거라 / 내일부텀 해 뜨면 논밭에 가야 된단다 / 흩어진 식구들 모여서 먹도록 / 남북평야 낫 들고 가을 걷이 해야 된단다 / 아이구 야야 걱정마라 아이구 야야 걱정 마라 / 남남이 줄려고 술 담가놓은 것 / 북녀 줄려고 떡 담가놓은 것 / 남녘 사람 북녘 사람 실컷 먹세 해주고 / 혼자서 눕던 방에 둘이서 누워서 / 혼자 덮던 원앙금침 둘이서 덮고서 / 이 밤이 새도록 한바탕 익을란다 / 남남아 북녀야 통일살이가 어떠냐 / 아이구 야야 입 다물어라 통일살이 화끈하다 //

　(무당은 남쪽 깃대와 북쪽 깃대를 번갈아 잡고 흔들면서 퇴송 무가를 부른다.)

북쪽 땅에 헤매는 찢어진 분단원혼 / 보내랴오 보내랴오 남쪽땅에 보내랴오 / 머물 데 바이없어 떠돌았던 세월도 / 오오랜 싸움 끝난 곳에서 저물었으니 / 바람 불면 가랑잎에 싸여 와서 딩굴다가 / 이제는 잠들면 풀꽃으로 피어나리 / 남쪽 땅에 헤매는 갈라진 분단원으로 / 보내랴오 보내랴오 북쪽땅에 보내랴오 / 따스한 빛살을 한 아름 안고 가서 / 응달진 마을마다 화안히 풀어놓고 / 멍울진 넋끼리 그윽히 바라보면 / 지난날이 피눈물겨워서 아득하리 / 이 땅 밖을 떠나니는 동강난 분단원혼 / 보내랴오 보내랴오 한반도에 보내랴오 / 여기저기 황사 싣고 남풍북풍 오가니 / 그 흙으로 무덤을 만들어 주고 나면 / 비로소 이 땅에서 생자사자 만나서 / 온갖 풀꽃 키우는 무주공산 다스리리 //

     (무당이 긴 천자락을 들고 퇴송춤을 추고 나면 무악이 그친다. 풍물이 울리면서 한바탕 난장판을 벌여 관객 모두 춤을 춘다. 무당이 남쪽 깃대와 북쪽 깃대를 뽑아 높이 쳐들고 거리로 나서면서 노래를 부른다. 그 노래를 맏으냬서 모두 뒤를 따른다.)

에헤라 에헤 새 세월 놀아보세 / 금수강산 굽이마다 먼저 죽은 벗 찾으면 / 바라보는 곳마다 눈물이 서리니 / 우리들 가슴 속이 갈라졌던 묏골이었구나 / 외진 한치 땅도 살뜰히 보듬어서 / 에헤라 에헤 새 세상 이루세 / 남의 날 장단에 놀아났던 사람들 / 풀섶에 총칼을 버리고 도망갔네 / 군화발에 짓밟힌 풀잎들 풀꽃 돋고 / 우리들 가로막던 철조망 걷혔으니 / 에헤라 에헤 새 나라 만드세 / 해와 달도 뜨고 지는 동해 서해 수평에서 / 호남평야 김해평야 굽이치는 지평으로 / 압록강 낙동강 한 물길로 출렁여서 / 휘여 가고 꺾여가고 돌아드는 우리들 / 에헤라 에헤 새 사람 함께 사세 //

「통일굿」의 끝부분이다. 이렇게 되는 것이 우리 민족 모두의 염원이다. 인용문 맨 앞의 연에서는 대화체로 통일 이전 분단민족의 고통을 표현한 것인데, 분단원인을 당시 강대국으로 돌리며 우리 민족 본래의 순박한 모습으로 돌아가는 것을 보여준다. 둘째 연에서는 분단 조국 때문에 희생된 영혼들을 위로하고 있고, 맨 마지막 연에서는 그동안 상처 깊었던 조국 강산을 새롭게 가꾸며 행복하게 사는 모습을 그렸다.

하종오의 시집 『분단둥이 아비들하고 통일둥이 아이들하고』에 실린 65편의 시는 따로따로 독립해 있으면서 동시에 서로서로 연결되어 있는데, 조국통일이라는 하나의 주제로 뭉쳐 있다. 이 시들은 크게 세 단계로 구분 되어져 있는데, '통일 전에 통일 전에', '삼남三南과 관북關北의 열 가지 화답', 그리고 '통일 후 통일 후'가 그것이다. 참으로 순진무구한 생각들이 펼쳐져 있는 통일에 대한 꿈이다. 세 번째 단계인 '통일 후 통일 후'에서 「남쪽과 북쪽이 어디에 있는가」란 작품을 보자.

> 우리나라 남쪽북쪽에는 춘하추동이
> 마을과 집과 길을 따라 오며가며
> 똑같이 눈비와 천둥과 바람으로 이 산천을 살리고
> 우리나라 남쪽북쪽에는 낮밤이
> 해와 달과 별을 거느리고
> 똑같이 먼동과 노을로 이 세월을 살고
> 우리나라 남쪽북쪽에는 한반도가
> 산맥과 평야와 강을 만들어놓고
> 똑같이 흙과 곡식과 물로 저 사람들을 살게 하고
> 우리나라 남쪽북쪽에는 그런데 겨레가
> 철조망과 총칼과 힘을 갖지 않기 위해설까 옛날부터

똑같은 눈빛과 몸과 맘으로 저 하늘을 푸르게 살려 놓았다
우리를 가르면서 남한테 나누어졌던 우리여

애초에 우리가 그른 것도 아니고, 남북이 하나였던 터라 남쪽과 북쪽을 구별하고 자시고 할 것이 없다는 말이다. 온갖 자연과 우주의 질서가 하나인 터전에서 너와 나도 '우리'로 만나는 것이 근본원리라는 의미다.

「분단동이 아비들하고 통일동이 아들들하고」는 통일 후의 상상적 전망이다. 금수강산을 이렇게 감격적으로 후손에게 물려주어야 한다는 의무감을 불러일으킨다.

우리들이 나뉘어 물려받았던 토지를
너희들에게 국토로 물려주게 되는구나
너무나 오래 동강났던 황토에서
우리들은 등이 굽도록 흙은 지고 일하였으니
너희들은 누리에 온몸을 주고 자라면서
청산에서 팔다리를 키우거라
이제 강산을 휘어잡았던 자들은
이 땅에서 달아나며 손을 턴다
지평선을 하나씩 가슴속에 품어서
누가 흔들어도 평평한 마음이 되자
능선 하나도 뻗어와 허리에
묏굽이 골굽이를 휘감아 주지 않느냐
다시는 그들이 돌아와 큰 소리로
내놓아라 삼천리 내놓아라 말 못하도록
이쪽저쪽에서 따로 살아왔던 우리들하고

한쪽을 향해 함께 살아갈 너희들하고

대대로 내림내림 내려갈 단 하나의 나라가 되자

정말 우리들은 벼 한 포기를 거둬 먹으면서도

언젠가 국토를 가질 너희들을 위하여

씨나락 몇 톨씩 훑어 남겨두곤 했었는데

지금 대지에 무더기로 가득하므로

그 뜻을 오늘 비로소 전한다

너희들이 여는 환한 아침마다

우리들의 얼굴을 덮었던 그늘이 걷혀지며는

곡식 보듬었던 우리들의 일손을 잡아당겨

너희들은 어린 목숨을 드넓히거라

사람세상 크낙한 하루하루는 이때부터다

마침내 한반도 전체를 서로 서로 주고 받으니

우리들 더불어 너희들이 임자가 되는구나

이 국토의 주인들이 세대교체하면서 인계인수하는 듯한 장면이 떠오르게 한다. 다시는 이 땅에 분단이라는 비극이 없도록 진지하게 타이르는 정경이 감동적으로 연상되는 것이다.

하종오의 『분단동이 아비들하고 통일동이 아들들하고』는 조국통일에 대한 염원을 한 권이나 되는 분량으로 담았다는 것도 예사롭지 않지만, 조국의 전망을 제시해 주는 훌륭한 시집이라는 점에서 높이 평가할 수 있나. 그의 「통일굿」을 어기에 더한다면, 하종오만큼 조국통일 문제에 집념하고 있는 시인을 찾아보기 어렵다고 할 수 있겠다.

고정희와 하종오의 위와 같은 굿시는 우리 민족의 통일에 대한 강렬한 열망을 대변하고 있는 것이며 동시에 잘못된 민족사를 성찰하고 있다. 죽은 자와 산 자가 어우러져 그동안 겪은 고통을 위로해 주는 절절한 애정을 보여주고 있으며, 바로 그런 것이 우리 민족정신임을 강조하고 있는 것이다.

문익환, 두 하늘 한 하늘

문익환의 수많은 시들은 조국통일에 대한 강한 열망을 담고 있다. 웬만한 시인이라면 누구라도 통일에 대한 시를 쓰지만, 문익환의 경우는 집착이 남다르게 강하다. 그의 고향이 북간도라서 그럴 수도 있겠지만, 실정법을 어기며 북한에 다녀올 정도의 집착은 이미 시에서 조짐을 보여주고 있었던 것이다.

우선 먼저 통일이 되어야만 독재정치도, 외세의 문제도 자연스럽게 해결될 수 있다는 판단 때문에 시로, 그리고 행동으로 조국통일의 첨병으로 나섰던 것이다. '1989년 첫새벽'에 쓴 「잠꼬대 아닌 잠꼬대」라는 시에서 평양을 가겠다고 선언한 후, 두 달 후에 실천에 옮겼다. 어쨌든 그는 시로, 그리고 행동으로 조국통일을 최상의 현실적 신앙으로 삼았던 것이다.

「자유」란 작품을 보자.

아버지 / 자유라는 말을 우리말로는 뭐라고 할까요 / 산 절로 수 절로 산수간에 꽃 절로는 아닐 거구요 / 밖에서 누가 따주지 않으면 예서 한 걸음도 못나가지만 / 마음은 눈만 감으면 순식간에 / 아버지 옆을 올 수 있으니 / 이 마음이 자유인가요 / 하루 세 끼니 보리밥을 앞에 놓고 / 느끼는 고마움이 자유인가요 / 화학비료와 농약으로 죽어가면서도 / 낟알을 내려고 안간힘을 다하는 땅 / 번개 번쩍 벼락치는 소리와 함께 퍼붓는 소나기 / 사랑처럼 쏟아지는 햇빛 앞에 / 넓죽 엎드려 절하는 마음이 자유인가요 / 고마운 농부들 왜 한숨뿐인가요 / 밭이랑처럼 주름 깊은 몸과 마음 / 왜 그냥 눈물인가요 / 갈퀴가 된 손으로 숟가락

꼽는 / 밥그릇들은 왜 그냥 피눈물인가요 / 그렇구나 아들아 / 자유는 그냥 아픔이다 슬픔이다 / 피맺힌 한을 날려 보내는 일이다 / 아픈 가슴들로 모여와서 / 이 철조망으로 뽑아내는 일이다 / 가시 쇠줄에 찢겨 터지는 살갗이다 / 그 상처 상처에서 돋아나는 핏방울이다 / 묻어둔 지뢰라도 터지는 날이면 / 찢어진 살조각으로 흩어졌다가 / 봄이 되면 여기저기 피어나는 꽃봉오리들이다 / 끊어진 경의선 경원선을 다시 잇는 망치소리다 / 아버지 그렇군요 / 철로를 타고 남에서 북으로 북에서 남으로 / 철마 구르는 소리 그것이 자유이군요 / 암 그렇다마다 / 서울을 떠난 기차가 원산 함흥 청진으로 굽이굽이 돌 적마다 / 죽었던 함경도 사투리들 봇물 터지듯 / 왁자지껄 쏟아져나오는 소리 그게 바로 자유란다 / 황주에서 꿀맛 같은 홍옥을 사 먹고 / 평양에 가서 냉면 두어 그릇 사 먹고 / 신의주에 가서 압록강 물에 참외를 씻어 먹는 맛 그게 자유란다 / 문석이형님을 모시고 목포에 가서 소주를 받아놓고 / 홍어 민어 광어 낙지회를 먹으며 / 회포를 푸는 일도 정말 눈물겨운 자유겠군요 / 거기서 고깃배를 얻어 타고 여수에 가서 / 전복죽으로 아침을 때우는 자유도 여간만 감칠맛이 나는 게 아니겠군요 / 거기서 유람선을 타고 부산에 가서 동해에서 끝으로 해 뜨는 걸 보는 일도 기막힌 자유인 거구요 / 모두들 배낭을 메고 삼수 갑산 무산으로 해서 / 또 신의주 강계 혜산진으로 해서 / 우리의 얼 백두 영봉에 올라 / 얼음보다 차운 물에 몸을 씻고 / 쏟아지는 푸른 하늘을 한아름씩 가슴에 안고 / 내려오는 일 그게 자유이군요 / 그보다 먼저 더 큰 자유가 있구나 아들아 / 무덤에도 못 묻히고 조국이 된 사람들이 먼저 / 일어나 앞장을 서고 / 나같이 무덤에 묻힌 사람들이 무덤을 열고 나와 뒤따르고 / 너같이 살아 있는 사람들이 그 뒤에 서서 / 휴전선에 모여와 풍물을 잡히고 / 사흘 풀잎에 이슬로 맺혔다가 / 아침햇살을 받으며 굴러떨어져 / 온몸으로 땅

을 적시는 노래만큼 / 큰 자유가 또 어디 있겠느냐 ///

돌아가신 어버지 영혼과 대화하는 식으로 쓰인 작품이다. 통일이란 곧 자유를 찾는 일이니, 통일이 되지 않은 조국이란 결국 자유가 없는 조국이라는 논리인 것이다. 우리의 자유를 찾기 위해서 우선 먼저 통일을 이루어야 한다는 논리와 신념이 잘 표현된 작품이다.

「비무장지대」는 시적 상상력이 한껏 발휘된 작품이다.

비무장지대는 무기를 가지고는 못 들어가는 곳이라

우리는 총을 버리고

군복을 벗고 들어간다

막걸리통들만 둘러메고 들어간다

너희도 따발총 버리고

계급장 떼고 들어오너라

팔을 걷어붙이고 팔씨름이나 해볼까

모랫벌을 만나면 씨름판이나 벌여볼까

멧돼지를 잡아라

바가지로 막거리를 돌리며

멧돼지 고기를 뜯어라

여군들은 차마 저고리를 입고 나오너라

40년 묵은 나뭇가지에 그네를 매줄 테니 힘을 겨루어라

날씬한 허리 용수철로 튀었다 펴며

푸른 하늘 밀어올려라

아아아아아 비무장지대

너희는 백두산까지 밀어붙여라

우리는 한라산까지 밀고 내려가리라

비무장지대 만세 만세 만세

지극히 순박한 발상이다. 그러나 어차피 통일은 순박함을 돌아가지 않으면 이루어질 수 없고, 같은 핏줄이기 때문에 그 순박함은 얼마든지 가능하다는 생각을 표현한 작품이다.

「두 하늘 한 하늘」도 돌아가신 아버지와 아들이 대화하는 형식으로 된 시다.

몸이 없어 서러운
마음뿐인
아버지
철철 피를 흘리며
갈기갈기 찢어진
마음 조박들
휴전선 철조망 부여잡고
흔들어대면서 밤새
찬 비를 맞고 계셨겠네요

이제 비도 멎고 아침 햇살 꽉 퍼졌는데
바람만 싸늘하군요
이쪽에서 부는 바람에 저쪽으로 나부끼며 쳐다보는
남녘하늘
저쪽에서 부는 바람에 이쪽으로 나부끼며 쳐다보는
북녘하늘
그 두 하늘이 다르기라도 한가요

무슨 소리냐

> 그 하늘이 그 하늘이지
> 내 왼쪽 눈에서 왈칵 쏟아지는
> 남녘 하늘
> 내 오른쪽 눈에서 왈칵 쏟아지는
> 북녘 하늘
> 가시 쇠줄로 찢어진 하늘
> 아프고 쓰리기로 말하면
> 그 하늘이
> 그 하늘이다

절절하고도 단직한 표현이다. 남녘이나 북녘이나 국토의 아픔, 동포들의 아픔이 서로 마찬가지일 것이다. 절실히 아프면 합하게 된다. 아픔을 절실히 깨닫도록 시인은 술하게 절규하는 것이다. 두 하늘인 것 같지만 실상 한 하늘임을 각성하도록 하는 작품이다.

이기형, 고향을 향한 제사

어떤 시인의 시도 마찬가지겠지만, 특히 북녘에 고향을 두고 온 시인의 향수는 시에 더욱 절실하게 표현될 수밖에 없을 것이다. 이기형이 그렇다. 그의 시는 수식어를 최소화하는 대신 단직한 어휘로 여운을 많이 주려고 하는 것이 특징이다. 그래서 통일을 위한 외침이 조금의 가식도 없이 독자에게 잔잔히 스며들도록 한다. 「단풍」이 그 좋은 예가 될 것이다.

> 여북해야 저리도
> 피를 토할까
>
> 설악도

내장도
새빨갛구나

백두인들
묘향인들
오죽하리

철들 무렵
고향 만홍산을
바람은 귀뜸해 주더라

'나라 찾자는 횃불' 이라고
생판 어이없이 갈라져
백발이 된 세월이여

나라 팔자
세상에 이럴 수야

모른 척 뜨고 지는
태양은 능청스러워
차라리 빛을 거두라

봄엔 접동의 피울음
가을엔 온 산이 피를 쏟아

참으로 깔끔하다. '여북해야 저리도 / 피를 토할까' 라는 시구는 조국분단이 민족의 아픔뿐만이 아니고 금수강산의 아픔이기도 하다는 시적 상상력이 독특하다. 나무들도, 새들도, 강산도 모두 한 뜻으로 조국분단의 아픔을 느끼고 있다는 표현이 빼어나다.

「설제雪祭」는 '1984년 2월 12일 경기도 백봉산에 천 이백여 명이 운집하여' 라는 부제가 달려 있는 작품이다.

흰눈이 나립니다 // 흰저고리 / 흰바지 / 흰두루마기를 떨쳐입고 나섰읍니다 // 쇠붙이는 안 지녔읍니다 / 팽개치고 / 묻어 버리고 // 무명띠를 다시 죄고 / 신들매를 고쳐 매고 / 후이여 후이여 / 육천만이 흰구름져 / 저기 백두산에 오릅니다 / 천지가 솟아올라 / 푸른 은하는 남으로 뻗칩니다 / 백록담이 솟아올라 / 푸른 은하는 북으로 뻗칩니다 / 압록강은 머리를 남으로 돌립니다 / 한강은 머리를 북으로 돌립니다 // 매킨들리스는 / 우주공간에서 성큼둥성큼둥 걸었거니 / 이건, 땅짚고 헤엄치기입니다 // 온겨레가 오늘 / 할배산 백두산에 올라 / 어머니땅 삼천리 금수강산을 굽어굽어 / 눈 같은 하얀 마음으로 / 설제를 올립니다 // "…… 동강난 조국의 아픔을 저바린 못난 자식 탕아가 돌어왔읍니다. 이 먹통골을 쥐어박아 주세요. 오랫동안 잊었던 흰옷을 꺼내 입고 더럽혀진 창자를 씻어 씻어 오늘 이렇게 당신 품안에 돌아왔읍니다. 희디흰 마음으로 새사람 되기를 맹세하며……. 이 땅의 풀 한 포기, 돌멩이 한 개, 물 한 모금도 이렇듯 대견할 줄을 미처 몰랐읍니다. 하얀 눈을 내려주는 저 조국의 하늘은 티없이 맑고 마냥 푸르군요. 아! 십년세월이 몇 번이던가요. 편지 한 장 없이 형제가 그렇게 갈라져 살았다니 이게 어디 말이나 될 법합니까. 꿈인가요 생시인가요. 불효자식은 그저 용서를 비올 뿐입니다. 저희들은 너무 오랫동안 남의 정신 남의 장단에 놀아났읍니다. 후회막급이옵니다. 우리는 단연코 하나요 이땅의 주인임을 소스라쳐 깨닫읍니다. 이 땅은 우리의 것이옵니다. 콩 놔라 팥 놔라 누구도 못합니다. 곶감 놔라 대추 놔라 아무도 못합니다. 오 어머니 땅 조국이시여 천만번 흐느끼며 해맑은 마음을 드높이 밝혀……"

흰눈 / 흰옷 // 우리의 하이얀 마음, 불가슴 / 이 강산 이 국토 / 내 조국
이여 / 우러러 맹세합니다. //

망향제를 지내며 읊은 제문이겠다. 독백이라도 좋고 제문이라도 좋
다. 어쨌든 조국통일을 향한 정성이 지극히 표현된 작품이다. 조국통
일을 위해 힘을 보태지 못했다는 참회와 함께 외세에 놀아나지 않겠다
는 다짐이 인상적으로 표현되었다.

박몽구, 조국통일의 희망과 절망

박몽구의 시들에서는 조국통일의 염원을 담은 작품이 가장 큰 비중
을 차지한다. 그만큼 통일에 대한 집념이 강하다는 증거일 것이다. 그
는 일상사 속에서 문득 통일의 문제를 환기시키기도 하지만, 북한과
연관된 어떤 문제가 대두되었을 때 거기에 대해 꾸준하고 진지하게 성
찰해보도록 유도한다.

「쇠비름을 뜯으며」라는 시는, 일상사에서 갑자기 조국통일 문제를
환기시키는 좋은 예다.

어릴 적 우리 남평 들에 핀 쇠비름은

벼에게 갈 양식을 앗아간다고

우리 어린것들이 죽을 힘을 다해 뽑아버리지만

소나기 한 번만 지나가면

뽑힌 그 자리에 더욱 무성하게 피어났지

콩에게 돌아갈 지심을 빼앗아 먹는다고

질경이를 몇 번이고 밟았지만

질경이꽃은 문드러진 자리에 활짝 피어난다

먹어도 먹어도 한사코 덮쳐들던 어릴 적의 배고픔 속에 핀

아카시아꽃이랑 찔레꽃을
지금은 막아도 막아도 녹슨 철조망을 넘어
새벽 나라로 가는 사람들의 얼굴과 겹쳐본다
철조망으로 막으면 상처를 내주며 가고
총이 막으면 빈 가슴을 활짝 내보이며 가고
핏줄이 핏줄이 고발하는 비정의 법이 가로막으면
천도복숭아 같은 미래를 들고 가는
이들이 질경이꽃 속에서 자꾸 나온다
하나를 자르면 열 포기로 자라고
하나가 쓰러지면 백이 일어나
남평 들로 꽃가루를 날려 보내던 쇠비름의
가냘프지만 누구도 꺾을 수 없는 야무진 얼굴에
임진강을 건너 우리들의 꿈을 백두에 펼치는
그리운 얼굴들을 겹쳐본다

흔히 민중의 생명력으로 비유되고 있는 질기디질긴 풀인 질경이, 쇠
비름을 민족통일 운동을 하는 이들로 보려는 것이다. 통일운동을 저지
하려고 하지만 통일에 대한 염원을 결코 막을 수 없다는 생각의 표현
이다. 「백두산을 기다리며」란 시에서는 서로간의 욕심 때문에 통일이
되지 않는다는 생각을 설득력 있게 표현한다.

장대 같은 비를 품은 구름이 북쪽으로 가는 걸 보면
비정한 농약 냄새쯤은 거든히 삼키고 남을
백리향 향기 바람 타고 잰 걸음으로도 따라잡을 수 없이
북상하는 걸 보고 있으면
제아무리 녹슨 철조망이 갈라놓아도 우리는 하나다

도시 한구석에서 매캐한 매연쯤은 아랑곳없이

흠씬 맡아내는 들꽃 향기 속에는

백두산에 만개한 여름꽃 향기도 섞여 있어 휘몰아쳐

가슴 설레는데

얼굴을 보여주지 않지만 나는 온몸으로 휘몰아쳐

널 보듬고 있어 입맞추고 있어

날마다 만나면서 가장 먼 사람아

우리들을 가장 가깝고 가장 까마득히 떼놓는 것은

우리들의 뛰는 가슴이 아니라

이웃들을 한낱 파리 목숨처럼 지게 놔두고도

저만 잘살겠다고 숨기기만 하는 욕심인지도 몰라

온 민족은 손에 손 가슴에는 가슴으로 부둥켜안고픈 그리움인데

제 가진 것만 총구로 지키면 그만이라는

시커먼 속 때문인지도 몰라

우리들이야 얼마나 눈물 항아리가 넘치건 말건

지네들의 알량한 침대와 자유만 지켜지면 그만이라는

바다 건너 코쟁이들의 야욕 때문인지도 몰라

허나 들꽃 향기 하나에도 몸살나게 묻어오는 북쪽 친구야

그 어떤 야욕이 갈라놓아도 우리는 만나고 있다

압록강 유빙 같이 차가운 물과 따스한 한강물이

황해 어디쯤에서 힘차게 몸을 섞듯

우리는 만나고 있다

껍데기 벗어던지고 저 자연보다 뜨겁게 만나야 한다

외세 때문에, 또는 불합리한 정치나 속악한 자본주의 속성 때문에
조국의 통일이 지연되고 있다는 생각이리라. 들꽃 향기나 바닷물 같은

자연들이 언제나 하나 되듯이 이젠 우리 민족이 하나가 되어, 그동안 못 다한 정을 주고받으며 살아야 된다는 생각을 감동적으로 표현했다.
「축구공 속에는」이란 작품에서는 남북 선수들의 경기에서 통일의 문제를 성찰한다.

> 싱가폴에서 월드컵 축구 예선이 열리던 날 / 중계 간간히 텔레비전에 비치는 / 태극기와 나란히 놓인 이북 국기를 보며 / 가을비도 그친 지 오랜데 / 웬지 눈시울이 따가워진다 / 새싹들이 배우는 교과서에도 / 백과사전 두께만한 세계국기도감에도 나오진 않은 / 낯선 국기가 먹으로 지워지지 않고 / 그대로 안방에 비치다니 / 가누기 힘들게 마신 술이 깨이며 / 밤안개가 걷히고 우리들의 일그러진 얼굴이 드러났다 / 이국의 경기장에서 본선진출 티켓 한 장을 위해 / 승자와 패자를 가리지 않을 수 없는 숙명으로 만났지만 / 형제를 뭉개고 로마행 티켓을 쥐기보다는 / 북쪽 형제가 쓰러지면 남쪽 형제가 / 땀 가득한 손을 건네주고 / 남쪽 형제가 아픔으로 배를 움켜쥐면 / 북쪽 형제가 등을 두드려주는 걸 보니 / 별이 많은 하늘에서도 비 내린다 / 한 작은 경기장에서만 말고 / 남의 손으로 갈라진 군사분계선 헐고 / 우리 모두 저렇게 만났으면 싶은데 / 텔레비전 앞만 한뼘 비켜서면 바람에 머릿결을 맡긴 갈꽃의 보드라움은 / 온데간데없이 사라지고 / 옆구리를 파고드는 총구의 차가움만 느껴지니 / 문득 축구공 하나 경기장 밖으로 나와 / 마약 같은 한 순간에 붙들린 / 우리들의 뒤통수를 때리고 / 어디론가 사라졌다 ///

통일에 대한 기대와 절망적 현실에 대한 대조감정을 남북한 축구경기를 통해 절묘하게 드러내었다. 승부도 승부겠지만 조국애 또는 형제애로 만나는 짧은 감동이지만 결국 그것들이 모여 조국통일이라는 대사를 실현시킬 수 있다는 가능성을 보여주는 것이리라.

　박몽구가 작품을 통해 보여주는 통일에 대한 열망은 결코 예사롭지 않다. 이런 시들이 모여 결국 조국통일 정신의 큰 흐름이 되는 것이리라는 확신을 갖게 한다.

정일근, 타성의 그물

　정일근의 시들 중에서 조국통일의 염원을 담은 작품들의 비중은 크다. 교육에 관한 것과 통일에 관한 것이 작품을 통해 알 수 있는, 그의 주된 관심사다. 그는 조국통일에 관한 시에서, 통일을 가로막고 있는 것은 우리 개개인의 관습과 타성이라 지적한다. 따라서 의식의 혁명이 있어야 통일을 이룰 수 있다고 말하는 것이다. 물론 그 의식의 혁명과 실천방안이 구체적으로 제시되지는 않는다. 통일에 대하여 끊임없이 의식을 환기시키는 노력만으로도 목표에 점점 가까이 갈 수 있다는 생각으로 시적 상상력을 동원하는 것이다.

　「태극기를 달면서」를 보자.

하염없이 밀려오는 이 슬픔을

그대는 무엇이라 이름하겠는가 시인이여

밤을 새워 그대의 시를 읽다 맞이한 새벽

숙직을 마친 새벽 미명 속으로

홀로 태극기를 달면

경건해야 할 마음을 밀치며

먼저 와 펄럭이는 깊은 슬픔의 힘살들

뜨거워져오는 눈시울을 털며

농성을 풀고 돌아가는 어둠 속으로

북으로 북으로 아득히 달려가는

산맥들을 본다

지금 이 시간 그리운 그 땅에도 태극기를 달며

모든 산맥들을 남으로 남으로 달려 보내며

눈물짓는 한 사내가 살고 있으리라

황토령 참두령 덕은봉을 지나

마등령 보다산 허황령을 넘어

요동 혜산진 무산 회령을 건너

그리운 그 산 아래 그 강물이여

참으로 그리운 우리 사람들이여

숙직을 마친 새벽 미명 속으로

홀로 태극기를 달며 시인이여

아직 아이들이 등교하지 않은 운동장 가득

잊혀진 옛땅의 이름을 목청 높여 부른다

조국으로 가는 모든 길들을 불러 깨운다

태극기를 게양하며, 분단된 조국이 하나 되길 바라는 것은 북녘사람들이나 남녘사람들이나 똑같을 것이라는 생각에서 비롯되는 작품이다. 태극기가 펄럭이는 것을 '깊은 슬픔의 힘살들'이라고 한 표현이 절묘하다. 남에서 북으로 향하는 마음, 북에서 남으로 향하는 마음만으로도 통일은 이미 반쯤 성취되었다고 보는 것일까.

「집오리는 새다」란 시에서 시인은 개개인의 의식 혁명을 요구한다.

왜 집오리는 날지 않을까, 기러기목에 속하는

우아하고 튼튼한 날개를 접어 퇴화시키며

저 넓고 푸른 하늘의 자유를 포기한 채,

일용한 하루의 양식을 위해

도시의 더러운 시궁창에 거룩한 황금색 부리를 묻는

날지 않는 새, 집오리

시립 도서관의 먼지 쌓인 서가처럼

TV 앞에 침묵하는 우리들처럼

스포츠에 거세당한 이 시대처럼

날지 않는 집오리여, 너는 새다

길들여진 관습과 타성의 질긴 그물을 찢으며

빈 발목을 죄는 불안한 시대의 불안한 생존,

사육의 쇠사슬을 풀고, 혁명하라

날아라 집오리여, 새여

달 밝은 우리나라의 가을밤

기역자 시옷자로 무리지어 힘차게 날아가는

쇠기러기, 청둥오리떼를 따라 우리 다 함께

무서운 무리의 힘으로 힘차게 날개짓 하며

산맥을 넘어 국경을 넘어

자유의 하늘로 푸른 하늘로

집오리의 날개나 일상인들의 의식이나 똑같다는 생각을 아주 설득력 있게 표현한 작품이다. 창공을 나는 것을 포기한 집오리나 더 많은 자유를 얻기 위한 조국통일을 포기한 채 안주하고 있는 일상인이나 다를 게 없다는 비유가 참으로 신선하다.

「바다가 보이는 교실 8」은 교육시의 성격을 띤, 통일에 관한 시다.

너희들은 알겠니 / 남녘 끝 진해에서 / 부산 포항 강릉 주문진 속초 화진포 지나 / 강원도 고성군 수복지역 이곳까지 / 전세내어 달려온 신형 관광버스도 / 장전 통천 원산 흥남 성진 청진 / 이제 더 갈 수 없는 / 하늘과 땅과 바다가 있음을 / 너희들은 알겠니 / 민통선 북방마을 지나

/ 마달리 고개를 오르며 / 이제 저곳이 이 나라의 끝이다 / 가고 싶어도 더 이상 갈 수가 없구나 / 이곳은 이름하여 통일 전망대 / 보아라 남쪽 아이들아 / 저기 육안으로 환히 보이는 / 저 산이 금강산이란다 / 저 금강 너머 서해바다 끝은 사리원 남포 / 우리는 같은 위도 위에 서 있지만 / 더 이상 갈 수가 없단다 / 만날 수도 없단다 / 통일전망대에 올라 / 우리의 소원은 통일을 힘차게 부르는 / 남쪽 우리반 내 아이들아 / 통일은 전망하는 것이 아님을 알아라 / 저 산 너머에도 하늘과 땅과 바다가 있단다 / 마을과 사람과 길이 있단다 / 오늘은 다만 / 가고 싶어도 갈 수 없는 길이 있음을 알아라 / 그 길의 아픔을 알아라 / 내일은 너희들이 걸어가야 하는 길임을 알아라 ///

'통일 전망대에 오르며' 라는 부제가 달린 작품이다. '통일은 전망하는 것이 아님을 알아라'는 말이 타성에 젖은 사람들의 의식을 찌르는 말이다.

정일근의 시들은 섬세하며 날카롭다. 일상인들의 잘 길들여져 있는 의식, 타성에 젖어 있는 의식을 찌르고 일깨운다. 비록 시적 상상력이지만, 통일에 대한 생각을 참신하게 유지하도록 환기시켜 준다.

그 밖의 시인들 / 이기철, 손종호, 나종영

자신의 조국이나 민족에 대해 진지하게 생각해보지 않은 사람이 없을 것이다. 시인이라면 그 생각을 단 한 편이라도 시로 표현해 내야만 한다. 그것은 어쩌면 시인 스스로가 부여한, 그리고 민족이 시인에게 강하게 원하는 일종의 의무일 수도 있을 것이다.

분단된 조국에 대한 시를 집중적으로 쓴 시인은 앞에서 논의했고 여기서는 소수의 작품을 쓴 시인들의 대표작을 보기로 한다.

이기철은 유난히 전쟁에 관한 시를 많이 썼다. 마치 전쟁에 대한 강박관념이라도 가지고 있는 것처럼 여겨진다. 하기야 우리 민족 누구에게나 웬만큼씩은 전쟁 강박증세가 있을지도 모른다.

'심훈 선생께'라는 부제를 달고 있는 「다시 그날이 오면」은 조국통일을 염원하는 작품이다. 심훈이 일제하에서 쓴 「그날이 오면」에 시상詩想이 이어지는 것이다.

> 당신을 만나면 우리는 무슨 낯으로 얼굴을 들겠읍니까
> 지금 반도는 안녕하다고, 모두들 안심하시라고 안부할 수 있겠읍니까
> 당신이 목마르게 기다렸던 〈그날〉은 40년 전에 이 땅에 왔읍니다
> 출렁이는 물결과 함께 이 땅에 왔읍니다
> 노루 뛰놀고 산머루 익혀 가며 이 땅에 왔읍니다.
> 그러나 우리는 아직도 민들레 꽃씨 되어 풀풀풀 이 땅에 날려다니며
> 그날이 오면 그날이 오면이라고 부르기만 해야 되는
> 철부지 어릿광대 거렁뱅이가 되어
> 돌무지 시냇가로 처마밑으로 서산그늘로 떠돌고 있읍니다
> 산길마다 맺혀 있는 딸기빛 그리움되어, 골골이 산을 울리다
> 끝내 제자리로 돌아오고 마는 메아리되어 동의반복의 노래들만 부르고 있읍니다
> 철원·김화·화천·고성, 그 땅의 오리잎은 올 여름 더욱 푸르고
> 속절없이 뻐꾸기만 울어 그 골은 미어집니다
> 밤이면 딜빛 비쳐 일등병 내 아우의 양철 계급장이 푸르게 빛납니다
> 오늘도 막내딸들은 골목마다 어울려 줄넘기노래에 열중하고
> 대추나무 가지를 흔들며 「우리의 소원」을 불러대고 있읍니다.
> 고추잠자리 작년에 꽃잎 지운 키다리꽃 삭정이에 앉았다 날아갑니다.
> 〈그날〉이 오기까지는 뜨거운 여름 햇볕도 천둥도 번개도

제 빛이 아닙니다.
곡괭이도 부삽도 조선낫도 엠 씩스틴도 소용 없읍니다
예수도 석가모니도 공자도 마호멧도
코란도 베다도 성경도 논어도 부질없읍니다
당신이 기다리던 〈그날〉은 와서 이 땅의 들깨잎 속에, 뜸부기 소리
속에 남아 있지만
우리가 기다리는 〈그날〉은 언제 오겠읍니까
언제 오겠읍니까. 면목 없읍니다.

심훈의 고대하던 해방의 '그날'은 왔지만, 우리가 기대하는 통일의
'그날'은 오지 않았다. 조국이 이처럼 분단되어 있는 것이 시인 스스로
의 죄의식이 되어 '면목 없읍니다'란 말로 끝을 맺는다. 통일이 올 때까
지는 이 땅의 어떠한 것도 결코 온전한 것이 될 수 없다는 생각을 잘
표현했다.

「뽕밭에 서서라도」에서는, 통일은 통일이되 평화적 통일이지 않으
면 안 된다는 생각을 제시하고 있다.

통일을 위해서라도 내 이웃들의 목숨을 앗아가면 어찌합니까
휴전선을 무너뜨리기 위해서라고
총알이 내 아름다운 처녀의 가슴에 구멍을 뚫으면 어찌합니까
뽕밭에서 뽕 따는 처녀가 아니고
도랑물에서 빨래하는 처녀가 아니고
베틀에서 베 짜고 텃밭에서 김매는 처녀가 아니고
팬티스타킹까지 벗어던지고 쟁반에 찻잔 나르고 불빛 아래 춤추는
처녀라 하더라도
내 애인은 내 애인, 그 처녀들을 당신들의 총부리가 겨누면

어찌합니까

아직도 인제 양구 그곳의 질경이풀은 질경이꽃을 피우고

상수리 열매는 예대로 달리는데

짐승들은 발톱을 기르고 땅 밑에는 터지고 싶은 폭약들만

묻히면 어찌합니까

우리가 달구지에 여름을 싣고 메밀꽃 핀 밭둑을 지나

농로農路에서 더위를 쉬는 이웃들로 남을지라도

우리가 뽕밭에 숨어 별을 헤며 사랑을 익히는 수줍은

애인들로 남을지라도

통일은 내 처녀의 능금빛 살갗에 탄흔을 내지 말고

와야 합니다

통일은 우리들 부엌의 쟁반을 깨뜨리지 말고 와야 합니다

봄이면 냉이꽃 피고 가을이면 단풍잎 물드는 반도의

남과 북, 그 어느 쪽에도

통일은 세 살박이 우리 아이들의, 뜰앞에 벗어놓은

분홍신을 찢지 말고 와야 합니다

아무리 소박한 꿈이라도, 아무리 사소한 것이라도 깨뜨리면서 오는 통일은 진정한 통일일 수가 없다는 생각을 표현한 작품이다. 시인의 섬세한 마음이 잘 드러나 있다.

시인이 숱한 시들을 통해 성찰한 전쟁의 문제는 바로 이런 정신과 연관되어 있는 것이다. 인간에게 가장 큰 상처를 주는 전쟁을 어떻게 하면 이 땅에서 영원히 없앨 수 있는가 하는 생각에 골똘한 데서 기인한다.

손종호의 「임진비가臨津悲歌」는 호흡이 조금 긴 작품으로 조국분단의 한을 감동 있게 표현했다.

I

어두운 대치對峙의 나무들이 흔들리는 / 회색판도의 강줄기 숨죽여 우레는 치고 / 쓰디 쓴 이해利害의 안개 속을 지나면 / 만난다. 드억센 눈물의 뿌리 / 잃어버린 시간의 목쉰 터널. // 캄캄한 설원에 매인 하나의 미명이여. / 몇세기 차가운 눈비가 / 이토록 깊은 강을 가슴으로 흐르게 하는가. / 내안內岸의 오래오래 불꺼진 슬픔 / 동족의 피와 어리석음마저 지키며 / 참아온 자들의 저 어두운 질주……. //

II

글썽이는 물결을 잠재워라. / 몇척 노을의 은은한 해일을 노저으며 / 우러르던 그 넉넉한 하늘 / 어찌 반쯤 가리워 가고 / 달빛은 정화수 앞에 엎드린 어머니의 / 서로 굽이 굽은 잔등에로 쏟아지고 있다. // 기억하는가. / 버드나무 아래 서늘히 잠들어 있던 / 얼굴 고운 병사의 아아峨峨한 죽음 위로 / 부침浮沈하던 유황의 달 / 폭력처럼 희게 퍼붓는 상처의 달빛 아래 / 넘치던 모정의 닿을 길 없는 탄식을. // 쌓어진 날들의 비애가 안개처럼 잦아드는 때 / 보라. 사자死者들은 일제히 묘혈을 열고 / 고지를 흐르는 차디찬 음악 / 까마귀 피울음 뜯던 옥수수밭의 / 야열의 캄캄한 새들은 / 희게 날개 뜯으며 울고 있는 것을. // 그 부릅뜬 울음 끝에서 / 함께 떠났던 분열의 새파란 포구에서 / 응집의 찬 눈으로 지새우는 / 형제의 별…… 느닷없이 젖어드는 / 선한 눈매여. //

III

초년의 한가닥 기억이라도 따라가며 / 귀를 열면, / 달려온다. 잡초가 넘치는 망각의 저편에서 / 밤마다 뜨거운 기억의 열차는 달려온다. / 참아온 사랑이, 꿈들이 / 나를 밟고 벌판으로 달려간다, // 잃어버린 소유의 얼굴들이여. / 내려서라, 내려서라. / 바람 많은 지평의 어둠 끝으로 / 선로의 한끝을 보지 못하는 몸부림으로 / 밤마다 뿌리치며 우리들의식의 가파른 가지 끝을 / 질주하는 발들이여. // 황량한 땅으로 눕는 향수의 피비린 연기를 마시며 / 끊어진 교량의 마지막에 / 나는 마침내 선서보다도 푸르게 / 날 세워두고 왔다. //

IV

극약의 철조망 사이로 흐르는 / 무심한 바람, / 그러나 차마 떠나지 못하는 어둠 끝에서 / 나는 내 정체의 아픔을 흔든다. // 들리는가, / 피묻은 가마니뿐의 동구洞口로부터 / 아프게 시작되는 우리들의 신화, / 그것은 / 메마른 응시의 안개를 뚫고 일어서는 빛 / 아니 영원한 결구의 바다를 이끌고 돌아와야 할 / 향로의 처음인 것을, / 황혼이 긴 손을 들어 / 우리들의 부활을 이야기할 때 / 던져다오. 천년 어둠의 저쪽으로부터 / 가장 찬란한 신탁神託의 햇살을, / 모두가 하나로 복귀하는 푸른 뱃고동소리를. //

V

짐승보다도 사나운 침묵 앞에 엎드려 / 누가 밤새 달빛을 캐는가, / 눈 내리는 철원 하늘에 피금을 그으며 / 이밤 내 귀향의 배는 / 찢겨진 모국어의 바다를 부둥켜안고 / 새벽출항의 울음을 키우고 있다. ///

그렇다, 임진강은 우리 민족의 가슴으로 흐르는 강이다. 공간적인 강이지만 그보다 더욱 심리적인 강이다. 가슴에 놓여 있는 강을 건너지 못하기 때문에, 공간적인 강도 건너지 못하는 것이리라. 시인은 모두의 가슴 속에 숨어 있는 한을 힘 있게 자극한다. 특히 맨 끝 연은 우리의 정서를 절정에 이르게 한다. 조국분단의 문제에서 우리 민족 누구나가 자유로울 수 없다는 생각으로 힘 있게 압박해 오는 시다.

나종영도 조국통일에 관한 시들을 써냈다. 「형제여」, 「조카의 금강산」, 「갈래꽃」과 같은 작품들이 그것이다.

어디서쯤 만날까 / 우리들 몸뚱이 두 동강 낸 / 철조망 끊어버리고 살기 번뜩이는 / 온갖 쇠붙이 밀어버리고 / 우리 어디서 다시 만날 수 있을까 / 내가 맨가슴 하나로 한 걸음 한 걸음 / 너에게 간다면 / 너도 돌가슴 조금씩 열고 나에게 온다면 / 우리 얼굴에 입맞춤 맨살로 껴안고 / 덩실덩실 춤추는 날 / 그날이 오는 것이 아닐까 / 너는 신의주에서나 압록강 기슭 어디에서 / 발목 하나 잃은 한 마리 노루가 되어 / 지뢰밭 넘어 남쪽으로 남쪽으로 내려오고 / 나는 너를 위하여 이 땅의 맨 끝마을 / 해남 갈두부락 들녘에 한 송이 민들레로 태어나서 / 북쪽으로 북쪽으로 철조망 넘어 날아간다면 / 무르팍이 깨지고 발바닥이 터지더라도 / 흰 두루마기 펄럭이며 길 찾아 쉬임없이 걸어간다면 / 그곳이 어디일까 / 우리 마침내 하나되어 / 눈부신 신새벽 햇살 쏟아지는 우리의 길 / 우리가 찾아갈 수 있는 것이 아닐까 / 남이 붙여준 적이라는 이름으로 / 어머니를 버린 답답한 형제여 / 아 넓은 들 큰 강 빼앗기고 / 칼을 들어 형제를 친 부끄러운 피붙이 / 부여족의 아들이여. ///

「형제여」란 작품이다. 서로간 가지고 있는 부끄러움을 강조하면서 통일의 의지를 부추기고 있다. 「갈래꽃」을 보자.

내 몸 부서져 네가 올 수 있다면 / 내 빈 몸 산천에 부서져 / 봄날 어느 돌무덤에 쓰러져 짓이겨진 / 너의 사랑 찾을 수 있다면 / 나는 모진 바람에 흩어지는 / 한 떨기 갈래꽃이라도 좋아 / 밤 깊어 끝 모를 어둠 / 별빛에 어린 흰꽃 그림자 밟고 / 네가 올 수 있다면 나는 / 어둠 저쪽 끝 새벽별 골짜기 / 퍼덕이는 작은 새라도 좋아 / 웅어떼 속살 드러내며 물 차오르는 임진강 가 / 출렁이는 동해바다 굽어보는 산맥 너머너 머까지 / 피비린내 쇠붙이 소름 돋는 철조망 / 칭칭 감겨 두 동강이 / 찢겨진 가슴 오 죽어버린 돌가슴 / 이제 더는 헤어짐이 없이 / 두 번 다시 갈라섬이 없이 / 가난한 우리 한 몸으로 만날 수 있다면 / 뿌리도 떡잎도 한 몸이었던 우리가 / 전라도 땅 어디 함경도 땅 어디 / 나팔꽃 환한 비무장 웃음으로 다시 / 만날 수 있다면 / 산천에 그윽이 쌓인 흰 꽃 밟고 / 그리운 네가 올 수 있다면 나는 / 천 갈래 만 갈래 피맺혀 부서지는 이 땅의 한 떨기 꽃잎이어도 좋아 / 오월 어느 봄날 가버린 네가 올 수만 있다면. ///

'나팔꽃 환한 비무장 웃음'이라는 표현이 절묘하다. 조국통일을 위해서라면 신명을 다 바칠 수 있다는 생각이 가상하다.

조국애와 조국통일의 염원을 표현한 시는 무척 풍성하다. 당연히 그래야 한다. 조국에 대해 애착을 갖지 않는다면 참된 시인이라 할 수 없다. 지구상에 남아있는 마지막 분단국가라는 오명을 씻기 위해서 민족 구성원 누구라도 신명을 다해야 하며, 시인된 이는 당연히 앞장서서 의지를 새롭게 부추겨야 할 일이다.

3. 농촌·농민들의 소외감을 표현한 시인들

　농민이 되는 것을 천형天刑이라고 말했던가. 결코 과장된 말이라고 일축할 수는 없다. 우리 농촌의 현실을 아는 사람은 머뭇거림 없이 동의할 것이다. 농촌의 근대화를 외쳐댔던 한 세대 전이나, 영농의 기계화, 농촌의 현대화가 이루어졌다는 요즈음이나 사정은 크게 달라지지 않았다. 도시와 견주어 느끼게 되는 상대적 빈곤은 말할 것도 없고, 절대 빈곤 속에서 헤어나지 못하는 농민늘도 적지 않은 현실이나. 이센 '농자천하지대본'이란 말에 자긍심을 느끼는 농민은 거의 없을 것이다. 그것이 허명虛名이 되었다는 것은 누구나 잘 알고 있다. 속악한 자본주의 속에서 농민이 갖게 되는 소외감은 그 어떤 계층보다 클 수밖에 없다. 산업사회, 대량소비사회에 몰리고 몰려, 이젠 끝간 데까지 가버린 농촌이, 농민이 가쁜 숨으로 겨우겨우 목숨을 부지하고 있는 꼴이다.

　농사일이 좋아서 붙들고 있는 사람은 정말 극소수일 것이다. 조상 대대로 물려온 유업이니 서러워도 서러워도 그냥 천형인 듯 해낼 뿐이다. 품값도 나오지 않기 일쑤인 논밭을 보고 누가 희망에 부풀 것이며, 누군들 후대에게 유업으로 계승시키려 할 것인가. 근근생계하기 위해 얻어 쓴 부채에 짓눌린 농민들 얼굴에서 누가 환한 웃음을 기대할 수 있으랴. 외국 소에 밀려 개 값이 된 옛 '농가의 반재산'이었던 소를 누가 천덕꾸러기로 여기지 않겠는가. 힘깨나 쓴다는 젊은이들은 모두 도시로 떠나고 허리가 낫자루 모양으로 꺾인 노인들 몇몇이 남아 지키는 농촌은 적막강산이 되어버렸다. 농업정책은 번번이 우선순위에서 밀려 복지농촌이란 그야말로 '지나가는 개도 웃을' 공염불일 수밖에 없다. TV가 있고, 전화가 가설되고, 몇몇이 승용차를 가지고 있다고 해서 복지농촌인가. 그럴 수 없는 일이다. 국가정책과 국민들의 의식이 뒷받침되어야 할 것이다.

시인은 절망에 빠져 말을 잃은 농민들을 대변할 수 있어야 하겠다. 지금의 농민문학도 일제기의 그것 이상으로 중요한 의미를 지닌다. 진정한 농민문학이란, 지식인이 썼느냐 농민이 직접 썼느냐에 있지 않고, 누구의 시가 정말 진실한 증언을 해낼 수 있는가, 하는 데 있는 것이다.

정동주, 농투성이의 집념

농사에 관련된 정동주의 시에는 세시풍속을 형상화시킨 작품들이 아주 많다. 그것은 농사에 대한 전통적 이념을 재생산해 보겠다는 야심인 것이다. 다른 대부분의 농민시인들이 세태와 연관시켜 농사일을 아주 부정적으로 표현하는데 비해 정동주의 시들은 될 수 있으면 긍정적으로 보려고 한다. 물론 그의 시에도 농민들의 소외감이 표현되어 있다. 하지만 긍정적인 표현에 비해 그리 많지 않은 편이다. 농사일은 그에게 집념이다 못해 일종의 신앙처럼 여겨진다. 농사일을 통해 우리 민족의 역사도 성찰하고, 이념대립의 문제도 반성하게 한다. 이런 요인 때문에 그의 시는 다른 농민시인의 작품에 비해 다소간 더 관념적이다. 대신 다양한 표정을 가진 농민시를 생산해 낸 것이다.

「객토」를 보자.

하늘 아래 억새풀 이름으로 고개 들고

지렁이 우는 밤 별을 보기 위하여

천형 같은 어깨로 흙을 지고 섰다.

낮은 것이 서러워 하늘에 닿아

바람이나 번개, 천둥의 날개이기 위하여

우리나라 칠팔월 장마비로 터지는

눈물 흙에 묻고 깊이갈기 한다.

햇살의 모성에 눈 떠 바라본 계절로

바람은 한정없이 사랑을 물어 오고

잎잎이 끓어오르는 열정 푸르게 입덧하다

한 톨 씨알이 마침내 빛나는 일 기다려

짓무른 살, 휘인 뼈로 지키는 흙의 체온

생명이 오시는 길목 땅심 돋운다.

흙 속에 하늘이 있다,

하늘 일은 땅에서 이루어진다.

기어이 흙 속에서 하늘 보기 위하여

붕대 감은 가난의 늪에 흙을 져다 붓는다.

파라치온 젖은 땅 씨뿌리는 손 위에

질소 비료 능력에 삶을 기댄 어리석음 한가운데

풍요의 덫에 걸린 사람 쓸쓸한 눈물 위에

지치고 병든 산성땅 논배미마다

자연으로 돌아갈 길을 닦는다.

'기어이 흙 속에서 하늘 보기 위하여'라는 시구에, 농사일에 대한 그의 집념이 담겨 있다. 하늘을 본다는 뜻은 '순리'를 말하는 것이겠다. 노력한 만큼 거둘 수 있다는 뜻이다. 객토를, '자연으로 돌아갈 길'을 닦는 행위로 보는 표현이 좋다. 이런 신념이 있기에 '천형 같은 어깨'지만 농사일을 능히 감당하는 것이다.

「땅심 돋우기」도 시정신이 비슷한 작품이다.

하늘 아래서 고개 들고 살기 위하여
땅심이나 돋울 일이다
하늘에 닿아 하늘 보기까지는 그저
낮은 곳 땅심이나 돋울 일이다.
땅이 지친 만큼 하늘은 흐리고
병든 땅만큼 꼭 그만큼 어지러운 하늘.
풀꽃이 제 얼굴 알아볼 수 있는
흙벌레들 제 맥박소리 들을 수 있는
미물 같은 사람도 한 번 허리 펼 수 있다
땅이기 위하여 땅심이나 돋울 일이다.
풀뿌리도 제 힘으로 잎을 반짝이고
지렁이 울음도 아름다운 땅
흙 속의 하늘 위하여 땅심이나 돋울 일이다.

하늘과 땅을 동일한 것으로 보는 생각이 독특하다. 땅심과 천심은 동일한 것이고 인심은 천심이니 땅심은 인심이 된다. 인간이 땅에 들이는 공력만큼 땅도 인간에 베푼다. 땅심이 죽어가고 있는 판국에 인간의 미래가 어찌 희망적일 수 있으랴. 땅심을 돋우는 일이 농부의 시급한 과제라는 생각을 잘 표현하고 있다.

'흙 또는 꿈'이라는 부제가 달린 「노래」의 연작은 흙에 대한 시인의 집념을 표현한다.

풀꽃들도 그리고 피고 지고

나는 시든 잎새로나 바람에 젖었네

무덤들도 한 해에 한두 번쯤 풀은 버혀지고

산까마귀 울음 같은 떡이랑 고기들이

풀숲 여기저기에 던져지고

나는 하릴없는 풀벌레로 별을 바라보았네.

사람들은 어디론가 기쁨을 찾아 혹은

슬픔을 버리려고 가고 오던 날들의 어떤

그림자로 뒤숭숭한 모퉁이에서 나는

빈 과자봉지같이 바삭이는 눈물을 놓고

손 한 번 흔들지 못한 채 아직도 서 있네.

때로는, 소나기 끝에 빛나는 햇살 바라보다가

긴 장마 속 우울한 갈증으로 비를 맞으며

산맥마디 짙어 와 그리운 이름 되는

아득한 눈물 어룽지다 풀꽃이 되는

사람아, 나는 아직도 굽은 논두렁

낮게 낮게 서 있는 농부.

「노래·1」이다. 농부의 외로움과 집념이 동시에 표현되어 있는 작품이다. 세태 돌아가는 꼴을 보며 소외감을 느끼지 않을 농부 그 누구 있겠는가. 하지만 스스로 억제하고 다독거려 분노를 죽이면서 인내하는 것이다. 서럽지만 낮게 낮게 서 있는 것이다. 이런 심사는 「물꼬를 막으면서」에서도 잘 표현된다.

장마 그치고 땡볕나는 날

물꼬를 막는다

일모작 논배미엔 웃자란 통일벼

모진 도열병 잎마다 번지고

늦심은 일반벼는 일반벼대로

유행에 뒤질세라 마디마디

알록달록 도열병, 선전 문구 박혔다

지나쳐서 좋은 것은 어디에도 없구나

한 달 넘도록 질척이던 비와 바람

십 년 넘도록 겉도는 행사 구호,

쓰러지고 파묻히고

썩어지고 사라지는,

농투산이 눈빛에 마른 번개 스친다

죽어도 못떠난다 시퍼런 눈물

구비구비 이농의 유혹을 막는다.

쌓이고 쌓였던 울화가 눈빛의 마른번개로 스칠 수밖에 없는 농촌의 현실인 것이다. 현 사회에서 가장 소외되어 있다는 것을 누구나 공감하면서도 농촌을 살리려는 정책이나 애정을 구체적으로 보여주지 않으니 분노만 치미는 것이다. 그러나 세파에 쏠려 속물스럽게 살아가지는 않겠다는 스스로의 집념 아닌 오기가 떠나고 싶은 유혹을 잡아챈다. 「보리 밟기」는 농민의 설움을 잘 표현한 작품이다.

꼭꼭 밟아주어야만 뿌리를 / 실하게 내리는 겨울보리를 밟으면서 / 우리들 현대사를 생각한다 // 가을갈이 때는 바쁘고 / 힘에 부친 탓으로 흙덮기가 / 부실했던 이랑마다 참회하듯 / 흙넣기를 해가며 흙 한 치도 / 덮지 않고 용케 싹을 틔운 / 가늘고 연한 보리 이파리에서 / 우리들의 현대사를 본다 // 어쩐 일인지, 요 몇 해 사이 / 부쩍 떠다니는 소문이

/ 넓은 들판 저리도 송두리채 비워놓고, // 어쩌다가 순무지랭이 / 철 안든 탓에 그만 그 / 쌀보리 두어 이랑 심은 죄값으로 / 시퍼런 섣달 북풍 맞으며 / 보리밟는 논배미 한가운데 서면, // 지난 해 보리매상 공판장에서 / 장마땜에 못 말린 보리 / 등외라도 좋으니 제발하고 / 불합격만 면해 달라고 애걸하던 / 박씨 뒷통수에 꽂히던 / "아니꼬우면 보리농사 짓지 말어."라며 / 비웃든 그 젊은 색대잡이 말씀이 / 자꾸 자물려 온다 // 보리밥 먹으면 보리방구 뀌고 / 촌놈은 방구심으로 한철을 살던 일이, // 흰 쌀밥 곱씹어 먹고 방구 안 뀌고 / 방구심 아닌 빚심으로 / 가난마저 거덜내는 / 농투산이 어제 오늘이 자근자근 / 짓밟히는 눈물로 일어서 온다 // 설 안에 보리밟는 놈 / 떡 한 시루 해주고, / 설 지나 보리밟는 놈 / 뺨 한 죽 올린다는, // 참으로 푸른 말씀 새롭게 물려주시며 / 코끝에 방울방울 맺히는 콧물 / 무명베 손수건으로 연방 닦으시며 / 발목이 붓도록 보리를 밟으시던, // 대한 추위 속 아버지 기침 소리가 / 애기보리 이파리로 흔들려 오고, // 이제는 떡 한 시루가 아닌 / 미운 오리새끼의 애터지는 사연같이 / 설 안 보리를 밟으면서 / 우리의 목메인 현대사를 읽는다. ///

보리밟기를 해주면서 떠올리는 것은 허황되게 살아가는 농민, 아니 대부분의 사람들이겠다. 자기의 삶을 자근자근 다지면서 살고 있지 않기에 우리 민족의 현대사도 부실할 수 없었다는 생각인 것이다. 보리가 허약하고 웃자라지 않게 이랑에 흙을 채우고 꼭꼭 밟아주듯이 우리 모두 삶의 자세가 그래야 한다고 생각하는 것이다. 보리밟기를 하며 세태를 비판하고 우리 현대사를 성찰하는 것이 특이하다. 농사일에서 이런 모든 것을 유추해 내는 능력이 정동주의 장기인 것이다.

김용택, 서러워도 농촌에 사는 내력

어느 시인이 '서러워도 서러워도 고향에 살지'라 했던가. 김용택이야
말로 그런 사람이다. 도시에 현혹되어 농촌에 눈길 한 번 주지 않는 사
람들이 숱한 이 시대에 그는 서러워서, 서러워서, 서러운 만큼 오기로
라도 뚝심 있는 농민시·농촌시를 생산해 내는 시인이다.

그의 시가 뚝심 있다는 것은 시집을 많이 내서, 또는 시의 호흡이
길고 입심이 좋다고 해서 하는 말은 아니다. 숱한 악조건에서 주눅들
지 않고 농사를 지으며, 그 체험에서 터득한 인간의 도리를 절절하게
표현하여 감동을 주기에 하는 평가인 것이다. 그렇다고 그가 섣부른
교훈만으로 시의 승부를 내려야 하는 것은 아니다. 농촌, 농민의 소외
문제를 주된 주제로 삼아 현장에서 증언하지만 때로는 자연친화류의
작품을 통해 생명의 고귀함이나 우주 질서의 신비함을 감동적으로 표
현하여 독자들의 정서를 한껏 고양시키기도 한다.

물들은 스스로 흘러 모여 / 제 깊이를 만들어 힘을 키우고 / 얼음으로
강물을 감추어 / 농부들을 편히 건네주며, / 참을 수없는 뜨거운 속마음
만 흘려 / 강 스스로 강이게 하였다가 / 녹을 철엔 차례로 녹아 넘치며,
/ 물길을 열어 / 섬진강 좁은 물목들을 지나며 / 힘껏 부서지고 마음껏
외쳐 / 부시시 잠깨는 지리산 이마를 때려 / 퍼뜩 진달래를 피워놓고 /
막을 길 없는 물살로 / 시퍼렇게 굽이쳐 흐르는구나. / 부서진 것들을
금빛 모래로 / 구례 강변에 쌓아 빛나게 하고 / 거친 숨결을 달래가며
/ 물 깊이 다시 굳세게 만나 / 하동포구 억센 억새들을 흔들어 / 억세게
키우는구나. // 아름다운 하늘 아래 / 그 푸른 물결로 출렁이며 / 땅 무
시하는, 밥 아까운 헛소리 헛짓들을 불러 / 개펄 진흙으로 쌓아 뼈로 딛
고 서서, / 우리나라 알 만한 그리움들은 다 불러 / 제 살로 보내 억샌

몸을 쑥쑥 키워내며 / 두고 보라고, / 두고 보면 알 것 아니냐고, / 알 만한 주먹들은 진즉 알 것 다 알고 있다고, / 학도 봉도 아닌 것들이 / 비싼 밥 싸게 먹고 앉아 / 배부른 소리들 작작하며 / 까불지들 말라고, / 불끈불끈 핏줄들을 키워 불거지며 / 여기저기 손 휘두르며 / 이거 보라고, 이 주먹들을 보라고 / 불쑥불쑥 주먹들이 솟는구나. ///

'억새풀'이라는 부제를 단 「섬진강 6」이다. 자연 속에서 이런 정도의 진실을 유추해낼 수 있는 것이 김용택의 뚝심이다. 「섬진강」이란 연작시 27편은 자연에 대한 그의 정신을 꿰뚫어 볼 수 있는 훌륭한 작품들이다. 자연에 대한 인식이 이렇게 힘 있는 바에야 그 속에서 농사짓고 사는 자기 생활이 당당할 수밖에 없다.

이런 김용택의 시정신이 일단 농민들의 삶에 초점을 맞추면 온통 분노의 눈빛을 띠게 된다. 소외된 농촌, 농민의 고통스런 삶을 대변한다. 정부의 절망적인 농업정책, 담당 공무원들의 비합리적인 행태 따위를 비판하기도 하며, 천형天刑처럼 소득 없이 되풀이해야 하는 농민들의 처절한 심사를 증언하기도 한다. 그의 많은 시가 호흡이 길다. 장편掌篇 소설 정도의 분량이 되는 시가 예사다. 속 쓰리고 억울한 사연이 많은 농민들의 심사를 대변하다 보니 그럴 수밖에 없는 것이다.

때는 어정칠월 삼복 더위 / 산에 드나 들에 드나 숨 막히게 푹푹 찌고 삶는 날인디 / 천구백팔십몇년 퇴비증산 오십일작전지구라 푸랑카드가 떡허니 걸리니 / 거 참 작전치고는 요상한 작전이더라. // 그 작전이라는 것을 벌이는디 / 며칠 전부터 / 신작로 도랑 치고 / 신작로 풀 베고 / 품삯 없이 청소하고 / 아스팔트길을 내어 농사철에 꽃길 조성, / 신작로 가상 논 피사리 / 신작로 가상 집들 뼁끼칠허기 / 뭣이 훌비허게 난리덜을 쳐대더니, / 아니나 다를까 군수님이 손수 퇴비증산 작전을 / 지휘하러 오더라. / 군수가 오는 날 / 마을마다 동네마다 그놈의 확성기 소리 / 왕왕 웅웅 와글와글 시끌벅적 / 삼동네 사동네가 떠나가는디 / 당최 뭔 소린지 모르겠더라. / 풀 한 주먹을 베어 들고 / 귀를 쫑긋 세워 들어보니 / 군수한테 잘못 뵈면 주민들만 손해보니 / 민주적으로다가 청소허고 퇴비허고 어쩌고저쩌고 / 이래라저래라 정신 못 차리게 울려대며 / 이장 반장 교대로 숨이 넘어가고 군서기 면서기가 / 교대교대로 숨이 넘어가더라. / 한 사람이 이 회원 저 회원이니 / 회원 회원이 모여야 그 사람이 그 사람이어서 / 풀 벨 사람은 늙고 병든 몇몇이요 / 무슨 당원 이장에다 반장 개발위원장에다 / 예비군 소대장에다 새마을지도부 부녀회장에다 된장이니 / 고추장에다가 순창장 관촌장에다가 / 임실장 장도 장도 많은 장들은 / 사타구니에서 방울소리가 나게 이리 뛰고 저리 뛰고 / 요리 뛰고, 정신 못 차리게 고샅이 불이 나게 / 뛰어 댕기니 / 어허 저 난리가 무신 난리당가. // 소대장 면서기 파견된 군서기 얻어온 챠드사 / 브리핑 연습이 한창이고 / 새마을복에 예비군복 민방위 복장으로 / 일사불란 빈틈없이 새마을 길 청소. / 이 고샅 저 고샅 닦고 뺑끼칠허고 / 빈 집터네 꽃을 사다 심으니 / 온다 온다 온다던 우리 군수 오는구나 / 비까번쩍 검정차 / 먼지 내며 나타나서 / 지서장에 면장님 조합장에 중대장님 온갖 장은 다 모여들고 / 유지들까지 모여들어 / 후닥닥 옷 고치고 모자 고쳐 쓰고 / 이열로 쭉 나라비를 스니 / 어허, 군수님 차에서 내려 / 쭉 — 한번 둘러보고 / 배 띠룩 내밀고 들어서며 / 대충대충 인사하고 악수헌다. / 구십도로 열중 치렷 / 작대기같이 차렷 경례 / 박수 짝짝 / 아이고 죽겠네 / 아이고 죽겠네 / 풀짐 깔짐 늙은 다리 후들후들 휘청 후들 후들 위청 / 논길 산길 힘줄이 땡기고 / 식은땀이 비오듯 허는디 / 허여멀건 웬놈이 사진 찍자 줄 서란다 /

……

「풀피리」라는 장시인데, 34쪽이나 되는 분량 중 4쪽 정도만 인용한 것이다. 이제는 민선자치시대라 위와 같은 일은 없어졌다고 할 것인가. 그럴지도 모른다. 그러나 분명히 얼마 전까지만 해도 있었던 일들이다. 위와 같은 허장성세가 오늘날 농촌을 더욱 처참하게 만든 요인이 되었다. 전시행정이라 하던가. 그것이 농민들을 더욱 분노하게 만들었던 것이다.

아아, 밤도 이제 깊을대로 깊었다

삼십 명의 장정들과
삼십 명의 아낙네들이
삼십 채의 지붕 아래 사람들을 거느리고
천년을 살았던 마을에
다섯 명의 노인 내외와
혼로 사는 몇명의 할머니들의 밤은
이 세상에서 얼마나 깊고 깊은가
버림받은 빈집과 빈집 터
묵은 논과 밭 사이로
달이 지나가며 달빛을 뿌린다
적막을 견디지 못해 개가 컹컹 짖고
소쩍새 한 마리가 울음을 터뜨리며
제 울음에 제가 놀랐는지
울음소리가 떨린다
초저녁 달도 서산 너머로 가버리고
밤은 깊을 대로 깊어
강물이 소리없이 어둔 산그늘로 숨는다

올해는 어떤 논이 묵는가
올해는 어떤 논에 모를 못 내는가
올라가다 올라가다
저 산골짜기까지 올라가다
힘이 부친 백발 노인들이
빈 논에 주저앉아 아득하고
몇마지기 산속 밭은
산이 잡아먹어 갈 수 없는 논이 되었다

삼십 명의 장정과
삼십 명의 아낙네들과 그 식구들이
어기여차 살며
저 산꼭대기 논에서
저 강변 논까지
모를 다 내고
하얀 달빛을 밟으며
달빛 속에 웃음을 싣고
징검다리 물소리에 웃음소리들을 보태며
개구리 우는 논길을 돌아올 때도 있었다

밤은 깊을 대로 깊어간다
이 세상에 버림받은
한 마을이 산속으로
사라지고 있다
이 세상에서 지워지고 있다
아아, 밤도 이제 깊을 대로 깊었다.

「마을이 사라진다」란 작품이다. 살수록 피폐되어 가는 농촌의 현실을 증언하는 시다. 핏종발이나 있는 힘깨나 쓰는 젊은이들은 다 떠나고 허리가 낫자루처럼 구부러진 노인들 몇이서 지키는 농촌인 것이다. 이들이 넓고 넓은 논밭을 감당할 수 없으니, 묵정밭 묵정논으로 점차 변해가는 농촌을 안타까워하고 있다. 농촌이 이 지경이다 보니, '적막을 견디지 못해 개가 컹컹 짖고 / 소쩍새 한 마리가 울음을 터뜨리며 / 제 울음에 제가 놀랐는지 / 울음소리가 떨린다'고 표현되는 것이다. 결코 과장된 표현이 아닌 적막강산, 변함없는 농촌 실정이다.

달빛이 하얗게 쏟아지는
가을 밤에
달빛을 밟으며
마을 밖으로 걸어나가보았느냐
세상은 잠이 들고
지푸라기들만
찬 서리에 반짝이는
적막한 들판에
아득히 서보았느냐
달빛 아래 산들은
빚진 아버지처럼
까맣게 앉아 있고
저 멀리 강물이 반짝인다
까만 산속
집들은 보이지 않고
담뱃불처럼
불빛만 깜박이다

하나 둘 꺼져가면

이 세상엔 달빛뿐인

가을 밤에

모든 걸 다 잃어버린

들판이

들판 가득 흐느껴

달빛으로 제 가슴을 적시는

우리나라 서러운 가을 들판을

너는 보았느냐.

「가을 밤」이란 작품이다. 낮이나 밤이나 그야말로 적막강산이 되어
버린 농촌을 이렇게 잘 표현해 내기가 쉽지 않다. 농촌 들녘이 제 홀로
서러워 할 뿐인 오늘날이다. 현대문명의 간사스런 유혹에 빠져 도시를
향락하고 농촌에 애정 어린 눈길 한 번 주지 못하는 사람들의 가슴을
서늘하게 해주는 표현이다. '달빛 아래 산들은 / 빚진 아버지처럼 / 까
맣게 앉아있고'와 같은 부분은 절묘한 비유라서 탄성이 나올 만하다.

김용택의 시는 농촌 현장에서 꾸준히 보내오는 생생한 현실 증언이
다. 그래서 힘이 있고 진지하여 강한 설득력을 발휘한다. 농촌의 소외,
농민들의 통증을 성실하고 뚝심 있게 표현해냄으로써 독자들을 감동
시키고 각성하도록 한다.

고재종, 외롭되 꿋꿋한 농요農謠

고재종의 시는 처절하도록 고독하다. 그러나 아름답고 꿋꿋하다. 그
의 시를 읽으면 농촌의 소외라는 것, 농민의 고통이라는 것이 무엇인
지 확실히 알게 된다. 그만큼 농촌, 농민의 현실을 사실적으로 섬세하
게 증언한다. 그러면서 결코 자기연민에 빠지지 않고 현실극복의 의지

를 다지기에 독자에게 힘을 준다. 그의 시는 농촌이나 농민의 고통스런 현실을 증언하는 것으로 만족하지 않는다. 시의 미적 성취도가 빼어나 그의 시정신 단련이 예사롭지 않음을 보게 된다. 의붓자식 보듯 하는 농촌에서, 삶을 산다고 할 수 없는 문화의 사각지대에서 직접 찾아낸 소재들이기에 훨씬 더 호소력을 가지고 있음을 느끼게 된다.

어디로 갈 것이냐 / 어디로 갈 것이냐 / 일년 열달 뼈빠지게 농사지어 / 몇푼 부스러기돈과 바꾸고 / 그나마 이것 제하고 저것 제하고 / 뭣만 남은 빈손으로 / 이 치떨리는 공판장에 서성이는 우리 // 어디로 갈 것이냐 / 이 염치 코치도 없는 빈손 들고 / 여편네며 새끼들 눈빠지게 기다릴 / 텅 빈 집으로 갈 것이냐 / 집으로 가서 끝내 / 눈물 보이고 돌아앉을 여편네를 / 어떻게 대할 것이냐 // 아흐 불볕가뭄에도 엄청장마에도 / 아흐 갖은 병충 모진 태풍에도 견뎌냈는디 / 아흐 가난의 쑥굴헝 끝끝내 지켜내며 / 아침놀 저녁별에 희망 하나 피워대며 / 한숨과 탄식이 얼룩진 막막한 땅에서 / 그래 숙썼다고 일했는니 / 땀 흐렸는니 / 피 흘렸는디 // 아 그렇께 이제 와서 / 우리 정말 어디로 갈 것이냐 / 이 부르쥔 주먹 떨어대며 주막으로 가서 / 외상값에 손 벌린 늙다리 주모와 / 막소주에 취해볼 것이냐 / 취해 소주병 깨 들고 / 허공이나 온통 흔들어 볼 것이냐 // 떠그럴 놈의 세상, / 좆빠지게 일해서 / 고깃근이라도 사들고 가서 / 눈깔 휑헌 새끼들 함께 / 뽀따시 한번 못 먹는 살림 / 소새끼같이 일해서. / 남의 이자나 길러주는 살림살이 / 그래 연설은 이녁이 허고 / 돈은 딴 놈이 거두는 세상 버리고 / 그 어디로든 못 갈 우리 / 아 남은 가을볕만 환장하게 눈부신 / 저 텅 빈 들판으로 가서 / 머리칼 쥐어뜯으며 먼 산이나 볼 우리 // 아흐 참말 미치겠는디 / 아흐 참 막막하고 폭폭헌디 / 아무래도 마을로 돌아가서 / 징 꽹과리 울려대며 / 너나없이 다 서둘러 갈 곳으로 갈 일이냐 / 복지농촌 구호 소리 여전하고 / 민주농정도 찬란한 군청으로 갈 일이냐 / 아니 우리 요렇게 속썩는 줄 모르고 / 올해도 끝내 풍년타령에 시절 좋은 / 그놈의 방송국이거나 / 속절없는 풍년통계나 들먹이는 / 그놈의 농수산부로 쳐들어갈 일이냐 // 그래그래 목숨껏 / 한음성으로 쳐들어가서 / 또 한해 등창 터지게 일하고도 / 예의 빈손만 거두는 이유를 묻고 / 또 묻고 물어 / 모가지 벨 놈 베어버리고 / 뒤엎어버릴 것 뒤엎어버리고 / 우리 한바탕 흐드러지게 춤출 일 / 우리 목청껏 노래부를 일 // 아 그렇께 우리 요렇게 / 두 눈 시퍼렇게 뜨고 / 아 그렇께 우리 요렇게 / 썽썽한 팔다리 들고 / 아흐 떨려 미쳐 떨려 / 글쎄 무슨 일을 못 저지르며 / 요렇게 우직한 육신 내던져 / 무슨 일을 못 저지를 것이냐 / 아 그렇께 우리 싸울 일. ///

'농사일이 23'이라는 부제를 단, 「갈 길」이란 작품이다. '농사일지'란 부제를 붙인 30편은 고재종의 현실인식 터전이 되는 시들이다. 농촌현실을 제대로 아는 사람은 위의 시를 보고 격정적이라 하지 않을 것이다. 비속어가 보이고 다소간 경박스럽다고 생각할지 모를 시구가 있다 하더라도, 항상 생존의 문제에 고심참담한 농민들의 실상을 생각한다면 흠으로 여길 수 없을 것이다.

자운영꽃 만발한 오월 논두렁에
그가 떠나간 서러운 길이 보인다
거기 거북산 넘어 불어오는 훈풍에
짙푸르게 차오르는 보리밭 뒤로 하고
치떨리는 핏방울 점점이 떨구며
어허라 뒷산 소쩍새 울음으로 떠난
그가 못 떨친 가난의 한이 보인다

매년 계속 늘어나는 빚더미 때문에
날만 새면 걱정과 두려움에 떨었다는
그 유서 속에 남긴 피눈물이 보인다
부자는 더 부유해져 태산처럼 높아지고
가난뱅인 더 가난해져 날마다 죽어간다는
그의 통곡 같은 원한의 말씀이 보인다
살아갈수록 막막한 고초 당초 인생길을
못 감은 눈 치뜨고 항거하며 떠나간
그의 피울음길 우리 모두 떠나야 할 길
그렇게만이 안된다고 아니된다고
퍼런 보리이삭들 칼끝 창끝으로 치솟고
떠났어도 떠나지 못한 서러운 그는
앞뒷산 소쩍새로 저다지 울어예는 길
끝내 우리의 불끈 쥔 주먹 떨리게 하는
절망보다 더 붉은 절통한 길이 보인다
분노보다 더 퍼런 노여운 길이 보인다

「장성골 소쩍새」다. 농부들의 속 끓는 분노를 누가 다 이해하겠는가. 숯이 돼버린 그들의 심장을 누가 들여다볼 수 있겠는가. 노여움이 오죽하면 스스로 생을 끝장내는 것인가. 죽어서도 풀릴 길 없는 노여움이기에 '떠났어도 떠나지 못한 서러운 그는 / 앞뒤산 소쩍새로 저다지 울어예는 길'이라 표현되는 것이다.

고재종의 '소쩍새 우는 사연'이란 부제를 붙인 19편은 '농사일기'와 함께 그의 시정신 주축을 이루는 작품들이다. '소쩍새 우는 사연 9'인 「역설」을 보자.

오정리 새마을 지도자 이상해 씨는

비닐하우스며 과수재배 성공으로

서울까지 올라가 무슨 큰 상을 타고

농협 이사며 읍내 농촌지도소 요원으로

그 이름 군까지 쟁쟁했는데

매년 영농교육 때마다 강사로 초빙되어

잘만 하면 농촌에서도 잘 살 수 있다고

되려 도시에서보다도 더 잘 살 수 있다고

제발 젊은이들 고향 뜨지 말라더니

웬걸 그 목청 높던 열변 어디다 까먹었는지

올봄 지방대학을 졸업하고

두번째 취직시험에 떨어진 큰아들이

차라리 농사나 짓겠다고 나서자

그만 두 눈에 쌍불 켠 이상해 씨는

얼마나 할 짓이 없으면 농사를 짓느냐

너 지게 지우려고 대학 보낸 줄 아느냐

논 수천 평 일 년 농사 전량 공판 해도

이것저것 제하고 나면 겨우 푼돈 몇 푼

프로야구 홈런 한 개 값만도 못한

이 밑빠진 농사를 짓겠다고 나서다니

안된다 내 눈 흙 쓰기 전엔 못한다

정 하고 싶다면 내 농약 먹고 죽겠다고 외쳐

끝내 과수원 팔아 큰아들 서울로 쫓은 지도자.

이 시에서 등장한 이상해 씨뿐만이 아닐 것이다. 열이면 열, 농사짓
는 사람이라면 농사로 대를 잇는다는 것에 대해 흔쾌히 허락할 사람이

없을 것이다. 농사는 대 잇기 쉬워도 천형天刑을 잇는 거와 마찬가지라는 말을 수긍하지 않을 사람은 드물 것이다. 위 시에 등장하는 인물의 양면 인격을 누구도 탓할 수 없으리라.

이제 어스름 짙고
그대 설운 마음 하나 저녁들에 머문다
미끄러운 논두렁을 휘청이는 품꾼들은
서둘러 마을로 내려서고
마을에 훤히 타는 밤꽃들 보며 그대는
하루의 고단한 눈물떨기 반짝인다
오늘 따라 하늘엔
흐드러지도록 잔별도 많아
몇 다랭이 논에 갇힌 그대 슬픔은 더욱 늘고
반란 같은 엉머구리떼 울음에
그대 고단한 몸은 더욱더 달아오르는 시간,
해종일 몇몇 품꾼 함께
그나마 벌모 꾹꾹 꼽아댄 것은
그대 아직 무슨 희망이 남아 있어서가 아닌
그대 다만 생존이 남아 있기 때문이라면
저녁바람에 날려오는 치자꽃 향기가
그 얼마나 징역스러움인가를 아는 이 알리라
그렇다 절망이 짙다 보면
지금 이슬 끼는 풀잎조차도 칼끝으로 일어섬을
벌써 발뻗고 누운 것들은 모르리라
그래 무섭도록 깊은 외로움 추스리고
끝내 어둔 마을로 드는 그대 당당함 모르리다.

「벌모」란 작품이다. 농심農心이 천심天心이라는데, 이제 농부들은 분노로 산다. 아니 분노조차 삭아 절망으로 살아가는 사람들이 대부분이다. 그러나 그 절망이 변해, 오기로 오히려 더 당당해질 수도 있는 것이다.

고재종의 시 대부분은 농촌과 농민의 부정적인 측면을 증언하고 있지만 그의 모든 시가 그런 것은 아니다. 모든 악조건에도 불구하고 그래도 희망을 가져보려는 농민들의 견실한 생각을 표현하기도 한다. 특히 그의 시집 『날랜사랑』에 수록된 작품들이 그렇다. 또한 시의 미적 성취도가 높다. 「외로움은 자라서 산이 되지 못하고」란 시를 보자.

외로움은 자라서 산이 되지 못하고 / 탱자울에 방자한 참새떼 소리 / 이제 그만 시끄럽다 한다 / 마을에 남은 사람들 몇몇 / 죄다 비닐하우스에 가버리면 / 하느님도 간간 바람으로 스쳐와선 / 후진 곳에 쓰레기 버리듯 / 은행나무 잎새를 우수수 쏟아버리게 한다 / 외로움은 빛나서 별이 되지 못하고 / 청대숲의 청대잎들 / 저희들끼리 몸을 버히게 하고 / 까짓것 알몸으로 알몸으로 온통 덤벼도 / 어느 손목뎅이 하나 건드리지 않는 홍시들 / 이제 그만 붉은 눈물 떨구게 한다 / 외로움은 질기고 질겨서 / 그래도 남은 무엇이 있다는 듯 / 삼밭의 폭배추를 포탄이 되게 하고 / 여차하면 날아버릴 듯 옹등그리게 하고 / 더는 반짝반짝 닦아내지 않는 / 장독대의 옹기들은 온통 검푸르게 / 간이 들게 하고, 간이 들어 / 미륵불처럼 처연하게 하고 / 반갑다, 어디서 개 한마리 짖는 소리에 / 마을 가득한 햇살만 출렁! 하게 한다 / 아아 외로움은 흘러서 강이 되지 못하고 / 봉두난발 갈대꽃만 미쳐 흔들고 / 강둑의 미루나무 끝으로나 달아나서는 / 이제는 외로움 저도 외로워 / 우듬지 한 떨림으로 청천하늘 치받는다 ///

할 말 다 하면서도 서정성을 풍성히 했다. 또한 언어의 정련이 빼어나다. 고재종의 시가 갖는 힘이 불합리한 현실을 고발하는 데서 머물지 않는다는 것을 알게 하는 작품이다. 그가 성취해 낸 농민시는 결코 예사롭게 평가될 수 없는 감동을 지니고 있는 것이다.

구재기, 사직社稷신에 바치는 경건함

구재기의 시들에서 농업은 일종의 신앙으로 표현된다. 농사일에 대한 애착이 예사롭지 않음을 볼 수 있게 된다. 사직신社稷神에 대한 경건함이 배어있는 듯 여겨진다. 최근에 쓰인 농사에 관한 시들이 대부분 소외감, 분노를 깔고 있는 것에 비해 대조적이다. 절망으로, 분노로 일하기보다는 될 수 있는 한 희망으로 농사에 임하겠다는 고집을 보게 되는 것이다. 그의 시들은 농사에 대한 관습적인 생각을 무척 소중히 한다. 그래서 농사일에 관한 언어 하나하나를 새롭게 살려 쓰고 있다.

「하루갈이」란 작품을 보자. 하루갈이란, 하루 낮 동안 갈 수 있는 그리 많지 않은 땅을 의미하는 것이다.

혼자이고 싶었다
허기진 뱃가죽이라도 마음대로 내놓고
이 세상 어딘가에 존재하는 잠든 땅
가슴으로 열어야 할 땅은 언제나
저 멀리 떨어져 있었다
나는 혼자 숨을 쉬고 싶었다
술병은 이미 산기슭에 버려져 있고
마음까지 은근히 취하여
점점 일어나기 시작하는 갈증
쉽사리 역사를 이야기하지 말라

홀연 고삐잡은 손가락끝에 엄습하는 소리

소나무 한 그루 산기슭에 외따로 서 있고

그 위에 새 한 마리 앉아 있고

그리고 나는 혼자 노래하고 싶었다

이 세상 어느 누가

하이얀 옷을 입고

이 휘젓는 봄앞에 머무를 것인가

역사에서 저만큼 물러나

기뻐워라, 혼자서 하루 낮을 모조리 차지하고

깊이깊이 갈 수 있는 감춰둔 땅

비록 찬 서리에 몸을 떨더라도

손발이 다 닳도록 소를 몰며

혼자이고 싶었다

농사일의 서러움을 달래기 위한 오기인가. 그렇게 생각될 수도 있겠지만 여기서는 농사에 대한 신념을 강화하기 위한 태도로 보아야 할 것이다. '역사에서 저만큼 물러나'라는 말은 현실에서 멀리 떨어져 있다는 말, 즉 세태에 휩쓸리지 않고 있다는 의미인 것이다. 외로워도 순리대로 사는 자세를 지키겠다는 뜻을 잘 표현한 작품이다.

「피사리」라는 시에서 보여주는 자세도 흡사하다.

피사리를 위해서는

달리 이렇게 할 도리가 없다

지난날 나라에서 땅귀신[社]과 더불어

낱알귀신[稷]으로 젯밥이나 얻어먹던 피

땅속에 콧대 높은 뿌리를 내리다가

이삭도 패기 전에 뿌리를 허옇게 뽑히며

군색한 변명을 늘어놓지 말라

밤 새워 이슬을 받고

아침 햇살을 받은 죄가 사뭇 크다

하늘을 이야기하고 땅을 이야기하고

마음먹은 대로 이루지 못한 역사이기를

숨어서 늘어놓지 말라

지난날 나라에서 어디

논밭을 다 팔아도 향로 촛대야 팔았는가

증거가 될 아무런 기미가 없어

거친 숨결에 남 모르는 가시를 꽂고

뭇사람들의 소리는 조금씩 높이 솟는다

수천년 지나온 지금에도

향로에 달이 돋고 촛대끝에 별이 이우는

서슬 푸른 귀밑머리 꼿꼿한 피

땅은 곤죽처럼 질퍽질퍽하고

타는 한민족의 가슴이야 어찌되건

피사리를 위해서는

달리 어떻게 역사를 말할 수 없다

피를 골라 뽑아내면서 역사를 성찰한다. 벼 속에서 같이 자라고 있
는 피는 여러 가지를 의미할 수 있을 것이다. 그 중, 이 나라 역사를
제 마음대로 주무르려 하는 사람들을 비유할 수 있기 십상이다.

「헛삶이」에서는 농사일에 따르는 모든 고통을 감내하면서 흙에 대
한 지조를 지키려는 의지를 표현한다.

몇 해를 수침으로

쌀 한 톨 건져내지 못한 논

하고자 하는 대로 되는 일도 없이

서릿발을 맨발로 이기며 헛삶이를 한다

내동댕이친 오만 가지 잡풀과 자갈이

오랫동안 자는 눈[芽]으로 있다가

뒤늦게 싹이 터서

세차게 하늘을 휘젓는다

멀리 보이는 누우런 숲에 안개가 일고

여기는 누우런 잎에 떨어지는 빗방울

근근히 밥이나 얹혀 먹고

새까맣게 타들어가는 개흙같은 눈물과

물결 위에 부서지는 햇살과

목하目下 교전중交戰中

가난하고 궁하면서도 흙을 버리지 못하고

편안한 마음으로 분수를 지키려고

찢어지는 가슴 속에 핏덩이를 쏟으며

질서가 바르고 정연하게

목하目下 교전중交戰中

'헛삶이'란 모내기를 위한 것이 아니고 그냥 논을 갈고 써레질을 하여 두는 일을 뜻한다. 아무리 농사일을 신앙으로 삼으려 한다지만 갈등이 왜 없겠는가. 그래서 '목하 교전중', 자기와 벌이는 싸움인 것이다.

구재기의 시정신은 기의 더 비슷하게 표현된다. 농사일에 대한 살능이 비쳐지는 수도 있지만 이내 '농자천하지대본'이란 스스로의 이념에 눌려 그것이 극소화된다. 농사일을 통해 인간 노동의 성스러움을 표현하는 데 진력한다.

정규화, 서러운 고향 연가

정규화는 농민시만을 집중적으로 써내지 않는다. 농촌만을 배경으로 하지 않고 도시를 배경으로 한 노동시라든지 세태시, 통일에 관한 시들을 다양하게 생산해 낸다. 그의 목표는 일상인들이 살아가면서 겪게 되는 아픔을 표현하여 서로 이해하고 격려하는 풍조를 만들어 가는데 있다. 그래서 그의 시는 수수하지만 뚝심을 가지고 있다. 섣불리 대의명분을 말하지 않지만 세태비판을 통해 삶의 바른 방향을 지시하고 있다.

'옥종면에서'라는 부제를 단 「고향에서」란 작품은 농민들의 고통을 표현한다.

다 보리문둥이라고
풀밭이 없다더냐
척박한 가슴 숨을 쉬고 가면
황토가 없다더냐
이십사 절기만 믿기도 벅찬데
어느새 통일벼를 심으랴 유신벼를 심으랴
무슨 놈의 상전은 그리 많은지
여편네 엉덩이 한번 만질 틈이 없다
타관을 간 이들은 갔지만
대대로 살던 곳이라
팔판동 정승이 오라 해도 떠날 수 없는 고향
지게를 지고
산 넘고 등도 넘었다만
거짓말처럼 아른대는
농투사니의 마른 고개로, 해마다
빚쟁이가 떼지어 오는구나

부황에 뜬 들판에서 겉치레로 온

풍년은 떠나가고 새시대가 억지로 왔지만

가난만 남아서 늘고 찌든 논밭이 멱살을 잡히는구나

이 가난이 소중한 낫이더라도

베어 넘길 수 있는 것은

설움일까 짓밟힘일까

저기 밭뙈기마다 퍼덕이는 풋보리도

제 살 아픔을 아는데,

친구여 조선팔도의 동갑내기여

이 말 많고 허물 많은 세상에

네가 살기는 어떠냐

'저기 밭뙈기마다 퍼덕이는 풋보리도 / 제 살 아픔을 아는데', 사람
이야 당연히 제 아픔 알 것이라는 말이다. 그 중 농부의 아픔은 훨씬
더하다는 것을 말하려 했는가.

농민의 아픔을 담은 시는 이 외에 「콩밭에서」, 「못자리」들이 있으며
세태와 대조감정을 갖도록 하는 「고향에 가서」란 작품이 있다.

울지 않고는 / 견딜 수 없으리 / 고향에 돌아와서는 / 부를 노래 없고
대답할 입 없으리 / 예 보던 산 나무야 짙었겠지만 / 집집마다 송아지
한 두 마리 매였겠지만 / 울지 않고는 / 한 발자욱도 딛지 못하리 / 소
매부터 붙드는 형수 / 그 곱고도 곱던 얼굴 이제 주름만 무성하고 / 국
화가 해마다 피던 울밑엔 / 코가콜라 빈 병만 쓰러져 있으니 / 고생만
하고 돌아온 그대의 객지 생활 / 안스러워 하는 형제들께 / 죄스러워서
가 아니라 / 역사처럼 변명이 필요해서가 아니라 / 울지 않고는 고향을
볼 수 없으리 / 울지 않는 그대는 이제 우리가 아니고 / 아무 공중에나

펄럭이는 / 그러나 별것 아닌 / 꿋발인지 깃발인지 / 우리의 뜻과는 달리 / 옮겨간 우시장 자리, / 서울식 맥주집이 들어서고부터 / 일에 지친 어른들 다 잠든 깊은 밤 / 깨어 있는 것은 / 맥주집 미스 리의 노래가락으로 두었다가는 이 난장판마저 남지 못하리. ///

그렇다. 웬만한 이성을 가진 사람이라면 자기의 고향이 이렇게 피폐되고 타락되어 가는 것에 참을 수 없는 울분을 느낄 것이다. 고통스럽지만 순박하게 견디고 있는 농민들을 유혹하고 못 견디게 만드는 세태에 대한 분노가 잘 표현된 작품이다.

「이농을 하며」란 작품에서는 농촌에서 버티다 버티다 결국 도시로 향하는 인물을 등장시켜 이농의 심정을 독백케 한다.

떠나야지 더 늦기 전에

동이 트기 전에

이제는 일어서야지

보따리의 가난은 챙겨서

떠나는 길가 어디든 던져야지

불빛 찬란한 새 시대의 도시로 가서

산중논 몇 마지기로 켠 헛물의

아무렇게나 나붙은

촌티를 벗겨야지

수도물에 하얗게 씻어내야지

몇 대를 버티며 지켰으나

아파트 입주권 하나 안 생기는

저 무덤의 조상 위폐는 절간에나 맡기고

어서 돈을 모아 다시 돌아와야지

도시에 가서는

자식의 가슴 못 박는 일 그만 두고

야구를 시키든지 씨름을 시키든지

아무거나 운동을 시켜야지

미련하게 공부를 하라고 자식을 윽박지르지 말아야지

농자금을 못 갚아서가 아니라

나도 그 정도는 짐작하며 사는 사람

보리덕석처럼 내돌리지 말아야지.

그 순박하던 농민이 여북하면 이토록 생각이 바뀔까. 무엇이 그를 이렇게 속물근성에 빠지게 했는가. 말할 것도 없이 천박스럽고 그릇된 세태가 오염시킨 것이다. 이 시는 일부러 속물근성을 내보여 독자에게 자기성찰을 유도하는 것이다.

정규화는 다양한 소재로 시를 쓰지만 소외된 농촌이나 농민의 고통에 대한 작품을 많이 생산해 냈다. 세태가 잘못 되어감에 따라 병들어 가는 농촌과 농민의 심사를 잘 대변한다.

홍일선, 흙을 향한 쓰라린 사랑

홍일선의 시들은 농민이 말 못하는 심정을 대변하고 있다. 순박하기에 매양 쓰라린 아픔을 겪어야 하는 농민들의 일상사를 잘 표현하고 있다. 농촌에 남아 있는 것이 죄가 되고, 흙을 사랑하는 것이 벌이 되어, 앙가슴 두드리며 이예 빙어리가 되어 있는 농민들의 사연을 대신 펼친다. 그의 시는 사실적이라서 평범해 보이고, 평범해 보이는 까닭에 오히려 진솔해 보인다. 시답게 보이려고 억지로 노력하지 않기에 질박한 힘이 느껴진다.

「우리 할아버지 농사법」에서는 시류에 따라 약삭빠르게 변해가는
농사법을 경계한다.

나는 다른 말들은 믿을지 몰라도 / 농수산부 같은 데서 말하는 것은 믿
지 않는다 / 일흔 일곱까지 사신 우리 할아버지는 4·19와 5·16까지 보
고 가신 분인데 / 사사오입 개선이다 쿠데타다 해서 / 총칼로 세상법을
마구 바꾸어도 / 농사짓는 법만은 바꿀 수 없다고 늘 말씀하셨다 / 농
민은 비가 올 때나 가물 때나 들에 마음이 있어 / 흙과 한몸이 될 때
비로소 농사를 아는 법, / 쌀 한 톨 나락 한 톨 지성으로 거둬 / 제 몫의
값을 받는 게 흙에게 감사하는 / 농사법이라는 우리 할아버지 / 나라를
빼앗겨 온 강토가 신음할 때도 / 나라에 난리가 들어도 종자만은 소중
히 간직해 / 가을을 말없이 기약하지 않았던가, / 내가 수원농고 다닐
때 / 비닐하우스 속성재배 실습시간, / 우리나라 농업은 속성재배가 망
칠 거라고 / 뼈 있는 선생님은 걱정하셨다 / 이웃 농가보다도 더 많이
비료를 주고 / 이웃 농가보다노 더 년서 농약을 뿌려 / 그래서 이 땅을
어떻게 하자는 것인가 / 관청에 장관이나 높은 사람이 바뀔 때마다 /
우리나라 농업정책이 조석으로 바뀌었으니 / 유실수 장려로 밤나무 심
었다 망한 농가 허다하고 / 축산농가 장려로 소나 돼지 길렀다 / 낭패
본 사람 손 들어보라면 다 손 드니, / 비닐하우스 특용작물도 한물 갔고
/ 요즈음엔 복합영농 운운 선전이 한창이라던가 / 두 번 다시 안 속는
다고 다짐하면서도 / 또 귀가 솔깃해지는 농민들 / 아니다, 그것 다 부
질 없는 일 / 농산물을 제 값에 팔고 못 팔 때 / 풍년들어도 흉년인심
나는 법이고 / 흉년들어도 풍년인심 난다는 / 우리 할아버지 농사법이
자꾸만 생각난다 / 어리석은 자들이 미련한 힘만 갖고 / 총칼로 세상법
다 바꾸어도 / 농사짓는 법만은 못 바꾼다는 / 우리 할아버지 말씀이
자꾸만 생각난다 ///

이런 각성이야말로 진실로 뚝심이 생겨나는 것이다. 자연의 순리에 가장 충실하여야 하는 것이 최상의 농사법이거늘, 과욕으로 농사를 짓다 보면 화가 미치기 마련이라는 생각을 잘 표현한 작품이다. 그러면서 군부독재자들을 은근히 꼬집는다. 무지한 듯 자연에 순응하는 농민이 실상 지혜로운 것이고, 약삭빠른 독재자들이 어리석음이라는 것을 말한다.

「오산장 시오릿길」에서는 서럽고도 서러운 농민들의 심정을 대변한다.

어스름 풀무골 잡초 흔들어 훠어이 훠어이 / 부질없는 하곡수매가도 흔들어 훠어이 / 새벽 꼴 한 짐 한숨 한 짐 베어놓고 / 반나절 행보 나선 장길 시오릿길 / 이젠 품앗이도 옛말이 된 마을 / 타동 일꾼을 사 보리를 털었지만 / 수확이 좋으면 무엇하랴 / 훠어이 훠어이 먼지만 뿌옇게 피어나는 자갈길 / 저희끼리 드문드문 허기끼리 맞닿아 서 있는 / 미류나무도 훠어이 빈 달구지도 훠어이 / 등짐 진 보리자루마저 각박한 세월 / 우리네 무심함을 원망하는 것이냐 / 하루 너댓 번 다니는 읍내행 버스 / 장날은 차장과 짐삯 싸움 진저리 넌더리 / 아예 걸어가는 삼일장 오산장 시오릿길 / 가엾긴 왼종일 이리 부대껴 저리 부대껴 / 꾸벅꾸벅 졸며 살아가는 저희들이나 / 농사지어 헐값에 내다 파는 우리네나 / 서럽기는 마찬가지인데 훠어이 훠어이 / 그렇구나 지난 봄 언 땅 갈아엎듯 / 모진 세월 속아 산 세월 갈아엎어 / 우리들도 허리 펴고 살 날 언제일까 / 보리 서 말 등짐 메고 밀린 농약값 걱정 / 산자락 윗논 터진 물꼬 걱정 / 쉬엄쉬엄 걸어가면 다다를 읍내 / 똥값이여 보리가 똥값이여 급하지 않걸랑 / 다음 장날 내라던 구장 말이 선한데 / 그래도 장터엔 속고 살아가는 농민들로 / 지금쯤 한창 법석일 텐데 훠어이 훠어이 / 사료값도 안 나와 에미 소 한 마리 / 장터에서 제 손으로 죽인 죄밖에 없는데 / 경찰들에게 개처럼 끌려갔다는 / 어느 농민을 생각하면 가슴이 미어오지만 / 오늘은 초사흘날 아버님 제삿날 / 쇠고기라도 한 근 사갖고 가야지 / 마른 하늘에 소나기가 쏟아지려나 / 대낮 천둥 번개가 훠어이 훠어이 / 선진조국 입간판 벼락맞아 훠어이 훠어이 / 세상 다 속여도 흙은 못 속인다던 / 아버님 생전 말씀도 훠어이 훠어이 / 오늘 따라 말벗도 없이 홀로 가는 / 답답한 장길 오산장 시오릿길 ///

오죽 울화가 치밀었으면 정성껏 기른 제 소를 장터에서 때려 죽었으랴. 농사짓는 것이 번번이 실패하게 되니 '세상 다 속여도 흙은 못 속인다'는 아버지 말씀도 부질없게 여겨지는 것이다. 흙에 속고, 짐승에 속고, 나라에 속아 믿을 곳이 없다고 생각되니 마냥 답답한 심사뿐인 농부의 마음을 잘 표현해 냈다.

「보리를 밟으며」는 그렇게 답답한 농사일임에도 불구하고 안간힘을 쓰며 일어서는 농민의 처절한 모습을 보여준다.

새해부터는 품을 사지 않고 / 우리의 힘만으로 농사를 지어야지 / 아무 것도 모르는 사람들이 농촌 얘기를 하며 / 올 농사가 대풍작이라고 말하지만 / 예년보다 훨씬 빨리 온 한파 앞에서 / 어머니는 말없이 텃밭을 바라보신다 / 아무 데도 힘이 안 닿는 청보리 그믐밤, / 당신의 육순은 밤새도록 잠 못 이루고 / 다만 투박한 노동만이 함께 누우리라 / 우린 아직 젊지만 쉬이 피곤했거든, / 겨우내내 바람이 불어와 / 해마다 어둡게 뿌리 내리던 텃밭 / 눈 쌓인 보리밭의 흰 침묵을 나는 듣는다 / 언 땅 속 깊숙이 무슨 신앙처럼 / 숨어 여럿이 사는 보리의 푸른 뜻들, / 정말 올해는 우리의 힘만으로 일을 해야 할 텐에 / 텃밭이 멀리 뵈는 까닭은 무엇일까 / 매사에 주눅이 들어 떨리는 가슴, / 작년 텃밭의 풀들이 모두 깨어나 / 두엄더미 군생의 이름을 부르고 / 어딜 가도 멈칫 멈칫 놀라는 힘의 끝, / 이제는 추수도 기다리기 싫다는 농민들이여 / 겨우내 짓밟혀서 소생하는 보리밭 / 쓰라린 사랑이 그리운 탓일까, / 힘이여, 우리들의 확신이 눈내린 밭 / 폭풍 속에서 발각되는 사랑이었으면…… / 남몰래 끌어안고 갈구를 일구는 겨울 / 당당히 회생하는 청보리 우리들의 연애여, / 바람 깊은 시각 은밀히 나누는 / 보리와의 밀애도 이젠 두렵지 않다 / 이미 눈발이 몇 길로 쌓인 보리밭 / 내 청춘의 동정같이 찬찬히 남아서 / 안간힘 하며 꿈틀대는 시대의 발자욱들, / 보리를 밟으며 한없이 긴 밭이랑을 따라가며 / 우리들 힘의 발자욱이 쉽게 지워지지 않음을 나는 안다. ///

농사일이란 그저 앉으나 서나 걱정거리다. 때를 놓치면 안 되기에 마음은 늘 들녘에 가 있어야 한다. 편할 날이 없으니 매사에 늘 주눅이 들어 살 수밖에 없다. 객기로, 또는 오기로, 가끔은 희망 찬 마음으로 들녘에 굳센 발자국을 내딛어 보지만 워낙 깊은 한으로 찍힌 발자국이기에 쉽게 지워질 수 없는 것으로 표현하고 있다.

홍일선 시정신의 심지가 튼튼하게 여겨지는 것은 절망을 절망으로 표현하면서도 끝내 맞서보겠다는 힘을 보여주기 때문이다. 끝간 데까지 간 농민들의 절망 속에 함께 살면서 불합리한 세태를 꿋꿋이 증언해 내는 시인이기에 더욱 믿음이 가는 것이다.

박운식, 절망으로 키운 희망

박운식의 시는 경쾌하다. 마치 딴전을 부리는 농부 같다. 모두가 절망의 노래인데 그는 왜 희망을 말할까. 그것은 천성일 터다. 절망할 줄 몰라서가 아니라 절망을 쉽게 털고 일어설 수 있는 성격 때문이리라. '성격이 반 팔자'라고 하던가. 고통 속에서도 희망만 보려 하기 때문에 그는 스스로를 괴롭히지 않는다. 농사일도 끝내 그를 괴롭히지 못하는 것이다.

감자를 심으며 삐죽이 내민 어린 싹을 / 부드러운 흙에 한알 한알 묻으며 / 감자의 마음이 내 손끝을 통해 가슴으로 / 무슨 생각들이 번져가고 있을까 / 살살 부는 바람 타고 감자의 마음과 마음이 / 한데 섞이어 어느 곳으로 날아가 / 냇가의 갈대를 흔들고 깊은 산중의 / 억새풀을 흔들고 도라지꽃 뿌리도 흔들면서 / 나도 모르는 무슨 말들을 할지도 몰라 / 내 꺼칠한 턱수염에 관한 얘기나 / 내 겨드랑이의 꾸불꾸불한 털을 생각하며 / 깔깔거리며 웃을지도 몰라 / 얼마 후 감자가 자라서 감자꽃이 필 때 / 자주빛이나 흰 감자꽃 주위를 맴돌다 / 몰라보게 자란 주먹만한 감자들을 바라보며 / 무슨 말들이 불타고 있는지도 몰라 / 파란 불길이 온 밭뙈기를 덮을지도 몰라 / 호미로 감자를 캘 때 흙속에서 주렁주렁 / 매달려 나오는 감자의 살갗이 / 햇살에 쨍그랑 소리를 내며 부딪칠 때 / 서로의 다른 생각들이 다른 바람 속에 / 떠돌아다니다 그렇게 만나며 / 빛나는 눈빛인지도 몰라 ///

농사를 지을 적마다 이런 생각, 또는 대화를 한다면 농사일에 대한 절망감이 다소간은 눅어지리라. 아무리 농민을 절망 속에서 벗어나지 못하게 하는 세상이라고는 하지만, 농사일처럼 정직하고도 순수한 것이 드문 법이다. 때때로 이런 경지에 들 수 있는 것이다.

「밭을 갈며」라는 시도 같은 경지를 표현한 작품이다.

쟁기로 밭을 간다
내가 지금 어느 곳에 힘을 쓰고 있는지
앞에서 끄는 황소는

어느 곳에 힘을 쓰고 있는지

아는 사람은 알겠지

소의 꿈벅이는 눈빛이나

나의 눈은 무엇을 바라보고 있는지

모르는 사람은 모르겠지

간격을 맞춰 고르게

한골 한골 넘어가는 흙덩이들이

금세 지나간 나의 발자국과

소의 발자국을 덮으며 지날 때

소의 헉헉거리는 숨소리도

나의 몇 개의 생각들도 같이 떨어져

묻히겠지 묻히면서

앞산 뻐꾸기 노래 한 자락도

풀잎을 흔들던 바람 한 조각도

흙 속에 섞이어 넘어가겠지

아무 소리도 표시도 남겨 놓지 않고

콩이나 팥이나 배추를 심으면

며칠 후 싹이 터서 새파랗게 돋아날 때

아는 사람은 알겠지

보습날에 무더기 무더기로 묻히던

햇살이며 바림이며 발자국들이

더 울창하게 무성하게 자라나서

온 밭뙈기를 덮을 때

모르는 사람은 모르겠지.

참으로 섬세한 감수성이다. 지나가는 바람 한 자락, 뻐꾸기 울음 한 토막, 소의 숨소리, 자신의 생각 따위가 모두 뒤섞여 생명의 터전이 된다는 발상이 탁월하다.

「겨울 들판」에서는 시인이 스스로를 부추기는 모습과 굳센 의지를 볼 수 있다.

텅 빈 들판이 텅 비게 보이는 것은

겨울 들판이기 때문이다.

들판마다 커다란 발자국

우리들이 잠든 사이 커다란 자루를

들고 가던 검은 그림자

그 검은 그림자의 깜깜한 뱃속엔

무엇이 들었을까

알 수 없어라 어리석은 눈은

텅 빈 들판이 텅 비게 보이는 것은

어리석은 눈 때문이다 감은 눈 때문이다

살찐 바람이 잘도 불더니만

햇살은 잘도 내리더니만

내 가는 팔뚝에 주렁주렁 많이도 매달리는

농비 학비 조합빚 사채빚

내 가는 팔뚝이 부러질 것 같구나

텅 빈 들판이 바람아

더 세게 세게 불어봐라

지금껏 견디어온 질긴 내 팔뚝은

부러지지 않으리라 부러지지 않으리라.

이 시인에게도 어느 농사꾼처럼 똑같은 절망이 매달려 있음을 본다. 그러나 그는 텅 빈 겨울 들판에서 뭔가 차 있는 것을 본다. 꽉 찬 자연의 힘을 보는 것이다. 그것 때문에 시인은 끝내 절망하지 못한다.

박운식의 시 표정은 다른 대부분의 농민시와 꽤나 다르다. 농사일에 대한 깊은 절망을 왜 모르랴만, 절망은 절망을 낳기에 뭔가 또 다른 희망으로 절망을 눌러대는 것이다. 그것은 질박한 열정이리라.

농민시에 대해 말하려 할 때 대부분은 그 개념부터 확실히 하려고 한다. 즉 실제 농사일을 하는 사람이 쓴 것만을 농민시로 봐야 하느냐, 아니면 농민을 위한 것이면 누가 썼던지 간에 농민시로 볼 수 있느냐 하는 것이다.

민중문학 정신이 시대를 선도할 때는 '민중'에 대한 순도純度를 높이려 했다. 순도를 높인다는 것은 다른 측면으로 보면 배타적인 태도를 취한 것이다. 그러니까 농민시라면 농민에 의해 직접 창작된 것만을 의미했던 것이다. 이 땅에 민중정신이 각성되고 또 절정에 달했을 때, 농민들은 직접 시로써 시대를 증언하고 자신들의 아픔을 표현해 냈다. 앞에서 논의한 사람들이 대표적인 시인들이다. 농민이 아니면서, 더군다나 농사의 체험도 없으면서 지식인들이 어설피 대변하는 것을 영 마뜩치 않게 생각해 왔던 터에 이들의 등장은 대단히 고무적이었던 것이다.

어쨌거나 농사일을 하면서 시를 쓰는 이들이 많이 등장하면서 진정한 농민시가 생산된 셈이다. 그들이 진정 농민들의 애환을 대변하고 있다고 봐도 전혀 무리가 되지 않을 훌륭한 시인들이 대거 등장한 것이다. 그들의 작품은 건강한 현실안, 언어미의 성취도가 예사롭지 않기에 독자들에게 생산적인 힘을 공급하는 시인들로 평가할 수 있는 것이다.

4. 민중의 보편 정서와 시대 분위기를 탐구한 시인들

육체적·정신적 노동력을 제공하고 거기에 합당한 대가를 받지 못하는 계층을 민중이라 한다. 그러나 민중이라는 의미를 너무 좁게, 배타적으로 한정할 필요는 없겠다. 성실하게 일하면서 평범하게 살아가는 모든 소시민들이 다 민중이며 우리 사회구성원의 대부분인 것이다. 민중들 속에 잠재되어 있는 힘과 가치는 어마어마한 것이어서 이들의 역량을 어떻게 활용하느냐에 따라 사회적 활력과 역사의 방향이 크게 달라질 수 있다.

독재자들이 민중을 억압하면서 자신들의 정권을 유지, 연장하려 할 때 사회적 활력은 감퇴하고 역사는 뒷걸음질할 수밖에 없다. 민중들의 자유와 권리, 그리고 사회복지를 웬만큼 확보해 주지 못하게 되면 그만큼 민중들의 힘과 생산력이 떨어지면서 사회가 생기生氣를 잃게 된다. 민중들의 생기지수生氣指數가 위정자들의 능력을 나타내는 것이다.

훌륭한 시인은 민중들 삶의 모습을 시로 표현해 내는 데 성실하다. 민중들의 생기를 위축시키는 원인을 지적해 낸다든지, 생기를 높이기 위한 사회적 전망을 제시하기도 한다. 물론 시인들의 그런 방법은 시적 진술, 비유적 진술에 의한 것이어서 모든 사람이 충분히 이해할 수 있는 것은 아니다. 하지만 성실한 시인의 직관이나 감수성은 민중들의

표정, 사회적 분위기를 표현해 내기 위해 사뭇 골똘한다. 민중의 표정
은 곧 그 사회의 표정이가 때문이다.

문충성, 시대의 칼을 벼리는 노래

문충성은 불합리한 정치적 현실을 구체화시키지는 않는다. 대신 현
실이 어떤 심각한 문제에 직면해 있다는 것을 암시하면서 그 타개를
위해 힘을 모으려 한다. 한동안 그의 시가 집착해 있던 제주도라는 공
간, 바다라는 소재에서 벗어나 나라와 민족의 문제에 골몰하게 되는
것이다. 불합리한 정치현실을 타개하는 방법은 결국 민중의 의식을 일
깨우는 방법으로 귀결된다. 스스로 새롭게 각성하는 것은 물론 민중들
의 각성을 요구한다.

답답한 시대에 대한 시인의 억눌린 감정은 일상적 사물에게 전이되
어 일종의 화풀이처럼 표현되는데, 「폭포」와 같은 작품이 그 좋은 예
이다.

한밤중에
나를 흔들어 깨우는 이
새파란 음성으로 청정하게
한 밤을 귀 밝혀놓고
캄캄한 어둠 속에
그 환한 어둠으로
나를 파묻는구나

일어나라 잠 깨거라
어느 마을
슬픈 굿거리

역사란 무엇이냐

삶과 죽음이 하나이더라고

왜 이리 쟁쟁

내 이마 두들기는가

히히 웃고 히히

나자빠지기만 하는가

폭포에 대한 이러한 자신의 감정이입은 자기 자신, 그리고 의식 없는 민중들에게 향한 것이다. 시대의 의미, 역사의 의미를 무력화시키려는 세태에 분노하는 것이다.

「숫돌의 노래」는 민중의 힘을 불러 모으는 작품이다.

칼이여 낫이여 가위여 오너라

눈 먼 것들 모여와 한줄로 서거라

칼은 칼로 날을 받아 세우고

한 세상 베어낼 것이 무엇무엇 있으랴만

양파 쪼가리나 배추 모가지 싸구려

돼지고기 벤 자리 썩어 가는 갈치 허리나 잘라내며

새파랗게 눈 뜨고 슥삭슥삭

그러나 내 양심 갈아내는 건 농사꾼 낫이 있을 뿐

엿장수 품팔던 가위는 고된 노역에

물이 되고 구슬땀은 바람이

빈 주먹뿐인 허공이 되는가 우리의 녹스는 꿈은

무엇으로 남을까 오너라 칼이여 낫이여 가위여

녹슨 것들 모여와 한줄로 서거라

차라리 너희들 모여들어 곳간 깊숙이 녹스는

나의 날을 세워다오 육신을 갈아내며

세우는 뜻을 비상의 부질없는 삶을

그래도 내 넋의 한 녘에 서서

꿈꾸게 해다오 삼천리 금수강산

내 꿈의 나라 미쳐나게

짙푸른 하늘을 한뼘 열어다오

'내'가 민중들을 각성시키기도 하지만 동시에 민중들이 '나'를 각성시키기를 바라고 있다. 서도 각성하여 시시썰넝한 데 쓸 것이 아니라, 나라를 바르게 하는 데 이바지 하자는 생각을 잘 표현한 시다.

「억새꽃」은 제주의 역사를 성찰하면서 민중들이 남겨놓은 조국애, 민족애를 유추하게 한다.

흔들림의 저편에서 하얗게

말발굽 소리 들려 온다

몽고군 긴 창 끝에

무너진 삼별초여 삼별초여

울긋불긋 이름없는 병사들

가슴 가슴 피 흘린 자국마다

억새는 뿌리 뿌리 내려

제주의 들판을 파르르르

흔들기도 하고 봄날이면

안개 자욱이 아롱아롱아롱

종달새 하늘 길을 열어 놓지만

무정세월 삭이며삭이며

> 손짓한다 가을날 하르르르
> 부질없다 삶이란 한낱 흔들림임을
>
> 그러나 죽음의 세월에도 아랑곳없이
> 뜻 있는 삶이 자주임을 자유임을
> 차라리 압박과 노예의 삶을 거부하며
> 스스로 지키며 싸우며 무너지며
> 헐떡이던 숨결 탁 내버리며 뜻만을 남기며
> 제주의 들판 노을 내리는 곳 어디서든지
> 지천으로 흔들리는 억새꽃이여
> 흔들림의 저편에서 하얗게
> 말발굽 소리 들려 온다

조상들이 남긴 뜻을 이어 받아야 된다는 생각을 표현한 것이다. '말발굽 소리'는 이 시대의 민중들을 각성시기기 위한 소리겠다. '억새의 뿌리'도 조상들의 음덕陰德이나 재생된 정신을 의미한다.

문충성은 불합리한 시대를 살아가는 민중들을 각성시키기 위함은 물론, 자기 자신이 각성하기 위한 수단으로 시를 썼던 것이다.

김광규, 독재하 세태의 증언

김광규는 현실 곳곳에 도사리고 있는 불합리를 은근하게 비판하는 데 주력한다. 소외당한 사람들에 대한 관심을 갖기도 하고, 사회의 어두운 분위기를 성실히 제시하려고도 한다. 그러면서 그런 불합리들은 반드시 일상인들이 싸워서 극복해야 할 것임을 말하고, 의지를 부추긴다. 그의 시들 중 상당수가 독재정치하의 사회적 분위기를 적극적으로 증언한다. 「누군가」란 작품이 대표적인 예 중 하나일 것이다.

누군가 종로의 버스 정류장을 없애 버렸다

멀리서 호각을 불며 누군가
우리의 뒤로 다가오고 있다
우리의 이야기를 엿듣고
우리의 사랑을 엿보고
우리의 깊은 잠을 빼앗아 갔다
단란한 가정을 사창굴처럼 뒤지고
애써 가꾼 꽃밭을 짓밟아 버렸다
누군가 우리의 맑은 하늘을 더럽히고
우리의 푸른 마을에 철조망을 치고
우리의 낡은 바다에 폐유를 쏟아버렸다
우리의 진지한 모임을 방해하고
우리의 힘찬 발걸음을 가로막고
우리의 선량한 이웃을 잡아가고
누군가 우리의 등에 총을 겨누고 있다
눈을 가리고
입을 막고
목을 조이고
핏줄에 바람을 넣고
누군가 우리의 머리속으로 들어와
큰골에 칼을 꽂고
씌어지지 않은 글을 읽고 있다
멀리서 북을 치며 누군가
우리를 막다른 골목으로 몰아넣고 있다.
우리가 초대하지 않은 이 사람은 누군가

'우리가 초대하지 않은 이 사람'은 당연히 독재자와 그 하수인들이다. 무력으로 정권을 차지했기 때문이다. 위의 시가 쓰인 1980년대 초반 상황을 잘 표현하고 있다. 일상인들이 일거수일투족도 함부로 할 수 없었던 공포의 시대를 잘 증언한 것이다.

「바른손」 역시 독재자를 비난하는 작품이다.

엄마 젖을 만지며
쥐엄질하던 손
부끄러운 곳을 사랑하고
머리카락을 쓸어넘기던 손
골통담뱃대에 불을 붙이고
당좌수표를 발행하던 손
거문고를 뜯고
바다로 떨어지는 정방폭포를
캔버스에 옮기던 손
논뚝길로 경운기를 몰고
63층 고층 빌딩을 짓고
반도체를 만들어낸 손
깨끗한 영혼을 위하여
눈감고 기도하던 손

그 손으로
밧줄을 목에 걸고
숨통을 조이고
칼로 찌르고
방아쇠를 당겼다

힘 없는 사람을 괴롭히고

죄 없는 목숨을 빼앗은

그 손으로 이제

높고 먼 곳을 가리킨들

누가 거기를 바라보겠느냐

보이는 것은 오직 피묻은 손

장갑을 벗어도 소용없다

팔짱을 낄 수도 없고

뒷짐을 질 수도 없다

주머니에 넣어도 감춰지지 않는

그 더러운 손으로 이제

무엇을 할 수 있겠느냐

제 1연에서 다양하게 수식되듯이, 뜻있게 쓰이는 인간의 손이 사람에 따라서는 때로 인간을 죽이는 수단으로 전락한다는 것을, 대조감정을 느끼도록 짜인 작품이다. 독재자의 행태를 단호하게 비난한 시다. 「희망」에서 시인은, '희망'이란 싸워서 지키는 것임을 말하고 있다.

희망이란 말도 / 엄격히 말하자면 / 외래어일까 / 비를 맞으며 / 밤중에 찾아온 친구와 / 절망의 이야기를 나누며 / 새삼 희망을 생각했다 / 절망한 사람을 위하여 / 희망은 있는 것이라고 / 그는 벤야민을 인용했고 / 나는 절망한다 그러므로 / 나에게는 희망이 있다고 / 데카르트를 흉내냈다 / 그러나 절망한 나머지 / 스스로 목숨을 끊은 그 유태인의 / 말은 틀린 것인지도 모른다 / 희망은 결코 절망한 / 사람을 위해서가 아니라 / 희망을 잃지 않은 / 사람을 위해서 있기 때문이다 / 그렇다면 희망에 관하여 / 쫓기는 유태인처럼 / 밤새워 이야기하는 우리는 / 이미 절망한 것일까 아니면 / 아직도 희망을 잃지 않은 것일까 / 통금이 해제될 무렵 / 충혈된 두 눈을 절망으로 빛내며 / 그는 어둠 속으로 사라졌다 / 그렇다 절망의 시간에도 / 희망은 언제나 앞에 있는 것 / 어디선가 이리로 오는 것이 아니라 / 누군가 우리에게 주는 것이 아니라 / 싸워서 얻고 지켜야 할 / 희망은 / 절대로 / 외래어가 아니다 ///

희망은 희망을 잃지 않기 위해 있는 것이며, 결코 밖에서부터 오는 것이 아님을 말하려 한다. 그러니까 희망은 우리들 모두의 내부에서 생산되는 것이며, 절망적 현실과 싸워 이겨서 얻은 것이 희망이라는 생각을 잘 표현한 것이다.

김광규의 시는 편하게 읽힌다. 애써 시적 긴장력을 도모하지 않아 쉽게 읽고 이해할 수 있다. 그래서 현실 대응력이 더욱 발휘되는 것이다.

정양, 불안감의 절정

정양의 시는 세대의 불안감을 잘도 표현해 낸다. 그것은 곧 민심이 불안으로 이어지는데 역사적으로 지속된 한이라든지 현실상황에 대한 분노와 긴밀히 연결되어 있다. 그런 감정을 그는 직접 표현하지 않고 모든 사물에 투사하여 나타낸다. 그러니까 나뭇잎의 흔들림이라든지, 물결의 반짝임 따위, 세상 만물의 사소한 존재방식까지도 예사롭게 표현하지 않는다. 민심이 불안하기에 모든 사물도 다 불안하게 존재하고 있다는 생각의 표현인 셈이다. 그러나 때로는 소극적 민심을 비판하기도 하고, 때로는 위정자들의 가렴주구를 빗대기도 하여 불합리한 시대를 성실히 증언한다.

「봄」이라는 산문시를 보자.

가지라는 가지는 모조리 잘린 해묵은 버드나무들이 모지락스런 몸통만 겨우 남아서 한겨울을 지내고 있었다.

해마다 가지 잘리어 해마다 몸통만 남는 버드나무들, 뿌리박힌 나무들이기는커녕 무슨 말뚝이나 몽둥이나 거꾸로 처박힌 몽당빗자루같은 것들이 풍전세류風前細柳의 자랑도 욕됨도 잊어버리고 곳곳에서 참담하게 세상을 지켜보고 있었다.

봄 성한 다른 나무들처럼은 피 도는 소리를 못듣는 버드나무, 아무리 추위도 덜덜덜 떨 줄조차 모르는 봄이 오는 소리도 잊어버리는 캄캄한 불감증들아. 흔들리는 봄바람도 없이 아무일도 없었다는 듯이 정말로 너에게도 봄이 오더냐. 몽당빗자루같은 네 몸뚱이 아무곳에나 건망증처럼 거짓말같은 싹이 트더냐. 죽어도 못견딜 무슨 슬픔이 그렇게도 촘촘히 돋아나더냐.

무더기로 무더기로 싹이 터지는 환장한 버드나무들, 그 환장한 목숨들이 새파란 비명들을 악물고 아픈 껍질마다 되돌아온다.

매년 가로수들을 몸통만 남겨둔 채 잘라버리는데, 그 몸통만 서있는 나무를 보고 시대상황과 연관시킨 것이다. 독재정치 하에서 저항할 의지를 빼앗긴 채 묵묵히 살아가고 있는 민중들을 안타까워하다가, 나무 몸통에서 나오는 새잎사귀를 보고는 민중의식이 되살아가는 것으로 보고 있다. 맨 마지막 부분에서 표현되듯 민중들의 아픈 각성으로 표현하고 있는 것이다.

「수수깡을 씹으면서」란 작품은 가렴주구와 흉흉한 민심을 표현해낸다.

떡 한 쪼각 수면 안 잡어먹지 /떡 한 쪼각 더 주면 너 / 안 잡어먹지 / 이 땅의 호랑이들은 처음에는 / 떡 한 쪼각만 달라고 하더란다. // 고개고개 너머 어쩌면 그리 / 고개도 많은지 / 호랑이가 으르렁대는 산모퉁이 / 첩첩한 고갯길마다 / 안 잡아 먹히어 다행스러운 / 숨이 가쁘다. / 굶어죽게 생긴 자식들 / 산 너머 두고 / 수수깡이나 씹으며 돌아가는 길 / 가진 떡을 다 주어도 소용없는 고갯길. // 치마저고리 벗어주면 너 / 안 잡어먹지 / 고쟁이까지 벗어보이면 정말로 / 안 잡어먹지 / 부끄럼도 욕됨도 잊어버린 / 이 고개의 알몸, / 아무리 시달려도 소용없는 알몸, / 팔뚝 하나 띠어주면 / 안 잡어먹지 / 정갱이 하나 띠어주면 / 안 잡어먹지 // 고개고개 너머 어쩌면 그리 / 고개도 많은지 / 소용없는 정갱이 소용없는 허벅지 소용없는 / 엉덩짝 소용없는 젖퉁이…… // 기다리다 지친 자식들 / 산 너머 두고 / 넋 달아났으므로 아픔도 없는 / 아무 소용없는 피비린내만 / 소름끼치며 흩어지더란다. // 고을마다 피먹은 이야기들이 / 깨물어도 깨물어도 소용없는 / 수수깡으로 자라서 쓰러진다.

‘해와 달이 된 오누이’ 이야기 틀을 가지고 당시의 세태를 비판한 작품이다. 혹세무민惑世誣民 당하는 백성들의 삶 때문에 세태가 온통 흉흉하게 돌아가는 분위기를 잘 표현했다.

장마전선은 북상중
남도 가는 차창에 비가 내린다

산 그늘은 비보라로 흩어져 내리고
억센 빗줄기 속
무등산이 자꾸만 사라진다.
비보라 속 무등산 무너져오는
슬픔 속으로
넋나간 남도 사투리들이
토막토막 부러진다.
묵은 산자락을 흔들고

쏟아지는 비

강둑을 허물고 달아나는 물

아우성치며 숨가쁘게

달려드는 물

논밭들이 벌건 물에 잠긴다.

말 못하는 산천이 뒤집혀

피 먹은 바다로 출렁거린다.

못 알아들을 사투리를 싣고

간신히 트이는 남도의 빗길,

간신히 알아듣는 토막말들이

몸서리치는 빗길을 가로막는다.

「남도행南道行」이다. 역시 당시 민중들의 보편 정서를 드러내려 하였다. 한 맺힐 일들을 너무도 많이 당했기에 비가 쏟아져 내리는 것조차도 어떤 불안으로, 설움으로 인식하게 되는 것이다. '넓나간 남도 사투리들이 / 토막토막 부러진다'는 시구를 비롯해 작품 곳곳에서 모두 그런 분위기를 표현하고 있다. 시인 한 개인의 심리상태가 아니라 당대 민중들이 가지고 있는 정서였던 것이다.

강은교, 백성을 깨우는 소리

강은교의 시는 한 시대의 분위기를 표현하는 데 안간힘을 다하고 있다. 독재하 사회적 상황을 사실적으로 증언하지 못하는 부분을 상징적으로 표현해 내려니, 훨씬 더 기교가 필요했던 것이다. 단지 언어적 기교라기보다는 시의 상징적 분위기를 한껏 높이려는 기교다. 시인의 작품들이 대부분 어두운 분위기로 흐르는 것은 그만큼 시대에 성실했다는 증거다. 또한 시인은 분위기만 암시하는 데 그치지 않고 민중들의 의식을 일깨우는 것에 진력한다. 민중들의 잠재력을 모아 시대의 장벽을 깨치도록 자극하는 것이다.

「백성」이라는 시에서 시인은 백성을 한 마리의 바퀴벌레로 상정한다.

> 나는 한 마리 바퀴벌레올시다.
> 더듬이 하나로 온 땅과 입맞추는
> 징그러운 징그러운 바퀴벌레올시다.
>
> 어둠의 입이올시다
> 폐허의 눈이올시다
> 평화의 원자原子올시다
> 순진의 공포올시다
>
> 나는 열심히 벽을 기어오르나이다
> 방방곡곡 숨어서 눈뜨나이다
> 오늘 밤에도 저 십리의 벽을 타고 넘으면
> 아
> 다정히 누워 있는 수평선 같은 수채구멍
> 등때기엔 달디단 쓰레기
> 눈먼 달 따라 엎어져
> 울어라 더듬이여
> 흘러라
> 흘러라
> 더듬이여

나는 한 마리 바퀴벌레올시다.
더듬이 하나 삼천리 절망에 펄럭이는
불쌍한 불쌍한 평화주의자올시다.

백성을 한 마리의 바퀴벌레로 인식한다는 것이, 정치상황이 최악임을 증명하고 있는 것이다. 특히 맨 마지막 연의 표현이 기발하다. 백성에 대한 이러한 시인의 인식은 결국 선동적 의지로 이어지게 되는 것이다.

가자 가자 어이 가자
어둠 뚫고 어둠으로 가자.
가도 가도 다 못 가는 그대여
갈 곳 없는 길을 향하여
일어선다 부질없이 일어선다.
가자 가자 어이 가자
길 위의 바람은 길 아래로
길 아래 바람은 길 위로
넋들 많아 넋 못 뿌리치겠네.
가자 가자 어이 가자
구름은 하늘에 별은 동편에
눈 있는 사람은
눈 없는 사람에게 매달리는데
평화는 전쟁에
기쁨은 어둠에
빛은 어둠에 매달리는데
앉아 삼천리 서서 삼천리
그도 가도 다 못가는 그대여

보아라 저기

모퉁이 모퉁이마다

머리 풀고 춤추는 안개들

비가 내리는데

산 넘어 산이 눕는데, 자꾸 눕는데

「슬픈 노래」다. 시대는 어둠으로 상징된다. 모든 긍정적 이념이 모두 부정적 이념에 의해 희생되고 있는 상황을 암시하고 있다.

「일어서라 풀아」는 민중의 힘을 강력히 요구하는 시다.

일어서라 풀아

일어서라 풀아.

땅위 거름이란 거름 다 모아

구름송이 하늘 구름송이들 다 끌어들여

끈질긴 뿌리로 급친 얼굴로

빛나라 너희 터지는

목청 어영차

천지에 뿌려라.

이제 부는 바람들

전부 너희 숨소리 지나온 것

이제 꾸는 꿈들

전부 너희 몸에 맺혀 있던 것

저 바다 집채 파도도

너희 이파리 스쳐왔다.

너희 그림자 만지며 왔다.

일어서라 풀아

일어서라 풀아.

이 세상 숨소리 빗물로 쏟아지면

빗물 마시고

흰눈으로 펑펑 퍼부으면

가슴 한아름

쓰러지는 풀아

영차 어영차

빛나라 너희

죽은 듯 엎드려

실눈 뜨고 있는 것들.

풀은 이제 공적公的 상징이 되어 민중 또는 민중의 힘을 의미한다. 민중이 깨어나야 독재자가 두려워한다. '죽은 듯 엎드려' 있던 민중들이 일제히 솟구칠 때, 겨울이 가고 봄은 오는 것이다.

강은교는 연작시 「소리」를 비롯하여 수많은 작품으로 시대 분위기를 성실히 암시했다. 그뿐만 아니라 민중의 각성과 궐기를 촉구하는 시를 써내 시대를 배돌지 않았던 것이다.

이성복, 안개의 시대

이성복의 많은 시들은 시대 분위기를 성실히 암시하고 있다. 사실적 진술은 피할 수밖에 없었던 만큼, 뭔가 불행한 일이 일어나고 있음을 지속적으로 암시해 준다. 당시를 안개로 가려진 시대, 어둠에 싸인 시대, 의리부동한 시대로 규정하려는 시인의 태도를 확인해 낼 수 있는 것이다.

「그리고 다시 안개가 내렸다」라는 시를 보자.

그리고 다시 안개가 내렸다 이곳에 입에 담지 못할 일이 있었다 사람들은 말을 하는 대신 무릎으로 기어 먼 길을 갔다 그리고 다시 안개는 사람들의 살빛으로 빛났고 썩은 전봇대에 푸른 싹이 돋았다 이곳에 입에 담지 못할 일이 있었어! 가담하지 않아도 창피한 일이 있었어! 그때부터 사람이 사람을 만나 개울음 소리를 질렀다

그리고 다시 안개는 사람들을 안방으로 몰아 넣었다 소근소근 그들은 이야기했다 입을 벌릴 때마다 허연 거품이 입술을 적시고 다시 목구멍으로 내려갔다 마주 보지 말아야 했다 서로의 눈길이 서로를 밀어 안개 속에 가라앉혔다 이따금 기적汽笛이 울리고 방바닥이 떠올랐다

아, 이곳에 오래 입에 담지 못할 일이 있었다……

사람이 사람을 마구 죽였던 일을 체험했기에, '사람이 사람을 만나 개울음 소리'를 질렀다고 표현했으리라. 입에 담기조차 창피했기 때문에 유언비어가 끊어지지 않았고, 사람들의 삶은 안개에 가려진 채 앞이 보이지 않았던 독재자들의 시대를 암시하는 작품이다.

「자주 조상들은 울고 있었다」도 유사한 분위기를 풍기는 시다.

자주 조상들은 울고 있었다 풀뿌리 아래서 울고 있었다 누이야, 우리가 하늘이라 믿었던 곳은 자갈밭이었지 자주 조상들은 울고 있었다 자갈밭에 엎어져 울고 있었다 누이야, 자갈밭 아래 도랑에는 검은 피가 흐르고 앞산 구릉에선 늙은 군인들이 참호를 파고 있었지 무어라, 무어라고 말을 걸면 허공에서 마른 나뭇잎 서걱이었지 누이야, 자주 조상들은 울고 있었다 마른 나뭇잎 속에서 울고 있었다

숱한 내우외환에도 굳세게 지켜왔던 이 나라 이 민족이 독재자들에 의해 거덜 나고 있었기에, 또한 그런 일이 비일비재 일어나기에 '자주 조상들은 울고 있는' 것이다. '마른 나뭇잎'은 생기生氣 없는 시대 분위

기를 상징하고 있다.

「약속의 땅」은 강약이 부동한 세태에서 강자들이 난장치고 있는 행태를 암시한다.

> 높은 나무 잎새들은 덧없이 떨리고 팻말들은 쓰러져 있다 아무 일도 약속대로 지켜지지 않았다 늙은 여인들은 챙 낮은 집에서 울다가 잠이 들고 비린내 나는 아이들은 여전히 깊은 물가에서 놀고 있다 강한 자들은 여전히 강하고 약한 자들은 끝없이 피라밋을 쌓고 있다 사기, 절도, 살인, 사기, 절도, 절도, 살인……
>
> 약속의 땅에서 십 년을 머물다가
> 이곳에 집을 버린 새들을 따라 멀리 갈 것인가
> 아무 일도 지켜지지 않은 약속의 땅에서
> 녹슨 풍경 소리 들린다

민주, 자유, 평화, 복지 따위 약속은 강자들이 패권을 잡기 위해 내세우는 공약空約이다. 순진한 민중은 늘 속는다. 독재자가 한낱 잡범들과 다를 게 무엇이랴. 살인, 절도, 사기 따위는 독재자들이 지니는 전과前科인 것이다. 약속은 지켜지지 않아 절망으로 적막강산이 된 땅에 바람만 스치고 있는 분위기를 표현한다.

이성복의 시에 사실적인 진술이 조금만 더 보강되었더라면 하는 아쉬움도 있지만, 그래도 당대 분위기를 암시하는 데 성실했던 것으로 평가할 수 있겠다.

곽재구, 민중애환에 대한 섬세한 표정

곽재구의 섬세한 시정신은 자연친화에서 발휘되기보다는 사람들의 일상적인 삶을 그려내는 데서 발휘된다. 어떤 대의명분을 드러내려는 욕심을 부리지 않고, 필부필부들의 일상적인 삶에 남다른 애정을 쏟기에 예사롭지 않은 작품이 생산될 수 있었다. 애환이라고는 하지만 환희보다는 비애悲哀 쪽에 비중을 두기 때문에, 그의 시 속에는 소외된 삶을 살아가는 사람들의 이야기가 제시된다. 그래서 그의 시는 따뜻한 느낌을 준다. 어렵게 살아가는 주변사람들이면 누구나 감싸 안으려는 애정이 사뭇 표현되고 있다.

「대인동 부르스」란 작품부터 보자.

추석달이 밝은데 / 비인 거리에 너는 그림자를 띄웠느냐 / 콜타르 먹인 전신주 아래 / 다리 꼬고 턱 바치고 꼭 그렇게 / 눈물나는 모습으로 서서 너는 다시 / 이 거리의 슬픔으로 가을 달맞이꽃이 되려느냐 / 부평에서 반월에서 구로동에서 / 이름도 얼굴도 때묻은 젖 큰 가시내들은 / 고향이라고 명절이라고 다들 밀려오는데 / 전세버스의 차창마다 깨꽃 같은 그리움은 피었는데 / 네가 설 땅이 꼭 한 곳뿐이라고 / 너는 그 전주 아래 슬픔의 뿌리를 내리고 굳었느냐 / 그 무슨 안쓰린 기나림의 씨앗이라도 뿌렸느냐 / 어색하게 스타킹을 신고 원피스를 입고 / 사과 광주리 설탕 한 포 입어보지 못한 / 어머니의 겨울내복을 사들고 / 아버지의 소주와 동생의 운동화와 그림물감을 사들고 / 저렇듯 돌아오는 때절은 / 가시내의 웃음소리가 그리웁지 않느냐 / 추석 달빛은 찬데 / 대인동 골목마다 찬 달빛은 출렁이는데 / 굳어버린 너의 몸 위에 누가 / 창녀라고 낙인을 찍겠느냐 / 누가 한 오리 저주의 그림자를 드리우겠느냐 / 가까운 고향도 눈에 두고 갈 수 없어서 / 마음만은 언제나 고향 식구들 생각이 뜨거워서 / 홀로 들이켠 수면제 가슴 젖어 오는데 / 추석 달빛은 차고 어머니는 웃고 / 너는 뜬 두 눈으로 달맞이꽃으로 / 대인동 골목마다 죽어서 살아있는 눈물이 되었구나 ///

어설픈 동정심을 유발케 하려고 하지 않는다는 것은, 그의 시를 다 읽어보면 알게 된다. 그가 갖는 이런 애정은 요컨대 그의 시정신을 이루는 뼈대다. 일상인들이 비천하다고 생각하는 것일수록 그의 관심은 더 집중된다. 그래서 소외받는 사람들의 빈궁한 삶의 이야기를 「대인동」 연작으로 써낸다.

말라리아에 걸린 창기가 숨지던 날 / 비가 왔다 둘러선 우리들은 / 빗속에 온통 시야가 흐려지고 / 어디서 금계랍 몇 알을 구해온 창기의 누님이 / 거적 위에 쓰러졌을 때 / 천둥이 쳤다 무엇이었을까 / 미쳐버린 우리들의 울부짖음 속에 피어나던 번쩍거림 / 죄의 칼, 가진 것 없이 태어나서 죄인 / 우리들 모두의 머리칼을 뜯던 번개 / 구두통이 부숴지고 좌판이 날라가고 / 한데 뭉친 싸움이듯 우리들이 / 이리들의 찢어진 가난과 헐벗음을 때려부술 때 / 짓이겨 함께 부술 수 없는 / 거적속의 창기가 오히려 미웠다 / 거품덩이로 부풀어오르는 창기의 누님 / 배고픈 창기를 위해 / 몸이라도 내주었을 열일곱 작은 누에 / 울음소리가 옅어지면 덮여진 / 창기의 거적에서 김이 솟아올랐다 / 누가 누구에게 퍼붓는 흙탕물일까 / 빗방울은 더욱 굵어지고 이승을 떠나면서 / 끝내 누구를 원망할 줄 모르는 / 창기의 일기장이 흙탕물 위에 솟아올랐다 / 양재물솥 빨래삼기도 끊어지고 / 지난 여름 잡아먹은 개들의 뼈가 흩어진 / 방림천변에 창기 너를 묻고 돌아오던 날 / 우리들은 처음으로 피를 팔았다 / 대인동 우리들이 김밥과 콘돔을 팔던 그 골목에서 / 처음으로 처음으로 여자를 샀다. ///

「대인동 1」인데, 사창가를 터전으로 살아가는 사람들의 이야기를 요약하여 제시하고 있다. 가진 것 없어서 죄인이 된 사람들의 절망스런 삶, 자학할 수밖에 없는 일상을 섬세하게 표현했다.

곽재구가 이러한 탐구를 통해 염원하는 것은 평등하고 애정 어린 인간관계의 실현인 것이다. 그것을 「아침 풀밭」에서 보여준다.

아침 풀밭 속에
풀벌레들이 모여 춤을 추는
조그만 야외 무도장이 있었읍니다
사람들은 사랑과 함께 희망을 버리고
미련뿐인 한 시대의 상처를
생각하기 위해 조용히 스텝을 밟습니다
봄날 배추꽃을 분지르며 달려온
구청의 철거반도 아름답고
우리들은 잠시 시장님과 창녀가 춤을 추는
싸리꽃이 피는 그런 정경을 생각합니다
겨울은 가고 세월은 가고
늙은 꼬부라진 그날의 희망을 위해
시장님과 창녀가 함께 부르는
조용한 듀엣도 생각합니다.
회장님과 창녀의 발레공연도 생각합니다
의원님과 창녀의 미술전람회도 생각합니다
장군님과 창녀의 시가행진도 생각합니다
교수님과 창녀의 세미나도 생각합니다
오오 희망은 가고 사랑은 가고
드러나지 않는 가슴 속의 슬픔을 위해
오늘은 우리들과 우리들의 랑데부를 생각하며
그리운 그날의 춤을 춥니다.

애정을 가장 많이 쏟아야 하는 대상을 창녀로 잡은 것에 대해, 더 의미부여를 하지 않아도 될 것이다. 사랑이랄 것도 없고 희망이랄 것도 없이, 어떤 편견도 없는 자연스런 이상세계를 그려보는 것이다. 「평화축복인사」란 산문시는 어법이 독특하다.

최루탄 터지는 소리는 아카샤 꽃내음보다 더 아름답습니다. 밀려오는 어둠 속에서 조그만 횃불 하나씩을 켜든 집들이 바람에 펄럭였읍니다. 거리와 광장과 지하철과 공사판에서 우리들은 당신을 위하여 기침을 하고 눈물을 흘리고 무릎이 깨졌읍니다. 그렇지만 당신을 위하여 싸우는 이 순간이 우리에게는 제일 행복한 시간입니다. 밀려오는 사랑과 고통과 뜨거움의 파도 속에서 그 옛날 가타콤 무덤 속에서처럼 고요하고 순결한 평화축복인사를 서로 나눌 수 있기 때문입니다

외적인 억압이 오히려 내적인 사랑을 유발시킨다는 논리다. 그러니 '최루탄 터지는 소리가 아카샤 꽃내음보다 더 아름답다'고 말할 수 있는 것이다. 그렇지만 풍자도 아니고 반어도 아니다. 극단적인 이타주의적 애정인 셈이다. 인간관계의 탐구에 발휘된 그의 섬세한 감수성은 여타의 작품을 쓰면서 이미 닦여져 온 것이다. 「사평역에서」를 보자.

막차는 좀처럼 오지 않았다
대합실 밖에는 밤새 송이눈이 쌓이고
흰 보라 수수꽃 눈시린 유리창마다
톱밥난로가 지펴지고 있었다
그믐처럼 몇은 졸고
몇은 감기에 쿨럭이고
그리웠던 순간들을 생각하며 나는

한줌의 톱밥을 불빛 속에 던져주었다

내면 깊숙이 할 말들은 가득해도

청색의 손바닥을 불빛 속에 적셔두고

모두들 아무 말도 하지 않았다

산다는 것이 때론 술에 취한 듯

한 두릅의 굴비 한 광주리의 사과를

만지작거리며 귀향하는 기분으로

침묵해야 한다는 것을

모두들 알고 있었다

오래 앓은 기침소리와

쓴 약 같은 입술담배를 연기 속에서

싸륵싸륵 눈꽃은 쌓이고

그래 지금은 모두들

눈꽃의 화음에 귀를 적신다

자정 넘으면

낯설음도 뼈아픔도 다 설원인데

단풍잎 같은 몇 잎의 차창을 달고

밤열차는 또 어디로 흘러가는지

그리웠던 순간들을 호명하며 나는

한줌의 눈물을 불빛 속에 던져주었다.

그의 시를 읽을 때마다 감성을 싸고 있는 껍질이 하나씩 떨어져 나가는 듯한 느낌이 들게 된다. 뭔가 아련한 추억에 잠겨 코끝이 찡하는 맛을 보게 되는 것이다.

곽재구의 시가 감동적인 것은 일상인의 지극히 일상적인 애환을 섬세히 파고들어 독자들의 측은지심惻隱之心을 일깨우기 때문이다. 측은지심은 인仁에서 비롯된다. 인간에 대한 애정, 일상생활에 대한 애정이 인仁이며 누구나 감동시키는 힘의 바탕이 되는 것이다.

그 밖의 시인들 / 최승호, 윤재걸, 이은봉, 임동확

　민중의 보편정서라든지 시대의 분위기라는 주제는 사실상 이현령비현령이다. 어디에 어떻게 적용시킨다 하더라도 설득력을 발휘할 수 있을 것이다. 위에서 논의된 시인들 말고도 얼마든지 많은 시인들이 있지만 몇몇 시인들을 더 논의해 본다.

　최승호의 작품 중 몇몇은 불길한 사회 분위기를 암시하려고 한다. 인간 사회 속에서 인간이 자행하는 흉포한 행위를 암시적으로 증언하는 것이다. 「그리운 시냇가」가 그 대표적인 작품이 되겠다.

　　벽보엔 지명수배자의
　　붉은 관인官印 찍힌 얼굴들, 무슨 죄목인지
　　여대생의 얼굴도 끼어 있다
　　범죄, 굶주림의 의외성

　　안데스 산맥 위로 날으는 대머리독수리들은
　　보통 짐승의 시체를 뜯어먹지만
　　때로는 떼를 지어 산양들을 습격해 찢어먹는다
　　굶주림엔 늘 의외성이 있는 것이다

　　서로 아무런 해를 끼치지 않고
　　만나면 하나가 되는 물의 나라가 멀리서
　　반짝거린다 그리운 시냇가
　　의심하면 사라지는 나라, 마음의 나라

오늘도 흉흉하게 날이 저문다

보랏빛 어둠 속에

간이 크게 부은

인간과 야차夜叉가 손을 맞잡고

서로 얼굴을 바꾸면서 웃고 있다

굶주림이란 여기서 권력에 대한 굶주림이다. 권력에 눈에 멀면 간이 배 밖으로 튀어나오게 된다. 과대망상증에 빠지게 되는 것이다. 그래서 백성을 마구잡이로 학살하기도 한다. 인간이 아니라, 야차다. 독재자를 빗대고 당대 분위기를 잘 증언한 작품이다.

「붉은 고기덩어리」라는 시에서도 비슷한 말을 하려고 한다.

고깃덩어리가 피를 흘린다

칼로 친 핏줄기들의 구멍을 다 열어놓고

도마 위에 남은 피를 내뿜는다

수술대 위에서

제왕절개로 꺼낸 붉은 핏덩이

화사한 봄날 각혈하고 죽은 시인

누구나 피를 흘리면서 살아가는 것이다

칼이 심장을 베지 않아도

조용히 마취의 피를 쏟으면서

살아가는 것이다 붉은 고깃덩어리여

그렇게 그렇게 죽어가는 것이다 발이 묶인 채

꽥꽥거리다 조용해지는 도살용 돼지들과

시퍼런 낙인이 찍힌 채 도살장에서 끌려나오는 살덩이들,

나는 기름걸레 같은 창자를 입에 물고 서로 찢느라

퍼덕거리는 까마귀들의 싸움을

인간의 마을에서 본다

그렇게 그렇게 서로 물고 찢으며

죽어가는 것이다 붉은 고깃덩어리여

피가 뚝뚝 떨어지는 황소의 두개골을

늙은 백정이 강물에 헹구듯이 나의 피가

어쩔 수 없는 흐름을 따라 흘러가는 것을

그러나 지금은 핏줄들이 칼에 떨고 있는 밤이다

고깃덩어리가 피를 쏟는다

칼로 친 핏줄들의 구멍을 다 열어놓고

남의 피를 내뿜는다 칼금이 무수한

도마 위에서

인간세계에서 자행되고 있는 약육강식을 말하려는 것이다. 서로서로 상처를 입힐 뿐만 아니라 아예 살육을 일삼는 인간들을 빗댄 것이다. 독재자와 그 하수인들은 물론이거니와 일상인들도 짐승세계와 크게 다를 바 없다는 것을 말하려 한다.

윤재걸은 이 땅의 민중들이 어서 각성되기를 바라는 마음으로 시를 쓴다. 물론 자신의 각성도 포함한다. '너와 나'의 각성된 행동이 시대를 바르게 이끌어 갈 수 있다는 신념을 고취시키려 한다. 독재자를 향해 직접적인 저항의 목소리를 내지는 않지만, 민중들의 의식을 일깨우고 자신의 신념을 새롭게 벼리려는 생각을 표현한다.

「맨몸으로」란 작품을 보자.

무엇보다도 먼저

눈을 치뜨고 볼 일이다.

미명의 흰 살결 내동댕이치고

체온이 얽힌 너와 나의

뜨거운 잠자리 박차고

저 차가운 대기와 먼저 맞부딪칠 일이다

한순간의 느슨한 삶의 유혹도

아 어린 딸애들의 초롱한 눈망울도

잊고 잊고 아조 떨쳐 버릴 일이다

맨몸으로 박차고 칼 숲에 뛰어드는 일

저 부정한 칼날에 먼저 피 묻히기 위한 우리의 일 위해서

무엇보다도 먼저 눈 치뜨고 몸 부딪칠 일이다

아내여, 너의 사랑 버리고

이 몸 눈 앞 칼 숲에로 뛰어들겠다

아내에 대한 사랑, 어린 딸애들에 대한 애정마저 단호하게 물리치고 시대적 사명에 충실하겠다는 생각을 할 정도로 단호하다.

'창법唱法 · 7'이라는 부재가 달린 「백지白紙를 위하여」에서는 소시민들의 평화로운 삶을 방해하는 세력들을 경계하도록 각성시키려 한다.

누가 우리의 말 쓰러뜨린다.

누가 우리의 문 쇠 잠근다.

별빛 걷히고 하늘 멍든 밤에

누가 우리의 뿌리 한번 더 찍는다.

흰 종이 몇장 펄럭이는 나날에……

누가 우리의 가벼움 단죄한다.

누가 우리의 몸무게 옮겨 간다.

보아라, 우리가 서로를 껴안는 밤에

누가 우리의 따사로움 겨냥한다.

누가 우리의 맨정신 동여맨다.

누가 우리의 허기 비웃고

누가 우리의 잠 더 깊이 파고

누가 우리의 가슴 삽질 할 때

몇 장의 신문지조각 만장輓章으로 일어선다.

자갈밭 모래밭 달리는 밤에

누가 우리의 발을 말이라 한다.

누가 우리의 말을 칼이라 한다.

상처와 상처 서로 엉켜 불씨 만들 제

누가 우리의 땔감에 물 붓는다.

누가 우리의 넘어짐을 연기라 한다.

눈 벌건 신문지조각 한 장 숨죽여 포복하는 밤에.

위정자들의 구미에 따라 민중들의 일거수일투족이 때로는 철저히 무시되고 때로는 과장되어 희생을 강요당하는 세태를 표현했다.

이은봉의 시들은 시대정신을 간결하게 요약하고 풍자하는 방식으로 쓰였다. 시대 상황을 요약하고, 시인의 정서를 요약한다. 더불어 불합리한 대상에 대해서는 찌르고 조롱한다.

「남한민국 1982년 가을」은 당시 현실을 다소간 냉소적인 어조를 띠며 요약한다.

올해도 전쟁은 일어나지 않았다 / 수많은 젊은이들이 군대로 끌려갔지만 / 사람들은 더없이 행복했고 / 대문 밖 한치도 눈을 돌리지 않았다 / 몇개의 부실기업이 / 으레 은행으로 넘어갔을 뿐 / 고속도로 위에선 여전히 / 대형 화물트럭이 종종거렸다 / 더러 정치범들이 옥문을 드나

들었지만 / (그들은 습관적으로 그래 왔으니까?) / 이제 감히 불평을 하는 사람은 없게 되었다 / 대학은 10년 전이나 다름없이 / 최루탄 까스에 취해 있었고 / 국회의원이 된 고명 시인은 / 대정부 질문을 하면서도 줄곧 / 무의미의 시를 쓸 수 있었다 / 빚더미 속에서도 산업은 발전하였고 / 노동자들은 일취월장 / 충실한 종복들로 크고 있었다 / 무사무사, 얼마나 즐거운 일인가 / 누가 뭐래도 통화는 안정되었고 / 조폐공사에서는 결코 / 한번도 밤새워 돈을 찍은 적이 없었다 / 비록 흉년이 들긴 했지만 / 우리 선량한 농민들은 / 아직 죽창을 들 정도는 아니었다 / 고정간첩들이 잡혀 / 가끔씩 신문 사회면을 풍자했으나 / 그 깊은 의미를 아는 사람은 별로 없었고 / 마지막 남은 독립투사들마저 죽어가 / 통일을 기다리는 사람 또한 없게 되었다 / 세상 절로 한가해진 / 강태공들이 건져낸 눈먼 물고기들만 / 갯바닥 허옇게 널려 죽어 있었다 / 일천구백팔십이년 어느 가을 하루 / 올해도 겨울은 서둘러 오고 있었다. ///

지극히 차분하게 진술하고 있지만, 이 한 편의 시 속에 얼마나 많은 사건과 의미가 포함되어 있는지를 잘 알 수 있다. '남한민국'이라는 어휘가 빚어내는 교묘한 의미로부터 시작하여 노동자들이 '충실한 복종'이 돼 있는 것, 통일을 기다리는 사람이 없게 되었다는 것 따위 모두가 울화통을 터뜨려야 할 일인데, 시인은 지극히 담담한 척 가장假裝한다. 풍자가 잘 이루어진 작품이다.

「양화진에서」란 작품도 냉소적 어조를 띠고 있다.

어느 틈에 나는 여기까지 와 있다
숨어서 숨어서 한달음에
양화진 나루터, 이제는 흔적도 없는
서울 한복판에서까지 와 있다

몸 둘 곳이 없다 절두산 아래

무수한 죽음들이 떨어져 쌓인 곳

그때의 공포도 이러했을까

몸 비틀며 바람이 분다

피투성이로 바람이 분다

하루아침 만에 범죄자가 되어

하루아침 만에 쫓겨다니는 사람들

생각하면 어찌 나뿐이겠는가

모래와 자갈들을 만져본다

마구 파헤쳐져 있는 강바닥을 바라본다

'한강종합개발'이라고 흰 페인트로 쓴

강 건너 커다란 글씨도

이번 바람과 함께 쓸려가리라

이곳 저곳 널려 있는 철근이며 골재며

그것들도 쓸려가지 않고는 못 배기리라

점차 빗낱이 굵어지는 여기 양화진 나루터

눈 들어 정면을 보면

여의도 국회의사당이 가냘픈 몸집으로 서 있다

허수아비처럼 흔들리며 서 있다.

시 전체가 암시하는 당대 분위기도 암울하게 표현되어 있지만, 맨
마지막 두 줄에 모든 것이 요약되어 있다. 국민의 대표기관인 국회의
사당이 '가냘픈 몸집'으로 서 있다는 것과 '허수아비처럼 흔들리며 서
있다'는 표현은 이 나라 전체가, 백성 모두가 불안한 시대에 살고 있다
는 의미가 된다. 표현이 아주 절묘하다.

　　이은봉의 시는 섬세하거나 화려하지 않다. 다소간 거친 시적 진술을 통해 당대 현실을 압축하여 제시하는데, 냉소적 어조를 가미하여 불합리한 세태를 정확히 보도록 유도한다.

　　임동확의 작품들은 흉흉했던 독재하의 세태를 성실히 증언한다. 광주민주혁명의 아픔이 그의 시 기본정신이 되어 항쟁의 당당함을 역설한다. 「넋풀이의 노래」를 보자.

　　　환한 갈채 한 번 없이, 끈적이는 살의의 피옷을 벗고
　　　마른 삼베 흰 모시옷으로 갈아입으며, 꽃 꺾어 머리에 꽂는 너.
　　　너는 그 모습 그대로 다시 살고 죽어지거라
　　　청사초롱 불밝혀 그리운 내 임 맞듯, 저녁이면 쑥물 향기로 몸 씻
　　으며
　　　사는 날까지 정에 주리고 마음 약한 이들을 위로하여라

　　　그리하여, 그 날이 오면 － 다시 아미의 뼈를 받고
　　　어미의 살을 빌려 눈썹에 떨어진 관재살기를 짓이기고
　　　밝은 달 억새풀 우거진 잣고개, 바람재쯤 순한 풀그림자
　　　혹은 맑은 별가족으로 깨어나 오래 뜨고 지거라

　　　일가친척 처자권속 다 버리고 세든 지상을 떠나
　　　그러나 어느 도덕률 아래 울상짓는 파랑새 되려느냐
　　　꽃피고 잎핀 연꽃길. 천고에 맺히고 만고에 맺힌
　　　속 가슴을 풀어제낀 채 그 웃음, 그 행장대로 길 닦으며
　　　청청다래 남다래 핀 날 택일하여 가던 길로 오려느냐

　　　오, 저주받은 땅이여 세월이여. 그러나 잊지 않으리라
　　　너희가 피로 인수한 이 낡은 도시와 문명을

너희가 끝까지 두려움을 가진 한 인간이었다는 사실을
목적과 대상 없는 사랑이란 늙은 창녀의 관용이라는 것을.
아직도 사자밥을 놓아둔 거리마다 미친 개들이 몰려오고
너의 향로 앞엔 학살자의 화환이 송달되고 있다.

민주화 항쟁을 하다 죽은 사람의 영혼을 위로하는 작품이다. 억울한
죽음이기에 새롭게 부활하기를 기원하는 모습이 독특하게 연상된다.
또한 제대로 된 사회를 만들기 위해서는 어설픈 사랑보다는 증오가 필
요하다는 의미를 드러내려는 시다.
「시작과 끝의 보고서」는 절박한 상황에서 항쟁이 의무일 수 있다는
것을 역설한다.

무슨 대가를 치르고서라고 살아야겠다,
살아야겠다, 몸부림치다 저버린 피의 일요일이었습니다
어찌됐던 이겨야 한다, 이대로 무너질 순 없다
그러나 그 열망의 크기만큼 오래 울어야 했던 날들이었습니다
아침은 박달나무 곤봉과 대검의 시위 속에서 밝아오고
저녁은 탄식할 틈도 주지 않고 총소리와 함께 저물어 갔습니다

그런 얼마 후…… 하나 둘씩 사람들은 투항해 가고
또 몇 명의 청년들이 쏙독새가 되어 떠나기도 했습니다
그대여. 그래서 우린 거의 맹목적이고
희생적인 광신을 찾아나서게 되었는지도 모릅니다
그런 최후의 몸짓이 아니고선
선택할 것이 남아 있지 않은 탓이기도 했습니다.

이제 아름다운 것들은 죄다 피냄새가 나고

그대여, 그만큼씩 환멸과 고통의 그림자가 커가기만 합니다
그러나 나는 어쩔 수 없이 말하고 싶어집니다
이제 누구든 행복할 권리도 있지만 싸울 의무도 있다는 것을.

고통의 시대엔 항쟁의 의무도 있다는 것과, 독재정치를 끝내기 위해서는 광적으로 밀어붙일 수밖에 없는 이유를 짧은 시로 설득력 있게 제시하고 있다.

임동확의 시가 가슴을 움직이게 하는 것은 바로 이런 설득력 있는 논리 때문이다. 격정적인 어조로 혼자 휘몰아가지 않고 독자와 더불어 현실을 성찰하려 하기 때문이다.

민중의 보편적 정서나 시대의 분위기를 시로 표현해 낼 수 있다는 것은 그만큼 시인이 시대에 성실했다는 증거인 것이다. 시인이 자기 논리에 충실하고 자기감정을 표현하는 것도 중요하겠지만, 민중들의 정서는 어떠하며 또 그들을 위해 어떻게 표현해야 하는가에 대해 고심하는 것은 더욱 중요한 일이다.

5. 노동자들의 소외감을 대변한 시인들

　산업사회 속에서 노동자는 한낱 자본가의 돈벌이를 위한 수단으로 취급당하기 일쑤다. 자신의 노동력을 제공하고 거기에 상응하는 대가를 받아야 하지만, 노동현장의 환경은 열악하기 짝이 없고 노동력은 착취당하는 경우가 허다하다. 상품을 생산하는 노동자이지만 동시에 소비자가 되어 다함께 인간다운 생활을 누려야 하는데 경제적 여유, 시간적 여유가 없는 노동자들에게 그런 기대는 늘 꿈이기 십상인 것이다. 자본가의 횡포는 상존하며 노동자의 인격이나 권리를 존중해 주지 못하는 사회풍토를 바로잡아 가는 과정에서 노동자들의 의식도 점차 변화하였다. 위정자들과 사용자들에 대하여 인간답게 살 수 있는 권리를 요구하게 되었으며, 마침내 노동조합의 결성이 합법화되어 노동자의 삶의 질도 점차 향상되게 되었다.

　노동자들이 인간다운 생활을 요구하는 과정에서 노동문학은 아주 중요한 표현수단이 되었다. 노동자들은 비참한 노동현장을 증언해 냈으며, 노동자들의 현실적 요구가 무엇인지를 본격적으로 제시하게 되었다. 특히 노동자 중에서 시적 재능이 탁월한 시인이 등장하면서 노동자들에 대한 사회적 관심이 높아지기 시작했다. 장시간 노동과 저임금, 산업재해에 시달리는 열악한 환경 따위 문제점을 시를 통해 절절

하게 표현해 냄으로써, 일반인들이 노동현장과 노동자에 대해 새로운
인식을 갖게끔 했다.

박노해, 노동현장의 증인·노동자의 대변자

박노해에 의해서 노동현장은 비로소 시가 될 수 있었다고 해도 과
장된 평가는 아닐 것이다. 일제하 프로시에도 노동의 시는 있었으며,
어느 시대든지 적지 않은 노동의 시가 생산되었다. 그러나 박노해처
럼, 노동자가 직접 현장체험을 시로 써낸 경우는 그리 많지 않았다. 물
론 농민시는 제외할 때 그렇다. 노동현장을 증언하고, 노동자를 대변
한다고 해서 모두 시가 될 수는 없다.

박노해의 시는 그래서 더욱 중요하다. 그의 시적 성취도가 충분히
높으며, 다만 격정적 어조로 노동자를 선동한다거나 위정자, 사용자를
비난하는 데 골몰하지 않는다. 때로는 자기 비판을 해가며 노동의 신
성함, 노동자의 존엄성을 새롭게 인식시키는 전략을 다양하게 구사해
낸다. 또한 노동의 문제에만 집착하지 않고 국가·민족의 문제를 아우
르기 때문에 더욱 높은 시정신에 이르고 있는 것이다.

「장벽」이라는 작품을 보자.

내가 길들여진 노동자였을 때 / 저임금의 응달 속을 장시간노동에 지쳐
/ 캄캄한 장벽을 운명으로 알고 살아왔었다 // 내가 눈을 떴을 때 / 높
고 두터운 장벽 사이로 / 한 줄기 빛이 내렸다 // 내가 외쳤을 때 / 내
입은 봉해졌고 / 메아리쳐 온 허망한 상처뿐이었다 // 내가 뛰어가 부
딪쳤을 때 / 장벽은 끄떡도 하지 않았고 / 동료들은 차갑게 피를 닦아
주었다 // 내가 속삭이며, / 긴 세월을 절뚝이며 속삭여 / 동료들과 함
께 엉켜들어 / 맨몸으로 수없이 벽을 쳤을 때 / 피에 젖은 장벽은 금이
가기 시작했다 // 우리가 함마로 구멍을 뚫고 / 긴긴 밤을 숨죽이며 다

이나마이트를 터뜨렸을 때 / 콰르르르 거대한 장벽은 무너지고 / 너와 나 사이 가슴 속의 장벽도 / 무너져 내렸다 // 우리가 환히 열린 언덕으로 뛰어갔을 때 / 캄캄한 장벽 밑마다 / 쿵쿵 까부수는 소리 / 에워싸며 구멍뚫는 소리 / 참혹한 비명소리 // 우리들은 또다시 전열을 추스르며 / 수없이 불어난 동지들과 / 탄탄한 연대 위에서 / 마땅히 누려야 할 / 우리들의 평등한 푸르른 대지를 향해 / 너는 함마 / 나는 다이나마이트 / 살덩이로 불꽃으로 불도쟈로 / 갈수록 무겁고 힘찬, 치밀하고 확실한 / 노동자의 전진을 내어딛는다 // 우리들의 숙명인 / 저임금과 장시간노동이 사라질 때까지 / 억압과 착취와 분단의 장벽이 사라질 때까지 ///

무지한 노동자였던 인물이 노동운동의 주체가 되어, 노동현장에 드리워져 있던 불합리의 장벽을 무너뜨리기까지 과정이 비유적으로 표현된 작품이다. 노동운동이 왜 필요한가에 대한 이유와 의지를 담았다. 노동운동의 이유에 대해서는 「하늘」이라는 작품에서 간결한 논리, 산뜻한 문장으로 말한다.

> 우리 세 식구의 밥줄을 쥐고 있는 사장님은
> 나의 하늘이다
>
> 프레스에 찍힌 손을 부여안고
> 병원으로 갔을 때
> 손을 붙일 수도 병신을 만들 수도 있는 의사 선생님은
> 나의 하늘이다
>
> 두달째 임금이 막히고
> 노조를 결성하다 경찰서에 끌려가
> 세상에 죄 한번 짓지 않은 우리를

감옥소에 집어넌다는 경찰관님은
항시 두려운 하늘이다

죄인을 만들 수도 살릴 수도 있는 판검사님은
무서운 하늘이다

관청에 앉아서 흥하게도 망하게도 할 수 있는
관리들은
겁나는 하늘이다

높은 사람, 힘 있는 사람, 돈 많은 사람은
모두 하늘처럼 뵌다
아니, 우리의 생을 관장하는
검은 하늘이시다

나는 어디에서
누구에게 하늘이 되나
대대로 바닥으로만 살아온 힘없는 내가
그 사람에게만은
이제 막 아장걸음마 시작하는
미치게 예쁜 우리 아가에게만은
흔들리는 작은 하늘이것지

아 우리도 하늘이 되고 싶다
짓누르는 먹구름 하늘이 아닌
서로를 받쳐 주는
우리 모두 서로가 서로에게 푸른 하늘이 되는
그런 세상이고 싶다

참으로 순진무구, 천진난만한 희망이다. 누구를 마음대로 다스리기 위한 하늘이 아니라, 사랑으로 서로 떠받들어 주는 하늘이 되고 싶다는 생각이 순박하다. 결국 노동운동은 이것을 목표로 시작한 것이겠다. 무산자가 자본가를 타도한다는 이념으로 무장한 것이 아니고, '순진무구' 또는 '순박함'을 무기로 펼치는 노동운동임을 알게 한다. 그러나 노동현장은 그렇게 순박함으로 살 수 없는 불합리와 참혹함, 몰인정이 있다. 그 한 예를 「손 무덤」이 보여준다.

올 어린이날은 / 안사람과 아들놈 손목 잡고 / 어린이 대공원에라도 가야겠다며 / 은하수를 빨며 웃던 정형의 / 손목이 날아갔다 // 작업복을 입었다고 / 사장님 그라나다 승용차도 / 공장장님 로얄살롱도 / 부장님 스텔라도 태워 주지 않아 / 한참 피를 흘린 후에 / 타이난 짐칸에 앉아 병원을 갔다 // 기계 사이에 끼어 아직 팔딱거리는 손을 / 기름먹은 장갑 속에서 꺼내어 / 36년 한많은 노동자의 손을 보며 말을 잊는다 / 비닐봉지에 싼 손을 품에 넣고 / 봉천동 산동네 정형 집을 찾아 / 서글한 눈매의 그의 아내와 초롱한 아들놈을 보며 / 차마 손만은 꺼내 주질 못하였다 // 훤한 대낮에 산동네 구멍가게 주저앉아 쇠주병을 비우고 / 정형이 부탁한 산재관계 책을 찾아 / 종로의 크다는 책방을 둘러봐도 / 엠병할, 산데미 같은 책들 중에 / 노동자가 읽을 책은 두 눈 까뒤집어도 없고 // 화창한 봄날 오후의 종로거리엔 / 세련된 남녀들이 화사한 봄빛으로 흘러가고 / 영화에서 본 미국상가처럼 / 외국상표 찍힌 원갖 좋은 것들이 휘황하여 / 작업화를 신은 내가 / 마치 탈출한 죄수처럼 쫄드만 // 고층 사우나빌딩 앞엔 자가용이 즐비하고 / 고급 요정 살롱 앞에서 승용차가 가득하고 / 거대한 백화점이 넘쳐흐르고 / 프로야구장엔 함성이 일고 / 노동자들이 칼처럼 곤두세워 좆빠져라 일할 시간에

/ 느긋하게 즐기는 년놈들이 왜이리 많은지 / ― 원하는 것은 무엇이든 얻을 수 있고 / 바라는 것은 무엇이든 이룰 수 있는 ― / 선진조국의 종로거리를 / 나는 ET가 되어 / 얼마나 미친 놈처럼 헤매이다 / 일당 4.800원짜리 노동자로 돌아와 / 연장노동 도장을 찍는다 // 내 품속의 정형 손은 / 싸늘히 식어 푸르뎅뎅하고 / 우리는 손을 소주에 씻어 들고 / 양지바른 공장의 담벼락 밑에 묻는다 / 노동자의 피땀 위에서 / 번영의 조국을 향락하는 누런 착취의 손들을 / 일 안하고 놀고먹는 하얀 손들을 / 묻는다 / 프레스로 싹둑싹둑 짓짤라 / 원한의 눈물로 묻는다 / 일하는 손들이 / 기쁨의 손짓으로 살아날 때까지 / 묻고 또 묻는다 //

시가 끔찍한가? 그렇지 않다. 얼마나 신선한 충격인가. 노동의 신성함을 말하기 위한 작품이다. 산업사회의 풍성함 속에서 소외되어 있는 사람들이 적대감을 갖는 것은 당연한 일이다. 못 가진 자의 빈곤 그 자체보다도 가진 자들의 횡포가 소외감을 가중시키는 것이다.

노동자들의 또 다른 참상을 볼 수 있는, 「지문을 부른다」를 보자.

진눈깨비 속을 / 웅크려 헤쳐 나가며 작업시간에 / 가끔 이렇게 일보러 나오면 / 참말 좋겠다고 웃음 나누며 / 우리는 동회로 들어선다 // 초라한 스물아홉 사내의 / 사진 껍질을 벗기며 / 가리봉동 공단에 묻힌 지가 / 어언 육년, 세월은 밤낮으로 흘러 / 뜻도 없이 죽음처럼 노동 속에 흘러 / 한번쯤은 똑같은 국민임을 확인하며 / 주민등록 경신을 한다 // 평생토록 죄진 적 없이 / 이 손으로 우리 식구 먹여살리고 / 수출품을 생산해 온 / 검고 투박한 자랑스런 손을 들어 / 지문을 찍는다 / 아 없어, 선명하게 / 없어, / 노동 속에 문드러져 / 너와 나 사람마다 다르다는 / 지문이 나오지를 않아 / 없어, 정형도 이형도 문형도 / 사라져 버렸어 / 임석경찰은 화를 내도 / 긴 노동 속에 / 물 건너간 수출품 속에 묻혀 / 지문도, 청춘도, 존재마저 / 사라져 버렸나봐 // 몇 번이고 찍어 보다 / 끝내 지문이 나오지 않는 화공약품 공장 / 아가씨들은 끝내 울음이 북받치고 / 줄지어 나오는, 지문이 나오지 않는 사람들끼리 / 우리는 존재조차 없어 / 강도질해도 흔적도 남지 않을거라며 / 정형이 농지껄여도 / 더 이상 아무도 웃지 않는다 // 지문 없는 우리들은 / 얼어붙은 침묵으로 / 똑같은 국민임을 되뇌이며 / 파편으로 내리꽂히는 진눈깨비 속을 헤쳐 / 공단 속으로 묻혀져 간다 / 선명하게 되살아날 / 지문을 부르며 / 노동자의 푸르른 생명을 부르며 / 진눈깨비 속으로, / 타오르는 갈망으로 간다 ///

얼마가 기가 막히는 일이며 절절한 아픔인가. 시로나마 이런 노동의 현장, 노동자들의 아픔을 접하며 이렇게 풍성하게 살아도 되는 것일까 하고, 스스로를 성찰하는 독자가 대부분일 것이다. 동정심을 불러일으키려는 것이 이 작품의 목적은 아닐 것이다. 노동자들과 함께 모두가 인간답게 살아야 한다는 생각을 표현하고자 한 것이리라.

박노해는 스스로를 성찰하는 작품을 곧잘 보여주기에, 그의 시가 신뢰를 더욱 받게 된다. 「이불을 꿰매면서」가 그 대표적인 작품일 것이다.

이불홑청을 꿰매면서 / 속옷 빨래를 하면서 / 나는 부끄러움의 가슴을 친다 // 똑같이 공장에서 돌아와 자정이 넘도록 / 설거지에 방청소에 고추장단지 뚜껑까지 / 마무리하는 아내에게 / 나는 그저 밥달라 물달라 옷달라 시켰었다 // 동료들과 노조일을 하고부터 / 거만하고 전체적인 기업주의 짓거리가 / 대접받는 남편의 이름으로 / 아내에게 자행되고 있음을 아프게 직시한다 / 명령하는 남자, 순종하는 여자라고 / 세상이 가르쳐 준 대로 / 아내를 야금야금 갉아 먹으면서 / 나는 성실한 모범근로자였었다 // 노조를 만들면서 / 저들의 칭찬과 모범표창이 / 고양이 꼬리에 매단 방울소리임을, / 근로자를 가족처럼 사랑하는 보살핌이 / 허울좋은 솜사탕임을 똑똑히 깨달았다 // 편리한 이론과 절대적 권위와 상식으로 포장된 / 몸서리쳐지는 이윤추구처럼 / 나 역시 아내를 착취하고 / 가정의 독재자가 되었었다 // 투쟁이 깊어 갈수록 실천 속에서 / 나는 저들의 찌꺼기를 배설해 낸다 / 노동자는 이윤 낳는 기계가 아닌 것처럼 / 아내는 나의 몸종이 아니고 / 평등하게 사랑하는 친구이며 부부라는 것을 / 우리의 모든 관계는 신뢰와 존중과 / 민주주의적이어야 한다는 것을 / 잔업 끝내고 돌아올 아내를 기다리며 / 이불 홑청을 꿰매면서 / 아픈 각성의 바늘을 찌른다 ///

노동운동의 지도자이면서 자아도취에 빠지지 않고 자신의 의식변화 과정을 냉정하게 성찰하는 성숙한 인격을 보여준다. '욕하면서 닮는다'고 했던가, 예사로운 사람들은 불합리와 악을 비판하고 공격하면서 자신도 모르게 그것을 닮아가기 쉬운데, 박노해는 그 함정을 벗어나고 있음을 알 수 있다.

전쟁 같은 밤일을 마치고 난 / 새벽 쓰린 가슴 위로 / 차거운 소주를 붓는다 / 아 / 이러다간 오래 못가지 / 이러다간 끝내 못가지 / 설은 세 그릇 짬밥으로 / 기름투성이 체력전을 / 전력을 다 짜내어 바둥치는 / 이 전쟁 같은 노동일을 / 오래 못가도 / 끝내 못가도 / 어쩔 수 없지 // 탈출할 수만 있다면, / 진이 빠져, 허깨비 같은 / 스물아홉의 내 운명을 날아 빠질 수가 있다면 / 아 그러나 / 어쩔 수 없지 어쩔 수 없지 / 죽음이 아니라면 어쩔 수 없지 / 이 질긴 목숨을, / 가난의 멍에를, / 이 운명을 어쩔 수 없지 // 늘어처진 육신에 / 또다시 다가올 내일의 노동을 위하여 / 새벽 쓰린 가슴 위로 / 차거운 소주를 붓는다 / 소주보다 독한 깡다구를 오기를 / 분노와 슬픔을 붓는다 // 어쩔 수 없는 이 절망의 벽을 / 기어코 깨뜨려 솟구칠 / 거치른 땀방울, 피눈물 속에 / 새근새근 숨쉬며 자라는 / 우리들의 사랑 / 우리들의 분노 / 우리들의 희망과 단결을 위해 / 새벽 쓰린 가슴 위로 / 차거운 소줏잔을 / 돌리며 돌리며 붓는다 / 노동자의 햇새벽이 / 솟아오를 때까지 ///

「노동의 새벽」이다. 현실은 노동자에게 너무도 가혹하고 절망적이지만 끝내 포기할 수 없다는 스스로의 의지를 더욱 견고히 하는 작품이다.

박노해가 나타남으로써 노동시의 경지가 새롭게 개척되고, 동시에 충분히 성숙한 시정신을 보여주기도 했다. 노동의 신성함을 인식시켜 주었고, 노동현장의 고통을 증언해 주었으며, 언어세공 또한 다른 분야의 시들에 뒤지지 않아 독자들에게 감동을 한껏 주게 된 것이다.

백무산, 밥의 노동·노동의 밥

백무산의 시는 노동의 신성함을 설득시키려는 목적을 갖는다. 그래서 노동현장의 모든 악조건에서 견뎌내는 노동자상이 형상화된다. 세태를 냉소하고 자본가를 비난하여 위정자를 공격하기도 하는데, 비속어를 많이 사용하는 것은 노동자의 안목에서 사회정의의 기준을 제시하기 위함이다. 그의 시 주제는 다양하다. 연작 「지옥선」에서는 노동현장의 숱한 악조건을 제시하고, '온산 공해단지에서'란 부제를 붙인 시들에서는 산업재해를, 「해방공단 가는 길」이란 연작에서는 노동운동에 대해 말한다.

노동현장의 악조건을 표현한 「지옥선·7」을 보자.

어지럽다 쓰린 뱃속 지상 100m

밧줄 하나에 건 목숨들

해가 바뀌고 동짓달이 오기 전까지

속히 50명은 넘게 이곳에서 죽었다지만

아무도 정확한 숫자를 모른다

아무도 모를 우리 목숨들이 또 걸렸다

죽음은 싫다

그 많은 혼들의 침묵의 나라

회오리도 없는 적막한 나라는 싫다

꽉 잡아라 어지럽다 비린 속에 비린 힘까지

우린 살아야 한다

살아서 목숨의 값을 하여야 한다

허기진 우리를 까마득한 철골까지

오르게 한 저들 앞에 내려가서

목숨 값을 단단히 하여야 한다

죽음은 싫다

떼돈도 아니고 영광도 아니고

밥줄에 목이 걸려 죽는 것도 싫다

시퍼런 하늘에 매달려

뜻도 없는 고독도 싫다

보아라

우리가 얼마나 높이 있는가

지금은 살아서 내려가자 내려가서

깃발이 되어 다시 오르자

지금은 깃발 대신 사람이 매달려
잡놈들아, 공중에서 펄럭이는 사람을 보아라

조선소 작업 광경을 표현한 것이다. 목숨을 걸고 해내야 하는 노동을 누군들 즐겨할까. 노동자들의 고통을 내보이는데 특히 맨 마지막 연의 표현이 탁월하다. 그의 시 중에는 노동의 신선함이나 노동에 대한 강한 의지를 말하려는 시가 가장 많은데, 「노동의 밥」, 「해방공단 가는 길·2」들이 그것이다.

피가 도는 밥을 먹으리라
펄펄 살아 튀는 밥을 먹으리라
먹은 대로 깨끗이 목숨 위해 쓰이고
먹은 대로 깨끗이 힘이 되는 밥
쓰일 데로 쓰인 힘은 다시 밥이 되리라
살아 있는 노동의 밥이

목숨보다 앞선 밥은 먹지 않으리
펄펄 살아오지 않는 밥도 먹지 않으리
생명이 없는 밥은 개나 주어라
밥을 분명히 보지 못하면
목숨도 분명히 보지 못한다

살아 있는 밥을 먹으리라
목숨이 분명하면 밥도 분명하리라
밥이 분명하면 목숨도 분명하리라
피가 도는 밥을 먹으리라
살아 있는 노동의 밥을

정직하게 살아갈 것을 다짐하는 시다. 정직하게 살아간다는 의미는 곧 정직한 노동을 하고 또 그만큼의 대가에 만족한다는 것이다. 성실하게 제공한 노동의 대가 이상을 결코 욕심내지 않겠다는 의지 표현이다.

「해방공단 가는 길·2」도 비슷한 의지를 표현한다.

일을 하자 / 게으른 놈의 푸념을 버리고 / 백 메타 철골 위의 현기증도 견디자 / 견뎌야 한다 아니 이겨야 한다 / 이제는 밥 때문이 아니다 / 누굴 위해서도 책임 때문도 아니다 / 싸울 때 모질게 싸우고 / 노동은 모든 노동을 이겨야 한다 // 옷은 누더기로 살아도 / 배는 악착같이 채우고 / 발은 맨발이라도 / 배는 갖은 수로 채우고 / 가진 놈의 뒤통수를 치더라도 / 밥은 굶지 말아야 한다 / 우리에게는 영혼이 필요하다 / 꿈을 꾸는 몸이 필요하다 / 몸을 쉬지 말아야 한다 / 수도승처럼 차라리 무협지 무인들처럼 / 도를 닦듯이 지금의 더러운 노동을 이겨야 한다 // 언젠가 진정한 노동을 해야 할 때가 온다 / 불꽃 튀는 거대한 노동을 해야 할 때가 온다 / 지금은 어쩌면 아무 것도 아닌 양 / 견디는 것이 아니라 이겨야 한다 / 악착같이 밥을 먹어야 한다 / 게으른 푸념은 그만두자 / 허약한 몸짓도 그만두자 / 우리에겐 게으른 영혼이 아니라 / 꿈을 꾸는 놈이 필요하다 ///

노동자답게 밥과 몸의 중요성에 대해 누누이 강조한다. 노동에 대한 지속적인 성찰로부터 얻어진 견고한 생각으로 표현되어 있다. 지극히 현실적인 것 같으면서도 '꿈을 꾸는 몸'이라 하여 미래에 대한 희망이 더욱 중요함을 말한다.

「어머님 말씀」에서는 노동에 대한 시인의 견고하고도 소박한 생각을 알 수 있게 된다.

역전까지 따라나서시며

햇살이 없는데도 실눈을 뜨시고

바람이 없는데도 눈을 비비시며

떠나는 나를 다시 불러세워

뭐든 야무지게 하거라

평생 가난의 무게로 휘청이시며

늘 야무지게 하거라 야무지게 하거라

그 말이 무슨 뜻인 줄 알아도

뭐라고 한마디 변명도 못하고

도시 한귀퉁이 습기 찬 셋방으로 돌아서시는

어머니 슬픈 모습 흐려져 보여도

이제는 한순간이나마

인간승리 같은, 금의환향 같은 것을 꿈에도 안 뵈고

울컥 분노의 눈물만 흐릅니다

십수 년 노동을 해도 우리 목구멍은 아직 이렇지 않아요

이런 말도 한마디 하지 못하고

돌아서는 자식 뒤에서, 너무도 변해버린

자식의 삶을 눈치채시고

어디를 들락거리는지 눈치채시고

남몰래 가슴 조이며 기다려야 할 세월

어머니, 이제는 세상을 자식같이 생각하셔요

세상이 못났는데 자식만은 잘났다는 생각은 마셔요

어머니 금의환향할 세상을 기다리셔요

갈게요 세상과 함께 어머니 찾아갈게요

어조가 부드러우면서도 그 어떤 강한 말보다 의미심장하다. 특히 마지막 부분 다섯 줄이 그렇다. 세상을 자식같이 생각하라는 말, 내가 아니고 세상이 금의환향하는 것을 기다리라는 말이 아주 좋다. 결국 세상과 자신을 같은 것으로 취급하라는 것, 그러기 위해서 자신을 세상에 완전히 던지겠다는 의미가 되는 것이다.

백무산의 시는 앞의 박노해와 함께 노동시의 참모습을 보여주었다. 노동의 신성함을 강조하고 노동현장을 증언함으로써 일반인들에게 새로운 감동을 맛보게 해준다.

김해화, 캄캄한 절망과 빛나는 노동

시를 힘 있고 아름답게 할 수 있는 최상의 방법은 삶을 절절하게 담아내는 것이겠다. 김해화의 작품을 읽으면 그런 생각에 더욱 확신이 선다. 막노동의 현장에서 나오는 훌륭한 시는 다른 어느 시보다 독자를 압도한다. 현실의 캄캄한 절망 속에서 빛나는 노동의 땀을 갈구하는 시구들이 가슴을 뒤흔들어 놓기 때문이다. 그의 시들로 미루어 노동의 강도强度가 심할수록 감동의 강도도 큰 시를 쓸 수 있겠다는 말이 전혀 터무니없이 들리지 않게 된다.

김해화는 노동시와 농민시를 많이 생산해냈는데 노동시가 더 절절하게 여겨진다. 연작시 「인부수첩」은 30편이나 되는 노동시다.

가끔은 어둠을 감춘 사람을 사랑하다가 가끔은 / 빛을 지닌 사람을 미워하다가 / 술 한 잔에도 팔려가고 / 거짓 웃음에도 속아넘어가고 / 그러나 / 언제나 사랑보다 더 크던 미움 때문에 결국은 / 다시 슬픈 사랑에 이르고 마는 미움 때문에 / 지금은 전라도 어느 촌구석 / 잃을 만한 것 다 잃고 섧게 산다는 누이야 // 우리들 몸을 사고 우리들 / 목숨을 파는 이 서러운 나라 / 자꾸 때가 묻어가는 손을 벌리고 / 우리는 얼마

나 살아서 어둡지 않은 이름을 붙잡을 수 있을 거냐 // 귀한 사랑도 쉽
게 꺼지는 밤이면 / 내 젊음이 시뻘겋게 녹이 슨 철근에 묶여 펄럭이는
/ 공사장에서 / 나는 외상으로 마신 막걸리 한 병의 취기를 딛고 서서
/ 누이야 추운 가슴으로 니가 거닐다 돌아오던 바다를 / 만나곤 한다 //
결국은 아무것도 만나지 못하고 돌아오던 지친 너의 이십대처럼 / 빈
술잔을 타인들의 벽에 던져 깨뜨리고 / 피 묻은 손으로 별들의 하늘을
지우며 주저앉곤 하지만 / 어둠 속에서 약탈당한 우리들의 순결도 / 어
둠에 길들여진 우리들의 촌수 위에 처참하게 쌓이는 패배도 / 실상 부
끄럽지만 않은 우리 노동의 / 끈질긴 뿌리에까지는 닿지 않은 것 / 그
렇다 누이야 / 그렇다면 우리는 살아야 쓰지 않겠느냐 ///

'나의 슬픈 사촌에게'라는 부제를 달고 있는 「인부수첩 3」이다. '실
상 부끄럽지만은 않은 우리 노동'이라는 시구에서 보듯, 자기인식이 당
당하여 전혀 연민을 불러일으키지 않는다. 언젠가는 '어둡지 않은 이
름을 붙잡을 수 있을' 수 있도록 살아야 한다는 의지 또한 기상이 넘친
다. 시적인 성취가 아주 높은 작품이다.
「인부수첩 9」에 오면 자신의 노동을, 분단된 조국 현실에 잘 연결시
키고 있음을 본다.

> 살얼음에 긁혀서 피맺힌 노동을
> 대강 싸매고
> 어두운 술상 앞에 모여 앉아
> 가슴에 맺힌 설움을 쓸어내리며
> 뜨겁게 소주를 마신다
>
> 파평산을 넘어 몰려온
> 화약내 끈한 총소리 눈 번뜩이며 서성이는

　　밤·두포리

　　소중하게 가꿔온 속살도 찢기고

　　울음까지 갈가리 찢기고

　　이제는 기진하여 철조망에 걸려 있는 임진강

　　벌거벗은 욕설들을 끼고 앉아

　　가슴과 사타구니를 더듬이며 낄낄대던

　　삐아현장. 나이 많은 인부들이

　　마지막 술잔을 비우고 일어들 서면

　　통금이 멀지 않은 시간

　　아무리 마셔도 취하지 않고

　　조국처럼 슬픈 임진강 깊은 한숨만

　　우리들 가슴속에 차오르는 마을

　　이제는 우리도 일어서야지

　　가자

　　친구여 손을 잡으면

　　소리내어 노래 부르지 않아도 우리는 안다

　　살얼음 녹여온 노동의 힘센 손

　　우리는 확실히 새벽을 향하고 있다

　　물론 노동 현장이 임진강이다 보니까 분단조국 현실과 쉽게 연결되었다고 할지 모른다. 그러나 제4연과 제5연에서 보여준 시인의 인식과 표현은 아주 감동적이다. 현실인식이 튼튼한 감수성에 의해 이루어지고 있음을 본다.

　　'사과문'이라는 부제가 달린 「인부수첩 28」을 보면 자기 노동에 대한 인식이 굳세면서도 현실에 대한 인식이 꽤나 냉소적임을 알게 된다.

우리들은 참말로 미안하다 / 하느님이 보우하사 이 청청한 일요일 / 당신들의 행복한 아침 / 새벽부터 와장창 철근을 부리면서도 / 세상의 벽을 깨뜨리듯 죽어라고 / 죽어라고 망치질을 하면서도 / 과장님 부장님 사장님 사모님…… / 당신들의 축복받은 늦잠에게 당신들의 / 핑크 빛 무드에게 / 우리들은 참말로 미안하다 // 비도 내리지 않는 여름날 피서도 못 간 / 당신들 / 눈치코치도 없이 / 당신들 꿀맛 같은 낮잠 속으로 / 시원한 냉방 속으로 / 씩씩거리는 비디오와 연속극 속으로 / 아이스커피와 쥬스와 코카콜라의 응접실로 / 서재로, 계모임 속으로, 은근한 눈짓 키스 속으로 / 교회의 찬송가 기도 속으로 / 무분별하게 끼어드는 우리들의 갈증 / 땀내나는 욕설과 망치질 / 철근을 부리고 / 자지러지도록 바이브레이터를 찔러대는 / 우리는 참말로 미안하다 / 미안하다 // 당신들의 안락과 해방을 위해 / 한정없이 준비되는 사슬 / 쩔그럭 쩔그럭 소리를 내는 몇 조 몇 항 / 법규를 내세우며 / 강력하게 논리정연하게 항의하는 / 문화시민 여러분의 선진질서여 / 솔직히 우리들은 미안하다 / 압제의 사슬 속에서 / 우리들은 두렵고 미안할 뿐이다. ///

인간의 속물근성을 은연중에 비판했으며, 노동자들의 어떤 객기客氣도 알맞게 반성하여 좋은 시가 되었다. 시인의 현실인식과 자아성찰의 터전이 제법 반듯하게 닦여져 있음을 확인할 수 있는 작품이다.

김해화의 시들은 일반적으로 노동자들의 시에서 흔하게 보는 객기가 많이 억제되어 있어 훌륭한 시정신을 보여준다. 특히 노동에 대한 자기의식이 당당하기에 그의 시들에서는 힘이 느껴진다.

김기홍, 노동을 위한 육체 해방의 간구懇求

김기홍의 시들에는 분기憤氣, 즉 분하게 여기는 기운이 서려 있다. 그것은 노동현장에 대한 불만이기도 하고 자기 자신에 대한 불만이기도 하다. 그래서 다소간 시의 어조가 격양되기도 한다. 그렇지만 현실에 대한 인식이 크게 모나지 않기에, 제법 성숙한 시정신을 발휘하게 되는 것이다. 노동의 현장을 생생하게 증언해 주고 노동에 대한 자의식을 확고하게 보여줌으로써 힘을 느끼게 해준다.

「공친 날」은 노동현장과 노동자의 고통스런 현실을 부분적으로 증언하는 작품이다.

비가 내리고, 전라남도 공문서 뒷면 / 끊일 수 없는 검은 점 속에서 / 정숙이가 울고 있다. / 어디로 갔는지 그녀의 만년필 / 진달래가 붉게 붉게 울고 있다. // 비에 젖어. 어제는 / 지방 인부들과 술에 젖어 / 고향이 그리워도 못 가는 신세를 부르고 / 걸리는 목으로 악을 쓰며 / 목이 메인 이별가를 불러도 멈추지 않던 비는 / 정숙이 눈물 위에 '부친위독속래요망' / 뜨거운 슬픔 한 통을 더 전해준다. // 불러라. 목이 터지도록 눈물로 불러 / ×××을 존경한다는 총무를 묵사발 내고 / 한국사람은 좆나게 까야 말을 듣는다는 소장을 앞에 두고 / 놈의 면상보다는…… 방바닥을 내리쳐, 멍이 들도록 가슴을 쥐어 뜯으며, 뜯으며, 뜯으며 / 발가락이 잘린 최목수도 머리 센 이목수도 / 무엇이 우리를 이토록 진저리나게 하는가 // 알 수 없다. 가야 할 길에 서서 모처럼 / 부끄러움 떨쳐버리고 고통마저 사랑하는 / 이 길에 사랑하는 사람이 떠나가고 / 어둡고 거대한 별들이 초라한 목숨 앞에 우뚝 서서 / 덩치를 키우는데 / 호남선 완행열차마저 몸을 싣지 못한 / 오늘을 알 수 없다. 함바 앞 강성 위에 / 처참하게 죽어가던 아우의 / 체온만이 취기 속에 다시 살아나고 지금은 / 망치도 함마도 데꼬도 녹슬고 있다. / 비는 끝없고 전라남도 공문서 뒷면 / 끊일 수 없는 검은 점 속 / 정숙이 울음 위에 노동의 피가 끓어 / 산천에 훨훨 진달래는 미쳐가고 ///

'단편 서사시'처럼 이야기가 담겨져 있는 작품이다. 거칠기만 한 노동 현장과 자신에 대한 복합심리가 시를 시종 격정적인 어조로 몰고 가는 것이다. 그렇지만 현실을 끝내 감당해 나가려고 안간힘을 쓰는 태도와, 가끔가끔 이끌어 들이는 서정적 시구가 어우러져 진지한 시정신이 되게 한다.

「작업복을 챙기고」는 어조가 차분하여 서정성이 한껏 발휘된 작품이다.

안개비 길을 적시고 작업복을 챙긴다. / 짙은 안개 속에 돌 하나 던지면 / 낙차 큰 강심의 맑은 물소리 / 어느 풀꽃으로나 가슴을 앓았는데 / 무질러가는 육감 속에 / 하까는 상처만 뼈에 붙들러 맨다. / 긴 겨울 철새 따라 고향에 앉아 / 뿌리 내릴 곳 물어 물어 애만 태우다 / 누렁 가방에 꿈을 담고 버스에 오르면 / 몇 사람이나 이 길을 걸을까 그을린 얼굴 / 쉽사리 안개는 걷히지 않는다. / 눈물 막은 세월을 떠올리지 않으려고 / 눈보라 설운 밤도 불을 지켰는데 / 이제 기다려도 할 일이 없다 / 만나는 사람들이 이국인처럼 낯설었으면…… / 붙잡는 고통의 손을 떨치며 / 우리는 가끔 죽음의 나라로 떨어지고 / 더러는 이그러진 얼굴로 돌아와 다시 / 철근을 세운다. / 수학적 수치보다 밀도 있게 / 역학적 논리보다 튼튼하게 / 통증을 다지고 사랑을 풀면서 / 하나도 믿을 수 없을 때 / 전체에게 믿음을 주면서 / 바라보는 창 밖 가로수가 눈을 뜬다. / 아무것도 의미를 부여할 수 없는 물결이 / 파란 손을 흔든다. / 만나보면 모두가 옛사람이다. ///

지극한 소외감이 자기성찰을 통해 눅어가는 과정을 표현했다. 이런 과정을 통해 자긍심이 굳어지는 것이리라. 거친 노동현장을 벗어나서 정서를 안정시키고 새로운 활력소를 충전하는 모습이 감동을 준다.

「겨울 노동」은 노동의 과정에서 느끼는 육체적 통증과 의지의 부추 김이 동시에 표현된다.

밤은 안개마저 뒤섞여 더욱 어둡고 길어라.
시린 뼈를 지키는 노동은
슬레이트를 뒤흔들던 바람도 기다린다.
뚝딱뚝딱 떡쌀떡쌀
어김없이 시계는 돌아간다.
강남터미널 출구 굵직한 구성 예매계획표
내일은 새벽부터 귀성객이 줄을 설 것이다.
빌어먹을 세상 토큰 세 개
환장하게 조여오는 노동일수
걸신들린 눈물 위에 얹히는
잔인하게 비벼 끈 꽁초들

달디단 꽁초를 태우며 작업장으로 돌아서는
어깨가 끝없이 가라앉는다.
침잠할 수 없는, 아직은 푸른 육체를
쑤셔대는 통증이여 쓰라림이여
파티를 오르는 내 몸짓을 놓아다오.
삼십 미터 상공 기습하는 한파
재촉하는 세와의 높고 거친 목청에도
놓아다오. 오기가 살아 있고

깡다구가 펄펄 살아 있어. 그리운 이름

그리운 얼굴을 지우며

이 세상 서있는 순간까지 두렵지 않으리.

덮쳐오는 시련의 노도 앞에

아름다울 수 없는 노동은 살아 있으리

싱싱한 가슴으로 살아 있으리니

육체를 해방시켜다오. 이름모를 병마여.

노동자는 무엇보다도 몸이 재산인데 막노동에 시달리다 보면 그 재산도 점차 축날 수밖에 없다. 오기로 버티는 것도 한계가 있어 다만 한 가지 소원을 빌게 되는 것이다. 정신이 육체를 살아 있게 하기보다는 육체가 정신을 살아 있게 하는 셈이다. 육체가 병마로부터 해방된다면 가슴은 싱싱하게 살아 있게 될 것이고, 노동 역시 아름답게 이어질 수 있다는 생각이 절절하게 표현된 작품이다.

김기홍의 시는 노동에서 겪는 고통을 절실히 표현하지만, 그 고통은 끝내 자기 성찰을 통해 완화되면서 한 단계 더 높은 경지를 겨냥한다. 노동에 대한 자긍심을 굳히는 과정을 감동 있게 표현해 낸다.

최근의 한국 시문학 속에서 노동시는 매우 중요한 의미를 갖는다. 노동현장에서 노동에 종사하는 시인들이 직접 생산하여 노동현장을 증언하고 그들의 고통스런 삶이나 자긍심을 표현해 내어 우리 현대시의 진폭을 한껏 키웠기 때문이다. 농민시와 노동시가 발휘하는 현장 증언력은 그 어떤 시들보다 강렬하여 큰 감동을 동반한다. 그동안 자연친화적 시들이나 자기감정의 해소에 급급한 시들은 노동시와 농민시들의 강력한 도전을 받게 된 것이다. 노동자들의 현장 증언력이나 자아성찰을 통한 노동의 신성함을 표현하는 시들이 많이 생산되면 될 수록 이 사회는 그만큼 힘을 비축하는 것이다

6. 교육의 불합리를 개선하려는 시인들

순식간에 효과를 내어 생색을 낼 만한 것을 찾는 위정자들에게, '백년지대계'라는 교육은 매번 강 건너 불구경인 셈이었다. 물론 교육의 문제를 반드시 정치계에서만 해결하는 것은 아니지만, 예산이나 제도 같은 큰 짜임은 결국 정치에서 해결할 문제다.

참된 교육이 없으면 우리 민족의 미래도 없다는 생각은 교단 제1선에선 교사들 누구나, 그리고 언제나 절감하게 하는 것이지만 교육정책을 담당하는 이들이나 위정자들의 무관심 속에서 바른 길을 찾아가지 못하고 비인간화 교육을 답습할 뿐이었다. 문제점을 잘 알면서도 개선하려는 노력이 없었던 것이다. 결국 일선교사들이 나서 '참교육'이란 명분으로 교육개혁을 요구하는 목소리가 높아지게 되었다. 비로소 전교조 활동이 우리 교육계에 참신한 충격을 주게 된 것이다. 시대는 급속도로 변하고 있는데, 교육은 몇십 년 전과 거의 다를 게 없었다. 입시위주의 강압적 교육은 숱한 모순을 초래했으며 열악한 학교환경은 학생들에게 인격을 도야하게 해주기는커녕 있는 정서마저도 메마르게 했다. 관계자들은 말마다 전인교육을 강조하지만 교육현장에서는 철저히 비인간적인 교육이 자행되어 있었던 것이다. 더구나 한 세대 이상 계속된 군사독재정치로 인해, 우리 역사를 바로 보는 교육이나 외세外勢에 대한 교육, 민족통일에 대한 교육 따위가 독재자들의 고착관념으로 그대로 전달되는 식의 교육이 되었다. 한 마디로 국가와 민족의 새로운 전망을 제시하지 못하는, 식민지 백성의 교육방식 그대로였다.

전교조 교사들은 이러한 교육을 거부하고 나섰으며 참신한 민족·민주 교육을 실천하려다가, 엄청나게 많은 교사들이 강제로 쫓겨나게 되었다. 이들은 이에 굴하지 않고 제도권 밖에서 우리 교육계에 만연한 병폐를 비판하고 교육이 나갈 방향을 지속적으로 제시함으로써 웬만큼의 성과를 거두었다.

해직교사들 중에 시인이 많았던 것은 참으로 다행스러운 일이었다. 아니 해직이 되자 시를 쓰기 시작한 전직 교사들이 많았다. 이들 시인 군群은 작품을 통하여 교육의 문제점을 제시하여 독자들에게 신선한 감동을 주었고, 교육에 대한 의식을 바꿔가는 데 앞장을 섰다. 이들이 시의 힘으로 거두어 낸 성과는 가히 측량할 수 없을 정도였다.

도종환, 교육구국의 작은 등불

도종환의 시들은 그 섬세함도 섬세함이지만, 애틋하면서도 강한 의지표현이 설득력을 발휘한다. 필요 이상으로 격정적이거나 언어의 날을 세우지 않은 부드러운 어조로 일관하면서 할 말을 다 한다. 부드러움이 강함을 이긴다는 말을 증명하기 위해서는 도종환의 시를 탐구하면 된다.

『접시꽃 당신』에서 한껏 이룩한 인간의 정의情意와 도리道理는 『지금 비록 너희 곁을 떠나지만』에서 더욱 성숙하게 이어진다. 이 시집은 불합리한 학교교육을 비판하고 교육자로서 자신을 성찰하는 것에 집중하고 있다. 이 시집의 시들을 읽으면 교사가 아니라도 교육에 대한 자신의 생각이 크게 그릇되어 있음을 터득하게 될 것이다.

나는 또 너희들 곁을 떠나는구나

기약할 수 없는 약속만을 남기고

강물이 가다가 만나고 헤어지는 산처럼

무더기 무더기 멈추어 선 너희들을 두고

나는 또 너희들 곁을 떠나는구나

비바람 속에서도 다시 피던 봉숭아 잎이 안개비에 젖고

뒷뜰에 열지어 선 해바라기들도 모두 고개를 꺾었구나

세월의 한 구비가 이렇게 파도칠 때마다

다 못나눈 정만 흥건히 담아둔 채 어린 너희들의 가슴에 잔물지는
아픔을 심는구나

나는 다만 너희들과 같은 아이들 곁으로

해야 할 또 다른 일을 찾아 떠나는 것이라고 달래도

마른 버짐이 핀 얼굴을 들지 못하고 어깨를 들먹이며

아직도 다하지 못한 나의 말을 자꾸 멈추게 하는구나

우리 꼭 다시 만나자

이 짧은 세상에 영원히 같이 사는 사람은 없지만

너희들이 자라고 내가 늙어서라도 고맙게 자란 너희들의 손을 기쁨
으로 잡으며

이 땅의 인간다운 삶을 위해 함께 일하는 사람으로

하나 되어 꼭 다시 만나자

「지금 비록 너희 곁을 떠나지만」이란 작품이다. 참다운 가르침을
실천하려다 오히려 학교에서 쫓겨나고 급기야 감옥에 갇히게 되면서
쓴 작품이다. 아이들에게 쏟았던 애틋한 정, 선생님을 따랐던 아이들
의 순진무구함이 잘 표현되어 있다. 떠나는 사람의 아리고도 처절한

가슴을 무지한 위정자들이 어찌 짐작이나 할 수 있으랴. 부모와 자식을 떼어놓는 것에 버금가는 잔인함이라는 것을 알 리 없는 것이다.

시인은 불합리한 학교교육의 예를 시로 표현해 낸다.

열중쉬어도 부동자세의 연속이라고 / 제군들은 자율에 겨워 너무도 절도가 없다고 / 토요일 반성조회가 있는 날이면 조회단에선 / 태평양 전쟁 말기 식민지 시대의 학창시절과 / 오늘의 자율화된 교육현실을 개탄하면서 / 끊임없이 부동자세를 요구하는 소리가 터져 나왔다. / 속마저 빈 옥수숫대 같은 아이들이 / 땡볕을 이마에 흘리며 나부끼듯 쓰러지고 / 아이들을 들춰업고 잔디밭으로 가면서 / 허리띠를 끌러 주고 신축공사장 벽돌 몇 개로 / 다리를 높이 고여도 / 이마까지 내려오지 못하는 핏기를 보면서 / 식당 사역 나가 군기가 빠졌다고 / 무우 써는 데도 군기가 들어가야 한다고 / 연병장 칠월 타는 햇발에 / 한 시간씩 팔 벌려 꼿꼿이 서게 하던 / 훈련소 고참 병장의 감각 없는 목소리가 떠올랐다. / 열중쉬어도 부동자세의 연속이고 / 끊임없이 이어오는 이 부동의 군대식 교육은 / 얼마나 더 해를 넘고 달을 넘겨야 / 딱딱한 것들을 풀어 버릴 것인가. / 오늘도 일주일의 생활을 운동장에 서서 / 꼿꼿이 반성하는 조회가 끝나고 / 아이들은 군가 소리에 발을 맞추며 밀리어 가는데 / 언제쯤 이 제식교육의 틀은 풀어질 것인가. ///

「운동장 조회」란 작품이다. '반성'조회라지만 정작 반성해야 할 것이 누구일까. 식민지시대에 받던 교육을 그대로 답습하는 교육자들이 아닐까. 군대시절에 자기도 모르게 몸에 익은 비민주적 방식을 교육현장에서도 되풀이하는 교육자들일 것이다. 이 작품은 비단 반성조회만을 말하는 것이 아닐 것이다. 학교교육 대부분이 이런 틀에 의해 이루어지고 있다는 것을 지적하려는 것이겠다.

「밤 열 시에서 열한 시는」이란 작품에서는 지극히 비생산적이고 비교육적인 공부에 대한 생각을 성찰하고 있다.

밤 열 시에서 열한 시는 이 시대의 학생들이 / 학교에서 집으로 돌아가는 시간입니다. / 열네 시간의 공부를 끝내고 돌아가는 시간입니다. / 별 몇 개가 꺼지지 않고 있다가 / 막차를 타러 가는 그들의 머리 위에 희미하게 나섭니다. / 열네 시간 동안 진리를 찾다가 오는 길입니까 / 열네 시간 동안 참인간이 되기 위해 / 고뇌하다 오는 길입니까 / 한 번도 배우고 있는 것들에 대해 / 배워야 할 가치가 있는 것들인가 / 의문도 가져볼 수 없었습니다. / 딱딱한 의자에 말없이 하루를 앉아 / 주어지는 것들 의심없이 되뇌이다 오는 길입니다. / 우리가 본 것은 잠깐의 새벽하늘과 깜깜한 어둠뿐입니다. / 울타리 안에서 바라본 창 밖의 하늘뿐입니다. / 넓은 세상에 대해 눈돌릴 시간 가져 본 적 없고 / 넘어야 할 것 지고 가야 할 것들만 끊임없이 / 어깨를 눌러 왔습니다. / 우리는 꼭 기억해야 합니다. / 우리가 눈 가리고 귀 막아 닫은 채 / 거짓으로 배우고 가르치고 있다면 / 그 갚음도 책임도 마땅히 우리에게 되돌아오리란 것 / 꼭 기억해야 합니다. / 간혹 몇은 어둠 속에서 소리를 지르든가 / 허공에 빈 팔매를 치기도 하지만 / 모두들 가방끈 몇 개씩 추스려 어깨에 걸며 / 고개를 떨군 채 돌아가는 이 어두운 시간의 뒷모습을 / 이 나라 이 시대의 상징적 어둠의 이 시간을 / 우리는 잊지 말아야 합니다. / 그들이 다 자란 어느날 / 하루 아침 한 순간에 무너지고야 말 / 허위의 이 시간을 꼭 기억해야 합니다. ///

구구절절이 맞는 말이다. 교과서가 경전經典이나 되는 듯 교육을 받았지만, 그들이 자라서 그것이 그렇게 가치가 있었다고 느끼지 못할 것은 뻔한 일이다. 아침부터 밤늦게까지 강요되는 수업은 진리탐구가 되지 않는다는 것을 누구나 잘 알고 있다. 이 나라의 밝은 미래를 위한 교육이라는 것이 사실상 따져보면 어두운 그림자만 느껴질 뿐이다. 위 시는 학교공부의 허상을 잘 지적해 내었다.

시인이 교단에서 이루려는 꿈과 교육관은 이미 「어릴 때 내 꿈은」 이란 시에서 잘 나타나 있다.

어릴 때 내 꿈은 선생님이 되는 거였어요.

나뭇잎 냄새 나는 계집애들과

먹머루빛 눈 가진 초롱초롱한 사내녀석들에게

시도 가르치고 살아가는 이야기도 들려주며

창 밖의 햇살이 언제나 교실 안에도 가득한

그런 학교의 선생님이 되는 거였어요.

플라타너스 아래 앉아 시들지 않는 아이들의 얘기도 들으며

하모니카 소리에 봉숭아꽃 한 잎씩 열리는

그런 시골학교 선생님이 되는 거였어요.

난 자라서 내 꿈대로 선생님이 되었어요.

그러나 하루 종일 아이들에게 침묵과 순종을 강요하는

그런 선생이 되고 싶지는 않았어요.

밤 늦게까지 아이들을 묶어 놓고 험한 얼굴로 소리치며

재미없는 시험문제만 풀어주는

선생이 되려던 것은 아니었어요.

옳지 않은 줄 알면서도 그럴 듯하게 아이들을 속여넘기는

그런 선생이 되고자 했던 것은 정말 아니었어요.

아이들이 저렇게 목숨을 끊으며 거부하는데

때묻지 않은 아이들의 편이 되지 못하고

억압하고 짓누르는 자의 편에 선 선생이 되리라곤 생각지 못했어요.

아직도 내 꿈은 아이들의 좋은 선생님이 되는 거예요.

물을 건너지 못하는 아이들 징검다리가 되고 싶어요.

길을 묻는 아이들 지팡이 되고 싶어요.

헐벗은 아이들 언 살을 싸안는 옷 한 자락 되고 싶어요.

푸른 보리처럼 아이들이 쑥쑥 자라는 동안

가슴에 거름을 얹고 따뜻하게 썩어가는 봄흙이 되고 싶어요.

어릴 적 꿈과 선생님이 된 현실 사이에서 고통을 겪고 있는 시인의 심사가 잘 표현되어 있다. 참으로 소박한 인간애가 촉촉하게 젖어 있는 교육관이다.

도종환의 시정신은 이처럼 부드럽고 순박하며 동시에 강하다. 의지는 강하되 표현은 부드럽다는 것이다. 그가 내놓는 교육에 대한 시는 구태의연했던 교육계에 큰 자극이 되어 우리 교육이 나갈 방향을 제시해 주고 있는 것이다.

배창환, 각성의 아픔

배창환의 시들을 읽으면 아픔이 절절히 느껴진다. 대부분 교육현장에서 겪게 되었던, 각성된 대가의 아픔이다. 타성에 젖어 편안하게 지내다가, 생기生氣를 잃고 불감증이 되어 살다가 각성된 행동을 하려할 때 부딪게 된 벽은 너무나 완강했던 것이다. 그 완강한 타성의 벽을 쉽게 깨뜨리지 못하는 절망감이 결코 만만치 않았다는 것을 그의 시들은 잘 증언해 준다.

'구사대', '구교대'와 같은 어휘들이 많이 만들어져 사용된 적이 있었다. 회사를 구한다, 학교를 구한다한 의미지만 사실 따지고 보면 구하는 것이 아니었다. 수면제에 같이 취해 있는 사람들의 소인배다운 의리일 따름이다. 대의명분을 위한 큰 각성이라야 회사고 학교고 구해지는 것이다.

구교대가 기다리는 학교로 간다 / 우리가 담장을 넘을까봐 구석구석마다 / 동원된 학부모들이 세퍼드처럼 늘어서 있고 / 입을 닫고 있는 육중한 철제 교문 너머로 / 보인다, 높은 관청 장학사 나으리와 학교장이 / 몇몇 구교대를 거느리고 우릴 기다리는 것이 / 저들이 우리 출근을 막아서 지키려는 것은 / 무엇일까, 저 다 찌그러진 건물일까 / 이 비극의 순간에 고개 한 번 못 내미는 / 불쌍한 우리 아이들의 장래일까 / 아니면 구교대 노릇도 못하게 될지도 모를 불확실한 미래일까 // 오늘도 구교대가 기다리는 학교로 간다 / 어떤 아이는 붉게붉게 눈을 적시고 / 어떤 아이는 노골적으로 울음을 터뜨린다 / 김선생, 최선생은 웬 정이 그리 많아서 / 교문에 들어서는 아이들을 일일이 붙잡고 울먹이는데 / 학교 담장 골목에는 사복 십 수명이 진을 치고 / 그 중 몇은 카메라를 이리로 들이대고 있다 / 철대문 너머 수위실 주변엔 오늘도 / 몸집이 큰 학교장과 구교대들이 / 주인을 지키는 세퍼드마냥 늘어서 있다 // 저들이 겁내는 것은 무엇일까 / 우린 맨주먹이고, 아이들을 만나러 온 것뿐인데 / 아이들이 보고 싶어 온 것뿐인데 / 저들이 겁내는 것은, 어제까지 분필을 쥐던 이 파리한 주먹일까 / 수업시간엔 언제나 후둘거리기만 하던 이 하얀 발목일까 / 아니면 교문을 뚫어버릴 듯 쏘아보는 우리의 타는 눈빛일까 // 저들이 겁내는 것은 / 아니다, 우리의 주먹이나 발목이 아니고 / 우리의 이글거리는 눈빛도 분명 아니다 / 저들이 겁내는 것은 우리가 아이들과 만나는 것이다 / 우리가 아이들에게 진실을 말하는 것이다 // 우리는 알고 있다, 구교대 / 너희를 키우는 것은 언제든지 바꿔 쓸 수 있는 뻔뻔스럽고 / 낯 간지러운 몇 개의 가면과

/ 놓치기 싫은 밥자리와 불안정한 주임의자와 / 가끔씩 맞보는 콩고물과 약삭빠르고 눈먼 촌지봉투와 / 구멍난 영세교육자본이 보내는 은밀한 눈짓이라는 것을 / 혹은 너희 꽁무니에 대고 있는 보이지 않는 줄을 따라 올라가면 / 훤히 보인다, 불과 몇 발짝 안되는 거리에서 / 으험, 하고 앉아 있는 분단권력과 그들이 내려보낸 공문서 몇 장과 폐기처분을 기다리는 교육악법 부스러기들을 // 오늘도 구교대가 기다리는 학교로 간다 / 우리가 해고노동자라는 걸 세상에 알리기 위하여 / 다시 길거리로 멱살잡혀 내쫓김으로써 / 너희들이 덮어 쓴 그럴듯한 가면을 뜯어내기 위하여 / 철대문을 끼워놓고 구교대와 마주서서 깨닫는다 / 우리가 함께 마신 부끄러운 10년의 술도 / 결코 너희들 두꺼운 낯짝의 한 꺼풀도 벗겨내지 못했음을 / 우리는 결국 저 허연 낯짝들이 심심하면 속삭이던 / 한배를 탄 식구는 아니었다는 사실을 / 아이들 앞에 서기만 한다고 / 모두가 교사가 아니라는 사실을 // 그리고 지금 우리가 선 이 교문 밖에 서야 할 사람은 / 바로 너희들이며 / 지금 너희가 선 그 자리는 / 우리가 언젠가 돌아가서 지켜내야 할 바로 그 자리란 것을 ///

참교육의 기치를 들기에는 이렇게 고통스럽고 치욕적인 과정을 견뎌야 했던 것이다. 한 시대의 기나긴 잠을 깨우기 위해서 희생이 필수적이라는 법칙은 학교도 예외가 아니었다. 가장 인간적이어야 할 학교가 가장 비인간적인 모습으로 추락해 버린 현장을 잘 증언해 준다, 「내가 두고 떠나온 아이들의 학교」는, 쫓겨난 선생님의 안타까운 심경을 잘 표현한 작품이다.

낮은 담장엔 아직도 / 개나리가 피지 않았나봐요 / 온 세상이 빛살 일렁이는 봄일 때도 / 그곳은 아직 응달입니다 / 영세 자본이 세운 사립 여학교 / 내가 두고 떠나온 아희들의 학교에는 / 선생님과 아이들 / 모두가 바보라는 소문이 깔렸습니다 / 아이들과 선생님은 원래 한몸인데 / 서로가 제 살을 뜯어먹듯이 / 감시와 원망, 분단된 철망을 / 입고 눈으로 치고 있다 합니다 / 아이는 선생님을 고발해야 하고 / 선생님은 아이들을 적으로 알아서 / 무자비란 폭력으로 밟은 적도 있답니다 / 교장은 일류 대학 못 들어가면 / 우리 학교 졸업생 아니라고 다그치고 / 분한 아이들은 울면서 가슴 쳤다 합니다 / 모두모두 다 바보입니다 / 한발 앞을 못 보는 근시들입니다 / 밑도 끝도 없는 싸움, 이전투구 / 누가 그런 걸 시켰나요 / 국가독점 자본과 영세학교 자본이 / 은밀히 주고 받는 눈짓 / 그걸 왜 모르시나요 / 우리나라 아이들, 불쌍합니다 / 우리나라 선생님들, 불쌍합니다 / 우리나라 학부모들, 불쌍합니다 / 내가 두고 떠나온 / 그리운 아이들이 다니는 학교에는 / 아직도 봄은 멀었습니다 / 나는 봄이 오는 줄도 가는 줄도 모르게 / 응달에 서서 / 가슴 갊으며 안타깝게 바라보다가도 / 언젠가는, 언젠가는 하는 희망을 접어 / 그 담장 너머로 날려보내고 돌아오곤 하였습니다 ///

교육에 대한 생각이 천박한 사람들이 학교를 설립하고 운영하다 보니 학교를 감옥에 버금가는 곳으로 만들어 놓는다. 배우는 사람과 가르치는 사람을 모두 참담하게 해놓는다. 그래서 춘래불사춘春來不似春인 것이다. 아이들에게 생기를 주지 못하는 교육현장을 절망스럽게 바라보아야만 하는 심정을 잘 표현해 냈다.

　　선생이 노동잔 줄은
　　해고되고 나서 알았다

　　선생이 이 땅에선 스승이 아닌 줄은
　　개 끌려가듯 끌려간 교원노조 여선생의 머리카락에 뒤엉킨 피를 보고 알았다

선생이 선생이 아닌 줄은

수천의 목이 잘려나가도 끄떡도 않는 이 철면피한 세상을 보고 처음 알았다

「각성」이란 작품이다. 선생님에 대한 전통적 인식이, '군사부 일체'니 '성직'이니 해왔던가. 그러나 독재자와 그 하수인들은 이런 전통적인 사고방식에도 먹물을 칠해 놓았다. 학교를 독재자들의 이념에 봉사하도록 강요함으로써 철저히 비인간화된 장소로 추락시켜 놓았다.

시인은 이런 세태에 분노하는 것이다. 독재자들의 위세에 눌려 교육구국에 대해 말부조 한 마디 못해주는 냉담한 세태에 절망하고 있는 것이다.

김종인, 미친 칼날 속에 세운 모가지

김종인의 시에서 우리는 절망 속의 희망을 본다. 마지막이지만 마지막이기 때문에 더 성실한 스승의 참 정신을 볼 수 있으며, 늘 깨어있는 정신이 되고자 자신을 점검하는 양심을 본다. 자신이 연약하다는 것을 잘 알고 있기에 그 연약한 모가지를 시대 속에, 위정자들 앞에 더욱 당당히 내미는 용기를 본다. 이러한 작은 용기들이 모여 이 민족의 앞날을 밝히는 등불이 된다는, 확신에 찬 신념을 보게 되는 것이다.

「마지막 수업」은 연약하기에 더 당당한 스승상을 보게 한다.

저들의 미친 칼 앞에 모가지를 세우고 / 마지막이 될 지도 모르는 수업을 한다 / 등줄기엔 훅훅 땀방울이 차오르지만 / 몸 지친 아이들 새로이 정신 살아나고 있음을 본다. // 내겐 허락되지 않을 정당한 마지막 수업을 위하여 / 이를 악물고 웃어야 한다 / 혼탁한 세월 백주에 휘두르는 칼 앞에 내 연약한 모가지를 세우자. // 온갖 비열한 폭력적 탈퇴

강요 앞에 / 아이들아, 마지막 진실로 가르쳐 줄 수 있는 이것 / 양심 하나 가지고 / '서시'를 가르쳐오지 않았더냐 // 십 년 세월, 우리들 가진 것 / 별을 노래하는 사랑가슴뿐, / 얼마나 애타게 하루하루를 보냈던가 // 앙가슴 부여잡고 밤이슬 속에 / 야간자율학습 마치고 돌아가던 나날 / 부끄러움에 우리는 또 얼마나 괴로워하였던가 // 이제 한뜻으로 힘차게 올린 노조 깃발 / 목이 터져라 외친 함성의 메아리 귀에 쟁쟁한데 / 동지들 하나둘 흩어져도 우리는 / 모가지를 세우고 미친 칼날을 받는다. // 스승의 날, 가슴에 꽂아주던 / 한 송이 붉은 면류관을 위하여 / 피흘려 이 땅 메마름에 씨를 뿌린다. // 우리들 피와 땀으로 가꾸어온 교단 / 진리와 양심으로 찾으려 했던 자주적 교육권을 위하여 / 참교육의 의미를 증명하리라. // 저네들 미친 칼 아래 모가지를 세우고 / 두 눈 바로 뜨고 바라보리라 저 소리, / 삼복에도 치열히 부르짖는 매미소리 한 마리 두 마리 목청 틔워 / 마침내 온 산천 가득 쩌렁쩌렁 울리는 소리. // 윤동주의 '서시'를 가르치며 / 나한테 주어진 길을 이야기한다. ///

'죽는 날까지 하늘을 우러러 / 한 점 부끄럼 없기를'이라는 윤동주의 시구를 아이들에게 가르치고, 또 자신의 신념으로 삼을 수 있기에 미친 칼날 속에서 모가지를 빼내려고 하지 않는 것이다. 명분도 좋은 '야간자율학습'으로 학생들을 옥죄는 학교교육의 불합리함을 깨뜨리기 위해 삼복 속의 매미처럼 신명을 다하겠다는 신념이 잘 표현되어 있는 작품이다.

「스승의 날에」라는 작품은 시인 스스로가 참다운 교육을 하지 못했다는 뼈저린 반성으로 일관한다.

오늘, 나는 스승이 아니다 / 스승의 은혜는 가이 없다고 / 빨간 꽃을 달

아주는 오늘, / 나는 스승이 아니다. // 바른소리 한마디 못하는 / 상명하달 지시사항 전달자일 뿐, / 자율학습 마당의 감독자일 뿐, / 참되거라 바르거라 밀쳐두고 / 기계적 암기술만 가르쳐왔나니 / 사지선다형의 울타리에 너희들을 가두고 / 딱딱한 책상에 못 박아두었나니 // 나는 스승이 아니다. / 이 땅에 살아가는 우리들 삶은 어디 가고 / 주입식 날림지식만 팔아먹는 혀로 / 부끄러이 부끄러이 고백하느니 / 책상에 쌓이는 편지를 뜯지 못한다. // 살아 뛰는 꿈 하나 심어주지 못하고 / 바르게 질타 한번 못하였거니 / 핏빛 꽃송이 가슴에 달 수 없는 것 / 이제 두꺼운 껍질을 깨치고 일어서기 위하여 / 나는 오늘 너희들의 스승이 아니다. // 이 땅의 힘 있는, / 이 땅의 현실을 눈감지 않고 / 함께 어우러져 노래하며 / 질곡의 늪을 헤치고 나가 깨우치고 / 진리를 파내는 광부, / 단단한 울타리를 뚫고 / 바르게 일어서는 교사이기를 바랄 뿐. // 교단에서 죽을지라도 / 고상하고 고매하고 우러러볼수록 높아만져서 / 이제는 먹구름 속으로 들어가 / 숨 한번 제대로 쉬지 못하는 / 너희들의 스승이 아니다. / 나는 너희들의 교사 / 붉은 심장 하나 꺼내어 달고 싶다 / 붉은 꽃잎 하나씩 떼어주고 싶을 뿐 / 오늘, 무슨 낯으로 꽃을 달리 / 아이들아. ///

열악하다 못해 흉악한 이 땅의 교육환경 속에서 그래도 이처럼 모든 것을 자기 탓으로 돌리면서 가슴 아파하는 시인의 정신이 아름답다. 아이들이 달아주는 꽃 한 송이에 감격하고, 미래의 지평이 새롭게 열리는 곳이 학교 밖 어디에 있을 것인가. '붉은 심장 하나 꺼내어 달고 싶다 / 붉은 꽃잎 하나씩 떼어주고 싶을 뿐'이란 감격이 아무데서나 가능한 것은 아니다. 참다운 스승의 가슴 속에서나 가능한 일이다.

「장미 한 송이」는 이러한 감격이 교감交感되는 경지를 제시하는 작품이다.

우리들의 민주주의를 두고 누구는
쓰레기통에서 장미꽃이 피리라 야유했다지만

교탁 위의 장미 한 송이를 두고
쓰레기통에서 피우는 장미꽃을 이야기하네.

진달래 피흘리는 사월,
모란이 뚝뚝 떨어져 누운 오월,
불비 내리던 유월의 노랫소리
그해 낙엽 날리던 날의 총소리까지

푹푹 썩은 쓰레기통의
오오, 피흘리며 피어나는
새빨간 장미 한 송이

나는 보았네
파르르 떨리는 눈망을 속
그네들 활활 타오르는
붉디 붉은 꽃 한 송이
그네들 아름다운 꿈을 나는 보았네.

어쩌면 그 야유가 맞는 말일지도 모른다. 정치며 교육이며 제대로
이루어진 것이 없으니까 말이다. 쓰레기통 같은 환경 속에서 장미꽃을
피워보겠다는 신념이 잘 표현된 시다. 기성세대들이 더럽혀 온통 쓰레
기더미가 된 현실 위에 아이들 말고 누가 꽃을 피울 수 있겠는가.

김종인의 시에서는 강하디 강한 신념을 본다. 속악한 환경에 좌우되
지 않고 오직 참다운 교사상으로 학생들을 교육하겠다는 기상이 한껏
느껴진다.

정영상, 아이들을 대신하는 절규

정영상의 교육에 관한 시는 학교에서, 그리고 사회에서 자행되는 불합리한 교육을 증언하고 비판하는 데 집중하고 있다. 교육자들이 저지르고 있는 몰상식하고 비인간적인 교육 아닌 교육에 일침을 가하는 것이다. 그의 시는 풍자적인 방법을 택한다. 교육책임자들의 터무니 없는 짓거리를 한껏 조롱하고 찌르기 위한 가장 효과적인 방법인 것이다. 그가 비극의 현장을 순례하며 증언하는 것은, 우리들이 전해들은 사건이거나 학생이었을 때 경험한 것들이라서 예사롭게 여길 수도 있을지 모른다. 그러나 시인은 바로 그런 경험들을 새롭게 성찰하도록 하며 그것이 얼마나 죄가 되는 일인가를 각성하게 한다.

아이들이 다 돌아간 후 / 교무실 책상 앞에 와서 / 우두커니 서면 / 지금은 몇 시인가 / 책상을 짚고 창 밖을 본다 / 하지를 앞둔 / 일년 중 가장 긴 해가 저물고 / 일곱 시를 치는 괘종시계 종소리 / 플라타너스 벌레 먹은 얼룩잎이 / 우리반 특구 청소 구역에 떨어지는 것을 보며 / 솟아오르는 눈물을 참는다 / 날마다 하루에 아홉 시간씩 공부시키면서 / 쉬는 시간에 복도가 시끄럽다고 / 아이들 입에다 자갈을 물리자던 교감이여 / 손아귀에 핏줄이 모아졌다가 / 힘없이 풀리는 나날들 앞에 / 혜영이의 일기장은 / 다시 한번 나를 죄많은 선생으로 / 가슴에 낙인을 찍는다 / 시험 점수나 등수 때문에 / 자신이 바보라는 걸 깨닫게 된 건 / 정말 처음이라던 혜영이 / 아아 어두워지는 교실에서 / 마지막 책 걸상을 정돈하는 / 주번 아이들마저 돌려 보내고 / 쓰라린 가슴으로 창밖을 보면 / 행복은 성적 순이 아니다 / 피맺힌 유서 남겨 놓고 목숨 끊은 / 어린 열다섯 여학생의 얼굴이 떠오르고 / 이 나라 푸른 하늘 보기가 / 그만 소름 끼치도록 무서워진다. ///

「아이들 다 돌아간 후」라는 작품이다. 이젠 별 감흥도 없이 뇌까려지는, '행복은 성적순이 아니다'란 말이지만, 15세 어린 여학생에게는 얼마나 절실한 말이었던가를 짐작할 수 있을 것이다. 이 말은 한 개인의 유언이 아니라, 우리나라 모든 학생들의 가슴 속에 가장 뼈저리게 준비된 말일 것이다. 성적만으로 인간의 모든 것을 평가하는 풍토 때문에 숱한 학생들이 죽어간다. 교사된 몸으로 어찌 죄의식을 느끼지 않겠는가. 모든 사람들에게 뼈저린 반성을 요구하는 작품이다.

「야간자습」도 역시 비교육적인 풍토를 비판한 작품이다.

선생님 지는요 / 참말로 밤 10시까정 남아 있을 수 없니데이 / 목도 편도선이 섰다카이까네요 / 막차를 놓치면 집에도 못간다카이까네요 / 아부지 어무이 걱정 안끼쳐드릴라카문 / 집에서 공부하는 것이 월매나 낫십니데이 / 야간 학습에 나오지 않았다고 / 교장 선생님께 불려 갔다가 / 두 눈이 빨갛게 된 완종이와 영진이가 / 내 앞에서 / 제각기 훌쩍이며 모기소리만큼 할 말 할 때 / 허울 좋은 실적 올리려고 / 밤에도 대낮처럼 불을 밝히고 / 강제로 야간 자습 시키는 교장 선생님 / 당신은 가슴이 떨리지 않나요 / 아이들의 건강과 아이들의 가난과 / 아이들의 낡은 책걸상 걱정은 못할망정 / 중학교 2학년 어린 가슴에 못을 박을 때 / 이 나라 아이들 장래가 흔들리고 / 이지러지게 된 5월의 라일락 향기가 / 독깨스처럼 아이들의 숨통을 막는다는 것을 / 당신은 느낄 수 없나요. ///

야간 자율학습이 아니라 철저히 타율학습인 것이다. 교과서를 경전經典 삼아 성적 향상만을 유일한 가치로 삼는 학교에서 무슨 전인교육이 이루어질 것인가. 모든 게 철저히 차단된 교실 속에서 5월의 라일락 향기마저 독가스가 되어 아이들의 숨통을 막는다는 표현이 기막힌 역설이다.

「아이들아」라는 작품도 학교교육의 크나큰 병폐를 지적한다.

올 가을엔 아이들아 / 훌륭한 교장 선생님 덕분으로 / 수학여행 가서도 자율학습해야 된다면서 / 아이들아 / 너희들 다니고 있는 학교가 / 어디 시장경쟁하기 위해 / 수단과 방법을 가리지 않는 주식회사니 / 어디 너희들 하나 하나가 / 야간에 불 오래 켜놓기 시합에 나가는 선수니 / 요놈들 요만큼 족치고 눈부라리고 후려패면 / 우수한 상품 되어 학교 체면 차려 줄 것이고 / 요놈들 붙들어 / 도시락 두 개에 삭신이 녹도록 / 오로지 국어, 영어, 수학 달달달 볶으면 / 교육이 성적전쟁이라고까지 떠들어대는 / 교감, 교장, 교육감 실적 올려 줄 것이고 / 그 계획경제대로 / 전자제품 스위치처럼 누르면 작동하는 / 불쌍한 아이들아 / 주초고사, 월례고사, 기말고사, 북부지역 학력고사, / 여름 방학중 고사 사흘을 멀다 않고 닥치는 시험 앞에 / 오늘도 품질 향상 되어가는 / 불쌍한 이 나라 아이들아 ///

학교교육을 계획경제로, 아이들을 전자제품으로, 성적향상을 품질 향상으로 비유한 안목이 기발하다. 지나치게 냉소적인가? 아니다. 절대 지나치지 않다. 이렇게 크게 그릇되어 있는 풍토를 고쳐 가는 데 몇몇 각성된 교사들의 힘으로는 역부족이다. 교육자들은 물론 모든 사람들의 의식전환을 요구하는 작품이다.

「김만철씨 가족 소지품 전시회」라는 시는 사회가 제공하는 교육프로그램이라는 것이 얼마나 허무맹랑한 것인가를 깨닫게 하는 작품이다.

여기 와서 주는 옷을 갈아 입고 / 입고 온 옷은 몽땅 벗어 전시해 놓았다 / 자기 내복은 물론 / 아내와 아이들의 팬티, 속옷, 양말까지 일일이

전시해 놓고 / 북한 여자들 챙피를 남한 여자들에게까지 주고 있었다 / 남북이 가장 부끄러운 날이었다 / 세상에 이런 전시회도 있는가 / 같은 핏줄 같은 민족끼린데 / 차라리 이웃집 가족을 홀랑 벗겨 / 전시하는 것하고 무엇이 다른가 / 사실 김만철씨가 북한을 도망쳐 나온 이유가 / 따뜻한 남쪽나라가 그리워서라는데 / 아, 그래 따뜻한 남쪽 나라에 오니까 / 입고 있는 깝데기까지 벗어서 전시회하라 하던가요 / 고조선 이래 우리 같은 형제들이잖아요 / 당신들을 구경거리라고 기를 쓰고 구경하려는 / 남쪽나라 동포들 당신들의 옷가지, 소지품을 구경하려고 / 줄을 잇는 남쪽나라 동포들 / 구경하기 싫다고 해도 / 억지로 관공서를 동원하고 교육청을 동원하여 / 애꿎은 아이들에게 / 동포를 적으로 가르치려는 남쪽나라 나리님네들 / 이것을 반공 교육 가르치는 / 선생님들에 참고로 삼으라구요 / 아이들을 데리고 시청 지하실 전시장을 빠져 나오며 / 민족이 먼저가 아니고 권력이 먼저인 / 이 분단의 조국을 / 내일 아침 중학교 1학년 아이들에게 / 어떻게 설명해야 할지 ― 아아 눈앞이 캄캄하고 억장이 무너지는구나. ///

반공교육에 잘 길들여진 사람들에게는 예사로 지나칠 수 있는 문제점을 잘 지적해 준 작품이다. 신물이 나도록 되풀이 되는 형식적인 교육에, 교사나 학생의 정서적 상처는 점점 커진다. 철저히 폐쇄된 교육을 받아 어른이 된 사람들의 발상은, 사회에 나가서도 이렇게 배타적이 며만 강요한다는 것을 제시하려는 의미심장한 작품이다.

정영상의 작품은 지극히 현실적인 문제점을 제시하고 비판한다. 일상인들이 예사롭게 넘어가는 것들에서 비교육적이고 비인간적인 점을 간파해낸다. 그래서 모든 이들에게 각성과 의식전환을 요구하고 있는 것이다.

김시천, 아이들의 이름을 꽃처럼

김시천의 시의 어조는 낮고 부드러워 촉촉히 젖어들면서도 가슴을 온통 휘저어 놓는다. 진실한 목소리는 낮아도 큰 힘을 가지고 있다는 것을 그의 시가 증명해 준다. 그렇지만 그의 의지, 교육에 대한 신념이나 아이들에 대한 사랑은 더없이 강하다. 무지한 위정자에 의해 몸은 쫓겨났어도 가르침에 대한 열정은, 정의에 대한 믿음은 더욱 공고해진다는 것을 그의 시들이 보여준다. 연작인 「교단 일기」, 「청풍에 살던 나무」는 그의 시정신 전모를 보여주는 참으로 진지한 작품들로 평가할 수 있다.

'백 번 천 번을 생각해도'라는 부제가 붙은 「교단일기 4」를 보자.

어머니 저는 월급쟁이가 아닙니다. / 양심으로 떳떳이 아이들 앞에 서야 하는 / 교사입니다. / 당신께서 간밤에 주신 전화를 받고 / 잠 못 이루며, 생각하고 또 생각했습니다 / 백 번 천 번을 생각해도, 어머니 / 저는 교사여야 합니다. / 아이들을 사랑으로 물 주고 가꾸는 / 참다운 스승이어야 합니다 / 옳고 그름을 가려 말하는 양심과 / 올곧음으로 떳떳이 행동하는 의기로움과 / 아이들과 세상에 대한 사랑과 믿음으로 / 겸허히 살아가는 교사여야 합니다. / 그런데, 그만두라고요. / 전교협이니, 교원노조니 하는 것들이야 낯설다시면서도 / 총칼의 역사에 가위눌린 당신께서는, 그저 자식 걱정에 / 얘야, 신문에 보니까 너희들 모두 조사한다는데 / 고분고분 말 안 듣는 놈들 다 쫓아낸다는데 / 요샌 선생이 오히려 남아돈다는데 / 어쩔려구 그런 일엔 앞장서는 게냐며 / 에미는 가슴이 떨려서 잠이 오지 않는다시며 / 절더러는 제발 그런 일 그만 두라고요 / 어머니, 그럼 정말 그만두어야지요 / 제 양심과 믿음을 버리고 껍질만 남겨 월급쟁이가 될 바엔 / 차라리, 그만두어야겠지요 /

어머니, 그러나 진정 당신께서 바라시는 것이 / 제가 교단을 떠나는 것이 아니라 / 하늘 우러러 부끄럼 없이 살아 / 그저 소박하게 자식새끼 더불고 오손도손 사는 일이라면 / 어머니 저는 월급쟁이 아닌 교사가 되어야 합니다. / 양심으로 떳떳이 아이들과 세상 앞에 서는 / 교사여야 합니다. ///

그의 교육관이 잘 표현된 시다. 교사를 직업으로 생각하지 않고 아이들과 사랑으로 함께 살아가는 참스승이 되어야 한다고 생각하는 것이다. 사랑과 양심을 쏟지 못하게 한다면 미련 없이 떠나야 한다는 생각이 올곧아 감동을 준다.

「청풍에 살던 나무 16」은 학생들에 대한 애틋한 정을 잘 표현한 작품이다.

아하, 여기 있었구나 / 너희들 / 낯설고 물선 땅에서 몸성히도 살고 있었구나 / 삼교대 근무를 마치고 / 국어책을 읽고 있는 너희들을 바라보며 / 금메달을 생각한다 / 온 나라가 떠들썩할 때도 / 묵묵히 돌아앉아 실을 뽑고 있었을 / 너희들, 조금은 창백한 / 그러나 금메달보다 소중한 얼굴들을 / 생각한다 / 방적공장의 먼지 낀 벽돌담 밑에 / 가을 햇살 아프게 빛나는 들국화 몇 송이 / 그 소중함을 생각한다 / 너희들이 짠 실과 옷감이 팔려나가는 / 도시의 휘황한 불빛 아래서 / 아하, 너희들 그리움의 별빛들을 지워버리고 / 밤 새워 술을 마시던 / 부끄러움을 생각해본다 / 맨발로 뛰어와 가슴 메어지게 반기는 / 너희들, 젖은 눈빛과 험한 손마디 / 아하, 무어라고 하늘은 저리도 푸른 것이냐 / 목마름의 물 한 잔을 다 마시지 못하고 / 이렇게 다시 서운하고 허전히 손을 흔든다 / 하늘빛만 시리도록 들이마신다 / 아하, 여기도 단풍이 들고 / 너희 가슴 나직이 흐느낄 적마다 / 나뭇잎은 하나 둘씩 떨어져내리고 /

종이 울리면 너희들 다시 / 공장으로 가야 한다고 했지 / 그래 가자 어디든 가자 / 그 어딘들 우리 또 다시 못가랴 / 그 언젠들 우리 다시 만나지 못하랴 / 아하, 그래 너희들 여기에 있었구나 / 고향의 들국화 내음 온몸에 휘휘 감고 ///

방적공장과 부설학교에 다니는 학생들을 향한 독백이다. 들국화로 비유한 아이들에 대한 말 못할 애정의 표현인 것이다. 행여 자긍심을 잃을세라 자칫 세태에 가슴을 앓을세라 다독거려 주고 싶은 심사가 드러나, 읽는 이의 가슴을 뭉클하게 해준다.

「아이들을 위한 기도」를 보면 스승 된 이는 마땅히 이런 자세를 가져야 하겠구나 하는 생각이 들게 한다.

당신이 이 세상을 있게 한 것처럼 / 아이들이 나를 그처럼 있게 해주소서 / 불러 있게 하지 마시고 / 내가 먼저 찾아가 아이들 앞에 / 겸허히 서게 해주소서 / 열을 가르치려는 욕심보다 / 하나를 바르게 가르치는 소박함을 / 알게 하소서 / 위선으로 아름답기보다는 / 진실로써 추하기를 차라리 바라오며 / 아이들의 앞에 서는 자 되기보다 / 아이들의 뒤에 서는 자 되기를 / 바라나이다 / 당신에게 바치는 기도보다도 / 아이들에게 바치는 사랑이 더 크게 해주시고 / 소리로 요란하지 않고 / 마음으로 말하는 법을 깨우쳐주소서 / 당신이 비를 내리는 일처럼 / 꽃밭에 물을 주는 마음을 일러주시고 / 아이들의 이름을 꽃처럼 가꾸는 기쁨을 / 남 몰래 키워가는 비밀 하나를 / 끝내 지키도록 해주소서 / 흙먼지로 돌아가는 날까지 / 그들을 결코 배반하지 않게 해주시고 / 그리고 마침내 다시 돌아와 / 그들 곁에 순한 바람으로 / 머물게 하소서 / 저 들판에 나무가 자라는 것처럼 / 우리 또한 착하고 바르게 살고자 할 뿐입니다. / 저 들판에 바람이 그치지 않는 것처럼 / 우리 또한 우리들의 믿음을 지키고자 할 뿐입니다. ///

모든 기도가 그렇겠지만 참으로 경건하고 애틋하다. 이런 마음으로 아이들을 가르친다면 실로 위대한 교육자가 될 것이고 참 교육이 되리라. '아이들의 이름을 꽃처럼 가꾸는 기쁨'이라는 표현도 독특하지만 교육자의 자세를 산뜻하게 요약하였다.

김시천의 시는 아이들 가르치는 일을 일종의 신앙처럼 표현한다. 누구도 범접하지 못할 진지성으로 모든 사람을 각성하게 해준다.

조재도, 참교사가 되기 위한 싸움

조재도는 다른 시인들과 마찬가지로 교육의 문제점을 지적하고 비판하지만 무엇보다 '싸움'에 집념한다. 참교사가 되기 위해서는 오직 싸워야 한다는 생각을 포기하지 않는다. 참교육, 참 교사를 가로막고 있는 위정자와 그 하수인들을 적으로 간주하기를 주저하지 않는다. 그의 「침묵의 바다 파도가 되어」는 '전교조 투쟁의 역사'를 장시로 형상화시킨 것이다. 전 61장으로 구성된 작품인데 1장만 인용해 보자.

우화적인 수법을 가미하여 교육의 문제점을 제시하는 부분이다.

바다 속의 상어가 / 바다세계의 권력을 틀어쥐었다면 / 다른 물고기들을 지배하기 위해 / 먼저 무슨 일을 할까요? / 이렇게 물었을 때 / 아이들의 눈망울은 호기심으로 반짝였다 // 우선 학교를 세우겠지요 / 학교를 세운 다음 교과서를 만들고 / 상어가 고용한 선생님한테 / 국어시간에는 상어예찬론을 배우게 될테고 / 음악시간엔 상어예찬가를 부르게 되겠지요 / 피아노 반주에 맞춰 소리소리 부르겠지요 / 멸치나 꽁치 힘 없는 물고기들은 / 제 몸집보다 무거운 책가방을 들고 / 다리를 절룩이며 학교에 가겠지요 / 1등부터 꼴찌까지 등수가 매겨지고 / 행복은 곧 성적순이 되어 / 꼴찌 물고기는 거들떠보지도 않게 되고…… / 이렇게 얘기하자 호기심의 아이들 / 눈망울을 반짝이며 숨을 죽였다 // 저마다 물고기들은 / 좋은 대학 가기 위해 / 늦도록 불 밝히며 공부할 테고 / 줄치고 외우고 또 달달 외우고 / 객관식 사지선다 찍는 훈련에 / 인생은 경쟁 / 짝꿍은 적 / 누굴 사랑한다는 것, 꿈을 가꾼다는 것은 죄악 // 상어가 지배하는 바다세계에서 / 누굴 사랑한다는 것 / 꿈을 가꾼다는 것은 죄악 / 참고서를 외우는 기계가 되어 / 일류대학 들어가는 입시기계가 되어 / 행복은 결국 성적순이 되어 / 등수에 충실하고 / 점수에 충실할 뿐 // 상어가 지배하는 세계에서는 / 상어가 지배하는 세계에서는…… // 그러나 물고기들이 / 갈치나 꽁치 힘없는 물고기들이 / 상어를 몰아내기 위해 / 한두 마리 물고기가 덤벼들다 옥에 갇히고 / 서너 마리 물고기가 덤벼들다 피 흘리고 깨지고 / 수백 수천 바다 속 힘 약한 물고기들이 / 작은 이빨 들이대고 상어에 달려들어 / 몰아내기 위해 상어에 달려들어 ― / 여기까지 얘기하자 / 숨죽였던 아이들은 고개를 끄덕였다. ///

이미 여기에서 할 얘기는 다 한 셈이다. 학교교육의 문제점이 제시되고, 그것을 혁신하기 위하여 불가피한 싸움을 해야 한다는 것, 싸움을 이겨내기 위하여 모두가 함께 뭉쳐서 달려들어야 한다는 것이다. 참교육을 가로막는 이들을 적으로 간주하니까, 혹시 이른 바 좌익이념이나 주장하지 않나 하고 생각하는 것이 위정자들의 생각이었던 것이다. 권력을 가진 자들은 기득권을 지키기 위해 건듯하면 우리 민족의 이념문제, 복합심리를 자극하기 일쑤였다. 「그날」이란 시가 그것을 증언한다.

그날 저는 울었습니다 / 당신 아들이 빨갱이짓 하고 있다는 / 관료들의 공갈협박에 가슴 덜컥 내려 앉아 / 부랴부랴 달려온 손톱 밑 논흙 묻은 아버지가 / 너 노존가 뭔가에서 탈퇴 안하면 나 죽어버릴란다 / 농약병을 앞에 놓고 이틀 밤 사흘 낮을 / 실성하실 때 / 저는 어린애처럼 울었습니다 / 분노보다 더 깊은 서러움으로 울었습니다 / 깨꽃피는 유월이나 벼모가지 숙어가는 가을 들판에 / 제살 찍어 피 흘리기나 다름없는 농사일 하시면서도 / 대학 나와 선생하는 이 아들을 자랑스러워 하시던 아버지 / 논흙같이 물렁한 주름 깊은 아버지를 / 아무것도 모르는 예순 살 아버지를 / 얼마나 닥달하고 공갈쳤으면 / 각서 용지까지 들고 달려 오셨을까 / 이틀 밤 사흘 낮을 실성하실까 / 발톱에 물때 낀 아버지 앞에서 / 그날 저는 어린애처럼 울었습니다 / 그날 이후 하루하루가 이리 더디게 흘러갑니다 / 분노와 분노보다 더 깊은 서러움이 / 저의 몸을 꽁꽁 묶었습니다 / 나무를 타고 오르는 호박잎 줄기가 / 하늘을 가리듯 아이들의 눈망울을 가리고 / 서른세 살 제 양심의 하늘을 가렸습니다 / 농사짓는 아버지의 서러움이 저의 서러움입니다 / 오뉴월 뙤약볕 아래 벼포기 어루만지는 아버지의 흙 묻은 손이 / 아이들을 길러내는 제 손입니다 / 어쩔 수 없이 탈퇴각서를 쓰긴 썼지만 / 아버지를 농락하는 부정한 자들을 용서할 수 없기에 / 양심선언 하고 다시 거리에 나가 유인물을 돌리며 / 어둠 한끝에서 밝아오는 하늘을 보았습니다 / 저와 아버지의 하늘을 보았습니다. ///

결코 자기합리화의 시로 볼 수 없는 작품이다. 큰일을 하기 위해서는 얼마나 많은 우여곡절이 있는 것인가. 이런 과정을 겪으면서 끝내는 흔들리지 않는 신념이 가슴 속에 자리 잡는 것이다. 자기 성찰이 진지하게 이루어진 작품이기에 읽는 이들의 가슴을 흔들어 댄다.

「너희들에게」는 아이들에 대한 견고한 믿음을 표현한 작품이다.

　　싹수 있는 놈은 아닐지라도
　　공부 잘 하고 말 잘 듣는 모범생은 아닐지라도
　　나는 너희들에게 희망을 갖는다.

오토바이 훔치다 들켰다는 녀석

오락실 변소에서 담배를 피우다 걸렸다는 녀석

술집에서 싸움박질 하다 끌려왔다는 녀석

모두 모두가 더없는 밀알이다.

공부 잘 해 대학 가고 졸업 하면 펜대 굴려

이 나라 이 강산 좀먹어 가는

관료 후보생보다

농사꾼이 될지 운전수가 될지

공사판 벽돌나르는 노동자가 될지

모르는 너희들에게 희망을 갖는다.

이 시대를 지탱해 가는 모든 힘들이

버려진 사람들, 그 굵은 팔뚝에서 나오는 것이기에

나는 너희들을 믿는다.

공무원 관리는 되지 못해도

어버이의 기대엔 미치지 못해도

동강난 강산 하나로 이을 힘이 바로 너희들

두 다리 가슴마다 깃들어 있기에

나는 믿는다, 통일의 알갱이로 우뚝우뚝 커가는

건강하고 옹골찬 너희 어깨를.

아이들을 공부로 차별해서는 안 된다는 생각이다. 이 사회에서 어떤 직업을 택하더라도 모두가 소중한 사람으로 자긍심을 갖도록 해야 한다는 것이다. 누구에게나 정성을 다해야 참교육이 됨을 말하려 한다.

조재도는 참교육을 실현하기 위해 교사가 적극적으로 싸우기를 갈망한다. 정의를 위한 싸움도 아이들에게 주는 교육으로 보는 것이다.

최성수, 해방의 종소리로

최성수의 시에서는 아이들에 대한 죄의식이 줄곧 표현되고 있음을 확인할 수 있다. 아이들을 옥죄고 있는 현실을 가슴 아파하며 아이들을 해방시켜 주지 못하는 것에 대한 자책이 선명하다. 교육현실의 불합리를 먼저 공격하기 보다는 교사로서 자신의 무기력 무능력을 탓하여 독자를 더욱 안타깝게 한다.

「사월, 마지막 날의 바다」를 보자.

아이들아, 바다를 보아라 / 어깨 떠밀려온 물결이 눈앞에 부서진다 / 너희들이 부르던 헤비메탈과 발라드풍의 / 어느 가락에도 없던 이 물살의 노래를 들어라 / 수학여행이 아니고 고생여행이라고 말하는 / 너희들의 목소리를 귓전으로 흘리며 나는 / 스무명이 넘게 끼어 자는 그 방을 떠올린다 / 창문마다 창살이 탈출을 방지하는 수용소 같은 곳 / 바람 한점 들어올 틈도 없이 갇혀 있는 공간 / 그 속에서 잠든 곤한 숨소리들 / 설사와 때 이른 무더위로 하루가 지나고 / 이것은 단지 연례행사일 뿐이라고 / 스스로에게 위안의 손을 내밀어보지만 / 깨어 있는 밤은 여전히 길다 / 눈 비비며 일어나 보는 새벽의 일출도 / 부신 숨결 하나 비추어 주지 못하고 / "일본 아이들은 호텔에서 잔대요" / 너희들의 볼멘소리처럼 / 제 땅도 남의 아이들에게 넘겨준 / 이제, 사월 바다에 좋아라 소리 지르는구나 / 더러는 선생인 나를 물 속에 던져넣고 / 또 더러는 수평선 끝으로 팔매질을 하지만 / 너희들이 던지는 수많은 돌멩이들에 / 무엇이 묶여 가라앉는지 / 보충수업과 자율학습으로 저무는 / 무덥고 지루한 하루일까? / 숱한 입시문제와 부모의 기대에 / 짓눌린 한 시절일까? / 던지는 아픔은 가라앉지 않고 / 무수한 바닷돌만 가슴에 담아 돌아가는 / 너희들의 등뒤로 그러나, 나는 보았다 / 물살을 뚫고 솟아날 싯푸

른 새벽을 / 밤을 밝히고 떠오를 싱싱한 / 너희들의 아침을 ///

입시공부를 위해서는 모든 것은 부수적일 뿐이고, 모두 희생시킬 수밖에 없다는 생각 때문에 여행에서도 즐거움을 찾을 수 없는 것이다. 공부 외에 모든 관심과 감각을 퇴화시키는 교육이 무슨 교육일 수 있을까, 하는 안타까운 생각을 표현했다. 그래도 아직 생기발랄한 아이들의 심성을 믿으며 스스로의 의지를 다독이는 작품이다.

「깨울 수 없는 잠」이란 시는 시인의 자괴감을 느낄 수밖에 없는 상황을 제시한다.

잠든 너희들을 깨우지 않는다 / 여름 방학이 끝나고 개학한 첫 수업 / 비릿한 바다 내음, 산골 바람이 풍겨와야 할 교실에 / 지친 아이들의 잠만 남아 있다 / 창 밖엔 늦더위가 기웃거리고 / 무심히 흐르는 시간은 고3 / 아침엔 늦잠자고 낮에는 낮잠 / 저녁엔 일찍 자냐고 농담삼아 말하지만 / 방학 내내 시달렸던 보충 아닌 보충수업이 / 정규수업의 잠으로 이어질 줄 / 학교 밖의 사람들은 알까 모를까 / 학교에 오래 있으면 열심히 공부하는 것이라는 / 믿음의 저편에 너희들의 잠이 있다 / 그 잠 속에 내가 있다 / 새까만 밑줄로 지워진 교과서와 / 끝 모르게 밀려오는 잠 / 밤늦게 나서는 교문에서 바라보던 / 푸른 별빛의 목메임 / 대학에 들어가면 새 세상이 / 열리리라 믿던 한 시절 / 그러나 달라진 것 없이 이제 내가 / 너희들에게 또 새까만 밑줄을 / 긋게 한다, 그 대학으로 / 너희들을 인질삼는다 / 우리들 시대는 지금과 다르리라던 / 너희 또래때의 믿음도 버린 채 / 흥미 없는 수업으로 깨어 있기를 강요하는 / 나의 비겁 속에 너희들의 잠이 있다 / 그 잠을 깨우지 못한다 ///

얼마나 안쓰러운 일인가. 마음이 약해서 깨우지 못하는 게 아니다.

교육현실의 불합리함을 알기 때문이다. 교육현실의 비정하고, 비인간적인 면을 알면서도 어쩔 수 없이 흐름에 내맡기는 자신에 대한 부끄러움을 표현한 진지한 시다.

「마지막 수업·1」은 참교육 운동으로 해직되는 교사의 감회를 감동적으로 표현한 작품이다.

때 이르게 찾아온 폭염이 기승을 부리는 / 그날 아침 나는 허물어지고 있었다 / 육십여 개의 계단을 걸어올라 / 초롱초롱한 육십 명의 눈망울을 / 차마 마주하지 못하고 / 눈돌린 고가도로에는 밀리는 아침 출근차량 / 이제 이 자리를 떠나 나는 어느 땅에 설 것인가 / 선생님을 돌려달라고 나섰다가 / 곤봉으로 얻어터지는 우리의 아이들이 있는 곳 / 쓰러진 그 길의 한 옆에 피투성이로 / 뒹구는 분단된 한반도 교육 / 그 자리에 있을 것인가 / 함께 나누는 얘기로 가슴 뜨겁던 / 두 손에 가득 채워진 쇠사슬로 환히 웃는 / 선배 교사의 해맑은 웃음처럼 / 저 사랑과 평등의 교실을 꿈꾸는 / 그 자리에 있을 것인가 / 아이들은 목메인 듯 차려 경례도 하지 못하고 / 그래, 그런 인사가 얼마나 겉치레에 물든 것인지 / 너희들은 알아야 한다고 / 마음 깊이 다시 떨리는 마지막 수업 / 우리는 교원노조 잘 모르지만 / 왜 좋은 선생님들이 교단에서 떠나셔야 합니까 / 목메어 말끝을 못 맺는 주석아 / 고개 못 들고 눈물을 떨구는지 / 무엇인가 끄적이는 우경아 / 그리고 민균아, 정원아, 천희야, 덕원아 / 함께 배우고 가르쳐왔던 나의 아이들아 / 역사는 모든 것을 알아주리라 / 우리는 역사의 진보를 믿는다 / 일등도 꼴지도 없는 교실 / 서로를 믿는 사랑의 교실 / 그런 때가 오면 우리는 다시 만나리라 / 지금은 우리가 만나 서로에게 고통뿐일지라도 / 목이 메어 마무리를 짓지 못한 내 강의 대신 / 너희들이 모두 울어주었지만 / 어두운 밤 몰래 흐르는 시린 강물처럼 / 우리는 서로에게 깊이 흐르고 있단다 / 마침내는 빛나는 새벽의 그 자리에 우리는 / 우뚝 서 있을 것이란다 / 마치는 종이 울리기도 전에 나와버린 / 나의 등뒤로 너희들의 맑은 눈빛이 아리게 다가왔다 / 어린 날 가슴에 안았던 비 맞은 새의 떨림처럼 ///

알퐁스 도데의 소설 「마지막 수업시간」만 감동적일까. 위의 시도 참으로 감동적이다. '우리는 서로에게 깊이 흐르고 있단다' 라는 시구는 절창이다. 그렇게 서로 간 깊이 흐르는 물을 칼로 자르려는 위정자들의 어리석음이 민족 백년대계를 자꾸 지척거리게 하는 것이다.

「맹자에게」 라는 시는 불합리한 사고방식에서 벗어나도록 자극한다.

맹가여, 사람의 본성은 선하다고 / 선한 당신은 수없이 얘기했지만 / 아이들에게 당신을 가르치다 문득 / 세상은 결코 선한 게 아니라고 생각한다 / 신새벽 도시락 두 개가 무거운 책가방 들고 / 떠지지 않는 눈 비비며 들어서는 교실 / 아침 자율학습 한 시간 정규수업 일곱 시간 / 다시 보충 두 시간에 심야학습까지 / 학교마다 버젓이 걸려 있는 전인교육은 / 허울좋은 껍데기일 뿐 / 하루의 전부를 입시 지옥에 시달리는 우리 아이들이 / 언제 인간교육 받을 시간이 있겠는가 / 특별활동은 시간표 속에만 존재하는 것 / 사지선다와 단답의 늪에 빠져 허우적거리다 / 하품과 함께 나서는 어두운 교문에서 / 나는 문득 목이 메어 맹자 당신을 생각한다 / 세상은 결코 선하지 않다 / 여름엔 덥고 겨울엔 시원하도록 무관심한 / 우리가 교육열이 높은 나라일까 / 자식들을 수용소에 가두고 안심하는 / 우리가 선한 사람일까 / 우리의 선한 본성은 어디에 있는가 / 맹가여, 맹가여 ///

시인은 '맹가는 맹자의 본명임'이라는 주를 달아 놓았다. 맹자를 결코 비하시키려는 의도가 아님을 밝히는 것이다. 어쨌거나 위의 시는 구구절절이 옳다. 우리가 교육열이 높은 나라라기보다는 출세욕이나 이기주의를 한껏 부추기기만 하는 나라로 봐야 할 것이다.

최성수는 교육의 불합리함을 집요하게 탐구하여 제시한다. 스스로를 반성하기도 하고 자조하기도 하는 진지성을 보이면서 문제점을 제시하기에 그의 시는 큰 설득력을 발휘한다.

안도현, 어린 조국의 둥지

아이들은 조국의 미래라고 누구나 말한다. 그렇다면 어린이를 이렇게 저렇게 학대하는 것은 미래의 조국을 학대하는 것이 된다. 오직 교과서를 경전 삼도록 몰아붙이는 교육, 높은 점수가 인성보다 더 중요시되는 교육현실 속에서 조국의 미래를 생각해 보면 암담하기 짝이 없는 것이다.

안도현의 시들은 바로 이런 점을 생각하게 하는데 다른 시인들의 교육시와 다소간 다른 점이 있다. 다른 시인들처럼 늘 비판을 동반하지 않고, 다만 사실 제시와 함께 더불어 생각할 여지를 주고 있다. 「어린 조국」을 보자.

닳은 나무 교단 위에 서서
너는 흰 종아리 걷어붙이고 매를 맞고
나는 대나무 회초리로 너를 때린다
친구들에게 돈 빌려 가랑잎같이 날리고
집에도 안 들어간 놈
사흘이나 죽 먹듯이 결석한 놈
붉은 피멍이 박히도록 너를 때린다
창밖에 가을은 와서

우리 반 유리창을 다 들여다보고 있는데

급기야 울음을 터트리는 못난 놈

알고나 있을까, 갓난아이부터 이 빠진 할머니까지

등에 진 100만원씩 빚이 있다는

대한민국

너는 아, 대한민국이었다

나는 어린 조국을 때리고 있었다

피멍이 새 살로 살아날 때까지

나의 매는 멈출 수 없구나

사랑의 매라고 하는가. 그러나 그것을 비판하는 시인도 있다. 어린 조국이 맞을 것이 아니라 어른 조국이 맞아야 한다는 생각이 가능할 것이다. 어쨌든 어린이를 하나의 조국으로 보는 안목과 애정이 소박하게 표현된 자품이다.

「교실에서」는 가족의 서러운 역사, 민족의 서러운 역사를 교사와 아이들이 함께 확인하며 동화해가는 광경을 제시한다.

아버지에 대하여 말해보라 했는데 아이들이 운다

중학교 1학년 국어 말하기 시험시간

약도 한 첩 못 써보고 돌아가신 아버지

내가 똥을 퍼도 공부시킨다 너는 큰 물 가서 놀아야지

늦가을 미루나무 같은 뒷모습

보고 있을까 혼자 남은 어머니가 싸준 도시락이여

나는 왜 선생이 되어 이 착한 아이들을

울리고 있을까 용서받지 못할 일이여 내가 울고 있을까

가난은 부끄러움도 죄도 아니다 말도 못하고

　　농사꾼 아버지 막노동 아버지 다리 다친 아버지 먼 사우디 떠난 아

버지

　　또 있다 이 세상에서 아예 한번도 보지 못한 아버지

　　아버지는 왜 아들에게 눈물로 올까

　　나라와 역사의 색칠할 수 없는 일들이

　　한국의 노오란 교실에 가득하다 축소된 사진처럼

　　나도 빈한한 농민의 아들 나도 스포츠형 머리로 엎드려 운다

　　국어 시간이여 마침내 눈물바다여 열세 살들이여

　　설움없이 건너는 세상이 있다면 우리나라 아니다

　부모들과 자신들의 아픈 삶에 대하여 이야기 하고, 같이 서러움 복
받쳐 울 수 있는 것처럼 좋은 교육이 있을까. 아픈 가족사는 곧 고난의
민족사임을 확인하는 것만큼 절실한 교육이 어디 있을 것인가. 위 시
는 교육다운 교육의 한 예를 제시해 준다.
　「급훈」은 불합리한 정치를 암시하는 작품이다.

　　내일은 학급 환경미화 심사하는 날

　　벽 먼지를 떨어내고 커튼도 빨아 달고

　　곰보가 된 책상 위에는 장판도 깔아놓고

　　태극기 모신 액자도 깨끗이 닦고

　　그 옆에 걸린 급훈도 새로 바꿔야겠는데

　　좋은 문구 가슴에 오래 새겨둘 말 없을까

　　망설이다 붓글씨 잘 쓰는 김선생님께

　　민주주의

　　이렇게 넉 자만 써 주시라고 부탁했더니

　　그기 참 교무실이 목련꽃 벙글 듯 다 4월인데

아는지 모르는지 우리 반 까불이들은

백성 민자 주인 주자 배웠다면서

우리가 이 교실의 주인이다 소란을 떠는구나

그렇구나 선생도 학생도 좋아하는 말

말만 들어도 절로 신명나는 민주주의

우리는 이 민주주의 왜 한번 못해봤나

새록새록 꽃피는 역사 누가 뭉개버렸나

공부하다가 더러 싫증이 나면

교과서도 헌법도 깡그리 잊어버리고

저기 흐르는 강을 보아 저 스스로 솟는 산을 보아

팔팔년엔 바다 건너 사람들도 꽤 온다는데

우리 민주주의 유리창 닦아놓지 못하면

개판이다 그들이 먼저 욕하겠구나

세상 잡놈 손가락질 다 받겠구나

'말만 들어도 신명나는 민주주의' 라고 표현될 정도면, 얼마나 독재가 강한 사회였나를 유추할 수 있는 것이다. 급훈을 '민주주의' 라고 하는 것 자체가 주목 받을 일이었다. 소박한 것 같으면서도 시대의 정곡을 찌르는, 예사롭지 않은 소재인 것이다.

안도현의 교육에 관한 시는 수수하다. 대의명분을 격정적 어조로 내세우거나 교육현실에 대한 날이 선 비판에 진력하지 않는다. 그저 수수한 소재들을 제시하여 독자와 더불어 생각할 볼 수 있게 하여 불합리한 교육을 깨닫게 하려 한다.

그 밖의 시인들 / 이광웅, 전인순, 김영춘, 고광헌, 윤재철

앞에 논의한 시인들 외에 많은 사람들이 교육문제에 관한 시를 써냈다. 대부분이 교육현장에서 체험하고 터득한 바를 소재로 택했기에, 절실하고 그만큼 설득력을 발휘한다. 주로 전교조 운동에 앞장선 교사들에 의해 집중적으로 생산되어 교육시가 큰 흐름을 형성했지만, 그 이전에도 각성된 몇몇 시인들에 의해 교육의 문제가 시를 통해 제기되었다. 이들의 시 속에서 제기된 문제점만으로도 우리 교육이 어떻게 나가야 하는가를 얼마든지 방향 잡을 수 있을 것이다.

이광웅은 지극히 평이하게 교육의 문제점을 제시한다.

이 땅에서
진짜 술꾼이 되려거든
목숨을 걸고 술을 마셔야 한다.

이 땅에서
참된 연애를 하려거든
목숨을 걸고 연애를 해야 한다.

이 땅에서
좋은 선생이 되려거든
목숨을 걸고 교단에 서야 한다.

뭐든지
진짜가 되려거든
목숨을 걸고
목숨을 걸고……

각성된 정신으로는 도저히 구태의연한 교육은 못 하겠고, 참교육을 하자니 장벽이 너무 많기 때문이다. '나'를 쫓아내려 하니 쫓겨나지 않

기 위해서는 그야말로 목숨을 걸 수밖에 없는 상황이 되기도 하는 것
이다. 자유와 평화를 위해 목숨을 걸듯이, 교육도 마찬가지라는 생각
을 잘 표현한 시다.

　전인순의 「벽지」 연작은 교사로서 자신이나 교육의 문제점을 제시
하는 작품들이다.

　　　오늘은
　　　과제물을 내지 않은 한 아이를 때리고
　　　저녁 들판으로 나왔다.
　　　엷어져가는 햇살 속에서
　　　보리베기를 마친 농부들이 하나 둘
　　　집으로 돌아가고,
　　　군데군데 개망초꽃 무더기에 싸여
　　　토끼풀을 뜯던 원뚝 아이들이
　　　나와 마주치자
　　　흰 이를 반짝이며 지나갔다.
　　　무엇을 서두르는가
　　　점심시간이면 몰래 교실을 빠져나와
　　　냉수로 허기를 견디며
　　　학교 뒷산에서 어정대던 그 아이들을
　　　아아, 나는 무엇에 쫓기고 있는 것인가
　　　인가의 불빛도 아득한 이곳
　　　축축해져 오는 보릿대 옆에 앉아
　　　보리들의 가쁜 숨소리를 들으며

　「벽지 1」이다. 집안이 궁핍하여 결식하는 불쌍한 아이들인데, 까짓

과제물을 내지 않았다고 하여, 화를 내고 때린 것에 대해 반성을 하고 있다. 스스로 무엇에 쫓긴 행동 때문이었다고 후회하는 선생님이다. 아이들에 대한 깊은 이해 없이 체벌을 가한 데 대해, 진지하게 자기를 꾸짖는 선생을 등장시켜 감동을 준다.

장학검열 며칠 앞둔 직원조회 시간 / 쉰이 넘은 새마을주임은, / 일정시대 땐 환경이 아주 깨끗했었다고 / 변소 앞 징검다리에 콩 떨어져도 / 주워먹을 정도로 반질반질했었다고 / 요즘 학교 환경은 너무 지저분하다고 / 교실이 아니라 숫제 파리 휴게실이라고 / 앞으로 모든 교실 바닥에는 / 기름칠을 하라고 지시했다. / 다음날부터 거의 모든 교실에서는 / 집에서 잘 먹지도 못하는 들기름 참기름을 / 아이들에게 가져오게 해 / 일제히 기름칠이 시작되었다. / 장학검열 나온 장학사는 / 담당이 청소 장학사인지 / 수업하는 교실을 잠깐 둘러보고 나서 / 학교 교실이 더없이 깨끗하니 / 다른 일들은 안봐도 알 수 있다며 / 술술 공치사를 늘어놓다가 / 준비된 저녁 회식을 위해 서둘러 떠났다. / 교장 교감 주임들이 모두 떠난 교무실에는 / 평교사들만 남아 실없는 농담을 주고받다가 / 하나 둘 퇴근을 서두르고, / 잘 닦여진 유리창 너머 / 가뭄으로 누렇게 까무러친 마늘 잎사귀를 밟으며 / 식민지의 어둠이 몰려오고 있었다. ///

아직도 일제강점기와 비교를 한다는 것 자체가 기가 막힐 노릇인 것이다. 남에게 보이기 위한 겉치레 교육에 시인은 절망하고 있다. 아직도 식민지에서 정신적으로 독립하지 못하고 있는 교육풍토를 잘 제시한 작품이다.

김영춘의 「지금 남한에서는」이란 작품은 교육사회에 있는 몰상식한 사례 하나를 제시한다.

이 나라 선생님들, / 악마 같은 돈이 미워서 물쓰듯 뿌려 없애기라도 했
는지 / 뙤약볕 한여름 뚫고 경제교육 받으러 간다. / 이십대 선생님도
오십대 교장 선생님도 간다. / 걷고 자전거 타고 오토바이 타고 별일이
있어도 간다. / 소집 시간이 가까워지면 / 읍내 국민학교 강당 앞에 슬
금슬금 모이는데 / 형편이 말씀이 아니다. / 유행 지난 양복에 그을리
고 찌등그린 이맛살에 / 아이들에게 보충수업비 받는 것이 죄로 갈 일
이라고 생각하는지 / 반가운 대학 동창을 만나도 눈도 제대로 못 맞춘
채 / 악수 나누고 총총히 강당 안으로 사라져 간다. / 공산당이 봤으면
기관원이 감시한다고 하겠다. / 사라진다고 그냥 사라질 수도 없다. /
이름 주민등록번호 확실히 적어 내고 / 빌린 강당 상한다고 양쪽 발 구
두 위에 / 시장에서 물건 살 때 담는 비닐 씌워 발목 묶어 들어간다. /
이 몰골을 집에 가던 아이들이 볼까 무섭구나 / 시장 가던 마누라가 볼
까 두렵구나 / 교실 두어 칸 크기의 의자 없는 강당 마룻바닥에 / 삼사
백 명 선생님 줄맞춰 주저앉는다. / 슬라이드 상영한다고 창이라고 하
는 창은 모조리 / 검은 천으로 가리니 / 살다가 병신된다더니 / 이게 무
슨 꼴인고, / 폭염 속 사람 삶아 죽이는구나 / 교육 동지들을 이렇게 한
자리에서 만나뵙게 되니 / 얼마나 반가운지 모르겠습니다. / 자리가 불
편하지만 어쩔 수가 없다고 / 해마다 똑같은 소리로 교육장님 인사를
하자 / 선생님들 하나같이 기댈 곳도 없이 잠들기 시작하고 / 슬라이드
저 홀로 돌아가는데 내용이 폭발적이다. / 야간학습까지 시켜 가르쳐
떠나보낸 아이들은 / 어딘가로 화염병만 육십분간 던져대고 / 김일성의
졸개인지 선생님들의 동포인지는 / 핏발선 눈으로 육십분 내내 대포알
쏘아대고 / 뒤이어 올라온 젊은 강사는 / 제가 누구한테 배워서 출세했
길래 / 국제정세 이야기한다며 반말했다가 말았다가 하고 / 약장수 같
은 말솜씨로 자는 선생님을 깨워 / 야당 총재를 준엄하게 꾸짖다가 /

그러니 선생더러 경제를 어찌하라는 것인지 말도 없이 / 위대한 경제교육이 막을 내린다. / 깨끗한 선생님들 발냄새 땀냄새 어우러진 속을 지나 / 허겁지겁 비닐 끌러서 돌려주고 나오는 길 / 선생 무너진 가슴 재가 되고 재가 된 가슴 눈물도 없어라 / 곧 피도 마르겠구나. / 그래도 국민의 학교라고 키운 비둘기 몇 마리 / 담장 너머로 훨훨 날아가는데 / 모진 햇빛이 두 눈을 쏘아 어지러웠다. / 혹시 북쪽 하늘 아래 사는 동포들 / 우리가 김정일이 핏대 올리는 화면을 보고 있는 동안 / 이런 텔레비전 연속극 보고 있는 것 아닌지 몰라. ///

그렇지 않아도 잡무에 시달려 참다운 교육에 전념할 수 없는데, 전혀 생산성 없는 일을 만들어 교사들을 괴롭히고 있는 게 현실이라는 생각이다. 이것이 소위 전시행정이라는 것이다. 정말 관심을 쏟아야 할 곳은 외면하고, 필요하지 않은 일을 만들어 생색만 내려는 교육행정가들의 행태를 냉소하는 작품이다.

「우리가 이제 해야 할 일은」에서 시인은 참다운 교사상을 제시한다.

조국이 없는 학교에 조국을 심는 일이다.

사람의 높고 큰 정이 없는 학교에 사람을 심는 일이다.

교문에 운동장에 교실에 화단에 책상에

보이는 곳마다 마구 심어대는 일이다.

날 좋은 날 햇빛 쬐어주는 일이다.

날 흐린 날 비 맞춰주는 일이다.

선생들의 끊어진 모가지에서 흐르는 피로

비로소 참된 선생의 고운 피로

우리도 저희도 몰래 거름 주는 일이다.

아이들이 기다릴 리 없는 교조 사무실에 나와

저희들의 아버지처럼 청소도 하고
아이들이 매달릴 리 없는 시장에 나가
저희들의 어머니처럼 물건도 팔며
우리들의 몸뚱이가 온전하게 살아나는 노동이 되어
입만 열면 사는 일의 거룩함이 쏟아져 나오게 되어
내 학교로 당당히 돌아가는 일이다.
아이들과 손잡고 통일을 만나러 떠나가는 일이다
끝내 일이다.

해직된 상태에서 학교로 돌아가길 바라는 마음이 간절하다. 그러나 그것은 단순히 직업인으로 복귀가 아니다. 아이들에게 애정을 쏟고, 조국과 민족을 먼저 생각하는 마음을 길러주기 위해 돌아가겠다는 마음이 절실히 표현된 작품이다.

고광헌의 연작「신중산층교실에서」는 학교 내외에서 자행되는 불합리하고 비인간적인 교육을 비판한다.

꼭두새벽 아침밥을 거르고 / 두 개의 도시락과 가슴 속 가득찬 못다한 말들과 / 그날그날의 시간표에 맞추어 바꾼 / 가방을 메고 / 잠든 부모 잠든 나라의 안식에 주린 영혼으로 학교에 와 / 밤 열한 시, '선생님 집에 다녀 오겠습니다'라는 / 인사를 끝으로 돌아가는 아이들이 / 내 수업, 체육시간을 / 마음껏 소리지르거나 노는 시간 정도로 알고 있는 것이 / 차라리 눈물겹게 고마웁다 // 날이 궂은 날 어쩌다 교실수업이라도 할 때면, / 사지선다의 말의 숲속에서 풀려 난 아이들이 / 내게 무서운 이야기를 강요한다 / 무슨 이야기를 해야 할까 / 하이틴 로맨스 아니면 / 팝송이나 카라얀에 대해서 아니면 / 프로야구나 유명가수 이야기 그것도 아니면 / 모세혈관 속에 뜨겁게 달아오른 이국의 희디 힌 언

어들 // 아무리 재미있고 무서운 말들을 짜 보아도 없다 / 이 아이들의
마을엔 없다 깨끗하게 없다 / 세상에! / 이 아이들에게 들려 줄 기쁜
이야깃거리 하나 없다니 / 결국 나는 단념 끝에 / 재미없고 속상한 우
리들의 조국 / 조국의 슬픔과 희망과 아이들의 가능성에 대하여 / 아이
들의 열 다섯 시간 이상의 학교생활과 / 조국의 슬픔과의 관계 / 신중
산층으로 껑충 뛰어 올라간 사람들의 / 부끄러움을 말했다 부끄러움도
없이 ///

'선생님 집에 다녀오겠읍니다'란 부제가 달린 「중산층교실에서·9」
이다. 말로만 전인교육 하는 것이 이 땅의 현실이다. 그것은 아름다운
이름으로만 걸려 있고, 실제로는 아이들의 감각을 다 죽이는 지옥훈련
을 강요하고 있다. 양두구육羊頭狗肉이 따로 없다. 분단된 조국의 교육,
더 절실하고 시급한 것이 쌓였는데, 아이들을 철저한 이기주의자로 만
드는 학교교육이 부끄러울 수밖에 없는 것이다. 「중산층교실에서·11」
을 보자.

김포공항에서 시청 사이 수십만 명의 환영 인파 / 눈물뿐인 도시, 복종
을 배우는 어린 시민들 / 가녀린 발목에 보이지 않는 사슬 엮이어 끌려
나와 / 처음 보는 아프리카의 국기와 태극기를 들고 / 무심하게 흔들어
대는 자유 사이로 / 우리들의 감금당한 자유도 함께 나부끼는지 몰라
// 유월 뜨거운 한낮 / 몇 시간을 연도에 서서 기다리다 단 한순간 / 희
끗 스쳐 지나가는 차량의 신비스러운 무서움 / 저 어린 시민들의 꿈 속
에 못을 박고 있을 거야 / 순간순간 스쳐 지나가는 환영의 연속성을 위
해 / 순간순간 이어가는 거짓말의 역사를 위해 / 자신도 몰래 길들여지
는 굴욕을 가르치고 있는 지도 몰라 // 한 시간 이상이나 서 있는 버스
속에서 / 얌전하게 앉아 기다려 주는 충효의 나라 / 우리들은 어쩌면,

/ 겨울 빙판 위에 수없이 쓰러지는 취객처럼 / 훈련소의 굼뜬 신병의 제식훈련처럼 / 설움 많은 마을의 / 눈물겨운 희망을 죽이고 있는 지도 몰라 // 텔레비젼은 저 어린 시민들을 / 환영 나온 시민들이라고 강변하지만 / 깃발이 나부낄 때마다 언뜻언뜻 보이는 / 지친 홍안을 보면 / 나도 몰라, 싸우거나 깨져야 한다는 것밖에는 / 백묵 한 개가 빚어내는 가능성밖에는 / 그리고 간혹 맑게 빛나는 / 아이들의 눈빛을 보면서 염체없이 꿈꾼다 / 저 번져가는 눈빛의 불길 속에 / 시커먼 숯덩이로 던져져야 될 내 육신을 / 감히 부끄러움도 없이 꿈꾼다 ///

이제는 구시대 유물이 되었나. 그러나 독재치하에서는 일상화 되어 있었던 일이다. 웬만한 행사에는 학생들이 동원되는 것이 현실이었다. 이 시는 그것에 대한 성찰과 비판이다. 강제로 동원되어 기를 흔들어대는 기계로 전락시키면서 무슨 전인교육을 떠들어대는 것인가. 시인은 「신중산충교실에서」라는 연직시를 통해 이런 불합리를 잘 통찰해내고 비판하며 그것을 몰아내겠다는 의지를 다지기에 감흥을 준다.

윤재철의 시들 중에서도 교육을 소재로 한 작품들이 많다. 「폐휴지 수합」이란 시를 보자.

폐휴지를 내라 했더니 / 이희승 국어사전을 갖다 냈더라는 말을 듣고 / 아무리 실업계 고등학교라도 그럴 수가 있을까 했다가 / 가만 생각해 보니 그럴 수도 있겠다 / 인문계라도 그럴 수가 있겠다 생각하니 / 일 년 사시사철 아니 국민학교 일학년부터 / 십 년이 넘는 학교공부를 하면서 / 언제 국어사전 한번 제대로 볼 기회가 있었겠나 / 그게 또 무슨 필요가 있었겠나 // 그러나 그것보다도 더 고개가 끄덕여지는 것은 / 나도 학교에서 가져오라면 모두 가져다 냈고 / 우리 아버지 어머니도 그랬던 것이 / 나만 해도 60년대만 해도 / 파리 잡아 성냥갑으로 한 갑이나 / 쥐꼬리 하나 실에 묶어갔던 생각 / 빈병, 쌀 한줌, 신문지, 성금 가져가던 생각에 / 우리 아버지 어머니 얘기 들으면 / 일제때 그 악랄한 식민지 시대에 / 숙제로 관솔 캐다가 학교에 갖다 바쳤다던 / 그 모진 기억의 기억에 // 이제는 좀 달라져야 하지 않겠나 / 생각해보면 내 아이가 학교에 다닐 때쯤이면 또 무얼 가져오라고 할까 / 이제는 좀 달라져야 하지 않겠나 / 늘 가져오라고 하고 / 하지 말라고 하고 / 지시하고 강요하고 통제하는 버릇에서 / 이제는 좀 달라져야 하지 않겠나 / 주어도 주어도 부족한 학교 / 아이들도 조금은 제 말 하면서 다니는 학교가 / 이제는 되어야 하지 않겠나. ///

사소한 문제라고 할 것인가. 식민지시대부터 습관적으로 이어져 왔기 때문에 무뎌진 감각을 새롭게 회복해야 한다는 생각이다. 끝없이 요구하고 통제하는 교육에서 벗어나지 않으면 교육다운 교육이 이루어질 수 없다는 생각의 표현이다.

전교조 운동은 우리 교육계의 혁명이었다. 비록 교사들이 대량 해직 당하여 당장 큰 성과를 이루지 못한 것으로 여겨지지만, 교육의 문제점을 제기한 것만으로도 아주 큰 힘을 발휘했다고 평가할 수 있으며 앞에 논의한 교육시가 결정적인 기여를 했다. 시가 없었다면 그들의 참다운 목소리가 많은 사람들에게 감동으로 전해질 수 없었을 것이다.

7. 인간의 속물근성을 비판한 시인들

산업사회란 결국 인간의 속물근성을 부추기는 사회라고 볼 수 있다. 대량 생산과 대량 소비가 '상추쌈에 된장궁합'처럼 맞아떨어지는 사회다. 어떻게 하면 많이 만들어내고 어떻게 하면 그것을 다 팔아먹을 수 있냐에 대해서 골몰하는 사회인 것이다. 온갖 간교한 수단을 다하기 때문에 웬만한 소비자는 거기에 굴복하다 억제해오고 어제채오던 소비충동, 속물근성이 터져 나올 수밖에 없다.

비단 물건만이 아니다. 인간의 육체를 탐하는 것이 물론 산업사회가 시작되고부터 있는 일은 아니다. 과거에도 성性의 문제는 항상 그 시대 최상의 고민거리였다. 그러나 산업사회가 시작되고부터는 성의 문제는 마치 봇물 터지듯 덮쳐 왔다. 전혀 은밀하지 않게, 파렴치하다 할 정도로 현 사회를 압도하고 있는 것이어서, '제4의 물결'이라고 말하는 것이 결코 과장은 아닌 것이다. 성의 상품화는 물론 성에 대한 가치관이 격동하고 있다.

인간의 속물근성은 가장 일반화된 소비충동, 성충동 외에 권력지향이나 재물욕 따위에서 얼마든지 볼 수 있다. 이러한 속물근성은 사회를 극도로 추악하게 만들고 있기에 시인의 공격목표가 된다. 시의 소재나 주제가 되는 것은 당연하다. 속물근성을 비판함으로써 인간 본래의 소박한 삶으로 돌아가고 순수한 정신을 회복하도록 경각심을 일깨워주는 것이다.

사회에 만연되어 있는 속물근성을 비판하기 위한 시인의 전략은 다양하게 펼쳐진다. 평이한 시적 진술로는 강한 경각심을 불러일으키지 못하기 때문이다. 반어, 역설, 풍자 따위 방법은 물론 거기에다 과감한 비속어를 곁들이는 방법을 애용하기도 한다. 비속어가 강력한 생산성을 발휘할 수 있는 드문 경우가 된다.

황지우, 참을 수 없는 현실과 자기 조소嘲笑

황지우의 시에서는 이 시대에 저질러진 파괴본능을 본다. 현실이 쏟아내는 광풍狂風을 아슬아슬하게 피해가는 시정신을 보는 것이다. 현실을 사실적으로 증언하지 않고 서까래를 때려 들보를 울리려는 생각으로 온갖 잡것들을 풍자하는 모습을 본다. 시선視線은 산만한 것 같지만 시정신은 집약되어 있음을 유추해 낼 수 있다. 시의 비신성화非神聖化 작업, 세태풍자, 인간의 속물근성 비판 따위가 실은 다 한 가닥인 것이다. 시로 직접 현실에 저항하고 나서지 못한 말들이 기나긴 요설로 변형되어 나온다든지, 시에 대한 극도의 불신으로 신문기사 조각을 모아 시로 재생하는 수법을 애용한다. 물론 현실에 대한 정공법이 못되고 게릴라 전술을 펴는 것인데, 시에 대한 불신이라기보다는 결국 시인 자신에 대한 불신이기 십상이다. 그래서 자신을 포함하는 속물근성의 풍자를 시정신의 근본으로 삼게 된다. 독재정치가 자행되는 것도 위정자의 속물근성 때문이며, 거기에 적극적으로 대항하지 못하는 사람도 스스로의 속물근성 때문이라는 생각을 표현한다.

오 망국亡國은 아름답읍니다. 인간세人間世 뒤뜰 가득히 풀과 꽃이 찾아오는데 우리는 세상을 버리고 야유회 갔읍니다 우리 세상은 국경에

서 끝났고 다만 우리들의 털 없는 흉곽에 어욱새풀잎의 목메인 울음 소
리 들리는 저 길림성 봉천 하늘 아래 풀과 꽃이 몹시 아름다운 채색으
로 물을 구하였읍니다

  우리는 모른 체했읍니다 우리는 불면의 잠을 잤읍니다 지친 사람들
은 꿈을 꾸고 흉몽凶夢의 별똥들이 폭죽 쏘는 태평성대 국경 근처 다른
나라의 방언을 방청한 풀과 꽃이 자꾸 어떤 신호를 보내 왔읍니다 그
신호의 푸른 나뭇가지를 마구 흔들며 우리 허리에 걸친 기압골이 남단
南端으로 내려갔읍니다.

「만수산 드렁칡·1」이다. '망국이 아름답다'는 것과 '태평성대'란 표
현은 말할 것도 없이 풍자다. '우리는 세상을 버리고 야유회 갔읍니다'
와 '우리는 모른 체했읍니다'는 자기비판이겠다. 자조自嘲적 태도를 숨
겼을뿐, 시대에 당당하게 맞서지 못하고 있는 것이 속물근성 때문이란
것을 인식하고 있는 것이다.

  갈 봄 여름 없이, 처형받은 세월이었지
  축제도 호환도 없는 세월이었지
  그 세월 미쳐 날뛰고 맹목의 세례식 —

  개나리꽃 옆에서 우리는
  물벼락 맞았지 진달래꽃 잎에서
  눈물 벼락 맞고, 우리는 국적을 잃고
  우리는 이데올로기의 색맹이 되고
  자욱한 연기, 질식할 것 같은 철쭉꽃 뒤에서
  몰지각한 망상주의자
  망상주의자였지 우리는, 연방 기침하면서 불순한 사대주의자,
  위험한 이상주의자였지 손 한번 들어 올리지 못하고

> 소리 한번 못 지르고 우리는,
> 한 다발 두 다발 문 밖으로 들려 나가는 모습들을
> '느린 그림'으로 지켜 보는
> 들뜬 회의주의자, 혼수 상태의 세월이었지

「대답 없는 날들을 위하여 · 2」란 작품이다. 그야말로 미쳐 날뛰던 세월 속에서 아무런 대응력도 갖지 못하며, 저항 한 번 제대로 못하고 살았을 때 이렇게 자책할 수밖에 없으리라. '혼수 상태의 세월'이라는 표현이 아주 적절하다.

「그날그날의 현장 검증」이라는 시도 같은 유형에 속한다.

> 어제 나는 내 귀에 말뚝을 박고 돌아왔다
> 오늘 나는 내 눈에 철조망을 치고 붕대로 감아 버렸다
> 내일 나는 내 입에 흙을
> 한 삽 처넣고 솜으로 막는다
>
> 날이면 날마다
> 밤이면 밤마다
> 나는 나의 일부를 파묻는다
> 나의 증거 인멸을 위해
> 나의 살아 남음을 위해

철저한 현실외면이다. '나의 살아 남음을 위해'라고 솔직하게 말하고 있다. 그러니까 현실과 쉽게 타협해 버리는 속물근성을 정직하게 인정하는 용기가 위 시에서 잘 표현되어 있다.

「새들도 세상을 뜨는구나」에서는 현실에 대한 문제를 최소한만 암시하면서, 대신 시정성을 한껏 살려낸다.

영화가 시작되기 전에 우리는

일제히 일어나 애국가를 경청한다

삼천리 화려 강산의

을숙도에서 일정한 군群을 이루며

갈대 숲을 이륙하는 흰 새떼들이

자기들끼리 끼룩거리면서

일렬 이렬 삼렬 횡대로 자기들의 세상을

이 세상에서 떼어 메고

이 세상 밖 어디론가 날아간다

우리도 우리들끼리

낄낄대면서

깔죽대면서

우리의 대열을 이루며

한 세상 떼어 메고

이 세상 밖 어디론가 날아갔으면

하는데 대한 사람 대한으로

길이 보전하세로

각각 자기 자리에 앉는다

주저앉는다

고통스러운 현실을 벗어나고 싶다는 욕망은 강한데, 욕망일 뿐이지 현실에서 조금도 벗어날 수 없다는 것을 아주 절묘하게 표현해 낸 작품이다. 현실을 훌쩍 벗어나든지, 아니면 고통스런 현실을 적극적으로 대응하겠다는 의지도 없이 무기력하게 현실에 주저앉는 자신을 냉정하게 관찰한 결과다. 황지우의 시들은 당시 현실에 적극적인 대응력을 갖지는 못했지만 세태를 성실히 증언하여 사회의 분위기를 시로 잘 표현해 냈다. 특히 현실에 적극적이지 못한 스스로를 은근히 자조, 자책하는 작품과, 속물근성을 비판하기 위한 특이한 작품을 많이 써냈다.

박남철, 길 잃은 시대의 기도

박남철은 기괴한 시들로 시대를 증언하려 한다. 시대가 그만큼 기괴하게 돌아간다는 증거인 것이다. 숱한 인쇄적 곡예曲藝, 시시껄렁한 일들에 대한 무의미한 뇌까림, 극단적인 비속어 사용, 냉소적 어조 따위가 뒤섞여 전통적인 시의 질서를 무너뜨린다. 인간의 속물근성을 제기하려는 듯한 위악僞惡적인 몸짓, 사회적 가치를 무시하는 어투, 시를 비신성화非神聖化 하려는 온갖 형태의 실험 따위로 일관한다. 한 마디로 '길 잃은 시대', '가치 부재의 시대'임을 증명하려고 안간힘을 쓴다.

「그 자식들은 끊임없이 혼자서 꺼졌다 켜졌다 하고」라는 시는 좀 긴 편인데, '길 잃은 시대'를 직접 언급하고 있다.

밤에 편지를 쓰지 마라 가장 진실한 말들이 튀어 나와서 아침에 생각하면 부끄러워진다 밤에 가장 고요하고 가장 진실한 순간에 쓴 편지는 낮의 사람들에게 전달되지 않는다 미친 놈……

하고 한번 씨익 웃을 뿐이다 그리고 그 편지를 읽은 사람은 그 편지를 보내 온 사람을 경멸하게 된다 전달되지 않는다

편지란 계산과 계산이 뒤얽힌 낮에 쓸 일이고 가장 공격적인 사색과 방어적인 침묵이 태양과 함께 작열하는 낮에 쓸 일이고 그리고 편지는 되도록 쓰지 않을 일이다.

우리가 가장 진실한 마음으로 몇 줄 끄적거린 밤의 편지는 대체로 실패작이 된다 그리하여 우리가 밤에 할 수 있는 일이란 편지를 쓰는 일이 아니라 진실을 토로하는 일이 아니라 진실을 벗기고 진실을 끌어

안고 진실을 겁탈하는 일이다

그리고 우리가 할 수 있는 일이란 밤의 편지가 전달되지 않는 이 낮의 세상을 조용히 관조하는 일이다 그들의 가장 씩씩한 껍데기들을 조용히 조용히 지켜 보는 일이다

밤에 전화를 걸지 마라 특히 밤에 취해서 전화를 걸지 마라 전화를 받던 사람은 그때 마누라를 더듬고 있었다 야 이 미친 개 같은 놈아 수화기가 부셔져라 전화를 끊은 사람은 그때 마누라와 결정적인 — 순간을 즐기고 있었다 또는 수화기를 아예 들어 보지도 못한 바로 그 사람은 그때 마누라에게 원산폭격을 당하고 있었다

(당신 같은 사람하고는 이제 죽어도 더 이상 같이 못 살겠어요……)

제기랄 밤에 라면을 끓여 먹지 마라 밤에 교차로의 신호들을 — 그 자식들은 끊임없이 혼자서 꺼졌다 켜졌다 하고 있너라 — 신호등을 멍하니 쳐다보고 섰지도 마라

어디로 가야 하니 이 길 잃은 시대의

밤에 별도 쳐다보지 마라 별에 대해서는 이미 많은 애국자들이 밤에 여관문을 힐끔 나오는 여자도 쳐다보지 마라 그 여자가 얼마나 부끄럽겠느냐 저것 봐라 저것 봐 저 안 부끄러운 척하고 내 옆을 토각토각 지나가는 것 좀 봐 이밤에

밤에 정치 문제를 생각지 마라 밤에는 '4·19' 같은 것도 생각지 말고 밤에는 '유한계급론'도 '마르쿠제'도 읽지 마라 밤에는 싸구료 출판사에서 나온 '잠 못 이루는 너희들의 괴로움을 위하여'를 읽어라(읽고는 대단히 감명깊게 읽었다고 생각하라)

밤에는 밤에는 좀더 ― 어디로 가야 하니 이 길 잃은 시대의 정신
이여

밤에는 빨래도 하지 말고 밤에는 개처럼 밤에는 시인처럼 시도 쓰지
말고 제발 더 착한 사람이 되게 해 달라고 밤에는 기도도 하지 말고
오 거 무엇이냐 밤에는 밤에는 좌우지간 밤에는 나자빠져서 '나도 기
필코 결혼할 수 있다!'라는 자기 암시나 부지런히 해 둬라

이 시는 인쇄의 곡예 기법은 쓰지 않은 경우다. 시 중간 중간에 마
치 자기 추임새처럼 '이 길 잃은 시대의 정신이여'라는 구절이 끼어들
어가 있으며 거기에 걸맞게 시의 논리가 전개되어 있다. 진실을 말하
지 않기 위해 밤에 편지를 쓰지 말라는 충고나 신호들이 통제 기능을
잃었다는 말이나 정치 문제를 생각하지 말라는 것이나 모두가 반어적
수법이다. 독재하에서 사회의 모든 가치관이 혼란스러워져 있음을 반
어적으로 증언하는 것이다.

「주기도문, 빌어먹을」은 바로 그러한 생각을 주기도문의 틀을 빌어
희화戱化시켜 꼬집는다.

지금, 하늘에 계신다 해도
도와 주시지 않는 우리 아버지의 이름을
아버지의 나라를 우리 섣불리 믿을 수 없사오며
아버지의 하늘에서 이룬 뜻은 아버지 하늘의 것이고
땅에서 못 이룬 뜻은 우리들 땅의 것임을, 믿습니다
(믿습니다? 믿습니다를 일흔 번쯤 반복해서 읊어 보시오)
오늘날 우리에게 일용할 고통을 더욱 많이 내려 주시고
우리가 우리에게 미움 주는 자들을 더더욱 미워하듯이

우리의 더더욱 미워하는 죄를 더, 더더욱 미워하여 주시고
제발 이 모든 우리의 얼어 죽을 사랑을 함부로 평론하지 마시고
다만 우리를 언제까지고 그냥 이대로 내버려 둬, 두시겠읍니까?

대개 나라와 권세와 영광은 이제 아버지의 것이
아니옵니다(를 일흔 번쯤 반복해서 읊어 보시오)
밤낮없이 주무시고만 계시는
아버지시여

아멘

기막힌 냉소다. 하느님이 살아 계시다면 온 백성들이 독재자 밑에서 고통을 받고 있을 리가 없다는 생각이 깔려 있다. 특히 위 시에서 두 군데에 '일흔 번쯤 반복해서 읊어 보시오' 라는 말이 있는데, 당시에 백성들이 처한 상황과 독재자들이 권력을 쥐고 있는 상황을 강조하기 위한 것이다. 이와 어조가 비슷한 작품으로 「주기도문」이 있는데, 시인이 당시를 냉소적으로 보고 있다는 것을 확인할 수 있는 작품들이다.

박남철이 시를 다양하게 실험한 것은, 평범한 시로써는 당시를 증언하기 어렵다고 판단했기 때문이리라. 전통적 가치관에서 행태나 소재가 일탈한 것을 보여줌으로써 새로운 대응방식을 찾으려는 시도였던 것이다.

김영승, 재기발랄한 냉소

김영승의 시는 참으로 재기발랄해서 독자에게 호감을 준다. 그 재기발랄함은 함량미달의 언어유희로 그치는 것이 아니라, 인간성과 사회에 번져있는 불합리와 모순을 찾아내고 비판하여 경각심을 일깨우기에 매우 생산적이다.

김영승의 시집 『반성』을 대하면, 시에서도 성性의 문제를 과감히 표현할 필요가 있구나 하는 생각을 갖게 한다. 그 생각은 성에 관한 표현이 현실에 대한 통쾌한 반성을 전제로 하기 때문이다. 그의 시는 점잖은 체하면서 온갖 불합리한 일들을 저지르는 현대인에게 가해지는 질책이다. 시적 자아를 대부분 자신으로 내세우기에 자조적이지만, 동시에 사회 전체에 대해 반성을 요구하는 것이다. 극도로 원색적 어휘와 정황을 도입한 것은 위악僞惡적 몸짓인 셈이다. 전래적인 시법詩法으로는 현실의 핵심에 들어서지 못하고 주위만 맴돌 것이라는 생각 때문에 비속어를 과감히 사용한 것이다.

> 코끼리들이 문득 가엾다.
> 코끼리 발바닥엔
> 어느 정도 두께의 굳은살이 박혔을까.
> 그 거대한 몸뚱이를 지탱하며 먹이를 찾아
> 뛰어다닌 벌판.
> 굳은살이라곤 입술과 유방과 성기밖에 없는
> 불행한 남녀들이 다투어 몰려온다.
> 귀족적이려고 매력적이려고 그리고
> 지성적이려고 무지무지 애를 쓰고 있다.
> 가엾다.

「반성 163」이다. 이른 바 성의 시대, 성욕의 시대라고 하는가. 그 어설픈 시대 진단에 일침을 가한다. '굳은살이라곤 입술과 유방과 성기밖에 없는' 인간상들의 위선을 질타하는 것이다.

> 예수에겐 당연한 일이고

다른 사람들에겐

엄청난 일

간음한 여인

킥킥

애써 웃음 참고

엄숙한 표정으로

너희 중에 죄없는 자가

먼저 돌로 치라……

그리고 예수는 하꼬방에 달려가서

흐느꼈을 게다

돌절구도 밑 빠질 때가 있느니라……

(예수가 땅바닥에 끄적거린 낙서)

「반성 517」이다. 속물근성이 만연된 풍토에서 단죄라는 것이 능사
일 수 없다는 생각의 표현이다. 단죄에 대한 조소이며 위선에 대한 비
판이다.

번인이 번인 입으로 / 술 안 마신다고 했으면 마시지 말아야지 / 또 마
시냐? / 일구 이언은 이부지자다 // 어머니가 말씀하신다 // 하긴…… /
내 아버지가 둘이면 어떻고 셋이면 또 어떠냐 / 지금까지 하나도 없이
자란 것도 허전한데 / 암만 생각해도 아버지가 일개 소대 병력쯤은 될
것 같은 / 저 고등한 후레자식 속에서 / 기도하다 보니 / 다 서럽다 //
당신 섹스 파트너는 솔직히 / 몇 명이었소? / 킥킥. // 한 부부가 염라대
왕 앞에 갔단다 / 염라대왕이 부부를 각각 따로 떼어 놓고 / 자신이 몇

번 간음 했는가 절대 / 비밀로 할 테니 말하라고 했고 / 그리고 간음 한번에 팔뚝에 한 땀씩 / 바느질을 하는 벌을 주기로 했다 // 남편은 딱 두번이라고 고백하고 / 아얏! 두 번 꼬맸다 // 다 꼬매고 남편이 아내는 왜 아직 안 오나 몰래 보니 / 아내는 들들들 재봉틀로 누비를 당하고 있었다나 // 수가성 우물가의 여인처럼 / 나도 술이 솟는 우물가에 살았지만 / 여인아, 네가 남편이 없다는 말이 / 옳으니라. / 나도 아내가 없다는 말이 옳고 / 지금도 없고 / 미래도 없을 것이다 너희들도. // 나도 하나님 아버지께 / 내 죄를 고백해야 되겠다 / 내가 만난 여인은 두 명 / 둘 다 내가 술태백이라고 떠났지만 / 두번째는 간음이다 // 아얏! / 나도 몇 바늘 꼬맸다. ///

「반성 810」이란 시다. 성에 대한한 세상은 그야말로 요지경 속이다. '남자와 여자의 관계는 하느님도 모른다'고 했던가. 은밀하게 맺어지기에 드러나지는 않지만, 알고 보면 믿는 도끼에 발등 찍혔다고 탄식할 소지가 누구나 있다는 생각을 제시한다.

김영승의 속물근성 비판은 성의 문제에만 한정되진 않는다. 「반성 809」는 또 다른 양상의 작품이다.

나는 / 목이 터져라 감격해서 노래불렀다는 놈들 속에서 / 진짜 목이 터진 놈은 한 놈도 못봤다. // 살찌는 건 싫어 날씬한 게 좋아 / 어쩌구저쩌구 노래하며 설탕은 하나도 안 든 / 무슨 먹는 것 선전하며 TV엔 / 젊은 여자 셋이 나와 꼭끼는 옷 입고 꼭끼는 춤을 추고 있다 / 아니 누가 살찌랬나? / 저런 것들은 그저 / 아오지 탄광에 갖다 놓고 쫄쫄 굶기면 / 살이 쪽 빠지겠지 / 피골이 상접한 버커리 / 고행의 불타처럼 되어 또 / 뭐라고 노래 부를까 / 셋이서 함께 일어나 춤출 힘도 / 없을 텐데 한 뭇 장작을 애무했던 / 지난 날 내 아내 힌니절 주우면 / 한 에바쯤 되는 이삭을 갖고 / 시어미 나오미와 무슨 꿈을 꿀까요 / 아름다운 룻, 나의 룻 // 나는 진짜 목이 터졌다. / 목이 터져서 / 하름다훈 루훗, 나희 루훗 // 눈물 쭐쭐 흘리는 / 왕눈깔 산도적처럼 / 에 ― // 불쌍하다까봐. ///

인간의 탐욕은 어떻게 표현하기 어려울 정도다. '밑 빠진 독은 채워도 인간의 욕심은 채울 수 없다'고 했던가. 식탐食貪의 속물근성을 비판하는 작품이다. 비속어의 사용이 아주 상쾌할 정도다.

김영승은 반성하기를 촉구한다. 속물근성으로 불감증이 된 사회에 대해 냉소적 어조로 강한 자극을 시도한다. 그러나『반성』이란 시집이 경고를 받는 웃지 못할 일이 생겨났다. 비속어 사용 때문이다. 그러나 위 시들에 사용된 비속어는 인간들의 속물근성에 비하면 그야말로 조족지혈인 셈이다.

고정희, 속악한 사회의 성

고정희의 시정신은 다양하게 효용력을 발휘한다. 특히 독재정치에 대한 신랄한 비판, 조국통일에 대한 열망, 여성권위 신장에 강력한 집착을 보인다. 모든 백성들이 동등하고 평화로운 삶은 누릴 권리가 있다는 것을 각성시키려고 안간힘을 쓴다. 이런 목표를 위해 고정희는 때로 아주 강렬한 비속어를 동원하여 대상을 비판하기도 한다. 여류女流라는 사회의 편견을 치유하기 위해서 남류男流 이상의 거친 언어 구사를 감행한다.

「뱀과 여자」를 보자.

강남의 술집은 음습하고 황량하다 / 얼굴에 '정력'을 써붙인 사람들이 / 발정한 개처럼 낑낑대는 자정, / 적막강산 같은 어둠 속에서 / 여자는 알몸의 실오라길 벗었다 / 강남 일대가 따라 옷을 벗었다 // 아득히 솟는 여자의 유방과 / 아련히 빛나는 강남의 누드 위로 / 당당하게 / 말좆 같은 뱀이 기어올랐다 / 소름을 번쩍이며 / 좆 같은 뻣뻣함으로 / 여자의 젖무덤을 어루만지고 / 강남의 목아지를 잡아 흐느적거리고 / 여자의 입에 혀를 널름거리고 / 강남의 등허리를 기어내리고 / 태초의 낙원 / 여자의 무성한 아랫도리에 닿아 / 독재자처럼 치솟은 대가리를 / 강남의 아름다운 자궁에 박았다 / 여자는 나지막한 비명을 지르고 / 강남의 불빛이 일시에 꺼졌다 // 적막강산 같은 무덤 속에서 / 해골뿐인 남자가 비루하게 속삭였다. // 뱀은 남자의 좆이야 / 이브의 유혹도 최초의 좆이었지 // 해골들이 하하 쳐드는 술잔에 / 뱀과 정액이 넘쳐 흘렀다 / 도처에 페스트가 들끓고 있었다 / 강남의 흡혈귀가 조용히 웃었다 / 뇌먹인 땅에 이제 칼과 창이 필요했다 / 아무데나 기어드는 대가리에 / 휙 휙 내리치는 해방의 칼 / 하얗게 빛나는 흡혈귀의 아가리에 / 쭉쭉 꽂히는 자유의 창 ///

이쯤이면 시정신이 어설픈 도덕률에 더 이상 갇혀 있기를 과감히 거부하는 것이다. 부도덕한 세태를 비판하기 위한 파격적인 언어 구사는 통쾌할 정도다. 이 시대를 누르고 있는 속물근성을, 남성 위주의 사회를 비판하기 위한 전략이다.

「우리시대의 섹스 공청회」 역시 극단적으로 치닫는 속물근성을 비판하기 위한 것이다.

만약 여러분이 내게 / 사랑이 무어냐고 물으신다면 / 섹스의 씨앗이다, 말하겠어요 / 섹스가 무어냐고 재차 물으신다면 / (요즘 주부공부방 유행어를 빌려서) / 참을 수 없이 가벼운 존재의 바람끼다, 말하겠어요. / 참을 수 없이 가벼운 존재의 바람끼가 무어냐고 또 물으신다면 / 성기 홀리는 기술이다, 말하겠어요 / 성기 홀리는 기술이 무어냐고 다시 물으신다면 / 소유의 넥타이라 말하겠어요 / 소유의 넥타이가 무어냐고 다시 물으신다면 / 단물 올랐을 때 한 남자에 기둥 박자, 이겁니다 / 듣기 좋은 말로 "금슬 좋은 부부끼리" / 가족 계획 협회 말로 / "오르가즘 구별 말고 한 남자에 만족하자" 이거 어떻습니까 / 아 천하고금을 막론하고 섹시한 여자 앞에 / 부처님 가운데 토막 어디 있으며 / 단물 다 빠진 마누라 앞에 / 낯짝 활짝 펴는 남편 어딨어요 / 개밥에 도토리 인생 누가 챙겨줍니까 / 그러나 한 남자 길들이기, 아니 / 한 남자에 목 매달기에 온 인생 바치기 / 이건 정말 눈물나는 인생입니다 / 이런 우리 주부들을 식자층은 뭐 / '보이지 않고 들리지 않는 집단'이라나요? / 보이고 들리니까 주눅이 들어서 / 알아도 모르는 척 몰라도 아는 척 / 산통만 깨지 않으면 참는 인생이지요 / 이 가운데 그래도 한가닥 희망이 / 여성지 대서특필 운을 받아 / '나는 사랑받는 아내' 프라이드입니다 / 솔직히 까놓고 말하건데 / 사랑이 어떻게 이기적이 아닐 수 있어요? / 섹스가 어떻게 '개인만족' 아닐 수 있어요? //

「우리시대의 섹스 공청회」는 총 열아홉 쪽 분량의 장시인데, 그 중 일부만 인용한 것이다. 이 작품을 통해 고정희는 성에 대해 할 말을 다 한다. 성에 대한 남성들의 편견을 비판하고 여성의 혁신적 사고가 필요함을 아울러 요청하고 있다.

'몸바쳐 밥을 사는 사람 내력 한마당'이란 부제를 단 연작시 「밥과 자본주의」에서도 속악스런 세태를 비판하고 있다.

개중에는 별별 물건 다 있었제 / 말이라면 하늘의 별도 딸 수 있는 물건 / 돈이라면 처녀불알도 살 수 있는 물건 / 만원 한 장이믄 배 수 척 작살내는 물건 / 여자 배타고 하늘입네 하는 물건 / 들어올 때 다르고 나갈 때 다른 물건 / 돈만 내고 가겠네 하다가 꼭 하고 가는 물건 / 한

구멍 값 내고 다섯 구멍 넘보는 물건 / 하 동정입네 하면서 동정받고 가는 물건…… // 이런 저런 물건들이 / 그 잘난 좆대가리 하나씩 들고 / 구멍밥 고파 찾아오는 곳이 홍등가여 / 그러니까 홍등가는 구멍밥 식당가다, 이거여 / 그것도 다 정부관청 인가 받은 업소이제 / 아 막말로 지 구멍 팔아먹는 장사처럼 / 정직한 밥장사가 또 어디 있으며 / 씹할 때처럼 확실한 인간이 또 있어? / 구척장신 영웅호걸이라 해도 / 겹겹이 입은 옷 다 벗고 보면 / 흰놈 검은놈 따로 없고 / 잘난놈 못난놈이 오십보 백보라(허, 그래) / 인생이 다 밥 한 그릇 연유에 울고 웃는 순진한 짐승이야! // 그런디 세상은 하 요지경 속이라 / 오늘날 떵떵거리는 모모재벌 기업 밥장사들 / 아름다운 금수강산 / 천가람에 독극물 풀어 / 수도물에 악취 오염 펑펑 쏟아지는데도 / 눈썹 하나 까딱 않고 건재하는가 하면 / 세상 차별인생이 구멍밥 장사여 / 지 밑천 팔아 목숨 연명하는 인생을 / 세상은 '갈보'라고 쉬쉬해 / 구멍밥 장사가 전생에 무슨 죄가 있다고 / 아 요즘 그 흔한 동맹파업이니 / 몸값 이상 시위니, 씹할 권리투쟁 한번 안 일으켰는데 / 어찌하여 구멍밥 먹는 놈은 거룩하고 / 구멍밥 주는 년은 갈보가 되는 거여? / 까마귀 뱃바닥 같은 소리 하지 말어, / 구멍 팔이 밥을 사는 팔자 중에 / 지 혼 파는 여자 아무도 없어 / 구멍밥 장사는 비정한 노동이야 / 물건 대주고 밥을 얻는 비정한 노동이야 / 혼 빼주고 밥을 비는 갈보로 말하면야 / 여자 옷 빌려 입고 시집가는 정치갈보 / 지 영혼 팔아먹는 권력갈보가 상갈보 아녀? / 아 고것들 갈보 데뷔식도 아주 요란벅적해 / 금테 두른 이름표 하나씩 달고 / 염색머리에 유리잔 부딪치면서 / 정경매춘 꽃다발 여기저기 꽂아놓고 / 백성의 오복길흉이 마치 / 정치갈보 권력갈보 흥망에 달려 있는 것처럼 / 오구잡탕 거드름을 떨고(장고, 쿵떡)/ (정치갈보 몰아내고 민주세상 앞당기자) //

이 작품 역시 장시이며 일부만을 인용한 것이다. 고정희는 성에 대해서도 과감히 표현하지만, 불합리한 정치에 대해서도 극언을 서슴지 않는 용기를 보여주었다. 밥을 먹기 위한 '창녀'보다는 오히려 줏대 없는 위정자들이 갈보라는 생각이다. 창녀보다 못하다는 비판이다.

고정희는 남성 위주의 사회, 속악한 정치 현실 따위를 비판하기 위해, 그리고 여성의 권위향상을 위해 성 표현 전략을 택한다. 아주 과감한 성 표현으로 인간의 속물근성을 거세게 몰아세웠던 것이다.

인간사회를 속악스럽게 만드는 것은 각 개인의 마음속에 도사리고 있는 속물근성에서 연유한다. 권력욕, 재물욕, 성욕 따위, 인간의 욕망이 절제되지 않아 이 사회를 혼탁하게 한다. 이것은 대량소비사회와 긴밀히 연관되어 있다. 풍요로운 상품이 인간을 유혹하고 그것을 소유하기 위한 돈이 숭배되다 보니, 상대적으로 정신이 빈곤해졌기 때문에 속물근성이 더욱 횡행하는 것이다. 쾌락을 추구하려는 인간의 본능을 봉제하는 정신이 부실해졌기 때문이리라. 이러한 인간본성, 사회풍토를 훌륭한 시인은 방관하지 않는다. 인간정신을 고귀하게 만들겠다는 신념에 사는 것이 시인이기 때문이다. 위의 시인들은 그런 신념을 용기 있게 실천한 이들인 것이다.

8. 인간 실존의 문제를 성찰한 시인들

서정시와 서정시가 아닌 것을 명확히 경계 짓기란 용이한 일이 아니다. 그래서 편한 대로 순수시와 참여시로 구분한 것이겠다. 그러나 이러한 구분 때문에 양측은 서로 대립하고 배타했다. 시의 표정은 얼마든지 다양할 수 있는데, 마치 웃는 얼굴과 우는 얼굴만 있는 것으로 생각해 왔으며, 더구나 한번 지은 표정을 끝까지 유지하는 것이 지조를 지키는 것으로 생각하기도 했다. 시인이 시로써 현실에 적극 참여하느냐 하지 않느냐의 정도를 따지는 것도 중요하지만, 과연 그 작품이 독자에게 감동을 주느냐를 우선 따질 일이다. 현실대응력을 갖춘 시는 그것대로, 자연친화시나 자의식 표현에 충실한 시는 또 그것대로 감동을 준다면 일단 훌륭한 시로 평가할 수 있을 것이다.

여기서는 비록 시대적 대응력에 투철하지는 않지만 인간 존재의 통승이나 삶에 대한 진지한 탐구를 보여준 몇몇 시인들을 논의해 본다.

조정권, 견인주의적 삶

조정권의 시에서는 강인한 정신이 느껴진다. 그의 시 속에 있는 모든 물체는 결국 정신으로 회귀한다. 고귀한 정신의 희열을 맛보기 위해 현실의 고통을 인내하는 것을 최상의 덕목으로 삼고 있다. 그의 시들 중에서 특히 빼어난 것은 역시 「산정묘지山頂墓地」 연작이다. 30편이나 되는 연작이 꾸준히 이루어내는 것은 관념 또는 정신인데 그것은 '인고忍苦의 위대함'으로 요약할 수 있겠다.

겨울 산을 오르면서 나는 본다. / 가장 높은 것들은 추운 곳에서 / 얼음처럼 빛나고, / 얼어붙은 폭포의 단호한 침묵, / 가장 높은 정신은 / 추운 곳에서 살아 움직이며 / 허옇게 얼어터진 계곡과 계곡 사이 / 바위와 바위의 결빙을 노래한다. / 간밤의 눈이 다 녹아버린 이른 아침, / 산정은 / 얼음을 그대로 뒤집어 쓴 채 / 빛을 받들고 있다. / 만일 내 영혼이 천상의 누각을 꿈꾸어 왔다면 / 나는 신이 거주하는 저 천상의 일각一角을 그리워하리. / 가장 높은 정신은 가장 추운 곳을 향하는 법. / 저 아래 흐르는 것은 이제부터 결빙하는 것이 아니라 / 차라리 침묵하는 것. / 움직이는 것들도 이제부터는 멈추는 것이 아니라 / 침묵의 노래가 되어 침묵의 동열同列에 서는 것. / 그러나 한면 삼는 정신은 / 누군가 지팡이로 후려치지 않는 한 / 깊은 휴식에서 헤어나지 못하리. / 하나의 형상 역시 / 누군가가 막대기로 후려치지 않는 한 / 다른 형상을 취하지 못하리. / 육신이란 누더기에 지나지 않는 것. / 헛된 휴식과 잠 속에서의 방황의 나날들. / 나의 영혼이 / 이 침묵 속에서 / 손뼉 소리를 크게 내지 못한다면 / 어느 형상도 다시 꿈꾸지 않으리. / 지금은 결빙하는 계절, 밤이 되면 / 물과 물이 서로 끌어당기며 / 결빙의 노래를 내 발밑에서 들려주리. // 여름 내내 / 제 스스로의 힘에 도취하여 / 계곡을 울리며 폭포를 타고 내려오는 / 물줄기들은 얼어붙어 있다. / 계곡과 계곡 사이 잔뜩 엎드려 있는 / 얼음 덩어리들은 / 제 스스로의 힘에 도취해 있다. / 결빙의 바람이여, / 내 핏줄 속으로 / 회오리 치라. / 나의 발끝에서 머리끝까지 / 나의 전신을 / 관통하라. / 점령하라. / 도취하게 하라. / 산정의 새들은 / 마른 나무 꼭대기 위에서 / 날개를 접은 채 도취의 시간을 꿈꾸고 / 열매들은 마른 씨앗 몇개로 남아 / 껍데기 속에서 도취하고 있다. / 여름 내내 빗방울과 입맞추던 / 뿌리는 얼어붙은 바위 옆에서 / 흙을 물어뜯으며 제 이빨에 도취하고 / 바위는 우둔스런 제 무게에 도취하여 / 스스로 기쁨에 떨고 있다. // 보라, 바위는 스스로의 무거운 등짐에 / 스스로 도취하고 있다. / 허나 하늘은 허공에 바쳐진 무수한 가슴. / 무수한 가슴들이 소거消去된 허공으로, / 무수한 손목들이 촛불을 받치면서 / 빛의 축복이 쌓인 나목裸木의 계단을 오르지 않았는가. / 정결한 씨앗을 품은 불꽃을 / 천상의 계단마다 하나씩 바치며 / 나의 눈은 도취의 시간을 꿈꾸지 않았는가. / 나의 시간은 오히려 눈부신 성숙의 무게로 인해 / 침잠하며 하강하지 않았는가. / 밤이여 이제 출동명령을 내리라. / 좀더 가까이 좀더 가까이 / 나의 핏줄을 나의 뼈를 / 점령하라, 압도하라, / 관통하라. // 한때는 눈비의 형상으로 내게 오던 나날의 어둠. / 그리고 다시 한때는 물과 불의 형상으로 오던 나날의 어둠. / 그 어둠 속에서 헛된 휴식과 오랜 기다림 / 지치고 지친 자의 불면의 밤을 / 내 나날의 인력으로 맞이하지 않았던가. / 어둠은 존재의 처소에 뿌려진 생목生木의 향기 / 나의 영혼은 그 향기 속에 얼마나 적셔두길 갈망해 왔던가. / 내 영혼이 내 자신의 축복을 주는 휘황한 백야白夜를 / 내 얼마나 꿈꾸어 왔는가. / 육신이란 바람에 굴러가는 헌 누더기에 지나지 않는다. / 영혼이 그 위를 지그시 내려누르지 않는다면. ///

「산정묘지·1」이다. 견인주의자라고나 할까. 탱탱하고 투명한 정신을 대하는 듯한 작품이다. 한없이 어지러운 세태에, 잘 훈련된 정신의 한 모범을 본다. '가장 높은 것들은 추운 곳에서 / 얼음처럼 빛나고'라는 의미는 공간 속의 실체를 지칭하면서, 또한 인간정신을 의미하기도 한다. 냉정하게, 냉철하게 저 스스로를 낚아내고 질제힐 때 고귀한 정신이 되기 때문이다.

'내일의 그대들'이란 부제를 단 「산정묘지·30」을 보자.

얼음 한조각 들고 내 처음 올라온 길 찾아 내려가네. / 구름은 신발만 남긴 채 천길 낭떠러지로 뛰어 내리고, / 모든 무덤들은 훗날 기억되기 위해서 / 더 깊고 추운 골짜기 속으로 망각되어 가리. / 살아 있는 그대들 또한 잊혀져 가리. / 지상에서 산정으로 올라간 오랜 안식자들. / 만년을 고요로 채우기 위해 / 누구나 한번은 오르다 내려오는 본향本鄕길. / 마지막 날 바라볼 하늘을 누구나 잔등에 조금은 적셔 두고 싶은 것처럼. / 그대들, 살아 있는 자들 또한 조만간에 잊혀져 가리. / 그토록 오랜 세월 그대를 헤매게 하고 방황하게 한 세상으로부터. / 우리 또한 이토록 사랑하고 소비하게 한 세상으로부터 결국은 잊혀져 가리. / 삶의 실수는 머잖아 바싹 다가올 상실을 / 미리 이득으로 계산해 왔다는 것. / 힛딘은 빌에게는 위로가 필요한 법, / 발은 어디에서 다시 시작할 것인가. / 나는 잊혀져 갈 필요가 있네. / 잊혀져 간다는 것은 고통이 아니라 / 차라리 휴식. / 내일의 그대들이 오늘의 나를 죽은 사람이라 부른들 나는 상관치 않으리. / 왜냐하면 나는, 우리들은, 저마다의 가슴 속에서 실제로 산 듯 죽었으니까. / 모든 노래는 / 기억되기 위해 / 잊혀질 필요가 있지. / 모든 죽음들이 / 다시 기억되기 위해 / 저 추운 골짜기를 찾아가 묻힌 것처럼. / 이제 잊혀져 가는 자에게는 휴식이 필요하다. / 자, 내일의 바람은 내일의 죽음 / 죽은 자여 휴식자여 안식자여! / 강풍의 아들들이여! / 발은 이제 어디에서 다시 시작할 것인가 / 미래의 그대들이여! ///

한없이 맑고 깨끗한 정신이기에 삶에서 초연해 있다. 그러니까 당연히 죽음에서도 초연해 있다. '발은 어디에서 다시 시작할 것인가'를 묻지 않아도 좋다. 시작하건 끝나건 크게 달라질 삶은 아니니까. 삶과 죽음은 동일한 것이기에 삶에 그토록 애착을 가질 필요가 없다는 것을 말하고 있는 것인가?

조정권은 '정신 부재의 시대'에 정신 단련의 한 모범을 보인다. 개인의 정신을 바로 세움으로써 사회의 기풍이 바로 서기를 기대한다. 물론 사회에 관한 것은 언외의言外意로 읽어야 한다. 개인의 속물근성으로, 독재자들 탐욕으로 더럽혀진 세상 속에 맑고 단단한 정신을 세우려는 노력으로 경각심을 주고 있는 것이다.

황동규, 죽음에 대한 편안한 응시

황동규는 오랫동안 평범한 시로 자잘한 감정을 펴낸다. 일상적인 소재로 편안한 시를 쓰면서 시정신을 단련하고, 절정에 이른 곳이 「풍장風葬」이라는 연작시들일 것이다. 그 작품들에서 그는 높은 시적 성취를 이룩한다. 죽음에 대한 공포가 아닌 죽음을 아주 안온하게 받아들일 수 있는 정신은, 삶에 대한 성숙한 성찰에서 비롯되는 것이다. 그렇다고 삶을 무의미한 것으로 말하지 않는다. 삶은 삶대로 기쁜 것이고, 죽음은 죽음대로 또 편하다는 어조다. 예컨대 생명에 대한 인식은 「눈감고 섬진강을 건너다」에서 볼 수 있다.

단단한 것은 모두가 녹이 슬었다.
포확砲碻들을 위장하듯 마음 구석구석에 감추어둔
감추고 검은 풀로 덮어둔
발화發火의 말뭉치들을 찾아보아라
여기저기 겨울 지난 거미줄들 날아다닌다
마른 풀들도 날아다닌다
마음의 뚜껑을 잠시 열고

옷깃 여미고

국도國道 벗어나 멀리 가지 못하고 주저앉은

마을을 벗어나 말없음을 벗어나

더 큰 침묵을 향하여

걸어가 보아라

지리산 중턱에는 아직 눈과 바람이 남아 있지만

건너 복숭아밭의 검은 줄기들은

꿈의 문자들처럼 싱싱하다

싱싱하다, 생전 처음 보는 낙서처럼 신나게

읽어 보려무나

물가에 신발 가지런히 벗어놓고

전쟁 예보와 비누로 더러워진 옷도 벗어놓고

마음은 뚜껑 열린 채 내던져 놓고

뒤돌아보지 않고

눈 감고 혼자 초봄 저녁 강을 건너는 자의

뼈 시린, 뼈 시린 따스로움,

돌들이 걸린다

발가락들이 전부 살아 있었구나, 속삭이듯

속삭이듯 길 하나 없는 이 길의 편안함.

자연에 귀의하면 현실의 근심은 경감되는 것이다. 자연 속에서 느끼는 정기精氣에 감염되어 인간 스스로가 생기生氣를 품게 된다. 삶에 대한 환희는 여기서 새롭게 인식되는 것이다.

자연의 질서를 깨우치면 죽음이 두려움으로 느껴지지 않고, 그것이 단지 자연의 질서일 뿐이라는 것을 터득하게 된다. 그리하여 연작시 「풍장風葬」이 창작될 수 있었던 것이다.

내 세상 뜨면 풍장시켜다오.

섭섭하지 않게

옷은 입은 채로 전자시계는 가는 채로

손목에 달아놓고

아주 춥지는 않게

가죽가방에 넣어 전세 택시에 싣고

군산에 가서

검색이 심하면

곰소쯤에 가서

통통배에 옮겨 실어다오.

가방 속에서 다리 오그리고

그러나 편안히 누워 있다가

선유도 지나 통통 소리 지나

배가 육지에 허리 대는 기척에

잠시 정신을 잃고

가방 벗기우고 옷 벗기우고

무인도의 늦가을 차가운 햇빛 속에

구두와 양말도 벗기우고

손목시계 부서질 때

남몰래 시간을 떨어뜨리고

바람 속에 익은 붉은 열매에서 툭툭 튀기는 씨들은

무연히 안 보이듯 바라보며

살을 말리게 해다오.

어금니에 박혀 녹스는 백금 조각도

바람속에 빛나게 해다오.

바람을 이불처럼 덮고
화장化粧도 해탈解脫도 없이
이불 여미듯 바람을 여미고
마지막으로 몸의 피가 다 마를 때까지
바람과 놀게 해다오.

「풍장 1」이다. 인위人爲를 전혀 가하지 말고 있는 그대로 자연 속에 맡겨 두라는 부탁이다. 자연의 질서라는 것을 이미 통찰해 냈기에, 자연스러움 이외 그 어떤 과정도 불필요하다는 깨달음의 표현이다. '마지막으로 몸의 피가 다 마를 때까지 / 바람과 놀게 해다오'라는 표현이 여유 있다.

까미기들 닐고 떠들며
머리맡에서 서성댈 때
한눈팔다가 한 눈 파먹히고
팔 휘둘러 쫓으며 비스듬히 누워
한 눈으로 보는 세상.

고개 숙이고 나무들이 나직이
주고받는 말 들린다
저녁 바람이 차다고
가을의 한가운데가 방금 지나가고 있다고
가을의 한가운데, 저 외마디 구름장을 뱉어내는
더 작은 구름장,
자지러지고 다시 내눈을 뱉어낸다

뛰고 날고 참 잘들 논다!

아직도 흥이 남아 있다니!
슬며시 돌아누워 날개 달린 자들에게
나머지 한 눈까지 내어맡길까.
아니면 헌 신발을 머리에 얹고
덩실덩실 춤추며 내려가볼까.
저녁 이슬에 아랫도리 적시고
한쪽 눈으로 웃고 다른 한쪽은 캄캄히 타오르며
맨발로 덩실덩실 내려가볼까.

「풍장 5」다. 죽음에 대한 사고가 경쾌하다. 음험한 분위기로 압박하지 않는 죽음이기에 삶과 죽음의 경계가 없어 보인다.

황동규는 인간의 삶과 죽음을 자연의 질서 속에서 가장 자연스럽게 생각토록 한다. 평온함, 소박함, 자연스러운 삶의 관조가 중요하다는 것을 이 현실세계와 대비하여 터득하도록 한다.

시대의 우울 / 장석주, 기형도, 최승자

시인은 시대를 가장 예민하게 작품으로 담아낸다. 시는 시대를 앞서가고 소설은 시대를 정리하고 간다는 말도 이에 근거한다. 시인이 대의명분이 있는 시를 쓰건 사사로운 감정을 표현하는 시를 쓰건, 그 작품 속에는 시대의 압력이 가해진 모습을 볼 수 있게 된다. 작품은 시인의 성격과 시대 환경이 함께 융합된 것이기 때문이다.

장석주의 시에서는 삶에 대한 희망이 표현되지 않는다. 삶이 결국은 시시껄렁하게 끝날 것이라는 생각에 세속적인 일에 애착을 보이지 않는 것이다. 비속한 삶을 그저 관찰하면서 사는 방관자의 일상이 있을

뿐이다. 이런 생각은 시대가 빚어내는 절망감과 개인이 느끼는 삶의
무의미성이 뒤섞여 빚어내는 인생관이다.

「삶과 꿈」을 보자.

구르는 바퀴 위에 낯선 사람들과 함께 서서
달려가며 먼지 앉은 창밖으로 스치는 도시를 본다
더러운 짐승 아황산가스의 마스크로 얼굴가린
창부같은 도시의 벌린 가랑이 사이를 질주하며
도처에 공처럼 튀어오르는 노랗게 타는 유황의 태양
오늘도 무사할 것인가 썩어서 빛나는 아침의 평화
누군들 괴롭지 않으랴 나날의 태평무사한 삶
지옥같은 입맞춤 시내버스 손잡이에 매달려 흔들리는 일
흔들림의 이 끈적끈적한 즐거움을 소유하며 난 이제
지쳤어 라고 말하지 마라 나의 흔들림은
저 흐르는 바깥 풍경을 안심케 하기 위함이다
일용할 양식과 그분의 말씀에 매달리고
어린 새끼들과 오접된 전화에 매달리고
화학조미료가 듬뿍 녹아든 달착지근한 점심과
검은 커피와 음담패설과 술집과 취해 넘어지는 세상과
그 모든 우리의 매달림에 축복있을진저 아, 어리석은 입맞춤
저녁 시내버스 안에서 침침히 고여있는 불빛 속에서
다시 오늘의 삶의 시시함과 만나면
나는 자유로왔노라 아침 시내버스 구금에서 풀려난
해방은 그러나 언제까지 내 것일 수 있겠는가
녹슨 철관을 타고 클럭클럭 천식하듯 토해내는
천국처럼 아름다운 프로판개스의 불꽃 위로 끓어넘치는

절망인 우리의 양식, 양식인 우리의 절망 그

끓는 절망과 괴로움은 얼마나 질기고 뿌리 깊은 것인가

지구 위의 이 기막힌, 싫은, 정든, 되풀이의 삶과 실패, 그러나

포기할 수 없는 무상배급 받은 그분의

구호물자같은, 누추한, 내 것이 아닌 삶의 시시한

기미를…… 아아, 나는……

어디로 가는가…… 어둠 속에 눈뜨는 땅의 유리의 불빛들

빠르게……스쳐……지나가며, 돌아가리, 거기, 여기

아닌 곳으로, 육신은 고깃덩어리처럼 손잡이에

엉겨붙어 뜻없이 흔들리고, 어쩔 수 없다

눈구멍으로 내다보는 이 낯선 천국, 때론 정든 지옥의

세계 안에 흐르는 시간과 흐르지 않는

나의 있음과 때론 나의 없음을

속악스런 일상사가 시인에게 '존재의 통증'을 가중시키는 것이다. '썩어서 빛나는 아침의 평화'에 적극적으로 동참할 수가 없기 때문에, 방관자가 되고 그래서 더욱 절망하게 된다. '양식인 우리의 절망'을 일용하는 어설픈 존재감에 시달리게 되는 것이다.

「지붕 밑 방에서」는 존재의 통증이 더욱 절실하게 표현된다.

바퀴벌레가 서식하는 그 곳에서

굶주림의 비애가 홀로 찬란한 장미꽃처럼 피어 있는 그곳에서

나의 몽상은 절망으로 자라고

나의 사랑은 매독으로 자라고

나의 노동은 썩은 수확만을 거두고

내 즐거움은 왜 찢겨버렸을까?

나는 알 수 없네

어째서 절망만이 내 가장 확실한 양식인가를

어째서 불행만이 내 가장 확실한 미래인가를

이끼가 자라는 혓바닥에게 물어도

소금에 자라는 혓바닥에게 물어도

소금에 절인 심장에게 물어도

나는 모르겠네, 정말 모르겠네

굳은 빵의 권태를 씹고

오늘도 불쌍한 잠이나 파먹지만 나는 알 수 있네

오, 피의 소모, 소모, 소모 끝의 죽음을

그것이 어느날 정중한 손님으로 날 찾아올 것임을

괴로운 날들은 구름의 깃에 묻어 흐르고

하늘엔 별이 뜨고 땅엔 감자알들이 커가고

죽음이여, 그대가 올 때 뒷발꿈치를 들고 조금만 조용히 온다면

녹슨 등燈 깨어져 뒹구는 지붕 밑 방에서도

어린 딸은 숨소리 편안히 잠들겠네

여전히 일상에서 오는 절망이 존재의 통증을 더욱 심화시키는 것이다. 그래서 끝내 죽음까지 상정해 보는 것이다. 은밀하게 통증을 눅여줄 수 있는 유일한 수단이기 때문이리라.

장석주의 시들은, 때때로 절망감과 그것을 극복하기 위한 안간힘을 표현해 보기도 한다. 그러나 시대 환경이 그것을 뒷받침 해주지 못한다는 것을 느낀다. 속악한 세태에 뒤섞여 살지 못하는 시인의 속성이 존재의 불안감을 더욱 가중시키고 있음을, 그의 시가 말하고 있다.

  기형도보다 어두운 시를 쓰는 시인을 찾기란 쉽지 않을 것이다. 그는 절망과 죽음을 노래한다. 항상 죽음을 준비하는 사람처럼 모든 희망을 처단한다. 사물 하나하나에서 단지 절망만을 보며, 자신을 증오하고 시대에 대한 기대를 끊어버린다. 희망을 위한 절망이 결코 아니어서 존재의 통증痛症만을 느끼게 된다.

  「10월」을 보자.

1

  흩어진 그림자들, 모두 / 한 곳으로 모이는 / 그 어두운 정오의 숲 속으로 / 이따금 나는 한 개 짧은 그림자가 되어 / 천천히 걸어 들어간다 / 쉽게 조용해지는 나의 빈 손바닥 위에 가을은 / 둥글고 단단한 공기를 쥐어줄 뿐 / 그리고 나는 잠깐 동안 그것을 만져볼 뿐이다 / 나무들은 언제나 마지막이라 생각하며 / 작은 이파리들을 떨구지만 / 나의 희망은 이미 그런 종류의 것이 아니었다 // 너무 어두워지면 모든 추억들은 / 갑자기 거칠어진다 / 내 뒤에 있는 캄캄하고 필연적인 힘들에 쫓기며 / 나는 내 침묵의 심지를 조금 낮춘다 / 공중의 나뭇잎 수효만큼 검은 / 옷을 입은 햇빛들 속에서 나는 / 곰곰이 내 어두움을 생각한다, 어디선가 길다란 연기들이 날아와 / 희미한 언덕을 만든다, 빠짐없이 되살아나는 / 내 젊은 날의 저녁들 때문이다 // 한때 절망이 내 삶의 전부였던 적이 있었다 / 그 절망의 내용조차 잊어버린 지금 / 나는 내 삶의 일부분노 알시 못한다 / 이미 대지의 맛에 익숙해진 나뭇잎들은 / 내 초라한 위기의 발목 근처로 어지럽게 떨어진다 / 오오, 그리운 생각들이란 얼마나 죽음의 편에 서 있는가 / 그러나 내 사랑하는 시월의 숲은 / 아무런 잘못도 없다 //

2

자고 일어나면 머리맡의 촛불은 이미 없어지고 / 하얗고 딱딱한 옷을
입은 빈병만 우두커니 나를 쳐다본다 ///

그래도 이 시는 '사랑'이란 어휘가 한 번이라도 쓰였다. 그의 시에서
좀처럼 찾아보기 어려운 단어다. 조락의 계절은 희망을 위한 절망, 아
니 환희를 느낄 수 있다. 그러나 그는 여전히 절망이다. 10월의 황홀한
단풍은 그와 아무런 관계도 없이 절망을 위한 절망을 터득한다. 그러
니 시적 자아와 사물은 서로 교감되지 못하고 국외자로 남아있는 것이
다. 2장은 그것을 짧게 요약한 셈이다.

「이 겨울의 어두운 창문」은 그의 내면세계를 잘 표현해 주는 작품
이다.

어느 영혼이기에 아직도 가지 않고 문밖에서 서성이고 있느냐. 네
얼마나 세상을 축복하였길래 밤새 그 외로운 천형을 견디며 매달려 있
느냐. 푸른 간유리 같은 대기 속에서 지친 별들 서둘러 제 빛을 끌어모
으고 고단한 달도 야윈 낮의 형상으로 공중 빈 밭에 힘없이 걸려 있다.

아느냐, 내 일찍이 나를 떠나보냈던 꿈의 짐들로 하여 모든 응시들
을 힘겨워하고 높고 험한 언덕들로 피해 삶을 지나다녔더니, 놀라워라.
가장 무서운 방향을 택하여 제 스스로 힘을 겨누는 그대, 기쁨을 숨긴
공포여, 단단한 확신의 즙액이여.

보아라, 쉬운 믿음은 얼마나 평안한 산책과도 같은 것이냐. 어차피
우리 모두 허물어지면 그뿐, 건너가야 할 세상 모두 가라앉으면 비로소
온갖 근심들 사라질 것을. 그러나 내 어찌 모를 것인가. 내 생 뒤에도
남아 있을 망가진 꿈들, 환멸의 구름들, 그 불안한 발자국 소리에 괴로

워할 나의 죽음들.

　오오, 모순이여, 오르기 위하여 떨어지는 그대. 어느 영혼이기에 이 밤 새이도록 끝없는 기다림의 직립으로 매달린 꿈의 뼈가 되어 있는가. 곧 이어 몹쓸 어둠이 걷히면 떠날 것이냐. 한때 너를 이루었던 검고 투명한 물의 날개로 떠오르려는가. 나 또한 얼마만큼 오래 냉각된 꿈속을 뒤척여야 진실로 즐거운 액체가 되어 내 생을 적실 것인가. 공중에는 빛나는 달의 귀 하나 걸려 고요히 세상을 엿듣고 있다. 오오, 네 어찌 죽음을 비웃을 것이냐 삶을 버려둘 것이냐, 너 사나운 영혼이여! 고드름이여.

창가에 매달려 있는 고드름에서 자기 생의 희망과 절망을 다 통찰해 내는 것이다. 고드름을 '꿈의 뼈'로 본다면 자신의 육체도 '꿈의 뼈'로 보는 것이다. 그러나 고드름이고 자신의 육체고 결국 지하로 스며들 것이다. 지하와 죽음은 '가장 무서운 방향'이 된다. 자신과 고드름은 동일화 될 수밖에 없는 것이다.

기형도가 이렇게 절망한 것은 시대적 환경과 긴밀히 연관된다. 「조치원」이라든지 「대학시절」과 같은 시에서 그런 점을 유추할 수 있다. 시대와 환경, 그리고 시인의 성격이 합작한 절망이 그의 시에서 정점을 이루고 있는 것이다.

최승자의 시들은 절망을 선명하게 표현하고 있다. 절망을 피하려 하지 않고 끈질기게 맞서고 있는 모습이 역력히 연상되기도 한다. 자기 존재의 통증을 음미하기도 하며, 시대고時代苦에 맞서다 부딪히는 절망의 벽을 표현하기도 한다. 절망에 맞서는 그런 끈질김이 때로는 감정의 진폭을 크게 하기도 한다. 사뭇 절망을 말하다가 아주 가끔은 절망 극복의 단호한 의지를 말하기도 한다. 바로 그런 성향들이 최승자의 시를 힘차게 만든다. 절망의 노래를 힘차게 부른다고 표현할 수 있는 것이다.

「끊임없이 나를 찾는 전화 벨이 울리고」를 보자.

많은 사람들이 흘러갔다. / 욕망과 욕망의 찌꺼기인 슬픔을 등에 얹고 / 그들은 나의 창가를 스쳐 흘러갔다. // 나는 흘러가지 않았다. / 열망과 허무를 버무려 / 나는 하루를 생산했고 / 일년을 생산했고 / 죽음의 월부금을 꼬박꼬박 지불했다. // 그래, 끊임없이 나를 호출하는 전화 벨이 울리고 / 나는 피해 가고 싶지 않았다. / 그 구덩이에 내가 함몰된다 하더라도 / 나는 만져 보고 싶었다, / 운명이여. // 그러나 또한 끊임없이 나는 문을 닫아 걸었고 / 귀와 눈을 닫아 걸었다. / 나는 철저한 조건반사 기계가 되어 / 아침엔 밥을 부르고 / 저녁엔 잠을 쑤셔 넣었다. // 궁창의 빈터에서 거대한 허무의 기계를 가동시키는 / 하늘의 키잡이 늙은 니힐리스트여, / 당신인가 나인가 / 누가 먼저 지칠것인가 / (물론 나는 그 결과를 알고 있다. / 내가 당신을 창조했다는 것까지) // 끊임없이 나를 찾는 전화 벨이 울리고 그 전화선 마지막 끝에 동굴 같은 / 썩은 늪 같은 당신의 구강口腔이 걸려 있었다. / 어느 날 그곳으로부터 죽음은 / 결정적으로 나를 호명할 것이고 / 나는 거기에 결정적으로 응답하리라. / 타들어가는 내 운명의 도화선이 / 당신의 썩은 구강 안에서 폭발하리라. / 삼십 년 전부터 다만 헛되이, / 헛되고 헛됨을 완성하기 위하여. / 늙은 니힐리스트, 당신은 피묻은 너털웃음을 한번 날리고 / 그 노후의 몸으로 또다시 고요히 / 허무의 기계를 돌리기 시작하리라. / 몇 천 년 전부터 다만 헛되이, / 헛되고 헛됨을 다 이루었다고 말하기 위하여. //

스스로의 존재감은 항상 느끼고 있는 것이다. '끊임없이 나를 찾는 전화벨이 울리는' 것에서 유추할 수 있다. 그러나 나의 존재를 인정하고 있는 시시껄렁한 현실로부터 스스로를 단절시키려고 하고 있다. 외부의 일상에 유혹 당하지 않고 죽음 가까이 '나'를 계속 유폐시키는 것이다. 그 이유는 제대로 유추하기 힘들다. 숱한 그의 시 속에서 그 이유는 언제나 구체성을 띠지 않는다. 속악한 현실에 휩쓸릴 수 없어 갖게 되는 자기 소외감이 강하게 느껴질 뿐인 것이다.

「어떤 아침에는」에서도 그런 느낌을 갖게 된다.

어떤 아침에는, 이 세계가
치유할 수 없이 깊이 병들어 있다는 생각.

또 어떤 아침에는, 내가 이 세계와
화해할 수 없을 만큼 깊이 병들어 있다는 생각.

내가 나를 버리고
손 발, 다리 팔, 모두 버리고

그리하여 마지막으로 숨죽일 때
속절없이 다가오는 한 풍경.
속절없이 한 여자가 보리를 찧고
해가 뜨고 해가 질 때까지
보리를 찧고, 그 힘으로 지구가 돌고……

시간의 사막 한가운데서
죽음이 홀로 나를 꿈꾸고 있다.
(내가 나를 모독한 것일까,
이십 세기가 나를 모독한 것일까.)

‘치유할 수 없이 깊이 병들어 있는’ 세계라고 규정하는 현실과, ‘화해할 수 없을 만큼 깊이 병들어 있는’ 자신이 만들어 내는 괴리감, 소외감으로 존재의 통증을 겪게 되는 것이다. 그래서 마지막 피난처인 죽음을 생각하는 것이다.

최승자의 시에는 확실히 ‘시대의 우울’이 있다. 선천적으로 지니고 있는 성격과 속악한 시대 환경에서 오는 불화가 시의 분위기를 우울하게 만들어 내고 있는 것이다.

인간은 시대에 따라 존재방식이 달라진다. 인간 존재에 관한 가치관이 시대마다 새롭게 형성되기 때문이다. 그것은 물론 당시의 현실과 긴밀하게 연관되어 있다. 시인은 항상 그 시대의 인간가치를 어떻게 부여해야 하는가에 대해 고뇌해야 한다. 그것이 긍정적이든 부정적이든 관계없이 그 시대적 인간의 가치관을 진지하게 탐구해냄으로써 그 역할을 다하는 것이다.

VI. 새로운 시정신의 탐색기
(1992~)

문민정부라는 것이 단순히 정권교체만을 의미하지 않는다는 것은 두말할 필요가 없을 것이다. 기나긴 군사독재정권의 굴레에서 해방된다는 것은, 그 자체로 민족의 자긍심을 한껏 높일 수 있으며 비로소 역사에 떳떳할 수 있게 된 것이다. 위축되어 있던 개개인 언행이 밝아졌으며 어두웠던 사회의 분위기가 생기를 띠게 되었다. 자유와 민주라는 것이 얼마나 소중한 것인가를 새삼 느끼게 되었으며 다시는 독재자들이 권력을 차지하지 못하게 하자고 다짐하는 것이었다. 사회 곳곳에 남아있는 독재정치의 찌꺼기를 없애는 쾌감에, 그리고 문민정부에 대한 기대로 사회는 꽤나 들뜬 분위기에 빠지기도 하였다.

이러한 급격한 변화에 세태는 다소간 흥분되고 혼란한 모습으로 비쳐진다. 독재자들을 향해 늘 절치부심하느라고 긴장했던 감각이 풀리면서 개인은 개인대로 사회는 사회대로 가치관과 풍조를 새롭게 세우고 추슬러 나갈 준비가 필요했다. 개인과 사회, 개인과 국가에 대한 관계, 그리고 개인과 개인의 관계를 성찰하는 데 더욱 세련된 감각이 필요했고 시간이 요구되었다.

시인들도 다를 바 없었다. 독재의 사슬을 끊기 위하여 혼신을 다했던 터였고, 이내 독재자들이 물러간 상황에서 이제는 무엇을 위해 시를 쓸 것인가에 대해 새로운 방향을 잡아야 했다. 독재치하에서는 현실을 보는 방법과 현실을 표현하는 방법이 모두 안정된 정서 속에서 이루어진 것이 아니기에 새롭게 시각을 조정할 필요가 있었고, 언어미에 대한 감각도 회복해야만 했다. 독재자들과 싸우느라 소홀히 했던 것이 무엇이며, 독재하에서 벗어났지만 지속적으로 추진해 나가야 할 것은 무엇인가를 신중히 취사선택해야만 했다.

대의명분에 쏠려있던 관심과 힘이 개인적인 문제로 급격히 이동해가는 것은 당연했다. 민주주의, 민족주의, 반외세의식과 같은 대의명분은 사랑의 문제, 존재의 문제와 같이 사적인 문제로 바뀌어 갔다. 또한 순수와 참여가 날카롭게 대립되었던 것이 차츰 무뎌지고 고착된 이념의 빗장을 풀고 서로 넘나들게 되었다. 이러한 현상들은 오랜 시행착오를 거치고 난 후 터득하게 된 성숙한 면모였다. 이념에 고착되었던 시들이 웬만큼 탄력성을 갖추게 된 것이다.

민주정부가 들어서면서 변화한 시정신들이 모두 생산적이고 성숙한 것으로 볼 수 없는 것이 당연하다. 내우외환 중에서 내우內憂의 큰 가닥이 웬만큼 풀린 것뿐이지 외환外患은 상존하는 것이었다. 시인에 따라서는 기존의 이념을 재빨리 벗어던지고 대중의 일상적 욕구를 충족시키려는 이들도 많았다. 정권만 바뀌었지 정치 행태나 세태의 고식적인 틀은 아직 크게 변화하지 않았기에, 시인의 재빠른 변신은 사회적 풍조에 부정적 영향을 줄 수도 있는 것이었다. 예컨대 민족주의는 그것이 배타적 민족주의가 아닌 이상 늘 필요한 것이다. 문민정부 시대의 민족주의는 어떠해야 하는가에 대해 새롭게 성찰하는 시들을 기대했지만 기대에 미치지 못하였다.

시대가 시를 위해 있는 것이 아닌지라, 시대가 시를 앞서서 진정 의로운 시대로 간다면 더 이상 좋을 수는 없겠다. 민주정부가 들어섰다 하더라도 언제나 지척거리기 일쑤인 시대를 위해 무슨 힘을 어떻게 보탤 수 있을 것인가, 시인은 늘 고심해야 하는 것이다.

1. 시대의 변화, 시정신의 변모

　독재정치가 막을 내리면서 격정적이고 서슬 푸른 시의 목소리도 눅어졌다. 일상인들의 잠자는 의식을 마구 찔러대고, 때로는 죄의식에 사로잡히게 했던 민중시들이 제 표정을 되찾게 되었다.

　문학의 역사와 정치의 역사는 전혀 별개라고 했던가. 그러나 아니었다. 정치에 따라 백성들의 애환이 얼마나 다를 수 있으며, 백성들의 애환에 따라 시의 표정이 얼마나 변할 수 있는가를 확인할 수 있었던 것이다. 정치라는 것이 현실 중에 가장 현실적인 것이고, 문학은 현실을 반영하는 것을 최상의 이념으로 본다면 정치와 문학은 결코 분리해서 생각할 수 없다. 정치사의 변화과정과 문학사의 변화과정이 꼭 일치할 수는 없지만 크게 다르지도 않다는 생각이다. 독재정치가 마감됨과 동시에 당연히 날카로운 칼날로 빛났던 시들도 사랑노래로 곡조를 바꾸게 된다.

　시대가 변했다는 것을 직접 말하는 시들이 있다. 이성부의 「우리 앞이 모두 길이다」가 그중 하나다.

　　이제 비로소 길이다
　　가야 할 곳이 어디쯤인지
　　벅찬 가슴들 열어 당도해야 할 먼 그곳이

어디쯤인지 잘 보이는 길이다

이제 비로소 시작이다

가로막는 벼랑과 비바람에서도

물러설 수 없었던 우리

가도 가도 끝없는 가시덤불 헤치며

찢겨지고 피흘렸던 우리

이리저리 헤매다가 떠돌다가

우리 힘으로 다시 찾은 우리

이제 비로소 길이다

가는 길 힘겨워 우리 허파 헉헉거려도

가쁜 숨 몰아쉬며 잠시 쳐다보는 우리 하늘

서럽도록 푸른 자유

마음이 먼저 날아가서 산넘어 축지법!

이제 비로소 시작이다

이제부터가 큰 사랑 만나러 가는 길이다

더 어려운 바위 벼랑과 비바람 맞을지라도

더 안 보이는 안개에 묻힐지라도

우리가 어찌 우리를 그만둘 수 있겠는가

우리 앞이 모두 길인 것을……

그렇다. 독재자 밑에서는 길이 보이지 않았다. 외진 벼랑 끝과 막다른 골목에서 뜨거운 심장 하나 지키려고 외쳐댔던, 오직 그 하나의 길만을 믿었던 것이다. 이젠 막아섰던 가시덤불을 다 치웠기에 모두가 자유롭게 다닐 수 있는 길이 되었다. 그래서 '서럽도록 푸른 자유'의 시대를 맞게 된 것이다.

김영현의 「희미한 옛노래」도 변한 시대를 실감하는 심정을 표현한다.

좋은 시절 돌아와 때맞춰 꽃은 피고 지고
문민 대통령도 나오고, 민주주의 만세에
잘하면 조국 통일도 될 법한데
그 나빴던 시절 흉측했던 시절 부르던
옛노랠랑 이젠 그만두라고 한다
따분한 운동갈랑 그만두라고 한다
그러나 내가 알고 있는 노래는 운동가뿐

비 오는 날 창틀에 턱 기대어 가만히 불러보는
희미한 옛사랑의 노래
사노라면 언젠가는 좋은 날도 오겠지
흐린 날도 날이 새면 해가 뜨지 않더냐

조용필보다 주현미보다도
내게 그 노래 더 많이 눈물 묻어 있어
수많은 친구들 얼굴 스쳐지나가고
수많은 일들 물방울처럼 떠올라
아아, 눈물 없이 부르진 못하겠네
차마 그리움 없이 부르진 못하겠네

새파랗게 젊다는 게 한밑천인데
쩨쩨하게 굴지 말고 가슴을 쫙 펴라
이제 나이 들어 그 한밑천조차도 없고
이루지 못한 꿈 서럽기만 한데

남은 가슴에는
그저 희미한 옛노래만 안개처럼 떠돌 뿐
좋은 시절 노래 나는 몰라

  좋은 시절 좋은 노래, 변화된 시대 곡조도 달라야 하지만 워낙 서슬이 날카로운 시대에 혼신을 다 했던지라 심신이 쉽게 눅어지지 않는다는 생각의 표현이다. 아직 정신적인 탄력성을 회복하지 못한 것이다. 그러나 이젠 아련히 떠오르는 노래일지라도 옛 노래를 완전 잊을 수는 없는 일이겠다. 옛 노래를 부르는 것은 지나간 힘의 역사를 부르는 것이기 때문이다.

  김준태의 「꽃이, 이제 지상과 하늘을 통치하리라」라는 시는 시대의 변화를 더욱 실감나게 표현했다.

기계와 기계의 도시
우아, 전화벨 소리가
파리떼처럼 들끓는 책상 위에
연초록 둥그러운 꽃병을 놓고
한 송이 수선화일랑 꽂아두니
광막한 애증의 나라 ―
내 가슴속에 솟은
칼이 뚝! 분질러진다
우아, 꽃잎이 나를 이기고
몸서리치는 추억의 옆구리를 이기고
그 향기가 살기殺氣의 실체를 무너뜨리니
그럼, 내일 우리는 사람 모양으로
아름다움 하나로도 살아갈 수 있으렷다
불쌍한 살덩이들의 먹구름 속
아비규환의 기계 틈바귀서도
오, 우리 몸 안의 칼을 부러뜨리는 꽃!

흉흉했던 시대, 자기 보호를 위해 가슴에 숨겨두었던 날카로운 칼 하나, 이젠 쓸모없기에 칼 스스로 부러지게 되는 것이다. 살기殺氣 돌았던 시대를 청산하는 것이다. 누구나 저마다 생을 잘 가꾸어 피는 꽃이 인간 내부에 도사린 칼을 꺾는 힘을 발휘하듯, 이젠 인간 세상을 무장해제시키는 어떤 힘이 필요하다는 생각이다. 꽃을 말했지만 꽃의 힘만으로 되겠는가. 인간 모두가 제 스스로의 생을 잘 가꾸어 하나의 아름다운 꽃으로 피어나야 한다는 의미겠다.

길고 길었던 독재정치란 굴속을 벗어나면서 경직되었던 세태나 시인의 정서가 모두 서서히 제 표정을 찾아가기 시작했다. 자기 스스로의 마음을 한껏 다져먹고, 잔뜩 무장시켜야만 버텨낼 수 있고, 작은 의義라도 실천할 수 있었던 정치체제가 아닌지라 이제는 마음의 빗장을 풀면서 탄력성을 회복해야 한다는 생각을 저마다 하는 것이다. 비록 시인들이 위의 시들처럼 직접 시대 변화를 말하지 않더라도 그들이 내놓은 시 속에서 얼마든지 변화된 시대의 표정을 읽어낼 수 있다.

시대가 변하면서 변화된 시정신의 양상을 몇 가지로 제시해 볼 수 있을 것이다. 우선 공격적인 어조나 파괴적인 충동이 거의 표현되지 않는다. 독재정치는 시인들로부터 이성적인 언어를 강탈하려 했다. 용기 있는 시인들은 이성적인 언어를 빼앗기지 않으려고 안간힘을 썼고, 그러다가 온갖 어려움을 겪었다.

이성적인 언어를 되찾지 못한 시인들은 다른 방법으로 시대의 압력을 이겨내려 하였다. 극단적 비속어를 사용하여 억압된 감정을 해소시킨다든지, 전통적 시법詩法에서 일탈하여 시구조를 해체시키는 실험정신으로 억눌린 정서에 탈출구를 마련했다. 전통적인 시법에 잘 길들여진 사람들이 보기에는 가장 비시非詩적인 모습을 띠게 마련이었다.

정치라는 가장 현실적이고 큰 틀이 바뀌면서 비정상적인 시의 모습은 찾아보기 힘들게 되었다. 예컨대 극단적인 비속어를 거리낌 없이 사용하던 김지하의 경우도 지극히 평온한 작품을 생산하여 시적 긴장력을 거의 체감할 수 없을 정도다. 기개 높았던 예전의 시에 대한 선입견 때문이리라.

소음 속에 떠오르는
먼지 낀
참나루 한 그루

검은 등걸 속
고요하고

먼 강물 이끈다
새싹 튼다

내 몸속에
하루 종일
해와 달이 돌고

너와 나
헤어진 거리
어두운 뒷골목에도
술잔 속에
푸른 별 뜬다

오너라
그리운 사람아

　　오늘 여기
　　상처받은 채 상처받은 채
　　우주를
　　살자.

　「살자」라는 작품이다. 전혀 김지하답지 않은 작품으로 여겨진다. 물론 그는 고통의 시대에도 『애린』이란 서정시집을 냈지만, 『중심의 괴로움』이란 시집을 봐도 서정시는 그의 영역이 아닌 것처럼 여겨진다. 그러나 분명한 것은 시대가 변했으면 아무리 시대의 첨병의 역할, 투사의 역할을 했던 시인일지라도 표정을 바꿀 수밖에 없다는 사실인 것이다.

　극단적 실험정신은 황지우를 예드는 것이 적당하리라. 『새들도 세상을 뜨는구나』에서 보여주었던 시의 해체적 모습은 그 시대가 얼마나 처절했었는가를 중명해 주있다. 그러나 『어느 날 나는 흐린 주점에 앉아 있을 거다』에서는 변화의 필연성을 보여준다. 실험정신이 현저한 그 어떤 작품도 없는 것이다. 「성聖오월」이라는 시를 보자.

　　망월 가는 이맘때쯤이면
　　아카시아 꽃봉지 들고 다가오는 산 전체에서
　　막 양치질한 딸아이
　　입내 같은 것이 났지
　　꼭 죽음이 아니어도
　　이렇듯 신성이 찰나에 임하는,
　　잎새로 분사噴射되는 햇살 샤워 ;
　　낯뜨거워라
　　치약처럼 화한 꽃 한움쿰 입에 털어넣고

멀찍이서 묘역을 대하는데

죽어서 받은 거룩함도 살아 있는 날의 우연성, 덧없음,

어처구니없음에 잠깐 일어난 정전기 같다 할까

사실 벌거지만도 못한 삶이었는데

커다란 거품인 무덤들 둘레를

명함 돌리기 좋아하는 사람들이 둘러싼다

성聖오월 ; 아카시아꽃은 갑자기 재채기하고 싶은

흰 손수건을 흔들고

독재치하에서 황지우는 인쇄적 곡예曲藝, 원색적 언어 사용, 꼴라쥬 수법 따위로 버텼다. 그러나 위와 같이 제 자리를 찾게 된다.

독재치하에서 시의 어조가 가장 격정적인 분야는 노동시쪽이었을 것이다. 노동현장이 워낙 거친데다가, 정치현실에 대한 불만으로 언어의 표현은 극단적인 비속어가 쓰였으며 전투적 어조가 예사롭지 않았다. 백무산의 경우를 예들면 좋을 것이다. 「두 사람」이란 시를 보자.

공장 프레스에 발가락 다섯이나 잘리고 / 아물기도 전에 절룩거리며 출근해 / 손가락 여섯 개나 잘리고도 / 송아지 다섯 마리 값 겨우 받아 무허가 / 움막하나 짓고 소작논 열 마지기 / 네 손가락으로 경운기 몰아 다 거둬내던 친구 / 그 움막 가로질러 길이 나고 아파트 들어서니 / 똥통 묻고 하수구 파는 일 날품 팔며 사는데 / 그 툭툭한 성격 세상 곧 무너진대도 / 허허 웃어버리는 셈법이 서툴러 곧잘 당해도 / 남에게 신세지고는 죽어도 못 사는 친구 // 나보다 두엇 많은 비계공 또 한 사람 / 아홉 살에 껌팔이 열여섯 살에 머슴살이 이년에 / 품삯 쌀 두 가마 지고 서울 가서 공장살이 / 공수부대 말년 군대 징역살이 / 해고와 복식 산새사고 병원실이 / 유인물 글발 좋고 그른 일에 날선 칼날 같아도

/ 눈물 많은 사람 / 마흔 중반에 작은 집 한 채 마련해놓고는 / 그것이 미안해서 자기만 편해졌다고 면목없다고 / 더 묵고 가라고 더 마시고 가라고 이건 가지고 가라고 / 화를 내며 붙잡는 사람 // 마흔이 넘도록 스승 하나 선배 하나 못 둔 나는 / 답답하면 그들에게 물으러 간다 / 그들이 모르면 그것이 해답이다 / 내가 세상을 재는 눈금이다 ///

독재치하 같았으면 격정적 어조로 휘몰아 갔을 시의 소재다. 그러나 여기서는 차분한 어조를 유지하며 설득력을 발휘하고 있다. 그만큼 달라진 것이다. 이런 모습은 박노해의 『사람이 하늘이다』에서도 확인할 수 있다.

그렇다. 분명 시대는 변했고, 그 시대를 닮으려는 시들 역시 변화하고 있다. 시인들은 독재와 싸우느라고 전투력이 한껏 강화되었는데, 독재가 무너지니 싸움 상대를 잃은 것이나 마찬가지다. '국가불행시인행國家不幸詩人幸'이라 했는데 국가가 웬만금 화평해지니까, 그러면 시인은 불행해지는 것인가. 독재정치가 시인의 대의大義를 높여 주었는데 이제는 그렇지 못해 시인들이 자칫 치열함을 잃을 수도 있겠다. 그러나 이 사회에 불합리는 한도 끝도 없이 상존하며 그것들이 모두 시인의 대의를 높여 줄 수 있는 것이다. 시대가 변하면 시정신도 변하지만 치열한 시정신까지 변해서는 안 될 것이다.

2. 시의 궁극은 사랑이다

　독재정치하에서는 어쩔 수 없이 증오의 노래를 불러야 했다. 사랑을 앗아가는 자들을 경계하기 위해서는 증오의 노래가 필요했다. 이제는 시대가 바뀌어 그동안 부르지 못했던 사랑의 노래를 마음껏 불러야 하리라.

　사랑 속에서 힘이 생겨나고 증오 속에서는 힘이 소진되는 법이다. 독재정치하에서 우리의 시들은 안간힘을 동원하여 울타리를 쌓고 넓혀갔던 것이다. 실로 오랜 동안의 투쟁이었기에 생기 잃은 시에 힘을 충전시켜야 한다.

　사랑이란 실로 무소부재無所不在한 개념이고 무소불위無所不爲한 힘이다. 사랑 아닌 게 없고, 사랑은 모든 것의 출발이자 궁극적인 목적이다. 한동안 독재자들에 앗긴 사랑노래를 이 땅의 모든 시인들은 새롭게 불러야 하는 것이다. 독재정치가 물러난 다음 시인들은 모두가 사랑의 시를 쓰는 데 전념하고 있다. 우선 도송환의 「풀잎 하나를 사랑하는 일도 괴로움입니다」에서 진실한 사랑을 어떻게 표현했는가 보자.

　　풀잎 하나를 사랑하는 일도 괴로움입니다
　　별빛 하나를 사랑하는 일도 괴로움입니다
　　사랑은 고통입니다 입술을 깨물며 다짐했던 것들을

우리 손으로 허물기를 몇번

육신을 지탱하는 일 때문에

마음과는 따로 가는 다른 많은 것들 때문에

어둠 속에서 울부짖으며 뉘우쳤던 허물들을

또다시 되풀이하는 연약한 인간이기를 몇번

바위 위에 흔들리는 대추나무 그림자 같은 우리의 심사와

불어오는 바람 같은 깨끗한 별빛 사이에서

가난한 몸들을 끌고 가기 위해

많은 날을 고통 속에서 아파하는 일입니다

사랑은 건널 수 없는 강을 서로의 사이에 흐르게 하거나

가라지풀 가득한 돌자갈밭을 그 앞에 놓아두고

끊임없이 피흘리게 합니다

풀잎 하나가 스쳐도 살을 버히고

돌 하나를 밟아도 맨살이 갈라지는 거친 벌판을

우리 손으로 마르지 않게 적시며 적시며 가는 길입니다

그러나 사랑 때문에 깨끗이 괴로워해본 사람은 압니다

수없이 제 눈물로 제 살을 씻으며

많은 아픔을 가져보았던 사람은 압니다

사랑한다는 것은 결국 고통까지를 사랑한다는 것입니다

진실로 사랑한다는 것은 그런 것들을

피하지 않고 간다는 것입니다

사람이 서로 살며 사랑하는 일도 그렇고

우리가 이 세상을 사랑하는 일도 그러합니다

사랑은 우리가 우리 몸으로 선택한 고통입니다

　제 희생을 치루지 않는 사랑은 달콤한 것만 원하기에 어설픈 사랑이 되겠지만, 제 희생을 감내하며 신명을 다하는 사랑이 정녕 사랑다운 사랑이리라. 위 시는 사랑에 대한 진지한 성찰을 통해 모든 사람들에게 참다운 사랑법을 제시해 준다. 고통까지 사랑할 수 있는 사랑이라야 비로소 사랑이라 할 수 있다는 생각을 잘 표현하고 있다.

　도종환의 시들은『고두미 마을에서』부터『부드러운 직선』에 이르기까지 모두 위와 같은 사랑법에 터전을 두고 있다. 자연친화적인 시든, 사랑의 시든, 현실의 불합리에 저항하는 시든 모두 그렇다. 따라서 독재정치가 물러섰다고 그의 시법이 크게 달라지지 않았다. 내내 그 터전이지만 현실 비판적인 것에 집중되었던 시정신으로 이젠 본격적인 사랑노래를 부를 수 있게 된 셈이다.

　다른 많은 시인들은 독재정치에 저항하는 시를 쓰다가 시대가 바뀌면서 다양한 사랑노래를 생산하게 된다.

　김용택의 시 표정은 더 없이 밝아졌다. 농민들의 고통스런 현실을 대변하는 데 진력하던 시정신은 이제 자연친화, 행복했던 시절의 추억, 그리고 남녀의 사랑에도 관심을 기울인다.『그 여자네 집』이란 시집이 그렇다.「그대 생의 솔숲에서」란 작품을 보자.

　　　나도 봄산에서는
　　　나를 버릴 수 있으리
　　　솔이파리들이 가만히 이 세상에 내리고
　　　상수리나무 묵은 잎은 저만큼 지네
　　　봄이 오는 이 숲에서는
　　　지난날들을 가만히 내려놓아도 좋으리
　　　그러면 지나온 날들처럼
　　　남은 생도 벅차리

봄이 오는 이 솔숲에서

무엇을 내 손에 쥐고

무엇을 내 마음 가장자리에 잡아두리

솔숲 끝으로 해맑은 햇살이 찾아오고

박새들은 솔가지에서 솔가지로 가벼이 내리네

삶의 근심과 고단함에서 돌아와 거니는 숲이여 거기 이는 바람이여

찬 서리 내린 실가지 끝에서

눈뜨리

눈을 뜨리

그대는 저 수많은 새 잎사귀들처럼

푸르른 눈을 뜨리

그대 생의 이 고요한 솔숲에서

인간의 현실적 고통은 최소한으로 표현되는 대신 자연에 대한 경외감, 삶에 대한 경건함이 잘 표현되어 있다. 변화된 현실에서 사물을 긍정적으로 보려는 생각이 강해지면서 발휘된 시정신인 것이다.

고재종은 소외된 농촌현실에 대한 시를 주로 썼다. 그 과정에서 자연에 대한 경외감을 표현하는 시들도 많이 생산했다. 『날랜 사랑』이란 시집에 오면, 그의 시 표정이 완연히 달라진다. 시대의 변화가 그렇게 만든 것이리라. 「날랜 사랑」을 보자.

얼음 풀린 냇가

세찬 여울물 차고 오르는

은피라미떼 보아라

산란기 맞아

얼마나 좋으면

혼인색으로 몸단장까지 하고서
좀 더 맑고 푸른 상류로
발딱발딱 배 뒤집어 차고 오르는
저 날씬한 은백색 유탄에
봄햇발 튀는구나
오호, 흐린 세월의 늪 헤쳐
깨끗한 사랑 하나 닦아 세울
날랜 연인아 연인들아

피라미를 묘사한 부분이 절묘하다. 은피라미의 움직임에서 인간의 사랑을 유추해 낸다. 자연에서 단련된 감수성인지라 생기발랄하다. 변화된 시대를 닮아 시정신이 상쾌해졌다.

안도현은 한 때 교육의 문제와 같은 현실적인 것에 대한 시를 쓸 때 발휘하지 못했던 섬세한 감수성을 한껏 발휘한다. 냉이꽃도 살펴보고, 바람이 왜 부나, 눈이 왜 내리나, 여우가 무슨 생각을 하는가, 따위에 마음 놓고 골몰하여 절묘한 답들을 얻어낸다.

어린 눈발들이, 다른 데도 아니고
강물 속으로 뛰어내리는 것이
그리하여 형체도 없이 녹아 사라지는 것이
강은,
안타까웠던 것이다.
그래서 눈발이 물위에 닿기 전에
몸을 바꿔 흐르려고
이리저리 자꾸 뒤척였는데
그때미다 세찬 강물소리가 났던 것이다

> 그런 줄도 모르고
>
> 계속 철없이 철없이 눈은 내려,
>
> 강은,
>
> 어젯밤부터
>
> 눈을 제 몸으로 받으려고
>
> 강의 가장자리부터 살얼음을 깔기 시작한 것이었다.

얼마나 절묘한 자문자답인가. 스스로 우문愚問에 현답賢答을 되풀이해서 얻어낸 결실이다. 현실이 인간을 억압하게 되면 심성이 거칠어지지만, 현실적인 큰 압력이 없다면 인간의 감정은 이렇게 섬세하면서 모든 생명체를, 모든 자연 현상을 애정으로 바라보게 된다는 것을 터득케 해준다.

정호승도 소외계층에 갖던 관심을 일상적인 곳으로 돌린다. 결국 사랑을 말해버려는 것이다. 『사랑하다가 죽어버려라』 하는 단호한 말도 시집 제목을 잡을 정도로 삶을 요약하여 제시하는 것이다. 「연어」란 작품을 보자.

> 바다를 떠나 너의 손을 잡는다
>
> 사람의 손에게 이렇게
>
> 따뜻함을 느껴본 적이 그 얼마 만인가
>
> 거친 폭포를 뛰어넘어
>
> 강물을 거슬러올라가는 고통이 없었다면
>
> 나는 단지 한 마리 물고기에 불과했을 것이다
>
> 누구나 먼 곳에 있는 사람을 사랑하기는 쉽지 않다
>
> 누구나 가난한 사람을 사랑하기는 쉽지 않다
>
> 그동안 바다는 너의 기다림 때문에 항상 깊었다

이제 나는 너에게 가장 가까이 다가가 산란을 하고

죽음이 기다리는 강으로 간다

울지 마라

인생을 눈물로 가득 채우지 마라

사랑하기 때문에 죽음은 아름답다

오늘 내가 꾼 꿈은 네가 꾼 꿈의 그림자일 뿐

너를 사랑하고 죽으러 가는 한낮

숨은 별들이 고개를 내밀고 송송히 우리를 내려다본다

이제 곧 마른 강바닥에 나의 은빛 시체가 떠오르리라

웃음을 떠뜨리며 밤을 밝히리라

연어를 통해 인간의 본질을 제시하는 작품이다. 사랑과 죽음을 동일시하려는 생각은 충분히 설득력 있으며, 그 생각이 감동적으로 형상화되었다.

이렇게 한 시대의 첨병 역할을 담당했던 시인들이 일제히 사랑노래를 부르게 되었던 것은, 이제 비로소 정상적인 시대가 되었다는 증거인 셈이다. 하긴 고통의 시대에도 사랑노래만으로 지내온 시인이 적지 않은 것도 사실이다. 그러나 참다운 시인은 그럴 수 없다. 평화로운 시대에는 사랑의 노래를 부르지만 고통의 시대에는 고통을 주게 되는 근원을 없애려고 진력하게 된다.

시의 궁극석 목적이 사랑이라는 것을 모르는 사람은 없을 것이다. 다만 시대 상황에 따라, 시대가 요구하면 그 사랑의 노래가 비분강개한 외침으로 바뀔 수 있어야 한다.

3. 끝내 그쳐서는 안 될 노래들

훌륭한 시인은 어쩌면 시대분위기에 편승하지 않는, 끝내 듬직한 외로움으로 살아야 하는지도 모른다. 시대가 변했다고, 모두들 사랑의 노래에 취해서야 되겠는가. 정치가 바뀌었다 해서 모든 사회적 불합리가 한순간에 합리적으로 바뀌지는 않는다. 가슴에 남아있는 과거의 상처들이 말끔히 치유되는 것도 아니다. 독재정치가 민주정치로 바뀌었다는 것은 이제부터 음울했던 과거를 치유하기 위해 본격적으로 나설 수 있다는 것을 의미하는 것이다. 변한 시대를 기뻐하고 미래를 축원하는 것도 뜻 있는 일이기는 하겠지만, 이 땅에 진정한 자유와 평화가 깃들 때까지 시인이 되풀이 할 노래가 있을 것이다. 냄비에 물 끓듯 하는 필부필부들을 꾸준히 각성시키기 위해, 외롭더라도 불러야 할 노래를 나날이 신선하게 부르는 시인이 정녕 위대한 시인일 것이다.

조국통일의 노래는 역시 독재정치하에서 가장 많이 불렸다. 그러나 이제 시대가 바뀌고 대북정책이 합리적이고 가시적으로 추진되면서 그다지 많은 통일시가 생산되지 않고 있는 것도 하나의 특징이다. 이 가림의 「나누어진 하늘 아래서」를 보자.

나누어진 두 개의 하늘을
가로질러가는

가을 기러기떼 그림자

창호지에 얼비칠 때

시인이란 자가

어찌 무심히 그 행렬을 그리고만 있으랴

사십 년 동안에 비에

쇠다리가 녹아버리고

억센 갈대 무성한 땅 멀리

흐르지 못하는 강이 괴어 있음을

시인이라는 자가

어찌 소리 죽여 울고만 있으랴

불같은

가슴에서 흘러나오는 피의 잉크

숨쉬는 펜으로

저 들판에 잠든 돌들을

깨어나게 해야 하리

저 언덕에 엎드린 풀들을

일어서게 해야 하리

저 골짜기에 파묻힌 뼈다귀들을

소리치게 해야 하리

아아

저 찢긴 하늘가에 떠도는 아우성들을

얼싸안게 해야 하리

　　뚝뚝 흐르는 피의 잉크

　　부릅뜬 펜으로

　그렇다. 진정 '시인이라는 자'라면 명분이 있는 일에 신명을 다 바쳐야 하리라. 민족의 자존심을 회복하는 일 중에서 가장 시급한 일이 조국의 통일이라는 것을 모를 사람 없을 테니, 훌륭한 시인이라면 줄기찬 통일의 노래로 우리 민족에게 끊임없는 경각심을 불러 일으켜야 할 것이다.

　나해철의 「남남북녀」를 보자.

1

　그대를 사랑하여 껴안은 것이 / 세상의 죄가 되었네 / 그토록 오랜 세월을 함께하기를 꿈꾸어 / 이제 곁에 있게 되었으나 / 세상은 이를 보고 / 죄라 하네 / 찬란한 햇살 아래 / 좋아서 밝게 웃는 다정한 두 얼굴을 보고 / 세상의 죄가 / 모여 있다 하네 //

2

　나 그대를 사랑함은 / 싱그러운 그대 성품 때문이어라 / 맑은 목소리 흰 이마가 / 아름다워서여라 / 서양꽃처럼 화려하지 않고 소박한 / 들꽃으로 청초해서 좋아라 / 깨끗한 바람 마시며 / 이슬 같은 이야기로 낳고 새고 지는 곳에서 / 그대 살고 있어 / 그대 사랑하여라 //

3

　내 그대를 사랑함이 병이 되었네 / 그대 그리워 여윈 내 몸이 / 징그러워 / 모두들 손가락질이네 / 그대를 사랑함이 하늘 아래 죄가 되어 / 이렇듯 오래토록 갇히어 홀로이네 //

4

그대가 / 황금빛 노을을 하얀 목에 두르고 / 언덕 위에 서 계시네 / 그대가 / 어두워지는 하늘가에서 / 샛별처럼 초롱한 눈빛만 / 말없이 빛내고 계시네 / 그대의 작은 웃음에도 / 나는 행복했었네 / 그대의 한마디 음성에도 가슴 벅찼었네 / 그대가 / 언덕 위에 서 계시는데 / 흙 위에 엎딘 내 몸 다시 일어설 수 없네 / 그대가 / 말없이 바라보시는데 / 내 젖은 눈시울 마르지를 않네 //

5

사랑한다는 것은 / 사랑하는 사람을 가슴에 묻는다는 것 / 행복하다는 것은 / 가슴에 묻어둔 사람이 자라고 커져서 / 가슴을 터질 듯 완전히 채워준다는 것 // 버림받는다는 것은 / 사랑하는 사람이 가슴에 묻히기 싫다 / 떠나버린다는 것 / 가슴이 미어진다는 것은 / 떠나버린 사람 때문에 가슴이 텅 비어 / 피조차 돌지 않는다는 것 / 피조차 돌지 않는다는 것 //

6

당신을 당신으로 확인할 방법이 / 지금 제게는 없습니다 / 껴안고 또 껴안아도 당신은 / 제 품에 계시지 않습니다 / 당신은 정말 제 곁에 있으신가요 / 제 곁에 계시기는 하신가요 / 대답해주세요 / 당신을 당신으로 확인할 방법이 / 지금 제게는 없습니다 //

7

당신을 사랑할수록 / 온전히 소유할 수 없어라 / 당신을 그리워할수록 / 멀리 바라만 볼 뿐이어라 / 사랑하면 할수록 / 더 온전히 갖지 못하는 / 뼈아픈 이 형벌 어디서 오는 것인가요 / 그리워하면 할수록 / 더 손 마주잡지 못하는 / 절절한 이 안타까움은 어디서 오는 것인가요 //

8

그대와 함께 / 새봄 꽃더미 속에 묻히면 좋겠네 / 사람들 눈총이 보이지 않는 향기로운 흙 위에 / 함께 무너지면 좋겠네 / 가시담이 헐린 자리 / 무성히 핀 들꽃더미 속에 / 함께 넘어지면 좋겠네 / 정말 좋겠네. ///

좀 긴 작품이다. 조국분단의 한(恨)을 이성간의 연정으로 표현하였다. 표현된 그대로 이성간의 사랑으로 보아도 좋고, 그냥 남북관계로 보아도 좋다. 조국의 통일을 간절히 기원하는 작품인 것이다.

이러한 통일시가 많이 쓰이지 않는다는 것은 안타까운 일이다. 시대가 조금 변했다고 해서 민족 최대의 과제를 잠시라도 잊어서는 안 될 것이다. 반외세에 대한 시도 독재정치하에서 충분히 생산되었다. 외세의 문제 역시 조국의 통일 문제와 연결되는 것이기 때문이다. 독재자들이 호가호위했던 외세에 대해 이제는 배타적 민족주의가 아닌 성숙한 민족주의 안목으로 새롭게 성찰한 시들이 쓰어야 할 일이다.

외세의 문제와 세태의 문제를 동시에 각성시키려는 신경림의 「소백산 양떼」를 보자.

소백산자락의 목장에서 양떼를 모는 개는
이상하게도 영어만 알아듣는다
뒤로 가 하면 우두커니 섰다가도
고백 하면 재빨리 천여 마리 양떼 뒤로 가 서고
몰아라 하면 딴전을 피우지만 캄온 소리엔 들입다 몬다
미국서 훈련받는 개들이라 날쌔고 영악하기 사람 뺨쳐
양치기들은 종일 시시덕거리고 장난질이나 치며
몇 마디 영어로 명령만 하면 된다.
모르고 있었을까 정말 우리가 모르고 있었을까

영어만 알아듣는 개한테 쫓기는 것이

양떼만이 아니라는 걸

우리들 울부짖음에는 눈만 멀뚱거리다가도

캄온 하는 명령에는 기겁을 해서 양떼를 몰고

스톱 하고 호령하면 목숨을 걸고 세우는 것이

개만이 아니라는 걸

또 개를 영어로 부리며 시시덕거리기만

하면 되는 것이 양치기만이 아니라는 걸

마침내 영어만 알아듣는 개라야

두려워하게 된 것이 양떼만이 아니라는 걸

비유가 빼어나다. '개만이 아니라는 걸', 또는 '양치기만이 아니라는 걸', '양떼만이 아니라는 걸'이란 시구에서 '사람도 그렇다'는 말을 유추해 낼 수 있는 것이다. 우리 민족이 외세에 너무 의존하다 보니까, 모든 분야에서 위정자들이 마치 훈련받은 개처럼, 백성을 마치 양떼처럼 몰고 있다고 판단하게 된다. 몰려다니면서도 저항할 줄 모르는 무지를 비판하는 좋은 시다.

김진경의 「방죽이 울믄」과 「지 쓸개 빨아먹히는 중은 몰르구」와 같은 최근의 작품들은 외세의 문제와 관련된 것 중 빼어나다. 「방죽이 울믄」은 수입 식용 개구리의 번성에 대한 우려의 목소리고. 「지 쓸개 빨아먹히는 중은 몰르구」는 수입개방에 따른 농촌의 피폐를 우려하는 시다.

지 쓸개 빨아먹히는 중은 몰르구

살아 있넌 곰쓸개 빨아먹는다구

놀래기는 뭐 그릏기 놀래는겨

아, 한번 생각덜 좀 혀봐

농산물 수입개방이다 혀서 빠나나가 지천으로 넘치구

수박이니 참외니 과일이니

그런 것덜은 운임두 안 나와서 내던질 판여

쌀 수입개방까지 혀봐

돈 안되는 논농사두 작파허구

워디루 가서 몸 붙이구 살지 막막헌디

아, 이건 쓸개를 빨아먹히는 게 아니라

아예 통째루 뽑아주자는 수작 아닌감

노동판에 가서 몸 붙인다구들 허는디

거기는 뭐 다른 중 아남

임금인상허믄 경찰 투입

쥐터지구 몸 고달프구 먹구 살기 매한가지루 심들구

쓸개 빨아먹히는 건 마찬가지여

근디 참말루 이상한 일이여

쓸개를 빨아먹히다 쓸개가 아예 없어진 건지

선거 때만 되면

산 사람 쓸개 빨아먹는 그런 눔덜을 왜 찍어주는겨

왜 지 쓸개는 안 빨아먹유 하믄서

대롱을 박아주는 거나 마찬가지지

돈덜을 먹어서 그런 거 같은디

그 돈이 뭔 돈여

우덜 쓸개에서 빨아낸 쓸개즙 아닌감

참말로 곰 불쌍탄 말 헐 거 읎어

지 쓸개 빨아먹히는 중은 몰르구

지금 워디 어만 데 쳐다보고
불쌍허네 안 불쌍허네 허구 있는거

토속어를 한껏 사용하여 말의 신뢰도를 높이고 흥미를 배가시켰다. 산 곰에 대롱을 꽂아 쓸개즙을 먹는 일과 연관시켜 수입개방의 문제를 풍자한 작품이다. 농산물 수입개방 때문에 농촌은 점점 더 야위어가고 있는데, 어떤 대비책이 없으니 큰일은 큰일이다. 우리가 쓸개즙을 빨리는 곰 이상으로 심각한 상황이라는 것을 깨닫게 하려는 작품이다.

민주화 운동에 대한 아픈 기억을 재생산함으로써 이 사회분위기나 정치풍토를 새롭게 환기시켜야 하는 것도 시인들의 몫이다. 민주화 운동이 웬만큼 성과를 보았고 독재정치에서 벗어났다고, 과거의 아픈 기억들을 잊으려 하는 것은 죄악이다. 오늘날의 민주주의가 과거 민주투사들의 피의 대가로 얻어진 것이기에 희생된 이들의 고귀한 정신을 늘 상기시키면서 사회발전의 활력소로 삼아야 할 일이다. 민주투사들에 대한 시가 가끔가끔 추념식 때만 의례적으로 쓰이는 것은 안타까운 일이다.

정양의 「사진찍기 1」, 「사진찍기 2」는 그런 세태를 은근히 비판하고 있다. 「사진찍기 2」를 보자.

개나리꽃을 두르고 기념 촬영을 한다
졸업 사진을 미리 찍는다고 한다

최루탄 냄새를 맡아야
개나리가 피던 시절이 있었지
최루탄 없어도 잘만 피는
눈부신 개나리꽃을 두르고 문득
함께 사진 찍고 싶은 사람들

그때 화염병 나르면서

짱똘 던져대던 아이들

최루탄 범벅으로 피투성이로

질질질 끌려가던 아이들

화염병에 불붙던 전경들

쇠몽둥이로 설치던 백골단들

찢어 죽이자던

태워죽이자던 대통령들

함께 사진 찍고 싶은 그네들은 지금

어디서들 개나리꽃보다 눈부시는가

어디서 고개 숙이고들 살고 있는가

정의도 민주주의도 혁명도 없이

승리의 영광도 감격도 없이

최루탄도 없이 저절로 피는

덧없어라 휘늘어진 노란 개나리꽃

개나리꽃 한가지 꺾어 들고

최루탄도 짱똘도 모르는 아이들과

허전한 기념 촬영을 한다

최루탄 냄새를 안 맡아도

덧없어라, 쓰라린 눈물이 난다

독재정치를 혹독하게 체험한 사람에게는 개나리꽃도 이렇게 예사로
보이지 않는 것이다. 자유와 민주를 즐길 줄만 알지, 그 근원을 생각하
지 않는 그야말로 참을 수 없는 경박한 세태에 대한 안타까움이 잘 표

현된 작품이다.

'민주열사 묘비명'이란 부재가 달린 「추모의 노래」를 보자.

> 지금 여기가 어디인가 / 봄이 오면 진달래 / 가을날 거리마다 거리마다 / 지는 잎새 / 그리하여 눈보라 마다하지 않는 / 여기는 어디인가 // 오천 년 동안 불러야 할 임의 이름들 // 당신의 몸 바쳐 / 조국이야말로 / 그 누구의 것도 아닌 / 나의 것 / 오직 이를 위하여 / 젊은 날의 몸켜켜이 바쳐 / 그 모진 어둠 끝장에 내달려가 / 몸 바쳐 / 지금 여기에 이르렀으니 / 이로부터 당신들의 뜻 펄펄 날아 / 하늘 가득히 푸르러라 // 얼마 만인가 / 목놓아 울며불며 / 저 악독한 독재 물리친 날 / 이제서야 모인 우리들 고개 숙여 / 당신들의 주검 하나하나를 / 차디찬 빗돌 삼아 세우나니 / 정녕 이로부터 / 당신들의 꽃 같은 생애 부여안고 / 바람 찬 나날 나아가나니 // 임이여 / 임이여 / 임이여 / 어느날 우뚝 일어나 / 우리 내일의 역사 이끌 날이고저 / 여기가 천년의 그곳 아니리오 / 임이여 ///

어쨌든 이렇게 해서라도 민주열사들에 대한 경외감을 표현해야 하리라. 거기에 그쳐서는 안 되고 그들의 정신을 민족 구성원 모두의 힘으로 새롭게 생성시켜야 할 터다.

조태일의 「달빛」은 바로 그런 생각을 잘 표현한 작품이다.

> 달빛 속에서 흐느껴본 이들은 안다.

> 어째서 달빛은 서러운 사람들을 위해
> 밤에만 그렇게 쏟아지는지를.

> 달빛이 마냥 서러워
> 새들도 눈을 감고

두근거리는 가슴으로 세상을 껴안을 때
멀리 떠난 친구들은 더 멀리 떠나고
아직 돌아오지 않는 기별들도
영영 돌아오지 않을 듯 멀어만 가고.

홀로 오솔길을 걸으며
지나온 날들을 반성해본 사람들은 안다.
달빛이 서러워 오늘도
텅 빈 보리밭에서 통곡하는
종달새들은 안다.

남의 일 같지 않은 세상을
힘껏 껴안으며 터벅터벅
걷는 귀가길이
왜 그리 찬란한가를 아는 이는 안다.

격정의 시대가 끝나면 자기성찰, 자기반성을 하면서 정서를 안정시키는 시간을 가져야 함은 필연적이다. 그것은 시대의 질서이기도 하지만 인간의 생리적 질서이기도 하다. 당당하게 살아남은 사람이건, 비겁하게 살아남은 사람이건 지나간 독재시대를 생각하면 그야말로 만감이 교차할 것이다. 무엇보다 우선 대의를 실천하다 죽은 이들을 생각하지 않을 수 없겠다. 그들이 남겨두고 간 이 한스런 땅, 동시에 이 환희의 땅을 그들 대신 벅차게 끌어안을 수밖에 없을 것이다. 죽은 이들 힘으로 산자들이 더욱 생기를 얻게 되었다는 것을 인정하는 데 그리 인색할 필요가 없겠다. 그래서 귀가하는 길이 찬란한 것이다. '의義로움'의 참맛을 터득한 경지를 잘 표현했다.

독재정치에서 벗어났다고 해서 이 사회의 모든 불합리가 말끔히 해소된 것은 아니다. 의로운 정신은 어느 시대 어느 곳에서나 소용될 것이다. 스스로의 정신을 올곧게 벼리기 위해서는 자기반성으로부터 시작하여 민주정신, 민족정신에 이르는 대의大義까지 늘 진지하게 성찰하여야 하겠다. 대의를 위한 노래는 어느 한 시대에만 소리 높여 부르다가 그칠 것이 아니라 항상 우리 정신 속에 깃들도록, 결코 그쳐서는 안 되는 노래이어야 할 것이다.

VII. 성찰과 전망

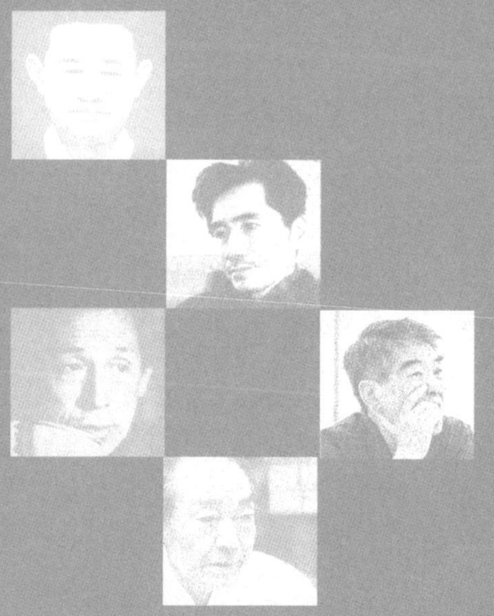

시대는 기상氣象 있는 시를 요구한다. 역사 앞에 시인의 정신이 당당할 것을 원하는 것이다. 기상 높은 시는 시인의 품격을 올곧게 해줌은 물론, 사회의 기풍을 새롭게 환기시켜 주며, 민족의 자존심을 높여준다.

우리 근현대 시인들 대부분의 가슴 속에 담겨 있는 정신은 의기意氣 높다. 시가 되지 않고 가슴에 남아있는 시정詩情까지 모두 그렇다. 그것은 우리 조상들로부터 받아 핏속에 스며 흐르고 있는 것이며 이젠 민족의 '집단무의식'이 돼버린 것이다. 역사의 고비마다, 민족이 위기에 몰릴 때마다 불끈불끈 치솟아 고난을 극복해왔다. 민족이 명줄을 이어온 것이 모두의 가슴 깊이 묻혀있는 의기 높은 시정 때문이다. 우리 민족의 근현대사는 실로 내우외환의 연속이었다. 그야말로 겪을 만한 것은 다 겪은 민족인 셈이다. 남의 나라 종살이도 해보고, 동족 간에 전쟁도 해보았으며 독재치하에서 오랫동안 주눅이 들어 살기도 했다. 이 험악한 역사를 이끌어 오면서 지친 영혼과 육체를 다독기리고 부추신 것은 의기 높은 이 겨레의 시정신인 것이다. 시로 풀어낸 것도 많지만, 민족 모두의 가슴 깊은 곳에 묻혀 있어 시가 되지 못한 절절한 노래는 감히 헤아릴 수 없을 것이다. 누가 우리 민족을 문약文弱한 민족이라 할 것인가. 우리 조상들로부터 문약은 가장 경계되어 왔으며 근현대 시인들이나 민중들도 문약을 결코 용서하지 않았다. 고난의 민족사를 꿋꿋하게 이끌어오기 위하여 다만 말부조라도 하겠다고 나섰던 시인은 그 어느 민족보다 많을 것이다.

옛 시인들이 시도 때도 없이 음풍농월을 일삼았는가. 천만의 말씀이다. 스스로의 정신을 맑게 닦아내기 위해 때로는 자연친화의 시도 썼지만 훌륭한 선비, 의기 높은 시인들은 백성의 고통을 그냥 지나치지 않았다. 백성들이 고통을 겪고 있는 현실을 생생하게 증언하고 위정자들의 나태함을 비난하면서 각성을 촉구했다. 조선시대 말 정약용은 그야말로 의기 높은 시인이었다. 이렇게 정의로운 시인이 어디 한둘인가.

구한말은 어떠한가. 최제우, 전봉준의 기개세氣蓋世를 어느 누가 감히 가볍게 이를 수 있을 것인가. 나라를 걱정하고 민족을 안타까워하는 마음으로 실천한 것은 의기 높은 시정詩情 때문이다. 그들이 쓴 시를 보면 알리라. 민족 위기를 신명을 다해 바로 세우려 한 상징적인 인물들이다. 황현과 최익현은 어떤가. 그야말로 우리 민족의 사표가 된다. 대쪽도 무색할 꿋꿋한 선비정신은 그들의 시에서 잘 표현된다. 이민족의 침략에 비분강개하며 스스로 절명했다든지, 이국땅에서 한 맺힌 채로 순국한 이들의 기개가 어디 예사로울 수 있는 것인가. 또한 그들의 제자 역시 스승의 뜻을 실천하며 이민족의 기세에 조금도 굴하지 않았음을 시를 통해 확인할 수 있는 것이다.

일제기 우리 민족의 시정신을 누가 무력하다고 할 것인가. 이민족의 총칼 앞에 주눅 들지 않을 자 그 얼마나 될 것인가. 더군다나 일제처럼 악랄하고 교활한 식민정책에 맨주먹으로 맞서는 데는 한계가 있었던 것이다. 그런 상황 속에서도 의기가 굳센 시인들이 민족의 자긍심을 높이는 데 크게 한 몫 했다. 선비정신 또는 지사정신으로 스스로를 매섭게 단련시키면서 조국의 독립을 위해 신명을 다 바친다. 독립운동을 하다 몇 차례씩 감옥을 드나드는 것은 기본이고 옥중에서 순국한 시인들도 적지 않았다. 그들의 시는 당연히 기개 높은 것일 수밖에 없다. 이상화, 한용운, 이육사, 윤동주……, 숱하게 많은 시인들이다.

비전문시인들은 어떤가. 일제하에서 전문시인들이 시로 다 표현해 내지 못한 것을 이들이 보강한다. 망명시인인 신채호를 비롯하여 이유민移流民들은 나라나 민족을 등지고 남의 나라 땅으로 쫓겨 갔던 체험을 시로 절절하게 표현해 냈다. 우리 민족이 겪었던 참혹한 실상을 생생하게 증언해 주었다.

일제기에 무엇보다도 특기할 것은 국외에서 독립운동을 한 독립군들의 시, 또는 노래의 가사歌詞다. 일제에 대한 적개심, 분노는 이들의 노래 속에서 한껏 표현된다. 일제기 우리시의 항일정신 부족을 말하면서, 열등감에 빠지는 이들은 독립군의 노랫말을 보면 될 것이다. 얼마나 대단한 기상으로 조국을 지키기 위해 신명을 다했나 잘 알게 된다. 비록 노래지만 그 가사를 '노래시'라고 하여 시정신으로 다룰 수 있다. 이런 데 인색할 필요는 없는 것이다.

해방기와 민족전쟁기, 그리고 전후의 시정신도 마찬가지다. 이 시대 숱한 시인들의 작품은 민족의식과 정의감에 넘쳐 있다. 새로운 지배자 미국과 그 세력을 등에 업고 호가호위했던 위정자들을 향해 분노했던 시인들은 무척 많았다. 그 정의감, 또는 시인의 도리道理가 도리어 이념 대립의 희생자가 되어 사회주의자로 몰리게 되지만 그들의 현실안은 정확했고 시적 대응은 기개 높았다. 민족전쟁과 그 후유증을 표현한 시인들도 민족상잔에 격분했고, 당시 민족의 크나큰 상처를 잘 증언했다.

식민지 백성으로, 동족상잔으로 처절한 역사를 체험한 우리 민족은 민족이라는 의미, 그리고 외세의 정체에 대해 새롭게 성찰하게 되었다. 그 성찰한 바는 훌륭한 시인들에 의해 대변된다. 신동엽이라든지 김수영이 그들이다. 비로소 민주의 문제, 민족의 문제에 대한 성숙한 생각을 하게 되고 또 표현하기에 이른 것이다. 거기에다 민중의식을 자각하게 된다.

이런 정신적 토대 위에 4·19 시민혁명은 당연했다. 위정자들의 부패한 정치는 시민들을 격분하게 했고 결국 민중 앞에 독재자는 굴복하게 된다. 성공은 했지만 그 성과는 오래 맛보지 못했다. 군사혁명 때문이다. 그러나 4·19 시민혁명 정신은 두고두고 민족의 정신 속에 계승

된다. 시민혁명 정신을 표현한 시는 실로 엄청나다. 민족의 기상을 한 껏 고양시킨 이 시기의 시정신은 이 땅의 시인들에게, 민중들에게 영원한 귀감이 되는 것이다.

군사독재 타도는 의로움을 실천궁행하는 시인들의 지상 과제가 된다. 김지하를 비롯한 숱한 시인들은 굽힐 줄 모르는 강기剛氣로 독재정치에 맞선다. 시로 독재자들을 찌르는 것만큼 시인들도 고통을 겪게 되지만, 그들이 표현해 낸 숱한 언어들은 민주주의를 가깝게 끌어들이는 힘이 되었다.

물론 이 시대 시인들이 독재정치에 직접 저항하는 시들만 쓴 것은 아니다. 소외된 민중들의 심사를 대변하다든지, 시대분위기를 표현하는 시법詩法으로 시대를 증언하고 위정자들의 각성을 촉구했다. 신경림을 비롯한 수많은 시인들은 민중들이 의로운 힘을 발휘하도록 하는 것을 시정신의 제일로 삼았다.

광주 오월혁명은 민중들이 독재자에게 가장 극악하게 희생당하는 사건이기도 했지만, 동시에 민중들이 힘을 가장 강력하게 분출하는 계기가 되기도 했다. 동트기 전이 가장 어둡다는 말처럼, 독재자들이 이 땅을 가장 어둡게 만들었지만, 동시에 빨리 동을 트게 하는 동기가 되기도 했던 것이다. 오월혁명 때에 쏟아져 나온 저항시들은 얼마나 기개가 넘쳤던가. 또 그 정신을 이어받아 독재정치가 끝날 때까지 대항한 시늘이 그 얼미나 민중들의 힘을 북돋웠는가. 고은이나 김남주를 비롯한 하고많은 시인들은 이구동성이 되어 불합리한 정치를 몰아내기 위해 고심참담, 천신만고해야 했다. 독재정치에 대응하는 방식도 다양했다. 위정자들을 직접으로 공격하는 방법도 있었지만, 조국분단을 독재정치와 연관시키는 방법이나 농민이나 노동자들의 소외감을 표현하는 방법, 민중의 보편정서나 흉흉한 시대 분위기를 암시하는 방법, 교육의 불합리를 독재정치와 연결시키는 방법들로 끈기 있게 위정자들을 비판하였다. '시의 시대'라고 할 만큼 시가 풍성하게 생산된 것은 물론 그 시들이 대부분 독재정치를 몰아내기 위한 대의명분에 연결되어 있어 시의 사회적 효용성을 한껏 높여 주기도 했다.

독재정치가 종국을 고하고 문민정부가 들어서기까지는 몇몇 위정자들의 정치적 술수로 가능한 것이었나. 천만의 말씀이다. 민중들의 힘이 확인된 터전에서나 가능한 일이었다. 그 민중들의 기개세를 발휘하게끔 하는 데는 민중시인들이 크게 한몫 했다고 해도 과장된 평가는 아니겠다. 민중들의 잠자는 의식을 일깨우고, 그것이 팽창력을 얻어 의롭게 폭발하도록 하는 데 시의 힘이 크게 역할을 했던 것이다. 여하튼 문민정부가 서게 되면서 시는 방향전환을 하게 된다. 이 땅의 암세포 같았던 독재자가 퇴장했으므로 또 다른 사회적 명분을 찾아야 했던 것이다.

민중 공동의 명분에 골몰하느라고 못다한 개인의 일상사를 표현하는 것도 사회적 명분이 될 수 있다. 엄숙주의에 빠져 경직된 사회분위기를 회복하는 것도, 대의명분을 외치면서 대립되었던 인간관계를 회복하는 것도 다 새로운 사회적 명분이 되는 셈이다. 지극히 개인적이라고 할 수 있는 사랑의 노래가 사회적 명분이 될 수 있는 시대가 따로 있는 것이다. 그래서 독재정치가 물러가고 나서는 사랑의 노래가 다투어 생산된다. 독재정치하에서 증오의 노래를 격정적으로 불렀던 시인들도 모두 어조를 누그러뜨리면서 사랑의 노래로 사회를 환기시키고 있었던 것이다.

이런 가운데서도 여전히 대의명분을 소홀히 하지 않으려는 진지한 시인들이 있다. 정치현실은 많이 민주화되고 있지만 조국은 아직 통일되지 않았다는 생각, 그리고 외세外勢에 대해서는 경계의 고삐를 늦추지 않아야 한다는 생각을 시로 표현해 내고 있는 것이다.

한국 근현대시사라는 은하수 속에는 숱한 시인들이 펼쳐져 있고, 각기 제 자리를 잡고서 각자의 시정신으로 반짝거리고 있다. 그중에서도 유난히 크고 유별나게 반짝거리는 시인들이 있다. 웬만한 구름장도 그 빛을 덮지 못할 것 같은 기세를 띤 이들이 적지 않은 것이다. 그들은 지척거리며 이끌어온 우리 민족 근현대사의 희망이었다. 고난의 민족사는 시인들에게 기상氣象 높은 시를 요구했으며, 많은 훌륭한 시인들이 그 요구에 당당하게 응답했다. 그 당당한 응답을 하려다 다른 민족의 총칼 아래 또는 독재자의 폭력 아래 한스런 죽음이나 뼈저린 고통을 당하기도 했다. 그렇기 때문에 조국과 민족의 이름 아래 더욱 떳떳할 수 있는 시인들이며, 그들의 기개만큼 우리 민족의 힘과 자긍심이 우뚝할 수 있는 것이다.

시련을 겪을 만큼 겪은 우리 민족인지라 앞날은 양양하겠지만 그래도 시대마다 웬만큼의 시련은 필연코 있는 것이다. 고난의 시대에는 시인에게 높은 기상을 요구하기 때문에, 훌륭한 시인이 되려는 이는 언제나 민족적 대의명분에 충실하여야 한다. 시련기에는 신명을 다해 민족의 자존심을 회복하고 사회적 기풍을 생기 있게 만드는 데 집념하여야 한다. 그런 시인들이라야 우리 민족 시의 역사에 빛나는 이름으로 기록될 수 있을 것이다.